만언니

# 만언니 (개작본)

김원우 문학선집 1

개미

# 차례

# 재중동포 석물장사

## 1

그날도 점심나절 내내 골마루처럼 비좁아 터진 복도로 나서기가 괜히 어줍어서 다락방 맞잡이인 명색 감리단장실 실내에서 그는 한동안 어정버정하고 있던 참이었다. 얼김에 얻어걸린 직책도 우뚝하고, 구석구석 다잡기로 들면 도맡은 일조차 아무 때나 또 아무라도 쫴칠 수 있을 정도로 드레지건만, 당최 일거수일투족이 마뜩잖다 못해 옥죄었다. 억지로라도 지긋한 나잇살 때문이라는 자괴감을 언뜻언뜻 따돌리면서 그 비편의 근원을 찬찬히 따져본 지도 벌써 올해 봄부터였다.

직장 생활이라면 그도 피땀 흘린 산업역군까지는 못되어도 나름대로의 열과 성을 다 바친 지체였다. 30년 남짓 동안 온갖 품팔이를 거치면서 몸과 마음이 무던히도 부대낀 나머지 이제는 돈으로 감당할 일만 아니라면 웬만큼 큰일이라도 시쁘게 볼 배짱 정도는 지니고 있었다. 하기사 인생 고행이라는 말 그대로 그의 경력도 간단치는 않았다.

이를테면 졸업도 하기 전에 6개월쯤 달달 들볶인 건축설계 사무소가 그 시발이었다. 야근이 옹근 밤샘 작업으로 흔히 이어지곤 하던 그 명실상부한 아르바이트 노릇의 막판에는 반년간 잡지 하나를 비롯하여 유명무실한 부정기 간행물도 여러 종류씩이나 끈덕지게 찍어내면서 이공계 일본 서적들을 거의 짜깁기하다시피 베껴내던 한 출판사 편집부에서 낮 동안에만 은사의 저작물 교정을 보기도 했다. 당연하게도 만물의 영장으로서 사람이 직장과 직업을 필요에 따라 발발게 발명해내지만, 마땅한 직업과 옳은 직장이 월급쟁이의 서열과 인품을 매겨준다는, 그런 실없는 말을 느릿느릿하게, 그것도 아주 위엄스레 지껄이던 그 은사는 허우대도 듬직한데다가 넥타이 대신에 무늬 좋은 실크 목도리를 남방셔츠 깃 안에다 동여매곤 하던 그 체신을 과시하기 위해서라도 학생을 가르치는 일보다는 각계각층의 유무명 인사들과의 교유로 늘 분망하던 양반이었다. 그때나 지금이나 여전히 거늑한 국토의 효율적 활용을 선도하겠다는 정책 아래 허름한 나대지들을 대단위 택지나 공장 부지로 바꿔치기하는 정부 출자기관에 그가 입사한 것도 그 자칭 학자의 천거 덕분이었다. 그런데 한창나이라서 그랬는지 그 나무랄 데 없는 직장이 다닐수록 떨떠름했다. 우선 너무 심심해서 고역이었고, 제 갈 길을 놔두고 엉뚱한 데서 비단옷 입고 밤길을 걷고 있는 꼬락서니였다. 덜렁 사표를 냈더니, 젊은 친구가 일신상의 문제라면 그게 도대체 먼가, 한번 들어나 보세 라며 연만한 상관짜리가 바싹 다가서며 부하직원의 손목부터 불끈 거머쥐었다. 그 이후부터 옮겨 다닌 숱한 직장들은 죄다 그 자신의 알음알이가 우연하게 떠맡긴 망외의 덤터기들이었다. 대충만 간추려도 이랬다.

　꼬박 3년 동안 열사(熱砂)의 본바닥에서 기름보다 생산원가가 훨씬 비싼 생활용수를 끌어다 쓰는 수영장도 파고, 비록 벌통처럼 띄엄띄엄

떨어져 있긴 해도 여러 복지후생시설을 초현대식으로 갖추갖추 지어 보기도 했다. 해외 근무로 진액을 아주 깡그리 빼앗긴 뒤끝이라 당분간 직장 생활을 아예 작파해버릴 작정 끝에 빈둥거리고 있는데, 또 한때의 동료가 인편에 소식을 들었다면서 전화로 통사정을 하더니 기어코 집 앞의 통닭집에서 진을 치고 짓졸랐다. 이번에는 최소한 1천 세대 안팎 규모의 아파트단지를 줄기차게 공급하는 대형 건설회사에서의 현장 근무였다.

덕분에 지방 곳곳을 안방 들락거리듯이 누비고 다녔다. 토요일 오후에 상경하면 우선 집 인근의 공중목욕탕 속으로 기어들어 가서 탈진한 사람처럼 서너 시간은 좋이 너부러졌다가 비누질만 겨우 하고서는, 아직 갈 길이 먼데도 어느새 황혼을 등진 나그네 몰골로 터벅터벅 귀가했다. 이윽고 서울로 오르락거리는 그 다리품에도 진력이 났다. 마침 나이도 중년이었다. 다행히도 건설 경기는 활황세였다. 덕분에 쉴 짬은 없었지만, 직장에 매인 몸으로서 저절로 문리가 터졌다. 또다시 옮겨 앉은 직장은 도급하한선을 요리조리 빠져나가기 위한 방편으로 동종의 계열회사를 두어 개나 거느리고 있던 통 큰 건설회사였다. 매달 마지막 주 금요일 오전에 열리는 부서장 회의에 참석하면 그때마다 낯선 얼굴이 한두 명꼴로 꼭 눈에 띄었고, 그들과 통성명을 나누면서 학맥, 인맥, 지맥을 더듬느라고 다들 수선스러웠다. 거기서는 한동안 서울 강남 쪽의 오피스 빌딩 시공을 도맡다가, 그 후 이태 남짓 현장 실무자들의 제반 업무를 챙기고 떠넘기기도 하는 내근직에 종사했다. 벌써 이러구러 여섯 해 전에 이른바 계급정년에 걸려 상무로서의 월급을 깔축없이 다 받아먹고 명예퇴직한 것이 월급쟁이 생활의 대단원이었다.

　요컨대 넓이로나 높이로나 그 속에다 최대한의 공간을 모양 좋게 욱여넣어 인간이 전천후적으로 활동할 수 있는 어떤 생활의 근거지를 만들어내는 데는 그도 밑바닥부터 현장 경험을 톡톡히 치렀다고 할 수 있었다. 그래서 아래위 사람의 눈치 살피기라면 남들보다 투미하다는 소리를 들은 바도 없었고, 시키는 대로 붙좇아야 하는 직장인으로서나 규정대로 마감시키지 않았다가는 언제라도 큰 사달이 생기고 마는 직종의 관리자로서나 그는 인부를 어떻게 다뤄야 하고, 더불어 자재들을 어떻게 버무려서 매조져야 하는지 잘 알았다. 그런 전문가로서 영일 없이 매여 살았던 신세에서 풀려나자, 고만고만한 연줄이 연방 잇닿아 월 기백만 원의 가욋돈을 한동안 벌어왔으므로 이번에 떠맡은 이 달품팔이도 그로서는 식은 죽 먹기만큼이나 만만할 수밖에 없는 일거리였다. 따라서 현장에서의 공사 감리라면 별나게 넙뜨지 말고 그냥저냥 무탈로 배겨낼 작정을 단단히 챙겨둔 바 있었고, 시공자도 매출액 순위로 20위 안에 드는 건설회사여서 매사를 곧이곧대로 믿을 수밖에 없기도 했다.

　그렇다면 나머지는 워낙 뻔해서 근무 조건이나 근무환경이 문제일 수밖에 없었다. 막상 닥치고 보면 나날이 후딱후딱, 흡사 당사주(唐四柱) 책장 넘어가듯이 흘러갈수록 그것이 말썽이긴 했다. 좋은 쪽으로만 둘러맞추게 마련인 주선인의 말본새가 대체로 다 그럴 테지만, 한때는 직위상 잠시 그의 부하이기도 했던 고 사장의 전언대로라면 만사가 여의롭게 비쳤다. 공사장의 마무리 작업처럼 정리해보니 대충 다음과 같았다.

"보수는 규정대로 줄란가?"

"전임자 경우를 들먹이며 딱 분지르던데, 설마 감리비까지야 체불할까 싶어."

"출퇴근 시간도 이쪽에서 재량껏 알아서 할 테니 자꾸 '상주'를 못박으면 서로 껄끄러울걸."

"그래도 워낙 성실한 양반이라 낮 동안 현장이나 감리실을 오래 비우는 법은 없을 거라고야 해놨어."

"금요일 오전까지만 근무지를 지킬 참인데 어떨지."

"통상 그러는 줄이야 알 테지 머. 전임자는 친구가 벌인 사업을 간섭해줘야 하게 생겼다면서 줄행랑을 놓았다는데, 양쪽 다, 그러이까 시공사나 시행사와 두루 사이가 안 좋았다는 소리는 입도 뻥끗 안 하고, 그거야 자랑할 일도 아니니 당연할 테지만, 그 양반이 요즘 젊은 것들처럼 돈만 밝히고, 농땡이라서 죽으라고 일을 하기 싫어했다며 원성이 늘어졌더라고. 귀담아들으라고 일부러 뻥 튀겨서 지껄이는 말이지 싶데. 설마 시방서에 먼지가 뽀얗게 앉도록 펼쳐보지도 않았기야 했을까."

"숙소는 진작에 마련해뒀나 몰라. 뺑소니 전임자는 어디서 뒹굴었다는가?"

"마침 전임자가 쓰다 말다 한 오피스텔이 현장에서 걸어서 15분 남짓 걸리는 데 있다고, 회사용 부동산인데 실평수가 여덟 평쯤 된다 그러대. 퇴근 후 따분하면 중고품 텔레비전이라도 하나 장만해서, 3, 4만 원이면 사, 야한 비디오라도 빌려 보면서 회춘하는 것도 좋잖아, 안성맞춤이야."

재중동포 석물장사

"다 먹고 살려고 이렇게 수선을 피워쌓는데, 나이도 있으니 실은 이게, 끼때 챙기기가 한걱정이야."

"아침저녁이야 적당히 때우든지 주로 사 먹어야 할 테지만, 함바 밥이야 까끄러워서 어디 먹을 수 있겠어. 술이야 우리 나이에 피할수록 좋을 테고, 현장 소장이 더러 점심이야 살 테지."

이러나 저러나 직장살이란 방목하는 가축처럼 여기저기다 거름 무더기나 내깔기는 짓거리였다. 아무리 가축이라도 달라지는 꼴 맛조차 분간 못할 리야 없건만, 목부의 편찮은 심사까지 챙기면서 풀을 뜯어 먹고, 배설물을 내놓을 리야 만무했다. 그래서 그는 변변찮은 목장의 입지 조건 따위에는 입을 다물기로, 일에 때깔이 나든 말든 개의치 않기로 단단히 별렀다. 그럭저럭 배겨낼 만해지자 여름 날씨가 성큼성큼 다가왔다. 까마득하게 치솟은 주상복합건물의 뼈대가 진작에 틀거지를 드러냈으므로 이제부터는 모양내기고시의 기죽을 발라 꾸미는 내장공사를 예의 독려해야 할 차례였다. 잔손질을 많이 덧대야 하는 그런 공정조차 아무래도 좋다는 심정을 그는 우정 다졌다. 덩달아 더위가 성마르게, 그러나 공기(工期)처럼 착실하게 덤벼들었으므로 지레 켜놓은 에어컨의 찬바람 밑에서 등짝의 땀을 들이기에도 헉헉거려야 할 판이었다. 때 이른 불볕더위야 이 지역의 특성상 직수긋하니 승복할 수밖에 없었지만, 오랜 가뭄으로 숨을 들이쉴 때마다 목과 콧속의 점막이 매캐해지는 건조한 대기 앞에서는 속수무책이었다. 몇 달째 비 구경을 못하는 바로 그 불순한 기후 덕에 공사의 진척이 그나마 순조로워 다행이었다.

아마도 그즈음서부터 예의 그 비좁아 터진 복도로 나설 엄두를 내느라고 그는 기를 썼을 것이다. 점심때, 화장실 출입 때, 특히나 상경 길에 나서야 하는 금요일 오후가 그랬다. 흡사 컨테이너 여남은 짝을 빈틈없이 포개놓은 것 같은 기역자 구조물은 물론 가건물이었다. 아래층은 공구나 자재 창고로 쓰고, 철창문 두 개와 출입문 하나씩을 컨테이너 한 짝마다에 붙박아놓은 사무실들은 위층에 들어앉아 있었다. 장차 아케이드식 상가의 초입이 들어설 자리에 가파른 철판 계단을 세워놓고, 연이어 구조물의 허리통을 띠처럼 동여매 놓은 복도가 기역자로 울을 치고 있는 형상이었다. 감리단장실은 그 분필통처럼 납작한 양철통집의 끝자락에 처박혀 있었으므로 복도를 길이대로 다 밟아야 계단에 발을 내려놓을 수 있었고, 철판 계단 밑이 화장실이었다.

현장 소장실의 출입문은 기역자로 꺾어지는 모퉁이에 뚫려 있어서 그 방주인이 떼놓는 보폭의 한결같은 울림이 다가오면 점심때였다. 현장 소장은 본이 다른 김가이지만, 지연 말고는 학연 같은 인연이 전혀 닿지 않는 열댓 살 연하였으므로 "한 그릇 잡수셔야지요"라든지, "낮술을 안 하시니 아구찜은 좀 그렇고 추어탕을 잘 자시데요" 같은 수더분한 말을 복도에 서서 건네기 마련이었다. 한편으로 그 앙바틈한 외양을 출입문짝에 비치지 않을 때면 꼭 구내전화로 "오늘은 외부 손님이 있어서 만부득이 따로 밥상을 봐야겠네요"라는 언질을 떨구든지, 그 걸음걸이 음색이 저벅거리는 차장급 부하직원 둘을 번갈아 보내 점심을 어디서 어떻게 할지를 물어보게 했다. 직분이나 나이를 대접하느라고 그러는 것이 아니라 혹시라도 무슨 말썽이 불거질 꼬투리를 미연에 막고, 장차 아파트 분양이나 크고 작은 상가의 임대 및 매매에 따를 여러 구설에서 한마디라도 시공자 측을 편들게 하려는 배

재중동포 석물장사

려치고는 제법 곡진한 행태였다. 노가다판이라서가 아니라 어느 분야라도 돈 단위가 커질수록 말들이 거칠고 잇속 넘보기에는 무지막지해지다 못해 아예 재판으로 시비를 가리려는, 일종의 가외 경비라는 덤터기 씌우기에 쌍방이 길들어지는 작금의 세태를 따지지 않더라도 그는 일찌감치 점잖은 처신으로 나름의 너그러운 분위기를 거느려온 틀거지였다.

더위하기로 기진맥진하던 한철도 어느새 저만치 물러나 앉았다. 그처럼 쨍쨍 내리쬐던 폭염도 완연히 설핏해져서 생기를 돌이킬 수도 있건만, 그는 여전히 심드렁했다. 웬만큼 사람 행세를 하며 살아야 하고, 또 그렇게 살려고 아등바등거린 나머지 이제는 끌끔히 살아갈 수 있는 채비를 갖춘 이 나이에 집 떠나 이게 무슨 생고생인가 라는 불뚝성이 치받칠 때면 당장에라도 모든 연줄, 직무 따위를 내팽개치고 일단 이 데데한 일상부터 걷어치우고 싶었다. 마음자리가 하루에도 몇 번씩이나 그렇게 돌아가는데도 한 발자국만 내디디면 되는 그 출입문 걸터넘기가 그토록 지겨울 수 없는 것이었다. 이상한 자각 증세였고, 앞으로 1년 남짓 후에나 닥칠 멀끔하나 알량할 뿐인 자화상을 미리 그려보는 그 자신의 안달뱅이 짓거리가 한심스럽기만 했다.

이른바 '비산(飛散) 먼지 저감(低減) 관리지역'이라는 고지판을 큼지막하게 붙여놓고 있는 만큼 1만여 평의 대지는 함석담과 알루미늄 새시문으로 철통같이 닫혀 있고, 올연(兀然)하기 이를 데 없이 치솟은 다섯 채의 철근 콘크리트 더미는 언제라도 뿌연 장막에 가려져 있다. 산책로가 들어설 중앙공원 둘레에는 예의 그 아케이드가 네 갈래의 보행로를 뚫어놓고 있으므로 인근의 주민들까지 어느 방향으로나 들고나며 상가와 조경의 품 안에서 노닐 수 있는 설계도 바깥에 임시로 심어 놓은 현장 사무실은 그야말로 떨꺼둥이의 골무 같은 피난처로서는 제 격이다. 그런 컨테이너는 현장 곳곳에 경비실, 함바, 장비실이란 문패 를 달고 서너 개나, 흡사 방목한 가축의 배설물처럼 뚝뚝 떨어져 있는 데, 그곳마다의 출입자들은 하나같이 생동생동해서 그들의 일솜씨를 타박해야 하는 김 단장을 무색하게 만든다. 그 멋쩍음을 나이 탓으로 둘러대자니 좀 억울하고, 그렇다고 가뭇없는 생기와 열없는 의욕으로 짐짓 나서보자니 뜬벌이꾼이 만용을 앞세워 타울거려 봤자 지질할 뿐 이라는 체념이 뭉글뭉글 답쌓이는 것이다.

8월 한가위를 열흘쯤 앞둔 어느 날 오후였다. 그의 성질대로 식당마 다 붐비는 점심 시간대를 일부러 피하느라고 뭉그적거렸더니 후출하 기 이를 데 없었다. 공사장 주위 일대는 딸린 공터가 널찍한 공공기관 과 호텔 같은 고층 건물들이 늘비한 번화가라서 이른바 먹자골목이 곳곳에 눌어붙어 있었다. 그는 발밤발밤 길을 줄여가다 그중 상호가 덜 요란한 데를 골라 들어갈 작정이었다. 상호 간판을 뒤덮고 있는 글 자가 클수록, 그 글씨가 번지레할수록 음식 맛이 엉터리라는 욱대김 은 일리가 있다. 그러나 수풀 속의 숨은 꽃처럼 아담한 옥호와 마주치 기가 그렇게 쉽지 않다. 한 끼 끼니를 때우는데도 낯선 집에 들어서기 가 서먹해서 좀체 과단성을 펴지 못하는 자신의 성격을 잘 알기 때문 에 결국 여러 차례나 맛보았던 엇구수한 밥상을 차고앉으리라고 그는 이미 짐작하고 있었다. 생선 미역국을 잘 끓여내는 그 집은 네거리를 중심으로 대각선상에 있었고, 지하철 출입구를 관통해야 했다.

그는 선뜻 내려가는 자동계단 위에 올라섰다. 이내 좁아지면서 멀어지는 하늘이 멍한 그의 눈길을 받아주었다. 나락이 저럴까 싶은 지하 통로의 번질거리는 바닥이 착실한 속도로 떠올랐다. 바로 그 어간이었다. 쿵하는 단음절 굉음과 무엇이 망가지는 쇳소리가 한꺼번에 울려 퍼졌다. 워낙 돌발적으로 들려온 폭음이었으므로 가슴 한복판이 뜨끔하는 통증과 동시에 경악이 제법 긴 여운을 남겼다. 이윽고 정신을 수습해보니 그 굉음은 등 뒤에서 들려왔었지 싶고, 단 한 번의 그 둔탁하고 날카로운 작렬음에는 어떤 여음(餘音)도, 뒤이은 폭음이나 소음도 따르지 않은 게 수상쩍기도 했다. 되돌아보니 그때쯤에는 한가롭게도 사람을 바싹 더 긴장시키는 또 다른 폭발음 같은 것을 기다리고 있던 판이었는데, 싱겁게 끝나고 말았다는 느낌도 얼핏 챙겼던 것 같다.

그럴 수밖에 없는 것이 이 대도시는 근자에 지하철 공사장에서 그런 폭음이 한차례 터뜨려져서 큰 인명 피해가 났었고, 뒤이어 전동차 속에서 일어난 불길로 시내 중심부의 한 지하철역 전체를 불구덩이로 만들어 숱한 생목숨을 앗아간 사고가 천방지축으로 터진 터라, 내남없이 '안전사고 민감증'으로 조릿조릿한 판이었다. 어쨌거나 다시 한번 따져보면 그의 뒤꽁무니에 바투 대포알이 떨어졌다 해도 주르륵 미끄러져 내려가는 자동계단 위에 서 있었던 만큼 무슨 콩기 좋은 구렁말처럼 지상으로 훌쩍 뜀박질하여 그 볼 만한 사고 현장을 새겨볼 처지도 아니었다.

이윽고 올라가는 자동계단에다 몸을 부리자 혼자서 끼니를 해결하는 사내 명색의 헛헛증이 지독하게 몰려와서 그는 얼굴에다 엄부럭을 잔뜩 끌어모았다. 지상에 발을 떼놓자마자 무언가 켕기는 마음자리 때문에 돌아서서 건너다보니 네거리 저쪽의 공사 현장은 겹겹의 알루미늄 담장을 견고하게 두른 채로 버티고 있었고, 다섯 채의 우람한 용자가 새카맣게 치솟아 있을 뿐이었다.

그날 점심을 어떻게 먹었는지 그는 도무지 떠올릴 수 없었다. 이런 저런 푸념을 곱새기느라고 입과 머리가 겉돌았던 듯하다. 가령 무장아찌 같은 밑반찬 하나라도 턱찌끼야 내놓을 리 만무하지만, 농담도 한마디 할 줄 모르고 목에 힘이나 잔뜩 주고 있는 손님에게 '어인 일로 혼자 왔습니까' 하는 눈길과, 만 원짜리 독상을 차려서 몇 푼 남는다고, 상밥집 인심이 다 그렇지 라며 아예 내놓고 실쭉거리는 장사치의 지랄 같은 행태를 애써 모른 체했을 것은 틀림없다. 뒤이어 텅 빈 가겟방을 둘러보며 이런 동냥 밥에다 게걸스레 코를 처박고 있는 이쪽도 팔자소관이라면 인생살이가 너무 허망하잖나 같은 엉두덜거림에 뒤채여 한점심 따위야 빈속만 적당히 채우면 그뿐이지 하는 셈속으로 국과 밥을 말끔히 비웠을 것이다.

그러나 소화 기능을 발걸음으로 도우느라고 여기저기 한눈을 팔다가 지하도 계단을 걸어서 오르내리며 근무지로 되돌아왔다는 기억은 새록새록 남아 있다. 하릴없이 개구멍처럼 뚫어놓은 '관계자 전용 출입문'을 기어들어 간 후, 역시 컨테이너 박스 속에서 눈만 내놓고 있는 경비 근무자의 설보는 수인사를 받았고, 대형화물차들이 들락일 때마다 긴 쇠막대기 빗장을 질렀다 뺐다 하는 철대문 앞을 건넜을 테고, 예의 그 지린내가 은은히 풍겨오는 가파른 계단 앞까지 느직느직 소걸음을 떼놓았지 않았을까.

바로 그때 그는 계단 걸음을 잠시 뒤로 물려야 했다. 그 계단이나

　　　　재중동포 석물장사

복도가 1인용이다 싶게 비좁기도 했지만, 김 소장이 제 것과 같은 회색 잠바 유니폼 바람의 부하직원 서넛을 복도로 몰아내면서 그 불콰한 상모를 벽보 속의 지명수배자처럼 드러냈는 데다가, 뒤이어 신사복 차림의 '민간인' 두 사람과 일일이 두 손을 모아 잡는 절친한 악수하기로 허둥거리고 있어서였다. 생긴 대로 김 소장은 수하의 동료 직원들에게는 숭굴숭굴한 성미를 제멋대로 베풀어도 어리눅은 단종회사의 사장 및 직원이나, 뼈 빠지게 일한 햇수와 타고난 제가끔의 눈썰미가 뒤섞여 '배운 도둑질'이 되고 마는 막벌이꾼들에게는 아예 말을 삼가므로써 저절로 권위를 세우는가 하면, 상대방이 업무상의 무슨 말을 떠벌릴 때는 과연 제대로 알고 하는 소리냐고 따지듯이 남의 눈을 빤히 직시하는 버릇이 있어서 다소 유체스럽달까 다기찬 면모도 없지 않았다. 그런 변덕스러운 행태나 버릇이 맹탕 판무식쟁이의 촌스러운 짓거리임에 틀림없었으나, "제가 표리부동합니까, 안 그렇지요?"라며 대놓고 묻는 소탈함도 쩨는 데다가 김 단장의 그 시절, 그 소임에는 감히 못 부리던 소행이어서 배울 점이기도 했다.

　아무려나 협력업체의 직원이지 싶은 그 '외부인'에게 길을 내주느라고 그는 먼지막이용 녹색 부직포로 땅바닥을 깡그리 덮어놓은 울퉁불퉁한 공터에서 무르춤히 서 있었는데, 감리단장실 안으로는 좀체 들어서는 법이 없는 김 소장이 그날따라 보초병처럼 그 출입문 앞에 서서 그를 기다렸다. 전에 없던 일이었다. 그가 복도를 줄여가자 숙인 머리를 연방 끄떡거리면서도 입가에는 묘한 웃음기가 번지도록 내버려두는 김 소장의 행태에는 좀 실성기가 묻어 있는 것 같기도 했다.

　방주인이 서늘한 공기 속의 실내로 들어서자 김 소장은 뒤에서 서

둘러 출입문부터 단단히 닫아걸고 나서, "하이고, 간이 다 떨어졌네, 액땜했다고 봐야지, 아, 아까, 한 한 시간 전쯤 됐나, 그때 쾅하고 하 중 무거운 것이 떨어지는 폭음 못 들었습니까?"라고 허둥지둥 지껄이 며 바람벽에 걸린 남의 세수수건으로 제 얼굴과 목덜미의 땀부터 훔 쳤다. 방주인의 얼굴에 걸린 뚱한 물음표를 놀리듯이 직시하면서 현 장 소장은 "아, 이게 무슨 날벼락이야, 장차 분양이 천시날 징존가, 날 벼락? 그 말 되네. 아, 단장님, 이차판에 돼지 대가리 웃는 걸로 하나 맞차서 고사라도 떡 벌어지게 한판 지내까요? 때도 좋네요, 명절 밑 에"라고 지껄였다. 이미 그는 어쩌다가 불쑥 대형사고가 터졌으며, 간 신히 인명사고만은 모면했다는 전말을 잡아챘으므로 김 소장에게 어 서 자초지종을 털어놓아 보라고 눈을 부릅뜨며 좨쳤다. "참, 어이없 네. 사람 얼을 뺄 일이 따로 있지"라고 새카맣게 연하인 소장이 말문 을 열었고, 현장 경험이라면 한참이나 선임자인 그가 "우야다가, 뭣이 떨어졌어? 벽화만치나 큰 철판 수십 장이 비행접시처럼 날아서 수십 미터 밑으로 처박혔어도 운 좋게 다친 사람이 하나도 없었던 적도 있 었어"라고 부추겼다.

들고 보니 사건은 너무 간단했다. 금쪽같은 자식들 키우며 한 지붕 밑에서 살아도, 아니면 가물에 콩 나듯이 잊을 만하면 나타나서 서로 눈 맞추기도 스스러운 부부라 할지라도 남이 알 수 없는 금슬은 가지 각색이고, 그것들마다 온갖 곡절의 조합이 그런저런 조홧속을 부리듯 이 그 안전사고도 고만고만한 우연들이 제가끔 제멋대로 얽혀들어 방 정맞은 심술을, 아니 경고성 폭음을 터뜨린 것이었다. 곧 기다란 철제 빔 한 짝이 30층쯤의 상공에서 수직으로 떨어짐으로써 창호(窓戶)업자가 몰고 와 세워둔 고물 소나타 승용차를 박살 내버린 사건이었으니까. 신통방통하게도 호이스트 곁에서 떼 지어 무슨 작업인가를 하고 있던 일단의 노무자들도 그 낙하 장면을 슬로비디오 보듯이 똑똑히 목격했다고 하며, 폭음이 들리자 그때 마침 김 소장과 면담 중이던 창호회사의 영업 담당 이사는 무심코, 저게 무슨 소리야, 혹시 내 차가 박살 난 거 아냐라며 제 부하직원에게 나가보라고 손을 내저었고, 전기 배선 작업을 주무하던 황 과장은 바로 그때 지근거리인 103동에서 사고 현장으로 뛰어가며, 누구야, 머야 라고 악을 쓰다가 그 비명이 워낙 얼토당토않음을, 또 제 소관 업무가 아닌 줄 알고서는, 머시 어디서 떨어졌다고, 아직도 이런 철물이 저기서 나뒹굴어야 해, 머야 도대체, 라며 월권 행사를 내놓을 때는 벌써 납작하게 찌그러진 자동차 주위에 '관계자'들이 빼곡하게 울을 치고 있었다는 것이었다. 이제 사고의 정황은 명확했고, 이해하기도 쉬워서 김 소장은 곧장 시뻘건 얼굴로 자기도 모르는 새 불뚝성을 내지르며, 차후에 다시 이러면 정말 막 볼 줄 알아, 몽땅 한날한시에 다 깨끗이 잘라 버릴 거야, 무슨 말인지 알아들 들었어? 단디들 해, 빨리 사고 경위를 캐봐 라며 인파를 흩어버렸다고 했다.

사고 현장에서 소장실로 헐레벌떡 돌아온 방주인과 외부인 둘은, 그나마 한 사람은 복도에서 서성였는데, 한동안 넋이 빠진 채로 멀뚱히 앉아 있었다. 횡액을 면한 게 천만다행인지 어떤지 얼떨떨하기로는 손님 쪽이 더 심했다. 이윽고 정신을 수습하느라고 김 소장은 평소에 늘 그러는 대로 소형 냉장고 속에 넣어두고 있는, 어느 방석집 요식업소에서 얻어온 두툼한 접대용 흰 물수건으로 두 눈자위를 꾹꾹 눌러대며, 구내전화기로 부하직원을 호출했다. 성급하게 노크도 없이, 그러나 그 엄청난 사고로 잔뜩 어리뻥뻥해진 혼쭐을 눅이느라고 여느 때보다 더 차분한 자태로 들어서는 미스 민에게 김 소장은 대뜸, 야, 그 차 몇 년식인지 알아봐, 돈 얼마나 있어? 빨리 은행에 가서 전부 보수로 찾아와, 내 통장도 가지고 가봐, 가서 나한테 전화해. 그리고 앞으로 당분간 본사에서 전화 오거든 군말 말고 나한테 먼저 바꿔 줘, 딴 사람 찾으면 없다고 그러고. 무슨 말인지 알겠지? 라고 하명을 떨구었다. 그때까지 방주인의 내색을 살피며, 어떤 조치라도 공손히 받들겠다는 듯이 죽치고 있던 차 임자가 그런 지시를 듣자, 등 너머의 미스 민과 짤막한 시선을 맞추면서, 98년식입니다 라는 단정한 단답을 내놓았다. 그제서야 제 황망과 불찰을 알아챈 김 소장이, 내 정신 좀 봐라, 피해자를 여기 놔두고, 차제에 새 차 한 대 뽑아 굴리지 머, 큰 액땜했다 셈치고. 고물이던데, 얼마 주면 될까, 간 떨어진 내 사정까지 봐달라고는 안 할 테니 마음대로 불러보지 머, 달라는 대로 두말할 것도 없이 다 주께, 라며 비로소 웃음기를 안면에 피워 올렸다. 어리둥절한 중에도 체증을 한꺼번에 말끔히 쓸어내 버린 가뿐함도 점차 여실해서 차 임자는, 주는 대로 받아야지요, 아직 아무 탈 없이 잘 굴러가고 정이 들 대로 들어서 폐차할까 말까 하던 참인데 라며 다음 말을 줄였다고 했다.

그 철근 낙하 사건의 경위에서 훤히 드러난 대로 김 단장은 공사 현장에 붙박여 있든 말든 언제나 '관계자' 가 아니라 열외자였다. 따라서 유경험자로서 진작에 짐작이야 하고 있었지만, 굳이 그 원인 따위를 캐보려고 덤비지도 않았다. 그 꺾쇠형 쇠붙이가 왜 여태 그곳에서

재중동포 석물장사

나뒹굴고 있었으며, 계단 모서리에 붙박는 난간용 알루미늄 자재를 지상에서 층층이 옮기는 작업 중에 왜 하필 그것이 떨어졌는지, 막상 그 철제 빔이 삐딱하니 걸쳐져 있었다는 현장 부근의 인부들은 뭣이 떨어지는 줄도 몰랐다는데 과연 참말인지, 도대체 그 모든 정황을 제대로 파악할 수도 없고, 알수록 믿기지도 않았으며, 김 소장조차도 "모르지요, 귀신 곡할 노릇이라 카든이, 인부들 말을 그대로 다 믿으면 인재(人災)는 아인 것 같애요"를 되뇌기만 했으니까. 게다가 더 거론하는 것도 또 다른 방정을 부추기든가, 그 불가사의한 재난의 속출을 사주하는 것 같기도 했다. 서로가 이심전심임을 김 소장은 감리단장실에서 물러나며 신음성 홍감으로 포장해서 토해놓고 있었다.

"간담이 서늘하다 카든이, 그 말을 이럴 때 쓰는 줄 오늘에사 알겠네. 철판 밑에서 인부라도 한두 명 압사(壓死)했다 카문 명색 현장 소장은 과실치사죄로 감방 살고, 감리단장은 불구속 입건을 면치 못했을 낀데, 재판이다. 신문이다. 사실심리다로 번번이 경찰서, 검찰청으로 불리다닐 그 생고생을 우예 감당할라고, 휴, 생각만 해도 머리가 흔들리네, 아찔하다, 안 되겠네요, 오늘 저녁에 회식이라도 하며 놀랜 간이라도 깔아앉차야지, 가만 있었다가는 생병 얻게 생겼네. 단장님, 합석하셔야지요?"

그럭저럭 그 안전사고를 다들 쉬쉬하기 시작했을 때쯤, 그는 그동안 벼르던 말을 내놓았다. 물론 김 소장과 함께 함바에서 점심을 먹던 자리에서였고, 지나가는 말처럼 흘린 다짐이었다. 곧 신공법이다 뭐다 해대며 자재나 인력이나 시간을 아끼려고 덤벼서도 안되고, 다른 시공사가 그렇게 작업하고 있다고 해서 무작정 따르지도 말며, 공기를 맞춘답시고 단계별 공정을 깔끔하게 마무리하지도 않은 채 다음 일로 건너뛰면 또 다른 사고를 불러일으키는 장본이 될 테니 유념하라고 일렀다. 그 모든 준수사항도 사람이 지킬 탓이고, 제때제때 실천하기 나름이며, 소홀한 구석을 틈틈이, 그때그때마다, 보고 또 보면서 몸과 손을 아끼지 말고, 또박또박 챙기는 자상한 눈독 들이기에 달려 있었다. 하기야 서울 강남의 한 5층짜리 백화점이 어느 날 졸지에 무너져 내려앉고부터 '사후' 감리의 발전적 지양책으로 '상주' 또는 '비상주' 감리제가 정착되긴 했으나, 그러나마나 요식 행위이긴 마찬가지인 셈이었다.

명색 시간 때우기 밥벌이일망정 꽤 신중한 탐색전 끝에 지난 3월 중순부터 명색 '먼지 없는' 진공상태 같은 공사 현장에 나앉게 되었으니까, 그새 6개월 동안 그런저런 신고에 시달리는 한편 점점 더 대근해지는 심사로 그는 마냥 둥개고 있는 것이었다.


2

허전해서 연방 주위를 두리번거리는 그의 몰골을 더 못 봐주겠다고 등 뒤에서 나무라듯이 잡아챈 사람은 역시 혈육이었다. 서울 세종로의 한 중앙관청에서 오래도록 근무하다가 정년퇴직하고, 그 후로도 4년쯤인가 관련 기관에서 세월을 죽인 대가로 향리 약목(若木) 근방에다 채전밭이 딸린 농막 한 채를 마련한 자형 내외는 늦마에 시작한 얼치기 농사꾼 노릇이 그렇게나 재미나다고 입에 침이 마를 지경이었다. 콩 심은 데 콩 나고 상추 심은 데 상추 나는 게 하 신기해서 땅바닥에다가 고맙다, 정말 고맙다는 말을 되뇌며 '얼매 안 남은 여생을' 사는

재중동포 석물장사

것 같이 살아간다고 했다. 그보다 아홉 살이나 많은 그 누님이 뜬금없는 전화를 걸어와 댓바람에, 풍각 언니가 돌아가셨단다, 지난 설에 내가 찾아가 봤다는 소리는 니한테 했든가 몰라, 그때도 멀쩡하든이 갑자기 세상 베렸는갑네, 그날은 종식이 애비 욕은 쑥 들어가고 내가 어리석다, 등신이다, 축구 바보다 같은 해망쩍은 소리만 지껄이더마는 이라며 말끝을 흐렸다.

하기 싫은 일을 붙잡고 있다기보다는 할 일이 없는데도 지켜야 할 자리에 죽치고 있어야 하는 거북함에 신물을 켜는 그로서는 근래에 드물게 긴장할 만한 소식이었다. 마침 10월 초순의 연휴도 껴묻어 있어서 그는 목요일인데도 오후 느지막이 상경길에 오를 참이라 그나마 꼴머슴이 제 가축 꽁무니를 뒤쫓는 기분에 휩싸여 있던 중이었다. 옷가지만 잔뜩 집어넣어 놓은 등산용 배낭이 그에게 눈총을 주고 있어서 난감했지만, 문상 어부야 어떻든 동기와 말이라도 더 나누고 싶었다.

"종식이 그 자석은 시방 어딨는가? 누님은 누구한테 연락 받았는교?"

"종순이가 우예 내 휴대폰 전화번호를 알았든동, 우리 어메가, 어메가 카민서 하도 버버거려싸서 거 옆에 누구 없나, 전화 좀 바꾸라 캤든이 종식이 큰아가, 가 이름이 머꼬, 참, 지애다, 인자 사람 이름을 통 못 외우겠다, 곡식이나 풀처럼 생긴 기 다른 것도 아이고, 이름이 말키 그기 그거 겉고 해서 이렇다, 가가 그카네, 지 할매가 어젯밤에 돌아가셌다고."

종식이 누이동생, 들은 바로는 어릴 때 귓구멍에서 누런 고름이 흘러나오는 귀앓이를 하고 나서 귀머거리에 반벙어리가 되었다 하고, 그전에도 학교에서 배운 글을 읽어보라고 하면 책은 안 보고 지 에미 얼굴만 빤히 쳐다보다가 사부자기 손금 위에다 손가락을 콕콕 찔러대는 호작질을 일삼았다고 한다. 처녀꼴이 완연해졌을 때 보니 얼굴이 홍시처럼 붉게 타올라 있었다. 종식이 결혼식 때는 예식장 입구에서 서성이다가 지가 먼저 이쪽을 알아보고, 아저찌 라고 소리치며 달려왔다. 그래도 나이 들수록 마른일 진일을 가리지 않고 억척같이 일만 하며 살아온 망인의 성정을 그대로 물려받아 상머슴 노릇을 톡톡히 한다더니, 종신자식 따로 있고 굽은 나무가 선산 지킨다고 꼭 그 짝이 난 것이었다.

"빈소는 어디다 봤다 카등교?"

"청도역 앞에서 제일 큰 병원이라 카네. 풍만 떨고 다니는 그 허깨비 같은 종식이 말은 입에 올리기도 거슬쳐서 안 물어봤다. 지애한테 너거 엄마도 일이 바빠서 휴대폰을 두 개나 갖고 다닌다 카든데, 많잖은 식구들한테는 다 기별하고, 문상객은 많이 모있나고 물어봤던이 울산하고 김해에 사는 지 아부지 외삼촌네 식구들은 와 있다 카고, 지 애비 사촌들도 몇 사람 와 있다 카는 거 본이 종식이 가도 빈소는 지키고 있는갑더라."

"사촌들도 있는가? 그 자형이 외동아들 아니었나?"

"아이다, 형 하나는 몇 년째 자식을 못 보다가 어렵사리 유복자만 떨구고 동란 때 전사했다 캤다."

"아, 그 말은 언제 들은 거 겉다."

"종식이 애비 밑으로도 남동생 하나, 여동생 하나가 더 있단다. 나

재중동포 석물장사

도 그 남의 식구들 얼굴은 모리고 동순이 언니, 풍각 언니 말이다, 그 언니 생전에 말만 들었다. 니는 종식이 애비 얼굴은 기억나나? 종식이가 많이 닮았다."

"어릴 때 사과 궤짝 맞추로 오라 캐서 갔든이 네댓 명이 둘러앉아서 못대가리 박고 있는데 맥고 모자 쓰고 놀망한 신사복 입은 그 양반이, 그 옷이 지금 생각해본이 성긴 마직물이었을 기라, 힐끔 나타났다가 이내 없어지데. 그 장면이 우째 아직도 안 지워지고 남았네. 그런데 막상 그 자형은 얼굴도, 허우대도 도통 기억이 안 나네."

"촌것치고는 진작에 바람이 아주 야물게 들고 도시물을 일찍 묵어놔서 옷 입으만 태는 났다. 인물도 그만하면 반반한 여자들 호릴 만했고. 동순이 언니사 잇바디나 가지런한이 고울까 인물이사 한참 빠지고, 말도 자분자분 못하고, 일만 새빠지기 했지, 여자다운 맛이야 요새 말로 벨 볼 일 있었나. 눈에 선하네, 두 손이 북두갈고리 같더마는."

"풍각 누님이 올해 몇인고? 큰이모에 비하면 오래 사신 폭이제."

"원이, 한이 서리서리 맺히서 오래 살았을 끼라. 내하고 띠동갑이다. 호랭이 띠다. 우리 나로 올해 여든셋인갑다. 내하고 그래도 제일 죽이 맞아가 늙어가민서는 자주 고시랑거렸다. 말이 나왔은이 말이지 그 언니가 못 배아서 무식하고 촌구석에서 억척같이 사니라고 세상 돌아가는 속내도 옳게 몰랐지마는 남의 신세는 손톱만치도 안 지고 진짜 사람같이 똑바로 살았다. 서방 복 없는 년이 우예 자식 복을 바라겠노꼬, 나만 보믄 손 잡고 그 말을 입에 달고 지냈다."

"재산이 꽤 될 거로?"

"촌 재산, 그까짓 기 몇 푼 한다고. 사과밭 몇백 평인가도 진작에 반 이상 팔아치우고, 손 많이 가는 사과 농사 대신에 복숭아 심었다 카고, 논밭 합쳐서 스물댓 마지기도 그 장가 부자(父子)가 야금야금 다 말아 묵었다 카더라."

"그 집은? 반듯한 디근자 집이 3백 평은 실히 됐을 거로. 삽짝 앞에 웅덩이만한 미나리깡도 딸려 있었지 아매. 집 뒤로 산비알에 감나무가 이삼십 주는 좋이 심어져 있디이만."

"니는 우예 아직 그걸 다 기억하네. 그 집 앞까지 뽀얀 시멘트 포장길을 깐 지도 벌써 오래됐다. 그 못도 진작에 메아서 비닐하우스 세아가 고무호스로 물 대는 땅미나리 키우더라. 우리 형제가 그 집 말만 나오믄 이래 이바구가 길어진다."

"그케 말이라. 누님은 언제 문상할란교? 형님한테는 기별했는교?"

"이 전화 끊고 바로 할라 칸다. 기별하나마나 창목이 애비는 안 갈라 칼 기다. 너거 형제는 우리 아부지 닮아서 지 몸 먼저 챙기고, 나설 자리 안 나설 자리 한참 따지다가 거북하다 싶우만 아예 거떠보지도 않는 거 내가 다 안다. 내한테 부조나 대신해달라 칼 기고. 와, 니도 안 들봐다 볼라 카나? 종식이하고 니하고는 한때 서울서도 한동네 살았시믄서 이때 얼굴이라도 보고 우예 사는지 알아보믄 안 좋나."

"물어보나마나 대충 짐작은 가구마. 그놈이야 우예 살든동 내가 요새 이래저래 보깨는 일도 많고 몸도 삐딱해서 귀천이 없어 이카구마."

"내보다 한참 아랜 기 벌써 그카믄 우야노. 몸 타령하지 말고 우야든동 많이 움직이고 걸어라. 머리든동 몸이든동 안 쓰만 당장 녹 쓸고 병 든다. 오죽 잘 알겠나마는. 나는 지금 나설란다. 니 자형이 내 기사

재중동포 석물장사

노릇하고 싶어 몸살을 내쌓는다. 가만이 들어본이 시방 니가 자리 지키는 그 공사장 앞을 지나 쭉 가믄 수성못이 나오고, 전번에 본이 그 옆으로 청도 넘어가는 꼬부랑 길을 훤히 잘도 널피고 피났데. 가리매 같은 외길에 털털거리는 버스가 하루에 한 대 지내댕기다 말다 하던 비좁아터진 길이든이."

"몰라, 뜬 돈 벌러 여기 내리오믄서 다문 몇 달이라도 차 없이 살아볼까 하고 맹세해서 일절 꼼짝 않고 안 돌아댕겼든이 어디가 어딘지. 어데 큰길이 났는지도 나는 모리고 살구마. 서울서 월요일 새벽에 기차로 여기 내리올라 카믄 꼭 한겨울에 가기 싫은 심부름하러 나선 기분이구마는"

"그래도 할 일이 기다리고, 니 찾는 사람이 있은이 얼매나 좋노. 늙어서 파리나 날리고 살라 카믄 일찌감치 죽는 기 낫다. 우쨌든 안 갈라 카거든 부조나 낫기 해라. 얼매나 해주꼬? 내가 봉투 세 개 만들어 가볼 테인께 나중에 폰뱅킹으로 나한테 돈 부쳐주만 된다."

"그래 줄란교? 이것저것 찬찬히 생각해보고 전화하꺼시. 자형하고 점심이나 맛있게 자시고 천천히 나서소."

"온야, 그라꾸마. 니도 부디 몸부터 챙기래이, 으이."

종식이는 그에게 조카뻘로 동갑내기이지만 생일은 그보다 오히려 댓 달이나 빠르다. 근자에는 이러구러 10여 년째 얼굴도 못 보고 인편에 안부나 듣고 살지만, 한때는 꼬박 2년쯤 한방동무로 지내기도 했다. 뿐만 아니라 어릴 때는 그의 향리까지 서너 차례나 들락거리며 가지치기나 사과따기 같은 잔일을 돕기도 했다. 방학 중에 닷새쯤 묵으면서 그런 품을 팔고 돌아올 때는 손이 건 풍각 누님이 온갖 곡식과

먹을거리를 몸으로 져나를 수 있을 만큼 안겨주었다. 개중에는 어느 해 늦가을, 종식이와 함께 대두 한 말은 실히 넘는 매주콩 한 자루와 찐쌀, 찹쌀, 고구마, 사과 같은 가외 먹을거리를 얼추 그만큼 퍼 담은 자루 하나를 서로 바꿔가며 등에 지고 헐티재를 넘어 집까지 걸어왔는데, 그때 길도 좋고 질러가는 팔조령 쪽을 놔두고 가파른 산길에다 구불거리는 내리막길이 연이어지는 이쪽 산길을 누가 먼저 가자고 했냐며 입씨름을 벌이다가, 나중에는 그런 핑계 대기조차 80리는 좋이 되는 그 등짐 길 줄이기에 제법 품앗이나 된답시고 연방 우겨댄 추억거리도 남아 있다. 그에게 농촌 경험이라면 그게 다였고, 그것도 고등학교 2학년 여름방학쯤에서 끝났던 듯하다. 물론 두 집안 사이는 그런 일손 빌리기만이 아니라 양식 얻어먹기와 자식 맡기기로 끈끈히 이어졌다.

사람살이가 시절처럼 워낙 변화무쌍해서 헤집고 나서자면 그때는 왜 그처럼 수삽스러운 짓을 서로 대놓고 했는지 도리머리를 흔들어야 하는 장면이 숱하다. 우선 양식 얻어먹기만 하더라도 그의 누님과 그보다 여섯 살 많은 형이 풍각 누님네로 가서 말쌀과 보리쌀, 콩 같은 곡식을 몇 번이나 얻어왔을 것이다. 그때는 동란 직후였던 듯하고, 걸어서 팔조령을 넘어갔다 왔다 했으니 그 시절의 교통 사정도 세상살이와는 대체로 어금지금하다. 그럴 수밖에 없었던 사정도 여실하다.

그의 영감은 일정 치하에서 사범학교를 나와 초등학교 훈도 노릇을 하며 성취(成娶)하고, 애들을 줄줄이 다섯이나 낳아 키우면서, 동란 직후에는 대학에다 적까지 올려서 나중에는 그 학력으로 중학교를 거쳐 고등학교 교장까지 산 양반이었다. 외동아들에다 그 직업과 유관하게

재중동포 석물장사

주변머리라고는 아예 없었고, 지독한 인색한이라 남에게 한 번이라도 선심을 쓰는 경우를 본 적이 없을 정도였다. 그래도 받을 줄만 알았지 남에게 뭣이든 주고 베풀 줄을 모르는 그 직업의 근성대로 체통 차리기에는 빈틈이 없는 데다 당신 몸 가축에는 극성스러워서 비린 자반 고등어구이나 뜨거운 배추속댓국을 챙겨 먹곤 했다. 게다가 그에게는 고모인 당신의 동생 둘도 딸려 있어서 먹을거리가 늘 부족하던 살림이었다.

풍각 누님의 원모사려가 곧장 드러났다. 종식이가 경북 지방에서는 그중 낫다는 인문계 고등학교에 합격하자 자식을 맡기려 이모부 댁으로 찾아온 것이었다. 그의 모친이, 이 사람아, 니 이모부 처음 보나, 핀히 앉아라, 사람이 우예 변했나, 와 쪼구리고 앉노 라고 연신 권해도 풍각 누님은 무릎을 꿇고 도두앉아서, 본 바 없는 자식을 고등학교 졸업 때까지 이 집에 맡기겠다면서 돈이든 곡식이든 다달이 하숙비 이상으로 내놓겠다고 했다. 명색 기억자 와가에다 대문 양쪽으로 딸린 방도 세 개나 있어서 장차 동기 동창생이 될 두 동갑내기는 당장 그날부터 언제라도 활짝 열어놓은 장지문 이쪽저쪽에서 앉은뱅이책상 두 짝을 맞대고 밤늦도록 두런거리는 동방 동무가 되었다. 이제 풍각 누님은 한 달이 멀다 하고 이모 댁에 들렀고, 올 때마다 온갖 먹을거리 농작물을 이고 지고 들며 날랐다. 또한 그때마다 풍각 누님은 제 자식을 꿇어앉혀놓고, '머시든 하나에서 열까지 봉덕동 이모 할배'가 하는 대로만 본을 받고, 시키는 대로 하며, 집안 걱정은 말고 오로지 공부만 열심히 하라고 신신당부했다. 아마도 마흔 살 전이었을 그때가 풍각 누님으로서는 가장 보람 있는 한때였을 테고, 가끔씩 모자가 한방에서 하룻밤 자고 가기도 했던 그 나들이 걸음이야말로 잠시나마 손에서 일을 놓고 쉬는, 온 마음이 저절로 뿌듯해지는 다디단 열락의 시간이었을 것이다. 농사일로 파근해진 온몸을 들썩이며 뿜어대던 그이의 콧김 소리와 잠꼬대가 아직도 그의 귓바퀴에 자근자근 감기는 것 같다.

자식을 그처럼 닦달하고 혹시라도 빗나갈까봐 노심초사하며 알뜰히 챙긴 데는 풍각 누님 나름의 곡절이 없지도 않았다. 우선 벌써부터 싹수가 사람 구실을 제대로 못하게 생긴 반거들충이 딸자식과는 달리 아들자식이 머리 하나는 제법 똘똘한 데다 샘이 많아서 남에게 지고는 못사는 그 천성을 공부에다 비끄러매면 장차 뭣이 되어도 될 것 같았기 때문이었다. 그러나 그런저런 신신당부와 노심초사를 여러 친지 앞에서 대놓고 터뜨리는 데서도 알 수 있듯이 그 자식의 애비, 곧 장 서방의 행실이 혹시라도 종식이에게 번질까 싶은 노파심이 풍각 누님의 마음자리에는 언제나 시커멓게 드리워져 있었다.

웬만큼 알려져 있는 장 서방의 풍파 많은 인생행로를 대충 간추린다 해도 하루해가 모자랄 테지만, 그 양반은 일찌감치 제 형을 찾아오겠다면서 까까머리로 가출하여 일본에서 인쇄소 직공으로 살았다고 한다. 아마도 활판인쇄소에서 문선, 식자, 인쇄까지 전 과정의 기술을 익혔던 것 같다. 아무려나 상당한 목돈을 거머쥐고 해방되자마자 귀국했는데, 향리에는 성한 몸만 보이고 나서 대구로, 서울로 그 배운 기술을 써먹으러 줄곧 싸돌아다녔다. 실제로도 그런 좋은 기술을 써여서도 안 되려니와 시골구석에야 낫 놓고 기역자도 모르는 무지렁이들만 득시글거리는 판이라 전적으로 무용지물이었다. 옛날 사람들이

재중동포 석물장사

흔히 그러듯이 자식을 붙들어매는 데는 결혼만한 것이 달리 없었다. 혼인을 억지로 시켜 툭실한 새색시를 안겨줬더니 이번에는 일본으로 밀항하겠다고 설설거렸다. 아무래도 바람이 잔뜩 든 것이었다. 그 들뜬 마음을 잡도리하느라고 대구로 제금을 내주자 그때까지 잘 다니던 어느 신문사 공무국에서 들려 나왔다면서 집사람을 다시 향리에다 짐짝처럼 부려놓았다.

한참 후에 종식이가 이른바 '민주화 운동'의 천신만고 끝에 그 소위 집시법(集示法) 위반으로 겨우 6개월 남짓 철창신세를 지게 되었을 때 털어놓은 말을 액면 그대로 믿는다면, 그의 애비도 한때는 대구십일폭동사건의 세포책이었다니 이래저래 쫓기느라고 집으로 기어들 틈은커녕 집사람과 정분을 나눌 여유조차 없었던 셈이다. 아마도 이런 대목에서는 어느 한 인간의 성정이나 팔자로 둘러맞출 게 아니라 그 직업, 관심사, 교제 범위 등을 상정하면서, 남들이 엄두도 못 내는 외국 바람을 쉬었다고 나부대는 너름새가 시골의 오막살이를 뛰쳐나오게 추썩이고, 그 선바람쐬기가 종내에는 집발이 점점 안 붙게 만든 장본이었다고 해석하는 것이 더 그럴듯할지도 모른다. 어쨌거나 장 서방은 동란 때, 부산까지 혼자 떠내려가 어느 인쇄소의 생산기술 책임자로 일했다고 하며, 유복자를 데리고 시가를 뛰쳐나온 그이의 형수 일가의 생계를 그 바닥에서 한동안 뒤치다꺼리해주는 통에 풍각면 일대에서는 별의별 소문이 다 나돌았다고 한다. 이윽고 환도가 되었고, 종식이 밑의 딸자식이 돈으로도, 정성으로도 고칠 수 없는 장애아임이 백일하에 드러났다. 그즈음 장 서방은 명절 때라도 한 번씩 코빼기를 비추며 말하길, 머잖아 서울의 큰 신문사에서 요직으로 자리를 잡게 될 듯하니 그때 온 식구를 솔가해서 불러올리겠다고 했다. 말뿐이지 종무소식이었다. 종식이 삼촌이 찾아 나섰더니 이미 서울에는 웬 작부 출신인가 싶은 해끔한 것과 딴살림을 아주 만판으로 벌여놓은 데다가 그 첩년의 배를 빌린 딸자식을 둘이나 두고 있었다.

제 결혼식에도 생부를 안 부른 종식이가 어느 날 잔뜩 비아냥거린 말을 따오면, 장 서방이 잠시나마 서울 한복판의 어느 신문사에서 공무국장을 지냈다는 말은 전적으로 풍이고, 윤전기의 일관 공정을 책임지는 주무자이기는 했으며, 그후 주로 성경책이나 사전을 찍어내는 대형 인쇄회사에서 부쳐 지내다가, 유신 이후에는 말죽거리에서 아구찜 영업집을 떡 벌어지게 꾸려가던 '내연의 처'에 얹혀 "불판도 갈고 손님 차도 손가락으로 안내하며 사는데 당뇨로 다리를 절룩거리며 기신거린다니 죽을 날도 머잖았겠지"라고 했다.

풍각 누님은 조강지처였음에도 모질게 소박을 맞은 자기 신세를 한탄하기 이전에 말끝마다 못 배워 처먹었다고 구박만 일삼던 장 서방이 요리조리 오만 핑계를 둘러대며 이처럼 사람을 철저히 속이고 짓밟을 수 있는지 치가 떨렸을 것이다. 자신의 불학무식보다도 무조건 사람을 믿은 아둔함이 얼마나 서러웠을 것인가. 그러나 한편으로 많이 배워서 옳은 인간이 되는 것이 과연 그렇게나 어려운지, 그런 참다운 사람이 여자를 어떻게 대해야 할지는 워낙 뻔했으므로 제 자식만큼은 꼭 훌륭한 인간으로 만들어놓고 싶었을 것 아닌가. 남편에 대한 그런 원수 갚기는 원대로 자식 공부시키기로 이어질 수밖에 없었으니, 그 학비 마련을 위해서라도 환금작물의 재배와 수확에 전심전력, 뼈마디가 녹아나도록 매달려야 했고, 그럴수록 서방에 대한 앙갚음은

재중동포 석물장사

도가 지나쳐서 종식이 애비가 어쩌다가 풍각 면사무소 소재지께의 삼거리에 얼쩡거렸다는 소문만 들려도 삽짝에다 소금을 뿌릴 지경이었다. 그런데 어이없게도 그 자식마저 누구 씨가 아니랄까봐 그 좀 들뜬 작태를 점점 좌충우돌하는 자신의 인생행로에다 찍어놓은 듯이 옮겨갔다.

최초의 그 사례는 고등학교 3학년 들머리에 '봉덕동 이모 할배 집'에서 나와 하숙하겠다는 종식이의 맹랑한 돌출행동으로 드러났다. 아마 그때 그의 어른은 장학관 자리에서 물러나와 김천의 어느 고등학교 교장으로 봉직하고 있었으므로 주말에야, 그것도 길에다 돈을 까는 게 아깝다면서 한 달에 한두 번이나 대구 본가에 들르고 있었을 것이다. 교장 선생님도 이모 할매댁에 안 계시는데 배울 기 머 있다고 어쩌구 씨부렁거린 행태 자체가 벌써 지도 대가리가 굵어졌답시고 지 에미를 깔보는 수작이었다. 그런 말 같잖은 구실보다는 촌수만 높은 집에서 배겨내기가 적잖이 거북했을 테고. 어차피 하숙비 정도는 내고 있는데 무슨 기합이라도 받듯이 친척집에서 눈칫밥을 먹고 살 것까지야 있나는 타산도 챙겼을 것이다. 머리가 그렇게 돌아가는 종식이는 이미 지 애비를 닮아 헌헌장부였다. 자식을 이기는 부모가 없는 법이라 풍각 누님은 그의 모친 앞에서, 지 하자는 대로 해보는 수밖에 없겠다고, 애비 모르고 키운 자식의 시건머리가 저렇다며 눈물을 글썽였다.

무슨 예정 조홧속처럼 그해 대학 입시에서 종식이는 보기 좋게 떨어졌다. 자신보다 학교 성적이 한참이나 밑도는 동급생들도 보란 듯이 서울의 세칭 명문대에 합격한 걸 보면 3학년 한 해를 하숙방에서 농땡이나 친 결과였다. 서울에서 유명짜한 입시학원에 다니다 말다 하느라고 3수 끝에야 그는 원하던 대학의 학과에 겨우 턱걸이로 들어 갔다. 제 욕심대로 초지일관하는 그 좀 무모한 똥고집이랄까 확집(確執) 같은 것은 한참 후에도 다시 한번 더 드러났는데, 세 딸을 낳은 뒤 아들 하나를 기어코 보려고 강화도의 어떤 사찰로 굴러 들어가 보름 동안 득남 발원 기도를 떠벌린 행태가 그것이다. 그 참선 행각이 정액의 일시적 다량 분출에 주효했는지 그는 2대 독자를 드디어 봤다고 들까 불기도 했다. 아무튼 대학 재학 중에는 더 이상의 시험 경쟁 따위는 당치도 않다는 듯이 남들이 다 매달리는 이런저런 고시 준비도 저만큼 내물렸고, 그렇다고 다른 방면에서의 매진도 그의 덤벙거리는 성격과 맞을 리 만무해서 데모다 감방살이다로 시건방을 떨다가 5년 6개월 만에 겨우 졸업했다. 그것도 그의 성격대로 일종의 허영이 아니었을까 싶게 그는 공군 간부후보생으로 입대하여 어느 비행장 수문장의 전속부관을 살았다. 그 군대복도 반반한 학력에다 훤한 인물 덕분이었음은 더 말할 것도 없었다. 덩달아 그 장군의 군용 지프차가 아니라 역시 관용인 '세단' 승용차를 사복 차림으로 제 것처럼 몰고 다닌다는 풍문이 들린 게 아니라 지 입으로 나발을 불고 다녔다. 땡볕 속의 삼복은 물론이거니와 정월 초하룻날에도 화톳불에다 엉덩이를 지지며 일용 인부의 일손을 독려하는 노가다판 월급쟁이로서야 장 중위의 그런 '출세'가 위태위태하기 짝이 없었다. 이쪽에서 아재비로 충고해봐야 천하의 그 잘나 터진 학력, 그 기고만장한 자존심으로 '온야, 알았다' 하고 시큰둥하니 돌아설 게 뻔했다.

조마조마하니 기다렸던 대로 이내 화려한 사달이 벌어졌다. 그런 거들먹거림에 서로 미쳐 돌아가서 그랬을 테지만, 천생배필이지 싶은 여자를 만났다면서 전역 전에라도 예식을 올리겠다고 했다. 그가 예식장에서 처음으로 대면해보니 과연 종식이의 배필은 그 허우대도 미끈하고 얼굴에도 풍만한 보살 살이 두두룩했으며, 입성도 화려한 색깔이 어울릴 형이어서 못생긴 여자들은 지레 주눅이 들 정도였다. 그런데 둘 사이가 혈족으로서는 까마득하게 머나 척분으로서는 형제처럼 가깝기 이를 데 없는 친지간임을 모르는 동기생들이 선웃음을 베어 물며 전하는 소문에 따르면 종식이의 장모는 측실이자 후실이고, 이복, 동복 형제들이 헷갈릴 정도로 많다고 했다. 그렇다면 그 장모의 출신은 뻔했고, 그것도 제 분복이었다. 서울 강남구청께의 한 붉은 벽돌 아파트에서 차린 신접살림은 한마디로 호사스러웠고, 집주인은 때이르게 단풍 색깔의 얼룩이 고운 바지 멜빵을 어깨 위에 두르고 있는가 하면, 눈도 보이지 않는 삽사리가 온 집안을 휘젓고 다니는 통에 건축기사 내외는 기겁했다. 돈만 있으면 바로 코앞에서 얼쩡거리는 세상과 인간들을 모조리 깔볼 수 있다는 자만과 자부가 당시 장가에게는 무르녹아 있어서 풍각 누님이 이 집에 다니러 왔었냐고 김가는 차마 물어볼 수도 없었다.

이때껏 종식이는 거들먹거리기에 딱 알맞은 '직업' 정도야 여러 개나 꿰찼을지 몰라도 반듯한 '직장'은 한 번도 누리지 못했던 것 같다. 한때 인조견보다 더 시원하다는 깔깔이를 중동에 수출하여 떼돈을 벌었다는 그의 손위 처남에게 빌붙어 경영관리실장인가로 잠시 있었다는 말은 들었고, 그 처남댁이 불구사심(佛口蛇心)이어서 남편과 매부가 함께 사업하는 꼴만큼은 죽어도 못 본다고, 진작에 갈라서라며, 일찌감치 한 재산 떼주는 한이 있더라도 회사에서 내보내라고 베갯머리 송사질을 일삼는다고 했다. 때마침 치솟는 인건비 때문에 직기(織機)를 모조리 전자동식으로 바꾸면서 아예 중국에다 공장을 신축한 판이라 종식이가 그곳을 들락거리다가 더러 몇 달씩 상주도 한다는 소문이 들렸을 때는 80년대 중반부터였을 것이다. 인물 좋은 여동생이 늘 생활비조차 태부족이라고 징징거리는 게 애초로와서 그 서방에게 맡긴 할 일 없는 직책도 과연 '직업'이기나 하며, 사장이 제 마누라 몰래 매부에게 생활비조의 월급을 쥐여주는 회사도 '직장'일 수 있는지 의문이긴 하다. 그전에 정계 거물 모씨의 여러 막료 중에 한몫 끼는 측근으로서 활약한 적도 있고, '장동지에게 잠시 가방모찌 역할을 일임한' 그 이력도 물론 '직장'과는 무관하다. 그 당시 종식이는 '잠시만 기다리면 우리 시대가 온다'는 말을 입에 달고 살았고, 그 '잠시 후'에 올 세상에서는 자신의 행방이 민의를 대변하는 쪽으로 나아갈 것임을 온몸으로 시위하기도 했다. 용케도 그 '자기 시대'를 맞자 장동지는 '민주화 운동'의 일익을 최전선에서 감당했다는 알량한 명분으로 여의도 소재의 어느 정부 출연기관의 이사를 역시 '잠시'산 적이 있는데, 누구한테 들은풍월인지 그때 "나한테는 안 맞는 자리다, 소위 석모다, 깔고 앉은 자리 석(席)자에 모자 모(帽)자니 개차반처럼 엉덩이에나 깔리는 보기도 싫고 성에도 안 차는 벼슬이란 소리지" 운운했지만, 그 직책이야말로 종식이에게는 가장 확실한 직업이자 가장 맞춤한 직장이었을 것이다. 그러다가 90년대 초부터는 여당 쪽에다 번거로운 발품을 팔아 꽤나 이름과 얼굴을 알리기도 했다. 그 덕분에 장동지에게는 집권당의 공천이 떨어졌고, 총선에서 모 지역의 국회의원

재중동포 석물장사

후보자로 출마했다. 당연하게도 낙선의 고배를 마셨고, 선거 개표의 실황 중계방송을 어떤 텔레비전 프로그램보다 재미있다고 눈을 파는 김 단장의 기억력이 아직도 쓸 만하다면, 그때 장종식의 득표수는 당선자의 그것을 반도 따라가지 못했다. 그럼에도 불구하고 "화살도 턱없이 부족했고, 지형지물도 나한테는 너무 불리해서 어처구니없이 한방 묵었네"라고 둘러댔다. 친지나 동문의 표도 제대로 긁어모으지 못한 제 그릇의 크기를 그처럼 엉뚱하게 분석하는 데서도 종식이의 지모는 정치인의 안목이기는커녕 평범한 일반인의 생경험에도 미치지 못하는 것이었다. 그 낙선이 장동지로 하여금 타의에 의해 정당 생활에서 발을 빼게 만들었을 테고, 어딜 가더라도 안면에서 자유롭고 체면상 거치적거릴 곳이 없는 데다 생활비도 거의 거저인 중국으로의 줄행랑을 부추겼을 게 틀림없다.


### 3

눈 부신 햇살이 반듯반듯한 창틀만 일정하게 뚫어놓아서 뼈대뿐인 고층 건물 다섯 동의 높다란 웅자(雄姿) 사이사이로 초연히 내리쬐고 있다. 대형 공사판임에도 인적 하나 없는, 그래서 그지없다 못해 서러울 지경인 이 무연감을 어떻게 표현해야 그럴듯할까. 늦더위도 이제는 완연히 한풀 꺾였으나 햇발은 여전히 푸짐하고, 뾰족한 고층 건물의 그림자도 땅바닥에 거무레한 그늘을 인쇄해놓은 듯 붙박아두고 있다.

시방 김 단장은 오랜만에, 아니 이 마뜩잖은 근무지에서 예의 그 석모를 깔고 앉은 이후 처음으로 제 사무실 문짝을 활짝 열어놓고, 그 앞의 조붓한 복도로 나와서 어설프게도 해바라기를 하고 있다. 햇볕

이 노화 현상이라는 내발적 요인과 더불어 백내장의 촉발을 재촉하는 원인 중 하나라고 엄중히 경고하던 안과의사의 엄포를 좇아 안전모를 쓰든가, 선글라스를 껴야 옳지만, 그런 유별난 과학적 예방책이 이 생업 현장에서는 꾀까다롭게 비친다는 것도 잘 안다.

어느새 등짝에는 비지땀이 배어난다. 짜증도 물 끓듯이 온몸에서 부글거린다. 도대체 이 인간은 늘 사람을 이토록 기다리게 할 뿐만 아니라 학교가, 정당이, 심지어는 모친과 돈조차 그가 찾아갈 때까지 대기하고 있으라고 같잖은 똥배짱을 부리는 꼬락서니다. 시간관념, 돈 욕심 따위를 생리적으로 따돌리는 그 특유의 늑장이 장차 출세 가도를 맹렬히 질주할 팔자를 점지받은 풍운아에게라면 어울리겠지만, 기껏 제 한 몸을 저 거대한 대륙의 한쪽 구석에 겨우 쑤셔 넣고 있는 주제이니 개새끼 발에 다갈일 뿐이다.

김 단장은 오늘 아침도 일쩝어서 끼니를 거르고 출근하여 사무실의 한쪽 벽에 걸어놓은 '월별 공사진척 현황판' 앞에 서서 두 방 건너편의 미스 민이 타온 머그잔의 밀크커피를 마시고 있었는데, 책상 위의 휴대폰이 울렸다. 낯선 번호여서 혹시라도 학연, 인연 따위를 집적이며 시사주간지나 월간지를 1년간만 정기구독하라는 앙청일까 봐 소마소마했으나, 받고 보니 당연히 걸려올 전화여서 미제건 하나가 단숨에 풀렸을 때처럼 안도했다. 예전과 다름없이 말씨나 음성에는 세상 물정을 지만큼 잘 아는 인간이 흔치 않다는 그 안하무인의 주제넘은 끼가 여전했다.

아무려나 경비실에서 손님이 오셨다고, 들여보낼지를 묻는 구내전화도 받은 지가 한참이나 지났건만, 이 낮도깨비는 도무지 행방이 묘

재중동포 석물장사

연하다. 점심시간이 저만치서 발 빠르게 걸어오고 있으며, 그는 출출한 데다 월요일인만큼 밥을 함께 먹자고 찾을 김 소장을 무작정 기다리게 하기가 탐탁잖아서 초조하기 이를 데 없다. 이런 소심증이야말로 월급쟁이의 몸에 밴 안달뱅이 근성임도 알 만큼 알고 있다.

무슨 거대한 행사장의 한 귀퉁이에서 불쑥 시연의 한 장면이 벌어지듯이 모자 쓴 출연자가 나타난다. 김 단장의 먼눈에도 누르께한 체크무늬의 헌팅캡이지 싶은데, 그것도 모양이 여러 가지고, 계절에 맞춰 쓰면 동양인에게도 제법 잘 어울리는 쓰개임에 틀림없지만, 착모자의 그림자가 길어질수록 삼류 국산 영화의 일본 형사처럼 거드럭거림이 점점 두드러진다. 그야말로 갓까지 맞춰 썼는데, 그것이 어울리지 않아 망신살이 슬그머니 올라붙어 있다. 아무리 오랫동안 못 만났어도, 또 제 딴에는 의관을 제대로 갖췄다 해도 장가의 일거일동은 그에게 너무나 만만하다. 어릴 때부터 낯 익혀온 터라 어딘가에 꽁꽁 숨어 있다가 반드시 대물림까지 한다는 유전인자조차 끄집어낼 수 있을 정도라고 들떼놓고 말해도 빈말은 아니다.

이제사 알루미늄 난간을 집고 서 있는 김 단장 쪽이 누구인지 알아본 내방객이 한쪽 손을 뻔쩍 쳐들고 흔든다. 그 과장된 손짓이 장가의 정치적 행적과 어울리지 않는 바도 아니겠으나, 그렇다면 서로 자리를 바꿔 김 단장이 지상에서 박수를 쳐대야 하고, 헌팅캡이 베란다 같은 과보호 단상에서 빼꼼히 상체만 드러내며 인색하게나마 손 흔들기를 내비치어 우중에게 당사자의 건재와 안녕을 과시해야 그럴싸하지 않을까 하는 생각이 얼핏 스치고 지나간다. 헌팅캡이 출입구를 찾기 전에 김 단장은 역시 손짓으로 화장실께의 얼금얼금한 쇠붙이 발판의 계단을 가리킨다. 무슨 무성영화의 한 장면처럼 헌팅캡은 '전기부, 공사부, 현장소장실' 같은 알림판이 붙은 문짝과 그 안쪽의 사무실까지 힐끔힐끔 훔쳐보며 느긋한 걸음걸이로 다가온다.

두 동기생은 복도에서 악수하고, 이어 열린 문짝 안으로 성큼 들어서자 내방객은 모자를 벗어 옷걸이에 매단다.

"요새 말로 이런 고층 건물을 주상복합아파트라 카제? 명칭이 어째 너무 작고 안 어울린다. 내가 좀 늦었제. 무슨 형무소 같은 이 공사판 안에 들어와서 여기저기를 한참이나 둘러봤다. 우쨌든 대단하네. 그건 그렇고 우리 사이가 참으로 격조했네. 그새 옳은 기별도 못하고. 우예 사노? 별일 없다는 소식은 이번에 들었다."

"보는 대로 이래 산다. 아무 하는 일 없이 자리만 차고앉아 있다. 있어도 그만이고 없어도 고만인데 법에서 없으면 안 된다 캐서 우두커니 이라고 있다. 이것도 무슨 팔잔가 싶어서 매시간마다 생몸서리를 쳐쌓는다."

"제일 좋은 팔자네 머. 명당자리니 법대로 가만히 앉아만 있거라."

방문객은 면도도 하고 넥타이도 맸으나 겉늙은 티가 완연하다. 시절이 많이 달라졌으니 풍찬노숙까지는 아니겠으나, 그렇게 봐서 그런지 이국땅에서 세파에 시달리고 있는 흔적이 전신에서 땟국처럼 줄줄 흐른다.

"초상은 잘 치랐나?"

"한다고 했지마는 여러모로 부족한 것도 많았고, 한평생 내내 불효가 막심했다 싶어 억장이 무너지데. 한숨 쉴 기운도 안 나더라. 인자사 여기저기 인사나 댕기며 정신을 좀 차릴라 칸다. 참, 이번에 부조를 많이도 했더구나. 선숙이 아지매도 그렇고, 영욱이 아재씨는 또 웬 부조를 그렇게나 많이 해서 부끄럽고 미안코 해서 눈물이 절로 나드구마는. 우리 할마씨가 헛살았지는 않았다 싶은 기, 언제쯤에나 이 뼈아픈 신세를 다 갚을까 생각한이 진짜로 아득해지데. 참, 영욱이 아재씨는 요새 우예 지내노, 건강하시제?"

"아, 경주 남산을 하루에 한 번씩 날아댕길 정도로 팔팔하시지."

어쩌다 고향 놔두고 경주에 사시냐는 내방객의 눈짓 물음에 방주인은 곧장 부응한다.

"형님이 아부지 고향인 그쪽에서 교장으로 계실 때 기와집을 한 채 헐값에 장만해서 노후 대책을 해놔 그렇다. 잘 아다시피 경주는 고적지라서 온 동네가 다 개발제한구역으로 묶여 있은이 집값이 못 오르게 돼 있다. 그러니 정말 좋은 도시고, 사람이 살 만한 고을 아이가. 하모, 벌써 은퇴했고, 교육장까지 하셨은이 중등교육에서는 교육감만 못해 봤을까 다 해본 셈이다."

"교육장도 교육감처럼 직선젠가?"

"몰라, 아일 거로. 모리지. 좌파 정권이 그것도 민선 투표로 바까났는지. 잃가뿌린 10년 만에 얻어걸린 것도 숱하다. 그것 다 없애뿔고 깔아뭉개뿔고 잊아뿔고 삭카뿔라 카믄 또 한 세월이 좋기 걸릴 끼다."

슬며시 정치 쪽으로 화제가 튀자 울먹이던 방문객이 대번에 냉소, 허풍, 거만, 관용이 무르녹은 눈매를 번득인다.

"자꾸 흘러간 세월을 잃가뿟다 카믄 서로 민망하고 낯붉힐 일만 생기이까 할 말도 애끼고 덮어야지. 원래 아아들은 싸우고, 당하고, 부대끼면서 철이 든다. 좋은 세월 다 놓치고 아무 한 것도 없는 기 아까

봐 죽겠어도 이차판에 꾹 참는 것도 배아야지. 인자 와서 우야겠노."

"누가 못 참겠다고사 캤나. 다들 너무 어리석은 기 분하고 열 받고 원통해서 그렇지. 좌파면 좌파답게 정치를 옳기 하든가. 시건방진 촌 것들이 어디서 삐딱한 출세욕은 배아갖고 아무 데서나 설치다가 여기 저기 얻어터지기나 하고, 속으로 나라 꼴 좋다 카고 있는 기지 머."

"좌파 우파, 그런 기 이 땅에 어딨노. 책에서 머라 카는 그런 글하고 정치 건달들이 씨부리는 말하고는 영 문맥이 다르다. 그래서 나는 좌 파를 피파라 칸다. 논바닥에 더러 웃자란 피포기가 무데기로 안 보이 나. 그기 막상 겉만 우쭐한이 크지 속은 쭉데기뿐이다. 그라고 우파는 쐐기풀 한가지다. 아무한테나 달라붙고 붙으면 안 떨어지고, 그 가시 에 한분 쏘이면 아프고 까끄럽고 짜증나고 머 그렇다."

장가의 언변은 누구의 입담에 고물을 묻힌 것인지, 아니면 어느 날 문득 떠오른 제 생각이 기특해서 나름의 순발력 좋은 사유를 덧대 그 럴싸하게 포장했는지 종잡을 수 없다. 하기야 그의 대학 출신학과가 거창하게 '국제정치학'이라고 해야 옳을 것을, 무슨 뜬딴지같은 발상 에서 그랬는지 교제술이나 위장술처럼 무슨 술수를 가르치고 배우는 '외교학'임을 노골적으로 드러낸 희귀한 학문의 전당이긴 하다.

"피파, 풀파? 과연 그럴듯하네. 앞으로 유심히 봐야겠다. 어느 건달 이 천해 빠진 풀인지 속속 솎아내야 시원한 피쭉데긴지."

시식잖은 화제로 엉두덜거린 것이 어색해서 방주인은 잠시 무르춤 하다 아까부터 여짓거리기만 해온 궁금증을 성큼 내놓아버린다.

"또 언제 중국에는 들어가는가?"

"가야지. 지난 추석 쇠러 들어왔다가 종순이도 그카고 사촌들도 아

무래도 할마씨가 시언찮다고 붙잡아서 내처 얼떨떨한이 주저앉아서
서성거릿더마는 너무 오래 있었다. 이것저것 벌려놓은 일도 있어서
하루라도 빨리 들어가야겠는데, 이번 초상에서, 내가 와 한때 잠시 정
당 생활할 때 품앗이한 이런저런 인간들이 연락이나 하며 살자 카고,
또 답례도 해야 도리겠고 해서 이래저래 발이 한참이나 늦어빠졌네."

"무슨 일을 그렇게나 많이 떠벌려놨노. 우리 나이에 벌려놓은 일도
접고 옹동거려도 시원찮을 낀데. 대국에서 객고도 이만저만이 아일
낀데 힘도 좋다."

"같잖은 힘이지만 자강불식(自强不息)하고 있다."

장가의 문자속은 언제라도 정확하지만 그 말마다 자기 유식을 대놓
고 덧거리하고 싶어 하는 자랑기와 교만기가 눌어붙어 있어서 방주인
은 더러 속으로 빈정거린다.

"불식까지나. 좀 쉬가미 해라. 풍각 누님이 그렇게나 부지런터마는
그거 하나는 니가 그대로 빼닮았는갑다. 우쨌든 망인을 잘 모셨다 카
이 천만다행이다."

"빈말이라도 고맙다. 인자 한시름 났다 생각한이 이래 서럽네. 이번
에 생전 처음으로 목놓아 많이도 울었다. 죽도록 일만 하신 우리 할마
씨를 호강 한분 못 시키드린 내 설움이 복받쳐 통곡이 통곡을 불러오
더라. 선숙이 아지매 손바닥에 눈물이 방울방울 떨어져서 얼매나 무
안턴동 몰래라."

내친김이라 김 단장은 역시 슬쩍 의문을 털어낸다.

"처남 사업을 도와준다 카딘이 요즘도 봐주고 있는가?"

"벌써 갈라선 지 15, 6년도 더 됐다. 장인한테서 고스란히 물려받은

재산을 지 아들한테 고대로 상속했다 카믄 많이 까묵은 기 된이 지가 들으믄 섭섭다 카겠지. 그러나마나 그쪽을 잊아뿌고 산 지도 오래됐다. 연전에 내가 표밭 헤매고 다닐 때 실탄이 다 떨어졌다고, 지발 급전을 좀 돌리 달라고 손이야 발이야 빌었더마는 나중에사 지 때문에 내가 떨어졌다는 말은 하지 마라고, 그런 쓸데없는 말을 하고 댕긴다 카는 소문은 돌대."

역시나 예전 버릇을 못 버려서 장가는 자신의 생업이 도대체 뭔지 털어놓지 않고 우물거린다. 이런 대목이 본인을 얼바람둥이로 만들지만, 한편으로는 머릿속이 다른 말을 지어내느라고, 또 그 부실한 말을 어느 정도까지 털어놓을지를 견주느라고 얼마나 분주할까 싶기도 해서 개탄스럽다.

잠시나마 가치작거리는 감정의 앙금이 서로 사이에 더덕더덕 들붙으려는데 안성맞춤으로 단정한 노크 소리에 뒤이어 출입문짝이 열리고, 단장님, 식사하셔야지요 라는 말이 들려온다. 김 소장은 좀체 단장실 안으로 들어서는 법이 없다. 김 단장으로서는 뭔가 서먹하고, 화제도 이리저리 겅둥거리던 판이라 잘됐다 싶다. 김 소장이, 아, 손님이 계시네, 따로 하지요 라면서 잽싸게 몸을 사리려는 것을 김 단장이, 잘됐네, 같이 해라며 잠시 들어오라고 손짓을 다급하게 내젓는다.

김 소장이 나지막한 실내에 올라서자마자, 서로 인사부터 나누시오라고 방주인이 권한다. 그렇잖아도 복장이 단정한 반백의 호상의 눈길이, 그러나 방주인으로서는 손님맞이가 처음이지 싶은데다 아무리 뜯어봐도 신원미상의 거물급 내방객이 수상스럽다는 김 소장의 눈매가 동시에 덩두렷이 허공에 매달려 있다. 한눈에 드러나는 나이 차 때

재중동포 석물장사

문에라도 서로가 조심스럽게 손을 내밀고 곧장 명함을 주고받고 나서 그 위에 적힌 이른바 콘텐츠를 눈여겨 읽어간다.

"아, 국제신사이십니다." 다부진 몸매와 딴딴한 눈매 그대로 김 소장은 농담을 진담같이, 진담을 농담처럼 할 수 있는 해학기가 몸에 배어 있다. "풍한교역이라면 주로 무슨 무역을 하십니까? 수출입의 주종 상품도 있을 것 같습니다."

김 단장이 내방객에게, 자네, 그 명함을 나도 한 장 줘 보게 라고 해서 건네받는다. 장가의 명함은 무슨 전단지처럼 글자도 빼곡하고, 한자와 한글로 시커멓게 뒤덮여 있어서 한참이나 주의 깊게 읽어야 할 판이다. 하기야 직종의 가짓수가 많아져서 누구의 것이라도 난해한 명함이 점증하는 추세이긴 하다.

마땅한 화제가 저절로 굴러와서 생기를 낸다는 듯이 풍한교역 대표 장가는 제법 거들먹해진다.

"잘 아시지 싶은데, 석물(石物)을 취급합니다. 김 소장이야 크고 높고 우람해서 이용자나 행인들로 하여금 대뜸 경외심이 저절로 우러나게 하는 고층 건물을 많이 지어봐서 잘 알겠지만, 대리석, 화강암, 옥돌 같은 자연석을 수입하는 그런 석재 무역업은 아이고, 우리가 하는 업종은 중국 장인들이 수작업으로 정성 들여 쪼아가며 만든 돌 조각품을 국내에 풀어먹이는 일종의 예술품 교역업입니다."

너무나 뜻밖의 자기소개라서 김 단장도 놀랍고, 김 소장도 호기심과 존경심이 잘 어우러진 솔직한 감회를 온몸으로 발산하며 무슨 질문이든 해야겠는데, 그쪽으로는 워낙 문외한들이라 할 말도 미처 찾지 못하고 있다.

장 대표가 씨억씨억하니 두 사람의 궁금증을 지레 풀어가기 시작한다.

"다들 눈이 있슨이 오죽이나 잘 보고 있을까만서도, 여기 오면서 저쪽 모 호텔 앞에 세워둔 석물이 참으로 가관이데요. 그기 무슨 호랭이도 아이고, 그렇다고 표범은커녕 국적 불명의 자칼 같지도 않은 기, 하여튼 무슨 알궂은 짐승을 뿌연 쑥돌로 빚어났슨이, 그 멀쩡한이 좋은 건물의 입구를 완전히 조져난 기지요. 한마디로 남의 빌딩 상판을 베리났습디다. 옳게 보는 안목이 없거들랑 가만이 있든가, 우째 그런 석물을 보기 싫게 부라났는지. 잘 모리면 물어나 보든가. 참 어이가 없는 진풍경이지요. 우리가 인자 겨우 묵고 살만해졌다 캐도 보는 눈이 천박하고 무식이 철철 흘러 넘쳐나서 말을 섞을라 카믄 대번에 억장이 무너집니다."

이제부터 현하의 말솜씨를 발휘하기 위해 장 대표는 김 단장과 눈을 맞춘다.

"어이, 우리 조선족이 원래 손재주가 뛰어나다 카고, 석굴암 속에 단정한이 좌정하신 부처님이나, 그렇게나 복잡해도 군더더기 하나 없는 다보탑을 보더라도 옛날에는 명불허전이었던 기 과연 사실인 거는 틀림없을기라. 옛말 해서 머하겠노마는 요새는 뭉툭한 돌다리 석란(石欄)부터 석계(石階), 석비(石碑), 석축(石築) 하나 옳게 빚어놓은 기 없다. 아무 데나 가서 자세히 한분 봐봐라, 내 말이 엉터린가. 와 그렇겠노. 손으로 쪼아 만드는 기술이 없는 기 아이라, 그 인간문화재의 손일을 고대로 이어받지 못해서 그렇다. 제대로 못 배았슨이 안목도 저절로 없어진 기지. 다들 아무렇게라도 시간당 많이만 만들어내라 카는 경제

재중동포 석물장사

논리에 쫓겨서 기계로 깎아내고, 잘라뿔고, 도려내고, 갈아버려서 그렇다. 나라 망신 다 시킨다. 알고 보면 돌 조각은 무엇이든 이 세상에서 유일무이하다, 그럴 거 아이가. 베쪼가리나 가죽으로 만드는 옷이나 가방 같은 것하고는 질적으로나 양적으로 우선 이것부터 다르다. 예술은 우선 유일무이한 걸 기중 낮게 치는 거 아이가. 장인들이 손으로 콕콕콕 쪼아 새긴 석물은 돌의 결을 알아서 파들어갔슨이 몇 천 년이 지나도 글자 획 하나 안 허물어져도, 기계로 파고 긁어낸 것들은 몇 년 못 가서 글자 획이 모지리 다 뿌사지고 송두리째 망가진다. 중국 석물들 정말 기가 막힌다. 전부 다 돌덩이채로 파고, 깎고, 빚어가는 환조(丸彫)다. 영화에서도 봤듯이 박살 난 사기그릇도 철사로 꼬매서 쓰는 민족 아이가. 관광지 산책로에다 아무렇게나 깔아놓은 돌판 하나도 다 손으로 다듬어 만든 명물들이다. 돈만 있으만 보이는 족족 다 사들이고 싶은 거 천지뻬가리다."

김 소장이 배우는 학생답게 순진한 질문을 내놓는다.

"그 좋은 명품 거래로 중국 돈은 좀 만졌습니까?"

김 단장이 변죽을 울리지 말고 이실직고하라고 잡아챈다.

"수입 실적이 얼마나 있는지, 마진이 얼마나 남는 장산지, 그런 명품들이라면 역사적 유물일 텐데 국외 반출이 쉬운지 등등을 묻고 있는갑다."

더러 더뻑거리기는 해도 장 대표는 일찍이 무슨 일이라도 말로써 그럴싸하게 얼렁거리는, 그래서 되는 일도 없고 안되는 일은 영 덮어버리는 정계의 가두리에서 얼쩡거린 지체였다.

"여러 가지 조건이 당췌 안 맞아서 어렵다. 이름만 대면 알 만한 모

사립대학의 기획정보처장이 내 대학 후배라서 그 캠퍼스 여기저기에
다 석등(石燈)이나 석인(石人), 석수(石獸), 석탑, 석주(石柱) 같은 것을 들여놓
아가 학교 품격을 좀 높여보라 캤든이, 아무리 구슬려대도 말귀를 못
알아듣고 애먼 술이나 자꾸 사고 해서 글마 힘으로는 죽도 밥도 안 되
겠다 싶어 여러 경로에다 손을 써서 어렵게 어렵게 열댓 점을 부린 실
적은 있다. 나중에 배 삯이다, 통관세다. 운반비다, 설치 공임이다로
온갖 것 다 빼고 난이 남는 구전이 몇 푼도 안 되더라만서도. 하기야
이런 대단위 주상복합주택단지에도 기다란 코를 상모돌리기처럼 기
세 좋게 휘젓는 석상(石像)이나 악귀 쫓아내는 험상궂은 해태 석물 같은
것을 듬직한 설치대 우에 번듯한이 올려놓으면 품위도 나고 아주 모
양이 쩌렁쩌렁해질 긴데, 김 소장이 좀 도와주시오. 막말로 절구통만
한 돌삐 하나 부라놓고 '자연의 기원' 같은 두리뭉실한 제목을 붙인
기 진짜로 추상 조각이라 카면 고학력 입주자들한테 사기 치는 거 아
입니꺼, 안 그렇소?"

말이 또 엉뚱한 곳으로 흘러가 버린다.

"제가 무슨 힘이 있습니까. 조경 같은 단종업은 본사에서 임의 발주
나 수의계약에다 더러 하청 형식으로 관련업자를 현장에 바로 내려보
내고, 조각 작품 같은 것은 또 별도로 선별, 주문, 구매하는 절차가 까
다롭다면 아주 까다롭고, 나중에 특혜다 머다로 말썽도 나고, 아무 데
나 민원으로 투서도 들이밀고 머 그렇습니다."

장 대표가 말을 분질러버릴 기세라서 김 단장은 눈짓으로, 좀 가만
히 있어 보라 마 라고 말린다. 김 소장도 들은풍월이라면 한 가락이
있는 터이라 입담이 유별나다.

"그런데 코끼리 같은 석물은 주로 불교 쪽 영물이라 이런 아파트단지와는 안 맞을걸요. 요즘 아파트 주민들은 대개 다 가정주부들에게 몽땅 힘 좋은 발언권을 몰아주고 있어서 그들의 입김이 워낙 막강합니다. 쉽게 말해서 기독교 교인들이 가만있겠습니까. 그래서 추상조각이 대세를 이루고, 잘 아실 테지만 한국 사람은 한번 바람이 불었다 하믄 딴 쪽은 사돈 떡이라도 거들떠보지도 않잖습니까. 개성이고 교양이고 품격이고 안목이고 아무것도 없고, 또 무식한이 보이는 것도 없고, 봐도 머가 먼지 옳게 분간하지도 못합니다. 그런이 일시에 다른 좋은 기 씨가 말라뿌리니 볼 기나 머시 있습니까. 구상이 먼지 추상이 된장인지도 모르고, 모른이 어떤 돌 조각이 우리 단지와 어울리는지도 모를 수밖에요. 정말 웃기는 것은요, 아무렇게나 후벼 파고, 구멍 뚫어놓고, 깎아낸 돌에다 지멋대로 구부리고, 반듯반듯하게 자르고, 위험천만하게도 삐쭉삐쭉 울퉁불퉁한 쇠붙이를 적당히 이어 붙여놓은 추상조각품도 그 만든 공력이 가상하게 무슨 느낌이 와야 하는데, 막상 맹탕인 게 태반입니다. 그래도 누구 하나 갈아치우라고 나서는 주민이 없습니다. 무식하달까봐 겁이 나서 그러는지. 구체적인 것은 싫은 데다 만들기도 어렵고, 만들어놓은 것마다 아는 사람 눈에는 비례도 안 맞고 해서 챙피하다고, 차마 똑바로 쳐다볼 수도 없는 긴데, 글렀다 소리를 못하기는커녕 괜찮다 좋다고 나발이나 불어대니 이 땅의 모든 안목이 온통 벌거벗은 임금님이 옷을 화려하게 걸쳤다는 그 쪼가 난 기라서 참 한심스럽지요. 한마디로 머가 먼지 알 수 없는 것들이 대접받는 괴상망측한 세상이 되고 만 기지요. 무슨 기준도 없고, 좋고 그른 걸 구별도 못하게 조폭 같은 세력들이 가로막고 있은이 이런 세상이 혼돈 천지 아이면 머시겠습니까. 규범이란 기 도통 없고 규제도 제대로 할 수 없슨이 쓸데없는 가짜 예술품이 넘쳐나고, 그런 전시 조각품이 실은 돈 지랄에 허명 따묵깁니다."

다소 장황하지만 일정하게 선을 그어버리는 김 소장의 처신 때문에 요긴한 대화가 다른 쪽으로 빠져버려 김 단장은 아쉽기 짝이 없다. 장 대표가 그 눈치를 모를 리 없다.

"이왕 구상조각품의 선악에 대해 말이 나왔슨이까, 내 경험담을 섞어서 한두 마디만 더 보태꾸마. 중국 사람들이 정말 장사 하나는 잘한다. 우리는 고객이 왕이다 머다 카민서 파는 사람이 사주는 사람한테 사은품도 주고, 술대접도 하고 그러잖아. 중국 사람은 안 그란다. 오히려 그 반대다. 어차피 물건은 사야겠고, 사서 요긴하게 쓸 사람은 구매자니까 그가 파는 사람한테 접대하고, 선물도 사서 앤기고, 얼마라도 싸게 팔라고 환심을 산다 이 말이다. 쉽게 말해서 항주반점 주방장 겸 주인이 등(鄧)씨 밀가루 상회의 사장한테 잘 보여야지. 등가는 지배짱 꼴리는 대로 왕서방한테는 밀가루를 안 팔 수도 있고, 단골마다에게 다른 가격으로 봉사할 권리가 있다 이칸다. 수다스럽다 카든 말든 석물만 예로 한분 들어보게. 인자 제갈량처럼 사랑방에서 조용히 책을 읽고 있거나, 가만히 앉아서 꽃을 완상하는 문인석이 뛰어나게 좋은 놈으로 하나 있다 치자. 물론 대석 같은데 제작 연대가 깊숙이 새겨져 있고, 작가의 호나 예명도 밑바닥에 보일 듯 말 듯 파져 있다. 이를테면 선통(宣統), 동치(同治), 광서(光緖), 도광(道光), 가경(嘉慶) 몇 년 같은 글을 반드시 쉽게 읽을 수 있는 글자체로 깊이 파났지. 건륭(乾隆), 옹정(雍正), 강희(康熙)까지 올라가면 너무 먼 옛것들이라서 비싸고 이렇다 저

재중동포 석물장사

렇다 말이 많아서 골치 아프다. 대개 다 소문이 날 대로 난 작품이라
서 입질만 무성할까 매매가 어렵고 더디다는 소리다."

김 단장이 무식을 자처하며 말머리를 가로채고 나선다.

"가만, 그 어려운 말들이 다 대국의 임금님들 함자란 말인가?"

"대국이니까 임금이 아니라 제왕이든가 황제라야 말이 맞겠지. 중
국은 연호와 황제 이름을 따로 쓴다. 일본은 등극 즉시 이름은 없어지
고 연호만 남고. 이것도 말하기로 들면 끝이 없슨이 생략하기로 하고.
아무튼 도광 25년에 제작한 문인석이 한 점 있다 치면, 1800년대 중엽
쯤이지. 이놈을 사서 우리나라에 들여가겠다면 세관을 거쳐야지. 밀
반출은 원칙적으로 안되고, 말썽이 많아져. 그러니 이 석물은 가짜라
는 증명서를 끊어줘. 매수인이 고가를 받고 팔 수 있도록 일부러 그렇
게 새겼다 이거지. 물론 진짜라는 증명서도 동시에 떼주고. 단돈 1원
이라도 남기는 기 장사 아이가. 중국 사람들은 장사의 이 철칙을 언제
라도 꼬박꼬박 지킨다. 1원도 돈이라는 기지. 우리처럼 시건방지게 1
원을 우습게 안 본다. 물론 1원을 벌려고 10년 아이라 수백 년도 기다
린다. 그래도 엉터리 물건이든 말든 지 꺼를 애끼고, 1원이라도 안 남
으만 지 배짱 꼴리는 대로 임자 만날 때까지 절대로 안 판다."

김 소장이 의외로 말귀가 빠르다.

"석물도, 감정인도, 세관통과용 가짜 증명서도, 국내 구매자를 위한
증빙서류로서의 진짜 증명서도 죄다 가짜라는 거네요."

"재미있잖아. 어차피 그렇다는 기지. 쉽게 말해서 물건을 사 가서
팔아먹는 중개인에게 많은 이익을 남기라고 최대한의 배려를 해주는
기지. 무슨 물건이나 상품이든 사서 즐기면 그뿐인데 가짠들 어떠냐,

역발상인데 꽤 신선하잖아."

김 단장도 말을 거든다.

"현대는 짝퉁의 시대다. 모조 세상이고, 온갖 걸 다 패러디하는 판인데 진짜 가짜를 굳이 따져봐야 머 하겠냐네."

장 대표는 이제사 덧거리할 것도 없다는 듯이 술술 풀어놓는다.

"내 말의 진의는 물론 다른 데 있다. 중국 사람들은 뉴스도 일쑤 만들어낸다. 뉴스란 게 꼭 있었던 일, 벌어졌던 일만 후일담으로 정리할 게 머 있냐는 기지. 실제 사건을 본 대로 들은 대로 정리하는 중에 벌써 그 사실 자체는 일정한 정도로 왜곡, 과장, 축소, 변형의 과실을 저절로 저질러버리는 거 아인가. 이야기나 곡절을 들려주는 말품 자체가 구조적으로, 아니 생리적으로 바로 말하지 못하게 되어 있다는 거지. 기자들의 생각, 이해, 해석, 예상, 상상력이야말로 재미있는 뉴스 중의 하나라는 거야. 그래서 중국발 뉴스의 신빙도는 무지 낮아. 서양에서는 반쯤 깎아 듣지. 무슨 황당무계한 무협지쯤으로, 쿵후 영화의 그 현란한 무술쯤으로 대한다고 보면 대충 맞을 기야."

"세상만사, 인간 만태가 몽땅 허풍이고 과장이다 그 말이네. 백발삼천장도 그렇고. '와호장룡'에서 주윤발이 벽 타고 날아댕기다가 대나무 위에서 휘청거리며 칼싸움하는 발상도 꼭 그렇고."

김 단장의 말을 중국통이 시들하니 받는다.

"내 말은, 아까 잠시 나오다 말았는데, 점바치가 아니라서 날짜까지 밝히지는 못하지만, 장담컨대 금세기 안에 지구상에는 나라라는 개념이 흐리마리해지다가 아예 나라 자체가 없어지고 말 거라는 거야. 가짜가 이렇게 설치는데 나라가 쥐뿔이나 무슨 등 비빌 데야. 그런 조짐

재중동포 석물장사

이 내 눈에는 훤히 보여. 그런데 관세 같은 세금이 무슨 소용이야. 지금 유럽도 그런 쪽으로 흘러가잖아."

"아, 나라처럼 팔아먹기 좋은 물건이 없어지만 권력 맛으로 으쓱거리는 사람들이 앞으로 무슨 낙으로 살라고요?"

김 소장의 장난스런 항의를 중국통이 한데로 밀어붙인다.

"우리가 지금 그런 인간말짜 같은 정치 건달, 아첨배 관리들 장래까지 생각해야 합니까? 그것들의 정체나 온갖 말장난야말로 정말 가짜지요. 중국의 가짜들은 아주 진지합니다. 참칭 군주들, 예컨대 진, 당, 송, 원, 명, 청 등의 세칭 태조들도 한때는 이런저런 떼거리를 몰고 다니던 두목들이었으니까 가짜가 진짜가 된 기지요. 나라가 별거요, 또 제왕은? 그 둘이 있다가 없어져도 백성들이야 어떻게도 살아남아 온 경험을 수천 년씩이나 경험했으니 우리하고는 생각하는 차원이 달라요. 무슨 외계인 같다면 중국인을 반쯤 제대로 본 기지요."

시나브로 화제의 핵심이 시들해지고 있음을 감 잡은 김 소장이 명함을 들여다보며 묻는다.

"여기 항주(杭州)에 한국인이 얼마나 삽니까?"

"알 수 없지요. 그래서 거기도 쓰여 있다시피 제가 재(在)항주한국인교민회를 조직하려고 합니다. 거류민단 같은 조직체가 없은이 몇 명이나 사는지 도통 알 수가 없을 수밖에요. 요즘에는 항주에서 남쪽으로 한 시간 반쯤 떨어진 이우라고, 우리말로는 옳을 의(義)에 까마귀 오(烏)자 쓰는 거기서만 만 명 이상의 한국인이 북적거립니다. 이 세상에 있는 물건치고 거기서 없는 물건은 없다는 데고, 또 그 물건값이 세상에서 제일 싼 뎁니다."

김 단장이 눈을 짐짓 흡뜨며 덧붙인다.

"만 명이나? 대국 되놈 물이 제대로 들었나, 과장이 심한 거 아이가?"

중국통은 눈도 깜짝 않고 술술 지껄인다.

"상해, 항주, 영파(寧波), 보타(普陀) 등지에 한국인이 쫙 깔렸다. 5만 이쪽저쪽일 기다. 중국 사람들은 일단 저거 땅에 살 붙이고 살기 시작하믄 아무 종족이라도 차별 안 한다. 중국이 머꼬, 가운데 중(中)자를 와 쓰겠노? 중국은 보통명사지 고유명사가 아이다. 그런이 정부나 관리가 썩을수록 또 외우내환이 덮칠수록 점점 더 잘되는 나라가 중국이다. 가운데 나라라는 말도 묘하잖나. 실은 나라의 정체야 어떤 것이라도 괜찮고, 아예 나라가 있든 없든 상관없다는 백성이 그냥저냥 모여서 각자 인생을 미치도록 진지하게 사는 데가 중국 땅덩어리라고 말하면 대충 맞을기다."

"앞으로는 우리 국적을 가진 재외동포들한테도 투표권을 준다카이 머잖아 재중대표로서 비례대표가 나오든가 심지어는 거기서도 선량을 뽑아 보내자는 소리도 나오겠다."

"어느 천년에 그걸 기다려. 그 전에 나라가 없어지고 말 긴데. 그러나마나 하도 재미가 있어서 시장바닥은 열심히 싸돌아댕기고 새벽장까지 보면서 뭇사람들과 안면은 트고 지낸다."

"거기서 한국 상인들이 거래하는 상품도 다 짝퉁이고 가짜가?"

"허어 참, 자네도 엔간히 진짜만 찾는 속물이 다 됐네. 모양이 똑같고 기능이 한시적으로 정상적인데, 또 신제품이 2, 3년 안에 곧바로 나올 긴데 진짜 가짜 구별해서 머할라꼬. 거기 있어 보믄, 아, 나라가

재중동포 석물장사

소용없겠다, 인간의 생활이 원래 이렇다, 인간이 만든 숱한 제도에 우리가 너무 치이가미 산다, 누구는 이것을 제도의 피로라 지칭하더라만, 우리가 정말 너무 잘못 살고 있다는 기 피부에 바로 와 닿아. 천국도 아이고, 그렇다고 유토피아는 전적으로 어불성설인 것이, 머랄까, 지금까지의 이 세상, 요런 생활, 이런 생각, 이런저런 가치관, 여러 이데올로기가 별무소용인, 그런 희한한 세상이 조만간 지구상에서 벌어질 모양인데, 그기 시방 중국 땅에서는 막 두 눈에 훤히 비친다꼬. 북적거리는 새벽장에 나가 보믄 새알만큼이나 작은 이문만 남아도 두말 않고 팔고 나서, 그 돈으로 아주 희희낙락하며 살아. 온갖 나라에서 굴러온 장사꾼들이 말이야. 나라를, 인종을 구별하는 것도 부질없어. 실제로 그 시장바닥에서는 나라가 아무런 구실도 못해. 구실이 없은이 간섭할 것도 없고, 간섭해봐야 듣지도 않고 소용도 없다는 소리야."

화제가 이상한 쪽으로 흘러간다는 것을 스스로 깨달은 석물 거래업자가 불쑥 미뤄온 말이란 듯이 김 단장에게 다소곳한 시선을 기다랗게 그으며 묻는다.

"나라야 있든 말든 자네는 요즘 조양(朝陽)은 잘 되나? 객수(客愁) 달래기가 여간 아일 거로."

"사돈 남 말한다. 어린 조카가 연만하신 아재비한테 못할 말이 없다. 자, 밥이나 먹으러 가자." 이어서 김 단장이 김 소장에게 둘의 촌수를 털어놓는다. "팔불출이 원래 촌수만 높다고 내가 이래 봐도 이 친구한테 아재비뻘이요."

반쯤 중국 사람이 다 된 장가가 받는다. 아마도 부의금의 액수를 떠올리고 덕담을 내밀어야겠다고 생각했는지도 모른다.

"자네야말로 하루 전에 연필 세 자루를 다 깎아놓고 내일 아침 등교 시간을 기다리는 친군데, 스스로 팔불출이라 카믄 나는 구름 잡는답 시고 여기저기 싸돌아댕기미 아무나 집적거리는 풍달이에 털팔인갑 다." 역시 장가의 능장은 길다. "조카든 아재비든, 할배든 임금이든 아침에 차일을 팽팽히 치믄 뿌듯한이 좋고 그렇지, 사람 한평생이 별 거 아이다."

김 소장이 나이 어린 사람답게 호응한다.

"조양이라면 새벽 양물이 저절로 떠들썩한이 기지개를 켜고 제가끔 그 강도를 알게 모르게 재보는 그거 말이지요?"

김 단장이 성큼 일어서며 말한다.

"김 소장이야 아직 한창 좋을 나인데, 돌아서면 벌떡벌떡 일어설 거 로?"

음담에는 누구나 덧붙일 말이 많으므로 중국통도 제 본바닥의 경험 담을 내놓는다.

"김 단장, 자네도 일간 짬을 내서 중국에 꼭 한번 들러라. 내가 참한 중국 여자를 골라서 새벽장을 보도록 주선할 테인까."

"새벽장이 그 말이가?"

"둘 다. 장도 보고 님도 만나 뽕도 딴다. 중국 여자들이 아주 괜찮 다. 겉 다르고 속 다른 일본 여자들보다 훨씬 낫다. 특히나 중국 여자 들은 대체로 다리가 길다. 창파오(長袍)가 함부로 생긴 기 아이다. 그 긴 다리로 뱀처럼 남자 아랫도리를 칭칭 감아대믄 천장이 까무룩한이 멀 어지고 천국이 멀리 있는 기 아이다 카이."

재중동포 석물장사

복도로 나선 석물업자가 헌팅캡을 눌러쓰며 새파란 가을 하늘을 배경으로 깔고 그 위에다 끌로 각지게 파놓은 듯한 마천루를 망연히 쳐다본다.

"별천지다. 바벨탑이 이랬을까, 현대판 오벨리스크다. 장한 기 아이라 아찔하다." 석물업자가 탄식을 쏟아내며 누군가에게 묻는다. "이기 도대체 무슨 구돈가, 상가가 마천루 발목을 대님처럼 칭칭 졸라매고 있는 형상인가?"

뒷짐을 지고 앞장서는 석물업자의 뒤를 따르며 김 소장이 설명한다.

"설계 사무소의 마스터플랜 담당자 말로는 엑스자로 가로수 길을 내서 거기다 주랑(柱廊)을 달고, 그 엑스자 교차점을 둥그렇게 둘러싸는 회랑(回廊)을 감아서 상가를 조성한다는 거지요. 다섯 동의 말뚝은 별표의 꼭짓점에다 배치하고요."

출입문을 열쇠로 닫고 복도에 나선 김 단장이 발걸음을 늦추며 휴대폰의 폴더를 연다. 카랑카랑한 여자 음색이 마구 쏟아진다.

"셋째가?"

김 단장은 중국통을 의식하며 우뚝 멈춰서서 음성을 잔뜩 낮춘다.

"아, 누님인교. 부조 돈은 그날 당장 부쳤구마, 통장 열어봤는교?"

"아직 안 열어봤다. 잘 들어왔겠지. 우리사 인자 돈 쓸 일도 없다. 그런데 참 별 희한한 일도 다 많다. 니는 종식이 각시가 서울 강남 쪽에서 꽤 알아주는 마담뚜라 카던데, 그 소문은 알고 있었더나?"

"어? 금시초문인데. 누가 그카던교?"

"누구는 누구야, 지 입으로 시방 그라네. 지난 초상 때 너무 고생하셨다고 나한테다 입에 발린 소리만 심란스럽게 자꾸 늘어놓더이만, 우리집 아아들, 또 니 형네 아이들, 니 집 자식들을 호구 조사하듯이 몇 살이고 무슨 대학 나왔냐고 일일이 물어싸서 이 안들이 또 보험 팔라꼬 이러나 싶더이만, 종식이가 선거에서 낙선하고는, 참 그때가 96년 4월 11일이었다 카네, 그날이 바로 종식이 생일이고, 저거 큰아 지애가 열다섯 살 되는 해라서 제15대 국회의원이 되는가 싶었단다. 우쨌기나 그날 낙선하자마자 저거 엄마, 풍각 언니 찾아가서 실컷 울고, 그길로 중국 들어가고 나서 생활비 한 푼 안 부쳐줬다 카네. 그래서 지가 자식들 공부시킬라고 중매쟁이로 나섰단다."

"말이 안 될 것도 없네. 인물 좋고 말 잘하고, 머가 척척 맞아들어가는 것 겉다. 안팎으로. 중매쟁이가 이쪽저쪽에다 좋은 말만 골라서 하고 풍이 반 넘을 거로. 저 자석은 시방 돌 문화가 어떻다며 석물 무역한다고 껍죽대고, 중국에서 우리 동포들 끌어모아 교민회 결성한다고 설쳐쌓네."

"그 말 다 믿지 마란다. 가 각시가 내보고 절대로 돈거래 하지 말고, 돈 빌려주지 마란다, 종식이한테. 그 말이 머꼬? 니한테 전하라는 소리 아이가. 팔자도 영판 닮고, 유전이다 유전. 직업도 그렇고. 지 애비 본받아서 집 나가 떠돌아댕기는 것도 꼭 같다. 함부래 곁을 주지 말고 니가 알아서 단디 해라."

"알았구마. 나라가 없어진다 캐쌓더니 후원금 같은 거라도 뜯어낼 수작인지 모리지. 하기사 지 마누라가 중매쟁이로 나섰슨이 곳곳에 안면이 받치서라도 남의 나라로 피신 가서 살아야겠네."

"안 그래도 지애 에미가 그칸다. 돈이사 안 벌어와도 좋은이 죽지나

재중동포 석물장사

말고 눈에만 안 띄는 데서 종식이 지 밥벌이나 하미, 여기 한국 돈이나 안 뜯어 가믄 더 바랄 기 없단다."

"무슨 말인지 알겠구마. 장사다 무역이다 카는 것도 다 방 봐 가민서 똥 싼다고 안팎으로 말 맞추고 구색 갖추니라고 소일 삼아 떠벌리는 수작 같고, 그래서 물가 싼 대국 땅에서 뜬구름처럼 떠돌아댕기는 기네. 설마 종식이 처가 우리집 자식들한테까지 중매 서겠다고 나서까? 끊구마, 또 연락하시더."

바람벽은 없고, 햇볕과 눈, 비나 가리는 지붕만 둥그렇게 둘러놓은 시커먼 회랑 속으로 우련히 멀어지는 헌팅캡의 뒷모습을 뜨내기 월급쟁이인 감리단장이 촘촘히 훑어본다. 한때는 저 허풍선이가 친형제처럼 가깝게 느껴지더니만 이제는 머슬머슬하기 짝이 없어 난감하다. 하기사 지구 곳곳을 뒤덮고 있는 가짜들의 일대 선풍 속에서 지 스스로 무엇인가를 참칭하는 인간이 어디 한둘이겠으며, 그런 위인들이 제 머리에 무슨 쓰개를 얹어놓은들 어울리지 않으랴.(217장)

↓

**군소리 1** – 《맹자》에 나오는 '떳떳한 생업이 없으면 떳떳한 마음이 없다' 라는 말은 사람의 형용 · 처신 · 심성을 적확하게 표현한 금언으로 정치하는 위인들의 언변에 그대로 드러나 있다. 그들은 허업에 종사하고 있으므로, 따라서 정치는 직업의 탈을 덮어쓰고 있어도 무엇도 '생산' 하고 있지 않다는 나의 소신을 토로한 작품이다. '건달' 의 말투나 무직자의 신언서판이 얼룩덜룩한 것도 한 직종에 매달려 분투 노력하는 '정신 자세' 가 빠졌거나 없어서이다. 직종/직업의 가짓수가 늘어나고 있으나, 그중 반 이상이 허업의 일종이며, 그래서 우리 사회는 어느새 헛소리를 남발하는 건공잡이들 세상이 되어 있다. 그래서/ 그래도 '문인'의 입지는 제법 분명하지 않을까 싶다. 될까 말까한 말 이라도 생산하는 생업에 종사하니까.

**군소리 2** — 명색 예술가를 자처하는 위인들의 직업 근성을 훑어봐도 위의 금언은 대체로 맞아떨어지고 있다는 것이 나의 분별이다. 예술 을 '사업'으로 점잖게 수행하는 유명인들의 득세는 실로 가관의 진풍 경이 된 지 오래다.

**군소리 3** — 이제는 어느 나라에서나 자주 목격하게 되듯이 '재중동 포' 같은 뜨내기 인생은 주변인이자 한계인이라서 사람 구실을 제대 로 못하고, '석물장사'는 한낱 거간꾼일 뿐이라서 땀 흘리며 노력하 는 생업과는 멀찍이 떨어져 있는, 정치인 같은 임시직이라서 그 말이 허황할 수밖에 없다.

# 반풍토설초(反風土説抄)

 햇수로 여섯 해 만에 김 선생이 집필실을 옮겼다니까 겸사겸사로 한번 들여다보려고 작정한 지도 벌써 열흘이 지났다. 그날, 어째 자꾸 변두리로 내몰리는 것 같애, 실제로도 그렇고, 내일이면 꼭 한 달이 되나 보네, 여기 들어앉은 지가, 게을러터져서, 6년 만에, 그런 서비스를 뭐라고 하나, 전에 쓰던 전화번호에서 자동음성 녹음이 새 전화번호를 알려주는 제도 말이야, 그 서비스가 한 달에 천 원이라고 신청하라길래 난생처음 생돈 들여 나도 친절한 사람 흉내는 낸 셈이야, 하고 뜸직뜸직 말하던, 그 좀 탁하달까, 자다 깨어났달까, 거물거리던 전화 음성이 귀에 쟁쟁하다.

 전화를 끊고 생각해보니 그다음 날까지 이쪽에서 전화를 안 했더라면 그쪽의 새 전화번호를 알려고 꽤나 수선을 피울 뻔했다는 전언이었다. 벌써 햇수로 5년째 김 선생의 까다롭고 불친절하며 줄변덕도 심한, (성격이라기보다) 일시적 성미를 지켜봐 온 만큼 그날 그 전언의 울림은 '하기야 그럴 만도 하네' 정도로 다가왔다.

 오늘 오전에 바뀐 전화번호를 일일이 확인하며 두 번이나 눌렀으나 불통. 오후 세 시경에 다시 전화를 넣었더니 오전에 이쪽에서 전화했을 때는 마침 화장실에 앉아 있었다고. 의외로 좀 생기 찬 음성이라 어젯밤에 약주를 과하게 마셨느냐고 물었더니 "그렇지는 않고"라면서, 그렇잖아도 이쪽에다 전화를 넣으려고 하던 참이라며, 일간 2박 3일쯤 시간을 낼 수 있겠냐고, 아직도 덕소에서 웅크리고 지내냐고 하문(下問). 최근에, 그래 봐야 2년 남짓 전부터 김 선생에게서만 듣고 있는, 그 어투와 어휘까지 그대로 따와서 이쪽의 신변사를 둘러대다.

"금리생활자한테 시간 있냐니까 갑자기 바빠지는 기분인데요. 웅크리고 있기는요. 공중누각에서 네 활개를 쫙 펴고 잘 지내지요. 독수공방도 의외로 조마조마하니 해볼 만한데요. 이번 봄에는 비가 잦아서 쑥도 자주 못 뜯고, 나물도 못 캐서 좀이 쑤시지만요. 그야말로 전원시적인 낙을 몸 따로 마음 따로 머리 따로 누리며 세월을 낚고 지내는 셈입니다."

"그게 한갓진 궁상인가, 같잖은 낭만인가. 우리는 그 둘 다 오래전부터 아주 질색인데. 음풍농월은 그 탈현실적 정신과 비일상적 자세만으로도 징치감이라기보다 반풍속적이고 사이비 문학 행위야."

"혹시 차 쓰실 일이 생겼습니까?"

"그렇다면 그런 셈인데" 하면서, 날짜는 저쪽에서 연락이 와야 하므로 아직 정해지지 않았지만 아주 어여쁜 노처녀 하나를 모시고 가서 어디다 좀 부려놔야 한다고.

"우선 그 짐짝과 하주(荷主) 사이가 어떤 관계인지를 알아야 운전기사도 마음의 준비를 단단히 하겠는데요."

외국인이니까 내연의 관계랄 수는 없다고 농조로 응수. 무심코, 그러나 이미 내친김이라 다잡다.

"그러면 한때 일과성 염사(艶事)라도? 남녀 관계는 대체로 우연한 해 프닝으로 딱 한차례 저질러졌다가 그토록 허무하게 흐지부지 끝나는 실례대로…"

그 짐짝의 삼촌과 김 선생이 10여 년 전부터 1년에 꼭 두 번씩 안부 엽서나 주고받는 사이라니까 언감생심인 듯.

집필실을 구경하러 가겠다니까 "누추하기 이를 데 없는 골방인데 구경거리나 될까" 하면서도 "오랜만에 서로 얼굴이라도 볼라면 좋지 만"하고 묵언. 이사를 했으므로 뭐 필요한 게 없으시냐고 물었더니 차 (茶)도 이것저것 많고, 먹지도 않는 양주, 포도주도 몇 병씩 있는데, 이 쪽에서 신을 슬리퍼가 없으니 그것을 "야물게 만든 수품(壽品) 좋은 걸 로 한 켤레만" 사 들고 오라고. 언젠가 명절 밑에 김 선생에게 주워들 은 말, 곧 속수(束脩)는 그 말 그대로 쇠고기 포(脯) 꾸러미를 들고 가야 하는데, 그것도 육고기를 바치는 중국인들 풍습일 테고, 살고기가 귀 하지도 않은 요즘에야 쿰쿰한 냄새나 진동하는 속풍일 뿐이라며, 차 라리 그것에 당연히 따라야 하는 술 한 병이 제격이고, 신차(新茶)면 금 상첨화라는 말을 떠올리다. 차(茶) 사치도 번거로울뿐더러 일본풍 같고 해서 못마땅하기 짝이 없지만, 우리 차가 그래도 색깔이나 맛이나 향 기가 두루 심심해서 물리지 않는다는 토를 달면서.

가렸다가 나타나곤 하는 남한산성 쪽을 아득히 바라보면서 차를 몰 아가다. 팔당께의 한강 물줄기도 그 흐름이 제법 도도하다. 강이란 것 이 저지대를 흘러가는 물줄기인데, 그 출렁거리는 수평선이 기다랗게 넓을수록 강둑이나 둔치가 더 파먹혀 들어간 듯이 보이는 현상을 어 떻게 설명할 수 있을지. 작년 늦여름부터니까 거의 네 계절 내내 한강

반풍토설초

만 내려다보고 사는 만큼 나의 이런 시감(視感)도 사고의 어떤 표면장력이랄 수밖에.

봄비가 잦더니 올해 신록은 역시 미당(未堂)이 '갈매빛' 운운한 바로 그 심록(深綠)이다. 그 어휘가 그쪽 지방에서 흔히 쓰는 말인지, 아니면 우리말을 태깔나게 쓰려는 시인이 사전을 뒤적거리며 골라냈는지 한때 의문을 품다가, 아무래도 부등호를 매긴다면 후자 쪽에다 그것을 열어놔야 할 것이라는 잠정적인 생각을 여툰 적이 있는데, 그러고 보니 그 말맛은 의외로 낡은 것이 되고 말던 당황감이라니. 미당의 사투리 기림벽은 부족 의식의 방만한 노출일 뿐이며, 그런 방목(放牧) 현상이 여러 시편에 산재해 있다는 내 독후감도 실은 기억에서 뽑아낸 남의 말일지 모른다.

연립주택, 상가주택들이 반듯반듯하게 즐비하나, 우쭐우쭐한 아파트들이 원경으로서의 툭실한 산허리를 직선으로 잘라내고 있다. 벽에 붙박인 얄궂은 액자처럼 여기저기 교회가 많이 찡박혀 있는데, 십자가가 그중 높고 산자락과 정면으로 마주 보고 있는 것을 찾으라길래 차 안에서 두리번거렸더니 과연 그것 밑에 '요가단전호흡'이라는 글자들이 창틀 하나씩을 빈틈없이 채우고 있고, '산문대중사우나'도 보인다. "그거야 나도 무슨 말인지 알 수 없어. 한글이니까 뜻이 너무 멀잖아. 설마 산문(散文)일 리는 만무하고 산문(山門)이 아닐까 싶지만 아무리 둘러봐도 절이 들어앉았던 자리는 안 보이는걸"이라던 그 곁을 지나 2차선 신작로를 빠져나가니 곧장 실내가 훤히 들여다보이는 '모나리자 헤어모드 스튜디오'가 나타난다. 꽁지머리를 달랑거리는 젊은 사내가 눈이 부신 흰 차이니스 칼라 와이셔츠의 팔뚝을 걷어붙이고는 얼룩덜룩한 블라우스를 입고 허리를 꼿꼿하게 세우고 앉아 있는 중년 부인의 머리 다발에다 연방 코를 쑤셔 박고 있다. 시키는 대로 차를 미장원 옆대기의 명색 주차장에다 부려놓고 오르막을 "쉬임없이 갈지자로 올라" 가니 6층이다. 호기심이 일어 갈지자를 한 자 더 그렸더니, 거기가 제법 널찍한 옥상이고 잔디가 두툼하게 깔린 정원인데, 관엽식물의 화분들이 빼곡하다. 거의 가슴께까지 올라오는 높다란 난간벽에 붙어서니 (곧장 알게 된) 청량산(淸凉山) 자락이 거대한 병풍처럼 바로 코앞으로 다가든다. 그 바로 밑으로도 볼품없는 슬래브집들과 3, 4층짜리 다세대 주택들이 드문드문 박혀 있는데도 가파른 산자락은 이쪽을 덮쳐버릴 듯이 우람하니 버티고 있다.

이번에는 갈지자를 거꾸로 그리며 내리막길을 줄여가니 (철딱서니 없게도) 빛깔 좋은 청바지를 탱탱하게 줄여 입은 웬 중년 머리 매무새의 여자가 막 복도 끝에 다다라 5층 쪽의 층계참으로 꺾어 내려가고 있어서 그 아담한 엉덩짝이 얼핏 보인다. 604호는 없고 605호가 마지막 층계참과 마주 보고 있으므로 이쪽의 인기척을 짐짓 못 들은 체하고 사뿐사뿐 내려가는 여자의 머리통마저 이내 자취를 감춘다. 내 귀가 잠시 한눈을 팔았는지 그 여자가 살짝 빠져나온 문짝의 여닫히는 소리는 못 들었던 것 같다. 복도를 줄여가는 그 걸음새를 보더라도 그 여자가 601호나 602호의 내방객이었을 리는 없고, 그렇다면 603호나 605호의 손님이었을 개연성이 높지 않을까. 그 나이에, 그 차림새의 여자가 15평짜리 다가구 주택의 세입자라면 그 신원이 수상하달 수밖에.

이러구러 서너 해 전이었을 것이다. 첫 추위가 제법 쌀쌀맞던 어느 날 오후 느지막이 김 선생의 집필실 문을 두드렸더니 무슨 영화 장면처럼 안에서 문이 벌컥 열리고, 꽤 곱상한 마흔 살 안팎의 얼굴 붉은 여자가 불쑥 이쪽 코앞에 나타났다. 이쪽이 문 앞을 가로막고 있는데도 그 좀 울먹이는 듯한 표정의 여자는 당황하는 기색도 보이지 않고 터준 길을 빠져나가 토닥토닥 계단을 발밭게 울렸다. 착 달라붙는 미니 스커트를 입어서인지 약간 비스듬한 자세로 오른쪽 발을 먼저 떼놓으며 계단을 내려가던 그 걸음새는 물론이고 그 구두 소리마저 꽤 섹시했다. 곧장 내가 닫힌 문짝 너머를 잠시 노려보고 있자니까 기다란 6인용 테이블의 주인석에 앉아 있던 김 선생이 "당해도 싸지, 글이 안되어 있는 걸 좋다고 할 수는 없잖아, 그래도 내가 좀 모질었을까. 국어사전을 부지런히 찾아보라고 몇 번씩이나 말해도 들은 둥 만 둥 시큰둥하니 소설이 늘 리가 있나"라고 중얼거렸다. 내가 "데뷔는 했습니까?"라고 물었더니 "그런가 봐"라면서 먼 시선으로 창밖을 내다보는 김 선생의 얼굴에는 어이없다는 표정이 길게 어렸다. 그때 나는 좀 이상하게도 김 선생이 참한 여자들만 골라서 그들의 달게 불붙은 성선(性腺)을 점잖은 말로 이죽거리기를 즐기는 일종의 사디스트일지도 모른다는 엽기적 상상을 떠올리고 나서 머리를 흔들었다. 허튼 말을 마구 내뱉는 술자리에서도 그들의 이름을 밝히는 법은 없지만, 신인급 여류 소설가들 몇몇이 김 선생에게 그들의 신작을 보여주고 그 독후감을 듣고 있다는 사실을 나는 진작부터 알고 있었고, 그 품평을 여담 삼아 내게 들려주면서 "내가 변태는 아닐 거야, 저것들이 사디스트일 수는 있어도"라고 몇 번이나 말했으니까. 어쨌든 얼굴이 발갛게 달아올라 있던 그 여자는 방금 성적 흥분을 제대로 맞본 모습이었다는 내 상상은 그 후로도 못내 지워지지 않았다.

아니나 다를까, 605호의 문은 열려 있다. 내가 아는 한 김 선생은 자신의 낮 동안 우거를 무슨 보물 궤짝같이 꽁꽁 처닫아놓고 지낸다. 방금 방주인의 배웅도 못 받고 살짝 빠져나간 한 중년 여자의 화장품 냄새 같은 것을 맡아보려고 콧숨을 몇 번 들이켰더니 크레졸 냄새랄까, 아주 독한 소독약 냄새가 물씬 풍긴다. 자주색 카펫을 깔아놓은 실내 바닥은 땟국이 절어 있는데다가 군데군데 보푸라기가 떨어져 나간 자국은 볼썽사납고, 근본적으로 쓸고 닦기도 제대로 못하게 생겼다. 사들고 간 비닐 봉다리에서 슬리퍼를 꺼내 신을 수밖에 없다.

나란히 붙은 한쪽 방문은 비밀스럽게 닫혀 있고, 책상 옆의 다른 방문은 활짝 열려 있는데, 그 안에는 키 큰 책장들이 디귿자로 울을 치고 있다. 책장 칸들도 드문드문 비어 있는 게 한눈에 들어온다. 그래도 '그것은 반드시 거기에 있어야 한다'라는, 김 선생의 어떤 중편에서 다룬 성마른 주문(呪文)을 대변하듯 검은색 가죽 가방도 그 전의 집필실에서처럼 스탠드 옆에 단정히 세워져 있고, 전화기, 탁상용 시계, 커피포트, 녹차를 우리는 귀때 그릇과 차 사발 따위가 각각 제자리를 틀고 앉아 있다.

출입문을 등지고, 탁 트인 전면 유리창과 그 앞의 비좁은 베란다를 옆구리에 거느리고 앉아 있던 김 선생이 부상병처럼 바짓단을 무릎까지 걷어 올린 발을 어기죽거리며 다가온다. 책상 아래에는 분홍색 플라스틱 세숫대야가 놓여 있고, 그 속에는 흙탕물 같은 짙누런 액체가 걸쭉하게 가득 담겨 있다.

"이제 오월인데 벌써 무좀이 창궐해서 말이야. 올해 여름에는 무좀

박멸 투쟁을 제대로 한판 벌여볼까 그래. 20년도 넘은 지병인데."

사과 식초를 세 병이나 쏟아붓고 120정짜리 정로환에서 스무 알을 깨부순, 그 일종의 소독용 현탁액에다 하루 내내 발을 담가두고 지낸다고. 얼마나 독한지 발등과 발가락 사이의 살갗들이 짓물러터져서 뻘긋뻘긋한 상처를 드러내고 있다.

"이제 좀 숙지막해지나 보네요. 그래도 근치(根治)는 힘들걸요. 소독만 할 게 아니라 치료약으로 연고나 내복약을 한번 써보지 그래요?"

"소독? 그 말이 결국 치료 아닌가?"

50줄에 들어서니 어떤 말이라도 그 뜻이 제꺽 붙잡히지 않아 말 배우는 어린애들처럼 자꾸 곱씹게 된다는, 그래서 가독력은 한심할 지경으로 떨어지지만, '뼁이 센 말'과 '풍이 심한 글'의 진위는 한눈에 알아본다는 김 선생의 자탄을 언젠가 들은 바 있다.

"소독은 예방 차원이고, 치료는 완치를 모색한달까 그것에 접근하는 거잖아요."

말의 실감이 시대환경의 변화에 발맞춰 좀 바뀌지 않았느냐는 이쪽의 진의를 모를 리 없건만 김 선생은 이내 눙쳐버린다.

"예방도 치료의 막강한 한 방법쯤은 될 테지. 2차 감염을 차단할 테니까. 후유증은 나중에 걱정할 일이고, 일단 안심도 되고 신경질도 덜 나니까 우선 살 만 하잖아. 발가락 사이가 덜 가려우니 일단 치료에 다가가고 있다고 봐야지."

베란다 너머의 풍경이 당당한 산자락 때문인지 움푹 꺼진 듯해서 밖을 내다봤더니 차를 세워둔 공터의 블록 담장 옆에 거의 학교 운동장만한 넓이의 남루한 판잣집 밀집지역이 펼쳐져 있다. 지붕들에는 온갖 쓰레기들이 얹혀 있고, 길바닥도 보이지 않아 사람의 그림자도 안 비친다. 어디서 강제로 떼어다 놓은 철거민들의 임시 안식처인 듯. 물론 어디나 등 붙이고 살다 보면 마지못해 살아지는 인간 특유의 적응력이 발휘될 테지만.

"저기도 사람들이 산답니까?"

"그런가 봐. 집집마다 싱크대도 갖춰놓고 수도꼭지를 트니 수돗물도 콸콸 쏟아지던데. 물론 전기도 들어오고. 저기 한가운데에 있는 창고처럼 시커먼 맞배지붕, 저 밑이 공동변소가 아닐까 싶어. 꼭 방범초소 같은 주소지 되찾기 운동 본부도 있고. 요즘 이 땅에서는 개신교보다 더 힘도 없는 가톨릭의 후원을 받는다고 현관에 써붙여놨더라고. 듣기로는 저 판잣집들도 큰 이권이라네. 권리금을 서로 주고받는 매매도 곧잘 이뤄진다니까. 풍경치고는 생태적 냄새가 너무 진하게 풍겨서 그런대로 괜찮다 싶어. 산자락이 맨눈으로 마주 보기에는 민망하거나 눈이 부시겠지만."

"저 속을 몇 차례 어슬렁거리다 보면 그럴듯한 글 한 편 건지겠는데요."

"하이구, 저 누더기 속에서 무슨 글이 나와. 난 그런 거 싫어. 갈등이 딱 한 가지로 정해져 있잖아, 그게 뭐야, 가짜지. 뭔가 위장하고 있어. 저 지붕들 위의 쓰레기, 저게 뭐야? 과시용 아냐, 적어도 생존 자체에는 급급하지 않다는 증거잖아."

폐타이어, 철판, 전깃줄 뭉치, 크고 작은 플라스틱 통들, 냉장고 문짝 따위가 번질거리는 화학제 장판, 녹색 카펫, 화물 덮개용 천 조각 같은 것을 덮어쓴 지붕들 위에 아무렇게나 어질러져 있다. 누덕누덕

기운 판잣집이 아니라 쓰레기 더미를 일부러 끌어모아 놓고 있다. 그렇긴 해도 쓰레기 더미처럼 한곳에 버려두고 있는 저 삶이 생존의 실물인 것도 사실이다. 누가 말했나, 이 세상에는 사물이 있는 게 아니라 사실이 먼저 있다고.

"아무리 물자가 흔한 시대라지만, 또 쓰레기 치우는 데도 돈이 든다지만 우리가 시방 이 지경으로 못살고 있다는 과시욕 같애. 초상집에서 흔히 보는 풍경대로 조문객이 닥치면 그때까지 멀쩡하니 입을 처닫고 있던 상주가 통곡을 내지르는 그것하고 비슷해. 내 짐작이 맞을 거야. 내 경험으로는 제때 못 먹어서 똥구멍이 찢어질 정도로 된똥 누고 사는 사람들일수록 쓸고 닦고 치우고 살아. 그렇게 살 수밖에 없을 거 아냐. 비좁아터진 데니 그럴 수밖에. 그나마 악착같이 살아야겠다는 생존 욕구라는 공통함수가 있는 한. 그래야 말이 돼. 참말로 겨우 끼니나 때우고 사는 형편이라면 치우고 살 물건도 없어야 당연하고."

"저 철거민들이야 결국 저렇게 눌어붙어 살면서 어떻게든 집 한 칸 마련하자는 거 아니겠어요?"

"바로 그거지. 마련하자는 게 아니라 우격다짐으로, 하소연으로, 뭉개기로, 떼쓰기로 얻어내자는 욕심일 테지. 무허가였을망정 이때껏 잘 살던 주거지를 강제로 빼앗긴 것은 사실일 테니까. 민원(民怨)이란 게 별거야, 그게 커질수록 당국은 꼼짝 못하고, 철거민들은 어차피 밀려야 본전이니까 점점 기세등등해지고 마는 거잖아."

남의 일이라 관심이 없다기보다는 산자락처럼 우두커니 버티고 서서 거치적거리는 풍경이나 탐하는 이쪽의 정서가 하등에 쓰잘데없는 짓거리다 싶어 선선히 물러서다.

"책이 많이 줄었나 보네요?"

"버렸어. 어차피 두 번 다시 거들떠보지도 않을 것들인데, 공연히 미련을 가지고 움켜쥐고 있어본들 마음만 무거워지지 싶어 내다버렸어. 2천 권쯤 됐을 거야."

"어디다 기증을 하지 그랬어요?"

"그 일이 좀 귀찮아서. 알고 보니 나이를 먹어간다는 것이 이런저런 집착을 하나씩 슬금슬금 내버리는 과정이더라고."

처닫혀 있는 방문짝을 열어봤더니 서랍장, 화장대, 이불 보퉁이, 소파, 장롱 따위의 가재도구들이 미로 같은 틈새만 내놓고 켜켜이 포개져 있다. 전(前)세입자 물건을 맡아두고 있다고. 건물주와 전세 계약을 하고 나자 혼자 살지 싶던 신원 미상의 여자인 전 세입자가 넉살 좋게 "예술 하시는 분 같애요?" 어쩌구 말 같잖은 수작을 걸며 이쪽의 어리무던한 됨됨이를 잡아채고서는 방 한 칸을 자기에게 세놓으라며 통사정했다고. 짐만 넣어두겠다고. 올해 연말까지는 찾아가겠다는 조건으로.

내 머리굴림도 가끔씩 잽싼 순발력을 발휘할 때가 있는지 아까 그 내숭 많은 걸음새의 여자가 혹시 605호의 전세입자가 아니었을까 하는 의문이 떠오르다.

"사모님은 한번 왔다 가셨어요?"

"이사하는 날 청소하러 한 번 왔다 갔댔어."

김 선생은 자신의 집안일, 사는 형편, 처자식의 일상사 따위에 대해서는 좀체로 털어놓는 법이 없다. 억지로 그러는 것 같지는 않지만, 온종일 입에 군내가 나도록 말문을 처닫고 있어서, 또 머릿속에서만 그리고 있는 실물 이상의 세상에 대해 할 말이 엔간히도 많아서 그런 성질이 자연스럽게 육화된 게 아닐지. 가끔씩 자기 집 전화번호와 집필실의 그것도 못 외워 수첩을 뒤적거리는 비생활인인데도 여러 사람에게 베푸는 인정의 씀씀이가 깔축없는 걸 목격하면 그야말로 지식인의 이중성을 제대로 구현하고 있는 음흉한 양반이다. 어쨌든 나도 아직 그의 가족들 얼굴은 하나도 모른다.

"이 짐짝이 사모님께는 적잖이 수상쩍어겠는데요?"

"만사가 돈이잖아. 그것 때문에 전셋값을 4분의 1쯤이나 깎았다는 데야 수상하고 말고도 없지 머. 실제로 나한테 저 방까지는 필요도 없고. 며칠 전에 자기 짐이 잘 지내냐고 전화는 한차례 왔더만. 내 머릿속 소설로는 빚에 쫓겨 여기저기 피해 다니는 여자야. 이 집도 6개월째 살다가 내놓았다니까. 인물도 해사하니 아주 고와. 마흔 안팎쯤 돼 보이고. 돈 2, 3천만 원쯤은 우습게 알아. 나야 손해 볼 일 하나 없잖아. 짐 찾아갈 때 그 여자한테 5백만 원만 내주면 그뿐이니까. 성이 붉을 주(朱)가야. 없는 놈이 핫바지가 두 벌이라더니 나도 집세 받는 임대업자라니까. 아이엠에프 한판지 뭔지 덕분에 그나마 전세값이 3분의 1쯤 떨어져서 오랜만에 여윳돈을 좀 만져본 셈이야."

전번 집필실은 봉은사 발치에 붙어 있는 15평짜리 사무실형이어서 탁 트인 분위기였는데 이제는 같은 평수라도 주택형이어서 좀 갑갑하다는 느낌은 여실하다. 안온한 칩거에는 오히려 제격이지 싶건만, 아직 감정 전환은 제대로 안 됐다고 투덜투덜. 전에는 버스를 타고 40분 이상씩이나 허비해야 겨우 책상 앞에 앉을 수 있었으나, 이제는 슬슬 걸어서도 20분이면 당도, 커피잔을 들고 베란다로 나가 앉을 수 있다고. 못 보던 낡은 전기밥통도 싱크대 위에 보이고, 책장이 세 벽을 가리고 있는 방에는 대발자리 깔린 침대도 들여놓은 걸 보니 과연 일주일에 백 시간 이상씩은 별세계의 주인 노릇을 하든지, 1인 공화국의 불평 많은 군주 내지는 불만 없는 노예가 되기로 작정한 눈치다.

　하기야 내쪽도 피차일반이다. 두 자식의 입시 교육 때문에 어쩔 수 없이 주말 가장 노릇을 할 수밖에 없고, 몇 푼 되지도 않는 밑천이나마 다 털어먹기 전에 10년쯤 뒤를 내다보고 분양 받은 덕소의 신축 강변 아파트를 전세 놓거나 비워두자니 영판 부재지주 꼴로 몰릴 판이라 그야말로 유한필부를 자처하고 있는 터이니까. 이래저래 김 선생은 돈과 시간을 최대한으로 아껴서 바특하게, 그러나 점점 더 웅크리고 지내는 판이다. 누에고치 같은 은일(隱逸)이라면 과장일 테고. 이 시건방지고 분주살스러운 시대상을 한껏 비웃으며, 따라서 임의로 거스르기도 하면서. 내쪽이야 그렇게 살아갈 명분도 없지만, 끝없이 부화한 삶을, 그것마저도 비내구성 소비재처럼 확대 재생산을 부추기는 이 세기말에 그런 자폐증적 일상이 과연 무슨 의의가 있을까 싶긴 하다. 부화뇌동과는 철저히 등지고 꿋꿋하게 살아간다고 할 수 있을지 몰라도 그런 좁다란 삶 자체가 치열한 생존과는 겉도는 일종의 쇄말적 마비 증세로 비치고 마는데. 다행한 게 있다면 독선기신(獨善其身)하는 자신의 기약 없는 처신과 별 볼 일 없는 삶을 꼼꼼히 의식할뿐더러 그렇다고 세태와 타협할 여지도 없다는 김 선생의 무실성(無實性)에 속물기가 조금도 비치지 않는다는 점이다. 말이 쉽지 그런 반골 기질은 아무나 행사할 수도 없고, 어울리게 구사하기란 실제로 여간 어렵지 않다.

반풍토설초

축구장 같은 데다 깔아놓은 녹색 부직포(不織布)를 이음새도 보이지 않게 덮어쓴 그 맞배지붕 밑은 철거민들의 공동변소가 아니라 실내포장마차형 술집이었다. 판자울이 있는데도 사방에 문짝이 여러 개씩이나 뚫려 있어서 흡사 천막집 같았다. 술좌석도 4인용 테이블이 3열 횡대로 기다랗게 늘어서 있고, 알전구가 곳곳에 주렁주렁 매달려 있어서 술집 분위기로는 단연 이채로웠다. 안주도 없는 게 없었다. 넥타이짜리 손님도 드물지 않는 걸 보니 인근 동네에 벌써 호가 난 듯싶었다.

김 선생은 곧잘 외곬로만 생각하는 사고 분일증(奔逸症)이 꽤나 자심해서 "이 집도 공동 운영하는 거 아냐?"라든지, "내 말은 주소지 되찾기 운동 본부에서 관리한달까, 머 그런 이권 때문에 그 운동 경비를 충당하려는 자영업체가 아니냐 이거야?" 하는 말을 몇 번씩이나 주워섬겼다. "어차피 철거민들은 공동운명체니까"에 이어 "돈 없이 무슨 운동을 밀어붙여? 호모 에코노미쿠스란 말이 니 것 내 것을 가리기 전에 벌써 공동운명체를 만들었다는 소리 아냐, 물론 물심양면으로 다" 같은 알 듯 말 듯한 겉말도 곁들이면서. 내가 잘못 보지 않았다면 어젯밤 늦도록 김 선생은 '공동체'라는 화두에 최면이 흠씬 걸려 있었지 않았나 싶었고, 그 밑자락에는 철거민들의 오월동주형 삶을 끈질기게 물고 늘어져 기어코 그 허실을 헐뜯는다기보다 발겨내고 싶은 눈치였다. 발겨내 봐야 어떤 소득은커녕 나만 살고 너는 죽어라 식의 우리 공동체 일반의 추악한 이기심에, 아니 대대손손 못 살아서 서로 지지고 볶다 얽어걸린 그 치사한 유전인자에 치만 떨 것을.

뭐가 천장에서 자꾸만 떨어질 것 같긴 했어도 그 탁 트인, 저자 바닥처럼 질퍽거리고 왁자지껄한 판잣집촌 한복판의 무허가 술집 분위기가 괜찮아서 맥주 열댓 병쯤을 나눠 마신 셈이다. 동네의 생리가 그 모양이라 술은 애초부터 밤새도록 손님이 없어질 때까지 파는 듯. 국산 양주나 소주를 맥주에 타서 마시는 손님이 더러 있어서 막판에는 김 선생이 우리도 저렇게 폭탄주를 터뜨리자고 자청. 3주째 술을 안 마셨다면서 술이 꽤 고팠던 눈치고, 술맛도 좋다는 시위가 자심. 감을 잡고 국산 양주 작은 병 하나를 내가 인근의 구멍가게인 '호호 슈퍼마켓'에서 사 오다. 그사이에 내가 첫 내방객이었다고 김 선생이 술값을 치러놓고, "지금부터 술값은 자네가 맡아"라고. 그후로 오히려 더 진진하게 마시고, 화두도 걸어졌다. 뽀얀 꽃처럼 썰어 담은 붕장어 토막들을 초고추장에 찍어 먹으면서, 또 새카맣게 구워낸 닭똥집과 꼼장어를 씹어대면서.

음주 운전을 검문하는 데가 없을 것이라고, 음주 운전에 관한 한 이때껏 무사고 운전사라고 우겨도 김 선생은 어떤 불상사라도 사전에 원천적으로 봉쇄하는 사고방식이야말로 현대인의 필수적인 소양이라고 막무가내다. 605호에서 눈을 한숨 붙였다가 새벽에 가라고, 자기 자신도 605호에서 낮잠을 잠시 잠시 들인 적은 있어도 온밤 잠을 자본 적은 없으니까 내가 먼저 그 야간수면 유쾌지수를 재어달라는 술주정까지. 취중진담이란 말도 있으니 김 선생의 그 간청도 소심공포증의 좀 이상한 구현일 텐데, 그게 바로 현대인의 한 단면이라면 누구나 많든 적든 얼마쯤씩 갖추고 사는 일종의 심인성 장애일 듯.

깨끗이 씻어 물기까지 말린 반찬통 두어 개를 가방 속에 챙겨 넣고 인적 끊긴 거리를 휘적휘적 걸어가는 김 선생을 베란다에 서서 물끄러미 바라보다. '산문여관 지하 1층'이라는 빨간 네온사인이 시커먼 산자락 중턱에 파고 들어가 있어서 '산문대중사우나'는 그 아래층에서 이른바 후끈후끈한 물침대를 깔아놓고 있으리라는 추측을 챙긴다. 나도 잠자리에 관해서는 까다로운 편이라 남의 침대에서는 도저히 잠을 청할 수 없다. 꼼짝없이 수인(囚人) 신세가 되고 만 셈이다. 그것도 한밤중에 눈만 멀뚱거리는. 술 생각이 더 나면 마시라고 내준 외제 포도주를 글라스에 한 잔 가득 따라놓고, 소형 냉장고에서 맑은 열무김치와 빨갛게 무쳐놓은 무말랭이 밑반찬을 테이블 위에 진설해두고, 방금까지 자갈밭을 굴러가는 수레처럼 덜커덕거리던 김 선생의 몇몇 화두를 음미하다. 반드시 그런 것은 아닐 테지만, 그 무허가 술집의 판자벽 밑동 안팎에는 폐타이어가 촘촘히 박혀 있어서 김 선생의 이미지가 땡볕 속의 자갈밭을 가로질러가는 수레처럼 보였을지도.

김 선생의 글도 대체로 그렇지만, 말은 더욱이나 복자(伏字)가 많다. 좀 답답하긴 해도 그 복자들은 앞뒤 말을 붙고 털어보면 등짝에다 남의 손이 쓰는 글씨보다는 그 독해가 수월하다.

소설이 근대의 한 문자 양식임은 하나마나한 소리인데, 우리에게는 이 '근대'라는 것의 옳은 실체가 과연 있었는지, 지금도 그것이 제대로 있는지, 또 웬만큼 기능하고 있는지 의심스럽다. 그것의 자질구레한 개념 정의를 일단 괄호 속에 깡그리 묶어버리고 말한다면, '근대'란 오후 다섯 시에 출발하기로 되어 있는 기차가 정시에 출발지를 떠나 예정된 시간에 정확히 목적지에 도착하는, 요컨대 '예상이 가능한 현실'의 도래와 그것의 끈질긴 '반복'을 누구나 일상 중에 이용하는 것이다. 그것이 과학의 힘을 빌린 제도이고, 합리의 한 구조이다. 또는 아침 일곱 시 30분에 전철에서 내려 그 날짜 조간신문 한 부를 가판대에서 동전으로 사서 들고 곧장 사무실로 출근하여 커피를 마시며, 30분에 걸쳐 이 세상이 돌아가는 사정을 피상적으로나마 주목하는 일련의 따분한 관행도 '근대'의 한 실물로서는 손색이 없다. 따라서 그런 수많은 사회적 약속, 달리 말하면 '그렇게 하기로 되어 있다'의 유기적인 역동성 일체가, 그 거대한 관계망이라는 무형의 구체(球體)를 '근대'라고 일컬을 수 있겠는데, 우리에게는 그것이 부분적으로 또 일시적으로 삐꺽거릴뿐더러 수시로 송두리째 망가져버린다. 백 년 전이나 지금이나 대체로 그렇다. 그러므로 막상 '근대'를 그리고 있음에도 불구하고 실제로는 '근대 이전'의 재현에 그치고 말거나 '근대' 그 자체의 유무 논란으로 영일이 없다. 하기 좋은 말로 자아를 명실상부하게 의식한 개인이 자신의 욕망을 어떤 식으로든 구현하려는 일체의 갈등 경염장이 볼 만한 구경거리 같지만, 그 주체의 좌충우돌식인, 곧 비근대적인 언행 일체야 그렇다치더라도 그 개인이 떠돌아다닐 수밖에 없는 풍토, 곧 그 현실 내지는 배경이 이미 진정한 '근대'가 아니므로 그 욕망 일체, 그 갈등의 양상도 가짜일 수밖에 없는 것이다. 풍차와 싸우는 돈 키호테 같은 부류가 남의 나라에만, 이 '근대 이전'의 토양에 '부분적으로만' 상종(相從)하고 있는 것이 아니다.

비근한 실례를 들어보자. 우리는 흔히 이 땅의 풍토에 뿌리 깊게 서식하고 있다고 보는, 풍토심리학 같은 지식을 끌어와야 겨우 말발이 설 이른바 '한'을 여러 사람이 어슷비슷한 음색으로 노래하고 있음을 목격하는데, 그것이 우리만의 고유한 정서의 한 갈래라고 치부한다 하더라도 극복의 대상일 뿐인 그 '한'은 보다시피 어떤 지향점도 없

반풍토설초

다. 그럴 수밖에 없는 전말(顚末)을 열거하자면 하루해도 모자라지만, '근대'의 진정한 본색이 이미 '지역적 고유성'을 지양하고 있다는 사실을 조금이라도 고려한다면 그것은 근대소설의 제재(題材)로서 이렇다 할 가치가 없다기보다도 거의 무익하다. 쉽게 말해서 그것은 허울 좋은 환영(幻影)이거나 그럴듯해 보이는 개인적 '미신' 차원의 처량한 애가(哀歌)에 지나지 않는다. 부실한 현실, 엉터리로서의 여러 현상을 임시방편으로나마 얼기설기 꿰매자니 실없는 정열가 같아서, 아니 반지빠른 계몽주의자가 떠올라서 속칭 '환상소설' 내지는 관념 만발의 '지식인 소설'을 쓰는 짓거리는 얼마나 비겁하고 부질없는가. 현실과 일상을 그처럼 가볍게, 의식 없이, 자아도취에 빠져 내팽개치는 만용이야말로 객기든가 치기가 아니고 무엇인가.

좀 과격한 단언일지 몰라도 우리의 근대소설에 그런 미신적, 비과학적, 반합리적 요소는 너무나 후안무치하게 널부러져 있다. 물론 풍토 탓으로 돌릴 수도 있고, 인접 인문사회과학의 성과가 워낙 미비해서 그런데, 소설이 과학일 수는 없지 않냐고 억지를 부리면 어쩔 수 없긴 하다. 그러나 소설은 당연히 과학일 수도 있고, 적어도 그것에의 접근을 시도할 책무도 있다. 소설이 결국 다종다양한 여러 정신의 변화무쌍을 보여준다는 점에서도 그렇지만, 제대로 돌아버린 정신병자의 심리조차도 어떤 식으로든 일목요연하게 질서화시킨다는 점에서 그렇다. 이 대목에 이르면 흔히 언어 자체의 한계 많은 공소성(空疏性)에 절망한 나머지 내지르는 '진절머리나는 투명성에의 집착'을 매도하고, 오히려 그것의 반투명성이야말로 문학의 아주 귀중한 덕목이라는 '초현실적' 반론을 내놓는다. 그것을 즐기는 정도의 차이를 무시해버리면 일리가 있는 말이긴 해도 우리 풍토의 경우에는 영웅도 못 될 그릇이 지레 호색부터 바치는 언사같이 들리는데 어쩐란 말인가.

더 쉽게 말을 이어가자. 우리의 근대소설 속에 명멸하는 숱한 인물들은 대개 다 미치광이들이다. 그것도 옳게 미친 것들이 아니다. (자네의 좀 특수한 경우를 예로 들어 머하지만) 술을 웬만큼 마셔도 혈중 알코올 농도가 비정상적으로 정상인의 수치보다 낮다고 해서 자가용을 몰고 귀가하는, 미신과 일맥상통하는 그런 일련의 어리석은 행태랄지 파행 일체는 옳은 근대소설의 제재일 수는 없다. 달리 말하면 비록 일기예보가 번번이 틀린다고 할지라도 그것을 따라야 하고, 그것에 기댈 수밖에 없는 의식 일체, 단언하건대 그 주체의 범용성(凡庸性)과 일상성 정도를 근대소설의 자료로 써먹을 수 있다. 그런데 우리의 그것에는 일기예보가 없고, 명색 까막눈이 아님에도 불구하고 일기예보라는 근대적인 '제도' 자체를 흔히 도외시해버린다. 부실한 채로나마 형용을 갖추고 있는 '근대'를 아예 이용하지 않는 것이다. '근대'를 제대로 써먹지 않는 '근대인'이 어떻게 '근대소설'을 쓸 수 있겠는가. 오해가 없길 바라는데 우리는 지금 근대소설의 외적 형식, 곧 억지로나마 주요 인물을 부각시키는 심리적 정서와 물리적 사건을 만들고, 시대적 환경과 공간적 지배이념과 정신적 건강 상태 등을 배경으로 자리 매기고, 이른바 플롯이라는 서술 기조를 적당히 골라잡고, 어떤 목적지를 상정하는 그런 조작의 기술적 차원을 언급하고 있지는 않다. (여기서 잠시 내 경우만 한정해서 말한다면) 그런 기술적 측면에 대해서는 관심도 없다. 농땡이로 일관했을망정 문학적 연륜도 그쪽으로의 무관심을 부추기는 것 같고, 매번 과연 이게 맞나 어쩌나 하고 헷갈리기는 해도 작정하고 달려들면 어쨌든 써지긴 하는데다, 다소 덜 삭은 냄새는 날망정 그런대로 소화시킨 배설물은 나오니까. 실제로도 근대소설의 어떤 내적 기율이 그런 외적 얼개보다 엄청난 무게로 압박해오는 것은 이 '근대' 또는 이 땅의 '근대성'에 대한 앎이 워낙 소루하기 때문인 듯하다. (물론 겸손을 떨 것도 없이 나만 그렇다는 소리도 아니다.) 그것의 내실에 대한 평가는 제가끔이겠으나, 여기쯤에서 강조해도 무방한 것은 아무래도 문학은 그 자체의 힘만으로는, 곧 인접 인문사회과학의 도움 없이는 그 대상, 곧 소재의 실체 파악에 역불급이라는 사실이다. 또 다른 풍토론이 나오게 생겼는데, 문학의 외투 같은 지식사회 전반의 피상성이 그나마 '근대성'을 담보하지 못하는 우리 근대소설의 실적에 변명거리 하나는 제공해주고 있는 셈이랄까.

마침 오전 여덟 시에서 아홉 시 사이에, 오후에도 대체로 그 시간대에, 그러니까 하루에 꼭 두 차례씩 철거민들의 판자촌 주위를 빙빙 돌아다니는 방역차가 하얀 소독약을 뿜어댄다. 활짝 열어놓은 문짝들 앞의 미로 같은 골목이 온통 흰 연막으로 뒤덮여 한 치 앞이 안 보인다. 무허가 술집 속에까지 뭉게구름처럼 스멀스멀 괴어오르고 있는 그 소독약 분무물과 매캐한 냄새에도 불구하고 술집 손님들은 좀 이상하게도 태연하다. 김 선생도 하등에 이상할 것이 없다는 투로 맥주를 벌컥이고, 사뿐히 가라앉고 있는 그 하얀 분말을 붕장어 한 조각에다 잔뜩 묻힌다 싶게 천천히 입안으로 가져간다. 원시인처럼 늠름하고 의젓한 자태다. 소독약 분말이 무슨 양념장이기라도 한 듯이.

"이게 근대라고. 매일 아침저녁으로 방역차가 이 누더기 판자촌에도 방역 소독제를 대량으로 분사해댄다는 것 말이야. 일찍이 일제(日帝)가 식민지를 경영하면서 개발한 논리가 머냐 하면, 국가학, 정치학이 별거냐, 위생학이 그것들의 골자다 이거야. 신민들이 전염병 따위로 떼죽음을 당하면 근대고 나발이고 근대국가고 머고 말할 잡이도 안 된다 이거지, 말이 되잖아. 이 위생의 제도화를 당연히 또 일반적으로 누려야 근대지. 또는 근대성의 확보지. 여기 있는 술꾼들도 보다시피 우리도 이제사 이것을 누리고는 있어. 그런데도 정신의 위생 상태는 아직도 엉망이야. 더러워. 불결하다는 정도가 아니라 위생이 왜 필요하고, 예방이 얼마나 중요한지를 모르고 있어. 그걸 제대로 알고 있다면 이렇지는 않지. 내남없이 당장 실천이 따를 테니까. 그런 엉망의 머리에서 무슨 근대성이 나오겠어. 한숨 밖에 나올 게 없지. 그놈의 한(恨)도 결국에는 한숨이든 신음일 테고. 한숨과 신음의 특색은 그 반복성도 출중하지만 대체로 극기랄지 자기 대면 나아가서 자기 투시에 한껏 게으르다는 것이야."

어디선가 읽었거나 언젠가 들은 것 같기도 하건만, 뭐가 뭔지 아리송하다. 정신이 여전히 근대성을 확보하고 있지 않으므로 문학 이전의 '넋두리'만 횡행하고 있다는 소리인지. 요컨대 그것은 이미 누군가가 여러 번씩이나 상투적인 어휘로, 그래서 똑같은 음색으로 설명했다는 것일 터. 객관성의 담보를 지향하는 '묘사'나 주관적인 시선을 강제하는 '표현'이 아니라 어리숙한 '설명'으로. 이른바 '한'의 넋두리인데, 그런 넋두리에는 그 소위 낯설게 하기도 없고, 의중 따돌리기로서의 은유도 없다는 말 같다.

꼬박 뜬눈으로 새워야 하는 밤은 짧았다. 초여름 들머리라 다섯 시가 채 안 됐는데도 먼동이 희붐하니 터 오다. 베란다로 나갔다. 꼭 보고 싶었던 근경이 눈앞에 펼쳐져 있었다. 다른 건물이나 집들처럼 각진 윤곽은 보이지 않고, 마구 구겨놓은 누더기인 만큼 명암만 뚜렷하다. 형형색색의 지붕들을 덮어쓰고 납작납작하니 엎드린 판잣집들에서는 불빛 한 점도 흘러나오지 않았다. 아침 일곱 시부터는 어김없이 주소지 되찾기 운동 본부에서 확성기로 행진곡과 대중가요를 30분쯤씩 틀어댄다니 과연 "가관이야"일 터.

왠지 내 마음이 공연히 바빠졌다. 꼭 가져가라고 내놓은 와인 두 병이 든 종이백을 들고 605호를 빠져나오다. 열쇠고리에서 빼내 건네준 여분의 키를 가지고 갈까 하고 망설이다가 문지방 없는 틈새로 밀어넣었다. 미끄럼 방지 홈을 밭고랑처럼 거칠게 파놓은 옥외계단을 터덜터덜 내려오다. 간신히 본전만 되찾은 노름꾼 같다는 느낌은 왜 느닷없이 달겨드는지.

차를 몰아 첫 사거리에 이르렀을 때, 김 선생이 들려준 일화가 저절로 떠오르다. 이사 온 지 열흘쯤 지난 어느 날 점심때, 도시락을 까먹은 다음 소화도 도울 겸 문방구를 찾으러 인근을 어슬렁거렸더니 이 산 밑 동네의 번화가인, 두 쪽 다 2차선 도로가 교차하는 지점에 신호등은 물론이고 건널목 표시도 없음을 알았다고. 마을버스도 연방 지나다니고 승용차 통행이 꽤 붐비는 지점인데도 한 블록 너머의 판자촌을 또 어딘가로 내몰기 위한 시위조로, 곧 이 일대는 빈민들의 가설무대 현장이므로 어떤 행정적 편의도 당분간 유보한다는 투로 행인들이 건너다닐 길을 만들어놓지 않아 짜증스러웠다고. 두리번거리고 있는데 그쪽도 방금 점심을 사 먹고 나온 듯한 중년 사내 둘이 등 뒤에서 바로 그 교통 행정의 지지부진에 냉소를 퍼붓고 있어서 귀가 솔깃해졌다고. 길만 번듯하게 닦아놓으면 뭣하냐고, 이 땅바닥 네 군데에 건널목 보행선을 긋는데 5년은 걸리고, 신호등을 매다는데 3년은 걸릴 것이라고. 여기서 사람이 죽어야 그 기한이 좀 빨라진다고. 국민학교 명칭을 초등학교로 바꾸는데 꼭 50년이나 걸리지 않았냐고, 우리 관(官)이란 것은 시민의 일상생활을 어떻게든 불편하게 만들고, 나아가서 '집시처럼 구슬픈' 그 하루살이 뜨내기 삶을 훼방 놓는 합법적 깡패 집단일 뿐이라고.

길은 널찍하게 뚫려 있지만, 그것을 적극적으로 사용하는 방법에 태무심하다는 것, 목적과 수단의 혼선이야말로 '근대성'의 부실을 웅변하는 실물일 터이다. 그것을 정신활동 전반에 적용하면 우리의 '근대'의 기율 자체가 엉망으로 헝클어져 있을 것은 뻔하다. 그 착종(錯綜)을 어떻게 정리할 수 있는 건지.

내 아파트에 들어서자 비로소 눈꺼풀이 껍껍하고 따갑다. 그래도 시선은 웬만큼 분명해서 눈 아래 펼쳐진 한강을 한참이나 무심히 내려다본다. 아무리 눈이 시원해지는 가경(佳景)이라도, 그것을 즐길 마음이 있든 없든, 더러 가상(假象)으로 보일 때도 있는 듯하다. 아주 단순한 의문인데 달리 본다는 것은 도대체 어느 정도까지나 가능한지. 현상도 변하고 주체의 앎이랄지 주관도 쉬임없이 바뀌어 간다는 것을 어쩔 수 없이 상정하면 점점 해괴해지는, 아니 영원히 풀 수 없는 난문이 되고 말지만.

↓

최근에 들은 김 선생의 경험담 중에서 가끔씩 떠오르는 것이 하나

반풍토설초

있다. 내 나름대로 곱새겨본 '옳게 이해하기'와 '바르게 해석하기'에 따르면 그것은 벌건 대낮에 맞닥뜨린 가위눌림이고, 그 가위는 좀 괴상한 사진 한 장이다.

지난해 한여름의 어느 일요일 오전 중이었다니까 저쪽의 세습 군주가 주석 자리에 정식으로 취임하느냐 마느냐는 추측성 보도가 주로 일본쪽 정보를 따와서 간간이 들려오고, 이쪽에서는 연말에 있을 대통령 선거로 정계가 온통 술렁거리고 있던 때였을 것이다. 운동이라면 날아오는 배구공도 제대로 받아내지 못할 정도로 젬병인 김 선생에게 유일한 도락은 일주일에 한 번씩 다섯 시간쯤의 일정으로 지칠 때까지 떼놓는 산길 걷기였다. 등산객들이 많이 지나다니는 코스는 가급적 피한다는 원칙을 지키기는 하지만, 등산로는 매주 달랐다.

그날은 전철과 버스를 갈아타고 우이동 종점에서 내렸다. 잘 아는 길은 여러 갈래였다. 어느 길을 택해도 초입에서는 삼삼오오 떼를 지어 오르는 등산객들을 스쳐 지나가게 되어 있었다. 도선사(道詵寺) 뒷길을 잡았다. 장마는 오래전에 끝났는데도 그날따라 하늘이 잔뜩 흐렸고, 금세라도 한줄기 쏟아질 날씨였다. 내친걸음이었다. 매표소를 지나자마자 소귀천 계곡 길로 접어들었다. 완만한 비탈길인데다가 너무나 낯익은 길이어서 재미가 덜했다. 그는 대동문 쪽으로 뻗은 그 길을 꺾어 도선사 발치께로 뚫린 사잇길을, 오래전에 한 번쯤 하산길로 밟은 적이 있었지 싶은 낯선 길로 나아갔다. 곧장 조도(鳥道) 같은 오솔길이 없어지고 개울이 끊어졌다가 이어지곤 하는 암반 층층이 양쪽의 가파른 산허리 사이로 아스라이 뚫려 있었다. 울퉁불퉁한 암반은 미끄러웠다. 잡목이 너무 짙게 우거져 있어서 길을 찾기도 쉽지 않았다.

간밤에 한차례 지나가는 비를 맞았는지 싱그러운 녹음을 헤치고 나아가니 나뭇잎에서 떨어진 물방울로 바지와 티셔츠가 이내 흠뻑 젖어버렸다. 습도도 높은데다 무더워서 온몸이 땀범벅이었다.

간신히 산등성이로 뻗어가고 있는 등산로를 찾았다. 워낙 짙은 숲길이어서 인적이 끊겼음은 말할 것도 없고, 해묵은 누런 갈비가 두텁게 깔린 산길이 고무처럼 푹신했다. 산행을 만끽하고 있는 셈이었다. 무섬증이 들 만큼 호젓한 산길을 아무리 혼자서 걷는다 할지라도 한 시간쯤만 오르다 보면 산마루가 나올 것이었고, 북한산 곳곳의 산마루들은 어느 것이든 등산로가 훤하니 뚫려 있게 마련이었다. 어느 때라도 사람이 붐비는 국립공원이고, 그도 오래전부터 북한산 안내 책자까지 배낭 속에 넣고 다니는 터였으니까.

그런데 그쯤에서부터 그 호젓한 산길이 가물거리더니 나타났다가는 사라지고, 미로가 여기저기 뚫려 있는가 하면 아예 길이 없어지더니 집채만한 바위가 불쑥 앞을 가로막았다. 어디선가부터 길을 잘못 찾아든 것이었다. 벼랑길을 타다가 미끄러지기도 했고, 어깻죽지가 나뭇가지에 연방 긁혔고, 바위에 갈아붙였는지 빗자루로 쓸어낸 흙마당 같은 팔뚝의 상처 자국에서는 피가 점점이 맺혀 있었다. 그제서야 산중에서 길을 잃었다는 생각이 미쳤고, 조금씩, 그러나 아주 확실한 보폭으로 어떤 당황감이 몰려왔다. 그는 허둥거렸다. 아무렇게나 헤매다 보면 등산로가 나오리라는 일념으로 잡목 밑의 덤불길을 마구 휘젓기 시작했다. 언젠가부터 하얀 가스가 산마루 일대를 뒤덮고 있어서 그 뿌연 미물이 발길에 거치적거린다 싶었고, 서너 발자국 앞의 시야까지 가렸다. 빗방울이 듣지는 않았으나 누기는 여전해서 산길이

반풍토설초

온통 눅눅했고, 그의 몸은 더 축축했다. 오르막길을 한참이나 헤매다 보니 숨도 턱에 닿았다. 허벅지의 근육도 뻣뻣해졌다. 그러거나 말거나 산마루까지는 올라가야 했다. 그런데 가스 때문인지 지척에 다가서야 할 산마루가 코끝도 보이지 않았다.

숨길을 헉헉 몰아쉬며 비탈길을 기어오르고 있으려니 소나무 숲길이 나타났다. 켜켜이 쟁여 있는 갈비 바닥과 곳곳에 고주박이 박힌 흑갈색 산길이 부드러웠다. 안도의 한숨이 저절로 새나왔다. 그 전인미답의 길을 줄여가면 곧장 산마루에 닿을 터였고, 거지척거려서 일부러 피해 다녔던 등산객들을 이제는 반갑게 만날 수 있을 것이었다. 그렇긴 해도 그는 왠지 무엇에 쫓기는 사람처럼 서두르고 있었다. 혼자서 낯선 길을 헤매고 있다는 무섬증이 채 떨어지지 않은 모양이었다.

그쯤에서 그의 시야에 희끗희끗한 것이 얼보였다. 발길에 엉겨붙는달까 치근치근 휘감기는 것 같은 가스 속을 헤쳐간다 싶게 밋밋한 산등성이 길을 느직느직 줄여가고 있는 판인데도 그것은 댓 발자국 앞에서 얼른거렸다. 처음에는 등산객이 무심히 버리고 간 오물이겠거니 여겼다.

그것은 사진이었다. 그것도 비슷비슷한 세 얼굴이 크기도 같게 나란히, 좀 길쭘한 한 장의 인화지 위에 올라앉아 있는 컬러 사진이었다. 죽은 짐승을 집적거리듯이 그는 등산화 코끝으로 그 뻣뻣한 인쇄물을 바루어놓았다. 명함만한 크기의 왼쪽 얼굴은 연전에 이미 죽은 저쪽 주석이 한창 중년 때 인민군 정복을 입고 호탕한 웃음을 터뜨리는 낯익은 것이었다. 가운데 얼굴은 바로 그가 울대뼈께까지 단추를 채우는, 고위직 노동당 당원이 주로 입는 그 단정한 정복을 입은 위풍

당당한 모습이었다. 물론 그것도 평양 시가지 곳곳의 벽보나 무슨 대규모 행사 때마다 내걸린 현수막 속의 그것이라 낯익었다. 오른쪽 얼굴은 저쪽의 세습 군주가 정색한 얼굴로 어딘가를 직시하고 있는, 역시 예의 그 노동당 고위직의 정복 차림이었다.

사진의 현상 상태는 양호해서 얼굴 윤곽이 뚜렷하게 떠올라 있었다. 그러나 배경도 푸르죽죽한데다가 그 복장들도 군청색이어서 그런지 안색이 하나같이 좀 병적이었다. 누기가 심한 날씨 탓으로 인화지는 자잘한 물방울 같은 물기를 고르게 덮어쓰고 있어서 그 바탕이 그런 것처럼 유들유들할뿐더러 뻔뻔스러운 얼굴의 살갗들이 좀 번질거렸다.

그는 한참이나 엉거주춤한 자세로 발치 앞의 그것을 내려다보고 있었다. 너무나 상투적인 사진들이었고, 익히 알고 있는 얼굴들이라기보다는 어떤 장면들이라 사실상 뜯어볼 것도 없었다. 그런데도 그는 그것을 한동안 노려보았다.

갑자기 그의 등줄기에 서늘한 기운이 훑고 지나갔다. 머리끝도 쭈뼛거렸고, 얼굴도 덩달아 홧홧하니 달아올랐다. 호탕한 웃음을 터뜨리고 있는 그 철면피한 얼굴의 외형이 무슨 탈바가지처럼 괴기스러웠다. 분명히 가면의 그것처럼 음험한 얼굴이었다. 그는 혼자 낯선 길에서 서성대고 있는 것이었다. 그 길마저 너무 호젓한데다가 가스가 쉴 새없이 스멀거리고 있어서 무섬증을 몰고 왔다. 사위스런 그 사진의 얼굴들이 그의 안면을 향해 마구 달려들었다.

쫓기듯이 그는 그 현장을 벗어났다. 내뺀다 싶게 그는 산등성이로 뻗어 있는 너설 길을 줄기차게 기어올랐다. 곧장 길이 또 끊어졌다.

가파른 산마루 들머리였다. 방금이라도 그 사진을 그곳에다 은밀하게, 그러나 이쪽의 숱한 등산객들이 유심히 보라고 맞춤한 곳에다 뿌린 것들이 그에게 덮쳐올 것 같았다. 설마 어느 능선에서 대량으로 살포한 것이 거기까지 날아왔을 리야 있겠는가. 그는 오히려 자신이 공비처럼 산악지대를 줄기차게 누비고 있다는 생각을 얼핏 떠올렸다. 산마루는 의외로 꽤 멀었다. 멱을 감은 듯 온몸이 흠뻑 젖어 있었다. 얼굴을 훔치니 손바닥에 땀이 흥건했다. 해묵은 낙엽이 두툼하게 깔린 새까만 부엽토 길이 그의 발걸음을 움켜쥐는 것 같았다.

이윽고 누르께한 흙길이 나타났다. 소나무 박힌 시커먼 바위도 보였다. 어느새 가스도 좀 엷어져 있었다. 산마루였다. 등산길이 좌우로, 짐작으로는 백운대 쪽과 대동문 쪽으로 뚫린 오솔길이 구불구불나 있었다. 인적은 여전히 보이지 않았으나 안도의 한숨이 저절로 새나왔다. 그래도 그 호젓한 산길 곳곳에는 괴기가 웅크리고 있어서 그는 발걸음을 더 재게 떼놓는 중이었다. 한참이나 숨을 헐떡거리며 등산길을 오르락내리락하고 나니 저만치서 등산객들이 얼른거렸고, 그들의 두런거림도 들려왔다. 중년 사내 네 명이 소나무 숲 밑에서 다리품을 쉬고 있었다. 그는 비로소 가위눌림에서 놓여났다.

날씨가 그 모양이어서, 또 한철 더위가 막바지여서 그날은 등산객이 여느 일요일보다는 적었다. 한동안까지 그는 오가는 등산객을 한 사람도 못 만나며 한적한 산행을 즐기고 있었는데, 그 때문에라도 그 좀 그로테스크한 사진이 그의 눈에 줄곧 밟혔다.

도대체 그게 무슨 조잡한 사진술이란 말인가. 세 얼굴을 그처럼 나란히 붙박아놓은 의도는 세습 군주의 실물이, 또는 그 체제가 그렇게 변해왔다는 뜻일 텐데, 그게 이쪽에 무슨 양해사항인지, 아니면 무슨 시위인지 종잡을 수 없었다. 그쪽의 위대한, 소위 하늘처럼 우러러 받들어야 하는 수령 아바이 동지의 세습화 운동마저 이쪽도 반드시 '알아 모셔야' 하는 대대적인 정치 공세라면 이쪽의 모든 등산객들, 나아가서 서울 시민들 전체를 그나마 한 동포로 여긴다는, 아니면 북조선 인민이나 마찬가지라는 숨은 선의를 곡해할 것까지는 없다. 그러나 그런 정치적 선전선동술을 제대로 행사하려면 우선 그 사진술부터 훨씬 세련된 어떤 것이어야 옳다. 마침 이쪽도 대통령 선거를 앞두고 있는 마당이고, 그 화려한 정치 쇼에 다채로운 디자인 감각이 인쇄 매체 및 화면 매체를 통해 대량으로 유포될 것을 감안한다면 더욱이나 그래야 씨알이라도 먹힐 노릇이었다. 그런데 그 푸르죽죽한 사진의 명암도 그렇지만, 한 장의 인화지에다 가지런히 붙박아놓은 그 기법은 조잡하다 못해 어떤 미적 감각도 없는, 부적보다 못한 술수 곧 저질의 사기술에 지나지 않았다. 하기야 그 명함판 사진 석 장이야말로 트리밍을 안 한 인화지 그 자체이므로 미완성품인 것도 사실이었다. 그러나 트리밍을 의도적으로 생략한 그 술수가 '대를 이어 충성하자' 라는 바로 그 목적에 충실히 봉사하고는 있지만, 그렇다고 해서 그 거친 정치 선전이 어떤 호소력을 배가시키고 있는 것은 아니다. 우리쪽은 아비의 뒤를 이어 그 아들이 말 같잖은 '백두혈통'의 왕조 체제를 굳건하게 이어가니 남조선 쪽도 부디 알아서 모셔야 한다는 그 시먹은 선전술에 콧방귀를 뀌지 않을 서울 시민이 있기나 할까. 도대체 그 무지막지한 선전선동술을 흩뿌리고 다니는 첩자나 그 하수인들의 정신 상태는 어떻게 굴러가고 있는가. 직분이 그래서 어쩔 수 없다는, 그 짓

반풍토설초

을 못 하겠다면 당장 목숨이 위험하다고 둘러댈 수 있겠으나, 그런 폭압 상태의 정치체제가 비정상적이고 시대착오적인 것은 더 말할 것도 없다. 요컨대 야만적, 반근대적 풍토에서는 모든 말이, 이야기가, 소설이 정상적으로, 더불어 그럴듯하게, 무리 없이 지어질 수 없다. 더 쉽게 말해서 서로 말이 통하지 않으면, 말값을 바르게 누리지 못하는 공동체에서는 모든 인과가 배배 틀려서 어떤 작업도 근본에서부터 엉망이 되고 만다. 이제 긴 사설은 무용지물이다. 그처럼 조잡한 불온 삐라의 살포 행위가 소위 '조선민주주의인민공화국'의 탄생 이래 줄기차게 외쳐대는 '이밥과 고깃국에 기와집' 타령과 무엇이 다를 것이며, 귀신도 못 알아들을 그 공허한 '주체사상'이 다들 배를 두드리고 지내는 배불뚝이 세상인 '대한민국'에 밑씻개로 써먹을 수나 있을까. 그럼에도 불구하고 머리를 굴리는 인간이므로 오해할 수 있는 능력은 누구나 다 오지랖에 차고 다닌다. 그런 무리는 생각이 막연한 추종자거나 사고 행태가 늘 갈팡질팡하는 이른바 추수주의자들이다. '대한민국'이란 드센 국호가 시사하는 대로 우리 사회에는 유독 그런 무리가 부지기수인데, 그들이 시류에 따라 우왕좌왕 설치는 소설은 일단 어떤 분별, 일정한 잣대가 없는 가담항설에 지나지 않는다.

요컨대 그것은 부적 더 이상도 더 이하도 아니었다. 그래서 순간적이나마 그 사위스런 가위, 곡두, 귀신에 눌림을 당한 것이었다. 선량한 서울 시민으로서 순간적으로나마 가위눌림을 당하자마자 사방을 휘둘러보기까지 했으니까. 이제 그 개똥보다 못한 사진과 치른 '조우'만큼은 일단 논외로 따돌릴 수 있다.

산길이 점점 낯익어지기 시작했다. 하늘은 여전히 우중충했으나 가스도 몰라볼 정도로 걷혔다. 지천으로 자라고 있는 둥굴레 풀을 쏙쏙 뽑아 그 기다랗고 딴딴한 뿌리의 흙을 털어낸 다음 비닐봉지에 고이 주워 담는 노인 내외도 만났다. 이제부터 그는 산행만 만판으로 즐기면 족한 것이었다. 귀살쩍긴 하지만 머리를 잔뜩 긴장시키는 화두도 하나 얻은 셈이니 금상첨화였다.

우선 그것이 인화지 위의 피사체로 올라앉아 있던, 그야말로 한 장의 사진이었던지 의심스러웠다. 틀림없었다. 아트지 같은 번질거리는 용지에 사진을 앉힌 인쇄물은 아니었다. 인쇄물이었다면 그렇게 반듯이 잘려져 있지도 않았을 테고, 물방울 같은 습기를 그처럼 잘 배겨낼 수도 없었다. 그래도 방금 두 눈으로 똑똑히 직시한 자신의 눈썰미가 의심쩍었던 것은 손으로 그것을 만져보고, 그 뒷면을 살펴보지 못한 불찰이 후회스러웠기 때문이었다. 사진이 아니었다면 그 뒷면에 무슨 글이라도 인쇄되어 있을 터여서 당연히 그것을 뒤적거렸을 것이었다. 그는 몇 번이나 걸음을 주춤거렸고, 한번은 산길 한가운데서 우뚝 멈춰서서 얼른 되돌아가 확인해볼까 말까로 망설였다. 등산객의 왕래가 거의 없을 것 같던 산길이었던 만큼 그 부적이, 아니 그 세 귀신이 아직도 그곳에 널부러져 있으리라는 짐작은 섰지만, 그 녹음 짙은 호젓한 산길을 쉬이 찾을 수 있으리라고 장담할 수도 없었다. 아무리 백주에 가위눌림을 당했다 하더라도 기억을 더듬어가며 한동안 헤매다 보면 그 지점에 닿을 수는 있겠으나, 그것이 한낱 해괴망측한 부적에 지나지 않았으므로 그런 짓거리야말로 쇄말주의의 본보기감일 것이었다.

이러구러 대동문이 나타났고, 최근에 한창 복원공사를 해대고 있는 북한산성 능선에는 등산객 인파가 제법 붐볐다. 그는 대남문 쪽으로 나아가서 삼천사(三千寺) 계곡으로 빠질 작정이었다.

그때부터 그는 자신의 사고(思考)의 궤적을 평소대로 밟아갔는데, 고삐 풀린 말처럼 여기저기에다 끼얹어대던 그 씩씩거리는 콧김을 내 나름대로 간추리면 이렇다.

대개의 월북자 가족들이 그런 것처럼 제 아비의 얼굴을 거의 반세기 동안이나 못 보고 지낼뿐더러 그 생사조차 모르고 살아가는 이 땅의 이 불가사의한 풍토성을 굳이 상정하지 않더라도 공산주의 그 자체를 타기할 것까지는 없을지 모른다. 그 우람한 주의 주장도 어떤 식으로든 공동체 전체가 사람답게 살아가려는 하나의 모색임에는 틀림이 없고, 그 좀 조급한 이상향에의 실천의지야말로 인간의 다채로운 정신 활동의 최대치를 대변하고 있는 만큼 적당한 기림의 대상이 될 자격은 충분하다. 사변을 줄이면 그것이 이 풍토에서만 특이한 변종으로 재생산되고, 대개의 변종들이 다 그렇듯이 그것은 원종보다 질이 훨씬 낮고 후져빠져서 개선의 여지가 눈곱만큼도 보이지 않는다는 것이다. 제주도 감귤이 뭍에만 오르면 탱자로 변한다는 옛말과 꼭 한 본인데, 꼭 그것만 그런 것도 아닌 것이 이 땅의 기독교를 봐도 알 수 있다. 그것도 이미 원종으로서의 기독교와는 거리가 아주 먼 별종이 되고 말았고, 묘하게도 공것을 바라는 무당의 서방 같은 허울마저 덮어쓰고 있음은 보는 바와 같다. 요컨대 반공의식을 생득적으로 기리는 극우파들이 흔히 저쪽의 비합리적인 한반도 경영이념이야말로 말의 바른 의미에서 '반동적'이라고 한다면, 이쪽의 그것을 뒷받침하고 있는 일체의 이념들도 꼭 그만큼 반역사적이라고 할 수밖에 없다. 그렇지 않고서야 양쪽 다 어떻게 구두선(口頭禪)으로만 '분단 극복'을 중얼거릴 수가 있겠으며, 그 결과는 보는 바와 같이 반세기가 지났는데도 이 모양 이 꼴로 길이 훤히 뚫려 있음에도 내왕조차 못하고 있지 않은가.

저쪽의 우람한 조형물들, 예컨대 주체사상탑이나 역사박물관 같은 것들이 위태위태한 정치체제 및 불안한 국가 권력을 반석 위에 올려 놓으려는 비교적(秘敎的), 아니 무속적 상징물임은 틀림없겠는데, 조선이 한 왕조로서 5백 년이라는, 거의 세계적인 장수를 누렸음에도 불구하고 어떤 거창한 건축물을 남기지 않았음은 그 국가이념인 원종으로서의 유교를 제대로 숙성, 발효시키고 있었기 때문에 굳이 그런 위의를 과시하지 않더라도 정치체제는 탄탄해서 그럴 필요성이 없었다는 해석은 주목할 만하다. 그것이 극단적인, 폐쇄적이고 안분지족적인 보수주의의 원류로서 퇴영성, 반동성, 비주체성을 가졌다 하더라도 이른바 그 짱짱한 사대주의로서의 '소중화(小中華) 의식'이 말하는 대로 그것의 치열한 순수성은 굳이 나무랄 게 없고, 따라서 구경거리로서의 조형물은 축성하지 못했을망정 나름의 촘촘한 사유체계는 남겼으니 퇴계학(退溪學)을 비롯한 숱한 문집이 그것이다.

말이 몇 갈래로 우회한 셈인데, '근대'라는 외형은 지나칠 정도로 번듯하게 갖추었으나 그것을 운용하는 우리의 사고 행태 일체가 아직도 비교적(秘敎的), 주술적(呪術的), 무속적(巫俗的)인 것이다. 아니, 우리의 의식 일반은 여전히 미신에 철두철미 기대고 있다고 해야 할지 모른다. '하늘'처럼 떠받드는 사대주의도 실은 미신의 일종이지 별거겠는가. '분단상황'이 빚어놓은 쌍방의 수많은 '금기'들이 그것을 웅변하고도

반풍토설초

남는다. 미신은 금기의 집합이며, 그것의 완강한 구조화일 뿐이잖는가. 따라서 거칠게 뭉뚱그리면 분단이 극복되지 않는 한, 또 바로 그것 때문에 알게 모르게 눌어붙어버린 일체의 반동적인, 집단무의식적인, 시대착오적인 사고 행태가 지양되지 않는 한 '근대성'의 확보는 전적으로 무망하며, '근대성'이라는 말이 의미하는 대로 그것을 바라는 희원 자체는 영원한 모순이다. 나아가서 문학 및 학문 행위 일체나 소설 속의 '근대' 일체도 거의 견강부회일 소지가 다분하다. 그 부적 같은 괴상한 사진이 어떤 합리적 목적도 띠지 않고, 그러나 무속적 비의(秘意)는 잔뜩 거느린 채 인적 드문 등산로에 '의도적으로' 뿌려져 있듯이. 그것은, 그것을 공들여 만든 행위는, 그것을 거기에 전시한 목적은 가장 시식잖은 '근대소설'의 제재(題材)나 소재(素材)로서도 천부당만부당한 것이다. 따지고 보면 우리의 유명짜한 모든 '근대소설' 속에서 자발없이 명멸하는 '근대인'들은 대개 다가 그것과 똑같은 푸닥거리를 일삼고 있는지 모른다. 더러는 미심쩍은 사랑의 쟁취라는 이름으로, 딴에는 허울 좋은 이념의 완수라는 황당한 명분으로.

↓

내 쪽에서 채근할 일이 아니어서 날밤을 새우고 온 후로 내내 전화를 기다렸으나 감감소식이더니 사흘째인 오늘에야 오후 느지막이 김 선생으로부터 내전. 하물(荷物) 쪽에서 드디어 연락이 왔는데 내일 아침에 출발하는 것이 어떻겠느냐고 물어왔다고. 그러니 내 형편이 어떠냐고. 명색이 금리생활자인 만큼 언제라도 좋다고 선선히 응답. 쌍방이 두어 차례 더 전화질을 주거니 받거니 한 다음에야 행정이 대충 잡히다. 곧 운전기사일 뿐인 내가 내일 오전 열한 시에 세종문화회관의 전면 계단에서 기다리고 있을 하물을 차에 실은 다음, 열한 시 30분 전후에 잠실의 롯데월드 앞에서 하주(荷主)를 태워 중부고속도로를 밟아 청도의 운문사(雲門寺)까지 일로 남행길을 달리기로.

그 하물을 어떻게 식별하느냐고 물었더니, 김 선생은 뜻밖에도 자기도 3, 4년 전엔가 이 땅에서 마지막으로 보고 이번에는 아직 못 봤으니 어떻게 변했을지 모르지만, 일본 여자치고는 얼굴이 작은 편이고, 좀 새침하니 맑은 기도 있고, 아무런 특징이 없어서 무색무취한 매력이 보일 듯 말 듯한 그런 노처녀라는 어정쩡한 대답이다. 영어는 드문드문 좀 하지만 우리말은 단어나 몇 개 주워섬기는 정도라면서. 여자 얼굴이 작은 것을 기리는 요즘의 좀 이상한 풍속을 좇아 "그렇다면 미인이라는 소리 같은데요?"라고 넌지시 다잡았더니, 그렇다면 그런 셈이지만 요즘 젊은 여자들 얼굴이야 꾸미기 나름이 아니냐고, "다들 잘 먹고 빈둥빈둥 유한계급을 자처하니까"라고 아슴아슴한 '과학적 돌연변이설'을 덧붙이고 나서 "어쨌든 이북 여자 아나운서처럼 넙데데한 얼굴은 아니야"라는 희한한 비유를 끌어다 댄다. 뒤이어 "아, 코다, 코, 코가 우뚝하니 크고 잘생겼어, 얼굴에 그 코밖에 안 보여"라고 덧붙인다. 아무런 특징이 없기로는 마찬가지인 이쪽을 갈색 뿔테로 엮은 안경을 쓰고 있다고 일러놓았으니 서로가 보면 쉽게 알 거라고.

듣기로는, 일본의 한자(漢字) 이름들이 대개 다 "너무나 간단명료하게 의미심장한 것처럼" 그런 도모쿠니 미치코(友國道子)를 김 선생이 안 지가 벌써 햇수로 10년 저쪽의 일이라고 한다. 일본 땅에서 처음 봤을 때는 그녀가 대학 2학년생이었는데, 그때 김 선생은 '밥벌이용' 자료 수집차 나흘 일정으로 히로시마(廣島)에 체류했으며, 그곳 시립도서관

반풍토설초

에서 마이크로 필름에 입력되어 있는 백 년 전쯤의 일본 지방신문을 뒤적거리는 이틀 낮 동안 내내 그녀가 곁에서 도와주었다는 것이다. 인연이 그렇게 돼서 그랬는지 이쪽의 막역한 한 친구 소개로 그곳의 광덕사(廣德寺)라는 절이라기보다도 가정집에 찬합 보따리만한 가죽 가방 하나만 달랑 들고 들어섰더니, 그녀가 뒤미처 택시에서 내려 김 선생의 꽁무니를 따라 들어왔다고 한다. 그 절이 그녀의 삼촌 댁이었고, 그 삼촌은 이쪽의 주지(住持)격인 주직(住職)이었으므로 여름방학을 맞아 계절 인사차 들렀던 것 같았다고. 그런데 그 삼촌이 일본 사람치고는 대단히 소탈해서 초면인 김 선생과 인사를 나누자마자 방금 받은 이쪽의 명함을 제 조카에게 건네주면서 앞으로 자네가 잘 안내해드리라는 당부를 선선히 떨구었다고. 어쨌든 차차 알고 보니 도모쿠니 다카히로(友國孝廣)라는 장발의 중 아닌 중은 3남 2녀의 형제 중에서 막둥이이면서도 거의 장자 세습직인 그 가업, 곧 우리와는 많이 달라서 그 규모도 작고 인가 속에 깊숙이 붙박여서 주로 인근의 신도와 주민들 장례 일을 주장하는 절 일을 물려받은 데서도 알 수 있듯이 좀 종잡을 수 없는 중년 사내였다고. 그즈음에는 부업이 되고 만 그의 전업은 화업(畵業)이었으며, 그 점은 3, 4년씩 재수도 마다하지 않는 국립 우에노(上野) 예대의 서양화과를 제때 들어간 후, 재학 중에 프랑스에서 이태나 뒹구는 통에 7년 만에 겨우 졸업한 이력으로 미뤄봐서도 이해할 만한 것이었지만, 원폭 세례를 호되게 얻어맞은 지역 출신답게 세계 평화를 운운하는 모임 같은 데는 만사를 제쳐놓고 뛰어다니는 다혈질의 사교적인 인물이었다고. 사흘 밤을 그 절집에서 묵으며 김 선생은 낮에는 예의 시립도서관에 처박혀 있다가 밤마다 두어 시간씩 금동 불상을 모셔놓은 자그마하나 정갈한 법당에서 영어 반 필담 반으로 한국의 절 풍속 같은 것에 대해 묻는 대로 "아는 데까지 설법을 베풀어" 줘야 했던 모양이다. 청중은 그 정력적인 주직이 불러모은 인근의 노인네들을 비롯하여 학생들도 서너 명씩 꼭 끼여 있어서 스무 명 안팎이었다고. 그 통역은 물론 미치코가 맡았다고. 비즈니스호텔을 예약해두었는데 그것을 기어코 취소시키고 법당 건너편의 외딴 방에서 묵으라고 한 것도 그런 '학습' 모임을 주선하려는 호의의 호사벽 때문이었을 거라고.

이 글의 애초의 화두가 그것이어서 그런지 이제야 김 선생이 사흘 전에 들려준 일본의 묘한 풍속이랄지 실화랄지가 떠오르는 건 웬일일까. 누구한테 들었다고 했으나, 내 쪽이 듣기로는 번역자가 특유의 활달한 상상력으로 그 세목의 태반을 적당히 번안하여 덧붙인다고 여겨졌기 때문에 그런지 어떤지. 하기야 그 기발한 '제도'를 '근대성'의 실천적 한 단면으로 못박는 게 견강부회의 한 사례 같기도 했지만.

정력이 좀 별나게 출중한 70대 초반의 늙은이 한 사람이 있다. (일본의 늙은이들은 남녀 공히 왜 그처럼 다들 정력적인지, 그것도 무슨 비유교적 풍토성 때문인지) 이 늙은이는 대동아전쟁 때 학병으로 필리핀까지 출정한 바 있는데, 그 때문에 고소공포증을 얻어서 비행기를 죽어도 못 타므로 한평생을 국내 여행파로 살아온 위인이다. 팔자가 그래서인지 생업도 온종일 제도판 앞에서 뭉그적거리며 건축물을 설계하는 일이었다. 정년퇴직 후에도 한동안 평생 봉직해온 일류 건축설계회사의 자문역을 맡고 있다가 그만두고, 이제는 그가 한창때 직원들과 함께 제대로 설계하여 지은 대규모 고급 맨션 단지의 수위

반풍토설초

로 일하고 있다. 마침 10여 년 전에 그의 아내도 무슨 암으로 앞서 가
버려 지금은 혼자서 끓여 먹고 지낸다. (웬만큼 잘 먹고 잘 놀아서 그
런지 여기나 거기나 암 환자는 왜 그렇게 많이 생기는지.) 자식들도
다들 제 앞가림이 착실해서 개중에는 어느 사립대학 교수도 있고, 가
끔씩 떼지어 찾아오는 친손자 외손자들을 보는 게 낙 중의 낙이다. 그
러나 밤낮을 가리지 않고 그 힘이 그렇게 뻗대고 있으니 난감할밖에.
특히나 연전에 하직한 아내와 다정하게 나눈 정을 떠올리다가 눈시울
이 젖어오고 난 다음에는 유달리 아랫도리에 힘이 뭉쳐오는 것이었
다. 그러니 더욱이나 늙마에 후처를 볼 마음이 추호도 없음은 담박한
성깔 탓도 있지만, 억지 욕심을 부리다가 구질구질한 뒷일을 자식들
에게 떠넘길까 봐서이다.

  아내가 죽고 나서 그녀의 유품을 정리하면서도 그랬지만, 특히나
그녀가 다달이 정기구독하던 잡지나 무슨 모임의 초대장 및 회보나
그녀의 지인들이 미처 모르고 부쳐오는 계절 인사 편지 따위를 받을
때마다 공연히 적막한 정서를 끼얹게 만드는 망자와의 아리따운 이생
인연들이 늙은 홀아비 혼자만을 불상도 모시지 않은 적멸궁에다 유폐
시켜놓은 듯해서 그는 일찌감치 유언장도 써두었다. 그는 생업이 그
랬던 만큼 수치를 잘 따지고, 당연히 일기예보 같은 것도 매일 챙기는
터이라 과학을 철저히 믿었으므로 용불용설도 기렸다. 그래서 아내가
살아 있을 때도 그럴 기회와 맞닥뜨리면 상대방의 미추 따위는 개의
치 않고 그의 넘쳐나는 힘을 용불용설의 도구로 삼는 데 주저하지 않
았다. (사람 사는 데는 어디나 마찬가지인데, 무슨 일이든 당사자가
죽기 살기로 바치면 그럴 기회는 제 발로 굴러오지 않냐. 판돈이 궁한

노름꾼이야 진작에 자격 미달이잖아.) 비록 밤낮을 일주일마다 바꿔 가며 매일 열두 시간씩 수위실에서 갇혀 지낼망정 잠시잠시 살을 섞을 치마 두른 것들은 오다가다 만나게 마련이고, 그가 행랑아범으로 지키는 고급 맨션의 세대주들이 대개 다 경제적으로나 시간적으로나 여유를 누리고 사는 중년층 및 노년층인 만큼 그들의 엄전한 부인 몇몇도 그의 배설의 표적에 예외일 수는 없었다. (호색이야 남녀 공히 막을 수도 없고, 자제력을 그런 데다 써먹으면 생병이 나잖나.)

당연하게도 그의 호색 행각에는 몇 가지 규칙이랄까 '제도'가 따랐다. (이런 대목에서도 '근대'를 들먹이자니 속 보이는 짓거리지만, 어쨌든 수많은 '제도'의 합리적, 합목적적 유기체가 '근대'인 것은 부정할 수 없고, 외간 남녀가 상습적으로 상간한다는 것도 '근대'의 혜택이지 별것인가.) 우선 그는 그 장소를, 그것도 '제도'인 러브호텔로 제한했다. 나이 탓을 둘러댈 것도 없이 쌍방의 주거지를 넘나듦으로써 공연히 애틋한 정서를 일구는 짓거리는, 그게 사실상 멜로드라마의 상투(常套)인데, 감상적(感傷的) 호사(好事) 취미거나 심정적 사치기 때문에 그랬다. 또한 그것의 이용료가 선불이고 시간제인데 그는 언제라도 자비로 부담하고, 두 시간을 넘기는 법이 없었다. 더 이상은 허세거나 낭비일 뿐이었다. (매번 지키는 철칙이랄 것까지는 없겠으나, 가능한 한 그의 호색의 도구로 젊은 여자들을 피한다는 원칙도 더불어 여기서 강조해두는 것은 섣부른 감정의 낭비를 원천적으로 봉쇄하며 살아가는, 더욱이나 노망하지 않고 건강하게 사는 날까지 살고 싶은 의식과 무관하지 않다. 말하자면 그의 평소 생활신조가 상당한 정도로 합리성을 띠고 있다는 특기할 대목을 이 기회에 우리의 비근대적

반풍토설초

의식 일체는 반드시 주목해야 마땅하다는 것이다.)

이제 이 늙은 호색한이 손수 개발했다는 재미있는 '제도'를 살펴보면 그가 과연 '근대인'임이, 아니 '근대'의 실상이 드러난다. 곧 그는 언제나 용불용설을 시험하기 전에, 반드시 상대방의 양해를 얻은 다음 지갑 속에 고이 간수하고 있는 쪽지를 머리맡에 놓아둔다. 그 쪽지는 그의 연락처, 곧 그의 자식들 중 제일 만만한 것의 전화번호가 적혀 있다. 물론 복상사나 심장마비 같은 급사에 대비하느라고.

무심코 내 말문이 터졌다.

"아예 명함에다 박아놓으면 될 텐데 굳이 종이쪽지에다요?"

번역자의 대답은 어떤 난문에도 막힘이 없었다.

"그것도 낭비에다 수선스럽잖아. 노인이 명함을 가지고 다니는 것도 우습고. 호들갑스럽지. 또 명함이란 것이 그런 장소에 떨어져 있으면 이미 익명화된 쓰레기잖아. 그 쪽지 위에 나이도 적어놓고, 그동안 신세 많이 졌다느니, 부디 내 주검을 간소하게 처리해달라느니 같은 문구까지 씌어 있는지 어떤지야 모르지만. 그렇다면 벌써 소루한 채로나마 유언장이거나 자서전이 되고 마는 셈일게고."

"공연히 소심해빠진 한 노인장을 미화한달까, 견강부회로 들리는데요?"

"소심? 근대인이라면 당연히 소심해야지. 실제로도 다들 그렇고. 어쨌든 우리와는 격이 많이 다르잖아. 우리처럼 덜렁이도 천둥벌거숭이도 아니라는 소리야. 소심한 심사를 찬찬히 실천하고 있으니까. 자기 인생을 마지막까지 무엇을 향해 던지며 살아가고 있잖아. 본능과 합리의 갈등을 제대로 누리면서. 그럴 수밖에 없는 것이 상대방에게도 그 제도를 애용하라고 암암리에 교시한다는 것도 근대성이라면 근대성이지. 실제로 그 늙은 호색한 영감탕구와 버금가는 나이의 할망구들도 그 제도를 적극적으로 활용하고 있다는 소문도 들려."

"그쪽 풍속이 좀 유별나다는 지적이라면 몰라도 자기의 불의의 주검까지 스스로 챙기는 걸 두고 꼭 근대 운운할 것도 없지요."

"저쪽 주방 구석에서 숨도 제대로 못 쉬고 있는 결론을 지레 끌어다 놓으면 이래. 흔히 하는 말대로 사랑이 권력이라면 섹스는 그 하부구조로서 적당히 써먹기에 딱 좋은 제도일 거야. 물론 별것도 아닌 제도지. 그렇긴 해도 그 제도를 또 다른 수많은 제도의 시행착오 없는 운동성이랄까, 빈틈없는 관례성 아래서 조작한다는 것, 그것만이 소설일 수 있어. 그런 제도들이 삐걱거리는 한 우리의 한(恨)이나 정(情)은 아주 적극적으로 수동성 내지는 식물성을 띨 수밖에 없어. 사람은 동물이잖아. 시대와 환경에 대응하면서 능동적으로, 동물적으로 살아가야 한다고. 시대와 환경은 부수물이 아니라 그 지배적 경향 일체를 거느리는 필수품이고 말고, 물론 개선의 대상이기도 하지. 자연주의의 강령을 뒤집어 읽으면 현실은 그대로 베끼기로 그칠 게 아니라 그 부실한 근거를 역사적으로 밝혀보자는 것이거든. 현실주의의 배태 자체가 바로 그것이고."

↓

과연 코가 돋보였다. 모나리자의 코 같다면 과찬일 테지만 인물 좋은 불상의 그것 같다면 빈말이 아니다. 나 혼자만의 일방적 짐작이지만, 그 코 때문에 배필 후보생짜리들이 지레 머리를 흔드는지도 모른다. 그리고 보니 무기(巫氣)도 완연하고, 불기(佛氣)가 넘실거린다. 내 쪽에서 다가가자 그쪽에서 먼저 알아보고 허리를 연방 납신거린다. 회색 양복바지 위에다 소매를 팔꿈치까지 걷어올린 벽돌색 남방셔츠 안에 흙색 티셔츠를 받쳐입은 차림이다. 한쪽 어깨에 홀쭉한 배낭을 폼으로 걸쳤고, 보스톤백을 들었다. 하물을 뒷자리에 싣고 시청 앞 광장을 벗어났다.

남산 3호 터널이 붐벼서 1호 터널로 꺾어 들었더니 더 막혀서 거의 열두 시께나 되어 하주도 마저 싣다. 김 선생이 앞좌석에 올라앉았으므로 미치코와는 악수 없는 인사를 반갑게 나눈다. 두쪽 다 이심전심으로, 비록 더듬거리는 영어일망정 의사소통만은 수월하게 주거니 받거니. 김 선생이 사무실을 옮겼다는 엽서를 받자마자 불쑥 한국을 관광하고 싶어져서 팩스를 띄웠다고. 이틀 전에 와서 서울 일원의 절들을 둘러보고, 어제는 이천(利川)의 도예촌도 구경했다고. 올 때마다 한국의 시골에서 살고 싶어진다고. 다카히로 씨가 지난해 가을에 개인전을 히로시마의 무슨 백화점 부설 화랑에서 연다고 초대장과 팸플릿을 보내왔으나, 이쪽 사정이 여의치 않아 못 갔는데, 성황이었느냐고 묻는다. 아주 성황이었다고. 개막 축하연에 5백 명쯤 모였다고. 팸플릿을 보니 다카히로 씨의 평생 주제인 '블랙 레인'의 이미지가 충격적이었다는 의례적인 인사도 덧붙인다. 흑우(黑雨)? 검은 비? 무슨 메타포인가 했더니 히로시마에 원폭이 떨어진 날, 그 여파로 검은 비가 내렸으며, '검은 비'는 일본에서만 유별스레 호소력이 큰 문학적이라기보다 사회적 기호일뿐더러 그 이미지는 전국민에게 즉각적인 반응을 불러일으킨다고. 그 서양화가의 인생 역정도 괴짜지만 그 그림은 더 기발나게 기이한 듯. 부친의 사업은 여전하며 건강하시냐니까 하물은 염화미소로 고개만 끄덕인다.

하주의 설명에 따르면 하물의 부친은 불교 관계의 무슨 주물업(鑄物業)을, 아마도 처가의 세업(世業)을 물려받았지 싶은 그 사업을 대대적으로 일으켜 세운 향토의 쟁쟁한 재력가라고. 그런데 광덕사 주직과는 무슨 일 때문인지 단단히 삐쳐서 형제간에 내왕도 없는 눈치였다고. 그래서 하주도 하물의 부친은 얼굴도 보지 못했으나, 그의 소유이자 그의 회사가 들어앉아 있는 큼지막한 빌딩은 차 안에서 봤다고. 하물이 3년 전엔가 이 땅에 단체 여행을 왔을 때 시내 롯데 호텔 커피숍에서 잠시 만나 건네주는 명함을 봤더니, 그것도 틀림없이 광덕사가 속해 있는 저쪽의 제일 종단(宗團)인 정토진종본원사(淨土眞宗本願寺)파에서 운영하지 싶은 히로시마 근방의 어느 대학 인간과학부의 강사였다고. 하물이 국립 동경외대 힌디어과 출신에다 어느 대학원에서 커뮤니케이션을 전공했다니까 이래저래 짐작은 간다고.

하주와 하물은 한동안 말이 없다. 금요일 오후라서 차량 행렬은 안 막힐 정도로 꽁무니를 잇대고 있다. 5월 하순에 접어들고 있어서 날씨도 화창하다. 그러나 때 이르게 덥다. 에어컨 바람이 웬만큼 돌아가자 하물이 그 덩실한 코부터 웃으며 묻는다.

"이상, 논 스모커?"

뒷좌석의 재떨이가 깨끗해서 양해를 구하는 눈치다. 어느 잡문을 보니 자신을 용고뚜리라고 자처한 김 선생이 담배를 물자 하물도 배낭에서 담뱃갑을 꺼내 맛있게 태운다.

내가 "분필 가루를 너무 마시는 통에… 담배만은 달관했달까" 운운하자 김 선생은 "분필 가루, 달관을 어떻게 옮기나?"라고 중얼거리더니 하물에게 나를 소개한다. (종교처럼 문학 행위도 반 이상이 비즈니스가 되고 말았다고 조롱하는 김 선생의 말을 따오면 "발표하는 재주도 스스로 지진아 상태로 몰아붙이고" 따라서 "인기를 스스로 만들 줄도 모르는 이름 없는") 시인이고, 한때 국어 전문의 대학입시준비 학원을 운영했는데 지금은 쉬고 있다고. 이쪽의 생업 같은 데는 관심도 없는 듯 하물은 그 선이 뚜렷하고 빤질거리는 불상(佛像) 코를 담배 연기로 가려놓는다.

"왜 하필 운문삽니까?"

"몰라, 저 친구가 팩스에 그렇게 지명했더라고. 내가 언제 운문사를 얘기했던지 몰라. 비구니만 살고, 비구니 대학도 있다고. 내 성장지도 그 부근이니까. 아마 저 친구도 저쪽에서 웬만큼 정보를 알아봤을 테지. 자네도 처음인가?"

"그쪽은 경주밖에 몰라요."

"나도 막상 6, 7년 전에 가보고 처음이야. 그때도 한여름에 갔는데, 친구들이 황구 한 마리를 잡아놓는다길래 불원천리하고 뛰어내려갔어. 그 당시만해도 여름 한철에는 황구가 영양 보충 음식으로 인기였잖아. 다들 그걸 꼭 찾아 먹고 원기 회복 운운했어. 밤새 수북한 소쿠리 하나를 다 비웠어."

늦은 점심을 먹으려고 중부 휴게소에서 차를 세웠다. 하물을 대접하려고 그러는지 하주는 여름 들머리인데도 계절 감각을 까맣게 잊고 따끈한 우동을 찾고, 오뎅 백반이 없을까 하고 두리번거린다. 있을 리만무여서 쇠고기 국밥을 시키니 하물도 먹어봤다면서 그걸로 하겠다고 한다. 독실한 불교도 집안, 쇠고기 국밥. 비구니 절을 찾아가는 노처녀 대학 강사, 주직이면서 '검은 비'를 그리는 서양화가 등이 묘하게도 불협화음을 빚어내고 있다. 하물은 벌건 쇠고기 국물을 말끔히 닦아 먹고 나서는 이내 담배 연기를 기다랗게 내뱉는다. 어딘가 탈속한 대처승의 귀한 딸내미 같은 자태라서 속으로 이런 구도는 세속화로서 제법 그럴듯한데 라고 자평하다.

공중화장실 속에서 나란히 서서 오줌을 누며 김 선생이 "얼굴에 살이 많이 붙었네, 부처처럼. 그새 늙었어. 인생은 잠시야. 청색 물방울 원피스를 입고 애티가 졸졸 흐르더니만" 하며 하물의 옛 모습을 더듬기에 궁금해서 물어보았다.

"저쪽은 중질을 하면서도 아무거나 다 하는 모양이지요?"

"다 하지. 한마디로 제멋대로야. 머리, 옷, 음식, 술, 담배, 부업, 대처(帶妻)는 기본적으로 자유자재고, 수입도 아주 좋은 직업이야. 무슨 종교든 생업의 수단이랄까 직업으로서의 본분을 떳떳하게 누리는 거야 우리도 마찬가지지만, 저쪽은 우리와 영 딴판이야. 우선 주검을 정성스레 거둬주니 존경도 받고. 활짝 열려 있어. 종교가 별거냐 이거야. 우리는 따분하지. 온갖 금기를 다 만들어놓고 있으니 벼라별 위선과 일탈을 밥 먹듯이 치르잖아. 속은 텅텅 비어 있으면서 공연히 엄숙하고 폼만 잔뜩 잡고. 열어놓고 실속 차리고 닫아놓고 유명무실한 차이쯤 된다고 보면 거의 틀림없어. 나보고 일본에서 살아라면 1년쯤이나 제대로 배겨낼까 싶지만, 거기서 중질은 3년쯤 하고 싶어. 애도 하나쯤 만들면서, 오차노미즈 대학 출신의 안사람을 하나 데불고. 예의 그 화가 겸 주직인 저 하물의 삼촌이 꼭 그래. 일본의 부모들이 대개 다 제 여식에게는 꼭 다니게 하고 싶다는 대학이 오차노미즈 대학인

반풍토설초

데, 광덕사 주직이 동갑인 제 부인을 어떻게 꿰찼더라고. 둘 다 국립 명문대학 출신이라 쉽게 맺어졌겠으나, 그 밑바탕에는 주직이라는 수입 좋은 확실한 가업도 작용했을 거야, 그렇다 마다. 그 주직 부인의 요리 솜씨가 또 일품이야. 가지 요리를 세 개나 만들어 내놓았는데, 정말 다 먹을 만하더라고. 내가 역시 요리 솜씨 좋은 여자와 사는 남자가 제일 부럽다고 했더니, 그 집주인은 대뜸 인물도 저만하면 일급 아니냐고 점잖게 자랑하던 모습이 아직 눈에 선하네. 그 여자는 당신도 그런 말을 이제사 하는가고 눈을 곱게 흘기더니만, 이내 깍듯이 존댓말로 '도우모 아리가도우 고자이마스'라고 대답하더라고. 그때 나도, 아, 여기서 대처승 노릇을 꼭 3년만 하고 싶다는 생각이 번뜩 들데. 아무튼 일본 전국토에는 남편 스님과 신자 아내가 서로 공손히 떠받드는 세속주의 같은 것이 묘하게 조화를 이루고 있어. 인근의 주민 신도들로부터 돈을 수수(收受)하는 수법이랄지 기법도 아주 묘해, 명색은 헌금인데 그 방법이 아주 의논성스러워서 흡사 짜고 치는 노름판 같고. 종교가 별거 아니다는 생각이 좀 기발해야지. 그야말로 파격 중 파격이야. 일본 사람들은 근본적으로 머리가 우리보다는 꼭 두 배 이상으로 좋아. 대처도 보란 듯이 만들고, 그 막강한 종교조차 의심하고 덤벼들었으니까. 맹목적 추종과는 하늘과 땅 차이야. 저들이 우리보다 근대를 수월하게 받아들인 것도 역사적 풍토적 맥락에다 종교적 처신과 그 신심이 두루 삼투해서, 스며 들었다고 봐야지."

초여름 오후의 새파란 하늘을 쳐다보더니 하주는 "역시 밖으로 나오길 잘했군. 숨도 제대로 쉬는 것 같고 눈도 시원하네"라며 새삼스럽게 자신의 답답한 일상사를 되돌아본다. 그리고 덧붙이기를, 하물을 처음 만나던 날도 7월 중순께의 꼭 이맘때였는데 날씨가 이렇게 좋았다고. 그런데 그 다음날 히로시마 시립도서관의 구내식당에서 하물과 함께 돈까스를 먹고 난 후, 그 도서관이 일제 때 지은 위풍당당한 타일 건물이어서 밖으로 나가 그 외양을 여기저기 둘러보고, 아름드리 히말라야시더 그늘에서 담배를 두어 대나 피울 때까지도 멀쩡하던 하늘이 이내 시커메지더니 폭우가 쏟아졌다고. 일본의 기후가 전통적으로 찾아먹는 매우(梅雨)도 막 끝났는데 그랬다고. 광장을 방불케 하는 널찍한 정기간행물 열람실의 천장 곳곳에는 두꺼운 유리를 박아놓은 채광창이 뚫려 있었는데, 그 위로 번개가 희번덕거리고 굵은 빗방울이 촘촘히 내리꽂히는 장관을 망연히 쳐다보았다고. 게다가 기름 먹여 번들거리는 나무 바닥도 분명히 흔들리는 것 같았다고. 국외 방문자는 왠지 불안하고 초조해져서 신문 열람을 그만두고 멍청히 의자의 진동을 감지하고 있는데, 신문 복사지를 챙기고 있던 하물은 태연한 얼굴로 피로하냐고, 좀 쉬겠냐고, 걱정할 것 없다면서 냉수 한 잔을 건네주었다고. 해거름녘에야 그 장대비가 감쪽같이 멎기는 했는데, 그때 하주는 전혀 새로울 것도 없는 원론 하나를 깨쳤다고. 뭔고 하니 문학도, 나아가서 인간도 결국 기후의 지배를 받고, 그것에 지게 마련이라는 것, 그 기후가 바로 풍토이자 풍속이지 별거겠냐고. 따라서 기후 곧 환경과 싸우지 않는 문학은 가짜일 수밖에 없다고 단언하는 문학론을 나름대로 발효, 숙성시켜 갔다고. 그런데 이상한 풍경은 날씨가 그처럼 줄변덕을 부리고 있는데도 건물을 튼튼하게 잘 지어놓아서인지 열람실을 빼곡이 채우고 있는 열람자들은 어떤 동요도 없이 각자의 책자와 자료들만 파느라고 고개를 쳐드는 사람이 하나도 없었다고. 저절로 숙연해지는 그 광경을 보고, 그들은 적어도 질 수밖에 없는 한판 싸움을, 그것도 기후와 환경과의 전쟁을 다부지게 벌이는 것 같았다고. 그 후부터 하주는 소설을 쓸 때마다 기후는 말할 것도 없고 광의의 풍토, 주변 환경에 대한 어떤 상을 먼저 상정하는 버릇이 생겼다고. 덧붙이길 같잖은 변명 같지만, 하주 자신이 소설을 많이 못 쓰는 것은 그 '풍토'를 잘 모를뿐더러 이때껏 익히 알고 있던 기왕의 '풍토'와는 유별나게, 그러니까 점점 더 조악하게 바뀌어 가고 있는 또 다른 별종의 '풍토'에 진절머리가 나서라고. 그리고 보니 묵언으로 원경과 근경을 눈여겨보는 하주의 시선에는 그의 말투보다 더 싸늘한 경건주의랄지 정색한 근본주의가 얼비치는 것 같기도 하다.

청주 부근서부터 주춤거리더니 대전 들머리에서는 차량 행렬이 아예 멎어버렸다. 그래도 하주와 하물은 부처의 음덕을 음양으로 기려서인지 짜증스러운 기색을 전혀 안 비친다.

"이러다가 밤에 떨어지겠는데요?"

"상관없지 머. 어차피 저녁을 먹고 들어갈 테니까. 산채 정식을 제대로 한 상 받기로 했어. 친구가 맞춰놨을 거야. 핸드폰은 가지고 왔지?"

그제서야 하물을 부리러 가는 주목적보다 자신이 오랜만에 고향 부근으로 바람을 쐬러 가는 데 비중을 둔 하주가 자신의 소임을 챙긴다. 곧 무릎 위에 놓아둔 신발주머니 같은 헝겊 가방을 열더니 운문사의 가람 배치도, 비구니들의 수업 광경, 보물들 사진 따위를 복사한 준비물을 등 너머로 건넨다. 둘은 갑자기 우리말과 일본말을 섞어, 주로 단어를 감탄사처럼 주워섬기는 식으로 되뇐다. 영어는 가끔씩 논바닥의 피처럼 요긴하게 우쭐거린다. 사흘쯤 묵는 것은 '프리'라고. 하물이 여자라서 (그것보다 일본 사람이므로) 선방(禪房)에서 묵기는 어렵다고. 어쩔 수 없이 기도처인 사리암에서 묵어야 한다고. 괜찮다고, 오히려 그게 좋다고. 천 년 이상 버텨온 고찰(古刹)이라서, 한국 최대의 비구니 강원(講院)인 운문승가대학도 운영하는 대찰이라서 승려들의 일과를 구경하는 것도 재미있을 거라고. 논문을 쓸 자료는 얼마든지 구할 수 있고, 잘은 모르지만 일본말을 할 줄 아는 사람도 여럿 있을 테니 의외로 재미있을 거라고.

"사리암요? 비구니들만 사는데 웬 사리암입니까?"

"그 사리가 아니고, 간사할 사(邪)에 떼놓을 리(離)야. 좀 의미심장해? 정말 한문만큼 뛰어난 문자는 다시 없는 것 같애. 살아갈수록 점점 더 그래. 한문이 없었더라면 어떻게 살았을지 막막해. 이제 내 나이는 머리가 썩어서 남의 나라 글은 죽었다 다시 깨나도 못 깨쳐. 그 생각만 하면 정말 서글퍼져. 독학할 정열도 없고 누구한테 배울 나이도 지났고, 그럴 시간도 없으니까. 그런데 웃기는 것은 그 말뜻도 좋은 사리암이 요즘에는 학부모들의 기도원으로 경남북 일대에 영험하다고 소문이 났다는데. 나도 이번에 처음 알았어."

"학부모요? 대학입시 합격 소원 때문에요?"

"바로 그거래. 여름만 지나면 미어터진대. 백일기도도 예사로 하고, 차로 세탁물까지 실어나르며. 그게 무슨 사리야. 이기(利己)고 그야말로 사풍(邪風)이지."

오후 네 시쯤에야 겨우 금강 유원지를 통과했다. 거기서부터 의외로 길이 훤히 뚫려 시속 120킬로미터 이상 밟아가다. 추풍령에서 잠시 에어컨을 끄고 산바람을 맞다. 구미와 왜관을 뒤로 물리자 하주가 핸

반풍토설초

드폰을 사용하더니 대구, 영천을 거쳐 건천에서 친구와 만나기로 했다고. 애초에는 그 부근의 여근곡(女根谷)을 둘러보기로 되어 있었으나 나중으로 미루고, 곧장 운문사 발치께까지 달려가서 맞춰놓은 저녁밥을 먹기로 했다고. 건천에서 운문사까지는 새로 펴놓은 신작로가 아주 좋다고.

건천 인터체인지에서 하주의 친구를 만나다. 친구는 경주 인근의 외동(外東) 사람인데 이름도 괴상하게 허개동(許開東)이라고. 그런데 눈이 시원해지는 하늘색 와이셔츠를 낙낙하게 입고, 소매를 두 번쯤 맵시 좋게 걷어 올린 허씨는 목도 안 보이고 가슴과 등짝이 곰처럼 두껍다. 역도 선수처럼 우람한 그 체구에 희끗희끗한 곱슬머리를 올백으로 눌러붙이고 있어서 지방 체육회의 간사쯤으로 보이는 허우대다. 더욱이나 허씨는 제 하얀 승용차에서 내리자마자 하주와 악수를 나누고 난 후, 하물과 나에게 "잘 오셨소, 먼 길에 고단들 하시겠소"라며 인정내기가 두둑하기 이를 데 없다. 잠시 동안 세 사람이 느티나무 밑에서 담배를 태우며 이런저런 안부를 주거니 받거니. 하주는 연방 "허군 자네가" 운운하고, 그쪽은 "김공, 김 작가"로 응수하는 일방 하물에게는 "이 잘 빚어놓은 보살"이라며 말로 푹하게 보듬는다.

하주의 귀띔에 따르면 허씨는 깡패라는 뜻의 그 건달이 아니라 늘 건들거리는 진짜 건달이 직업이라고. 이때껏 반반한 직업은커녕 옳은 생업조차 가진 바 없으나 언제라도 잔돈푼은 흥청망청 잘 쓰고, 1년에 책 한 권도 안 읽지 싶건만 세상만사에 모르는 게 없고, 딱히 할 일이 없는 위인인데도 늘 바쁘고, 주위에 가깝게 지내는 친구는 없지만 선후배로 안 걸리는 사람이 없고, 특히나 철철이 남방셔츠일망정 최신 유행 옷을 한 벌 이상씩 해 입는, "복장 하나는 빈틈없는 친구"라고. 과연 실물이 그대로여서 "정말 몸이나 입성 하나는 나무랄 데 없는 오입쟁이인데요"라고 감탄했더니 하주는 즉각 "여자 문제까지는 나도 잘 몰라, 저 정도면 그런 치부야 까발리지 않지. 하기야 저렇게 쏙 빼입은 기생 오래비를 따르는 유유상종이야 오죽 많겠어. 그걸 제대로 다 받아쓰기했다가는 한국판 카사노바 일대기에 버금갈 대하소설 연애담이 나올걸"이라고 받는다.

하주는 허씨의 차를 타고 앞서가고 그 뒤를 따르는 백미러 속의 하물은 세속계의 한 표정이, 모르긴 해도 각자 판이한 삶을 너끈히 꾸려가고 있는 앞차의 두 친구 속내가 너무나 훤히 들여다보여서 귀여워 죽겠다는 듯이 연신 잔잔한 웃음을 피워 올린다.

여전히 남루를 덮어쓴 저녁나절 두메 마을들이 곳곳에 찡박혀 있다가 구불구불한 시골 신작로가 시야를 열어주면 이내 멀어졌다가 멀리서 다가온다. 비로소 볼일 없는 여행에서 낙수(落穗) 한 톨을 주운 듯한 기분이 슬슬 괴어오른다. 심상(心象) 없는 자연 예찬이야 있을 리 만무하겠으나, 바로 그 한계 많은 심상의 독선은 흔히 반역사성을 띠고 만다는 해묵은 생각도 저절로 절감할밖에. 그러나 그 반역사성에의 집착이야말로 모든 사람이 누려야 하는 쓸쓸한 정신의 유희인 것도 사실일 터.

산골이라 어스름이 빨리 내렸다. 휴양지답게 상가들이 일찌감치 불을 밝혀두었다. 쉴새없이 들려오는 계곡물 소리도 맑았다.

허씨가 아른아른한 감색 양복 윗도리를 한쪽 어깨에 걸치고 첩치가(妾置家)한 집에 들어서듯 말없이 활짝 열린 대문을 걸터넘자 쑥색 개량

한복을 입은 중년의 주인 여자가 대청 끝에 우뚝 서서 "마치맞게 왔네, 늦게 와서 익은 음식 또 뎁히랄까봐 속이 다 탔구마는"이라며 반갑게 맞는다.

허씨의 응수도 풋풋하다.

"산채 정식에 짜드라 뎁힐 거나 머 있나."

안방에는 벌써 교자상이 떡 벌어지게 차려져 있다. 그 이름을 하나도 제대로 알 수 없는 산나물들이 대여섯 접시는 좋이 널려 있고, 산나물국, 굵은 소금 뿌린 자반고등어, 생선찌개, 대구찜, 섞박지, 오이소박이 같은 반찬들이 보기에도 먹음직스럽다. 하주와 허씨가 다락방 문짝을 등지고 나란히 앉고, 하물이 하주와 마주보고 앉자 주인 여자가 허씨 곁에 조촐하니 앉아서 가양주를 앞앞에 한 잔씩 따른다. 인삼과 계피 냄새가 나는 술맛이 시원하니 괜찮다. 발그레한 배추물김치 속의 알따란 무를 숟가락으로 한 술 떠먹자 조갈이 이내 가신다. 된장과 참기름으로 무친 나물들은 심심하니 덜 짜서 씹히는 맛과 제가끔의 풀내가 싱그럽다. 하물은 각양각색의 사기그릇도 일일이 그 실굽까지 눈여겨보고 산나물들을 골고루 조금씩 앞접시에 떼어다 놓고 맛을 보는데 그때마다 좀 과장 섞인 미각을 그 잘 빚어놓은 코 위에다 그려댄다. 사람 눈이란 게 다 똑같아서 허씨도 하물의 그 코를 한번 만져보고 나서 집어올리면 얼굴이 그냥 딸려올 것 같다고 해서 다들 웃고, 음식맛보다 그 코 위에 연방 올라붙는 점잖은 호들갑을 완상하는 재미도 별미라는 시늉이다.

하물이 먼저 하주와 허씨의 오붓한 시간을 빨리 만들어주느라고 서둘러 일어섰다. 허씨는 총무스님께 다 말해두었으니 매사에 '허 거

사' 만 들먹이라고 하물에게 신신당부다. 심지어 '허 거사, 허개동 씨'
를 발음해보라고 시킨다. 가람들을 우측에 끼고 한참 들어가다 보면
왼쪽에 사리암으로 오르는 자갈길이 나온다고. 그 숲길을 조금 헤쳐
가면 너럭바위 공터가 나오니 거기다 차를 세워두고 좌측의 산봉우리
를 향해 나 있는 돌계단을 오르라고. 그 길은 외길이라고. 그리고 하
주에게 혹시 모르니 가져가 보라고 큼지막한 손전등을 쥐어주며 따라
놓은 술이 초가 되기 전에 '펜허키' 하산해서 이리로 다시 오라고.

큰절치고는 초입께부터 너무 깔끔하게 단장되어 있다. 반듯한 신작
로도 그렇지만, 높고 짙은 송림마저도 곳곳에 손때를 묻혀둔 것 같다.
역시 비구니 절이라서 그런지 어떤지. 여성들이 남성들에 비해 상대
적으로 좀 더 섬세하다는 그런 통념만큼은, 덕소에서 혼자서 청소하
고 취사하며 뭉그적거리는 내 경험상 도저히 인정하고 싶지 않지만,
띄엄띄엄 밝혀져 있는 가로수 외등 불빛도 새치름하니 여성스러운 운
치를 더 끼얹는다. 왼쪽으로는 키 큰 나무들이 너무 우거져서 한치 앞
도 안 보인다. 고요를 한아름 거느리고 있는 가람들이 겹겹으로 이어
져 있다.

"예로부터 절도 사업이고 중 노릇도 설경(舌耕)이라며 농사꾼 이상의
짱짱한 직업이기야 하지. 아무리 그렇다 하더라도 비구니들이 야채만
쓰는 피자까지 사다 먹는다니 도대체 머가 먼지 알 수가 없어. 그럴려
면 산문에는 왜 들어왔을까. 우리는 이런 대목에서 늘 헷갈려. 융통성
이 없는 건지 시대 적응력이 쫄아붙어버려서 그런지."

방금 허 거사와 산채 정식집 여자가 나누던 한담, 곧 오늘날 불사(佛
事) 일반의 발 빠른 변신술에 대해 하주가 툴툴거리는 소리다. 막상 들

고 있을 때는 당연하다는 듯이 고개만 주억거렸으면서도.

"아까 낮에 일본 쪽 불교가 저자 바닥 한복판으로 내려와 있어서 그 현대화된 중과 절 풍속을 상찬하는 것으로 들리던데, 지금 비구니들의 피자 섭생 지탄은 그 말과 두동지는 탄식으로 들리는데요?"

나의 맹공에 김 선생의 대꾸가 씁쓸하다.

"하기야 종교도 풍토마다 돌연변이를 낳겠지. 못 지킬 것도 없는 걸 쉬 바꿔가는 꼴도 헐렁하고, 안 지켜도 될 것을 붙잡고 있는 꼴도 따분하고. 지킬만한 제도를 쉬 내팽개치는 꼴은 덜렁이 수작 같고."

훤한 공터에다 차를 부렸다. 이미 미끈미끈한 자가용 승용차들이 스무 대는 좋이 숲 쪽으로 엉덩이를 처박고 있다. 운전사들이 땅바닥에 퍼대고 앉아서 화투를 쳐대고, 가까이에 약수터가 있는지 하얀 플라스틱 통을 든 사람들이 들고 난다. 까무레한 산마루에 이내인지 안개인지 뿌연 기운이 서려 있다.

일곱 시가 가까워 오는데도 돌계단 오르막길이 훤히 보인다. 손전등을 든 하주가 앞장서고, 배낭을 짊어진 하물이 그 뒤를 따르고, 하물의 가벼운 보스턴백을 손에 든 내가 종자처럼 뒤를 잡았다. 낙엽수들이 울울창창해서 맑은 기운이 온몸에 휘감긴다. 부녀자들의 기도 행차 길이어서 자연스레 그렇게 만들어졌는지 산길이 가파르지도 않고 구불구불하니 나아간다. 이 막막하고 아득한 길이 바로 불교 신앙의 구체적인 골격인지도 모른다. 다른 종교까지 들먹일 것은 없고, 일본 불교가 저자 바닥에 바싹 내려와 있다니 그 살가운 세속성을 알 만하다. 만사는 현장, 삶 자체인 현생, 현재와 싸울 수밖에 없는 것이다. 그것을 알고도 모른 체하거나 회피하는 것은 대체로 위선이거나 사이비 행태라고 단정한들 누가 감히 대들 것인가. 종교야말로 현실과 치열하게 언쟁을 일삼는 대업(大業)이건만.

계곡을 건널 때마다, 산모롱이를 돌 때마다 어둠이 눈에 띄게 짙어진다. 어느새 손전등이 앞길을 환히 비춰가며 굵다란 빛살을 여기저기다 뿌려댄다. 하물은 일본 여자치고는 싹싹한 기도 없지만, 끈기 같은 것이 착실한 걸음걸이에도 배어 있다. 그렇게 보아서 그런지 풍성한 바지 차림의 뒷모습에도 계집스런 기운이 전혀 안 비친다. 역시 가풍 같은 생존 환경이 개인의 품성에도 스며들어 있다.

하주가 반주 두어 잔의 술기운을 빌려 들으랍시고 앞에서 큰소리로 외친다.

"이게 구도(求道)의 길이다 이거야."

"하물이 재미있는 모양인데요, 걸음도 가뿐가뿐하니."

문법이 맞는 영어 문장을 머릿속에서 공글려 방금 자신이 지껄인 말을 하주가 건네자, 하물은 즉각 알아듣고 "소, 소, 소요네, 소데스"라고 응수한다.

위에서 손전등 불빛 여러 개가 회번덕거리며 내려온다. 말소리만 들어도 벌써 부녀자들 한 떼거리다. 다들 발목께를 질끈 동인 회색 승복용 바지를 입고 있다. 그러고 보니 하물도 일부러 납의(衲衣) 같은 짙은 회색 바지를 맞춰 입고 왔는지 알 수 없다. 부부 사이들인지 중년 사내들도 서넛 묻어 있는데, 점잖은 음성이 "공양들은 하시고 올라오십니까? 저 위에는 바루공양이 벌써 끝났는데요"라고 물어온다. 부처의 음덕이 밤중의 산길에서도 가득해서 마음자리가 느긋해진다.

산세가 조금씩 가팔라진다. 시멘트 계단도 나타나고, 거칠게 쪼아서 쌓아 올렸으나 닳을 대로 닳아 반질거리는 화강암 계단이 몇 번씩이나 꺾여 있다. 암자가 아니라 규모가 번듯한 가람이고, 우람한 그 절집들이 여러 채다. 성곽 같은 벽이 사방으로 깎아지른 절벽을 이루고 있다. 그야말로 산꼭대기의 불야성이라고 해도 손색이 없다.

계단이 끝나자 가로 세로로 바투 터를 잡은 요사채들이 앞을 가로막는다. 퍼머 머리를 한 중년 보살들이 예의 승복 같은 복장으로 요사 사이로 종종걸음들을 떼놓는다.

하물을 맡기려고 하주가 방문 속을 기웃거리니 빡빡머리 비구니 하나가 문을 활짝 연다. 방 안에는 앉은뱅이책상이 한 짝 놓여 있고, 인명부 같은 큼직한 장부가 여러 권이나 쌓여 있다. 역시 종교는 사람을 불러모으는 사업이다. 하기야 어느 사업인들 그 근본은 사람 장사가 아니겠는가. 얼굴은 발가니 곱고 착하게 생겼으나, 왠지 속기가 넘실대는 비구니가 하물을 친절하게 방 안으로 불러들인다. 무릎을 꿇고 단정히 앉는 하물의 몸에 밴 예의 그 일본인들 앉음새를 쪽마루 끝에 엉덩이를 걸친 하주가 너그러운 눈길로 지켜본다. 내가 더 이상 들을 일도 아니고, 보나 마나 총무 스님과 허 거사의 안면을 팔아서 하물을 맡길 그 청탁에는 관심도 없어서 좁은 터에 짓느라고 처마 길이가 밭은 요사들을 둘러보다. 단청도 깔끔하고 잘 다듬은 장방형의 섬돌들도 가지런하다.

금동 불상들이 불꽃을 길게 너울거리는 대초 두 자루를 오지랖에 놔두고 장하게 앉아 있다. 향 타는 냄새도 은은하다. 불상을 향해 큰절로 예불을 드리는 부녀자들의 끝도 없는 단순 반복 동작, 그 횟수만큼이나 자욱한 보살들의 엄숙한 미태, 제가끔 조금씩 다를 수밖에 없는 정성 어린 합장 손짓들, 미립이 난 비손 거동들, 아예 무릎을 꿇고 엎드려서 복을 받겠다는 듯이 손바닥만 펼쳤다 감췄다 하는 손목 돌리기, 가부좌를 틀고 염주를 굴리며 선(禪)에 들어간 늙은이들. 예불도 운동량이 워낙 많으므로 늙은이들은 근력이 부칠 터이다. 어쨌든 그들의 정성이 갸륵하다는 생각은 추호도 안 든다. 그 바닥의 이기주의가 얼마나 치사스러운지를 잘 알고 있으므로. 꼬박 10년 동안 서울에서, 그것도 대학입시 과외열이 가장 극심하다는 강남에서 비록 국어 과목으로 제법 성가를 높인 단과반 전문의 학원을 운영했으니까. 그렇긴 해도 이처럼 대규모의 집단 기도열 앞에서는 한때 내 생업이 무색해질 수밖에. 그러나 이 야지랑스러운 기도열은 아주 간단한 논리로도 어불성설이다. 결국 이 수많은 부녀자들이 하나같이 바라는 염원은 바로 내 곁의 보살 아들은 떨어져도 좋으니 내 딸내미와 우리 손주 녀석만 합격시켜달라는 것이다. 요컨대 남의 자식은 떨어지기를 바라고, 제 자식만 소원성취하기를 바라는 심사야 이기주의 말고는 달리 설명할 말도 없지 않나. 허지만 이 지극한 정성의 일대 경염장을 굽어살피는 부처의 심덕이 그런 이기심마저 일일이 다 보살펴줄 리야 있겠는가.

갑자기 덮쳐온 땅거미 속에서처럼 섬쩍지근해서, 나도 입시생 학부형이긴 해도 쉬임없는 그 수많은 비손질이 시틋해서 요사를 돌아 나오니 하주는 계단 곁의 담장 앞에 쭈그리고 앉아서 담배를 피우고 있다. 산상의 조촐한 성지(聖地) 일대를 우러러보면서. 어느새 접수처의 앉은뱅이책상 앞도 휑하니 비어 있다.

"하물은 어디 갔습니까?"

반풍토설초

"몰라, 어디로 데려갔어. 부처의 음덕이 역시 크긴 크구먼. 일본 불자라니까 사흘이 아니라 서너 달이라도 묵으래."

"우리는 짐을 부렸으니 내려가야지요."

"가야지. 누가 조기 아래 발전실로 내려갔어. 저 밑까지 외등을 켜준다고. 뒷짐 지고 어슬렁거려도 30분이면 충분히 내려갈 수 있다고 그때까지만 켜주겠대. 머 그런 자동장치가 돼 있나봐. 기도나 머나 다 기계적이야. 정성도 위선이라니까. 기다릴 것도 없지 머. 내려가. 불이야 켜지든 말든 올라온 길인데 내려가는 길을 못 갈까."

돌계단이 너무 가팔라서 올라올 때보다 더 어설픈 걸음으로 한참이나 길을 더듬는데 과연 외등이 위에서부터 차례차례로 산길을 밝혀간다. 굽이굽이 돌아가는 그 불빛의 행렬이 장관이다. 끊어졌다가 이어지곤 하는 그 불빛이 산 아래까지 닿자 하주는 어느새 까무레한 선계(仙界)가 되고 만 사리암 일대를 되돌아보려고 우뚝 선다. 산마루가 광배(光背)를 두른 우람한 불상 같다.

"믿기지 않아. 있어야 할 자리에 다른 것이 앉아 있어. 무슨 설화(說話)의 세계 같잖아."

"근대소설이 아니라 신화나 전설 같은 거요?"

"그것보다는 좀 낫겠지만. 저렇게도 살고 이렇게도 사는 것이. 이 삐꺽거리는 생존이 겉으로는 일단 조화롭긴 한데, 차곡차곡 돌계단이나 밟아가는 이쪽도 왠지 사기 같애."

환해진 산길이 점점 낯설게 펼쳐져서 곤혹스럽다. (238장)

↓

**군소리 1** – '풍토성'은 사전에도 올라 있는 어휘인데, 요즘은 '밈'이라는 외국어가 대신하고 있다. 인간의 생활/언행/사고 전반을 관장하는 내적/외적 기율이 유전인자처럼 재현/답습/변모를 거듭함으로써 한 집단/사회/국가의 특이한 기운/분위기/전통/유행을 만들고 이어간다는 것이다.

모든 장르의 소설이 주목해야 할 제재(題材)는 단연 '풍토성'이겠는데, 그것이 우리의 의식/생활과 얼마나 밀착되어 있는지, 아니면 멀리 떨어져 있는지를 가늠하는 눈썰미/잣대를 기민하게 또 노련하게 써먹는 작품이야말로 가작의 형용을 덮어쓸 수 있지 않을까.

**군소리 2** – 쉰 줄에 막 접어들어서 쓴 작품인데, 그 당시의 풍토성이 많이 달라져 있는 듯하고, 당연히 그때가 지금보다는 훨씬 양질의 생활세계를 누렸던 것 같다.

반풍토설초

# 산비탈에서

1

오늘도 산기슭과 산등성이와 너덜겅과 너설을 웬만큼 탔다. 도보를, 완보와 속보를, 등보(登步)와 탄보(坦步)와 촉보(促步)를 모두 합하면 대략 30킬로미터는 실히 될 것이다.

날이 채 밝기도 전에 인스턴트 커피를 한 잔 진하게 타서 들고 헤드램프를 켠 다음, 텐트 문을 걷고 '산중에서 산속으로' 나오니 내 이마빡에서 한줄기 희번득거리는 불빛에 놀랐던지 너구리인지 오소리인지 분명찮은 길짐승 두 마리가 후드득 바람막이 바위 뒤로 도망질을 놓았다. 산속에서, 그것도 어둠이 눈에 보이게 걷혀가면서 희끄무레하니 그 윤곽을 드러내는 주위의 산등성이를 휘둘러보며 마시는 커피맛은 언제라도, 그야말로 일품이다.

대웅이의 첫말은 "형, 벌써 일어났어? 추워? 눈 안 와?"였다. 뒤이어 그는 텐트 문을 열어젖히고 나서, 슬리핑 백 속에서 배를 깐 채로 담배 연기를 길게 토해내며 덧붙였다.

"형, 간밤에 잠꼬대한 거 기억나? 심심해서 지도 펼쳐놓고 컴퍼싱하고 있는데, 형이 갑자기 또록또록한 소리로 여기가 어디야, 난 갈 거야, 난 바쁘단 말이야 그러잖아, 깜짝 놀랐어. 그게 무슨 소리야? 무슨 연극 대사 같았어."

나는 반쯤 타들어 갔으나 여전히 기다란 그의 시커먼 담배를 (그는 맛 좋은 양담배 '모어' 팬이고, 대개는 그것을 두 번에 나누어 피움으로써 등산 장비의 부피와 무게를 다소나마 줄인다) 말없이 빼앗아 두어 모금 깊이 빨고는 곧장 되돌려주고 나서 말했다.

"여기는 산이야, 우리는 여전히 이름도 모르는 산속을 헤매고 있어, 당연히 가야지, 끝이 보일 때까지라고 너도 연극배우처럼 받아주지 그랬어."

"고단한가 보다 했지. 꿈을 꾼 거야? 꽤 뒤척거리던데."

"몰라. 흐리마리해. 생생한 꿈을 제대로 못 꿔본 지도 오래됐어. 아마 너도 마찬가질 걸?"

"종주하고부터 말이야?"

"어쨌든, 난 요즘 쭉 그랬어. 저쪽 속세에서도."

대웅이가 자신의 코앞에 주저앉아 커피 맛을 음미하는 내게 담배꽁초를 내밀며 "좀 꺼줘"라고 말했다.

"일기예보는 뭐래?"

"오후 한때 동해 먼바다에서나 눈이 올지도 모른대."

우리는 우유만 한 컵씩 벌컥거리고, 햄 끼운 빵도 안 먹고 텐트를 걷었다. 입들이 칼칼했고, 대웅이는 숙면을 못 했다고 했다. 뒤이어 손에 익은 솜씨로 배낭을 잽싸게 꾸렸고, 육포를 한 줌씩 손에 쥐고 씹으며 이내 출발했다. 영하의 날씨였음에도 모직 남방셔츠에 우모(羽毛)복을 껴입었으므로 우리는 추운 줄도 몰랐다. 언제라도 그렇지만,

이렇다 하게 잘해준 것도 없건만 배낭만 짊어지면 다리란 동체(動體)는 탄력 좋게 제 앞길을 줄여간다. 그 작동력을 관성(慣性)이라고 한다면 좀 미흡한 표현이다.

곧장 날이 들었다. 산속에서는 해거름의 어둠도 무슨 흉물이 성큼성큼 달려든다고 해도 좋을 정도로 빨리 덮쳐오지만, 미명도 저녁 굶은 새벽 호랑이의 질주만큼이나 무서운 속도로 걷어가 버린다. 등산용어로는 산중의 '짙은 안개'를 뜻하는, 한반도 산야의 특징이지 싶은 '흐릿한 가스'가 시야를 가리며 연방 스멀거렸으나, 우리는 헤드램프를 켠 채로 제법 가파른 능선을 시종 올랐다. 이어 나지막한 연봉을 하나 더 넘자 잡목들이 빼곡이 우거진 편편한 산판이 눈 아래 훤히 펼쳐졌다. 산골짜기마다에는 차마 쉬 떠나기가 아쉬워 주춤거리는 가스가 저희들끼리 우물쭈물하며 떠돌았다. 물론 조도(鳥道)조차 보이지 않아 우리는 제법 실팍한 신갈나무, 상수리나무, 소나무, 전나무 들의 밑동을 장갑 낀 손으로 끌어당기며 길을 헤쳐갔다. 등줄기가 이내 땀으로 축축이 젖어왔고, 뿌옇게 이끼 앉은 바위 주위에는 어김없이 뻣뻣한 산죽(山竹) 잎사귀들이 억세게 붙박여 있었다. 나무랄 데 없는 산판인데도 불구하고 군데군데 비탈이 심한 데다 덩굴풀, 억새 같은 잡초들이 발길을 잡아채서 나는 잡념을 일굴 짬도 없었다.

산판은 곧장 끝이 났다. 우리의 발길이 방금 차곡차곡 누빈 거기가 바로 돌아누운 여자의 두툼한 둔부 맞잡이여서 바로 눈 앞에 펼쳐진 산자락은 음부 쪽으로 흐르는 선을 선명히 그어놓고 있었다. 골이 제법 깊은 듯했다. 허리께에서부터 뱀처럼 기어와 고부랑하니 꼬리를 감추고 있는 조도 한 가닥이 보였다. 대웅이 앞서 그쪽으로 내려갔다.

그때까지 대웅이는 제법 간간한 육포를 질겅질겅 씹고 있었는데, 목이 꽤나 탔을 것이다. 우리는 식수를 길어야 했다. 새벽어둠 속에서 각자의 배낭을 꾸리면서도 대웅이는 걷은 텐트를 챙기자마자 플라스틱 물통 두 개를 손수 갈무리했고, 나는 그의 슬리핑 백을 손짓으로 달라고 해서 내 배낭 옆구리에다 동여맸다. 그와 나 사이에는 이제 말이 필요 없는 경우가 흔하다. 적어도 주식(主食)의 운반과 갈무리에 한해서는 그렇다고 할 수 있다.

지구는 태양계의 보석이 아니라 이제 그 환부가 되고 말았다는 메타포에는 인류의 조악한 생존환경에 대한 섬뜩한 절규가 자못 늠름하지만, 그 징후야말로 지상에서보다 바로 머리 위에 폭탄처럼 매달려 있다. 오랜 가뭄이 바로 그것이다. 오늘도 하늘은 꾸준히 잔뜩 찌푸리고 있다. 진눈깨비든 비든 한 줄금 뿌려줄 선심의 기미가 눈곱만큼도 안 비친다. 그동안 지구를 너무 학대하고 더럽힌 업보를 톡톡히 치른다고 단정할 수밖에 없다.

"물이 말라버렸어. 한참 더 내려가야 할까 봐. 지랄같이 너무 가물어. 목이 말라 미치겠어. 입안도 건건찝찔하고."

"더 내려가 보지 뭘 그래. 그쪽 바위 밑까지 쭉 내려가. 지구도 이제 막판인가 봐. 헌신짝처럼 내팽개쳐야 해, 미련 없이."

무심히 내뱉는 우리의 대화에는 식수 확보 때문에 우리의 반쪽 '백두대간' 종주 일정이 자꾸만 늘어지고 있으며, 그만큼 휴식 시간도 짧아지고 있다는 고단한, 그래서 신경질적인 투정이 묻어나고 있다.

등반일지를 훑어보면 알겠지만, 구마 고속도로로 산허리가 뭉떵 잘려버려 한참이나 어리둥절하고 있던 지점에서 우리는 등정 후 첫 비를 맞았다. 점심때쯤부터 윈드 재킷과 배낭 위를 제법 한가롭게 두들겨대던 그 비도 낮비가 원래 그렇듯이 두어 시간쯤 후에는 슬멋슬멋 가랑비로 바뀌더니 이내 멎어버렸다. 그때가 벌써 까마득하게 멀어진 '과거' 같다. 그리고 등정 12일째인가 주왕산 부근의 한 암자에서 일정을 마치기로 하고, 주춧돌 곁에다 배낭을 부리고 나서 오랜만에 군불을 때는 매캐한 연기를 맡고 있으려니 실비가 하염없이 내렸다. 그이후 통고산 중턱에서 버들개지처럼 땅바닥으로 떨어질 줄도 모르고 허공 중에서만 떠도는 첫눈을 잠시 보았을 뿐이다. 그때 나는 '눈발'이란 말을 얼핏 떠올렸고, 종주 중 그야말로 발처럼 퍼붓는 눈다운 눈을 못 볼지도 모르겠다고 생각하며 조금 서운했고, 아득해지는 기분을 억지로 추슬렀다.

이제는 아황산가스의 수치 따위를 들먹이며 대기의 기상 조건을 따지기도 무색한 지경에 이르러 있다. 공해 운운하는 사람이라면 누구라도 '하늘을 쳐다볼 낯이 없다'는 상투적 언변을 즉각 말아 넣고, 진정으로 '가슴에 손을 얹고' 심각한 자기반성을, '나의 일상의 동정도, 내가 소비하는 모든 일용품도 공해에 멍에를 지우고 있다'는 자각을 반추해야 한다. 자연을 허겁지겁 거의 다 정복한 이제 인류에게는 그 인과응보로 무시무시한 재앙이 언제쯤 터뜨려질까를 맥없이 기다리는 일만 남았다. 기후야말로 자연의 총체인 것은 모든 사물과 자연현상의 한가운데 우뚝 서서 그것들을 아우르고 있는 데서도 여실히 드러나 있다. 공해, 생태계 파괴 따위를 들먹이는 식자들마저도 흔히 이 뻔한 사실을 간과한다. 그것에 감싸여 어리광부리며 살면서도 말이다. 오로지 민망할 따름이다.

산비탈에서

바위 밑에 매달린 고드름에서 억지로 뚝, 뚝 떨어지는 물을 받아 우리는 늦은 아침 겸 점심을 해 먹었다. 반찬은 플라스틱 용기들 위에 백화점 상호 라벨이 붙어 있는 깻잎, 김치에다 햄, 소시지, 양파, 감자 따위를 썰어 넣고 고추장을 풀어 흥건하게 끓인 찌개가 까짓 것이었으나 하나같이 입에 달았다. 쌀밥을 좀 남겼으므로 저녁에 비상식 라면을 끓여 말아먹기로 하고, 나는 숟가락과 식기를 두루마리 화장지로 대충 훔쳤다. 군말이 없는 한 설거지는 내 몫이고, 대웅이는 배식까지 도맡는 게 우리 사이의 불문율이다. 내가 설거지를 할 동안 대웅이는 똥을 쌌고, 나도 뒤이어 바위틈 사이에다 제법 기다란 덩어리 하나를 떨구었다.

배는 불렀고, 하체는 무거웠다. 우중충한 날씨 탓에다 간밤의 뒤척인 잠자리가 다리품을 무지근하게 만들고 있는 듯싶었다. 내려온 골짜기를 다시 올라가 능선에서 허리를 펴자 다리에 힘이 모여드는 게 오롯이 느껴졌다.

길눈은 대웅이가 워낙 밝아서 두타산으로 나아가는 산길을 단정적으로 찾아들었다. 지도를 무릎 위에 펴놓고 등고선을 더듬어가다 보면 산들의 울퉁불퉁한 지세가 그대로 돌출해서 눈앞에 빤히 보인다는 친구인 만큼 대웅이의 산길 눈짐작은 믿을 만하다. 이번에 새삼 깨달은 것인데, 산길을 찾아 나서는 그의 길눈에는 언제나 '틀림없어'에 이어 '그렇지 않고서야'라는 신념이 서려 있다. 모든 이데올로기가 그렇듯이 신념이란 그것을 누리는 당사자는 말할 것도 없고, 주위의 사람들까지 일시적으로 편하게 만드는 힘이 뭉쳐 있다. 하기야 편하려고 신념을 만들어내고, 다들 믿으라고 몰아세운다. 종교는 말할 것도 없고 인간의 의식과 동정을 관장하는 모든 제도도 신념의 소산이고, 그 강제이다. 산중에서의 신념에 관한 한 대웅이의 그것은 억세다. 신체적으로도 그는 더할 나위 없이 무뚝뚝하니 강건하다.

제멋대로 여기저기 돌출해 있는 바위 사이로, 돌밭이라고 해도 좋을 구불구불한 너설 산길을 한 시간쯤이나 태평하니 앞서 걷던, 그러나 가끔씩 몸통까지 깡그리 감추었다간 이내 머리통만 무자맥질하듯 오르락내리락하며 타박거리던 대웅이가 뒤쪽을 돌아다보지도 않고 큰 소리로 물었다.

"형, 좀 쉬까? 괜찮아?"

"계속 가, 왜, 힘들어?"

"아니, 형한테 묻는 거야. 길이 너무 좋아서 그래. 바람도 자고 있고."

"좋은 길을 더 즐겨. 날씨도 푹해. 힘 있을 때 길을 좀 더 바짝 줄여놓자고."

"그래, 내 담배 달란 소리는 제발 하지 마."

대웅이는 다시 바위 고개 뒤로 몸을 감추었다. 길은 외길이었고, 낙엽이 밟힌 자국을 보니 제법 알려진 등산로인 게 분명했다.

아까부터 나는 화두를 찾고 있던 참이었다. 누구나 알다시피 화두는 수많은 전제(前提)들을 상정해야 하므로, 그 본질이 그렇듯이, 그것들의 실마리를 찾기가 여간 어렵지 않다. 그래서 화두는 또 다른 화두를 불러들이고, 그것들끼리 엉망으로 뒤엉킨다. 풀릴 길이 없는 그 가닥들 속을 헤매다 보면 어느새 원점으로 돌아와 있다. 화두는 결국 하나이기 때문에 그렇다. 그렇긴 해도 나는 또 엉망으로 뒤엉킨 실타래

에서 한 가닥 삐죽 내민 실마리를 잡아당기면서 도로(徒勞)에 그치고 말
화두 풀이에 덤빈다. 그러므로 화두 풀이는 매번 내게 니코틴 중독증
처럼 감미로운 고통이 된다.

이미 너도 나처럼 머리를 쥐어뜯으며 매달리고 있을 우리의 화두
는, 너는 나에게 무엇인가라는 물음이다. 이 화두는 당연하게도 나는
너에게 무엇이 될 수 있는가라는 독점적인, 아니 배타적인 전제를 깔
고 있는 듯하다. 물론 이 화두는 네가 나에게, 또한 내가 너에게 소유
욕의 대상물임을 명백하게 시사하고 있다.

우리의 만남을 우발적인 사고라고 한다면 너는 선뜻 나를 속물이라
고 단정할지도 모르겠다. 그런 단정은 대체로 옳은데, 내가 속물이 아
니라고 대들 만큼 뻔뻔스럽지 않기 때문에 그렇다. 돌이켜보면 그날
우리의 점심 식사 자리에서 너는 결코 주빈이 아니었다. 너도 알다시
피 그날 나는 "아트 비전의 조 전무님이 좀 보시자는데요"라는 임 마
담의 나긋나긋한 전갈을 쫓아 그 자리에 불려갔다. 그때 다다미방의
내 좌석에는 내 동생까지 합쳐 다섯 명쯤의 설계실 여직원들이 동석
하고 있었는데, 그들은 실내 디자이너들로서 기혼자도 한둘쯤 있는
데다 나이들도 서른예닐곱에서 스물여섯까지 층층이었고, 그들의 대
학 전공들도 건축과, 응미과, 조소과, 신방과 등등으로 다양했다. 그
들의 이직률이 다른 직종의 그것보다 상대적으로 높은 것에서도 알
수 있듯이 그들은 저마다 개성들도 강한데, 신방과를 나온 직후 시중
의 한 사설 인테리어 디자인 학원에서 6개월 동안 제도술만 대충 익히
고 입사한 내 동생이 그중 제일 어리무던한 막내였을 것이다. 얼굴과
복장만큼이나 다양한 그들의 개성과 대학에서의 전공이야 어떻든 공

통점이 하나쯤 있다면, 그것은 그들이 하나같이 생선 초밥을 좋아한다는 미각이겠다. 그날 나는 그들에게 그것을 사주기 위해 일식집 '나미(波)'에 들렀다. 내 기억이 맞다면 그날은 그들의 동료 중 두 고참자가 그 전날 오전에 내게 사표를 내던지고는 출근하지 않았고, 또 다른 동료 둘쯤은 그 사표 파동에 대해 할 말을 모을 게 있는 듯 다른 음식점을 찾아갔고, 또 다른 동료 한 명쯤은 작업 현장에 나가 있었을 것이다.

아무튼 그 집의 생선 초밥은 실내 장식만큼이나 깔끔하기로 소문나 있었다. 그럴 수밖에 없는 것이 그 집의 실내 장식을 나의 회사 '마티에르'가 꾸며주었기 때문이다. 내가 '마티에르'의 공동 창업자 겸 공동 대표 세 명 중 한 사람이긴 해도 이사로 불리듯 '나미'의 실제 주인인 해사한 미모의 임 사장이 마담으로 불리길 좋아하고, 그런 맥락에서 티브이 교양 프로그램을 대행 제작하는 '아트 비전'의 조 전무는 그의 손위 처남이 그 회사의 대주주이지만 스스로 사장 이상의 실권자임을 자처하고 있어서였다. 물론 '아트 비전'도 그 스튜디오의 꾸밈과 사무실의 공간 배치를 '마티에르'에게 맡긴 바 있었고, 언제나 다다미방 입구에서 무릎을 꿇고 "부족한 거 없습니까?"라며 싹싹한 돈벌이 수완을 어울리게 과시하는 임 마담의 본명이 촌스럽게도 임말순임을 나는 그녀와의 수의 계약을 통해 알고 있었다. 또한 그녀로부터 잔금을 건네받을 때, 그쪽에서 먼저 세무 자료 같은 것은 안 남겼으면 좋겠다고 우리 쪽에다 소득세 포탈을 요청해옴으로써 나는 그녀를 '나미'로 부르는 숨은 물주가 따로 있음도 대충 눈치챌 수 있었으니 말이다.

산비탈에서

조 전무가 구석방에서 나를 호출했을 때, 나는 여직원들로부터 벌겋게 훌닦이고 있었다. 평소에 말을 아끼다가도 특유의 신경질이 폭발하면 묵혀두었던 망발을 마구 터뜨리는 버릇이 있는 만큼 나는 그때 퉁퉁 부어서 묵언으로 일관하고 있었을 터인데, 생선 초밥을 기다리는 우리 식탁 위에 올랐던 대화를 대충 옮겨보면 이렇다.

"김 이사님이 분명히 잘못했어요. 젊은 것이 벌써 모피 코트나 입고 돌아다닌다고 매도하면 어떡해요. 그건 엄연히 송 언니의 옷 취향이고, 사생활 부분이잖아요."

이번에는 더 나직한 원성이 깔렸다.

"맞아요, 딴 건 다 자기 잘못이라고 사과할 수 있어도 그 말만은 너무 지독한 모욕이자 인신공격이래요. 그 때문에 사표를 낸 거예요. 송 언닐 불러서 다독거려주세요. 송 언닌 베테랑에다 일도 빠르고 책임감도 뛰어나고 성격도 서글서글하잖아요."

"고객 쪽도 문제가 많아요. 견적서대로 시공했으면 오픈 날짜를 맞출 수 있었어요."

"김 이사님이 유독 송 언닐 꾸준히 밉보고 있었대요."

그때쯤 나는 내 출신 학교의 직속 후배인 여직원 하나를 직시하며 몇 마디 말을 간추려, 짐짓 자제하느라고 성깔 안 묻힌 설을 풀어놓았을 것이다.

"천지개벽하지 않는 한 오픈 날짜를 맞춰주는 게 인테리어업의 제일 강령이야. 또 나는 송을 밉본 적이 없어. 전적으로 오해고, 나를 잘못 봤어. 그렇게 생각했다면 그건 저질 연속 방송극 같은 발상이야. 오히려 그를 알뜰살뜰 챙기고 아껴주었다고 해야 옳아. 송이 추천해서 쓴 개 조수도 마찬가지고, 또 아무리 깔끔하게 빚어내려고 그랬다 기로서니 지가 왜 중뿔나게 나서서 출입구 마감재를 바꿔. 그건 계약 위반이든가, 아니면 디자인 미숙을 스스로 시인한 거나 마찬가지야. 오픈 날짜를 못 맞추겠다는 통보도 그렇게 하는 게 아니고, 또 지 소관도 아니야. 나도 모피 코트 같은 옷은 정말 싫어하지만, 실내의 자연주의니 휴먼 사이즈니 떠들어놓고 막상 옷가지는 짐승의 가죽을 입고 운운한 것은 고객이 나한테 한 소리를 옮긴 것뿐이야."

"그게 그 소리 아니에요. 여러 소리 할 것 없이 부르세요. 오늘 저녁에 똑 떨어지는 데서 우리 몇 명하고 송 언닐 만나세요. 술 한 잔 걸판지게 사시고 화해하면 되잖아요. 말 한마디로 다 풀릴 일을, 남자가 왜 남잡니까."

"오늘은 바빠 그럴 수 없어, 이 없으면 잇몸으로 살아."

"그럼, 우리가 잇몸이란 말이에요? 아이, 징그러워. 여자들은 꽁생원을 제일 싫어해요. 말 한마디로 서로 웃을 일을 가지고 서로가 아옹다옹 쌍심지를 돋우고 있는 거잖아요, 시방."

"화나셨나 봐."

"누가? 내가? 시방? 아니야. 난 화 안 났어. 사실을 곧이곧대로 전하고 있을 뿐이야."

엄밀히 말해서 그따위 주의 주장들은 개성도 아닌데, 다들 그것을 별난 성격쯤으로 착각함으로써 흔히 내 속을 긁어놓는다. 개성이란 제 것을 억척스럽게 지키는 것인 동시에 그것을 때로는 흔쾌히, 아니 선선히 내던져버릴 때 돋보이는 것인데도 말이다. 어쨌든 그것은 남의 말을 한사코 듣지 않고 혼자서, 또는 편을 짜서 '한 목소리'에 집착

산비탈에서

하는, 일종의 야망 같은 고집부리기에 그침으로써 서로를 피곤하게 만든다.

내가 조 전무의 맞은편 자리에 앉기 바쁘게 운두 낮은 나무 찬합에 아종다종 진설해놓은 맛깔스러운 생선 초밥이 두 층이나 날라져 왔다. 조 전무는 환한 얼굴로 상고머리보다 사춤 짧게 깎아서 뭉구리 비슷한 내 특유의 머리 매무새 때문에 뒤통수만으로도 나를 알아보았다고 말하고 나서, 대뜸 "김 이사, 요즘같이 쌀쌀한 날씨에도 더러 옥상에 텐트 쳐놓고 그 속에서 자기도 해요?"라며 나의 기벽을 좌중에 자랑스럽게 공개했다. 나는 즉각 우스개조로 "텐트 속에서 자는 거야 더위, 추위하고는 관계없지만, 요즘은 그럴 경황도 없을 정도로 바빠서 못 그러고 있습니다. 창문만 활짝 열어놓고 슬리핑 백 속에서 잡니다"라고 받았다.

"이불은 놔두고?"

"슬리핑 백 속에서 자고 나야 몸이 가뿐해져요. 긴장해서 그런가 봐요."

"긴장을 확 풀려고 잠자는 거 아냐?"

"제 몸은 안 그런가 봐요. 아예 며칠 말미를 내서 지겨울 정도로 산을 타다가 낭떠러지 곁에다 텐트 쳐놓고 푹 자고 올 마음만 다져 먹고 있습니다."

조 전무가 생선 초밥을 우물거리며 말했다.

"어서 들어. 몸부림치다가 떨어지면 어떡하려고?"

"바위틈에 뿌리내린 키 작은 다복솔이나 폴에다 손목을 비끄러매고 자야지요. 무슨 죄수처럼요."

그때쯤 나는 너를 소개받았다. 부모 덕, 처가 덕으로 고생 모르고 살아가는 40대 중년 남성이 흔히 그렇듯이 조 전무는 맑은 기운이 눈과 뺨 주위에서 배어 나오는 신분 미상의 30대 여자를 데리고 맛있는 음식을 찾아 먹을 수 있는 자신의 활달한 교제 범위를 자랑하고 싶은 눈치였다. 자신의 직업상 조 전무가 그런 여유를 매일 즐긴다면 험담이 아니라 자기 생업에 최선을 다하고 있다는 방증이 아니고 무엇이겠는가. 내 옆에는 곽 피디가 쥐색 자라목 스웨터에다 자신의 직업을 좀 과시한다 싶게 빨간색 체크무늬의 울 목도리를 두르고 앉아 있었는데, 그는 내게 명함을 건네며 "영욱이 형은 요즘 좀 쉰다지요?"라고 '마티에르'의 내부 사정에 대해 잘 아는 체했다. 이제는 너도 알다시피 영욱이 형은 나의 대학 선배이기도 한, '마티에르'의 창업 동지 중 한 사람이며 설치미술이 그의 전공이다. 그는 그즈음 그의 말대로라면 "머리가 더 썩기 전에" 심기일전하려고 6개월쯤을 기한으로 유럽 쪽에 머무르고 있었다. '마티에르'의 창업 동지 셋이 회사를 설립하면서 제일 먼저 못 박은 이심전심의 내규 하나는 셋 중 하나쯤은 언제라도 쉬고 싶을 때 쉬면서 자기 전공에의 식어가는 열기를 재충전하는 기회를 스스로 알아서 누리자는 것이었다. 물론 그런 재충전 기간에도 염치껏 자기 월급에 해당하는 연구비 명목의 용돈을 '마티에르'로부터 타 쓸 수 있는 권리가 주어지지만, 영욱이 형은 출국 후 5개월쯤 되었을 때, 뮌헨 쪽에서 '내가 요즘 바람이 톡톡히 났다. 우리 둥지 마티에르는 당분간 아우들이 잘 거둬다고' 어쩌고 하는 엽서만 보낸 후 종무소식인 상태였다. 하기야 고객의 뻔한 주문 따위에 기분을 맞춰주는 일체의 비즈니스 행위가 영욱이 형의 기질에는 맞지도 않았다.

또한 창업 후 세 해 동안 셋 중 제일 연장자로서 겪어낸 그 끌탕도 충분히 이해할 수 있는데다, 그는 임시 휴면에 들어가기 직전 '마티에르'의 창업자금 대출, 수주 알선, 세무 관리 등을 꼼꼼히 챙겨준 그의 이종사촌 형을 우리 둥지의 경영에 관한 한 실권자로 초빙하자는 안을 내놓았다. 우리는 그 제안을 흔쾌히 받아들였고, 그는 자신의 동면을 최대한으로 연장할 수 있는 땅굴을 미리 파두었던 셈이다.

나는 너와도 명함을 주고받았다. 벌써 꼭 1년 전 저쪽의 일이다. 그때 나는 '구성작가'를 스크립터 라이터쯤으로 알아들었다. 마지못해 건네준 너의 명함을 쳐다보며 내가 좀 농조로 "이런 직업은 한가로이 돈을 잘 법니까?"라고 모순어법적인 질문을 던졌을 때, 너는 웃지도 않고 "한 건 끝내주면 이렇게 맛있는 생선 초밥이나 얻어먹을 수 있는 정도는 되나 봐요"라는 비문법적인 대답으로 너의 신분을 적당히 비하해버렸다. 방금까지 부하 직원에 대한 나의 쌀쌀맞은 '선 긋기'를 그 좀 중뿔난 동료애로 비방하던 억센 여자들 틈바구니 속에서 내가 웬만큼 곤혹스러워했던 탓인지 너의 첫인상은, 상대적으로 좀 구성진 분위기가 앞 터진 보라색 스웨터를 어깨 위에다 걸치고 있는 그 느슨한 자태에 넘실거리고 있었다고나 해야 맞을 것이다.

뒤이어 너는 좀 수상쩍게도 생선 초밥 두 낱을 우리 쪽 찬합에다, 그러니까 조 전무 앞쪽에다 나란히 들어놓아 주고 나서 음식 품평을 슬그머니 내놓았다.

"소문대로 초밥이 적당히 꼬들꼬들하니 맛있네요. 생선은 치마처럼 휘감기도록 넓적넓적하니 크게 썰어 덮고, 밥은 뚱뚱하지 않게 뭉쳐서 그런가 봐요. 밥이나 생선이 미련스럽게 두툼하면 쉬 물리잖아요.

겨자가 좀 더 매콤했으면 한결 좋았겠지만."

조 전무는 생색이 잔뜩 올라붙은 얼굴을 활짝 펴며 생선 초밥은 이제 세계적인 별미 음식이 되었을 뿐만 아니라 한국의 고유 음식이기도 하다는 사해동포적인 음식관을 털어놓았다. 또한 그것도 주위들은 말일 게 틀림없는 일화를 손짓까지 연방 해 보이며 들려주었는데, 평생토록 한 손으로 그것만 조물락거리는 일본의 유명짜한 생선초밥집 숙수들은 초밥을 뭉치면서 그 밥알이 길이대로 차곡차곡 세워지는 것을 손맛으로 알고, 사열하는 군인들의 다리처럼 빼곡한 그 밥알들 사이사이에는 일정한 바람구멍까지 나 있어서 건너편의 촛불까지 보인다고 했다. 미상불 그 손맛까지 돋보이게 하는 허풍이었다. 조 전무는 네가 집어다 준 생선 초밥까지 다 먹고 포만감으로 허리를 쭉 폈다. 그때 우리 네 사람은 다 같이 재첩 된장국도 두 사발씩이나 말끔히 비웠다.

앞으로도 조 전무는 꾸준히 '마티에르'의 영업을 간접적으로나마 도와줄 거래처인만큼 그날 나는 우리 자리의 음식값도 카드로 그었다. 조 전무는 자청해서 조만간 걸판진 술자리로 그 점심 빚을 갚겠다고 약속했으며, 나의 단정하고 굵은 사인 필체를 눈여겨보며 네가 처음으로 나에 대한 품평이랍시고 "엔간히도 꼼꼼하신가 봐"라고 혼잣말을 낮게 중얼거리자, 조 전무는 다다미방의 굽도리지를 손바닥으로 훑으며 "이렇게 쭉 곧게 끊어내는 직종의 책임잔데 오죽할까"라며 딴에는 나의 직업근성을 잘 봐 주었다.

곧장 우리 일행 넷은 그 부근의 어느 커피 전문점에서 이런저런 화제를 주거니 받거니 했지만, 너에 대한 나의 또 다른 인상은 이렇다

할 진전이 없었다. 그럴 수밖에 없었던 것이 나는 잘 알지도 못하는 너의 능력을 어떻게 적당히 이용해먹을 수 없을까 하는 궁리만을 줄기차게 일구고 있었기 때문이다. 아마도 그때 나는 너의 이른바 포장술로서의 각색 솜씨를 '마티에르'에 적절히 원용한다면, 계약에 이르기까지 고객과 나눠야 할 수다스러운 말씨름을 절약하는 한 방편으로 견적서에다 이쪽의 인테리어 구상을 모형도 이상의 새록새록한 문장으로 적기해줄 수 있을 것이라는 내 나름의 엉뚱한 공상을 어루더듬었던 듯하다. 어떤 사람의 능력과 인격을 이용 가치만으로 재단하는 나의 이런 습벽은 내가 그동안 '마티에르'의 인적(人的) 레이 아웃에 얼마나 닳아빠질 대로 닳아빠졌는가를 반증하는 단서인 동시에 회사 동료인 그들만큼이나 나의 실체도 그 어떤 '치장'을 위한 소모품을 찾기에 혈안이 되어 있다는 신분 증명이기도 할 것이다. 달리 말하면 이렇다. 한 사람의 퍼스낼리티는 유전에 의해서 만들어진다기보다 사회생활을 통해 어떤 모양을 이루어간다고 할 수 있을 것이다. 그것은 태생형(胎生型)이 아니라 난생형(卵生型)인 것처럼 보인다. 곧 각자 주변의 사회적, 인위적 환경이 그것을 시시각각으로, 그러나 대체로 말해서 당사자 자신조차도 알게 모르게 바꿔 간다. 그러니 나의 성격은 '마티에르' 때문에 많이 변했다고 서슴없이 말할 수 있다. 그렇긴해도 그 크기가 가지각색인 난생형처럼 그것에도 고유한 어떤 원형은 있을 것이다. 어떤 작품을 대중용으로, 그것도 시청각 매체의 특성상 쉽게 이해할 수 있도록 각색하는 너의 반(半)생업 탓인지 나는 너의 원형이 과연 어떤 모양이었을까를 아둔한 머리로나마 그리고 있었다. 도무지 종잡을 수 없었다. 한참 후에 상대방을 점수라도 매길 듯이 헐뜯어보는 나의 시선을 네가 타박하면서, 그때 나는 틀림없이 너의 처녀성 여부라든지 미혼, 기혼 따위를 따져보고 있었을 것이라고 했는데, 그런 망발이야말로 모든 남성을 일단 속물로 보고 마는 너의 난생형 퍼스낼리티의 토로였다. 하기야 제2의 자아로서 일종의 '가면' 내지는 호들갑스러운 '포장술'에 불과하다는, 곧 표면적, 임시적, 사회적 퍼스낼리티인 그 페르소나의 적절한 현시에서 여성 일반이 남자들보다 단연 기술적, 기교적이긴 할 테지만, 그때도 너의 그 가면 너머의 투시력은 꽤 웅숭깊었던 것 같다.

내가 잘못 보지 않았다면 제법 소쇄(瀟灑)한 체취가 온몸에서 우러나던 너의 자태에는 분명히 감출 수 없는 어떤 흠이 있었다. 너를 필요 이상으로 감싸려는 조 전무와 곽 피디의 말을 통해서 그 흠은 점차 불거졌다. 적어도 내 눈에는 그게 훤히 보일 정도였다. 물론 그들은 너의 흠을 말속의 말에도 꺼묻히지는 않았지만, 나는 곧장 너를 상처 심한 '과거'로 시름겨운 여자쯤으로 띄워놓고 있었다. 우리의 첫 만남은 그처럼 예외적으로 이루어졌고, 신뢰할 만한 나의 여자 보는 눈을 새삼 확인하는 데서 그쳤다.

너와 조 전무를 뒷좌석에 태우고 곽 피디가 운전대를 잡은 스쿠프 승용차를 배웅하고 난 후, 나는 어슬렁어슬렁 걸으면서 젊은 여자로서의 너의 흠이란 것이 너무나 뻔하리라는 상상을 한동안 어루더듬었다. 이윽고 나는 몇 가지 경우로 마름질할 수 있는 그런 상투적인 공상에 물렸다. 내 특유의 쓸데없는 천착벽에 주니가 나서 머릿속을 하얗게 비우고 싶어진 것이다. 나는 사무실로 올라가는 계단을 밟으면서 너의 그 상처라는 게, 비유컨대 말끝마다 소재 탓만 앞세우면서 디

산비탈에서

자인 감각을 제대로 못 살린 기공(技工) 및 조공(助工)들의 과실쯤 될 것이라고 속단했다. 나로서는 그 조악한 하자를 즉석에서 지적할 수는 있지만, 내 손으로 바꿔놓을 수는 없을 터이므로 퉁퉁증을 나름껏 삭일 수밖에 없는 노릇이었다.

2

첩첩산중은 끝이 없다. 태백산맥은 과연 우람한 준봉들의 밀림이다. 꼬박 사흘 동안 1천 미터 안팎의 고지를 오르내렸는데도 산마루들은 여전히 사방으로 우뚝우뚝 연이어지고 있다. 까마득히 보이는 산마루마다 간신히 다가가 막상 두 발로 디디고 서보면 그곳은 이름도 없는 산중의 한 오지가 되고 만다. 내가 서 있는 곳은 언제나 한결같이 산 가운데의 오지거나 오지 속의 산마루일 뿐이다. 그런 오지가 겹겹으로 펼쳐지는 가운데서도 곳곳에 인간의 손길은 뻗어와 있다. 밋밋한 산자락만 나타나면 어김없이 고랭지 채소나 약초를 갈아 먹고 있는 밭뙈기들이 헌데처럼 펼쳐져 있는 광경이 그것이다.

서울에서 태어나 성장한 탓으로 내게는 체질적으로 도시문화와 그것이 빚어내는 끈끈한 관계망 같은 것에 진절머리를 내는 성향이 있다. 선배들이 겁도 없이 어느 특정 정치인 여럿을 거명하며 공공연히 "찢어 죽이자"라는 구호를 외쳐대는 살벌한 와중에서 나는 대학 생활을 시작했는데, 저 남쪽 하늘 아래서 벌건 대낮에 양민 수백 명을 새 잡듯이 학살한 그해를 새들새들한 재수생으로 지낸 내 인생의 '불가항력적 불찰' 때문이었는지 도시 생활 및 대학사회라는 것이, 내게는 어떤 긴장을 재미 삼아, 그러니까 쌍방 합의 아래 그것을 인위적으로 높였다가 낮췄다가 하는 일종의 완충지대처럼 비쳤다. 도시인들은 그 속에서 저마다 여론과 각종 유행의 행방에 촉각을 곤두세우며 살아간다. 그러므로 그들은 서로 남의 정보를 감시, 조응, 호환하는 모니터를 한 대씩 지니고 있게 마련이다. 그런 생각이 들면 내 삶, 나아가서 도시에서의 일상생활이란 것은 어딘가 가짜들이 듣기 싫은 가성(假聲)을 합창으로 내질러대는 소굴과 비슷하며, 외모는 멀쩡하나 반미치광이들인 그들과 도시 환경이 힘을 합쳐 만든 그 위태위태한 임시방편의 긴장을 즐기려는 도착 증세까지 빤히 비치는 것이었다. 내가 산악부의 한 극성파 부원이 되었던 것도 그런 내 시선을 산속에 뚝 떼어놓고 관망해보자는 의욕 때문이었다고 한다면 자율적, 자족적인 내 성징이 웬만큼 감지되지 않을까 싶긴 하다.

대웅이가 도시형 내지는 시장형 인물이라면 나는 시골형 내지는 박물관형 위인이다. 우리는 다 같이 산을 즐기긴 해도 즐기는 방법이 좀 다르다. 그는 문명의 최신상품을 시험이라도 하듯 적극적으로 활용, 애용한다. 가령 그는 텐트 속에서 트랜지스터 라디오의 리시버를 줄창 귀에 꽂고 지낸다. 일기예보를 미리 알아두는 거야 그의 한시적 의무라 할지라도 전(前)대통령들의 이른바 비자금 갈취 및 그 비축 소동과 5.18 사태의 진상 재규명 파동까지 일일이 주워들음으로써 자신의 몸은 산속에 처박아두고서도 머리는 여전히 시장 바닥의 말뚝에다 비끄러매고 있다. 나는 그로부터 도시의 풍문을, 그것도 오늘의 핫 뉴스를 전해 듣는다. 그런 풍문을 들을 때마다 나는 원시인이 되고 만 것 같은 착각을 즐긴다. 또한 그는 국립지리원에서 발행한 5천분의 1 비율의 지도도 수시로 꺼내 보고, 건전지들을 자주 새것과 헌 것으로 나

산비탈에서

뭐 챙기며, 여행용 전기면도기도 이틀에 한 번씩은 꼭 사용한다. 건전지를 갈아 끼울 때마다 그의 얼굴에는 분명히 '기분 좋음'이 어린다. 얼마나 편리하냐는 그 자세와 의젓한 폼을 멍청히 쳐다보는 나의 몰골도 좀 희극적이기는 할 것이다. 그에게는 틀림없이 새것을 좋아하는 성향이 있다. 이른바 네오필리아다. 나는 그 반대로 네오포비아다. 그의 일과 중에서 빠뜨릴 수 없는 일 하나가 매일 밤 텐트 속에서 비브람(가죽 등산화의 별칭이다)에다 토코(구두약의 일종이다)를 곱게 먹이는 것인데, 윤기가 자르르 흐르는 구두코를 이리저리 살피는 그의 눈길은 너무 진지해서 오히려 제법 그럴싸한 코미디언의 연기를 방불케 한다. 그는 흡사 건전지를 갈아 끼움으로써 작동하는 기계 같다. 그 건전지가 바로 문명의 힘이고, 그는 그 힘을 최대한으로 누린다기보다도 그 힘에 늘 허덕허덕 쫓긴다. 그 힘을 이용하지 못하면 당장이라도 문명의 대열에서 탈락할까 봐 안절부절못하는 판이라 그는 부지런스러울 수밖에 없다. 초침처럼 쉴새없이 움직이는 소도구들을 그의 주위에 늘어놓고, 그런 물건을 두 개 이상 자신의 몸에 지니고 있어야 생기가 나고, 그게 그의 진면목이다. 일종의 미니멀리즘을 제멋대로 구사할 뿐만 아니라 그 자신이 그런 효과를 보여주는 소도구 자체라며 흐뭇해한다.

어제 해거름에 우리는 물이 말라붙어 깨끗한 바위들만 뽀얗게 드러난, 제법 널찍하니 구불구불 내려가는 계곡 가장자리에 붙은 오솔길을 한참이나 내려갔다. 계곡 이쪽저쪽에는 가지런한 비닐 두루마리들이 된서리처럼 희끗희끗 땅바닥에 눌어붙어 있는 밭뙈기들이 보였다. 우리는 인기척이 없는 빈집 하나를 찾아들었다. 그야말로 삼간초가여서 좁장한 청마루 양쪽에 비닐을 덮어씌운 문짝이 하나씩 닫혀 있고, 그중 한쪽 방 옆에는 움푹 꺼진 부엌이 딸려 있었다. 살강 위에 얹힌 크고 작은 냄비 서너 개가 그을음을 새카맣게 덮어쓰고 있는 걸 보니 고랭지 채소를 갈아 먹는 집주인이 겨울 한철을 가족과 함께 지내기 위해 집을 비운 모양이었다. 오랜만에 따뜻한 방바닥에서 등짝을 지지고 싶었다.

대웅이는 청마루 끝에 배낭을 부리자마자 "핸드폰을 가져왔어야 하는 건데"라며 가끔씩 들던 투정을 또 씨부렁거렸다. 그는 삐삐를 허리에 차고 다니는데, 그것이 하루에 두 번 이상씩은 울어야 속이 편한 눈치였다. 누군가가 그를 찾고 있어야, 아니 불특정 다수의 관심을 받고 싶어 안달하는 이런 종류의 인기 중독자가 요즘에는 의외로 흔하다기보다 그런 성향을 누려야 솔직한 현대인에 값한다.

"형, 나 좀 내려갔다 오께."

대웅이가 취사 당번을 나한테 떠넘기는 소리였다. 나는 고개를 주억거리며 배낭을 뒤적거렸다.

"형, 저 밑 동네에 팩스가 있을까?"

"없을걸. 이렇게 새카만 두메산골이 머가 답답해서 팩스까지 갖추고 살까. 반장 집부터 찾아가 봐. 왜? 아까 울던 삐삐 때문에 그래?"

"응, 사흘 전부터 여기저기 옮겨 다니며 나를 찾는 인간은 대충 누군지 짐작이 가는데, 오늘 부르는 데는 성별조차 미상이라서 그래."

대웅이의 말은 가끔씩 사람을 헷갈리게 만든다.

"팩스를 띄워 삐삐를 못 치게 만들려고?"

"전화가 있으면 뭣해. 사람이 없을 건데. 연말이 가까워지잖아. 다

산비탈에서

들 엔간히도 살살거리고 돌아다니나 봐."

　바로 곁에 있어서 실체는 흐릿하게나마 붙잡히나 표정 같은 걸 알수 없는 인물이 바로 대웅이다. 말하자면 이쪽에서 긴하게 찾으려면 첩보원처럼 제가 먼저 알아서 불쑥 나타나는 오리무중의 인간인데, 가스가 자욱한 산길을 성큼성큼 헤쳐나가는 그의 당돌한 뒷모습은 언제든지 멋있다. 대웅이는 산악부의 3년 후배였다. 사학과 출신이면서 대학원에서는 미술사 쪽을 전공했다. 여성지 기자로 사회생활을 출발하여 잡지사를 세 군데쯤 옮겨 다녔다. 물론 나처럼 아직도 엄연히 미혼이다. 최근에 그의 후배 하나와 조그만 개인 사무실을 차린 모양인데, 보나 마나 그곳은 백수건달들의 아지트일 것이다. 다리 힘이 워낙 좋아서 그런지 그의 주위에는 사내들 이상으로 여자들이 득시글거린다. 오래전에 오대산인가를 여럿이서 탈 때는 산악부의 제 선배들 아내도 몇 명 껴묻어 있음에도 불구하고 그는 소속과 신원이 도무지 알쏭달쏭했으나 하는 짓들은 교양도 있어 보이고 낯도 가리지 않는 젊은 여자를 둘이나 태연히 데리고 나타났길래, 내가 누구냐니까 그는 대뜸 "그냥 좀 아는 애들이야. 있는 집 애들이라 발랑 까졌지? 머 그래"라고 어물쩍거렸다. 그러니 언제라도 살아가는 수단이 수월해서 경이로운 친구이기도 했다. 노는 게 직업인 허울 좋은 그를 먼발치에서 보고 있노라면 문득 우리나라의 경제력도 정말 대단하다는 걸 실감한다.

　손전등을 챙겨 들고, 수첩, 볼펜, 지갑 따위를 아래위 주머니에 갈무리하고, 잡기장, 세면도구 따위가 들어 있을 거북이 색을 등짝에 매달고 나서 대웅이가 말했다.

"형, 머 부탁할 거 없어?"

나흘 후 월정사에서 지원조와 만나기로 했으므로 그편에 무엇이든 가져오게 하자는 말이었다.

"없어. 싱싱한 채소가 먹고 싶긴 해. 상추, 나물 반찬, 풋고추, 양파, 깻잎, 오이 같은 거 말이야."

"알 만해. 상추를 탈탈 털어 노릇노릇 구운 삼겹살을 싸 먹고 싶다는 거지? 알았어. 현숙이 편에 새 팬티 가져오라 그럴까?"

"놔둬, 별일 없는가 안부나 물어봐. 걘 바쁠 거야. 이번에는 빠지고 다음에 오라고 그러든지. 알아서 해."

"형, 기다리지 말고 밥해서 먼저 먹어, 응?"

제 밥을 안 남겨줘도 좋다는 본론을 말하기 위해 대웅이는 이때껏 에둘러대고 있음을 나는 빤히 알고 있었다. 얼핏 그가 사람이 그리운 게 아니라 여자 생각이 간절해서 아랫도리가 뻑뻑해졌나 하는 생각이 스쳤다.

"주모 있는 술집이라도 있으까?"

"형, 같이 가까? 사람 사는 덴데 설마 술집이야 없을까."

"혼자 가. 난 짐이나 지키고 있을래. 밥 생각도 없어. 늘어지게 눕고 싶어. 술 많이 마시지 마라."

대웅이가 청마루 밑에 빼곡이 쟁여둔 마른 장작을 힐끔 쳐다보며 말했다.

"이 집 쥔 양반이 엔간히도 바지런한가 봐. 형, 나 갔다 올게."

땅거미가 야금야금 착실히 짙어지고 있는 빤한 고샅 아래로 대웅이는 멀어져갔다. 그의 걸음걸이가 어느 때보다 가뿐해 보였고, 등짝에

산비탈에서

도 신바람이 올라붙어 있어서 내 마음도 홀가분했다.

　나는 부엌에 가스 랜턴을 켜두고 마른 솔가지를 아궁이에다 소복이 쟁였다. 불길이 괄하게 일기 시작하자 나는 등산화를 벗고 눅눅한 스타킹을 말리기 위해 아궁이 앞에 주저앉았다. 넘실대는 불길 아래 유독 커 보이는 솔방울 하나가 발갛게 타올랐다. 왠지 내 눈시울이 뜨거워졌는데, 피곤에 전 몸이 노작지근하니 풀어져서 그런 것은 아니었다.

　우리의 두 번째 만남을 간접적으로 주선한 양반도 역시 조 전무였다. 봄이 왔어도 봄 같지 않다는 3월 말의 어느 날 오후 느지막이 조 전무가 내게 뜬금없이 전화를 걸어와서 "목련이 담벼락 밑에 핀 일반주택 한 채를 어디서 잠시 빌릴 수 없을까?"라는 요청을 디밀었다. 이른바 맞춤한 로케이션 세트를 구하고 있다는 하소연이었다. 통화가 길어짐으로써 그쪽의 다급한 사정이 명전(明轉)처럼 말갛게 드러났다. 그 로케이션 세트는 철권 통치의 본보기 중 으뜸이라고 해도 좋을 언론기관의 억지 통폐합으로 말미암아 무단히 해직당한 한 주인공의 자가(自家)가 되는데, 주인공이 어렵사리 장만한 그 집을 '사수(死守)하느라고' 반(半)실직상태에서 부대낀 10여 년의 세월이야말로 민주화에의 험난한 대장정을 곧이곧대로 반영한다는 것이었다. 요컨대 원작의 작의를 살리기 위해서 민주화에의 열망을 상징하는 도구로서 그런 실물의 집이 꼭 필요하다고 했다.

　"벌써 목련이 피었습니까?"

　봄철에 집수리를 많이 하듯이 신장개업 업체도 그때 많다. '마티에르'로서는 성수기였다. 나는 그즈음 몹시 바빠서 내 몸뚱아리가 긴장과 피곤이라는 두 가닥의 회로에 꽁꽁 묶여 있다고 자탄하고 있는 판이었다.

"더러 폈다는데."

"왜 하필 목련입니까?"

"몰라, 그게 민주주의의 상징쯤 되나 보지. 나도 원작을 안 읽어봐서 몰라. 읽을 짬도 없고, 읽어봐야 골치만 아프잖아. 소설은 이제 어차피 퇴물이 다 됐잖아. 티브이가 얼마나 재밌는데. 김 이사도 참 인사가 있었지. 우리 곽 피디와 강원희 씨라고. 골치 아프게 이 친구들이 그런 집을 내놓으래. 한 달쯤 후에나 방영될 테니 목련이 화사하게 핀 풍경이 나가면 때맞춰 그럴듯하기야 할 테지. 어디 좀 알아볼 수 없을까?"

긴가민가하기는 어느 쪽이나 마찬가지였다. 그 원작의 내용, 곽 피디와 너의 드라마화에의 의도, 내 쪽의 물색 범위 등이 말이다. 의심스러울 때는 사전을 찾아보는 수밖에 없다. 그 원작이 사전이다. 나는 명함철을 뒤적였고, 너에게 전화를 걸었다.

뜻밖이기도 해서 그랬을 테지만, "누구세요?"라는 너의 음성은 이쪽을 온몸에서 범의(犯意)가 뚝뚝 흐르는 낯선 사내쯤으로 짐작, 경계하는 낌새가 역력했다. 그런 불신과 의혹이 잔뜩 실려 애잔하게 다가오는 너의 조심스러운 음성을 그 후 나는 섭섭하게도 더 들을 수 없었다. 내가 내 신원을 밝히자, 너는 대뜸 "머리 많이 길렀어요?"에 이어 "요즘도 생선 초밥 즐겨 드세요?"라며 나에 대한 전폭적인 신뢰감을 드러냈다. 우리 사이가 과연 그런 말을 건넬 수 있을 정도로 무간한지 어떤지 어리둥절해 하면서도 일단 어떤 친화력으로 내 심중에 파고들어 온다고 느꼈다. 어딘가 방만히 이쪽을 놀린다기보다도 데리고 노는 것 같은 너의 화술은 시종 거침이 없었다. 비록 전화상이긴 해도 그때 우리는 말 같은 말을 처음으로 나누는 터인데도 너는 그랬다. 너의 그런 화술의 밑바닥에는 별것도 아닌 대(對)남성 우월감 같은 것이 깔려 있다고 나는 그때 지레 재단해버렸을 것이다. 또한 과년한 처녀가 남성 일반에 대해 묘한 피해 의식을 느끼고 있을 뿐만 아니라 자기 자신을 만만히 보지 못하게 하느라고 일부러 '털버덕 주저앉아 있는 몰골'을 아무렇게나 내비치고 있다고 나는 여겼던 듯하다.

"그 책이 절판돼서 시중 서점에는 없을 거예요. 작가도 없을 거라고 그랬어요."

"그럼 도서관에 가야 구해볼 수 있습니까?"

"그거야 그럴 테지요. 제걸 빌려줄 수야 있지만 귀찮아서요. 저녁밥도 하기는커녕 먹기도 싫어 죽겠는데…"

너의 말투가 전염되었던지 내 말도 아무렇게나 쏟아졌다.

"세상살이가 그렇게나 시답잖고 힘듭니까?"

"아니오, 꼭 그렇지는 않고요. 그냥 그럴 때가 있어요. 누구라도 일이 하기 싫어 죽을 맛일 때가 더러 있잖아요."

"그게 바로 일하지 않고는 잠시도 못 배기는 인간으로 태어난 원초적 비극이지요. 대본료로 제가 저녁을 사도 좋겠는데요. 여러모로 서로 편리하고요. 뭘 제대로 알아야 목련꽃을 찾든지 집을 구하든지 하잖겠어요."

"아이구, 귀찮아라. 지네들이 알아서 적당히 촬영을 하든지 말든지 하지 왜 이렇게 나를 못 살게 달달 볶을까."

그게 분명히 네 일도, 그렇다고 내 일은 더욱이나 아닌데도 불구하고 네 말은 내게 좀 지나치다 싶게 무람없었으나, 그렇게 듣기 싫지는 않았다. 이런 대목에서 사내들은 흔히 내친 김이다, 밑져봐야 본전이다는 심정에 휩싸여 일단 일을 벌려놓고 보자는 기분파가 되고 만다.

"아시겠지만 이건 사실상 내 일도 아니에요."

"그러게 말이에요. 사실은 제 쪽도 구성이다 머다 하는 일을 하라하라 해서 억지로 하고 있어요. 지네들은 나를 크게 도와준다고 생각하는 모양이지만, 단단히 착각하고 있는 거예요."

"사람살이란 다 그런 거지요. 어쩔 수 없는 안면에 치여서 억지로, 적당히 면피나 하자는 심정으로, 착각과 오해를 서로 즐기면서, 그게 위선이라면 다 그렇지 머 하며 양해하는 재미로…"

너도 또 털버덕 주저앉아서 풀이나 쥐어뜯는 소리를 주워섬겼다.

"그건 그래요. 이렇게 쓰잘 데 없는 일로 허덕허덕거리다 늙어가고 죽어가겠지요. 사람 한평생이 참으로 어처구니없어요."

"우리 대화가 어쩌다 이렇게 됐습니까? 그쪽은 일이 한 건 끝나 무료해서 그렇다 치더라도 이쪽은 바쁘다면 무지막지하게 바쁜데 공연히 남의 일로다 이렇게 노닥거리고 있으니 말입니다."

"초면이나 다름없는데 제가 너무 실례했나 봐요. 남의 선의도 모르고… 정말 제가 어쩌다 이 지경까지 후안무치해졌는지 알다가도 모르겠어요."

"우선 남의 그 선의부터 한번 챙겨봐 주시지요?"

"그게 뭘까? 책 빌려달라는 거요? 책이야 당장이라도 빌려줄 수 있지만 차려입고 거울이라도 보고 나서야 하는 게 지겨워서 이러는 거

산비탈에서

예요."

그때 우리가 나눈 대화를 대충 정리하면 이상과 같지만, 가감이 없
지도 않은 위의 대화보다 지금도 더 생생하게 기억에 남아 있는 것은
한쪽 다리만 덫에 치인 듯한 너의 분위기가 내게 솔직히 전해졌다는
사실이다. 아마 그럴 것이다. 과장이 아니라면 어딘가 실족해서 허우
적거리는 것만 같던 너의 체취는 그날 밤 스스럼없이 이어졌다.

네가 가르쳐준 대로 나는 그날 밤 너의 동네의 한 카페에서 기다리
고 있다가, 전면 유리창을 통해 춥다는 듯이 두 팔을 가슴팍에다 끌어
안고 어깨를 풍향계처럼 앞뒤로 흔들면서 차도를 건너 뛰어오는 너를
바라보았다. 추운 겨울날 여자들이 흔히 어깨와 가슴을 잔뜩 옹동거
리고 짧은 거리를 콩콩거리며 뛰어가는 모습은 귀엽다. 그러나 우정
생기를 일구려는 것만 같던 너의 모습은 어쩐지 '역시 늙었다'는 인
상을 지울 수 없었다. 너는 카페에 들어서자마자 일직선으로 내게 다
가와서, 포대기에 싸인 아기를 끌러 내려놓듯이 가슴팍에 숨겨온 책
을 탁자 위에 고이 내려놓았다. 좀 어색했던지 선뜻 내놓은 너의 말은
그나마 상투가 묻어 있지 않아 다행이었다.

"차 가지고 왔어요?"

"예, 공연히 마음이 바빠서요."

너의 즉답은 여전히 엉뚱했다.

"바쁠 거 하나 없어요. 티브이 프로란 건 달이 차면 애 낳듯이 제때
방영되게 돼 있어요. 차 어디다 뒀어요?"

"저쪽 연립주택가에다 바싹 붙여놨어요."

"제집 쪽인 모양인데 아무 데나 버려두고 가세요."

"집 나와서 혼자 사세요?"

너는 처음으로 좀 곤혹스러운 표정을 잠시 떠올렸다가 이내 지웠다.

"그런가 봐요. 출출하시지요?"

"그런 것 같애요. 어디 가서 목이라도 축이까요?"

"좋지요. 이 동네에 제가 가끔씩 가는 싸고 맛있는 조그만 생선횟집이 있어요. 이것저것 쓸데없이 먹을거리들을 너무 많이 줘서 탈이지만."

'섬나라' 인가 하는 그 술집은 워낙 비좁아 터져서 벽을 등지고 서서 칼질하는 주인장 겸 요리사가 고개만 들어도 어느 좌석의 생선회 접시가 비었는지를 빤히 들여다볼 수 있을 정도였다. 그따위 공간 감각이야 어떻든 사내들이란 누구나 여자의 신원에 관한 한 어쩔 수 없이 속물스러운 손익계산서를 집어들고 덤빈다. 이렇다 할 콤플렉스도 없이 정상적으로 성장한 사내일수록 상대적으로 더 그렇지 않나 싶은데, 속물스러운 일체의 발상, 언행, 생활 습관, 대인관계 따위를 극도로 싫어하는 나까지도 예외는 아니다. 구석 자리에 앉기가 바쁘게 나는 불쑥 물었는데, 그게 네게는 어떤 염탐질로 비쳤던 모양이다.

"이 동네에 산 지는 얼마나 됐어요?"

"드디어 호구 조사가 시작되는군요. 1년쯤 돼가나 봐요."

"살 만해요?"

"그럭저럭요. 티브이 자주 보세요?"

"아니오. 제대로 볼 틈도 없지만 별로 재미없습디다."

너의 입가에 조롱기가 머물렀다.

"대답이 누구와 똑같네요."

"누구 말입니까? 조 전무요?"

"조 전무야 순 착한 건달에 공연히 바쁜 체하는 덜렁이잖아요. 이번 프로의 원작자 김모 선생을 교섭한답시고 그 양반 작업실로 찾아갔더니 제 명함을 책이라도 보듯이 뚫어지게 쳐다보더니만, 아마 3분은 족히 그랬을 거예요, 불쑥 티브이는 정말 재미없습디다 그러데요. 말문이 탁 막혀서, 나 원, 그런 사람도 있긴 하데요."

"아, 그러냐고, 그럼 관두겠다고 나와버리면 되잖아요."

"오기가 있잖아요. 어떡하나 봐두기는 해야겠다고 작정하고 죽치고 있었어요. 그러고는 목련이 핀 집에서 사신 적이 있으세요 하고 물어봤더니 한참이나 또 뜸을 들이다가 불쑥, 어디요, 내 주제에, 마음속에 그린 집일 뿐이에요 이러고, 또 멍청한 눈길로 제 쪽에서 무슨 말을 시켜달라고 죽치고 있는 거예요. 정말 웃겼어요. 소설가란 직업이 그처럼 얼빠져도 된다니 좀 어이도 없고, 세상 물정에 그렇게나 턱없이 무식하면서도 글을 쓸 수 있다니 말이 안 되잖아요. 시와 달리 소설은 얼렁뚱땅이 안 통하잖아요."

"거길 차 가지고 갔어요?"

"차요?"

비로소 너는 나를 주시했다. 짙은 눈썹이라 아이 라인도 그려져 있지 않았고, 좀 노르께한 너의 눈동자는 소년의 호기심으로 번득였다.

"이 동네로 살림을 나면서 팔아먹었어요."

깜찍한 나무 도마 위에 가지런히 썰어낸 갖가지 생선회는 먹음직했다. 수북한 무채도 갓 썬 것인지 물기가 촉촉했다.

"살림을 나요?"

우리는 젓가락질을 하다가 또 눈을 맞췄다. 너는 조금씩 뻣뻣해지고 있었다. 정색한 너의 표정보다 네 마음이 더 얼어붙고 있음이 내 눈에 훤히 비칠 정도였다. 아마도 그때 너는 어느 선까지 자신의 실체를 감춰야 하는지, 아니 얼마쯤까지 까발려야 하는지를 견주고 있었을 것이다.

"네, 살림을 났어요. 그래서 내일 없이 혼자 사는 여자가 됐어요."

한동안의 침묵을 네가 먼저 흩어버렸다.

"미혼이시라지요?"

"어쩌다 아직도 그런가 봐요. 누가 그래요?"

"알 만하잖아요. 그쪽에다 제 사정을 안 물어보셨어요?"

"무슨 할 일이 없어서 제가 그런 걸 알아보겠어요. 건달에다 덜렁이라면서요?"

"그래도 조금은 궁금했을 거 아니에요. 지금 본인에게 바로 물어봐 주세요. 싫으시면 관두고요."

"제가 머가 답답해서 그런 걸 본인에게 직접 물어봐요. 기다리지요. 아마 자연스럽게 그쪽에서 먼저 실토할걸요."

"자신만만하시군요. 저야말로 머가 답답해서 묻지도 않는데 그런 걸 실토하겠어요. 잘난 이력도 아닌데…"

"우리가 시방 시비를 하고 있습니까?"

"그러게요. 너무 정중하고 은근하게 염탐질을 하고 있을 뿐이에요. 그쪽에서 먼저 그러니 저도 자꾸만 신경이 곤두서네요. 그냥 만나다 말다 하다가 문득 떠오르기도 하는 친구 사이쯤 되면 꼭 좋겠는데, 어

산비탈에서

쩌다가 이 지경까지 왔는지 어리벙벙해요."

"그럼 처음부터 다시 시작할까요? 우선 제 이름도 모르시잖아요?"

너는 젓가락을 놓고 갈쭉갈쭉한 뽀얀 손가락으로 입을 가리며 눈썹을 이마 쪽으로 밀어 올렸다. 생선회 한 점이 씹히고 있어서 갸름한 볼이 한쪽만 볼록거렸다. 심심해서 거기에만 악센트를 준 듯 새끼손가락 끝에만 유독 빨간 매니큐어가 칠해진 손등이 이번에는 피었다가 슬그머니 사라지곤 하는 볼우물을 가렸다.

"어떻게 아셨어요? 제가 김 이사님 이름도 모른다는 걸요."

"저도 머리가 있습니다."

"전화 끊고 화장실에서 손 닦고 있는데, 문득 얼굴은 머리 스타일과 함께 훤히 보이는데 이름도 모르고 있다는 생각이 들어 그때 받은 명함이 어디 있나 찾아봤어요."

"있을 리가 있나요. 여자들이 흔히 그런 걸 제대로 안 챙기는 건 흉이랄 것도 없어요. 벌써 작년 겨울 초입 때 일인데."

매실주는 조금 쓰고 아릿해서 감칠맛이 괜찮았다. 너의 뺨이 발갛게 달아올라 가자 너는 무너져 있는 젊은 여자 티를 한결 벗었다. 내 혼자의 다짐대로라면 나는 그날 밤중 언제라도 천장 장식을 마무리하고 있을 공사 현장에 들르기로 되어 있었다. 그 현장은 우리가 밀담을 나누고 있었던 그곳에서 지척이었다. 그때 나는 이 넓은 서울 바닥에서 아무도 모르게 우리 둘만이 속닥이를 맞출 수 있다는 너무나 당연한 사실에 어떤 안도감을 느꼈다. 취미, 일요일 개기기, 감각이 튀는 스페이스 플랜, 30분짜리 영상 처리의 요령 등에 대해서 너와 주거니 받거니 할수록 나는 착 까부라지는 그런 안심을 확실히 느끼며, 또 즐기고 있었다. 나의 그런 신체 반응은 그즈음 내가 너무 피로에 찌들어 있었다는 사실을 방증한다. 그 전부터 나의 또 다른 동업자이자 1년 선배이기도 한 장환이 수시로 "다음 차례는 나다, 알지?"라는 다짐을 내게 들이밀고 있었다. 그 말은 영욱이 형이 제일 먼저 좀 쉬겠다고 했을 때, 장환이와 나는 까맣게 잊고 있었던 고객과의 긴한 약속을 불현듯 떠올렸을 때처럼 한동안 뜨끔했다. 바로 그 시점부터 장환이와 나는 우리 셋이 합의한 유급휴가의 기한을 누가 먼저 스스로 정해 일 구덩이에서 빠져나오느냐는 신경전에 들어갔다. 인테리업이란 크게 설계와 공사로 나눠지고, 견적서에 따라 고객과의 계약을 도출해내서 합의한 대로 돈을 받아내는 일은 또 다른 업무다. 처음에는 우리 셋이 맡은 업무가 각각 달랐으나, 현장이 동시에 세 개 이상으로 늘어가자 그런 업무 범위도 없어지고 이른바 건별로 각자가 알아서 이리저리 뛰어다녔다.

그런 뒤죽박죽인 상태로 '마티에르'는 부쩍부쩍 커져 갔다. 똘똘한 후배들을 데려다 쓸수록 우리는 일 멀미에서 놓여날 수가 없었다. 그럴 수밖에 없는 것이 사람을 부리는 가외의 일까지 늘어났기 때문이다. 그러나 다행한 게 있다면 우리 동업자 셋은 누구도 '마티에르'가 자기 개인 것이라는 생각을 추호도 가지지 않았던 만큼이나 우리 것이다는 애착도 남달랐다는 점이다. 그만큼 열성들을 퍼붓고 있었다는 소리다. '마티에르'는 잘 굴러갈 수밖에 없었고, 거래 은행이 늘어나는 만큼이나 예금통장도 두툼해졌다. 각자가 알아서 하고 싶은 일을 한다는 취지 아래, 또 제 전공을 살리는 하나의 수단이라는 목적 아래 뭉쳤던 만큼 우리 셋은 통장 속의 돈 단위에도 무심했다. 가끔씩 계약

　　　　　　　산비탈에서

액, 인건비, 접대비 같은 돈 단위가 깜짝 놀랄 정도로 커져 버린 것을 우리는 내심 주목하고 있었을 뿐이었다. 일이 돈을 불리고, 돈이 사람을 끝없이 부려먹는다는 사실을 문득 터득했을 때, 우리는 어떤 회로(回路)에 서 있었다. 회로는 문자 그대로 본디 떠났던 곳으로 되돌아오는 그 길이다. 영욱이 형은 똑똑해서 그 길을 내처 가버렸다. 모르긴 하다, 그가 언제 또 설치미술에서의 제 한계를 느끼고 '마티에르'로 되돌아올지는. 나는 투미해서 회로 위를 줄기차게 뛰었다. 돌고 도는 게 회로다. 이 뜀박질을 언제쯤 멈출 수 있을지, 그런 반성의 기회를 조만간 낚아채 보자는 나 혼자만의 조바심을 촘촘히 챙기면서 말이다.

곧바로 말하면 이렇다. 나는 일에 치여 있었다. 매일같이 결단을 내려야 하는 일들이 나를 뻔한 회로 속에서 맴돌게 했는데, 내가 지쳐서 나자빠지지 않았던 것은 아무래도 젊은 나이 탓일 수밖에 없을 것이다. 이미 밝힌 대로 너를 처음 만났을 때, 나는 꼭 집어서 말할 수는 없는 너의 어떤 이미지 때문에 나의 일을 잠시나마 잊을 수 있지 않을까 하는 나름의 이해타산을 뒤적이고 있었다. 너는 나의 그런 셈속을 이기적이라고 할지 모르겠으나, 엄밀한 의미에서 그것은 비즈니스 라이크일 뿐이다. 인간마저도 사물의 하나로 취급할 수 있다면 어떤 사물도 그 유용성의 여부만으로 따지는 사고 행태, 곧 실무적이고 실제적이며 능률적인 잣대만이 살아남는다는 생각이 비즈니스 라이크 아닌가. 처음 만나고 난 이후부터, 그러니까 거의 3개월쯤 후에야 한때의 고객 중 하나가 뜬금없이 '목련이 피어 있는 집' 운운하며 청탁을 디밀어 우리가 다시 만났을 때까지 나는 너의 이용 가치를 얼핏얼핏 떠올리고는 있었다. 가령 그즈음 '마티에르'는 일종의 홍보 책자를 제대로 만들려는 구상을 가지고 있었고, 그것을 인테리업계의 상용어 대로 '감각이 좀 튀게' 꾸미려면 실내 디자인의 원칙, 유행, 기능 등을 대략적이나마 기술(記述)해야 하고, 그것의 첨단적인 사례들도 도해해야 할 것이었다. 따라서 내 머릿속에만 자욱이 떠돌던 그 홍보 책자의 여러 구상에 너의 기술 능력을 써먹어야겠다고 벼르고 있었다. 이제는 고객과의 상담 일체와 수주까지 도맡고 있는 손 사장의 결재까지 받아놓고 있었지만, '마티에르'는 그 홍보 책자를 만들 인력도, 시간도 없었다.

그런데 이상하게도 너를 막상 대면하니 그런 일을 벌이려는 나의 의욕은 감쪽같이 사그라들었다. 굳이 따져본다면 내 일에 너를 구태여 개입시킬 이유가 과연 무엇일까 하는 나의 저작(咀嚼)은 네가 여느 오피스 레이디와는 좀 다르게 내 심중에 새겨져 있었다는 흔적이 된다.

대체로 술은 사람을 두 유형으로 갈라놓는다. 술을 마실수록 상식적인 말을 많이 주워섬기고 기분이 들뜨는 형과, 말이 없어진다기보다도 애매한 소리를 뜸직뜸직 내놓고 기분마저 음울해진다고 해도 좋을 지경으로 가라앉는 형이 그것이다. 어느 쪽인가 하면 너는 후자에 가까웠다.

매실주 두 병을 우리가 똑같이 나눠 마셨을 때쯤부터 너는 나의 실체를 파악하느라고 골몰하는 눈매를 지었다. 나의 실체란 워낙 뻔한 것이므로 너의 골몰은 결국 너 자신의 과거와 현재를 되돌아보게 하는, 말하자면 그것은 일종의 폐로(閉路) 위에서의 서성임이었다. 나는

　　　산비탈에서

아직도 똑똑히 기억하는데, 너의 말이 그것을 대변했다.

"내가 정말 이래도 되나 몰라…"

"머가 어쩼게요. 원고 넘기고 마시는 술이 제일 맛있다면서요."

"그게 아니라, 제가 아까, 머라고 불러야 하나, 현일 씨와 전화하면서 너무 당돌 맞게 설친 거나 아닌지 모르겠어요. 무례하게시리. 어차피 더 이상 안 봐버리면 되기야 할 테지만. 어쨌든 내가 지금 엉망이잖아요. 술은 이래서 점점 탈이라니까. 어쨌든 민망스럽네요."

"괜찮아요. 민망해 할 거 하나 없어요. 무슨 스트레스가 심한가 보네요."

"모르겠어요. 스트레스야 뻔한 거고, 또 별것도 아니잖아요. 내가 왜 이러는지 몰라. 뻔뻔스럽기도 하네."

허둥지둥이었다. 숱하게 단음절로 쏟아내는 너의 말들은 하나도 옳은 게 없었다. 나를 힐끔 직시하는 너의 멍한 눈길에 물기가 어린다고 느꼈을 때, 나는 그게 정확히 어떤 것인지 잘은 모르는 채로나마 네가 어떤 억울 상태에서 허우적거리고 있지나 않나 하는 생각을 얼핏 떠올렸던 듯하다.

발겨낸 게살 한 종지, 그 집에서 손수 만들었다고 자랑하던 팥편 두 쪽, 소금물에 절여 생강채 고명을 얹어 덤으로 내준 싱싱한 고등어회 한 접시까지 먹어서 우리는 배들이 잔뜩 불렀다. 네가 "나가셔야지요"라며 등받이에 걸어둔 너의 검은 플란넬 재킷을 투우사가 망토를 걸칠 때처럼 활짝 펴서 입다가 그 소맷부리에 술병이 걸렸다. 술병은 바닥으로 굴러떨어져서 박살이 났다.

"내가 이런다니까. 칠칠찮게시리. 죄송해요."

너는 한동안 여기저기 흩어져 있는 술병 유리 조각들을 노려보다가 단화 코끝으로 죽은 짐승이라도 건드리듯 그것들을 집적거려 모았다.

내가 직업 근성에서 나온 입에 익은 소리를 흘렸다.

"마감재를 잘못 썼어요. 어울리지도 않는데 미끄러운 인조 화강암을 썼으니. 나무 바닥을 썼더라면 좋았을 것을."

너의 입가에 알 만하다는 시쁜 웃음이 잠시 머물렀다.

밖으로 나오자마자 너는 또 두 팔로 가슴을 부둥켜안고 있더니 뭣에 쫓기는 듯이 다급하게 말했다.

"제가 한잔 사면 안 돼요? 자꾸 얻어먹기만 하면 버릇돼서 안 좋잖아요. 저는 정말 주는 대로 얻어먹는 개 팔자는 되기 싫어요."

우리는 그 부근의 어느 깔끔한 카페로 들어갔다. 거기서 너는 우선 커피부터 한 잔 들고 나서 맥주를 마시며 거의 한 시간 동안 이런저런 말을 주워섬겼지만, 딱히 기억에 남는 말은 없다. 다만 네가 "이왕이면 담배도 한 대 얻어 피워 봐요"라면서 뻐끔 담배를 푸푸거리다가 맥주잔을 또 깨뜨린 해프닝만은 특기해도 좋을 것이다.

내 차는 바로 너의 주거지 발치에 있었다. "저기 불 켜진 꼭대기층이에요"라고 네가 말했을 때, 나는 대뜸 "누구하고 함께 살아요?"라고 물었다. 붉은 벽돌로 쌓아 올린 그 3층짜리 연립주택은 한 층에 네 가구씩 다섯 동(棟)이 동향으로 가지런히 세워져 있었는데, 부대면적이 그렇게 협소하지도 않았건만 그처럼 삭막하고 텅 빈 것처럼 보였던 것은 지면을 온통 거친 시멘트로 덮어버린데다 나무 한 그루도 보이지 않았고, 출입구 주위에 화분 한 개도 놓여 있지 않았기 때문일 것이다.

산비탈에서

"문 따고 들어설 때 캄캄한 게 싫어서 늘 저렇게 불을 켜두고 나와요."

술김이라 나는 처음으로 농조의 말을 던졌다.

"밧줄만 내려주면 로미오와 줄리엣이 따로 없을 만하네요."

"산 타신다면서 그런 감상(感傷)도 더러 챙기나 봐요?"

"등산은 사람에 부대끼는 게 싫어서 즐기는 취미일 뿐이에요. 또 감상 없는 영화나 미술을 봤어요?"

차문을 따려고 내가 돌아섰을 때, 네 눈에 또 물기 같은 것이, 이번에는 제법 젖어 있다 싶게 비치는 것을 나는 놓치지 않았다.

"정말 고마웠어요. 여러 가지로 지금의 제 멍청한 몰골에 자극을 주어서… 유자차라도 대접하고 싶지만, 집안 꼴이 너무 엉망이라서 못 들이겠네요. 오늘은 이해해주세요."

"아니에요. 언제 기회가 있겠지요. 아까 말한 그 현장에 들러봐야해요."

"그럼, 조심하세요."

우리의 관계 맺기가 한 권의 소설책으로 비롯된 건 사실이지만, 그 책은 네가 30분짜리로 재구성한 그 티브이 교양 프로만큼이나 내게 무용지물이었다. 왜냐하면 그 소설책에 첫 번째로 실린 꽤 긴 중편소설을, 네가 "배경은 칙칙해도 목련 이미지는 꽤 쌈박해요"라고 말한 그 원작을 이틀 만에 읽긴 했으나 내 독후감은 그 방면에 비전문가답게 "집이란 언제라도 갈아치울 수 있는 내구성 소비재일 뿐인데" 정도에 그쳤고, 원작자의 창작 산실도 공개한다던 그 티브이 교양 프로도 나는 시청하지 않았기 때문이다. 더욱이나 내 쪽이 오히려 궁금해서 그 책을 덮자마자 조 전무에게 전화를 걸어 "집은 구했습니까?"라고 물었더니, 그쪽은 "어떻게 됐나 봐, 이럭저럭 그림이 그려지기는 하나 봐, 다 그런 거지 머. 방영되거든 한번 봐줘"라며 태평스런 말을 내놓아서 좀 어이가 없기도 해서였다. 네 단평대로 조 전무라는 위인은 바쁜 체해야 살맛이 나는 덜렁이가 틀림없겠는데, 나로서는 그런 양반의 철딱서니 없는 천방지축이야말로 공간도 제대로 못 쪼개놓고 비싼 소재만 번지르르하니 처발라놓은 인테리어 같다고 치부하는 편이다.

3

영욱이 형이 발코니에 걸상을 내놓고 무릎 위에다 화판을 받치고 써서 내게 부친 긴 편지를 통해 알게 된 상식인데, 독일어에 '오르드눙'이라는 말이 있다. 게르만 민족의 특성 중 하나라는 이 말의 직역은 '정리정돈'쯤 된다. 좀 더 정확히 옮기면 어떤 질서, 정리정돈, 위치 점검 등을 위한 부지런 떨기일 것이다. 설치미술도 결국은 특별한 하나의 미적 조화를 성취하기 위한 '오르드눙'에의 힘겨운 접근이고, 그것과의 끈질긴 싸움이다. 요컨대 편집 기술, 자리 찾기, 위상 매기기는 설치미술의 근본적인 대의일 텐데, 그 밑바닥에는 모든 재료를 ('마티에르'는 어떤 재료보다 그 '효과'를 더 겨냥하고 있다), 아니 인간이 자연과 힘을 합쳐 만들어낸 어떤 '물질'들이라도 어떻게 조립, 배열, 정리하여 기왕의 미적 감각에 충격을 주느냐는 작의가 꿈틀거리고 있다. 실내 디자인도 궁극적으로는 설치미술의 그런 함의를 추구, 시현한다. 이를테면 폐타이어를 어느 더러운 공터에 산더미처럼

산비탈에서

쌓아놓고 지구 환경의 단말마적 절규를 읽으라든지, 30층짜리 초현대적 고층 건물의 출입구에다 두루뭉술한 돌덩이 하나를 놓아두고 '인공'의 조작미를 느껴 보라는 주문은 불친절하고 상투적인 '강요'일 수 있다. 지금은 파리 근교의 어느 시골에서 실내 디자인의 자잘한 '공간 쪼개기'에 염증을 내고 있지 싶은 영욱이 형의 귀추는 내게 초미의 관심사지만, 그만의 고심이 우리 현실에는 '수용 불가'라는 나의 판단도 설 자리는 있지 않을까 싶다.

말이 옆길로 자꾸 새는 것을 미리 막아보면, 간밤의 우리 보금자리는 가히 천하일품이었다. 헬리콥터장을 중심으로 반반한 열십자의 오솔길이 설치미술의 그것처럼 선명하게 '그려져' 있었으니 말이다. 우리가 무슨 표적이 될 수는 없었으므로 헬리콥터장을 뒤로 물리고 방금까지 터덜터덜 밟아온 길과 일직선으로 뚫린 내리막 갈대밭 길을 한참이나 헤쳐갔더니 쭉쭉 곧은 측백나무 숲이 나왔다. 갑자기 어둠이 막 몰려들었다. 낙엽송도 자욱한 걸 보니 그 일대의 숲은 분명히 인공림이었다. 해가 떨어지는 쪽에는 잔챙이 소나무가 군데군데 박힌 단애(斷崖) 같은 거대한 바위 군(群)이 병풍을 치고 있었다. 절경이었다. 한눈에 편편한 야영장임을 알았다. 우리는 그 어름에 짐을 부렸다.

대웅이 오른쪽 허벅지를 연방 종주먹으로 두드리며 말했다.

"형, 오늘 밤은 여기서 모닥불 피워놓고 비박할까?"

"미친 소리하고 있네. 니가 그 몸에 당할 소리냐?"

대웅이는 그저께 해거름에 인가를 찾아 내려갔다가 소주 한 병을 맥주 세 병에 타서 마신 후 예의 그 삼간 초옥으로 휘적휘적 올라오다 계곡 밑으로 나가떨어졌다. 이마빡에는 혹이 불거졌고, 오른쪽 바깥

허벅지에는 달걀만한 멍울이 부풀어 올랐다. 그 통에도 나 먹으라고 색에다 가득 꽂아온 오이와 오이 사이에 찡박아 온 맥주 두 병이 무사해서 정말 고마웠지만, 그는 상이군인처럼 한쪽 다리를 절뚝거리면서도 패티 김의 무슨 노래 곡조에 맞춰 "술 없이는 못 살아" 어쩌고 흥얼거렸다. 소염제 연고를 이마빡에 번질거리도록 발라주자, 그는 "많이 찢어졌어? 피만 안 보이면 괜찮아"라고 물었고, 나는 허기를 끄려고 오이를 우적우적 씹으며, 또 맥주를 병나발 불면서 짐승처럼 아무것도 덮지 않고 잔뜩 옹그린 채로 꿍얼대며 누워 자는 그를 멀뚱히 쳐다보았다.

대웅이는 기어이 탈옥범을 쫓는 보안관의 야영을 흉내 내고 싶은 모양이었다. 그는 절뚝거리면서 주위의 솔가지를 끌어모았고, 헤드램프를 서치라이트처럼 내두르며 삭정이를 주워와서 수북하니 쌓아갔다. 그는 그런 친구였다. 술자리에서도 그는 흔히 태평하게 앉아 있다가 벌떡 일어서며 "현일이 형, 나 먼저 갈게"라고 말하고는 배낭을 둘러메고 휑하니 사라지곤 했는데, 언젠가는 한 시간쯤 전에 저 먼저 일어섰건만 종각 울타리에 기대서 있다가 뒤풀이 2차를 하네 마네 하던 우리 등산객 일행과 부닥친 적도 있었다. 그때 그는 당황하지도 않고 내게 "형, 먼저 가, 여기서 누굴 만나기로 했어. 아랫도리 힘을 좀 풀고 싶어서 그래"라고 덧붙였다.

나도 어쩔 수 없이 대웅이와 보조를 맞춰야 했다. 배낭 속에서 이것저것 꺼내 주위에다 늘어놓기 시작했다. 우선 나는 가스 랜턴의 연료를 아끼느라고 두루마리 휴지의 가운데 구멍에다 대초를 꽂고 불을 밝혔다. 낮에 시외버스 차부 곁의 한 식당에서 시커먼 토란 줄기를 많

산비탈에서

이 넣고 끓인 벌건 쇠고기 국밥을 한 그릇씩이나 먹었으므로 인스턴트 수프나 화톳불에 끓여 먹을 채비를 갖추었다.

대웅이가 모닥불을 지폈다. 그리고 솔가지 부지깽이 끝에 불을 달아 '모어' 담배에 붙였다. 비록 이마빡에 불룩한 혹을 달고 있긴 해도 그의 분위기는 나름의 멋부림이 어울려 바람기를 흘리고 다니는 여자들이 반년쯤은 반할 만했다. 더욱이나 골판지처럼 생긴 신형 매트리스를 깔고 앉자마자 그는 한쪽 엉덩이를 끄떡 쳐들고 방귀를 길게 뀌었다. 그 소리도 꽤나 맑았다.

"시골 막걸리 값을 하네. 형, 국밥집 막걸리 맛 괜찮았지, 응?"

"좋았어. 소주 한잔 할래?"

"좋지. 오이 남았지? 육포도 좀 내놔. 육포의 열량은 48시간 후에나 나타난다니까 미리미리 씹어둬야 앞으로 힘이 날 거야."

그의 상식에는 언제나 시쳇말로 '믿거나 말거나' 투의 '과학'이 따라붙는다. 아마도 그런 허황한 '과학'에 덧붙이고 있는 그의 미국 영화식 멋부림 앞에서 여자들은 맥을 못 추는지도 모른다. 하기야 그의 숱한 인덕을 이번 종주에서 내가 톡톡히 입고 있기도 하다. 여러 차례의 지원조를 그의 친구들이 꾸려서 도맡아주고 있으니까.

내가 수프를 한참이나 휘저은 후 맛을 보고 그에게 권했다.

"속부터 데워둬. 선식후주라는 소리야."

"형은 역시 실속파야."

"범인은 잡을 것 같애?" 그가 부지깽이로 불장난을 하는 걸 보며 나는 덧붙였다. "네가 보안관이잖아, 시방?"

그가 내 말귀를 알아들었다.

"모르겠어. 형 말이 맞는지도 몰라. 진부령까지 완주해도 좋고 내일이나 모레 지원조를 만나 바로 하산해도 좋아. 모든 게 그렇잖아, 꼭 성취를, 결과를 봐야 맛이야? 그냥 즐길 만큼 즐기는 것도 의미가 있잖아."

"너 그 다리 때문에 그래? 어째 이제사 약해빠진 소리야. 이제 보름쯤 남았잖아. 조심조심 편한 코스를 타긴 했지만, 이때껏 아무 탈 없이 여기까지 온 건 정말 다행이야. 되돌아보면 꿈길 같고, 자부를 가질 만해. 아마도 이번 경험은 앞으로 큰 힘이 될 거야. 살아가면서 저력 같은 것으로 말이야."

"모르겠어. 산이 더 좋아지든지 만사가 시답잖아지든지 할 테지. 아까 형이 거기다 짐을 오밀조밀 부리는 걸 보고 문득 나도 어딘가 정착해야 하지 않을까 하는 생각을 떠올렸어."

"취직 말이야? 당장 못할 것도 없잖아."

"그게 아니야. 반거충인데… 취직해봤자 티격태격하다 말 게 뻔하잖아. 이제 철이 들어 그런지 남하고 아웅다웅하기는 정말 싫어. 서로 안 봐버리면 그만인데 언성 높이는 건 피곤할 뿐이야."

"장가가려고?"

"글쎄, 그것도 엄두가 안 나기로는 마찬가지야. 그냥 막연하게 내 정처가, 내 할 일이 헌법처럼 딱 부러지게 정해졌으면 좋겠다는 생각이 퍼뜩 들었어."

대웅이는 내가 스테인리스 컵에다 반쯤 비우고 건네준 소주 팩을 입속에다 꿀럭꿀럭 쏟아붓었고, 육포를 씹었다.

"알 만해. 사람이 살아가는데 정리정돈이란 게 왜 필요한지를 나도

산비탈에서

요즘에사 새삼 느끼기는 해. 말하자면 뭣이든, 물건만이 아니라 일이나 처신이나 주의 주장을 제자리에 놓고 살아보자 이거지. 물론 우리 형편에 원천적으로 꿈 같은 개소리기는 할 거야. 거창하게 말하면 분단 극복 같은 헛소리도 결국은 제자리를 잡고 살아보자는 뽕짝이잖아. 김일성이가 구태의연한 체제를 고수하며 지 혼자 다 해처먹겠다는데 무슨 통일이 되겠어. 그러니 다들 임시방편으로, 제자리도 못 찾고 어영부영 살아갈 수밖에 없다는 자기 방기, 자기기만 같은 속성에 길들여지고 말았다는 소리야."

"너무 심각한 소리는 하지 말고…"

육포는 마른안주로서는 제격이었다. 나는 소주를 씰끔찔끔 음미했다.

"네 말은 결국 방황에도 한계가 있다는 실토일 거야. 또 유랑민 근성 같은 네 천성을 어디다 비끄러매려니 너무 갑갑하게 느껴지고… 그 갈등 속을 헤매고 있는 자기 한계가 또 너무 빌빌거려서 싫고… 대충 그런 소리잖아?"

"그런가 봐. 대체로 맞아, 형은 장가 안 가?"

"몰라, 언젠가는 가겠지."

"가지는 게 아니고? 집에서 가만있어? 현숙이도 벌써 과년에 접어들었잖아?"

대웅이 소주 팩을 모닥불 속에다 집어던졌다. 불티가 분수처럼 치솟아 캄캄한 허공에다 연방 고운 수를 놓았다.

"몰라, 현숙인 앞으로 한 일이 년쯤 뉴욕 같은 데라도 가서 실내 디자인 공부를 더하고 싶은가봐. 그나마 요즘에는 그 궁심도 숙지근해진 눈치지만."

대웅이 매트리스 위에 반듯이 누워 포개 얹은 두 발을 까딱거리며
팔베개를 했다.

"별이 진짜 총총하네. 고흐의 '별이 빛나는 밤'이 바로 여기 있네.
야, 이런 생생한 별밤을 형과 함께 즐기다니. 신기하네. 별유천지가
따로 없네. 여자가 없어 좀 맨송맨송하지만. 참, 형은 섹스를 어떻게
해결해? 그리고 보니 형은 여자에 너무 무심한 것 같애. 속된 말로 눈
이 높은 거야 머야? 여자는 결국 다 똑같은데. 눈이 제멋대로 높아봤
자 별로 소용도 없어. 누가 알아주지도 않고. 그건 그래."

"여자 보는 눈? 눈이야 있겠지. 야, 모포가 없어 무드가 덜 난다,
응? 넌 시방 보안관이잖아?"

"형은 꼭 말을 슬쩍슬쩍 잘 돌려. 남의 말을 듣고 있으면서도 생각
은 늘 저만치 떨어진 한데서 놀아."

"정말 텐트 안 칠 거야? 내일 아침부터 몸이 무겁네 어쩌네 하지
마."

"또? 포기했어. 자다가 한기 들면 일어나서 치든지 말든지. 귀찮아,
불이나 좀 더 지펴줘."

대웅이는 슬리핑 백 속에다 하체만 집어넣고 모닥불 곁으로 바삭
다가들었다. 그리고 누운 채로 담배를 맛있게 태우더니 "형, 자? 안
춥지?"라고 물었다. 나는 눈을 말똥거리면서 일부러 "응?"하고 말을
줄였다. 장국밥 덕분인지 속도 편하고 바람도 자는데다 날씨마저 푹
해서 우리는 죽은 듯이 곤하게 잤다.

밤 열한 시까지 제법 뒤척거렸건만 새벽에 나는 단숨에, 확실하게

산비탈에서

눈을 떴다. 어느 순간에 불쑥 수마(睡魔)랄지 잠의 동굴이랄지에서 벗어나는 그런 눈뜸을 산속에서는 흔히 경험할 수 있다. 물론 그때의 의식이라기보다도 기분은, 참, 여기가 산속이지, 나는 짐승처럼 싱싱하게 살아 있어 라고 할 정도로 또록또록하다. 그 머리의 맑음과 몸의 가뿐함은 청량감이란 단어로 뭉뚱그릴 수밖에 없다. 우리가 일상적으로 쓰고 읽는 말과 글은 대개다 엉터리라 할 지경으로 그 뜻이 애매모호하다.

한껏 고요한 미명이 겹겹으로 내 눈앞을 에워싸고 있었다. 이윽고 가랑잎이 부스럭거리는 인기척이 들렸다. 나는 벌떡 일어나서 눈만 빠끔히 내놓고 머리통 전체와 목까지 덮어쓴 털모자를 벗었다. 대웅이가 병풍바위 쪽으로 내려가 물을 길어오는 소리였다.

우리는 인스턴트 커피를 한 잔 가득 뜨겁게 만들어, 스테인리스 잔의 따뜻한 온기를 두 손바닥으로 한껏 애무하며 마셨다. 인절미도 쫄깃쫄깃해서 맛이 좋았다.

"형, 서둘러야지."

삭정이들이 하얗게 형해를 드러낸 모닥불 잿더미를 대웅이는 노려보고 있었다. 그의 오줌발이 기총소사를 퍼붓자 이번에는 하얀 불티가 어지럽게 산화(散華)했다.

대웅이 절뚝거리며 앞장을 섰다. 지난 추석 밑에 내가 먼저 "산이나 길게 한번 탈까, 백두대간도 괜찮을 것 같애"라고 제의했으나, 그가 실제로 리더다. 그의 말대로라면 '백수'들인 지원조를 우리는 내일 해거름에 만나기로 되어 있다. 우리의 에코는 대웅이가 제멋대로 정했고, 아직 한 번도 제대로 사용해보지도 않았지만, 불꽃을 뜻하는

168

'홧켈'이다. 대웅이는 사전을 뒤적거리며 독어를 술술 해독하는데, 한때 어느 미술잡지의 명색 기획위원으로 일하면서 독일의 한 신예 추상화가를 소개한 바 있고, 붉은 색조의 소용돌이만이 화폭을 온통 채우고 있었다는 그 그림 제목이 '디 홧켈'이었다고 한다. 그 그림과 제목을 보자마자 퍼뜩 에코로 써먹을 생각을 떠올렸다니 그의 의식에는 그림이, 그의 무의식에는 산과 산행만이 질펀하게 깔려 있다고 봐야 할 것이다.

오늘 행정도 여느 날과 같았다. 산이란 그런 것이다. 비슷비슷하면서도 다르고, 다르면서도 완연히 비슷비슷하다. 발갛게 타오른 아침 햇살에 기암괴석들이 저마다 갖가지 형상을 드러내고, 늘푸른 소나무들이 무리지어 수해(樹海)를 이루며, 등산로마다에는 나뭇가지에 어느 산악회의 백두대간 종주를 기념하는 헝겊 조각이 매달려 있고, 자갈 바닥이 뽀얗게 드러난 하천이 굽이굽이 돌아 아스라이 멀어지고…

거기가 어디쯤인지 모르겠다. 가파른 등산로가 흔히 그렇듯이 우리는 삐죽삐죽 솟아오른 바위 사잇길을 한참이나 올라갔다. 왼쪽은 낭떠러지로 그 너머에는 세모꼴 연봉들이 끝없이 이어져 있었고, 오른쪽에는 잡목들이 짙게 우거져 있었다. 등산로는 그 잡목들 사이로, 말하자면 길이 거친 너설로 뚫려져 있었는데, 문득 괴상한 바위 군락이 우리의 발길을 멈추게 했다. 그중 우뚝 솟은 바위 하나가 그 돌올한 기상도 단연 으뜸이었지만, 그 형상이 흡사 사내의 신근을 그대로 빚어놓은 꼴이었다. 거대하고 늠름한 귀두였다. 그 귀두 일대에는 허연 이끼가 더께로 뒤덮고 있어서 그것마저도 축축한 음부 속에서 막 빠져나온 것 같았다. 그런데 그 귀두바위의 밑뿌리께에 더 희한한 바위

하나가 솟아 있었으니 그 형상은 징 모루와 흡사했다. 발목 달린 신발을 거꾸로 세워놓은 모양 말이다. 자연의 풍화작용은 정말 신비스러운 것이었다.

대웅이 입을 딱 벌리고 탄성을 내질렀다.

"야, 그놈 물건 한번 좋네. 정말 씩씩하네. 뻔뻔스럽고. 이건 또 신창 두들겨대는 연장 같잖아."

대웅이 배낭을 부렸다. 휴식처로는 안성맞춤이었다. 나는 물부터 벌컥였다. 물맛도 달았다.

"형, 사진 한 장 찍어."

대웅이 얕은 담장을 걸터넘듯이 풀쩍 몸을 솟구쳐 징모루 비위 위에 올라탔다.

"대가리 바위를 오른쪽에다 다 채워줘, 그게 포커스잖아. 힘이 뻗치는 포즈로, 약간 아래서 각도를 잡으면 대가리가 우뚝 상단까지 치솟을 거야."

나는 자동카메라의 셔터를 눌렀다. 당연히 이번에는 내 차례여서 대웅이 제 카메라를 돌려받고 나서 "형, 가서 모자 벗고 앉아봐"라고 말했다.

내가 사진을 찍을 때부터 왠지 나는 그 괴상한 풍경 속의 피사체로 나를 고정해놓기 싫었다. 이런 경우의 심적 변화를 설명하기는 어려운데, 아마도 그 귀두 바위의 형상도 너무 노골적일뿐더러 내가 무엇엔가 달구질을 당하는 것 같다는 생각에 덮어씌웠기 때문일 것이다.

"됐어. 나는 안 찍어. 땀이나 들일래."

"그래? 형, 혹시 섹스에 대해 병적인 불결감 같은 거 가지고 있는 거 아냐?"

"엉터리 소설 쓰지 마라. 아주 정상적이다. 적어도 섹스에 대한 정신건강만은, 믿거나 말거나."

잠시 대웅이와 나 사이에는 맹한 침묵이 꼬물꼬물 어렸다. 내 눈치를 살피는 대웅이의 낌새를 놀리듯이 내버려두고 나는 새로운 화두를 붙잡았다.

그저께 밤에 대웅이는 산에 끌려가고 있다는 생각이 들면 자기 자신이 싫어진다는 말을 얼핏 비쳤지만, 실제로 그 말은 내가 우리의 이성적(理性的), 더불어 이성적(異性的) 관계와 교제에 대해서 하고 싶은 말이었다. 네가 산이었다. 나는 산을 찾았다. 예의 그 침침한 일상을 자학적인 시각으로 그리는 통에 지루하게 읽히던 바로 그 소설책을 돌려주겠다는 핑계를 앞세우고.

네가 꼼짝하기도 싫어 오후 내내 티브이만 멀거니 쳐다보고 있다던 그날은 마침 토요일이었다. 너는 좀 특수한 개인적 사정 때문에 그러므로 일단 괄호 안에 묶어버린다면, 나처럼 닷새 동안 일더미에 파묻혀 사는 직장인에게 토요일 오후는 어떤 공동(空洞) 같은 것이어서 그것을 비켜 가자면 꽤나 거추장스럽다. 더러는 토요일 하루가 거치적거린다고 해야 할 지경이다. 일요일 새벽에 일어나자마자 커피를 한 잔 타서 마시고 난 후, 계절별로 달라야 하는 등산 모자, 티셔츠, 바지, 장갑 등을 챙겨 무엇에 쫓기듯이 일단 집에서 박차고 나서는 데까지, 토요일 오후부터 그때까지는 공연히 무르춤해진다. 무조건 성가시게만 느껴지는 나만의 이 '사회심리학적 토요일 증후군'은 나름의 연원이 없지 않다. 너의 그 억울 상태가 '개인 심정적 연구거리'로 떠올라

산비탈에서

있는 게 분명하고, 그 연원처럼 나의 그것도 상당한 연유랄까 역사가 있는 셈이니까.

너무 장황해질 것 같아 나의 직업적 감각, 곧 스페이스 플랜에 따라 우리집의 구도를 요약하면 대충 이렇다. 도시 기능의 다발적 분산화 추세에 발맞춰 안온하기 짝이 없던 주택가가 몇 년 사이에 5층짜리 사무실 빌딩들의 군락대(群落帶)로 변하고, 덩달아 반듯반듯해진 골목이 온통 음식 냄새로 진동하는 먹자판 길이 되고 만 동네를 요즘 서울에서는 흔히 볼 수 있다. 우리집은 그 먹자골목의 한가운데 있고, '느티나무집'으로 통한다. 한가운데에 두 짝 여닫이 나무 대문이 달려 있던 우리집의 행랑채는 삼거리를 끼고 있어서 목이 아주 좋았다. 5년쯤 전부터 그 행랑채는 거죽만 깔끔한 2층짜리 삼계탕 전문 식당이 되었다. 그 통에 슬래브집이었던 안채가 너무 푹 꺼져버려서 그것도 2층으로 올렸다. 남쪽에 있던 대문이 없어졌으므로 개구멍 같은 철제 출입문을 동쪽에다 뚫었는데, 들락일 때마다 삼계탕 손님들이 질금거리는 오줌발 소리가 들린다. 나와 현숙이는 가건물 같은 2층에서 거실을 함께 쓰고, 계단을 중심으로 양쪽에 붙은 방 하나씩을 차지하고 있지만, 그 주거공간만큼이나 널찍한 옥상에는 광과 변소가 혹처럼 붙거져 있다. 그 변소는 내가 독차지한다. 현숙이는 알궁둥이를 보란 듯이 까내놓는 기분이어서인지 아래층에 있는 화장실을 사용한다. 아래층에는 대청을 사이에 두고 큰방과 건넌방이 있고, 입식 부엌으로 개조한 큰방 옆의 명색 주방에는 화장실을 달아냈다. 요컨대 80년대 말에 우리집은 대문 옆에 딸렸던 재래식 화장실을 없애고 수세식 화장실 세 개를 만드느라고 흉물 중의 흉물이 되고 말았다. 그나마 다행한 게 있다면 예전의 재래식 옥외 화장실 앞에 우람하게 버티고 있던 아름드리 느티나무를 나의 강권으로 고이 보존한 사실이다. 삼계탕집 주인은 세입자인 주제에 눈웃음을 치면서 "이 고목 남기 썩 좋긴 헌데 걸리적거리기는 허네요" 어쩌고 씨부렁거리며 은근히 베어버리자고 종용하다 나의 사나운 눈총에 찔끔하고 돌아섰다.

어쨌든 '삼계탕집'으로 돌변한 '느티나무집'은 원래 주인이 나의 큰아버지였다. 나의 백부는 한때 '줄을 잘 서서' 벼락출세를 한 유명 인사인데, 지금은 몸 핑계 반 시절 핑계 반으로 일정한 거처도 없이 떠돌아다닌다. 나의 사촌 넷이 다 외국에서 뿔뿔이 흩어져 사는 만큼 나의 백부는 미구에 객사(客死)할 게 틀림없다. 아무튼 나의 백부에게는 진작부터 여벌집이 많았고, 그 명의를 처가 권속이라든지 사돈댁 같은 데다 옮겨놓았을 테지만, 여벌 땅도 아직은 더러 남아 있을 것이다. 나의 부친은 당신의 형 덕에 국가 기간산업체에서 장기간 일하다가 이사까지는 지낸 양반이다. '줄을 잘못 서서' 이사가 된 지 1년 만에 주주총회 석상에서 당신 이름이 호명되지 않는 수모를 당하긴 했으나, 당신은 평생토록 형의 연줄로 살아가는 사람답지 않게 성품이 강직한 편이었다. 당신의 그런 성품에다 형 밑이나 닦아주며 산다는 자격지심까지 곁들여서 그랬던지 당신은 쌀쌀맞은 고정배기였다. 자연히 나의 모친과는 사이가 안 좋았다. 적어도 겉보기에는 그랬다. 꼭 그런 버성기는 금실 탓만은 아니겠지만, 우리 형제 셋을 가물에 콩 나듯 낳은 터울도 내가 보기에는 의미심장하다. 당신은 자식을 귀여워하는 법도 없었고, 자식들에게 공부를 하라 마라는 다정한 말도 건네지 않고, 오로지 당신 앞가림만 자로 재고 사는 그런 빡빡한 성정의

산비탈에서

소유자였다. 말을 줄이면 우리집은 단란한 가정의 분위기를 저만치 떼놓고 그럭저럭 꾸려지는 살림이었다.

최근에, 그래 봐야 10년 안쪽부터 우리집 식구들은 각자 제 앞가림을 알아서 챙긴다. 집의 구조 자체가 그렇듯이 제멋대로이고, 썰렁한 것이다. 우리집의 큰방과 건넌방은 요즘 늘 비어 있다. 나의 부친은 "저놈의 닭곰국 냄새" 운운해쌓더니 지지난해부터는 화훼 원예를 한답시고 명지산 자락 밑의 후끈후끈한 농막에서 동산바치 한 사람과 칩거한다. 어느 공단의 노무 관리 책임자였던 만큼 나의 부친은 사람을 '행정적으로' 잘 부리고, 부동산에도 밝아서 당신 형의 참모로서는 손색이 없었다. 나의 백부는 물론이고 나의 부친도 장차 명지산 밑에다 뫼터를 볼 게 거의 틀림없다. 요즘 나의 모친은 때늦게 본 내 누나의 돌배기 외손자 재롱이 귀여워 죽겠다고 사위 집에서 아예 전을 펴고 산다. 아파트 살림을 못 해본 당신의 평생소원이 겨울 한철에 더욱 극성스러운 거야 당연하지만, 요즘에는 기집 자식 내몰라라 하는 지아비의 오죽잖은 처신에 대한 포한마저 서리서리 똬리를 틀고 있는 듯하다. 나의 모친의 비유법에 따르면, 이놈의 집구석 보일러 밑에 때려쳐넣은 수리 비용이 중년부터 벗겨지기 시작한 지아비의 대머리 치료약값만큼은 들었다. 나의 모친의 그런 말 밑에는 이 물려받은 남의 여벌집 건사에 쏟아부은 돈이 그 당시 집값보다 더 먹혔고, 평생토록 당신의 몸가축에만 오만상을 지었던 지아비의 반려 품앗이에 몸 고생 마음 고생이 이만저만이 아니었다는 지청구가 두텁게 깔려 있다. 삼계탕집에서 매달 받는 월세를 가용으로 쓰는 나의 모친은 내가 월급의 일부를 들이밀 때마다 "너희 부자(父子)는 참으로 희한한 소생들이다. 그 흔한 기집 사단을 한 번도 못 벌이는 거야 그렇다 쳐도 남들은 1년에도 몇 번씩 들락거리는 외국을 어째 한 번도 못 나가보냐. 무슨 정성이 뻗쳐서 이놈의 된장 냄새 나는 쿰쿰한 산천경개를 그렇게나 마르고 닳도록 쓰다듬어쌓냐" 같은 돼먹잖은 말을 주워섬긴다. 여자는 늙으면 못할 말이 없고, 쓰잘데없는 욕심만 목젖까지 차올라 성정이 되바라지다 못해 삐뚤어지는 듯하다.

　내 성질의 일부가 그 나물에 그 밥 같다면 틀린 말은 아닌 성싶고, 나머지 일부는 그에 대한 반발로 똘똘 뭉쳐져 있다고 보면 대충 맞지 않을까 싶다. 해가 떨어지기 전에 우리집의 철책 문짝을 내가 손수 따고 들어가기는 정말 싫다. 문짝을 밀고 들어서면 혹 키치는 삼계탕집의 지린내에는 닭국 냄새와 인삼 냄새가 분명히 껴묻어 있다. 이런 주거 환경을 상정하면 너와 나는 동병상련의 관계일지도 모른다. 바로 말하면 사람은 누구나 제 보금자리가 언제라도 따뜻하고 환하기를 바란다. 좀 비약해서 말하면 가정은 예의 그 '오르드눙'을 살갑게 실천할 수 있는 최적의 상설 무대여야 한다. 나아가서 인류는 자나 깨나 그 '오르드눙'의 실행에 집착하지만, 고이 다독거려 놓은 그것을 수시로 깨부수고 허물어버린다. 돌아서기 바쁘게 망가진 그것을 원래대로 되돌려놓기 위해 비지땀을 흘린다. 이 되풀이가 인류 역사의 총체라면, 다소의 과장이 없지 않은 채로나마 틀린 말은 아닐 것이다. 적어도 문명 세계의 역사에 한해서는 그렇다는 단서야 덧붙여야겠지만. 따라서 내 직업의 소임도 결국은 안온하고 밝은 보금자리 꾸미기라고 간추릴 수 있겠는데, 막상 내 직업의식으로는 내 보금자리를 당분간 어떻게 손볼 수 있는 여지가 손톱만큼도 없다는 것이 나의 딜레마이다.

너도 마찬가지였다. 우리의 최근 정치적 파행을 배면에 과도하게 깔아두느라고 사소한 일화들이 공연히 뻣뻣해지고 만 그 소설책을 되돌려주던 그날 밤, 너도 네 자신의 보금자리로 되돌아가기를 망설이는 것 같았다. 다음날의 산행 때문에 나는 술을 자제하고 있었는데, 네가 불쑥 말했다.

"요즘도 심야 영화관이 있어요?"

"없어졌을걸요. 비디오가 싹쓸이를 하고 있는 판인데…" 나는 너의 때군한 눈매를 보며 물었다. "혹시 수면제 같은 거 상용해요?"

너는 흠칫 놀라며 앉은 자세를 뻣뻣하게 굳혔다.

"왜요? 제가 어쨌게요? 제가 술을 너무 마셔요?"

"그렇지 않고요, 그냥 궁금해서 물어본 거예요."

"약 같은 거 안 먹어요. 한때 억지로 먹기 싫은 걸 정말 약 먹듯이 먹은 적은 있어요."

"한때요?"

너는 입을 다물었고, 나를 쏘아보는 너의 눈매가 더 길고 뻣뻣해졌다. 그때 내가 잘못 본 것이 아니라면 너의 퀭한 눈매에는 자신의 어리석음에 대한 후회와 억울함을 호소하는 듯한 분노가 서로 다투고 있었고, 종내에는 어느 한쪽이 다른 한쪽의 희생을 강요하는 멍청함이 가득 머물러 있었다. 얼핏 내 머리에 '이제서야'라는 탄성이 스쳤다. 가끔씩 물기가 어리는 것만 같은 너의 평소 촉촉한 눈매를 그제서야 새삼스럽게 알아본 것처럼 나의 탄성은 점점 현실감이 뚜렷해졌다. 그 느낌은 비로소 너의 전부를 이해할 수 있겠다는 어떤 득의로 이어졌다.

이윽고 네가 무거운 입을 열었다.

"그래요. 한때 그랬어요."

왠지 나는 더 이상 궁금증을 털어놓기 싫었다. 내가 도와줄 수 있는 선이 워낙 희미할뿐더러 피해자로서의 네 실체가 드러나지도 않았건만, 너를 아끼고 싶다는 내 심정이 너에게 어떻게 비칠지 알 수 없다는 조바심에 휩싸였기 때문에 그랬던 듯하다.

"나가까요?"

"네, 그래요. 현일 씨도 가셔야지요."

나흘 전에 걸었던 길을 우리는 함께 줄여갔다. 내 차를 이번에도 너의 주거지 발치에 세워두었기 때문이었다. 토요일 밤이어서 그랬던지, 아니면 인근에 백화점과 상가와 재래시장이 있어서 그런지 너의 동네는 아연 활기를 띠고 있었다. 봄기운이 벌써 완연했다. 한쪽 겨드랑이에 책을 끼고 오버스웨터 주머니에 두 손을 찌른 채 한 발자국쯤 뒤에서 따라오는 너를 힐끔 쳐다보니, 마침 너는 무엇을 강하게 부인하는 듯이, 아니면 심각한 생각에서 놓여나려는 듯이 머리를 좌우로 휘젓고 있었다. 짓궂게도 또 끈질기게도 나는 너의 고충을 내버려두고 싶었다.

"좀 천천히 가요."

네가 나의 팔을 잡았다. 내가 보조를 맞추자 너는 기다렸다는 듯이 네 앞만 주목하면서 너의 전모를 빠른 말씨로 실토했는데, 그 말투는 몇 번이나 입속에서 외워둔 문맥을 연극 대사처럼 내뱉는 것 같았다.

"전 결혼에 철저히 실패한 여자예요. 정말 너무 멍청하게도 그렇게

산비탈에서

됐어요. 애도 두 번이나 지웠어요. 그래서 다행인지 불행인지 지금 애는 없어요. 지금 살고 있는 저 집은 한때의 시댁에서 위자료조로 떼준 거예요."

너는 내 팔을 잡은 채로 머리를 떨구고 걸었다. 내 반응을 기다리는 낌새도 없었다.

"대충 짐작은 하고 있었어요."

"누구에게 물어봤어요?"

"아니오. 제가 그렇게 실없는 짓이나 하는 한가한 사람으로 보입니까?"

"긴가민가하고 있었지만… 어쨌든 털어놓고 나니 이제 속이 후련하네요."

우리는 우중충한 연립주택의 고샅에 들어섰다. 너의 집은 두 번째 동에 붙박여 있었다. 네가 내 팔을 슬그머니 놓았고, 내 차 앞에 서자마자 너는 축 늘어뜨린 두 팔을 양쪽으로 조금 펼쳐 보였다. 그 몸짓은 '자, 저는 이런 여자예요, 어떻게 하시겠어요? 뜻밖에도 너무 실망스럽다 해도 어쩔 수 없어요' 라는 씁쓸한 자책이었다.

"유자차 한잔 얻어먹을까요?"

"그러세요. 천천히 올라오세요."

서너 발자국을 뒷걸음질하는 너의 풍성한 플레어스커트에 얼핏 생기가 매달렸다. 오버스웨터 위로 비치는 너의 엉덩이 윤곽을 나는 잠시 눈으로 애무했다. 솔직히 말하면 나는 그때 성선(性腺)이 내 아랫배를 마구 발길질해대는 감미로움을 잠시 즐겼다.

곧장 나는 점잖은 손님으로 초인종을 두 번 눌렀다. 무용이라도 하듯 상체를 잔뜩 기울인 너는 활짝 웃으며 나를 맞았다.

"내 가족 말고는 첫 손님이에요."

오버스웨터 밑에 입었던 줄무늬 티셔츠가 반팔 소매였던지 너는 보라색 체크무늬 남방셔츠를 단추도 안 채우고 걸치고 있었다. 너의 실체를 까발리듯이 방문 두 개를 일부러 활짝 열어놓은 실내는 낯익은 것이었다. 가죽 소파, 나무 탁자, 서랍장, 책장, 퍼스널 컴퓨터, 책상, 침대, 오디오, 시디 꽂이, 디지털 시계, 티브이, 비디오 테이프, 가스 레인지, 냉장고, 식빵 뭉치, 커피 메이커 등이 한눈에 들어왔다.

"화장실을 좀 써도 되겠습니까?"

너는 싱크대 위의 붙박이장에서 무엇을 꺼내느라고 발돋움을 하고 있는 중이었다.

"제가 무슨 고객이에요? 말투가 너무 이상해. 손 좀 씻어 이러면 안 돼요? 네, 쓰세요. 지저분할 텐데 흉보지 말아요."

심이 좀 박혀 있던 나의 그것에서 일직선으로 내갈겨지는 하얀 물줄기를 노려보며 나는 네가 한때 상용했다던 그 약이 수면제가 아니라 피임약일지도 모른다는 망상을 떠올렸다. 지금까지도 나는 그 약의 정체를 모르고 있지만, 근거 없는 그런 망상에 놀아나는 위인이 바로 나다. 아마도 내 마음에 드는 상품이 눈에 띄면 그것을 꼭 두 개씩 사버릇하는 내 성정의 충동성도 그런 망상증과 관계가 있을지 모른다. 내 눈에 꽉 차는 상품은 도저히 있을 리 만무하며, 모든 사물, 경관은 말할 것도 없고 인간마저도 내 안목에 8할쯤이라도 차는 위인을 내 생애에서 과연 만날 수 있을까 하는 짜증스러운 갈등을 정확한 말로 옮겨놓기는 쉽지 않다.

너는 식탁 앞에 서서 노란 유자 슬라이스가 아가리까지 꽉 차올라 있는 유리병 뚜껑을 여느라고 낑낑대고 있었다. 나는 손수건으로 물 묻은 손을 닦으며 너의 왼손잡이 손놀림을 노려보았다.

"좀 열어봐 주실래요? 내 힘으로는 안 되겠네요."

나의 악력 때문이 아니라 내 축축한 손수건 덕분에 그 뚜껑은 쉽게 열렸다.

"남자에게 뭣을 시켜보긴 처음이네요. 그렇게 멍청하게 살았어요. 어처구니없이 차여버리긴 했지만."

그 말의 울림은 참으로 묘했다. 일순간에 너의 결혼생활이, 말하자면 너의 살림 솜씨, 너의 열정, 너의 낭패, 심지어 너의 방사(房事)와 그 횟수까지 일목요연하게 내 눈앞에 펼쳐졌다는 기분이 들었다. 그때 나는 사람을 잘못 볼 리가 없는 내 안목에 전폭적인 신뢰감을 표하느라고 고개를 주억거렸을 것이다.

"서 있지 마시고 저기 가서 편히 앉으세요. 좀 무심해버리면 안 돼요?"

진한 유자차는 무척 달았다. 너는 무슨 음식이든 진하게 먹는지도 모른다는 생각이 그때 얼핏 들었던 것도 이상했다. 아예 한 끼니를 거르는 한이 있더라도 먹을 때는 제대로 구색을 갖춰 식탐을 부리는 식으로. 내게도 고질의 폭식 습성이 있기는 하다.

"얼마 동안이나 그렇게 멍청히 살았어요?"

너는 다리를 포개고 나서 망설이지 않고 말했다.

"꼬박 2년이오. 지난해 1월까지 그렇게 살다가 갈라서는 데 두 달쯤 걸렸고요. 친정에 한 달쯤 빌붙어 지내다 여기로 나왔어요."

아마도 내가 카운슬러로서는 부적격자였을 것이다. 그러나 피상담자는 대개 다 조언을 구하기보다는 제 신상 고백에 더 도취할 터이므로 상담자는 어떤 선입관도 따돌리면서 들어야 할 의무가 있다. 그렇긴 해도 선입관을 걷어내기란 근본적으로 불가능하고, 알게 모르게 상담자의 심중에 고여 드는 어떤 연민을 감지할 때, 그 '특별한 사정'을 들어내기란 고역이다. 다행히도 너의 어조는 상담자의 동정을 사려는 낌새가 비치지 않아 그나마 덜 지루했다는 사실만은 여기서 꼭 덧붙여두어야겠다.

그 '과거'는 이해할 만한 사연이었고, 있을 수 있는 횡액이었다. 부부 사이의 그런 파탄에 대해 국외자가 의견을 내놓을 때 흔히 일방적인 매도와 상대적인 두둔을 일삼는데, 그것들은 어느 쪽이나 편협한 소견에 불과하다. 물론 나는 그 어느 쪽으로도 기울어질 만한 의견도 가지고 있지 않았고, 또 그럴 자격도 없었다. 너는 '동거인' '그쪽' '애인' '부인' '사실혼' '법률혼' 같은 용어들을 골라 쓰느라고 꽤나 부심했다. 아마도 '있을 수 있는 횡액'을 일방적으로 당하고 만 너의 처지에서도 남자 쪽의 '이해할 만한 사연'을 이제사 빈정거리고 싶은 마음도 없어서 그랬던 것 같다. 그게 내게는 참하게, 그럴 수밖에 없겠다고 여겨졌다. 너의 그런 성숙이랄지 소양은 여러모로 분석할 수 있다. 가령 그동안 너의 혹독한 상처도 웬만큼 아물었을 테고, '팔자 탓'으로 돌리라는 친지들의 위로도 적잖이 들었을 것이다. 무엇보다도 너의 짱짱한 자존심이 너의 불운을 '그쪽'에 대한 원망과 분노로만 치닫는 것을 한사코 막았을지도 모른다. 어쨌든 양가 다 사회적 위신으로나 경제적 품위로나 꿀릴 데가 없는 처지에서 중매로 맺어졌을

산비탈에서

것이므로 그 혼인에는 결격사유가 전혀 없었다고 하겠는데, 바로 그런 좋은 조건들에 떠밀려서 네가 결혼생활을 너무 만만하게 보았을 소지는 크게 비쳤고, 또 너에게는 이제 너의 자존심을 만신창이로 만든 '그쪽'의 부도덕마저도 감싸줄 아량이 있는 것처럼 보였다. 세월이 날라 온 그런 관용은 그 후에 곧장 밀어닥쳤을 너의 열패감, 상실감, 허탈감, 요컨대 그즈음의 너의 어떤 억울 상태를 이해할 수 있는 것만큼이나 분명한 것이었다.

너는 나직나직 말을 흘렸는데, 너의 눈매는 나마저도 추궁이라도 하는 것 같아서 피상담자답지 않았다.

"지금 생각하면 우습지만, 그때는 절실하게 그쪽에다 한마디만 속시원히 대답해달라고 짓졸랐어요. 나보다 그 애인 쪽을 먼저 사귀고 있었냐고, 그러니까 우리의 법률혼 전에 그 후배 애인과 내연의 관계를 맺고 있었느냐고 물었어요. 그쪽은 막내고 저는 맏이예요. 동생들 보기가 민망해서라도 그것만은 알아야겠다고 대들었어요. 대답을 안 하대요. 공부 끝날 때까지 기다리라면 기다리겠다고 매달려 보기도 했어요. 이제와서 그게 무슨 소용이냐고, 그러고 함께 떠나가 버렸어요. 그때 전 임신 3개월째였어요. 시가 쪽에서는 아들일지도 모르니 낳아라고, 어떤 책임도 다 지겠다고 말 같잖은 소리로 나를 달랬어요. 우리는 시댁 2층에서 아무 불편 없이 살았어요. 제가 그때는 라디오 쪽 방송국 직원으로 일하고 있어서 어떤 때는 새벽같이 출근하고 가을 프로 개편 후에는 밤 열 시까지 근무했지만, 그쪽은 이렇다 할 불만이 없었어요. 아무튼 나는 딸이면 낳겠다고 했어요. 그러고 나와버렸어요. 이제는 그쪽을 원망도 않고, 분한 마음도 다 사그라들었지만,

뒤치다꺼리를 몽땅 나한테 떠넘기고, 변호사를 찾아다니기도 했으니까요. 그 곤혹스럽던 망신살은 정말 못 잊어버려요. 어른들은 이내 봄눈 녹듯이 잊혀진다고, 툴툴 털어버리라고 그랬지만."

우리는 불행을 겪는 사람에게 흔히 "잊으세요, 세월이…" 운운하며 위로한다. 그 말줄임은 사실상 무책임한 격려일 뿐이다. 초상집에서 말끝을 얼버무리는 관행도 꼭 그렇다. 곧 '상심(傷心)이 크겠습니다' 라며 더 말을 잇지 못하는 문상객의 처신에는 '다들 겪는 남의 일일 뿐인데' 라는 태평스러운 심사가 배어 있지 않은가.

나는 낯이 화끈거렸다. 어떤 말로도 너를 위로할 수 없었다. 그러나 나의 신음은 그때부터 길게 이어졌다. 너를 어떤 식으로든 그대로 방치해둘 수 없다는 나름의 골몰이 내 신음을 그처럼 길게 이어가게 했을 것이다.

이윽고 나의 무료한 얼굴이 보기 딱했던지 너는 엉뚱한 제안을 디밀었다.

"비디오라도 볼까요?"

가끔씩 불쑥불쑥 디미는 네 특유의 그런 친화력을 나는 원만한 가정에서 고생 모르고 자란 사람의 몸에 밴 친절쯤으로 생각하지만, 막상 당할 때마다 나는 어색하기 짝이 없었다. 얼핏 조 전무 앞에서 네 몫의 생선 초밥 두 낱을 집어줄 때의 광경이 떠올랐다. 그 다소곳하나 무심하던 너의 표정 말이다. 나는 출신 환경상 차가운 사람일지도 모른다. 그래서 그런 친절에는 당황하게 되고, 내 식으로 받아들인다. 곧 나는 너의 그 말을 이제 가달라는 소리로 알아들었다.

"혼자 있고 싶다는 말이군요. 일어서야지요."

너는 즉각 당황한 얼굴로 내게 덤빌 듯이 손을 내저었다.

"아니에요. 제가 뭘 잘못했어요? 혼자서 더 생각할 게 머가 남았겠어요. 기분 나빠요?"

너의 그 몇 마디 말은 충분히 납득할 수 있었다. 현재의 쓰라린 상실감, 남자에 대한 피해 의식에 정확히 비례하는 어떤 회오감, 여전히 끓어 넘치는 박탈감 등을 너의 그 절규는 역설적으로 드러내고 있는 것이었다.

이번에도 나의 당혹은 좀 더 커졌다.

"잘못한 거 하나도 없어요. 제가 기분 나빠해야 할 게 머 있어요."

"그래도… 내가 또 뭘 잘못했나 봐. 죄송해요."

"유자차 잘 먹었습니다. 맛있던데요. 물론 손수 담근 거겠지요?"

너는 따라나섰다. 계단은 가팔랐고 어둠침침했다.

"심심해서 그딴 거나 썰어 담고 개기는 거지요, 머. 정말 지루하지 않았어요? 솔직히 말해봐요, 네?"

역시 너의 상처는 중증이었다.

"그냥 귀담아들었을 뿐이에요. 그럼 그런 불운을 재미있었다고 해야 됩니까? 아무리 남의 일이라 해도…"

"현일 씨는 아무래도 좀 이상한 사람 같애. 다른 사람 같으면 그쪽을 개새끼 어쩌구 욕했을 거 아녜요? 돌아서서는 어떻게 생각할지 몰라도 우선은 이쪽 듣기 좋으라고…"

나는 너의 상처를 어루만지는 것만으로도 내일 산행이 재미있을 것이라는 생각에 조금 들떠 있었다. 나의 산행은 늘 발보다 머리가 바빠서 그런대로 심신에 두루 유익하다.

"갑니다. 들어가세요. 언제 다시 들러도 괜찮지요?"

"네, 언제라도요. 속된 말로 저야말로 프리고, 꼴같잖은 직업도 프리랜서잖아요. 든든한 마음의 의지가 생긴 것 같아요."

그 후 우리는 집중적으로 만났다. 지금 생각해보면 지난봄부터 여름까지 우리가 그처럼 자주 만났으면서도 늘 너의 동네 주위에서만 배회한 것이 떨떠름할 뿐이다. 그래도 우리는 그 단조로움에 물리지는 않았는데, 아마도 그렇게 되고 만 까닭은 네가 여전히 남의 눈을 의식하고 있다는 것을 내가 지레 알아채고 보인 나의 소심한 보호벽 때문일 것이다. 그러나 특기할 만한 우리의 관행도 없지는 않았다. 곧 볼 만한 비디오 테이프를 좀 가지고 있다던 너의 말은 사실이었다. 네가 세 번 이상 보았다던 "델마와 루이스"나 "성난 황소"는 좋은 영화였다. 특히나 앞엣것은 여성의 가정적 억압감과 사회적 차별감이 어떻게 극단적으로 분출하여 비극으로 치닫는지를 미국적 발상으로 훌륭하게, 그러나 좀 과장스럽게 그려낸 가작이었다.

너의 동네로 차를 몰아갈 때마다 나는 '드디어 여기까지 왔다' 라는 생각을 어르곤 했다. 그 생각은 곧장 '자, 이제 칼을 빼야지' 라는 나의 결단력 채근으로 이어지게 마련이었다. 그러나 우리 앞에 가로놓인 수많은 난관을 떠올릴 때마다 내가 칼로 말의 목을 칠 수도 있다는 생각을 여투지 않았다면 거짓말이 될 것이다. 말과 자동차가 상징하는 대로 오늘의 세상은 모든 점에서 신라 시대와는 아주 다르다. 나도 김유신(金庾信) 같은 젊은 무사가 아닐뿐더러 너의 정조(情操)도 내게는 아직 깨끗했다. 나는 어느새 네 앞에 서 있었다. 현숙이를 비롯한 '마티에르'의 뭇 입방아들이 '한때 저러다가 시나브로 사그라지고 말 불장난'이라고 수군댈 것을 미리 또록또록 그려보면서 말이다. 오기라고 할 것까지는 없겠지만, 나는 그런 세속적인 예상이랄지 멜라드라마식 추측을 반드시 무찌름으로써 우리의 인연을 지상에서 '산마루'로 끌어올리고 싶었다.

4

이틀 동안 온통 북새판이었다. 여자 두 명까지 껴묻어온 지원조 다섯 명이 그렇게 부산을 떨었던 것인데, 어느 산자락을 어떻게 헤쳐나왔는지도 모를 정도로 달빛도 휘영청 밝은 산길을 한참이나 헐레벌떡 내려왔더니 월정사로 올라가는 길이 나타났고, 그 신작로를 따라 완전히 패잔병 꼴로 터덜터덜 걷고 있으려니 가스 램프를 흔들어대는 한 떼거리가 보였다. 곧장 "홧켈, 홧켈"에 이어 "형이야? 대웅이형 맞아요? 나야, 재숙이, 영미도 왔어"라고 외쳐대는 소란을 들었을 때부터 나는 도무지 정신을 차릴 수 없었다. 그들은 운 좋게 역전승한 단체 경기 선수들처럼 한 무더기로 뒤엉켜서 머리를 쓰다듬고, 종주먹으로 어깨와 엉덩이를 쳐대며 야단법석이었다. 뒤이어 대웅이는 재숙이를 먼저 덥석 끌어안아 서양인들처럼 양쪽 뺨을 번갈아 맞대고 나서 영미와도 똑같은 포옹 인사를 나눴다. 그런데 그런 종류의 호들갑, 수선, 아양, 어리광, 다변은 재숙이 쪽이 훨씬 어울리게 양질인데도 단발머리를 나풀거리는 영미 쪽은 대웅이 품에 안기자마자 벅차다는 듯이 두 눈을 힘주어 감고 있어서 나를 좀 어리둥절하게 만들었다. 나는 그들과 장갑 낀 손으로 악수만 나눴다. 그들 중 종엽이만 나와 몇 번 만난 사이였고, 진오는 나와 구면이라는데도 기억이 아슴아슴했다.

우리는 들도 아니고 산도 아닌 솔밭 속에 텐트 세 개를 세모꼴의 꼭
지점에다 쳤다. 그때가 아마 아홉 시쯤 됐을 것이다. 대웅이는 제 주
위에 사람이 괴기만 하면 도무지 피곤한 줄도 모르고 지치지도 않는
사내였다. 특히나 젊은 여자가 꼭 하나 이상 껴묻어 있으면 더욱 신바
람이 나는 모양이었고, 실제로 그는 두 여자에게 무슨 훈장을 자랑하
듯 제 이마빡의 혹도 보여주고, 심지어는 차돌처럼 딴딴한 제 털북숭
이 허벅지를 꺼내서 불쑥 솟아오른 멍든 멍울까지 만져보게 했다.

일당들의 선배 대접에 따라 나는 뒷짐이나 지고 어슬렁거렸다. 먹
을거리들이 흔전만전이었다. 바비큐 전문가답게 대웅이는 흰 목장갑
을 까맣게 그을리면서 돼지고기도 굽고, 굵다란 소시지도 뒤적였다.
몹시 시장했던 탓인지 내가 그렇게 맛있는 구이 소시지를 먹어 보기
는 처음이 아닌가 싶었다. 누가 마시다 부하의 총질에 즉사해서 더 유
명해진 시버스 리걸은 입에 짝짝 달라붙었다. 성능 좋은 포터블 라디
오에서는 김희갑의 '향수' 가 쉬임없이 흐르다가 조용필이 '친구야' 라
고 목청을 돋우었다. 영미가 라디오를 조작하고 있는 걸 보니 녹음해
온 카세트 테이프들의 임자를 알 만했다.

말들도 많았다. 술잔이 쉴새없이 돌고 돌았다. 새침데기 같은 영미
가 뜻밖에도 술이 세서 건네오는 잔을 재깍재깍 비우고 되돌렸다. 시
버스 리걸 한 병이 동이 나자 소주 팩과 캔맥주가 돌기 시작했다. 얼
굴이 새빨갛게 달아오른 재숙이는 자청해서 벌떡 일어서더니 '긴 밤
지새우고' 어쩌고 하는 노래를 씩씩하게 불러 젖혔다. 한약방집 아들
처럼 얼굴이 부하고 기름기가 흐르는 종엽이는 먹성도 좋은 술고래였

산비탈에서

고, 승국이는 공부를 열심히 하는 대학 조교 같았고, 모르는 게 없는 진오는 말이 너무 많았지만 조리는 번듯해서 여론 조작원으로 써먹기에 꼭 알맞았다.

요즘 백수들은 다들 바쁘게 사는 모양이었다. 자신의 삶들을 제멋대로 즐기려니 바쁠 수밖에 없기도 할 듯싶었다. 그들은 말들도 허우대만큼이나 멀쩡하게 잘했는데, 옷차림이나 노는 짓거리가 그런대로 솔직담백해서 그런 게 아닌가 싶었다. 가령 "형, 그동안 산중에서 무엇이 제일 먹고 싶었어?"라는 물음에 즉각 "여자"라는 식이고, "그걸 먹다니, 페미니스트한테 뺨 맞을 소리 하고 있네"에는 "남성 우월주의자가 실은 여성 보호 심리가 더 강해, 미국 서부극이 그거야, 실제로도 여자라면 무조건 빌빌거리며 아첨부터 떨고 보는 치들이 마초야"라고 응수한다. 여자들을 잠시 논외로 친다면 그들과 나는 불과 5년 안팎을 더 살고 덜 살았을 뿐이건만, 그들의 날렵한 의식에 나는 매번 압도당하는 기분이었다. 그들의 그런 의식이 대학 재학 중에 대충 윤곽을 잡았을 것은 틀림없다. 그렇다면 내 세대는 제2차 군부 독재 정권의 혹독한 압제 아래서 허우적거렸고, 그들 세대는 이른바 6월 혁명을 쟁취했다는 자부가 있을 법도 하니 그 각각의 시대 환경이 우리의 의식을 이토록 판이하게 갈라놓았단 말인가? 술이 너무 취해 오르는 데다가 그들만의 오붓한 자리를 내주기 위해 나 먼저 텐트 속으로 들어와서 한동안 이어지던 그들의 외설 반에 농담 반의 방담을 엿들으며 그런 생각을 해보았을 뿐이다. 나는 이내 곯아떨어졌다.

역시 아침 아홉 시께 하나둘씩 잠에서 깨어나기 시작했다. 내 옆에는 놀랍게도 재숙이가 제 발을 텐트 출입구 쪽으로 두고, 그러니까 내

턱 밑에다 두툼한 등산용 양말을 신은 발모가지를 들이밀고 있었다. 맑은 미역국에다 빨간 돼지고기 두루치기, 총각김치 등을 곁들인 아침밥을 다들 달게 먹고 나서 노르께한 누룽지 숭늉까지 한 그릇씩 비우고 우리 일행은 서둘러 나섰다. 지원조와 더불어 오대산 비로봉을 등정하기로 되어 있었기 때문이다. 월정사, 오대산장, 상원사, 적멸보궁을 거쳐 비로봉에 오르는 길은 내게 워낙 낯이 익다. 여러 차례나 와서 그런데, 올 때마다 계절이 달라서 더 좋았다. 봄에는 철쭉이 환해서, 여름에는 참나무 숲이 싱그러워서, 가을에는 단풍이 붉게 타올라서, 겨울에는 월정사를 끼고 흐르는 계곡 일대의 빼곡한 전나무 숲이 늠름해서 자연의 진면목을 제대로 만끽하는 기분이었다. 그때도 대웅이가 껴묻어 있었는지 모르겠는데, 어느 해 가을에는 단풍이 워낙 잘 물들어 내 뒷덜미에 후광이 매달려 있는 것만 같던 고양감을 주체할 수 없을 지경이었다. 더욱이나 하산길에는 낙엽이 비처럼 주룩주룩 쏟아지고 있었고, 석양을 등지고 하염없이 걸으면서 나는 이 산길이 영원히 끝나지 말고 이어지기를 바라기도 했다. 그때 나는 내 인생의 황혼을 미리 진지하게 맛보았을 것이다.

눈이 올 듯 말 듯 해서 날이 무척이나 흐렸다. 망할 놈의 그 독한 양주 탓인지 내 몸도 형편없이 찌뿌드드했다. 그러나 산중턱 곳곳에는 여전히 인적 미답일 원시림이 쭉쭉 뻗어 있어서 눈이 시원했다. 등산객들이 점점이 흩어져서 오르고 있었고, 그 숫자만큼 서걱서걱 내려왔다. 일행은 대웅이를 중심으로 쉴새없이 지껄이며 앞서 올라갔다. 적멸보궁을 지나자 갑자기 가스가 무리지어 스멀스멀 몰려들었다. 재숙이가 먼저 "아이, 겁나, 갑자기 왜 이래, 날씨가 미쳤나 봐"라며 호

산비탈에서

들갑을 떨었다. 영미는 아무에게나 손을 잡아달라고 내밀어 계집스러움을 은근히 드러내고 있었다. 나는 대웅이와 영미가 그렇고 그런 사이인 줄로 짐작하고 있었는데, 나의 오해임이 분명했다. 내가 보기에 영미는 누구에게나 살갑게 보여 손해 볼 게 뭐 있겠냐는 천성을 누리고 있는 듯싶었다. 좋게 말해서 영미 같은 여자야말로 계집스런 행티가 몸에 배어 있다고 할 수 있을 테지만, 그 지나친 여성스러움의 과시야말로 여권의 맹목적 부양(浮揚)에만 급급할뿐더러 남자를 성적으로 희롱하고 있다는 혐의가 짙어 보였다. 오늘날 여성으로 태어난 것이 자랑스럽다는 처신은 무교양에 무자각의 과시가 아니고 무엇이겠는가.

비로봉 표고점에서 끼리끼리 뭉쳐서, 단독으로 사진들을 찍었다. 오후 두 시께였다. 늦은 점심을 지어 먹고, 커피를 달게 마셨다. 나는 예상하고 있었다. 또 한바탕의 작별 포옹이 벌어질 테고, 그때 대웅이 품에 안긴 영미는 눈물을 글썽일 것이라고. 여자들의 그런 헤픈 훌쩍임이 가식은 아닐지라도 감상(感傷)의 교활한 반응이기는 할 것이다. 내 예상은 맞았다. 재숙이는 눈물을 글썽였고, 영미는 눈물을 떨구었다. 우리는 손을 들어 작별했다. 그들은 남쪽으로 내려갔고, 우리는 상왕봉 쪽을 향해 올라갔다. 한동안 우리 주위가 너무 조용해져 버려서 나는 얼떨떨했고, 좀 허전했다. 나는 곧장 배낭을 추슬렀다. 그들에게서 지원받은 양식과 부식이 묵직해서 등받이가 몹시 배겨왔기 때문이었다. 날씨가 추워졌다. 대웅이의 단언에 따르면 세 시간쯤만 재게 걸으면 심마니 터가 나온다고 했다. 해가 떨어지기 전에 우리가 그곳에 닿을 수 있을지 의문이었다.

현숙이가 받아서 대웅이 사무실로 찾아가 승국이에게 전해준 너의 팩스 전언을 나는 이제 거의 다 외운다. 팩스 용지 위에 찍힌 날짜를 보니 벌써 7일 전이었다.

— 현숙 씨, 여전히 바쁘세요? 어제 오후부터 내내 찾았는데 회사에서는 외근 중이라대요. 삐삐를 치려니 공연히 수선을 피우는 게 아닌가 싶어서 참았어요. 연말연시는 누구에게나 좀 애매한 계절이랄 수 있겠지요? 이제 새삼스럽게 마음을 정리할 것도, 또 그럴 만한 계제도 제게 없는 게 사실이지만, 평소에 저를 잘 봐줬던 사람에게는 단정히 차려입고 찾아가서 그동안의 마음 빚을 갚고 싶어지는 심정은 이해하시겠지요. 앞으로도 그럴지는 저따위가 감히 기대할 수도 없지만, 현일 씨가 그동안(이래 봐야 반년 남짓인데) 저를 무척이나 따뜻하게 감싸준 것은 현숙 씨도 이미 잘 아시잖아요. 벌써 두 달 이상 헐벗은 산야를 줄기차게 헤매고 있는 현일 씨의 건강한(또는 공비처럼 초췌한) 모습을 정말, 지금 당장이라도 찾아가서 보고 싶어요. 현숙 씨는 조만간(이번 주말이나 다음 주말쯤이 아닐까 싶은데) 지원조로 오빠를 만나러 가실 거지요? 또 파카 같은 허름한 옷차림으로 나서야 할 테지만, 그때 저도 따라갔으면 해요. 생각해보면 정말 우습게도 또 창피하게도 저는 이때껏 한 번도 현일 씨 앞에 성장 차림으로 나서보지 못한 게 현재의 내 자폐증적 신상을 대변하는 것 같아서 좀 서글퍼져요. 실은 그동안 세 차례나 현일 씨로부터 전화 연락이 있었건만, 현숙 씨에게 그 안부를 전하지 않은 것도 다음에 현일 씨를 만날 때는 기필코 제대로 차려입고 또 머리 매무새도 곱게 다듬어서 나서보겠다는 나 자신과의 약속을 저버리기 싫어서였어요. 어쨌든 현일 씨가 지

금은 제 삶의 모든 것이에요. 그의 모든 것이 하루 종일 내 머릿속을 온통 빈틈없이 채우고 있다는 생각이 들면 제 가슴은 말할 수 없이 뿌듯해져요. 전화 좀 주세요. 기다리겠어요. 저는 요즘 현일 씨로부터 언제 또 불쑥 전화가 날아올지 몰라서 설레는 마음으로 집에만 죽치고 있어요.

현숙이가 봉투에 넣어 풀로 봉해 전해준 너의 전문(電文)은, 장환이가 지난해 여름휴가 때 가족을 동반한 유럽 출장길에서 돌아오며 내게 선물한 몽블랑 필기구 세트를 쓰지 않고 간직하고 있다가 네게 준, 그 중에서 굵은 볼펜으로 쓴 너의 이름 석 자를 빼고는 아래아 한글체의 퍼스널 컴퓨터로 작성한 것이었다. 너는 너의 전문을 '23:25'에 우리 집 2층의 거실로 띄웠다. 현숙이가 그때 제 방에 돌아와 있어서 재깍 받아보았는지, 전문을 승국이에게 전하기 전에 너의 '지원조 편입 여부'를 통보했는지 어쨌는지 나는 알 수 없다. 모르긴 해도 나에 대한 너의 감정을 '공개 선언'으로 받아들였을 현숙이의 심정은 꽤나 착잡했을 것이다. 그러나 현숙이가 제 앞으로 온 너의 애틋한 심경 표현을 나에게 빨리 전해야겠다고 작정했을 때는 벌써 너와 함께 제 오빠를 만나러 가지 않겠다는 의사를 확고히 가졌지 않았을까 싶다. 그런 심사는 질투와는 다른데, 말하자면 제 오빠와 나란히 걷는 네가 왠지 불협화음을 조장하는 장본인 같아서 제 자신이 훼방을 놓지는 못할망정 너와 상당한 거리를 두고 싶은 일종의 견제심리라고 해야 옳을지 모른다. 아무튼 현숙이는 너의 존재가 성가시고, 제 자신이 불편한 처지에 놓이는 것만은 적당한 핑계를 일부러 만들어서라도 극구 사양하고 싶었을 것이다. 내 동생이라서가 아니라 현숙이는 야무진 계집애인만큼 개의 그런 심중의 갈등은 빤히 들여다보이는 복잡한 지도와 다를 바 없다.

현숙이의 입장과 처신이야 어떻든 내가 의심스러운 것은 너의 전문이 내게 전해질지도 모른다는 생각을 네가 퍼스널 컴퓨터 앞에서 상정해보았을까 하는 점이다. 나는 네가 충분히 그런 추측까지도 되새김했으리라고 믿는다. 왜냐하면 비록 불특정 다수의 대중을 상대로 한 평이한 보도용 구어체 문장의 작성이라 할지라도, 또 한때 네가 저녁 끼니를 놓치면서까지 너의 직종에 골몰한 것이 결과적으로 너의 불행한 결혼생활을 자초한 빌미가 된 데서도 알 수 있듯이 적절한 말을 골라서 그 뜻을 가장 쉽고 빠르게 전달하려는 궁리에 빠져 있으면 머리가 맑아지고 잡념이 안 생긴다던 너의 천직 같은 바로 그 작업의 생리를 떠올렸기 때문이다. 글이란, 그것이 유치하든 정치하든, 또 어떤 종류의 것이든 그것의 파급 효과를 고려하지 않고 쓸 수는 없을 테니까. 더욱이나 유치한 글이 요행히 파급 효과가 크다면 글쓴이의 유무식 정도가 그것을 받아들인 사람의 독해능력과 엇비슷하다는 정황 증거에 지나지 않을 테니 말이다. 요컨대 너의 전문에는 현숙이가 너의 동행을 어떤 핑계로든 따돌리려 할 것이라는 지레짐작이 여실히 배어 있다. 또한 너의 그 안타까움이 현숙이에게 어떤 구걸로나 아첨으로 비칠까 봐 곧이곧대로 대들어버린 흔적도 없지 않다. 글읽기의 재미만큼이나 글쓰기의 고충은, 그게 너의 현재의 한시적 생업이라기보다 일상 그 자체인데, 너의 비정상적인 정신건강을 적절히 되돌려 놓아 주는 좋은 수단 이상의 어떤 치료제 구실을 톡톡히 하고 있지 않나 싶다. 그래서 그 보잘것없는 보수를 네가 아무런 부끄러움도 없이 털어놓았을 때, 나는 "더 본격적으로 매달려 보는 것도 여러모로 나쁘지 않겠는데요"라고 말했던 것이다. 그러니까 이번에도 네가 현숙이에게가 아니라 나에게 띄우는 전문을 작성하느라고 고심하게 만듦으로써 나는 너의 정신건강의 정상적 치유를 얼마라도 도와준 셈이다.

더워지고 있는 날씨에 발맞춰 우리의 정도 무럭무럭 자라고 있던 지난 6월 초순의 어느 날 밤에 너는 처음으로 반바지 차림의 나를 불러냈다. 현숙이가 예의 2층 옥외 화장실에서 낯을 씻고 있던 나를 제 방 속의 창틀에 기대서서 불렀고, "아까도 두 번이나 전화 왔댔어, 누구야?"라며 전화 송수화기를 내게 건네주었던 것이다. 나는 사방이 툭 터진 옥상에서 벌써 그 잎이 짙푸른 느티나무를 직시하며 너의 전화를 받았다.

"저예요. 잘 들어가셨어요? 오늘따라 왠지 현일 씨가 음주 운전하는 게 걱정돼서 전화했어요."

"오늘만 그런 것도 아니잖아요."

"그러게 말이에요. 제가 늘 이처럼 늦게 멍청해요. 이때까지 건성으로 조심하세요라는 말만 빠지럽게 하고선 돌아서면 왜 그걸 심각하게 걱정 안 했는지 모르겠어요. 정말 제가 너무 못났어요. 죄송해요. 현일 씨가 가고 나면 방금까지 우리가 무슨 말을 주고받았는지만 줄줄이 꿰느라고 그랬나 봐요."

알 만한 너의 소심증이었다. 그것의 치유 방법을 나는 이미 너로부터 들어 알고 있었다.

"아직 일도 덜 끝났다면서요. 잡념이 말짱하게 걷히도록 피시 앞에서 말을 골라보세요."

"물론 그럴 참이에요. 내일 후배들과 운악산 타신댔지요? 하산하는 대로 제게 전화 좀 해주실래요? 왠지 그것도 걱정이 돼서 그래요."

그날 후배들과 운악산을 타기로 한 것은 사실이었지만, 명지산이 지척이었으므로 나의 부친의 농막에서 오랜만에 부자의 정을 나눌지, 아니면 산쟁이 후배들과 함께 텐트 속에서 뒹굴다가 새벽같이 일어나 출근길에 오를지 나 자신도 미처 결정을 못하고 있던 참이었다. 너야 그것을 알 리 없겠으나, 운악산은 그 이름이 암시하는 대로 그 높이에 비해 가파른 계곡 길이 많고, 암릉(巖稜) 길도 아찔한 데가 없지 않아서 암벽 타기에 미쳐 있는 산쟁이들의 행정에 따라 나의 행방도 미리 점칠 수는 없는 노릇이었다. 미리 귀띔했다 하더라도 너의 좀 비정상적인 외곬 머리로는 그런 경우에 나의 부친까지 떠올릴 수는 없었을 테지만, 현등사 어귀에서 아예 후배들과 떨어져 나 혼자 주봉의 정상을 밟고 난 후 곧장 명지산 자락으로 차를 몰아 나의 부친과 술잔을 기울일 생각도 없지 않았다. 비록 부엌 딸린 널찍한 단칸방의 농막이기는 해도 거기에는 당신의 본가와 달리 들락이는 사람도 짬짬이 더러 있고, 내가 들어서면 온기가 한결 도타워진다. 그 정도의 온기나마 가끔씩 탐하려는 나의 좀 짓궂은 심사를 당신은 빤히 엿보면서도 막상은 짐짓 무덤덤하다.

"그럴게요. 어디서든 전화하지요."

나는 주로 받는 데만 쓰는 핸드폰을 차 속에 두고 있었으므로 명지산 자락쯤에서 그것을 사용할 수 있겠다고 미리 점치고 있었다. 내 대답은 네게 설명이 태부족한 암호였던 모양이다.

"어디서든 하실 것까지는 없고요, 산행을 무사히 마치고 나서 해주

세요. 그것도 형편 봐서 귀찮으시면 관두고요. 일찍 끝나면 제게 들러
달라고 하고 싶지만… 밤늦게라도 현일 씨의 등산복 차림을 보고 싶
어서 그래요."

"알았어요. 무슨 말인지."

"그럼, 끊어요. 잘 다녀오세요."

새카만 밤하늘을 지붕 삼고 날려 보낸 너와의 몇 마디 교신을 현숙
이는 줄곧 창틀에 붙어서서 듣고 있었다. 현숙이의 후각을 무작정 자
극시키고만 있을 일이 아니었으므로, 나는 군침이 돌 만한 먹을거리
를 동생에게 덥석 안겨주었다.

"내가 요즘 집중적으로 사귀고 있는 여자야."

"그건 알아, 나도 귀가 있어. 설계실에도 벌써 소문이 쫙 퍼져 있는
걸. 오빠가 요즘 연애하나 보다고, 전보다 많이 부드러워졌다고."

"강원희라고 니네 대학 니네 학과 사오 년 선배쯤 될 거야. 결혼생
활에 실패하고 혼자 사는 여자야. 불행히도 애는 없나 봐."

"다행히도 아니고?"

"그래 불행히도. 차라리 딸 하나라도 딸렸더라면 더 좋을 뻔했어."

현숙이는 헷갈리는지 잠시 어리뻥뻥히 나를 쳐다보았다. 연애의 본
문이란 어차피 당사자들만이 교감하는, 제삼자들은 독해 불능의 코드
이므로 나는 더 설명할 필요가 없었다.

"벌써 그렇게나 진척됐어? 속도위반 아닌가, 오빠 눈에 찼다면 대
충 알 만하지만, 그래도 결혼까지 염두에 두고 있는 건 아니겠지?"

"당연히 염두에 두고 있어. 아직 우리는 손도 제대로 안 잡아봤지
만. 물론 손을 잡기 전에 결혼 같은 걸 심각히 고려해보는 게 당연한

순서고."

"어? 이건 또 무슨 해괴한 중세식 사랑이야? 오빠처럼 인간관계를
잘 맺고 끊는 완벽주의자가."

"짚신 장사가 헌신 신는다는 말을 하고 싶은 거지? 그럴 수 있어.
우리집을 봐라. 명색 실내 디자인을 업으로 섬기는 작자가 이런 지저
분한 소굴에서 툴툴거리며 살잖냐, 아무 불평 없이. 불편이야 이루 말
할 수 없이 많지만."

"이것과 그게 같애?"

"같을 수 있어. 같잖은 사람들은 흔히 이것보다 그것에 더 허영을
부려. 필요 이상으로 그래. 물론 너까지도 예외는 아닐 테고. 남녀가
한집에서 함께 살아가는데 무슨 허영, 허례, 허식이 필요해?"

나는 말을 줄이기 위해 무선 전화기를 현숙이 손에 쥐어주었다. 그
날 밤 현숙이는 나를 불러내 더 말을 시키고 싶어 거실에서 한동안 바
장였으나, 나는 모른 체하고 내버려두었다.

현숙이는 너에 대한 몇 가지 정보를 물어왔다. 너 자신의 실체와는
하등에 무관한 그런 곁다리 정보란 것은 듣기도 싫고, 들어봐야 '그럴
테지' 정도에 그치는 것인데, 그중 하나는 너의 작은아버지가 모 신문
의 논설위원이어서 일주일에 한 번 꼴로 얼굴 사진도 실린다는 사실
이었다. 그 사실조차 내게는 '그럴 테지'의 범주에서 벗어나는 것이
아니었다. 또 너의 둘째 남동생이 한때 고교생들의 세계수학경시대회
에서 상위 입상자로 뽑혀 신문에 네 가족 프로필이 크게 소개된 적도
있었다는 전언도 따랐다. 나는 그것마저 그런가 보다고 여기면서도
수학 쪽에는 워낙 젬병이었던 나의 학창 시절을 되돌아보았다.

산비탈에서

나는 그날 너에게 전화도 못 했고, 나의 부친에게 갈 수도 없었다. 후배 하나가 암벽을 타다 무단히 자일에 매달려 대롱거리는 사고로 요추와 대퇴골에 전치 4주의 타박상을 입었고, 오후 두 시쯤에 일행들이 지어놓은 점심밥을 얻어먹기 위해 하산했더니 지레 술판을 벌여놓고 나를 기다리고 있었기 때문이었다.

그 후 며칠이 지나서였다. 그 이튿날 월요일 오전에 내가 후배의 낙상건을 곧이곧대로 말할 수는 없어서 술 핑계를 댔을 때, "그러셨어요? 무소식이 희소식이라는 말만 믿고 자기 최면을 걸고 있었어요"라던 네 말이 좀 쓸쓸하게 걸리던 걸 떠올리고 나는 너를 찾았다.

너의 전화 음성은 풀이 죽어 있었다. 더위 탓인가 했더니 그게 아니었다.

"에어컨 같은 걸 꼭 들여놓고 살아야 해요?"

너의 생활방식과 그것에의 어떤 부채감을 드러내곤 하는 네 말투를 알고, 나도 그 대응을 웬만큼 익히고 있던 터였으므로 에둘러 말했다.

"시원하면 한결 살 만하잖아요. 올해 여름도 보나 마나 푹푹 찔 거예요. 지구는 이제 39도 이상의 고열로 신음하는 환자예요."

너는 처음으로 네 가족 중 한 사람의 동정을 알려주었다.

"제 친정엄마가 오늘 낮에 와서 에어컨을 들여놔라고 떼를 쓰는 거예요. 덕분에 콩국수는 맛있게 해먹었지만, 도무지 지금 제 형편에 그딴 게 무슨 소용이 있겠어요. 제 체질은 추위도, 더위도 잘 몰라요. 삼복중에도 한기를 느낄 때가 많은데… 제가 비정상적이에요, 이렇게 사는 게 말이에요?"

나는 그즈음 내가 자주 사용하던 말을 했을 것이다. '그럴 수 있어요'가 그것이었다. 나의 입에 점차 배기 시작한 이 가정형 표현에는 너의 모든 것, 곧 파탄을 내락하고 있던 너의 결혼생활, 파국을 겪어 내면서 치른 너의 혹독한 정신적 피해, 그 때문에 알게 모르게 떠안은 정서 불안 따위를 나만이 충분히 이해할 수 있을 뿐만 아니라 감싸줄 수도 있다는 어떤 다짐이 깔려 있다.

그날, 해가 길어져서 날이 채 어두워지기도 전에 너에게 들렀더니 너는 대뜸 혼잣말을 지껄였다. 팔뚝이 훤히 드러난 연두색 티셔츠를 입고, 탁자를 내려다보면서.

"내일 하루 종일 꼼짝 말고 기다리고 있으래요. 에어컨이 배달될 거래요. 도대체 이게 무슨 황당한 횡포예요, 글쎄?"

아마도 너의 부모 쪽에서 보면 날벼락이나 다름없었을 네 횡액을 감당하느라고 온 가족이 작년 여름 한철을 더위도 모르고 시난고난 보냈을 터이다. 그 통에 막상 너의 끝이 없는 상실감, 허탈감 따위에 는 태무심하다가 세월이 약이라는 말대로 1년쯤이 지나서야 비로소 만자식의 몸 가축에 신경이 쓰였을 것이다. 에어컨 구입 시기로서는 그때가 적기였다.

육친의 곰살궂은 배려를 '황당한 횡포'로 받아들이는 너의 반어법 에서 부모 형제, 나아가서 친지와 이웃을 대하는 너의 민망한 자괴감 을 나는 읽을 수 있었다. 문득 그 어원이 인디언의 토어(土語) '혈연'에 서 왔다는 '토템'이 내 가슴 한복판에 자리잡았다.

저절로 제법 그럴듯한 위무의 말이 내 입에서 흘러나왔다.

"주변 환경을 아무렇지도 않게 받아들이세요. 그 황당한 횡포까지 도 너끈히 못 받아들일 것도 없겠는데요. 충분히 그럴 수 있잖아요."

산비탈에서

"그렇기는 하지만 제가 얼마나 초라해지고 뻔뻔스러워지는지를 다들 잘 몰라요. 제발 그냥 이대로 내버려둬 주면 꼭 좋겠는데 이렇게 남의 속을 북북 긁어놓잖아요."

우리는 그날 밤 국산 와인으로, 그 이름도 그럴듯한 '마주앙' 두 병을 비우면서 이런저런 말을 나누었다. 열무김치와 치즈와 햄과 참외를 안주 삼아 냉기 좋은 와인을 찔끔찔끔 들이켰는데, 배가 통통한 와인 잔에서 물방울이 떨어질 때마다 너는 부리나케 그것을 행주로 훔치곤 했다. 나는 주로 너의 일에 대해서, 그 일을 소화해내는 과정에 대해서 알고 싶은 게 많았고, 너는 내가 직업 때문에 만나는 인간들의 여러 성격, 취향에 대해서 이것저것 물었다.

네가 문득 엉뚱한 말을 흘렸다.

"인간관계를 다양하게 맺고 성격이 수더분할수록 좋은 사람 같아요. 눈가리개를 한 말처럼 제 앞만 보고 질주하는 사람은 아무래도 문제가 많나 봐요. 한때는 철이 덜 들어서 그랬을 테지만, 외곬로 자기 세계만 죽기 살기로 파는 사람이 좋게 보였어요. 어쨌든 결승점까지는 갈 거라고 믿었으니까요. 술 더 드세요. 저는 벌써 취기가 많이 오르네요."

내게는 그 질주하던 말이 너와 보조를 맞추지 않고 어딘가로 달아나버렸다는 자조로 들렸다. 그 특정 말의 질주마저 그럴 수 있는 일이었고, 나의 결혼이 늦어진 것도 젊음의 방만한 특권이라고 해도 좋을 그런 질주 탓이었다.

딱히 위로할 말이 안 떠올라서 발그레 타오르는 너의 얼굴을 물끄러미 바라보고 있는데, 네가 특유의 그 친화력으로 나의 무안을 걷어주었다.

"죄송해요. 또 쓸데없는 말을 지껄여서. 손 좀 줘봐요."

탁자를 앞에 두고 나는 손님답게 소파에 앉아 있었으므로 우리 사이에는 넓적한 가죽 소파 팔걸이가 기역자를 이루었다. 너는 나의 오른손을 낚아채서 두 손으로 잡고 쓰다듬었다. 분명히 이성의 손을 애무하고 있건만, 너의 표정은 무심하다고 해도 좋을 정도로 태연자약했다. 그러나 나는 달랐다. 너의 뽀얀 팔뚝이 선정적이지는 않아도 내 가슴은 두근거렸다.

"손이 따뜻하네요. 제 손은 너무 차지요? 술 힘을 빌려서 이러는 게 왠지 꺼림칙해요."

나는 매끄럽고 서늘한 너의 팔뚝을 손바닥으로 어루만졌다. 너의 멍한 눈길이 좀 몽몽해졌다. 그쯤에서 네가 갑자기 내 손을 두 손으로 감싸쥐었고, 거기에다 네 얼굴을 묻었다. 너의 어깨가 조용히 들먹였고, 내 손바닥에 축축한 물기가 어리기 시작했다.

아주 천천히, 눈꺼풀보다 더 길게 뻗어내린 너의 짙은 눈썹 숲을 헤아릴 듯이 빤히 내려다보며 나는 너의 얼굴을 두 손으로 고이 감싸 올렸다. 주름 많은 너의 얄따란 입술은 붉었다. 너의 눈길이 손때 묻은 반지 같은 네 장신구를 새삼스럽게 뜯어보듯이 나의 얼굴을 훑어갔다. 네가 방금 그랬듯이 나도 내 얼굴을 발작적으로 너의 서늘한 뺨에다 붙었다. 너의 입술은 찼으나 혓바닥은 따뜻했다. 네가 숨차하는 것도 몰랐으니까 나의 입맞춤은 꽤나 격정적이고 짧았던 듯하다.

이번에는 더 무심히 내 손을 잡은 채로, 또 천연덕스럽게 한쪽 벽면을 가로막고 있는 시커먼 티브이 브라운관을 쳐다보며 너는 중얼거렸

산비탈에서

다.

"불이 밝아서 그나마 다행이네요. 이렇게 밝은 데서 남자와 살을 맞대기는 처음인가 봐요. 언제라도 현일 씨가 제 곁을 떠나도 좋은데요… 그때 저한테 왜 떠날 수밖에 없는지, 제 잘잘못만 들려주고 떠났으면 좋겠어요. 이런 바람이 제 욕심이라면 할 말이 없지만, 그건 예의 이전에, 무어랄까, 사람대접을 제대로 받고 싶은 여자의 응어리 같은 걸 거예요."

너무나 당연한 노릇이지만, 나는 남녀노소를 막론하고 나와 인간관계를 맺은 사람들을, 한 사무실을 공유하는 동료들은 물론이려니와 일당벌이에 종사하는 인부들도 마찬가지인데, 가능한 한 그들을 제대로 대접하려고 노력하는 사람이다. '마티에르'를 이끌어오면서 얻은 제일 큰 재산이 그것인데, 그렇게 하는 것이 편리할뿐더러 일의 경제성도 높아진다는 것을 알았기 때문이다.

그 이후부터 우리 사이는 남이 아니었다. 그날 밤 내 자의로 우리는 마지막까지 한 몸이 되지는 않았지만, 그것은 더 구차한 설명을 보탤 것도 없이 그럴 수밖에 없기도 했다. 술을 깨우고 가라는 너의 강청에 못 이겨 한 시간쯤이나 더 머무적거리다가 나는 일어섰고, 현관에서 랜드로버 구두끈을 매고 일어서자 그곳의 붙박이등까지 환하게 켜놓은 채로 나는 너의 몸을 거의 들어올리다시피 끌어안고 네 목과 머릿속에다 내 얼굴을 잠시나마 묻었으니까.

나는 너를 사람으로 대접함으로써 너로부터 투정을 들었다. 너의 투정이란 왜 내가 너한테 어색하게 꼬박꼬박 존댓말을 쓰느냐는 것이었다. 대답은 안 했지만 이제는 '그럴 수 있다'가 아니라 당연히 '그래야만 한다'는 게 내 생각이었다. 그때 나는 내 의사를 에둘렀을 것이다. 곧 우리의 소설이나 영화나 티브이 연속극 같은 데서 그리는 남녀관계란 게 거의 낮춤말을 상용함으로써 한쪽이 다른 한쪽을 일방적으로 억압하며, 그 편향 시각이 자동적으로 저질을 조장할뿐더러 모든 인간관계를 말썽 많도록 강제함으로써 인간과 사회, 인간과 환경, 인간과 제도 같은 근본적인 싸움을 피해 가는 게 아니라 무시해버린다고. 따라서 그런 인간관계에서는 어떤 인물도 한낱 행인처럼 '버려지는' 부주인공이 될 수밖에 없고, 그 정조(情調)야말로 통속 취향의 모델이라고 말이다.

우리는 여전히 전화로 자주 만났다. 너는 '숨겨놓은 여자'가 아닌데도 '숨은 꽃'처럼 '마티에르' 주위에는 얼씬도 하지 않았다. 일을 끝내서 막 넘기고 돌아온 참이라며 너는 "혹시 제게 전화했댔어요?"라고 묻곤 했다. 네 집의 전화기에는 메모리 장치가 없는 만큼 네 팩시밀리에 누가 너를 찾았다는 불이 밝혀져 있었을 것이다. 내 쪽은 책상 위에 붙여놓은 메모 쪽지를 통해, 또는 현숙이가 "강 선배한테서 전화 왔댔어. 3시쯤에. 늘 그런대로 심드렁한 목소리였어" 따위의 전언을 듣고 네게 전화를 걸었다.

대체로 말해서 우리의 지난여름은 벌겋게 달아오른 숯불을 재로 은근슬쩍 덮어놓은 화로 같았을 것이다. 그 온기를 우리는 번갈아 쓰다듬으며 즐겼다. 그즈음 너의 내밀한 심정이 어떠했는지 정확히는 모르겠으나, 나는 공연히 부젓가락으로 숯불을 들추어내고 싶지는 않았다. 집과 여자는 일단 집적거려놓으면 제 것이 된다는 전시대적이고 남성 우월주의적인 속된 말은 감히 염두에 두기도 싫지만, 실제로 내

산비탈에서

가 너의 모든 것이 아니라 네가 나의 모든 것이라는 신념을 가지게 되었다기보다도 그런 내 심정을 점차 믿을 수밖에 없었으므로 나는 굳이 초조할 것도 없었다. 감히 단정컨대 오늘의 우리 젊은이들은, 남녀를 불문하고 일단 '저질러놓고 본다'고 해도 좋을 정도로 성 관념이 헐렁한 게 사실이다. 그런 성 의식은 배짱 좋은 사랑의 각개약진이 아니라, 또 주기적인 욕구불만의 '해소'와는 차원이 다른, 잠시 미쳐서 내쏟는 '탕진'에 가깝다. 남녀 어느 쪽이나 다 그렇다. 물론 그 짓거리가 걸맞은 관행에 이르면 속정이라는 순수한 본능이 덧붙여져서 살 만한 둥지부터 찾으려는 경우도 없지는 않을 것이다. 그러나 사람은 개미와 달리 머리로 먼저 집을 짓고, 거기서 인정과 애정을 두터이 나눠도 늦지 않다는 실물을 꾸준히 보아 오고 있다. 그게 사람의 천부의 권리이자 도리가 아닐까 하는 심사를 나는 주로 산행 중에, 그것도 하산길 중에 뒤적인다.

실제로 나는 지난여름을 어떻게 보냈는지 모를 정도로 바빴다. 그렇게 되고 만 것은 가을을 대비한 이른바 부티크의 개장(改裝) 공사를 세 건이나 '마티에르'가 수주해서, 백자처럼 깔끔하고 은은하게 빚어내야 하는 그 까다로운 일 때문에, 또한 그 섬세한 일거리의 주종이 전적으로 새로운 소재의 채택과 그 다룸질에 달렸기 때문에 내 신경은 빳빳이 곤두서 있지 않을 수 없었다. 그 일만 끝나면 나는 연말까지 쉬기로, 가능하면 일주일에 한두 번씩 '마티에르'에 들르기로 장환이의 암묵적인 양해를 구해 놓고 있었다. '마티에르'의 짧은, 그러나 내 청춘의 황금기에 견주면 너무나 긴 경력을 되돌아볼 때 가을 한철의 일거리는 주로 사무실 꾸미기이고, 그 일은 소재와의 싸움이 아니라 공간 활용에 따르는 칸막이 치기에 그친다. 다행히도 나는 일에 대한 나의 열정에 대해서는 너의 전폭적인 이해를 얻을 수 있었지만, 불행히도 나의 한시적 휴가 계획에 대해서는 너의 미심쩍은 양해만 얻어낼 수 있었을 뿐이었다.

때 이르게 닥쳐서 늦더위 속에 치른 추석 연휴를 나는 줄곧 너를 그리며 죽였다. 연휴 마지막 날 오후에 햇볕 바라기나 하려는 듯이 옥상에 걸상을 내놓고 앉아 있었더니 이상하게도 태평스럽던 내 마음자리가 갑자기 조마조마해지기 시작했다. 따지고 보면 오래전부터 그랬을 테지만, 나의 화두를 어떤 식으로든 '주체적으로' 풀어가야 한다는 조급증에 나는 휘둘리고 있었다. 명절은 사람을 일쑤 들뜨게 하지만, 질세라 쫓기는 말처럼 초조해지도록 만들기도 하는 모양이었다.

그때부터 나는 나의 화두를 엮어갈 자리를 서서히 잡아갔을 것이다. 너도 그 후 어느 날 밤에 인정했듯이 우리의 화두는 일정한 크기의 실뭉치였다. 실을 감고 감은 실을 풀며 마냥 기다렸던 페넬로페의 처신이 귀한 것은 그녀가 정절을 지켰기 때문이 아니라 인내할 줄 아는 사람의 천성을 가장 의젓하게 보였던 점에 있을 것이다. 나는 네가 여성답다는 생각을 한시도 잊은 적이 없지만, 네가 사람답다는 판단은 언제라도 유보해야만 했다. 너의 잠정적인 억울 상태와 그것에 가위눌려 살아가는 네 자신이 밉고 싫어서 발버둥치는 너의 일상의 안간힘이 그것을 증명하고 있다. 나는 너의 그런 안간힘을 수없이 보아왔다. 퍼스널 컴퓨터 앞에서 말을 골라 새겨가는 너의 허울 좋은 생업도 사실은 그런 안간힘 중의 하나에 불과했다. 네가 떳떳해지기를, 내 앞에서는 너의 어떤 상처의 흔적도 드러내지 말기를, 그래서 네가 완전한 여성으로서 당당해지기를 나는 기다릴 수밖에 없었다. 그런 초조한 기다림에 쌓여 그 부피에 짓눌린 나머지 나는 이제야 우리의 화두의 고삐를 잡아채야 한다고 생각했을 것이다. 페넬로페는 실제로 그랬듯이 기다리는 보람을 최후까지 미루는 미덕을 스스로 누릴 줄 아는 인간일 뿐이었다.

이런저런 사무 정리와 자질구레한 준비 때문에 9월 하순이 덧없이 흘러갔다. 초조감이 쌓여갈수록 나의 화두의 응어리는 더 딴딴하게 여물어갔다. 언제라도 등산화 끈을 졸라매고 출발하면 되는 것이었다.

드디어 그날이 왔다. 밤 아홉 시쯤이었을 것이다. 나는 내 방의 전면 유리창을 활짝 열어놓고 담배 연기를 길게 뱉어내며 누렇게 물들어가는 느티나무를 바라보고 있었다. 현숙이가 슬그머니 다가와서 팽팽하게 꾸려놓은 큼직한 배낭을 손가락으로 꾹꾹 누르며 내게 말을 걸었다.

"오늘 밤에 출발한다고?"

나는 그날 밤 열한 시에 서울역 광장에서 대웅이를 만나, 특급열차로 밤새 달려 이튿날 새벽 다섯 시쯤 남원에 떨어져서 요기를 마친 다음 곧장 지리산부터 시작하는 통상의 '반쪽' 백두대간 종주에 나서기로 되어 있었다.

"그래, 길게, 제대로 산을 한번 타보려고 해."

"꼭 산과 싸우러 가는 사람 같애. 이번 따라 유달리."

"내가 왜 산과 싸우러 가냐, 그 품에 안기러 가지. 또 끝없이 어리광 부리며 즐기러 가는 거고. 말이 안 될 것도 없잖냐?"

"오빠한테는 산이 무슨 여자다, 그치?"

"그런가 봐. 산은 누구라도 탄다, 심지어는 대물림까지 해가면서. 산 좋아하는 사람이 누가 먼저 탔다고 그 산이 싫어지겠냐?"

내 화두의 일부에 슬쩍 비친 뜻을 현숙이도 얼핏 알아들었던 듯하다.

"무슨 메타포 같다. 강 선배한테는 물론 알렸겠지?"

"알고 있을 거야. 오늘 출발하는 줄은 모르지만."

"알려야지. 전화해. 전화 음성만 들어도 정서 불안이 뚝뚝 떨어지는 사람을 왜 사서 골탕 먹이려 들어. 전화해서 바꿔줘?"

"놔둬. 우리 화두의 임자는 나야. 산 타다가 지치면 어디 시골 대중목욕탕을 찾아가서 때라도 박박 밀고 난 후 전화할 생각이야. 믿거나 말거나지만 우리는 이제 겨우 손잡고 숨소리 정도만 서로 입김으로 알았을 뿐이야."

현숙이의 놀란 눈길이 조금 복잡해졌다.

"그렇게 늦어? 불이 붙은 지가 언젠데. 무슨 방정식을 일부러 어렵게 풀어려고 단단히 작정들을 했나 보네."

"늦다고? 나는 그래야 된다고 생각해. 이 세상의 속물들 발상에다 나를 맞춰가며 살아갈 마음이 점점 안 생긴다는 것도 요즘 내 화두야."

"모르겠어. 언제는 내가 오빠를 잘 알았나 머. 전화나 자주 해. 집으로, 회사로, 또 강 선배한테로. 내 걱정을 몽땅 빼앗아간 사람을 좀 더 철저히 알아봐야겠어."

"좋도록 해. 가야겠다."

산비탈에서

나는 동생의 배웅을 받으며 시커먼 밤길로 나섰다. 발길을 떼놓을 때마다 저만큼 떨어져서 홀로 서 있는 산이 점점 내게로 다가왔다. 그래서 나는 들뜬 마음으로 너를 찾으러 가는 고달픈 산행에 오른 것이다.(338장)

↓

**군소리 1 —** 1996년 봄에 어느 계간 문예지에 발표한 작품인데, 당시에는 성희롱, 성추행, 성폭력 같은 신문 용어가 유행하지 않았을 때이다. 그러나 그런 풍조가 암암리에 개차반 꼴로 여성 일반을 괴롭히고 있는 게 보기 싫어서 내심 그 반발로 썼다.

**군소리 2 —** 발표 당시에는 독자에게 만만히 다가가라고 제목으로 '산비탈에서 사랑을'이라고 붙였는데, 이제는 열없게 여겨지고, 두 주인공이 '사랑'을 나누는 게 아니라 각자의 성 의식을 열어 보이면서, 반세속적인 '윤리관'을 조금씩 터득해가는 경과를 그렸으므로 '사랑'은 부당한 췌언이었다. '사랑'이 꼭 '결혼'으로 이어져야 한다는 통념도 한번쯤 짚고 넘어가자는 작의를 행간에 묻어두었다.

# 안팎에서 시달리며

## 1

새벽 신(腎)이 제풀에 슬그머니 사그라진 걸 보니 잠은 벌써 모기처럼 까맣게 달아난 모양이다. 미당(未堂) 영감이 "새벽닭이 울 때마다 보고 싶었다"라고 했을 때는 모기가 없었나? 일제하(日帝下)라고 설마 여름마저 없었을까만, 그이가 전라도 사투리를 조물조물 매만지면 여름도 서늘해지고 모기 같은 미물도 피붙이처럼 살가워지는 건 사실이다. 자폐적 사회에서는 성 충동이 오히려 분출할지도. 다른 생각거리를 꽁꽁 틀어막고 있는 데다 그나마 만만한 게 생리현상일 테니까. 만사가 귀찮아서 만만한 것만 주무르는, 그 행태가 권태다. 새벽잠은, 아니 오줌보는 무의식까지 자근자근 충동질하여 신의 팽창과 수축에 관여할까? 결국 시청각적인 환상의, 의식의 유희일 텐데.

벌써 이러구러 열하루째다, 겉으로는 논문을 쓴다는 위장막을 덮어쓰고 속으로는 소설을 써보겠답시고 명색 집필실을 얻어 들어앉은 지가. 열하루 저쪽의 내 삶이 까마득하니 멀어져서 어느새 허물어진 성곽처럼 구슬프게 버티고 있다. 의식 속에서가 아니라 눈앞에서 현실감 좋게.

통통 부픈 신을 한 손으로 거머쥐고 어정어정 현관으로 걸어가 조간신문을 줍고, 곧장 보풀이 곱게 일어난 변기 좌대 덮개 위에 앉아서 그것 대가리에다 힘을 잔뜩 끌어모아 오줌을 배설하던 때가 그립다. 앞으로 얼마나 버텨낼지 알 수 없으나, 신문을 당분간 안 보기로 작정한 용단은 참 잘한 일이다. 요의마저 환경에, 또는 버릇에 길들어질 수 있을까. 그렇지 않고서야 그렇게 참을 수 없던 생리현상이 이처럼 가뭇없을 수 있나. 참을 수 없다, 맞나? 어쩔 수 없다가 맞지 않을까.

비단 요의뿐일까. 나는 지금 '참을 수 없는 여러 가지 형편'을 너끈히, 그러나 부글부글 속을 끓이면서 참아내고 있다. 꾸역꾸역 참아내는 내 인내력을 가만히 노려보는 정서의 암약을 이떤 추상적 형상물의 태동 상태라고 한다면, 딴에는 정중동(靜中動)의 자세로 구상에 박차를 가하는 전조(前兆) 단계로서, 그나마 '벅찬 작업'에 매진하고 있다고 자위할 수 있을까. 온갖 방백(傍白), 독백이 들끓고 있으나, 그 편린(片鱗)이라도 글자로 남기지 않는 이 버릇을 '구상'이라고 둘러대다니.

진드기. 기생충.

자급자족 경제체제가 무너지고 난 후부터 사람들은 누구나 기생계급으로 살아가잖나. 서로가 서로에게 진드기로. 그 몰골은 구더기 같고. 둔하고 추하고 뭉그적거리고. 부속품이라면 숙주에게 일방적으로 들러붙어 아첨을 일삼는 꼴이고. 한여름 내내 하얗게 널려서 꼬물거리던 뒷간의 그 구더기, 그 징그러운 생존의 발자취. 그 미물도 자기 영역을 누릴까?

목구멍이 갈라질 듯 칼칼하다. 신문에서 주워 읽은 토막상식에 따르면 흡연 과다로 인한 기관지 확장증의 초기 증상일지도. 신문은 쳇

바퀴고 정보는 다람쥐다.

봄이 왔다, 분 갈이를 해주고, 커튼을 좀 화사한 색깔로 바꿔 달아라. 여름이야, 피부 노화의 방지를 위해 가능한 한 직사광선을 피하는 게 좋아. 가을이네, 무좀과 습진을 퇴치할 수 있는 적기이니 발과 손과 사타구니를 항상 보송보송하게 유지하라고. 겨울이다, 대학 입시 수험생들은 수면을 충분히 취하면서 자신 있는 과목부터 찬찬히 정리하고, 월급쟁이들은 영수증과 소득액을 미리 챙겨 연말 정산에 대비하면서, 술자리에서는 안주를 많이 먹고 술은 천천히 마셔야 하네.

싫증도 내지 않고 구질구질한 정보를 연례 행사처럼 되풀이해서 지저귀는 신문의 상투적인 메커니즘. 대형 사고 대망증(待望症)은 그 매너리즘에 대한 신문 특유의 허풍스러운 어리광이다. 그런 대형 사고마저도 떠돌아다니는 게 아니라 돌고 돌며 대를 물려서 내려온다. 예측 불허의 정보는 화산 폭발과 지진밖에 없다. 오늘날의 정보는 음료수다, 그것도 캔류의 단순 재생산이 끝없이 보장되는. 안 마시면 갈증이 나므로, 애용하지 않으면 제값도 못 받고 붇지도 않는 곡식이나 불끈 틀어쥐고 사는 구두쇠 자작농 취급을 당하므로. 유통기간 동안 적당히 갈무리했다가 자유자재로 써먹을 수 있는 게 정보다. 그러니 한시적이다, 모든 지식이 그렇듯이. 그것은 집이나 작업실처럼 너무 흔해 빠졌긴 해도 내구성 소비재도 아니다, 맞을까.

콧속에는 점액성 분비물이지 싶은 것이 늘 뻑뻑하게 차 있어서 코로 숨쉬기가 영 마뜩찮다. 코를 마음껏 풀 수도 없다. 주유소에서 떠안긴 휴지통도 세 개나 쌓여 있는데 코를 제때 풀 수 없다니, 망했다. 같잖게 정보 타령은. 까마귀 고기를 먹은 우중들을 시의적절하게 일

　안팎에서 시달리며

깨워주고 있는 권력부(附) 협의체인 신문에다 감히 대들고 있어. 다들 알고 있다고, 정보의 하찮음을. 그래도 모든 식자 나부랭이는 신문에 아첨을 일삼고, 신문은 정부와 체제와 풍토성에 비위를 맞추려고 잔머리를 기민하게 굴린다. 그 무지막지의 결과가 얼마나 저질스러운지는 지식인의 면면과 매일의 지면이 증거하고도 남는다.

비후성 비염이 틀림없다. 하기야 환절기에 예민한 체질로서 철 따라 덮치는 일과성 신체 이상 증후군이긴 하다. 사람살이란 어차피 바이러스 균과의 끈질긴 싸움일 뿐이야. 그 싸움에서 사람은, 역도 선수일지라도 일시적으로 지게 돼 있어. 물론 잠정적으로는 각종의 과학적 정보에 힘입어 이긴 체하며 으스대고. 그러나 최종적으로는 사람이 영원히 멸종하고 마는 일련의 힘겨운 관행을 꾸역꾸역 치러내고 있다고 봐야지. 구더기처럼 언제 짓뭉개질지도 모르면서.

바이러스 균이 온통 지배하는 세상이라, 미상불 끔찍하다. 쥐라기의 공룡류도 깡그리 다 멸종한 선례도 있으니 이상할 게 없지 머. 지천으로 굴러다니는 해골바가지. 가끔씩 경련하듯 덜컥거리는 로봇. 태풍에 침몰하는 배처럼 스르르 무너져내리는 철근 콘크리트 더미. 작동을 멈춘 컴퓨터가 문득 제 기능을 챙기려고 깜빡깜빡 명멸하는 거대한 황무지. 깜빡 잊어먹고 있었다는 듯이 대기를 온통 휘저으며 불어오는 을씨년스러운 바람 소리. 종이와 비닐봉지 따위가 마구 흩날리고. 그러나 춥지도 덥지도 않은 진공상태. 스티븐 스필버그식의 장난기 만발한 영상 디테일. 리리시즘을 최대한으로 살린다는 구실 아래 얼토당토않은 환영, 과학, 공상 따위를 잔뜩 욱여넣은 스필버그의 해학적 돈벌이 수완. 모든 서사는 흥미 본위에 집착하여 주제어를 농락한다고. 그 유치한 아이디어를 '천재적 발상'으로 포장하여 관객에게 알랑거리고.

담배 맛은 여전히 그런대로 괜찮다. "잠자리에서 제발 담배 좀 피우지 말아요. 냄새 밴다니까. 저쪽 천장 벽지에 누렇게 담뱃진 밴 것 좀 봐요." 아직 제목도 안 정해진 내 소설에서는 아내를 최대한으로 희화화할 것. 그녀의 말투까지도. '여보' 같은 호칭과 '난 몰라' 식의 호들갑은 소음에 불과하므로 적극적으로 자제하기로. 그녀에 대한 나의 무수한 원망(願望)이 곧이곧대로 드러나지 않은 범위 안에서 좀 코케티시한 분위기를 조장하고. 그녀의 대(對)사회적인 처신과 나 아닌 대남성과의 인간관계도 그런 맥락에서 조그맣게 축소하기로. 여자들의 인간관계, 정서, 언행 일체는 8할 이상이 멜로드라마니까. 여태껏 여류 작가들의 그 통속적이고 천편일률적인 서사에 얼마나 진력을 내고 툴툴거렸던가. 그런 문학적 관습에 은근히 비위를 맞춰대는 평론과 문단 풍토야말로 감상성, 상투성, 우연성, 통속성, 전형성 등을 바치는 멜로드라마의 기본적인 구도에 대한 따리이므로.

전화기 옆에 빼둔 원고 프린트 묶음을 머리 위로 손을 뻗어 집는다. 클립을 빼서 책상 위로 던진다. 침대 위에 배를 깔고 눕자 담뱃재가 바닥으로 소리 없이 떨어진다. 물론 화면으로 읽을 때와 프린트로 읽을 때는 그 느낌이 완연히 다르다. 물론 아직 익숙해지지 않아서 그럴 테지만.

↓

바짓가랑이는 제법 헐거우나 길이는 허벅지를 반나마 드러내는 체크무늬의 깡똥한 퀼로트 스커트에다 엉덩이를 깡그리 덮어버린 풍성한 남방셔츠 차림으로 아내는 싱크대 앞에서 방금 함께 마신 원두커피의 찌꺼기를 들어내며 독백하듯이 중얼거렸다.

"휴가가 뭔지… 형부네가 귀국한대요. 이번 휴가철 끝나는 대로. 어제 회사로 뜬금없이 전화가 왔댔어. 형부 회사에서 들어오란다고. 지금은 마지막 휴가 찾아 먹는다고 필라델피아 아래쪽 해변에서 하루 1백 불짜리 모텔방 하나 빌려 버너 피워 밥해 먹고 지낸대. 무슨 멋 부림인지 궁상인지 알 수 없지만."

"형부네? 둘째 말이야?"

(나는 얼굴도 모르잖아. 결혼선물이랍시고 여기서는 써먹을 수도 없는 120볼트짜리 프랑스제 원두커피 분쇄기 크루프스를 소포로 부쳐 보낸 양반 아냐. '승미야, 결혼 축하해. 가정은 따뜻한 안방이고 아름다운 정원이고 난공불락의 성(城)이야' 라고 쓰인 카드와 함께. 이 '성' 자가 성품 '성' 자라야 말이 되잖아? 성품 '성' 자? 섹스 '성' 자 말이야. 야하긴, 머가 난공불락이야, 우리 벌써 터놓고 지내는데. 아니야, 그건 우리 쪽 사정이고. 잘 생각해봐, 그래야 말이 될 것 같아. 정말 성도착증 환잔가 봐. 아니야, 나는 아주 정상인이야. 다만 나이에 걸맞는 환상이랄지 머 그런 것에 집착이 강하달까. 환상? 누가 시인이 아니랄까 봐. 이제부터 현실이라구요. 가정이 현실이고 실물이듯이. 누가 아니라나. 환상 없는 현실에 무슨 재미가 있을까 싶어 해보는 소리일 뿐이야.)

"미국에서 회사 다니는 형부가 그 언니네밖에 더 있어요. 그래도 내 사진을 지갑 속에 넣고 다니는 언니는 그 언니밖에 없어. 어제 전화하면서도 네 사진 꺼내 보고 있다면서 막 울더라니까. 달래느라고 정말 혼났네."

(미국 사내들은 자기 애인의 얼굴 사진을 왜 그토록 좋아할까. 책상 위에 놔두고, 지갑 속에도 넣어두면서. 복사품이 얼마나 편리하냐는 시위일까. 미국식 멜로드라마의 생활화 현장인가, 거꾸로 응용한 것인가. 그 전통이 관습화에 이르렀다면 그만일까.)

"그 언니네도 안팎이 다 공부한다고 그랬잖아?"

"형부야 경영자 과정으로 케이스 스터디 끝난 지가 언젠데. 지사에서 근무하지. 언니는 무대의상 공부 끝내고 커뮤니케이션 연구 과정을 밟고 있대나 봐."

(이크, 그럼 이 집 주인 내외 아냐. 무대를 잠시 빌려 쓰면 되잖아 어떻고 해댔으니. 신접살림 무대? 말이 되나 어쩌나. 말이 안 될 것도 없지 머. 무대는 원래 레퍼토리에 따라서 바뀌는 거잖아, 수시로. 그때 시세의 반으로 이사해서 살아라고 했으니 나머지 전셋돈이 시방 누구 손에 가 있지? 이런 멍청한 머리통하고선.)

"그럼, 아주 절박한 통보잖아. 우리가 이 집을 조만간 비워주고, 거리에 나앉아야 하는 신세라는 거네. 골치 아픈 처지가 닥친 거 아냐?"

"누가 아니래. 다분히 연극적인 언니의 울먹거림도 집 없는 우리 형편을 동정하는 체하는 사전 정지작업이거나 그런 제스처로 알아야 할 테고."

(그야 말하나 마나지. 아주 세련된 포장술의 하나로다. 커뮤니케이션의 목적이 원래 그런 매끄러운 화술의 개발, 어떤 수단의 자발적인 적극화거나 능동적인 활성화 아냐. 잘은 모르지만, 알아봤자 그게 그것일 테고.)

"언니가 들었으면 섭섭하다고 펄펄 뛸 테지만. 하기야 어느 쪽도 공치사하려고 집 빌리고 세 주었을까만."

(애초부터 뭔가 단단히 잘못됐어, 그렇잖아? 그렇다고 봐야지. 내가 얼치기라서 늘 이렇게 한발 늦어. 거의 결정적인 판단 착오라고 할 수 있어. 아니면 시행착오를 미리 각오한 임시방편이었거나. 야구는 매회 심리전을 아기자기하게 짜 맞춰 놓은 통계 수치 지향적인 경기지만, 어차피 지게 되어 있는 게임이 있다고. 3회 안쪽에서 결정이 나 버린 경기야. 그걸 누가 모를까. 그래도 야구 경기는 계속 벌어지고, 다들 즐기잖아. 아주 졸렬하고 얍삽하고 속이 빤히 들여다보이는 작전을 구사하면서. 결혼도 결국 그렇다고 봐야지. 우선은 아기자기하고 혼자 살기보다는 한결 재미있으니까. 결과가 이 지경이잖아. 언젠가는 닥칠 일이었어. 서로 잠시 잠시 이용하고 편리를 봐주고 그러는 거지 머. 벌써 후회한다면 자존심이 상해서라도 펄펄 뛰는 시늉부터 앞세울 테지만.)

"어떡한다? 내 능력으로는 대책이 철판처럼 꽝꽝 틀어막힌 것 같은데. 보다시피, 잘 알겠지만."

아내가 섹시하게 우유를 입술에 묻혀놓고는 혀로 핥아내지도 않고 주섬주섬 주워섬겼다.

"왜 이 맛있는 우유를 못 먹을까. 어떡하긴. 당분간 봉천동으로 기어들어 가서 이럭저럭 개기고 빈대 붙어야지. 별 뾰족 수가 없잖아. 우리 전셋돈을 애초부터 엄마가 맡아서 불리고 있으니까 거기에 빌붙어서 기신기신 사람 행세하며 당분간 버텨야지 머."

(늘 당분간이지. 오금도 제대로 못 펴고 산 오금동에서 하늘을 섬기

는 봉천동으로 처가살이하러 들어간다고? 그 찜부럭을 장차 무슨 재주로 감당하나. 어차피 더부살이 신세야 어디 간들 면할까만. 굽신굽신, 고분고분하는 처세술을 더 적극적으로 구사하면서. 그래도 이번의 감정 전환에는 상당한 중무장이 필요하겠는걸. 즉흥적으로, 섣불리 해치운 결혼과는 사뭇 다른 뭐랄까, 좀 더 뻐딱하게 토라진 자기 합리화도 세우는 일방 중뿔난 금기 지침도 마련해서 오로지 근검에 절약 위주의 자세로. 나는 늘 이렇게 미리 걱정하느라고 마음이 바빠서 탈이라니까. 부대끼며 살아온 이력이 생활습관병을 불러들인 거지. 오죽했으면 우리 엄마가 나를 마음이 콩밭에 가 있는 애라고 했을까. 술이는 마음이 집에 있으면 학교에 가 있고, 학교에 있으면 집에 와 있어, 저러고도 책상 앞에 사주 보듯이 책은 펴놓고 있으니 용치.)

↓

이건 뭐 아내보다 내가 더 희화화돼 있잖아. 영 마땅찮은데. 소설이 근본적으로 작가 자신의 자기 희화화라고 하지만, 이건 좀 심한 거 아닌가. 내가 투덜이에 쪼다고, 아내는 암상꾸러기라니.

잡기장 겸 명색 '시작 노트'에 끼적거려둔 나의 작의를 훑어본다.

집 안팎에서, 세상의 거죽과 속살에 치여서 속물화되는 과정 그리기. 그 세속화는 상투적인 순응이거나 지속적인 사회화 과정과는 다르다, 그럴 리가. 부등호로 매긴다면 세상의 저속화 정도가 주인공의 속물화보다 몇 배나 더 크다, 그럴 수밖에. 세상의 진정한 성질을 그나마 굽어보는 주체가 글줄이라도 읽은 사람들이고, 그 심성이 윤리의식일 테니까. 세상은 한낱 추상적인 가공물이어서 윤리나 도덕 같은 잣대로 가늠할 수 없다. 주인공을 과보호할 것까지는 없으나, 그를

안팎에서 시달리며

감상주의에 빠지도록 내버려두지도 말 것. 요컨대 이론적으로는 '세계관'의 토로 장치라고 떠벌리고 있으나, 아직 내게는 '인생관'이란 것도 없으니 언감생심이다. 그냥 소박하게나마 나의 좀 '별난' 정서를, 결혼 후 맞닥뜨린 내 '자의식'의 변화와 그 교란, 그에 대응하는 착잡한 심사를 산문으로 풀어보리라. 기대를 최소한으로 줄이면서. 글쓰기는 어차피 '자아/자의식＝자각'을 도마 위에 올려놓고 해석, 난도질하는 자기 검열일 것이므로. 과욕은 금물임을 잊지 말 것.

막연한 채로나마 그 작의의 속살이 조금씩 까발려지고 있다고 봐주나? 세상은 아무리 잘 봐주더라도 개개인에게 시혜적인 어떤 유기체가 아니듯이 글쓰기도 내게 호혜적일 리는 만무하니. 그런데 시에서는 말을 줄이니 자아를 감추기가 쉬운 것 같았는데, 소설에서는 벌거벗은 인물이 '나는 이런 사람이야, 알아주든 말든' 하고 나대는 꼴이다. 지레 단평은 금기인 줄이야 알지만.

먼 데서 여러 종류의 차량이 질주해대는 소음이 마구 몰려온다. 선전 포고도 없이 쳐들어오는 현대의 국지전 초기 음색처럼 우르릉거리며. 모든 소음과 그에 따라붙는 영상들은 영화의 장면들을 제멋대로 재생, 반복, 패러디하고 있다는 방증이다.

창밖에는 어둑새벽이 희붐하니 걷혀가고 있다. 전화기 옆의 전도방전용(傳導放電用) 램프 스탠드의 조명을 끈다. 시력이야 망가지든 말든 누워서 책 읽기는 어쩔 수 없는 나쁜 버릇이다. 밑줄 긋기, 메모하기에서 놓여날 수 있고, 의중 읽기, 기억 살리기에 빠질 수 있으니까. 그래서 나는 시집을 대개 다 누워서 읽는다. 침대에 몸을 눕히기 직전에 녹색의 바깥 테두리 쪽 동심원 두 개를 다 태우자 곧장 꺼버린 모기

향내가 아직도 매캐하다. 소음과 모기 때문에 유리창을 죄다 꽁꽁 처
닫아둔 탓으로 실내는 늦더위가 여전히 기승스럽지만, 새벽녘에는 한
결 낫다. 빨간색, 청색, 흰색의 굵은 곡선이 창틀에 붙박인 채로 쉬임
없이 돌아간다. 이쪽의 동정을 한사코 두릿두릿 살피는 염탐꾼처럼
이발소 조명등이 실내에 얼룩무늬 파장을 일으키고 있다. 시커먼 실
내 바닥이 물결처럼 출렁인다. 간이침대는 시방 난파하는 배다. 이발
소의 호객행위는 끈질기다. 하얀 가운을 입고 지하층에서 올라올 때
마다 납작한 핸드폰을 귀에다 대고, 1층 층계참의 남자 화장실로 들어
가면서 "미스 장이 또 안 나왔어? 걔가 해사하더니만 정말 말썽이네.
잘라버려, 칼자루는 자네가 쥐고 있잖아"라고 지껄이던 이발소 주인
은 구레나룻이 시커멨다. 늘 슬리퍼 바람으로 "불경기야, 다들 짐승처
럼 털도 안 깎고 이럭저럭 버티려고 작정했나 봐. 똥배짱에 제멋대로
야. 몰골이 아주 사나워, 다들 눈은 똑같을 텐데, 보기 싫잖아"라고 씨
우적거리는 이발소 소장은 그 직종으로는 드물게도 말을 골라서 쓰는
재주에 해학을 끼얹는 입담도 상당했다. 핸드폰을 일찌감치 장만한
것도 자신의 구변을 퍼뜨리는데 요긴한 도구라는 확신 때문이었을지
도. 그런 기기의 이용에 중독된 사람을 깔보기는커녕 존중해야 할 시
절을 맞았지만, 전세 8백만 원에 얻은 이 명색 11평짜리 작업실은 다
섯 달 전까지 팩스, 전화기, 핸드폰, 삐삐 같은 통신기기 보관 창고였
다고.

갑자기 오줌통이 터질 것 같다. 남자 전용 화장실은 1층과 3층에 있
다. 1층 화장실은 언제나 더럽다. 화장실이 처갓집만큼이나 멀리 떨어
져 있는 불편함이라니.

안팎에서 시달리며

문학사, 소설사, 문예사조사, 시사(詩史), 문학비평사전 같은 통사적인 개괄서들과 "소설의 이론", "소설의 발생", "소설의 양상" 같은 구체적인 해설서들을 대충 한 곳으로 몰아놓아 손쉽게 서서 빼볼 수 있도록 책꽂이 상단에 꽂고, 구지레한 소설책과 시시한 시집들은 가급적이면 안 보려고 하단에다 책등을 눕혀 쌓는데 꼬박 한나절을 보냈고, 전화기와 전기스탠드를 올려놓기 위해 이동식 서랍장 두 개를 사와서 침대 머리맡에다 놓고 나니 이틀이 훌쩍 지나가버렸다.

입주 사흘째 아침부터 책상 앞에 앉아 이것저것 할 일을 정리하느라고 담배만 죽여대다가 그런 일로는 평소에 좀처럼 정리벽을 일구지 않던 내가 무슨 다짐 같은 것을 끼적거렸는데, 그 메모에는 '낙관하기, 인간관계 가리기, 끈기 살리기, 시간 아끼기, 글쓰기에 매달리기, 자중자애하기, 신경질 죽이기' 등이 쓰였다. 그 설명 불충분한 동명사를 적어간 나의 심적 동요나 계기 같은 것을, 번쇄주의자들이 마음먹고 쓰기로 한다면 천일야화는 충분히 될 만한, 일컬어 의식적/무의식적 동기 따위가 내 머릿속에서 와글와글 들끓고 있어서 나는 일을 선뜻 손에 잡을 수 없었다. 내가 할 일은 워낙 뻔했고, 그것도 두어 마디의 동명사로 간추릴 수 있었다. 그것은 '죽치고 버티기, 작업실 고수하기, 고시생들처럼 5백 시간 또는 1천 시간 채우기, 하루에 열두 시간씩 책상 앞에 앉아 있기, 새벽 5시에 일어나기, 일상을 매일 기록하기' 따위가 되겠지만, 그러려면 나의 인내심과 지구력을 받쳐줄 경제적 여건과 외부로부터의 어떤 무간섭, 무관심이 보장되어야 할 것이다. 그것은 어리광에 불과한 희망 사항일 것이므로 나는 메모지를 찢어버렸다.

아무튼 그날도 온종일 아무 일도 안 하고 커피만 다섯 잔이나 타 먹고, 순대국밥으로 저녁을 때우고 나서야 간신히 컴퓨터 앞에 앉을 수 있었다. 그리고는 예의 메모를, 파일 명칭으로는 'snob'을 붙인 그 작의를 화면에다 드문드문 새겨갔다. 밤 열 시쯤 되니 눈도 피로하고 이사 후유증인지 어깻죽지도 무지근하게 까부라져서 일찌감치 자리에 들 채비를 하느라고 복도에서 잠시 망설이다가 2층 층계참의 여자 전용 화장실로 내려갔다. 먼저 올라가나 나중에 올라오나 운동량으로는 그게 그것일 테지만, 우선 내려가는 게 편할 테고 밤도 늦은데 어쩌랴 싶은 객기가 발동해서였다.

거울 앞에다 얼굴을 바싹 들이밀고 있어서 희끄무레하니 닳아빠진 청바지 거죽의 엉덩짝이 유독 탐스럽게 불거져 있던 한 아가씨가 놀라지도 않고 내게 대들 듯 말했다.

"여긴 여자 화장실인데요."

남자용 소변기도 두 개나 벽에 붙어 있는 여자 화장실은 아주 밝고 깨끗했으며 무슨 향내도 맡아졌다. 2층에는 '탄력 만점, 스킨 케어, 주름 제거' 같은 아리송한 호객용 선전 문구를 유리창에 다닥다닥 붙여놓은 피부 관리 미용실이 들어 있고, 3층에는 '5단계 미대 입시 전문'의 '비너스'관인 미술학원이 입주해 있으니 그 화장실 속의 탁한 방향(芳香)이 어디서 스며드는지 짐작할 수 있었다.

반바지 차림에 슬리퍼를 끌고 있어서 그랬든지 우물쭈물하다 불쑥 튀어나온 내 대꾸가 정답치고는 꽤 진지해서 웃겼다.

"전 1층 호프집 손님이 아닌데요. 급하기도 하고요."

내가 느직느직 3층으로 올라가는데 등 뒤에서 화장실 나무 문짝을 거칠게 처닫고 계단을 호들갑스럽게 구르며 뛰어 내려가는 소리도 들리고, 제법 자극적인 쫑알거림도 또록또록 들려왔다.

"원 별꼴이야. 한글도 모르나봐. 세입자라도 마찬가지지 머. 뭣 묻은 여자 속옷만 훔치러 돌아다니는 똘아이도 있다덩만 이젠 아주 아무 데나 기신거려."

그때 나는 그 말솜씨만으로도 그 여자는 성에 닳아빠진 헌계집이고, 시방 섹스에 굶주리고 있어서 그 뻑뻑한 성적 긴장을 짐승처럼 아무 데서나 드러내는 중이라고 생각했을 것이다. 잠시 후 무심코 떨어뜨린 필기도구를 줍듯 '뭣 묻은 여자 속옷만 훔치러 돌아다니는 똘아이'라는 말을 되새기다 이내 피식 웃음을 깨물며 '페티시즘'을 떠올릴 수는 있었으나, 나를 지칭하는 '세입자'라는 말은 도무지 생소하게 들려서 내가 흡사 자식을 셋이나 거느리고 우유 대리점 같은 명색 자영업을 아득바득 꾸려가는 중년 사내처럼 여겨졌다.

3층 층계참의 화장실도 더럽고 지저분하기는 마찬가지였다. 4층의 독서실 안에서는 담배를 못 피우게 되어 있을 테니 어쩔 수 없을 것이었다. 대학 입시 준비생들의 그런 생리적 사정에 대해서는 나도 전문가라고 자부하니까.

그날 밤 열한 시쯤, 잠이 안 와서 긴 바지에 티셔츠 차림으로 운동화를 신고 1층의 '맥켄 치킨' 호프집으로 내려갔더니, '세입자'라는 말을 내게 가르쳐준 그 여자는 반팔 흰 와이셔츠에 넥타이를 맨 사내둘과 처녀도 아니고 그렇다고 유부녀도 아닌 듯한 제 또래 여자 둘에 껴묻어 어디선가 낯이 익다는 고갯짓을 두어 번 내두르다가 나중에는 그 어슴푸레한 기억을 뒤적이느라고 나를 힐끔힐끔 쳐다보기도 했다.

콜드크림을 뻔질거리도록 곱게 처바른 화장 덕분인지 얼굴이 꽤 화사했고, 다리를 포개고 앉아 있어서 엉덩이 윤곽이 유독 방만스럽게 두드러졌던 여자였다. 여자들은 대개 다 일방적으로 자기 얼굴을 알아보는 시선 앞에서는 그 께름칙한 당황감을 얼버무리느라고 말이 많아지는지 그 여자는 '엉덩이처럼' 수다스러웠고, 술도 제법 취해 있었다.

"내가 아는 언니 하나는 저금통장, 현금, 수표 같은 걸 절대로 집에 안 놔둬. 지독해. 패물은 비닐봉지로 여러 겹 싸서 냉장고 냉동실 속에 넣어두고. 남의 집 화장실에서도 핸드백을 꼭 끌어안고 볼일을 본다니까. 돈이 많아 그런지 돈복이 굴러오라고 그러는지 그 언니 핸드백은 무지 커. 그 핸드백 속은 또 얼마나 지저분한지 말도 다 못해. 냉장고는 크면 클수록 좋대. 돈도 여자가 만지면 만질수록 커지고."

당연하게도 나는 지금 그때 주물럭거리던 생각을 생생하게 간추릴 수 있다. 오늘의 이 넘실거리는 풍요와 정확하게 비례하는 불특정 계집들의 그 작위적인 성적 도발을, 호프집 바닥처럼 질척거리는 어떤 분비물 같은 말발, 말품 속에서 자맥질하던 나의 성 충동을, 5백 가구만 모여 살면 서로를 끼리끼리 뜯어먹고 살게 되어 있다는 도시환경의 자생적 생계비 계수를, 막강한 경제권의 대리 행사를 오지랖에 차고 으스대는 젊은 유부녀들의 무분별한 무소속감의 근원이 무엇인지를, 이 모든 여유가 오늘의 생활세계를 얼마나 타락시킬지는 누구도 예측하지 못하리라는 낙담 따위를 나는 멸치와 김과 땅콩을 씹으며 뒤적였다.

그날 밤 나는 '이사 자축'을 구실 삼아 5백 시시 생맥주를 다섯 잔이나 벌컥거렸고, 팀 스피리트 훈련 중 하얀 비표를 철모 뒤쪽에다 붙이고 동해안의 어느 간선도로를 따라 꼬박 2박 3일 동안 줄기차게 행군만 했다는 호프집 주인에게는 끝내 '세입자'라는 내 신분을 밝히지 않았다.

호프집 주인이 고향 후배와 주저리주저리 엮어대는 군대 이야기는 별스럽지도 않았지만, 귀가 솔깃해지는 것도 사실이었다. 특히나 주워들었다는 고향 후배의 능청스러운 정보가 차라리 그럴듯했다.

"누구한테 들었는데 그 훈련이 말이지요, 실은 미국이 우리한테 구식 무기를 이양하는 공식적인 연례 행사래요. 성능시험을 해 보이고 나서 고스란히 떨구고 간다 이거에요. 이북이 그래서 팀 스피리트 훈련을 한사코 하지 말라며 걸고넘어진다는 거지요. 군비 확장을 어느 쪽이 먼저 공공연히 실천하고 있냐면서. 무기상들 로비도 워낙 집요한데다 미국 국방부도 신식 무기는 자꾸 생산되니 어쩔 수 없지요. 세계 전략상 어차피 동맹국끼리 전방위 체제는 구축해야 하고요. 믿을 만한 정보잖아요."

"야, 너 골치 아프게 세계 전략, 전방위 체제 같은 큼직큼직한 고민을 많이 하나 보네. 고민이야 원래 나잇살 있을 때 하는 거지. 나는 그 훈련 중에 지대공 미사일이 막상 어디 떨어지는지도 몰랐다. 텔레비전에서도 종종 나오지, 하얀 표시 해놓은 산자락 하나 박살 내는 거. 행군하는데 낮에도 잠만 쏟아져서 영 미치겠대. 걸으면서 잔다는 말이 진짜로 맞더라고. 걱정할 거 없다. 전쟁 절대 안 일어난다. 먹고 살 만한 나라들은 놀기도 바쁜데 미쳤다고 전쟁놀이하냐. 병신 되면 서로 귀찮잖아. 못사는 것들만 지지고 볶고 싸우기 좋아한다. 우리가 늘 보고 있잖아. 잘 사는 사람들은 절대 시비 안 한다. 한민족은 천성이 겁쟁이에다 비겁해서 전쟁을 지레 기피한다. 역사가 말하잖아. 외국 군대 앞에서는 키부터 낮춘다고. 일단 잘 살고 봐야지."

"아, 전쟁이야 안 일어나야지요. 철벽 방위한다면서 긴장을 조성하는 게 나쁘다는 거예요. 불장난이 별거예요. 원칙이 그렇다는 거지요."

"말이 모자라 말을 못 할까만, 나는 김모 부자만은 절대 반대다. 요즘 세상에 그런 억지 전제 세습군주가 말이 되냐. 무슨 죽을죄를 졌다고 북한 인민만 죽네 사네 고생이냐. 그것들 억하심정만 잠잠해지면 무슨 걱정, 만사가 저절로 굴러갈 건데. 아, 처자식 대를 물려가며 호의호식시키려는 거야 인지상정인데, 니 것 내 것 없는 그쪽이나 제 것만 불끈 쥐고 안 놓겠다는 이쪽이나 다 똑같을밖에. 그것들 살아 있는 한 절대 통일 안 된다. 일하기 싫어하는 사람한테 말 시키면 귀찮아하잖아. 통일은 힘든 일인데, 통일하자는 거는 잔소리로 일하자는 거잖아. 배부른데 상말로 뭣 빨라고 일하나. 정신 똑바로 박힌 사람치고 누가 남의 잔소리 듣기 좋아하나. 통일이 꼭 그 짝이다. 다들 에이비는 시다라는 해답은 아는데 막상 풀지는 못하는 대학 입시 기하 문제를 놓고 끙끙거리고 있는 거나 꼭 한 본이다. 문제를 못 푸니 누가 나은지 점수도 못 매기고 결과도 없는 기지. 향우회 총무가 그라던데, 자네 점잖으신 당숙 어른이 이번에 재산 공개하게 생겼다대. 늘마에 마음고생을 사서 한다고 김 총무가 며칠 전에 여기 와서 한숨이 늘어졌더만."

"모르겠어요. 세전지물이야 그이만 가졌겠어요. 그나마도 반 이상은 당신 대에서 불렸다는 건데. 정치를 유세로, 취미로 하는 사람들은 좀 멀찌거니 내버려둬도 좋겠구마는. 그러나저러나 신문에 나니까 말썽이고 고생이지요. 신문에만 안 나면 무슨 일이야 있을라고요. 늙고 상하고 변하는 것도 아인데. 말로 떠들어봐야 누가 그걸 믿어요. 활자로 몇백억은 실하다고 명토를 박아놔야 그런갑다 하지요."

후배는 한숨을 길게 토하고 나서 덧붙였다.

"신문에 안 나는 걸 잘 알아야 똑똑한 사람이 되는 것 같아요."

"두말하면 잔소리지."

"미국제 무기 이양은 신문에 안 나와요."

"그건 극비잖아. 신문이야 아무나 볼 수 있어도 극비 자료야 연구하는 사람이나 볼까, 전문가 아이고, 정치를 야심으로, 본업으로 하는 사람 아닌 다음에야 그것 봐서 쥐뿔이나 머 생기는 게 있어야 말이지."

"국제정치학은 결국 무기의 행방을 모르면 말짱 헛것이라는 소리지요. 무기의 과다 보유 여부가 전쟁 수행 능력과 직결되거든요. 승패 부동(不動)도 거기서 나오니 회담 따위야 아무리 해봐도 큰소리 텅텅 치는 쪽은 정해져 있어요. 결국 깡패들 논리 그대로지요. 몽둥이, 쇠 파이프, 생선회 칼, 총을 누가 가졌고, 어느 패거리 숫자가 더 많냐에 따라 말에 무게가 실리고 안 실리고 하잖아요."

'결국'은 고시 공부나 하면서 똑똑하다는 소리를 들어야 직성이 풀리는 권력 지향형 건달 같았고, '절대'는 구청의 호적계 말단 직원으로나 일해야 제격인 것이 돈을 단숨에 못 벌어 안달하는 자격지심형 속물이었다. 그렇긴 해도 그들의 주거니받거니를 내가 오늘의 도시형 한담으로 새겨듣지 않을 수 없었던 것은 '대학 입시' 운운 때문이기도 했지만, 그보다는 '통일 노래' 때문이었다.

대학원 석사 과정을 그럭저럭 마치고 입대 날짜를 받은 직후의 어느 날 밤, 친구들과의 술자리에서 나는 "우리 중산층은 통일을 꿈에도 바라지 않아. 바란다면 신들려 지가 무슨 소리를 하는지도 모르는 거짓말쟁이 전도사 같은 위선이야. 그들한테 통일은 숙환으로 골골거리다가 있는 재산 다 털어먹고 돌아가신 조상귀신이야. 남의 눈도 있으니까 제사야 모시지만, 지금이라도 당장 살아서 벌떡 일어날까 봐 겁나는 거야. 그러니 반공, 국토 완정, 적화통일 같은 말은 부적이고, 효험도 없는 기도나 마찬가지야"라고 겁도 없이 횡설수설한 적이 있는데, 이제 그 자기 보신용 통일 불원 증후군이 '힘든 일이 하기 싫어서'라는 명패로 슬그머니 바뀌어 있었다. '일하기 싫으면 죽으라'는 말이야 한두 사람쯤의 골통 청교도가 메아리 없는 고함으로 부르짖을 수 있겠으나, 그것이 다른 절대다수의 통일 불원론으로까지 비화한다면 정말 큰일이 아닐 수 없었다. 그것이 급변하는 세태의 한 표정인지 어떤지 알 수는 없었지만, 피로와 술에 절어 있던 나로서는 대안 없는 말장난성 지청구로 들렸다. 그러고 보니 뻔한 일로 까닭 모를 짜증을 일구고 있는 것 같아서 나는 벌떡 일어섰다.

그날 밤 나는 오랜만에 수음을 할까 말까 하는 케케묵은 성적 긴장과 한동안 끈질기게 씨름하다가 그 기계적인 손장난 직후에 비누로 씻을 수 없는 딱한 형편을 떠올리고는 '이것도 통과의례야, 환경에 길들여지면 그뿐이야'라고 되뇌면서, 침대와 책상 사이의 비좁은 공간에서 허리에 손을 올리고 앉았다 섰다 하는 무릎 굽히기 운동을 서른세 번 했다. 내 나이도 어언 서른세 살이다. 그래도 세면대 앞에서 툭

박지게 불거져 있던 엉덩이 곡선이 자꾸만 얼쩡거려 나중에는 아예 엎드려서 두 손으로 매트리스를 통째로 부둥켜안고 잠을 청했다.

나의 성적 환상은 어떤 시각적 매개에 아주 저속한 청각적 소음이 보태져야 비로소 뻣뻣하게 타오르는, 일련의 자동적 기교에 길들여져 있는 듯하다. 그 일관성 좋은 상상은 단속적이고, 그래서 단연 운문적이다. 어떤 결과 따위는 유보하니까. 그러니 피학적이기도. 그녀가 나를 '똘아이'로 지칭하지만 않았더라도 그 교태는 비디오 따위에서 상투적으로 보여주는 거울 속의 화장 동작일 뿐이었으니까.

다음날 새벽에 조갈이 심해 깨어났더니 감기 기운이 여실했고, 뺨에는 발진이라도 난 듯 발긋발긋한 꽃이 서너 개나 피어 있었다. 반바지 밑 종아리도 마찬가지였다. 모기가 마냥 피를 빨아먹은 흔적이지 싶었다. 좀 황당한 느낌을 추스르면서 분풀이라도 하듯 이번에는 떳떳하게 2층 층계참의 여자 전용 화장실 속으로 들어갔더니 세면대 확과 남자 소변기 속은 온통 벌건 구토물이 넘쳐날 듯 뻑뻑하게 고여 있었고, 쉰내 같은 악취가 지독했다. 그 구토물은 틀림없이 '똘아이, 세입자' 운운한 그 되바라진 여자가 저질러놓은 행패고, 장모 이상으로 돈독이 오른 그 여자는 분명히 인근의 주민일 것이라고 짐작했다. 여자들처럼 좌변기에 걸터앉아 소변을 보려니 성 도착자가 달리 없겠다는 생각도 떠올랐고, 재떨이 속의 빨간 루즈 묻은 담배꽁초조차 나의 엄전한 성선(性腺)을 마구 집적거리는 것 같았다.


2

라면을 끓이든지 커피 물을 데우려면 일단 움직여야 한다. 아마도 그 전에 '당분간' 애는 한사코 만들지 않겠다는 아내로부터 침식 걱정을 앞세운 염탐 전화가 걸려올 것이다. 잠이 덜 깬 목소리로, 그런 인사불성의 안부 묻기가 무슨 애교거나 그 노글노글한 염탐질이 애틋한 부부 사이의 애정을 이쪽에다 간절하게 상기시키는 촉매이기라도 한 것처럼. 그것이 바로 현대적이고 도시적인 부부관계의 세련된 의사 전달법이라면 가장 상투적이고 3류 영화 모방적인 기교인 것을 아내는 뻔히 알면서도 줄창 그런 짓을 베끼곤 한다.

내가 지금 중뿔나게도 또 다른 환경에 길들어지고 있는 셈이긴 하지. 그래도 이 대목에서 우리가 한 번쯤 반드시 짚고 넘어가야 할 문제는, 또 분명한 것은 아무리 바쁜 월말이라 하더라도 당신이 여태까지 한 번도 여기에 들르지 않았다는 사실이야. 이러고도 부부야? 이 엄연한 사실만으로도 우리는 이미 부부관계를 잠시 벗어나 있다고 봐야지. 결혼 서약? 그거야 형식적인 절차지. 그것도 주체할 수 없는 성 충동을 임시로 잠시잠시 잠재우려니 감질만 나서 일종의 항구적인 비매매성 성교 계약을 위한 수단으로다. 하기야 지금 내가 우리의 전망 없는 결혼생활에 대해 자질구레한 원망을 더 들먹인다면, 그것은 어떤 단조로운 건축 양식이나 번지레한 전례(典例)의 의식 절차를 처음 본 것처럼 호들갑스럽게 떠들어대는 꼬락서니일 거야. 결혼, 살림이야말로 얼마나 구태의연한 의식이자 양식인가. 그에 대한 중언부언은 결국 뻔한 식사(式辭)거나 쓸데없는 식사(飾辭)야.

그럼에도 불구하고 당신의 좀 일방적인 상식, 남들이 다 저지르고 다니니까 나도 그런다는 식의 전반적인 몰상식은 매도당할 여지가 있다고. 웃지 마. 우선 잠자코 들어 봐, 변명하려 들지 말고. 나에 대한 상식선에서의 예의 갖춤과 그런 장치를 내가 번거롭다면서 먼저 제한해버렸다는 당신의 대응은 그 원인(遠因)을 먼저 살펴봐야 해. 오늘의 삶의 일반적 양식이 대체로 그렇다는 어리벙벙한 소리가 과연 얼마나 맞을까. 우리처럼 좀 특별한 사정을 일반적이라고 묶는 게 옳을까. 하기야 뜬금없는 배설을 서로 쏟고 받는 우리 식의 성교(性交) 자체도 특별하지는 않을 테지만, 그렇다고 통상적인지 어떤지를 나는 잘 몰라. 우리의 살림도 마찬가지고. 물론 그 둘 다에 싫증이 났다면 빈말이지. 그 물리지 않는 관행을 당신은 우리 사이의 애정 확인 장치쯤으로 서둘러 자가 진단해버리는 것이 문제야. 돈타령은 하기도 싫지만, 또 에둘러 말하고 싶지도 않지만, 생각할 시간이 없다면서도 생각할 시간을 만들려 하지 않는 당신의 생활 태도가 나로서는 못마땅하고, 당신이 그런 속물로의 길을 착실히 줄여 밟아가고 있다는 게 못마땅할 뿐이야. 나를, 우리 가정을 좀 굽어 살펴보라는 건 억지고, 나의 이런 원망을 들어주기에는 너무 바쁘다는 핑계가 가당해?

마침 전화기가 경망스럽게 울어댄다. 수신음이 울어댈 때마다 발그레한 역삼각형 램프가 온몸을 뒤채듯 파닥인다. 이쪽이 언제라도 안 받을 자유가 있다는 점에서만 전화기는 편리한 문명의 이기이다. 그럼으로써 저쪽에다 신경질적인 궁금증을 재촉하는, 즉각 반송해버리는 우편물이기도 하다.

플러그를 꽂는다. 화면이 떠오른다. '친다', '본다', '두드린다'라는 일관 작업에 머리보다 손이 더 잘 길들어 있다. 커서가 파닥이다 사라진다. 암전(暗轉). 명전(明轉)을 기다린다. 전화기가 또 울어댄다. 전화기도 아내처럼 몸을 뒤채고 앙탈이 심하다. 파일 명칭 'snob'의 초반 부분이 주르륵 흘러내린다. '소음에 강해지기'와 '잡음에 무심해지기' 따위의 낙서를 끼적거렸던 기억이 커서처럼 깜빡이다가 이내 사라진다.

일컫는 대로 '아우라'가 나의 경험 사실을, 그 변주를, 모티프를 얼마나 제대로 재현하고 있는지, 어느 정도로 부풀려놓았는지, 피상적으로 깔려 있는지를 눈으로보다 머리로, 우선 감정적으로 따져보자고 덤빈다. '화면 읽기'가 기계적일 수는 없지만, 고칠 대목은 곳곳에 널려 있다. 그것들을 일일이 다 손질할 수는 없다. 내 독해력이 임시적이라서도 그렇고, '의미 전달'의 여의로움부터 미리 점검할 수밖에 없어서이다.

↓

"그건 그렇고 형부네한테서는 다른 통보가 없어? 집 비워달라는 외교적인 구변으로다."

"없었어."

"하기야 누가 저지른 일인데 그쪽에서 하라 마라 할까. 어느 쪽이나 절에 간 색시지. 빅 브라더는 봉천동 고층 아파트에서 손끝으로 체스 말만 들었다 놓았다 하면 되니까. 일언지하에. 마틴 스콜세지는 쫓는 자보다 쫓기는 자의 심리 묘사에 너무 집착하는 것 같애. 벌써 스테레오 타입이 되고 말았어. 그게 자신의 작가주의다 이거지."

아내는 장모와 나 사이의 메울 수 없는 괴리를 말 같잖게도 '앙숙의 견제심리'라고 못 박아두고 있다. 당연하게도 나로서는 나이 차이를 보더라도 늙은이를 맞수로 생각해 본 적이 없다. 아내는 말꼬투리를 잡고 늘어지지 않는 점에서만은 좋은 직장의 이른바 커리어 우먼답

안팎에서 시달리며

고, 그나마 간신히 속물의 궤에서 한 발자국 물러나 있다. 물론 그것
을 미덕이라고 칭찬할 것까지도 없지만, 내 신경을 건드리지 않으니
다소 편할 뿐이다.

"머가 복잡하다고 난리예요. 엄마가 우리 대신에 이 집 언니네 전셋
돈의 이식 일부를 벌충해주고 있다니까요. 엄마는 원래 당신 돈이 좀
있어요. 정릉집 전셋돈도 불리고 있고, 일시불로 받은 아빠 연금도 꽤
불어나 있을 거예요."

"빨간 블라우스에 보라색 스커트를 어울리게 입을 줄 아는 늙은이
가 돈이 없을까만, 나는 도무지 모르겠어. 어려워. 돈 셈할 머리가 천
성으로 없거나 모자라나 봐."

"거짓말을 어쩜 저렇게 천연덕스럽게 잘할까. 돈 셈할 머리가 없다
고? 지갑에, 통장에 지금 자기 돈이 얼마나 있는지 백 원 단위까지 정
확히 알고 있을걸."

"나는 사소한 돈만 기억하고, 그게 내 생존에 어울린다고. 큰돈을
굴리는 머리는 따로 있는 것 같애. 그러니 나는 거짓말을 하는 게 아
니라고. 이게 틀렸어, 아닐걸."

"아이, 징그러워. 저게 도대체 뭐야?"

"흥행적인 재미만 잔뜩 집어넣은 거지. 저런 조작은 반전(反轉)과는
전혀 맞지 않아. 그로테스크한 취향이 있나 봐. 분석감이야, 저런 사
례와 취향을 더 끌어모아서. 프로이트가 별거야, 사례 수집가에 경청
자일 뿐이야."

"엄마가 5년 전에 4천만 원부터 시작한 언니네 이 집 전셋돈을 맡아
서 이식을 불려주고 있어요. 무슨 말인지 이해돼요?"

"알아, 그 대목까지는, 설마 귀가 있는데 그깐 것도 모를라고. 이 돈 저 돈 받아서 여기저기 메우고 돌리는 게 생활의 낙인 양반이잖아. 오 래 사실 거야. 돈 셈으로 늘 긴장하고 사시니까. 암튼 우리 돈 3천만 원이 어디 갔냐고. 시방 누구 손에 있냐고?"

물론 나는 그 전셋돈의 행방을 잘 알고 있다. 그러나 아무리 내 돈 이라도 일단 남의 손에 들어가면 수시로 '다짐받기'는 서로의 기억력 환기를 위해서, 또 후일의 말썽을 방지하기 위해서라도 빠뜨릴 수 없 는 절차이다.

"엄마가 우리 돈 3천만 원 보태서 전(前)세입자에게 전셋돈 7천만 원 을 내줬으니 결국 우리 돈을 엄마가 맡아서 불리고 있다니까. 지금 시 세로는 이 집을 8, 9천에, 잘 받으면 1억까지 전세로 내줄 수 있다지 만, 여기 물정 모르는 언니에게 그것까지야 까발릴 리 없을 테고요."

"커뮤니케이션을 공부한다는데 그것도 모를라고. 지구촌 세상에. 뻔한 정보를. 몰라도 좋은 소식이지만."

"농담 끼워넣기 하지 말아요. 저건 또 뭐야?"

"별아별 소도구를 다 동원했구먼. 미국 영화는 저런 지저분한 아이 디어 때문에 본질적으로 흥행성, 대중성, 통속성 추수주의에 너무 오 염되어 있어. 거의 치료약이 없는 영화적 관습이자 일종의 풍토병이 라고 봐야지. 우리는 딴딴한 돌들이라서 풍토병에도 안 걸려. 풍토병 같은 문화적 유전인자도 아예 없는 사막에다 무풍지대이기도 하지만. 너무들 씩씩하고 건강해. 좀 아픈 데가 있어야 사람다운데 말이야. 짐 승은 안 아파."

"암튼 애버리지 5천만 원에 매월 1부 5리나 2부쯤씩 5년치를 이자로

쳐서 형부네에게 건네줄 속셈인가 봐요."

"주먹구구가 좀 엉성한 거 아냐. 적지도 않은 돈인데. 더구나 5년이라면 당연히 돈이 새끼를 서너 터울이나 봤을 테고. 요컨대 복리로 셈해야지. 돈 셈 보니 점점 어렵고 의심스러운데."

"우리가 알 거 없는 일이잖아요. 단리로 치든 복리로 치든. 우리 때문에 전셋돈을 제대로 못 받고 이자 계산이 다소 엉성한 거야 언니네 집과 짐 맡아준 품값으로 상쇄될 거고."

"남의 사정이야 알 바 없고, 우리 돈 3천만 원이나 돌려받아야잖아?"

"돌려받기는 뭘 돌려받아요. 누가 그 돈 떼어먹는대요?"

"떼먹으면 누가 가만있나. 법에 호소하지. 나는 법을 쥐뿔도 모르지만, 법적 효력 앞에서는 꼼짝 못 할걸. 이 세상은 법망 때문에 그나마 틀을 갖추고 돌아간다고. 법이 정의, 관습, 인정, 도리의 제도화에 명문화니까."

"설 풀이 끼워 넣지 말아요. 우리 돈을 엄마한테 계속 맡겨놓고 우리가 봉천동으로 기어들어 가면 공짜로 처가살이한다고 기죽을 것도 없어요. 그 돈이 봉천동 아파트 전세금 폭이니까."

화면에 배역 명단이 주르륵 올라간다. 리모컨을 누르자 화면이 없어진다. 비디오를 보고 나면 공연히 심드렁해지고, 감정의 이완 때문인지 허탈감이 덮쳐온다. 그런 느슨한 감정에서 놓여나려면 화면들을 잊어버리고, 그 영화의 취약점들을 까발리는 수밖에 없다.

"내 생각은 완전히 달라. 처갓집에 전세금 내고 산다고 이마에 써 붙이고 다닐 거야. 아니면 임대차 매매 계약서를 그림처럼 표구해서 벽에 걸어놓고 살 거야. 돈만 주고받았을 뿐이지 표구할 계약서도 안 받아놨을 테지만. 지금 법적으로는 우리가 전세금조로 맡긴 그 돈에 대해 권리 주장할 아무런 건덕지가 없는 형편이고. 봉천동에서 안 받았다고 우기면 말이야."

"무슨 시시껄렁한 재산 분규 소설을 쓰고 있나. 의중의 골자가 머예요, 속 시원히 털어봐 봐요. 짐작이 없지는 않지. 의표를 제대로 찌르는 광고는 결국 내 물건이 최고다는 고함을 반복하는 거예요. 그래야 소비자에게 씨가 먹혀들어 가요. 물론 잘 아시겠지만. 빙빙 둘러서 얘기하면 누가 듣기나 하나. 다들 바쁘고 손에 쥐어 줘도 모르는 세상인데."

"실속이 쥐뿔도 없다는 거지 머. 우리 돈 주고 살면서 처가살이한다는 소문만 왁자하게 퍼질 테고. 보살 같은 우리 엄마한테 손주 못 안기는 죄도 큰데, 외갓집도 없어질 판인 그 사돈댁에 얹혀산다면 볼 낯도 없어질 테고. 한마디로 엉망진창에 변명만 늘어졌지 머. 곡해가 없길 바라지만."

"그깐 3천만 원으로는 변변한 전셋집도 제대로 못 얻네요. 엄두를 낼 일이 따로 있지."

"아니야. 전혀 그렇지도 않을 거야. 막상 알아보면. 허름한 연립주택에 방 두 칸짜리로다. 화장실 따로 출입문 따로 나 있는 걸로다. 2층으로 올라가는 계단이 붉은색 담벼락 위로 까마득히 붙어 있을 테고."

"어림 반푼어치도 없는 소리. 공상이 직업인가 봐. 누가 시인 아니랄까 봐 안달이 났나."

"그건 전적으로 맞아. 공상이 내게는 안식처고 진정제야. 그것 없이

안팎에서 시달리며

도 사는 사람이 있을까 잘 모르겠지만, 그건 재미있잖아."

담배 맛이 그런대로 괜찮았다. 비디오를 본 후는 늘 그렇고, 아내와의 말 실랑이가 무르익으면 더 그렇다. 아내는 아직 맞담배질만은 자제하고 있으나, 무슨 연극배우처럼 삐쳐서 두 다리를 가죽 소파 팔걸이 위에 걸쳐놓고 돌아앉았다.

"누가 오늘의 시인 33인 중 한 사람의 꿍꿍이속을 모를까 봐. 이왕 처가살이시킬 바에야 철두철미 공짜로 살아야 명분이라도 떳떳하게 선다는 거 아닌가 모르지. 설마 봉천동에서 사위에게 밥값 내놓으랄까. 우리 전셋돈은 그 액수대로 고스란히 살아 있고, 여러 가지로 편리하고, 그거야 물론 생각하기 나름이고 환경이야 각자가 이용하기 나름일 테지만, 우리에게 돌아오는 부(附)가 한두 가지뿐이 아닐걸. 시인이 앞날을 못 내다보면 그건 비극이거나 가짜일 테지. 전망 없는 시인의 장래, 말이 안 될 것도 없겠는걸. 의뭉도 제대로 때맞춰 떨어야 체신이 돋보이지."

"의뭉도 양식의 간접적인 표현 수단이기는 할 거야. 교양의 기교 만만한 투사(投射)이기도 할 테고. 정의(定義)를 한 마디만 더 보태면, 전세금은 어디서 살든지 그 액수 그대로 살아 있어. 그게 전세금의 개념이자 정의일걸. 머리 좋은 한국인이 세계에서 유일하게 개발한 저축 형식이자, 집주인이 못 돌려주겠다고 나자빠지면 세입자가 일방적으로 불리한데다 엉성하기 짝이 없는 금전적 담보 형식이고."

"정의 내리기 놀이가 청소년용 저질 코미디보다 못한 언어 희롱인 걸 모르는 사람도 시를 쓰기는 하나 봐. 엄마의 진솔한 사람 본색 알아맞히기도 못 들어봤나 봐."

"짐작이야 왜 없을까만. 시키는 대로 논밭을 맬 줄도 모르는 소 같은…"

"최 서방이 밥도 안되는 시(詩) 줄이나 쓴답시고 어깃장 고집이 항우야, 소다 소. 말귀 못 알아듣는 소야. 세상 물정에 밤눈이다. 밤눈 어두운 말이 워낭 소리 듣고 길 줄인다고 국으로 가만히 있으면 서로 외롭잖고 심심찮고 좀 좋을까. 서방이니 글 읽는 방 내주겠다는데 웬 찜부럭이 그렇게 심할까, 또 머라더라."

"외로움이야말로 전망 없는 내면 풍경이랄 수 있을걸. 밤눈 어두운 소에게는 물론 그게 없지만. 내면 풍경은 딴엔 멋지게 표현한답시고 자의식 대신에 개발한 말인데, 인간도 그걸 누린 지가 근대에 들어와서 비로소 자각했다는 거지. 어떻든 소가 외롭다는 것은 전적으로 개인적인 견해일 거야. 소가 그걸 알면 우화나 읽어야 하고."

"설마 엄마가 우리 전셋돈 돌려줄 때 3천만 원만 달랑 내놓을까, 얼마라도 얹어주지."

"김칫국은 언제라도 시원할걸. 명분이야 그쪽에서 작심, 작명하기 나름일 테고."

"이쪽 명분도 내놓기로 하면 좀 많을까. 전직 시간강사에다, 자발적인 실업자에다, 비밀과외 지도선생에다, 논문 준비 연구생에다, 무엇보다도 내면 풍경이 다채로운 시인 중 시인에다. 그런 서방님께서 애를 만들고 싶고 집도 갖고 싶은 집착이 별나다면 말이 되나 어쩌나 모르지. 요즘 세상에 집이란 어차피 자가용처럼 한때 적당히 쓸 만큼 쓰다가 버리는 소비재라고 봐야 정상적이잖아. 남의 차 잠시 얻어 탔다고 그 사람 인격에 오점이 찍히나. 그거야 거의 공중도덕 차원의 문제

안팎에서 시달리며

지."

"말귀도 밤눈인가 봐. 집이나 거처나 자동차나 그게 그거고 이용하기 나름이라는 말이지, 적당적당히. 그러면 명의(名義)도 필요 없겠네, 문서는 왜 만들어, 니 것 내 것이 없으면 그게 공산사회 아냐."

↓

실감이 살아 오르라고 아내의 이름은 당분간 실명(實名) 그대로 두었지만, 소설 속의 최재술은 물론 나의 분신이긴 하다. 그러나 그 이름은 내 본명도 아니고, 시인으로서의 내 필명과 비슷하다. 예정대로 짧은 길이의 중편이 완성되면 그 이름만 그대로 두든지 바꿔서 새 이름하나를 가지고, 성씨마서 바꾸려고 한다. 할머니 성씨를 물려받았으면 좋겠는데, 그 박가는 앞으로 아내와의 사이에 내 자식이 태어나면 '외갓집도 없을 집구석'인 처갓집 성씨라 멋쩍고, 막둥이인 나를 다섯째 배로 한밤중에 낳고 이튿날 아침에 손수 미역국을 끓여 자셨다는 엄마의 친정 성씨인 진주 강가쯤을 상정해두고 있다. 어쨌든 시인으로서 장모에게 좀 시달렸던 터라 그 필명만은 내 '시적 이력'에서만 겨우 명맥을 유지하도록 선처해버릴 참이다.

그건 그렇고 육필이 아닌 '자판 글자'로 지껄이는 최재술은 실재의 나보다 훨씬 덜 보수적이다. 그가 야무진 심지도 없이 똑똑한 체하는 우량아 같다는 느낌이 여실하다. 왜 그렇게 되고 말았는지, 아리송하지만 역시 '문체'에 자발적으로 깔리는 어떤 '분위기' 때문인 듯하다. 객석에서 무대 위의 연극을 '눈에 불을 켜고 감상하면' 주인공의 성격은 그 몸매나 동작보다 그의 대사에서, 그것도 그 내용보다는 억양과 호소력에서 거의 다 드러나 버리게 되어 있다. 물론 연극이라서 그렇지만, 그 점은 막이 내리고 난 후 관극평을 간추려볼 때 분명히 되살아난다. 그 점을 딴에는 의식하고 썼더니 그의 속물다움이 엷어진 것 같다. 말에 역동적인 기능이 배어 있다면 소설 속에서 써먹을 만한 말은, 곧 대화나 그 화술은 연극에서의 그것보다 오히려 제약이 심하지 않을까. 한쪽은 한정된 시공간 속에서 꼭 필요한 '긴장 연속/촉진의 명대사'를 압축적으로, 다른 한쪽은 일상적인 말을 구체적으로 풀어놓느라고 어질더분한 입말을 예의 구어체로 옮기느라고. 일단 메모해 두자.

'연극(영화)에서의 대사/소설 속에서의 대화(인용). 과거 곧 장면 전환을 중첩적으로, 길게 끼워넣기. 그 인과는 결국 유기적 사건의 배열/구체적 인물의 성격 부각/선택적인 사물의 조작으로 아울러야.'

백지 화면은 나를 느긋이 노려보고 있다. 이따위로 시시한 작품에서, 더욱이나 겨우 초반에 머물러 있으므로 탈고 후에나 드러날 소위 '아우라' 운운하기는 시기상조이다. 아내와 이사 시비로 말다툼을 벌였을 때 비디오를 본 것은 사실 그대로이지만, 어째 내 속내가 곧이곧대로 드러나 있지 않다. 아무튼 아직은 엉망인데, 아직 '부분'이므로 '전체'를 겨냥한 성취 여부에 매달렸다가는 도중하차하는 낭패에 봉착할지도. 그러니 기분을 좀 돌려야 한다. 일단 쉬자. 주인공의 세속화 과정을 양각시키는 배후의 그림은 이미 앞에서도 미진한 채로나마 나왔고, 앞으로도 숱하게 나올 테니 한숨을 돌려야.

프린트 원고는 역시 만만하게 안긴다. 컴퓨터로 산문 쓰기는 책이나 잡지와 견주어보더라도 훨씬 손쉽게 '화면'과의 일방적 대화가 이루어져야 하건만.

(재작년 가을에 환갑 밥상을 이탈리아 밀라노에서, 어느 무역회사의 그곳 주재원으로 일하는 셋째 사위의 포치 딸린 2층 아파트에서 뽀얀 분가루 치즈와 노란 마요네즈로 버무린 마카로니 한 접시로 때운 늙은이. 아직도 감색 스커트에 하늘하늘한 실크 통바지로 잘록한 허리를 강조할 줄도 알고, 저혈압 때문인지 한여름에도 얼금얼금한 자주색 재킷을 어깨 위에 슬쩍 걸쳐놓고 블랙커피를 하루에 석 잔씩 마시는 겉멋쟁이. 어떤 골치 아픈 집안일이라도 선후책을 나직나직 내놓는 코폴라 감독의 '대부' 같은 해결사. 돈줄을 쥐고 있는 사람은 결국 당신 자신이라는 알량한 과시벽을 마구 뿌려대는 속물. 장모 보고 장가간다는 너덜너덜한 덕담이 나돌 정도로 조신스러운 교양과 빵 껍질처럼 푸석푸석한 교태를 짐짓 일궈대면서. "최 서방, 신문에서 사진 봤어. 프로필이라서 한결 나아 보이데." 자기 도취벽에 빠져 사는 안다니. 자신이 뭘 모르는가에 대해서도 결코 모른 체하지 않고 일단 냅뜨고 나서서 좌중을 자주 맨숭맨숭하게 바꾸는 떠버리.)

그 늙은이가 우정 조장하는 느글느글한 분위기는 사실상 처음부터 메스꺼웠다. 그러나 붉은 벽돌 담장 위로 은행나무들이 가지런히 키재기를 하고 있던 정릉 계곡 위의 끌밋한 2층 가옥은 미상불 보기에 좋았다. 붉은 벽돌집, 싱그러운 잔디밭, 은은한 외등, 팔걸이 촉감이 유독 시원하던 등의자, 꽃처럼 화사하던 크리스털 화채 그릇 등등이 그것을 즐기며 일상을 유지하는 사람의 품위를 돋보이게 부추겼다.

"이 양반은 택시를 안 타. 하나 자식을 미친 택시한테 앗기고부터. 개가 이이를 가드레일 쪽으로 떠다밀어 자빠뜨리고는 대신 치여 죽었어. 그 통에 나는 한동안 미쳐버렸고. 개만 살았어도 이 양반이 지금 쯤 외국에 나가 있거나 웬만한 기관장짜리 하나는 차지했을 텐데. 지금 우리가 이러고 앉아 있는 것도 무슨 팔자야. 원통하지. 흠 없는 팔자는 없다더니만."

"쓸데없는 소리하고선. 개 덕에 그래도 할 만큼 한 거야. 진급도 제때하고. 덕분에 지병이 도져서 부득불 그만두긴 했지만서도."

물들인 검은 머리를 기름 발라 올백으로 빗어넘긴 퇴역 장성은 "난 당뇨가 심해"라면서도 얼음 채운 갈색 양주를 마냥 벌컥벌컥 마셨다. 시인 기질이란 말이 있듯이 군인 기질이란 말도 통할 텐데, 어떤 열병식에서 외따로 떨어져 연병장의 사시나무 울을 물끄러미 쳐다보는 듯한 그 탈속한 경지가 제법 어울리는 사람이었다. 우리 동아리들은 그때 그를 잠시나마 경의(敬意)의 눈빛으로 우러러 보았을 테고, 때가 때인 만큼 군부 정권을 한껏 매도했을 것이다. 그러나 그 양반은 우리의 궁금증을 더 부풀리려고 그러는지, 간첩 잡고 그에 따른 정보 분석을 통괄하던 한 단위부대의 한직 별자리에서 어느 날 문득 떨려나게 된 경위에 대해서는 일언반구도 내비치지 않았다. 그의 그 과묵조차 군인 출신다운 멋이 우러났다.

그제서야 비로소 나는 승미의 모든 것을 이해할 수 있겠다는 생각이 들었다. 뿌듯한 충일감이라고 해도 좋을 그런 느낌은, 결과가 그러하므로 '운명적인 만남이었다'라고 회고할 수밖에 없는 한 쌍의 남녀가 처음으로 심각한 눈 맞춤을 나눴을 때, 남자 쪽에서 '너는 한 달 안에 내 것이 된다'라는 예감과는 좀 다른 어떤 자신감이었다. 하기야 그런 인유(引喩)를 떠올릴 수 있다는 일종의 소유권 시위야말로 젊음의

안팎에서 시달리며

특권이기도 하니까. 나는 그런 독점욕을 1년 전부터 누려오다가 다섯 시간 동안의 북한산 등산로 줄이기 끝에 우리 동아리의 일원으로 승미네 집에 들른 것이었다.

우리는 야학 현장에서 만났다. 그 당시 야학 현장은 영등포시장 바닥에도 전을 벌였고, 십자가 밑에 '전국대학생기독교선교봉사회'를 고딕체로 새긴 알루미늄 간판을 어색하게도 가슴팍에 붙인 신당동의 한 허름한 3층 건물 속에도 숨어 있었고, 종묘에서 전매청으로 돌아가는 골목 안에도 틀어박혀 있었고, 방학동의 일반 시내버스 차부(車部) 옆 한쪽 귀퉁이에다 지은 버스 기사와 차장들의 판자때기 밥집에서도 숨 쉬고 있었다. 야학은 연대 투쟁의 대열에서는 좀 비켜나 있고, 그만큼 그 모든 현장을 우리는 풍문으로 듣고 있었지만, 어떤 대학의 어느 게시판 한쪽 모서리에도 늘 가톨릭 학생회 같은 데서 야학 봉사 지원자를 부르고 있었으므로 우리는 끼리끼리 사방에서 모여들었다. 굵직굵직한 생산업체의 머리 굵은 노무자 학생들도 노조 회보를 통해서 우리의 그 암암리 활약을 주워듣고 떼를 지어 사방에서 야학 현장으로 몰려들었다. 교실이 늘 부족했어도 학생과 선생은 언제나 넘쳐났고 진지했다. 교회들은 언제라도 텅텅 비워놓은 채로 놀리고 있었지만, 그 번듯번듯한 하늘의 집을 우리에게는 빌려주지 않았다. 그래도 열심히 찾아보면 독지가들은 곳곳에서 나오게 마련이었다. 개중에는 시내버스 회사 부사장도 있었고, 어느 교회의 장로이면서 원단 감치기 봉제로 거금을 번 구두쇠 늙은이도 '좋은 일 하네'라며 우리 손목을 잡았고, 보험 팔이 여자 사원을 수십 명씩 거느리며 아침마다 건물 옥상에서 조회하며 '하면 된다'라는 구호를 선창하던 보험회사 영업소 소장도 있었다. 배우려는 학생이나 가르치려는 선생이나 사람의 종자를 어떡하든지 똑똑하게 키우려는 부모들의 열성을, 그 특별한 유전인자를 타고난 인종의 열기를 어떻게 설명해야 할지 난감했다.

요즘은 야학의 학습 분위기가 막연하기 짝이 없는 '교양강좌' 위주로 급선회했다고 들리지만, 그때는 주로 고입 또는 대입 검정고시를 준비하는 고속버스 안내양 출신, 청계천 봉제공장의 미싱공, 노가다판의 등짐꾼이나 벽치기공 등이었다. 그들 중에는 10분씩 쉬는 시간에도 책에서 눈을 떼지 않고 도마 밥상 자리에서 물러나지 않는 갸륵한 면학도(勉學徒)도 있었고, 그런 학생일수록 매달 월말이면 담배 한 보루나 스타킹 뭉치를 디밀곤 했다. 그런 면학도 중 하나는 서울대 법대에, 그것도 첫 응시에서 너끈히 합격한 인물도 있었는데, 그는 재학 중에도 등록금을 마련하기 위해 한 학기 걸러 한 번씩 제 본업인 노가다판을 떠돌다가 6년 만에 졸업하고, 이태 후 구미공단 외곽의 한 아파트 건설공사 현장에서 사법고시 합격 통보를 받았다는 전설도 있다. 그런 입지전적인 성공 사례담은 수많은 올빼미 학생들에게는 자극제이자 신화였지만, 우리 선생들을 부담스럽게 만드는 한편 열을 내서 가르치게 하는 동력원이었다. 하지만 기네스북에나 오를 만한 그런 예외적인 사례는 분명히 한가로운 신문기사감이지 소설거리로는 적합하지 않다는 것이 나의 확고한 소설관이므로 여기서는 그보다 결코 못 하지 않은 나의 경험담조차 모조리 치워버릴 작정이다. 엽기적이기까지 한 그런 화제야말로 흥미 본위의 야담 같기도 할 뿐더러 부질없는 호기심과 넋두리 같은 다변으로 세월을 낚는 속물 취향의 재연에 젖을 것 같아서이다.

안팎에서 시달리며

우리는 영어와 국어와 가정과 수학을, 심지어는 독어까지도 가르쳤다. 나는 일과 외의 내 기질 전수에도 게으르지 않았다. 승미에게 그녀의 긴 손톱을 빤히 쏘아보며 "불결하다기보다 비위생적일 수도 있고, 어울리지도 않을걸, 야학 선생으로서 말이야"라는 말을 술김에 했는데, 이튿날 감씨 속에 숨은 숟가락처럼 반달이 선명한 그녀의 손톱이 맵시 있게 깎여 있어서 나는 속으로 쾌재를 불렀다. 그때부터 우리는 하나가 빠지면 허전해지는 동아리였다. 우리는 1년 반쯤, 물론 교실의 불비(不備)로 보름씩 심지어는 두 달씩이나 표류하기도 했던 그 야학 현장을 고수하다 흐지부지 흩어지고 말았다. 군에 입대하는 선생도 생기고, 다른 연대 투쟁으로 빠져나가고, 후배가 더 앞장서고, 웬만한 독종이 아닌 다음에야 여선생들은 대개다 3학년쯤 되면 몸가축을 생리적으로 다독이기 때문이었다. 다른 요인들도 많지만, 그걸 다 열거했다가는 장황해질뿐더러 이 글의 목적과는 겉돌고, 또 그것은 승미와 나 사이에 벌어진 남녀상열지사(男女相悅之詞)와도 점점 멀어진다. 어떻든 나도 승미와 함께 그런 이탈에 휩쓸리고 말았는데, 그녀의 사정은 잘 모르겠으나, 나는 일주일에 평균 사흘씩 밤 시간을 바쳐야 하는 그 야학 선생 노릇이야말로 비밀과외로 학비와 숙식을 해결하는 나의 말 못 할 사정에 대한 대상(代償) 행위로서는 너무 초라하다고 생각해서였다. 동냥자루를 듬뿍 채워주지 못한다면 강제적이고 조직적인 동냥꾼들인 이른바 앵벌이를 더욱 직업화시키는 얍삽한 인정주의에 지나지 않을 것이며, 그런 자선 행태야말로 보수 반동적 수단이라고 해도 좋을 분단 상황의 현상 고수책과 다를 바 없을 것이라는 생각이 내게는 지배적이었는데, 더불어 반체제운동가들이 점점 더 그 외길에 빠져드는 정황을 이해할 수 있겠다는 속짐작에도 힘이 실려서였다. 그쪽으로 깊이 빠져들기에는 내 기백이 너무 여렸고, 학생들을 무작정 동정하는 데는 한계가 있었다. 아무튼 그쯤에서 끝난 것만으로도 내게는 귀중한 경험이었고, 이미 내 가슴에 꽉 차는 보석이라기보다 장식품까지 얻었음에랴. 우리는 야학 현장을 미련 많게 떠났지만, 그 덕분에 오히려 더 가까워졌다. 알고 보니 더 넓고 화려한 세상이 바로 우리 곁에서 출렁이고 있었다. 우리는 한때 바보였고, 그 행복하던 명청이 시절을 깨물고 싶을 정도로 그리워하는 선남선녀였다.

연금생활자는 술이 세고, 그게 낙이자 그동안 몸 바쳐 벌어 모은 돈을 안 까먹는 생활 방편이다. 그래서 술과 지병은 그에게 가슴에 묻은 제 자식보다 더 살가운 시름 풀이의 대상으로 떠올라 있다. 때 이른 감상벽은 아니라고 단언할 수 있지만, 나는 단연코 장인 편이다. 3년 전부터 경기도와 강원도에 걸친 가두리 허허벌판을 갈아엎고 있는 54홀짜리 대규모 골프장 신축공사 현장에서 주당 닷새만 월급쟁이 회장님으로 군림하다가, 대개 금요일 오후부터 직원이래야 머리칼 하얀 건물 관리인 한 사람과, 사환 같은 임대료 수납 담당 여자 경리직원 하나, 청소부 아줌마 하나뿐인 강남의 한 썰렁한 임시 사무실에서 여기저기다 전화질이나 해대는 퇴물. 퇴역 장성을 악착같이 떠받들고 있는 물주는 플라스틱 사출업으로 떼돈을 버는 족족 건물과 임야만 차곡차곡 사 모으는 별난 취미를 가진 또 다른 회장님이다. 아직도 퇴역 장성의 면전에서는 맞담배질을 자제하는 물주의 꿍꿍이속이야 뻔하다. 주식의 일부를 떼주는 일방 회원권이나 수십 장 덤으로 쥐어줄 테고, 그걸 미끼로 요로에 온갖 낯간지러운 이권성 청탁질을 시킬 속

안팎에서 시달리며

셈일 테니. 그래도 장인에게는 비록 옷에 흙칠은 했을망정 친하게 데리고 놀던 개만큼은 잡아먹지 않았다는 기백이 살아 있다. 개 잡아먹은 친구들을 은근히 깔보는 표정을 지을 때 얼핏얼핏 스치고 지나가는 구슬픈 자괴감은 더 보기 좋고, 알 것 모를 것 다 알면서도 입을 꾹 다물고 사는 인생의 패배자는 거의 신비스럽기까지 한 신광(身光)을 두른 불화 속의 스님 같다. 대처승이어서 득도의 위세가 좀 허룩해 보이긴 하지만, 그게 무슨 대수랴.

↓

결국 스무날쯤 후에, 그러니까 광복절날 전후의 어느 일요일을 잡아 처갓집으로 이사하기로 잠정적인 합의를 보았던 그 최초의 말다툼은 그 후로도 예의 그 프린트 원고 속 정경과 대동소이하게 벌어졌다. 이사야 어떻게 진행되든 그 전에 적어도 세 가지 이상의 내 개인적 잡사만은 어떤 식으로든 마무리 짓고 싶었다. 물론 그것 말고도 내가 할 일은 하급직 공무원들의 잔무만큼이나 잔뜩 밀려 있기도 했다.

나는 두세 연에 10행 안팎의 서정시 같은 장르가 오늘날 과연 진정한 문학적 호소력이 있는지 의심스러워하는 사람이지만, 분명히 세대 감각 차이일 것인 이런 시작(詩作) 태도에도 불구하고 이미지를 한가운데로 끌어모으기는커녕 마구 흩뜨려놓는 것도 하나의 메시지일 수 있다는 듯이 온갖 말을 줄느런히 벌려놓는 50행 이상의, 대략 세 페이지 안팎 분량의 장황한 일종의 즉물주의적 관념시도 그렇게 탐탁한 것으로는 보지 않는다. 따라서 나는 말을 고르기보다 버리는 사상(捨象)에 집착하는 쪽이며, 시야말로 소설 이상으로 '알고 써야만' 하는 고도의 순정한 정신 유희라고 주장한다. 얼토당토않은 꿈 타령에 한사코 멀쩡한 현실을 외면하면서 잠꼬대 같은 줄거리만 베푸는 멜로드라마식 소설이 오죽 많은가. 마찬가지로 헛소리만 떠벌리면서 '이것도 시다'라는 짧은 굴줄들이 얼마나 흔해 빠졌는가.

이래저래 착잡해서 내 잡사를 미련 없이 간추려보니 세 가지쯤의 대(對)사회적 사삿일이 남았다. 그 일들이 내 뜻대로 마무리될 리는 만무했으나, 찬찬히 따져보니 안 될 것도 없었다. 후딱 해치워야 할 일을 차일피일 늑장 부리고, 마침내 죽어도 하기 싫어하는 내 평소의 고질인 싫증, 좀 더 구체적으로는 염세증, 염인증, 염사증(厭事症)만 차례로 걷어내면 어떤 계기가 닥칠 것이었다. 아무튼 그런 염증에 휩싸일 때면 누군가가, 아니, 공포영화나 스릴러물 비디오 속에서 한결같은 보폭으로 다가오는 범의(犯意)의 시간 같은 것이 나의 머리를 들쑤실 테고, 내 경험에 따르면 그 선의의 폭력은 음양으로 나를 구원의 길로 인도했다. 그것은 흔한 말로 모티프일 텐데, 시 한 편의 완성을 초조하게 기다리는 시간대의 내 심상은 그처럼 다채로운 것이었다. 그러니 나는 그런 심적 동요를 무작정, 아니 마냥 내버려둘 수밖에 없었다. 누구도 내 번민을 모를 텐데, 그들에게 내 안중이 비치기나 할까. 내 몸마저 '남'인데.

예정대로 2박 3일 동안 금강 일대를 답사하는 문학기행 일정이 들이닥쳤다. 그 탐방건이라면 과 학회비도 약간 보조받는 데다 지도교수 박 선생이 알아서 날짜를 지정해줄 터였다. 나는 내심 나야 빠져도 상관없지 않나 하면서도 예의 그 염증이 더위처럼 칙칙하게 달라붙어 있어서 차라리 안 따라가게 되었으면 좋겠다 싶었다. 그런데 석사 과정 중의 후배 몇몇이 자기들부터 좀 편하고 보자며 우정 나를 데리고

안팎에서 시달리며

가고 싶은 눈치였다. 말 심부름이나 하는 그중 하나의 전언에 따르면 박 선생이 "최군은 바쁠걸. 따라나서겠다면 말벗 삼아 나쁠 거야 없겠지만"이라고 함의 많은 언질을 내렸다고 했다. "정 그러시다면 후딱 빨리 갔다 오는 것도 나쁘지야 않겠지"라고 내가 제의했더니, 실증적인 연찬의 관록을 조만히 과시라도 하듯 여름이면 꼭 한차례씩은 유무명의 작고 내지는 현존 문인들의 고향 일대와 문학비 순례를 다니는 당신께서도 이제 그 취미 아닌 현지 탐방에 웬만큼 진력을 내고 계셨던지 "최군은 몸은 하난데 머리가 늘 두 개야. 커스라나 머라나 하는 그 표지 깜박이가 늘 깜빡이고 있어야 덜 불안해 하고, 머 그런 친구야. 좋은 의미로다 농땡이지. 뗑땡이는 그 반대고. 나야 상관없으니 최군이 날짜를 잡도록 하지"라는 무덤덤한 하명을 떨구었다는 것이었다. 성질상 비단 박 선생은 말할 것도 없고 누구에게라도 약삭빠른 꾀보로 보이기는 싫고, 언제라도 "예, 맞습니다"를 일단 앞세우고 나서 내 국량을 내색 없이 따로 장만해두고 살면 이 지겨운 세상살이에서 1등은 못하더라도 그럭저럭 체면치레로나마 3등쯤은 하지 않을까 하는 신조를 갖추고 있으므로 나는 "맞아, 나는 굼벵이야. 공부는 안 하고 시시한 시(詩)나 주물럭거리고 있다는 질책에 타박이야. 모뎀만 후딱후딱 갈아댈 머리가 둘은 고사하고 하나만이라도 제대로 작동하면 얼마나 좋을까만. 다음 주 화요일에 출발하도록 해. 목요일에 돌아오는 걸로 하고"라며 저쪽의 반응을 기다렸다. 일주일에 한차례씩 있는, 자칭 '후학도' 끼리의 자발적인 영어 원서 읽어오기 그룹 스터디에서 복사판 텍스트의 여백에다 물음표를 짬짬이 그려 넣고, 끊어 읽어야 할 관계대명사절 따위에 빗금도 촘촘히 그어대는 후배 하나가 즉각 메신저답게 공중전화 부스 속이라면서 "용덕이형, 하루 늦추지, 이러시는데 요. 중복이 언젠가, 라시면서요. 장마는 피했으면 좋은데 하시고, 사 모님이 외출하셔서 맛도 없는 여름 밥을 사 먹었다고 툴툴대시고"라 는 그쪽의 의중을 띄워 보냈다.

그 의중도 내력이 있었다. 언젠가 홍벽초(洪碧初)의 충청도 땅 어느 골 짜기 생가를 답사했을 때, 멀쩡하던 차창 속의 하늘이 현지에 도착하 니 새카매졌고, 이튿날도 비가 오락가락해서 막상 꼭 볼 데를 못 보고 왔다리 갔다리 다리품만 판 적이 있었다. 그때 못내 아쉬웠던지 박 선 생은 처마 끝에 떨어지는 낙숫물과 물고랑을 번갈아 쳐다보시며 대충 다음과 같은 장광설을 읊조렸었다.

"이번 기행은 완전히 망했네. 언제 다시 한번 와야겠어. 인간의 대 사회적인 언행을 관장, 제재하는 상수(常數)는 기후야. 달리 말하면 자 연이고 환경이고 풍토적 형질이야. 사람이 문학이니 그것은 변수라기 보다도 미지수고. 출신이 숙명이듯이 그 풍토도 강제적인 운명이야. 그 운명에 다들 져. 그것도 굳이 억압 장치라면 틀린 말은 아니고, 완 강한 제도 자체야. 기후야말로 문자 그대로 풍속 그 자체지. 전통은 그다음 문제고. 사계절이 분명하다지만 그 속의 낱낱이 얼마나 다종 다양해, 이루 다 말할 수도 없지. 글이, 문학이 아 다르고 어 다르잖 아."

돌아오는 차 중에서 박 선생은 수강자가 나 혼자밖에 없는데도 강 의를 계속했다. 곧 그래서 북방 문학은 대체로 음침하달까 침울하다, 차라리 반로코코적이기도 하다. 말하자면 춥지만 길고 긴 밤과 훤한 밤밖에 없는 그 기후조건이 국민문학의 기질을 강제한다, 이쯤 되면

안팎에서 시달리며

그것은 이미 상당한 변수의 차원을 넘어서 있다. 그 예증은 숱하지만 간추려보면 이렇다. 남방 문학은 가지 많은 나무처럼 허구의 용량이 풍부한 만큼이나 부실하다. 하지만 그 풍성한 양이 중층적이고 중복적이라서 질적 개선을 담보한다기에는 무리가 있다면 북방 문학은 양적으로는 비록 단조로우나 질적으로는 짙고 깊다.

"예, 맞습니다"라든지, "과연 그런데요"라든지, "도스토옙스키도 전반적으로 그렇지요. 톨스토이는 또 오죽 심합니까, 신을 경배하기 전에 이빨로 물어뜯어 놓고 눈물을 흘리고 그러는 것 같애요" 따위로 내가 맞장구를 치자, 박 선생은 차창 밖의 짙푸른 녹음과는 동떨어진 예라서 과연 그럴듯한지 어떤지 헷갈리게 하는 자기도취적 열강을 쏟아 놓았다. 휴강은커녕 묵언의 미덕을 발휘할 줄 모르는 다변이 박 선생의 유일한 단점이었다.

"한대(寒帶) 문학은 허구 구축에 아주 저돌적이야. 참고로 말하면 뉴욕은 북위 42도, 런던은 52도, 파리는 49도, 베를린은 53도, 모스크바는 56도야. 한반도의 가운데 토막 북위 38도보다는 다들 춥고 쌀쌀하고 축축한 한대지. 춥고 길고 긴 밤에 오죽 생각이 많겠어. 잡념이 온 밤 내내 득시글거릴 거 아냐. 그 치열한 자기 상상, 자기 허구, 자기 거짓말에만 매몰, 머리를 파다 보면 그 조작의 실물이 눈앞에 얼쩡거리지 않겠어? 그렇고 말고, 보일 거야. 결국에는 그 환상을 아예 행동으로 실천해버려. 운명을 스스로 만들고 비틀어버린다니까. 보다시피 온대나 열대에서는 닥치는 대로 고분고분 살아가잖아. 반면에 추운 데서는 행동반경의 자연적인 제한에 대한 유전적인 평소 원망을, 반발을 터뜨리고 마는 거지. 그게 사실은 인간의 원형에 더 가까울지도 몰라. 원시 상태나 미개 사회가 그랬을 테니까. 문학이 별건가, 인간의, 자연의 본질에 가장 근사한 걸 좇고 그 근원을 찾는 거 아닌가. 아무튼 저쪽은 그게 일이야. 일이 별거야, 다 그런 허망한 짓거리지. 자신의 거짓말, 상상이 현실과 그럭저럭 타협하는 걸 용서하지 않아. 그래서 가탁(假託), 거짓 핑계지, 그것에 매달려 진지하게 버둥거리는 거야. 좋은 예가 있어. 포템킨은 제 허위 보고를, 물론 새빨간 거짓말이지, 그걸 실천하려고 사람까지 잠시 살게 만든 거대한 유령의 도시 하나를 뚝딱 건립해버렸어. 대체로 엉터리들은 지독한 독종들이기도 해서 그 황당한 거짓말을 믿고, 그 마약에 취해 버린다니까. 쉬운 말로 인간이란 동물은 그 알량한 머리를 굴린답시고 그 허무맹랑한 상상의 노예로 기신거리며 살아가는 꼴이야. 얼마나 무서워. 히틀러도 마찬가지야. 모조리 죽였잖아. 사람이 유령인데 머. 여제(女帝) 예카테리나 2세가 그 뻔한 거짓말을 몰랐겠어? 알았지. 그래도 그 엄숙한 광신도 같은 작자를 계속 중용했어. 그게 뭐야, 소설 같은 세상이야? 천만에, 세상을 허구로 만들어 보인 거야. 해프닝치고는 기가 막히지. 그게 희대의 사기극이었다거나 멍청한 아부였다는 평가는 역사가들의 저속한, 아주 단편적인 안목일 뿐이야. 엉망진창의 한 시절이었다는 판단도 유치한 세계관이고. 이성? 이성은 의사(疑似) 현실보다는 언제나 한 발자국 늦게, 아니 한 세대나 뒤처져서 세상을 반쯤 읽고 나서도 잘난체한다고. 문학도 그 가소로운 상상에 일정하게 아첨이나 떨어대는 장르고. 물론 그 장르 감각을 개발한 사유의 치적은 과장 없이 평가해야겠지."

후배들이 나를 굳이 이번 여름방학 답사 여행에 데리고 가려는 저의는 주저리주저리 엮어대는 박 선생의 그 천의무봉(天衣無縫)한 박학다식에 적당히 맞장구칠 소양이 "잘 알다시피 우리는 아직 일정하게, 부분적으로 너무 무식하잖아요"라며, 나에게 얼렁뚱땅 그 면책 특권을 떠넘기려는 수작인 셈이다. 그러니 박 선생의 스트레스 해소용 문학기행에 대한 당신의 알찬 속셈 따위는 가타부타할 것도 아니었다. 나는 즉각 "좋도록 해. 언제라도 가시려는 모양이니. 아예 너희들이 적당히 둘러대고 날짜를 잡아버려. 차편도 예매했다 그러고. 그러면 어영부영 나서시게 돼 있어"라며 나의 속셈을 전화기 속에다 디밀어 넣었다. 나처럼 매사에 우물쭈물 주춤거리는 게 능사인 위인을 다루는데는 우격다짐이야말로 직방인 것이다. 대학이란 데는 지식의 전수보다 그런 요령을 익히는데 꽤 기여도가 높다고 할 수 있을지 모른다.

8월 첫째 주 목요일 밤 아홉 시쯤 강남 고속버스 터미널에 떨어진 나는, 2박 3일 동안 주로 채만식의 불운한 생애와 소탈하나 그만큼 결곡했던 듯한 성격과 이상(李箱)보다는 여전히 상대적으로 과소평가 받는 그의 독자적 문학세계에 대해 너무 많이 떠들었다고 여기시는지 쭈뼛쭈뼛하는 박 선생을 앞세우고 성큼성큼 택시 정류장의 가드레일 길을 줄여갔다. 이윽고 박 선생은 어깨걸이가 달린 조그만 여행용 가방을 열었다. 이어서 그 속에 든 가죽 지갑을 꺼냈고, 수북한 만 원권 갈피에다 엄지와 검지를 집어넣어 지폐를 일일이 헤아린 다음 빼내 내 손에 쥐어주었다.

"뒤풀인가 먼가 할 거지. 술 멕이고 들어가."

"너무 많이 주시는데요. 이것 다 마셨다간 쟤들 오늘 집에 못 들어갈 텐데요."

"술값 모자란다고 술 안 먹을까. 추렴들해서 마실 텐데. 여행은 역시 밤에 떨어져야 완성이 되는가 봐. 목적지란 게 늘 캄캄하지. 심리적으로."

"역시 그런데요. 그럼 저희들은 자정 전까지만 마시고 흩어지겠습니다."

"그래, 그렇게 해. 후딱 해치워버려, 자네 학위 논문 말이야."

"아, 예, 쓰긴 써야겠는데…"

"알아서 해. 모뎀을 바꿔치기하면 된다면서?"

"쉽지 않아서요. 워낙 멍청해서요."

"그걸 즐기면서 뭘 그래, 안 그런가? 그럴걸 아마."

"실은 그렇습니다."

"잘 쓰려고 아득바득 설치지 마. 잘 쓰려면 끝이 있나. 잘 써놓으면 공연히 교만해져서 뒤가 물러빠진다고. 그 역(逆)이 바보 같아도 갈수록 뒤가 딴딴해지는 경우가 많아."

"예, 맞습니다. 하루 이틀 하다 말 것도 아닌데요 머."

택시가 느릿느릿 고전적으로 다가와서 멎었다.

"내 차롄가 보군. 가네, 수고했네."

"예, 편히 가십시오. 일간 날 잡아서 한번 찾아뵙겠습니다."

박 선생이 택시 속에서 손을 게으르게, 거짓말을 일삼는 영화 속의 조연 배우처럼 들어 보이며 말했다.

"그래, 와, 끼니때 맞춰 와. 밥을 혼자 먹으려니 영 맨숭맨숭해서 말이야."

관례적으로 떨구고 가는 박 선생의 여행 경비를 우리는 술값으로 몽땅 써버려야 했다. 빠질 친구들이 있을 리 없어 열댓 명의 뒤풀이꾼을 몰고 나는 신사동의 어느 대형 호프집으로 들어갔다. 아직도 남의 말을 전적으로 머리로만 받아쓰기하는 데 매달리는 동아리들이라서 말들이 많았다. 그 말들은 뻔한 수다성 재담이거나 아니면 정보로서도 별다른 게 아닌 것들이어서 귀담아들을 만한 게 없었다.

그 자리에서 나는 두 가지쯤의 정보를 동아리들에게 들려주었던 듯하다. 첫 번째 정보는 이런 것이었다.

누군가가 당돌하게 물었다.

"형, 이번에는 논문 쓰는 거야? 나이도 과년한데 미룰 게 따로 있지."

나는 기다렸다는 듯이, 그러나 흡사 남의 말 하듯이 주섬주섬 주워섬겼다.

"못 쓸걸. 안 쓰게 되든지. 머리가 너무 시끄럽고 사나워서 말이야. 다행히 박 선생님이 먼저 알고 계셔서 한시름 놓았어. 천리안처럼. 대어를 한 마리 낚은 기분이야. 홀가분하달까. 이번 문학기행의 수확물이야."

그제야 이번 여행에 따라나선 내 속내가 비로소 실물 같은 것으로 눈앞에 차올라서 나는 나른한 만족감에 휩싸였고, 술맛도 좋아졌다.

말이란 역시 편리한 자기 확인의 도구였다. 두툼한 생맥주잔들이 나무 탁자 위를 미끄럼 타며 이리저리 선을 그어댔다. 앞으로 그렇게 될지 어떨지 나 자신도 감히 예상할 수 없으나, 밥도 안되는 시작(詩作)과 그 이론 공부에도 좀 더 다부지게 매달려보면서 소설도 쓰고, 밥은 현대문학, 그중에서도 소설론과 문학사 전공자로서 어떻게 해결해보려는 내 궁심이야 웬만큼 알려져 있으므로 나는 뚱하니 이것저것을 생각하는데 바빴고, 그동안 질질 끌려다녀야 하는 나의 비속한 처세랄지 푼수 같은 게 적잖이 한심스러우리라는 상상도 새삼 뒤적거렸다. 한편으로 그런 자의의 유예기간을 무한정 늘리고, 무작정 즐길 수 있다면 얼마나 좋을까 하는 꽤 뿌듯한 망상도 일궜다가는 지우곤 했다.

그쯤에서 현대시를 전공하겠다는 동아리 하나가 틀림없이 나를 의식하고 내놓은 화제 바꿈이었을 텐데, 시의 길이는 이미지의 착상 때 또는 그것의 발효 내지는 숙성 중에 대충이나마 결정되는지, 아니면 시작(詩作) 중에 전혀 엉뚱한 이미지들이 얼기설기 끼어들어 고무줄처럼 늘어났다 짧아졌다 하는 것인지 알 수 없다는 말을 풀어놓았다. 요령 없이 너덜너덜 늘어놓은 그의 말을 뭉뚱그리면 대체로 그런 것이었다. 당연히 요긴하지도 않은 화제라서 성급한, 그러나 듣기에 따라서는 제 일가견을 나름대로 그럴듯하게 포장한 의견들이 설왕설래했다. 화장독 대신에 공부독이 얼굴에 덕지덕지 껴묻어 당분간 어쩔 수 없이 시집가기를 잊어버린 체해야 하는 후줄근한 차림새의 과년한 여학생 동아리 서너 명은 피곤하다는 핑계로, 적어도 그래야만 그나마라도 간신히 붙어서 대롱거리는 여성스러운 체취를 은근히 내비치면서 어차피 빨리 일어서야 할 자리라는 듯이 그 별쭝맞은 화제를 짐짓 무시하고, 저희끼리 이번 문학기행 경험담 같은 것을 주거니 받거니 하기에 바빴다. 어울리지도 않는 딜레탕트들이기는 그쪽이나 이쪽이나 다 마찬가지였다.

그때 내 주위에서 들려오던 분분한 의견들은 다들 고만고만한 신소리들이어서 안 들어도 그만이었다. 하기야 명색 공부독을 자진해서 머릿속에다 꾸역꾸역 채우고 말겠다는 우리 동아리들은 남들의 최대 관심사나 전공쯤은 일단 피상적으로 듣고, 또 피상적으로나마 이해하는 체하고, 남의 중뿔난 의견을 피상적인 소리라고 내두르는 시건방 같은 것이 몸에 배어 있어야 각자의 체신이 한결 돋보인다는 일종의 시식잖은 신드롬에 젖어서 살아간다. 술자리에서는 특히나 그러했고, 그때 나도 그랬다. 그렇긴 했어도 그 문제야말로 내게는 적잖이 심각한 질문이었고, 어떤 식으로든 내게 잠정적인 해답을 요구하는 화제였다. 모르긴 하나 그 질문은 기억력, 상상력, 사고량 전체의 활달한 동적 기운이랄지 그 자극이 얼마나 집중적으로 지속할 수 있는지, 또 한 시작 중에 거의 자동반사적으로 분출하는 시인 자신의 모든 앎, 예컨대 그가 동원할 수 있는 언어량, 비유능력, 그 어휘들이 불러일으키는 감응의 가감승제에 대한 적절한 통제력 같은 것을 묻고 있는 것이었다. 물론 그 밖에도 시의 길이를 결정하는 요인들은 이미 이 세상에 널려 있는 시 편수만큼이나, 또 앞으로 쏟아질 시 수량만큼 많을 수밖에 없을 것이다.

시의 길이라니. 시에는 글자 수효는 있을지 몰라도 길이가 없다. 한 행, 한 연의 다종다양이 그 점을 증거하고도 남는다. 물론 질문의 핵심이 거기에 있지 않음을 고려하더라도 그렇다. 가령 시 한 편의 완성도를, 그 미적 가치의 순정도를 높이기 위해 줄변덕 심한 시인이 어디쯤에서 시어를 재단해야 할지는 그때그때 달라질 테지만, 그 최초의 모티프가 언어 고르기 중에서 문득문득 이탈, 변동, 반전, 재생/환생을 되풀이한다는, 개인에 따라 정도의 차이는 있겠으나 경험해본 사

256

람이면 누구나 아는 일반적인 고충이 따른다. 또한 이미지야 아무리 잘게 쪼개봐야 시인 자신의 지적, 정서적 충격파일 수밖에 없겠으나, 그 유동감을 올곧게 욱여넣기가 운문의 특성상 커다란 압력 장치로 기능한다는 본질적인 문제까지 보태진다. 자유시일 경우는 그 말이 많은 용적량을 보더라도 더 말할 나위도 없다. 한시(漢詩), 시조, 일본의 단가 등은 그 정해진 자수(字數)가 당대의 장르 감각을 떠올리게 하는 다소 예외적이며 편한 제도일 수 있다. 일단 그 단정한 제도에 안주할 수밖에 없다는 일종의 선험적 방법론이 확고하게 제시되어 있으니까, 그 제도에 길들어지는 게 아니라 그 약속만 지키기에 골몰하면 되니까.

하여튼 시의 길이가 어떤 과정을 밟아 결정되는지는 나에게 여간 착잡한 문제가 아니었다. 모르면 모른다고 할 수밖에 없다. 그러나 모른다고 할 수 없는 경우도 많아서 싱거운 말로 에두를 때도 없지 않다. 그래서 내가 그동안 나름대로 많이 생각도 해보고, 시집과 명색 에세이 묶음을 세 권 이상 묶어보기까지 한 경험에 따라 내린 나의 임시적인 해답을 아무렇게나 풀어놓았다.

"몰라 난. 화폭의 크기가 언제 정해지는지, 비교급의 대상이 아닐지 몰라도 그걸 상정해보면 의문이 좀 풀릴지 몰라. 하기야 그림 틀은 미리 짜놓고 덤빈다고 하지만. 시를 즐길 줄 아는 사람이라면 시 길이야 대수겠어. 상상력, 기억력, 사고력이 평균치 정도는 되어야 제대로 즐길 수 있을 테고. 다 책에 그렇게 씌어 있어. 즐기기에 딱 좋을 만한 평균치 길이는, 쓸데없는 많은 논란 끝에 도출될 수도 있을 테고. 벽화 같은 건 논외로 치든지 장시와 맞먹는다고 바꿔치기하고 말이야."

즉각 삿대질에 가까운 질문과 해석들이 쏟아졌다.

"그러면 인간의 평균치 시 향수력을 고려해서 거기에다 끼워 맞춰 쓴다는 소리야 머야? 말이 되나, 안 될 것도 없나?"

"즐기면 외울 수 있어야 하는 거 아냐? 한 구절만이라도. 전문가도 그림을 다 볼 수는 없잖아."

"그러니 그게 구체적으로 어느 정도 길이라는 소리야? 자수까지 따질 수는 없다고 하더라도 행수나 연수는 대충이라도 있을 거 아냐?"

"암기력과 기억력은 달라. 암기력은 사지선다형 문제풀이에나 필요한 한시적인 능력에 불과해. 다분히 요령 위주의 입시용 용어야. 기억력은 충격의 정도, 이해의 범주와 긴밀히 상동할 거고."

"즐긴다는 말은 어디로 도망가고 암기력, 기억력 같은 것만 설쳐. 외울 수 있다는 말을 축자적으로 해석할 것까지는 없다는 소리 아냐?"

"시의 길이를 결정하는 관건이 머냐는 주제어는 어디로 슬그머니 새버렸어? 도대체, 우리 말이 이렇게 어렵다니까."

"시 한 편을 얼마나 제대로 이해하느냐는 것은 시 길이와는 별로 상관도 없을 것 같은데."

"상관이 없다니, 엄청난 상관이 있지. 이미지를 어떻게 잘 살리느냐는 것과도 상관이 있는데."

"막연한 소릴 걸, 아마도. 이미지가 머야? 분수에서 분모는 분자가 있음으로써 제 구실을 다하는 거 아냐?"

"그게 분수의 정의야, 얘는 늘 뻔한 소리만 한다니까."

"김현 시학에서는 시적 긴장이 안 풀어진 정도까지만 인정해. 대체로 말해서 그래. 그렇게 읽었어."

"그건 식별론이잖아. 가타부타의 방법론이기도 하고. 시적 긴장? 그걸 좀 한정해줘 봐."

"어떻게 결정되냐고, 시의 길이가? 대단히 중요한 분자를 빼먹고 있는 것 같아."

"또 뻔한 소리. 그럼 중요하지 않은 분자도 있어? 분자는 크기의 정도만 한정할 뿐이지 비중을 재는 척도는 아니라고."

"그게 그 소리 아냐? 도대체 비중이 뭐야?"

"몰라 난. 네가 그걸 몰라서 물어? 얘 어깃장에는 당할 재간이 없다니까. 사전 찾아보고 공부해. 그런 뜻이야 사전에도 안 나오겠지만. 분수가 뭐야, 그냥 분수지. 더 쪼개봐야 아무 뜻도 없는 음소 같은 걸 가지고 얘는 공연히 심각한 체 골머리 때리는 소릴 지껄인다니까. 그런다고 네가 똑똑한 줄 알아서는 큰코다친다고, 명심해."

"왜 시비야? 몰라서 묻는데. 남은 말도 제때 못해? 저만 잘났어?"

"도도야, 도도."

"맞아. 둘 다 또또야, 또또."

'또또'는 우리 동아리들 사이에서만 통하는 은어로서, 뻔한 소리를 지껄이는 바보를 뜻한다. 이 은어가 그럴듯함은 그 겹접속조사의 음가(音價)도 제격인데다 17세기 말경 지구상에서 완전히 멸종한, 이미 날개마저 꽁지처럼 퇴화해 있었다는 칠면조 크기의 큰 새 '도도(dodo)'가 속어로 쓰일 때는 바로 얼간이를 뜻하기 때문이다.

우리의 술자리는 대개 그런 식으로 끝나게 되어 있었다. 제 몫을 챙기려고 기를 쓰는, 그러나 제 혼자로는 거의 반 사람 몫도 못 해서 한 사람 이상의 누군가가 한몫을 보태야 정수가 되는, 그런 의미에서도 자잘한 분수들이 어느 때 어떤 자리에 뒤섞여 있다 하더라도 도토리처럼 제 개체만은 확연히 드러내는, 그리고 그것들이 딱딱한 제 껍질과 몸통만 믿고 얼마든지 티격태격하더라도 상처가 안 나기로 되어 있는 세계.

당신의 차비, 밥값, 숙박대조로 떨구고 가신 박 선생의 도리성 늘품비가 3만 몇천 원인가 남았기 때문에 일고여덟 명이 이번에는 포장마차 속으로 우르르 몰려갔다. 가락국수 세 그릇, 소주 두 병, 생꼴뚜기 두 쟁반을 시켰다. 어딘가 착한 상이군인같이 생겨 먹은 포장마차 주인은 제 여편네 곁에 전봇대처럼 붙어서서 가락국수 위에다 김, 고춧가루 따위의 양념을 흩뿌렸다.

"더럽게 질겨빠졌지?"

"비닐이야 비닐. 카피 식품인가 봐. 쫄면도 이렇지는 않아."

"굵거든 연하기라도 하고, 가늘거든 씹히기라도 하든가."

"그게 말이 되나? 넌 문학적 재능이 거의 백치에 가까워. 비평이나 좋아해라."

"안 통하는 말을 그럴듯하게 하려고 아까운 시간, 돈 낭비하며 술 처먹고 공부나 하잖아."

"씹지도 않으면서, 쉬이, 들어."

"속만 일단 일정하게 채우는 거야. 음식으로서가 아니라 돈으로 말이야. 그게 자본주의 생리야. 본전 생각이 나거든, 누구에게나. 그렇게 돌아가는 거야."

쉴새없이 빨아들이고 있는 가락국수도 시처럼 끝이 있었다. 학부

때는 '이슬'이라고 했던 소주가 잔마다에 철철 흘러넘쳤다. 토막 친 생꼴뚜기가 새빨간 초고추장 속에서 꿈틀거렸다.

"밤이슬에 젖자."

"저기 24시간 편의점에 갔다 와. 캔맥주로 사. 길에서 마시지 머. 저 새끼 또 토하네. 쟤는 토하면서 울지도 않는다, 그게 전공인가 봐. 아주 상습범이야."

"왜 이렇게 더워. 아, 지독한데."

"한여름이잖아."

"밤인데도?"

"그러니까."

"또또야, 또또. 여름에 덥다는 말이 말 돼? 무덥다는 말은 다소 말이 돼, 조금 한정하니까."

"그걸 누가 몰라. 너야말로 전형적인 또또야. 토톨로지 좋아한다."

"말과 글이 결국 또또지 뭐야."

"그건 맞아. 문학이 또또 중의 또또인 건 엄연한 사실이야."

"아니야, 틀렸어. 문학에는 또또의 비중이 상대적으로 너무 높아. 가분수처럼. 다 비슷비슷한 말로 생색을 낸다고 난리잖아. 그러니 사기야. 수용과정에서 서로 봐주기로 속닥거리기를 맞춘 속 보이는 사기 행태라고."

"야, 그래도 그거 없어봐라, 사람이 얼마나 비참하겠냐. 짐승이 왜 불쌍하냐? 지지배배만 하니 그렇잖아. 사람은 남이 한 말을 다른 자리에서 퍼뜨리려는 속성이 있어. 그 자기 자랑 중 다소의 자기 말 접붙이기로 그나마 덜 시끄럽고 덜 서글퍼져. 이른바 변주 능력이지. 많이 아는 사람일수록 남의 말을 제 언어처럼 함부로 도용, 남용, 오용, 악용해서 탈이고 수선스럽지만."

"그건 원칙론이잖아. 지금은 질적 수준을 말하고 있어."

나는 본전 생각 때문에 지루하기 짝이 없는 비디오를 끝까지 지켜보는 시청자의 심정을 잘 안다. 아무리 좋은 비디오라도 나는 다시 감상하지는 않는다. 다만 기억해두고 싶은 장면은 그 자리에서 테이프를 되감아 보는 경우가 더러 있긴 하지만, 그런 좋은 장면을 만나기도 쉽지 않고, 그것도 두 번만 보면 '역시 문학보다는 너무 쉽고, 만만한 아첨이 심하다' 라는 생각을 뿌리칠 수 없다. 나는 분수들을 당분간 내 시야에서 걷어내고 싶었다. 그래야 이무렇게라도 쓰라는 논문 작성에 전격적으로 달려들 수 있지 않을까 싶었다.


3


두서없는 글을 손쉽게 작성하기에는 그야말로 환상적인 사무실용 286 퍼스널 컴퓨터를 나는 거금 55만 원에 샀다. 믿어야 할지 어떨지 모르지만, 청계천의 한 전자상가 점원의 말에 따르면 돈 잘 버는 어느 회사에서 모든 직원에게 신형 컴퓨터로 바꿔주느라고 수십 대가 한꺼번에 쏟아져 나와서 싼값에 판다고 했다.

그거야 어떻든 부지런히 남의 글을 긁어모으는 이른바 패스티시로서의, 또 그 말뜻을 베끼기로만 한정해서 쓸 때의 패러디로서의 글쓰기에 아주 안성맞춤인 286 퍼스널 컴퓨터가 없었더라면 나는 소설 같은 잡스러운 장르에 달려들 엄두도 내지 못했을 것이다. 그러니까 피시가 내게 소설을 쓰도록 강요한 게 아니라 그 기능을 익히기 위해 평소의 소원이었던 소설 쓰기에 달려든 셈이다. 아직도 화면에다 문장을 새기기가 어색하고, 원고지처럼 또는 볼펜처럼 만만하지 않지만, 무조건 글자 '찍기'에 몰입할 작정이다.

그래서 그날 밤의 내 분수(分數) 같은 삶도 입력해두었다. 헷갈릴지도 몰라서 파일 목록으로 '속물 수업기'라고 붙인 산문의 내용은 다음과 같은데, 보다시피 어떤 '의미'를 곧이곧대로 이뤄가면서 글을 쓴다기보다는 너스레를 늘어놓는 구실을 피시의 기능과 흰 화면이 자꾸만 방조, 부추기는 것 같다.

↓

택시를 주워 탔다. 내게도 속물로서의 버릇 같은 게 있다면, 택시, 전철, 버스, 기차 같은 공공장소에서는 반드시 정색하고 점잔을 빼려고 짐짓 애쓴다는 점이다. 점잔과 과묵이야말로 남으로부터 나를 지키는 보호색이라도 된다는 듯이.

현관문의 자물쇠를 따려면 두 개의 열쇠를 번갈아 쑤셔 박고, 위의 것은 왼쪽으로 돌려야 하고, 아랫것은 시곗바늘 방향으로 비틀어야 한다. 헷갈리기 꼭 좋아서 매번 건짜증이 일어난다. 흔히 위엣것이나 아랫것 중 어느 하나만 불규칙적으로 닫아버리므로 오늘은 어느 쪽을 잠갔을까 하는 신경질적인 점치기를 잠시 해야 하고, 언제나 어떤 열쇠를 돌리더라도 오히려 닫혀버려 아내의 그 무신경한 기교 같은 잠금 술수에 울화통을 터뜨려야 한다. 아마도 그 잠금장치를 풀 수 있는 경우의 수는 네 가지뿐일 텐데, 나중에는 위엣것과 아랫것을 돌리는 방향도 헷갈리고, 둘 다 잠갔나 하는 추측도 일어서 매번 그 해법이 여덟 가지 이상인 것 같다. 이른바 살림이란 것은 이처럼 불편한 해법

안팎에서 시달리며

찾기일 수 있다.

이런 짜증스러운 일상 앞에서는 해방 직후 세대이며 나의 은사이기도 한 문학평론가 김모 교수가 들려준 걸쭉한 일화가 늘 생각난다. 곧 이 세상을 살아가는 방법은 딱 두 길밖에 없다. 하나는 방사(房事) 중에 두루미 같은 조류만 잔뜩 새겨놓은 수틀 병풍이 넘어져서 흥을 깨버렸을 때, 만날천날 똑같은 소리만 짹짹거리는 새들도 우리 내외의 운우지정을 시샘하나 라며 어이없어하는 틀거지고, 다른 하나는 말도 못하고 지지배배거리는 새들조차 남의 구들목 농사까지 훼방 놓으니 살맛이 나나 라며 시큰둥해하는 몰골이다. 나는 열쇠 구멍을 찾을 때부터 단연 후자 곧 비관론자에 속한다고 우기며 오만상을 짓는다.

간신히 현관문을 따고 들어가자 그제서야 화장실 문이 슬며시 열렸다. 환한 불빛을 등진 시커먼 실루엣이 뻣뻣이 서서 입속에 거품 문 어눌한 목소리로 지껄였다.

"깜짝이야, 초인종을 누르지 않고."

분명히 술기운 탓일 텐데, 나는 잠시 그 두 마디의 말뜻을 뒤적여 보다가 놀란 기색도, 살가운 내색도 전혀 없는 건성의 말투일 뿐이며, 그런 말버릇이 계집스러운 것이라면 '말도 같잖다' 라고 속으로 되뇌었다.

핫팬츠 차림에 헐렁한 티셔츠를 입은 아내는 머리에 분홍색 세수수건을 터번처럼 둘둘 말아 덮어쓰고 칫솔질을 해댔다. 언제나 신기할 정도로 치약 거품을 입가에 묻히지 않는 그녀의 칫솔질 솜씨는 재빠르다. 그 일종의 기술은 우리가 우이동의 어느 캄캄한 길목을 술에 취해 헤매다가 기어들어 갔던 한 여관방에서의 이른바 첫날밤을 상기시켜준다.

"여기가 어디쯤이에요? 시내 쪽으로 가고 있는 거예요? 아까 그 시커먼 솔밭은 머야? 우리 동아리 다 어디 갔어요? 방학동 야학 현장은 정말 오늘로 쫑치는 거야 머야? 망할 것들, 그 버스 여차장들이 너무 불쌍하잖아요, 그렇잖아요? 그 처녀들이 어디 가겠어, 뻔하지. 차장이란 직업이 없어지는 시대가 과연 옳은 세상이냐고. 최 선배, 말 좀 해봐. 말 안 하면 비밀과외 한다고 고발할 거야. 공갈이 아니라고. 세상이 아무리 빨리 돌아간다고 해도 어제까지 멀쩡한 직업 하나가 없어지는 건 말도 안 되잖아. 우리가 지금 산업혁명 시대에 살고 있나. 망해야 해. 망하자고, 깡그리."

나에게 지금도 그녀에 대한 환상 같은 게 한 가닥 남아 있다면 그날 밤 욕조 바닥에 골뱅이, 라면, 오징어포 따위가 잔뜩 뒤섞인 구토물을 연신 토해 붙이고 나서 눈물을 글썽이며 칫솔질을 두 번씩이나 해대던, 그때도 치약 거품을 입 밖으로 드러내지 않던 도발적인 그 기술이다. 그 일종의 생활 습관은 지금도 가끔씩 아련한 추억과 함께 구겨진 성 충동을 그나마 곧추세우게 한다. 성관계의 추억 파먹기에서는 남자가 여자보다 더 끈질긴지 어떤지. 혼자서 길을 잃을까 봐 무서워 여관방으로 따라 들어왔다던 그녀의 말이 이른바 소설의 세목으로서 얼마나 설득력이 있을지 나는 잘 모르지만, 작은 재료일 것은 분명하다.

"방금 들어왔어?"

입 안에서 물을 쿨럭이는 소리가 들렸다. 칫솔질 후 뱉어내는 그녀의 입 부심 물은 거의 투명에 가까운데, 잔뜩 묻힌 치약을 반 이상 삼키는지, 아니면 어떤 액체를 묽게 바꾸는 체질적 기능이 남다른지 알 수 없는 일이다.

"한 시간쯤 전에 들어와서 이때껏 누워 있었어. 부서 회식이 있었거든. 나 끈적끈적해서 샤워해야 하는데, 먼저 할래요?"

"먼저 해. 정리할 게 있어."

"뭘 정리해? 정리할 거 없어요. 이삿짐센터에 맡길 거야. 알아보는 중이에요. 손대지 말래. 뭘 서둘러요? 우리 이사 가고 싶을 때 떠나면 되는데. 도배야 하루 만에 끝내줄 거고."

"알았어. 머리를 정리하려고 그래."

"머 골치 아픈 일 생겼어요? 누구랑 말싸움했어?"

"그런 거 없어. 여행을 어떤 식으로든 완성해놓아야 하잖아. 나 혼자서. 답사 여행일망정."

"여행을 혼자 완성해? 그 말 한번 재밌다. 누가 문득 빚어낸 말솜씨야, 박 선생님이?"

"몰라, 그런가 봐. 나 지금 좀 바빠."

"알았어요. 전화기 메모리 틀어봐요. 학생들이 다음 주 과외는 쉬재요."

쉰내가 풍기는 옷가지와 양말, 수건 따위를 챙겨 다용도실로 가져가서 열어놓은 세탁기 속에다 집어넣었다. 세탁기 속에는 망사 브래지어와 비누 거품 같은 팬티가 여러 개씩이나 다른 겉옷 위에 방만하게 널브러져 있었다. 곧장 큰방으로 들어갔다. 침대 위에는 아내가 방금 벗어놓았을 외출복, 서너 종류의 패션 전문잡지, 세금계산서와 전산으로 찍은 영수증 등과 비시 카드 등의 뿔딱지들, 수첩, 파카 볼펜 따위도 잔뜩 지저분하게 널려 있다. 아내는 외출 후 돌아오면 가방을 까뒤집어 정리하는 버릇을 까먹는 법이 없다.

전화기 버튼을 눌렀다.

"선생님, 저 기호데요. 다음 주 영어, 독어 과외 수업 둘 다 쉬었으면 좋겠어요. 전 가기 싫은데 집에서 곽에 바캉스 가는데 자꾸만 따라가재요. 아빠가 이번 여름휴가가 우리집으로서는 마지막 가족 피서 여행이래요. 영재네도 그러나 봐요. 선생님, 그럼 다음다음 주에 봬요. 아, 이건 실순데, 전 지금 애 기호네 집에 와 있어요. 안녕히 계세요. 됐어? 응, 너 전화 녹음 처음 해봤어? 최 선생님 전화하기 되게 싫어하지? 응, 똥폼은 아닌 것 같아. 야, 야, 그거 빨리 꺼. 이쪽으로…"

얄팍한 여행용 색은 홀쭉하니 비었다. 그러나 머릿속은 꽉 찼다. 써 잘 데 없는 감정의 찌꺼기가. 가분수처럼. 이사를 앞둔 이 집에서 내 몫은 분명히 진분수일지도. 책걸상, 피시, 논문을 쓰는데 필요한 3백 권 안팎의 책들, 커피포트, 전화기 등은 내가 옮겨야 할 것들이고, 일인용 침대, 철제 옷걸이 따위는 사야 할 것이다.

적어도 6개월, 길어야 1년간 논문 제출을 유예받았다. 자발적인 기피이므로 굳이 아내에게 알릴 필요도 없다. 비밀이 아니라 위장으로. 바라고 바라던 거짓 핑계로서의 삶과 시간. 장차 그동안을 씨가 닳도록 충분히 활용할 마음의 준비는? 역시 미지수다. 이때껏 무시로 치렀던 성교의 타율적인 자중. 그 방사(放射)의 수위 조절은 불가피하다. 물론 아기 우유병 젖꼭지 같은 콘돔 대가리를 향한 한계적 방사지만. 한 지붕 아래서 거의 독수공방하다시피 사는 장모의 어두운 체하는 잠귀와 모른 체하는 눈치에 늘 신경을 곤두세우고. 아무리 합법적인 혼인 관계를 들먹인다고 할지라도 이건 좀 색다른 개인적인 욕구를

안팎에서 시달리며

성취하려는 준별거 형태니까.

세포 같은 내 작업실이 아무리 치외법권 지역이라 할지라도 보이지 않는 아내의 감시로부터 무한정 자유로울 수는 없다. 내 삶을 최대한으로 단순하게 꾸리려는 규칙으로서 일주일에 두 번씩, 곧 월요일 아침과 목요일 아침에 속옷을 갈아입고 있으므로 그날 전후에 내가 봉천동 처갓집으로 행차하여 묵는다는 일상은 서로가 묵인한 상태다. 그러니 일주일에 사나흘 정도만 처갓집에서 자버리면 된다. 남의 눈을 기이는 한때의 허랑한 '빨갱이'나 마작 노름꾼들처럼. 또는 요즘의 주말 부부나 실험실 지킴이 같은 자연과학도처럼.

장인 영감도 주말의 사흘 밤을 조강지처 곁에서 자고, 월요일 새벽에 모시러 온 검은 승용차에 몸을 싣고 54홀 골프장 신축 현장으로 출정한다. 어김없이 임지를 지킨다는 점에서도 그는 여전히 군인이고, 수많은 장비와 인부를 재량껏 부린다는 점에서도 얼굴마담 격인 회장 직위는 그이의 군인 기질과 걸맞다. 일요일을 두 늙은 양주와 코를 맞대고 보내기는 끔찍한 고역일 것이다. 두 과목의 과외 수업 중 어느 하나를 일요일 오후로 옮겨볼 생각을 챙긴 것도 이번 여행의 작은 성과다.

인감도장처럼 멋을 부려 당신의 말을 수강생에게 깊이 새기려는 백발의 박 선생은 차 중에서 지나가는 말투로, 그러나 알 것은 꼭 알아두어야겠다는 조로 슬그머니 물었다.

"자네 요즘도 과외 지도 맡나?"

라면을 끓여 먹고 버티는 한이 있더라도 과외 지도 같은, 애들 코 묻은 돈 버는 짓일랑 제발 걷어치우라는 당신의 세상 물정 모르는 지론을 진작부터 잘 알고 있는 터라 나는 곧이곧대로 실토하기가 머쓱했다. 그러나 모르는 게 없는 박 선생의 의중을 눈가림으로라도 얼렁뚱땅 피해 가기는 만만치 않았다. 당신의 연구실을 낮 동안 꼬박 지키는 전화 당번 겸 그 연락책인 조교에게 물어보아도 알 테고, 그놈이 우물쭈물 둘러대도 금방 들통이 날 테니까. 그렇긴 해도 박 선생은 모르는 게 너무 많다. 가령 농촌 출신의 대학생이 졸업장 따기의 한 수단으로서 오로지 하던 '입주 가정교사' 직이 국민소득의 일취월장에 정비례한 학력 인플레 현상의 전국적인 확산으로 말미암아 돈 있는 것들의 무자비한 금력 횡포에 시달리는 망국적인 '과외선생'을 거쳐, 비합법적이었으나 더 극성스럽던 그 음성적인 과외 지도의 내규를 부분적으로 뜯어고쳐 주자 돈 없으면 불편한 세상임을 우리 세대 특유의 탄력적인 감성으로 재깍 터득한 대학생들이 '아르바이트생'으로 전락한, 어느 분야보다도 더 소모적, 경쟁적, 여기적인 이 같잖은 지식 전수 및 판매 직종의 내막, 고충, 위세 등에 대해서 박 선생은 너무나 피상적으로 알고 있다. 그 단적인 예로 요즘 대학사회에서는 어떤 구실을 내걸든지 학생들 끌어모으기가 교수들 불러 모으기보다 더 어렵다. 이른바 3당 통합 같은 속 보이는 무슨 야합전선이 정치판을 좌지우지하기 시작했던 즈음만 해도 선후배들이 부르면 "오늘 가투 있는데, 넌 물론 안 나갈 거지?"라든지, "마침 야학(또는 공활이나 농활도 둘러대지만) 있는 날이에요. 빠져야겠어요. 내가 언제 연대 집회에 빠지는 거 봤어요, 좀 봐줘요"라는 변명을 들을 수 있었지만, 요즘에는 십중팔구 '아르바이트'가 공부보다 더 주업이고, 그 적잖은 수입을 멋 안 부리며 잘게 쪼개서 쓰기에 길드느라고 정신들이 없다. 어느 쪽

안팎에서 시달리며

이 좋다 나쁘다는 것이 아니라 세태가 그렇게 바뀌고 말았다는 뜻이며, 오늘의 과외 지도 돈벌이는 유흥비 마련의 한 수단으로서 놀이적인, 또는 여흥 잡기적인 측면이 다분하다. 나로서는 이런 '열심히 돈벌기와 적당히 돈 쓰기'의 쳇바퀴야말로 엘리아스 카네티의 표현을 빌린다면 '머리 없는 세계와 세계 없는 머리'를 만드는 자본주의의 한 표상으로 읽히며, 그 선례가 이웃 나라 일본의 국수주의 지향의 잘 먹고 잘사는 단세포적 사회. 그에 부화뇌동하는 쨍쨍한 문인, 지식인들의 허풍스러운 선동적 글발들도 실은 매명/매문으로 배부른 흥행적 소란을 만끽하려는 소치와 다를 바 없다.

"고2 영어만 일주일에 한 번, 두 시간씩 하고 있습니다."

박 선생은 곧장 인발처럼 또록또록하게 내 속내를 간파, 자문자답했다.

"왜 하필 영언가? 국어는 밥 냄새, 된장 냄새가 너무 지독해서겠지."

같잖은 변명을 늘어놓기가 차마 한심해서 멀뚱해 있는데, 역시 배가 불러 피상적일 수밖에 없는, 그래서 무책임하기 짝이 없는 식자(識者)의 너스레가 마구 쏟아졌다.

"마누라쟁이를 혹사시켜, 일단. 우선 이용하고 보는 거지. 조강지처가 그 말이야. 가사노동으로부터의 해방 운동은 페미스트들의 잠꼬대 같은 헛소리야. 요즘 세상에 제 마누라의 귀한 돈벌이 수단을 적극 장려, 이용해먹지 못하는 치도 바보고, 그게 바로 노동력을 사장(死藏)시키는 죄악이라고. 어린애 많이 낳는 게 인류의 범죄듯이. 지금 지구는 과포화 상태야. 문명이 공해듯이 사람도 공적(公敵)일 수 있어. 자연 파괴, 공해는 그다음 문제야. 그런데 얼어 죽을 휴머니즘 같은 이데올로

기 때문에 그 말을 산아 제한, 낙태 옹호 같은 여권운동으로 오해, 제한하고 있어. 이거야말로 이데올로기의 한심한 노예 현상 그 자체지. 박승미, 회사 잘 다니지? 적극적으로 부려 먹어. 그래야 나중에 머라도 남아. 그쪽도 그런 사회적인 피꼭두각시 놀음을 바라고, 심지어는 즐기고 있다고 봐야지. 기생계급은 어느 때 어느 곳이라도 있어 왔다고. 역사적으로 그랬어. 눈치, 자격지심 같은 심사를 자꾸 의식하는 것도 심각한 기질적인 질환이야. 병은 자기 진단, 자가 치료만이 근본적인 해결책이야. 그 병을 극복해버려야 식객이란 직업에 그나마라도 충실한 장인(匠人)이 되는 거야. 아무리 훌륭한 목적이라도 그 수단이 개판인 걸 나는 도저히 인정할 수 없지만, 쿠데타나 과외 금지 조치, 국가 행정 주도의 대학 입시제 같은 것이 그 좋은 옌데, 지식 향수권만은 전적으로 예외야, 무슨 말인지 알지?"

"맞습니다, 머든 적극적으로 이용해야 남는 게 있는 건 사실입니다."

그때 나는 박 선생의 함의 많은 말씀에 전적으로 동감하고 있었다.

"물론이지, 그걸 못하면 촌놈이지. 촌놈들이 바본건 전적으로 환경 탓이야. 환경을 이용해먹지 못하는 기질적인 병 탓이야. 제도를 탓하기 전에. 문인, 지식인들 중에 의외로 촌놈들이 많아. 명심해야지. 촌놈은 어떻게 할 수가 없어, 스스로 각성하기 전에는 구제 불능이야."

이번에는 내가 화제를 돌려야 했다.

"선글라스 끼신 거 처음 보는데요?"

"어때, 어울려?"

망발로 '맹인 같은 분위기는 전혀 안 비치는데요' 라고 할 수는 없었다. 나라는 위인은 똑똑한 체하지 않으려고 언행을 자제, 조심하는 한

편 내 느낌을 속에다 쟁여두는 데 급급하는 편이긴 해도 남들이 나의 그런 소행 일체를 오히려 색안경을 끼고 본다는 사실도 촘촘히 의식하며 살아가는 터이지만, 그럼으로써 오히려 속물의 반열에 깊숙이, 아니 누구보다 발 빠르게 동참하고 있음도 챙기는 쪽이다. 아무려나 안경다리까지 같은 색깔로 맞춘 그 짙은 커피색의 선글라스 착용이 먹물다운 당신의 점잖으신 외모마저 깡그리 뭉개버리고, 아무리 뜯어보아도 그것을 애용하는 주목적일 어떤 신비감의 부각에 이렇다 할 이바지가 없음도 여실했다.

"아주 보기 좋은데요. 뭐랄까, 신비감도 분명히 우러나고요."

"시인의 즉석 품평이니 일단 믿기로 하고. 총 맞아 죽은 박통이 혁명한답시고 서울 시청 앞에서 잠바때기 차림으로 어울리지도 않는 라이반 끼고 있는 사진 보고 나서, 그 당시에는 평생 선글라스 안 끼려고 맹세했지만… 지금 박통의 그 사진을 유심히 보면 그 작은 체구 때문에 그런지, 그 깡마른 얼굴이 그래서인지 쿠데타에 실패하리라는 걱정 같은 게 한 줌도 안 비쳐. 묘하지, 독하다고 뭉뚱그리고 말면 그뿐이지만, 그 라이반이 혁명을 반 이상이나 성취하고 있는 희귀한 사진이야. 각설하고 부시 있지, 골목대장처럼 남의 나랏돈, 남의 나라 병정 긁어모아 페르시아 만 전쟁에 이기고도 바보같이 재선에 실패한 미국 전 대통령 부시 말이야. 그 양반이 임기 말 직전에, 1991년엔가 직사광선은 녹내장, 백내장을 일으킬 소지가 다분하다는 연방 보건성의 보고를 받아들여 선글라스 착용 일상화 조례에 서명했어. 야외에서는 누구라도 공무 중에는 반드시 끼라고 말이야. 그 시점도 그럴듯하고 해서 추리해봤는데, 페르시아 만 전쟁에서 얻은 유일한 소득이 그거 아닐까 싶대. 요즘 전쟁은 승패가 없어. 유희지. 기껏 선글라스 유용론 같은 걸 체험할 뿐이야. 햇살이 쨍쨍하고 뜨거운 사막전이었 잖아. 믿어야지."

내친 김이라는 듯이 박 선생의 다변은 강의실에서의 그 사통팔달하 는 지적 편력을 방불케 했다.

"지지난핸가 일본에 잠시 갔던 길에 메이지대(明治大) 건너편 안경 상 가에서 사흘 기다려 맞춘 거야. 도수 있는 걸로. 일본 사람들은 원래 눈이 약해. 안질도 많고. 짠 바닷바람 탓일지도 몰라. 역시 문학처럼 환경, 기후 탓이고, 그것들이 전통에 과부하를 덮어 누른 확실한 방증 이지. 그러니 안경알의 질이 좋을 수밖에. 일본제 카메라가 그래서 좋 은 거야. 환경의 산물에 경배할 수밖에. 궁즉통이 머야. 아주 좋아. 시 원해. 품질 앞에서 일제라고 욕할 게 머 있어. 처음 돋보기 쓸 때 기분 이상이야. 우리도 선글라스는 일상화해야지. 눈이 보배잖아. 지식 향 수권을 싫증 날 때까지 누리려면. 최근 대법원 판례에서 안경사에게 도 검안권이 허락됐어. 안과 의사들이 한 방 먹었지. 그 배타적 독점 권이 말이나 되는 소린가. 컴퓨터 앞에 눈만 갖다 대면 온갖 시력 정 보가 마구 쏟아지는 세상인데. 우리 대법원이 저쪽의 부시야, 그렇잖 아."

아내가 미안수(美顔水)인지 콜드크림인지를 바른답시고(좀 더 정확히 는 바르고 문댄 직후일 테지만) 연신 손바닥으로 얼굴을 토닥이며, 역 도 선수의 굵은 혁대 같은 가죽 등받이 끈이 두 가닥 엇비슷히 매어 져 있는, 중고 가구상에서 길거리에 내어놓아 둔 것을 열흘쯤 오가며 눈독을 들이다가 지난해 여름 막바지의 어느 날 귀갓길에서 사느라고 주차 위반 딱지까지 떼었던, 해변용으로나 어울릴 간이의자에 반바지 차림으로 앉아 있는 내 곁으로 다가왔다.

"아유, 이 냄새. 빨리 씻으세요. 샤워야 봉천동에도 화장실이 두 개니까 즐길 수 있을 테지만. 술 많이 했어요?"

손바닥으로 얼굴을 토닥이는 그 좀 경망스러운 짓거리를 아내가 언제부터 시작했는지 나는 모른다. 실은 더듬어 볼수록 아내에 대해서 내가 잘 모르는 것이 너무 많고, 그 점에 대해서는 선선히 수긍하는 내 심정적 경사가 그녀에 대한 무관심을 솔직히 드러내는 것 같기도 하다. 아무튼 그 마사지 소리를 두드러지게, 선정적으로 흘리기 시작했을 때는 아마도 잠자리 속에서의 사내란 역시 인면수심(人面獸心)의 짐승일 뿐이라는 의식이 웬만큼 만만하니, 딴에는 살갑게 여겨졌을 무렵이 아닐는지. 물론 잘 알 수는 없다. 그러나 내 장기인 분석적인 시각을 휘둘러본다면 그 마사지 시위야말로 계집의 속물화 과정이든지, 아니면 한 속물의 계집화 과정일 수 있다. 하기야 나도 그에 발맞춰 속물화 과정을 꾸준히 밟아왔을 테지만, 요즘에는 그 마사지 소리가 점점 더 노골적으로 커지고 길어지는데도 도발적이지 않다는 점은 특기할 만한 나의 심경 변화다.

"이 의자는 내가 가져가야겠어. 책상 앞에 눌어붙었다가 잠시 잠시 쉴 때 꼭 필요할 것 같아."

"그러세요. 자기가 중고품이라도 마음에 든다면서 산 거잖아요."

이제는 마사지를 문득 그치고 뺨 주위를 손가락으로 줄기차게 잔다듬이질하며 아내는 내 속내를, 답사 여행의 경과와 그 후유증을 찬찬히 뜯어보기 시작했다. 늘 생각할 시간이 없다면서도 막상 생각할 여유를 찾지도, 짬을 내지도 않는 아내의 어림짐작이야 뻔할 테고, 그거야 아무래도 상관없었다. 그러니 나는 지아비 된 도리로 아내에게 생각할 겨를을 우정 조장하는, 뭐랄까, 나쁜 뜻으로서의 소피스티케이트한 일면이 있음을 인정할 수밖에 없다. 영악하고 빤질빤질한 성정을 딜레탕트의 들뜬 세련으로 포장하는 이런 생활 습관은 돈의 다과(多寡)에 따라 삶의 질적 가치가 결정되고 만다는 현대의 신화에 길들여진 우리 세대의 공통 함수이기도 하다.

예상대로 아내의 고양이 같은 염탐질이 슬쩍 흘러나왔는데, 그 염알이는 매사에 질질 끌려다니는 나의 비속성(卑俗性)을 때맞춰 대변한 이번 문학기행에 대한 간접적인 탐문이었다.

"또또들과는 잘 지냈어요?"

언젠가 그룹 스터디를 마치고 나서 추렴 술을 억병으로 마신 또또들 대여섯 명이 우리집까지 쳐들어온 적이 있었다. 혼인 여부와는 관계없이 오늘날 대개의 서른 살 안팎 직장 여성들이 그렇듯 아내도 사람 만나기와 사귀기, 또래와 쌍쌍으로 어울리기, 음악과 커피와 분위기만 괜찮다 싶으면 때와 곳을 가리지 않고 마냥 노닥거리기에는 상당히 의욕적이어서 전화 한 통화로 청색 야구 모자를 눌러쓴 슈퍼마켓 점원이 날라다 준 맥주병과 마른안주 등을 거실 바닥에 질펀하게 부려놓고 듣기 좋은 비아냥성 대화를 만판 나누었다. 그때 우리는 '또또'를 '자발적으로 적빈(赤貧) 상태에 뛰어들어놓고서도 부끄러운 줄 모르는 지적 거지 무리의 일종'이라고 정의했고, 아내와 같은 83학번짜리 또또 하나는 '다다이즘처럼 망할 또또이즘' 어떻고 씨부렁거리며 거실 바닥에 큰대자로 누어버리기도 했다.

안팎에서 시달리며

"머 그럭저럭." 잠시 사이를 두었다가 내 입에서 무심코 말이 흘러 나왔는데, 나는 곧장 '좀스러운 부르주아의 심리전'이라는 시적 이미 지를 떠올렸다. "홀가분하기도 하고 한편으로 더 좀이 쑤시기도 하 고…"

"머가?"

"머긴 머야. 내 마음이 그렇다는 거지."

"무엇 때문에 그러냐니까?"

몰라도 될 것을 굳이 꼬치꼬치 캐서 알고 싶어 안달하는 호기심도 배울 만큼 배운 요즘 여자들이 누리는 일종의 증후군이다.

"몰라서 물어?"

"전혀 모르겠어요. 시키는 일만 하는 직장인들은 새대가리라면서요."

"나름대로 정든 이 집을 떠나야 한다는 거, 처갓집에서 기약 없는 식객 노릇을 해야 한다는 거, 그래 저래 거치적거리는 초조감이 포도 송이처럼 내 머릿속에서 지금 영글고 있어, 주렁주렁."

"식객으로 자처할 이유가 무언지 모르겠네요."

"우리가 이번에 이사를 몇 번이나 해야 하지? 정말 귀찮아."

"몇 번이라니?"

"내 작업실에도 짐 일부를 부려놓아야 하잖아. 또 공짜로 세 들어 산 건 아니라 할지라도 도리상으로도 이 집 주인의 이삿짐을 이리로 옮겨줘야 우리가 그 방에 들어갈 수 있잖겠어?"

"이럴 때 옛말이 있어요. 닥치는 대로 살지 머가 그거예요. 54평짜 리 아파트에 언니네 짐만 한 방에 몰아넣어 놨는데 설마 우리 짐 부려 놓을 데가 없을까. 그 짐은 형부네가 귀국하는 대로 지네들이 옮기든

지 할 테지 우리가 걱정할 게 머 있어요. 언니 성질로는 도배 새로 한
이 집에 지네들 짐까지 제자리 잡아놓은 걸 훑어보면서 배우처럼, 이
제 우리집에 돌아왔어, 어떻고 해대며 팔을 쩍 벌리고 무용하듯이 팁
토로 빙그르르 돌아야 제격일 테지만. 자기 짐 일부는 우리 짐부터 봉
천동에 먼저 부려놓고 옮기면 되잖아요. 그걸 알아보고 있어요. 익스
프레스 이삿짐센터에다. 편하게 살자는 주의를 왜 이런 대목에서 활
용하지 못할까. 정 식객 노릇을 하기 싫으면 자기가 밥값으로 엄마에
게 얼마라도 건네주면 될 거고."

　그날 밤 나는 피곤에 찌든 몸이 오히려 수면 재촉에는 방해가 된다
는 생각을 얼핏얼핏 떠올리며, '내 짐의 일부'를 옮기고 정리 정돈하
는 정경을 미리 그려보다가 나중에는 쉬 잠들기 위해 아내의 등짝에
검불처럼 매달렸다. 촉촉해서 더 말랑말랑해진 아내의 젖가슴을 조몰
락거렸고, "술 마시고 난 뒤에는 안 한댔잖아"라는 잠꼬대 섞인 상투
어를 들었다. 그러나마나 나는 어린애처럼 짓궂게, 또 그만큼 집요하
게 아내의 헐렁한 반바지 속으로 손을 디밀어 넣어 반바지 허리춤보
다 더 헐거운 팬티 고무줄을 손목에 걸고 그 주위의 매끄러운 살갗 감
촉 때문에 훨씬 까칠한 거웃을 쓰다듬으면서 짐짓 술 취하고 잠에 취
해 내뱉는 듯한 소리를 지껄였다.

　"난 식객이야. 맞지? 나는 당분간 식객으로 살 거야, 알아? 식객은
있어도 그만이고 없어도 그만이야, 그렇잖아?"

　어떤 경우에도 아내의 대응은 어른스러웠는데, 식객을 거느리는 안
사람답게 이쪽을 철저히 외면하는 그녀의 계산된 의중이 훤히 들여다
보일 정도였다.

"알아요, 알아. 누가 자기 마음을 모를까 봐. 내일 해요, 내일. 술 마시고는 정말 안 해요. 나도 오늘 회식 자리에서 불갈비가 너무 질겨 빠지고 느글느글해서 맥줏 다섯 잔이나 마셨다니까. 왜 이래요, 정말. 장화 껴야 된단 말이에요. 참, 장화도 떨어졌을걸. 그것 좀 사오라니까. 자기 정말 내일 하면 안 돼요? 오늘만 날이야 머."

"그 내일이 벌써 오늘이잖아. 우리한테, 아니, 나한테 내일은 없어."

"술만 마시면 꼭 이런다니까. 전에도 얘기하고 약속했잖아. 술 마시곤 안 한다고. 내가 매춘부 같다고. 난 그러기 싫어. 정말 안 되겠어."

아내가 몸을 굴려 엎드렸으므로 팬티 고무줄의 탄력이 살갗을 때리는 맑은소리가 울렸고, 침대가 출렁였다. 아내의 얼굴은 여전히 나를 외면한 채 화장대 쪽을 향해 있었다. 잠시 후면 그녀는 몸을 빼내 거실로 나갈 테고, 거기서 멍청한 몰골로 사흘에 한 갑씩 사는 자신의 셀렘 담배를 두 개비쯤 맛있게 피우고 나서 다시 잠자리를 찾아들 것이고, 그때쯤이면 나도 곤하게 잠들어 있을 것이었다.

아직도 내게 아내의 어떤 미쁜 이미지가 하나쯤 남아 있다면, 그것은 어느 해 겨울밤 우이동의 한 여관방에서 등짝을 벽에 붙이고 두 무르팍을 가슴에 껴안은 채로 가끔씩 시커먼 창살에 눈길을 주며 담배 연기를 길게 토해내다가는 이내 양철 재떨이 속의 담뱃재를 꽁초로 소복이 끌어모아 쌓던 그녀의 하릴없는 자태다. 그때 그녀는 "뭘 빤히 쳐다봐요. 남은 심각해 죽겠는데"라고 말했다.

이제 그녀에게는 비록 시늉일망정 그런 심각함이 없다. 그녀의 등짝에는 푹신한 가죽 소파가 붙어 있고, 무르팍을 두 팔로 끌어안고 있는 자태는 여전하나 무언가를 골똘히 생각하고 있는 것 같지도 않다.

이미 30대를 훌쩍 넘긴 한창나이와 매달 꼬박꼬박 부어가 봐야 성에 차지도 않는 약간의 저축액 따위가 매사를 쉽게 처리해버리는 자신감을 키웠다면 다소의 어폐는 있을 것이다. 그렇긴 해도 그녀의 속단이 너무 빨라서, 또한 나를 만부득이 상정하지 않을 수 없는 그녀 자신의 뻔한 장래에 대한 속짐작에 불만이 많아서 우리가 그때처럼 의미 깊게, 서로 우호적으로 눈을 맞추는 경우가 없어져버렸다는 것도 엄연하다. 이런 의사 불소통의 관계를 어영부영 꾸려가고 있다고 해서 우리 부부 사이를 지겨운 혼인 상태라고 단정, 매도하는 작자가 있다면, 그는 인내심이 부족한 덜렁이거나 자기 세계를 따로 두 가지 이상 개발하지 않는 속물일 확률이 높다. 일상이란 8할 이상이 마뜩잖더라도 오로지 인내로 버텨가고, 그럭저럭 굴러가는 대로 순응할 수밖에 없는 따분한 굴레에 불과하므로.

↓

우리 부부가 각자의 현존재랄지 위상에 대해서 심각하게 반성할 수 있었던 계기가 지난 3월 중순에 돌발적으로 일어났다. 그때의 충격을 나는 '끔찍한 발견' 나아가서 '서글픈 긍정'이라고 뭉뚱그리고, 그 감상을 글로 옮겨놓기도 했다. 솔직히 말하면 그 일이 있고 나서야 나는 비로소 그 전부터 마음만 도사리고 있던 소설쓰기에 본격적으로 매달려봐야 하지 않을까 하는 생각을 다졌고, 실제로 그 작심을 조금씩 실천하면서 가능하다면 앞으로의 그 '내 세계'를 아내에게도 비밀에 부치기로 작정했을 것이다. 위의 글에서 아내도 얼핏 그때의 즉흥적 반성을 비추고 있지만, 그 '발견'과 '긍정'은 내게 모티프로서 손색이 없었다. 아무튼 그다음 날 오전부터 피시 앞에서 '내 속물 세계'를 산문으로 새기기 직전에 어루만졌던 다음과 같은 나의 작의, 말하자면 소설 쓰기에 임하는 나의 소박한 목적만은 여기서 간단히 늘어놓아도 좋을 듯싶다.

소설도 잡스러운 채로나마 정치(精緻)한 예술일 수 있다면 결국 즐기는 사람만 즐기는, 호사가들이 흔히 그러는 한낱 도락거리일 것이다. 그것을 즐길 줄 모르는 사람의 품위가 덜 고상하고 그의 언행 따위가 덜 세련되었다는 생각은 보기 나름일 수 있다. 하나마나한 헛소리지만 클래식 음악 감상 따위야 나 몰라라 하는 멀쩡한 신사가 얼마나 많은가. 그러니 나는 지금부터 배울 만큼 배운 사람들이, 우리의 이른바 허울 좋은 고등교육 이수자들이 왜 더 발 빠르게 속물화의 길을 줄여 밟고 있는지를, 비록 그 복합적, 총체적 요인들을 꼭 집어낼 수는 없다 하더라도 그 과정만은 오늘의 세태에 비춰 솔직하게 그려보고 싶다.

내 것은 특수성에 해당하고, 남의 것은 일반성에 속한다는 이분법적인 사고는 소설의 입지를 제한할지도. 그러므로 속물 수업에 알게 모르게 길들여질 수밖에 없는 환경적 요인이 소설 속 인물들의 개성, 능력, 세계관 따위와 이른바 서사의 줄기인 '사건의 조작/연쇄'보다 단연 우월하게 기능한다. 소위 '드라마'가 없어서 독자를 지루하게 괴롭히는 정황, 그런 수용적인 측면은 일단 무시할 수밖에. 소설도 이제는 비디오처럼, 또 다종다양하기 이를 데 없는 전자제품처럼 그 용량, 기능이 가지각색일 수밖에 없고, 그것을 골라서 즐기는 선택권은 전적으로 독자의 그때그때의 변덕스러운 취향에 따라 정해진다. 물론 대다수 독자의 일반적인 취향에 아부하다 보면 별종의 소설 하나둘은 주식(主食)이 될 수도 있다. 이른바 선풍적인 인기와 각광(脚光)도 누리는 화제작이 그것이다. 그런데 소설도 예술의 한 장르로서 주식에 버금간다면 이내 물리고 말지 않을까. 부식(副食)처럼 그것 없이도 살 수 있다는 점에서 소설은 비디오나 전자제품을 닮은 측면이 있다. 소설이 다른 예술과 달리 상대적으로 상식적이고 상투적이며 진부해서 하위 장르로 추락했다기보다는 소설의 역할도 유명무실해졌고, 그 기능도 정보량이 말하는 대로 보잘것없어졌는데, 그 배면에는 역시 시대/세태로서의 환경적 요인인 소득의 신장과 학교 교육의 보편화로 말미암은 '교양'의 확산, 곧 피상적일망정 생활상의 '세련'이 문맹과 무식을 일정한 정도로 떨쳐버리도록 재촉한 압도적인 '세속주의의 약진과 상대적인 우월성'이 깔려 있다. 다들 자주 간과하는 이 작품의 '외적' 요인은, 곧 '현대성'이라는 외풍을 제법 신랄하게 반영한 소위 진지한 소설의 '내용'조차 지리멸렬하게, 산만하게, 잡스럽게 조작하도록 몰아붙임으로써 '교양/세련' 같은 기본적인 안목도 하잘것없는 잣대로 따돌려버린다. 모더니즘이나 포스트모더니즘을 기치로 내건 일류소설의 그 일방적/자기중심적인 자가 선전/자기 소비를 숙독, 참고하면 나의 '속물 수업기'는 의외로 샛길을 찾아서 나름의 발품을 줄여갈 수 있을지도. 지당한 금언대로 욕심부리지 말고, 내 나름의 세목, 곧 사물/사람/사건의 유기적 안배를 실생활에 비춰서 가능한 한 잔뜩 끌어모아서.

↓

한동안 새 차를 길들이기 위해서 고속도로에 들어섰다 하면 나는 액셀러레이터를 시속 130킬로미터 안팎까지 올라가도록 밟아댔고, 그

때마다 바흐의 그 좀 동어반복적인 '무반주 첼로 조곡'을 들으며 씁쓸한 웃음을 깨물곤 했다. 이상하게도 좋은 음악을 들으면 인간의 한 평생이란 결국 '이처럼 허무하게 살다가 때가 닥치면 죽는 거지'라는 달콤한 체념에 젖어 들도록, 거의 가없는 청량감을 누리게 한다.

재작년 가을에 새 차를 사고, 이왕 허물어 쓰는 김에 피시까지 충동 구매한 그즈음의 어느 날 우리 부부는 약간 들떠서 처갓집에 들른 적이 있었다. 그날 집으로 돌아오다가 강남역 부근에서 아내는 느닷없이 차를 세우라고 강권했고, 그녀는 누런 바바리코트 자락에다 한껏 선바람을 집어넣으며 지하도 속으로 뛰어 내려가 미샤 마이스키가 연주한 예의 그 '무반주 첼로 조곡' 테이프를 세 개나 사 왔다. 아마도 그때 나는 차 속에서 아내를 기다리며 음악 향수의 적극성 정도에 따라 한 사람의 성장환경을 웬만큼 점칠 수 있지 않을까 하는 생각을 저울질하고 있었을 것이다. 그렇다면 아내와 나는 출신 환경이, 더불어 성장환경이 너무 달랐다.

우리는 대학은 달랐지만 3년 선후배 사이로 만나 사귀었고, 어쩌다가 질질 끌 만큼 끌다가 혼인에 이르렀는데, 서로를 만만하게 봐서인지 별것도 아닌 일로 크고 작은 말다툼을 자주 벌였다. 그 숱한 언쟁에서 내가 주로 졌고, 길게는 일주일씩 짧게는 나흘씩 삐쳐서 말도 하지 않고, 각자가 할 일만 알아서 챙기다가 "우윳값까지 왜 나한테 떠넘기고 난리야, 나는 먹지도 않는데, 출근 전에 돈을 식탁 위에 내놓고 갔어야 할 거 아냐"라고 불쑥 쏘아붙인다든지, "화장실을 너무 오래 과점하는 경향이 있어요. 출근도 안 하는 사람이 남은 바빠 죽겠는데 꼭 이때만 골라 골탕 먹인다니까" 어쩌구 해대며 겨우 말을 터고

이어가는 식이었다.

대학사회에서는 흔히 1년 후배라도 '새카만'이라는 한정형용사를 붙이는 관례대로라면 아내는 어느 모로 봐도 내게는 새카맣다. 세상을 읽는 눈대중도 아둔하기 이를 데 없고, 답답할 지경으로 그 맹한 눈씨로 세정(世情)을 우습게 보고 쉽게 살아가려는 막내 근성의 낙천적 기질이어서 특히 그렇다. 그러므로 우리의 부부싸움은 아무리 심각한 대전(大戰)일지라도 몸무게가 다른 선수끼리 치르는 승패 떠난 싱거운 격투기거나 흥행거리가 될 수 없는 연습 게임에 불과하다.

그런데 며칠 전 밤에 치른 싸움은 여러 가지 점에서 예외적이었다. 싸움의 매개도 그렇고, 싸움을 먼저 건 사람도 우리 둘 중 누군가가 아니었던 듯하고, 싸움의 시작과 끝도 흐지부지 뭉개고 쉬 잊어버릴 수 있는 것이 아니어서 우리는 둘 다 허탈한 패배자가 되었다는 점에서도 그랬다.

장인의 생일 날짜는 한 번 들은 사람이라면 누구라도 까먹을 수 없는 날이다. 당신의 뜻과는 전적으로 무관하게 훗날 자유당이 제 무덤을 스스로 너무 깊숙이 파는 통에 빠져나오지 못했듯이 그 엉터리 부정선거를 획책한 날에 태어났으니 말이다.

아무튼 지난 3월 15일 퇴근 무렵에 나는 큼지막한 케이크 상자를 들고 을지로 4가의 한 제과점 앞에 서 있던 아내를 픽업하여 처갓집으로 갔다. 세 처형네가 하나같이 무슨 외국 기리기 귀신에 씌었는지 미국의 남부와 동부, 이탈리아 등지로 살러 나가고 없는 데다 첫째 사위네는 대학교수로 아예 미국 시민권까지 얻어 둥지를 틀고 주저앉아서 걸핏하면 두 늙은 양주에게 뒤늦게나마 이민 오라고 짓졸라대는 판이

안팎에서 시달리며

라 장인의 생일상이래야 조촐하기 짝이 없었다. 우리 내외, 홀로 사는 처 이모 하나, 중년의 처 고종사촌 내외, 군 재직 당시 장인의 주선으로 헐값에 불하받은 포천 부근의 임야에다 정원수를 심어놓았다가 근년에는 그 허울 좋은 농장 초입에다 저희들 송씨 피붙이와 제 처갓집 식구들을 끌어모아 대형 한식집을 꾸려가지만, 실은 바로 그 곁에 4층짜리 장급 여관업이 본업인 처 막내 외삼촌 하나가 생일상 초대객으로는 고작이었다. 어쨌든 그 대머리 처 외삼촌이 들고 왔다는 엘에이 불갈비도 그릇마다에 수북수북 쟁여 있었으나, 흰 종이 씌운 교자상을 은연히 떠받쳐주고 있는 음식은 단연 옥돔이었다.

사단은 바로 그 옥돔에서부터 비롯되었다. 눈알도 또렷하게 박힌 큼직한 놈 세 마리가 먹음직하게 구워져서 각각 커다란 쟁반에 얹혀 앞앞에 놓여 있었는데, 과연 그 쫀득쫀득하고 담백한 살맛이 일품이었다. 나로서는 말로만 듣다가 난생처음으로 맛보는 음식이었고, 나중에야 알았지만, 그 제주도산 옥돔은 대형 골프장 신축 주인이 두 상자나 손수 들이민 장인 생일 축하 하사품이었다.

그런데 서로 받고 채기로 그 옥돔 맛 타령을 한참이나 들먹인 끝에 나는 당연히 안 했어야 마땅할 나의 촌놈 먹성 타령을 부지불식간에 터뜨리고 말았다. 곧 어릴 때 맛있게 먹어서 아직도 기억에 생생하니 남아 있는 겨울 음식이 하나 있다. 무엇인고 하니 한겨울에 된추위 먹어 오슬오슬하니 춥고 머리도 띵하니 몸살기가 완연하면 할매가 대가리 안 딴 굵은 통멸치를 한 움큼 집어넣고 김장김치 숭덩숭덩 썰어 넣어 끓여주던 국밥이 그것이다. 경상도의 일부 지방에서는 그 한철 음식을 갱시기라고 하는데, 콧잔등에 진땀을 빠작빠작 흘리며 덩이 식

284

은밥을 꾹꾹 다져 넣고 끓인 그 뜨거운 김치 국밥을 한 그릇 달게 먹고 나면 몸살기가 감쪽같이 달아나곤 했다. 요즘도 가끔씩 그 얼큰한 맛을 떠올리면 입에 군침이 도는데, 언제부터인지 그 음식을 먹어보기는커녕 말도 못 듣게 되었다.

순식간에 기름진 생일상이 퍼석퍼석 깨어졌다. 좀 우스꽝스러울 정도로 맹해빠진 그 틈을 이어붙이느라고 장인이 빙글거리며 나섰다.

"최 서방, 자네 먹성도 알 만하네. 그거 먹을 만하지. 그 김치 국밥에는 원래 굵게 썬 가래떡을 두어 주먹 집어넣어야 또 제격이야. 가늘게 썬 놈을 집어넣으면 푹 퍼지거든. 그거 아주 잘 끓여야 해. 너무 멀거니 묽어빠져도 안 되지만, 뻑뻑한 것보다야 그래도 좀 걸쭉하니 끓인 게 낫지. 물론 식은밥을 덩이째 넣고실랑."

내가 잘못 보지 않았다면 그때 장인의 표정도 분명히 나를 살갑게 응원하고 있었다. 그런데 싸락눈을 곱게 덮어쓴 듯한 분홍색 털 스웨터 안에 열대어 지느러미처럼 넙적한 옷깃이 붙은 보라색 블라우스를 받쳐입은 장모가 이 좋은 음식 앞에서 무슨 구황 음식 같은 꿀꿀이죽 타령인가라는 투로 새침하니 나섰다.

"그거 못 살 때 먹던 시골 음식이야. 텁텁하니 입에 찝찔한 간내 남고 그래. 음식도 철 따라 가려 먹듯이 세월 따라 변하는 거야. 요즘에 그런 음식 찾다간 촌스럽다는 소리 들어. 나는 도대체 맵고 뜨거운 맛밖에 없는 우리 조선 음식은 이제 정말 싫더라."

그 말은 노골적인 통바리였고, 속물들의 무슨 아전인수식 편 가르기 같은 도발이었다. 나는 즉각 얼굴이 벌겋게 달아올라 "하기야 그렇지요"라며 어물쩍 물러서고 말았지만, 속에서는 앵한 성깔이 부글거렸다. 앵돌아앉은 내 속내를 아는지 모르는지 장모는 밀라노의 사위 집에서 먹어본 스파게티 맛 따위를 주워섬기다가, 그 조리법에 대해서도 처 이모에게 조만조만하니 일러주느라고 생일상머리의 화제를 완전히 두 쪽 세 쪽으로 편 갈라놓았다. 어느새 장인도 골프의 대중화 시책에 대해서 열을 올리고 있었는데, 런던 주위에만 믿거나 말거나 무려 2천 개의 골프장에 있으며 그 입장료도 단돈 '5달러'(실링이나 파운드가 아닐까 싶지만)에 불과하고, 한 세트에 천 달러 남짓하는 골프채를 아무리 휘둘러봐야 평생 두세 채도 다 망가뜨리지 못하는 '이 서민 스포츠'의 열기가 문민정부 통에 바싹 움츠러들었으니 큰일이라고 성토했다. 나도 정부의 권위주의적 시책 따위야 한결같이 삐딱하게 보는 반골이라 즉각 "골프장 출입 제한령 같은 건 앞으로 부부 사이의 성관계 예약제 같은 말 같잖은 제도로 비화할 소지마저 다분해요" 어쩌고 하며 얼렁뚱땅 맞장구를 쳐대고 있기는 했으나, 골프채야 부러지든지 말든지 귀에 들어오지도 않았다.

요컨대 장인의 한시적 회장직 자체가 당장 거덜 나지는 않을지라도 상당한 위기를 맞고 있는 듯했으며, 따라서 한때 그처럼 천시가 나던 회원권 입도선매가 파리를 날리고 있는 모양이었다. 아무리 내 편인 장인의 일이라 하더라도 그거야말로 내게는 남의 집 불구경이었다.

생각할수록 내 앵한 기분은 점점 외곬로 빠져들었다. 시골 음식이라니. 촌놈이 어쨌단 말인가. 사실상 우리의 혼인을 처음부터 탐탁잖게 여긴 장본인도 장모였다. 후에 무슨 말싸움 중에 아내의 입을 통해 들은 말 같잖은 단평이었지만, 장모가 나를 막내 사윗감으로 그나마 쳐준 유일한 이점은 내가 막내라서 시집 식구와 일정한 거리를 유지

해도 되겠다는, 제 딸만 무슨 온상 같은 곳에다 가두려는 그 이기주의였다. 그것은 나의 전인격에 대한 지독한 폄훼였지만, 같잖아서 나는 대거리도 하지 않았다.

뿐만이 아니다. 박승미가 대학원에 진학하여 두 학기만 마치고 미국으로 날아간 것도 장모의 은근하나 치밀한 사주 때문이었다. 그녀가 거기서 1년쯤 어학연수 코스를 밟으며 개기다가 돌아와서 영어 회화 실력으로 지금의 직장에 특채된 것은 물론 다행이었지만, 지금도 아내가 국내에서 못다 한 공부보다 흘러간 애인 그리듯이 미국 서부 쪽에서 광고학 같은 첨단 학문을 계속했더라면 하는 꿈을 어루만지는, 말하자면 반거들충이의 원망성 성취욕에 연연하는 화근도 진작부터 우리 사이를 갈라놓으려는 장모의 그 집요한 훼방성 불씨 때문이었음은 더 말할 나위도 없다.

박승미가 미국으로 떠나기 직전에, 마침 88서울올림픽을 치르기로 되어 있던 그해 초봄의 꽤 쌀쌀맞은 어느 날 해거름에 나는 석사 장교 신분으로 밑동을 도려낸 배추 같은 머리 수세에다 허름한 잠바때기 차림으로 정릉 집에 들렀는데, 그때 미구에 장모 될 양반은 제법 의미심장하게 "이 집에서 우리 막내 승미 시집까지 보내고 싶었는데"라는 말을 흘렸다. 듣기에 따라서 그 말은 우리의 관계를 한때의 불장난으로 치부하라는 언중유골이었다.

그즈음 승미네는 마침 신축 아파트 분양에서, 그것도 남향 로열층으로 당첨되어 이태쯤 후에 정릉 집을 떠날 참이라 그런 말을 흘렸던 것이지만, 그 말의 뉘앙스 속에는 "언제쯤 이사하실 건데요?"라는 나의 속없는 아부성 물음에 "몰라, 그걸 우리가 어떻게 알까, 이제 땅 다

안팎에서 시달리며

팠으니 집이야 언제라도 지어질 테지, 집이란 들어가서 살아야 비로소 제집인 줄 알잖아. 사람살이가 다 그래. 장담은 함부로 못 해"라던 그이의 즉답에서 은근히 배어 나오는 나에 대한 경원이 잔뜩 무르녹아 있었다. 그때 나의 눈대중과 남의 말 새겨듣기가 틀리지 않았다면 그즈음 박승미 모친은 틀림없이 재미 실업가 동포나 금수저 출신의 재미 유학생쯤을 막내 사윗감으로 점치고 있었을 것이다. 스튜어디스처럼 방 안에서도 하얀 물방울무늬 박힌 감색 스카프를 턱 밑까지 답답하게 두르고 있던 그때, 그이의 좀 중뿔난 몸치장과 유자차 찻잔을 두 손으로 다소곳하게 감싸고 홀짝이던 늙어빠진 정숙미는 지금도 안 잊히는 영화 상면처럼 내 뇌리에 또렷이 남아 있다. 그럴 수밖에 없는 것이 버스 정류장까지 바래다준다고 따라나선 박승미에게 내가 "너네 엄마, 추위 몹시 타나 보더라?"라고 물었더니, 그녀는 대뜸 "우리 엄마가 네커치프 목에 두른 거 보고 그러지? 단독주택이라서 춥기도 하지만, 사실은 목에 주름살이 보기 흉해서 그런데. 코끼리 살 같다나 머라나. 우리 엄마는 그런 사람이야. 줄변덕에 고집도 세고, 남 잘 깔보고. 군인 사모님으로서는 아주 제격이지 머. 믿게 보고 자시고 할 것도 없어. 그것도 팔자고 한 인생일 뿐이니까"라던 어투까지 기억하고 있으니까.

미끼까지 물고 달아나버린 놈이 더 커 보이는 낚시꾼처럼 나는 뻔질나게 미국으로 "이제 지겨운 서울의 거리가 자꾸만 낯설어 보이고, 낯선 만큼 보기도 싫고 겁도 난다"는 투의 호소조 편지질하기에 열을 올렸다. 그때 나의 신분이 평생토록 '지인용(智仁勇)'을 좌우명으로 모시고 살아갈 사관생도들을 가르치는 병역 복무자만 아니었더라면 나는 미국까지 뛰어서라도 건너갔을 것이다. 재미없기로는 여기도 거기나 마찬가지라는 축축 늘어진 박승미의 구어체 응석조 사연을 받았고, 나는 그걸 다섯 번 이상씩 읽고는 아예 통째로 외워버리곤 했다. 불립문자를 뜯어 읽듯이 그 투정뿐인 편지의 문맥을 통해 그쪽의 이심전심 파악하기가 지겨운 군대 생활을 얼마쯤 견디게 하는 윤활유였다. 창의력이 별 볼 일 없는 친구라 박승미의 편지는 매번 너무 짧았고, 그게 늘 섭섭했고, 내가 밑진다는 기분까지 곱새기게 했다.

그녀가 귀국해서 오랜만에 함께 동숭동 마로니에 밑을 거닐었을 때, 취직하고 무슨 원고 청탁차 나의 모교에 들렀을 때, '가을을 찍으러' 홍릉 수목원에 갔다가 산정호수에서 하룻밤 자고 올 거라며 전화했을 때, 심지어 주례를 박 선생께 맡길까 어쩔까로 서로 머리를 맞대고 있었을 때, 그때마다 박승미는 사람을 끝없이 노글노글하게 휘어잡는 제 어미의 끈질긴 사주 탓인지 '아, 너무 힘들어' 하는 몰골을 쉬 걷어내지 못했다. 혼인을 앞두고 들떠 돌아가는 대개의 미혼 여성에 비하면 박승미는 분명히 좀 별쭝맞았는데도 그즈음 나는 선점한 고지를 반드시 지켜야 하는 군인의 규범 같은 알량한 책임감에 휘둘려 미쳐 돌아갔던 듯하다. 지금 생각하면 별것도 아닌 그 통과의례에 공연히 설레던 내 처신이 쑥스럽기도 하다.

나는 좀 뚱하게 부어서 처갓집을 나섰다. 차창 위에 노릇하게 잘 구워져 있던 옥돔이 떠올랐다. 아내가 내 기분을 웬만큼 읽었던지 테이프를 꺼내 꽂았다. 차 안에는 그것밖에 없었으므로 마이스키 것이었다. 바흐라서가 아니라 음악은 역시 들을 만했고, 들을수록 울컥울컥 치미는 고양감을 진득하게 다스려야 하는 은밀한 정서의 물결이 감질

안팎에서 시달리며

났다. 잘은 모르지만 그 향수야말로 순수한 감정이입이 아닐까 싶었다. 나는 장모가 죽고 난 후까지 그이의 속물다운 온갖 행태야 잊을 수 없겠으나, 지금부터라도 그 겉멋투성이의 속내를 무시하며 살아야 하리라고 다짐했다. 실제로도 바흐 앞에서는 장모나 옥돔도 구접스럽기 짝이 없는 것들이었다. 따라서 첼로의 유현한 음색에 귀를 맡기면서 핸들만 잡고 있으면 되고, 기어 변속도 하기 싫어 엑셀러레이터만 밟았다 뗐다 하면 차는 굴러갈 터였다. 더불어 저 주조음을 자꾸 반복하는 게 시작(詩作)에 있어서 어떤 이미지의 변주에 해당하는지 어떤지를, 그런 즉흥적이고 산발적인 단상을 단속적으로 일구다가 지우는 감정이입에 충실하면 그뿐이었다.

그러나 장모가 적절하게 단언했다시피 나는 촌사람으로 음악이 흐르지 않는 시커먼 무성 영화 같은 환경 속에서 성장했다. 저녁이면 우리집처럼 허구한 날 방구석에서만 뭉그적거리며 아옹다옹하는 텔레비전 연속 방송극 앞에서 턱을 떨어뜨리고 살던 할매와 엄마, 아침마다 새벽같이 일어나 마당에서 맨손체조를 하고 좀 거나하게 취해 돌아오는 밤이면 "애비야, 저녁은 우옜노?"라는 물음에 꼬박꼬박 "한술 뜨고 자지요"라고 대답하던, 내가 보기에는 겁이 나서도 학부모가 디미는 돈 봉투를 못 받았을 교육자 밑에서 3남 2녀의 막둥이로 자란 내 성장의 문화적 배경이란 고작 지방신문 하나와 가톨릭 단체에서 발간하던 얄따란 월간 교양지를 매달 받아보는 척박한 그것이었다. 서울로 진학하기 전까지 나는 음악이라고는 에프엠 방송도 제대로 들어보지 못했고, 오로지 등록금 마련 걱정부터 앞세우며 밀어붙이는 무작위적인 교육열 속에서 우리 형제는 제가끔 제 할 일, 제 앞길을 알아서 꾸려갔다. 사물이란 말이 뜻글자 그대로 일과 물건이라면 우리집에서 숨 쉬고 밥 먹고 사는 사람들의 삶이야말로 사물화 일로의 경색 자체였다. 운 좋게 눈이 나빠 병역의무를 면제받은 맏형이 대학을 졸업하자마자 국영 기업체의 박봉을 집에 들이밀어 나는 그나마라도 서울로의 진학을 꿈꿀 수 있었는데, 대학 생활을 시작하면서 처음으로 맞닥뜨린 일종의 문화적 충격이 바로 서울 친구들의 음악에 대한 해박한 조예였다. 그들은 대개 다 어느 때 어떤 좌석에서라도 팝송 가수 이름, 클래식 음악 연주자 이름을 대규모 오케스트라 단원만큼이나 많이 주워섬길 줄 알았고, 그런 것 알아두기와 음악 듣기가 밥보다 더 중요한 생활의 한 자락으로 확고히 자리 잡고 있음을 자연스레 과시해댔다.

  내가 배냇신자임을 감추고 가톨릭 학생회의 '야학 현장 봉사활동 지원자 모집'에 뒤늦게나마 응했던 것은 우리집의 그 비문화적 환경에 대한 반발도 없지 않았을 테지만, 서울 친구들의 그 두드러진 문화 향수 열기에 대한 근본적인 열등감이랄지 부러움도 얼마쯤 작용했을 것이다. 비등점을 향해 거의 질주하고 있던 당시 전 대학가의 반정부 시위를 고려할 때, 비록 그 지원 동기는 달랐다 할지라도 박승미의 야학 현장 출현도 미국적 천민자본주의가 과부하(過負荷)한 한 표상으로서의 천박하나 날렵한 문화 향수 열기에 대한 반발 때문이었음은 분명하다. 달리 말하면 한쪽에서는 반체제운동에 죽기 살기로 매달리고 있음에도 불구하고 다른 한쪽에서는 퇴영적이라고 해도 좋을 미국 영화 보기, 길을 걸으면서도 리시버로 팝송 즐기기에 빠져 있는, 어느 쪽이든 삐딱하기는 마찬가지인 어떤 이중적인 풍속도 자체가 당시 대학의 축도였다. 그즈음 박승미는 그런 '의식 없는 시정잡배 같은 골 빈' 자기네 대학 여대생들을 한껏 매도했으며, 유신 말년에 간신히 별 을 단 자기 부친이 새 군부 정권의 집권으로 말미암아 들려 나왔다는 사정을 떳떳이 밝히곤 했다.

　서울에서 일방적으로 겪은 나의 문화적 충격파를 어느 정도까지는 거둬들였다 하더라도 음악에 대한 내 식의 무지와 열등의식은 그녀에 게 곧이곧대로 투영되었다. 가령 박승미는 비록 큰언니에게서 물려받 은 것이라고 하지만, 고등학교 때 이미 제 방에서 제 오디오로 클래식 음악을 '줄기차게 즐겨' 들었고, 입시생이었음에도 재생 음악 듣기에 진력이 나서 꼭 들어두어야 힐 생음악 연주장을 발바리처럼 찾아다녔 다고 했으며, 신입생 환영회 자리에 나갔을 무렵에는 제 방에서 5백 곡 안팎의 클래식을 수시로 기분에 따라 골라가며 들을 수 있는 청각 을 의젓하게 보유하고 있었다. 이미 오래전부터 그녀에게는 팝송 따 위는 안중에도 없었다. 그녀의 음악 듣기 열성이라기보다도 일종의 자폐증적 버릇은 아직도 여전해서 녹음한 테이프를 가방 속에 서너 개씩은 넣어두고 출퇴근 때, 그것을 골라가며 들을 정도이다. 그런 몰 입이야말로 이 소음이 들끓는 세상과 자신을 차단하려는 몰지각한 은 자적 행태일 텐데, 그녀는 세상이야 어떻게 굴러가든 오불관언이고, 그 점이 내게는 아주 못마땅한 그녀 특유의 같잖은 초현실적 감성으 로 비치기도 한다.

　내 개인적 경험담을 토로한다면, 음악 감상력은 어릴 때 예민한 귀 로 절대음감의 파악력 내지는 암기력을 웬만큼 습득해 두어야 하는 어떤 절대적, 현실 초월적 성역이다. 머리가 돌처럼 딱딱하게 굳어진

다음에 뽕짝조 유행가에 세뇌될 대로 된 그런 머리로 클래식 음악을 제법 잘 감상할 수 있다고 떠벌리는 치들은 흡사 "나도 왕년에 운동한 사람이야"라며 작은 주먹을 쥐어 보이는 것만큼이나 믿기지 않는 얼치기 짓이다. 하기야 그 수준에도 정도의 차이는 있을 테고, 나이 들수록 그런 고상한 취미 개발이 나쁠 거야 없을 테지만, 그 한계는 너무나 뻔하고 그런 의미에서도 나는 아내에게 몹쓸 열등감을, 적어도 클래식 음악 감상에 관한 한 평생토록 지니고 살아갈 운명을 타고난 셈이다. 이 모든 현상이 개인적, 가족적, 사회적인 환경 탓임은 말할 나위도 없다. 한 개인의 실력, 능력, 팔자는 이처럼 운명적으로, 아니 유전적으로 생전에 정해져 있다는 것이 나의 신념이다. 노력, 극기, 인내, 근검 등이 얼마나 초라한 고행인지를 모른 채로 살아갈 수는 없을뿐더러 그 전신 투척의 결과조차 제한적일 수밖에 없다는 사례가 우리 주위에는 아주 흔하다.

그날 밤도 그녀의 그런 오불관언은 유감없이 드러났다. 차 속에서도 나의 삐뚤어진 기분 따위는 아랑곳없다는 듯이 방백조로 지껄였는데, 대충 이런 중얼거림이었다.

"요요마는 망했어. 도대체 그게 뭐야. 한 소절이나 빼먹고. 동양계가 아무려면 유대계를 어떻게 당하겠어. 좀 싱겁다고. 따뜻하게 풀어내는 기량이야 이류들도 다 하는걸. 그게 억지란 소리지. 마이스키는 한결 서늘해. 처절하기도 하고. 좀 더 감미로우면 더 좋겠지만. 자클린 뒤 프레처럼 정색한 슬픔과 절절한 열정을 더 잔뜩 욱여넣어서. 그래야 완벽해지지. 귀맛이야 각각 달라야 제격이래도."

나도 들은풍월은 있어서 아내의 상투적인 재단(裁斷) 감상담만은 이해 못 할 것도 없었다. 그러나 흔히 첼로계의 신선한 돌풍이라는 요요 마가 최근에 내한, 공연한 바 있는데, 아내는 어느 틈에 그 실연조차 혼자서, 아니면 나 말고 누구와 함께 챙겨 먹은 모양이니 내 마음자리 가 은근히 배배 꼬여 들지 않을 수 없었다. 나의 속내를 즉각 드러내 봐야 치졸한 수작일 테고, 또 음악에 대한 나의 무식만 까발리는 꼴이 라 나는 뻣뻣해지는 내 심사를 애써 눅였다. 대신에 그녀의 실연 듣기 나들이에 대한 유도성 질문을 내비쳤다. 서로 속살을 섞고 살다 보면 그 정도의 술수는 저절로 터득하는 말의 기교였다.

"부드럽지는 않고?"

"누구 말이에요?"

"누구든지, 나야 누군들 제대로 아는 게 하나라도 있어야지."

나의 말재간에 아내가 말려들었다.

"요요마는 차갑지는 않아요. 들척지근하달까. 근대 저번에 호암 아 트홀에서 실연할 때는 영 망쳤어. 분명히 한 소절이나 빼먹더라고. 그 래도 제스처는 좋대요. 제 실수를 재깍 알고는 활을 머리 위로 바싹 치켜올렸다가 크게 그으며 피아노 연주자와 호흡을 곧장 맞추더라고 요. 반주자도 코믹한 게 머리만 까딱까딱이며 상체를 더 좌우로 크게 흔들며 요요마 실수를 슬쩍 덮어주더라고요. 웃겼어, 정말. 그런데도 다음날 주관사 신문을 보니 연주 평이랍시고 정확한 곡 해석 어떻고 엉너리를 쳤더라고요. 그게 머야. 요요마가 한글을 몰랐기에망정이지 그 평을 읽었더라면 얼마나 속으로 비웃었을까. 하기야 최일류들도 그런 실수를 하니 음악은 정말 알고 들어야지."

나의 촉각은 온통 그 요요마 공연을 아내가 누구와 함께 갔느냐는 시기성(猜忌性) 관심에, 또 혼자 갔다면 내게 보고까지는 아니더라도 왜 이때껏 그 밤 나들이에 대해 아무런 후일담이 없었느냐는 가부장적인 추궁에 쏠려 있었음에도 그녀의 준프로급 음악 청감이 집어낸 연주자의 그 실수극은 실로 기문(奇聞)이었다.

"설마 그럴 리야. 그런 초일류의 세계적 연주가가…"

"정말이에요. 내 귀는 못 속여. 청중들도 다들 사진으로만 보고 귀로만 들은 요요마 실물, 실연에 미쳐 돌아갔지만. 내가 나오면서 영미한테 빼먹었지, 실수야라고 했더니 입구가 막혀 우리 앞에 서 있던 홈스펀 입은 웬 남자가 제 동행과 우리를 빤히 쳐다보더니 고개를 맞추더라고요. 그 커플도 오디오 마니아 같았어. 우리집에도 요요마 그 곡 시디 있어요. 빼먹은 소절이야 금방 집어내지."

더 들을 필요도 없었다. 나의 곤두선 촉각은 아내의 믿을 만한 실토로 느슨해졌고, 영미는 아내의 직장 동료인 노처녀였다.

"일류들일수록 실연 때 실수야 하지요. 그래서 취입 전문연주가가 따로 있는 거지만. 내한 공연하는 일류들은 대개 다 일본 공연 스케줄 중에 잠시 끼어들기로 빼내 온 거예요. 부수입 올려주려고. 그러니 본 스케줄에도 없는 임시 과외 연준데 실수야 당연하지. 그나마 실연 듣는 것만도 오감하다고 여겨야지, 우리 주제에. 비싼 연주료 주고 새치기로 빼내오는 주최측 탓할 것도 없지 머. 문화 식민지 같은 소리도 근본적으로는 말 같잖은 발상이고. 문화 제국주의가 별건가. 차이가 두드러진데 어떡하냐고. 좋고 나쁜 게 분명하고, 일류들 연주를 들어야 성이 찬다는데 무슨 말이 많아. 우리가 못 따라간다고 일류를 성토해봤자 그건 질시라고. 아주 치졸해. 암튼 돈에 팔려 다니는 일류 연주자만 불쌍하지. 자본주의의 음양을 제대로 알고 나서 공박해야지."

음악 외적인 그런 정보도 내게는 당연히 특별했다.

"임시 과외 연주? 그쪽도 과외가 비싸기는 하겠구면. 우리 과외 공부가 비싸듯이."

"말하면 뭣해요. 극비라서 매니저와 초청측만 알겠지만, 비싸다 마다일 거예요. 일본 오디오 마니아들은 질적으로나 양적으로나 우리와는 비교급도 안 될 정도로 두텁고 귀가 밝아요. 거기서와 여기서 연주질이 다를 거야. 그럴 수밖에. 청중들의 밝은 귀를 의식하고 긴장할테니. 요요마쯤 되면 일본 국내 연주시장만도 한 달 내내 전국에 장이설걸요."

우리의 취미와 관심사가 이렇게 겉돌고 서로의 일상 활동반경도 따로따로 돌아감에도 나는 김치 국밥 타령으로 입은 꽁한 심사를 잠시나마 털어버릴 수 있었다. 그것이 마이스키 때문인지, 나의 삐친 심정을 모른 체하며 내버려 두고 자신의 도락만은 악바리같이 챙기는 아내의 몸에 밴 자기중심적 취향 때문인지 쉬 분간할 수 없었다.

처갓집 나들이는 내겐 정말 고역이었다. 그 일만 닥치면 며칠 전부터 공연히 건짜증이 일고, 내 일에의 집중력도 현격히 떨어져서 허둥거리는 판인데, 막상 현관문을 따고 들어서니 큰 짐이라도 벗은 듯 안도의 한숨이 저절로 새어 나왔다.

아내도 긴장을 풀어버리기에는 마찬가지였다. 그녀는 곧장 화장대위에다 핸드백 속의 온갖 잡동사니를 까발려놓고는 옷도 갈아입지 않고 안방 쪽 거실 벽에 붙여놓은 레코드, 시디, 테이프 꽂이 장식장을 뒤적거리더니 오디오를 작동시켰다. 뒤이어 그녀는 가죽 소파 위에 질펀히 뻗어버렸다. 오디오가 빨간 점등을 깜빡거리기 시작했다. 음악이 은은히 흘러나왔다.

　나도 넥타이를 느슨히 풀고 아내와는 좀 떨어져서 소파에 등짝을 기댔다. 과연 차 중에서 말한 아내의 그 실수극 지적은 사실인 듯했다. 바흐의 예의 그 '무반주 첼로 조곡'과는 달리, 틀림없이 요요마가 취입했을 어떤 첼로 협주곡 선율 속에는 요요한 현음이 피아노의 영롱한 건반음을 마치 무연한 하늘로 치솟는 종다리 한 마리를 더 까마득히 밀어 올려대는 듯하다가, 이윽고 좀 들까부는 듯한 그 건반음은 짙푸른 나뭇잎 사이사이를 타고 쉴새없이 떨어지는 빗방울처럼 잔잔한 수면 위에다 파문을 겹겹으로 일구는 것 같았다. 내 귀에는 늘 그게 그것 같은 그윽한 선율이었지만, 듣기에는 좋았다. 단언컨대 나는 그때 아내의 선율 몰입벽을 방해하고 싶은 생각은 추호도 없었고, '내가 곧 세계다'는 투로 정색한 한 여자의 빳빳한 감상 자세를 엘리트 의식의 멋 부림 같은 것으로 여기지도 않았다. 자주 듣고 보아온 풍경이어서 그런 자태 따위야 베란다 밖에 서 있는 뿌연 외등만큼이나 무심하게 대할 수 있었다. 그런데도 불쑥 튀어나온 나의 잡음은, 가난한 살림살이가 억지로 때운 끼니로서의 그 '촌놈 식성'을 장모가 한 마디로 타박한 저의를 어떻게든 삭여보려는 심사가 내 속에서 끈질기게 부걱거리고 있었음을 일깨워주었다.

　"뜨거운 음식이 없었어. 그게 차이야. 생일상이어서가 아니라 늘 그랬어."

　아내는 그 특유의 도취벽으로 내 잡음을 못 들은 모양이었다.

　어느새 내 귀에는 음악이 들리지 않았다. 지아비가 임지를 따라 광주(光州), 원주, 포천 등지를 떠돌 때도 꼼짝없이 정릉집을 지키면서 어쩌다 시찰하듯 영내 숙소를 둘러보고는 옷가지 따위를 꾸려 휑하니 돌아오곤 했다는 장모의 단조로운 삶은 누구라도 충분히 그려볼 수 있는 풍경이었다. 그러나마나 자기 앞에서 얼쩡거리는 사람이면 누구라도 찬찬한 어조로 깔보는 그이의 중뿔난 성정은 아무리 계급사회를 등 뒤에 두르고 살았다 하더라도 지나친 자세(藉勢) 아닌가. 심지어 당신 자신이 속닥여서 일을 꾸몄을 테고, 이제는 그 그루터기에서 비록 숙박업과 요식업일망정 큰 사업을 벌이고 있는 친정의 막냇동생마저도 백안시하고 있으니 자가당착이 아니고 무엇인가.

나의 중얼거림이 이어졌다.

"도대체 뭘 믿고 그처럼 도도하고 기고만장일까. 계급사회도 아닌 요즘 세상에. 돈 많은 당신 동생한테도 뻣뻣하다 못해 홀대하니, 좀 이상한 양반 아냐."

아내의 보일 듯 말 듯 한 고갯짓을 그때 나는 곁눈질로 훑어보았던 듯하다. 옴팍한 눈길만으로도 아내는 장모의 복사판이었다.

"시샘 많고 남 잘 깔보는 사람이 뭘 믿어서 그래요? 자기 주제를 천성으로 모르게 되어 있는 머리 구조 탓에다 군복 사회에 20년 이상이나 길들어져서 그렇지. 엄마는 그런 사람이에요. 그렇다고 보면 그뿐이야. 내가 이런 말을 하면 우습지만, 세대 차이라고 치부해버리면 그뿐이라니까요. 자기와 엄마 사이에는 정말 무슨 살(煞)이 끼었나 봐. 그러니 가깝지도 말고 멀지도 말면 돼요, 그뿐이에요."

"난 지금 우리의 피해 정황을 얘기하고 있어. 왜 쓸데없이 남의 비위를 건드리고, 일만 자꾸 떠벌려놓고, 뒷감당도 제대로 못 할 거면서…"

아내가 손짓으로 오디오를 가리키며, 저 감미로운 음을 좀 듣게 나를 가만히 내버려 둘 수 없어, 하는 눈길로 나의 말을 잘랐다. 그녀는 나의 무심한 반응에 힘없이 손을 내렸다. 이어서 축 늘어뜨리는 그녀의 어깻짓이야말로 예술이 우리의 삶을 좀 부드럽게 감싸주는 어떤 제도인 것은 사실이지만, 역시 부차적인 도구일 뿐이라는 몸짓이었다. 쉴새없이 현음이 수증기처럼 스멀스멀 깔리고, 더불어 건반음은 여울물 소리처럼 떨어져서 굴러다니고 있는데도 아내의 얼굴에는 짜증이 엉겨 붙었다.

"엄마가 무슨 일을 저질렀다고 그렇게 원망이 많아. 우리가 이렇게 사는 것도 다 엄마 주선 덕이 없지 않은데, 아니야, 전적으로 엄마 공이지."

"그렇지 않을걸. 그런 주선이 없었더라도 우리는 어떤 식으로든 살아왔을 거야. 지금보다 다소 불편했을지는 몰라도. 아니야, 그건 상정할 가치도 없어. 지금과 달리 살았다면 현재의 우리 삶 따위는 모를 수밖에 없을 테니까."

"그래서 골자가 뭐예요?"

"화근이 어디 있냐는 걸 좀 따져보자는 거지 머."

아내가 벌떡 일어섰다. 오디오를 꺼버렸고, 팔짱을 끼고 오도카니 소파에 앉았다.

"알아요, 무슨 말을 하려는지. 지금 우리의 삶이 가짜 같다, 위선이다, 그 빌미를 제공한 장모에게 자꾸 휘둘리는 게 싫다, 적당적당히 땜질하듯 서로의 감정을 다독이고 사는 거, 그런 편의주의도 못마땅

안팎에서 시달리며

하다 이거 아니에요? 다 맞아요. 그렇지만 그 화근을 지금에사 굳이 꼬치꼬치 캐봐야 뭐해요. 아무런 소득이 없는데. 박통이 아니었더라면 우리가 이렇게 못 살았다, 70학번, 80학번 같은 학생 세대가 없었더라면 오늘의 민주화는 없었다 같은 말은 정말 말 같잖고 알량한 회고 취미에 불과해요. 일부의 기여야 있었을 테지만, 난 그따위 구질구질한 과거사는 되돌아보기도 싫어요. 끔찍하다고요. 그런데 자기부터 자꾸 옛날이 그리운 것처럼 그런 말 하게 만들어요. 되돌아봐야 머해요."

아내는 성깔을 부리지 않고도 악다구니 같은 자기주장을 나직나직 토로할 수 있는 여자다. 다른 처형들은 어떤지 몰라도 바로 그 점에서 아내는 장모와 한 본이고, 그런 성정이 한때는 곱게 보였으나 이제는 '못 사는 게 죄다'는 투의 시퉁스러운 말투를 일삼는 무식꾼들처럼 밉살스러웠다. 또한 그런 유들유들함의 일부는 야학 현장 같은 데서, 그런 모임을 통해 맺은 인간관계에서, 무엇보다도 '바른말을 하지 마라'고 닦달하던 험악한 세월을 함께 살아오면서 헤아릴 수 없이 아옹다옹한 말다툼을 통해 알게 모르게 터득한 기술이었다고 하더라도 그 자기 본위야말로 일정하게 매도당해야 마땅하지 않을까.

"기릴 걸 기려야지. 온통 우중충하고 별도 없는 시커먼 밤 같은 그딴 과거가 무슨 소용이 있다고. 정말 난 내 새카만 대학 생활은 너무 한심해서 거슬리고 꿈에도 보기 싫어요. 한쪽 세상만 봐온 그 까막눈 시절이 얼핏 떠오르면 부끄럽고 참담해져서 잊어버리려고 고개부터 절레절레 내둘러요. 우리 아빠 상투어 잘 아시죠. 무거리 같은 놈들이란 말 말이에요. 무거리 세상이 머가 좋아요. 알갱이는 다 빠지고 체판에 남은 찌꺼기 같은 것들한테 시달리는 세상이라니."

"일리 있는 말이고, 난 당신 아버지의 그 서글픈 패배 의식을 한 번도 나쁘게 본 적이 없어. 얼마나 좋아. 어느 날 문득 옷 벗기자 멀찍이 떨어져서 느긋이 저질 코미디를 감상해온 폼이. 시혜 대상에서 밀려났다고 안달복달하지도 않고. 내가 배울 점이야. 앞으로 두고두고."

"온갖 너스레를 떨며 여기 붙고 저기 붙지는 않았을지라도 철저한 국외자, 방관자였을 뿐이지 머. 이제 와서 옳다 그르다 할 것도 없고, 그만한 계급장 놀이를 제때 못한 팔자를 탓할 것도 없지만. 그 덕분에 내 인생이 우리집 형제 중에서 제일 우중충해진 것도 사실이고."

"자기가 희생자라고 생각할 것도 없지 머."

"물론이지, 남들이, 세상이 나와 무슨 상관이 있다고. 내 일신만 그럭저럭 살게 해주는 시혜로 족하다고. 더 이상 간섭도, 혜택도 절대 사절이야."

거기서 우리의 대화는 숙지근해졌다. 말 밑을 새겨보니 내가 딱히 맞장구나 대거리할 성질도 아닌 듯싶었고, 어느새 한낱 순발력 좋은 순응주의자의 탈바가지를 덮어쓴 아내의 투정 정도야 제멋대로 내버려 둘 수밖에 없다고 여겨서였다.

나는 잠자리를 찾았고, 아내는 리시버를 귀에 꽂고 다시 제 혼자밖에 살 수 없는 아지트에 폭 파묻혔다. 세상을 참으로 편하게, 제 식으로 사는 즉흥적인 여자였다. 아내가 점점 까마득하게 멀어졌다. 지금도 여실히 드러나 있는 대로 아내의 과거 속에는 오래전부터 나의 온전한 실체와 그 체온이 영원히 사라졌으므로, 우리에게는 이제 어깨를 겯고 어둠 속을 헤쳐가던 어떤 연대감이 말라져버렸으므로 우리의 삶은 임시방편의 가식 그 자체라고 해도 과언이 아니었다. 마땅찮기는 하지만 이런 삭막하고 껄끄러운 삶도 견뎌내며, '기어코' 살아내야 하는 것도 인생이랄 수밖에.

나는 쏟아지는 잠을 물리치면서 '가까운 시일 안에 준별거 상태를 확보하는 것도 나쁘지 않다'라는 생각을 줄기차게 쓰다듬었다. 이래저래 부부는 동상이몽에 빠진 채로 서로를 윽박지르면서 닮아가다가 점점 멀어지는 별종의 두 유기체였다. 조만간 부부라는 혼인 제도는 해체의 길을 줄여 밟고, 한 쌍의 동거 형태로서 각자의 삶을 따로 누리는 형식을 개발해야 할지도 모른다.

4

언젠가부터 우리 부부는 다정다감한 눈길을 맞춘 적도 없었고, 의논스러운 대화를 나누지도 않았지만, 아내가 없는 집 안은 역시 좀 쓸쓸했고 괴기스러웠다.

그녀는 대개 일곱 시 반쯤에, 여덟 시 반에 시작하는 부서 회의가 있는 날이면 여섯 시 반쯤에 집을 나선다. 그때부터 나는 혼자 집구석에 처박혀 있어야 하는데, 책장과 피시가 덜렁 올라앉아 있는 책상이 디근 자 울을 친 내 방에 들어와서 눈만 껌뻑거리며 담배라도 피우고 있으면 우리 부부의 의식과 삶은 뿔뿔이 겉돌고 있다는 생각부터 오롯이 떠오른다. 곧장 어쩔 수 없다는 체념 같은 정리벽으로 그런 잡념을 털어버리고 책을 펴들긴 하지만, 이런 경우가 나만 겪는 예외적인 사례도 아니리라는 한 가닥 위안이 제풀에 흐지부지 묽어져버린 지도 오래되었다.

그의 아내가 서울 한복판의 한 외국계 은행에서 일하는, 역시 야학 현장에서 만나 말을 트고 지내는 79학번짜리 한 친구는 어느 사립고 등학교 국어 교사로 재직하고 있는데, 그의 생생한 경험담에 따르면 방학 때 집구석에 혼자 처박혀 있기가 곤혹스럽다 못해 나중에는 우울증에 시달리기도 했고, 그걸 떨쳐버리려고 동료 교사들과 일주일씩 지방 곳곳의 명승지를 무작정 돌아다니는 답사 취미를 개발했다고 했다. 그러나 막연히 '좋다' 하고 감탄사만 앞세우고 어슬렁거리는 경관의 '수박 겉핥기' 행차일 뿐인 그 후줄근한 여행에서 돌아오면 더 축축 처지고 말아 이태 전부터는 한문 공부에 매달렸으며, 그의 최종 목표는 독학으로 면허증 없는 유명 한의사가 되겠다는 것이었다. 보너스까지 합친 아내의 연봉이 명색 고교 교사의 그것보다 거의 두 배 이상이고, 각자의 저축액도 서로가 모르고 지내며, 시어머니가 아래층에서 도맡아 키우는 아들 하나의 교육비까지도 각자가 반씩 내기로 했다는 그들 부부의 삶이 생경하지만은 않은 불협화음 같다면 빈말은 아닐 테고, 따라서 이 능력 전문화 시대의 한 이기주의적 풍속도로서 그런대로 이해할 만한 측면이 없지 않다.

아무튼 그들 부부를 떠올릴 때면 두 가지 재미난 이미지부터 오롯이 잡혀 온다. 곧 그가 우울증에 시달렸다는 교사 생활 초기의 경험담을 들려주면서, 원숭이에게 용두질을 가르쳐주면 그 재미에 길들어서 원숭이 몸이 꼬챙이처럼 바짝 마른다는 믿기지 않는 곁말을 슬쩍 끼워 넣고는 "무슨 뜻인지 알지? 사람의 피부색도 결국은 폭양 같은 생활 환경 탓이라고 봐야지"라며 제법 도전적인 눈길을 바짝 들이대던 그의 심각한 모습이다. 미남은 아닐지라도 이목구비가 반듯하고 수염

안팎에서 시달리며

도 성긴 그의 외모가 원숭이와는 판이함에도 그때부터 그의 이미지는 2층 골방에서 수음에 골몰하는 원숭이로 바뀌어 버렸다. 그러니 은폐 속의 노출벽이자 임시방편의 성욕 대리 충족벽인 수음은 자신의 이른바 페르소나를 적나라하게 까발렸다가 스스로 어떤 지양점을 찾아간다는 점에서 바람직한 자기애일지 모른다. 또 다른 하나의 이미지라기보다 삽화는 배가 한껏 부풀어 오른 임신부가 영문 서류를 들고 사무실 안을 돌아다니는 좀 코믹한 장면이다. 나의 상상을 얼마쯤 덧붙여서 풀어보면 이렇다. 그의 아내는 해산달에도 꼬박꼬박 정시에 출근하고 있었는데, 그즈음의 어느 날 외국인 지점장이 자신의 책상 모서리에 무거워서 잠시 걸쳐두고 있는 듯한 임신부의 북통 같은 배를 한참이나 물끄러미 쳐다보더니 이윽고 몽블랑 볼펜으로 서류 하단에다 사인했고, 뒤이어 혼인 여부와 관계없이 여직원에게는 누구나 미스라고 부르는 관례를 좇아 "미스 김, 대단히 아름답습니다"라고 영어로 또박또박 지껄였다는 것이다. 미스 김은 잠시 어리둥절 반 무안 반으로 어설픈 미소를 짓다가 이내 임신부다운 배포로 직장 상사의 진지한 표정을 직시하며 눈짓으로 무슨 말인지 물었다. 그 이름만으로도 독일계가 틀림없는 미스터 슈와르츠는 두툼한 턱 주위의 새파란 면도 자국이 늘 뽀송뽀송하고 자신의 새카만 티크 책상 위에는 하얀 이빨을 드러내고 활짝 웃고 있는 부인 사진과 개구쟁이가 눈웃음을 짓고 있는 듯한 딸애의 프로필 사진을 쌍액자에 넣어 세워두고 있는 일벌레였다. 미스터 슈와르츠는 그 사진을 빤히 들여다보다가 바루어 놓고 나서 곰처럼 두툼한 어깨를 연신 들썩이며 자기 형이 지금 텍사스주에서 농부로 살고 있는데, 그의 자식이 자그마치 여덟 명이고 그

다산이 정말 부럽다고 했다. 그제서야 미스 김도 뉴요커 미스터 슈와르츠의 진의를 대충 파악하고 "이해할 수 있어요, 고마워요, 어쨌든"이라고 응수했다. 곧장 미스터 슈와르츠는 숱 많은 갈색 머리칼을 왼쪽 가르마로 단정하게 빗어넘긴 큼지막한 머리통을 절레절레 흔들며 "정말 부러워"라는 말이라기보다 신음을 두 번이나 되뇌었고, 점점 처량해지는 자신의 기분을 확 걷어내려는 듯이 벌떡 일어서서 미스 김에게 뜬금없는 악수까지 청하며 "언제부터 해산 휴가가 시작되지요?"라고 물었다. 미스 김이 다음다음 주부터는 쉬겠다고 대답하자 그는 기다렸다는 듯이 곧장 "다시 출근할 때 내 시거를 잊지 말아요, 아마도 틀림없을 겁니다"라고 말했다. 미스터 슈바르츠는 담배를 안 피우는 사람이라 미스 김이 무슨 말인지 몰라 멀뚱해 있으려니, 아들을 낳으면 가까운 친지들에게 시거를 한 대씩 자축 선물로 돌리는 게 미국 남부지방의 한 풍속이라고 했다.

우리가 결혼한 지 반년쯤 지났을 때, 내가 그 두 가지 삽화를 들려주었더니 아내가 원숭이의 용두질에 대해서는 "남자들은 정말 알 수가 없어. 결혼해놓고서도 그로테스크하게 그게 도대체 머야"라는 반응을 보였고, 한 임산부의 복부에 대한 어떤 미국인의 비상한 선망에 대해서는 "자식이 머 그리 중요하다고, 그 독일계 미국인 양반 형이 홀스타인 같은 젖소를 기르나 보지. 짐승처럼 새끼나 양산하고. 그 뉴요커 뱅커 양반의 와이프는 머 한대요?"라고 엉뚱한 관심을 보였다. 그것까지야 나도 알 수가 없어서 "몰라. 직장에야 나가겠지. 사립대학 행정직 사무원이거나 의상 전문 코디네이터쯤 될 테지. 증권회사 중역들의 비서거나 화랑, 도서관 같은 데서 늘 깔끔하게 차려입고 거니

안팎에서 시달리며

는 큐레이터거나. 식품회사 전산요원은 아닐 거야. 뱅커, 뉴요커 이미지와는 맞지 않아"라고 아무렇게나 주워섬겼다.

다행히도 그때까지는 한 미국인이 진지하게 실토한 현대 도시인의 어떤 결핍감 같은 것이 우리 부부 사이에는 비집고 들어올 틈이 없었고, 그즈음이 그나마도 지금 같은 따분한 일상, 사랑하지도 그렇다고 미워하지도 않는 어떤 감정의 무풍지대와 견주어볼 때 조금은 행복한 한때가 아니었나 싶다.

언제나 할 일은 밀려 있으나, 그 일들은 대체로 어떤 조직체의 단순 사무처럼 시한을 박아놓고 후딱후딱 해치울 수 있는 잡사들이 아니다. 그래서 한동안 흐리멍덩한 채로 줄담배를 피우다가 손수 두 잔째의 커피를 타 마시고 나면 아파트 단지 안의 수상쩍은 고요에 숙연해진다. 대개 오전 열한 시 전후부터 그 '말간 고요'는 조금씩 깨어나다가 오후 네 시 전후가 가장 시끄럽다. 밖에서 밀려오는 그 소음의 강도는 내 방 속의 시무룩한 정적 위에다 필립스 오디오에서 자발없이 파딱이는 선율의 강약 표시등처럼 어떤 무늬를 새겨간다. 그전까지는 몰랐는데 피시로 소설을 쓰기 시작하면서 내가 시장 바닥 같은 곳에서 잡다한 생각들을, 더 분명하게는 단어의 나열일 테지만, 갈고리로 긁어모으고 있다는 느낌을 자주 일군다. 소음은 짜증만 증폭시키는 시끄러움에 불과할 테지만, 그래도 그 세기를 정확히 측정하는 전자식 감응 장치 같은 것을 개발해서 실내에 부착해두어야 하지 않을까 하는 공상을 어루만진 적도 있으니까.

↓

이틀 후에 이사한다. 나는 할 일이 없다. 작업실 보증금도 마련해두었다. 전화는 이사 당일에 놓아준다고 했다. 이 지글지글 끓는 더위 속에서 이사 소동이라니.

나는 마지 못해 밀린 일거리 하나를 잡았다. 반송되어온 편지를 읽기 시작했다. 피시로 작성한 이 편지는 나의 소득을 '불찰(不察)'한 세무서의 오류를 바로잡으려는, 참으로 성가신 덤터기를 해소하려는 호소문이었다.

—고광배님께, 제번하옵고, 저는 지난 8월 초순에 저희 관할 세무서에서 발행한 '작년도 종합소득세 누락분 납세고지서'를 받은 사람입니다. 저에게 부과된 종합소득세 누락분 금액은 8만3천여 원이었습니다. 저는 지난 5월에 이미 작년도 종합소득세를 통보받은 후, 곧장 자진 신고하여 납세의무를 마친 바 있는 터라 '누락분 납세고지서'는 뜬금없는 통지였습니다. 곧장 작년도 종합소득세를 신고한 소득세 2과(담당 세무공무원은 김경대 씨이며, 전화번호는 401-4200번입니다)에 알아봤더니, 강남구 역삼동에 사는 고 선생께서 저에게 3백여 만원을(무슨 대금인지 또는 어떤 보수인지 알 수 없으나) 작년 10월 중에 주었다고 전산에 입력되어 있다는 것입니다. 당연하게도 저에게는 고 선생이 생면부지이고, 그런 돈을 받은 사실도 없습니다. 아마도 전산처리 과정 중 일어난 단순한 실수라고 짐작됩니다. 따라서 선의의 피해자로서 생돈 8만여 원을 소득세로 내야 하는 저의 고충을 고 선생께서 소명 내지는 정정해주셔야겠습니다. 참고로 말씀드리면 작년 한 해 동안 저의 소득원은 지방대학 두 군데, 서울의 야간대학 한 군데에서 받은 시간 강사료뿐이었습니다. 소명하실 때 필요할 듯싶어 저의 주소, 전화번호, 제 주민등록번호, 납세고지서 세목 코드 등을 아래에

안팎에서 시달리며

적어둡니다.

내 편지를 받을 사람의 평균치 한글 독해력을 고려하여 어휘도 최대한으로 줄였다기보다 쉬운 말로 바꿔 쓰느라고, 또 신문 기사 수준에 맞추기 위해 요점만 간추리느라고 여러 번 고쳐 썼으며, 고쳐 쓴 횟수만큼 읽은 편지였다. 나는 이미 그 반송되어온 편지 문맥을 조사 하나 빠뜨리지 않고 외울 수도 있다. 정서가 펄펄 끓어서 비약이 심한 시 한 편 외우기에 비한다면 이쪽의 감정 따위가 극도로 자제된 그따 위 편지 외우기야 식은 죽 먹기였다. 더욱이나 '소득원'이라는 단어 앞에 '주(主)'라는 한정사를 붙일까 말까로 꽤 고심했고, '시간 강사료 뿐이었다'라는 말은 거짓말이었으므로 외우기는 더 쉬웠다. 적어도 거짓말을 둘러댈 수 있는 사람은 암기력도 그 거짓말의 질적 수준에 정비례한다는 것이 남의 글 읽기와 말 듣기에서 터득한 일종의 독해 법이다. 가령 아내가 "나 이번 주에 무지 바빠. 미적미적 땡땡이친 기사를 두 꼭지나 써서 넘겨야거던"이라는 말 따위를 나는 액면 그대로 새겨듣지 않는다. 그 '바빠'는 '바쁠 거야'라야 더 정확할 테지만, 실제로 바쁠 예상과 기사 두 꼭지는 상충한다고 할 수 없을지 몰라도 별개의 일일 거로 보여서다. 닷새 반나절이라는 긴 시간대를 고려하더라도 그렇고, 그녀의 사무량, 패션에 대한 정보량, 그 뻔한 기사 수준을 어림짐작하더라도 그 두 마디 말은 서로 싸우고 있으며, 따라서 그녀는 적당히 거짓말을 둘러대고 있는 게 거의 틀림없을 것이다.

그렇긴 해도 말 듣기는 매개 당시의 인과관계, 주위 분위기, 서로의 감정 등이 그 독해에 많이 작용하므로 일일이 다 따질 수도 없고, 대개는 바쁜 체하고 있군, 거짓말과 과장벽을 무시로 또 임의로 혼동하고 있잖아 하면서 나와는 무관계한 일이니, 어련히 잘할까, 라고 치부해버린다. 그러나 글 읽기에서의 내 독해력은 다소 다르다. 곧 모든 글은 그 거짓말의 수준이 글 자체의 위력 때문인지 그럴듯하든가 엉터리든가 둘 중의 하나뿐이라고 생각하고, 후자인 경우는 전적으로 사기당하고 있는 기분이 또록또록해서 내팽개쳐버린다. 그런 사례를 일일이 다 들자면 끝도 없고, 심지어 신문 기사에도 그런 아리송한 글이 수도 없이 많다. 다만 전자인 경우에도 '글쓴이가 지금 하기 싫은 거짓말만은 안 하려고 애쓰고 있잖아' 정도의 내 미숙한 독해력과의 감정적인 타협을 줄기차게 이어가긴 한다.

나는 허위 사실과 싸우기 위해, 또 내 거짓말을 합법적으로 인정받기 위해 성난 사람처럼 의자에서 벌떡 일어섰다. 열쇠 꾸러미를 챙겨 들었고, 지갑을 바지 뒷주머니에 쑤셔 박았고, 책상 위를 대충 정리했다. 곧장 가장 중요한 일을 빠뜨리지 않으려고 종종걸음을 쳐서 싱크대 위 벽의 가스 밸브를 원천 봉쇄했다. 가스 밸브의 '원천 봉쇄'는 살림하고부터 아내가 내게 가르친 용어이다. 내가 흔히 라면을 끓여 먹거나 달걀 두 개를 프라이하고 난 후, 그 '원천 봉쇄'를 깜먹어버려서 아내는 한동안 집에 들어서자마자 그것부터 점검하고서는 신경질적으로 창문, 현관문 등을 왈칵왈칵 열어젖혔다. 뒤이어 그녀는 집 안의 가스가 빠져나가기를 기다리는지 외출복 차림 그대로 소파 위에 오도카니 가부좌 틀고 앉아 뾰로통해 있곤 했다. 무슨 후렴처럼 '가스 누출, 원천 봉쇄'를 아침저녁으로 되뇌며 아내는 나를 철저히 길들였고, 바로 그 시재(詩材)를 페퍼포그가 자욱한 대학가의 상처와 한 아파트 주민의 자아 붕괴에 빗대어 나는 한 편의 시로 길어 올리기도 했

안팎에서 시달리며

다. 자아의 정체성 찾기에 치여버린 한 세대의 자화상을 시니컬하게 토로한 그 시는, 아직 여러모로 불충분한 내 시적 감응력에도 불구하고, 내발적으로나 외부와의 길항(拮抗)으로나 그 간고한 정서만은 28행의 행간 사이에 그런대로 무르녹아 있는 것이었다.

목덜미와 등짝에 제법 시커먼 솜털이 곱게 뒤덮인 웬 여자가 앞머리칼을 자발없이 손가락 빗질로 부풀리면서 엘리베이터 안에 붙은 거울을 통해 나의 근엄한 프로필을 할끔할끔 살펴댔다. 미취학 아동이 하나쯤 딸린 듯한 그 여자의 느끼한 짓거리는 꼴불견이었고, 그 행태는 아내의 거울 앞 몸짓과 달리 에미스러움과 계집스러움을 한꺼번에 드러내고 있었다. 아내는 그 두 속성 중 어느 것에도 결핍이 많은데, 그 부족이 한 여자의 전신상에 넉넉하게 드리워져서 내게 작은 위안이 되었다. 여자는 다급한 동작으로 하관이 빠른 경비원에게 열쇠를 디밀어주며 "우리 애가 찾거든 좀 집어줘요"라고 말했다. 8월 중순의 낮 더위가 차들의 코빼기에다 막 그 열기를 퍼붓고 있었다.

지지난해 늦가을에, 그러니 결혼한 지 7개월 만에 나와 아내는 서로 반씩 추렴하여 프라이드 승용차 신형을 샀다. 각자가 매달 25일에 10만 원씩 내서 꺼 가는 할부 원금의 납입은 1년 만에 끝났다. 아내는 자신이 목요일부터 일요일까지 사용한다는 우리 사이의 내규를 한동안 열성으로 챙겨 먹더니 지난해 초여름께 그 극성을 슬그머니 거둬들였다. 짐작건대 그 자가용 운전을 통해 드러날 능력 있고 활달한 오피스레이디로서의 위상이 소형 승용차와는 전혀 무관할뿐더러 동승한 여자 승객 하나가 문득 지나가는 말끝에 슬쩍 비친 주관적인 견해, 예컨대 "아직 우리나라에서는 혼인 여부와 무관하게 오엘들이 차 몰고 다

310

니면 직업은 전적으로 숨어버리고 빈둥거리는 가정부인이거나 돈독 오른 중년 부인 같아. 나잇살도 댓 살은 더 먹어 보이고" 정도의 말을 주워들었기 때문일 것이다. 소형차를 들먹이지는 않았지만, 아내는 그 비슷한 말로 "출퇴근 때 차 때문에 긴장하고 조바심 내고 있으려니 팍삭팍삭 늙는 것 같아"라는 투정을 흘린 바 있었다. 그 후부터 우리 차는 거의 내 전용물이 되었다.

그러나 작년 봄부터 내가 이른바 '설풀이' 보따리 시간강사 노릇을 하느라고 월요일부터 수요일까지 용인으로, 청주로, 서울 시내 한복 판으로 차를 끌고 다닌 경험으로는 자가용이야말로 현대판 말썽꾸러 기 자식 같은 애물이며, 고의적 위해 상태를 자발적으로 조작하며, 그 것을 굴리는 데 필요한 쓸데없는 정신적 에너지의 소모량이 너무 벅 차고, 그 축지(縮地) 동력기가 오히려 걸음품을 더 늘려서 보부상처럼 길바닥에 내버리는 시간이 많다는 것이었다. 하기야 세 군데의 시간 강사 자리를 선뜻 떠맡은 것도 그 축지 기능에 기댄 덕분이었고, 그런 뜻에서도 나는 구전 몇 푼 먹자고 새벽부터 길에 나서는 현대판 보부 상과 다를 바 없었다. 언젠가는 그 걸음품이 하 심란해서 청주의 한 강의실에 들어서자마자 수강생들에게 나의 '말값'과 '현대판 보부상' 에 대해서 하릴없는 신음을 토해내기도 했다.

내 쪽의 사정은 아무려나 박 선생은 자가용 굴림에 대해서도 일찍 이 모범을 역설한 바 있는데, "차나 몰고 어슬렁거리는 한가한 촌놈이 되지 마라"는 당부가 그것이다. 당신도 운전면허증을 오래전에 땄고, 중형 승용차를 갖고 있으면서도 일주일에 이틀 또는 사흘만 학교에 나올 때 전철, 학교 버스, 좌석 버스 등을 이용한다. 또한 차에 따른 당신의 횡액 방지책은 "피곤할 때, 바쁠 때, 이것저것 생각거리가 생겼을 때, 술자리 회식에 나갈 때, 차 몰고 돌아다니는 건 제 명 줄이는 미필적 고의야"인데, 재담가의 말장난으로만 들을 건 아니다. 갑년을 코앞에 둔 당신의 천수 누림을 나는 그이의 학문적 위업에 대한 미구의 평가보다 더 확실히 보장할 수 있다.

관할 세무서까지는 축지 동력기로 불과 5분 거리다. 차 안의 에어컨 성능이 제법 위력을 발휘하자 나는 햇빛 가리개를 내려 차창 상단을 가렸고, 문득 박 선생이 그처럼 뜨르르하니 설파하던 선글라스 효용론을 떠올렸다. 남대문 시장 안의 안경 점포 상가에 언제쯤 들려야 하는지, 또 골치 아픈 숙제거리를 떠안긴 박 선생이 야속할밖에. 선생이란 모름지기 수시로 할까 말까로 망설이게 하는 생활 지침을, 알쏭달쏭한 의문점을 내놓아 아랫것들의 머리에다 지긋이 지압을 누를 수 있어야 훌륭한 사표(師表)이거늘. 여러 점에서 부족하기 짝이 없지만, 결코 박 선생의 수다스러운 달변(達辯)과 잡학성 박식과는 거리를 두고 싶은 나조차도 그이의 일상 꾸리기와 신변 치장술은 귀감으로 삼지 않을 수 없으니.

관청 건물 안은 초입부터 알뜰하게 절전하고 있는지 어둠침침했다. 불특정 다수의 시민을 상대로 어울리지도 않는 위엄 부리기, 평생토록 근검절약만을 주절거리는 음흉한 멍청이, 뒷구멍으로는 세간 차지나 마름을 앞세워 한여름 내내 피 같은 땀을 흘려 거둔 남의 소출을 한 톨이라도 더 발겨내려는 현대판 토호, 세무서란 그런 곳이었다.

관청에서는 하소연이 통하지 않는다. 따라서 무지렁이로 보여서는 불이익이 즉각 돌아온다. 이쪽이 굽실거리면 더 뻣뻣하게 구는 게 관리들의 전통적인 대민 봉사 자세다. 소득세 2과가 있는 3층으로 올라 가며 나는 단단히 중무장했다.

불그레한 얼굴색도 그렇지만, 그것의 굵기와 돌출 정도가 사내의 정력의 세기를 드러낸다는 울대뼈의 돌올만 봐도 김정대 씨는 넘쳐나는 건강을 어떻게 주체할지 몰라서 여기저기를 기웃거려야 하는, 많이 얹어줘도 마흔다섯 살 안쪽의 벽창호거나 벼락대신에 가까웠다. 그가 낯이 익다는 듯이 "앉으세요"라며 내게 자신의 책상 옆에 놓인 접이식 철제 의자를 눈짓했다. 나는 수취인 불명 딱지가 붙은 편지 봉투와 반송되어온 편지를 그에게 나란히 디밀었다.

"전화로도 몇 번 말씀드렸지요…"

역시 만능의 공무원답게 그의 총기는 출중했다.

"아, 아, 누락분 정정 신고 때문에 짜증스럽다던."

"시키는 대로 징수 의무자 고광배 씨라는 양반에게 편지를 내봤더니 이렇게 되돌아왔네요."

나는 미리 준비해온 말을 또박또박 읊었는데, 딴에는 그 어조가 꽤 침착하고 자세도 성실한 납세자다웠다. 내 눈어림으로 잘못 보지 않았다면 김경대 씨는 어젯밤에 술을 3차까지 마신 게 틀림없었다. 나의 편지를 건성으로 읽으면서 그는 게워 올리는 술 트림 소리를 입 안에서 뭉개느라고 입술을 앙다물었고, 그 통에 거추장스러울 지경으로 우람하게 돌출한 그의 울대뼈가 턱 쪽으로 잠시 올라붙었다가 잠자코 떨어져서였다.

"이거 골치 아픈데. 전산이 거짓말할 리는 없는 법이고."

전혀 쓸데없는, 그러나 몸에 밴 공무원들의 강박성 탄성이어서 나

는 표정을 짐짓 딱딱하게 바루었다. 그가 나의 아파트 동 호수를 일별
하더니 손가락에 연방 침을 묻히며 두툼한 소득세원 장부를 후루룩후
루룩 넘겨댔다.

"작년도 종합소득세가 얼마였어요?"

"6천 7백 몇십 원이었을걸요. 여기서 계산해주는 대로 곧장 은행에
다 냈어요."

그가 나의 소득원을 빤히 쳐다보며 물었다.

"직업이 뭡니까?"

"대학교 시간강사였습니다."

구질구질할뿐더러 내년에 종합소득세를 신고할 때나 챙길 일이라
서 나는 '그나마 올해는 때려치우고 놀고 있습니다' 라는 말을 자제했
다.

"매달 백이삼십 만원꼴로 소득이 있었는데…"

"세 군데나 뛰었으니까요. 지방대학에서는 차비라며 몇 푼 얹어주
었습니다."

"호오, 차비까지요?"

공연히 좀 찜찜했지만, '기름비라야 더 정확하겠지요' 라는 말을 속
으로 뇌까렸다.

"요컨대 한목에 3백여만 원을 보수로 받을 데는 없다는 말이네요?"

듣기에 따라서는 호의성 다짐의 질문이었고, 나로서는 충분히 예상
했던, 지하도 입구에서 맞닥뜨리는 불심검문 같은 가방 뒤짐이었다.
주민등록증을 소지하지 않아 붙잡히는 간첩이 없듯이 불심검문에 걸
려 닭장차 속으로 끌려가는 얼간이는 이미 운동권 학생도, 수배 중인

제적자(除籍者)도 아니다.

"네, 없어요."

물론 거짓말이었고, '원고료 같은 것도 그만큼 받을 데는 없어요'라는 말이 입속에서 맴돌았지만, 시 한 편에 만 원도 받고 2만 원도 받는 그 창피스러운 보수만을 따져보아도 결코 직업이랄 수 없는 '시인' 운운하는 소리가 뭇 세리(稅吏)들의 시선을 끌어모을까 싶어 나는 바싹 긴장했다.

물론 3백만 원은 내게도, 심지어 국내에서 다섯 손가락 안에 드는 종합 광고회사의 인쇄매체 부서에서 일하는 아내에게도 큰돈이다. 그러나 두 명 또는 세 명의 고3 특별 그룹 과외 수업을, 대체로 대학 입시를 서너 달 앞둔 여름방학 때부터 맡으면 나는 한 달에 3백만 원 이상도 벌 수 있다. 당연하게도 그 과외 수업 보수는 세원(稅源)을 포착할수 없다. 돈에는 액수만 있을 뿐 얼굴도 개성도 없다는 말이 있지만, 그 한정적인 비아냥성 사용가치설이 과외 수업 보수에만큼 정확하게 적용되는 사례도 달리 없다.

가령 내가 대학 1학년 때, 신군부가 느닷없이 덩굴째 굴러온 권력을 허둥지둥 독차지하는 데 한 구실이 되었던 그 망할 놈의 '과외 망국론'이 터졌고, 그즈음 나는 사돈의 팔촌쯤 되는 일가붙이 집에서 고2짜리 학생과 방을 함께 쓰며 그의 입시 공부를 도와주었다. 그 보수로 나는 매달 5만 원씩 받았다. 그동안의 인플레를 따져보아도, 또 지금 내 씀씀이와 견줘보아도 그 돈은 정말 터무니없을 정도로 미미한 액수였으나 그때는 참으로 오달졌다. 돈 액수도 그랬지만, 수수 절차도 쌍방이 좀 갸륵한 구석이 없지 않았다.

안팎에서 시달리며

바깥양반이 어느 청량음료회사에 다니는 임원급 월급쟁이였고, 방위병으로 복무 중이던 시동생 하나도 수시로 넉살 좋게 손을 내밀던 째는 살림살이였음에도 매달 21일 아침밥을 먹고 방에 가보면 내 책상 위에 어김없이 흰 봉투가 놓여 있었고, 사시장철 발목을 덮는 얼룩덜룩한 월남치마를 입고 지내던 안주인이 그날만큼은 학교로 나서는 나를 대문간까지 따라 나와서 "우리가 사돈총각한테 너무 섭섭하게 대접해서 미안쿠먼, 차비도 될까 말까 한 푼돈을 월사금이라고 주면서"라고 숫되게 읊조려 내가 오히려 쑥스러워 머쓱해지곤 했다. 쌍방의 그런 수수 절차 때문에라도 명색 '차비'의 사용가치는 배가되었다.

간혹 내가 집에 내려갔다가 올라왔을 때라든지 친구들과 노닥거리다가 밤늦게 돌아왔을 때도 꼬박꼬박 더운밥을 차려주던 그 집 안주인을 떠올리면 내 팔자에 인덕은 불가피한 어떤 운때 중의 하나라는 자기최면을 일구게 한다. 이런 자기최면이야말로 한낱 감상에 불과하지만, 세상살이를 만만하게 볼 수 있는 늘품성을 키워준다. 어쨌든 그 서슬 시퍼렇던 제2 군부 정권 아래서도 나는 지방공무원이었다가 중앙 부서로 막 자리를 옮겨 앉은 맏자형의 제수씨 친정 쪽 손위 올케댁이었던 그 집에서 불법적인 과외 지도로, 그래서 가외(加外)로 악착같이 살아남았다. 하기야 따지고 보면 그해 봄에 자형이 갑작스럽게 서울로 차출, 전근해온 곡절도 군부 정권의 대대적인 '관기(官紀) 숙정'에 기댄 충원 덕분이었으니까, 이래저래 나의 '학력 만들기'의 근원에는 저 막강한 관치행정의 미력이 드리워져 있기도 하다.

아무려나 요즘 세태에서는 그런 따듯한 인정머리나 갸륵한 열성 같은 걸 눈 비비고 찾아봐도 볼 수 없다. 그러니 '황당한 권태의 그늘이 무색 스커트 자락에 멀뚱히 매달려 떨어질 줄 모른다/삿갓처럼 내리 덮은 눈꺼풀이 힘겹게 올라가도 시선이 없다'라고 연전에 내가 명색 산문시로 읊은, 자칭 무력감에 빠져 허우적거린다면서도 파리한 독기만은 속에서 지글지글 들끓었던 그 당시의 신군부 정권 시절은 한때의 '이발소 그림' 속에 선명하게 색칠해놓은 데데한 풍경 같다.

이런 내 현실감각은 역설(逆說)도, 그렇다고 보다시피 억설(臆說)도 아니다. 차제에 어쩔 수 없이 최근의 사례도 들어보면 이렇다. 학부모 중 하나가, 남편에게서 물려받은 구형 그랜저를 손수 몰고 다니는 빨간 매니큐어 칠한 유한마담이 일종의 구두 계약 때, 나의 은행 계좌번호를 두 번쯤 확인한 후 수첩에다 받아적고, 선불로 매달 계약액을 내 통장에다 입금해준다. 나는 입금 여부를 확인하지도 않는다. 그것이 제날짜에 들어오지 않는 경우는 천지개벽하지 않는 이상 있을 수 없는 일이다. 발등에 불이 떨어져 있는 쪽은 뻔하며, 그 때문에 받을 불이익도 당연히 누구인지 그쪽이 먼저 알고 있어서이다. 두어 시간의 무성의한 과외 수업이 조만간 대학 입시 시험에 어떤 영향을 미칠 것인가, 그 조바심은 학부모만이 안다. 나의 저금통장에 찍힌 입금 날짜, 금액, '조수정' 같은 입금 의뢰인으로서의 학생 이름이 정확하기 이를 데 없어서 '그 참, 신기하다' 하며 알아보았더니, 그들은 대개다 생활비가 감히 그 곁에서 얼찡거리지도 못하는 치외법권 지역에다 3개월 치 또는 6개월 치, 심지어는 1년 치 과외 수업비를 별도 계좌에다 쟁여두고 곶감 빼먹듯 허물어 쓸뿐더러 그들끼리 명색 입시 정보 교환을 위해 뻔질나게 만나는 데다 당번을 정해 돌아가며 곤한 애들을 자가 운전으로 이른바 '픽업' 시켜주므로 그 사례비 입금 관행을 까먹을 수가 없다는 것이다. 그 '픽업'이 시험 점수만 상대적으로 좀 밑도는 자식 둔 죄 탓인지, '빚 갚으러 간다'라는 은어로 통용되고 있다고 했다. 누구나 짐작할 수 있듯이 그 유한마담들이 나로서는 속된 유행가 가사대로 '이름도 몰라 성도 몰라'다. 그들은 주로 공손하게 고개를 숙이며 "강호 엄마예요"라든지, 좀 숫기 좋은 축은 "말씀 많이 들었어요, 압구정동 조수정이 에미예요"라고 말한다. 또한 첫 대면 때 집안일 따위는 전적으로 파출부에게 맡기고 있다는 시사를 은연중에 비치지만, 그런 구변이야말로 '공주병'의 한 징후라는 것이 내 추단이고, 대다수 여성은 그 병적 증상을 무시로 과시한다. 왜 그러는지 그건 내가 이해할 수 없는 대목이다. 게다가 그들은 명색 일류대학 아무 학과 선택에 따른 담임 선생의 장담성 예상과 학부모로서의 원망성 기대 사이에 치여 "헷갈려 죽겠어요"라는 실토도 빠뜨리지 않는다. 이 대목은 명명백백하게 이해할 수 있다. 영어, 수학, 국어가 점수 비중도 높을뿐더러 그게 붙고 떨어지고의 관건일 수밖에 없는 것이 그 세 과목 점수가 나아지면 어찌 된 판인지 다른 암기 과목의 점수도 덩달아 좋아지는 일종의 신기한 증후군이 상위권 실력파 입시생들에게 널리 퍼져 있어서이다. 아무튼 어떤 입시생이라도 그 세 과목 중 어느 하나가 상대적으로 떨어지며, 그것도 몇 개라도 더 맞힐 수 있느냐 없느냐가 그들의 대학 및 학과 선택을 헷갈리게 하는 장본인이고, 바로 그 취약점이 내 앞에서 기신거리게 하고, 미친 듯이 돈바람을 불러일으킨다고 보면 과히 틀리지 않을 것이다.

그들의 깍듯함은 샌드위치나 주스 등을 내놓을 때도 드러나지만,

성적이 나아지고 있는지를 직접적으로 물어오지 않는 데서도 솔직하게 비친다. 그들은 제 자식들의 구전으로 나의 학습 지도 능력, 성실 정도, 문제풀이 요령(대개는 되풀이되는 '실수'에 대한 지적과 그 우스개조 환기력인데), 닦달성 면학 분위기의 강도 등을 간접적으로나마 찬찬히 점검하고 있다. 그렇긴 해도 입시생 각자의 눈가림식 요령 피우기에 따라 정도의 차이는 있지만, 돈 들여 붙들어놓고 있는 만큼의 성적 향상은 웬만큼 보장되어 있으므로 그들의 능글맞은 배포는 침이라도 뱉고 싶을 지경이다. 더욱이나 그들은 과외비 투자를 후회하는 법이 절대로 없다. 일종의 도박판 같은 입시제도에 잘 길들어 있는 데다가 거의 십중팔구는 이른바 '소신 지원'을 제대로 못 할 수밖에 없는 자기 함정을 파놓고, '운수소관'이라면서 그 구멍에 빠져도 어쩌겠냐는 체념까지 준비하고 있어서이다.

요컨대 과외 수업으로 받는 나의 스트레스는 젊은 여자 하나와 교접 후에 맞닥뜨리는 어떤 심적 부담감보다도 훨씬 가볍지 않을까 싶다. 그 심적 부담감이란 비디오테이프의 대여 및 그 감상처럼 후딱 해치운 이번의 성관계가 조만간 가까운 친인척에게 들켜 망신살이나 입지 않을까 하는 기우성 죄책감, 이런 치정의 일시적 습관화가 몰고 올 성가신 금전적 낭비감, 심정적 황폐감, 시간적 손실감에 그친다. 그러므로 돈 있는 것들이 오로지 제 자식만 일류대학에 집어넣고 보자는 거친 가족 이기주의의 광란에 휩싸임으로써 그들은 황금보다 더 귀중한 젊은 시간을 바치며 입시 문제 풀이 요령을 파는 내게다 사디스틱한 도착증을 과시한다고 해야 옳지 않을까. 그 채찍질이 점점 더 감질나는 것도 과외 지도가 불법으로 못박여 있어서, 그러니 불륜의 성관계에 대한 집착과 일맥상통한다. 하기야 두 경우가 법적제재만 받지 않는다면, 서로가 그 한때의 미친 도착증을 마음껏 즐겼다는 점에서 일단 소기의 목적만은 달성한 셈이 된다.

평생에 마지막 시험인 박사학위 논문 제출 자격시험, 곧 제2 외국어 시험과 세 과목의 전공, 한 과목의 부전공 종합시험을 간신히, 주로 박 선생께서 봐준 덕분에 턱걸이로 통과한 직후였고, 차를 굴리는 데도 가욋돈이 꽤 쏠쏠하게 들어가고, 무엇보다도 1년 또는 2년쯤 논문 쓰기에 매달리려면 미리 여윗돈을 장만해두어야 해서 나도 지난해 여름방학 때부터 고3 특별 그룹 과외 지도를 맡은 것은 사실이었다.

간첩끼리 접선하듯이 구전을 떼먹는 전문 소개인의 지령에 따라 나는 강남의 한 호텔 1층 커피숍으로 들어갔고, 거기서 두 학부모를 만났다. 그들 중의 한 여자가 모는 구형 그랜저 승용차의 뒷좌석에 올라타고 압구정동의 한 아파트로 따라서 들어갔다. 나는 늘 그러는 대로 이번에만 이 짓을 하고 다시는 안 한다는 작심을 떠올리면서 국어, 영어를 세 시간씩, 목요일 밤에는 압구정동에서, 월요일 밤에는 방배동에서 세 입시생을 가르쳤다. 그중 한 입시생의 아비는 어떤 국영 기업체의 고위 간부여서 과외 수업 장소를 제공할 수 없었는데, 그 여학생의 성적이 제일 나았다. 여담이지만 고액 그룹 과외일수록 학부모 중 하나가 국장급 이상의 고위 공직자이어야 함은 널리 통용되는 불문율이자 만약의 경우를 위한 사후 수습책 중 하나로서, 사모님들끼리는 그런 과외를 구실로 계 모임 같은 정기적인 지아비 보신용 정보 나누기를 겸한 자기들끼리의 과시용 친목 다지기에 매진한다는 풍문도 들린다. 재수하는 한이 있더라도 소신 지원하겠다는 갸륵한 심지대로 그 여학생과 다른 남학생 하나는 세칭 일류대학에 무난히 합격했다. 소신 지원자가 합격할 확률이 높은 것은 순전히 마지막 정리력에 상대적인 집중도를 배가할 수 있기 때문이다. 과외 지도선생으로서 내가 할 소리는 아니지만, 남학생 하나는 고액 과외를 받지 않아도 합격할 만한 우등생이었다. 그러나 아이러니컬하게도 낙방의 고배를 마신 다른 남학생 학부모로부터 내가 말이라도 더 곡진한 인사를 들은 것은 똥 눌 때만 다급한 '과외 세상'의 세태를 곧이곧대로 반영한 사례라고 하겠다.

비록 한때 불법의 고액 소득자이긴 했어도 나는 그것으로 불이익을 당하고 싶은 생각은 추호도 없었고, 흘러간 치정 사단을 뒤적거리며 회상에 젖을 정도로 늙어빠진 추물도 아니다. 내가 만약 과외 소득세를 문다면 신문에 날 리는 만무하지만, 그 때문에 학부모들이 입을 불명예를 간과하기도 쉽지 않다. 그 방면에 관한 한 흐지부지하게 처리하는 우리 사회의 일솜씨를 나는 전적으로 신뢰할 수 있다.

김경대 씨가 나의 제법 의젓한 시선을 피하면서 말을 흘렸다.

"독촉장이 발부되면 더 골치 아픈데. 문책도 떨어지고."

나는 그 말을 비과세 소득을 누리는 불특정 다수의 의뭉한 납세자 일반에게 터뜨리는 엄포성 공갈로 새겨들었다. 관(官)의 고질이기도 한 엄포는 직수굿이 받아들이는 것이 국민 된 도리이고, 그런 행티가 그쪽의 막강한 기득권을 알아서 마지 못해 모시는 처신이다. 지금은 지방의 한 아파트 꼭대기 층에서 축축 드리워진 난 촉들에 일일이 분무기나 뿌려대면서 분 받침대를 이리저리 옮기며 은퇴 생활을 즐기시는 나의 부친도 당신의 막내아들이 입주 불법 과외 지도로 이력저럭 대학 생활을 꾸려가고 있던 무렵에 애가 달아, "제발 말아라, 모진 놈 던진 돌에 재수 없이 누구든 맞아바라, 지만 섧다" 어쩐다고 걱정해쌓던 지어미 곁에서 "막는다고 되나, 공부시킬라고 하는 짓인데, 기다려보지 머. 저라다가 유야무야 그만둘 끼다, 흐지부지가 세상 돌아가는 이친데"라고 군부의 공갈성 시책을 시쁘게 여겼다. 같은 연배인 장인 영감도 생일상 머리에서 "골프를 못 치게 한다고 해서 안 치나, 소나기만 피하자고 그러지. 두고 봐. 흐지부지되고 말 거야. 배운 도둑질이 어디 가나. 수시로 재미난 스포츠를 즐길라는데. 누가 지 돈 내랬나"라고 문민정부의 어깃장 같은 강권에 콧방귀를 뀌고 있다.

"독촉장이요? 그게 언제 나오는 건데요?"

"한 달 기한이 지나면 가산금 5프로 붙어서, 9만 원쯤 되겠네요, 다음 달 초에 발부돼요. 또 한 달 안에 납부해야 하고. 그다음에는 압류 절차 같은 게 있지만, 이런 소액이야 거기까지 갈 리는 없고."

이쯤에서는 대개 다 읍소성 통사정으로 뻗대게 마련일 텐데, 내가 만약 그런다면 간접적으로나마 나의 음성적인 고액 소득원을 드러내는 꼴일 것이다.

징수 의무자의 소재 불명 같은 뻔한 사실로 나의 부당한 납세의무를 통사정하기는 싫어서 나는 유도성 하소연을 풀었다.

"아마도 남의 무슨 세원이 나한테 잘못 입력됐을 겁니다. 이런 일에 시달리면 저는 성가시고 짜증이 나서 아무 일도 못 해요."

"기계가 거짓말할 리야 있겠어요. 번호들이 분명하다는데."

"조작을 잘못할 수는 얼마든지 있잖겠어요. 애초의 입력 번호가 틀려서. 나 말고도 이런 억울한 사정이 더러 있습니까?"

"없어요. 모르겠어요. 다른 관할 세무서에는 더러 있는지도. 여기 10만 원 안팎짜리 소득들은 무슨 수입입니까. 여기저기 보이는데."

"아, 그건 잡지사 같은 데다 짤막한 원고 써주고 받은 고료예요. 지방 분교에서도 10몇만 원짜리 특강료를 몇 번 받은 적이 있어요. 휴강 많은 달은⋯ 그쪽은 경리직원이 귀찮다고 그러는지 물어보지도 않고 아예 자기들이 목도장 파서 자기들 거래 은행 통장을 만들어주데요. 그것 찾느라고 또 걸음품을 쓸데없이 많이 팔았어요. 그나마도 올해는 지겨워서 시간 강사질을 몽땅 때려치웠지만요."

그때쯤에는 나도 내 어투가 좀 굽신거린다고 느꼈을 테고, 얼핏 이 따위 실랑이를 당장 작파해도 어떤 불이익이 돌아올 것 같지 않다는 단정을 내렸을 것이다. 며칠 후 이사를 해버리면 과세 대상자인 나도 징수 의무자처럼 수취인 소재 불명이 될 것이라는 생각이 들어서였다. 추적하면 나의 소재지야 못 밝힐 것도 없겠으나, 우리의 세무 행정력이 그 정도로 부지런할 것 같지는 않았다. 토호야 쌀 한 톨도 아까워서 닦달을 쳐댈 것이나, 아랫것들이야 그것 찾아내려고 타작마당을 구석구석 훑을 리야 없지 않은가. 아무튼 그때까지 그 뻔한 배짱을 부릴 용단을 내지 못했던 것은 합의하에 준동거 상태로 돌입하려는 우리 부부 사이의 제한적인 거주지 변동을 기정사실로 까먹고 있은 반증인지도 몰랐다.

"일단 돌아가세요. 편지는 필요 없으니 가져가시고 이 납세고지서는 놔둬보세요. 추적 조사를 하려면 필요할 테니까."

"일단 끝난 겁니까?"

"모르겠어요." 역시 노련한 세리답게 김경대 씨의 덧붙이는 말의 여

안팎에서 시달리며

운이 길었고, 그 울림이 내 머릿속에 찡하니 박혔다. "있었던 일을 없애기는 쉽지 않잖아요. 세월이 가기 전에는. 독촉장이 오면 세금 내지 말고 기다려보세요. 소득이 없었다니 그럴 수밖에 더 있겠어요. 독촉장까지 나가는 건 통상 관례예요."

세리의 술 트림 소리를 귀담아들으며 나는 짐짓 항의성 다짐을 디밀었다.

"납세자가 이렇게 멀쩡히 불이익을 당할 판인데 좀 알아서 재량권을 발휘할 수도 있잖아요. 독촉장이야 그렇다 치고 3백여만 원 누락분에 8만여 원의 종합소득세가 도대체 합당한 겁니까?"

"산출 근거가 이 고지서에 나와 있잖아요. 아마 추정 과세인 모양인데, 잘못됐다면 과세 표준액부터 통째로 잘못됐을 거예요. 정상적이라면 3백여만 원 수입에 8만여만 원의 소득세는 있을 수 없어요. 알았어요, 돌아가세요."

정당한 보수를 받았으나 과외 수업 지도가 불법이므로 나는 죄짓고는 못 살겠다는 말도 할 수 없었다. 그것이 좀 억울했다. 아내에게 결과를 알려주기로 했으므로 나는 공중전화를 찾았다. 세무서 1층의 한쪽 구석에 공중전화가 있었으나, 그것을 사용하기는 싫었다. 그게 아마도 범법자의 심리일 것이었다. 지열까지 한창 지글지글 끓어올라서 나는 손바닥으로 얼굴의 땀을 훔치며 버스 정류장까지 흐느적흐느적 걸어갔다. 공중전화기 속에다 백 원짜리 동전을 쑤셔 박았고, 교환원에게 구내 전화번호를 일러주었다.

"나야, 세무서 앞이야."

"어떻게 됐어요, 잘 끝났어요?"

324

"일단 돌아가 있어 보래."

"우리 회사 경리직원에게 알아봤더니 받은 사실이 없다면 무시해버려도 된대요."

"그 말이야 누가 못할까. 여기서도 그 말이야. 동어반복이지. 토톨로지가 별건가, 수사학, 논리학 같은 자질구레한 학문은 쥐뿔도 모르지만. 암튼 난 죽어도 애국 안 할 거야. 이때껏 애국한 것만으로도 충분하다고. 그렇다고 나 혼자만 범법자로 공개되기도 싫을 뿐이야."

"또 무슨 또또 같은 소리에요. 일단 무시해버리라잖아요. 그러면 지네들도 귀찮아서 흐지부지 없었던 일로 처리한다고요. 만사는 세월에 맡기고 흐지부지 제일주의를 금과옥조로 섬기는 게 제일이라니까요."

"무시할 수 없도록 자꾸 독촉장을 디미는데 무슨 강심장으로 버텨. 소득 추적 운운은 숫제 공갈에다 고의로 갈취 미수를 일삼는 소행 아냐."

"소심하기는. 그깐 게 머 겁낼 거라고. 정 성가시면 그깐 소득세를 헛돈 썼다 치고 내버리면 될 거 아니에요. 그럼 일사부재리 원칙대로 쫑칠 건데."

"미친 소리 하고 있네. 그러면 내 치부가 이 뜨거운 대낮 아래 송두리째 드러날 판인데. 어쨌든 안 낼 거야. 그런 불명의 돈을 받은 사실도 물론 없지만, 내가 과외 수업 소득조로 세금을 냈다면 그거야말로 기네스북에 오를 일이잖아. 기네스북에 오르는 게 결국 호사가들의 입방아에 오르내리는 망신살 아냐. 죽어도 못내. 주거 이전 신고 같은 것도 당분간 하지 말고 있어 봐. 무슨 말인지 알지? 내가 왜 제깐 것들 사무 착오를 덮어써야 하냐고."

"무슨 시를 쓰나, 추리 소설을 장르 영화로 만들 궁리를 하나. 우리가 무슨 죄를 졌다고 그런 걸 떳떳하게 신고도 못하고 살까."

"몰라, 나는 원래 그런 사람이잖아. 실제로 과외 수업 소득이란 게 얼마나 한심스러운 돈벌이야. 창피하지. 별것도 아니지만 내 현재 신분을 보더라도 자디잘고 꾀죄죄한 부르주아가 옳은 시를 쓰겠다고 덤비는 게 말이 돼? 주거 이전 신고는 알아서 해."

"됐어요. 철저히 무시해요. 앙갚음이 이런 거잖아요."

"무시? 뭘? 국가 권력이란 그렇게 단순하지도, 만만하지도 않아. 망신 주고 괴롭히려 들면 누구라도 당하게 돼 있어. 개판이지. 날씨까시 왜 이렇게 쪄?"

"여긴 냉방이 잘 돼요. 세금고지서 한 장에 무슨 국가 권력까지나. 자기가 무슨 유명인사라고. 아무튼 잊어버리세요. 우린 곧장 그쪽 세무서와는 하등의 이해관계도 없어지잖아요. 그건 그렇고요, 지금 당장 아빠한테 한번 들러보세요. 주말이라 삼성동 사무실에 와 계신데요."

"왜 또? 무슨 호출이야? 파리를 날리는 그 회원권 분양 사무실 말이지?"

"주거 이전 인사를 드려야잖아요. 곱든 밉든 장인어른에다 세대주가 될 분이신데. 점심이나, 벌써 늦었네, 저녁이라도 같이하자고 하셨어요."

"알았어. 장차 나의 처갓집 숙박 일정을 미리 귀띔해둘 필요는 있겠지."

"그리고요, 오늘…"

"머야 또, 더워 죽겠는데. 장화 한 갑 사 오는 거 잊지 말라고? 이 8월 땡볕에 더워 미칠 지경인데, 장화까지나."

"정말 미쳤어요? 그걸 이사 북새통에 어떻게 간수하라고. 절대로 사지 말아요. 그거야말로 진짜 망신살이에요."

"별 걱정 다 하고 있네. 콘돔 한 갑이 무슨 이불 보퉁이만한가. 알았어. 끊어."

"사지 말아요. 정말 귀찮아요."

공중전화 부스에서 나오자 회색 티셔츠 가슴팍이 땀으로 시커멓게 젖어 있었다. 머릿속도 모닥불이나 지핀 듯 후끈후끈 달아올라 있었는데, 물론 한낮의 더위 탓만은 아니었다. 굳이 패배자라고 호들갑을 떨 것까지는 없겠으나, 잠시잠시 서로를 이용해먹고 사는 우리의 모든 인간관계에 유독 나 혼자만 치이고 있다는 피해망상을 억지로 추슬렀다.

↓

직사광선 때문에 여닫이 서향 창문을 닫아걸고 블라인드로 가려두었지만, 미닫이 남향 창문을 활짝 열어두었는데도 바람 한 점 들어오지 않는다. 그래도 찜통 같던 한낮의 열기는 한풀 꺾여서 빠작빠작 배어 나오던 진땀이 한결 우선해져 있다. 자동차 소음, 땅을 파는 기계음, 망치질 소리, 계단을 오르내리는 입시 준비생들의 수런거림 등이 쉴 새 없이 몰려온다.

예의 내 공상 붙박이에 매달린 네모반듯한 실내 소음 측정 전자 반응기는 온통 희뿌옇게 깜박거린다. 여름 해는 길다. 그래서 집들을 짓고 뜯어고치는 모양이다. 히말라야 삼목(杉木) 그늘이 아주 짙었던 성당

안팎에서 시달리며

입구에서 땅따먹기 놀이를 하던 소년이 지금은 실평수 여덟 평짜리 작업실 속에 통조림처럼 갇혀 지낸다. 말타기 놀이를 하느라고 붉은 벽돌의 성당에 등짝을 붙이고 빳빳이 서면 까마득한 산야를 온통 태울 듯이 벌겋게 타오르던 저녁놀이 장관이었다. 방금까지 눈부신 불덩어리였던 석양이 동무의 샅에 머리를 처박고 쳐다보면 어느새 꼴깍 져버리고 없어서 신기하게 여겨졌다. 해가 져버렸는데도 아직은 훤해서 아주 천천히, 그러나 착실히 몰려오던 여름 한철의 흐릿한 땅거미를 헤아리듯 밟으며 집으로 돌아가곤 했다.

내가 이 작업실에서 죄수처럼 갇힌 생활에 차츰 길들기 시작하던 어느 날 저녁 무렵에 문득 떠오르는 풍경이 바로 어릴 때 내 가랑이 속에 붙박여 있던 그 고운 황혼이었다. 그날따라 점심을 칼국수로 때우러, 저녁을 설렁탕으로 채우러 들락이면서 바라본 내 작업실의 짙은 갈색 유리창이 밖에서의 시선을 완벽하게 차단하던 성당의 울긋불긋한 모자이크 창유리와 그 기능이 비슷하지 않나 하는 생각에 좀 망연해졌고, 길바닥에 우두커니 서서 내 주위와 작업실 창틀을 한참이나 두리번거렸다.

그러다가 네온사인이 희번덕거리는 시커먼 밤 풍경까지 바라보며 줄기차게 생각을 공글리니 그 두 색유리의 기능은 좀 달랐다. 성당의 창유리는 안에서도 밖을, 밖에서도 안을 볼 수 없다. 색유리이고, 그 파편을 조작함으로써 단조로운 무늬를 그려놓았기 때문이다. 그런데 내 작업실의 선팅한 유리창은 어느 한쪽에서만 안과 밖을 볼 수 있다. 곧 두 쪽의 조명도에 따라 어두운 쪽에서만 밝은 쪽을 볼 수 있는 것이다. 그러니 밤이면 내 작업실의 조명도가 바깥보다는 밝으므로 이쪽의 동정이 훤히 밖에서 들여다보인다. 낮이면 나는 감추어지고 밖이 드러난다. 나를 드러내려면 밖을, 곧 세상을 어느 정도까지는 어둠 속에 묻어버려야 한다. 반대로 밖을 보려면 내 쪽이 한결 어두워져야 편하다.

근본적으로는 세상 속에, 그러므로 안과 밖에서, 또 좁게는 컴퓨터 화면 속에 갇히는 것이겠지만, 글쓰기도 그런 것일지 모른다. 드러내기와 감추기, 사물을 어떤 틀 속에 가두기 위해서 나머지는 버리기, 자아가 곧 세상인 그 속에 갇히고 파묻히기. 안에서 바라보기와 밖에서 들여다보기. 여러 일반성을 들어내 버린 개개의 세상일지라도 결국에는 모자이크 창유리의 그 단순한 도식에 근접할 텐데, 그래도 외경의 시선을 꼿꼿이 유지하면서. 삶이 모자이크 같은 문학일 수는 없으므로, 그러나 문학은 모자이크를 닮은 삶의 부분적/제한적 조작일 터이므로. 따라서 삶의 아주 작은 일부도 문학일 수밖에 없으므로 모든 글발의 편린조차 삶의 의사물(疑似物)다워져야 하니까. 누가 시사하는 바대로 삶과 인생도 한 편의 인위적 가공물에 지나지 않을 터이므로.

그런 생각들을 싫증이 나도록 짓주무르다가 컴퓨터 앞에 앉았을 것이고, 하얀 화상에 붙박여 가는 어떤 '닫힌 세계의 조작'에 빠져들어 갔을 것이다. 그리고 그날 밤늦게 벼룩시장 정보지의 소개로 얻은 나의 작업실을 빠져나와 이사하기 전날 밤 한 개를 써버린 콘돔 갑이 차 속에 그대로 남아 있는지 더듬으면서, 거기 역시 꽁꽁 닫혀 있는 세포이기는 마찬가지인, 곧 또 다른 세속계의 일부인 처갓집으로 달려갔던 듯하다.

여름 해가 너무 길어서, 늦더위가 현기증이 날 정도로 무지막지해서, 나의 속물 수업기가 지지부진해서 이제는 지쳤다. 지금은 더 이상 나를 까발리지 않기 위해서, 마음대로 지우고 집어넣을 수 있는 컴퓨터의 환상적인 기능만 믿고 중언부언을 일삼은 내 소설에서 들어낼 문맥을 머리로 우선 간추려보기 위해서, 그 여러 조각 글을 모자이크처럼 짜 맞출 작업이 심란해서 작업실의 형광등을 꺼야 할 듯싶다. 세상도 어차피 그런 조립품이다. 소설보다는 훨씬 정교하고 인체처럼 유기적인.

맛도 없는 여름 저녁밥을 얻어먹으러 어디로든지 나서야 한다. 그래야 소설보다 더 재미없고 실감도 없는 이 세상에다 나의 허술한 소상(塑像)이나마 드러내는 꼴이 될 테니까. 그 드러내기야말로 어쩌면 세속계에 길들여지기일지도. 일컬어 수많은 시행착오를 담보한 일종의 사회화 과정일 테고. 벌레 같은, 의미와 표기는 겉돈다는 무수한 기호들이 후딱 미련 없이 사라진다. 내 머릿속도 하얗게 바래지다가 물먹은 종이처럼 가라앉아 간다. (492장)

↓

**군소리 1** – 1994년 봄에 발표한 작품으로 그때는 '안팎에서 길들어지기'였을 것이다. 책으로 묶어낼 때는 그 피동형이 마뜩잖아 '안팎에서 길들이기'로 바꿨다. '길들이는' 주체는 분명히 사람이 아니라 세상과 제도일 텐데, 인간의 자기소외에서 '주어찾기'는 비단 근대/현대만의 과제물도 아닌 듯하다.

**군소리 2** – 소설 제목이 문법적으로나/의미적으로나 꼭 적확하거나 적당할 것까지도 없겠으나, 언중의 절대적인 말버릇조차 무시함으로

써 으쓱거리는, 그래서 헷갈리게 하는 표제를 의도적으로 갖다 붙이는 사례도 일종의 사기일 것이다.

**군소리 3** – 소설이 무엇인지를 굽어보며, 소설쓰기의 경과를 곱새기는 소위 메타 픽션을 여러 편 썼는데, 그중 한 편이다. 내 소설관은 솔직하게 토로하되 나의 실정·실태·실상은 최대한 희화화한다는 방침을 고수하려니까 나중에 쓰는 작품들의 실감·실살·실속의 질이 나아지지도 않았다. 나의 심정적/감정적 '실물'이 여러 대목에서 겹쳐지는 걸 의식하다 보니 '변주'의 실적이 시원찮아서였다.

안팎에서 시달리며

# 방황하는 내국인

### 1. 가을-떠밀리는 세대

직장마다 노조가 들썩거리는 작금의 시류에 건짜증을 일구는 사람도 있는 모양이지만, 어영부영 득을 보는 비노조원도 없지는 않을 터인데, 장근오가 바로 그 수혜자였다. 사흘 전에 그는 문병 온 노조 부위원장으로부터 "두 달 유급휴가 타 잡수세요. 무슨 충성을 대를 이어가며 하겠다고 찾아 먹을 수 있는 권리를 포기해요. 없는 구실도 머리를 굴려서 만들 판인데, 장 선배는 병가(病暇)니 핑계도 좀 좋아요"라는 반강제적인 권유를 들었다.

그런 노사 합의의 사규가 있는지도 모르는 그가 풀기 없는 시선으로 수염뿌리가 거뭇거뭇 돋보이는 후배의 탄탄한 주걱턱을 쏘아보자, 노조 부위원장은 바지 주머니에 두 손을 찌르고 있어서 더 두두룩해진 똥배를 병상용 침대의 철책에다 한참이나 비벼댔다. 알맞은 간격으로 투명한 액체를 똑, 똑 떨어뜨리고 있는 링거병이 심하게 흔들리는데도 노조 부위원장은 그런 사소한 '기계적 반사 작용'에는 태무심한 것이 노조의 원대한 정강과 정책을 의젓하게 반영하고 있다는 투였다. 명색 병자가 조마조마해지는데도 노조 부위원장의 똥배는 철책을 지긋이 밀어붙일 기세였다.

"장 선배, 우리 회사에 근무한 지 어언간 몇 년이나 됐어요? 그새 그럭저럭 칠팔 년 됐지요, 아마…"

'우리 회사' 란 언사가 묘한 뉘앙스를 풍기며 그의 이마에 매달렸다. 장근오는 정규 입사 시험을 치른, 노조 부위원장 따위의 동료들이 말 끝마다 들먹이는 이른바 '기수' 사원이 아니었다. 몇 차례 사측으로부터 일방적인 '물을 먹어' 이제는 출판국에서 덜렁대는 노조 부위원장의 그 '우리 회사' 란 말속에는 80년도 기자 해직 사태로 일손이 태부족이었을 때, 알음알이가 다리를 놓아 경력 사원으로 슬그머니 입사한 선배 주제를 울 밖으로 내몰아 버리는 어투가 암암리에 넘실거렸다. 그의 귓바퀴에는 그 따돌림이 여실히 매달렸다. 그야 당연하게도 동료애, 연대감, 애사심 등등이 무르녹아 있는 '기수, 선배' 따위의 호칭에 무심한 쪽이었다. 자신의 처지도 그렇거니와 나이가 벌써 그런 일종의 과시벽을 같잖다며 저만큼 내물리고 있는 비노조원이어서였다.

"그쯤 됐을걸. 중이 제 머리를 어떻게 깎나. 냉장고 열어 봐, 깡통이나 하나 따서 마셔. 입이 심심하잖아. 그건 그렇고 그 휴가 말을 누구한테 먼저 꺼내야 하냐고?"

"말 품앗이요? 아, 그야 백두(白頭) 부장께 당연히 제가 먼저 해야지요. 내일 퇴원하는 대로 바로 나오세요."

"다들 그런 것도 더러 찾아 묵고 그러는 모양이지?"

"노틀들은 집에서 빌빌거리는 꼴이 거시기 해서 안 찾아 먹고, 젊은 것들은 찍힐까 봐 안 찾아 먹는 경향이 다분해요. 하나는 타성(惰性)이고 다른 하나는 자기방어겠지요. 물론 둘 다 생업 고수라는 차원은 똑같고요. 머 대충 그렇다고 보는 거지요. 연차 수당 타 먹으려고 안 찾아 먹는다면 서로가 초라해 보이고, 떳떳하다고 보면 또 그런 거고요. 최근에는 편집부에서 하나 찾아 먹었어요. 그 김 선배는 일가 초청으로 미국 유람하고 왔다지만, 내막으로는 고등학교에 다니는 아들을 조기 유학시키고 왔다는 게 파다한 정설이에요. 맞는 말일걸요."

마침 그때 흔들거리던 링거병이 멎었다.

"설사가 아직 안 멎네. 장(腸) 검산가 뭔가 한다고 어제저녁 굵고 백반처럼 시큼한 물약을 한 병 마셨더니 밤새 여섯 번이나 변소에 들락거렸어. 똥구멍이 반이나 헐었나 봐. 아까부터 숫제 따가운데."

"쏠수 마셨군요. 그게 원래 그래요. 준하제(峻下劑) 주성분은 황산마그네슘이에요. 피마자 있지요, 그게 그것에 가까워요."

"별걸 다 알아, 황산마그네슘, 피마자?"

"아주까리 있잖아요? 개똥벌레만한 게 털이 보풀보풀 나 있고, 그것 까서 마룻바닥에 기름먹이고 하잖아요."

노조 부위원장은 모르는 게 없는 친구였다. 특히나 야구에 해박해서 "그놈만 등판하면 게임이 안 풀려, 재미없다고, 게임은 우선 치고 받아야지" 해대며 선동렬의 방어율을 시시각각으로 꿰차고 있는가 하면, 메이저 리그의 장타자 모 선수가 요즘 타율이 뚝 떨어진 것은 부인과 별거 중이기 때문이라면서 "원래 슬러거는 캐딜락 타고 쇼터 스윙거는 왜건 몬다는 말이 있어. 야구는 결국 심리전이니까 큰 거 한 방이야. 전세를 뒤집으려면 홈런 한 방 말고 딴 게 없거든. 그게 짜릿하고. 야구는 과학이고, 슬러거 경쟁이야. 물론 슬러거도 여러 변수에

방황하는 내국인

치이다 보면 타율이 빌빌거릴 때가 있지. 그걸 기다리는 묘미가 조마
조마하니 감질나는 거고"라고 주절거렸다.

"출근해야잖아?"

말할 기운도 없어서 후딱 물리느라고 건넨 말인데도 세상 살아가는
데는 요령이 워낙 좋은 후배는 능장을 부렸다.

"인품한테 여기 들렀다 출근하겠다고 말해놨어요."

'인품'은 '백두'의 또 다른 별칭이었다.

"아, 졸리네. 갑자기 잠이 쏟아지네."

"왜, 또 농성 시작했어?"

"어젯밤에 홍콩 비디오를 두 개나 빌려 봤더니만…"

"재미있어?"

"백문이 불여일견이지요. 미국 영화와는 분명히 코드가 달라요. 쇼
비니즘, 휴머니즘이 무르녹아 있어요. 콧등이 시큰해진다니까요."

"보나 마나 뻔하고 허황할 테지…"

"그 뻔한 게 누선을 인정사정없이 후려치면서 자극해요. 설레다가
나중에는 결국 뭉클해진다니까요. 좋은 편이 권총, 엠 식스틴, 기관단
총, 마지막에는 화염방사기, 수류탄 같은 대량살상무기로 나쁜 편을
쳐부수는데 쉴새 없이 사람 혼을 빼놓아요. 그게 정의라는 데야 할 말
없지요. 김치들은 어째 그 뻔한 통박을 못 굴리는지."

"활극을 좋아하는 모양이네."

"분명히 연구 과제일걸요. 죽었다가 살아나기도 하는데 그게 이상
하게 그럴듯하거던요. 정말 알다가도 모를 희한한 발상이야."

노조 부위원장은 술집에 들어서기가 바쁘게 전화기부터 찾고, 회식

자리에 앉았다 하면 불갈비를 뒤적거리느라고 바쁜 통통한 종업원에게 어김없이 "요즘 손님 많아?"라면서 말을 시켰다. 쓸데없는 호기심을 아무 데서나, 누구에게나 들이대는 덜렁이였다.

문병을 온 동료로서는 같잖은 너스레여서 그는 슬쩍 비아냥을 끼얹었다.

"포르노는 안 보나?"

"아, 그거야 딱 두 편만 보면 끝이에요. 짐승처럼 떼거리로 지랄 법석을 떨지 않나, 아주 더러워요. 열등감 운운은 또 다른 차원이에요. 리얼리티도 도무지 없고요."

"활극은 리얼리티가 있다는 말이네?"

"그거는 스포츠니까요. 아, 또 빌빌대러 가봐야지. 조리나 잘하세요."

항문 일대가 다시 옴쭉거려서 그는 두루마리 휴지로 주삿바늘이 꽂힌 손등을 지그시 누르며 '이건 조건반사다'라는 생각을 떠올렸다가 이내 머리를 흔들었다. 뒤이어 링거병이 거의 바닥을 드러내고 있었으므로 '조건반사도 슬며시 사그라지고 졸아들긴 하는 모양이네'라는 연상을 이어갔다.

"죽을 맛이야. 안 아픈 데가 없어. 참아야지 머."

"심리적인 거예요. 참을 만하다는 건 벌써 건강하다는 증거일 수 있어요. 과학, 의학이야 뒷북이나 치는 학문이잖아요."

"아니, 주삿바늘이나 빼고 화장실에 가려고. 어서 가봐."

아침부터 다들 머리통을 붕대 같은 하얀 띠로 질끈 동여매고 콩나물 대가리처럼 퍼대고 앉아 있는 농성장. 핸드 마이크를 든 잠바때기들이 팔을 휘둘러대고, 북소리가 서부영화에서처럼 긴박감 좋게 둥, 둥, 둥 울려 퍼지는데, 방정맞은 꽹과리 소리가 길게 메아리치고, 복도 한쪽 구석에는 뽀얀 즉석 라면 뭉치들이 지저분하게 널려 있고, 빵봉지와 우유갑이 손에서 손으로 분주하게 건네지고, 노조 부위원장이 귓속말을 듣더니 대뜸 바지 주머니에서 돈을 한 움큼 꺼내 후배에게 쥐어주며 "그 친구 엄살 아냐? 알아서 해, 어느 병원으로 갈 거야? 빨리 갔다 와"라고 소리쳤다. 때 이르게 하얗게 센 머리칼을 곱게 빗질한 부장이 등 뒤에서 "힘들이 너무 좋구먼, 우리 나이는 이제 저런 아침 운동도 못 하잖아. 퇴물은 사라져야지"라고 말을 걸었다. 노조 부위원장이 넉살도 좋게 "밤새 안녕히들 주무셨습니까"라고 인사를 건넸다. 부장이 머리띠에 쓰인 글자를 빤히 쳐다보며 "쟁취, 결사? 좀 진부하잖아? 누가 죽을려고? 죽지 마, 서로 공연히 섧잖아"라고 하자, 노조 부위원장은 "하는 소리지요 머, 안 죽어요. 죽긴 누가 죽겠어요, 이해해주시고 관심들을 가져주세요. 노사가 다 잘 되자고 이러는 거 아니겠어요"라고 받았다. "우리는 어느 편도 아냐. 장 차장은 어떤지 몰라도 나는 적어도 그래. 두 쪽 다 옳아. 그러니 합의는 원칙적으로 어려워. 그럴 거 아냐. 이런 지구전, 신경전에는 목마른 쪽이 먼저 우물을 파. 대개 그래. 목구멍이 포도청이고 세월이 약이란 소리지. 안 그렇겠어? 좀 우습잖아, 뻔하지. 대강대강 합리적인 선에서 끝내. 내가 보기에 꼼수 같애. 피해를 줄여야지." 그는 도도한 민주화 격랑에 휩싸여 진퇴는 없이 제자리에서 떴다 가라앉았다 해대는 우리 사회의 배부른 여유가 철딱서니 없이 시건방을 떨기에 바쁘다고 느꼈다. 중간 관리자인 두루뭉수리 '백두' 부장도 그런 배부른 투정에는 물론 오십 보 백 보였다. 이 들끓는 시대의 모든 사람이 앓고 있는 평퍼짐한 여유라는 정신적 질환. 계단을 밟는다기보다도 발바닥과 허벅지에 힘을 주었다 풀었다 하는 듯한 '백두'의 탄력 좋은 걸음걸이. "쟤들 요구가 도대체 뭐야?" "몰라요. 권고사직, 임용 철회 머 그런 것도 있는가 봐요. 그 밖에도 이것저것 시시콜콜한 요구가 예순여덟 가지라던가, 많은가 봐요. 관심을 가질래도 헷갈려서요." "68? 68년도에 무언가 있었지? 암튼 내친 김이라 이거지. 인사권이야 칼자루걸. 장 차장의 관심은 뭐야?" "관심요? 없어요. 농성은 시끄러워요. 시끄러운 소리가 관심이라면 관심이랄까. 그 이상을 알려고 덤비면 당장 월권이라고 야단칠걸요. 쟤네들이 지금 월권 시비를 벌이잖아요." "철저한 기회주의자라고 욕이 한 바가지겠는데?" "사는 게 기회주의일걸요." "늙었어. 임투(賃鬪)가 아니어서 저엉말 다행이야. 천만다행이야." "풍요가 말썽이라니까요." 돈으로 사람과 시간을 꽁꽁 묶어놓고, 일정한 간격으로 새로운 정보를 뻥 튀겨내는 곳. 옥수수 튀김 가마. 정보가 정보를, 유사 정보와 가짜 정보를 집요하게 부풀려 나간다. 그는 글쓰기가 싫어 미칠 지경이었다. 신문 중독증이 심각한 '백두' 부장은 쉴새 없이 조간지들 갈피를 부스럭부스럭 넘겨댔다. "미국이 이집트, 사우디에 무기를 무상으로, 대대적으로 공수하는구먼. 이거 짜고 치는 고스톱 아냐?" 종이 커피잔을 들고 어슬렁어슬렁 다가오는 슬리퍼 소리. "누구하고 짜? 무기업자하고?" "무슨 발바닥 같은 발상이야. 세계 경제를 위해 이라크와 짜고 한다는 소리지." "설마, 가만, 그러면 무기업자가 누구하고?" "둘 다지. 한쪽은 로비고, 다른 한쪽은 독재 강화와 국가 안보를 위한 거래고. 이래서 국제정치학은 무용지

방황하는 내국인

물의 학문이라는 거야. 무기업자가 패권을 분배한다고. 무기 생산은
물론 국가의 지원을 음양으로 두둑이 받고. 어이, 나도 커피 하나 빼
줘." 득의만면함에 밀린 맞장구. "최신 무기는 아닐걸." "말해 뭣해.
후진 거를 떠넘기지. 새것 줬다가 대들면 망신당하려고." "작동할 인
력도 없을 텐데 무슨 지레 걱정이야." "그러니까. 시위지, 무용지물을
부려놓고 서로 으시대지. 미국 경제가 세계 경기야. 경기가 살아나서
우리 수출 전선에나 불이 붙었으면 좋겠네. 6공 들고는 장의사(葬儀社)도
장사가 영 시원찮대. 심각한가 봐." "평균수명이 길어졌다는 조짐 아
냐, 어련할까." 부장은 지식과 상식을 자주 혼동한다. 상식은 상투거
나 소음이다. 맞장구는 물론 인화(人和)다. 인화는 사세(社勢)다. 사세와
넘치는 풍요는 상식을 강권한다. 자기가 진두지휘해서 만든 월간지도
읽지 않는 부장이 우스꽝스럽다기보다 다소 덜 당황한 표정을 지을
때는 편집회의 자리뿐이다. "이번 호에 그런 글도 있었어? 줘봐. 미친
놈 아냐. 좀 윤문을 하지 그랬어." 하기야 정보를 관리하는 사람은 부
장이 아니고, 부장이 부하를 관리하지 못하면 어느 쪽으로부터도 함
량 미달의 노틀로 찍힌다. 정보는 물론 전염병처럼 일시에 확 퍼졌다
가 때가 되면 감쪽같이 수그러드는 속성을 가진 것인데, 부장은 그 게
걸스런 식탐대로 그것을 꾸역꾸역 먹어 치우고 때맞추어 배설한다.
무슨 말끝에 장가가 신문이 몰라도 괜찮은 가십 같은 정보만 전해서
야 되겠느냐고 했더니, 부장은 정색하고 "신문은 상식으로 족해. 상식
도 오감하지. 더 알려면 책을 봐야지. 책은 늦어빠져서 망했어. 사설
이 길잖아. 도입부가 거치적거려. 바로 들이박아도 무슨 물건인지야
다 알아보잖아. 신문이 하는 대로. 각각 기능이 다르잖아. 장 차장은

아무래도 어디 연구실 하나 차고 들어앉았어야겠어"라고 주절댔다. 서울에서 발행하는 모든 신문을 하루도 빼놓지 않고 뒤적거리는 부장에게 가장 부러운 점이 있다면 그의 변함없는 건강과 체중이다. 82킬로그램. 부장은 그 듬직한 덩치가 민망하게 내년부터 전사원의 책상 위에 퍼스널 컴퓨터를 한 대씩 놓아준다는 회사의 약속을 떠올리며 조바심을 내곤 했다. 출근 직후에 책상에 앉으면 늘 그랬다. 의원사직이야 감히 엄두도 못 낼 테지만, 어떤 투정도 못 부리고 한동안 그 기계와 자신이 겉돌 심각한 사태가 지레 걱정스러워지는 모양이었다. 없는 걱정도 우정 만들어서 주물럭거리는 천성에 더께가 앉은 진풍경이었다.

건더기라곤 티끌도 비치지 않는 누르께한 액체를 찔끔찔끔 쏟아내면서 그는 스냅 사진을, 간단없이 출몰하는 소음을 뒤적이고 떠올렸다. 그때 허겁지겁 들이닥친 호명에 찔끔 놀라 또 한줄기의 설사가 기세 좋게 흘러내렸다기보다 뿜어졌다.

"영채 아빠, 안에 있어요?"

부끄러움, 무서움 따위가 없어진 아내에게 신경질, 엄살 등이 통할 리 없다고 간추리며, 그는 따뜻해진 변기에서 억지로 엉덩이 살갗을 뗐다. 물줄기 같은 것이 항문 입구에 기다랗게 매달려 있는 것 같았다. 그는 어기적어기적 걸음을 떼놓았다.

"좀 어때요? 장 검사 했어요? 머래요? 링거 맞았어요?"

"몰라, 질문이 몇 개야. 입은 하난데. 말 좀 시키지 마."

"전화를 하래니까. 당신은 전화와 무슨 원수졌어요?"

엄살과 신경질은 역시 설사처럼, 그러고 보니 상식처럼 조건반사였다.

"아이고, 힘아리 없어. 전화통에다 대고 무슨 보고를 하란 말이야. 말할 기운도 없는 사람한테. 설사 횟수를 말할까, 서늘한 부지깽이 같은 게 항문을 마구 들쑤셔대는 느낌을 말할까. 아이고, 배야. 아침부터 낙엽이 지네. 가을이야."

배울 만큼 배운 여자들은 대개 다 후각만 유별나게 예민한 양체인지도 몰랐다. 아내는 무슨 냄새를 맡았는지 대번에 양양이가 났다.

"누가 코미디언 아니랄까 봐. 죽네 사네 하면서 무슨 가을 타령이야."

"두 달 유급휴가 타 먹어야 할까 봐. 우가가 그러래. 들어오다 못 봤어?"

"택시 잡는다고 서 있대요. 못 본 체했어요. 차 안이라 못 봤을 거예요. 어째 이 병원은 차 댈 데도 제대로 안 만들어놨어."

아내의 표정이 조금 진지해졌다. 돈 문제 앞에서라야 겨우 짓는 그런 엄숙한 얼굴이 비록 일시적 가식이라 하더라도 한결 사람답게 보였고, '유급휴가'란 생소한 어휘의 말뜻을 곱씹고, 보너스는 받게 되는지 묻고 싶어 안달인 눈치였다.

그의 아내는 명색이 국문과 출신임에도 불구하고 '滑稽傳', '牡丹峯'을 '활색전', '목단봉'으로 읽고, 더욱 가관인 것은 너무 깨끗해서 이물스러운 평양 시내 풍경들이 컬러 사진으로 전면에 깔려 있는데도 모란봉이 어디에 붙어 있는 간판쯤으로 알고, "골계전"이 "고금소총" 같은 성희담(性戱談)을 묶어놓은 책으로 아는 여자였다. 이제 그녀는 등짝의 때를 밀어달라면서 몸을 잔뜩 옹송그릴 줄도, 욕조 바닥에 새카맣게 떨어진 국수 가닥 같은 때를 손바닥으로 쓸어모으며 부끄러움을

드러내던 미태도 부릴 줄 몰랐다. '포부 없는 여자'라고 자위하면서
도 그녀는 욕심과 시샘이 자심했다. 체액의 신진대사를 촉진시킨다면
서 그녀는 아침저녁으로 어김없이 정화수 한 잔에 노랗게 볶은 천일
염을 한 스푼씩 타서 마셨다. 약소한 봉투를 들고 정기적으로 두 애의
담임선생을 찾아가는 모양이었고, 분당의 46평짜리 아파트를 분양받
기 위해 두 번씩이나 설레발을 떨었다. 다른 여편네들을 흉볼 때는
'교양 없는 여자'라고 홀닦아 세우면서도 그녀는 '머리가 아파서' 책
을 멀리했다. 가까운 장래에 2천 시시 자가용을 손수 굴리는 게 그녀
의 당면 과제이자 꿈이었다. 그의 온갖 자질구레한 투정, 바람 따위는
'헛된 공상'으로 몰아붙였지만, 그녀의 꿈은 '꼭 실현해야 할 희망 사
항'이었다.

　이제 그는 아내에게 어떤 소망도, 그렇다고 원망도 딱히 없었다. 관
심을 최대한으로 자제하자고 다짐했기 때문이었고, 각자의 소임이 확
연히 다른 데다가 그 분업이 자동적으로 굴러가고 있어서였다. 속옷
은 사흘에 한 번씩 벗어서 세탁기 안에다 집어 던졌고, 겉옷은 두 벌
을 번갈아 입다가 술안주 따위가 묻었으면 그가 손수 세탁소에 맡겼
다. 마늘장아찌나 들깻잎 같은 밑반찬이 비닐봉지째로 플라스틱 용기
에 담겨서, 깡통 음식이 뚜껑만 따진 채로 식탁에 덩그러니 올랐다.
기껏해야 생일에 얻어먹는 미역국이 그나마 손이 많이 간 먹을거리인
데, 그것도 대개는 마늘이 적게 들어갔거나, 간이 싱거웠다. 도대체
마늘을 다지고 쇠고기를 썰 때 울려 퍼지는 도마 위의 그 정겨운 칼질
소리를 들을 수 없었다. 집 안은 대체로 시장 바닥처럼 지저분하고 시
끄러웠다. 퇴근하자 바로 귀가하면 그때마다 땅 파는 기계처럼 세탁

　방황하는 내국인

기가 털털거렸고, 진공청소기가 차바퀴 소리를 내며 집안 곳곳을 들쑤시고 다녔다. 그녀가 걸레로 방바닥을 훔친다며 동그스름한 엉덩이를 요리조리 내둘리던 모습은 벌써 퇴색할 대로 퇴색해버린 낡은 사진첩이었다. 그래도 그때는 집안이 조용했고 아늑했으며 아담했는데, 실내가 넓어지자 소음 천지로 돌변해서 썰렁해져 버렸고 엉성궂었다. 두 애가 한 방씩 차지하고부터 그에게는 앉을 자리조차 없었다. 안방은 그녀의 침실 겸 탈의실이자 그야말로 화장실이어서 그는 먼 일가붙이처럼 거실의 불그죽죽한 소파 위에 우두커니 앉아 있어야 했다. 담배라도 한 대 피우려면 베란다로 쫓겨 나가야 하니 옳은 손님도 아니었다. 그는 심심하면 엉뚱한 데다 성깔을 부렸다. "서른세 평짜리 공간을 이렇게밖에 못 가르나, 레이아웃 감각이 먹통이야. 머리가 너무 나빠. 모르면 물어야지. 돈 안 받고도 가르쳐주겠다는데." 아내의 속사포 같은 대응은 과연 표적을 빗맞는 법이 없었다. "별수 있어요. 넓은 데로 옮겨야지." 가장의 초라한 경제력을 상기시키는 그 단언에는 묵언이 아니라 저절로 입이 닫혔다. 아직 젊은 기운이라 술은 더러 최음제이기도 해서 이부자리에 들자마자 덮치려면 그녀는 냄새가 난다고 진저리를 쳤다. 한 달에 한 번꼴로, 그때가 생리 직후쯤일 때, 큰 생색이라도 내듯 그녀가 그의 털 없는 가슴팍을 쓰다듬으면 이번에는 그가 맨숭맨숭해져서 눈만 껌뻑거렸다. 그는 돈을 벌어들이는 기계였다. 월급봉투를 들이밀 때는 그래도 하루쯤 어엿한 기색을 드러낼 수 있었으나, 은행으로 자동 이체하고부터는 그런 보잘것없는 체통마저 가뭇없어졌다. 오래전부터 예금 통장을 각자가 따로 가지고 있어서 서로가 빤히 들여다보이는 어떤 치외법권 영역을 누리고 있긴 하나,

그 권한도 돈 액수가 말하는 대로 한쪽이 불쌍할 정도로 실그러져 있었다.

"돈 찾아야지요? 얼마나 된대요?"

"몰라, 검사란 검사는 다 했으니까 꽤 될걸. 내려가다 창구에 물어봐. 꼬박 하루를 굶었네. 이러니 성한 사람도 엉금엉금 기어나갈 수밖에."

"통장 주세요, 돈 찾게."

"무슨 통장, 내 통장? 그걸 내가 지금 왜 갖고 있나, 회사 서랍에 있지. 당신 걸로 찾아."

"나 돈 없어요. 분양 신청하려고 있는 돈이란 돈은 몽땅 다 탈탈 끌어모아 둬서 돈 씨가 말랐어요. 정말이에요. 이번 기회를 놓치면 안돼요. 그 돈은 한 푼도 빼내 쓸 수 없어요."

그는 복도 좌우를 힐끔힐끔 돌아보며 짜증을 터뜨렸다.

"한 치 앞을 알 수 없는데 그까짓 아파트 분양받아서 뭣해. 누구 묏터 볼려고? 또 지금 니 돈 내 돈 따질 때야. 밴댕이 소갈머리하고선."

공공건물의 남자 화장실에까지 쳐들어오는 그녀가 물러설 리 없었다.

"기운 없다는 양반이 아침부터 버럭 고함도 잘 지르네. 안 돼요. 한 치 앞은 무슨 한 치 앞이에요. 멀쩡한 양반이. 당신이 통장 안 챙기고 이런 데 올 사람이에요. 누굴 이제는 순 먹보로 아나 봐, 주세요."

그는 제법 눈부터 부라렸다.

"아니, 이게 정말 아침부터 무슨 욕을 처먹으려고 이러나. 아픈 사람을 곱게 위로는 못할망정. 아이고, 배아파. 말을 하니 뱃가죽이 다

땡기네. 좋은 말 할 때 빨리 가."

"흥, 뭣한 사람이 성낸다더니. 누가 아픈데 누구 통장을 헐으래. 말도 같잖은 소리를 다 하고 있네."

그녀는 말을 마치자 살진 어깨를 획 꺾어 세우고는 투실투실한 엉덩짝을 실룩거리며 멀어져 갔다. 그는 구겨진 상체를 간신히 일으키고 나서 또 복도를 휘둘러보며 구시렁거렸다.

"저런 염통머리 없는 여편네하고서는, 저게 순 개쌍년 아냐. 후회막급이라더니. 팔자가 사나우려니 별게 다 얼쩡거려서."

다음날 오전에 장근오는 퇴원하자마자 좌석버스와 전철을 번갈아 타고 회사로 갔다. 나흘 만의 느지막한 출근길이었다. 노조가 한창 농성을 벌이던 지난 늦봄과 닷새 동안의 여름휴가를 찾아 먹고 난 직후, 두 번 다 공교롭게도 택시를 타고 집으로 가다가 지독한 복통을 앓았다. 그 뒤부터 그는 택시 타기가 겁나면서, 이런 증후군에도 자라 보고 놀란 가슴 솥뚜껑만 봐도 두근거린다는 그 말이 문득 떠올라서 쓴 웃음을 지고 말았다. 그 복통은 갑자기 가슴이 헐떡거리고, 복부가 와들와들 떨어대고, 손발에 식은땀이 흥건히 고이는 이상한 해프닝이었다. 그때마다 가까운 병원으로 엉금엉금 기어들었고, 집과 우가에게 연락했는데 반포 너머의 어느 종합병원 응급실로는 우가와 아내가 거의 동시에 들이닥쳤다. 모르는 게 없는 우가는 의사 못지않게 의젓하니 "위경련이 일어난 모양이군요. 슬슬 갱년기 장애가 덮치는 정황 증거지요. 사십대 초중반이 원래 그래요"라고 어른스럽게 진단을 내놓았고, 아내도 안다니 말본새에는 이력이 나서 "술병이지 머. 저러다가 큰일이라도 나면 어쩌려고 제 몸 간수를 못할까"라고 몰아세웠다. 의

사는 돈벌이에 혈안이 되어 있는 자기 본분을 지키느라고 "차제에 종합 검사를 받아보세요, 심각하기 전에요"라고 권했다. 처음 복통은 고등학교 동창생 셋과 그 전전날 밤 두시까지 맥주를 퍼마시며 "사십 넘어 애 낳으면 장수한대" 어쩌구 떠들어댔으니 술잔을 놓은 지 꼬박 40여 시간쯤 지난 후에 일어난 해프닝이었고, 두 번째 것은 우가가 간밤의 폭음을 핑계 대고 조퇴해버린 날 저녁에 덮쳤다. 그때 우가는 "앞으로 열다섯 평 이하 술집에서는 절대로 장 선배와 대작 안 해야지"라고 씨부렁거렸다. 열다섯 평 이하 술집이란 이른바 '카페'를 그렇게 부르는 것이었고, 우가는 "한숨 푹 주무세요. 이 링거에 수면제가 들었을 거예요. 나도 아직 술이 덜 깼어요"라면서 횡하니 돌아갔다. "아, 먹자고 일하는데 아직 끼때도 못 찾아 먹었네"는 우가가 상습적으로 내지르는 멍멍거림이었다.

무슨 중요한 밀담이라도 나누려는 듯이 '백두' 부장과 노조 부위원장 우가가 그를 우정 소회의실로 몰아넣었다.

부장이 준비해둔 듯이 다짜고짜로 먼저 물었다.

"재판 결과가 뭐래?"

"위장에 기능 장애가 좀 있대요. 다른 데는, 수치 같은 게 죄다 정상이라고는 카대요."

부장의 출중한 상식이 즉각 칼질을 발휘했다.

"기능 장애? 그러면 신경성이라는 거 아냐. 별거 아니네. 다행이야. 신경 쓰지 마. 왜 신경을 쓰며 살아, 골치 아픈 세상에."

신경을 쓰지 말라는 말은 생각하지 마라, 나아가서 먹지 마라, 더불어 살지 말라는 말과 똑같지 않나. 의사는 물론 전문가라서 그런 말은

방황하는 내국인

극구 피하고 있었지만, 건강한 상식인들은 하나같이 그렇게 권하곤 했다. 지난 추석 때 만난 친지들이 특히 그랬다. 병명도 시원찮은 것이 온갖 약을 다 끌어모았다. 풀뿌리 약만 한방 가득했다.

"당분간 유동식을 자주 먹으면서 멀리 걷기운동 같은 걸 매일 하고 푹 쉬래요."

그는 버스럭거리는 약봉지를 양복 윗도리 주머니에서 꺼내 탁자 위에 올려놓았다. 무려 15일 치였다.

"그거야 늘 듣는 소리고. 이봐, 내가 재판해줄까? 지금 장 차장 자네의 심신은 일대 전환기를 맞고 있어요. 지금 우리 정치, 사회, 경제, 문화 현실과 정확히 한 본이지. 그대로야, 나이도 비슷하잖아. 아무튼 누구나 그때는 그래. 나도 물론 겪었고. 일컬어 갱년기지. 소심한 사람들이 특히 그래. 매사에 의욕이 없고, 심드렁하지. 자기 한계가 너무 따분하고, 이러다가 처자식 놔두고 나 혼자 덜컥 죽으면 어떡하나 걱정이 태산 같고. 살고 싶은 욕망, 자기 애착이지, 심드렁한 일상, 자기혐오야. 이것들이 시방 서로 질세라 과다 분출하고 있어. 물론 또록또록한 자가 진단도 벌써 내려두고 있을 거야. 요즘 뭘 모르는 사람이 어딨나. 다 석박사지. 공사판 하루 품팔이꾼들도 맥주 마시고 양담배 피우며 도덕성 운운하는 세상 아냐. 일종의 자기 변론성 우울증이라고 보면 대충 맞을 거야. 하루빨리 자기 변신을 꾀하지 않으면 그게 오래가. 3, 4년씩 가는 친구도 봤어. 취미생활을 권장할 만하지. 한데 취미가 머 있나. 온갖 게 다 시시해 보이는데. 자기 자신도 하찮게 보이니 더 말할 것도 없지. 그래서 맨날천날 추렴술 타령이지. 그것만으로는 절대로 바뀌지 않아요. 운전 배워. 술 덜 마시기는 그게 그래도 나은 수단이야. 긴장하니까. 차가 어른의 노리개 아냐. 옛날에는 그 나이 때 다들 첩 노리개도 버젓이 거느리고 그랬잖아. 지금은 그게 기집 대신에 차야. 신분 과시용이니까. 세상만사가 다 그렇지만, 건강에도 깡패 세계의 그 단순 논리가 그대로 맞아떨어지고 있어. 머냐, 작은 사건이 터지면 그걸 희석, 휘발시키려고 일부러 더 큰 사건을 터뜨리는 거야. 그러니까 중병, 더 큼지막한 걱정 하나를 만들라고. 기집질도 다 그런 맥락이야. 여유가 일시에 생길 거야, 대범해질 거고. 조마조마하겠지. 자청한 중병 감당에 걱정이 태산일 테니까, 그 정도 각오는 당연히 해야지. 어차피 인과응보잖아. 옛말이 거짓말하는 거 봤어? 공부를 왜 해, 거짓말이냐 아니냐 그거 알아채라고 하는 거 아냐."

그야말로 건질 거라고는 눈곱만큼도 없는 설사 같은 주절거림이었다.

"모르겠어요, 정말 스트레스성 우울증인지 먼지."

"어허, 모르는 게 아니라니까. 딴에는 알 만치 안답시고 머시든 부정하고 싶지, 자기 부정이 원래 그거잖아, 식자우환이 그 말 아냐. 우울증 같은 자기 병을 부정하고 싶겠지. 자기는 멀쩡하다고 끝까지 주장하는 거, 그게 안 좋아요. 인정하란 말이야, 별거도 아니야. 자기 부정이 좋을 게 머 있어, 그렇잖아, 인정할 건 인정하고 꼬물꼬물 살아가는 것도 나름의 가치가 있는 삶이다, 이렇게 긍정적으로 생각하는 게 중요해요. 뻔한 소리지, 헌데 이 뻔한 말조차 부정하려는 소행, 소신이 문제야. 뻔한 소리가 얼마나 살갑고 좋아, 사람살이가 무슨 예술처럼 늘 새로운 거 찾으면 탈난다고. 그러려니 해버리라니까, 머가 어려워."

방황하는 내국인

우가가 덤덤하게 제 역할을 챙겼다.

"유급휴가로 두 달쯤 쉬세요. 장 선배 얼굴이 요즘 부쩍 안 좋은 건 사실이에요. 사실을 사실대로 인정하라는 부장님 말씀은 백번 옳을 거예요."

갑자기 슬리퍼 부대들이 서너 명 나타났다. 그들은 장근오보다 근무 연한이 많은 '기수'거나 '백두' 부장의 말대로라면 자기 변론에 이골이 난 연장자들이었다.

누군가가 우스개를 던졌다.

"부위원장 동무, 그 수염 좀 말끔히 밀고 나올 수 없수까. 그게 당성 과시와는 하등에 상관도 없는 거시기 아니우까. 더욱이나 여기는 남조선 세상에 김가 독재 체제도 아인데 말이우다."

"좀 야성적으로 보이라고요."

"야성? 야, 야만적이다. 지가 무슨 전위 빨치산 조직책이라고."

다른 음성도 끼어들었다.

"우 동무, 남조선 사회는 아무래도 언론의 자유가 너무 과하지 않습네까? 소신을 솔직히 털어놓아 보시라요. 차제에 우리 무식한 일꾼들도 한수 배웁시다래."

"아직 여러모로 부족한 구석이 많은 현실은 인정해야 옳고요. 문제는 언론의 자유가 한쪽에서만, 굳이 단정한다면 상부 구조에서만 유통되고 있다는 거지요. 언론의 보급과 활성화가 기대에 못 미친다는 현상이 비단 무식한 민중, 곧 하부구조 탓만이 아니라는데 문제의 심각성이 있는데, 이 맹점을 상부 구조가 시인하지 않고 있어요. 불행한 우리 사회의 한 단면이지요."

"아니, 언론의 보급 투쟁을 드세게 벌이고 밀어부치면 될 것 아니우까. 나도 미력이나마 보태갔소."

화제가 점점 엇길로 새고 있어서 적잖이 흥미진진해졌다. 그러고 보니 장근오는 비디오 시청에 혼을 빼앗겨서 수염도 깎지 않고 문병 왔던 우가의 꺼칠한 행색을 떠올리며 반쯤 감았던 눈으로 훔쳐보았다. 우가의 얼굴에는 그에게 없는 탈일상의 대범한 흔적 같은 것이 그런대로 무르녹아 있었다. 그는 문득 어지럼증을 느끼면서 그 증세가 공복 탓일 것이라고 우기면서도 구지레한 말에 시달리는 멀미도 반쯤은 보태졌지 않을까 싶었다.

"말을 하기로 들면 상부 구조의 편견 지향성부터 거론해야 마땅한데, 누구도 바로 그 편견을 바루려 하지 않고, 자기 소신만 옳고 바르다는 신념에 찌들어 있으니 토론에 진전이 없어요. 이 주장을 누구도 승복하지 않으니 더 이러쿵저러쿵 따져봐야 결국 농담 따먹기에 그치고 말잖아요. 이것까지만이라도 제발 인정해주세요."

"밥이나 제때 먹고 나서 인정할 건 인정하고 부정할 건 부정해보자우요. 우 동무는 투쟁 경력이 얼마나 우람하길래 배고픔도 모르시오. 우리도 그 출중한 체력과 빼어난 담력을 어드렇게 배울 수 없습네까?"

"밥이야 먹어야지요. 사람이 살자고 직장도 있는 거 아니에요?"

부장은 어느새 중년 연기자의 그 노숙한 표정으로 바뀌어 있었다. 직장 경력이 말하는 대로 그는 어떤 사태에도 무수한 상식으로 대응할 수 있는, 일컬어 만반의 준비를 복장에 쟁이고 있는 먹물이었다. 아니다, 보다시피 세상이 워낙 비상식적으로 돌아가기 때문에 상식 고수만이 살길이라는, 너무나 단순한 자기 변론을 쓰다듬는 50대의

'백두'였다. 과연 그의 흰머리는 탐스럽게 돋보였다.

"이봐, 노조가 있으니까 결국은 우가 니네들이 피해를 보는 거야. 장 차장이 유급휴가에 들어가면 그 일거리가 누구에게 돌아가. 안 할 소리지만, 김모가 한사코 대통령을 해 먹겠다니까 이렇게 시끄러운 것과 똑같은 이치야, 그렇잖아. 이 단순 논리를 자꾸 까먹고 있다니까. 머리가 너무 나쁘잖아. 인정할 건 인정하자니까 자꾸 빡빡 우기고, 한 말을 또 하게 만드네."

"밥들이나 먹지. 인민재판은 밥들도 안 먹고 하나."

우가가 팔걸이 없는 의자에 등짝을 기대면서 틀을 의젓하게 갖추었다. 누가 안달복달하는지 모를 지경이었고, 상하와 노소가 거꾸로 자리 잡은 이 풍경이야말로 오늘의 우리네 직장, 나아가서 우리 사회의 한 지적도인지도 모른다는 생각을 장근오는 얼핏 떠올리며, 당분간 새겨볼 생각거리 하나를 챙겼다고 여겼다. 우리 공동체가 무엇인가에 질질 끌려가면서, 그 무엇이 젊은 세대가 아니라 지나치게 배들이 불러서 터져 나오는 풍요의 트림일 것이라고 가늠하면서.

"그렇지 않아요. 이건 개인적인 문제가 아니라 사회적인 문제예요. 유급휴가를 타 먹을 수 있는데, 아픈 사람이 눈에 안 보이는 제약으로 쉴 수 없다는 관행은 바람직하지 않아요. 좋은 제도를 우리도 이제부터 살려 나가자는 거지요. 무슨 저의 같은 게 있다고 생각하는 고루한 사고방식도 차제에 한 번쯤 되돌아보자는 거고요."

"나는 몰라. 알아서 해. 장 차장이 알아서 결정해. 다들 자기 똥만 굵다고 설치는 세태 아냐. 공동체가 뭐야? 시끄러운 공동체란 말도 있나? 있긴 있겠구먼. 이론의 특권이 뭔지 알아? 실천에 따르는 온갖 갈등을 걱정하는 법이 없어. 생리가 그래. 쥐뿔이나 지가 그 걱정까지 도맡을 머리가 있나, 없어. 무심한 게 아니라 무책임하다니까. 머리가 나쁜 거지. 책이야 때 되면 밴 아기 나오듯이 나오게 돼 있어. 그게 잡지의 생리야. 저서가 왜 차일피일 늦는 줄 알아? 명색 학자나 교수들이 농땡이 쳐서 그래. 혼자서 하니까, 모르는 게 자꾸 나온다고 엄살을 떨지, 그게 머야, 공부 안 하고 빈둥거린다는 고백이지. 겸손도 좀 폼 나게 떨든지. 맨날 같은 소리로."

언제나 책이 말썽이었다. 더위가 한풀 꺾인 어느 날 퇴근 때, 그는 건강 정보에 관한 책을 일곱 권이나 샀다. 개중에는 "신비한 약효의 세계, 인삼과 산삼"도 끼어 있었다. 문장들도 엉터리투성이인데다 워낙 뻔한 병명과 치유법을 나열하고 있었지만, 읽을수록 의미심장한 것도 사실이었다. 그 의미심장은 아무래도 모호한 어떤 변주의 반복 같았다. 바로 그 모호한 정보들이야말로 폭음한 다음 날 술독이 웬만큼 빠질 때까지 덮쳐오는, 몸과 마음이 겉도는 것 같은 그 생생한 탈진감과 닮은 게 아닌가 싶었다. 허무하다면 과장일 테고, 허탈감의 반쯤은 식상하기에 딱 좋은 그런 쓰레기 같은 건강 정보가 덮어씌운 것이었다. 그전까지는 회사 일만 하기 싫었을 뿐 일상과 관행에는 대체로 충실했는데, 이제는 그게 귀찮아져서 죽을 맛이었다. 불면증과 소화불량증 말고는 이렇다 할 부정적 증세가 없는데도 그는 병자였다. 실제로 그는 심정적으로 병자 행세를 하는 자신이 싫었다. 요컨대 건강 정보가 그를 병자로 만든 셈이었다. 의사의 말을 불신하고 병원 순례를 일삼는 병자 아닌 병자가 적지 않다는 신문 보도가 새삼스럽게 실감으로 다가왔다. 하루라도 빨리 어느 환부가 뚝 불거져서 환자로

와병하든지 수술대 위에 올라갔으면 그나마 한숨 돌릴 것 같았다. 온갖 잡생각을 주물럭거리느라고 뜬눈으로 밤을 밝히고 나면 아침이 저만치서 일정한 보폭으로 차곡차곡 다가오는 것이 두려웠다. 참담한 황무지라는 과장 표현이 빈말이 아닐 것 같았다. 부질없이 추석이나 쇠고 보자, 일단 마감일을 넘기자, 아버지 기제사나 모셔야지 따위의 핑계를 둘러대며 병원 행차를 차일피일 미룬 행태는 귀찮기도 했지만, 믿지 않을 수 없는 또 다른 정보 곧 의사가 들려줄 예의 그 의미심장한 진단과 그 지시가 불러올 온갖 자기 점검에 미리 겁을 집어먹고 있어서였다.

거의 외우다시피 붙들고 있는 자신의 건강 정보에 따르면 그는 어떤 불길한 신체적 증세도 없는, 그런대로 일상을 꾸려가는 데는 여의로운 평균치의 정상적인 중년이었다. 그 소신은 버리고 싶지 않은 일종의 자기최면이었다. 그는 확고한 자기 진단을 내린 환자로서, 아무런 언짢도 없이 하루를 결근하고 난 이튿날 아침 일찍 신들린 듯 병원으로 달려가 의식적으로 엄살을 떨었다. 물론 그 엄살에는 상당한 양의 비과학적 정보를 과대 포장한 자신의 의식과 말이 탈이다는 생각까지 똑똑히 집어넣고서.

그가 당장 입원하겠다고 자청하자 의사는 선뜻 "그럽시다. 차제에 그게 좋을 겁니다. 나가서 입원 수속을 밟으세요"라고 선심을 썼고, 함의라고는 눈곱만큼도 없는 그 냉정한 시선 앞에서 심각해져 버렸고, 곧장 안 아픈 곳이 없는 중환자가 되었다. 환자복 차림으로 전화를 걸었더니 어디를 싸돌아다니는지 아내는 벌써 집을 비운 모양이었다. 걸쭉한 흰죽으로 때 이른 저녁 끼니를 때우고 나서 2층 복도의 창틀에 붙박여 오랜만에 담배를 맛있게 태우고 있는데, 덮쳐오는 땅거미를 억지로 막아내려는 듯이 은행 이파리들이, 형해(形骸)라기보다 그 몸짓을 무용수처럼 선명히 띄우면서 주룩주룩 떨어졌다. 그는 시방, 내가 좀 우울한가, 라는 상념을 떠올렸다. 혼자 살기에 지쳐버린 어떤 공동(空洞)의 주인 같은 자신이 불쌍하고 거슬렸다.

어색한 분위기가 생뚱맞게 세 시선의 한가운데 제 자리를 잡고 버티는 모양새였다. 그는 양쪽에서 서로 질세라 떠밀어대다가 갑자기 그 팽팽한 척력(斥力)을 떼버려 자신이 어리둥절해 있는 꼴이었다. 소외감이라고 해도 좋을 그의 망연자실을 두 세대가 다시 닦달했다.

"이건 머 심각해야 할 건덕지가 쥐뿔만큼도 없는 사안이에요. 사원이라면 누구라도 심신이 불편할 때, 쉬게 되어 있는 그 노사 합의를 존중하자는 거 아니에요. 그런데 여기저기서 하등에 쓸데없는 타의가 간섭하려고 덤비는 거잖아요."

"글쎄, 그 자의라는 게 별 의미도 없으려니와 개인적, 사회적 스트레스 해소에 별로 도움도 안 된다니까 그러네. 비용도 비싸고, 물론 회사가 그런 손실이야 감당할 테지만, 당사자를 오히려 불편하게 만드니 이래저래 낭비라는 소리야. 집에서 한두 달 조리한다고 나아질까, 그걸 누가 장담하냐고?"

"도움이 될지 안 될지는 그야말로 개인적인 문제고, 또 그다음 일이에요, 그렇잖겠어요?"

"나는 경험자고 적어도 노병이야. 알았어, 며칠 쉬어봐. 밥이나 먹으러 가자고."

그는 유동식을 먹어야 했으므로 밥 생각이 없다고 고개를 내저었다. 힘에 부쳤지만, 이번에는 그가 두 사람을 떠다밀었다. 두 사람은 일시에 장력에서 놓여났으므로 어느 쪽도 무중력 공간을 유영하는 사람처럼 휘적휘적 어디론가로 나아갔다.

한낮인데도 전철 속은 유동 인파로 빼곡했다. 그의 아내는 초저녁 잠이 많아서 신혼 때부터 그가 손수 문을 따고 들어오도록 길들였다. 15평짜리 아파트에서 전세살이를 할 때, 열쇠 꾸러미를 회사 서랍에 두고 귀가한 적이 있었다. 현관 문짝을 얼마나 세게 걷어 차댔던지 옆집 내외가 내다보는 소동을 벌였고, 기어코 안에서 문이 따지긴 했으나, 부석부석한 꼬락서니로 아내는 제 못난 버릇을 반성하는 기색은 추호도 비치지 않고 그의 실수를 탈 잡았다. '어쩔 수 없는 버릇'과 '있을 수 있는 실수'로 한참이나 실랑이를 벌이다가 그는 한차례 손찌검을 퍼붓고는 불불이 뛰쳐나갔다. 열쇠 꾸러미를 각자가 가지자는 것은 합의도 아니었고, 떠밀고 끌어당기다가 바짓가랑이가 터지고 연이어 무슨 내장 같은 허연 주머니 자락을 덜렁거리며 가장 가까운 여관에 투숙한 것은 객기 만만한 자의였다. 그때는 그런 객기라도 부릴 수 있는 나이여서, 불행하게도 아주 짧았으나 그런대로 행복한 시절이었다.

집은 텅 비어 있었다. 동향 아파트인데다 문짝들이 죄다 닫혀 있어서 33평짜리 공간은 시커먼 굴속 같았다. 사흘 만에 보는데도 전혀 낯설어 보이지 않는 게 이상스러울 지경이었다. 역시 남의 집은 아니라는 안도감이 실로 만만했다.

장식이라곤 달력뿐인 실내가 일상을 그대로 베껴놓고 있다. 일상은 그 뻔한 단조로움 때문에라도 찐득찐득하고 감당하기가 벅찬 마모의 연속이다. 전세살이 7년 동안 가족과 함께 여름휴가로 집을 떠나본 바가 없는, 그 닳아빠진 근검절약이 흉물스럽다. 그 전력이야말로 당장이라도 구기박지르고 싶은 삼류 대학 출신과 사류 인생에 불과한 자신의 서글픈 전신상을 그대로 베끼고 있다. 그러나 강조하건대 누구에게 피해를 준 적도, 도움을 받은 적도 없다. 아내의 직언대로라면 천하에 주변머리 없는 꽁생원이다. 여편네에게 남의 돈을 빌려오라고 한 적이 없는 한도 내에서라면 그 말은 정곡을 찔렀고, 분당의 아파트 분양 당첨권을 따기에 혈안인 아내도 주변머리 없기는 마찬가지다.

그의 형수는 일찌감치 공무원 월급으로는 도저히 자식들 공부를 제대로 시킬 수 없다는 대오각성 아래 친정집 떨거지들과 강남땅 한복판 영동에서 '경주 불갈비 집'을 벌였다. 워낙 수다스럽고 수완도 좋은 여편네라서 1년이 멀다 하고 영업장소를 옮겼다. 장사가 잘된다는 소문이 웬만큼 나돌면 곧장 웃돈을 받고 다른 사람에게 넘겨버리기 때문이었다. 그 웃돈이 집도 되고, 땅도 되었다. 그런데도 형수는 돈타령을 입에 달고 살면서, 지 주머니에 돈이 있을 짬이 없다고, 돈이 씨가 말라서 늘 이렇게 허기가 진다고 씨부렁거리는 여장부였다. 큰형은 삼촌댁에 출계하여 분무기를 들고 배밭이나 누비는 사람이라 서울 바닥을 모르는 촌사람이었고, 두 누나는 서울에 살면서도 돌아가시기 전날까지 반주로 소주 한 병씩을 비워내던 제 아비의 제삿날도 가끔씩 거르는 얌체들이었다.

이제 그의 아내는 제 손위 동서에게 돈을 맡겨 굴린다. 수치는 과학이다. 과학은 믿기로 되어 있다. "염증은 없어요. 헐지도 않았고, 혹 같은 것도 안 보여요." 수치가 적어도 기질적 장애 여부만은 밝혀낸다

고 하지 않나, 자기최면도 건강한 사람만이 걸 수 있다. 결국 '심한 기
능 장애'란 말은 모호하거나 어불성설이잖나. 의사는 어떤 증세도 묻
지 않았다. 수치만 줄줄이 외워대는 까막눈. 또는 환자들이 믿지도 않
고, 알아들을 수도 없는 모든 증세와 불안을 유도 신문으로 간추려내
는 점쟁이. 합리의 엉성함, 의술 기기의 한계. "일주일 후에 오셔서 건
강진단서 찾아가세요." 항문은 왜 이렇게 가렵지? 항문주위염인가?
얼굴에 마른버짐이 곰팡이처럼 하얗게 피어 있던 소년이 항문에서 촌
충 토막을 끄집어내어 꼼지락거리는 그것을 손톱으로 눌러 죽였다.
찐득찐득한 마분(磨粉). 어릴 때의 영양실조는 어김없이 후일의 건강 정
도를 담보한다. 그러므로 성장기의 모든 경험은 평생토록 유전인자처
럼 내연화 내지는 활성화하는 경과를 어김없이 밟는다. 하학길의 허
기를 달래기 위해 소년은 남의 남새밭의 가지를 숱하게 따먹었다. 그
게 화근이었을지 모른다. 손톱에 배어 있던 똥 냄새. 대학에 들어가서
부터 시작한 폭음 행각. 자취방에서 냉수를 한 주전자씩 마셔가며 배
운 흡연 습벽. 담배 연기에 질식한 모기들이 꽃가루처럼 날아다니다
가 하느작하느작 떨어져 내렸다. 주벽도 본대로 겪은 대로 유전한다.
인체는 선천성 유전인자 덩어리인데, 거기에다 후천적인 생활 습관을
끊임없이 더께로 입혀간다. "바캉스 한번 데려가 봤어요"라고 바락바
락 악을 써대던 아내의 독기어린 눈초리. "저놈의 항문 성격, 치사하
고 더러워. 누가 장가 고집 모른달까 봐." 그 소리는 육아 서적에서 주
워 읽은 허튼 상식이었다. 권태기는 불감증을 서로, 안팎에서 공유한
다. 그러니 성적(性的) 불만감은 결코 신체적 반응이 아니다. 생생한 돈
의 위력에 대한 원망과 막연한 풍요에의 소망이 합세해서 진부해 빠

진 성욕을 저만큼 밀쳐내버리는 것이다. 그렇다고 생각해야 자연스럽다. 그 밖의 상상을, 아니 상식적인 발상을 자꾸 이어가다 보면 저질의 통속극이 되고 만다. 공복인데도 뭘 먹고 싶은 생각이 없다니. 거식증(拒食症)인가. 거식증은 비만증에 따르는 특이한 악례(惡例)라는 진단을 예의 그 건강 정보 책자에서 읽은 듯하다. 우울증에는 의외로 폭식 증세가 흔하게 나타난다니까 이 식욕 없음은 위안거리인가. 뿐얀 잣을 한 움큼씩 입에 털어 넣던 급성 간염 환자의 의무적인 영양 보충 식습관. 치즈 다섯 장을 포개어 한입에 덥석 베어 물던 그 환자의 정색을 보고 회진하던 의사의 우스꽝스러운 권면. "좋아요, 그렇게 자꾸 먹어요. 그러고 눈도 깜빡거리지 말고 누워 있어요. 그새 부기가 많이 내렸네, 다행입니다." 그 장발의 청년은 술독으로 오른쪽 가슴 밑이 불룩해진, 얼굴이 노르께한 진짜 황달 환자였다.

전화기가 희미하게 울어댔다. 거실의 소파에서 안방까지는 까마득한 거리였다. 그는 긁을 수도 없는 항문 부위를 손바닥으로 슬그머니 쓰다듬으며 일어나 앉았다. 인조 가죽 소파의 탄력감이 항문 가려움증을 좀 심화시키고 있다. 다행히도 전화기 소리가 제풀에 죽었다. 다시 전화기가 다급하게 울었다. 전화기는 노사 양쪽만큼이나 집요한, 양보도 항복도 모르는 괴물이다.

"괜찮다면서요? 그렇다니까요. 육감이란 게 맞아요."

그의 아내는 여기저기다 전화질을 했을 것이다.

"믿을 수가 있나. 점점 더 심란스러워. 우가 그놈도 순 덜렁이에 미친 놈이야. 지가 무슨 넙죽한 원칙론자라고 생사람을 떠밀고, 부장이야 원래 돌대가리에 떠버리라 그렇다 치더라도 지는 머리가 좋다고

방황하는 내국인

자부하는 모양인데, 그렇지 않은 줄도 전적으로 모르니 그게 바보라
는 소리 아냐."

동문서답은 두 내외의 오래된 관행이자 소일거리였다.

"여기 와서 맛있는 거 좀 먹고 몸보신이나 좀 하세요. 오늘 아버님
기일이잖아요."

무단결근할 때부터 꼼꼼히 챙기고 있던, 보기 싫은 얼굴들과 듣기
싫은 안부에 덕담을 나눌 일이 꿈만 같았는데, 바로 그날이 닥친 것이
다.

"형님 가게예요. 차 보내까요?"

시비 나누기도 두 내외의 꽤 익숙해진 생활 습관이었다.

"시아비 제삿날 왜 거기서 노닥거려. 큰집에 가서 그 칠칠맞은 거듬
손이라도 보태든지 말든지 하지."

"내가 음식을 할 줄 알아요, 일 시킬 줄이라도 알아야 말이지요. 형
님도 할머니 다 됐다면서 이번부터 파출부 둘 불러놨대요."

"잘한다, 다들 너무 알아서, 너무 있어서 탈이다. 그 잘나 터진 정성
을 누가 안 알아줘서 얼마나 원통할까."

그의 둘째 형 내외는 집에 늙은이를 모셔야 복을 받는다면서 두 양
주를 식모때기로, 집 지키는 머슴으로 부려 먹으면서, 아래위층에서
남처럼 살게 만들던 것들이었다. 그의 아비는 그런 세태의 변화를 말
없이 받아내면서 형네 집 담도 쌓고, 수도도 고치고, 도배도 손수 하
던 늙은이였다.

"염인증(厭人症)이 있는 것 같애. 낮이 괴로워. 밤이 그나마 좀 낫고.
오래갈 것 같애."

"자꾸 병이나 만드세요. 무슨 쓸데없는 생각이 저렇게 많을까. 애들 학교에서 돌아오면 데리고 오세요. 내 일거리 줄어서 좋네. 그럼, 끊어요."

그는 10월 치 달력을 멀건 시선으로 쳐다보았다. 두 달 후가 까마득하게 여겨졌고, 갑자기 썰렁해진 방 안 공기조차 자신을 어딘가로 내몰고 있다는 느낌에 진저리를 쳤다.


## 2. 겨울—굳어지는 통일

늙은이답게 이씨는 지난 설날 밑의 어느 날도 새벽 다섯 시쯤 잠에서 깨어났다. 하기야 월남 후 이 땅에 붙박여 살아남기 위해 그는 쉰까지 자정 전에 잠자리에 든 적이 없었고, 그 후로는 해 뜨고 난 후까지 발 뻗고 누워 있은 적이 열 손가락으로 헤아릴 정도였다.

간밤의 술이 좀 과했던지 온몸이 찌뿌드드했지만, 아직 무슨 악 같은 것이 속에서 부글부글 끓는 사람처럼 이씨는 이불을 획 걷어 젖히며 일어났다. 노처의 이부자리는 제법 다독거린 흔적이 남아 있긴 했으나, 역시 비어 있었다. 엎어지면 코 닿을 곳에서 새벽 기도를 올리고 있을 것이다. 오늘의 우리네 기독교가 예전의 서낭당, 정화수, 탑돌이 따위를 끌어모아서 조금 편리하게, 그럴듯한 위의를 갖추고, 그 제반 기구(祈求)와 제도들을 한껏 조직하고 세련시킨 변종일 것이므로 이씨는 노처의 그런 신심에 대체로 무심한 편이었다. 목사가 직업이고 교회도 사업체이듯 신심도 치성이 아니고 무엇이겠는가.

토요일이라서 나갈 일이 없는데도 이씨는 마음이 바빴다. 요즘 들어, 좀 더 정확히는 아무렇게나 뜯어낸 벽돌장을 무슨 기념물인 양 떠

방황하는 내국인

받들곤 하던 베를린 장벽의 와해를 지면(紙面)으로 똑똑히 보고 난 후부터 이씨는 조간신문 세 가지를 거의 열독하고 있었기 때문이었다. 그런데 이제 서독이 아무 말썽 없이, 아니 한꺼번에 세상을 바꿔놓을 듯이 무슨 사업인가를 벌이다가 물려받은 문전옥답까지 홀랑 털어먹고 돌아온 자식을 쓸어안는 아비처럼 동독을 품에 넣어버렸다. 적어도 이씨에게는 이번의 소위 흡수 합병식 독일 통일 과정이 탕아 하나를 거두는 대범한 부모의 처신과 조금도 다를 게 없어 보였다. 그처럼 합리 정신과 과학을 존중하는 민족이 엄연한 환율을 무시하고 일 대 일로 돈을 바꿔주다니. 많이 미치거나 살짝 돌지 않고서야 그럴 수는 없는 일이었다. 하기야 화폐 소지 액수에 따라 약간의 차등은 두었다지만, 그야말로 자식이 진 빚을 흔쾌히 떠맡는 갸륵한 처사였다.

아무튼 이씨의 평소 소신이 대체로 이런 판이니 두 번씩이나 세계를 상대로 박이 터지도록 싸우고, 그때마다 힘 좋게 우뚝 일어선 게르만 민족에 대해 어떤 경외감을 가지면서 독일과 독일인에 관한 신문 기사라면 눈에 불을 켜고 찾아 읽는 판이었다. 그날따라 두더지 한 마리를 잡는답시고 떼를 지어 일방적으로 공중에서 후두들겨 패기만 하던 걸프 전쟁도 한결 시들해져 있었다. 이남 사회에서 몹시도 부대끼며 살아온 이씨에게는 '지상전 임박' 어쩌고 해대는, 곧 '이기게 되어 있는 쪽'만 부추기는 신문 기사에 심드렁할 수밖에 없었다. 남의 싸움질이 원래 그 승패를 떠나서 구경거리로는 안성맞춤이지만, 이씨는 자신의 안목이 웬만큼 솔직하고 맞을 것이라고 자부했다.

한편으로 신문은 온통 수서(水西) 의혹사건으로 호들갑이었다. 관민 간의 뇌물 수수야 워낙 오래된 당당한 전통인데다 이씨도 한때 많이 치러본 바 있어서, 그것 역시 새색시가 애 뱄다는 말만큼이나 싱거워 빠진 노닥거림이었다.

그런데 이씨의 눈을 번쩍 뜨이게 한 기사가 아주 조그맣게 실려 있었으니, 그것은 통일독일의 첫 대통령이 방한하기 위해 등정했다는 소식이었다. 이씨는 곧장 가슴이 펄떡거렸다. 공교롭게도 세 신문이 다 1단 기사로 자그맣게 다루고 있었다. 이씨의 흥분은 어쩔 수 없이 곧 사그라졌다. 뒤이어 마음자리 한구석에 씁쓰레한 회한이 일과성 태풍처럼 빠르게 훑고 지나갔다. 이씨는 먹살을 잡고 잠시 멍청해 있다가 이윽고 부스럭거리는 신문 뭉치를 내팽개쳐버렸다.

이씨는 자신도 모르게 신음에 가까운 소리를 내지르고 나서 흠칫 놀랐다.

"부질없는 짓이지. 이제 와서… 돈으로 될 일도 아니고…"

소문으로 듣기로는 소위 북방정책이 꽤 성과를 거둬 요즘에는 이북의 친지 하나를 이쪽으로 빼내오는 일이, 돈이 꽤 들기는 하지만, 그렇게 어렵지도 않다고 했다. 중국 길림성을 거쳐서 홍콩으로 데려올 수 있다고 했으며, 결국 이쪽저쪽의 상당한 요직의 주선과 돈이 말을 하는데 소재 파악은 아주 손쉬운 일이고, 요소요소에 뿌릴 뇌물성 경비 외에 50만 달러 정도는 저쪽 당국에 '헌금'으로 건네주어야 한다는 것이었다. 출신이 그런만큼 이씨는 그런 소문이라면 짜장면을 한 그릇씩 대접하며 꼬치꼬치 캐묻고, 또 소문이란 놈은 생물 맞잡이라서 밝히는 사람에게 꼬리를 흔들며 다가오게 마련이었다. 일설에는 50만 달러가 1백만 달러로 불어나기도 했고, 저쪽에서 '그냥저냥 먹고 사는 인민'이라면 10만 달러로도 가능하다고 했다. 비근한 예로 해방 전후에 모 의전 교수를 살던 양반이 월북하여 지금은 저쪽의 모 연구소 부책으로 있는 인물이라 1백만 달러로도 힘들다는 것이었다. 물론 뼁이 많이 섞인 풍설이지 싶었다. 아무리 경제난이 혹심하다 하더라도 그만한 지위의 그쪽 사람을 이쪽으로 빼내 온다면, 그것도 돈으로 모셔왔다면 이쪽의 호들갑스러운 신문에서는 당장 살판이라도 난 듯이 대서특필로 떠들어댈 테고, 저쪽은 그 짱짱한 인민까지 팔아먹었으니 국제적인 개망신이야 맡아놓은 개밥그릇일 게 뻔했다. 그걸 막으려면 가욋돈을 또 다른 구실로 처발라야 할 것이고, 그 어마어마할 일대 사건도 양쪽의 관계 당국이 '취급'하기 나름이기야 할 테지만, 아무려나 그런 풍문을 들으면 들을수록 이씨에게는 '돈으로 데려올 수도 있다' 는 믿기지 않는 사실만이 오롯이 머리통 속에 새겨지는 것이었다. 3억 5천만 원 정도야 있는 사람에게는 큰돈도 아니었고, 마음먹기가 어렵고 시일이 좀 걸린달 뿐이지 이씨에게도 이것저것 처분만 하면 그만한 돈이야 끌어댈 수 있었다. 신문에 안 나오는 일이 얼마나 많으며, 이때껏 유언비어치고 틀린 것이 없었던 만큼 그 '실물'이라도 한번 보고 싶은 게 이씨의 소원이었다.

이씨는 잊어버리자고 크게 도리머리를 흔들었다. 그러고 나서 노처가 소일삼아 떠준 털내의를 껴입었고, 오리털 파카를 걸쳤다. 담벼락만 돌아서면 빤히 보이는 목욕탕으로 갈 채비였다.

길가 쪽으로 내달아둔 외등 불빛이 희미하게 기어들어 와 있는 거실을 더듬더듬 빠져나오며 이씨는 속으로 중얼거렸다.

"만사가 돈이지. 수서가 아니라 수서(首鼠)야, 수서. 물이야 소금 먹은 놈이 켜지. 다들 쥐새끼처럼 꽁꽁 숨어서 눈만 말똥거리는 꼬락서니가 가관이야. 저쪽에서 내처 살았어 봐, 이런 재미도 구경 못 할 테니 그 생고생이 오죽하겠어. 만정이 다 떨어질 걸."

이씨는 어느새 신주 모시듯 하는 '독일'을 까맣게 잊고 있는 자신이 조금 죄스럽게 느껴졌다.

현관문의 쇠토막 빗장이 따지자 문간방에서 잠이 덜 깬 소리가 들렸다.

"아버지세요? 좀 깨워 달래니까. 목욕 가세요?"

두 달 만에 각자가 가지고 간 신혼살림 밑천을 고스란히 들고나옴으로써 찜찜하게 갈라선 막내딸은 변비가 심해졌다며 무슨 선(禪) 도장에 나가겠다고 했다. 뱃속에 든 애를 훑어냈으니 처녀는 아니고 그렇다고 생과부는 더더욱 아닌 것이 그래도 온통 변태 소굴 같은 세태에 발맞춰 그 액운을 쉬 훌훌 털어버려 줘서 이씨 내외에게는 그럴 수 없이 고마웠다. 그동안 벌써 졸업장을 하나 더 따놓았고, 제 큰오빠의 그 황당한 객사(客死) 때문에 감히 말은 안 꺼내고 있지만, 가까운 일본에라도 가서 이왕 벌여놓은 산업 디자인 공부를 더 할 꿍꿍이셈이 있는 모양인데, 장래 걱정과 돈이야 어찌 되든 그 할끔거리는 눈치마저도 대견스러운 것이었다. 이제 집안에 소란, 사리 분별, 명랑 따위를 일궈놓는 일은 전적으로 막내딸 몫이었고, 노처도 저것마저 어디로 가버리면 무슨 낙으로 살겠느냐는 낌새가 역력했다.

방문이 벌컥 열렸다. 가슴이 많이 파지고 치렁치렁한 내리닫이 잠옷 차림인 딸애는 팔짱을 껴서 봉긋한 젖퉁이를 훤히 드러냈다.

"니 에미가 깨워줄 텐데 뭘. 애비도 사내 명색인데."

딸애가 피식 웃으며 눈곱을 뜯어낸다고 젖퉁이를 가렸다.

"딸자식도 계집이군요. 속은 괜찮으세요? 술 많이 드신 것 같던데."

"괜찮아."

"조심하셔야죠. 비누칠 절대로 하지 마시고 물 샤워만 하세요. 꼭요. 동절기 노인성 가려움증은 때 밀고 비누칠해대면 점점 더 심해진대요. 신문에 났어요. 어젯밤에도 허리통, 궁둥이, 허벅지, 종아리를 무섭게 긁으시데요. 아셨죠? 실천하세요."

"나도 신문 봤어. 땀구멍이 막혀 그렇다며. 늙은 몸에는 물기가 저절로 메말라진다는 소리 같애. 술이 안 좋은 것 같고. 또 밤에 심해지고. 목욕하며 땀을 줄줄 흘리고 나면 한결 나아."

현관문을 열자 새벽의 냉기가 와락 몰려왔다.

"날씨가 또 차졌나 봐요. 아이, 춰, 든든히 입었어요?"

"그래. 기다리까? 바래다 주랴. 선 도장엔가 간다면서?"

"아니오. 관두세요. 사내라면 거추장스러워서요."

때맞춰 철책 대문이 삐꺽거리는 소리를 냈다. 노처는 여섯 시 반쯤 돌아와서 군것질하듯 다시 한 시간쯤 등걸잠에 빠지곤 했다. 이씨는 인조 화강암 계단을 다섯 개 밟고 잔디밭에 내려섰다.

"아이 추워. 세밑 찾아 먹는다고 동장군이 기승이네. 또 눈 오겠어."

얼굴만 빠꼼히 내놓고 있는 털스웨터 뭉치 같은 노처가 진저리를 치며 털목도리를 팔뚝에 둘둘 감아 벗어부치고 나서 뿌연 입김을 토해냈다.

"당신이 2층 새댁에게 종성이 사단도 털어놨나?"

"아니오, 몰라요. 2층 새댁?"

"아, 이사 네 번 온 저 2층 식구 말이야."

지난달 11월 중순의 어느 일요일 오전에 경상도 말씨가 유별난 젊은 내외에게 2층 독채를 세놓았다. 감색 코트 앞자락이 떠들썩한 것을 보니 새댁은 해산달을 두어 달 앞둔 듯했다. 군식구를 몇이나 달고 올지 몰라도 방 네 개에 거실 하나, 화장실 둘인 독채를 젊은 내외가 다 쓰기에는 우선 전셋돈부터 벅차지 않을까 싶었다. 이씨는 남의 돈을 맡아 있어 봐야 성가실 뿐이어서 보증금에 월세도 좋다고 할 판이었다. 새댁이 주장이 되어 한참 목돈을 맞추는 눈치더니 전세로 들겠다고 했다. 바로 그날 해거름에 바깥양반이 먼저 택시에 짐을 싣고 이사를 왔다. 두 달 동안이나 처남댁에 얹혀 있었다고 했다. 그다음 일요일에는 무슨 연구소에 다닌다는 처남 내외가 이삿짐 차를 몰고 왔다. 그다음 토요일에는 용달차가 반도 안 차는 짐을 싣고 청바지 차림의 처제가 이사를 왔다. 그 다음다음 일요일 오후에야 새댁이 시골 신접살림을 한 차 가득 싣고 들이닥쳤다. 노처의 전언에 따르면 처남은 외국 유학을 가기 전까지는 애도 안 만든다고 했고, 처남댁도 무슨 직장에 다닌다고 했으며, 처제는 대학생이라고 했다. 바깥양반은 키가 멀대처럼 크고 직장만 번듯할까, 불알 두 쪽밖에 가진 것이 없는 처지라 집안 좋고 약사 자격증도 있어서 제 지참금도 수월찮은 노처녀 하나를 살려주는 셈치고 장가든 모양이라고 했다. 새댁이 신랑보다 오히려 한 살인가 많다고 하니 알조였고, 전셋돈도 내주장이 만만찮을 새댁이나 처가에서 다 두량했을 것이었다.

"애 밴 새댁 말이오?"

"이 할망이 아직 잠이 덜 깼나. 그 정신머리로 치성드려서 돌 우에 풀 잘 나겠다."

"밤늦도록 불 켜져 있는 아래층 국어 선생 양반댁도 애 섰으니 하는 말이지. 남들은 애도 잘 배는구마는… 헌데 새벽부터 종성이 사단은 뭔 말이오?"

결혼하자마자 집 나가 사는 이씨의 둘째 자식은 얄망궂은 제 처를 본 지 세 해가 지났건만 아직 애가 없었다. 어느 쪽이든 무슨 탈이 있나 보다 했는데, 알고 보니 두 연놈은 연애 시절부터 평생토록 애를 안 가지기로 굳게 약속하고 결혼했다는 것이었다. 별놈의 얼어 죽을 약속이었다. 어느 광고 회사에 다니는 자부야 그렇다쳐도 제 친구들과 동업으로 무슨 컴퓨터 회사를 꾸려가는 아들놈은 낯짝도 안 비치고 늘 전화질만 반지르르 해댔다. 둘째 놈은 어릴 때부터 기계 만지기를 좋아하더니 한동안은 밥도 안 처먹고 온종일 컴퓨터 앞에 앉아 있었고, 주위에 사람이 얼쩡거리면 버럭버럭 신경질만 냈다. 따로따로 차를 몰고 다니는 것만 봐도 이씨 내외에게 두 연놈은 부부랄 것도 없었고, 말끝마다 '자기 세계, 자기 돈 내 돈' 해대는 꼬락서니가 미국 영화 속의 별종들 같았다. 시속이 그런 별종을 멋있다고 떠들어대니 어쩔 수 없는 노릇이기는 하나, 막상 당해보니 기가 찼다. 자식이랄 것도 없었다. 이씨는 속으로 네놈이 무슨 사업인가를 한다고 꼬물거리는 모양이지만, 몽땅 털어먹고 나한테 손 벌릴 때가 머지않았다고 단단히 꼬느고 있는 판이었다. 당연하게도 노처는 너희들도 나이 먹어봐, 그 약속이란 것이 얼마나 허무맹랑한가를 알 테니 하고 벼르고 있었으나, 늙은이들의 용심은 그 주름살만큼이나 보기도 싫고 힘도 없었다. 그렇거나 말거나 얄밉게도 그놈의 컴퓨터 사업인가는 점점 더 잘 굴러가는 모양이었고, 두 연놈은 갈라설 기미는커녕 찰떡궁합이었다. 긴가민가한 게 아니라 막돼먹은 세상이었다.

"알 만하구먼, 단잠이나 푹 주무셔."

"새댁이 약국을 해서 그런지 붙임성이 좋아 해산 걱정서껀 이런저런 말이야 많이 했지만, 그 사단을 내가 무슨 청승으로 발설할까. 술이나 제대로 깨고 하는 소리요?"

"어련할까, 술 핑계는."

"누가 할 소린지."

뜯어놓은 솜뭉치 같은 눈더미가 잔디밭 여기저기에 지저분하게 널브러져 있는데, 이씨는 느직느직 목련 나무 밑을 돌아 대문께로 다가갔다. 대문을 열다 말고 이씨는 문득 제단(祭壇)처럼 까마득하게 올라간, 2층 독채의 전용 시멘트 계단을 눈여겨보았다.

바로 어제 퇴근 때였다. 좌석버스에서 내리니 등 뒤에서 "주인댁 영감님 맞지예? 사무실이 여서 가까운갑심더"라는 소리가 들렸다. 키가 머리 하나는 더 있는 2층의 최씨였다. 이씨는 일부러 표를 내는 듯한 그 경상도 말씨에 잠시 주춤했다. 한때 경상도에서 터를 잡느라고 무진 고생했고, 노처도 그곳 출신이긴 했으나 그 우렁우렁하니 거칠고 무뚝뚝한 말씨하며 제 잘나터진 보수성에 기가 질린 바 있었기 때문이었다. 하지만 60년대 중반에 솔가하여 상경하니 역시 경상도 세상이 되어 있긴 했으나, 훨씬 뒷고개가 가벼워진 것 같던 느낌은 지금도 생생했다. 아마도 서울 바닥에 이북 사람이 상대적으로 많이 모여 산다는 엄연한 사실이 조금쯤 의지가 됐을 테고, 한창나이에다 돈 버는 재미도 제법 쏠쏠해서 그랬을 터였다.

아무려나 최씨는 인사가 늦어서 도리가 아니었다면서 약주를 대접하겠다고 했다. 젊은 사람으로서 시건머리가 트인 수작이라 이씨는 군이 마다할 수 없었다. 집을 목욕탕 등 너머에다 두고 주인과 세입자라기보다 아비와 자식뻘인 두 주객(酒客)이 홍릉 솔밭 갈비집으로 들어갔다. "우리는 소주밖에 못 먹소. 퇴근을 늘 이맘때 하오?" 최씨가 숫기 좋게 명함을 건넸다. 어느 재벌 회사의 주업 중 하나라고 해도 좋을 플라스틱 사업부의 영업 담당 대리였다. 한 달에 두어 번꼴로 지방 사업장과 공장에 출장을 가고, 내수 판매 현장을 일일이 점검해야 하는 만큼 저녁을 집에서 먹는 날은 일주일에 한두 번뿐이라고 했다. 짐작이 가는 사정이었고, 일을 겁내지 않을 나이라서 회사에서도 마음 놓고 부려 먹을 터였다. 그러면서 덧붙이기를 오늘이 바로 결혼기념일이어서 부득이 일찍 집에 들어가는 참이라고 했다. 묘한 인연이었다. "여기 있다고 집에다 전화라도 하시오. 기다릴 텐데." 이씨의 어른다운 권면에 최 대리는 대뜸 받았다. "개안심더. 집구석에서 뭉구적거리는 것들이야 늘 그 따우로 시정 없는 소리나 처짓기는 거 아입니꺼. 새 따묵는 소리시더. 월급쟁이가 찾아묵을 꺼 다 찾아묵고 우예 삽니꺼." 흔히 집사람을 우습게 여기는 경상도 토박이 기질이었다. 월급봉투를 통째로 맡기고 마누라쟁이 엉덩짝에 껌처럼 붙어사는 요즘 젊은 사내들에 비하면, 그 말만이라도 이씨에게는 숨통이 트이는 행티였다. "한창 좋을 때요. 정신없이 일하다 보면 돈은 저절로 붙소." 그렇게 보아서 그럴 테지만, 최 대리는 꼬박꼬박 두 손으로 이씨의 소주잔을 채웠고, 그 기다란 다리를 억지로 꺾듯이 앉자 무르팍이 화덕 달린 식탁을 떠받들고 있는 것 같은 엄장에 걸맞게 "아가, 아가, 잘 좀 구어봐라" 해대는 품이 미쁘기 이를 데 없었다. 얼굴도 밉상이 아닌 것이, 좀 싱겁게 생겼달까, 친구가 오입하면 지가 괜히 신바람이 나서 싱글거리는 유쾌한 바람둥이 같았다. 이씨를 부르는 존칭도 싫지 않게 깍듯이 '어르신'이었다.

최가는 안동 사람이었다. 그의 부친은 그 지방 농협의 지킴이인 모양이었고, 그는 2남 3녀 중의 맏이였다. 집안 형편도 그렇고, 부친도 서울의 사립대학에 유학은 못 시키겠다고 해서 그는 한 해 재수하고 그 지방의 국립대학에 들어갔다. 재학 중에 군 복무를 마쳤고, 졸업하자 상경계 출신답게 곧장 어느 국책 은행에 들어갔는데, 하루 종일 남의 돈이나 헤아리는 신세가 '하도 시장스러버서' 여섯 달 만에 뛰쳐나왔다. 또 한 해 재수를 하고 지금의 회사에 입사했고, 세 해 동안 연고지에서 근무하다가 지난해 가을에 대리로 승진하면서 서울 본사로 전근 발령을 받았다. "연애 결혼했소? 올해 몇이시오?" 최 대리는 서른한 살이었다. 8년 동안 연애를 했으며, 양가의 반대가 자못 뜨르르했다. 신부는 나이가 많은 게 흠이었고, 신랑이 사람은 그만한데 생긴 것이 실없어 보이고 당최 술이 과할 뿐만 아니라 맏이에다 후처에서 본 배다른 동생이 넷이나 있는 게 탐탁지 않았다. 그러나마나 두 젊은 것은 입영하기 전부터 살을 섞고 지내는 사이였다. 이래저래 둘은 마지못해 다른 자국을 찾느라고 맞선도 짬짬이 봤지만, 봐봐야 그게 그거고 성에 안 차는 구석이 늘 두 가지 이상이었다. 처녀는 결혼 비용을 내놓으라고 짓졸라 약국까지 손수 꾸려가며 남자의 결단을 기다렸다. 남자는 돈푼깨나 있다고 자세 부리는 처녀의 양친과 누가 이기나 두고 보자고 버텼다. 최가가 이기게 되어 있는 싸움이었다. "무던하오. 인연이 그러면 어쩔 수 없는 것이오. 팔자야 살아봐야 알고 궁합

방황하는 내국인

이야 살면서 보여주면 될게요."

이씨는 제 속을 있는 대로 툭 다 까놓으면서도 한번 불뚝성을 내면 언제 봤냐고 영영 돌아서버리는 경상도 기질을 촘촘히 새겼다. 그런 곱새김은 이북 사람으로서의 어떤 경계심리라기보다도 몸에 밴 정서적 반응이었다. "보신탕 하오? 여기서는 88서울올림픽인가 무언가 치르면서 멋대가리 없이 사철탕이라고 슬쩍 바꿔 부르기 시작했소만." "개장국 말씀입니꺼? 비싸서 못 묵지예. 작년에 여 올라와서 직원들하고 한두 번 무봤든이 고기 두어 점 건질라꼬 부글부글 끓이는 그 서울식이라 카는 기 우리 구미에는 영 안 맞대예, 벨맛도 모르겠고, 영 파이대예." 그 음식이 경상도에서는 '개장국'이었다. "그것도 자꾸 먹어 버릇하면 그런대로 먹을 만하오." 이씨는 상경 후 애들과 텔레비전 등쌀에 알게 모르게 이북 사투리가 입천장에서만 달싹거리고, 또 가급적이면 서울말도 아닌 표준말을 쓰기로 작정했으며, 이제는 그런대로 아무런 어색함이 없이 누구와도 말을 주고받는 자신이 늘 돌아 보였다. 물론 억양이야 아직도 꽤 많이 남아 있을 터이나 그것도 함경도 사람이 강원도 땅에 붙박여 살면서 일부러 표준말만 골라서 쓰는 듯해도 억양만은 전혀 다른 그곳 특유의 말씨에 동화된 것과 흡사한 경우였다. 서울 사람이 따로 있나, 서울서 살면 서울 사람이지 라는 억지스러운 동질감은 남부러울 것 없는 이씨 자신의 현재 삶에 대한 딴딴한 신뢰였다. 그러나 그 심정적 신뢰감은 언제나 씁쓸한 회한을 불러일으켰다. "우리는 여름 한철을 그걸로 사오. 술독 푸는 데도 그렇고, 우리 몸에는 그게 제일이오. 그거 이상 가는 게 없지. 음식은 철따라 먹어야 제맛이 나는 법인데, 겨울에는 아무래도 그게 없어 술을 덜 먹게 되오. 우리 내자가 그걸 대파, 토란대를 많이 넣고 제법 잘 끓이는데 올해 여름에는 우리 같이 먹어봅시다. 음식은 동무해서 먹어야 물리지 않소." 이씨의 오랜 체득에 따르면 음식은 정이자 피였고, 좋아하는 음식을 함께 맛있게 먹으며 장삿속을 털어놓으면 거래가 잘 풀렸다.

그쯤에서 이씨는 문득 어떤 광경을 떠올렸다. 언젠가 거래처 사람과 보신탕을 잘한다는 집을 택시 타고 찾아간 적이 있었다. 출출하던 판이라 우선 개고기 수육 무침부터 시켜서 게걸스럽게 거머먹고 있는데, 여남은 명은 좋이 되는 일행이 바로 옆자리에서 지방색 타령으로 열을 올렸다. 경상도는 떼거리를 잘 끌어모으고, 전라도는 머리가 똑똑하나 뒤가 안 좋고, 충청도는 늦어빠진 것이 천상천하 유아독존이고, 경기도는 경우 따지면서 제 잇속만 챙기고, 강원도는 우직한 것이 꿍꿍이속만 차린다고 했다. 그만한 지방색이야 모르면 조선 사람도 아닐 테고, 또 다들 서로가 인정하는 좋은 의미의 향토 기질이었다. 그러나 그 밑바닥에는 비방, 질시, 배척 같은 심리적 암투가 깔려 있음도 사실이었다. 내남없이 남의 험담만큼 재미있는 것이 달리 없는 법이라 일행은 온갖 사례, 경험담, 특정 인물의 성깔과 이름까지 들먹이며 받고 채면서 초를 치고 토를 달고 껄껄거렸다. 나중에는 시끄러운 경상도 병력 때문에 취침 점호가 생겼다는 군대 일화까지 들먹여졌고, 동아리를 잘 끌어대는 경상도 사람들이 사색당파의 원조라느니, 그래서 두 번씩이나 군사 쿠데타를 성사시켰다고 떠들어댔다. 말밑을 새겨들었더니 글쟁이와 대학교 접장이 반반씩 섞여 있는 듯했는데, 그러고 보니 머리에 기름 바른 이가 한 사람도 안 보였다. 이씨는

　방황하는 내국인

재미있다기보다도 조마조마한 마음으로 귀를 기울이고 있었다. 아니나 다를까, 이북 지방색 타령이 이어졌다. 그중에서 음성에 강단이 실려 있고, 마흔 중반은 넘었지 싶은 한 일행의 경험담이 이씨의 귀에 생생하게 다가왔다.

그 경험담을 찬찬히 정리해보니 이랬다. 해방 전부터 서울서 살던 한 일가가 사변 통에 진외가가 있는 대구로 피난 갔다. 그래서 결국 경상도 사람이 되었다. 어쨌거나 피난생활 중에 아래채 방 둘을 얻어 일가가 오골오골 사는데, 바로 옆방에 세 들어 사는 피난민 일가가 이북 사람으로 늙은 양주에 장성한 아들과 딸이 하나씩 딸려 있었다. 아들은 어느 병원의 조수로 다니고 있었으며, 손이 검다기보다 걸어서 집에 올 때마다 마이신 같은 물약병을 주머니에 집어넣고 나와서 시중에 팔았다. 딸은 낮에는 어른처럼 정장하여 미군 부대에 타이피스트로 나간다고 했는데, 아마도 세탁부 같은 임시 고용원이었던 것 같고, 저녁 무렵이면 총총걸음으로 달려와 감쪽같이 교복으로 갈아입고 야간 고등학교로 뛰어가곤 했다. '이북내기'는 두 자식이 다 벌이를 하니 끼니를 거르지 않고 그냥저냥 살 만한 형편인데도 늙은 마누라쟁이는 동네 초입의 한 담벼락에 붙어서 파전 같은 먹을거리를 굽고 잔술을 팔아댔다. 그런데 놀랍게도 궁상이 뚝뚝 떨어지는 늙은 영감은 아침마다 꾀죄죄한 차림으로 동냥질에 나서곤 했다. 해거름에 영감이 지팡이부터 앞세우고 집에 들어설 때 보면 동냥자루가 제법 묵직했다. "아, 그 영감이 평양사범 출신이라는 게야. 그 중뿔난 학력이 피난길을 재촉했다는 건지, 알쏭달쏭한데. 피난살이에 학력이 무슨 소용이야, 그야말로 쥐뿔같은 거 아냐. 오히려 거치적거리기만 할 텐데, 꼭 그걸 들먹이더라고." 그 이북내기 일가는 늘 집세를 미루다가 쫓겨나다시피 이사를 갔다. 이사 간 동네는 꽤 떨어져 있던 염매시장 께였고, 학교 가는 길이라 그 일가를 자주 맞닥뜨리곤 했다. 더욱이나 반서울 사람이었다가 피난 온 그 일가에게 이북내기 일가는 소액일망정 빚을 지고 있어서 그 사는 형편이 손금처럼 빤히 들여다보일 수밖에 없었다. 그런데 이북내기는 빚 받으러 갈 때마다 노란 국물이 동동 뜨는 영계백숙 같은 기름진 음식을 먹으면서도 빚 독촉을 헤실헤실 물리쳤다. 물리치는 게 아니라 아예 떼먹을 심보가 여실했다. 결국 경상도 일가는, 에잇, 더러운 것들, 잘해 처먹고 잘 살아봐라고 악담을 퍼부었으나, 빚을 못 받았다. 그러다가 몇 해쯤 지나 소문을 들으니 딸은 미군과 결혼하여 잘살다가 물 건너 가버렸다고 했고, 아들도 결혼하여 신약 도매상을 차려서 떼돈을 번다고 했다. 경상도 일가는 빚 받을 생각이 굴뚝 같았지만, 이북내기 일가의 그동안 소행머리를 보건대 남의 돈을 선뜻 갚을 '인간'들이 아니라서 지레 포기했다. 하루는 하학 후 집으로 돌아오는 길에 염매시장을 가로질러 오는데, 어물전에서 삿대질을 해대는 말싸움이 대판으로 벌어져서 구경꾼들이 빼곡했다. 말싸움의 주인공들은 갈치, 도미, 고등어, 정어리, 꽁치 따위를 늘어놓고 파는 생선가게 여자 주인과 예의 그 이북내기 일가의 아들이었다. 이북 사람은 예전의 땟국을 말끔히 벗어버린 신사였다. 들어보니 흥정을 하느라고 생선을 좀 지나칠 정도로 많이 집적거리다가 시비가 붙은 모양이었다. 사지도 안 할 거면서 왜 남의 물건을 상해놓느냐고 타박했을 테고, 물간 생선을 어떻게 사느냐고 대들었던 모양이었다. 그런 말싸움이야 어느 쪽의 잘잘못을 따지기도 민망한 노릇이지만, 어쨌든 이북내기는 체면 따위는 내팽개치고 '에미네'와 바락바락 악담을 퍼부으며 말싸움에서 결코 물러서려 하지 않았다.

일행 중의 한 발설자는 어릴 때의 그 경험을 '한마디로 충격'이라고 단정했다. 그 충격의 밑바닥에는 이북 사람을 흉볼 때 늘 따라다니는, 예컨대 악착스러운 생활력, 내핍이 아닌 흉측스러운 인색, 철면피 같은 이기심 등이 깔려 있었다. 굳이 따진다면 이씨 자신도 그 정도의 모질어빠진 근성으로 이남 땅에서 살아온 게 사실이었으므로 그 경험담이 딴에는 실감 나는 사례로 들렸다. 또한 너무나 익히 알고 있는 지방색을, 그것도 한때 이씨 자신이 지겹게 듣던 경상도 사투리로 사갈시나 다름없는 성토를 들었으니 씁쓰레한 뒷맛이 남았다. 그 일행 연배라면 부모가 다 이북 출신이라 할지라도 이미 이남 사람이라고 할 수 있을 터이므로 그처럼 공공연히, 만판으로 이북 향토색을 비방할 수 있을 것이었다.

아무려나 이씨의 회한은 깊었고, 변명도 늘어졌다. 아무리 이북 사람이 그악스럽다고 해도 사람 나름이며, 출신 성분, 학력, 성격, 직업 등에 따라 천차만별이었다. 따라서 이북 사람에 대한 이남 사람의 거의 일반화되어 있는 비방은 일부가 들어야 할 욕이지, 대다수 이북 사람들은 해당자가 아니었다. 자기 체면만 좇다가, 양심껏 사느라고 버둥거리다가 묏자리도 남기지 못하고 허무하게 죽어간 동아리들을 이씨는 누구보다 잘 알고, 많이 보아왔다. 그런 악바리 근성은 이남 땅에서 빌붙어 살아가기 위한, 곧 불행한 시절이 안긴 생존본능의 자연스러운 발로였지 악독한 근본의 소치가 아니었다. 둘러치나 메치나 마찬가지라 할지 모르나, 최대공약수와 최소공배수는 엄연히 다른 것 아닌가. 그런 변명에도 불구하고 이씨는 자신은 예외라고 떳떳이 말할 수 없었다. 그 어쩔 수 없는 자격지심은 이남 땅에서 살아오게 된 팔자에 대한 원망이자 살아남은 데 대한 업보였다.

이제는 이씨가 털어놓을 차례였다. 이럭저럭 소주 한 병이 바닥났으므로 이씨는 말도 많아졌고, 매사에 조심 제일주의로 살아오는 제2의 천성도 조금 허물어졌다. "근력이 먼지도 모르고 살았소. 건강이야말로 정말 팔자소관이요. 인명은 하늘이 정하기대로 달렸듯이 만사는 팔자대로 돌아가는 것이오. 아, 이 머리는 염색했소. 머리숱도 짱배기 밑이 훤해지고 머리칼도 힘이 없어서 그냥 내버려 두면 귀신이 앞장서라 할 것이오. 마흔 중반에 앉도 서도 못하는 지병을 수술로 도려내고는 이때껏 병원 문 앞 모르고 사오." 이씨의 치질은 재발도 안 했다. 최 대리는 회사에서 일본말을 배우라고 닦달이어서 전철이나 버스 속에서도 귀에 리시버를 꽂고 다닌다고 했다. "일본말? 모르면 언제라도 물으시오. 일본책 안 본 지 오래됐지만도, 그래도 왜정 때 명색이 정규 상업학교를 나왔는데 사전도 필요 없소. 상관습(商慣習)이야 왜놈들을 어떻게 당해. 몽조리 왜놈한테 배운 기지. 어떡하든지 배우시오. 총기가 한 낱이라도 살아 있을 때 부지런이 배워 놓으시오." 최 대리는 부장까지 올라가려면 앞으로 두어 번쯤은 더 지방 근무를 해야 하는 월급쟁이라 집값, 더불어 이씨의 치부(致富) 내력 같은 것에 관심이 많았다. 시골 출신의 장남으로서, 또 그만한 나이 때는 집칸 장만이 유일한 꿈일 것이라고 이씨는 짐작했다.

최가도 이제부터는 이씨가 한때 그랬던 것처럼 서울 사람이 되기로 단단히 작정한 뜨내기였고, 그러니 두 사람은 이미 자의반 타의반으로 고향을 등진 한 동아리였다. "고생, 고생, 말도 마시오. 과부 서답이나 안 빨아봤을까 안 해본 고생 없이 살았소. 때 굶기는 예사고 험식이란 험식은, 인육이나 안 먹었을까, 닥치는 대로 다 먹고 그냥저냥 목숨이나 이어왔다면 얼추 맞을게요." 취기가 알딸딸하게 올라와서 이씨의 말에 두서가 없어졌다. 물론 다소의 과장과 거짓말도 제멋대로 뒤섞였다. "장사를 할려니 밑천이 있나, 취직을 할라니 혈혈단신인데 누가 뭘 믿고 보증을 서줘야 말이라도 붙이지. 머슴도 살고, 정미소에서 뽀얀 등겨 가루를 눈썹에 주렁주렁 매달고 쌀가마를 매일 등짝이 휘도록 져 날랐네. 입이나 살자고 군대 들어가서 배워 남 주나 싶어 차 모는 기술도 배워봤소. 그 당시만 해도 제주도 훈련소 같은 데는 우리말보다 왜말을 더 잘하는 이북 출신이 더러 많았소. 암튼 제대만 하면 멀 해도 살 수 있지 싶어 군복 벗겠다고 사정사정했소. 그때 모시고 있던 양반이 황 대령이라고 이북 출신인데 지금은 솔가해서 미국 이민 갔다더만. 그때는 일선이나 육본이나 다 헐렁해서 위문단이 뻔질나게 들락거리며 노래자랑이나 해대고, 사병이 사병(私兵)이라 상관 집에서 민간밥 얻어먹으며 반민반군으로 세월아 네월아 했소. 우리가 29사단 85연대에서 3년 8개월 만에 중사로 재대했소. 암, 일선이지. 양양에 있었어. 그 사단 마크가 이런 주먹 쥔 그림이야. 요즘도 있는지 모르지." 최가는 이씨의 구변도, 그 내용도 구수한지 제발 말씀을 낮추라고 설레발을 쳤다. 그러잖아도 이씨는 반말을 하던 중이었다. "제대하니 그렇게 좋더만. 고시 합격해도 그만큼 좋을까. 전쟁도 안 하는데 군 복무가 무슨 애국인가. 참, 그 전에 일선이 대구까지 밀려 내려가는 통에 거기 적산(敵産) 면방적회사에서 품도 팔았구먼. 실 빵구리에다 실을 두툼하니 감는 회산데 그걸 트럭에다 싣고 내리고 하지. 무진회사, 화물운송회사, 참 숱하게 돌아다녔네. 성이 차야 말이지. 자나깨나 내 사업 한번 벌여보는 게 꿈이야. 우리가 글이 있나, 빽이 있나. 무식하잖아. 어떡하든지 남만큼만 몸으로 때워 배운 도둑질로 돈이나 벌어보자는 궁량 뿐이야. 헌데 돈이란 게 요물단지라서 쫓아가면 혓바닥 내밀고 내빼버리는 게야. 약이 올라 죽지. 그러다가도 이쪽에서 점잖게 조 빼고 틀을 차리고 있으면 돈이 기집처럼 뭇 요사를 다 떨고 알랑거려. 그렇게 돼 있어. 가관이지. 그러나마나 안 먹고 안 입고 안 쓰면서 부지런은 떨어야지. 암, 그 수밖에 딴 수야 머시 있을라고." 등심을 다 드셨으니 이제부터는 갈비를 잡수시라고 했다. 처녀가 권하고 총각이 시커먼 불판을 갈았다. 이씨는 배가 부르기도 해서 더 떠들어대는 게 소화에도 좋을 듯했다. "그라다가 남의 돈으로 기계 두 대 들여놓고 똑딱똑딱 타올을 만들어 팔아봤어. 세수 수건 말이야. 처음에는 기모(起毛), 부얼부얼한 터래기 말이야, 그게 제대로 안 올라붙어서 그 껄끄러운 것이 남의 살에 기스, 상처지, 그 금을 낼까 봐 은근히 겁나더만. 보통 꺼끌꺼끌해야지. 그런데 질겨서 오래 써 더 좋다더먼. 그게 먹히는 시절이었어. 솔솔 나가. 나가면 머해. 남의 돈 이자 갚기 바쁜데. 남의 좋은 일 참 많이도 시켰네. 돈놀이하면서 놀고먹는 놈 밑 닦아준 거지. 경험도 없었고, 간도 작았고, 돈도 참 많이 떼였네. 그거 받아서 땅 사뒀더라면 벌써 재벌 안 부러운 큰 부자 됐을 거야. 안 주는 놈한테 어떻게 당해. 남의 돈 떼먹는 인간들은 절대로 안 준다 소리는 안 해. 곧 준다고, 잠시만 기다려라 카지. 그 연체가 한 달이 되고, 세 달이 되는 데야 어째. 반년 후에 그 돈 받

방황하는 내국인

아봐야 머해. 그래도 주기나 하면 다행이지. 안 주는 놈한테 어떻게 당해. 임금 날짜는 꼬박꼬박 닥치고 또 할 수 없이 남의 돈 끌어다가 쑤셔박아야지. 그래야 돌아가는 거야. 공장이 돌아가야 처자식 밥을 멕일 거 아냐. 자전거 두 바퀴가 안 돌아가고 서 봐. 당장 쓰러지잖아. 앞바퀴는 돈이고 뒷바퀴는 사람이야. 돈만 흔들어봐. 사람이 줄을 서고 죽을 둥 살 둥 일하지. 재벌이 별건 줄 알아, 돈 잘 끌어대고, 때맞춰 돈 잘 흔드는 사람이야. 사업이 별건 줄 알아, 남의 품 뜯어먹는 거야. 사람 많이 쓰면 그만큼 많이 뜯어먹고. 좋다 나쁘다는 나중 일이고, 재벌의 생리가 원래 그런 거야. 그럴 거 아냐." 이씨는 갈비가 너무 달고 불내도 배서 앞쪽으로 밀쳐냈고, 최가는 그것을 반은 되물려 놓으면서 널름널름 주워 먹었다. 덩치 값을 하느라고 먹성이 좋은 사내였다. 이씨는 음식을 자주 깨죽거리던 맏아들을 떠올리다 얼른 그 영상을 지웠다. "그럭저럭 한숨 돌리고 먹고살 만한데 불이 연거푸 두 번이나 났어. 두 번째는 사건을 경찰들이 얽는데 불을 냈다는 게야. 실화(失火)가 아니라 방화(放火)야. 말이나 되는 소린가. 경찰서에 붙들려 가서 사흘을 꼬박 굶었네. 눈앞이 노래지데. 풀어줄 듯하다가도 또 조서 꾸미고, 빼주자는 놈이 슬그머니 뒤로 물러나 앉는가 싶으면 또 딴 놈이 와서 새로 조서를 받아야겠다고 해. 에라 할 수 없다, 내자한테 돈으로 막자고, 돈 구해오라고 했어. 이남 땅에서 돈으로 안되는 일이 있나. 처녀 불알도 구해온다는데 풀어줄 사람을 머하러 잡고 있겠어. 그러고 대구가 오만정이 다 떨어져서 서울로 올라왔어. 서울 오니 여기서 돈 못 벌면 병신이다 싶데. 나이 탓인지 자신만만해. 세월도 좋았어. 경제개발계획인가 무언가를 밀어붙이니 모든 경기가 왕창왕창

득시글거려. 동대문에다 콧구멍만한 사무실 내고 성수동에다 공장 차렸어. 거기에 염색업이 몰려 있거든. 불나고 나면 살림 인다더니 그 말이 과연 맞아떨어지데. 그것도 다 운이야. 대구에 내처 처박혀 있었다가는 불벼락이든 물난리를 오지게 맞았을 거야. 어떻게 알았던지 봄가을로 야유회 철만 닥치면 글자 박은 타올 달라고 온 사방에서 성화야. 동두천, 안성, 성남, 구리, 의정부, 남양주 안 풀어먹인 데가 없어. 물건 만들어놓으면 용달차가 안 오고, 차가 제때 오면 물건이 아직 덜 만들어졌어. 안 되겠더라고, 용달차를 알아봤어. 우리가 차도 알고, 운수업도 알 만큼 알아. 그게 대개 다 왜말로 모찌고미라고, 제 차 가진 운전사들을 끌어모아 영업세 뜯어먹고, 영업장 가진 이는 차부세 챙기지. 그러니 결국 변두리에 놀고 있는 빈 땅 찾아다니는 땅장사야. 남의 터에 빌붙어 사업 벌인 이는 여기저기 많이 뜯겨 쥐뿔도 남는 게 없어. 앞으로 남고 뒤로 밑진다는 그 소리야. 철철이 파출소, 세무서, 구청, 동회에서 손 벌리고, 사업이라고 벌려놨으니 인사 안 닦을 수 있나. 상부상조하는 인정세지. 교통순경 하나만 차부 앞에 세워놔 봐. 꼼짝도 못 해. 차가 들락거릴 때마다 온갖 트집 다 잡아 딱지부터 끊어. 법이 그렇다는 데 어째. 영업을 못 하게 돼 있다고. 용빼는 재주 있나. 법 앞에 장사 없잖아. 파평 윤씨라고, 그 전부터 거래하던 이가 그렇잖아도 돈이 모자라 말을 건넬까 어쩔까 하고 견주고 있었다면서 당장 반색이야. 동업하자는 게야. 그이 형이 택시 사업을 크게 벌려서 돈 많이 벌었지. 그이가 그때 벌써 버스 차장 출신을 작은댁으로 데리고 살았어. 자기가 월급 주는 택시를 타도 꼬박꼬박 택시요금을 동전까지 맞춰서 내는 지독한 사람이야. 머리도 좋고 간도 컸어.

택시, 버스 회사, 주유소 같은 사업이 다 땅장사야. 재벌도 마찬가지야. 변두리 땅에다 사업장을 벌려놓으면 언젠가는 땅값이 두 배, 세 배로 뛰다가 나중에는 끝다리에 공이 하나도 붙고 이내 둘도 붙고 그래. 그 형 되는 이는 운도 따르고 안목도 좋고, 술값 밥값을 아끼는 법이 없어 사교술도 뛰어났지. 땅만 샀다 하면 유독 그이 땅만 지가(地價)가 좋아져. 대로가 하필 그이 땅 앞으로 그어지는 데야 어째. 암튼 그때까지 우리야 한남동 움푹 꺼진 데다 겨우 집칸이나 장만하고 자식들 공부시키며 밥이나 그냥저냥 먹는 판이야. 남의 돈이야 한 푼도 안 썼지. 자전거에 오토바이로 물건 실어내는 행상인데 무슨 재주로 떼돈을 벌어. 어쨌든 동업하자니까 귀가 솔깃해. 우리 성질이 무엇에 한번 미치면 물불을 안 가려." 이씨는 장사꾼으로서의 자기 말솜씨에 조금씩 취해갔다. 물론 몸에 밴 그 허풍스러운 말버릇은 겉으로는, 요즘 같은 장사로는 밥도 제때 못 먹겠다면서도 속으로는 월급 대여섯 배를 손에 못 쥘 바에야 무슨 염병한다고 이 지랄을 떨어, 하는 장사꾼의 그 꿍꿍이속에서 나오는 말이라서 듣기 나름이었다. 최가는 연신 싱글벙글거렸다. "그이는 제 형과 달리 하는 일마다 머시 잘 안 돼. 제 형처럼 여자도 은근히 밝히는데도 그래. 동업이라고 벌여놓고 보니 장부도 없고, 동업자 따위는 안하무인이야. 이사 철에는 눈코 뜰 새 없이 차는 돌아가는데 늘 허덕거려. 한마디로 엉망이야. 어디서 들어와서 어디로 돈이 나가는지도 모르면서 덤벙거리는 꼴이야. 앞으로 남고 뒤로 골병드는 장사를 하고 있는 게야. 아니, 세상에 명색이 사장이라면서 지갑 빼내 월급 건네주고 있으니 말 다했지. 그러고도 사장 체통이 서나. 그러니 기사들이란 게 다 다른 주머니 찰 거 아냐. 안 되겠어서 인척 쓰지 말자고, 월급도 봉투에 넣어서 제대로 주자고, 경리도 상고 나온 애를 부르자고 좋은 말로 권했어. 도통 남의 말을 들어야지. 제 형한테 찾아갔어. 그이의 첫마디가 걔는 안 된다야. 나보고 당장 손 떼라는 거야. 손을 어떻게 떼, 넣은 내 몫 돈이 있는데. 참, 그러는 중에 모 백화점에서 내 물건, 타올 말이야, 그걸 꼭 쓰겠다고 사정사정해서 모양 잔뜩 내 가지고 꼭 한번 납품해봤어. 그랬더니 한 달 반 만에 지불이라고 하는데 4개월짜리 어음을 줘. 이것들이 돈 있는 선방이라고 사람을 우습게 보는구나 짐작만 하고 받았어. 그런데 그다음에는 6개월이야. 아무 말 않고 받았어. 그다음 달에는 8개월짜리야. 화딱지가 머리 꼭대기까지 치밀어 어음 쪼가리 들고 내가 불불이 쳐들어갔어. 머리에 기름을 떡칠한 기 무테안경 끼고 앉아 있더만. 출납 담당 경리부장인가 먼가야. 따졌지. 내가 언제 내 물건 써달라고 했나. 너거들이 찾아와서 너거 상표 붙여서 진열해보겠다고 해서 상표 딱지까지 내 돈 들여 만들어줬는데 이게 무슨 상도의냐, 너거는 현찰 장사를 하지 않나. 8개월이면 수건이 떨어져도 세 번은 더 떨어질 세월 아니냐. 도대체 1년 장사가 말이나 되는 소리냐. 1년? 우리가 한 달 앞을 모르고 살아온 사람인데. 사설이 늘어졌어. 회사 방침이 어떻고, 나중에는 품질이 어떻고 저떻고 하더니, 혹시 불란서제, 이태리제 타올 봤냐고 참고하라 어쩌라 하며 숫제 가지고 놀아. 더 말해서 뭣해. 내 물건 달라고 했지. 싫어 가라더만. 손도 안 대고 코 푸는 망종들이지. 그것들도 결국 땅장사고, 땅이 있으니 좋은 건물 지어놓고 자세 부리며 집세나 받아 처먹는 수작이야. 장사가 원래 그렇게 더럽고 치사스러워. 차차 만정이 다 떨어지데. 이놈우 걸 언제 걷어치우냐고 벼르고 있는데, 벌써 거래처가 내 심정을 들여다본 듯이 하나둘 떨어져 나가는 게 눈에 훤히 보여. 장사란 참으로 묘한 게야. 그렇게나 천시가 나던 주문이 하루아침에 파리를 날려. 남의 떡이 훨씬 못한데도 내 떡은 언제 봤냐야. 내 물건이 질겨서 수품(壽品)도 길고, 보풀도 가지런하니 적당한데도 내 것이 못하고 밑돈다니 그렇게 알아야지, 별수 있나. 그렇다고 밑지는 장사야 할 수 없는 거 아냐. 안 되겠다 싶더만. 내 마음도 벌써 콩밭에 가 있어서 주섬주섬 전을 걷었지. 그러고는 이 삿짐 센터 이름만 걸어놓고 땅이나 보러 다녔어. 70년대만 해도 영동이 허허벌판이었어. 세무(稅務)도 워낙 어수룩했고. 그때 한국같이 엉성한 나라에서 학력 못 만드는 놈도 얼치기고, 제 땅 제 집 한두 채 장만하지 못하는 놈도 병신이다 싶데. 뻔히 알면서도 다들 게을러터져서, 또 간이 작고 귀찮아서 집칸도 못 마련하는 거지. 유심히 봤는가 몰라도 아까 우리가 좌석버스 타던 바로 그 앞에 차고도 없는 움막을 어거지로 지어올린 것도 그 동업자 윤가 땅을 웃돈까지 얹어줘 가며 그렇게 주운 거야. 돈이 돈을 만들고 땅이 땅을 새끼치잖아." 이씨는 잠시 말을 멈췄다. 자신의 입담이 제법 걸어서 어디까지가 과장이고 어디서부터 거짓말이 번졌는지 자신도 쉬 분간이 가지 않아서였다. 그럴 수밖에 없는 것이 그 움막이란 건물도 1층에 은행 지점을 못 넣어서 지금도 성에 안 차는, 지하 1층에 지상 5층짜리 대형 빌딩이었다. 하기야 동업자는 제 땅을 이북내기에게 고스란히 뺏겼다 했고, 자기는 동업을 했으니 세 필지 중 반은 당연히 내 몫인데다 나머지는 갈라서면서 시세대로 값을 치렀다고 서로 팽팽히 맞서다가, 택시 운수업자가 송사(訟事)만은 막자고, 소송 비용으로 땅이나 사라고, 변호사 밑에 꼬라박을 돈이 얼마나 아깝냐고, 제발 그 돈을 자기한테 맡기면 생색을 내주겠다고 중개를 섰다. 동업자는 자기 형이 돈 좀 벌었다고 거들먹거려서 꼴도 보기 싫다면서도 그이 말이라면 수긋하게 받드는 구석이 있어서 그나마 다행이었다. 하루가 다르게 뛰는 땅값을 참작하여 수월찮은 웃돈까지 건네주고도 삿대질을 하며 돌아선 저간의 복잡한 사정이 되돌아 보였다. "운도 따랐네요." "암, 운때가 잘 맞아떨어졌지. 운이 팔이고 나머지 둘이 작심이야. 그 작심 둘도 결국 팔자야. 이 것저것 눈치 보다가는 만사가 헛일이지. 노력이야 누구는 안 하나. 이 놈우 세상이 원래 그렇게 돼 있어. 지금도 그렇게 돌아가고 있고. 그래도 우리는 내 돈이란 생각은 자나 깨나 한시도 안 까먹었지만, 저게 내 땅이란 생각은 추호도 안 생기더만. 말하자면 이게 실향민 근성일 게야. 월남하고서 처음부터 끝까지 긴가민가하며 살아오고 있는 게지. 내 땅? 그런 게 어딨어. 하루아침에 니 것 내 것이 없어지는 귀신 같은 세상을 이 두 눈으로 똑똑히 목격하고실랑 여기서는 도저히 못 살겠다 싶어 알몸으로 내려온 사람인데."

그때서야 최가는 벼르던 말을 뻔한 시세 알아보듯 슬쩍 물었다. "큰 자제분을 앞세웠다면서요?" 도마 위에서 퍼드덕거리는 생선 같은 이 씨의 기가 단숨에 푹 꺾였다. "참척(慘慽)을 봤소. 우리는 자식 복이 없는 갑소. 부모 복 없는 것이 자식 복을 어찌 바라겠소." 찔끔거리던 이 씨의 술잔질이 눈에 띄게 다급해졌다. 그것도 연거푸 두 잔을 들이켰다. 자작이어서 그때마다 최가가 장대 같은 거둠손을 뻗쳤으나 그때마다 헛손질을 거둬야 했다. 최가는 곧장 이북 출신의 한 노인 앞에서 죄나 지은 듯 숙연해졌다. "어르신, 나가십시더. 잊어버려야지예, 이

제 와서 우얍니꺼." 이씨의 성깔 묻은, 그러나 뜻밖의 대답이 터졌다. "안 가, 못 가, 최 대리, 거기 좀 앉아. 나는 이제 죽어도 여기 이남 사람이야. 여기서 본 자식을 여기서 잃어버렸으니깐두루. 그 허망한 사연을 어디서부터 어떻게 말해야 하나." 최가는 만삭의 제 처를 통해 그 거짓말 같은 죽음의 사연을 대충 전해 들은 바 있다. 서독으로 유학 간 아들이 독일 양갓집 출신의 처녀와 결혼을 했고, 곧장 아들을 낳았다는 연락과 함께 돌사진을 보내오고 하더니, 어느 날 갑자기 배가 아파서 병원에 입원했다며 맹장 수술을 해야 한다는 전화가 있었는데, 며칠 후 죽었다는 전보를 받았다고 했다. "하기야 객사에 병사(病死)니 허망하기 짝이 없지. 이 세상에서 똥세를 제일 먼저 걷었다는 그 지독한 독일 놈들이, 글쎄, 맹장염 같은 갚잖은 병 하나를 못 고쳐 냈어. 그깐 수술이야 우리 도규계(刀圭界)도 누워 떡 먹기로 해치우는 것을 말이야. 칼로 째고 잘라내고는 아물기도 전에 퇴원시키고 하잖아. 수술한다고 하길래 그러라고, 여기서는 일주일이면 퇴원하나 보더라고 했지. 그런데 그놈 말이 거기서는 보름은 좋이 걸릴 거라대. 그러냐고, 애비 된 도리로 겁먹지 말고 조급하게 생각할 거 없다고, 그 수술은 방귀만 터지면 성공한 거라는 말이 있다고 우스개까지 했지. 그때 그놈 음성이 귀신 소리처럼 까마득하게 멀리서 들려. 지금도 이 귀에 쟁쟁하니 남아 있어. 지내놓고 보니 그런 생각이 들었지 그 당시에야 서독이 여기서 몇만 린데 했지. 그러고 죽었다대. 사람 명운이 원래 반은 재수고 나머지 반은 자취(自取)라더니 그놈은 둘 다 지지리도 못 타고났어." 이씨는 아들의 그 자취를 횡설수설 늘어놓았다. 아들이 두 해씩이나 재수할 것 없이 제때 아무 사립대학에만 들어갔어도, 눈

386

이 좋아서 군대 복무만 했더라도, 여기서 대학원을 끝내고 유학을 갔어도, 전공을 정치학에서 사회학으로 바꾸지만 않았어도, 학적을 프라이부르크에서 베를린으로 옮기지만 않았더라도, 막스 베번지 하는 그 고명한 학자를 연구하지 않았어도, 독일 처녀에게 장가만 들지 않았어도, 배가 아무리 아팠어도 약이나 사 먹고 차일피일 견뎠더라도 그렇게 일찍 죽지는 않을 애였다. 그 모든 기연이 아들의 잘못 타고난 운수이자 스스로 불러들인 화였다. 이씨는 울먹였다. "실물은 아직 한번도 못 봤지만서도 내 핏줄이 지금 독일 땅에 살아 있어. 지 에미 닮아서 눈이야 유리구슬처럼 파랗고 머리도 노랗지만, 그거야 엄연히 내 피가 섞인 거 아냐. 독일 피가 우리보다 우성(優性)이라는구먼. 참으로 기가 막힌 사연이지." "아니, 아직 손주를 못 보셨다고예? 내일 당장에라도 여권 수속 밟아서 비행기 타고 가면 될 낀데예." "못 봤어. 안 보여주는데 어떻게 봐. 이북 놈들처럼 정을 끊고 있어. 88서울올림픽 때 며눌애가 오긴 왔지. 그놈이 죽기 전부터 그때는 박사 학위를 따든 못 따든 공부는 일단 한고비 끝나 있을 거라면서 제 식구 다 데리고 잠시 귀국할 거라고 철통같이 약속했다가 2년 남짓 남겨놓고 죽었거든. 그 약속을 지킨다고 며눌애가 오긴 왔는데, 제 자식은 안 데리고 왔어. 억장이 무너지더만. 내 욕심이야 내 새끼 한번 끌어안고 싶은 거 아냐. 그런데 공항에 마중인가를 나가봤더니 달랑 혼자 왔어. 며눌애야 사진에서 늘 보던 그 인물 그대로야. 혈색이 단풍잎처럼 빨가니 곱고, 통통하고 키도 서양 여자치고는 작달막해. 지 형 유골 가지고 온 둘째 놈이 지 형수와 머라고 머라고 영어 반 독일말 반으로 지껄이는데 며눌애는 우리 내외만 번갈아 쳐다보면서 머라고 머라고

방황하는 내국인

개 짖는 소리를 해대더만. 뻔하지 머. 사람 사는 문리야 어디 없이 다 똑같잖은가. 서양이라고 머시 다를까봐. 말이 무슨 소용 있어. 눈치가 뻔한데. 애 뺏길까봐 단단히 작정하고 안 데리고 온 게야. 지독한 것들이야. 우리 둘째 놈이 서울내기라서 그런지 어릴 때부터 좀 이상한 종내기야. 그 미친놈이 그때 88서울올림픽 경기장으로, 남산으로, 덕수궁, 경복궁으로 지 형수를 차 태워 돌아다니면서 구경만 잔뜩 시키고는 막상 지 조카 장래는 관심도 없어. 내가 물어보라고 성화를 부리면 그 미친놈은 지 형수 변호만 하고 나한테는 되레 역정만 버럭버럭 내질러. 인종이 다른데 그 어린 것을 여기 데려온들 어떻게 키우겠냐 어쩌구 해대더니 나중에는 사전까지 뒤적거리면서 친권(親權)이 있네 없네 지랄을 떨더만. 그러면 내 손주를 이 할애비가 보기라도 해야 할 것 아니냐고 물어보랬더니 그놈은 또 한참 머라고 지 형수와 쑤왈라거리더니 어린애 정서에 나쁜 영향을 미친다 어쩐다고 그래. 당최 사람의 말문을 그렇게 척척 막는 것들은 난생처음 봤어. 실속도 못 챙기고 겉멋만 잔뜩 든 그 미친놈은 내 자식도 아니야. 사람이 한솥밥 먹고 살아도 생각이 다르면 남남이나 다름없는데, 그 미친놈은 식성도 영 딴판이야. 그러니 말이 통하나. 그놈하고 나 사이가 영판 시방의 저쪽 이북과 이쪽 이남하고 똑같애. 서로 배포가 완전히 달라. 어쨌든 간에 그때 우리 내자가 미리 장만해둔 한복을 며눌애한테 해 입혀서 술상을 차리고, 절을 시키고, 술잔을 치게 하고 온갖 법석을 다 떨어도 내 마음은 얼음장이야, 그렇잖겠어? 그것도 시방 왔다리갔다리 다리품이나 팔고 다니는 남북회담과 한 본이야, 안 그렇겠어? 안 보면 남이야, 피가 안 흐르니까. 그 손자 애가 이가 성을 가진 게 무슨 소용이야. 이제는 남인데." 최가는 젊은 사람답게 슬쩍 제 의견을 비쳤다. "그러나마나 혈육 상봉이다 머다 카는 그 짓도 안 하믄 심심할 끼구마는예. 양쪽이 다 통일을 팔아대믄 거룩해 보이고, 보는 사람들도 친척끼린데 내왕하며 살믄 좋지 머 카는 기지예." "아, 통일이야 언제 돼도 될 테지. 헌데 나는 힘들다고 봐. 김모 부자가 살아 있는 한은. 그것들이 진정으로 통일할 의사가 있다면 이러고 자빠졌겠어. 어림 반 푼어치도 없는 수작이지. 제 처자식 세세손손 호의호식시킬 궁리뿐이야. 임금 자리가 원래 그렇게 굴러가는 거잖아. 관이든 민이든, 저쪽이나 이쪽이나 말이야 다 그럴듯하게 포장하지만 속은, 알갱이는 딴데 있어. 그러니 저쪽 것들은 통일을 바라지 않아. 장사꾼들은 말하는 수작 보면 대번에 속내를 알아. 거래할 건지 안 할 건지. 정치하는 것들이 다 그래. 그것들은 평생토록 땀 흘리며 돈 한번 벌어보지 못한 것들이야. 그러니 만년 망종이지. 건달들처럼 온종일 떼지어 건들거리며 아무 일이나 집적거려, 잘 알지도 못하면서. 권력으로 세금 걷어서 지가 온갖 생색 다 내며 돈 쓰는 재주밖에 없는 것들이 돈 번 사람들의 피눈물 나는 곡경을 어떻게 알아. 통일? 돼도 겁나. 안되는 것보다야 낫겠지만서도 40년 이상 떨어져 산 친인척을 만나봐야 그게 남남이지 혈육인가. 사흘만 지나 보지. 당장 이것저것 따지고 서로 죽일 놈 살릴 년 난리가 날 건 불 보듯 뻔한데. 이쪽 살림 다 걷어치울 용기도 내라믄 낼 테지만, 그동안 보낸 세월이 너무 아깝고 멀고 분하고 그래. 시방 베를린에서 지 에미하고 사는 내 손주 새끼를 한 10년 지나서 만나봐야 머하겠어. 그때까지 살지도 모르지만, 그게 무슨 혈육 관계라 할 수 있나. 똑같애. 요새는 그 생각뿐이야. 죽기 전에 언젠가

방황하는 내국인

봐지기는 할 테지. 또 울고불고할 테지. 그거야 남의 눈도 있고, 저쪽
보다 내 팔자가 서러워서 그렇게 될 거야. 요새 말로 그거야 쇼라면
쇼지. 시늉이야. 하기야 우리가 살아온 세월이 몽땅 시늉이었어. 사람
이 무서운 게 아니라 세월이 정말 무섭고, 사람의 간사스러운 생각이
무서워. 조석으로 달라지잖아. 도대체 이념이나 사상이 머야? 그게
사람 머리에서 나온 생각이고, 사람들을 어떡하든지 잘 살게 하자는
방법 같은 거 아인가. 몰라, 그렇지 싫어. 나는 많이 못 배우고, 간도
작고, 머리도 나빠서 세상을 옳게 본다는 생념은 이때껏 감히 품어보
지도 못하고 살았지만, 생각할수록 분하고 억울한 것은 사실이야. 자,
그만해. 가. 이제 됐어. 죽을 때까지 술이라도 먹고 싶을 때 먹고 살라
면 오늘은 고만해야 돼. 오늘만 날인가." 이씨가 한숨을 길게 토해냈
다. 최가의 눈에는 위장막을 겹겹으로 두른 이씨의 몰골이 바람 빠지
는 풍선 같았다. 이씨가 지갑에서 수표 한 장을 끄집어냈다. 이어 엉
덩짝이 말처럼 뒤룩거리는 처녀 종업원에게 수표를 건넸다. "계산서
줘. 지금 내 직업이 굳이 말하자면 건물 임대업이야. 경비 한푼 안 들
이고 월세 받아서 전셋돈 차곡차곡 까나가고 있어. 남들이야 똥배짱
편하다 할 테지만 먹은 게 살로는 안 가. 죽으면 남의 물건 될 것을 바
들바들 떨면서 헤아리는 꼬락서니가 무슨 놈의 팔자야. 한심스럽지."
말은 그렇게 하고 있으나, 이씨의 기색에는 술기운이 한껏 드리워져
서 겸연쩍은 구석이 손톱만큼도 비치지 않았다. 이씨는 만 원짜리 거
스름돈을 한 장씩 헤아리면서, 사모(紗帽) 쓴 웬 영감의 초상화가 위로
올라오도록 천연스럽게 간추렸다. 최가는 이씨의 그 꼬장꼬장한 손놀
림을 찬찬히 톺아보면서, 방금 패악을 치고 난 어린애가 그나마 계면

쩍어서 고개를 숙이고 있는 모습과 닮았다고 여겼다.

땀을 뺀다기보다 술독을 짜낸다는 심정으로 열탕 속에서 한껏 늑장을 부리다가 이씨는 끼니만은 제때 찾아 먹는다는 오랜 습관에 쫓겨 허겁지겁 자욱한 수증기 속을 빠져나왔다. 머리 염색을 할 작정이었는데, 이발사가 보이지 않았다. 날이 훤히 들었지만 하늘은 저녁 굶은 시어미처럼 잔뜩 흐린데다 나지막하니 가라앉아 있었다.

이씨는 한달음에 집 앞에 닿았다. 담 너머로 빤히 들여다보이는 반지하 위의 2층짜리 붉은 벽돌집은 언제라도 인기척이 없었다. 아들이 유학 간 직후에 지어 참척까지 본 집이지만, 이 집이야말로 이씨에게는 비로소 이남 땅에 뿌리를 내렸다는 뿌듯한 자부심을 안겨준 실물이었다. 물론 그 뿌듯함은 갑작스러운 땅값의 등귀가 몰고 온 여유에서 나온 것이니, 그것 자체가 벌써 운이었다. 뒤이어 두 자식을 짝지어주었고, 둘 다 곧장 남들이 안 가는 길을 줄여 밟고 있는 듯한 액운을 겪고 있으나, 그것도 집터 탓이 아니라 이씨 자신의 까짓 것인 팔자 탓으로 치부해버림으로써 악 같은 것이 그나마도 남아 있는 셈이었다.

이씨가 현관문을 열자마자 거실 쪽에서 노처가 얼굴도 내밀지 않고 소리쳤다.

"막내야, 아부지 오셨는갑다. 상 차려 내라."

노처는 볕도 안 드는 창가 쪽에 옹송그리고 앉아서 신문을 펼쳐놓고 있었다. 다리통을 무두질해놓은 듯한 미색 고리바지 위에 허벅지까지 내려온 자루 같은 헐렁한 운동복을 걸친 막내딸이 밥상을 거실 한복판에 놓았다.

"막내야, 불 켜고 난방 좀 올려라. 임자는 거기서 머시 보이나?"

"돋보기까지 꼈는데 설마 손톱이야 안 보일까."

이씨는 그제서야 손톱이 잘려 나가는 소리를 똑똑히 들었고, 그 소리가 집 안의 훈기처럼 다가왔다.

"아, 큰일 하시구먼. 난 또 신문 보는 줄 알았지. 내가 눈이 어둡나, 귀가 먹었나."

"둘 다 한참 어둡소."

똑딱이는 스위치 소리에 맞춰 널찍한 주황색 카펫 위에 형광등의 조사(照射)가 하얗게 쏟아졌다. 한쪽 구석에 층계를 만들어 빼곡히 올려놓은 난 화분들에서 쭉쭉 뻗어나간 새파란 이파리들이 무슨 치열한 아우성처럼 돋보였다. 밥상 옆에 퍼대고 앉아 있던 막내딸이 "저것들도 물 좀 멕여야지"라면서 훌쩍 몸을 일으켰다. 곧장 칙칙거리는 분무기가 물을 토해놓는 소리가 들리더니 막내딸의 탄성이 자지러질 듯 터졌다.

"어머머머머, 엄마, 이것 좀 봐. 군자란에 봉오리가 달렸어. 꽃 피우려나 봐. 어머머, 이 일을 어쩌면 좋아."

노처가 큼지막한 엉덩짝을 힘겹게 일으키고 기어갔다.

"아이구, 참말이네. 꽃망울이 수도 없이 맺혔네. 이게 사 오고부터 여태 꽃을 안 피워 애가 타더니만. 남의 집들은 다 두 번씩이나 꽃이 폈다 해서 이상하다 했더니 기어코 피긴 피는구나."

이씨가 시금치 된장국을 후루룩이고 나서 거들었다.

"산 지 얼마나 됐길래?"

"이 집으로 이사 오고 얼마 안 돼서 샀으니 오륙 년은 됐나 봐요.

392

야, 막내야, 무슨 좋은 소식이 있을라나 보다."

이씨가 시큰둥하게 받았다.

"좋은 소식은 무슨 놈의 좋은 소식. 꽃이야 때 되면 지까짓 게 알아서 피는 거지."

모녀간의 탄성이 번갈아 가며 터졌다. 노처가 뒷걸음질로 물러났다. 분무기 소리가 신바람을 내며 잦아졌다. 텔레비전의 화면이 바뀌었다. 앞치마를 두른 혈색 좋은 사내가 음식 같잖은 음식을 만드느라고 손놀림이 재바른 여자 옆에 붙어서서 싱거워빠진 말을 자꾸만 물어댔다. 이씨는 밥상머리에 올려놓은 원격조정기 버튼을 눌러 또 재깍 텔레비전 화면을 바꿨다.

"막내야, 오늘 아침 뉴스는 언제 하냐?"

"곧 할 거예요. 아까 그 자리에 그냥 놔두세요."

"머 보실라우. 맨날천날 해처먹은 소리뿐인데. 국회의원들은 하나같이 남의 피땀 흘린 돈을 훑어 빨아먹는 거머린 갑디다."

노처도 그 나물에 그 밥이라 이씨의 평소 역정과 말버릇을 그대로 빼닮았다.

"통일독일 대통령이 우리나라에 온다나봐. 독일이 통일되고 처음으로 마지막 분단국을 방문한다니 좀 의미심장한 일인가. 그이는 벌써 궁전도 베를린으로 옮겼나봐. 신문 기사 발신지가 베를린이야. 임자, 한스가 올해 몇 살 되나?"

이제는 발톱이 투박하게 분질러지는 소리를 앞세우고 노처가 대번에 착 가라앉은 대답을 내놓았다.

"올해 만으로 일곱 살 되나 보네요. 남의 자식인데 머. 개 에미는 요즘 왜 연락도 없을까. 어떻게 사는지. 그 시끄러운 나라에서."

"설마 여기보다야 못할까. 배울 만큼 배운 여잔데."

"막내야, 언제 백화점에 가거들랑 아가리 쩍 벌어진 손톱깎이 하나 사다 다고. 큼직하니 좋은 걸로다. 이 동네 슈퍼에서는 안 팔아. 군살도 많이 백히고, 발톱이 굵어져서 이놈우 비좁아터진 아가리가 발톱을 제대로 물지를 못해. 너무 굳었어."

"세월이 유수구먼. 그놈이 그 나라에 간 지가 벌써 9년째 접어드니. 지금도 살아 있는 것 같애. 죽는 것도 못 봤으니."

"자꾸 생각하면 뭣하우. 가슴에 멍만 더 앉지. 자식은 원래 가슴에 묻는다더니, 휴우."

"조만간 한번 보기는 봐야지."

어느새 나이를 까맣게 잊어가고 있는 이씨의 귀에 노처의 굳은살이 떨어져 나가는 소리가 붙박였다. 물을 먹어 더욱 싱그러운 난초 잎들이 자꾸만 꿈틀거렸다.

3. 봄-떠도는 가족

집을 나서면 산허리를 잘라낸 신작로가 시원히 뚫려 있다. 높다란 시멘트 축대 밑으로 인도가 신작로를 따라 길게 뻗어 있고, 그 위에는 이른바 근린공원이라는 둔덕이 있어서 오솔길을 오르내리는 아침 산책객이 줄을 잇는다. 그러니까 신작로는 몸통이고, 양쪽의 근린공원은 사마귀의 툭 불거진 두 눈이다. 아침 산책객들은 대개 다 노인네들이지만, 운동복 차림의 중년 부부들도 심심찮게 눈에 뜨인다. 인도를 꺾어 돌면 고층 아파트의 아랫도리를 감으면서 고가도로가 한창 바닥을 덮고 있다.

버스 정류장으로 가려면 근린공원을 옆구리에 끼고 조금 내려가야 하고 건널목을 건너야 하는데, 어김없이 중풍 걸린 노인 한 사람이 주춤주춤 다가온다. 금방이라도 넘어질 듯이, 그러나 지팡이가 길을 더듬어 감에 따라 앞발을 먼저 떼놓고 뒷발을 겅중겅중 끌어대고 있는 노인은 예순 서넛은 좋이 되었을 듯한 멋쟁이다. 선글라스도 서너 개를 번갈아 끼고, 허연 수염을 말끔히 밀어버렸을 때는 혈색이 불그레하니 곱고, 철 따라 헌팅 캡, 귀마개가 달린 털실 모자, 앞창만 삐죽하니 나온 햇빛 가리개 모자를 바꿔 쓰곤 한다. 노인은 아침저녁으로 근린공원 둘레를 한 바퀴 이상씩 도는 듯하다.

기선이가 노인에게 알은체를 안 하기로 작정한 지는 꽤 오래되었다. 노인이 세 채의 연립주택 중 가운데 동의 바로 위채에 사는 이웃임은 이사 오자마자 알았지만, 그이의 노처가 매번 부축해서 계단을 내려와 극성스럽게 걸음 연습을 시키고 있음을 알고부터, 그렇긴 해도 그이가 몸만 간신히 꿈쩍일 수 있을 뿐 말도 못하고 사람도 알아보지 못한다는 뜻밖의 사실을 지난해 연말께의 어느 날 출근길에서야 비로소 알았기 때문이다.

움직이는 식물인간, 동물만 움직이나. 근린공원 곳곳에 우쭐우쭐 키재기를 하고 있는 아카시아와 온갖 잡목들도 하루가 다르게 살도 찌고, 옷을 갈아입고, 심지어 자리마저 옮겨 앉는다. 노인이 미물처럼 귀소성을 가지고, 그 본능에 악착같이 매달리고 있는 정경은 애처롭다. 하얀 점 하나가 뒤뚱뒤뚱 축대를 돌아 멀어져간다. 때맞추어 세 정류장 너머에서 출발한 버스가 고가도로 밑에서 불쑥 나타나 다가온

방황하는 내국인

다.

지난해 가을까지만 해도 종점이 한 정류장 너머에 있어서 퇴근 때 만판으로 눈을 붙일 수 있었건만, 서울은 터울을 달로 셈하는 듯 헐떡거리면서 체중을 불려간다. 보지 않아도 버스 안은 중고등학교 학생들로 빈자리가 없다. 버스 회사 직원들이 등굣길의 학생들을 위해 네거리 교통정리를 하고 있으나, 그들은 일쑤 교통신호를 무시하고 버스를 먼저 좌회전시키느라고 손짓이 분주하다. 학생들이 우르르 내린다. 자리가 텅 빈다. 텅 빈 속이라니. 얼마나 시원할까. 기선이는 때맞춰 있을 게 없어진 지 벌써 "두 달째다"라고 상기한다. '두 달 이상'은 생각하기도 싫은데, 벌써 두 번째이기도 하려니와 두 달쯤 '터울'을 두고 또 임신을 '당해서'이다. 임신중절 수술은 임신 가능성을 한층 더 높인다. 다발성 임신. 결국에는 불임 가능성의 제고. 당하면 당하는 거지. 인도를 보호하느라고 심어둔 쥐똥나무 행렬의 꼭대기가 크레파스로 칠한 듯 파릇파릇하다. '여기서부터가 서울입니다'라는 녹색 글자가 와락 시야에 달려들었다가 사라진다. 버스는 서울의 오지를 출발하여 경기도 가두리를 혓바닥으로 슬쩍 핥고는 서울의 가슴팍을 향해 맹렬히 질주한다. 시커먼 쥐똥나무를 보더라도 서울의 봄은 아직 멀다.

사흘 전 오후 세 시쯤에 기선이는 큰오빠의 전화를 받았다. 어디냐니까 공항인데 니네 회사가 아직 오금동에 있냐고 물었다. 사장은 출근하자마자 사무실 한쪽 구석에 산더미처럼 쌓여 있는 골프 백을 일일이 들고 지퍼의 봉제 자국을 점검하다가, 그때는 골프 바지를 까뒤집어서 솔기에 붙은 지저분한 실밥을 가위로 뜯어내는 중이었다. 오빠가 이사 간 집을 알 리 없었으므로 기선이는 천호동 네거리에서 전화를 걸라고 했다. 여섯 시까지 일하기로 되어 있었으나, 사장은 대개 일곱 시쯤 "김기선 씨, 대충 마감해"라고 선심 쓰듯 말한다. 사장에게 그나마 곱게 봐줄 버릇이 하나 있다면 호칭만은 미스 운운하지 않고 꼬박꼬박 아무개 씨라고 부르는 것이다. 아마도 하루에 여덟 시간 이상씩 재봉틀 앞에 눌어붙어 있는 봉제공들이 대개 다 인근의 부녀자들이라 그들을 미스나 미세스로 부르기는 어색할 것이기 때문에 그런 버릇이 붙었을 테고, 그들도 하나같이 그 호칭을 은근히 달갑게 여기는 덕분이다. 발재봉틀은 여덟 대밖에 안되고 그나마 일할 사람이 없어서 세 대나 놀리고 있지만, '홀인원' 주식회사는 골프공과 골프채만 빼고는 필드에서의 개인 장비라면 어떤 것이라도 주문처가 요구하는 상표를 붙여 만들어내는 하도급 제조업체로서, 기선이 혼자서 복식부기 장부를 도맡기는 힘들다. 박 사장은 원래 생각이 많고 꼼꼼한 사람인데, 요즘에는 회사를 더 키워야 할지 그냥저냥 뭉그적거려야 할지로 고민이 많다. 기선이는 박 사장의 고민을 그의 일가붙이인 영업부장보다 더 잘 알고 있다. 기선이 여섯 시쯤 먼저 들어가야겠다고 하니 박 사장은 "오빠가 먼저 들어갔어?"라고 서그럽게 물었다. 아래층 다방에서 기다린다고 했더니 "나도 한번 만나볼까? 못 만날 것도 없지"라고 말했다. 기선이는 싫다고 머리를 흔들었다. 큰오빠는 여전히 러닝셔츠도 안 입은 채로 하얀 와이셔츠의 윗단추를 끌러 가슴팍 맨살을 드러낸 그 위에 두 개의 청자색 구슬 구멍에 두 줄의 매듭을 쑤셔 박아 놓은 목걸이를 드리우고, 후줄그레한 윗도리를 걸치고 질펀히 앉아 있었다. 큰오빠는 어느새 '백조'다방 레지 '미스 지'는 물론이고

'오 마담'과도 반말지거리로 주거니 받거니 해댔다.

기선이 방금 소변을 보고 화장실을 나오는데, 얼굴이 반동강뿐인 웬 할머니가 불쑥 봉 걸레를 들고 들어와서 깜짝 놀랐다. 얼핏 든 헛생각으로 빗자루를 타고 다니는 마귀할멈인가 싶었다. 이 큰 상가 건물의 청소부로 저런 늙은이를 쓰다니, 건물 주인이라는 작자도 어지간히 숙맥이라고 한동안 빈정거렸으나, 알고 보니 그 노친네가 '이 집 임자는 나야'라고 했다. 화상(火傷)으로 얼굴 반이 흉하게 일그러진 그 노친네는 5층에서 큰아들네와 살며, 큰아들은 슈퍼마켓 연합회 회장이라 눈코 뜰 새도 없이 바쁘고, 자부도 강북에서 슈퍼마켓을 두 개나 운영하고 있어서 아침저녁으로 그랜저 승용차가 모시고 다니는데, 손목에는 언제나 팔을 떼가도 못 놓치는 얄따란 가죽 가방끈이 친친 동여매어져 있었다. 2층을 거의 다 쓰는 '홀인원' 주식회사 박 사장은 노친네의 친정 조카다. 노친네는 온종일 오르락내리락하며 층층이 딸린 화장실 문단속만 한다. 나무 조각 번호표가 하나씩 다 붙은 열쇠 꾸러미가 얼마나 묵직한지, 그것도 그럴 것이 화장실 대문은 말할 것도 없고 그 안에 들앉은 남자용, 여자용 변소 두 개씩도 각각 다른 열쇠로 따야 하기 때문이다. 소문으로는 노친네의 화상이 화장실에서 옮겨붙은 불 때문이라고 한다.

두 여자의 수다가 멎었다. 그들은 자리를 뜨면서 받고 채기로 "미스 김은 커피 안 먹지?", "쌍화차 한 잔 올려라"라고 했다. 박 사장은 커피를 싫어하지만, 손님에게는 꼭 '다방 커피'를 대접한다. 그래서 '백조 다방'에서는 기선이에게 철철이 스타킹 따위를 선물로 들이민다. '홀인원' 주식회사는 기선이에게 커피나 엽차 따위를 끓이고, 대령하

398

고, 설거지하는 잡일을 시키지 않는다. 기선이를 여성 근로자로 대접해서가 아니라 박 사장의 직원 개인당 업무량 점검은 빈틈이 없고, 냉장고 같은 집기가 회사 자산과는 아무런 관계도 없는 사치품이자 결국에는 쓰레기로 버려질 것이라는 신념과 나름의 회사 운영 방침에 따르기 때문이다. 박 사장의 사려 깊은 언행은 배울 게 많지만, 그대로 실천하자면 어려운 게 아니라 세상과 이가 맞지 않는 경우가 대부분이다. 박 사장은 직원들이 커피를 못 먹게 하지는 않지만, 자신이 아예 커피를 안 먹음으로써 사무실 안에서 '커피 노래'와 그에 따르는 '노닥거림'을 봉쇄해버리는 사람이다.

큰오빠의 옆자리에는 항공화물 딱지가 연 걸리듯 주렁주렁 매달린 큼지막한 트렁크가 두 개나 놓여 있었다. 영 귀국한 거냐고 기선이 물었더니, 큰오빠는 넓적한 항공권을 트렁크 옆구리 주머니에서 꺼내서 4월 11일 14시 비행기로 다시 '들어간다'라고 했다. 일본은 지금 봄방학 중이며, 이번에 우리 돈으로 돈 천만 원 들여서 수도(修道)대학 연구생 과정에 적을 올렸다고 덧붙였다. 서른네 살의 노총각에다 전력이 50평짜리 대형 호프집의 동업자 겸 매니저였고, 고졸 출신인 주제라서 '연구생 과정'이란 말이 그럴듯하게 다가왔으나, 기선이는 더 물어봐야 구름 잡는 말만 늘어질 것 같아서 입을 앙다물었다. 그런데도 때늦게 웬 공부복이냐 싶어 무슨 공부를 할 거냐고 물었더니, 국제정치관계론, 다각경영론, 근대정치사상사개론 등을 이번 봄학기에 수강한다고 했다. 아무렇게나 나오는 대로 주절대는 말버릇도 변함이 없는 것 같았다. 6개월짜리 어학 연수코스를 밟고 있다는 국제전화를 기선이 직접 받은 적이 있어서, 이제 일본말은 웬만큼 잘하느냐, 여전히 후쿠오카에서 사느냐고 일상적인 관심사를 물었다. 쭉 하카다에 있었는데 다시 들어가면 대학이 그곳에 있으므로 히로시마로 옮겨 앉아야 한다고 했다. 역시 구름 잡는 말솜씨는 큰오빠의 타고난 장기였다.

"하카다?"

"하카다가 후쿠오카고, 후쿠오카가 하카다다. 한국 관광객들은 백이면 백 사람 다 후쿠오카 공항에 내려서는 하카다 가자고 하고, 하카다 역에서는 후쿠오카 가자고 한다. 말이 안 될 거야 없지만, 모르는 소리지. 정읍이 정주로 바뀐 거나 비슷하다면 비슷하고, 묵호와 삼척이 합쳐서 동해시로 변한 거와는 다르다면 다르다. 도시 이름이 두 개고, 두 개 다 적재적소에 아주 잘 쓰고 있다. 우리처럼 멀쩡한 이름을 깔아뭉개는 풍습이 일본에서는 안 통하는 것도 배울 점이다. 통영을 없애고 충무로 간판을 갈아 끼운 것이 꼭 잘한 짓인지 한 번쯤 생각해보자 이 말이다."

점점 알쏭달쏭해지는 말이었다. 큰오빠는 건성으로 가족의 안부를 물었다. 말다툼 끝에는 꼭 딸자식 섬기는 집구석치고 잘되는 집안을 못 봤다는 악담을 퍼붓곤 하던 맏자식이면서도 큰오빠는 그래도 엄마의 근황부터 먼저 챙겼다. 엄마는 하루걸러 한 번씩 저녁 무렵이면 좌석버스를 타고 어느 레스토랑의 주방으로 출근하여 안주거리를 만든다. 지난겨울에는 엄마의 허릿병이 도져서 애를 먹었으나, 덕분에 술을 덜 마셨다. "지병을 잘 쓰다듬으면 오래 산단다. 일병 장수란 말도 있으니." 뒤이어 큰오빠는 기준이는 요즘도 연극판에 코를 쑤셔 박고 지내냐고 물었다. 평생을 바쳐도 소성(小成)이라도 할까 싶지 않은 작은오빠의 천직이 10개월 만에 바뀔 수는 없는 일 아닌가. 작은오빠는 얼

400

마 전부터 인형극에 미쳐서 가성(假聲) 흉내가 더 무르익어 가고 있다. "대학도 번듯한 델 나온 애가 아직 지 앞가림도 못해서 큰일이다." 빨랫거리를 전만큼 자주 내밀지 않는 걸 보면 작은오빠에게는 틀림없이 여자가 생겼다. "누나는 어떻게 사냐?" 24평짜리 연립주택을 큰언니가 사준 거야 아직 모를 테지만, 자식을 친정에 맡기고 남의 앞에 사는 여자의 동정이야 그 방면에 훤한 큰오빠가 더 잘 알 것이다.

"작은언니는 찾아가 봤어?"

"기숙이? 야, 규슈에서 도쿄가 몇천 린데. 일본은 경제도 대국이지만, 땅덩어리도 엄청나게 큰 나라다. 우리야 대대로 원수진 나라니까 섬나라 어쩌고 쩧고 까불지만, 규슈, 혼슈, 시코쿠, 홋카이도 네 섬에 섬 도(島)자 안 쓰는 것만 봐도 알 수 있잖냐. 이번에 좋은 거 배운다. 나한테는 호기고 전화위복이지 싶다. 어쨌든간에 가운데 중(中)자 쓰는 주코쿠(中國)라는 지방도 있다. 히로시마가 그 지방의 중심 도신데, 말하자면 거기도 한 나라다 이기다. 묘하게 사람의 감정을 끌어당기는 발상 아니냐. 합중국이 별거고 따로 있겠냐. 해방, 육이오 후에 우리한테 미국이 지금은 일본이다. 이건 인정해야 세상을 제대로 보는 거다. 할 수 없지 않냐, 소국에 반동강이 나라가 무슨 힘이 좋아서, 있는 놈한테 대들어봤자 헛심만 쓰다가 제물에 나자빠질 게 뻔한데. 물이야 위에서 아래로 흐르는 거 아니냐. 물이 경제고 돈이다."

뻔한 소리였지만, 큰오빠의 말속에는 외국물을 먹은 사람이 흔히 점잔을 빼는 거드름과 배운 사람이 자유자재로 부리는 소탈함까지 무르녹아 있었다. 실제로 큰오빠는 일찍부터 말을 잘했다. 말만 잘하는 게 아니라 말투마저 자주 바꿔대서 가족들은 그의 사교 범위가 어느 정도인지 감히 짐작도 할 수 없게 만들었다. 그러나마나 모 사립대학 경영학과 2년 중퇴라는 학력을 어디서나 당당하게 밝혀대서 나중에는 일가친지들까지도 그 허풍에 긴가민가하다가 결국에는 그 말을 수긍, 인용하기에 이르렀다. 큰오빠의 그 둘러대는 말솜씨 속에 사기술, 시 건방이 배어 있는 거야 그렇다 치더라도, 당장에 즉답을 기대한 이쪽 이 방금 무슨 말을 물었는지 생각하게 만들고, 설혹 그 물음을 떠올렸 다 해도 더 캐묻지 못하게 만드는 이상한 힘까지 녹아 있었다. 그 재 주이자 비결은 아무와도 형, 아우하고 지내는 탁월한 사교술의 밑거 름이지 싶었다. 떠버리에 건공잡이, 굴퉁이에 허풍쟁이, 모르는 게 없 지만 제대로 아는 것도 없는 발록구니가 큰오빠였다. 기선이는 작은 언니의 안부가 못내 궁금했다. 나이도 있고 성격도 큰언니와는 아주 달라서 아직 집에 돈을 들여온 적은 없고, 앞으로도 그럴 터이나, 오 달진 구석은 있어서 어디서 무슨 짓을 하며 살지라도 제 앞은 야무지 게 닦아갈 여자가 작은언니였다. 작은언니가 앙큼하게 국어 선생을 좋아할 타입이라면, 큰언니는 서글서글한 체육 선생을 내놓고 좋아한 다고 떠들 타입이었다. 기선이는 어릴 때부터 제 성격이 작은언니 쪽 에 가깝다고 최면을 걸었다.

"없는 놈이야 어디 간들 고생이야 받아놓은 밥상 아니냐. 엄마가 늘 허리통이 아픈 듯 만 듯해서 술을 좀 덜 자시고 오래오래 살았으면 딱 좋겠다."

"엄마는 오래 사실 거야. 고생고생한 한이 맺혀서라도 어떻게 일찍 눈감으실까."

"니 말이 맞다. 나도 그런 예감이 든다. 이런 생각이야 밥보다 더 배

부르지. 선아, 집에 가자, 바로 퇴근해도 되지?"

그새 거리는 감쪽같이 밤이 되었다. 밤은 대개 썰렁한 가을이고, 아침과 낮은 봄이다. 큰오빠의 여행용 트렁크 덕분인지 88택시가 정중하게 다가와서 멎었다. 상가의 다사로운 불빛이 줄을 서서 뒤로 내뺐다. 큰오빠는 "이게 미네(峰)라고 일본에서 제일 비싸고 맛있는 담밴데 맛 좀 보실라오" 어쩌고 하며 늙은 운전사에게 담배 한 개비를 권했다. 담배를 꼬나문 큰오빠는 꽤 성공한 재일동포로 둔갑해 있었다.

기선이는 작은오빠의 꽁무니에 붙어서 네모꼴 자개 찬합 밥통을 들고 저녁마다 집을 나섰다. 외할매는 꼭 등 뒤에서 다짐을 놓았다. "니 에미 애비 저자 귀신 안 만들라거덩 한눈 팔지 말고 휑하니 가거라. 밥 식는다." 해가 한 발이나 남아 있을 때 집을 나섰고, 거리도 멀지 않건만 닭전에 닿으면 언제나 어둑어둑했다. 엄마는 벌겋게 부은 손으로 튀한 닭의 털을 뽑아댔고, 아빠는 비좁은 시장 바닥에서도 늘 궁둥이를 끄떡 쳐들고 자전거 페달을 밟아대며 멀어지든가 다가왔다. 올록볼록한 서른 개들이 달걀 받침대를 어깨 높이까지 싣고 아빠는 중국 음식점 따위의 단골 거래처에 배달을 나다녔다. 장판이 새카맣게 탄 가겟방은 언제나 자글자글 끓었고, 손바닥만한 가게 입구와 가겟방 속에는 달걀 받침대가 켜켜이 포개져 있었다. 아빠는 달걀 숫자보다 달걀 받침대를 맞추는 데 더 신경을 곤두세웠고, 엄마에게는 닭을 몇 마리나 팔았는지는 묻지 않으면서도 닭발, 닭똥집, 닭털이 얼마나 모였느냐고는 수시로 물어댔다. 엄마는 닭털을 뽑아대다가도 코앞의 가게 안으로 부리나케 뛰어 들어와서 연탄불을 갈았다. 닭 튀하는 물을 끓이는데 하루에 한 장 반, 가겟방은 그 화덕 불을 지피는 불쏘

방황하는 내국인

시개로 연탄을 석 장씩 썼다. 겨울이면 허리가 시리고 무르팍이 아프다면서 엄마의 얼굴은 늘 푸르딩딩하게 얼어 있었고, 여름이면 연탄 냄새로 머릿골이 폭폭 패는 것처럼 쑤셔대고 어지럽다고 했다.

달걀은 하루에 6백 개 안팎을 팔았다. 영등포 인구가 2백만이 넘었대서 그즈음 태어난 어떤 집의 자식 이름을 그대로 '이백만'으로 지었다는 그럴싸한 말이 떠돌았는데, 달걀 하루 소비량이 불과 6백 개였다니. 닭전의 장사치들이 대여섯 집은 되었을 테니까, 그래봐야 하루에 3천 개 정도가 반찬거리로 팔려나간 셈이다. 아빠는 "사내새끼가 돈이 생기면 술 사 먹을 줄 알아야제"라며 이웃 동업자들을 끌어모아 귀찮게 했다. 외할머니는 "니 애비 귀신은 날아가는 새만 봐도 술 동무하자고 불러들일 술 걸레다"라며 매일 사위 욕이 한 바가지였다. 그런데도 아빠는 장모를 모시고 사는 걸 큰 벼슬이나 한 것처럼 자랑하는 착한 모주꾼이었다. 밥알 하나 남기지 않고 딸딸 긁어먹은 찬합을 보자기에 싸서 들려줄 때면 엄마는 가끔씩 배에다 찬 국방색 헝겊 전대에서 동전을 꺼내 쥐어주곤 했다. 몫은 늘 작은오빠 것과 똑같았다. 조금이라도 차가 나면 금방 눈물을 글썽였으니까. 군것질을 한 기억은 남아 있지 않다. 밤에 군것질하는 사람도 있을까. 어릴 때의 군것질은 반이 동무에게 보랍시고 떨어대는 유세다. 물에 불려서 커다랗게 부풀어 오른 엄마의 손은 풍선처럼 터질 것 같았다. 집에 돌아와서는 오줌에 그 징그러운 손을 한참씩 담가놓곤 했다. 오줌물은 물론 엄마가 방금 요강에다 눈 것이었고, 자식들 것조차 억지로 받아내는 수도 있었다. 집으로 돌아설 때면 가겟방 안의 누런 알전등이 유독 밝아 눈이 부셨고, 그 따뜻한 불빛이 자꾸만 따라와서 그림자를 길게 끌었다. 불행, 가난, 고생은 떠벌리지 않아도 고함처럼 생생히 들리고 훤히 드러나지만, 행복, 넉넉함, 호강은 어디에 숨어 있는지 보이지 않는다. 부자들은 있는 티마저 조용조용히 내지 않나. 멀리 따질 것도 없이 박 사장이 바로 그 좋은 예다. "명절이나 공휴일 같은 때 궁금해져. 기선이가 무얼 하며 개길까 하고 생각을 이어가다 보면 내가 공연히 쓸쓸해지는 기분이 들어. 묘하지, 기선이는 그렇지도 않을 텐데. 이상하잖아." 골프도 못 치는 박 사장은 언제나 자상하고 꼼꼼하다. 답답해 보이는 사람은 큰오빠 같은 덜렁이는 아니고, 실속이 있다.

아빠는 교통사고로 죽었다. 이 시대의 가장 흔한 죽음과 주검. 횡단보도가 아니었고, 현장에서 즉사한데다 술을 마셨다는 이유로 보상금 승강이가 차일피일했다. 자전거도 횡단보도를 지켜야 하나. 자전거를 타고 횡단보도를 지키려면 걸어가지 뭐하러 힘들게 페달을 밟나. 운송 수단? 달걀은 부피와 무게 따위를 무시해도 좋은 식품이 아닌가. 깨어질 위험도 자전거보다는 걷는 쪽이 더 심하다. 버스가 사람을 들이받았는데 현장에서 죽지 않을 수도 있나. 술기운으로 일하는 사람에게 '사고시 음주운전 상태'를 적용하다니. '피해자 손해배상 조건'이라는 숱한 올가미. 버스 회사 쪽에서는 재판의 결과를 기다리자면서 뻣뻣하게 굴었다. 교통사고사는 가장 완벽한 개죽음이다. 유가족은 비명도 못 지른다.

살아 있을 때는 때와 곳을 가리지 않고, 쓸개 빠진 인간, 목돈 분질러 푼돈 만드는 개 귀신 백인 놈, 지닐 복도 지지리 못 타고난 알건달, 평생 쪽박이나 차고 다닐 거리 귀신, 기집 자식 고생만 죽도록 시키는 시러베아들 놈이라며 욕을 주저리주저리 퍼부어대던 외할머니가 막

방황하는 내국인

상 영안실의 주검 앞에서는 누구보다도 섧게 울었고, 시멘트 바닥에 퍼대고 앉아 패악을 쳤다. "김 서방, 니가 이래 허무한이 진짜 가쁘나. 참말로 이래 갈끼가. 아직 못 다 묵은 술이 얼매나 많은데, 거기 아까버서 우예 가노. 인자 우리는 우짜란 말고. 자네 술 묵는 거 다시 못 본이 이 한을 장차 우째 다스리꼬." 맏사위를 보자마자 딸네 집에 엎혀살았으니 외할머니에게 아빠는 평생 반려였다. 그것도 아들보다 더 만만하고, 지아비보다 더 살가운 단짝이었다. 정이란 서로 미워하고 싸워야 생긴다. 아빠가 죽고 나자 외할머니는 평생 병치레를 모르던 위인, 성내는 것을 못 본 자식, 마음씨 푹하기로는 다시 없던 것, 지 몸 안 애끼고 남 사정 먼저 챙기던 진짜 사내 틀거지였다며 사위 자랑이 늘어져서, 오히려 엄마가 무안해 하다못해 시샘을 일으킬 정도였다. 아마도 그즈음서부터 큰오빠는 외할머니를 사갈시했을 것이다. 말끝마다 타박을 주다가 나중에는 본 체 만 체했고, 늙은이의 애연 버릇마저 노골적으로 나무랐다. 아빠는 언제나 담배를 반쯤만 태우고 비벼 껐다. 장모는 그 반동강 꽁초를 모아두었다가 맛있게 피웠다. 사위의 그 곰살궂은 배려, 장모의 그 다소곳한 여툼. 늙은이의 저물어가는 기력 탓이었을까, 만년의 때늦은 후회 탓이었을까, 사위 앞에서는 그처럼 기가 펄펄 살아서 할 말 못 할 말을 마구 퍼부어대던 외할머니가 큰외손자의 싸늘한 백안시 앞에서는 썰썰 기었다. 어디서 주워들은 풍월인지 큰오빠는 "딸자식 섬기는 집안치고…"해대며 외할머니의 전생애를 매도했다. 그 매도는 그 어머니에 그 딸이라는, 엄마의 박복한 팔자에 대한 원성이나 마찬가지였다. 외할머니와 엄마는 큰오빠를 살이 낀 자식이라고 치부했으나, 우그렁 바가지 같은 당신들의 드센 팔자에 시름겨웠고, 풀이 죽었다.

보상금은 시나브로 삭아갔다. 아빠만 그러는 게 아니라 엄마도 목돈을 푼돈으로 분질러 조지는 관록에는 부족함이 없었다. 큰언니가 집을 나갔고, 닭전도 슈퍼마켓의 등장으로 한 시절이 가버렸다. 시장이 줄어드는 게 아니라 없어져 가는 게 눈에 보였고, 닭털 뽑는 기계가 나왔다는 말도 들렸다. 큰오빠는 가게를 남에게 넘기자고 했다. 돈 냄새를 맡는 비상한 재주에는 큰오빠를 당할 사람이 없었다. 외할머니는 그 가게가 어떤 건데 절대로 팔아서는 안 된다고 엄마를 다조졌다. "돈 잃고 자식 버린대이. 넘기지 마라. 니가 내 말 안 듣다가는 쪽박 찰 날이 멀잖았을끼다. 두고 봐라." 엄마는 큰아들과만 살이 낀 게 아니라 외할머니와도 살이 두텁게 낀 여자였다. 엄마는 외할머니의 그 방정맞은 다조짐을 어느 순간부터 떨쳐버렸다. 날이 갈수록 장사도 시원찮은 데다 큰오빠의 꼬드김에 귀가 솔깃해서였다. 큰오빠의 말솜씨에 안 넘어갈 여자가 있을까. 돈이 빤히 보인다는데, 10원 단위보다 천 원, 만 원 단위의 이문을 보는 장사의 싹수가 더 창창할 것은 정한 이치라는 데야 어쩔 수 없었다. 학력 없고, 별다른 기술 없는 사람이 벌이는 장사야 술집 아니면 밥집이 고작이다. 염량이 반듯한 노친네라 외할머니는 당신 말을 듣지 않는 자식 집에 더 붙어 있을 수도 없었고, 당신에게는 지아비 이상이었던 사위의 마지막 분신이었던 가게가 남의 손에 넘어가자 사는 낙도 간 곳 없어졌다. 악담은 안 했지만, 외할머니는 단단히 삐쳐서 둘째 딸네 집으로 살러 가버렸다. 사위가 살아 있을 때부터 오줌소태가 심하던 외할머니는 평생 거처를 옮기자 곧장 죽었다. 당뇨병이었다. 생맥주집이 그런대로 돌아가던 판이라 큰오빠는 공원묘지 한 자락을 사서 외할머니를 묻었다. 엄마는 소리 내어 울지도 않고 옷고름으로 콧물만 찍어댔다.

큰언니가 어떡하든지 온 가족의 생활비를 대겠다는 조건을 내걸고 조카를 떠맡겼다. 엄마는 그 생활비를 알뜰하게 쪼개 쓸 궁리로 눈을 자주 깜빡거렸다. 죽을 고비를 겪더라도 작은오빠만은 대학을 졸업시켜야 했다. 무슨 억하심정인지 엄마는 학사 출신 며느리를 보는 게 소원이었다. 큰오빠는 장사의 덩치를 키웠다. 여자 종업원을 하나 더 썼고, 중노미도 부렸고, "차 없이 무슨 장사를 하나"라면서 승용차를 굴리고 다녔다. 장사는 운이라고 했고, 자본이 말한다고 했다. 넉넉한 자본이 있을 리 만무였다. 집을 은행에 잡히고 돈을 좀 끌어내 써야겠다고 하더니, 엄마와 아빠 두 사람 이름 앞으로 올려져 있던 집이라 여의치 않았던지 차제에 팔아버리자고 했다. 큰오빠의 찌그렁이질에는 배겨낼 장사가 없었다. 큰언니가 동생의 생떼거리를 가로막고 나섰으나, 화냥년이라는 욕만 듣고 손찌검까지 당하고는 다시 안 본다며 물러섰다. 엄마는 자식들의 생떼거리에 질질 끌려다니며 결국 질 것을 미리 알고 버틸 때까지 버티는 무력한 늙은이였다. 작은오빠와 작은언니는 큰언니 편을 들었다. 요정 같은 데서 몸을 굴리고 있었지만, 큰언니의 사리 분별이 큰오빠의 허풍보다 훨씬 조리가 번듯했고, 어쨌든 집안 살림은 큰언니가 꾸려가고 있었다. 큰언니야말로 꿩 잡는 매여서 생활비 외에도 아빠의 제사 비용까지 따로 내놓았다. 엄마는 언제 아들이 벌어온 돈으로 망부의 제사를 지내볼까 하는 염원을 쓰다듬는 낙을 누렸다. 마당 딸린 집을 팔았고, 방 세 개에 화장실과 욕실 문짝이 따로 달린 연립주택을 전세로 얻어 살았다. 큰언니가 내놓는 생활비가 달을 거를 때도 있었다. 작은언니마저 밤일로 사는 큰언니 쪽의 삶에 붙었다. "엄마가 불쌍해 미치겠어. 큰오빠가 미워 죽겠어. 큰오빠만 없어지면 우리집은 아무 문제도 없어." 작은언니의 눈이 때꾼해 있었다. 작은오빠는 방위병으로 동사무소에서 복무 중이었다. 큰언니가 다시 생활비를 꼬박꼬박 들여왔고, 조카의 옷을 두 벌씩이나 사 들고 와서 아파트로 옮기라고 했다. 조카의 장래 걱정과 집안 건사에는 큰언니만큼 극성스러운 여자도 드물었다. 언젠가부터 엄마는 딸자식이 건네주는 돈 앞에서도 쑥스러워할 줄 모르는 뻔뻔이가 되어 있었고, 소주를 병째로 찔끔찔끔 들이켰다. 분명히 큰언니가 아무 말도 없이 생활비를 건네주었건만, 엄마는 "기숙이도 돈벌이가 좋아진 모양이다, 여자야 나이가 인물이지"라며 눈물을 글썽였다. 큰오빠는 돈을 들여놓기는커녕 코빼기도 비치지 않았다. 어떻게 알아냈는지 큰언니는 동생이 웬 여자와 동거하고 있는데, 그 올케짜리가 생맥줏집에 들락거리던 '빨빨이'라고 했고, 동생이 돈 떨어지면 붙어살지 않을 게 뻔한 '빈대'니 절대로 집에 들이지 말라고 엄마에게 신신당부했다. 이제는 큰언니가 어느새 방정맞은 말만 콩닥콩닥거리던 외할머니 역할을 도맡고 있었다. 팔자도 성격처럼 서로 닮아가고 대물림을 하니 모전여전극의 연속 행진이 속절없이 이어졌다.

큰오빠는 엄마가 비운 집에 들어서자마자 지홍이를 불렀고, 가방부터 끌렀다. 지홍이에게 '겜보이'를 선물했다. 기선이에게는 숫자판 위의 달이 움직이는 일제 손목시계를 건네주었다. 누가 쓰라는 것인지 '시세이도'제의 기초 화장품도 두 상자나 내놓았다. 언제나처럼 다른 가방에서 빨랫거리를 내놓을 차례인데, 살 같은 유선(流線)을 꿈무니에 달고 내빼는 자동차가 새카만 바탕 위에 컬러 사진으로 박힌 두툼한 카탈로그를 끄집어냈다. 그것도 한 권이 아니라 여러 권이었고, 천연색 인쇄물인 서너 장짜리 팸플릿도 수없이 쏟아졌다. 밑바닥에서 양쪽에 별도의 앰프가 달린 라디오가 튀어나왔다.

"이게 최신형 특젠데, 요즘 일본에서 최고 인기 상품이다. 통관세 물을까 봐 포장은 다 떼버렸다. 오토 리버스, 에이엠, 에프엠, 티브이, 녹음, 다 된다. 시디도 여기다 꽂으면 바로 음악이 쏟아진다. 티브이 화면만 없고, 최신형 전축이라고 생각하면 된다. 레코드는 벌써 구닥다리로 굴러떨어졌고, 일본은 지금 콤팩트 디스크, 테이프 시대다."

지홍이는 벌써 '겜보이'가 되어 팩 세 개를 번갈아 끼워대며 손장난에 빠져 있었다. 큰오빠는 자동차 카탈로그와 팸플릿을 일부러 과시하듯 너저분하게 늘어놓은 채로 '사시꼬미'를 찾고, 플러그를 꽂고, 앰프를 이리저리 옮겨놓고, 주파수를 찾았다.

"선아, 케이비에스 채널이 몇 번이냐? 한국 티브이도 분명히 나온다고 했는데, 이상하네."

기선이는 엄마에게 전화를 걸었다. 회사에서 오빠가 왔다는 것을 알렸고, 엄마는 당번을 바꿔보겠다고 했다.

"집이냐? 그 인간이 진짜로 오기는 왔냐? 허드렛일은 얼추 다 해놨는데 이 여편네가 아직 안 와서 이러고 있다. 그 불한당 신수는 어떠냐? 니 전화 받고부터 또 이렇게 가슴이 펄떡거린다. 자식이 무슨 원수 덩어리다."

엄마의 음성은 좀 들떠 있었다. 무선전화기를 들고 주방 바닥에서 쪼그리고 앉아 있을 엄마가 눈에 가물가물했다.

410

"그 인간에게 또 이런저런 쓸데없는 말 많이 옮기지 마라. 냉장고에서 닭 꺼내 가지고 통마늘 넣고 물 너무 많이 넣지 말고 안쳐라. 아, 왔다, 나올 거 없다. 그 인간 동정이나 잘 살펴라."

기선이는 버스 정류장으로 마중을 나갔다. 좌석버스는 일반버스보다 배차 간격이 멀다. 엄마의 일터는 20분 거리다. 기선이 회사까지는 버스가 30분이면 닿는다. 투자가 목적이라기보다도 있을 때 한밑천 여투어두려고 산 것이고, 친정 식구에게 쓰라고 큰언니가 임시로 맡긴 집이지만, 기선이에게는 회사가 가까워서 안성맞춤이다. 하기야 취직을 주선해준 사람도 큰언니의 '단골손님'이고, 무슨 철강회사 사장이라는 그 양반은 사무용 철제 가구를 도매한다고 했다. 철강회사 사장은 '홀인원' 주식회사 사장과 어음을 바꿔 쓰는 고교 동창생 사이였다. 아무려나 씀씀이도 크고, 큰 만큼 위태위태한 것도 사실이지만, 큰언니는 매사에 자신만만하고 판단력도 좋고, 결단력도 빠르며 친정집 건사 솜씨는 시원시원할 뿐만아니라 곰살궂기까지 하다. 해가 갈수록 큰언니 앞에서는 온 가족이, 특히나 큰오빠가 초라해지고 그 옴팡눈 앞에서는 약 먹은 쥐처럼 비실거린다.

좌석버스 두 대가 텅 빈 차인데도 헐떡거리며 언덕을 넘어갔다. 엄마가 까무룩하니 내렸다.

"머하러 나왔냐. 백숙은 안쳐놨냐?"

허릿병이 검질겨서 엄마의 걸음걸이는 어기적거리며 꾸부정하다. 기선이는 엄마의 가방을 빼앗다시피 건네받았다. 가방이 제법 묵직했다. 외손자에게 주려고, 또 당신이 술안주로 우물거리려고 갈무리해오는 땅콩, 바나나 튀김, 오징어포 따위의 대궁 술안주거리가 들어있어서이다.

"오래비가 거기서 머한대냐?"

"몰라, 무슨 대학교 연구생이래나봐."

"연구생? 지까짓 게 무슨 연구를 하냐. 책상 앞에 붙어 있는 걸 못 봤는데. 그 말 다 믿을 거 없다. 백수건달인데 머 해묵고 사는지도 안 알아봤냐."

"모르지 머, 물어볼 정도 안 생기고, 믿을 수가 있어야지."

"큰일이다. 배나 안 곯면 그런 다행이 다시 없지."

"자동차 세일즈를 하는지 카탈로그 같은 거만 한 가방 들고 왔어."

"차, 세일즈? 세차나 하겠지. 자동차 세일즈를 아무나 하나. 구변이 얼마나 좋아야 하고, 돈 단위가 벌써 엄청난데, 전문 지식이 또 좀 많아야 할 거 아니냐. 원래 차에 미친 인간이니 차야 모르지도 않을 것이다만, 그거야 벌써 장사도 아니고 사업일 텐데. 무슨 소린지 알다가도 모르겠다."

"몰라, 짐작이야. 일주일쯤 여기 있다 또 나간대."

"어디를?"

"일본이지 어딘 어디야. 빈말이라도 공부한다니 다행이지 무슨 걱정이야. 엄만 어째 점점 맺고 끊는 구석이 큰언니 반도 못 따라가."

"니년들도 자식 낳고 늙어봐라. 막말 못한다. 안 보면 보고 싶고, 보면 이 갈린다더니. 참, 그 정 없는 기숙이년은 찾아가봤대더냐?"

"동경이 너무 멀어 못 찾아가봤대."

"하기야 말도 안 통하는 지까짓 게 무슨 정성이 뻗쳐서. 지 한 몸 건사하기도 바쁠 텐데."

현관 안으로 들어서면서 기선이는 모자간에 서먹서먹할 상봉을 터주느라고 "큰오빠, 엄마 왔어"라고 좀 밝게 말했다. 큰오빠는 와이셔츠 소매를 걷어붙인 채로 다가와 엄마의 두 손을 덥석 잡았다. 이어서 엄마의 어깨를 얼싸안았다가 이내 옆구리에 꼈다.

　"엄마, 고생이 많지요? 조금만 참으시오. 엄마가 그랬잖아요. 점바치가 서른여덟 살까지는 기다려야 한다고. 몇 년 안 남았어요. 기선이한테 들었는지 몰라도 이번에 내가 히로시마 수도대학이라는 사립학교에 연구생 과정으로 들어갔어요. 보통 2년에 끝마치는데 반반한 학력도 없으니 나는 3년쯤 잡고 있어요. 너무 걱정 마셔요. 죽이 되든 밥이 되든 해 보일 테니."

　엄마는 식탁 위에 올려놓은 가방에서 흰 비닐봉지를 들어냈다. 부사 사과가 보였고, 딸기가 얹혀 있었다.

　"그토록 오래 있도록 누가 내버려 두냐?"

　"유학생을 누가 내쫓아. 돈만 주면 얼마든지 일본을 배우고 돌아가라는데."

　엄마가 압력밥솥을 열었다. 뿌연 김이 식탁 쪽으로 몰려왔다. 엄마는 돌아선 채로 팔짱을 끼고 식탁 주위에서 어슬렁거리는 큰오빠에게 타박했다.

　"너는 어째 맏자식이란 것이 니 애비 제삿날도 모르냐. 부모 없는 자식이 어딨냐. 아무리 뜬 귀신같이 살아도 말 한마디를 못 붙인단 말이냐. 지홍이 에미가 인정머리 없는 것이라고 파랗게 독기 품던 걸 봤더라면 작히나 좋았을 것이다. 올해가 꼭 10년쩬데."

　너름새 좋은 큰오빠의 구변이 즉각 받았다.

"그 말 왜 안 나오나 싶더니. 2월 초이렛날을 내가 왜 몰라요. 기선이 회사로 전화를 넣었지요. 은행에 갔다, 거래처 갔다, 공장에 있다고 계속 안 바꿔 주대요. 8천 엔짜리 전화 카드 한 장을 거의 다 썼다니까."

"전화 카드 한 장? 살기가 그렇게 어렵냐?"

엄마가 콧물을 훌쩍 들이마셨다. 백숙이 뽀얀 국물부터 유리그릇 두 개에다 나누어 담아졌다.

"선아, 오래비하고 밥이나 먹어라."

"고생이야 말하면 뭣해요. 이제 좀 자리 잡아가요. 시라가와(白川) 상이라고 여기서부터 백 사장과 종씨네 어쩌네 하고 지내는 양반이 있어요. 이 양반이 1년에 평균 두세 차례씩 한국에 나오는데, 나올 때마다 우리 술집에 들르고, 자기는 친한파니 나하고 백사장은 친일파가 되라고 농담도 하고 지냈어요. 그런데 이 양반이 어떻게 된 판인지 나를 점점 더 잘 보고 해서 나도 꼭 차로 호텔까지 모셔주고, 돈 안 받고 여기저기 구경도 시켜주고 그랬더니 꼭 일본에 한번 나오라고 하데요."

엄마가 오빠의 말을 잘랐다.

"밥이나 먹어라."

"웬 영계백숙이오?"

엄마가 한때의 장사꾼 말을 불쑥 내놓았다.

"닭만치 싼 게 어딨냐."

큰오빠의 입술에 보일락말락한 웃음이 걸렸다가 이내 사라졌다.

"그 시라가와 상이 이번에 나가보니 주차장도 두 개나 가지고 있고,

하카다 중심지에서 중고차 매매회사를 차리고 있데요. 일본에서는 주차할 데를 사전에 구해놔야지, 그 서류가 없으면 돈이 있어도 차를 못 사요. 그러니 시라가와 상 같은 사람은 엄청난 알부자지요. 그 양반이 여기 나올 때마다 내 운전 솜씨가 좋다 어쩐다고 하데요."

큰오빠가 닭다리를 물어뜯었다. 기선이 그릇에도 닭다리가 하나 들었다. 엄마는 닭 껍데기 살을 좋아해서 퍽퍽한 살코기를 마다했다.

닭 장사를 했으니만큼 엄마는 머리를 굴리고, 말귀를 알아듣는 데는 누구보다도 빨랐다.

"그 사람 밑에서 일 봐주냐?"

"일본은 지금 사람이 없어 쩔쩔매는 판인데 그 양반이야 누이 좋고 매부 좋은 봉을 만난 거지요. 차도 몰고 별일 다 봐줬지요. 돈만 안 맡겼을까, 일본말 배울 때까지만 자기를 봐달라 어쩌라 하고 어찌나 조르던지. 그 양반 덕에 겨우 밥 먹고 전화도 없는 방 하나 얻어 살았어요."

"봉은 봉이다. 우리가 언제는 왜놈들 봉 아닌 적이 있었나. 그 백 사장이라는 친구가 니하고는 어찌 되는 사이냐?"

"어찌 되긴요. 해병대 동기에 동업자지요. 그 친구는 대학 졸업하고 입대했으니 나보다 나이는 세 살 위고요. 왜요, 무슨 연락 있었어요?"

"니 떠나고 얼마 안 돼서 전에 살던 집으로 전화가 두어 번 왔더라."

엄마는 국물만 뜨다 말다 했고, 주춤하는 큰오빠의 안색을 놓치지 않았다.

"무슨 일로요?"

"머라고 머라고 말이 많대. 폐차계(廢車屆)가 날아왔다, 벌금 딱지가 백오십만 원이나 나왔다. 니 도장이 있나, 본인이 직접 출두해야 한다 어쩐다 해쌓대. 만사가 귀찮아서 코대답만 하고 말았다."

큰오빠가 벌컥 역정을 냈다.

"그 새끼 머리 쓰는 게 늘 칼 물고 뜀뛰기 할 짓만 골라서 한다니까. 그렇게 알아서 처리하라고 신신당부했는데."

"사람을 치었나?"

"내가 왜 성한 사람을 치어요?"

"그러면 왜 김포 공항에다 그 차를 내버리고 쫓기듯이 일본으로 내 뺐냐? 도대체 그 차가 누구 차냐?"

"동업하면서 내 이름 앞으로 샀지요. 영업하려면 차 없이 어떻게 해요. 그 차는 구닥다리라 그때도 더 못 쓴다고 했어요."

"벌금은 무슨 소리냐?"

"음주 위반으로 구류 일주일 살았다니까요. 3년짜리 운전면허 정지 처분을 받았으니 여기서 뭣해 먹고 살아요. 옴짝달싹할 수도 없잖아요."

"돈이 없어 못 살지 차가 없어 못 사나."

"똑같은 소리 아니에요. 차 없이 돈을 어떻게 벌어요."

기선이는 무슨 말인지 도무지 알아들을 수 없었다. 그러나 엄마는 아들의 속내를 훤히 꿰차고 있는 모양이었다. 엄마의 탁월한 어림짐작은 오래전부터 허탈한 체념으로 이어지곤 했다.

엄마가 눈을 내리깔았다. 저절로 터져 나오는 한숨을 삭이며 이를 갈 차례였다.

"니 애비 귀신처럼 술 처먹고 차 몰지 마라."

"아이구, 술이라면 이제 진절머리 나요. 그 잘나터진 술장사로 천금 같은 내 청춘을 다 허비했잖아요. 오죽 답답하면 명색이 사내새끼가 남의 술 시중을 들고, 기집년들 뒷바라지를 할까. 앞으로는 굶어 죽었으면 죽었지 그 짓 안 해요. 영업 상무 좋아하고 있네."

엄마의 시름이 깊어갔다. 아들이 둘러대는 말을 어디까지 믿어야 할지 머리를 잽싸게 굴리는 눈치였다. 아마도 3년 동안이나 운전면허 취소를 당한 그 '음주운전'의 밑바닥에는 틀림없이 또 '기집년' 사단이 깔려 있으리라는 짐작과 함께 맏아들이 집의 돈이야 들어내어 날려버리곤 했지만, 그래도 도둑질, 살인, 마약 같은 엄청난 범죄를 저지를 천둥벌거숭이는 못 된다는 믿음을 부풀려가는 모양이었다. 엄마는 딸 둘을 길거리에 내놓은 지은 죄 때문에 '기집년 사단' 따위는 일절 입에 올리지 않는다.

큰오빠는 엄마에게 손목시계를 선물했다. 엄마는 좋다 싫다는 내색도 없이 큰언니 몫의 화장품부터 챙겼다.

잠잘 때 말고는 잠시도 엉덩이를 집구석에 천연히 붙이고 있은 적이 없는 큰오빠가 전화기에 매달리자, 엄마는 지긋지긋하다는 듯이 말했다.

"하룻밤이라도 자고 나가든지 말든지 할 것이지 이 밤에 또 무슨 거리 귀신으로 떠돌 궁리냐?"

"아니오, 이 백 사장이 아까 낮에 한 말과 달라서 따져봐야겠어요. 도둑질도 손발이 맞아야 한다는데."

"일이야 저지른 사람이 답답할 테지."

전화 통화를 제대로 끝내지도 않고 큰오빠는 나가버렸다. 근심덩어리가 눈앞에서 사라져버리자, 엄마는 한숨 끝에 악에 받친 소리를 구시렁거렸다.

"속이 다 시원하다. 빨리 어디든 가서 자빠져 죽기나 하든가. 일본이 신줏단지는 신줏단지다. 저런 인간을 다 거둬주니. 욕 들으면 오래 산다니 이제는 욕도 못 하겠다. 돈이 다 먼지 다들 지 몸 타죽는 줄도 모르고 부나비처럼 대가리도 찍어 쌓는다."

집 안이 괴괴했다. 엄마가 소주병을 나발 불었다.

지선이는 한껏 사위스럽다. 엄마가 과음으로 덜컥 죽어버리면 어떡하나. 큰오빠가 또 무슨 일을 저질러 그 뒤치다꺼리를 온 집안이 떠맡게 되면 나 혼자 집을 지켜야 하나. "몇 달 됐어요, 멘스 없어진 지가? 처음이에요? 그러면 더 기다려 봐야 돼요. 한 달 후에 오세요." 산부인과 의사는 생명을 죽이며 돈을 번다. 중풍 걸린 노인네가 방금이라도 넘어질 듯이 뒤뚱거리던 걸음에도 불구하고 감쪽같이, 무슨 귀신처럼 그 작은 몸을 숨겼다.

떠도는 유령. 큰오빠도, 작은오빠도 떠도는 유령이다. 두 언니도 마찬가지다. "전화가 와도 겁나고 안 와도 간이 탄다. 오늘도 전화 없었지? 또 니 언니한테 알아보라고, 하기 싫은 소리 해야 될라나 보다. 아무리 큰자식이라도 지 애 키워준다고 이런 통사정을 자주 털어놓으면 누가 좋아하겠나. 그 거리 귀신 말은 꺼내지도 말라고 타박부터 줄텐데. 자식이 아니라 원수다." 기선이는 오줌을 참을 때까지 참는다. 봉 걸레를 들고 어슬렁거리는 마귀할멈과 맞닥뜨릴 게 꺼림칙하다 못해 겁이 나서다. 아랫배가 풍선처럼 탱탱하게 부풀어 오른다. 몸이 부웅 떠오르는 것 같다. "거리 귀신이 따로 있나, 집 나가면 다 거리 귀신이지"라는 엄마의 푸념은 맞다. 사세 판단, 사람 품평을 그처럼 찍어낸 듯이 그리는데도 엄마는 제 피붙이를 뿔뿔이 흩어놓는 이상한 팔자를 타고났다. 노파들이 만든 자작극 세상은 위태롭기 짝이 없다.

기선이는 설레는 걸음걸이로 시장 바닥의 인파를 헤치며 닭전을 찾아가던 시절이 문득 그리워져서 눈을 깜빡인다. 늙어빠진 할망구들은 제 사위를, 제 자식들을, 심지어는 중풍 걸린 지아비까지도 한사코 거리로 내몰아댄다. 그래도 허구한 나날 내내 제 피붙이를 집구석에 불러들여 천연히 앉혀놓지 못해서 안달이다. 어쩔거나, 그게 정이라는데야.


### 4. 여름―환상의 바닥

처서도 지났건만 창밖에는 여전히 불볕더위가 퍼붓고 있다. 4차선 도로가 잘 달궈진 돌솥 같다. 주춤거리는 차들마다 정수리에 진땀이 빠작빠작 배어 있다. 노란 빈 택시 하나가 돌솥 위에서 발을 동동 굴리다가 빨간 신호등이 켜져 있는데도 건널목의 뿌연 선을 짓뭉개며 무서운 속도로 내빼버린다. 인도에는 행인이 가뭇없어 그 너머의 불그레한 벽돌집 빌라들이 음흉스럽다. 아카시아 따위의 잡목 군락이 완연히 새들새들하지만, 그 짙푸른 물결이 풍경화의 배경으로는 다시 그만이다. 대체로 노란색은 호들갑스럽고, 붉은색은 으스스하고, 녹색은 시원스럽다.

그 시원스런 자연 속에 군관 합동의 무슨 수사기관의 분실이 들어앉아 있다는 말을 영재는 들은 바 있었다. 그때 그가 "그린벨트 아닌가?"라고 물었더니, 사장 아들이 "그러니까 제격이지, 이래저래 치외법권 지역일 테니"라고 받았다. 곧장 그가 무심코 "하기야 법 찾고 섬기며 살아가는 것들이 법을 제대로 지키는 꼴을 못 봤으니"라고 씨부렁거리자 "삐딱하기는. 왜 떫어? 배 아파봤자지"라는 비아냥과 함께 그의 옆구리에 간지럼 밥을 먹였다.

그의 뒤통수에 "이것 좀 봐주세요"라는 부름이 매달린다.

요즘 젊은 여자들은, 특히나 얼굴이 해사한 것들일수록 자기 외모에 어떤 열등감도 없다고 시위나 하듯이 가만히 앉아서 호칭도 뭉개고 아무나 불러댄다. 그런 무례가 손가락만 꼭꼭 눌러대면 그 탁월한 기능을 즉각 발휘하는 전자제품, 컴퓨터 따위의 파급 효과와 무관하지 않을 것이라는 그의 생각마저 삐딱하다고 할 수는 없을 것이다.

가슴께까지 올라오는 하얀 방음 칸막이가 사무실 안을 구조적이라기보다 레이아웃 감각대로 각지게 갈라놓고 있다. 여자 다섯 명과 남자 세 명이 저마다 그 속에 갇혀서 훤한 대낮에도 전기스탠드를 머리 위에 얹고 무슨 호작질을 정성스레 해대고 있는데, 사장 아들은 통조림 캔 속보다 더 뻔한 그들의 머릿속에서 어떤 '환상'을 캐내려고 미쳐 있다. 안성맞춤이게도 그들은 별것도 아닌 그 '환상'을 좇는 데는 지치지 않는 무리라서 철새처럼 1년도 채우지 않고, '퇴직금은 회사 발전기금으로 그쪽에서 대신 잡수세요'라며 일터를 잽싸게 옮겨 다닌다. 그래서 사장 아들은 퇴직금 따위를 걱정하지 않고, 후일을 내다본다는 투로 '언젠가 또 볼 날이 있겠지' 운운하며 술값 씀씀이에는 꽤 호탕하다.

사장 아들의 상투어는 '팬터지, 이미지' 등이다. '리얼 팬터스틱' 어쩌고 하는 말은 외국인들이 아무렇게나 둘러대는 겉치레 공치사이며,

88서울올림픽을 전후해서 그 말이 텔레비전을 통해 자주 방류되고, 그 여파로 '환상'이 막상 무엇인지도 헷갈리는 무리가 많아졌다기보다 그 어색한 번역투 유행어가 자리를 널찍이 잡고, 뿌리도 내렸다는 게 영재의 진단이다.

무엇보다도 먼저 '환상적인 분위기'라면 염소수염이 없는 호지명 얼굴을 연상시키는 사장이 베일 속의 대부로서 사위의 '인테리어 사업'과 아들의 '팬시 사업'에 든든한 물주 노릇을 다하고 있는 천씨 집안의 음험한 재산 관리 능력을 들 수 있을 것이다. 한 집안의 그런 다각적인 사업체 운영이 근본적으로는 절세(節稅)의 한 수단이며, 토지나 빌딩 같은 부동산을 단계적으로 고스란히 물려주려는 방편임을 알아도 짐짓 모른 체하고 있는 직원들의 진지한 근무 자세도 미상불 환상적이기는 하다. 천가는 월세 임대료를 꼬박꼬박 제 아비에게 갖다 바치고, 호지명을 닮은 건물주는 '잘해봐, 돈은 젊을 때 버는 거야, 늙으면 돈이 무슨 소용이야' 식으로 사업 자금을 모이 주듯 조금씩 대주는 일련의 도식에도 '환상'이 찰랑찰랑 숨을 쉬고 있다.

"뭘 봐줄까?"

"이거요, 어때요? 환상적인 분위기가 좀 낮게 두드러져 있지 않나요?"

허기와 더위 때문에 웃을 기운도 없지만, 영재는 천가의 상투어가 직원들에게 비아냥조로 전염된 게 새삼스러워 쿡 터져 나오려는 웃음을 얼버무린다.

"몰라, 모르겠어. 그런 게 전혀 없는 것 같기도 하고, 다분히 있는 것 같기도 해. 내 눈에 환상이 비집고 들어앉을 공간이 없는 탓이겠지."

두꺼운 모눈종이 위에는 납작납작하니 예쁜 영어 글자가 여러 다양한 모양새의 꽃 수술 같은 무늬 가운데 제법 오뚝하게 새겨져 있다. 명실상부한 아트 디렉터인 영재의 눈에는 그것들이 징그러운 벌레 같기도 하고, 지저분한 얼룩 같기도 해서 어지럼증을 반추해야 할 지경이다.

"썸원 온 히어 라이크스 미. 히어라니? 여기가 어디야? 젖가슴 위란 말이야?"

분명히 음탕한 우스개인데도 명색이 4년제 미술대학 응용미술학과를 나온, 언제나 눈썹을 굵고 길게 그려 붙이고 있는 과년한 일러스트레이터의 대꾸는 당돌하다.

"남자들은 어째 줄기차게 섹시한 쪽으로만 짱구를 굴릴까. 신기해. 그러고도 상상력을 팔아먹겠다니 한심하든가, 말이 안되지. 좀 우습잖아요. 전무님 말씀 못 들었어요? 상상력이 그래가지고 무슨 환타지를 연출하겠냐고. 무슨 말인지는 내 짱구로도 한참이나 굴려봐야 하지만."

재떨이 속에는 빨간 루즈가 더럽게 묻어난 갈색 필터의 담배꽁초가 수북하다. 재떨이 바닥에는 물을 흠뻑 적신 화장지가 깔려 있어서 더 추저분하다.

굵은 눈썹은 시쳇말로 '끼 있는 여자'임을 스스로 과시하는 처녀이다. 적당히 유식한 체하나 대체로 헛똑똑이고, 여성의 대사회 활동을 적극적으로 옹호하면서도 국내외 정치 현황에는 무심하고, 프리 섹스와는 일정한 거리를 두나 정조 관념 따위는 거추장스러운 장식쯤으로 여기며, 가사(家事)의 대등한 분업상태가 결혼의 전제조건이라는, 어느

모로 따져봐도 여권운동의 자투리 규정에 얽매여 있느라고 요리 솜씨가 젬병인 것조차 부끄러워할 줄 모르는 물거품 같은 맹렬 여성이다. 영재가 언젠가 "속옷 같은 거 자주 빨아 입나 어쩌나?"라고 주정을 부렸더니, 굵은 눈썹은 대뜸 "빨아주고 헹궈주는 세탁기 모셔두고 어디다 써먹게요"라고 받았다. 그때 갈비는 뜯어 씹지 않고 빨간 게장만 젓가락으로 발겨내 빨아먹는 그녀가 소름이 돋은 맨살로 자신에게 마구 달려드는 듯한 착각을 떠올렸다.

"용도를 알자는 거야. 용도가 번듯해야 상상이든 환상이든 실효를 챙길 수 있지 않겠어? 무용지물 신세를 면하려면 용도가 일단 전제야, 그렇잖겠어?"

"공 선배님은 너무 원칙적이세요. 또 말을 어렵게, 이론적으로 몰아가는 취향이 다분해요. 강의도 그렇게 하세요? 학생 때야 다들 이론 밝히고 섬기지, 따지기 좋아하니까. 막상 일하다 보면 이론과 실천은 별갠데, 맞아떨어지지도 않고, 실물은 허술하기 짝이 없고 마는데."

"말짱 헛것이지. 헛소리 잘한다고 내 별명이 공 첨지야. 텅 빈 공(空)자. 세태가 그러니 난들 어째. 하나마나한 지당한 말씀을 그럴듯한 이론으로 포장하는 세태 말이야. 그래도 나는 책에 없는 말은 안 하는 성질이 있다고."

광고 속의 멘트처럼 이래저래 말이 많은 세상이다. 광고는 세상을 시끄럽게 만들고, 신상품은 세상을 복잡하게 만들어 간다. 복잡한 세상은 어휘 가짓수를 불리고, 다변을 재촉한다. 다변은 신경을 바짝 곤두세우고 살아가도록 몰아간다. 이른바 소프트웨어를 때맞춰 바꿔 끼우지 않으면 미개인이 되고 만다.

"용도야 전무님께서 비상하게 짱구를 굴려 개발하시겠죠. 떼 내고 뜯어 붙이는 용도 변경은 전무님 전공이잖아요."

굵은 눈썹의 개그에는 악다구니처럼 대드는 말투가 현저하다. 개성이라고 봐줄라니 성가시고 지루해진다.

"이 영어 문장은 말이 되나?"

"몰라요. 말이 되는지 어떤지 몰라도 뜻은 그럭저럭 통하잖아요."

"제멋대로 아냐?"

"주어, 동사가 목적어를 데리고 노는데두요?"

"영어식으로 눈알을 굴리고 노느냐 말이야?"

"일부러 엉터리 문장을 새겨넣는 것도 팬시 산업의 금과옥조라는 말도 어디서 들은 것 같은데요."

"말하기가 겁나네. 그렇든 말든 이 아이디어가 히트 치는 불상사가 생기면 책임지겠어?"

"정말 겁나네요. 무슨 책임을요? 요즘 세상에 누가 누구에게 무얼 책임져요? 시간이 말하고, 돈이 해결하고, 투덜대다 마는 거지요."

"기운 빼고 있네. 누가 선생인지, 책임잔지 모르겠어. 나는 내려와야 할까봐."

"내려오지 마세요. 다 학생이고, 기계와 수요와 돈이 선생이잖아요. 잘 아시면서."

"의도가 뭐야? 오더가 있었을 거 아냐?"

"메모지, 일기장, 편지지, 잡책 등을 염두에 뒀어요. 아동물 책에다가도 응용하고요. 다용도로 써먹어야, 그렇게 유행을 조장해야 매출이 꾸준하대요. 어릴 때 문구류야 초콜릿 이상 가는 필수 기호품이잖아요. 잡기장, 편지지 따위를 책처럼 만드는데 종이 낱장마다에 스티치를 박아 편리하게 뜯어 쓸 수 있도록 제작하겠대요."

"알아서 하지 머. 그러면 색깔이 별로 아닐까?"

"아, 심심해. 겨우 그 말 들으려고 이 수선을 떨었나. 이 보라색요? 일부러 파스텔 톤으로 은은하라고 깔아놓은 건데요."

"아주 음침하고 엉큼해. 밝지 않아. 나는 그렇게 보여. 자연 속의 보라색 꽃처럼 선명한 분위기가 확 달겨들지 않잖아."

"좀 앙큼해야잖아요?"

"몰라, 그렇다면 그런 거겠지 머. 다들 제 주의 주장대로, 제멋대로 사는 포스트모던 세상이라니까. 제 주장들이 뿔뿔이 다 맞다면 상식도 뭣도 안 통한다는 말인데, 그러면 반 이상이 틀린 말이잖아, 안 그래? 내 말이 틀렸나?"

"피곤하세요? 말투가 짜증스럽네요."

"아주 파근하고 짜증스럽고 무엇보다도 배가 고파서 이래. 상투어대로 죽을 맛이라고. 이것만은 확실한 내 의견이지 싶어."

"풀고 쓰다듬고 채우시지요. 간단한 걸 가지고 후지게 고민하시네요. 요즘에는 까다롭게 굴면 자기만 손해 봐요."

"까다롭지 않아. 물론 간단하지도 않고. 피로가 마음먹은 대로 제격 풀리면 무슨 걱정. 먹기도 싫고 내키지도 않으니 얼마나 어렵고 심각한 문제야. 나는 사람이고, 기계가 아니란 소리를 이렇게 어렵사리 설명해도 다들 못 알아듣는 데야 어째. 말이, 문학이, 미술이, 감각이, 이론이 무슨 소용이야. 안목과 분별이 여전히 미개 상태인데. 가르치기나 배우기보다 눈씨 개발이 먼저일 거야. 어제 오전에 했던 말을 공연히 여기서 되뇌네. 동어반복 증세니 비정상적이긴 하고."

"오늘 패브릭 쇼 보러 가실 거지요?"

"모르겠어. 어차피 곁다리로 따라가든지 말든지 해야겠지."

굵은 눈썹이 기계처럼 후딱 배는 밀어 넣고 젖가슴은 불쑥 들어 올리며 책상 서랍을 연다. 속살을 마구 드러내는 자의식을 보란 듯이 자랑하는 여자다. 먹다 남은 비스킷 봉지가 책상 위에 올려진다. 선정적으로 칠해진 빨간 손톱이 제법 고혹적으로 비스킷 봉지를 책상 모서리 쪽으로 밀어놓는다.

"혼자 끓여 먹고 사니 어때요?"

"아직 안 끓여 먹어 봤어. 좀 무료해질 것 같긴 하데. 기분이 그래. 겪어 봐야 실감이 어떤지 알겠지만."

"낭만적이고 좀 센티멘탈해질 것 같은데요. 곧 낙엽이 주룩주룩 떨어질 거고, 난방이 희미하게 들어오고, 커피포트에서 울려 퍼지는 물 끓는 소리가 새삼스럽게 정겹고."

"이류 소설이든가 삼류 영화를 만들고 있네. 그런 거 하나도 없어. 방금 빵조각 씹고, 커피 마시고, 담배 피웠는데, 그런 일상사가 까마득한 옛일처럼 느껴져. 정말 무슨 환상, 환각 상태에서 허우적거리는 기분이랄까, 도무지 머가 뭔지도 모르겠어. 동떨어진 곳에서 혼자 갇혀 지낸다는 것이 이런 건가 하고, 그 소위 자의식을 만끽하고는 있어."

"빨리 감정 전환을 하셔야지요."

굵은 눈썹은 지느러미 같은 옷자락이 삐죽삐죽 튀어나온 윗도리에 속곳처럼 풍성한 바지를 입고 있다. 바지 속에서 실룩이는 엉덩이는 밭일이라도 하고 일어서는 중년 부인의 그것을 빼닮았다. 음악회나 연극 공연장 따위에 데리고 다닐 만한 여자를 한사코 기리는 요즘 총 각들은 굵은 눈썹의 넉넉한 체구 앞에서 뜨악한 압도감을 느끼고, 좀 이상하네, 뭔가 어울리다 말다 하네 라고 생각할지 모른다.

그는 방금 천 리 밖 고도(古都)에서 올라왔다. 마지막 피서 행렬이 고 속도로를 빼곡히 메우고 있었다. 고속버스 같은 운송 수단이 옛날의 말을 대신한다는 고리타분한 연상을 줄기차게 떠올리며, 자신이 헐렁한 한복 차림의 중늙은이가 같다는 생각이 얼핏얼핏 떠올랐다. 적어도 세 시간쯤 후에 서울로 진입하면 어느 사립대학 지방 캠퍼스의 생활미술과 신임 전임강사에서 30대 후반의 활동적인 일러스트레이터로 돌변하리라는, 말하자면 시간과 장소와 작업에 따라 감정 처리를 원활히 해대는, 입이 싼 젊은 사내로 되돌아갈 것이라는 다짐을 쓰다듬기도 했다. 불과 한 달, 아니 열흘 전만 해도 그런 감정 처리를 그는 적극적으로 실천하던 스튜디오, 곧 작업장의 책임자이자 실무자였다.

후배 하나를 데리고 꾸려가던 열다섯 평짜리 작업실에서 그는 줄담배를 피워대며 동화나 위인전 따위를 경중경중 읽고 나서는 곧장 멀뚱거리는 돈키호테의 말, 백설공주의 치렁치렁한 원피스 자락, 처칠의 말 없는 코와 욕심 사나운 눈매 등을 열심히 모사(模寫)했다. 그림 한 장마다 돈이었다. 그것들은 사무실 임대료, 전화 요금, 아르바이트 보수, 승용차 유지비로 쓰였다. 돈이 말과 감정이 없는 것처럼 그도 그렇게 일했다. 에프엠 방송을 매시간 켰다가 껐다가 해대는 후배가 "형, 시끄러워요?"라고 물어도 그는 짐짓 못 들은 체했다. 달력 그림은 돈이 많이 걸린 일거리여서 계절이 바뀌었을 때야 그는 겨우 허리를 폈다. 그가 네 계절의 풍경화 열두 장을 알아보기 쉽고 푸근한 수

채화풍 그림으로 두 달 만에 다 그렸을 때 후배는 감쪽같이 오너 드라 이버가 되어 있었다.

하루걸러 한 번씩 오전 중에만 그는 떠버리가 되었다. 이른바 보따 리 장사라는 시간강사라서 어쩔 수가 없었다. 두 학교는 여자 대학이 었고, 한 학교도 여학생이 더 많았다. 그는 도판을 들고 습작품에 4B 연필로 쓱쓱 황칠을 해대며 약장수처럼 쉴새없이 지껄였다. 자신이 지금 무슨 말을 지껄이는지도 모르고 있음을 얼핏 떠올릴 때, 그는 늠 름하게 쓴웃음을 뿌리곤 했다. 그 뻔뻔스러운 요령을 오늘의 대학 제 도가 강제한다는 변명은 늘 번듯하고 온당했다. 강의가 끝나면 숙변 을 쏟아낸 변비 환자가 그렇지 않나 싶게 뒤가 홀가분했다. 조교에게 도 "날씬해졌는데"라든지, "옷이 날개야, 나도 봄이다 이거지?" 따위 의 재미없는 우스개도 곧잘 건넸다. 학교를 벗어나면 차 속에서 "사기 꾼이 유별난 사람도 아니야, 정도에 다소의 차이는 있겠지만"이라고 혼잣말을 우정 큰소리로 중얼거렸다.

팬시 사업에 미쳐 있는 동기생의 앙청에 따라 일주일에 두어 번꼴 로 굵은 눈썹 같은 '아이돌 팬시 아트' 회사 직원들의 작업량을 챙겨 주고, 보나마나 뻔한 그들의 아이디어에 팥고물을 묻혀 줄 때는 일에 치여 탈진한 사람의 몰골로, 말투에도 의도적으로 권위를 붙이느라고 시니컬한 어조에 강세를 주었다. 천가는 회사 안에서는 전무였고, 밖 에서는 사장으로 통했다. 전무가 그를 '공 이사'로 호칭하는 비상근 이었으므로, 스물두 평짜리 아파트를 전세로 내주고 서른세 평짜리 빌라형 연립주택에 세 들어 살아가는 생활비 일부를 벌고 있었으므로 그는 마지못해 "이게 그것보다 좀 낫잖아, 은근히 시선을 모은달까 그래. 시선은 결국 최종적으로 생각을 이어주고 재촉하는 도구니까" 식의 판정관이 되어야 했다.

심지어 밥집에서 냉면이 나올 동안에도 추리소설에 코를 처박고, 승용차 안에 무협지와 일본 검객소설 따위를 잔뜩 싣고 다니는 천가는 "꾀꼬리가 울 때까지 어떻게 기다려, 울게 만들어야지. 좀 바싹 쥐어짜줘"라면서 일과 돈에 열렬한 집념을 보이는 사업가였다. 그는 재담 비슷이 "잘 우는 새를 아예 두세 마리 사버리지 머"라고 응수했다. "사람이 없어. 누가 인건비 아끼겠대, 월급이야 얼마든지 협상으로 조율하겠다는데"라는 말은 천가의 입에 발린 헛소리였다. 그는 아무렇게나 씨부렁거렸다. "사람이 없는 게 아니라 아이디어가 없지. 컴퓨터만 두드리고 있으면 아이디어가 샘솟듯 떠오른다고 생각하는 게 병폐야. 컴퓨터가 사람 머리는 아니잖아. 머리도 없는 것들에게 공부하는 방법도 제대로 안 가르쳤으니 무엇을 어떻게 할 줄을 모를 수밖에. 요즘 똑똑한 애들은 숙제를 많이 내달라고 아우성이고, 동태 눈알들은 시간이 지루해서 미칠 지경이야. 서클 활동, 데모에 미쳐 돌아가는 것들은 놀기에 지쳐서 어쩔 줄을 몰라. 구호 복창, 화염병 투척, 전단지 카피 같은 놀이문화가 동어반복인 줄을 막상 모르고 있으니 지적 장애아들이지. 지진아든 장애아든 결국 나라가 관리, 제재를 가할 수밖에 없어, 선생이나 교과 과정을 나무랄 일이 아니라니까.˙선생이 무슨 죄졌어? 남의 말을 안 듣는데 무슨 교육이야, 사회적 분위기와 교단의 풍토부터 어떻게 바꿀까 고민해야지."

그는 사람을 일과 시간에 질질 끌려다니는 부류와 그것들을 앞장서서 끌고 가는 부류로 나누었다. 그는 일과 시간에 얽매여 살아가는 부

방황하는 내국인

류였으므로 여유도, 장래에 대해 이렇다 할 청사진도 없었다. 세 군데의 작업환경이 그런 만큼 그는 언제나 말처럼 콧김을 불어대며 헐떡거렸다. 일과 시간이 채찍이었고, 돈은 홍당무였다.

88서울올림픽 저지 투쟁, 6월 항쟁, 3당 합당 결사반대, 북방정책의 전면 수정과 공개, 뇌물성 금품 수수와 축소 수사의 시정 같은 시국 사안에 대해 그는 적극적으로 태무심했다. 그는 오래전부터 자신이 비정치적인 인간이라고 자임했다. 대학과 대학원에 다닐 때도 그는 이른바 학생운동권의 얼치기들 극성이 지겨워서 "나는 반체제주의가 지긋지긋해, 차라리 대세순응주의가 훨씬 만만하고 살가워. 편승, 기회주의, 얼마나 부드러워, 왜 머시 떫어, 나는 예술을 팔지 않아, 응용해서 바꿔볼 생각이고, 돈도 벌면 좋잖아, 어차피 다 그러고 말 텐데"라고 내심 우겼다. 세태를 거스르며 살아가는 그의 체질화된 뼈딱함이 오히려 그의 작업에 득이 되었고, 오늘의 자신을 지탱하는 허리뼈였다.

일을 하면 돈이 생겼으므로 그는 과도한 술값이 자신의 씀씀이에 차지하는 비중을 굳이 따지지 않았다. 돈보다 시간을 빼앗는 것들이야말로 시쳇말로 '대책 없는 망종'이라고 치부했다. 제2금융권에 속하는 어느 알짜 기업체의 달력 제작을 수주받기 위해서 그는 담당자들에게 향응을 베풀었고, 덩달아 한 호스테스를 알게 되었다. 부천 근방에서 요구르트와 우유 배달부 노릇을 하는 홀어머니와 고3짜리 남동생과 함께 산다는 그녀와 그는 가끔씩 몸을 섞고 지냈다. 언젠가 그가 "나는 아주 무책임한 사람이야. 부도덕한 덜렁이란 소리야. 잘 알지?"라고 자신의 한계를 농조로 털어놓았더니, 그녀는 어색한 문잣속으로 "현실주의자다 이거지요. 진작부터 감 잡고 있어요. 이기주의자들이 다 그래요"라고 받았다. 그때 그는 속으로, 야, 이것 봐라, 이런 경우는 굳이 퇴폐랄 것도, 타락이라고 할 것도 없겠는데 하고 쾌재를 불렀다. 그녀가 그를 진정으로 좋아하는지 어떤지도 알 수 없었고, 그에게 무엇을 기대하고 있는지에 대해서는 더욱이나 관심도 없었다. 결국 일은 돈이고, 돈은 타락을 부채질한다는 자성(自省)도 마력 좋은 말에게는 부질없는 말장난이었다. 더러 타락의 정도를 눈대중해보곤 했는데, 그것도 눈 가리고 아옹하는 식의 자기 호도거나 '적당한 낭비와 불가피한 지출'에 대한 변명일 뿐이었다. 누구에게라도 무엇이 무엇과 어울린다는 매파(媒婆) 분별력 같은 것이 있다면, 돈은 사람을 단숨에 타락시키는 매개 근성이 있었다.

그러다가 갑작스럽게 떠안은 지방 캠퍼스의 전임강사 자리가 그의 성마른 삶을 마구 구겨놓았다. 지방 의식 때문인지 '응용미술학과'를 '생활미술학과'로 고집하는 이면에는 사립재단 이사장의 딸이 실권을 행사하고 있기 때문이라는 소문이 들렸다. 둘러치나 메어치나 그게 그것이라 그는 괘념치 않았으나, 실권자의 자의식과 성품만은 한 번쯤 마주쳐서 점검해보고 싶었다. 어쨌든 다른 후배에게 임시로 책걸상을 고스란히 물려주었으므로 그는 낮 동안 앉을 자리도 없었다. 천가는 "잘 됐어, 강의를 월화수로 몰아버리고 목요일 오후에 바로 여기로 출근해서 주말을 서울서 보내. 서울 연락처를 여기로 잡고"라고 설쳤으나, 본심은 비상근에서 반상근으로 붙잡아두려는 낌새가 여실했다. 차를 물려받게 된 아내는 오히려 주말 부부, 이산가족이 될 처지에 설레는 눈치였다. 학교의 교직원 사택은 5층짜리 아파트였는데,

신참자여서인지 그의 것은 1층 구석에 붙박여 있었다. 교재용 참고도서, 옷가지, 식기 따위를 옮겼다. "웬만한 것은 사서 쓰세요"라는 아내의 말을 좇아 일인용 침대를 샀고, 그것을 어디다 놓아야 좋을지 몰라서 난감했다. 그때 그는 자신에게 결단력 같은 것이 많이 모자랄지도 모른다는 생각을 얼핏 떠올렸다. 더불어 돈이 생기지 않는 일은 차일피일하는 것이 이 세상을 살아가는 또 다른 요령이며, 편리성부터 따지는 것도 각자의 소양이나 취향이 좌우할 것이라는 곰삭은 생각도 더듬었다. 침대를 거실 한쪽 구석에, 곧 베란다 쪽 창틀 곁에 붙여 놓아두고 하루를 지냈다. 화요일 밤부터 목요일 오전까지 그는 완전히 멍청해져버렸다. 따분하다, 이 벽지에서 할 일이 무엇일까, 어리둥절하다, 여기서도 밥 먹고 살아질까 같은 말만 머릿속에서 얼쩡거렸다. 뒤이어 정말 수상하기 짝이 없게도 투덜거릴 일이 속속 불거졌다. 아내는 매달 일정한 액수의 돈을 써버려야 하는 그 직분상 무료와 권태를 체감할 수 없는, 그 좀 이상한 천성을 타고난 족속이 아닌가. 화장실에 간 사이에 10만 원짜리 수표 두 장을 핸드백 속에 떨궈줬는데도 일언반구가 없던 어느 호스테스의 내숭은 매도감이 분명하지 않나. 관광지 고도는 내게만 낯설게 다가오는가. 서울이 서먹서먹해지는 이 뜬금없는 느낌을 분석해보면 작업, 직장, 돈, 인간관계 등에 대한 소외감, 이질감, 초조감, 긴장감으로 설명이 될까. 이 모든 정서와 심정의 앙앙불락을 여름이라는 계절 탓으로 돌리자니 분하고 억울하다. 전임자는 왜 봄학기를 마치기도 전에 서둘러 그만두겠다고 했을까. 다음 학기부터 사진이나 영상 전문가를 대우 강사로 초빙해보자는 언질은 과연 믿어도 될까.

천가는 뒷차가 제대로 따라오는지 보려고 연신 백미러를 힐끔거린다.

"강의는 시작했어?"

"어제오늘 연거푸 오전에 꼬박 두 시간씩 때웠는데. 부실하기 짝이 없지, 머."

"머가 부실해? 학교야 학생이야 강의야? 학교야 선금받는 장산데 좀 부실하기로서니 누가 대들겠어. 좀 무책임해져야지. 따지는 놈들은 대체로 멍청이들이야. 똑똑한 학생들이야 지들이 알아서 찾아보고 공부한다고. 질문은 그 너머에 더 큰 의문이 도사리고 있다는 것을 모르고 지껄이는 허튼수작에 지나지 않아. 그러니 대답하고 가르쳐 주는 것은 비교육적이야. 서로 불신만 키워간다고."

"백번 지당하신 말인데 현장에서 실천하기는 어려워. 학과에 선생이라고는 하나밖에 없어, 나 말고."

"신설학과라며? 건질 만한 물건들은 좀 있어? 눈알이 바로 박힌 것들 말이야?"

"모르지 머. 이제 2학년뿐인데. 지방이라고 머리야 없겠어. 오정순이가 누구야? 이름 하나는 엉망으로 촌스럽네."

전임강사는 건성으로 카드처럼 예쁘장하게 만들어진 초대장을 들여다보고 있다. 초대장은 천가가 자청해서 만들어준 것이다.

"우리 세 해 밑이야. 넌 군대 가서 모를 거야. 이름만 촌스럽나. 얼굴이나 노는 짓거리는 더 시골스러웠지. 근데 미국물이 역시 좋긴 좋대. 몇 년 만에 땟물을 확 벗었더라고."

"결혼은 했어?"

"지 말로는 안 했다대."

"안 했다면 안 했겠지."

"그게 좀 우스워. 색 쓰는 소린지 무슨 말인지 나 결혼 안 했어, 진짜야 이러고 자꾸 강조한단 말이야. 지가 낳은 애를 우정 내가 낳았다고 강조하는 게 말이나 되는 소리야, 마찬가지 아냐?"

천가는 한쪽 손으로 핸들을 잡고 다른 손으로는 불두덩을 슬슬 어루더듬는다.

남의 말을 섬세하게 새겨듣는 버릇이야 나쁠 게 없겠으나, 광고의 영향 탓인지 말의 뉘앙스 속에 넘실거리는 수성(獸性) 같은 암내만 서로 맡고 풍기려고 기를 쓴다. 그러니 말의 진의는 날아가고, 의사 전달은 가뭇없어지고, 사람의 실상은 거죽 장식용 포장지로 바뀌고 만다. 말더듬이만 가지고 있는 큼직한 연체동물의 촉각 기능, 그 시위 놀음.

"권태기의 유부녀가 외간 남자 앞에서 나 불임 수술했어요 라고 말하는 거나 마찬가지겠지."

"아니, 머라고? 경험담이야, 비디오에서 들은 말이야? 그거 섹시한 상상력을 부추기는데."

마침 차가 신호등에 걸린다.

"좋아하지 마. 유부녀가 그딴 소리를 하고 있으니 순진해 빠졌다는 말이야. 고치 속에 웅크리고 있으면 다 바보가 되고 마는 거지. 오리지날로 누구한테서 들었어."

"머라고 했대?"

"머라고 하긴. 징그러워서 도망갈 궁리만 했대. 그런 숙맥이 머리나 몸은 오죽했겠어."

"하기야. 근데 이쪽은 늙어빠진 처녀야."

"패브릭 디자이너가 머하는 직업이야?"

"나도 잘은 몰라. 염직 있잖아, 옷감에 프린트해서 넥타이 같은 것 만들고 하는 거, 그거 비슷한 모양인데, 막상 내용은 엄청 다르다고 하대. 가보면 알 테지. 저게 실크 빌딩이야, 건물 하나는 우라지게 잘 지었네. 말하자면 옷감 자체의 미술화, 나아가서 공업화야. 옷 무늬라는 게 워낙 뻔하잖아. 한정되어 있지. 그럴 수밖에. 대량 생산해야 하니까. 베를 적당히 짜는 데만 맡겨둘 수는 없다, 그건 기술이다, 사람이 짐승도 아닌데 어떻게 기계에서 뽑아낸 옷을 걸치고 사냐. 거기에다 미적 감각을 전반적으로 가미한 옷을 입자, 머, 대충 그런 이야긴 모양이야."

"옷을 파는 대로 사서 입지는 말자? 좋겠지. 헌데 그것도 대량 생산하면 결국 그게 그거 아닌가? 공업화한다면서? 무슨 말인지 모르겠네."

"별종들 동네 이야기지. 미국에서는 그 디자인 공업화 판권을 사고 팔고 있대. 염직은 말이 안 된대. 천박하게 색실로 짠 옷을 입을 수는 없다 이거야. 요컨대 옷감을, 그 본바탕의 디자인을 극도로, 미술적으로 세련화한다는 거지. 미술적 발상을 베에다 그대로 입힌달까, 짠다 이거야. 그림 같은 옷 무늬를 유행시키는 첨단 의류산업이랄까, 머 그래. 이해는 가는데, 긴가민가해서 촌스럽게 개 안면을 빤히 쳐다봤더니 머리가 너무 나쁘다고 그러대."

"베로 짠다, 미술을, 디자인 예술을 말이지?"

"그렇대. 우리나라에서야 씨가 먹혀들겠어. 옷감도 비싼 실크라야

만 먹힌다는데. 비단에 무늬 새기는 거야 옛날이 더 정교했잖아. 정순이 말로는 우리 김치 동네의 의식주 관행이 아직도 한 발자국도 나아가지 못했대. 여전히 천박하다고 그래. 어차피 온 세계가 미국의 발상을 베끼면서 살게 돼 있다니까 그러려니 해야지. 돈이 보인대, 지 말로는."

정사각형의 소위 '블랙 미러'라는 판유리들이 빌딩의 전면을 깡그리 뒤덮고 있다. 환상을 분식하는 일러스트레이터는 패션쇼라는 실물을 본 적이 없다. 건물 입구는 벌써 차산차해다. 관음죽 같은 대형 축하 화분이 즐비하게 널려 있다. 어느 여자 고등학교 동기회에서 보낸 화분이 유독 눈에 띄는 자리에 놓여 있고, 그 목걸이에 붓글씨로 새겨진 '축 발전'이 과연 일러스트레이트다운 발상이어서 우습기도 하고, 한편으로는 진지해서 보기 좋네. 정진을 거듭해, 네 역량을 믿어, 성원할거야 라며 강다짐을 놓는 듯하다. '발전'의 내용이야 어떤 것이든 그 주인공이야 당당히 있을 테니까.

1층의 로비는 번들거리는 수입품 대리석 바닥 때문에 더 넓어 보이고, 한가운데는 나선형 계단이 칡넝쿨처럼 상층으로 기어 올라가고 있다. 등짝과 맨 팔뚝을 드러내놓은 여자들이 곳곳에서 무리 지어 우물쭈물하고 있다. 이런 모임에서 내국인들은, 특히나 기혼 여자들은 영락없이 어릿거리는 촌닭이다. 그 부자연스러운 몰골은 차마 마주보기가 쑥스러울 지경이다. 두드러지게 눈에 띄는 옷을 걸친 것들이나, 화사한 화장 덕을 보는 것들이나, 뚱뚱이인 주제에 목걸이, 팔찌, 귀고리 따위를 큼지막한 걸로 주렁주렁 달고 거들먹거리는 것들은 더 꼴불견이다. 그나마도 동행자 옆에 버섯처럼 다소곳이 붙어서 있는 축이 훨씬 낮게 보이지만, 그들도 아는 사람과 인사를 나누면 곧장 공연히 엄숙해지고, 쓸데없이 남을 의식하느라고 두리번거리게 마련이다.

승용차를 두 대나 몰고 온 굵은 눈썹 일행이 시끄럽게 다가온다.

"왜 안 올라가요? 2층 쇼 룸이에요."

누군가가 큰 소리로 지껄인다.

"냉방이 안 되잖아. 이런 건물에 냉방시설이 없나? 설마. 별꼴이네. 여긴 어느 동네야. 이북 흉내 내는 거야 머야, 도대체. 뭘 색다르게 연출한다 이건가?"

그러고 보니 로비 입구의 유리 문짝들이 활짝 열려 있다. 손수건으로 얼굴 여기저기를 조심스럽게 꼭꼭 찍어대고 있는 축하객도 여럿 보인다.

"전기가 나갔나 봐요. 불이 없잖아요."

"점점 웃기는데. 이런 건물에 전기 고장이라니. 몇 층짜리 건물이야?"

"10층이래요. 자가 발전기도 없나 보지요?"

여름이라 오후 여섯 시 반이 지났는데도 아직 밝기는 하다. 그것보다 이제는 다들 불보다 냉방을 더 찾고 있다.

2층은 범굴 안이다. 뜨거운 열기가 사방에서 혹혹 끼친다. 시커먼 사람 장벽이 입구를 철통같이 가로막고 있다. 무대 뒤쪽에는 촛불 같은 것이 밝혀져 있는지 희미한 빛이 흐느적거리며 새어 나오고 있다. 무대 앞에는 두 다리를 쫙 벌리고 있는 듯한 통로가, 번질거리는 색동 비단 천으로 천박하게 포장되어 있다. 어두워서 관객들이 말과 행동

방황하는 내국인

이 고루 가만가만해서 그나마 엄숙미를 드리우니 다행이다.

"이게 도대체 무슨 해프닝이야?"

굵은 눈썹의 짜증에 전임강사는 의미심장하게, 전무는 어른스럽게 꾸짖는다.

"전도가 암담하다 이거야."

"가만있어 봐, 이것도 퍼포먼스의 일부일지 몰라. 그렇지 않고서야, 촌티 내지 마. 미국에서 배울 만큼 배우고 온 초일류 패브릭 디자이너야."

"미국 쇼 한번 유별나네. 정순 언니는 왜 코빼기도 안 비쳐?"

저희끼리 소곤거리는 소리가 들린다.

"정말 그런 거야? 정말 이런 게 퍼포먼스야?"

"답답해서 하는 소리지 머."

"정말 답답하네. 찜통이야 찜통. 오 선배는 어디 갔어? 배탈이라도 났어, 머야 도대체."

"초대장 만드느라고 밤샘까지 시켜놓고. 이렇게 홀대해도 되는 거야."

촛불이 여기저기서 좀 밝혀졌는가 싶은데, 작은 물체 하나가 또르르 굴러오며 소란을 피운다.

"천 선배 왔어? 정말 속상해 미치겠어. 아니, 이런 건물이 오늘따라 정전이라니, 이게 도대체 무슨 돈 주고도 못 살 해프닝이야. 옘병할. 엿이나 먹어라지. 김치쪽들은 할 수 없다니까. 물덤벙술덤벙이야. 아직 곳곳에 구멍이 숭숭 뚫려 있어. 거죽은 훤한 개칠을 잘하면서 속은 곪아 썩어 있다니까."

천가와 악수를 나누고 나서 재잘재잘 지껄이는 오늘의 주인공은 거의 난쟁이에 가깝다. 머리도 인형처럼 작다. 굴러다니는 도토리다.

"아니, 나는 이것도 퍼포먼스로 알았지. 기발한 아이디어라고. 아니란 말이야? 시커먼 한증탕 속을 실크 옷걸이들이 유령처럼, 연기처럼 오락가락할 테니 조음 환상적일까. 가슴 설레는 풍경 아냐?"

"능청 떨고 있네. 천만 원 이상 깨지는 데뷔 쇼인데 설마…"

"언제 시작하는 거야? 후딱 해치워버려."

"곧 할 거야. 조명을 못한대요. 전기 기술자가 밧데리 가지고 와서 영상 쇼는 어떻게 비치도록 했나봐. 참, 저 구석 안에 맛있는 거 잔뜩 준비해놨어. 마구 집어먹어버려. 이미 개판 다 됐는데 머. 옘병할 놈의 된장들 같으니라고."

피곤에 절어 있는 전임강사는 먹을 것이 있다는 말에 귀가 번쩍 뜨인다. 꼬박 하루 동안 씹은 것이라고는 고속도로 위에 서서 사 먹은 어묵 한 사발이 고작이다. 콜라, 주스, 커피 따위로 그때그때 허기를 때우며 그는 줄곧 배고픈 도시인, 씹기를 한사코 거부하는 거식증(拒食症) 환자, 사냥에 허탕을 치고 집으로 터벅터벅 걸어가는 원시인 등을 무딘 필력으로 소묘하고 있었다.

"이따 봐. 여기 있어. 내가 모시러 올 때까지 꼼짝 말고 있어, 응?"

"어디 가? 인사해. 공 선배야. 내가 자주 말했지?"

"이 시커먼 데서? 아, 본 것 같애. 뭘 잃어버리고 두리번거리는 인상이 옛날 그대로야. 사람은, 한국은 변하지 않아야 고향같이 제격이야. 아예 잊어버리세요. 잃어버린 건 다시 사면 돼요. 이따 끝나면 술 좀 사주세요, 네? 화딱지 나는데 술이나 왕창 퍼마셔야겠어. 이해하시죠 응?"

고도의 원주민이 되고 만 전임강사는 평소에 여자와의 악수를 적극적으로 피하는 편이다. 군이 이렇다 할 이유가 있어서라기보다 그냥 땅바닥에 엎드려 일만 하는 농사꾼의 폐쇄성, 비사교성이 몸에 배서 어쩔 수 없다고 치부하지만, 여자의 손에서 옮겨 묻은 화장품의 끈적거림이 거슬려서 후딱 손을 씻고 싶은 증이 싫어서이다.

갑자기 견고한 무대 벽에 밝은 빛이 번듯하게 비친다. 어디선가 "됐다, 됐어"라는 소리가 들리고, 곧바로 멀티슬라이드가 벽면에 가득히 펼쳐진다. 동시에 타악기 소리 위주의 아프리카 원시 음악 같기도 하고, 악만 바락바락 내질러대는 고고 음악 같은 음률이 귀청을 찢어놓을 듯이 쏟아진다. 의자도 없어서 관객들은 음흉한 장승 같고, 그 그림자 같기도 하다. 실내는 한층 더 캄캄해지고 더 덥다.

벽면에는 오정순의 약력이 영어와 한글로 줄줄 흘러내린다. 1954년, 1973년, 1977년, 1979년, 1982년, 1984년, 1986년, 1988년, 출생, 입학, 졸업, 도미, 수학, 출품, 판권 획득, 디자인 쇼 개최, 입상, 수상. 배면의 풍경이 후딱후딱 바뀌어 간다. 붉고 누런 낙엽이 맑은 개울물 가두리의 너겁처럼 잔뜩 떨어져 있다. 포도송이가 주렁주렁 매달려 있는데, 갈고리 같은 기다란 손이 불쑥 올라와서 그중 하나를 슬그머니 딴다. 비키니 차림의 팔등신 미녀가 겨드랑이를 활짝 드러낸다. 서양 모델 아가씨가 게슴츠레한 눈을 껌뻑이지만, 그 깡마른 조각미에는 어떤 선정성도 달라붙어 있지 않다. '투나잇, 투나잇'이라는 절규가 시커먼 시공간을 울려대서 그나마 그 메아리가 진하게 어울린다.

멀티슬라이드 쇼가 끝나자 바로 패션쇼로 이어진다. 모델들이 연이어 들락거린다. 하나같이 깃이 깊게 파진 실크 원피스를 걸치고 모델 특유의 리드미컬한 걸음걸이로 오락가락한다. 돌아설 때마다 흐느적거리는 허리통이 탄력 좋게 생긴 엉덩이의 볼륨감을 맵시 있게 채고, 짐짓 쌀쌀맞은 교태를 마구 흩뿌린다. 눈들은 환등기 조명 같은 것을 받아서 촉기가 똑똑 흐른다. 얼굴은 뽀얗게 덧칠을 입혀놓아서 탈바가지처럼 메마르고 핏기가 없다. 입술은 빨갛거나 질흙 색이다. 눈길을 내둘리지 않고 불빛만 쫓고 있는데, 실습과 실연을 실컷 쌓은 흔적이다.

몸뚱어리가 빼어나게 잘빠진 여자들이 오로지 다리품으로 밥을 벌어먹고 산다니, 희한한 직업이다.

녹색 위주의 디자인은 포도 넝쿨의 기하학적 단순화인 듯하다. 묽은 갈색, 밝은 황색, 칙칙한 적색 기조들을 잔털, 톱니, 물방울 같은 무늬가 파먹고 있다. 흰색과 바탕색 중 어느 쪽이 무늬인가. 낙엽인 듯하다. 무슨 열매 같기도 하다. 이국적인 정서가 미상불 패브릭 위에 배여 있다. 여자의 신체를 소중한 도자기처럼 어르고 매만지며 톺아보는 몰취미를 대중 속에 그대로 드러내는 상술이라니, 과연 기발한가. 우아하면서도 한껏 들떠 있고, 비슷비슷한데 분위기는 완연히 다르고, 낡은 것 같은데 첨단적인 기상은 늠름하다. 바이킹족의 굵은 허리띠가 의외로 강인한 여체의 신선미를, 역도 선수의 튼실한 육체미를 즉각적으로 방출하고 있다.

한 마디로 단정하면 옷이 옷 같지 않다. 옷이 옷 같으면 식상하고 진부해서 곤란하지 않냐는 것이 패브릭 디자이너의 발언인 듯하다. 옷마다 어떤 느낌은 선뜻 와닿는데 막상 그 분위기는 오리무중이라면 그 첨단적 작업 일체를 여전히 무시하고 있다는 소리일지 모른다. 오늘날의 모든 예술 행위는 일단 거부할 수 없다는 사회적 강박이 너무 드세서 탈이긴 하다. 어처구니없는 예술의 전성시대다. 남이 몰라도 좋다는 작가 중심주의는 일단 관객의 감상력을 백안시함으로써 기고만장을 누리는데, 그 폭력도 결국 관람의 호응도에 기대고, 그 기생은 야합의 경지로 치닫지 않을까. 그에 비하면 일러스트레이터는 얼마나 고분고분하고 자상할뿐더러 굳이 이해를 강요하지도 않는다. 삽화는 어떤 설명도 덧붙이지 않는다. 오히려 그 아첨이 군더더기임을 자각하는 드문, 그래서 '노골적인 장르' 라고 자부할 만하다.

"저 옷들을 모두 오가 만들었다 이거지?"

"봉제공이 만들었지, 미싱을 돌려서."

"색상, 무늬, 디자인 말이야?"

"기계가 원본을 보고 수놓듯이 새겨넣었을걸."

"예술이다 이거지?"

"실용적인 예술이지. 우리가 학교에서 배워서 외운 대로라면 미국의 생활 원리가 저런 실용 제일주의 아냐. 움직인다 이거야. 대중 사이를. 현란한 옷의 미술적 성취가."

"배가 고파 미치겠어. 거의 고문인데."

"아픈 고문은 알겠는데, 고픈 고문은 좀 난해하네. 참아야지, 별수 있나. 이제 본격적으로 패브릭 쇼에 스카프 쇼가 펼쳐질 차례야."

"나체에다?"

"환상을 깨. 저기 나오네."

"하나씩 걸치고 두르긴 했네. 로마 제정의 그 두루마리 옷을 그대로 옮겨놓았잖아."

"그건 그냥 하얀 천 쪼가리였을 걸."

"저쪽은 아라비안 나이트에 나오는 폼이고. 저것도 실크라면 실용성이 있을라나."

"매끄럽고 촉감이 피부처럼 좋으면 그뿐이다 이거야. 환상적인데. 옷은 이제 추위, 더위와는 아무런 상관도 없는 가리개일 뿐이니 지 개성이 꼴리는 대로 걸치고 생활하자, 말이 되잖아. 인류의 의류 변천사가 이제야 겨우 이 지경에 이르렀어."

"디자인을 보러 왔잖아."

"빵조각이라도 씹어."

"동행이 있어야지."

"가보지 머. 우글우글할걸."

"모델들이 어째 사람 같지 않아."

"예쁘다는 거야?"

"얌체 같은 것들이 일부러 쌀쌀맞게, 신비스럽게 보이려고 잔뜩 빳빳한 아양을 떨어대고 있잖아. 아양은 달콤하고 부드러워야 하는데 말이야."

"아무려면 어때. 어차피 아양은 누구에게나 필요악인데, 미술이든 예술이든 문학이든."

이제 다들 어둠에 눈이 익어 훤한 불빛 같은 거야 없어도 상관없다는 투다. 그런데 한쪽 구석, 곧 무대 뒤에 붙어 있는 기다란 주방 같은 곳으로 들어가자 또 와락 시커먼 열기가 앞을 가로막는다. 탁자 위에는 촛불들이 가끔씩 호들갑스럽게 팔락거린다. 그 밑에는 꽃 같은 과자와 탐스러운 부피감을 뽐내는 갖가지 빵들이 제가끔 무더기로 소복소복 쌓여 있다. 그것 역시 음식 같잖다. 모든 사물이, 아니, 어떤 생산품이라도 화장하듯이 곱상한 기교를 처발라야 행세를 할 수 있다. 벌써 은박지 쟁반을 들고 소곤거리는 여자들로 실내는 바글바글 비좁다. 여자는 실내를 답답하게, 후텁지근하게 만든다. 그러니 여자는 무더위 그 자체다. 루주가 지워져서 얼룩이라도 날까 봐 입술을 꽃봉오리처럼 오므려대지만, 쓸데없는 아양일 뿐이다. 이런 다과회도 인사치레를 빙자한 기교일 것이다. 허식은 기교와 아양을 낳고, 기교는 허식에 세련을 덧입힌다. 무익한 기교의 과분비 시대다.

어느새 무대 앞 객석이 썰렁해져 있다. 모델들이 밟고 다닌 색동천 두루마리가 둘둘 말려진다. 페브릭 디자이너는 고개를 비쌱 젖히고 신문기자인 듯한 투박스러운 여자에게 받아쓰기를 시키고 있다.

"미국에서는 이런 패브릭 쇼가 보편화되어 있습니까?"

"가아먼트 쇼, 흔히 패션 쇼라고 하지요, 그것과 보통 병행해요. 오늘처럼요. 그럴 수밖에 없기도 하고요."

"옷이 뭐예요, 특히 여성에게?"

"설명하려면 아주 복잡하고 길어지는데요, 대충 간단히 간추리지요. 실용성이란 차원은 고픈 배를 채우는 원시 상태를 의미하니까 일단 접어두기로 하고요, 영양가를 따져야 하지 않겠어요. 단백질, 비타민, 탄수화물을 골고루 갖추고 있으면서도 각자의 기호에 맞아야 해요. 빵을 즐기거나 국수를, 밥을 상식하거나 취향은 존중해야지요. 따라서 옷도 이제는 제2의 피부로서 또 제3의 자연식으로서 그 미감의 효용성을 최대한으로 살려야 해요."

팬시 사업가 천가가 끼어든다.

"잠시만요, 적당히 따서 쓰세요." 신문기자는 충분하다는 듯이 취재 수첩을 접는다. "어디로 갈 거야? 파티 있다면서."

"당연하지. 무슨 소리야? 출출하지? 망했지? 난 잘 모르잖아. 근사한 데 좀 안내해. 흔들며 춤추는 데 있다며? 그런 데서도 먹을 거 팔지?"

"먹는 것도 여러 가지야. 종류가 다양해. 비타민, 동식물 등등, 라이브 쇼 빼놓고는 다 있어."

"일차로 먹는 데부터 가야지. 보는 건 나중이고. 김치볶음밥 같은 게 먹고 싶어 미치겠어. 풋고출 된장에 듬뿍 찍어 먹고 싶고."

패브릭 디자이너는 머리를 바싹 치켜 깎아놓고, 거기다 무스 같은 걸 번들거리도록 발랐는데, 그게 비인격적 광기(狂氣)부터 앞세우며 자칭 귀재인 체하는, 아직 추상화도 몰라, 인간의 복잡한 심리를 아무렇게나 해석하는 묘미를 모르다니, 참 답답하네 하며 어기대는 꼴을 닮았다. 키도 작아 치마랄 것도 없고, 가슴팍이 훤히 드러나는 남빛 티셔츠 위에 연한 곶감 색 윗도리를, 그 헐렁한 소매가 하필 팔꿈치에서 중동무이가 되고 만 홑옷을 걸치고 있어서 미상불 맹렬 여성으로 돋보인다. 역시 옷도 사람처럼 기능만으로 구실을 다하는 보신용(保身用)이 아니라 위장용이다.

천가가 코미디언처럼 몸을 과장스럽게 기울여 그녀의 귀에다 대고 오히려 큰소리로 묻는다.

"아까 그 모델들 오늘 출연료가 얼마야?"

"한 사람당 60만 원일 거야. 그게 여기 공정 가격이래. 퍼포먼스까지 전부 다 맡겼어. 이름 없는 일류들이래."

"니 옷이 이게 뭐야? 걔들처럼 하늘하늘한 거라도 좀 걸치지."

"난 도토리 같아서 내 디자인이 안 어울려. 내가 모델인가 머. 전공이 다르잖아."

"가, 많이 먹고 마시고 떠들고 웃고 흔들러 가."

"그래, 앞장서. 어쨌든 끝났어. 망하니 이렇게 홀가분하네."

"안 망했어. 그렇게 최면을 걸어. 첫술에 배부를까."

"격려야 위로야? 아무거나 고마워."

탈바가지처럼 눈썹이 이마 한가운데로 높직이 올라붙어 있는 작자가 퍼포먼스 연출가이자 모델 조달책이다. 자신의 별난 직업을 얼굴과 함께 억지로 기억시키겠다는 듯이 턱수염까지 지저분하게 기르고 있다. 얼굴도 희지 않고 코밑수염도 살가죽이 듬성듬성 드러날 정도로 엉성궂어 어울리지도 않는다. 그의 머리 위에는 텔레비전 수상기가 매달려 있고, 검은 그물이 팽팽하게 조이고 있는 크고 예쁜 엉덩이들이 당장이라도 화면 밖으로 비어져 나올 것 같은, 그 희끗희끗한 망점이 파르르 떨어대는 음란한 클로즈업이 들썩거리고 있다. 그 선정적 동영상을 유심히 쳐다보는 사람은 고도에서 올라온 외지인밖에 없다. 패브릭 디자이너는 천가의 입에다 숟가락을 쑤셔 넣고 있다. 외지인은 케첩을 잔뜩 처바른 오므라이스를 포식한 뒤끝이라 그 포만감으로 노작지근하기 이를 데 없다.

외지인의 귀에 술잔 부딪치는 소리와 다를 바 없는 소음이 어지럽게 달라붙는다.

"숟가락에 침 좀 묻히지 마, 더러워. 한 사람에 60만 원씩이요? 개들 고생해요. 누가 떠먹여 달랬나. 두어 시간 좋은 옷 입고 오락가락 하고서는. 어떡하든지 부모 잘 만나야 해. 리허설을 얼마나 한다고요. 오픈 직전에는 다리가 퉁퉁 부어요. 화장품값도 안 나와요. 싫지 않으면서 괜히 투정이야. 아, 아, 아 해봐. 마저 먹여줄게. 직업 자체로는 안정적이고 장래성도 밝아요. 배우들보다요? 한철뿐이잖아요. 부인들은 옷 안 입습니까, 늙은이도 옷은 입을 거 아녜요. 수요만 다소 떨어질 뿐이지만. 그것을 늙은 모델들이 입어야지요. 야, 손가락 좀 치워. 냄새나. 무슨 냄새? 화장품 냄새지 무슨 냄새야. 저건 머야? 후지네. 포르노 없어? 밝히고 있네. 빌려다 봐. 그래도 알짜 실연(實演)인 모양인데. 오해받기 싫어. 무슨 오해? 자폐성 마스터베이션 매니악이란 정신병이 있어. 그게 왜 정신병으로 분류되지? 지독한 정신병이래. 몸까지 황폐해져 가는. 얼마나 순수하고 좋아. 나는 우울증, 신경쇠약증 같은 정신병을 적극적으로 이해하고 싶어. 아니, 옹호하고 싶어. 돈만 게걸스럽게 밝히는 치들보다 훨씬 정서적이고 인간적이란 생각이 들어. 막연하지만 막연한 게 얼마나 신빙성이 다분해. 그게 남에게 피해를 안 끼칠 때만, 또 정상적인 사회활동을 스스로 영위할 수 있는 한에서만 유익하다고. 그 정도를 넘으면 엄청난 사회적, 개인적 지병에 중병이 된다 이거야. 일종의 범죄지. 죄악이고. 심각한 사회적 장애물이야. 이 세상이 어차피 사람들을 돈벌레로 만들고 있는데, 또 섹스 불감증이 만연해 있는 판에 개인적 지병만 정신병이네 머네 해대며 호들갑스럽게 악으로 몰아세우고, 따로 격리해두고 하면 곤란하잖아. 어쨌든 정상적이 아니잖아. 그러니 심각한 거야. 세상이 정성적이 아닌데도?"

마침 텔레비전 수상기에서는 두 여자가 교접 흉내를 벌이고 있다. 한쪽 유방이 바닥에 짓뭉개지다가 몸을 뒤채자 탄력감 있게 부풀어 오른다. 고무공처럼 신축이 좋은 그 뭉치를 철사 같은 기다란 손가락들이 마구 짓주무른다. 엉덩이가 덩실하게 치켜 올라가고, 개처럼 뒤에서 교접하는 시늉을 하려는데 화면이 뿌옇게 흐려진다.

검은 바지 위에 눈부신 흰 와이셔츠를 받쳐입고 검은 나비넥타이로 목둘레를 단단히 조인 젊은 사내가 쟁반을 들고, 텔레비전 수상기 아래의 문을 열고 들어선다.

"좀 치우께요."

"그래, 빨리 치우고 맥주 더 줘. 샴페인도 한 병 까자. 전화기도 가지고 와."

"여기 단술 같은 거 안 팔아요? 쌀이 동동 뜨는, 콜라에 질려서."

일제히 가식의 웃음을 터뜨린다.

"언니는 못 말려. 기발해. 진짜 이런 데서 단술 팔면 히트 칠 거야."

"미국 촌놈, 표 내고 있네."

"꽤 동화적인데, 토속 음식과 맥주와 샴페인, 그럴듯한 조합이잖아."

"전무님, 미국 촌놈이 말이 됩니까, 우습잖아요."

"왜 촌놈이야, 촌년이지. 나는 뉴우요오크 촌년이야. 아이 러브 뉴우요오크, 아이 라이크 맨하탄."

"안주는요?"

"과일로 줘. 큰 걸로 세 개."

패브릭 디자이너가 탈바가지에게 말한다.

"수고하셨어요. 드세요. 오늘 밤 실컷 취하세요."

"오늘 같은 패션 쇼는 정말 처음이에요. 그런 좋은 건물이 전기시설 하나 제대로 안 갖췄으니. 모델들 오늘 땀깨나 흘렸을 거예요."

"됐어요. 잊어버리세요. 피곤하신가 봐요. 오늘따라 눈이 더 졸리는 것 같애요."

"내 눈이 원래 그렇게 생겼잖아요. 쪽발이, 게이샤 닮았대요."

"이색적인데요 머."

"중학교 때부터 내 별명이 자부래미였어요."

"자부래미? 무슨 말이야?"

"잠꾸러기란 사투리야."

"좀 달라, 경상도 사투린데 아무 데서나 꾸벅꾸벅 잘 조는 사람이 야."

"그게 그거 아니에요."

"늦잠꾸러기와는 다르단 말이야."

탈바가지가 웃지도 않고 천연덕스럽게 말하기 시작한다.

"대충 그런 뜻인데, 중학교 때 미술선생이 웃겼어요. 여름방학 직전 인데 점심 먹고 나서 5교시에 미술 수업이 있었어요. 한참 달게 졸고 있었더니 미술선생이 가만히 다가와서 내 여기 눈두덩에다 물감으로 까만 눈알을 그려주더라고요. 그러면서 더 자, 더 자 이러는 거예요."

다들 허리를 출렁이면서 웃어젖힌다. 패브릭 디자이너는 천가의 어 깨에다 몸을 비비다가 품 안에서, 무릎 위에 엎어져서 버둥댄다. 천가 도 눈물을 질금거리며 웃는다.

"그래서 더 잤어요?"

"야, 걸작인데. 그 교실 풍경 한번 환상적인데, 그렇잖아? 생생한 동화가 살아 있잖아."

"잠이 옵니까. 급우들이 와글와글 웃고 있는데. 창피해서 눈만 내리깔고 있었지요."

"어떤 눈을요? 눈이 각각 두 개씩이잖아요."

"진짜 눈이지요. 그려 붙여준 눈이야 말뚱말뚱 뜨고 있었겠지요. 그랬을 거 아녜요, 내 진짜 눈이야 그걸 어떻게 볼 수 있나요."

"야, 탁월한 코메딘데."

문이 벌컥 열린다. 담배 연기가 자욱이 빠져나가는 그 너머에는 비키니 차림의 팔등신 미인 두 사람이 발을 조작조작 떼어놓으면서 두 팔을 활갯짓해대고 있는 회전무대가 보인다. 그 아래에는 건들거리는 어깨들이 빼곡하고, 천장에서는 그야말로 환상적인 조명등이 쉴새없이 휘돌아가고 있다. 샴페인 병이 경쾌한 소리를 터뜨리고, 하얀 거품을 부글부글 끓여 올린다.

외지인은 넘실거리는 풍요, 출렁거리는 도발, 흐느적거리는 성희 속에서 자신의 의식이 까물까물 잦아들고 있다고 느낀다. 아랫배가 꿍얼거리는데다 방귀가 나올 듯 말 듯해서 신체적으로는 저절로 긴장의 끈을 늦추지 못하고 있다. 매번 맞닥뜨릴 때마다 거의 발악 같은 세태의 한 단면이 시커먼 벽면 같은 압도감으로 바싹 육박해 오지만, 그 느낌은 차츰 무력감, 허탈감을 부추길 뿐이다.

다들 술잔을 치켜든다.

"자, 자, 들어."

"위하여, 위하여."

"축하합니다."

천가가 무선전화기를 손가락질하며 누구에겐가 말한다.

"그 전화기 좀 줘봐."

패브릭 디자이너가 전화기를 건네받자마자 한쪽 구석으로 던져버린다.

"지겨워. 전화질 좀 하지 마. 전화 없이 꼬박 57일을 살아봤는데 그렇게 편할 수가 없었어. 미국 심장부에서 말이야. 자, 자, 사담하지 말고 흔들러 가. 고고는 세계 공통어야."

서로 눈들을 맞추다가 오늘의 주인공과 술값을 낼 천가가 손을 잡고 일어서자 엉거주춤하니 기동들을 하기 시작한다.

"자, 자, 나가자고. 야, 전임강사, 넌 안 출 거야?"

"배가 아파."

"고문을 자청하고 사니 할 수 없네."

곧장 실내가 텅 비어버린다. 쿵작거리는 음향에 실내가 기우뚱거리다가 흔들린다. 소파 위에 나둥그러진 전화기가 놀란 듯이 삑삑거린다.

외지인은 재잘거리는 무선전화기를 노려본다. 무슨 소리도 들리고, 과장을 잔뜩 버무려놓은 삽화 같은 광경도 얼른거린다. 방금까지 술상 앞에서 가느다란 국수 가닥을 후루룩거리던 여자가 전자 기타의 반주에 맞춰 청승맞게 "돈, 돈, 돈, 원수의 돈" 어쩌고 하는 신파 뽕짝을 불러 젖힌다. 그녀가 이제는 침대 위에서 졸린 목소리로 "그냥 가세요, 차비도 순정도 있다고요"라며 돌아눕는다. 아직 칠흑 같은 새벽의 썰렁한 도로에서 택시를 기다리며 "동생이 과기대(科技大)에만 들어가면 나도 아무 남자나 잡아서 시집 갈라고요. 자식을 셋만 낳아 내 손으로 키울 거예요. 남자들이야 무슨 힘이 있어요, 늘 빌빌거리고 툴 툴대다가 남 핑계에 시절 탓만 늘어졌지, 무능하잖아요"라고 말하며 딴에는 뻐젓한 성깔을 드러냈다.

그새 외지인의 얼굴이 탈바가지처럼 딱딱하게 굳어진다. 텔레비전 수상기는 몸을 마구 흔들어대는 뭇 선남선녀를 비추고 있다. 외지인 은 도리머리를 한참이나 내둘리다가 가라앉는 배처럼 모로 픽 쓰러진 다. 바닥은 물론이고 천장까지 출렁거린다. 외지인은 '여기가 어디 야'라고 속으로 되물으면서 배를 끌어안고 뒤치락거리기 시작한 다.(482장)

↓

**군소리 1** – 1990년 연말부터 그 이듬해 여름까지 단편 청탁을 받는 대로 속속 써서 발표한 후, 바로 신작 중편소설집으로 묶어냈다. 각각 이 계절별로 별개의 이야기인데도 풍자와 세태비판이 어우러지도록 나름의 분위기를 띄우느라고 애를 쓴 작품이다.

**군소리 2** – 별개의 내용/색조가 한 제목 아래서 동거하는 '형식'을 장 편소설로까지 연장, '끝을 보려고' 숙고를 거듭했고, 그 결과는 이후 의 몇몇 장편에 드러나 있다.

**군소리 3** – 단편이, 또 대하소설이나 장편이 이 시대와 보조를 맞출 수 있는지는 작가의 소설관과 연동할 것이고, 나름의 장르/형식을 개 발, 변주하려는 모색은 필지인 듯하다. 그렇긴 해도 기왕의 형식에 대 한 습관적 추종/반발이 문장·문투의 완강한 보수성 앞에서는 늘 기 신거려서 속을 끓일 뿐이다.

# 아득한 나날

1

수많은 시간이 흘러갔다. 새삼스럽게 덧없다는 생각도 들고 아득하게도 느껴진다. 이제부터 나는 그 흘러간 시간의 갈피를 글로써, 기억에 기대서 뒤적거려 보려는 참이다. 내 몰골이 흡사 점자 도서관에서 손가락 끝에 온 촉각을 곤두세우며 점자를 읽는다기보다도 흐리마리한 기억을 더듬고 있는 장님이 이렇지 않을까 싶기도 하다. 하기야 누구라도 때때로, 또 한때는 장님으로 살아가게 되어 있는지 모른다. 아니, 여느 선남선녀들도 더러, 이런 경우에는 어쩔 수 없이 눈뜬장님으로 살아가고 있다며 자신의 무능을 개탄하고 있을 게 틀림없다. 어떤 목적지로 이끌어주는 지팡이도 없으려니와 자신의 지각이나 감성이 얼마나 무뎌져 있는지도 모른 채로 꾸역꾸역 일상을 꾸려가고 있을 테니까.

어쨌거나 다행하게도 내 자신이 지금 초라하게 여겨지지도 않고, 그런대로 나름의 자의식은 챙기고 있다는 자위에 겨워 있다는 사실이다. 아마도 흠씬 두들겨 맞은 사람이 자기 오감의 기능을 생생히 의식하며 다리를 쭉 뻗고 비로소 '살아남았다'라고 안도의 한숨을 내쉬는 사정과 얼추 비슷하지 않을까 싶기도 하다.

도무지 실감으로 떠올리기조차 거슬리지만, 우리 내외는 이제 어느덧 중년 부부가 되었다.

매일 아침마다 나는 한강 쪽에서 무슨 떼거리처럼 몰려오는 희뿌연 안개를 뒤집어쓰고 도시락 두 개를 쌀 잔걱정부터 어른다. 그러고 나서 때로는 반듯반듯하게 각져 있고, 그 속이 어항처럼 훤히 들여다보이는 투명한 도시가 바로 서울이며, 그곳에 우리 가족이 확실하게 붙박여 있다는 정겨운 느낌도 되새긴다. 다들 별수 없이 새벽밥들을 짓고, 가장은 잠자리에서 배를 깔고 식전 담배부터 찾아 물며, 개처럼 물어다 준 조간신문을 들고 화장실로 들어가 20분은 좋이 낑낑대고, 좀 부석부석한 얼굴로 식탁으로 다가와 희멀쑥한 안색이 민망할 정도로 간 곳 없는 식욕을 부추기느라고 입맛을 다시다가, 이윽고 꺼벙한 차림새를 추스르며 출근길에 오를 것이다.

이런 상념은 일종의 연대감일 텐데, 나를 그지없이 편하게 만드는 파적거리이기도 하다. 젊었을 때는 내가 남과 다르기를 무심히, 또 그만큼 무수히 바랐고, 심지어 일류 대학에 합격한 친한 친구의 운수와 내 처지를 바꾸자고 해도 즉각 그럴 수는 없다고 내심 반발했건만, 이제는 그런 오기도 자부도 삭아진, 모가 닳고 망가져서 비누 같은 두루뭉수리가 되었다. 시쳇말로 마음을 비운 탓인지도 모르겠는데, 나이가 들수록 내 삶과 내 생각이 남들의 그것과 엇비슷하다는 것은 다소 위안거리가 되고 있는 듯하다.

두어 달 전에 바로 길 건너의 대단위 아파트 단지에 살고 있다는, 명색 '올바른 정치'를 하다가 얼김에 모 부처의 장관까지 지냈다는 양반이 텔레비전 화면에 오랫동안 얼굴을 내비친 적이 있었다. 그는 주름살 하나 없는 반듯한 이마에 희미한 눈썹과 붕어눈이 유난히 돋보이는 60대의 노신사였다. 툭 불거진 눈알을 말똥거리는 그의 눈매는 볼수록 유리구슬 같아서 한동안 시사 만화가의 조롱거리가 되겠다는 상상을 더듬고 있는데, 문득 저처럼 신비감이 없는 눈을 가진 작자가 어떤 돌발적인 정치 현실이나 사태, 나아가서 세태 인심에 대한 분별력을 과연 제대로 작동시킬 수가 있을까 하는 의문이 고개를 쳐들었다. 즉석의 반감이자 까닭 없는 적의(敵意)였다. 이럭저럭 나의 비좁은 상상력이 제풀에 숨을 죽였을 때쯤, 그는 전후 맥락이야 어떻든 난세를 그냥저냥 수습했다면서 한때의 집권자를 치켜세우는 바람에 고만고만한 토론자들로부터 말갛게 닦이고 있었다. 그는 똑똑해 보이지도, 그렇다고 어수룩해 보이지도 않았다. 제법 논리를 앞세우며 '누구라도 혼란과 소란을 수습하는 게 우선이지요'라고 딱딱거리긴 했으나, 토론자들도 윤똑똑이기는 마찬가지였다. 다들 이발관에서 태깔을 내서 머리매무새도 단정했고, 얼굴에는 하나같이 기름기가 번질거렸다. 그때였을 것이다. 불현듯 나는 내시들이, 또는 '성은이 망극하오나' 같은 내시 근성들이 우리 사회를 머리부터 발끝까지 칭칭 동이고 있다는 망념을 떠올렸다. 아직도 내시가, 내시 근성이 우리 의식을 옭아매고 있다니. 곧장 내 몸에 벌레가 스멀스멀 기어가는 듯한 느낌이 덮쳤다.

나는 팔짱을 낀 채로 털이 군데군데 빠진 소파에서 일어났다. 초겨울의 훤한 대낮이었다. 푹한 날씨여서 난방을 때지 않았으므로 실내는 좀 썰렁했다. 나는 바지에 스웨터 차림이었다. 막내는 볕 바른 안방에서 낮잠을 자고 있었다. 무심히 텔레비전 앞으로 바싹 다가갔다. 몽타주한 두 개의 얼굴 윤곽이 더 흐려져서 수많은 점만 크게 떠올랐다. 거기에는 색깔도, 선도 없었고, 현기증이 날 정도로 촘촘하게 박혀 있는 단조로운 점뿐이었다. 그 점들이 모여서 내시 근성이라는 일종의 풍토성을 조성하고 있다니. 전자 문명의 놀라운 성과였다. 슬그머니 뒷걸음질로 물러섰다. 조금 어지러워서 나는 책을 읽을 때와 텔레비전을 볼 때만 주방의 선반, 화장실의 세면대 같은 데서 찾아 쓰는 안경을 벗었다.

그러고 보니 그들은 하나같이 수염이 없다. 한국 남자들은 수염이 없는가. 아니면 수염을 기르지 않는가. 수염이 짙지 않은 열성인자가 내시 근성을 배양했을까. 그도 구두는 운동화 같은 단화 한 켤레로 견디나 전기면도기는 직장과 집에 하나씩 따로 갖고 있어서 턱 주위가 늘 말끔하다. 흔히 관용어로 불알 없고 수염 없는 내시 운운하지만, 붕어에게도 그것들이 없다.

텔레비전 옆에 꽤 큼지막한 직육면체의 수족관을 놓아두고 열두 마리의 크고 작고 붉고 검고 흰 붕어들을 키운다기보다 그 생물의 자의적 부유를, 잠시도 쉬지 않고 자유자재로 그어대는 그 작위적 동선을 멍하니 바라보는 낙을 즐기곤 하므로, 나는 붕어에 대해서 좀 아는 편이다. 그 수족관은 이태 전에 부임지 콜롬비아로 떠나면서 그의 친구가 물려준 것이었다.

폭염이 지독하던 어느 공휴일 오전에 우리 가족은 외무부 3급 공무원인 그의 친구의 점심 초대를 받아 집 앞에서 좌석버스를 탔고, 세 정거장째에서 내렸다. 한 동네나 다름없었으나, 외무부 공무원 가족은 35평짜리 고층 아파트에서, 그것도 전망이 확 트인 11층에서 살았다. 아무튼 그날은 가슴팍으로 땀이 줄줄 흘러내리는 날씨였는데, 나는 팔뚝과 목덜미의 맨살이 송두리째 드러나는 원피스를 입고 있었음에도 불구하고 몸에 아무런 장식도 걸치지 않았다. 여름에는 맨살을 좀 감추기 위해 목걸이, 팔찌, 귀고리 따위를 두르고 싶은 것이 여자의 속성이건만 나는 장갑도 한 켤레 없을 만큼 장신구 따위에는 철저히 무심한 여자다. 언제부터 그렇게 중성이 되었는지 나 자신도 잘 모를뿐더러 좀 이상한 성징이긴 하다. 대신에 내 가슴에는 젖먹이가 안겨 있었다. 생후 6개월도 채 안 된 막내인 그 젖먹이가 어떤 장식물보다 값지다고 나는 내심 우겼고, 잠시나마 나의 장식물이 화제가 되리라고 짐작하면서 승강기를 탔다. 나의 짐작은 보기 좋게 빗나갔다. 외무부 공무원의 아내가 출입문 입구에서 "아이고, 모자가 이 더위에 무슨 고생이야, 어서 저 안방에 눕혀요"라면서 맞았고, 집주인은 "만상주가 대부대를 끌고 왔군"이라고 했다.

외무부 공무원은 3년 동안 '또 지겨운 외지 근무명'을 받았다고 했다. 뒤이어 자신의 아파트는 동료 직원에게 전세를 놓기로 했으며, 그의 차는 처남에게 물려주기로 했고, 우리에게는 수족관을 영원히 양도하겠다고 했다. 그가 별로 내키지 않는다는 듯이 수족관을 한참이나 노려보다 나를 쳐다보았다. 나도 대응이나 하듯 쓸데없는 장식물이라는 눈짓을 보냈다. 외국에서 오래 산 사람은 남의 눈치 따위에는 등한하기로 작정한 듯했다. "수족관 따로 물고기 따로 해서 내 차로 모셔다 줄게. 여보, 우리집에 비닐봉지 크고 두툼한 거 좀 있나, 아, 외국에서는 개, 고양이는 말할 것도 없고, 도마뱀, 거북이, 심지어 원

아득한 나날

숭이까지 몇 마리씩이나 키우더라고, 집구석에 사람 아닌 생물이 꼬물거리며 산다고 생각해봐, 기분이 그런대로 수수해질 거야. 책임감 같은 것도 생기고 집구석에 장식이란 게 전부 정물 아냐, 시계는 다소 예외지만." 헐렁한 반바지 차림의 공무원 부인이 싱크대 앞에서 말참견했다. "집에 풀장이나 있고, 운동장만한 정원을 갖추고 사는 외국영화 같은 데서나 나오는 이야기 아니에요." 그녀를 나는 오래 전에, 그러니까 그녀의 신혼 때 두어 번 보았을 뿐이었으므로 우리는 초면이나 마찬가지였다. 그새 숫기가 번듯하게 올라붙은 여자였다. 아무튼 그녀는 누군가를 한심하게 여겼는데, 그 말솜씨도 워낙 언죽번죽하여 조롱기가 묻힐 틈도 없었다. 그렇게 보아서 그런지 두 내외는 또 다른 미지의 외국 생활에 대한 어떤 기대감으로 한껏 들떠 있었다. 막내에게 우윳병을 물리면서 우리도 꼬물거리는 장식을 이처럼 가졌다고 생각하며, 나는 "자라가 아니고 거북이요?"라고 물었다. 내 머릿속에는 조개껍데기가 질퍽거리는 시장 바닥과 나무 물통에 빼곡이 들어찬 미꾸라지가 거품을 토해내는가 하면 그 옆 물통 속에는 죽은 듯이 엎드려 있는 자라가 한목에 얼른거렸고, 그 맑은 물속에 손가락을 집어넣어 납작한 생물을 집적거리는 단발머리의 소녀도 떠올랐다. 왠지 내가 갑자기 노파가 된 기분이었다. "거북이요, 자라가 아니에요. 독일에 있을 때 칼 헤링이라고, 그 친구가 주독 미국 참사관인데, 거북이 애호가를 넘어서 연구가였어요. 아휴, 그놈의 냄새, 여보, 그 고약한 냄새를 무어라고 해야 하지, 거북이란 놈이 그렇게나 지독한 냄새 주머니를 가졌다는 걸 그때 처음 알았네. 작은놈들이야, 큰놈들은 냄비 뚜껑만하고, 그 친구 말에 의하면 거북이 평균수명이 백오십 년에서

이백 년쯤 된대요. 그 비결이 눈도 겨우 뜰 정도로 게을러빠진 데 있다는 거야. 사람도 백이십 년쯤은 살 수 있는데, 공연히 이 일 저 일 한답시고 바쁘게 설쳐대느라고 반쯤만 살다가 죽는다는 게 그 친구 지론이야. 그럴듯하잖아." "오래 살아 뭣해, 제 명대로 평균수명에 턱 거리나 하다가 돌아가시면 되지." 농담을 웃지도 않고 진지하게 내뱉는 게 그의 장기였다. 외무부 공무원이 껄껄거렸다. "맞아, 설레발쳐 봤자 부질없는 짓거리다 이거지. 거북이가 보기에는 얼마나 웃기는 짓이겠어. 하기야 사는 게 설레발이지, 머, 안 그래?"

제 말로는 '술이 알딸딸하니 취한이 기분이 썩 괜찮고 좋네'라며 외무부 공무원은 우리 가족을 모셔준다기보다도 '붕어와 조촐한 고별식을 해야지'라고 차를 몰았고, 수족관을 놓을 자리도 정해주었으며, '청담(靑潭) 수족관 센터'의 약도도 가르쳐주었다. 두 남자는 윗도리를 벗어부치고 지게 러닝셔츠 바람으로 맥주 캔을 들고 번갈아 가며 낄낄거리다가, 들어줄 만한 쌍욕도 마다하지 않았다. 그들은 스트레스, 자외선, 피부암, 우울증, 생활습관병, 알레르기 따위에 대한 시시콜콜한 상식을 주워섬기느라고 화제가 마르지 않았다. 외무부 공무원은 시종 의기양양했고, 집주인은 술을 찔끔거리는 횟수가 잦아질수록 표정을 아무렇게나 바꾸곤 했다. 덜렁대는 친구 앞에서는 짐짓 소심해지려고 그는 작정한 것 같았다. 여자들의 수다보다 남자들의 수작에는 실속이 없는 것 같기도 했다. 집주인이 문득 "긴긴 여름 해도 떨어졌으니 이제 니네 집에 가"라고 하자, 외무부 공무원은 "실세야 머야, 왜 허물도 없는 사람을 내쫓는 거야, 이번에 나가면 난 영영 안 돌아올지도 몰라, 여기서는 못 살겠어. 넌 갑갑하지도 않아? 바른 정신으로는 도저히 더 못 배겨내겠어"라고 받았다.

대체로 말해서 붕어는 쉬 자라지 않는다. 그래서 관상어이고, 애완물이다. 그러나 어느 날 대낮에 깨알 같은 먹이를 물 위에 흩뿌려주다가 찬찬히 살펴보면 그것들은 징그러울 정도로 크게 자라나 있어서 적이 놀라게 된다. 긴가민가해서 눈을 홉뜨고 쳐다보면 놀랍도록 통통해진 뱃바닥을 더 유연하게 흔들며 시나브로 가라앉고 있는 먹이를 잽싸게 아가리 속으로 삼키고 달아난다. 붕어의 눈은 언제나 움직이지 않는다. 움직이기는커녕 깜빡거릴 줄도 모른다. 눈동자가 무슨 혹처럼 박혀 있는데다 그렇게 움직이지 않는 생물은 달리 없지 않나 싶고, 몸통부터 돌려 그 고정된 시선을 넓혀가는 희한한 동물이다. 그런만큼 주인을 알아보는 재주도 없다. 밤낮없이 전기가 토해놓는 기포를 어르고, 몸통보다 더 큰 지느러미를 하느작거리며 수초를 헤쳐대기만 한다. 그 일련의 동작과 동선이 텔레비전 화면에 얼굴을 자주 디미는 뭇 선남선녀의 역할과 얼추 비슷하다. 당연한 말이지만, 붕어는 자신이 시방 주인에게 아첨을 떨고 있다는 것도 의식하지 않는다. 그 점이 오히려 사람보다 낫고, 주인을 편하게 만든다. 요컨대 '마땅찮거든 안 보면 될 거 아니오' 식의 무지한 강변이 수족관 속에는 없다. 뿐인가, 다른 반려동물처럼 씨양이질도 하지 않으니 얼마나 엄전하고 분별이 번듯한가.

내가 난생처음으로 텔레비전 화면을 가장 오랫동안, 그것도 대낮에 시청했던 바로 그날 밤, 그도 밤늦도록 국회에서 벌어진 그 맹탕의 청문회 광경을 지켜보았다. 직업상 뉴스만 건성으로 시청하던 그로서는 평소에 없던 관심이었다.

왠지 나는 공연히 조마조마해지는 마음자리를 다독였다. 가능하다면 낮 동안의 내 느낌 따위는 말하지 않을 작정을 챙겨두고 있었다. 그러나 나도 모르는 사이에 불쑥 말이 튀어나왔다.

"저렇게 경중경중 따져봐야 머하나. 구렁이 담 넘어가는 식으로."

그가 한참이나 뜸을 들이다가 특유의 엉뚱한 혼잣말을 뇌까렸다. 꾸물꾸물 평소의 소회를 지껄이는 그의 버릇은 괜찮은 외국 코미디 영화의 조연급 배우를 닮은 데가 있다. 그의 그런 말투가 한때 내게는 이 시대의 평균치 인물로서 남에게 실수하지 않고, 또 우여곡절 없이 살아갈 수 있는 타고난 어떤 능력으로 비치기도 했었다.

"무슨 소리야. 우리말이 저렇게 어렵나, 얼굴에 글 한 줄 안 들어 있는 주책바가지들이. 무식이 제대로 드러나서 그나마 다행이긴 하네. 가관이야."

"어느 쪽이나 다 딱 두 마디로 충분한 거 아니에요? 했냐 안 했냐, 누가 했다 안했다."

"글쎄, 그런데도 그렇지 않은가 봐. 핵심을 피해 가려니까 저 지경이지. 어려워서 모르겠어."

"저런 머리로 다들 어떻게 일류 대학들을 나왔을까."

"그러니까 좋은 대학을 나올 수 있지. 시키는 대로 줄줄 암기는 잘했을 거 아냐."

"하기야 교육이 제일 문제지."

그의 동문서답이 이어졌다.

"그래도 땀 흘려가며 돈 벌어본 사람이 좀 낫네. 평생 돈 한푼 안 벌어보고도 떵떵거리며 잘사는 떨거지들이 몇 있지. 정치하는 것들, 종

461          아득한 나날

교 팔아먹는 것들, 계급장 놀이하는 것들. 그것들이 언제 돈을 벌어봤나. 하등에 쓸데없는 말로 노닥거리며 남의 호주머니나 노리고, 서민이야 죽거나 말거나 세금 받아 떼주는 돈이나 훌닦아 쓸 줄 알지. 명색만 그럴듯할까, 노동이 뭔지, 고생이 뭔지도 모르는 망종들이야. 우리가 늘 많이 봐오잖아."

표정도 없이 글을 읽듯 술술 지껄이는 그의 말투에는 패기나 역정 같은 것이 묻어 있진 않았으나, 문자 그대로 불령인(不逞人)다운 방자스러움과 비아냥이 그럴듯하게 녹아 있었다.

나는 말끝마다에 제법 힘을 또박또박 넣었다.

"누가, 무엇 때문에, 몇 명을 해직시켰느냐는 건데 저렇게 둘러대야 하고, 기억에 없다, 부덕의 소치니 어쩌느니 넙죽한 소리나 주고받아야 하냐고요, 이 늦은 밤에."

"다 알고 있어, 알려져 있기도 하고. 누가 몰라, 그 뻔한 사실을."

"그런데 왜 저렇게 뭉개고 있어요? 의법 조치하면 될 걸 가지고."

"절차가 있지. 형식적으로. 시효도 있고. 벌써 이럭저럭 10년 전 일이야. 내일모레가 90년대잖아. 권불십년이야. 팍삭 늙어버렸다는 기분뿐이야. 우리나 저 인간들이나."

그랬다. 벌써 이럭저럭 10년의 세월이 흘러갔다. 누구라도, 특히나 도시 사람은 시간을 분 단위로 쪼개 쓰는 오늘날 10년이라니. 한숨이 저절로 새어 나왔다.

10년 전의 일을 세세히, 가능하다면 정확히 기억한다는 것은 거의 불가능하다. 어떤 기록의 도움을 받더라도, 또 그동안 알게 모르게 우리 모두의 의식 깊숙이 자리 잡은 어떤 고정관념, 그 편견으로부터 최

대한 자유로워지더라도 그렇다.

"먼저 자. 어차피 늦었으니깐 마저 봐야지. 출근이야 제때 어영부영해질거야."

나도 모르게 당돌한 대꾸가 튀어나왔다.

"잠도 안 올 텐데, 나도 놀고먹는 사람들 구변이나 더 들어보고 배워야지요."

말은 그렇게 했으나, 나는 곧장 안방으로 들어갔다. 청문회야 더 들으나 마나였다. 요때기 위에 털버덕 앉았다. 어둠 속에서 나는 무언가를 노려보고 있었다. 슬그머니 오기 같은 것이 내 심중에서 꿈틀거렸고, 이어 욕지기가 걷잡을 수 없이 쏟아지려 했다. 그 충동을 가라앉히려니 몸이 저절로 부르르 떨렸다. 이내 진정되었다. 의외로 머릿속이 맑아졌다. 얼핏 내 시선에 무슨 색안경 같은 것이 끼어 있지 않나 하는 생각이 떠올랐다. 그 색안경은 그와 함께 겪어낸 피해자의 사시안일 수도 있었고, 먹물을 먹은 요즘 중산층의 하릴없고 끝없는 불평불만일 수도 있었다. 고집처럼 체질화되어 있어서 쉽게 거둬낼 수는 없을 테지만, 그런 시선으로는 지난 10년을 제대로, 똑바로 되돌아볼 수 없을지 몰랐다.


## 2

그의 해직 통고를 내가 처음 들었을 때는 그해 한여름 밤이었다. 딸기 철은 이미 오래전에 지나갔고, 참외와 수박이 제철이었다. 그때 마침 나는 두 번째 임신 중이어서 과일을 몹시 바치는 몸이었다.

수박과 참외 조각을 둥둥 띄운 화채 그릇을 탁자 위에 내려놓자, 반

아득한 나날

바지 바람으로 소파에 앉아 있던 그가 대뜸 물었다.

"우리가 이 집에 빚을 얼마나 깔고 있지?"

"뜬금없이 그건 왜요?"

돈을 버는 사람도 그고, 적금은 말할 것도 없고 때로는 세금도 회사 부근의 은행에 그가 손수 집어넣고 있던 터라 그런 수치라면 나보다 그가 당연히 더 잘 알고 있었다. 매달 4만몇천 원씩의 은행 이자를 물어가야 하고, 아래채 전세 보증금이 천만 원 묻혀 있는데 1년쯤 후에는 3년짜리 적금을 타서 내주면 5백만 원 보증금에 매월 10만 원쯤의 월세방으로 내놓을 수 있었다.

그의 말이 떨어지기를 나는 할끔할끔 기다렸다.

"나가래, 무더기 해고야."

나는 무슨 말인지 종잡을 수 없었다.

"아니, 누가요? 누구를요?"

"모르지 머, 누군지는, 면직이라면 알겠는데, 해직이 무슨 말인지 모르겠어."

"당신이 해직당했단 말이에요?"

어느새 해직이란 말이, 그 말뜻이 우리 사이에 자연스럽게 쓰이고 있었다. 어이없는 일이었다.

"글쎄, 그렇대나 봐."

"왜요?"

그에게는 술기운이 전혀 없었다.

"몰라, 그걸 누가 알아, 개판이야, 이해를 하려고 해도 아는 놈이 있어야지. 전부 다 허수아비다 이거야. 다들 모르겠대. 하기야 월급쟁이가 알아야 뭘 제대로 알겠냐만. 정말 머리가 뻥 뚫린 기분이야."

그는 명색이 민영(民營)인 한 텔레비전 방송사 보도국 기자였다. 그즈음 그는 잠바때기 차림으로 논두렁에 서서 한 농부에게 올해 작황에 대한 소감을 지레 묻기도 했고, 조기 방학을 한 대학교의 도서관이 연일 만원이며, 대학생들이 대개다 면학에 열을 올린다는 풍경을 보여 주기도 했다. 그처럼 계절적 수요에 부응하는 뉴스는, 누구나 쉽게 짐작할 수 있듯이, 속이 훤히 들여다보이는 시국 호도의 일환이었으나, 텔레비전의 위력이 워낙 막강한 만큼 시청자들은 곧장 세뇌당하고, 그런갑다면서 기리는 상투적인 속보였다.

그거야 어쨌거나 한 사람의 주부로서 나는 남편의 직업이나 직장에 대해 별다른 우월감 따위는 가지고 있지 않은 편이었다. 오히려 그의 얼굴이 텔레비전 화면에 오래 비치면 민망해서 고개를 돌렸고, 그가 어느 사립대학의 과별 입시 경쟁률을 줄줄 읽어내릴 때면 화면을 얼른 바꾸기도 했다.

사실상 오늘날 중산층 가정의 안주인들은 대개다 남편의 직업, 나아가서 그 직종의 업무나 노고, 그 공과(功過)에 대해서 무신경하다기보다 무감각할뿐더러 심지어는 태무심하기도 하다는 것이 내 생각이다. 월급봉투의 부피에만 유별난 관심을 쏟을까, 남편의 직종이 누리는 사회적인 역할이나 중요성 따위에 대해서는 오불관언이다. 물론 그런 청처짐한 처신이 얌체스럽기 짝이 없는 짓거리이며, 노동의 가치나 부부 일심동체 같은 덕목을 들먹거릴 것도 없이 사람다운 도리가 아닌 줄이야 잘 알고 있다. 그러나 세태가 그렇고, 돈이란 잣대가 도리와 직업윤리보다 강제력이 앞서는 이 시대의 한 표정 앞에서는 누구라도 꼼짝할 수 없는 데야 어쩌랴. 하기야 내 경우가 다소 예외적일 수는 있는데, 그가 밤늦게까지 돌아오지 않더라도 통금에 걸릴 신분은 아니라는 자위와 그 또래의 여느 남편들이 불시에, 그것도 관(官)으로부터 당할지도 모르는 어떤 봉변, 망신, 불이익 등을 얼마쯤 피해갈 수 있으리라는 막연한 믿음 같은 게 있다는 것이다. 하지만 그런 자위와 믿음은 선잠을 자야 하는 내게는 일종의 고문이나 마찬가지였고, 그의 건강을 해칠 뿐만 아니라 모난 돌이 정 맞는다는 속담을 떠올리게 하는 성가신 특혜일 뿐이었다. 요컨대 그의 직업에 대한 내 생각은 대다수 월급쟁이 아낙네의 그것 더 이상도, 그렇다고 더 이하도 아니었다.

"입으로 사는 우리는 그래도 좀 덜한가 봐. 신문사 쪽들은 수십 명씩인 모양이야. 다들 이리저리 알아보고 들쑤셔보느라고 난리래."

"그게 무슨 관심거리예요. 그중에 당신이 끼였다는 것이 문제지. 그 사람들과 당신이 무슨 상관이 있어요."

그때 나는 분명히 그런 말을 했을 것이다. 다른 동료나 동업종의 직장인들이야 어찌 되었건 그가 해직자 중 한 명이라는 사실만이 억울하고, 그 횡액을 그만은 피해 가야 한다는 당연한 이기심이 발동한 것이었다.

솔직히 말하면 지금도 나는 그때 내가 한 말을 후회하지 않는다. 흔히 배운 사람들은 이런 대목에서 동료애, 연대 의식, 정의감 같은 온갖 덕목을 우선 떠올린다. 틀린 말은 아니나, 천재지변이나 다름없는 이런 물리적인 폭력 앞에서는 본능이 먼저고, 그게 정답이다. 그다음에 원망과 자탄과 분노가 따른다. 더러는 남의 사정과 제 경우를 비교하면서 한숨을 쉬든가, 그 피해자의 넋두리에 일말의 공감을 드러내기도 할 테지만, 그런 추이는 한가로운 후일담에 지나지 않는다.

갑자기 그가 말할 수 없이 초라하게 보였고, 무능력자로 비쳤다. 무더운 여름밤임에도 불구하고 집안이 썰렁해져 버린 듯했고, 빛깔 고운 화채 그릇 속의 싱싱한 과일조차 무색했다.

"당신 혹시 촌지 같은 것 많이 받고 해서 윗사람에게 찍힌 거 아니에요?"

"이 친구가, 사람을 뭘로 알고 못 하는 말이 없어. 촌지야 종이쟁이들한테나 나돌지 요즘 세상에 방송사 보도국에 그런 거 디미는 인간이 어딨나. 내가 무슨 연예부 피딘가, 얼굴 좀 내달라고 사정사정 빌며 허리 없는 인간이 된 지 오랜데."

종이쟁이란 신문기자들을 일컫는 은어였고, 쇼 프로나 가요무대 따위에 얼굴을 자주 내밀려는 유행 가수, 탤런트들로부터 담당 피디들이 공공연히 뇌물을 받고 있다는 풍문쯤은 나도 귀 밖으로 흘려듣고 있었다.

이상하게도 더 할 말도, 물어볼 말도 없었다.

그가 서둘러 해직을 당연지사로 둘러댔다.

"차라리 잘 됐어. 차제에 꼴 보기 싫은 놈들을 안 보게 되면 살맛이 날 테지. 그동안 썩은 머리나 좀 채울 궁리를 해봐야겠어. 전화위복이란 말도 있으니까."

"머리를 채우다뇨?"

"공부나 해서 학력이나 하나 더 만들어볼까 싶어."

"지금 그 나이에 공부는 무슨 공부요?"

아득한 나날

그는 서른세 살이었고, 세 살배기 여아 쌍둥이의 아빠였다.

"머, 신문대학원 같은 것도 있잖아. 신방과 대학원도 있고. 이제 취직하기에는 애매한 나이잖아. 취직 시험 볼 나이도 훨씬 지나버렸고. 내 주변머리에 어디 가서 취직 부탁하기도 난감하고. 하기야 당분간 어디서 우리 같은 해직자를 덜렁 모셔가겠어. 모르지, 잡지사나 출판사 같은 데는 이것저것 안 따질지도."

공부할 돈은 어디서 나고, 생활비는 어떡하고요라는 말이 내 입술에 걸려 있었으나, 나는 간신히 참았다. 그런 걱정이라면 그가 더 꿰차고 있을 것이었다.

더 좀 알아볼 것이 많은 듯했는데, 갑자기 실직자가 된 그의 비위를 상하게 할까 봐 나는 말을 골라야 했고, 나의 그런 갑작스러운 처지에 기가 막혔다.

궁금증과 답답함이 차츰 어떤 낭패감, 막막함, 생활에의 불안감을 몰고 왔다. 동시에 그의 사람 됨됨이, 나아가서 그의 세태관, 시국관 등이 되돌아 보였다.

쉽게 말하면 그는 주위 사람들을 편하게 만드는 위인은 아니었다. 공연히 사람을 거북하게 했고, 농담도 함부로 못 걸게 하는 분위기를 체질적으로 거느리는 성격의 남자였다. 시어머니가 들려준 점바치의 사주 타령을 옮기면 그는 생사여탈권을 쥐고 있는 팔자라고 했고, 판검사나 학자가 제격인데, 직업을 잘못 골라서 평생토록 길에서 서성 댄다는 것이었다. 아무려나 그는 반찬이 시원찮다고 두덜거릴 만도 하건만 얼굴도 찡그리지 않고 숟가락을 놓아버리곤 했다. 잠자리에서 부부간의 그 짓거리를 내가 피곤하다는 핑계로 물리치면 그는 더 추

468

근대는 법이 없었다. 사람을 가릴 때, 밥맛 떨어지는 인간, 얼굴에 글한 줄 안 비치는 저 무식한 것, 저 잡티 무성한 놈 등은 그의 관용어였다. 실천력도 유별나서 그런 사람들과는 멀찍이 떨어져 지내는 편에다 말도 적극적으로 자제했다. 따라서 일가나 친지 중에도 그에게 밉보인 사람들이 반도 넘었는데, 그는 그들과의 내왕을 피하는 편이었고, 텔레비전 화면에 나오는 인물들도(개중에는 그의 직장 동료들도 있었다) 선호도가 분명해서 채널을 재깍 돌려대기를 마다하지 않았다. 그처럼 편애가 극성스러운 터라 자기식 표현도 개발해서 예의 그 외무부 공무원은 "엉뚱한 꿈을 주물러 대는 돈키호테 기질이 만만해서 언제 만나도 심심하지는 않아"라며 아삼륙으로 지냈다. 그런가 하면 그의 하나뿐인 여동생은 "무식한 게 딱딱거리기만 하고 만사를 제 편한 쪽으로만 몰아붙이는 속물이라 꼴도 보기 싫다"라면서 따돌리는가 하면, 어느 재벌 회사의 비서실 직원인 그 시누이 남편마저 "그놈도 윤똑똑이에 얼빠진 놈"이라며 도매금으로 매도했다. 괴팍스럽다고 해야 옳을 그의 성정을 일일이 들먹이자면 과외의 말품을 한참이나 수다스럽게 늘어놓아야 할 것이다.

좋게 말하면 자존심이 강하고, 나쁘게 말하면 자신의 능력과 사고 방식에 지나친 자긍심을 무슨 후광처럼 거느리고 있는 사람과 살을 섞고 사는 생활은, 자주 적잖이 피곤해지는 법이다. 늘 신경이 곤두서 있어야 하고, 긴장해서 살아야 하니까.

직장에서의 그의 위상도 충분히 짐작할 수 있는 일이었다. 곁에 있으면 윗사람이 오히려 거북해지고, 말이나 행동이 조심스러워지게 하는 위인을 부하로 데리고 있다는 것은 고역일 테고, 그의 동료나 부하

아득한 나날

들마저 어울리지도 않는 권위주의자라고 경원할 것이었다. 좋은 게 좋다는 순응주의가 만연한 요즘의 직장 풍토에서 공연한 시집살이를 견뎌낼 월급쟁이가 흔치는 않을 테니까.

밖에서의 일을 오사바사하니 들려주는 법도 없어서 나의 짐작에 불과하지만, 그는 데스크와 어떤 뉴스거리의 방영 여부를 놓고 말다툼도 자주 벌이는 눈치였다. "하기야 이런 개판의 시국에 내깐 게 뭐라고"라는 그의 구시렁거림을 귀담아들으면서, 능동성, 적극성, 창의성 등의 금과옥조는 머릿속에나 갈무리해두고 오로지 수동적으로, 소극적으로, 관성으로 시키는 대로만 일해주기를 바라는 오늘날 직장생활의 가부장제식 고질의 따분함을 떠올리며 흔히 있을 수 있는 상사와의 일시적 불화일 거라고 치부해버리곤 했다. 언젠가는 술자리에서 화해를 붙이려는 동료에게마저 "똑같은 속물"이라는 통에 판이 깨어졌음은 물론이고, 한동안 그의 부서가 냉랭하기 이를 데 없다는 전언을 듣기도 했다. 가능하다면 직장생활을 하지 않아야 할 사람인데, 그는 맡은 일만큼은 실수 없이 해낼 수 있는 기능인이기는 했다.

그는 밤늦도록 뒤척거리며 잠을 쉬 들지 못하는 듯했다. 나도 마찬가지였다. 후딱후딱 닥칠 다달이 생활비보다도 연말쯤에 닥칠 가외의 해산 비용을 어디서 염출해야 하나는 잔걱정, 실직자 가정에 또 딸까지 낳는다면 혹 중의 혹일 것이라는 지레 근심, 거만스럽다고 소문난 그의 언행이 앞으로 일가친지들 앞에서 풀이 죽어 있을 때의 내 처신 등이 자발없이 머릿속에서 들끓고 있어서였다. 그러면서도 동전으로 살 수 있는 라면도 가게마다 늘려 있는데, 우리 가족이 굶어 죽기야 할까 하는 자위를 일구기도 했다. 그러나 그 자위는 힘이 없었다. 당장 끼니 걱정부터 앞세우는 한 주부의 불면의 밤은 너무 길었다. 되돌아보면 중산층의 호들갑스러운 방정이었고, 폭력 앞에서는 누구나 즉각 비겁해지고 마는 치부였다. 겪어보니 짐을 지고 나를 노동력도 없으며, 물건을 팔 주변머리도 없고, 모아놓은 재산도 없는 월급쟁이가 어느 날 갑자기 직장을 잃었을 때의 당황감은 굶주림에 대한 공포의 저작으로부터 시작되는 것이었다. 애들을 굶길 수야 없다는 다짐, 매달 생활비를 얼마씩 졸여 붙일 수 있을까 하는 산술, 잡지, 신문, 우유 등을 차례로 끊을 궁리, 그런 잡생각이 길어질수록 좀 서글프고 비참했다. 그때 나는 재산세 따위의 세금 걱정을 안 했던 것 같은데, 아마도 생존권, 저항권 등과는 담을 쌓고 지내는 중산층의 안이가 몸에 배있었기 때문에 그랬지 않았을까 싶다.

그런저런 생각을 뒤죽박죽으로 엮어가다가 문득 내 머릿속에는 그의 그즈음 동정 두 개가 생생하게 받고채기로 떠올랐다. 그것은 둘 다 묘하게도 현장에 있었어야 할 그가 철저한 국외자로, 아니 시건방진 방관자로서 술이나 마시고 있던 '역사적인 밤'이었다. 그가 두고두고 곱씹었던 말과 나의 상상력을 보탠 그의 동정은 대충 이랬다.

그 전해 12월 12일 밤이었다. 그는 그날 밤 한 조간신문 문화부에서 차장급으로 일하는 대학 선배와 그 선배가 말을 듣다 말다 하며 지내는 한 소설가와 술자리를 함께했다. 선배가 소설가에게 신문 연재소설을 쓰라고 청을 넣는 자리였고, '너 마침 전화 잘했다, 안 바쁘거덜랑 오늘 내 술자리에서 맞장구나 좀 쳐다오'라고 사정해서였다. 말하자면 문화부장을 대신해서 운을 떼는 자리라서 술값은 회사 경비로 충당할 테고, 따라서 충무로의 어느 조촐한 방석 술집에서 벌어진 술

판이었다. 마흔 고개 중반을 갓 넘겼음에도 불구하고 벌써 머리카락이 반백인 소설가는 "이런 시절에 무슨 소설을 쓰나, 제발 숨 좀 쉬고 살도록 내버려둬 줘"라고 했다. 그는 한때 그의 소설의 독자로 자족한 이력도 있는 데다, 최근에는 거의 절필하다시피 한 그의 침묵조차도 "소처럼 땀을 뻘뻘 흘리며 매문, 매명하는 것들에 비하면 얼마나 양질이야, 예술가 기질이 웬만큼 무르녹아 있는 양반이야, 촌놈은 아니라는 말이지" 운운하며 두둔하는 데서도 알 수 있듯이 지면으로만 기리고 지내던 한 소설가와의 초대면 자리여서 기분이 웬만큼 들떴다. 그래서 그는 어리광부리듯이 "이런 시절일수록 눈 똑바로 뜨고 살려면 글이라도 쓰는 게 낙일걸요"라며 진지하게 선배의 과외 업무를 거들었다. 변죽을 잘 울리는 소설가의 대답은 "자식 세대에 부끄럽지 않은 글을 써야 하는데, 나는 어째 쓸수록 그런 재주가 없는 갑소. 요즘처럼 길을 잘못 들었다는 생각을 일찌감치 했으면 머가 돼도 됐을 것이오"였다. 고사(固辭)치고는 한참 생각하게 만드는 거절이었다. 선배가 "대충 지면이나 메워달라니까 그러네"라고 앙청을 거듭했고, 소설가는 시시껄렁한 덕담만 늘어놓다가 "못 쓰는 게 아니라 안 쓴다니까 그라네, 마음자리가 이렇게 보깨는 시절에 글은 무슨 헛된 궁리야, 그저 한시가 다르게 희번덕거리는 시국의 동정에 한눈팔기도 바쁜데"라고 했다.

이럭저럭 술자리가 끝이 났다. 저녁 일곱 시쯤서 술판을 벌였는데 어느새 세 시간이 훌쩍 지나 있었다. 한복 차림 아가씨가 둘이나 붙어 앉아 따라주는 맥주를 꽤 많이 마신 셈이었다. 선배와 소설가는 강남구청 뒤쪽의 열다섯 평짜리 서민 아파트에 살았고, 그는 그 아파트 단

472

지의 그늘에 붙어 있는, 지금껏 10여 년째 사는 허름한 단독주택의 세대주였다. 동네 근방에 가서 2차 술을 마시기로 합의하고 세 술꾼은 택시를 주어 탔다. 강남으로 가자니까 운전사가 단호하게 "못 간다"고 했다. "아직 통금도 멀었는데 못 간다니 무슨 말이오, 두 배 줄 테니 갑시다"라고 공술에 따라붙은 그가 말했다. '두 배'란 말에 택시가 마지못해 굴러갈 엄두를 냈다. 운전사가 "가보기는 하겠지만 못 갈 겁니다. 걸어서 한강 다리를 건너가야 할 겁니다"라고 했다. 세 술꾼은 술에는 강자들이라 정신이 멀쩡한 편이었다. "그게 무슨 소리요?" 운전사가 힐끔 백미러로 세 손님의 행색을 살폈다. 그리고는 댁들은 도대체 어느 세상에서 사는 사람들이오라는 얼굴로 아직도 뭘 모르고 있냐고, 저녁녘에 한남동에서 총소리가 요란하게 울려 퍼졌다고 했으며, 교통경찰에게 물어봤더니 그 작자도 뭐가 뭔지 모르겠다면서 "여러 소리 말고 갈 길이나 팬허케 가시오"라고 했다는 것이었다. 이어서 시방 제3한강교는 차량 통행을 일절 가로막고 있으므로 그 일대는 차 산차해를 이루고 있으며, 거길 빠져나오느라고 "오늘 벌이는 완전히 공쳤다"고 했다. "그래서 시방 어디로 가는 거요?" "영동대교로나 가봐야지요" 택시는 왕십리 쪽으로 길을 잡았다.

세 사람은 다 생업이 그런 터라 시국의 추이에는 유별난 관심을 쏟고 있었고, 술자리에서도 각자가 물어온 온갖 유언비어에 고물을 혼전만전으로 묻혀댔던 뒤끝이라 택시 기사가 전해준 속보는 수상하기 짝이 없는 것이었다. 그러나 그들은 택시나 간신히 주워 탈 수 있는 신분에 지나지 않았고, 집으로 가야 하는 평범한 서울 시민일 뿐이었다. "한남동에서 총소리요?"라고 신문사 기자가 물었고, 운전사가 심

473     아득한 나날

드렁히 "그런가 봐요"라고 받았다. "거기 총장 공관이 있는데, 이것들이 무슨 꿍꿍이수작을 부리나. 회사에 전화라도 해볼까?" 소설가가 배시시 웃으며 "문화부가 총소리 난 데서 무슨 볼일이 있다고? 내버려 두고 굿이나 봅시다"라고 했다. 운전사가 "영동대교도 마찬가진 모양인데, 이 시간에 차가 이렇게 밀리는 법이 없는데"라고 중얼거렸다. 사실이었다. 다리 입구가 까마득히 보이는데도 차도는 벌써 발 디딜 틈도 없었다. "더 못 가겠네요. 여기가 끝이네요. 더 들어갔다가는 날 새겠네요." 그가 돈을 내밀자 운전사는 "사납금(社納金) 때문에"라면서 악착같이 미터기 요금의 두 배를 챙기고 나서 거스름돈을 내주었다.

세 시민은 어쩔 수 없이 택시에서 내렸다. 인도도 마찬가지였다. 차에서 내린 승객들이 삼삼오오 무더기를 이루어 다리 입구 쪽을 멀뚱멀뚱 쳐다볼 뿐 감히 접근도 못하고 있었다. 아직 통금시간 전이었다. 차량 사이를 빠져나가며 선배가 구시렁거렸다. "나는 여관 같은 데서 못 자. 딴 데서 자면 온몸이 간지러워. 잠은 집에서 자야 돼. 시민의 귓갓길을 막다니, 개새끼들." 세 술꾼은 검문자에게로 다가갔다. 선배가 기자증도 내보이지 않고 신분을 밝혔고, 두 동행의 생업도 곧이곧대로 일러주었다. 검문자 일행은 선뜻 가라고, 걸어서 다리를 건너 집으로 가라고 했다. 기가 막히는 노릇이었다. 그러나 세 시민은 총이 펜이나 마이크보다 더 힘이 세고 무서운 줄 아는 먹물일 뿐이었다.

그들은 터덜터덜 걷기 시작했다. 한참이나 다리의 한가운데 길을, 곧 양쪽 차로의 한복판 위를 걷다가 '술기운으로' 무섬증을 털어버리려고 뒤를 돌아보았다. 뒤따르는 행인은 없었고, 그 너머에는 차들이 요지부동으로 멈춰 서 있고, 시민들은 무슨 유령의 떼거리처럼 시커 멓게 웅크리고 있었다. 세 행인은 약속이나 한 듯 말을 잃었다. 조마 조마한 마음을 애써 죽이며 걸음만 떼놓을 수 있는 로봇이었다. 갈 길 이 얼마나 먼지도, 별이 떴는지도, 초겨울 밤 날씨가 얼마나 추운지도 몰랐다. 그런 주변의 사정을 의식하기에는 그들의 먹물 취향이, 아니 그 감성이 유별나게, 그만큼 초조하게 작동하고 있어서였다. 반드시 남보다 먼저 분별해야 할 자기 둘레의 환경과 처지라는 일종의 공간 감각이 일시에 거세당한 무지렁이들의 변신술이야말로 세칭 지식인 의 카멜레온 기질이었다.

다리를 벗어나자 세 사람은 비로소 뒷덜미가 가벼워졌다. 두 연장 자도 오십보백보였을 테지만, 그는 먹물답게 이상한 상상력을 발휘하 여 총부리가 그들을 꾸준히 겨누고 있고, 영화에서처럼 그들이 줄달 음질을 놓다가는 어느 순간에 엠식스틴의 난사음이 허공을 갈가리 찢 어놓고, 등짝에 박히는 탄흔으로서의 핏물이 서서히 아스팔트 위로 번져가는 '낭만적 기대감'이랄지 그런 일련의 영상적 기시감을 촘촘 히 뒤적이며 걸음을 떼놓고 있었던 것이다. 강남은 이미 죽어버린 도 시였다. 그 기이한 정적이 수상할뿐더러 장엄미까지 거느리고 있어서 그는 숙연해졌다. 그는 속으로 '이건 낭만도 뭣도 아니다'라고 줄기 차게 외쳐댔고, 소설가는 '도대체 이런 대목은 소설답지도 않다'라고 주절대는 것 같았고, 문화부 기자는 '총알 하나로 도시가, 시민이 일 시에 이렇게 얼어붙어 버리고 마비되다니, 거참 신기하다. 이 정지 상 태는 분명히 기사 감이 아니야, 그래도 기억은 해둬야겠지'라며 속을 쥐어뜯고 있는 듯 방금까지의 술자리에서 '청탁 사양' 통보를 받은

아득한 나날

그 씁쓸한 직무 미수(未遂)를 되작이고 있지 싶었다. 통금 때문에 술집들이 문을 닫아버렸으므로 세 술꾼은 2차 술집 순례를 못 했음은 물론이고, 감각 기능이 멈춰버린 사람들답게 인사도 주고받지 않고 각자 집으로 뿔뿔이 흩어졌다.

이듬해 5월이었다. 월초에 데스크의 하명을 받긴 했으나, 이런저런 핑계와 일로 차일피일 미루다가 그는 경주 보문관광단지를 녹화해 오는 출장길에 올랐다. 각본은 진부한 것이긴 해도 이미 짜여 있었다. 1979년에 유네스코가 아시아의 3대 유적지 중 하나로 지정한 경주는 이제 명실상부한 국제적인 관광도시로 탈바꿈했으며, 특히나 숙박시설과 위락 설비가 잘 갖추어져 있어서 외국인 관광객을 맞기에 즐거운 비명을 올리고 있다는 요지였다. 계엄령이 시퍼렇게 살아 있긴 했으나, 짙푸른 신록의 계절인 만큼 시의적절한 눈요깃거리임에 틀림없었다. 시사성도 없고, 불요불급한 이런 일거리는 새파란 하늘을 배경으로 삼은 녹색 물결만 찍어 오면 되는 것이었다. 출장길이라기보다는 허리끈을 느직이 끄르고 돌아다니다 오는 여행길이었다. 회사 차까지 지원을 받았으므로 업무는 수월하게 끝났다.

촬영 기사를 비롯한 대여섯 명의 일행은 대구에 들렀다. 사전에 그곳 네트워크에 연락이 되어 있었고, 저녁을 그쪽에서 사겠다고 해서였다. 그래서 일은 오전 중에 벌써 끝났지만, 일부러 불국사와 감은사지 삼층석탑까지 둘러보며 늑장을 부렸다. 그는 추풍령을 경계로 경상도와 붙은 충청도의 한 지역 출신이었으므로 대구는 타향이었다. 타향은 언제나 평온했고, 아득바득하지 않았고, 다들 사는 것처럼 살고 있었다. 타향이어서가 아니라 서울을 벗어났기 때문에 사람의 본

476

성이랄까 체취가 풍겨오는 것이었다.

　일행은 그와 동행한 촬영 기사 두 명, 동료 기자 한 명, 네트워크에서 나온 기자 세 명 등 모두 일곱 명이었다. 우르르 몰려간 술집은 시내 한복판의 어느 으슥한 골목 안에 들어앉아 있는, 무슨 소굴처럼 기어들어 가야 하는 옴팍 꺼진 한옥이었다. 접대자는 지역 유지답게 이 옴팍집은 살인이 나도 모를 정도이므로 밤새도록 서너 놈을 술상 위에 올려놓고 난도질을 해도 잡아갈 사람이 없는 단골집이라고 했다. 때가 때인 만큼 '잡아갈 사람'이라는 비유에 실감이 실려 있었다. 실은 그 말마저 타향다웠고, 번들거리는 자개농이 한쪽 벽을 빈틈없이 채우고 있는 데다 경대마저 자개를 박은 것으로 화장품 병들이 올망졸망 잘 정돈되어 있어서 야무진 소실의 안방에 좌정한 기분이 여실했다. 곧장 날라져 온 술상도 정갈스러웠다. 꾸덕꾸덕한 대구조림도 맛깔스러웠고, 제사상 나물처럼 간이 심심해서 마냥 거머먹을 수 있는 갖가지 밑반찬, 뽀얀 비계가 적당히 붙어 있는 돼지고기 편육 등은 도무지 술집 안주 같지 않았다. 낮에는 대구탕만을 파는 그 옴팍집은 알 만한 그곳 유지들에게는 꽤 소문이 나 있는 모양이었고, 아들자식 하나를 서울에 유학시키고 있는 그 집주인은 음식 만들고 살림 사는 것이 취미라고 했다. 따라서 그릇이나 씻을 줄 아는 '이모' 하나와 밥집 겸 술집을 꾸려가고 있는데, 별로 꾸미지도 않고 차리지도 않은 수수한 몰골로 대청에서 연방 음식을 장만하느라고 두런거리다가도 방에서 손님이 부르면 기다렸다는 듯이 대답이 시원스러웠다. 퍼벌한 채로나마 육덕이 좋은 두 여자의 인물이 뜯어볼수록 툭박졌다.

　맥주잔들을 부딪쳤고, 다들 출출한 판이라 안주들을 게걸스럽게 거머먹었다. 두 쪽이 서로 초대면이나 마찬가지여서 곧장 시국담이 술 상머리에 지레 올라앉았다. 그야말로 실세로 등장한 어떤 인물과 그 주변의 몇몇 요인들에 대한 난도질이 시작된 것이었다. 좌중이 금방 무르익었고, 당연히 '12땡 사건'이 화제로 떠올랐다. 먹물이라면 누구 라도 모를 수 없는 그 내막은 끝없이 이어졌고, 다들 한마디씩 보태고 싶어 안달이었고, 물리지도 않는지 더 듣고 싶어 했다. 누가 수사권의 남용이라고 정의하니, 기득권의 무자비한 월권 행사라고 받았고, 수 세에 몰린 소수의 매파가 죽기 아니면 살기로 기선을 제압해서 일단 성사를 봤다고 단언했고, 우리 군부는 예로부터 외세 앞에서는 겁쟁 이로 둔갑하지만, 군량미나 축내며 뭉개는 계급장들끼리는 모질어빠 져서 진급 신경전이나 벌이지 매파니 비둘기파니 하는 파벌이 애초에 없으며, 선수를 친 쪽이 관군이고 나머지는 역적이 되든지 아첨을 떨 어야 목숨이라도 건져 연명할 수 있다고 했다. 틀린 말은 하나도 없었 다. 그는 다른 말을, 좀 별난 경험을 털어놓고 싶었으나, 우스개를 섞 어가며 풀어놓을 말주변도 모자랐고, 그 일화가 동석자들의 호응을 과연 얼마나 끌 수 있을지 의심쩍기도 했다. 등 뒤에서 방금이라도 총 소리가 언제쯤 울릴까를 촘촘히 기대하면서 다리가 후들거릴 정도로 걷던 그날 밤의 그 묘한 경험 말이다. 가만히 생각해보니 그 경험은 여러 사람 앞에서 털어놓을 성질의 것이 아니었고, 동석자들이 쉬 이 해할 성싶지도 않았다. 누가 "지는 대구 출신이라 카는가 몰라도 우리 는 여 사람 아이라 캅니더"라고 요동치는 정국을 좌지우지하는 한 실 권자를 고향 밖으로 내몰았고, 어떤 기자는 "계엄은 준전신데 계엄사 령관이라는 작자가 시피 야전침대에서 군용 담요 덮고 자야지, 집에서 이불 펴고 잘라 칸 기 잘못이지. 그런이 졸병한테 밟히지. 그런 얼빠진 팔푼이까네 오라카믄 아무 데나 넙죽넙죽 불리 가는 기라"라고 연금당한 4성 장군의 처신을 질타했다. 물론 술김에 하는 우스갯소리였다. 다들 심드렁해졌고, 술이 술을 부르는 시점이었다.

누가 불쑥 집주인을 불렀다. 집주인이 얼굴을 디밀자 텔레비전을 켜보라고 일렀다. 저녁 뉴스를 들을 시간이어서였다. 모두 태평한 마음으로 윗목에 달랑 놓인 텔레비전 화면에 시선을 못 박았다. 그런데 느닷없이 시골에서 마름과 소작인을 부리면서도 잔병치레를 달고 살지 싶은 한 영감이 화면에 나타났다. 그 겉늙은 외양의 영감은 군복 정장 차림의 4성 장군이었다. 그즈음에는 다들 '똥별'이라며 유독 육사 출신의 장성들을 도매금으로 매도하고 있던 판이라 방 안이 일시에 긴장했다. 영감이 담화문을 읽어내렸고, 그 내용은 익히 알려진 대로 "폭도들이…" 운운한, 광주사태에 대한 계엄군의 공식적인 첫 반응이었다. 다들 이미 알게 모르게 광주의 공기가 심상치 않음을 짐작하고 있던 터였다. 희미한 시위 장면, 예컨대 계엄군을 향해 돌 팔매질을 해대고, 차 위에 새카맣게 달라붙은 군중의 삿대질 광경이 화면에 비쳤다가는 얼른 지워졌다. 그런 기술적인 화면 처리가 어떻게, 어떤 목적으로 만들어지는지를 방 안의 동석자들은 잘 알고 있었다. 다소 예민한 정서 반응인지 몰라도 그때부터 그는 또 조마조마해지기 시작했다. 후에 그는 두고두고 그때의 심적 동요를 정확한 말로 옮기려고 애썼는데, 그때마다 "도무지 알 수가 없어"라고만 되뇌었다. 요컨대 그는 가슴이 두근거렸고, 자신이 여기에 있어서는 안 될 것 같았고, 술집 밖으로 무작정 뛰쳐나가고 싶었고, 무엇에 쫓기고 있는 사람처럼 초조한 기분에 휩싸였다. 광주와 대구 사이는 거의 천 리가 넘는데도, 또 대구는 물론이고 전국 곳곳의 타향들은 '지극히 평온한 계엄하'에서 다들 생업에 여념이 없는데, 그는 죽음의 불길이 화면 가득히 덮칠 때처럼, 그 속의 주인공이 활로를 찾고 있는 것처럼 전율을 느꼈다. 그의 손바닥이 땀으로 축축했다. 술상 밑을 힐끔 쳐다보았더니 담배를 쥔 손이 파르르 떨고 있었다. 술기운과 노독 탓인가 하고 그는 자신의 불안감을 추슬렀다. 막무가내였다. 금방 '무슨 해프닝 같은 실수를 저지를까 봐' 겁도 났다. '내가 여기서 이러고 있어서는 안 된다'라는 생각이 자꾸만 떠올랐다. 집 걱정도 얼쩡거렸고, 어서 집으로 돌아가야 한다는 강박관념에 시달렸다.

다른 동석자는 물론 태연했다. 어느새 영감은 사라졌다. 그 영감은 방금 자신이 누구에게 무슨 말을 했는지도 모르지 않을까, 그러니 옆에 있다면 당장 멱살을 잡고 정신이 바로 박혔느냐고 닦달하고 싶었다. 계엄사령관은 대중 앞에서 말을 자제해야 하는 법인데, 당신은 말이 너무 많다고, 따라서 부적격자라고 일갈해야 속이 시원할 것 같았다. 화면은 감쪽같이 뻔한 태평성대의 면면을 비춰주고 있었다. 알 만한 수작이라기보다도 텔레비전의 기능을 제대로 발휘하고 것인데도 그는 그 장면들이 사기같이 여겨졌다. 다들 술을 벌컥벌컥 마셔댔고, 누군가가 "꺼버려, 저것들이 답답하지 우리가 무슨 힘이 있어서, 우리가 알아서 우짜란 말이고"라고 소리쳤고, "저라다가 또 적십자 회비나 많이 내라 칼 끼고, 구호품, 성금 같은 거 거두니라고 우리한테 족쳐대겠지, 수월찮게 많이 죽은 모양인데, 4.19 재판(再版)쯤 되겠네"라고 때 이른 예상을 지껄이기도 했다.

마렵지 않은데도 그는 오줌을 누러 일어섰다. 변소는 대문 옆에 붙어 있었다. 슬리퍼 따위가 여기저기 널려 있었지만, 그는 시간을 끌려고 일부러 제 신발을 찾아서 신었더니 남의 신발처럼 헐렁했다. 술을 마신 양을 따지면 오줌 줄기가 세차야 할 텐데, 오줌이 한 방울도 나오지 않았다. 대구에서 하룻밤 묵고 다음 날 오후 느지막이 회사에 도착하기로 일정이 짜여 있었다. 집에는 밤이 늦어서야 들어갈 수 있을 터였다. 그때까지의 긴 시간을 낯선 거리에서, 썰렁한 방에서 자듯 말듯 할 생각을 챙기니 아득했다. 첩첩산중이라면 과장일 테지만, 집 떠나면 고생이라는 말이 새삼스러웠다. 오줌 줄기는 여전히 비치지 않았다. 오줌 따위에 신경을 쓸 계제는 아니었으나, 안 나오는 오줌이 그를 다소 진정시켜줘서 다행이었다. 타향에서는 어떡하든지 마음이 편하고 볼 일이었다. 버릇대로 힘없는 수도꼭지를 털고 집어넣는데, 얼핏 총소리가 콩 볶듯 하는 현장에 자신이 있었다 하더라도, 또는 있게 되더라도 아까처럼 그렇게 손발이 떨지는 않았을 것이란 생각이 떠올랐다. 그럴 것 같았다. 따져보니 방관자가 늘 먼저, 또 더 심하게 무섭증을 타지 않나 싶었다. 만에 하나 그 일이 자신이 꼭 감당해야 할 업무이고 의무라면 그 현장으로 달려갈 용기는 낼 수 있을 것 같았다. 다만 기자의 신분이라서 비록 오발탄이라 할지라도 맞지 않아야 한다는 보장이 있다면 더 좋을 것이었다. 불행인지 다행인지 그때까지 데스크는 그에게 일 같은 일을 한 번도 맡긴 적이 없었다. 우리 사회의 치부를, 세태의 현장을 찾아 나서려면 언제나, 나중에 하지 머, 급한 것도 아니잖아, 당장 내보냈다가 위에서 과하다고 찍으면 곤란해 라며 내물렸다. 한두 달 후에, 그때 그거 운운하며 해보라고 허락

　　　아득한 나날

이 떨어져도 규격품을 만들어 오라는 단서를 반드시 덧붙였다. 그런 것들은 사실상 일이 아니었고, 그는 시키는 대로 따르는, 머리도 입도 없이 월급을 받아먹고 사는 문자 그대로의 하수인이나 마찬가지였다.

그 두 번의 돌발적인 '역사적 밤'을 겪고 난 다음부터 그는 자신의 직업에 대해 제법 심각한 회의에 빠졌다. 그 심중은 한마디로 경멸감이기도 했다. 기자로서 마땅히 갖추고 있어야 할 능력이라기보다 어떤 본분에 대한 불신이자 회의였다. 시국과 세태야 어떻게 굴러가든 동료들은 더 유들유들해진 것 같았고, 더 고분고분해진 것 같았다. 다들 사태를 훤히 꿰차고 있으면서도 눈만 껌뻑거리고 있었고, 공연히 전화질에 분주스러웠고, 어디선가 날아올 전화를 기다렸고, '다 그런 거지 뭐'라는 유행가 가사만을 읊조리는 냉소주의자로 자족하느라고 영일이 없었다. 그래도 줄기차게, 아니 더 기세등등하게 화면은 만들어지고 있었고, 그런 기계적인 일련의 직무 수행을 문득문득 되돌아보면 한편으로 우습기도 하고, 돌아서면 "이 시답잖은 것들아, 사기를 치려면 석 달 열흘쯤은 감쪽같이 속아 넘어갈 만한 사기를 쳐야지, 머리가 너무 나쁜 게 아니라 거의 푸석돌 수준 아냐"라고 고함을 지르고 싶었다.

그의 주위에는 점점 두꺼운 벽이, 묵언의 가림막이 둘러쳐지고 있었다. 심지어 그를 따르는 한 후배 기자까지도 "이 선배, 오늘 저녁 회식에 참석할 거요? 나까지 안 찍히려면 적당한 핑곗거리를 하나 만들어봐야지"라고 했다. 그는 자신의 생업에는 패배감을, 직장 안에서의 위신에는 위화감을 느꼈다. 그가 괴물이라면 화면은 흉물이었다.

그의 결론은 이랬다.

먹물들은 자신의 신변에 위기가 닥치면 다 비겁해져서 꼬리부터 사린다. 물론 처자식 걱정부터 앞세움으로써 그 소외감은 더 심화 일로로 치닫는다. 이놈의 동네에서는 기자로서의 사명감이 사라진 지가 오래되었다. 사명감을 진작에 원천적으로 봉쇄 내지는 마비시켜놓았으므로 그런 직업의식이 있어야 하는지, 있기나 했는지조차 모르고 있다. 따라서 다들 하나같이 기계 같고, 로봇일 뿐이다. 그래서 모든 먹물은 태업이나 파업할 권리가 있는지 어떤지도 모르는 까막눈이다. 총 앞에서만 바들바들 떠는 과민성 체질의 겁쟁이들이다. 먹물에도 가짜가 있다니, 정말 웃긴다.

그는 자신의 입지가 매일같이 비좁아지고 있음을 느끼고 있었다. 그는 될 대로 되라는 식으로 자신의 처신을 아무렇게나 내버려 두었다. 이상하게도 생활에의 불안감 따위는 까마득히 사라졌다.

3

나는 그의 실직을 누구에게도 알리지 않을 작정이었다. 이웃 사람들, 예컨대 아래채 셋방 가족, 구멍가게, 쌀가게, 연탄 가게의 주인들에게는 말을 하지 않으면 될 것이었고, 일가친지, 그와 나의 친구들에게는 내가 먼저 전화를 걸지 않으면 그뿐이었다. 그쪽에서 전화를 걸어오더라도 그의 근황을 얼버무릴 심산이었다. 실없이 복직에 기대를 걸고 있었기 때문이 아니었다. 그 실직 소식에 껴묻어 올 건성의 걱정 타령을 들어내기가 고역일 성싶었고, 그런 위로의 안부 나누기는 결국 나를 초라하게 닦달할 것 같아서였다. 도와주지도 않을 동정을 하라 마라 할 수는 없겠지만, 그런 연민의 시선은 무조건 거슬렸다.

아득한 나날

전화란 널뛰기처럼 한쪽에서 굴러야 다른 쪽에서 반응을 보이는 장난감이었다. 한동안 집 안에 전화 소리가 울리지 않았다. 그것을 의식하는 심사가 더없이 가라앉는달까, 차분해지다가 내 어깨 주위에 수심의 그늘이 드리워지고 있다는 생각으로 씁쓸했다. 그렇긴 해도 퇴직금도 받았으므로 연말까지는 이럭저럭 살림을 꾸려갈 수 있을 것 같아서 나는 포도도 사 먹곤 했다. 신 것을 사 먹은 덕분인지 식욕이 맹렬하게 좋아졌다. 태아의 발버둥질도 심해져서 안도감이 무럭무럭 샘솟았다.

그즈음의 어느 날, 그가 일찍 귀가하자마자 찬물을 등줄기에 끼얹고 나서 어둡지 않은 표정으로 말을 걸었다.

"어째 여자들은 체질적으로 사는 걱정을 안 하는 동물인가 봐. 일부러 안 하는 건지, 못하게 생겨 먹은 건지, 밑천만 달고 있으면 먹을 것은 저절로 생기게 되어 있다고 최면을 걸고 사는 건지 도무지 알 수가 없어."

기자라서가 아니라 평소에도 그는 입이 건 편이었다. 타성이라고 해도 좋을 그런 말버릇은 아마도 격식을 차려 문어에 가까운 표준말로 사실만을 시청자에게 전해야 하는 그의 직분에 대한 반발일지도 몰랐다. 물론 그의 성격과 젊은 나이도 간과할 수 없겠으나, 그런 말버릇은 자신의 따분한, 그만큼 지루하고 거짓투성이의 직분에서 놓여났다는 어떤 해방감의 표현이랄 수도 있을 것이다. 직업이 사람의 성격도 바꾸고, 먹물들의 빈정거림에 흔히 따라다니는 '씨팔, 좆도, 니미' 따위는 상소리라기보다도 '허어, 거참, 에이' 같은 심통을 드러내는 관형사일 뿐이잖는가. 어쨌든 그날 그 '밑천'이란 말이 내게는 꽤 신선하게 와 닿았다. 실직자이면서도 풀이 죽지 않고, 아침이면 밥상을 걸터 넘고 어디론가로 나가곤 하는 그의 일상을 고맙게 생각하고 있어서 그랬던지 모른다.

나의 대응이 즉각 넙죽해졌다.

"걱정한다고 누가 알아줘요, 떡이 생겨요."

뉴스처럼 겅중겅중 뛰어넘고 요점만 간추려 결론을 내리는 그의 말투가 유감없이 튀어나왔다. 그는 늘 결론을 준비하고 있었다.

"이럭저럭 먹고 살기야 하겠지만, 애들 교육비 때문에 하는 소리지머."

"3년 후, 5년 후, 10년 후를 미리 걱정해봐야 머해요? 다 잘살게 돼 있어요. 실직 같은 거 젊을 때 안 해보면 언제 해보겠어요. 그런 걱정도 지금이 한철이에요."

"나 원, 똥배짱 한번 좋군."

"먹을 것 가지고 나오듯이 공부 복도 타고나는 거예요."

"젠장맞을, 시절이 이렇게 하 수상한데도?"

"애들은 모성애를 먹고 자라고, 공부하는 거예요. 그래서 여자들은 걱정을 따로 안 해요."

"믿어봐? 요즘 세상에 머 믿을 게 있어야 믿지."

"걱정하지 말아요. 취직하려고 아득바득할 것도 없어요. 말이 저절로 퍼지면 자연스럽게 풀려갈 거예요. 집 지니고 있는데 굶어 죽기야 하겠어요."

"현모양처가 따로 없네. 이래서 때때로 가난해질 필요가 있다니까."

"억지로 가난해질 필요야 없지요."

"주기적으로 말이야. 유대인들 안식년처럼 6년 일하고 1년 가난해지고. 괜찮을 거야. 이 동네는 지금 다들 돈 때문에 정신이 너무 부패해졌잖아. 썩었지, 썩었어. 도덕이고 사회 정의고 그런 게 교과서 안에서만 굴러다니고 있잖아. 사회는 겉돌고. 철저히 이중구조지. 그러니 월급쟁이들에게 제도적으로 충격을 줘야지. 계도 차원에서. 스트레스 같은 그런 잗다란 질병만 안겨줄 게 아니라 월급 없이 1년을 살아라, 노동에 종사하면서, 저 멀리서 착실한 걸음으로 가난의 한 해가 닥쳐온다. 얼마나 좋은 제도야. 다들 긴장할 테고, 돈의 가치를 제대로 알 테고, 각자가 하고 싶은 일을 안식년 동안 죽기 살기로 할 테고. 그런 충전기에 든 사람의 호칭을 범사회적으로 따로 정해서 배려, 우대하고. 굶어 죽든지 병들어 죽든지 자살은 못 하도록 범사회적 보장책을 마련해놓고 말이야."

"또 무슨 소설을 쓰고 있는 거예요. 저러니 돌리고, 위에서 가차 없이 찍었지. 평범하게 남들이 살아가는 대로 살 궁리는 못하고…"

"속물이 되라고?"

그는 그런 사람이었다. 어떤 착상이 떠오르면 소년처럼 온갖 공상을 끌어모아 이 사회와 동떨어진 어떤 가공의 세계를 머릿속에 지어내고, 그 사상누각을 오래도록 주물럭거리다가 마침내 자기주장으로 만들어버리곤 했다. 유토피아나 다름없을 그 별종의 세상에서 이 진부한 세속계가 어떻게 바로 보일 수 있겠는가.

그런 범죄적인 발상을 무시로 휘둘러대며 그 고치 속에서 심심한 줄도 모르고 살아가는 양반인 만큼 그는 "언젠가는 끝내주는 장편소설을 한 편 꼭 쓰고 말 거야" 하는 꿈도 가지고 있었다. 그것도 "말이 되는 추리소설"이었다. 이루지 못할 꿈이라도 평생토록 가지고 산다는 것이야 나쁠 게 없어서 나로서는 그러려니 하고 지내지만, 대개의 직장인이 그렇듯이 그가 집에서 글 한 줄 쓰는 것을 본 적이 없기 때문에 그 꿈은 결국 공염불에 그치고 말 것이라는 단정을 내려두고 있다. 그러나 그의 범죄적 발상은 기자의 상투적 안목을 벗어난, 그래서 제법 그럴듯하게 여겨지는 것도 사실이었다. 가령 이런 예도 있었다.

5공화국 말기였을 것이다. 그즈음 그의 말대로 "공돈을 집어줬더니 술 처먹고 싸움질이나 한" 이른바 국방부 회식 사건이 터졌다. 익히 알려진 대로 그 주정 부림은 철통같은 보도 관제 속에서도 무슨 암내를 풍기듯이 슬금슬금 흘러나왔고, 곧장 서울 바닥의 화제로 떠올랐다. 어쩔 수 없이 신문도 가십 정도로 보도를 흘렸으나, 텔레비전에서는 일언반구도 비치지 않았다. 눈 가리고 아웅하는 식이었다. 그러나 소문은 퍼지게 마련이라 회식 참석자들이 구설수를 겪게 되었고, 주먹뺨을 일방적으로 두들겨 맞은 국회의원들은 "남자가 주석 시비를 가지고 무슨…" 운운하며 덮어버리려고 했다. 여당 국회의원은 그렇다 치더라도 야당 국회의원마저 그러니 적잖이 수상쩍은 일이었다.

그의 범죄적 발상에 따르면, 새벽에 잠이 깬 똥별들은 주사(酒邪)치고는 "깡패 같은 행패라" 후회막급이었고, 말썽이 번지면 우선 진급시켜준 윗분을 볼 낯이 없는 노릇이라서 마음이 달았다. 그래서 그들은 이런 일이야말로 속전속결로 평정해버리자고 경비 전화로 합의했고, 각자가 한 사람씩 떠맡기로 했다. 부관들을 볼이 퉁퉁 부어오른 선량들의 집으로 보냈다. 선량들의 단잠을 깨운 부관들은 시키는 대로, 장군께서는 시방 작취미성이라 대신 왔는데, 백배 사죄 드린다는 신신

아득한 나날

당부의 말씀이 계셨으며, 이것을 꼭 전하라고 하더라면서 흰 봉투를 꺼내놓고 황황하니 돌아갔다.

"별들의 세상인데 머가 답답해서 그렇게까지 했겠어요"라고 내가 설마 해 하자, 그는 "이 세상에는 어느 나라도 침략부라고는 없어. 다 국방부지. 국방이 뭔데, 선공격 후무마야. 무마를 말로 하면 씨가 먹혀들어 가나, 물량 공세를 펴야지. 선무공작책을 다들 알고 있었을 거 아냐, 점령지 장짜리들은 그래서 늘 배가 부른 법이거든, 백성만 죽을 지경이고"라고 오히려 선량들에게 야유를 퍼부었다. 딴은 그럴듯한 추리였다.

그의 실직을 처음으로 나에게 기정사실로 굳혀준 사람은 뜻밖에도 손위 시누이였다. 아마도 그가 해직 통보를 받고 난 후 보름쯤 지났을 때였을 것이다. 어느 날 오후에 쌀가게 주인이 쌀 두 가마를 청 끝에 부려놓으면서 "웬 부인이 이 댁이 동생 집이라면서 배달해주랍디다. 연탄집에 들렀으니 곧장 올 것이오. 쌀값은 진작에 받았어요"라고 했다. 짚이는 바가 있었고, 말이 끝나기도 전에 과연 시누이가 휘둥그런 눈매로 들어섰다.

"아니, 대체 어떻게 된 거야? 동생댁은 왜 기별도 않고…"

나는 "위에서 찍어서 해직을 당했나 봐요"라고 남의 일처럼 말했다.

시누이는 시내에 나간 김에 동생의 도장을 받을 일도 있고 해서 전화를 걸었더니 대뜸 "그 친구 이제 안 나와요. 그만뒀어요"라는 말을 들었다고 했다.

"위에서 명단이 내려왔나 봐요."

"어디서 무슨 명단이?"

"몰라요, 저는, 본인도 긴가민가하더니 이제사 감을 잡았는 눈치예요. 어디 높은 데서 정화니 머니 해대며 해직시키라고 했나 봐요."

시누이는 아랫배를 조이고 있는 탱탱한 원피스의 허리띠를 끌렀다.

"그러면 손을 쓰지 그랬어?"

"어디다 무슨 손을 써요. 손쓸 짬도 없었나 봐요."

"단단히 삐딱하게 보였나 보네."

나는 선선히 동의하며 그를 속물의 반석에서 몰아냈다.

"원래 그렇잖아요. 잘 됐지요 머. 이런 시절에 한 번 당해봐야지요. 요즘 같은 직장생활에 어느 상관이 부하 시집을 살려고 하겠어요. 고분고분한 사람이야 흔해 빠졌을 텐데."

"성질이야 그래도 그렇지. 이 일을 그래 어째, 어디 갔어?"

"모르겠어요, 밥만 먹으면 어디로 나가긴 해요."

"개 주변머리에 어딜 싸돌아다닐까. 남자가 앉을 자리부터 있어야지."

그는 군청에서 볼일을 보고 나오는 길에 차 사고로 죽어버려 지방신문의 부음란에도 얼굴이 실린 면장의 장남이었다. 위로는 누나가 한 분 계셨고, 여동생과 남동생이 하나씩 있었다. 고모가 두 분 계셨는데 다 향리 근방에서 그런대로 살았고, 배다른 삼촌이 둘이나 있었다. 큰삼촌은 김 양식장과 물가에 잇대어 있는 파밭 3백 평, 논밭을 먹고 살 만큼 부치면서 나중에 이복형의 공직을 물려받은 사람이었다. 작은삼촌은 인물과 구변이 다 좋아서 장가를 잘 들었는데, 처갓집 덕으로 손아래 처남이 사장인 장거리 버스 회사의 만년 상무였다.

면장이나 읍장은 고시 출신의 군수가 좌지우지하는 자리였다. 자연히 군수의 눈치를 잘 읽는 시골의 유지여야 했고, 군청 걸음이 잦게 마련이었다. 그의 부친은 왜정 때 심상 소학교를 겨우 마쳤으나 타고난 필력이 제법 반듯해서 수리조합의 주임을 지냈고, 몸이 가벼워 살림을 착실하게 불려갔다. 둔덕 너머의 친자식 집에서 사는 계모에게 인사도 자주 가는 양반이었다. 이래저래 면장 자리 하나는 걸머질 만한 사람이었다.

그런 양반이 공무 중에 덜컥 죽어버렸다. 그가 벼락공부 3개월로 겨우 턱거리하여 들어간 서울의 어느 사립대학 영문과를 세 학기 마치고 군 복무 중일 때였다. 부음을 받고 군복 차림으로 집에 갔더니 초상 치르는 일보다 국가를 상대로 배상 소송을 하느냐 마느냐로 난리였다. 그의 모친은 물론이고 그도 그런 소송을 할 수 있는 건지도, 배상금을 얼마나 받을 수 있는지도 몰랐으나, 작은삼촌이 그런 방면에는 아는 게 많았다. 군수가 문상을 왔고, 조의금을 내놓으며 큰삼촌에게 송사를 말렸다. 공무 중이었고, 군청 앞의 대로변이었긴 하나, 남의 명의로 불법 운행하는 택시가 제 발로 후진하는 화물차 뒤꽁무니 속으로 기어들어 갔으니 운수소관으로 돌려야 하지 않겠느냐는 것이었다. 공무원이란 제 관할 구역에서 말썽이 나는 것을 제일 귀찮게 여기는 말전주꾼일 뿐이었다. 그러나 큰삼촌은 '송사 좋아하는 집안의 자식은 개도 안 돌아본다'는 말을 듣고만 있는 무골호인이었다. 홀로된 형수씨가 커가는 조카들 공부시킬 일이 걱정이지 다른 걱정이야 있겠냐면서 물러앉을 눈치를 보이자 작은삼촌과 그의 누님이 '무슨 물러터진 소리냐'고 대들었다. 장자였지만 그는 뒷전이었다.

그도 심성이 무던했고, 중학교 때부터 대본집 소설책을 빌려 읽기

를 유일한 낙으로 삼은 데다, "너희들은 농사짓고 살 생각은 아예 먹
질 말아라"라는 부친의 푸념을 좇아 도회지에서 영어 선생 노릇이나
하는 게 꿈이었다. 꽃보다 그 이름이 더 예쁜 코스모스가 환하게 둘러
싸고 있는 교정을 자전거로 들락이고, 외무고시에 합격한 제자가 정
초에 인사를 오면 허름한 남방셔츠 차림으로 술잔을 건네면서 "김군
은 이제 관계대명사와 접속사는 대번에 구별할 줄 알겠네"라며 덕담
을 내놓고, 밤늦도록 이런저런 책을 뒤적거리며 한평생을 곱게 살아
가는 인생도 괜찮으리라는, 일부러 단조로운 삶을 자청하는 그런 위
인이었다. 신혼여행 중의 기차 안에서 그런 한갓진 어릴 적 희망을 들
었을 때, 나는 그의 실체를 오롯이 손에 거머쥔 듯한 느낌을 반추했
다.

　군청 직원들과 전치 16주의 중상으로 입원해 있던 택시 기사 쪽 사
람들과 화물차 차주가 번갈아 가며 들락거렸다. 그때 그는 처음으로
법대에 안 간 것을 후회했다. 사회를 제대로 알려면 법을 먼저 알아야
할 것 같았고, 법을 겁내서는 안 된다고 깨달았다. 또한 사람이 사람
행세를 하고, 사람대접을 받으려면 돈이 많든지 출세를 하든지 해야
한다고 생각했다. 돈을 많이 벌기는 쉽지 않을 테지만, 끗발 좋고 말
발이 서는 직업이야 골라잡을 수 있지 싶었다. 그는 군 복무 중 변소
에 앉아서도 영자 신문의 사설을 외느라고 끙끙댔고, 영어책을 손에
서 놓지 않았다.

　그는 자기 누님을 '생각할수록 웃긴다'라면서 무척 기렸다. 그녀는
시골의 여상고를 졸업하자마자 공채 시험으로, 지금은 일류 재벌이
된 어느 회사의 서울 본사 경리사원으로 취직했다. 복식 부기를 아는

데다가 주산 경연대회에 출전한 경력이 있었고, 면장의 맏딸이었으므로 신원이 확실했기 때문이었다. 그 회사는 정부가 보증을 서주는 외국 차관을 들여와서, 또 면세품 자재를 닥치는 대로 수입해와서 화학섬유공장을 신설, 공사 중 증축했다. 하루에 두 번씩 간부회의를 열었고, 회의가 끝나면 지방의 공사 현장으로 우르르 몰려갔다. 짓는 데만 1년 이상이 걸려야 하는 공장을 8개월 만에 가동시켜 보자고 사장은 소매를 걷어붙이고 몰아붙이는 판이었다. 그 공기 단축으로 떨어지는 돈이 막대해서였다. 돈은 흔전만전이었다. 사장 이하 간부 직원들이 퍼마시고 올리는 접대비가 매일같이 거금으로 쏟아졌다. 하청업체의 도급금은 한 달짜리 어음을 발행했다가 회수일에 전부 보증수표로 지불했고, 하청업자들은 그녀에게 공연히 싱거운 소리를 건네기도 했다. 이태쯤 지나자 그녀의 저금통장이 꽤 두툼해졌다. "스타킹이나 사 신어라"면서 집어주는 회사 직원과 거래처 사람들의 금일봉도 몽땅 저금통장에다 묻어둔 덕분이었다. 그녀는 자취생활을 하면서도, 또 월말이면 전표 정리로 야근하면서도 다른 일을 벌였다. 그 일이란 어느 야간대학 국문과에 적을 걸어두는 것이었다. 시집을 잘 가기 위한 수단이었으므로 그녀는 대학 졸업장을 굳이 손에 쥘 마음은 추호도 없었고, 나중에 그대로 실천에 옮겼다. 마침 그즈음 일류 대학 상대를 나온 대리 짜리 하나가 그녀에게 눈독을 들였다. 그는 사장을 따라다니며 외국인 접대도 시중들고, 봉투 심부름도 도맡는 위인이었다. 그녀도 영악했지만, 그도 요정 따위에서 인물이 해사하고 입술에 발린 말대꾸만 콩닥거리는 것들과 교제를 할 만큼 해본 뒤라 여자의 미모가 아무짝에도 쓸모없다는 것, 마누라의 소용은 그런 것들과는 확연하게 달라야 한다는 것을 잘 알고 있었다. 허영기도 없어서 그는 자신의 사회 경험을 통해 얻은 세상의 물미를 바로 제 삶에 적용해보자고 다짐했다. 상대 출신이라서 세상의 관행을 섬길 줄 알고 응용력도 남달랐다고 봐야 할 것이다. 그녀는 경리과 여직원들 가운데서는 유일하게 야간대학에라도 적을 걸어두고 있었다. 그 점이 단연 좋게 보였다. 볼수록 시골 출신답게 예의도 발랐고, 일 맵시가 야무졌다. 키도 작았고, 인물도 밉상을 겨우 면한 정도였지만, 전표에 돈 액수를 한자로 적는데 그 자획의 순서가 정확하고 필체가 웬만한 대졸 남자 사원보다 나았다. 더욱이나 그녀는 입이 무거웠다. 가령 돈이 끓는 회사에 흔히 있게 마련인 간부 사원들의 지저분한 사생활, 공공연한 뇌물 수수, 상관에의 아첨 따위를 염탐질해 두었어도 "전 몰라요"라면서 시침을 뗄 줄 알았다. 신랑 후보자는 처갓집 살림 형편을 넘겨다볼 필요가 없는 처지에다 그런 구지레한 짓거리와는 담을 쌓고 지내는 성격이기도 했다. 그럴 수밖에 없던 것이 차관 교섭, 관청과 세관과 은행 출입, 하청업체 선정, 인사 고과 등에 음양으로 개입하고 있었으며, 또 사장을 호가호위하면서 소위 입김이 센 직위에서 점잖게 거드럭거리는 터이라 여기저기서 굴러오는 눈먼 공돈으로 벌써 아파트도 한 채 사두고 있었다. 요컨대 그는 떼돈을 벌어들이는 정부 보증의 반(半)매판 기업의 떡고물을 가장자리에서 찍어 먹고 있던 심부름꾼에 불과했다. 그들의 결합을 사장은 쌍수를 들고 환영했다. 나이가 지긋한 간부 사원들일수록 그의 여자 보는 안목을 칭찬하기에 침이 말랐고, 누가 그녀 대신에 경리를 보겠느냐고 지레 걱정을 내놓는 판이었다.

시누이가 주판 실력 하나로 회사를 휘어잡은 것도, 인물도 학력도

아득한 나날

없는 것이 일등 신랑감을 제힘으로 낚아챈 것도, 무슨 일이든지 겁도 없이 밀어붙이고 떠벌이는 당돌함도 그가 보기에는 '웃기는' 짓이었다. 그는 자신의 누님만 화제에 올리면 "좀 우습잖아, 촌스럽기 이를 데 없는 여자가 이 약삭빠른 서울을 무찌르고 매사에 진지하게 덤비는 꼴이 말이야"라고 토 달기를 잊지 않았다. 시누이는 그가 보기에 '진지한 코미디언'이었다. 돈 자랑을 하는 법도 없었으나 알부자였고, 감히 학력 따위를 들먹거리는 법도 없지만, 세상 물정에 정말 해박했고, 진지하게 세상을 이해하려고 덤볐다. 그런 만큼 평당 만6천 원짜리 강남의 체비지도 세 필지나 계약할 줄 알았고, 회사로부터 부동산과 현찰이 너무 많다고 찍혀서 한직으로만 따돌리는 남편 출세에도 톡톡히 한몫해서 부장 자리에까지 올려놓고 있었다. 땅이란 가지고 있으면 오르게 되어 있고, 어느 자리에서나 뭉그적거리고 있으면 좋은 때가 저절로 알아서 굴러온다는 것이 시누이의 생활철학이었다.

그날 시누이가 돌아가고 난 후 나는 한참이나 멍청해져 버렸다. 내가 겉똑똑이 같았고, 내조가 과연 무엇인지, 그런 게 과연 있다면 나야말로 시누이의 발뒤축에도 못 미치는 열등생이 틀림없었고, 어떤 잣대로 견주더라도 얼간이 축에도 들지 못한다는 회의가 고개를 쳐들고 나서서였다. 그의 상투어대로 이 세상을 '웃기면서' 살아갈 수 없을까 하는 바람인지 원망인지 모를 잡념도 뒤적거렸다. 그렇게 살려면 정치적으로는 초탈법적인 폭력이 횡행하고, 사회적으로는 돈에 걸신들린 듯이 덤벙거리는 이 사바세계와 일심동체로 배를 맞춰야 할 것이었다. 그러자면 아부도 시의적절하게 떨어야 할 테고, 경우마다 야합하라고 꼬드길 터인데, 그는 언제라도 방관자일 뿐 그 씨름판 속으로 뛰어들 엄두도 못 내는 약골이었다. 결국 그나 나나 부부 일심동체란 말대로 용기도 없고, 무능력자에다, 불평불만으로 날을 세우는 처량한 트레바리 서민에 지나지 않았다.

그런저런 잡념을 뒤죽박죽으로 떠올렸다가 머리통을 흔들면서도 어디다 들여놓아야 할지 몰라서 그대로 내버려 두고 있는 쌀가마에 눈이 가면 실직자 가정이란 실감이 여실하게 다가왔고, 가능하다면 그와 내가 어영부영 꾸려가고 있는 피륙처럼 얄따란 삶을 갈가리 찢어버리고 싶었다. 서글펐다. 눈물이 비어져 나오려 해서 눈을 연방 깜빡거렸던 기억이 지금도 내 시야에 암암히 떠오른다.

그날 밤 술 냄새를 풍기며 들어온 그가 현관 앞에 쌓아둔 쌀가마를 유심히 바라보더니 대뜸 말했다.

"원 별꼴이네. 누님 짓인가 보네. 계속 웃기는데. 역시 시골스럽기 짝이 없어. 누가 촌년이 아니랄까 봐. 요즘 세상에 누가 굶어 죽나. 타고난 진지한 코미디언이야. 좀 우습잖아."

"웃기기는요. 남은 고마워서 눈물이 다 나오는 판인데."

"그래, 쌀가마만 부려놓고 갔어?"

"갔어요, 연탄도 2백 장이나 쌓아주고요, 이 더운 여름에."

우리는 힘없는 웃음이 비죽이 흘러나오는 것을 내버려 두고 한참이나 마주 보고 서 있었다.

"시골 노인네에게는 알렸대?"

시골 노인네는 시어머니였고, 우리는 당분간 실직을 알리지 않기로 무언의 약속을 해두고 있었다.

"몰라요, 어떡하실지. 오늘 낮에 전화해보고 알았대요."

아득한 나날

"당신이 알린 게 아니고? 독하군. 하기야 독해 봤자지만. 요즘은 독하기보다 후안무치해야 살아남는다고."

취직자리를 알아본 나머지 하는 말인가 하고 뚱해 있는데, 그가 흐물흐물 엉뚱한 소리를 지껄였다.

"니미랄, 넥타이 안 매고 다니니 사람대접은 못 받아도 살 만은 하네. 사람은 딱 두 부류밖에 없는 것 같애. 넥타이 매고 밥 빌어먹는 치와 넥타이 안 매고도 밥 얻어먹고 사는 인간으로 말이야. 후안무치하기는커녕 이런 인생 경험이나 얻으려고 돌아다니는 내 팔자라니. 한심 천만이야. 술집에서 웬 친구가 좆 같은 세상에서 씹이나 하고 살자고 그래, 다들 명언이라고 껄껄대면서 맞장구를 치더라고. 그럴듯하잖아. 다들 지쳤어. 털버덕 주저앉아 있어. 세상이 후딱 안 바뀌나 하고 길에 나앉아서. 내가 무슨 용빼는 재주가 있나. 씨팔, 잘들 해처먹으라지. 우리 민중은 아직 아무런 역량이 없어. 너무 비겁하고. 지방 구석에 앉아서도 고함을 치기는커녕 하품이나 해대는 꼬락서니하고선. 쥐뿔도 못되는 것들이. 총알 한 방에 전부 코가 쑥 빠져버리는 것들인데 머. 민중은 위대하다고, 좋아하고 있네. 쓸개 빠진 것들이 입은 살아서. 제대로 웃기기나 하면 누가 뭐래. 헛소리라도 작작 지껄거려야지."

그때 나는 그의 실직 상태가 꽤 오래갈지도 모른다는 방정맞은 생각을 뒤적였을 것이다. 뒤이어 그가 비록 허세일지라도 우리 사회를 좀 더 시니컬하게 헐뜯을 수 있는 기백 같은 것이 당분간 넘쳐나기를 바랐을 것이며, 이 전격적이며 전면적인 사회적 권태와 무기력증이 언제쯤 걷힐 것인지에 대해서 생각을 모아가다가 결국 시커먼 구렁텅

496

이 같은 절망감을 곱씹었을 게 틀림없다. 무슨 음모 같은 그런 나의 조바심은 한 실업자에 대한 힘없는 성원이었고, 때늦은 민주화에의 열망을 각본대로 착착 깔아뭉개가고 있는 권부와, 용두사미가 될 것이 뻔한 '정의 사회의 구현' 같은 싱거운 구호에 세뇌당하고 있는 대다수 민중을 향한 소리 없는 분노였다.

점점 덩두렷이 떠오르고 있는 쌀 두 가마니가 한 실업자 가정을 무참하게 짓눌러오고 있었고, 사람은 밥만 먹고는 못사는 동물이라고 시위하고 있었다.

4

예상은 했지만, 그는 곧장 의기소침해졌다. 월급날이 언제 닥쳐왔는지도 모를 정도로 허둥거리던 지난날과는 달리 꼬박꼬박 다가오는 월말이 그를 초조하고 불안하게 만드는 것 같았다. 아닐지도 모른다. 그는 생활비를 걱정하는 게 아니라 월급을 벌어들이지 못하게 되고만 자신의 능력과 그 자격지심을 가지고 앞으로 어떻게 살아갈 수 있을까를 걱정하고 고민하는 듯했다. 그런 회의는 처음 당하는 터이라 당황과 어떤 패배감을 부채질하는 모양이었다. 그 패배감이 무력감과 낭패감을 불러들일 테고, 원망, 분노, 좌절, 후회를 저작하도록 갉작거릴 것이었다. 주체할 수 없을 지경으로 남아도는 시간이 짜증과 신경질을 일구고 있음을, 무료해짐으로써 우리의 체제 전반에 대한 저주 같은 모진 악도 저절로 삭아버렸음을 그는 이내 알아챘다. 그는 곧장 그 던적스럽기 짝이 없는 무력감, 나아가서 끈덕지게 달라붙는 권태감을 털어버리려고 일어섰다. 월급쟁이 노릇을 할 때 벌러 온 일들을 하나씩 해치워버리기로 한 것이었다.

우선 그는 이틀 만에 돌아오긴 했지만, 고향에 내려갔다. 노인네는 배울 만큼 배웠으니 살길이 나서겠지, 그렇다고 지금 와서 나도 못 짓는 농사를 니가 짓겠냐, 은행 빚이야 정 갈급증이 나면 지니고 있어 봐야 남의 품삯 대기도 빠듯한 논밭떼기를 팔아서라도 갚아버려라, 그 대신에 니 동생이 저렇게 대학을 간다고 해싸니 걔 학비는 니가 맡든지 말든지 알아서 하고, 매형이 돈도 수월찮게 있다 하고 지위도 그만하면 거시기하다 하니 취직은 그 연줄을 붙잡는 것이 빠르지 않을까 모를래라고 했다. 그는 길을 두고 뫼로 가는 한이 있더라도 매형한테 취직 부탁할 마음은 아직 없고, 동생 학비사 말할 것도 없고 밥도 내 사는 형편대로 같이 먹어야 할 것이고, 논밭때기와 집은 당신께서 사시는 동안 지니고 계시다가 동생이 장가들 때 몽땅 줘버리고, 은행 빚은 6개월이나 1년쯤 연체 이자를 물면 집값이 벌써 두 배도 넘게 올랐으니 그게 그거고, 농사지을 마음도 없을뿐더러 몸도 부치며, 요즘 세상에 사대육신 멀쩡한 놈이 먹고사는 걱정을 하는 것 봤냐고 대답한 모양이었다. 상고를 나와 모 재벌의 방계인 어느 시멘트 회사의 지방 사무소에 취직해서 이태나 근무하다가 방위병으로 막 입대해 있던 동생은 복무가 끝나는 대로 대학을, 그것도 서울로 진학하겠다며 해가 떨어지기도 전에 귀가하여 농사는 뒷전으로 물리고 책만 붙들고 있다고 했다. 형이 집을 장만한다면서 천만 원을 가지고 간 것을 그 동생도 알고 있었으므로 고향의 세전지물은 우리가 넘겨다볼 수 없는 부동산이었다.

잡념을 털어버리려고 그는 규칙적인 생활에 매달렸다. 새벽 다섯 시면 일어나서 한강변을 30분 이상씩 거닐었다. 나이가 있는 만큼 조깅하고 온 그의 몸은 싱싱하다고 해도 좋을 만했다. 오전에는 신문을 사설까지 읽었고, 방문을 걸어 잠그고 책도 읽었다. 점심때쯤이면 어느새 풀이 죽어 시나브로 낮잠에 빠져들었고, 낮잠에서 깨어나면 공연히 짜증스러워했다. 짜증을 내지 않아야 한다고 마음을 다져 먹는 자신이 한심스러운지 멀뚱하니 창가에 붙어서서 줄담배를 피우기도 했다. 주저앉아서 화분에 물을 주기도 했는데, "난(蘭) 재배도 잘만 하면 수입이 괜찮대. 서울 근교에서는 수요가 꽤 많은가 봐, 한란 한 포기에 백만 원도 호가한다는데"라고 한때의 취재 경험을 무심결에 드러내 보이기도 했다. 밤이면 애들과 텔레비전을 시청하기도 했고, 뉴스 시간에는 "태평성대구먼"이라고 비아냥거리다가, 한 기자가 "주차 능력 5백 대를 갖춘 부여 문화권이 이제 새로운 변모를 갖추게 된 것입니다" 운운하자 대뜸 "저런 멍청한 것, 저걸 말이라고 해? 차를 5백 대나 세울 수 있다면 경내(境內)를 모조리 깔아뭉개서 경관을 그만큼 없앴다는 소리 아냐, 하기야 주차 시설부터 갖춰야 관광지로 명색이 날 테지. 보도꺼리가 저렇게나 씨가 말랐나"라고 한때의 동료를 몰아세우기도 했다. 잠이 안 온다며 밤 두 시쯤에 일어나 대청에서 아령을 양손에 들고 앉았다 일어서기도 해대는 통에 내까지 잠을 설치는 나날이 겹치기로 닥쳐왔다.

다 부질없는 짓거리였다. 젊은 남자는 모름지기 낮에 집밖으로 나가야 했고, 할 일이 있어야 했고, 바빠야 했다. 낮 동안 내내 서로 눈치를 봐야 했고, 그가 또는 내가 저쪽 방에서 숨을 쉬고 있다는 실상 자체가 고역이었고, 문 옆에서 서성대는 빚쟁이처럼 부담스러웠다.

아득한 나날

돈은 안 벌어와도 좋으니 낮에만이라도 제발 밖에 나가 있어 주었으면 하는 바람이 내 머리꼭지에서 맴을 돌았다. 그는 나의 눈치를 읽는 데는 귀신이었다. 대학 동기생을 만난다면서 억지로 바깥출입을 자청했고, 신문대학원의 입시 요강을 알아보기도 했다. "빈둥빈둥 노니 하루해가 어째 더 후딱후딱 지나가네, 세월이 유수라더니"라는 실토는 지겹다는 사정의 다른 표현이었다. 서로가 서로에게 지옥이었다. 지금도 그해 가을에 느닷없이 닥친 그 생게망게하던 내 시집살이를 떠올리면 가슴이 답답해진다.

똥구멍으로 숨을 쉬며 사는 것 같던 그런 끔찍한 나날 중에 일거리가 제 발로 굴러왔다. 그것도 거의 동시에 그와 내게 찾아온 일거리였다. 그의 일은 번역건이었는데, 어느 신문사 외신부에 근무하는 그의 친구가 소개한 것이었다. 친구의 주문에 따르면 어느 출판사에서 급히 책 한 권을 번역해 내기로 했고, 그것을 자신에게 떠맡겼으며, 시일을 다투는 일이라서 서너 사람이 "찢어발겨서 후딱 해줘 버려야 하니" 한몫을 맡으라고 했다. 그 출판사 사장은 유신 시절 때 해직된 전직 언론인으로서 돈은 별로 없지만, 믿을 만한 사람이니 원고료는 알아서 챙겨줄 것이라고 했다. 불감청이언정 고소원이었다. 그가 영어책과 담을 쌓고 산 지가 오랜데 제대로 할 수 있을란가 모르겠다, 껄렁껄렁한 삼류 소설책인가 하고 내숭을 떨었더니, 뜻밖에도 마르크시즘 개설서인데 대충 훑어보니 내용도 아주 쉽고 평이한 문장으로 쓴 일종의 평전이라는 것이었다. 군부가 당당하게 집권한 이 뜨르르한 시국에 마르크시즘 책을 번역해 내겠다니. "니가 집구석에 처박혀 있더니 뭘 몰라도 한참 모르는구나, 사회주의 정당까지 출현시키는 마당인데, 네오마르크시즘 비판서야 다 나오게 되어 있고, 히트칠 걸"이라며 친구는 제 일인 양 신바람을 냈다.

내게 닥친 일은 대강(代講)건이었다. 일어과(日語科) 네 해 선배로서 평소에도 무간하게 지내는 언니가 말을 더듬거리며 일주일 후부터 열흘만 자기 대신에 강의를 맡아줄 수 없겠느냐고 물어왔다. 연휴도 끼었고, 시절처럼 마음도 뒤숭숭한데다 정리할 게 있어서 어디 좀 갔다 와야겠으니 꼭 좀 맡아주면 자기 돈까지 얹어서 사례하겠다고 했다. 그언니는 딸만 하나 덜렁 떠안기고 엘에이인가로 내빼버린 전남편과 복잡한 사연이 있는, 조금쯤 멍청하고 몽환적인 구석이 있어서 그런 기질이 다소 매력적이기도 한, 그러나 경위는 바르고 이해타산도 빠른 여자였다. 나는 건성으로 문법반이냐고 물었다. 그녀는 전남편과 2년쯤 일본에서 살기도 했지만, 나는 일본과 일어를 책으로만 아는 처지였다. 그렇긴해도 회화반도 기초 정도는 가르칠 수 있었다. 물론 문법반이라고 했고, 점심나절에 한 시간 반씩 주 닷새만 가르쳐주면 된다고 했다. 나는 반년쯤 그 강사 노릇을 해봐서 사정을 잘 알고 있었다. 술집에 다니지 않을까 싶은 젊은 여자들, 넥타이를 맨 인근의 회사원들, 이공 계통의 원서를 들고 다니는 대학생 같기도 하고 무슨 기술직 월급쟁이 같은 남자들 스무 명 남짓이 수강생들일 것이었다. 내가 해산달이 석 달밖에 안 남았다고 하자 그녀는 "참, 그렇지, 들은 것 같기도 해. 머 좋지, 더 의젓하고, 초산도 아닌데"라고 앙청했다. 더러 깜빡깜빡 멍해지기도 하는 그녀의 단면이었다. 야간반은 어떻게 했느냐고 물었더니, 그것은 다른 누구에게 떠넘겼다고 했다. 나는 충동적으로 맡겠다고 했다. 낮 동안 그와 코를 맞대고 있는 형편에 웬만큼 진

아득한 나날

절머리가 나 있어서였다.

외국어 학원의 시간강사 직은 정말 못할 짓이었다. 아침에 출근해야 하는 직장도 아니어서 오전에는 빈둥거려야 했고, 점심을 먹고 나서 한차례 떠들고 나면 야간반에 들어갈 때까지 애매한 시간을 멍청히 보내야 했다. 어느 날 오후, 강의실에서 "눈에 덮인 원숭이 나라"라는 일본 동화책을 읽고 있는데, 그녀가 다가왔고, "너 글 쓰고 싶어하는구나, 나도 글재주가 있으면 얼마나 좋을까"라고 말을 건넸다. 나는 두세 번씩 반복해서 읽고 싶은 수필 같은 산문을 쓰고 싶긴 해도, 그러려면 먼저 시인이나 소설가가 되어야 하겠는데, 그럴 만한 능력은 없다고 솔직하게 털어놓았다. 그 후부터 우리는 속을 털어놓는 사이가 되었다.

그녀의 아버지는 시중은행의 지점장까지 지낸 인물이었다. 나의 부친은 한때 잠시 빤짝였던 도의원 선거에 출마한 적이 있는 정치꾼이었다. 전직 지점장은 보험회사의 고문으로 두 번째 월급쟁이 생활로 유유자적하면서 유학 중인 두 아들에게 매달 학비를 달러로 송금한다고 했다. 정치꾼은 동네 일대를 주름잡는 석유집의 사장으로 지하철 공사 현장 사무소에 석유와 경유를 납품하려고 매일 밤 접대술을 마셨고, 4급 세무직 시험을 준비하는 맏아들에게 술 냄새를 풍기며 "남양 홍씨가 대처에 나와서 이러코롬 고생이 많다"고 주절거렸다. 그녀의 어머니는 초혼에 실패한 딸자식 때문에 한걱정이었고, "요게 애물단지다"라면서도 외손녀를 거두는 게 유일한 낙이었다. 나의 모친은 전화기 두 대 앞에서 앉아서 받을 기름값을 계산하느라고 끼니도 잊고 지냈고, 전화 송수화기를 내려놓자마자 "홍아, 튀김집에도 석유 두

말 보내 달란다"라고 고함쳤다. 규홍이는 군대만 갔다 오면 기름 배달을 안 하고도 얼마든지 살 수 있다고 장담하던 이종사촌 동생이었다. 그녀는 "조강지처가 무슨 말이야? 첫 마누라라는 거야, 같이 살아야 한다는 소리야?"라면서 한 남자를 그리워하고 있었다. '혼또 에도벵'(진짜 도쿄말)이라고 나의 일본말 발음을 칭찬하면서 '에누에이치케이국영테레비'에 보도 요원으로 취직하려면 삼대째 도쿄에서 살아야 하는 게 기본 조건인데, 내 일본어 발음이 그쯤 된다면서 왜 일본에 유학 가지 않느냐던 어느 일본인 강사의 입에 발린 싹싹한 권면을 나는 얼핏얼핏 떠올리는 한편으로 다시 여성지 같은 데 취직이나 할까 어쩔까 궁리 중이었다.

첫날의 대강을 이럭저럭 해치우고 귀가한 날이었을 것이다. 내가 방문을 살며시 열고 들어가 그의 작업을 등 너머로 지켜보며 물었다.

"과외 공부는 잘 돼가요?"

"대충 때려잡아서 옮기는 거지 머. 중간중간에 알 듯 말 듯 한 학술 용어가 튀어나오는데 영 환장하겠네. 내가 뭘 제대로 알아야지. 혁명에 필요한 수동적 요소와 물질적 기초? 무슨 말이야?"

"직역해버리세요. 알든 말든. 제대로 아는 사람이야 원서 읽지, 번역판 사서 보고 앉았겠어요."

"직역을 해놔도 내가 모르겠으니 하는 소리지, 맑스지, 마르크스는 일본식 발음 아냐?"

"그럴걸요, 마루구수쯤 되지 않을까, 모르겠어요."

"우리는 왜 이래 모르는 것이 많아. 이게 한계야."

찢어온 원서 중 그가 맡은 부분은 "맑스의 생애와 사상"의 앞부분으로 70페이지쯤 되었다. 생소한 분야에다 돈벌이로서는 처음 하는 일이라서 쉬울 것 같은 앞부분을 자청했던 것인데, 첫 구절이 대번에 '맑스는 1818년 프러시아 라인 주에 있는 트리어에서 태어났다. 8남매 중 셋째로 장남이었다'로 시작되었다. 뒷부분에 '사상'이 나오므로 그는 '생애'만을, 그것도 맑스가 런던으로 망명하기 전까지, 그러니까 그의 생애의 반쯤까지만 읽고 있는 셈이었다. 쉽고 어려운 것을 떠나서 그의 말대로 로미오만 읽고 줄리엣은 못 읽었다는, 말 같지도 않은 그 우스개를 붙들고 있는 것이었다. 그러나 그에게는 진지하게 시간을 때우는, "썩을 대로 썩은 머리를 갑자기 긴장시키는 일거리"였다. 그 일거리가 그에게는 물론이려니와 나에게도 고마웠다. 그래서 "영어 공부하는 셈치고 매달려보세요"라고 격려했다. 실제로 그도 그 과외 공부를 '돈벌이'로 의식하지 않는 눈치였다. 그의 그런 진지한 자세는 오랜만에 목격하는 어떤 직업의식이었다.

"출판은 된대요?"

"몰라, 되든 말든 내가 알 바 있나, 원고료도 주는 대로 받을 건데. 용돈벌이라고 생각해야지. 라면이나 하나 끓여줘."

"아직 점심도 안 먹었어요? 차려놓았다고 했잖아요."

대강은 열두 시 반에서 두 시까지였고, 학원은 5분쯤 걸어가서 버스를 타고 다섯 정거장째에서 내리면 바로 코앞의 강남에 있었으므로 이럭저럭 세 시가 훌쩍 넘은 시간이었다.

"소와 남자는 밥을 차려줘야 먹는다고 그러데, 노친네가 말이야."

"맑스를 읽는 양반이 별 고리타분한 소릴 다하네."

"지금이 19세긴가, 여기는 한국이고, 나는 조선 사람이라고."

그는 어느새 생기가 나 있었다. 노동이란, 맑스가 굳이 강조하지 않더라도 이처럼 사람의 본성을 변화시키는 것이었다. 나는 마음이 가벼워졌고, 임부였으나 몸도 무거운 줄 몰랐다. 다 노동과 맑스 덕분이었다.

그가 책상 위에 두 다리를 올렸다. 재떨이에는 담배꽁초가 수북했고, 그는 또 담배를 물었다.

"맑스도 담배 피웠대요?"

그가 화들짝 놀라며 찢어발긴 얄따란 책묶음을 집어들었다.

"가만, 몰라, 그런 말은 아직 없던데. 골초였겠지 머. 글에 걸귀가 들려 글만 쓰다 죽은 양반인데, 편지를 또 그렇게 많이 썼어. 그게 또 다 남아 있는 모양이야. 온통 그 말이야. 지 아버지한테 보낸 편지하며, 또 젊을 때는 시인이었대. 처음 알았어."

그는 라면 따위를 잊고 있었고, 나도 덩달아 배고픈 줄도 몰랐다.

"실업자 생활을 해봤대요?"

"무슨 소리야, 이런 위대한 양반은 벌써 직업 같은 걸 떠나 있어. 세상의 근본을 완전히, 통째로 바꾸겠다는데. 굳이 따지자면 저술가쯤 되겠지. 직업이 저술가라면 상당히 고상하잖아. 맨날 원고료나 기다리는 거지고. 오역이 부분적으로 있든 말든 출판이나 됐으면 좋겠어. 신비를 깨야지. 공연히 금줄을 그어놓고 성역화시켜놓으니 다들 금지된 장난을 치고 싶어 안달이잖아. 빨리 풀어버려야 해. 멍석을 깔아줘야지."

나는 그의 말허리를 잘랐다. 아무 데나 들쑤시는 것 같은 우리의 대화가 매번 그 모양이었다.

"그런 거야 알아서 이용할 사람이 따로 있을 거고, 차제에 글이나 한번 써보면 어때요?"

"무슨 글? 내 주제에 무슨 글을 써? 글 써서 먹고살기에는 내 대가리가 너무 굳었잖아. 돌덩어린데, 글을 쓰려면 세상을 좀 유연하게 볼 수 있어야 할 거야. 그래야 우선 원고지 매수를 술술 불려갈 수 있을 테니까. 그렇고 말고."

나는 우정 그의 생기를 부추겼다.

"언젠가는 추리소설을 쓰겠다면서요. 좋은 기회 아니에요."

"그런 장르가 이런 시국에 씨가 먹혀들겠어? 시국의 형세가 추리소설보다 훨씬 더 재미있게 속속 전개되는 판인데, 얼마나 재미있어. 서부극처럼 총질이 좀 더 자주 벌어져야 흥미진진해질 텐데. 그러나저러나 해직당한 방송국 기자 나부랭이가 꼴에 글 쓸 경황이 있다면 좀 비정상일걸. 글을 제대로 쓰려면… 이런 형편에서는 안 될 거야. 주변 정리부터 하고, 머리가 제대로 돌아갈 수 있도록 기름도 치고 깔끔한 빗질로 분위기도 싹 바꾸고, 각오도 단단히 하고 나서. 요컨대 자기반성적인 자세를 가다듬을 수 있는 주관적, 객관적인 주위 사정이 갖춰져야지. 글 쓸 이야깃거리야 많지. 어쨌든 사회부 기자 출신이거든."

내가 또 말을 돌렸다.

"맑스로 했어요? 마르크스로 고치지요?"

"죄다 맑스로 쓰고 있어."

"문교부 맞춤법 통일안이 그렇고, 그렇게 통용되는데. 말이란 게 뜻만 통하면 되는 거고, 그렇게 쓰면 쓰는 거잖아요. 그건 고집도 아니고 아무것도 아니에요."

"무조건 따르라는 말인데 알 건 알릴 필요도 있잖아. 마르크스는 일본식 표기라고. 원고 넘길 때 어차피 다시 훑어봐야 하니까 그때 고치든지 하지 머. 할만해?"

"일본어 기초반이 그렇지요 머. 나도 돈 보고 하는 일은 아니에요."

그 번역 일이 다리를 놓아 그는 '일자리'를 얻었다. 그랬다. 그것은 단순한 일자리였다. 번역을 맡긴 그 출판사 사장이 책상 하나를 쓸 수 있게 해준 것이었다. 원고 정리, 편집, 교정, 제작 따위의 책 만드는 자질구레한 일 자체를 그 사장이 혼자서 두량하고 있던 터라 그 업무의 일부를 그가 그 자리값 대신으로 도와주면 그냥 있을 리는 없을 테지만, 그도 월급 같은 것을 받을 생각은 없었다. 낮시간을 때울 수 있는 자리, 연락이 이루어지는 장소, 남들에게 집구석에서 빈둥대고 있지 않다는 임시 간판을 마련한 데 불과했다. 어쨌거나 그 일자리는 그에게는 물론 나에게도 감지덕지한 친절이자 시혜였다. 낮 동안이라도 숨을 제대로 쉬면서 살 수 있게 되었으니까. 그리고 그 자리가 연줄을 놓아줄 여러 인간적인 관계가 그를 무인도 같은 곳에 홀로 내팽개쳐져서 자탄과 자위로 허송세월하게 만들지는 않을 테니까.

사람은 혼자 살아갈 수도 없으려니와 혼자 살아가게 내버려 두지도 않았다. 역시 서울은 살 만한, 살아볼 만한 동네였다.

그즈음의 어느 날 오후에 나는 그 출판사를 우정 찾아갔고, 결혼 후 처음으로 평일 낮에 시내에서 그를 본 적이 있었다. 아마도 그해 11월 말경이었을 것이다.

우리는 적금을 해약하기로 했다. 생활비가 쪼들려서가 아니라 10만 원 남짓 되는 그 매달의 적금을 부어갈 전망이 서지 않기 때문이었다. 내가 그러자고 하자 그는 선뜻 "그래, 해약해버려, 그까짓 거 부어봐야 어느 천년에 잔칫상 받겠어. 분질러서 써버리고 말지 머, 계속 전세 놓고 살면 될 거 아냐. 사는 데까지 편하게 살고 봐야지"라고 훌훌 털어버렸다. 월급을 받으면 4분의 1쯤 되는 그 적금부터 떼고 봉투를 건네주던 그의 변한 모습이었다. 그러나 한편으로 허전한 모양이었다. "2년 넘게 부었지? 그것 붓느라고 엔간히 똥줄이 탔는데 말이야. 이제 그런 낙도 없으니 무슨 재미로 살지"라고 했다. 곧장 그는 "그 부근에는 얼쩡거리기 싫으니 당신이 알아서 찾아 써버려"라고 덧붙였다. 그 부근이란 해직시킨 회사를 뜻했고, 그 발치께에 은행이 있었다. 그는 가끔씩 "비상시국의 심각성을 망각하고 일부의 동료와 부화뇌동하여 보도의 공정성을 왜곡, 비방하는 한편 취재를 거부, 사내의 위화감을 현격히 조성한 아래의 사원 제위는…"운운한 사고(社告)를 떠올리는 듯했으며, 그때마다 전 직장 쪽으로는 일절 발을 떼놓지 않겠다고 말한 바 있었다. 당연한 양심이어서 내가 은행에 가기로 했다. 그 정도의 걸음품이야 순산에도 도움이 될 것이었다.

돈을 찾았으므로 그에게 인감도장을 되돌려주어야겠다는 생각이 퍼뜩 떠올랐다. 그는 도장 간수에 극성스러워서 내가 그의 도장을 쓸 일이 있으면 하루 전에 말해야 했고, 그러면 다음날 어김없이 건네주었는데, 회사 책상 서랍에 보관해두는 듯했고, 실업자가 되고부터는 항상 몸에 지니고 다녔다. 저녁에 집에서 돌려주어도 될 일이었으나, 돈을 무사히 찾았다는 말도 전할 겸 전화를 걸었다. 여사원인 듯한 앳된 음성이 수월하게 출판사 위치를 알려주었다. 와이엠시에이 건물 뒤쪽에 있으니까 종로2가에서 바로 골목으로 들어와 오른쪽으로 한

번, 왼쪽으로 한 번 꺾어 들면 2층짜리 건물이 나타난다고 했다. 지린내가 울컥울컥 몰려오는 골목 안을 재수생 차림의 젊은 남자들이 무거운 가방을 들고 떼를 지어 어슬렁거렸다.

2층의 컴컴한 복도가 제법 길었다. 그 복도 끝에 책이 천장까지 켜켜이 쌓여 있었고, 문짝 하나가 간신히 얼굴을 내밀고 있었는데, 그 문짝에는 나무 판때기에 새긴 출판사 이름이 두 개나 붙어 있었다. 그에게 예의 그 번역 일과 '일자리'를 임시로 제공해준 출판사가 밑엣 것이었다.

서로 얼굴이 마주치면 민망해지리라고 짐작하며 나는 문을 밀었다. 입구부터 통로도 없을 지경으로 책이 여기저기에서 키재기를 하고 있었다. 여사원 하나와 눈이 마주쳤고, 그녀는 나를 대번에 알아봤다는 듯이 "그 안쪽으로 들어가 보세요"라고 했다. 그 여사원은 다른 출판사의 경리직원이지 싶었다. 옆걸음으로 책더미 사이를 간신히 빠져나갔더니 책상 두 개가 서로 등을 지고 면벽하고 있었고, 그 벽이란 것이 천장까지도 올라가 있지 않은 베니어합판 칸막이였다. 책상 앞에 앉아 있는 그의 뒷모습이 보였다. 그의 책상다리 밑에는 군데군데 털이 빠진 우단 소파가 놓여 있었고, 두 남자가 바둑판에다 머리를 처박고 있었다.

입이 떨어지지 않았다. 간신히 그를 불렀다.

"저기요."

들릴 만했을 텐데, 누구도 쳐다보지 않았다. 그때 뜻밖에도 등 뒤에서 나를 알아본 사람이 나타났다.

"이형, 부인께서 오셨나 보네."

그와 같이 일하는 출판사 사장이었다. 키가 컸고, 얼굴색이 불그레한데다 이목구비가 반듯한 호남의 40대 후반, 아니 50대 중반의 겉늙은 남자였다. 지쳐 있는 눈매, 게슴츠레한 눈초리가 그랬다.

다들 나를 쳐다보았고, 그가 엉거주춤하니 일어서서 다가왔다.

사장이 탁자 위에다 뿌연 비닐봉지를 내려놓았다. 그 속에는 소주병, 마른오징어, 새우깡 봉지 같은 것이 불룩하니 들어 있었다.

사장이 눈매처럼 풀어진 소리를 중얼거렸다.

"벌써 연말인가 봐. 징글벨이 들리던데. 싱숭생숭해서 장을 좀 봐왔어."

다시 바둑판에다 시선을 박은 두 사람이 받았다.

"좋지, 원래 낮술이 알딸딸하니 좋은 거잖아."

"고행길이 시작됐네. 집도 절도 없는데 양곤마야."

복도에 나서자마자 나는 그에게 도장부터 건넸다.

"저 사람이 사장이에요? 술 취한 거 같네요."

"원래 호주가야. 신문사 기자 출신 중에 그런 사람이 더러 있잖아. 출판사 차리고부터 밤에 잠이 잘 안 온대. 낮에는 온몸이 저려와서 술을 한잔하면 좀 낫대. 사업할 사람이 아냐."

"그래도 그렇지, 월급쟁이도 아니고 자기 사업하는 사람이 낮부터 무슨 술이에요."

"그러니 더 만판으로 마실 수 있지."

"그 사람들은 누구예요?"

"바둑 두는 친구들? 사장 친구고 하나는 현역 기자야. 은행에서 돈은 쉽게 내줬어."

"우리 돈인데 쉽게 내주지 않고요. 왜 해약하느냐고, 이자가 이렇게 많이 붙는 적금은 다시 못 들 거라고 하대요."

"맞는 말일 거야. 인플레 진정시키려면 금리부터 띄워야 하니까. 박통 죽고 북새통 치는 통에 외채(外債)가 꼭 두 배나 불었어. 그 바람에 집값이 곱으로 뛰어 우리야 다행이지만. 죽고 나니 박통의 위력이 이렇게 큰 줄 새삼 알겠으니, 세상이 요지경이 아니라 우리 서민들은 평생 헐렁한 소리나 지껄이다 죽어가는 알건달인가 봐. 생전에는 그렇게나 보기 싫고 밉더니만, 막상 죽고 나니 그 대추씨 같은 양반이 모질긴 했어도 진짜 사람의 탈을 덮어쓰고 산 위인이 아니었을까 그런 생각이 자꾸 들어. 나만 이렇게 늦깎이 체질인지 어떤지. 조선 종자들은 깨닫고 나서도 막상 실천하려면 시비부터 가리자는 등쌀로 또 하등에 쓸데없는 말 잔치만 떠벌린다고. 주전파라면서 칼은 뒤에다 감추고 말만 앞세우니 웃기잖아. 실학하자면서 농민, 상인을 홀대하고 마음 공부로만 바빴으니 그런 엉터리가 어딨어, 말이 앞뒤가 안 맞는데. 내 말에 별로 틀린 구석도 없지 싶은데, 다들 지만 옳세라고 나부댈 테지. 질린다고. 이런 시절에는 역시 돈키호테처럼 외국에라도 나가서 뭉그적거리는 게 상책인데. 내 팔자가 기박해서 당신만 고생시키나 봐."

"고생이 낙이란 말도 있어요. 답답해서 하는 소릴 테지만, 해학치고는 한숨이 저절로 터져 나오잖아요."

종로에 나섰다. 나의 불룩한 배를 그가 얼핏 훑어보았다.

"바로 들어갈 거지?"

"같이 들어가면 안 돼요?"

아득한 나날

"먼저 들어가, 일도 남아 있고. 저녁에 누굴 좀 만나기로 돼 있어."

"누구요?"

"해직 기자들 모임이 있대. 얼굴이나 내밀어봐야지. 관심도 없어. 그래도 어째, 나가봐야지. 여기 나오고부터 내가 좀 이상해졌어. 사람들이 보기 싫고 미워 죽겠어. 이런 게 피해망상증인가 모르겠어."

"환경 탓일 거예요."

나는 그의 우울한 얼굴 위에 겹쳐지는 비좁고, 지저분하고, 답답하고, 먼지투성이인 사무실 풍경을 지울 수 없었다.

"환경? 무슨, 사무실 말이야, 사람들 말이야?"

"둘 다일 거예요. 어디 정이 붙겠어요."

"징 때문에 붙어 있나, 의무 때문에 그냥저냥 지내는 거시."

나에게도 의무가 있었고, 그의 초라한 모습과 축축 처져가고 있는 말을 더 듣기 싫었다.

"들어가요. 일찍 들어오세요."

"그래, 먼저 가. 택시를 타지 머."

그의 시선을 떨궈버리려고 나는 인파 속으로 허둥지둥 몸을 숨겼다. 행인들은 연말이라서 그런지 다들 바쁜 듯했고, 씩씩했다. 그때 나는 아마도 이방인이 따로 없다는 생각을 떠올렸을 테고, 다시는 남자의 일터를 찾아가지 말아야겠다고 다짐했을 것이다.

잠시, 좀 더 정확히는 불과 몇십 초 동안 머무르며 내가 맞닥뜨린, 그 출판사 사무실에 가득 고여 있던 나른한 무기력증이 우리 사회를 뒤죽박죽으로, 사람이 사람답게 못 살도록 만드는 기류 같은 게 아닐까 하는 생각을 곱씹었다. 한 가정과 회사를, 나아가서 서울을 그처럼 권태의 웅덩이로 돌려세워 놓고 하루 하루의 삶 자체를 파리하게 몰아붙이고 있는 어떤 세력 앞에서 나와 그는 너무 무력했고, 눈물겹도록 비참했다. 이상하게도 이럴수록 더 힘껏 살아야겠다는 생각과 함께 나의 발걸음에 빡빡한 힘이 실렸다.

5

또 딸이었다. 두 번째였으나 셋째 딸이었다. 실업자인 그도 섭섭했을 테지만, 노인네는 "아이고, 또 지랄같이 딸이래" 같은 지청구를 터뜨렸을 것이다. 나도 어쩔 수 없이 꽤 심란해졌다. 그의 시무룩한 모습이 연이어지는 어떤 불운을 반추하도록 몰아대는 듯해서 말을 붙이기도 힘들었고, 나의 그런 딱한 처신이 한심스럽고 짜증스러웠다.

없는 사람부터 꼭뒤 누른다는 말대로 그즈음 그의 불운을 희롱하는 또 다른 해프닝이 덮쳤다. 그것은 닷새 만에 그만둔 그의 취직 소동이었다.

그 출판사 사장의 주선으로 그가 이력서를 디민 직장은 기금을 정부로부터 반쯤 끌어대고 나머지 반은 재벌 회사 사주들로부터 뜯어내서 그 무렵에 막 설립한 어떤 연구기관이었다. 그 법인체는 엄청난 규모의 어떤 조직체의 부설 기관이었고, 그런 기관이 대체로 그러하듯 명칭은 큼지막했으며, 영어 명칭은 더 거창하다기보다 웅장했다. 이 사장은 물론이고 이사진도 이름만 대면 알 만한 유명인사들이 줄줄이 무슨 상징물처럼 앉아 있었다. 그런 직제야 관행이 그러하고, 또 의당 그래야 할 터라 접어둘 수 있는 정관(定款)이었다. 어쨌거나 궁하고 갑갑하던 판이었고, 소개하는 양반의 체면도 있어서 그는 용약 면접에

513　　　아득한 나날

응했다. 부장은 소개인의 친구였고, 전직 언론인이었다. 해직 기자는 아니었다고 하니 퇴물로서 잽싸게 신군부 정권의 하수인을 자처한 소위 기회주의자인 모양이었다.

기관지를 다달이 내기로 했으며, 그 창간 준비를 서두르려니 사원이 급히 필요하다고 했다. 활자 매체를 다뤄본 경험은 예의 그 출판사에서의 두어 달 남짓이 고작이었으므로 그는 그야말로 엉거주춤한 자세로, 어영부영 눈치로 일을 배워가면서 자리만 지키면 되겠거니 여겼다. 그런데 뜻밖에도 그 기관지는 일종의 홍보용 월간지로 시판할 것이라고 했고, 발간 취지는 '식생활 개선의 전위 잡지를 자임한다'는 것이었다.

등잔 밑이 어둡다는 말대로 매일, 그것도 하루에 세 번 이상씩 심란하게 겪으면서도 막상 우리가 모르고 지내는 점이 있다면 그것은 바로 상대적으로 다소 불결하고, 반찬 가짓수만 너절하게 많고, 지나치게 맵고 짜며, 쌀밥 위주의 단조로운 우리 주식 생활이 아닐 수 없었다. 기발한 착상이었다. 요식업자들도 계몽시킬 필요가 있었다. 점심때마다 거지처럼 음식점 문 앞에서 줄을 서고, 의붓자식처럼 온갖 눈치를 봐가며 후딱 먹어 치워야 하고, 먹은 것 같잖은데도 음식값은 우라지게 비싸기만 하며, 고유의 향토 음식은 자꾸만 두루뭉수리의 질 낮은 대중 음식으로 탈바꿈하고 있지 않나. 당연히 있어야 하고, 진작에 나왔어야 할 잡지였다. 그런 방면에는 까막눈이었지만, 수요도 상당할 것 같았다. 부장은 "판매 같은 것은 걱정할 것도 없을 거야, 요로에 진정해서 여러 기관, 관청에서 정기 구독하도록 독려하면 될 테니까"라고 장담했다.

그런데 내막은 따로 있었다. 그런 개선점을 지적, 계몽, 홍보하는 것이 물론 주목적이었으나, 그 밑바닥에는 고기를, 더 직접적으로는 육식 위주로 식생활을 바꿔야 한다는 발간 취지가 대못으로 박혀 있었다. 그 일종의 지침은 정부의 당면 시책인 축산업 육성책에도 부합할뿐더러 농가 소득을 연차적으로, 아니 항구적으로 개선, 신장시켜 가는데 현격히 이바지할 것이라고 했다.

울근불근하며 지껄이던 그의 퇴직변은 반찬 투정이라곤 한 번도 한 적이 없는 사람답잖게 성말랐다.

"고기를 많이 먹자? 말이야 달콤하지. 누가 쇠고기를 먹고 싶지 않아서 안 먹나, 비싸서 못 사 먹지. 또 식생활이 얼마나 유구한 전통이고, 유전적인 습관인데 홍보한다고 하루아침에 덜렁 바뀌나. 얼토당토않는 수작이지. 하여튼 우리 동네는 아직도 그런 친구들한테 밥을 공짜로 먹여주니 인심이 후하기는 후해. 우리 소가 웃고 수입 소가 울어야 할지 어떨지, 정말 난감한 형편이야. 도대체 이런 희한한 세상이 우리 말고 또 지구상에 있기나 할까. 또 지금이 계몽한다고 말을 듣는 시댄가. 나 참, 어처구니가 없어서. 할 일이 없어서 오후만 되면 우르르 구석 자리로 몰려가서 사다리타기로 군것질이나 사 먹는 꼴들하고선. 원, 나는 굶어 죽어도 그런 데는 하루도 못 있어. 좋은 직장이었어. 꼬박꼬박 제 날짜에 월급 줄 거지, 각 기관에 강매한다니까 잡지야 팔리든 말든 걱정할 거 없지. 그놈의 사고(社告) 문자대로 회사에 불이익을 끼칠 일이 원천적으로 없는 직장이야. 만고강산이지. 지금 우리 동네가 고기 먹자는 캠페인을 벌일 정도로 한가해?"

그 직장과 그런 발상 자체를 범정부적으로 지원하고 있는 시속을

아득한 나날

조롱하는 그의 말씨가 우습기도 하고, 한편으로는 안타깝게도 여겨져서 나는 말렸다.

"대충 그만하세요. 남자나 여자나 일단 나온 직장을 되돌아보고 욕하면 옹졸해 보인다고요. 또 그 책창고에 나갈 거예요?"

'책창고' 란 예의 그 출판사 '일자리' 를 지칭한 말이었다.

"오늘 오후부터 거기서 일했는데?"

"사장이 뭐래요?"

"다 그런 거지 머라대. 사무실도 좋았어. 오늘같이 푹한 날씨에도 스팀을 후끈후끈하게 켜놓고, 쇠고기 많이 먹자는 소굴이니까."

"알 만해요. 기다려보지요, 머. 공연히 허둥지둥 이력서는 내서 사람만 실없이 됐잖아요."

"그러게 말이야. 그게 분해서 이러는 거 아냐. 누가 알아주지도 않는 성토나 하고, 다 한심하지, 그쪽이나 나나 한통속으로 얼빵해서."

그의 처지와 처신이 한심한지, 그런 단체와 그 발상이 얼빵한지 쉬 분간할 수 없었다. '우리 동네' 는 정말 수상쩍고 아리송한 수수께끼 천지였다.

그해 봄, 그는 옳은 직장을 얻었다. 그때가 4월이었으니까 해직 후 거의 10개월 만에 실업자 딱지를 떼게 된 셈이었다. 이번에도 알음알이가 다리를 놓았는데, 그 직장은 어느 재벌 기업군의 창업주가 전액 출연하여 설립한 어떤 비영리 재단이었다. 그 재단은 전국 곳곳에 널려 있는 사업장의 근로자와 인근 주민들을 위한 의료시설을 여러 개나 갖고 있었고, 1년에 두 차례씩 부진한 인문사회과학과 기초과학 분야에도 적지 않은 연구비를 대주고 있었다. 바람직한 재투자의 일환이 바로 그것이었다.

그가 맡은 업무는 그 재단에서 매달 발간하는 8페이지짜리 타블로이드판 홍보지를 만들면서, 두 분야의 연구비 수혜자들이 제출한 논문을 두 권의 책자로 묶어내는 일과 그에 따르는 잡무 일체였다. 논문집이라지만 해당 과제에 대한 요약에 불과한 것이었고, 그것을 매분기마다 인문사회과학과 자연과학 부분으로 나누어 각각 별권으로 펴내게 되어 있었다.

그의 위에는 부장 없는 차장이 한 명 있었고, 그의 밑에는 대리급 남자 사원과 대졸 여사원과 원고 수거, 경리를 맡는 고졸 여사원이 각한 명씩 딸려 있었다. 전직을 고려하여 충분히 한몫은 하리라고 판단했던지 그에게는 과장에 준하는 대우를 해주었다. 특채 형식의 입사경력 때문에 직함은 몇 달 후에 사령장을 내리겠다고 했다. 사규가 있는 만큼 타당한 조치였고, 그는 그런 것을 굳이 따지려 하지 않았다.

고정급료란 역시 그 위력이 막강했다. 흡사 윤활유나 휘발유 같아서 삐걱거리던 집안의 모든 내연 기관이 소리 없이 돌아갔고, 탄탄대로를 질주했다. 그는 느긋해졌고, 나는 다소곳해졌다. 전산으로 처리된 명세가 겉봉에 적힌 월급봉투를 건네주며 그는 "아껴 써, 늙으면 누가 돈이나 빌려주나, 근검절약도 나잇살이나 있을 때 하는 소리잖아"라고 말했고, 나는 "여부가 있겠어요, 돈이란 다다익선인데"라고 받았다. 우리는 다시 적금을 붓기 시작했고, 그동안 기를 펴지 못하고 지낸 분풀이라도 하듯이 신세 진 일가친지들이 전화를 걸어오면 "세상사가 새옹지마라더니 이제서야 실감합니다" 같은 겉치레로 넉살을 떨었다. 은행의 연체 이자도 갚아나갔다. 두 달에 한 번꼴로 월급의

　　아득한 나날

반에 해당하는 상여금이 나오게 되어 있었으므로 나는 거의 1년 동안 돈에 걸귀 들린 뒤풀이라도 하듯이 그것을 몽땅 써버리기로 했다. 그 래서 텔레비전을 컬러로 바꿨고, 냉장고의 용량도 늘렸다. 그에게는 춘추용과 동절기용 신사복을 각 한 벌씩 맞추도록 권했다. 그도 느낀 바가 있었던지 순순히 나의 제안을 받아들였다. 사업장을 둘러본다든 지 여러 대학 교수들을 만나 연구 내용을 알아보고, 연구비 지급의 타 당성 여부를 윗사람에게 보고하려면 전 직장보다 복장은 더 깔끔할 필요가 있었다. 제가 천덕꾸러기인 줄 알고 있는지 셋째 애도 말썽 없 이 자랐다. 의료보험 혜택도 받았으므로 애들의 병치레 따위로 나는 가슴을 조일 필요도 없었다.

모든 일이 그런 것처럼 제 발로 굴러오듯이 그해 가을에 88올림픽 의 개최지가 서울로 결정되었다. 신문과 텔레비전이 한동안 북새를 떨었고, 정부는 그것을 제5 공화국의 일대 치적 겸 치세의 간판으로 내세웠다. 사실상 올림픽 행사는 고속도로처럼 훤히 보이는 일대 역 사(役事)라 전시 효과로는 가히 만점이었다. 개인이나 국가나 경제력이 신분, 사고, 신언서판 일체를 깔아뭉개고 그 사람됨과 나라 꼴을 저울 질하는 척도가 된 오늘날, 올림픽은 그 개최 국민을 돋보게 하는 경사 에다 생색나는 잔치판이 아닐 수 없었다. 그러나마나 재벌 회사의 한 쪽 귀퉁이에 눌어붙어서 느긋하게 생계를 이어가는 처지라서 그런지 그는 애써 올림픽 따위에는 무심한 체했다. 아마도 1년 남짓 사이에 돌변한 자신의 직장, 처세관에 적극적으로 순응해가던 연수기였기 때 문에 그랬을 것이다.

중산층의 안일에 무리 없이 젖어가던 그 무렵 나에게도 일거리가 생겼다. 결혼 전에 한동안 일했던 어느 여성지에서 가끔씩 일본어 번역 일을 맡아달라고 했다. 돈에 그토록 시달린 경험도 눈앞에 얼쩡거려서 나는 선뜻 응낙했다. 그 일은 지난달, 또는 몇 개월 전의 일본 여성지와 그 부록, 단행본 등을 송두리째 베껴 먹는 것이었다. 이를테면 '신혼생활 올가이드' '세계 보석의 이모저모' '중년기 성생활 완전 해부' '천재 아동 육아법' 등등이었다. 정말 한심한 일이었고, 몰라야 오히려 더 지혜로워지고 순수해질 여성의 자격과 품위를 스스로 망가뜨리는 얍삽한 '교양 팔이' 장삿속이었다. 게다가 원고료는 더 한심해서 2백자 원고지 한 장당 6백 원도 주고, 화급을 다투는 원고일 경우에는 매수를 적당히 불려서 선심을 조금 얹어주기도 했다. 그래도 나는 그 일을 달다 쓰다 하지 않고 주문배수로 도맡았다. 일 자체가 집에서 여유시간을 메우는 작업이었고, 번역 자체는 말을 골라야 하는 소설과는 달리 쉬웠고, 무엇보다도 내가 번 돈을 만질 수 있어서였다. 그러나 그 일은 정신노동이 아니라 허리와 어깻죽지로 몰려오는 피로감과 싸워야 하는 육체노동이었다. 또 매번 마감일 등쌀에 놀아나야 하는 벼락치기 도급인데다, 일의 양이 일정하지 않아서 내 일상을 마구 뒤죽박죽으로 흩으러 놓기도 하는 훼방꾼이었다.

여성도 한 사람의 인간으로서, 아니 유사 이래 인류의 반 몫을 감당해온 부역꾼으로서 그 고유한 노동의 가치를 남성 일반이 언제라도 뼈저리게 알도록 계몽할 의무가 있다. 하지만 우리는 물론이고 다른 나라 여성에게 맡겨지는 노동도 그 가치를 따지기가 남부끄러운, 쉽게 말하면 남성들이 관장하고 있는 모든 일의 뒤치다꺼리에 불과하다는 식으로 잘못 알려져 있음에랴.

나의 그 일도 마찬가지였다. 그 내용은 처음부터 끝까지 남성을 위한 어떤 서비스의 진부하고 케케묵은 안내였다. 따라서 그 짓은 여가 선용이 아니었다. 게다가 일본의 얄팍한 상업적 '교양팔이'를 베껴 먹는 우리의 한심한 출판 풍토에 대한 반발 심리도 막을 수 없었다. 말끝마다 반만년 역사를 들먹이고, 찬란한 문화가 어떻고, 배달겨레의 뛰어난 창의성 운운하면서 남의 나라 글을 아무런 양해도 없이 발라먹고, 그것을 상습적으로 즐겨 읽고 있다니. 그 하찮은 내용의 글마저도 집필할 인력이 없다면서 무슨 얼어 죽을 출판문화란 말인가. 그 연장선상에서 얼마 전에 어느 늙다리 유명인사가, 더욱이나 화제작을 막 출간한 여류 소설가가 반일 기류에 편승하려고 그러는지 신문 지상의 인터뷰를 통해 "일본에는 문화가 없다"라고 공언하고 있는 것을 읽자, 나는 즉각 "말 같잖은 소리, 이런 교만의 과시로 쓴 소설이 오죽할까"라는 욕지기가 터져 나오는 것을 내버려 둘 수밖에 없었다.

말이 있으면 속담이 있고, 글이 있으면 기록이 있고, 기록은 곧 사유의 축적을 뜻하는 문화다. 물론 나라가 면면히 이어져 내려와야 하지만, 일본도 양과 질에서 우리 못지않은 기록을 대량으로 갖고 있다. 적어도 이 세상에서 외국군에게 한 번도 도보 행진을 허락해준 적이 없는 유일한 나라가 바로 일본이다. 그들의 기록, 풍속, 문화가 잠시라도 훼손될 여지를 어느 민족, 어떤 나라에도 내줘본 적이 없는 것이다. 그만큼 그들의 기록은 상대적으로 조리 정연하고 구체적이다. 시쳇말로 디테일이 살아 있고 내용도 두루 실팍하며, 거짓이나 위장이 상대적으로도 희소한 것은 분명하다. 내가 그 일을 꾸준히 할 수 있었던 이유 중 하나는 어떤 필자의 글이라도 나름의 찬찬한 경지와 수준을 빚어내고 있는 그 장인 의식의 조촐함 때문이었다. 당연히 좀 왜소하나 섬세한 기풍이 배어 있다는 사족을 달아야겠지만, 그 작은 성취를 이해, 소화해내는 것이 내게는 돈벌이보다 더 유익했고, 그 이웃 나라 글을 읽는 소소한 재미가 가외의 소득이어서였다.

이듬해부터 시동생이 대학에 진학해서 우리 내외와 함께 기거하게 되었다. 나로서는 둘째 시누이와도 1년쯤 같이 살아봐서 이렇다 할 어려움은 없었다. 자연히 노인네의 서울 걸음이 잦아졌다. 상여금의 일부를 시동생의 등록금으로 떼놓아야 했으나 우리의 저축액은 불어갔고, 가용(家用)도 점차 늘어났다. 걱정거리가 없었고, 그와 나와 애들이 건강한 몸으로, 떳떳한 심성으로 살아갈 수 있다는 것이 얼마나 고마운지 몰랐다. 술기운이 다분한 그의 말대로 "더 이상 바라면 도둑놈 심보"였다.

그해 늦봄이었을 것이다. 어느 날 그는 일찍 퇴근해서 시동생과 함께 겸상으로 저녁밥을 먹었다. 뒤이어 대청에서 텔레비전을 시청했다. 텔레비전은 가족끼리의 의사소통이 아니라 말의 교환 자체를 밀막아 버리는 눈요깃거리였다. 이윽고 뉴스가 방영되기 시작했다. 집안의 묵언이 머쓱했던지 시동생이 그에게 일석이조가 무슨 말인지 아느냐고 물었다. 액면 그대로의 뜻이야 모를 리 없는 그가 "몰라, 무슨 말이야?"라고 되물었다. 시동생이 텔레비전 화면을 턱짓하며 "방금 저기 나왔잖아, 봉황 두 마리 가운데 일석이…"라고 했다. 언제부터인가 쌍봉황에 아치를 그리고 있는 문양이 대통령의 위의를 상징하는 전유물이고, 그것을 무슨 후광처럼 거느리고 있는 그이의 동정이 뉴스 시간의 첫 꼭지가 되어 있었는데, 그것에 대한 풍자였다.

아득한 나날

그가 발작적으로 홍소를 터뜨렸다. 소파 등짝을 짓뭉개면서, 아랫배를 출렁이면서 웃어대는 그의 오랜만의 모습이 즐거워서 나도 따라 웃었다. 그러나 시동생은 정색한 얼굴로 화면에 시선을 못박고 있었다.

"엔간히도 우습군요?"

"우습잖고. 하여간 요즘 대학생들 찍자 붙는 데는 못 말려."

그가 웃음을 터뜨릴 때처럼 갑자기 멈추고 시동생에게 말했다.

"야, 넌 그런 불경스런 말 함부로 하지 마라. 너도 데모하냐?"

"하다 말다 그러지 머."

아홉 살 손위인 그가 어른스럽게 다짐을 놓았다.

"하더라도 제발 앞장은 서지 마라. 내가 이런 말을 하면 좀 우습다만, 아무리 세상이 이렇게 개판이라고 해도 데모하라는 부모 형제야 어디 있겠냐."

"워낙 개판을 치고, 억지를 부리니 그렇지. 민주주의 한다면서 통댄가 먼가가 대통령을 뽑는 나라가 어딨어?"

"그래도 어째. 단춧구멍을 잘못 끼웠다고 옷까지 찢어발길 수는 없잖아."

시동생은 이제 그의 모교의 후배이자 사회학과 신입생으로서 직장 생활도 해봤으므로 나름대로 의식 있다고 자부하는, 운동화만 신고 다니는 대학생이었다.

"두고 봐, 저렇게 허황한 말만 지껄이고 있으니 끝까지 대학생들한테 질질 끌려다닐 거야."

그가 기성세대답게 조금 타협적으로 물러섰다.

"말을 하기로 들면 끝이 없지. 저것도 다 국민 역량의 일부야. 올림픽이 두고두고 안전판 구실을 할 테지만, 아직 한참 멀었지, 정신 차리려면. 우리 민도는 석학들이 말하듯이 그렇게 우수하고 양질은 아니야. 아직은 그렇고, 앞으로도 영영 그럴지 몰라. 그렇다 마다. 어린애들 머리 쓰다듬으면서 아무렇게나 둘러대는 말로 새겨 들어야 할 거야. 공부야 누가 세상을 정확하게 읽느냐는 머리싸움 아냐."

뒤이어 두 형제는 한참이나 무슨 말을 더 나눴을 것이다. 떠올릴 수도 없지만, 떠올릴 수 있다 해도 그 대화란 고만고만한 견해차, 어슷비슷한 시국관과 세태관에 대한 하릴없는 토로였을 게 뻔하다.

그것이 어떤 계기가 되었던지 시동생은 그 나흘 후, 그러니까 토요일 오후에 그가 없는 틈을 타서 제 이불 보퉁이, 책 보따리, 옷가지 따위를 챙겨 들고 집을 나가버렸다. 그때 나는 예의 시간을 다투는 그 번역 일에 매달려 있었는데, 시동생은 방문을 삐쭉이 열고 "형수님, 나 친구하고 자취하기로 했어요"라고 했다. 나 모르게 형제간에 무슨 말이 오갔는지 몰라서 "형님께 말은 하고 그러는 거예요"라고 물었더니, 시동생은 뒤통수를 긁적이며 "형님께 잘 좀 말해줘요"라고 대답했다. 그리고는 뒤도 돌아보지 않고 대문으로 달려갔는데, 벌써 용달차가 시동을 걸어두고 있었다.

어이가 없었다. 난감 천만이었다. 그에게는 물론이고 노인네에게도 변명이 통하지 않을 일을 시동생은 나에게만 일방적으로 덮어씌우고 내빼버린 꼴이었다. 자취방이 이 넓디넓은 서울의 어느 구석에 처박혀 있는지도, 자취 비용을 어떻게 꾸려가려는지도 내가 알 리 없었다. 그것을 알아두지 못한 나의 불찰은 장차 일가친지들로부터 원성을 불

아득한 나날

러일으킬 것이었다. 나는 한동안 안절부절못했다.

　그날 밤늦게 귀가한 그에게 시동생의 황당한 가출을 일렀더니 그의 반응은 뜻밖이었다.

　"그만할 때는 원래 다 그러는 거 아냐."

　"그래도 그렇지, 우리가 삼촌한테 뭘 잘못했어요?"

　"몰라, 그걸 우리가 어떻게 알아, 지가 알 테지. 내버려둬."

　"할머니가 이 일을 알면 우리를 뭐라고 하겠어요?"

　"걱정할 거 없어. 그 정도 성깔도 없는 동생을 뒀다고 생각해봐, 그게 오히려 더 답답하지. 지도 고생을 좀 해봐야지. 콩밥이나 안 먹었으면 좋겠네. 연락이 올 거야. 내가 한 번 알아보지. 우리야 등록금이나 대주면 될 거야. 지도 대가리가 굵어졌으니 무슨 분별이 있겠지."

　"요즘 대학생들이 다 저래요? 어떻게 제 생각만 하지요?"

　"자기 생각만 해야지, 누굴 생각해. 제 주장대로 한평생 살아도 성이 찰까 말간데."

　"사람이 어떻게 자기주장만 하고 살 수 있어요?"

　"아, 알았어. 아무 문제 없어. 충분히 있을 수 있는 일이야. 괜찮아, 요즘 대학생들이 이런 자극이라도 안 주면 다들 정신을 못 차린다니까."

　기성세대에 대한 정면 도전이나 다를 바 없는 시동생의 그런 시위가 옳은지, 그것을 충분히 있을 수 있는 해프닝쯤으로 취급해버리는 그의 태도가 올바른지 쉬 단정할 수 없는 일이었다. 그러나 분명한 것이 있다면 그와 차세대인 그의 동생, 그리고 나와 불특정 다수인 우리가 서로의 속내를 툭 털어놓지 않고, 그래서 서로 겉돌고 있으며, 그런 무례, 폭력, 몰이해의 풍경을 무르춤하게 내버려두고 있다는 엄연한 사실이었다.

6

세 해쯤 그 재단에서 일하다가 그는 직장을 옮겼다. "좀이 쑤셔서 도저히 더 뭉그적거리고" 있을 수 없다는 것이 그의 이직변이었다.

그 재단 산하의 기존 의료시설들은 근로자와 그 지역 불우 주민들의 후생을 돕는다는 취지로 설립되었으나, 대자본을 제대로 투자한 터여서 일반 외래 환자들이 더 몰려들어 이미 쏠쏠한 수익 사업체가 되어 있었다. 재단의 장기 계획에 따르면 예상한 대로였다. 또한 부진한 학문 분야에 지급하는 연구비 건수도 점차 늘어가고 있었으나, 은행 금리로 충당하는 그 액수란 미미한 것이었다. 그는 규정과 관례를 좇아 돈을 건네주고 영수증을 받으면 그뿐이었다. 돈을 쓰는 부서인 만큼 말발이 설 리가 없었고, 일을 잘하고 못하고를 따질 것도 없는데다 윗사람의 눈에 들 리도 만무했다. 도대체 일 자체에 대한 어떤 의욕, 사명감, 성취욕 등을 따질 건더기가 없었다. 그야말로 한직이었고, 정년퇴직한 노인네가 맡아야 할 직책이었다.

마침 어느 광고회사에서 그에게 함께 일하자고 종용했다. 그 광고회사도 또 다른 재벌 기업군의 한 방계 사업체였다. 차장으로 대우하겠으며, 월급도 1.5배쯤 올려주겠다고 했다. 그런 조건을 떠나서 일 같은 일을 하고 싶어서, 그 일을 통해 '별것도 아닌' 자신의 능력을 조금이나마 드러내 보려고 그는 선뜻 사표를 던졌다.

광고회사란 고객의 구미를 맞춰야 하는 서비스 업체였다. 광고회사의 고객은 일반 소비자가 아니라 광고주, 곧 광고 제작을 맡기는 기업체의 사장이었다. 광고 전성시대를 구가하는 선진국의 경우에는 광고 제작을 전담하는 전문가가 따로 있고, 광고주에게 광고 아이디어를 설명, 이해시키고 제작된 광고물을 최종적으로 받아들이게 설득하는 전문가가 별도로 있다고 한다. 말하자면 광고주의 의사를 전적으로 받들고, 그의 생각을 광고 제작자에게 전달, 반영시키고, 결국 그 광고주를 영원한 고객으로 만드는 구변 좋은 능력자가 전문직으로 대우를 받는다는 말이다. 그러나 우리의 경우는 광고 제작자 서너 명이 줄줄이 몰려가서 광고주의 취향을 읽고, 그의 아이디어를 주섬주섬 담아오고, 심지어는 광고주가 유명 탤런트까지 손수 지명하는 수도 있다는 것이다. 그러므로 아이디어, 기획력으로 살아가는 광고 제작자들은 광고주가 시키는 대로 광고를 만들기에 급급하게 마련이라고 한다. 선진국의 작업 풍토가 능률적이긴 할 테지만, 추진력이야 우리가 앞설지도 모르며, 따라서 소비자에게 다가가는 노골적인 호소력도 월등할 것이다.

그도 그런 광고 제작자 중의 한 사람이었다. 첫 직장의 경력 때문에 그는 전파 매체, 곧 텔레비전을 통한 영상 광고를 주로 맡았다. 그는 아연 활기를 띠었다. 껌 공장에 들렀더니 향료 때문에 눈을 못 뜨겠더라고 했다. 연간 광고 수주액을 점검하여 광고 제작비, 매체 선정 추진비, 광고료 지출 등을 총괄하는 기획 업무도 보며, 전무에게 바로 보고한다고 했다. 광고 심리학에 대한 미국의 원서와 광고학에 관한 국내 저작물도 뒤적거렸다. 퇴근 시간이 눈에 띄게 들쭉날쭉했다. 전 직장에서는 사나흘씩 입고 다니던 와이셔츠를 거의 매일 갈아입었고,

넥타이도 골라잡는 대로 바꿔 맸다. 첫 월급을 받자 그즈음 한창 유행하던 줄무늬 실크 넥타이를 세 개나 한목에 사 왔다. 돈 씀씀이도 커져서 자신의 저금통장을 따로 만들었다고 했다.

그 직업이 그의 성격에 맞는 듯했다. 맡은 일이 그런 만큼 첫 직장 쪽에도 그의 바뀐 생업이 곧장 알려졌다. 이제는 그 매체의 확고한 수입원인 입장이라 한때의 구원(舊怨)에 얽매일 것도 없었다.

반지하인 아래채를 사글세로 놓았다. 연탄을 때다 기름보일러로 바꾸었다. 젓가락 같던 목련 가지가 제법 굵어졌다. 벚나무를 한 그루 사서 심었더니 벚꽃이 가지가 보이지 않을 정도로 만개했다. 우리 동네에서는 제일 후진 집이었으나, 무리해서 장만한 그 집이 온전히 우리 것이 되었다는 게 꿈만 같았다. 우리는 아이를 하나 더 만들었다. 아들이어서 모든 걱정거리가 없어졌다. 시동생은 그를 닮은 데가 많아서 제 앞가림은 너끈히 하는 총각이었다. 반쯤은 자취생활을 하다가 조카들 공부를 봐주느라고 큰시누이 집에 껴묻어 지내면서 무사히 졸업했고, 취직했다.

그의 알음알이가 소문을 퍼뜨려 나도 새 일거리를 얻었다. 어느 재벌의 주력업체인 무역회사 기획실에서 맡기는 일역과 국역, 『프레지던트』 같은 일본 잡지에 실린 세계 경기 동향, 일본의 각종 지지(紙誌)에 게재된 세계의 무역 현황과 그 전망, 첨단산업과 금융업에 관한 최신 분석 등을 번역하는 일이었다. 일은 더 쉬웠고, 보수는 더 많았다. 일거리는 용달회사 편에 보내주었고, 내가 원고를 들고 나가면 그때마다 즉석에서 사례금을 건네주었다.

나의 일손을 덜어주기 위해서 큰이모가 일주일에 두어 번꼴로 들렀다. 큰이모는 딸 넷에 아들 하나를 둔 외가의 맏이였다. 나의 모친은 둘째 딸이었다. 큰이모는 환갑을 지난 나이에도 바싹 마른 몸매로 담배를 하루에 반 갑씩 피웠고, 일솜씨도 칠칠하고, 입도 걸어 '썩을 년'을 입에 달고 지냈다. 나보다는 열두 살이나 많은 이종 오빠인 그이의 큰아들은 남대문시장에서 시계 점포를 꾸려가고 있었는데, 젊을 때부터 사교춤에 미쳐 돌아가 마누라를 둘이나 갈아치웠고, 그즈음에는 조강지처를 다시 불러들인다 어쩐다 하며 설치는 주제였다. 큰이모는 그 집안 꼴이 보기 싫고 자식이라면 당최 만정이 다 떨어져서 일을 해도 재미가 없다면서, 우리집에만 오면 "오손도손 사는 기 참 보기 좋고 내 똥배짱이 편타"라고 했다. 20년이나 소식이 없던 셋째 이모가 그즈음 부산에서 산다는 소문을 듣자, 큰이모는 전화통을 붙들고 사는 내 모친을 대동하고 부랴부랴 내려갔다 오더니, "썩을 년들, 우리 형제 팔자가 뛰어봤자 논두렁이지, 그 썩을 년은 씨 다른 새끼가 둘에 배다른 새끼가 셋이래"라고 구시렁거렸다. 그는 큰이모를 장모 이상으로 기렸다. 내가 매번 사례로 차비에 담뱃값이나 쥐어주고 있다고 했더니 그는 대뜸 "더 드려, 집발이 안 붙는 노인네가 이녁 돈이라도 있어야 낙이 있지"라고 했다. 한강을 사이에 두고 마주 보며 사는 큰이모의 삶을 떠올릴 때마다, 또한 기죽지 않고 낙천적으로 살아가는 큰이모의 일상을 뜯어볼 때마다 나는 '살아간다'는데 대한 묘한 희열과 용기를 일구었다.

시국이야 어떻게 돌아가든 우리는 등 따시고 배가 부른 삶을 누리느라고 겨를이 없었다. 미국 문화원에서 공공연하게 '미제(美帝), 반미(反美)'를 외치던 대학생들이 굴비 두름처럼 엮여 연행되고 있었으나 우리는 괘념치 않았다. 인생은 누구에게도 고락의 연속이듯이 그들도 한때 고도 겪고 미구에 낙도 누릴 것이었다.

이러구러 그는 중간 관리자로서 윗사람 기분보다 아랫사람 눈치를 더 살피면서 가부와 호오를 가려야 하는 처지가 되었다. 광고업계는 88서울올림픽을 코앞에 둔 만큼 호황이었다. 그는 매일같이 시간에 쫓기느라고 허덕거렸다. 찾아갈 곳도 많았고, 만나야 할 사람은 더 많았다. 어느새 듣기 좋은 말을 매끄럽게 늘어놓는 데도 이력이 붙어 있었다. 책임감은 있는 위인이라 그는 제 몫의 권리와 의무는 어김없이 찾아 먹는 월급쟁이였다. 그는 물론이고 광고업계 전체가 88서울올림픽이라는 황금시장을 향해 전속력으로 달리는 선수들이었다. 참가자들에게는 등수에 상관없이 메달을 걸어주기로 되어 있는 일종의 친목 경기였다. 그 경주는 볼만한 구경거리였고, 시국은 그 결승지점을 향해 위태롭게, 그러나 조심스럽게 다가가고 있었다.

88서울올림픽을 한 해 앞둔 그해 봄이었을 것이다. 계절병이 그의 맹렬한 질주를 가로막고 나섰고, 자신을 되돌아보는 계기를 불러들였다.

언제부터인가 그는 밥맛이 간 곳 없고, 온몸이 온종일 짐 진 사람같이 뻐근하고, 밤이면 잠이 안 온다고 했다. 몸살인가 하고 고단위 영양제를 사 먹어보았으나 별무신통이었다. 일할 의욕도 감쪽같이 사라졌다. 의기소침했고, 밤에는 온갖 잔걱정이 그를 녹초로 만들었다. 술을 억병으로 마셔보았으나 깰 때까지만 그만하더니 곧장 심신이 흐물흐물 녹아내렸다. 얼굴색도 그런대로 괜찮았고, 똥도 출근 후 오전 중에 꼬박꼬박 누고, 오줌 색깔도 평시와 다름없이 뿌옇다고 했다. 요즘

아득한 나날

젊은 월급쟁이들이 대개 다 그러하듯 그도 몸가축에는 비교적 소심한 양반이었고, 보약을 한 번도 먹어본 적이 없는 그의 몸을 나는 잘 알았다.

우리 내외는 그의 방 창가에 조그만 탁자와 폭신한 의자 두 개를 마주 놓아두고 자주 커피를 마시곤 했다. 한편으로 그는 장승처럼 우두커니 창가에 붙어서 있는 시간이 많아졌다. 라일락이 한껏 그 옆은 보라색 꽃잎을 물들이던 어느 토요일 해거름에는 무려 두어 시간이나 그가 창가에 붙박여 있었다. 나는 이제 우리 내외도 지나온 날을 더듬어보며 앞으로 살날을 헤아려보는 어떤 관조기에 들어섰다고 생각했다.

조금 쓸쓸해져서 나는 그에게로 다가갔고, 그가 봄기운이 무색해지는 말을 슬쩍 흘렸다.

"노인네보다 먼저 죽으면 안 되는데 말이야."

"원, 중병 걸린 사람 같은 소릴 다하고 있네. 싱싱한 사람이. 안 죽어요, 죽긴 누가 죽어요?"

"금붕어 밥 줬어?"

그의 얼굴이 좀 진지해서 나는 툭 터져 나오는 웃음을 그냥 내버려두었다.

"무슨 쓸데없는 생각을 그렇게 많이 해요? 안 죽어요, 당신이 먹이 안 줘도 금붕어는 죽지 않아요."

"돈키호테가 이런 거 저런 거를 많이 아는데, 아쉽네. 그 친구가 지금 외국에 나가 있지. 외국에 나가 사는 친구들은 소심증, 우울증 같은 것도 모를 거야. 생존경쟁과는 담을 쌓고 붕붕 떠다니며 살 테니까. 내가 너무 정신없이 바쁘게, 내 몸을 학대하며 살았나 봐. 속이 허해졌고, 진기가 다 빠져버렸어."

"이제 나이도 있고 하니 봄을 타는 걸 거예요. 최근에 삼촌을 한번 만났어요?"

"며칠 전에 회사로 찾아왔길래 점심 같이 했지. 결혼한다대. 심신 무력증 같은 병도 있나?"

그가 엉뚱한 말을 불쑥 내놓았다.

"서울에서는 집만 지니고 있으면 살지?"

"살다마다요, 집 없는 사람도 다 사는데."

"일 년쯤 어디 낯선 데 가서 고생이나 실컷 했으면 살 것 같아. 어젯밤에는 밤새 그 생각만 주물럭거렸어."

"하세요, 누가 말려요, 탄광 같은 데 가서 숨도 제대로 못 쉬고 한번 살다 오세요. 다들 너무 편하니 나사가 풀린 거예요. 해직 기자 중에는 옳은 직장을 못 구해 아직도 전전긍긍하는 사람도 있다면서요? 그런 이들을 생각해서라도 열심히 살아야잖아요."

"교과서 같은 소릴 하고 있네. 그 친구들은 아직 악이 살아 있을 테니 무력감 같은 것도 모를 거야."

"당신은 그 소위 악이 없어졌어요."

"언제는 내가 악이 있었나. 난 착한 사람이야. 악이 없다고 사람도 아닌가. 사람이 악만으로 어떻게 살아. 무쇠처럼 살았어. 한심하게도, 남을 생각지도 않고, 내 생각도 없이."

"궤변 늘어놓지 마시고 나사를 좀 조여보세요. 당신은 지금 너무 편하고 걱정이 없어서 이런저런 잔걱정이 많은 거예요."

아득한 나날

"내가 편하다고? 웃기고 있네. 돈 번답시고, 남의 돈 벌어준다고 쓸 개까지 빼놓고 별 지랄을 다 떨어대는데도? 나처럼 눈알 똑바로 박힌 놈이 셋만 있어도 당장 내 사업을 벌이겠네. 마누라를 전당포에 잡혀서라도. 열심히 살아봐야지."

그는 지쳐 있었다. 일에 치여 잠시 멀미를 내고 있을 뿐이었다. 책임감이 강하고, 남의 사정을 쉴새 없이 곁눈질하며, 속물들이 꾸려가는 이 세상과 이럭저럭 보조를 맞춰가는 사람이 갑자기 만사에 흥미를 잃어버린 것이었다. 그 증세는 또 다른 일종의 무력감 내지는 허탈감이었고, 삶에의 회의였다. 각성의 계기가 될지도 모르므로 그에게는 차라리 축복이었다. 나는 그를 이해할 수 있을 것 같았고, 이해했기 때문에 갱년기라기보다는 관조기에 접어든 그의 뒤숭숭한 삶이 당연하다고 여겼다. 그러므로 조만간 그가 세상살이와 대인관계에서 좀 더 성숙한 분별력을 챙길 수 있으리라고 믿었다.

다음다음 날 아침, 귀밑머리가 제법 희끗희끗해진 그가 조금쯤 파리해진 월급쟁이의 뒷모습으로 출근길에 오르는 것을 나는 오래도록 지켜보았다. 택시에 오르고, 엄전한 얼굴로 앉아 있는 그에게서 나는 중년의 어떤 소쇄한 분위기를 얼핏 느꼈고, 곧장 좀 아득해지는 기운을 추슬렀다.

그즈음 대학생 두 명이 한꺼번에 죽었다. 한 명은 대낮에 대로에서 총 맞아 죽었고, 다른 한 명은 한밤중에 음침한 방 속에서 매 맞아 죽었다. 신문은 활자를 더 키울 수 없어서, 지면을 더 할애할 수 없어서 안달이었다. 세상을 보는 눈들이 달라졌고, 제5공화국은 거의 막판에까지 온 것 같았다. 그 위세 당당한 겉모습에 무지가 줄줄 흐르던 실권자도 집권 말기라 흐물흐물해져 버린 듯했다. 88서울올림픽의 개최를 유일한 치세 명목으로 내세우고 이럭저럭 정권을 유지해왔으나, 이제는 오히려 그것에 발목이 잡혀 집권할 때처럼 과단성을 발휘할 수 없는 것이 답답할 듯싶었다.

돌이켜보면 꼬박꼬박 다가오는 잔칫날을 앞두고 대학생들이나 정부나 다 운신의 폭이 비좁았던 것은 사실이었다. 언제나 구경꾼인 중산층이나 '보릿고개'를 까마득한 옛말로 알고 있는 대개의 서민층도 이왕 벌인 잔치를 잘 치르자는 쪽이었다. 이래저래 말썽 많고 걸리적거리는 잔치였다. 그런데 그럭저럭 잘 닦아놓은 잔칫길 위에 대학생 두 명이 벌렁 나자빠져 버렸다. 임기를 채워야 시운을 타고난 사람이라는 말이라도 들을 당사자는 빤히 보이는 수습책을 덜렁 내놓을 수 없어서 딴에는 좌고우면하는 꼬락서니였다. 총을 들면 생사를 걸어야 했고, 요구를 들어주면 두 손을 드는 것이나 마찬가지였다. 시국이 어수선할 때는 세월이 해결사라고 믿는 계층이 있게 마련인데, 그들은 자기 집을 지니고 밥걱정 없이 사는 중산층이었다. 어떤 식으로든지 결말이 날 것이었고, 그 해결이 순리를 좇았으면 하는 바람들을 어르고 있는 듯했는데, 그 순리가 무엇인지, 이런 대목에까지 오도록 그런 말이나 주워섬기며 털버덕 주저앉아 있어야 하는 처신이 과연 온당한 것인지 알 수 없는 노릇이었다.

시국의 열기마저 가세하여 날씨가 지레 무더워졌다. 그즈음의 어느 날 점심을 먹는 둥 마는 둥 하고 나는 예의 원고 뭉치를 들고 태평로에 있는 그 높다란 무역회사를 찾아갔다. 지하철에서 내려 지상으로 올라오니 곳곳에 중무장한 전경들의 경계가 삼엄했다. 나는 곧장 대

아득한 나날

규모 시위가 시청 앞 광장 일대로까지 진출하기로 되어 있는 날임을 떠올렸다. 1년 앞으로 다가온 큰 구경거리를 착실하게 기다리고 있는 시민들답게 행인들은 전경들의 사열을 다소곳하게 받으며 어딘가로 뚜벅뚜벅 걸어갔다. 역도 선수처럼 굵다란 허리띠를 맨 여자 하나가 택시에서 내리자마자 5천 원짜리를 집어던지고 호텔 쪽으로 줄달음쳤다. 늙수그레한 택시 기사가 "저런 미친년을 봤나"라고 중얼거렸고, 사람이라기보다는 칙칙한 색깔의 방책 같은 전경들이 삐죽삐죽 웃음을 흘렸다. 그런 스냅 사진들도 이 시끄러운 시대의 자연스러운, 기억에 새겨둘 만한 풍경인 것은 틀림없었다.

무역회사의 사무실은 여느 때와 다름없이 전화 소음으로 시끄러웠고, 유니폼 차림의 처녀들이 서류를 들고 바쁘게 오갔다. 창밖의 저쪽과는 판이한 그 광경도 다원화되어가는 우리 사회의 한 얼굴이었다. 나를 맞는 사람은 빗질도 못할 정도로 숱 많은 고수머리의 대리급 남자 직원이었다. 그는 나의 이력은 물론이고 내 남편의 전직도 알고 있어서 언제나 의논성스러웠고 깍듯했다.

나는 말없이 원고 봉투를 건넸다. 곧장 늘 보던 부장, 차장 등의 기획실 중간 관리자들이 슬금슬금 다가왔고, 소파 주위에 우쭐우쭐 둘러섰다. 박 대리가 원고와 복사한 원문 뭉치를 건성으로 훑어가며 중얼거렸다.

"인조 가죽?"

빤질거리는 이마가 정수리에까지 터를 넓혀가는 해방 전후 세대일 듯한 부장이 끼어들었다.

"박 대리, 그 원고 줘봐. 이거 어느 파트 거야?"

"섬유 수출 2부 건데요."

"인조 가죽의 상품화? 이거 세탁되나?"

내가 대답했다.

"섬윤데요."

"참, 그렇겠구먼. 그 말 한번 재밌네."

"일본 사람들은 그런 조어(造語)를 잘 만들어요."

"군복 같은 거 만들 수 있답디까?"

"모르겠어요. 그런 말은 없던데요"

"보온성은 있대요?"

"촉감도 좋고 보온성도 뛰어난데 패션이 소비를 좌우할 거래요. 대량 생산되어 원가만 떨어뜨리면 용도는 다양하게 개발할 수 있대요. 고급 소파, 침대 커버 등으로요."

"그거 괜찮겠는데, 가격이 문제구먼. 박 대리, 빨리 3부에 넘겨 스터디해 보라고 해. 아프카니스탄 같은 춥고 나무 없는 산악 지형에 군복지나 피복지로 실어내면 좋겠구먼."

누군가가 그 우스개를 받았다.

"참, 부장님도, 누더기를 걸치고 싸우는 그런 나라에 무슨 네고가 되겠습니까."

"그러니까, 원사(原絲)는 뭐래요?"

"폴리에스테르가 주(主)고 아크릴사에 면(綿)도 섞이는 모양이던데요. 무슨 말인지 몰라서 애먹었어요. 뜻은 통할 거예요."

"혼방(混紡)이구먼. 우리 전경들 옷이 머지?"

"면이 70프로 이상일걸요."

"너무 덥잖아. 쉬 닳고. 구시대 유물이야. 팔아먹을 건 그래도 섬유가 제일 만만한데 말이야."

무슨 헛된 공상 같은 아이디어를 어루더듬고 있는 부장의 나른한 오후 한때에 나의 번역 원고와 전경의 복장이 도매금으로 노리개감이 되고 있었다.

박 대리가 복사한 원문을 뒤적이다 내 앞으로 밀며 물었다.

"이건 뭐예요?"

"아, 이건 토막 상식 같은 거예요. 펭귄은 옆에 있는 제 무리 중 하나가 죽어도 모르는 둔감한 인조(人鳥), 사람 같이 생긴 새인데, 추위 때문에 포식(捕食), 새우 같은 걸 잡아먹어서 그럴지도 모른다. 또 하이퍼라구시아라는 귓병은 청신경이 극도로 예민해지는 병인데, 30피트, 30피트가 얼만가?"

머리 위에서 말소리가 들렸다.

"9백 센티요, 대충."

"30피트나 떨어진 곳의 시계 소리도 들을 수 있다, 머 그런 내용이네요. 필요 없을 것 같아서 번역 안 했어요."

부장의 목소리가 들렸다.

"우리보고 하는 소리 아냐? 펭귄처럼 멍청하니 멀쩡한 대학생이 죽어자빠져도 모르면서 귀만 쓸데없이 밝아서."

면접시험을 치르듯 남의 글을 옮기느라고 정신이 없었던 나는 깜짝 놀랐고, 다들 그 우스개를 그럴듯하게 받아들이는 눈치였다. 여기저기서 한마디씩 했다.

"정말 그렇네."

"하여튼 임기응변에는 부장님한테 못 당해."

부장이 한껏 득의만면해서 말했다.

"박 대리, 사례금 준비했어? 빨리 드려. 오늘 일찍 들어가시는 게 좋을 거야. 벌써 통행이 막혔을지도 몰라. 차 있나? 있으면 댁까지 모셔다 드려. 지금부터 일이나 되겠어?"

"아니오, 됐어요. 지하철 타면 잠시예요."

부장이 창 쪽으로 발걸음을 떼놓으며 꽤나 심상한 말을 흘렸다.

"땅속이 제일 안전하지. 우리는 두더지 인생이라니까. 데모는 하나 어쩌나? 오늘은 그럭저럭 무사히 넘어 갈라나?"

두툼한 사례금이 아니라 원고료를 받아 넣고 고수머리의 배웅까지 받으며 나는 건물 밖으로 나왔다. 벌써 남대문 일대는 인파로 발 디딜 틈도 없었다. 그 인파는 물론 데모 현장을, 발등에 불이 떨어진 듯한 시국의 열기를 피부로 느끼려는 구경꾼들이었다. 내가 인파 사이를 헤집고 나가려는데, 갑자기 사방에서 우-하는 함성이 들려왔고, 젊은 남자들이 차도로 떼를 지어 쏟아졌다. 인파의 일부는 단순한 구경꾼들만이 아니었다.

이른바 기습 시위가 곧장 벌어졌다. 대학생들이 틀림없을 데모대가 점점 불어났다. 그들은 맨 팔뚝을 쭉쭉 뻗쳐 절도있게 칼질해대며 구호를 외쳐댔다. 어디서 가져왔는지 플래카드가 선두에 가로막 같은 휘장을 두르자마자 사진기를 어깨에 둘러멘 외국인, 내국인 기자들이 데모대 앞에서 눈 본 겨울 개처럼 헐레벌떡 뛰어다니기 시작했다. 데모 대열이 삽시간에 대규모 군중으로 변해버렸다. 그들의 구호가 더 거세어졌고, 팔 동작도 더욱 당당해졌다. 나는 난생 처음으로 그들의

아득한 나날

일관성 좋은 팔 동작이라기보다 팔 운동을 유심히 바라보았다. 뚝뚝 끊어졌다가는 이어지곤 하는 그 씩씩한 맨손체조는 연습을 많이 한 군대의 제식 훈련 같았다. 그래서 반체제 학생운동이 세련되었다기보다 닳을 대로 닳아빠져 그 순수성이 깡그리 없어져 버렸다는 느낌이 한동안 내 머릿속에서 어지럽게 맴돌았다. 연습, 나아가서 어떤 관행은 전문가를 양성하는 교본일 터이므로 나의 그런 느낌은 얼추 그럴싸할지도 몰랐고, 그런 의미에서도 교련을 전수(傳授)한 군정의 폐해는 우리의 의식 깊숙이 뿌리를 내리고 있는 셈이었다. 한편으로 그것도 시행착오의 일종이 아닐까 싶었다. 모든 시행착오가 그렇듯이 그런 훈련조차 어떤 개선을 담보하고 있을 테니까 말이다. 모든 풍경화가 그렇듯이, 우리도 이렇게 서서 멍청히 시간의 흐름을 쫓을 수밖에 없지 않느냐는 듯이 전경은 수수방관이었다. 행인들이 데모대에 합세하지 못하도록 연도 경비에만 주력하고 있었는데, 한심하게도 그냥 길가에 우두커니 장승처럼 서서 허공을 노려보고 있을 뿐이었다. 보기에 따라서는 좀 한가로운, 흔히 '이발관 그림'이라고 일정한 비아냥을 덧대는 그런 진부한 풍경이었다.

더 지켜보자니 어느 쪽에도, 그러니까 데모대에도, 그렇다고 전경이나 구경꾼 대열에도 섞이지 못하는 신분임을 의식하고 나는 시청 쪽으로 나아갔다. 두어 번쯤 발돋움해서 세종로 쪽을 힐끔 쳐다보았더니 칙칙한 색깔의 방책이 겹겹으로 차도 위에 깔려 있었고, 그 일대는 까무스레한 정적에 휩싸여 있었다. 데모 대열에게 무기라면 돌멩이와 화염병 정도일 것이므로 그 장엄한 방책을 뚫기는 어려울 것 같았다. 아니, 그것은 불가능해야만 된다고 나는 서둘러 단정했다. 그

저지선을 뚫으려 든다면 또 수많은 희생자가 날 것이었다. 역시 보기 드문 구경거리라 나는 양쪽을 번갈아 쳐다보았다. 미련이 남아서 지하도로 내려가는 발걸음이 가뿐히 떼어지지 않았다. 나는 무언가를 초조히 기다리고 있었다. 데모대가 주춤거리며 시청 쪽으로 다가왔다. 그들 중 일부가 대열 밖으로 뛰쳐나와, 연도 경비에 임하고 있는 전경들 쪽으로 우르르 몰려왔다. 뒤이어 무어라고 소리쳤고, 그들을 잡아끌어 데모대 앞에 세우려고 몸싸움이 벌어졌다. 함께 저지선을 뚫자고 하는 모양이었다. 그들의 승강이를 보자마자 나는 즉각 '저런 감상(感傷)의 찌꺼기들, 왜 남의 힘을 빌려서 반정부 운동을 해'라고 속으로 데모대를 한껏 매도했다.

차라리 데모를, 시위를 아예 하지 말 것이지. 저게 무슨 덜 떨어진 수작질에 구차한 애원인가.

나는 속에서 욕지기가 치받쳐 올라오는 것을 간신히 참았다. 그러나 곧장 데모대가 다치지 않기를 바라면서, 그러니까 저지선을 뚫지 못하기를 빌면서 그들을 욕하고 있는 나의 같잖은 시민의식을 떠올렸다. 나는 자신의 복잡미묘한 감정을, 흔히 죽 끓듯 한다는 그 양가감정의 갈피를 글로 적어 호외처럼 마구 흩뿌리고 싶었다. 얼핏 그 난해한 전단을 마구 짓밟으며 어디론가로 줄달음치고 있는 미친 여자의 남루한 몰골이 떠올랐다. 나는 비로소 무엇엔가 쫓기는 사람처럼 지하도 계단을 콩닥콩닥 구르며 뛰어내려갔다.

나는 그날 대낮의 생생한 경험을 그에게 털어놓지 않았다. 뻔한 목적지를 향해 가파르게 굴러가는 시국이 어떤 식으로 결말이 나든 우리에게는 이익도, 그렇다고 불이익도 없을 것이며, 88서울올림픽은 그런대로 치러질 것이라는 평소의 내 생각을 그 데모대로부터, 또 그 막강한 저지선을 목격하면서 새삼 추인했으므로 나의 경험이나 생각 따위는 한낱 곁말에 불과할 것이기 때문이었다.

그는 그해 봄의 그 관조병을 견뎌내고부터 언행이 몰라보게 굳어졌다. 나는 그 심신의 이완을 중년이 치러야 할 어떤 통과의례 내지는 허탈증쯤으로 치부했다. 갱년기 장애에는 여러 가지 증상이 있고, 그것은 비단 여자에게만 찾아오는 증세가 아님을 예의 그 잡지사 번역 일거리들이 소상하게 가르쳐준 바 있었다. 그 고비를 무사히 넘기면 그는 세상사를 제대로 본다는 불혹의 나이에 깊숙이 진입, 이윽고 지천명에 이를 것이었다.

나의 예상은 빗나가지 않아 세상은 바뀌지 않았다. 그러나 시국은 여전히 폭풍 전야의 정적 같은 장막에 휘감겨 있음을 누구도 부인할 수 없었다. 다들 무언가를 초조하게 기다리고 있었는데, 그것이 유신 치하에서 전가의 보도로 들이대곤 하던 일련의 긴급조치 따위가 아니기를 바랄 따름이었다. 만약 다시 10년 전의 그 강퍅한 체제로 돌아간다면 88서울올림픽의 개최 여부도 문제지만, 연이어 풀고 조이는 후속 조치들이 따라야 할 테고, 그 우여곡절을 겪는다는 것은 끔찍한 일상의 재연을 의미했다.

그런데 그 며칠 후, 무슨 꿈결 같은 이른바 6.29 민주화 선언이 떨어졌다. 데모대는 허탕 쳐버린 몰이꾼으로서 민망하게도 빈손을 털어대는 꼴이었다. 그는 대뜸 "일목요연하네, 머, 진작에 이랬어야지. 김새게 이제와서 이게 머야, 투항치고는 꽤 센치하잖아"라며 적잖이 허전해 했다. 내 기대를 배반해야 그나마 남자의 체신이 산다는 듯이 그는 예전의 그 거친 말씨나 범죄적 발상을 내놓지 않았는데, 흡사 클라이맥스도 없이 싱겁게 끝나버린 삼류영화에 대해 무슨 감상을 덧붙이겠냐는 투였다. 어쨌든 시국의 열기를 일시에 잠재워버린 그 자칭 '민주화 선언'의 파급 효과는 의외로 컸다. 바로 엊그제 일이므로 그때의 시중 사정에 대한 언급은 여기서 하등에 불필요한 군더더기일 것이다.

7월 초순이었다. 첫 더위가 제법 극성스럽던 어느 날, 일찍 퇴근한 그가 현관에 들어서자마자 넥타이를 길게 뽑아내면서 억지로 생기를 낸, 그러나 여전히 좀 시니컬한 말을 흘렸다.

"세상이 달라져도 많이 달라졌네. 복직하라는데, 나보고."

나는 긴가민가하며 물었다. 그는 해직 기자들의 모임에도 건성으로 이름만 올려놓고 지내는 터였다.

"어디서요, 방송국요?"

"그렇대, 일단 만나재."

"누가요?"

그가 해직 당시의 울분을 터뜨리기나 하듯 신경질을 부렸다.

"몰라, 누구라면 당신이 알겠어? 벌써 언제 쩍 사람인데."

그는 무슨 일로 초조할 때나 이것저것 따져서 결정을 내릴 일이 생기면 담배, 재떨이, 성냥갑, 신문이나 책 따위를 들고 화장실에 들어가서 반 시간은 좋이 뭉그적거리는 버릇이 있었다. 그래서 그의 담배를 나눠 피우기도 하는 큰이모는 "이 서방 또 저 안에서 한 살림 차리고 있지?"라면서 이녁의 흡연 욕구를 드러낼 정도였다. 그날은 유독 오래도록 뭉그적거려서 내가 "밥 다 식어요" 어쩌구 하면서 두어 번

아득한 나날

이나 채근했고, 그는 "아, 알았어, 맨날천날 먹는 놈의 밥, 이건 맨날 천날 생각할 일이 아니잖아"라고 건짜증을 부렸다.

그는 식욕이 거의 없는 눈치였다. 설거지를 대충 해치우고 방으로 들어갔더니 그는 창밖을 내다보며 우두커니 서 있었다. 외등도 없었지만, 어느새 잎사귀가 손바닥만큼씩이나 넓어진 목련이 방충망 너머로 짙푸르게 보였다. 방충망의 촘촘한 망사가 텔레비전의 화면 같았다.

"어떡하실 거예요?"

둘러대는 그의 말버릇이 바로 들려왔다.

"잠복기가 너무 긴 병이야."

무슨 말인지 몰라서 나는 한참이나 머리를 굴렸다. 이윽고 나는 그가 복직하기로 단안을 내렸다고 간주했다. 그의 적성에는 그 직업이 맞을 뿐만 아니라 그 직장은 조강지처나 다름없는 그의 본령이 아닌가.

"알아서 결정하세요."

"명분이 있어야지, 그쪽이나 나나. 해직시킬 때는 언제고 지금 와서 슬그머니 복직은 또 머야. 말썽 안 부리고 취직해서 잘 먹고 잘살았다고 곱게 봐준다는 얘긴가. 이따위 통보를 기다린다고 그렇게 꿍얼꿍얼 앓았다는 거야 머야?"

"당신 혼자만 복직시킨대요?"

"남의 직장에서 전화로 그런 말까지야 길게 할 수 있나. 일차로 일부만 복직시킨다니 나 혼자는 아닌 모양이야. 혼자라면 그쪽이나 나나 무슨 입지가 서나."

"어차피 어디서나 밥 먹고 사는 건데, 당신이 일하고 싶은 데서 일하세요. 지금 직장도 장래성 있고 그쪽보다 못할 것도 없잖아요?"

"그렇기야 해, 또 들어가 봐야 뻔해. 그 시스템 자체에 구조적인 한계가 있어. 만년 기자라는 것도 우습고. 누가 나한테 데스크를 맡기겠어. 그렇게 돼 있어. 그래도 어째? 해직이 무슨 수모에 수치는 아니잖아. 또 복직이 무슨 명예야? 그래도 일단 쫓겨난 거니까 그걸 원상 복구시켜주겠다는데 받아들이지 않는다는 것도 어른스럽지 못한 행태로 비칠 테고, 철딱서니야 그쪽만 없었나 뭐. 다 이유야 있지. 니미랄, 이 동네에서 살려니 정말 별의별 경험을 다 하네. 이렇게 난처한 경우도 있을까. 양손에 떡을 거머쥐고서. 난감하네. 도대체 우리는 어느 쪽에 빌붙어 살아가란 말이야?"

그는 이제 직장마다 들끓는 노조 시위를 취재하느라고 동분서주하는 경제부 기자로서, 뉴스 시간에 반듯반듯하게 규격화된 보도를 들려주기에 여념이 없는 월급쟁이가 되어 있다. 그 명색 객관적인 사실 보도와는 동떨어진, 예컨대 다음과 같은 말을 유일한 시청자인 나에게 술술 지껄이기도 하는 가장이다.

"대책 없어. 할 말은 어느 쪽이나 다 있는데 뭐. 대증요법으로 종기의 고름만 짜낸다고 되나. 잠복기가 얼마나 긴 속병이 들어앉아 있는데. 우리 동네는 주관도 객관도 없어. 서로 똥고집뿐이야. 시소게임의 재미를 몰라. 한쪽이 공중에 붕 떠야만 성이 찬다고. 한쪽으로 기울어져야만 맛이야? 평행을 유지하며 건들건들하는 것도 맛이지."

그가 과연 그만한 균형감각을 갖고 생업에 종사하는지, 또 그런 그의 사고방식을 직장이 얼마나 제대로 받아주고 있는지 나는 의심스럽

아득한 나날

다. 그래서 나는 한때의 피해자로서 요즘이 해직당하기 전보다 더 조마조마하다. 아마도 그는 앞으로 자신의 생업에 더 자주 회의를 느낄 터이며, 이제는 이직할 엄두도 낼 수 없는 자신의 나이를 떠올리면서 자신보다 더 윤똑똑이인 후배 기자들의 점점 드세어지는 발언에 귀를 기울이며 정년을 맞아가야 할 것이다. 그 수많은 나날을 함께 겪어내야 할 나의 앞날이 아득하게만 느껴진다. 우리는 이미 살아온 날보다 더 적게 남은, 앞날을 생각하기보다 지난날을 더 자주 뒤적거리며 늙어갈 뿐인 한창 중년이다. 그가 최근 뉴스 시간에 "우리가, 우리 직장이, 우리 사회가 언제부터 이처럼 서로를 불신하며 한심스러운 인간관계를 영위하게 되었는지 찬찬히 되새겨봐야 할 시점입니다"라고 자기 말을 슬쩍 끼워 넣는 것을 유심히 들었는데, 그때 나는 그 말이 그런대로 호소력이 있다고 생각하며 쓴웃음을 흘렸고, 시선을 어디에 두어야 할지 몰라 겸연쩍어하는 그의 눈매를 빤히 쳐다보았다. 가능하다면 예의 그 외무부 소속 공무원처럼 한동안씩 외국에서 살며 우리의 이 모순덩어리 같은 체제 전반을 큰 눈으로 바라보는 시선을 지니고 싶지만, 갈대처럼 세파에 앞서 미리 흔들리는 중산층의 한낱 '집사람' 주제가 무슨 깜냥으로 눈시울을 흡뜰 수 있을까.(369장)

↓

**군소리 1** – 1979년 12월 12일 밤, 그 내용은 많이 바뀌어져 있으나 작중에 그려진 대로 나는 그 칠흑처럼 광택이 희끄무레하던 밤길의 영동대교를 연전에 작고한 소설가 이모 선배와 함께 터벅터벅 걸어서 건넜다. 거기서 강남구청 뒤쪽의 15평짜리 AID아파트까지 우리 두 글쟁이는 별 말도 나누지 않고 앞길을 줄여갔다.

**군소리 2** – 1인칭소설을, 그것도 여성 화자가 술회하는 형식을 여러 번이나 그렸는데, 그때마다 '나'가 드세고 여성스럽지 않다는 핀잔의 독후감을 들었다. 나는 여성 숭배자도, 여성 해방론자도 아니지만 실생활에서나 소설의 작중인물을 통해서나 남녀 불문하고 개개인의 자율성을 최대한으로 고취하려는 고정배기이기는 하다. 이를테면 집집마다 업라이트 피아노를 사들여놓고 자식들을 닦달하거나 의사로 만들려고 설치는, 요컨대 학부모 중 하나가 소성선취욕(小成先取慾)을 선도, 강제하는 세태 속에서 패미니즘을 논란거리로 삼는 엉뚱한 속풍이 개탄스러울 뿐이다.

**군소리 3** – 한때 '해직' 당한 기자들의 그후 동정은, 명색 작가로서 염탐의 대상이었는데, 의외로 그들은 그 봉변을 노끈하게 감당, 잘 살아가는 사례를 여러 건이나 목격했다. 그런 시류적/강제적/탈인권적 우격다짐이 오히려 전화위복이 되는 데서도 알 수 있듯이 세파의 '악의적 해석'을 일단 경계해야 소설의 진정성이 살아나지 않을까 싶다.

아득한 나날

# 맏언니

### 1

또 명혜와 연락이 닿지 않는다. 코빼기는 물론이고 그 시들한 음성을 들은 적도 한 계절 저쪽이었던 듯하다. 참으로 알다가도 모를 친구다. 그에 대한 내 관심벽은 꽤 집요하고, 어느새 꽤 오래전부터 이어져 왔다. 그래서 그를 생각하는 시간은 내 단조로운 일상 중에 그런대로 소중한 '침정(沈靜)의 한때'이기도 하다. 그런 생각을 얼핏 떠올렸던 때도 벌써 몇 년 전이다. 그때 나는 첫애를 갓 낳은 직후라서 지독한 부증(浮症)에 시달리고 있던 참이었다. 그거야 어떻든 나의 결혼생활도 이제 8년째로 접어들고 있으며, 두 아이의 어머니로서 이럭저럭 틀을 잡아가고 있다. 그러니 나보다 한 살 많으므로 명혜는 올해 서른다섯 살이 되었다.

지난 2월 28일 밤에 나는 버릇대로 가계부와 수첩을 들고 소파에 털썩 주저앉았다. 밤이 깊어 있었다. 시샘 추위에 껴묻어 오는 매운바람 소리가 창틀을 마구 흔들어댔고, 고속도로 위를 달리는 차 소리가 짐승처럼 으르렁거리며 먼 데서 끊임없이 들려왔다. 월급날이어서 남편은 열두 시가 넘어서야 귀가할 것이었다.

나는 한동안 멍청히 실내의 허공을 노려보다가, 멀건 벽에다 시선을 못 박았다.

맹추, 무료감의 정체, 건실한 가정에 고여 있는 권태와 나태, 짜증의 누적이 결혼생활의 가지들이라면 그 줄기는?

이윽고 그런 상투적인 생각거리를 털어버리느라고 수첩을 펴들었고, 볼펜을 잡았다. 곧장 긴장이 모여들었고, 낮 동안 치른 일상과 느낌을 버릇대로 한달음에 적어갔다.

—꼬박꼬박 닥치는 지겨운 환절기. 선기가 신열로 앓고 있다. 둘 다 목욕을 시키지 않았다. 병과 사람은 떼려야 뗄 수 없는 관계를 유지하며 살아가게 되어 있는지도. 전혀 쓸데없다는 편도선, 맹장, 남자가 젖꼭지를 지니고 살아가듯이. 시들해져 가는 새벽 기도 행차에 다시 매달려 볼까. 다들 자기 삶에 준비성이 철저한 듯한데, 나는 내 인생, 내 가정의 앞날을 짐작도 못 하니, 멍텅구리다. 비참하지 않다는 게 그나마 다행이랄까. 채식주의자 간디처럼 '아침 안 먹기'를 실천하며 생활의 변화를 불러들여야 하나. 정신이든 몸이든 쓸데없는 쓰레기로 포만 상태다. 다시 쌀이 익고 뜸 드는 냄새에 구역질을 느꼈으면. 가증스러운 식욕. 남의 말을 믿지 못하는 의심증. 간디의 자연 치료법 따위를 얼마나 믿을 수 있을까. 깨끗한 흙을 헝겊으로 싸서 물에 축였다가 머리를 감싸면 편두통이 과연 나을까. 인도의 흙은 양질의 해열제 고약인가. '깨끗한 흙'이란 이 불가사의한 자연과학적 지식. 두 자식 다 나처럼 항문적 성격으로 태어났을지도. 깨끗한 흙과 물로 건강을 되찾을 수 있다는 간디의 자연 치료법에는 신앙의 힘이 깔려 있지 않을까. 무신자가 건강을 유지하려면 어떤 종류의 자기 믿음을 배양,

육화해야 하나.

나는 잠시 멍청해졌다. 더 쓸 말이 없어서였다. 애들 이모가 밥값이라며 내놓은 돈의 액수는 가계부에 따로 칸을 만들어 두고 있다. 설거지대 앞에서 서로 아무 말도 없이 주고받았던 그 돈을 따로 적어둔들 나중의 기억에 자료로나 쓸까, 지금은 쓸데없는 짓거리인데.

애들의 몸부림 소리와 잠꼬대가 들려왔다. 동생 방의 형광등이 탁 소리를 내며 꺼졌다. 나는 하릴없이 깜빡 잊고 있었던 사실을 떠올렸을 때처럼 생기에 차서 '요즘 명혜는 왜 미아처럼, 또는 가출인처럼 연락이 없지? 잠적, 또는 잠행의 목적은? 관심을 끌려는 수단일까. 만사가 귀찮아서? 이기적이라면 다소 모욕으로 들릴지 모르지만, 자기중심적인지도. 세상의 꼴이 너무 시시해 보이니까' 라고 적었다. 수첩을 덮자 별똥별 같은 선명한 빗금이 내 눈앞에서 여러 줄이나 지나가는 듯했다.

큰방 쪽으로 주둥이를 돌려놓은 가습기에서 내뿜는 뿌연 수증기가 내 쪽으로만 떼지어 몰려왔다. 실내온도는 22도였고, 습도계의 바늘은 50 부근을 가리키고 있었다. 둘 다 정상이었다. 매일 한 장씩 그 얇은 종이를 뜯어야 하는 일력에는 28이라는 숫자가 흐릿한 검은색으로 적혀 있었다. 풀쩍 자리에서 일어나 그 일력을 뜯었고, 명혜의 생일이 2월 29일임을 떠올렸다. 다시 수첩을 폈고, '올해도 명혜는 생일이 없다. 그의 말대로라면 올해도 명혜는 나이를 한 살 덜 먹었다' 라고 적었다.

헤아려 보니 내가 명혜를 가장 최근에 만났던 때는 지난가을의 어느 날 밤이었다. 지금의 수첩을 지난해 11월부터 사용하기 시작했으

맏언니

니까 먼젓번 수첩의 끝부분쯤에 우리의 만남이 몇 줄의 글로 적혀 있을 것이다. 언젠가 다방에서 그는 공책보다 작고 문고판 책보다는 큰 나의 수첩에 빤히 눈독을 들이더니 "그거 어디서 샀니? 예쁘다, 나도 사야겠다"라고 말했고, 이틀 후에 그때의 내 것과는 좀 다르고 지금의 수첩과는 비슷한 공책을 두 권이나 내게 내밀었다. 그때 나는 그 선물을 물론 고맙게 받았지만, 그의 것도 샀는지는 짐작만 할 뿐 굳이 묻지도 않았다.

숫자에 대한 기억력이 약하다기보다 그것에 아예 태무심해버리는 나는 수첩 겉장의 안쪽에다 내 가족의 주민등록번호와 여러 연락처의 전화번호들을 빼곡히 적어두고 있다. 언젠가는 그 연락처를 가나다순으로 정리해 놓으려고 마음먹은 지도 오래되었지만, 그 실천의 시간이 몇 년 후에 닥칠지 나 자신도 모르고 있다. 물론 명혜의 연락처도 그중 눈 바른 데 묻어 있다.

나는 주저하지 않고 명혜에게 전화를 걸었다. 신호가 울리자 공연히 초조해졌고, 가슴이 두근거렸다. 갑작스럽게 내 주위가 무섭도록 조용해졌다. 수증기가 연방 무슨 짐승의 포효처럼 무리 지어 나를 향해 몰려오고 있었다. 전화를 받지 않았다. 당연하다는 생각과 함께 이상하게도 안도감이 들었다. 전화 송수화기를 나는 힘없이 내려놓았다.

딸만 셋을 둔 명혜 어머니는 요즘 둘째 딸에게 얹혀산다. 지금 명혜는 어머니를 보기 위해 그 동생 집에 들렀는지도 모른다. 아니면 전화기만 노려보며 전화를 일부러 안 받고 있는지도 알 수 없다. 마음자리가 사나우면 그는 흔히 전화도 안 받고, 그런 심통인지 횡포를 내게도 몇 번이나 휘둘렀으며, 나중에 그 심사와 곡절을 둘러대느라고 매번 허둥거렸으니까.

　이래저래 그에 대한 속어림은 내 정신건강에 유익했다. 나는 켜켜이 더께 앉은 생활의 때가 개숫물 빠지듯이 한꺼번에 씻겨 내려가고 있음을 느꼈고, 곧장 외출을 오래 하지 못해 좀이 쑤실 때처럼 몸과 마음이 두루 들뜨는 기분에 사로잡혔다. 껍데기뿐인 내 일상이 뱃속의 태아처럼 내 손아귀에서 꿈틀거렸다.


## 2

　우리 과에서 주말에 당일치기로 봄 야유회를 가기로 했다. 그 하루 전날 오후에 명혜와 나는 동대문시장 일대를 헤맸다. 이윽고 나는 빨간 운동화를 한 켤레 샀다. 명혜는 내가 고른 신발에는 가타부타 말이 없었다. 한참이나 광장시장의 먹자골목까지 어슬렁거리다가 명혜는 김 한 톳과 어묵, 노란 단무지, 우엉 등의 김밥 속을 샀다. 남학생들이 코펠, 버너 등을 가지고 와서 점심밥을 해 먹인다고 했으나, 첫 소풍인 만큼 우리는 김밥을 좀 넉넉하게 싸가기로 했다. 72학번으로 서른 명이 함께 입학했지만, 교양과정부를 마치자마자 네 명이나 군문에 입대했고, 여학생 숫자가 남학생보다 많았으므로 우리는 끼리끼리 남학생 몫까지 먹을거리를 준비해가기로 되어 있었다. 그즈음 나는 적산가옥처럼 방 다섯 개가 우물마루를 중심으로 네모반듯하게 펼쳐져 있던 이종사촌 언니 집에서 초등학생 둘에게 가정교사 노릇을 하며 기식하고 있던 처지였다. 명혜가 나의 그런 형편을 알고 있었으므로 내 몫까지 준비해주겠다니 나로서는 고마울 따름이었다.

시장 바닥을 벗어나려고 했을 때, 명혜는 느닷없이 "종묘에 가서 좀 더 걷다가 우리집에 갈까?"라고 내게 말했고, 우물쭈물하는 나를 개 의치 않고 아주 밝은 표정으로 물었다.

"넌 남자에게 뺨을 맞아본 적이 있니?"

뜻밖의 질문이었다. 그때까지 명혜는 평소와 다른 낌새를 조금도 드러내지 않았으므로 나는 잠시 어리둥절했다. 그의 옆모습을, 좀 더 정확히는 그 뺨을 찬찬히 뜯어보자, 나의 따가운 시선을 느끼고 있으면서도 그는 멍한 눈길로 앞만 바라보며 걸음을 떼놓고 있었다.

"아니, 무슨 소리야?"

그때까지 나는 남자에게서 그런 폭행을 당해본 경험은커녕 남의 소문을 들은 바도 없었고, 명혜도 그것을 묻고 있지는 않았다.

"무슨 일이 있었니?"

기다렸다는 듯이 그가 대답했다.

"응, 아까. 점심시간 전에 그런 일이 있었어. 아직도 내 뺨이 화끈거리는 기분이야."

걸음을 떼놓으면서 그가 나를 빤히 쳐다보았다. 발그레하니 홍조를 띤 그의 뺨은 여전히 고왔고, 기다란 아랫입술은 붉었다. 콧날과 눈매만으로 여자의 미모 여부를 재단 평가하는 남자들이 흔히 놓치기 쉬운 그의 선명하고 얇은 윗입술은 여자들의 눈에는 확실히 부러운 것이었다. 특히나 그가 유달리 길게 찢어진 긴 입술을 다물었을 때, 적당한 표면적의 붉은 윗입술에서 갸름한 턱의 선으로 흐르는 주름, 주름이라기보다는 살짝 드러났다가 지워지곤 하는 살갗의 음영은 매력적이었다. 식복이 많다는 속설대로 입이 그렇게 비정상적으로 크듯이 그의 얼굴도 팽이처럼 긴 편인데, 그 이색적인 윤곽이 기형적이라면 흔히 '달덩이처럼 복스러운 얼굴'을 기리는 우리의 전통적인 인물평을 재고하라고 권할 수밖에 없을 듯하다.

나는 두서없이 여러 가지 의문을 한꺼번에 물었다.

"왜 그랬니? 누구한테 맞았니? 그냥 가만히 맞고만 있었니?"

나의 호들갑스러운 질문에 대응이라도 하듯 그는 예의 그 보기 좋은 입가의 음영을 살짝 피웠다가 지우고 나서 잔잔하게 응수했다.

"그럼 맞고만 있지 내까짓 게 별수 있니. 나한테 힘이 있니, 머가 있니. 그쪽도 그러더라. 네까짓 게 무언데 그렇게 도도하게 구냐고. 뺨한 대쯤 때릴 이유도 충분하다니까, 그런가 보다 하고 말아야지 머. 실제로도 그쪽에서는 그렇게 생각할지도 모르고. 둘 다 엉겁결에 당당하게 때리고 당당하게 맞았어. 남의 속을 어떻게 제 마음처럼 속속들이 읽을 수 있니. 제 진심을 몰라줬다 이거야. 내가 지네들처럼 그렇게 한가한 사람인 줄 아는 모양이지. 남자들은 어쩨 하나같이 그렇게 독선적이고 아전인수격이고 지밖에 모르는 이기주의자들이지? 애초부터 그 알량한 신체적 우월로 독재자가 될 소질을 꾸준히 개발하는 모양이야. 어제오늘 느껴온 바도 아니지만, 흥."

그는 콧방귀를 뀌면서 남자라는 이성 전체를 비아냥거리고 있었지만, 용케도 신경질이나 역정을 내고 있지는 않았다. 그때 나는 얼핏 그가 속이 깊은 친구라고 생각했던 듯하다.

"그 사람이 누구니?"

"너도 알 만한 사람이야. 앞으로 눈여겨보면서 짐작을 해봐. 재밌잖니?"

맏언니

"그 남자가 우리 영교과에 있니?"

그는 심드렁하게, 그러나 아주 짧게 대답했다.

"응, 그렇다나 봐."

"입학 동기생이고?"

"그렇겠지 머."

사범대 영어교육학과 입학 동기생 중의 어느 남학생이 벌건 대낮에 여자의, 그것도 앞으로 3년 동안이나 함께 공부할 여학생의 뺨을 때렸다니. 나는 그 야만적인, 비록 아무리 충동적이었다 하더라도 폭행을 저지른 남학생이 누구인지 도저히 짐작조차 할 수 없었다. 열 명 남짓 되는 남학생의 이름은 말할 것도 없고 얼굴도 제대로 떠올릴 수 없었다.

시골 초등학교 교감선생의 맏자식인 내가 감쪽같이 모르는 사이에 서울내기들은 그런 별종의 사건도 저지르고 다닌다니, 알 수 없는 별세계였다. 게다가 내가 아는 한 그즈음 명혜를 좋아하는 남학생은 따로 있었다. 우량아같이 생긴 그 남학생은 도저히 어떻게 눕혀볼 수도 없는 뻣뻣한 머리칼을 늘 부스스하게 일으켜 세워놓고 그 봉두난발이 자기의 개성이고 매력인 양 으스대는, 같은 학년의 다른 대학 다른 학과생이었다. 적어도 교양과정부 1년 동안에는 그랬다. 그 사실은 더러 목격한 바대로 우리 여학생들에게는 널리 알려진 비밀이었다. 얼마쯤의 지적 오만을 그 봉두난발 위에 얹어놓고 덜렁거리는 그 남학생이 우리 과 수석 입학생인 명혜를 일방적으로 좋아한다는 사실은 시골내기인 내 눈에는 제법 그럴듯하게 비쳤다.

나는 '우리 나이'의 남자와 여자가 서로 뺨을 때릴 수도 있고, 맞을 수도 있다는 사실만이 기이하게 여겨져서 그 전후담을 더 듣고 싶었다.

"주위에는 아무도 없었니?"

"몰라, 숲속이었으니까. 우릴 본 사람이 있었는지도 몰라. 한 시간쯤 옥신각신했으니까. 봤다 해도 내가 창피할 게 머 있나 싶긴 해. 우리는 아직 손도 안 잡아본 남남 사이거든."

"그랬어?"

"그럼. 그러니 완전히 날벼락이야, 홍, 꼴에…"

종묘가 내게는 처음이었다. 우람한 은행나무와 느티나무 숲이 싱그러웠다. 반듯하게 정돈된 입구의 조경도 그런대로 좋았지만, 들어갈수록 그윽한 숲의 정취와 후원(後園)처럼 고즈넉하게 다가오는 적막이 사방에서 성큼성큼 조여왔다. 짙푸른 숲을 등지고 한 외국인 남자가 넥타이까지 단정하게 매고 벤치에 홀로 앉아서 문고판 책을 읽고 있었다. 시골에서는 감히 상상할 수도 없는 광경이었다. 나는 얼핏 외국인의 저런 독서 자세에는 자기 과시가 드러나 있지 않은데, 우리는 왜 저럴 수 없을까 하는 생각을 떠올렸다가 지웠다. 그 광경에는 분명히 어떤 객기가 없었다. 봉두난발의 매무새를 일부러 과시하는 짓거리, 벌건 대낮에 여학생의 뺨을 때리는 횡포, 객쩍은 소리를 재미없이 늘어놓는 서클 모임 따위들이, 아무리 혈기 왕성한 나이 탓이라 하더라도 수선스럽기 짝이 없는 객기에다 촌스러운 과시벽이 아니고 무엇인가.

우리는 말없이 텅텅 빈 벤치의 도열 앞을 지나갔다. 명혜는 무언가를 골똘히 생각하는 눈치였다. 이내 우리는 숲속에 파묻혔고, 벤치에 가지런히 앉았다. 느지막한 오후여서 우리 코앞에 버티고 있는 담벼락의 그늘이 짙었다.

명혜가 먼저 말머리를 잡았다.

"순대 더 먹을래?"

우리는 방금 순대와 돼지 간, 심지어 돼지 귀까지 많이 먹었고, 명혜는 "우리 엄마가 이걸 제일 좋아해. 삶은 돼지고기를 소금에 찍어 먹는 게 이 세상에서 제일 맛있는 음식이래"라고 말하면서 따로 싸 왔다.

"됐어, 배불러. 저녁도 못 먹겠는걸. 왜 그랬어?"

명혜가 활짝 웃으며 말했다.

"너도 웬만큼 집요하구나."

"그럼 어떡하니? 툭 털어놓고 분한 마음을 다스려야 할 거 아니니."

"딱히 분할 것도 없어. 자기를 우롱하고 농락했대."

"농락? 남자가 여자에게 농락을 당해? 말이 되니?"

"나도 그런 말을 했어. 내가 뭘 농락했냐고. 그러니까 부걱부걱 울화를 쏟아놓더라. 자기를 틀림없이 농락했대. 그쪽 논리로는 농락이라는 말이 맞대. 내가 편지를 꼭 네 번 받았거든. 읽기는 죄다 다 읽었지. 그게 농락이다 이거야. 무슨 너스레를 그렇게 장황하게 늘어놓고 있는지. 읽다 보면 내 정신이 수선스러워서 미치겠어. 좋아지고 있다 그랬다가 미워 죽겠다 그러고, 좀 이상한 남자야. 외모도 너무나 특색 없이 생긴 주제에 말이야. 남자나 여자나 머리 굴림은 좀 상식적인 구석이 있어야 신뢰감이 생기잖아. 그런데 무슨 시시콜콜한 사변이 그렇게나 많은지 몰라. 러시아 소설이 대개 다 그렇잖아? 이름만큼이나 수선스럽고 이랬다저랬다 말이 많고. 그런데 그런 게 어리고 유치하다는 생각이 들게 하는 남자야. 책은 많이 읽은 것 같은데 그걸 당장 써먹고 싶어 이래저래 설치는 꼴이야. 그러니 머가 어울리겠어, 남의 말이나 베끼고 써먹을 궁리나 하는 주제가. 그 상식적인 외모와 겉돌아서 그렇게 보이는지. 아무튼 그 남자 편지만 읽으면 내 주위가 음침하고 괴기스러워져. 지난 주일에 체육복으로 갈아입고 테니스장으로 뛰어가는데 딱 마주쳤어. 히물쩍 웃더라. 그때 머리칼이 뻣뻣해지는 게 온몸에 소름이 쫙 끼쳐 미칠 뻔했어. 그 시간에 내가 제일 늦게 출석한 것 기억나?"

"응, 그랬던 것 같애."

"어쨌든 편지를 읽기만 하고 일언반구도 안 했어. 그러니까 자기를 무시했다고 어린애처럼 삐쳐서 쪽지를 또 보내왔어. 계속해서 무시해버렸지. 그 방법밖에 달리 무슨 뾰족 수도 없잖아. 사람도 편지도 유치하기 이를 데 없는 데다 무슨 세련이 한 움큼도 안 비치는 남잔데 난들 어떡해."

나는 그의 빠른 말씨에 제동을 걸었다. 그의 실토정에 윤활유를 끼얹음으로써 남자의 실상을 더 유추해볼 근거를 찾아볼 셈속이었다.

"싫다고, 더 이상 괴롭히지 말라고 잘라서 말해 주지 그랬어? 서로 이쯤에서 시간 낭비를 줄이자고."

"그게 통할 것 같니, 미친 사람한테? 너 아직 연애 안 해봤구나. 하기야 나도 아직 제대로 해본 적이 없지만. 몰라, 물리치는 방법치고는 어설프고 졸렬하고 좀 치사할 테지만, 모르는 척하는 수밖에 없었어. 제물에 지쳐 나가떨어지겠지 하고 말이야. 내 쪽에서 반 마음이라도 있어야 가타부타하든지 말든지 할 거 아냐. 또 그쪽에선 이런 편지로 적당히 구슬리면 어떻게 되겠지 하고 설치는 꼴도 웃긴다 싶고 말야. 잘 됐어. 이제 속이 후련해. 체중이 확 내려간다는 말을 실감해, 그래서 아까부터 일부러 꾸역꾸역 포식했어. 뺨 한 대로 끝났으니까."

"끝나겠니?"

"그것도 곰곰이 생각해봤는데 오늘로써 틀림없이 끝날 거야. 내일이 우리 과 야유회 아니니? 미리 염두에 두었던 것 같애. 내일 틀림없이 태연한 척하며 나타날 거야. 틀림없어. 내가 이렇게 생각이 늦어. 한심하게 지금에서야 그런 생각이 든다니까. 나는 아무래도 늦되는 앤가봐. 틀림없을 거야. 그럴 머리는 있는 남자야. 지 혼자만의 무슨 비밀을 하나 가졌다고 속으로 은근히 자부심을 누릴 테고. 다행이지 머. 내일부터 전혀 무관한 사이가 되고, 그걸 여러 사람 앞에서 시위해댄다 이거지. 얼마나 유치하고 어리석은 짓거리야."

나는 다시 한번 단도직입적으로 물었다.

"도대체 누구니?"

"맞혀봐. 내가 공연히 선입관을 주면 머가 되니. 그거야말로 내가 그 사람을 우롱하고, 지 말마따나 우스갯거리로 삼고, 가지고 노는 것 아니고 머겠니?"

나는 호기심을 누르고 심드렁하게 받았다.

"딴은 그렇겠구나. 머가 되게 어렵다. 내 머리로는 알 듯 말 듯 하네."

"내 쪽에서 최소한의 마지막 예의를 지키는 셈이 되겠지. 뺨 한 대 더 안 맞으려면, 또 더 이상 편지 안 받으려면 그래야 될 것 같기도 해. 내 짐작인데 시(詩) 같은 걸 쓰고 있나봐. 남 앞에서는 절대로 시인 기질을 드러내지 않으려고 아등바등 버둥거리는 그런 좀생이 있잖아."

그날 어스름에 나는 명혜네 집으로 갔다. 물론 첫걸음이었고, 내가 아는 한 그의 집에 들른 친구는 그전에도 없었고, 그 후에도 없었을 것이다.

그때 그의 집이 어디쯤이었는지 지금 나는 까맣게 모른다. 다만 낡은 필름 같은 희뿌연 몇 장면의 그 집 풍경만 떠올릴 수 있을 뿐이다.

그날 명혜와 나는 창신동의 산꼭대기를 향해 한참이나 올라갔다. 밤늦게 돌아온 보험회사 외판원이었던 명혜 어머니가 속곳 바람으로 명혜, 명미, 지혜와 나를 둘러앉혀 놓고 순대를 맛있게 먹었다. 명혜 어머니는 생활에 찌든 중년 부인 티가 온몸에 완연했다. 그래도 새암이 많은 눈길로 나를 자주 힐끔거리면서 갸름한 얼굴에 콜드크림을 번들거리도록 찍어 발라댔고, 그 옴팡눈보다 더 굵은 녹색 비치 반지를 왼손 약지에 끼고 있었다. 아침에 얼굴을 씻고 나서 나는 세숫물을 쏟아부을 데가 없어 두리번거렸다. 명혜 어머니가 부엌 속에서 "그 연탄재 위에다 부어라"라고 말했다. 언덕배기의 길갓집이었던 그 추레한 기역자집은 대문 밖에서부터 마당 한복판까지 연탄재가 무더기로 쌓여 있었다. 명혜와 함께 집을 나서니 예비군복 차림의 남자들이 어디선가 꾸역꾸역 몰려나와 우리의 길을 에워쌌다.

그날 밤 나는 내 친구의 뺨을 때린 '특색 없고 네모반듯해서 지루하기 짝이 없는 외모'의 주인공이 누구일까를 따지듯이 그려보며 명혜의 집안 형편을 샅샅이 들었다. 그즈음 명혜네의 형편은 말이 아니었

맏언니

는데, 대충 간추려보면 다음과 같았다.

명혜 아버지는 삼 형제 중의 둘째였다. 명혜 큰아버지는 경기도와 강원도 일대의 산골짜기를 헤매는 목탄업자였다. 흔히 '목상'이라고 부르기도 한다는데, 숯장이를 여럿이나 수하에 거느리고 있으며, 그들에게 숯가마를 지을 산판을 정할 때마다 걸판진 고사를 두량하는 사람이었다. 자수성가한 양반들이 대체로 다 그렇듯이 "일자 무식꾼에다 흉측스러울 정도로 구두쇠"라고 했다. 가평, 홍천 일대의 야산도 수십 정보나 가지고 있고, 천호동에 땅도 수백 평이나 지니고 있으면서 명혜의 대학 입학 선물이라며 숙모 편에 구두 티켓 한 장을 달랑 보내는 얌체 같은 위인이었다. 명혜 아버지는 주로 중소기업체의 보일러를 수시로 점검하는 검사관이지 경제 사범들의 범법 사실을 추궁하는 형사라고 했다. 명혜 작은아버지도 역시 경찰계에 투신하여 그즈음은 한국인이 연루된 사건을 미군 헌병대 소속의 수사관과 함께 다루는, 근무처도 미군 영내에 있는 정복 근무자이긴 해도 미제 담배, 햄, 소시지, "비닐로 포장한 냉동 소고기 박스" 같은 생필품을 "피엑스 직원과 짜고 매일같이 후무리는 알부자라서, 늘 알랑거리는 게 직업인 약빠리"라고 했다.

명혜의 기억에 따르면 "우리 아빠가 내놓고 딴살림을 차렸던 때는 내가 중학교에 막 들어간 그 언저리쯤"이었다. 아들자식을 보기 위해서 시앗을 두었다고 할 수 있을지 모르나, "부수입이 워낙 쏠쏠해서 웬만한 공장 하나를 가지고 있는 것보다 낫다는 그 노른자위 보직이 말썽"이었다. 게다가 "물 쓰듯이 있으면 있는 대로 돈이든 뭐든 쓰고 보는" 명혜 어머니의 손 큰 낭비벽도 "우리 아빠가 가정을 등한시하

고 버린 한 동기"였다. 명혜가 중학교 3학년에 올라갔을 때, 양친은
결국 갈라섰다. 그 직접적인 원인은 그즈음 공교롭게도 명혜 어머니
가 계주였던 "산통이 연속으로 깨지고 계꾼들이 신문사에 투서 소동
까지 벌이는 통에, 당신은 당신대로 약을 들고 다니며 죽는다고 여관
방을 옮겨 다니면서 전화질이나 해대는 난장판이 벌어졌기" 때문이었
다. "내가 저질러놓은 일이니 내가 처리하겠다며" 명혜 어머니는 "선
선히 이혼 합의서에 도장을 질러 주었다"라고 했다. 아마도 명혜 어머
니는 "원남동 골목에 들어앉아 있던 이층집 한 채를 물려받음으로써"
빚 탕감을 떠맡는 한편 남편을 법적으로 빼앗겨버린 신세가 되었을
테고, 명혜 아버지는 그동안 부수입으로 벌어놓은 짭짤한 은행 예금
과 부동산을 생면부지의 채권자들로부터 지키기 위해서, 또 그것의
일부를 요소요소에(직속상관들 말이다) 게워놓는 한편 그 실속 좋은
현직을 고수하기 위해서 합의 이혼 외에는 다른 방법을 찾을 수 없었
을 터이다. 한쪽은 세 자매를 덤으로 떠맡은 셈이었고, 다른 한쪽은
젊은 부인을 합법적으로 거느릴 수 있게 되었다는 것이었다.

  그 후에도 종종 그런 말을 한숨처럼 중얼거리곤 했지만, 명혜는 그
날 밤에도 "우리 모녀 사이에는 무슨 살이 끼었는지 나는 우리 엄마
일거일동이 밉고 보기 싫어서 미치겠어"라고, "생각할수록 살이 부르
르 떨린다니까"라고 했다. "도대체 무슨 물건이든 오래 지니고 사는
법이 없고, 집착력이라고는 눈곱만큼도 없을뿐더러 남에게 제 속을
너무 툭 까놓고 보여주는 헐렁한 성격으로 제 밥그릇마저 남에게 수
굿수굿 넘겨주는 여자"라서 그렇다는 것이었다. 그러면서도 "비록 경
찰 공무원으로서도 최하 말단이긴 하지만, 우리 아빠는 여러모로 꽤

찮은 구석도 한결 돋보이는 남자"라고 했다.

아무려나 명혜 아버지는 그즈음 여느 경찰서의 경리 책임자 중 한 사람으로 재직 중이었는데, 그 직책마저 어느 일선 경찰관들보다 "뻥 땅 같은 부수입이 빵빵한" 보직이라고 했다. 더욱이나 놀랍게도 "남의 밥그릇을 얌체처럼 차고 들앉았는 그 해사한 여편네와의 사이에, 아, 글쎄, 아들만 셋을 낳고 산다니 불공평도 이럴 수 있니, 참, 기가 막혀서"라며 어이없어했다. 묘한 조홧속에 희한한 집안이었다. 그 당시에도 벌써 시골 교회의 장로이기도 했던 나의 아버지가 꾸려내는 가정과는 너무나 판이하고 이색적인 세계였다. 나로서는 제법 충격적인 세상의 이면이었다. 그래서 이혼이네 어쩌네 하는 가정 형편에 쫓기느라고 고등학교도 재수한 후에 겨우 들어간 명혜가 나보다는 훨씬 어른스러워 보였고, "모진 구석이라고는 한 움큼도 없고 늘그막에 엉뚱한 용심만 부려쌓는" 명혜 어머니가 그지없이 불쌍하게 여겨졌다.

다음날 야유회를 어떻게 즐겼는지 내 기억에 요긴하게 남아 있는 것이 별로 없다. 그도 그럴 것이 명혜의 빰을 때렸다는 남학생을 밝혀보려고 눈을 두리번거려 보았으나, 내 눈썰미로는 짐작하기조차 어려웠다. 다들 고만고만한 객기 덩어리들이었고, 부스스한 머리통을 디밀고 학과 주임 교수에게 술이나 퍼먹이려고 설쳐대는 한심한 겉똑똑이들에다, '휴강이 명강이다' 같은 진부한 말만 되뇌는 얼치기들이었다. 따라서 그들의 용모조차 하나같이 아무런 특징도 없는, 막말이 아니라 상투적인 형용 그 자체였다. 그런 중에도 식기 따위를 챙기는 명혜의 찬찬한 손길을 눈여겨보고 '누나'라고 부른 남학생이 그나마 군계일학 감이었다. 명혜는 그런 호칭 따위에는 개의치 않았고, 오히려 당연하다는 듯이 내내 행동거지에 스스럼이 없음으로써 스스로 군계일학의 자리를 버젓이 누리는 것 같았다. 나는 아무런 시샘도 없이 명혜의 그늘에서 그 특유의 우월감과 열등감을 분별하느라고 머리를 갸우뚱거리곤 했다.

3

우연하게도 나는 명혜 아버지를 서너 번이나 본 적이 있다. 내가 굳이 '본 적이 있다'라고 표현한 것은 그 서너 번의 경우마다 먼발치에서 그냥 단순히 '보았을' 뿐이기 때문이다. 합법적으로 딴살림을 차려놓고 있는 그 양반의 처지가 처지인 만큼 '뵐' 기회도 당연히 없었고, 비록 거리에서나마 제 자식의 친구로부터 인사를 받을 수도 있었으련만, 그 당시의 내 느낌으로는 당신의 처신이 그런 짓거리를 한사코 쑥스러워하는 듯했고, 짐짓 경계하고 있는 듯했다. 어떻든 내가 그 양반을 처음으로 본 때는 대학 3학년 봄학기의 어느 날이었고, 그날의 정황은 아직도 내 뇌리에 선명하게 남아 있다.

대체로 말해서 명혜는 제 걱정을 지레 까발리는 친구가 아니었지만, 내가 "추가 등록은 했니?"라고 물어도 그는 "어떻게 되겠지 머, 세상일이 수학 문제 풀 듯이 시간 맞춰서 또박또박 풀어지니?"라고 되물으면서 남의 걱정까지 사서 하는 나의 조바심을 오히려 다독거렸다. 그러던 어느 날 오후, 하굣길에서 그는 내게 "너 지금 시간 좀 있니? 내가 맛있는 거 사주고 영화 구경시켜줄게"라고 말을 걸었다. 우리 사이에 흔히 오가는 말이었는데, 명혜는 제 어머니의 성정을 닮아서 그런지 남에게 뭘 사주길 좋아하는, 말하자면 돈 따위에 아득바득하지 않는, 차라리 돈의 쓰임새를 방기해버리는 헐렁한 구석이 있었다. 그동안 번번이 그의 신세를 져온 터라 이번에는 내가 용돈을 써야 할 차례였다. 나는 흔쾌히 그의 제의를 받아들였다.

"그런데 어디 잠시 들를 데가 있어. 같이 좀 따라가 줘. 잠시면 돼."

서울내기들은 대체로 경위 바르긴 하나, 닳아빠진 구석이 없지 않은 데 비춰 명혜는 이해타산에 급급하지 않으면서, 될 대로 되라는 식의 다소 무너진 일면과 엉뚱한 발상이 체질화되어 있는 친구라서 나는 은근히 호기심이 일었다.

"어딘데?"

명혜는 불쑥 본론을 들이밀었다. 그런 그의 말버릇은 머리 좋은 사람들의 재치 같은 것이었다.

"내게 그리운 사람이 하나 있다는 거 알지? 그이를 자청 반 타청 반으로 만나기로 했어."

"그이?"

"그럼, 그이지. 그 남자고. 이 세상에서 유일무이한 사람이고."

그가 그 길게 찢어진 입으로 미소를 크게 지었다가 이내 지웠다. 그 사라진 웃음기가 내게 그 남자가 누구인지 가르쳐주었다.

"혈연관계의 남자지? 엄청난 연상(年上)의?"

"맞아, 넌 역시 내 친구야. 따라가 줄 거지?" 그는 나를 빤히 쳐다보며 빠르게 지껄였다. 내가 거절할까봐 서두르는 품이었다. "영애, 너 아직 우리 아빠 못 봤지? 그런대로 괜찮은 사람이야. 오늘 등록금을 받기로 했어. 우리 엄마 주변머리만 믿었다가는 하대명년인 걸 어째. 이것저것 따질 거 없이 너풀너풀 살아야지 별수 있나, 내까짓 게. 하기야 엄마도 아빠에게 지금쯤 손을 벌려놓고 있는지도 모르지만."

명혜는 그 당시 대학생들이 용돈 겸 등록금 마련의 유일한 수단이었던 가정교사 노릇을 굳이 하려 들지 않았다. 그 자신도 '그 짓'을 하기 싫어했을뿐더러 허풍기가 다분한 그의 어머니도 이른바 '아르바이트'라는 것을 하지 말라고 말려서였다. 학교 공부에서만은 남에게 지기 싫어하는 명혜의 성정을 떠올리면, 또 '여자 팔자 길들이기 나름인데 앞으로 어차피 중고등학교에서 남의 자식 가르치며 살아야 할 처지가 벌써 남의 눈칫돈 벌어서 무엇하며, 없으면 없는 대로 살지'라는 그의 어머니의 물러터진 성격을 고려하면 웬만큼 이해할 만했다. 또한 명색 국립대 사범대인만큼 국비를 보조받고 있어서 등록금도 상대적으로 싼 편인데다 과에서 학기마다 두세 명에게 등록금의 전액 또는 반액을 면제해주고 있었으나, 그 수혜자의 선정 기준이 성적순에 따르는 것도 아니었고, 그렇다고 극빈자의 자제에게만 한정되는 것도 아니어서 명혜는 재산세와 주민세 따위의 납세 증명서를 가져오라는 그 성가신 절차에 대해 "주면 주고 말면 말지 무슨 꼬투리가 그렇게 데데하게 많아"라며 태무심하고 있던 터였다. 그렇긴 했어도 명혜는 2학년 때 이미 전액 면제와 반액 면제를 한차례씩 받았으므로 빈한한 가정 출신이 수두룩한 남학생들에게 그 수혜를 돌려주어야 할 처지였다. 어떻든 내가 그런 명혜에게 '가정교사 노릇이라도 해봐'라고 권하기는 차마 입이 떨어지지 않았다. 그가 워낙 자존심도 세려니와 결손 가정의 장녀라서 의외로 여린 구석도 있으므로 돈 말을 하기가 어렵기도 해서였다. 아무려나 매사에 정상적일 수가 없는 그의 집안 분위기가 내게는 불상사를 예비하고 있는 것처럼 조마조마하게 느

맏언니

꺼졌고, 늘 경이롭게 다가오곤 했다.

명혜는 내 눈빛에서 동행할 의사를 읽은 모양이었고, 곧장 느닷없이 화제를 바꿨다. 그런 화술도 명혜만이 구사할 수 있는 일종의 사교술이라서 어울리는 것이었다.

"아무래도 졸업은 해놓고 봐야 될 것 같애. 어떡하니? 집안 꼬락서니도 반동강이 난 판인데, 흔해 빠진 대학 졸업장 하나 없으면 앞으로 사람을 뭘로 보겠니. 시집이나 잘 갈 이력서 한 장 만드느라고 이 고생이라고 솔직하게 밝힐 수 있는 처지였으면 얼마나 좋을까 하는 생각도 들어. 그런 처지라고 별 뾰족 수야 있겠나 싶기도 해. 비굴하기야 다 마찬가지지. 학점한테, 시집갈 궁리한테 다 비굴해야지 별수 없잖아, 그렇잖니? 거기에 비하면 우리 아빠한테 등록금 구걸이야 비굴도 아닐 거야. 그래서 얻어쓰기로 했어. 돈 있는 사람에게 잠시 빌려 쓴다는 생각으로 말이야. 남남 사이도 아닌데 머."

함께 살지 않을 뿐이지 자신의 엄연한 아버지에게 등록금을 얻어쓰는 데 대한 변명이 그런 식으로 길었고, 그것만으로도 그는 이상한 사고방식을 가진 비정상적인 친구였다. 어쨌든 명혜가 내게 불필요한 변명을 주워섬긴다고 생각했으나, 딴은 그럴 만한 자괴감 같은 게 응어리져 있어서 그런다고 나는 접어두었다. 따지고 보면 명혜가 그런 변명을 일로 삼는 데는 그들 세 자매의 양육비랄지 교육비 등을 대주어야 할 의무가 있음에도 불구하고 요령껏 그 자식 챙기기에 태만하고, 무심해져 가고 있는 그의 아버지의 어정쩡한 처지를 간접적으로 원망하고, 조용히 비난하는 어투가 깔려 있었다고 봐야 할 것이다. 그러니까 어차피 등록금까지 얻어쓸 처지에 있으니만큼 아버지에 대한

566

비난이나 원망을 노골적으로 털어놓기보다는 자신이 앞으로 '살아갈 태도'를 둘러댐으로써 자신의 자괴감을 얼마쯤 호도하려는 저의가 그의 변명 속에는 껴묻어 있었다.

내가 꼼꼼하게 물었다. 친구로서라기보다 그의 집안 형편과 그의 성정에 대한 호기심 때문이었다.

"등록금을 대달라고 니가 먼저 말했니? 니네 아빠한테 바로?"

"벼르고 벼르다 지난 주일에 전화로 직접 말했어. 기다렸다는 듯이 알았다고, 오라고 그러더라. 처음 부탁이니 대답이 술술 할 수밖에 없었겠지."

"당연하지 머. 돈도 잘 버신다면서?"

"잘 벌면 머해. 우리집과는 이제 아무런 상관도 없는데. 우리집은 지지리도 딸뿐이잖아. 돈이나 물건은 전부 남자들이 독차지하게 돼 있는 거 알지? 상속법인지 먼지 하는 것 말이야. 내가 이렇게 구걸해 오기를 기다렸다는 듯이 폼을 떡하니 잡는 게 얄미워 죽겠어. 그 배후에는 젊은 색시의 앙큼한 조종이 있을 거라고 생각하면 억울하고 분해서 영 미치겠어."

"젊은 색시?"

"그럼 머라고 불러야 하니? 계모라고 부르자니 우리 엄마가 아직 죽지도 않았고, 함께 살지도 않으니까 틀린 말이잖아. 또 후처라고 부르자니 그 말은 우리 아빠가 사용할 말이잖니. 둘 다 너무 공식화시키는 것 같아서 내 자존심도 상하고. 내 자존심이 아니라 우리 네 모녀의 생존과 직결된 자존심일 테지만. 그냥 젊은 색시지 머. 그 말이 맞을 거 같애. 그렇게 불러야 우리 엄마의 자존심을 내가 얼마라도 보상해주는 기분이 들고. 그 젊은 색시가 우리 아빠와 매일 살을 부비대며 산다는 걸 생각하면, 또 우리 네 모녀에게 이래라저래라 일일이 아빠에게 코치하고 있을 거라고 생각하면 내가 더 초라해지고, 당장에라도 불불이 뛰어가서 강짜라도 부리고 싶어진단 말이야. 아무튼 악착같이 돈을 뜯어내야겠다고 작정하고 나서는 시샘을 부리지 않기로 했어. 기정사실이란 누구에게나 너무나 벅차고 어마어마한 짐이야. 내까짓 게 어떡하겠니? 기정사실을 인정해야지. 그래서 돈을 정정당당하게 울궈내기로 했어. 아빠가 직접 주세요라고 단서까지 붙이면서 말이야."

퇴계로에 있던 어느 지하 다방에 들어서자마자 명혜는 수선을 피웠다.

"어디가 좋겠니?"

"머가?"

"앉을 자리 말이야?"

"아무 데나 앉지 머."

"아니, 넌 떨어져서 우리 아빨 찬찬히 뜯어봐줘야 할 거 아냐?"

"그래? 그럼 아무렇게나 너 좋도록 해."

"여기다, 나는 저기 앉을 테니까."

명혜는 내게 자리까지 지정해주었고, 곧장 그의 자리로 돌아가서 가방을 탁자 위에다 던져놓고 "전화 걸고 올게"라고 말했다. 명혜의 그런 수선이 내게는 등록금을 마련하게 되었다는 데 대한 홀가분함의 과시라기보다는 이런 삶도 재미있지 않냐는 투의 우쭐거림으로 비쳤다. 물론 그런 억지스러운 수선에는 내게 겸연쩍은 기분을 얼마쯤 얼버무리려는 어떤 기교가 넘실거렸다.

내 좌석 바로 옆에는 금붕어들이 수초와 물방울 사이를 끊임없이 헤매고 다니는 직육면체의 어항이 칸막이 받침대 위에 놓여 있었고, 그 어항 속을 들여다보고 있으면 저절로 내 시선에 명혜 아버지의 모습이 얼른거리는 구도였다. 우리는 입구를 바라보며 앉아서 한동안 어항 너머의 친구와 서로 의미심장한 눈길을 맞추었다. 명혜는 '긴장하지 마, 나도 태연할 테니까. 이제부터 나는 거만하고 느긋한 폼을 잡으며 감정이 없는 사람으로 변신, 우리 아빠의 합법적인 혼외 살림을 웬만큼 후회하도록 은근히 닦달할 참이야' 라고 속삭이는 듯했다. 나는 웃으면서 '좀 매섭게 혼을 내줘. 남아 선호 풍조에 물든 데림추 떨거지들은 아빠든 엄마든 단호히 응징해야 옳아. 우리 여자들도 인간답게 살아가려면 그래야 하고말고' 라며 무언의 응원을 보냈다.

어른이 되고 나면 누구라도 '자기 얼굴'을 가지게 마련이다. 그 '자기 얼굴'이란 자신의 생업이 적극적으로 드러나는 어떤 분위기라기보다 특유의 체취이기도 하다. 그의 생업이 그처럼 적극적으로, 나아가서 전폭적으로 얼굴과 외모에 파고 들어앉아 있는 사람을 흔히 멋있다고 하며, 어울린다고 생각한다. 가령 도스토옙스키나 간디, 칸트, 처칠의 얼굴에는 그들의 생애와 생업이 꾸밈없이 요약되어 있어서 그들만의 독특한 '자기 얼굴'이 솔직하게 돌출해 있다. 자연스럽게도 그 '자기 얼굴'은 주체적이며 개성적이기까지 하여 비범해 보이는 것도 사실이다.

그러나 사람은 천차만별이듯이 얼굴도 각양각색인데, 그 '자기 얼굴'을 종잡을 수 없게 만드는 예외적인 인물도 드물지 않다. 말하자면

맏언니

'자기 얼굴'이 없어서 그 자신의 생업이 감쪽같이 증발해버린 사람도 없지 않은 것이다. 예컨대 아이젠하워나 카터 같은 인물은 미국 대통령으로서는 제격이 아니고, 이광수의 단아한 용모는 소설가로서는 부적격자임을 솔직하게 드러내며, 거무튀튀한 근육질의 석학 최남선의 얼굴에는 천석꾼 소리를 듣는 용심꾸러기 터줏대감의 면모가 뚜렷하다. 명혜 아버지의 얼굴이 바로 그런 종류의 것이었다. 그이에게는 분명히 그 '자기 얼굴'이 없었다. 도저히 경찰관다운 얼굴이 아니었다. 곱슬머리를 단정하게 올백으로 빗어넘긴 머리 모양새는 직장인답지도 않았고, 하얀 안색에 이목구비가 나무랄 데 없이 반듯해서 그 빈틈 없는 얼굴 윤곽은 차라리 기개 곧은 고등학교 영어 교사라고 해야 어울릴 인물이었다. 게다가 그의 눈길은 선량했고, 눈꼬리에는 눈웃음마저 늘 머물고 있었는데, 딸자식을 마주 대하고 있으면서도 그 수줍어하는 듯한 눈매를 어디에 둘지 몰라서 쩔쩔매고 있는 꼴이었다. 그에 비해 명혜는 따지는 듯한 눈길로 탁자 위에다 한참씩이나 시선을 못 박고 있는 그의 아버지를 도도하게 노려보고 있었다. 뭔가가 완전히 전도(轉倒)되어 있는 풍경이었으나, 어느새 그 구도가 제법 그럴듯하게, '두 부녀가 그런대로 어울리기도 하네 뭐, 여자를 좋아하면 저런 망신살을 당해도 싸지, 아무렴 고분고분해져야지, 아무리 아버지라도 별수 있나' 정도로 다가왔다. 어떻든 그 광경에는 국립대학 사범대 학생이 경찰관 생부에게 등록금을 구걸하는 티는 조금도 묻어 있지 않아서 잘 만든 영화의 특별한 한 장면 같기도 했다.

명혜 아버지는 말수가 적었고, 음성마저 나직나직하여 지척 사이인 내 귀에도 입속에서 웅얼웅얼하는 듯한 그 여린 소리만이 들릴 뿐이었다. 이윽고 명혜 아버지가 싸락눈이 희끗희끗하게 내려앉아 있는 것 같은 회색 홈스펀 양복 상의 속에서 하얀 봉투를 끄집어냈다. 그 손놀림조차 쭈뼛거렸으며, 당신 스스로 어색한 듯한 거동을 감추지 못하고 있었다. 봉투는 두 개였고, 탁자 위에 놓인 그 봉투를 빨리 집어넣으라는 눈짓을 잠시 명혜에게 보냈다. 뒤이어 몇 마디 말을 의논조로 건네더니 다소곳한 몸짓으로 자리에서 일어섰다. 키도 알맞게 컸고, 몸매도 호리호리했다. 카운터 앞에서는 아주 겸손한 단골손님이었다. 한복을 자르르 끌고 다니는 다방 마담이 무어라고 수작을 거는 모양이었으나, 명혜 아버지는 어떤 농지거리로 대응하지는 않고 그 잔잔한 눈웃음만 짓고, 얌전하게 다방 밖으로 사라졌다.

그의 아버지를 앉은 자리에서 미동도 없이 배웅한 명혜가 내 자리로 돌아왔다. 그리고 헤실헤실 웃음을 뿌리며 내게 물었다.

"우리 아빠 인상이 어땠어?"

"샌님 같던데. 아직도 직업의 때가 너무 안 묻었잖아. 좀 뜻밖이야."

나는 칭찬인지 뭔지 모를 말을 불쑥 내놓고 명혜의 반응을 기다렸다. 그도 궁금증이 풀렸을 때처럼 눈을 빛내고 나를 빤히 노려보았다. 당돌 맞은 구석이 있는 명혜가 낯익은 표정을 환하게 드러냈다.

"샌님? 그럴듯한데. 맞았어. 잘 봤어. 성격도 꼭 샌님 같애. 저런 사람이 그 소위 와이로라는 뒷돈을 넙죽넙죽 받아먹는다고 생각해봐. 곧이 안 들리지? 우리 엄마가 산통이 깨지고 그 난리를 칠 때도 아빠한테 빰 한 대도 안 맞았어. 우리 여형제들에게도 언성 한번 높인 적도 없고. 딴살림을 차릴 때나 갈라설 때도 우리 엄마는 길길이 뛰고 울고불고 쌍소리를 해대도 아빠는 나직나직하게 선후책을 강구하는

맏언니

사람이야. 우리 엄마 노래가 하나 있어. 뺨이라도 한 대 얻어맞아 봤
으면 원도 없고 분도 삭일 수 있겠다고."

"그랬어? 충분히 그러고도 남겠어. 그런 사람이 원래 더 무섭다잖
아. 용의주도한 사람이니까."

나의 맞장구에 명혜는 엉뚱하게 대꾸했다.

"나는 하나도 안 무서워. 우리 엄마에게 모진 구석이 없어서 우리
아빠가 더 저렇게 차가운 사람이 됐어. 남자의 속내를 너무 몰랐거든.
틀림없이 그랬을 거야."

"너네 아빠, 왜 유니폼을 안 입었니?"

"응, 지금 결혼식에 간대. 말은 안 했지만, 젊은 색시 쪽 일가붙이의
결혼식이 있는가봐. 사내애들이 말을 잘 안 들어 걱정이 많대."

"사내애?"

"왜 젊은 색시가 낳은 아들들 있잖아. 걔들을 보고 내 동생들이랄
수는 없잖아. 이복동생들인 건 틀림없을 테지만." 명혜가 잠시 사이를
두었다가 말을 이었다. "잠시 여기 더 있어야 해. 내 동생이 여기 오기
로 했나봐. 요 깍쟁이 기집애가 아무도 몰래 아빨 만나고 용돈도 타
쓰고 하나봐. 하여튼 걔는 너무 영악해서 탈이야."

"누구 말이야?"

"둘째 명미 말이지, 누군 누구겠어. 오늘 단단히 따져봐야겠어. 걔
가 음흉스러운 구석이 있어. 여간내기가 아냐. 제 입학금도 큰아버지
를 어떻게 구워삶았는지 재깍 얻어내는 데는 혀를 내둘렀다니깐."

명미가 실내를 두리번거리며 들어섰다. 청바지 위에 하얀 티셔츠를
받쳐입은 그 위에 명혜가 봄가을로 자주 입고 다니는 연두색 재킷을

걸치고 있었다. 생기발랄한 대학 입학생다웠고, 그렇게 봐서 그렇겠지만, 어느 여자 대학 서양화과 학생티가 완연했다. 명미는 놀란 토끼 눈으로 우리 자리 앞으로 다가와서 명혜와 나를 번갈아 내려다보았다. 그리고 선 채로 깔깔거리는 웃음부터 뿌리고 나서, 그 웃음이 시작될 때처럼 갑작스럽게 웃음소리를 지웠고, 곧장 새침한 표정을 지었다. 뒤이어 내 옆좌석에 앉았다. 내게 "안녕하세요, 영애 언니?" 어쩌구 건성의 인사를 건네고 나서 명미는 명혜에게 대들었다.

"아빠가 벌써 왔다 갔어? 내 돈 줬을 텐데?"

명혜가 지지 않고 따지기 시작했다.

"넌 애가 왜 그 모양이니? 아빠한테 자주 돈 뜯어간 모양이더구나?"

명미는 불퉁하게 부어서 되쏘았다.

"그럼 언니는 지금 뭣하러 아빨 만났어? 피장파장 아냐. 내 돈 돌려줘. 급하게 쓸 데가 있어서 그래."

명혜는 명미의 내민 손바닥을 맵시 좋게 찰싹 때렸다.

"나는 등록금 얻으러 왔지만 넌 용돈까지 아빠에게 손 내미니? 자존심도 없고 배알도 없니?"

"아빠가 머 남인가. 난 원래 그런 애야. 따로 살아도 아빠는 아빠 아냐. 딸이 아빠에게 용돈 타 쓰는 게 무엇이 자존심 상해. 내 돈부터 줘. 지금 바빠. 언니, 지금 한 번만 봐줘, 부탁이야."

명미의 여자 됨됨이를 어떻게 설명할 수 있을까. 어떤 남자라도 자신의 뒤꽁무니를 쫄쫄 따르게 만드는 교태를 온몸에 뒤발하고, 오똑한 콧날에 매달린 양양이를 즐기는 타입이었다면 그녀의 되바라진 한쪽 성격만 너무 폄훼한 것일까. 수단과 방법을 가리지 않고 제 셈속만을 따지고 밝히는, 서울내기들에게 흔한 이기주의적인 성향이 두드러진 계집애임에 틀림없었다. 그 붙임성 좋은 주변머리가 그러했고, 쌀쌀맞은 미태와 애교가 찰랑거리는 말솜씨가 그랬다. 그에 비해 명혜는 어수룩했고, 당돌 맞으나 수더분한 구석이 없지 않았고, 세상살이에 달관한 사람들에게서 느낄 수 있는 바보스럽고 어린애 같은 면모도 지니고 있었다.

어쨌든 명미는 그날 신입생 주제에 어깨까지 내려오는 머리를 잘 매만져 그 숱 많은 머리칼이 탐스럽게 부풀어 있었고, 손톱마저도 제법 길게 길렀으며, 탄력이 한껏 부풀려진 엉덩이 곡선이 송두리째 드러난 청바지 차림새였다.

"머가 그리 바쁘니? 벌써 놈팽이들과 돌아다닐 거야?"

"집에 가서 말할게. 내 돈부터 줘. 그건 분명히 내 돈이잖아. 언니, 제발 부탁이야."

"집에 가서 보자."

명혜가 언니답게 양보했고, 방금 건네받은 봉투 두 개를 손가방에서 끄집어냈다. 얄팍한 봉투는 도로 집어넣었고, 다른 봉투는 그 아가리를 쭉 찢었다. 5천 원짜리와 만 원짜리 지폐가 꽤 수북했다.

명혜가 정색하고 말했다.

"아빠 말을 분명히 그대로 옮기겠어. 아빠가 막내도 좀 주라고 그랬어. 막내가 제일 보고 싶대. 꿈에서도 한사코 달려온다고 그러면서. 그러니 이게 전부 네 용돈은 아니야. 정확하게 3분의 1식 갈라야 해. 이설(異說) 없지?"

명미는 토라진 표정을 풀지 않고 대꾸했다.

"몰라, 알아서 처분해. 난 아빠에게 또 타 쓰지 머."

명혜가 눈꼬리를 치뜨고 명미를 잠시 노려보았다.

"넌 아빠가 불쌍하지도 않니?"

명미가 즉각 받았다.

"머가 불쌍해? 자업자득이지. 내가 아빠에게서 용돈 타 쓰는 건 부모로서 의무를 다하라는 깨우침일지도 몰라. 언니는 그렇게 생각할 수 없어? 난 언제라도 떳떳하다고."

돈을 헤아리고 있던 명혜가 잠시 어이없다는 표정을 지었다. 뒤이어 참으로 예기치 못한 일종의 시위가 벌어졌다. 그랬다, 그것은 일종의 허탈한 시위였고, 자연스러운 묵언이었다.

그때의 좀 느닷없던 광경을 나는 지금도 생생하게 떠올릴 수 있다. 어느 순간 명혜는 돈을 헤아리던 손놀림을 슬그머니 멈추더니 긴 한숨을 내쉬었다. 그 한숨은 분노를 눅이는 것이라기보다도 늙은이들이 시름겨워서 내놓는, 여리나 또록또록한 신음이었다. 그 대목에서 나는 명혜에게 '다소 무너진 마음의 그늘'이 있다는 상념을 되뇌었을 것이다. 아무튼 명혜는 그 긴 한숨을 쏟아놓고 나서 서글프게 웃었고, 잠시 손에 쥐고 있던 돈을 노려보고 난 후 그 돈뭉치를 탁자 위에 얌전하게, 아니 침착하고 섬세하게 명미 쪽으로 밀어놓았다. 방금 봉투의 아가리를 쭉 찢었을 때와는 완연히 다른 행동이었다.

명혜가 아주 여린 소리로, 듣기에 따라서는 다정하게 말했다.

"그 돈, 네가 다 가져라. 요긴하게 잘 써."

이번에는 명미 쪽에서 내 예상을 뒤집어놓았다.

맏언니

"언니, 왜 그래? 잘못했어. 용서해줘. 내가 뭘 잘못했는지 말해줘봐. 그게 언니 된 도리잖아. 정말 좀 깨우쳐줘. 오늘 약속 다 취소하겠어. 응, 언니, 제발?"

명미는 발까지 동동 굴렀고, 그의 울먹이는 음성은 무슨 신파극 영화배우의 연기를 흉내 내는 것 같았다. 어떤 사람의 표정과 감정이 순식간에 그렇게 달라지는 광경을 나는 과장이 심한 영화 속에서나 보았을 뿐이었다.

명혜의 대응이 더욱 차분하게 이어졌다.

"괜찮아. 나 화 안 났어. 깨우쳐줄 것도 없어. 누구한테 뭘 가르치니. 내가 오히려 많은 걸 배웠는데. 그 돈 가져가. 나를 점점 더 초라하게 만들지 말고."

두 자매의 시위가, 아니 고집이 이어졌다.

돈을 다 가져가라, 못 가져가겠다, 무슨 말이라도 해 달라, 더 할 말이 없다, 자기 잇속만 챙기려는 사람과 더 말을 섞어봐야 무슨 소용이니, 시간 낭비를 줄이자.

이런 경우에 다른 자매들끼리라면 어떻게 했을까. 서로 질세라 고성을 지르고, 삿대질, 뻔질난 화해의 말솜씨, 상투적인 이해와 용서, 미적지근한 자매애의 발휘와 확인으로 끝나지 않았을까. 그렇지 않으면 결손 가정에서 자랐으니만큼 명미 정도의 얄밉상스러운 계집애는 제 몫의 돈만 챙겨서 휑하니 제 약속 장소로 줄달음치지 않았을까. 그러나 두 자매는 그런 도식적인 다툼을 보여주지 않아 나를 적잖이 어리둥절하게 돌려세워 놓았다.

한동안의 고집을 마무리 지으려는 듯 명혜가 긴 침묵을 깨고 내게 상냥하게 말을 건넸다.

"영애야, 미안해, 창피한 모습을 구경시켜서. 우리는 가자. 내가 약속을 지켜야지. 예정대로 우리 오늘 일정을 마무리 짓자. 난 지금 아무렇지도 않아."

우리는 돈뭉치를 탁자 위에 내버려둔 채 일어섰다. 명미가 그 돈뭉치를 잽싸게 손으로 주워담았다. 명혜가 앞장을 섰다. 명미가 뒤에서 나의 팔을 붙잡았고, 돈 봉투를 건네주며 "우리 언니에게 전해주세요, 그리고요, 참, 영애 언니, 돈 있으면 2만 원만 좀 빌려주세요. 우리 언니 편에 갚아드릴게요"라고 소곤거렸다. 나는 명미가 내민 돈뭉치를 받아 손가방 속에 집어넣었고, 내 돈을 빌려주었다.

그때의 그 조용한 시위에 대해 명혜는 그 후 한 번도 되돌아보지 않았다. 명미에게 빌려준 돈을 내게 갚을 때도 그는 "내 동생에게 돈을 빌려줬다며?"라면서 그때의 정황을 애써 덮어버렸다. 명혜의 그런 무심한 위장이 그의 단면이라기보다 성격인 줄 나는 속속 알아챘다. 세심한 배려라고 해야 할 그 위장한 무심은 행동으로써 동생에게 본을 보이던 명혜의 그 조용한 시위와 동일한 것이었고, 그 연장선상에 명혜 아버지의 차분한 성품과 처신이 놓여 있을 것이라고 나는 치부했다. 바꿔 말하면 명혜의 그런 성격은 결손 가정으로 나아가기까지 양친이 보여준 처신을 물려받은 것일 테지만, 그 성격이 그의 순한 외모와 그런대로 조화를 이루고 있어서 속기(俗氣)가 묻어 있지는 않았다.

## 4

명혜네는 점점 궁기가 완연해져 갔다. 온 가족이 조마조마하게 예

상했듯이 당연한 추이였다. 그럴 수밖에 없는 것이 그 지긋한 나이 때
문에라도 명혜 어머니의 보험 외판원 수입은 일정한 한계가 이내 드
러나게 마련이었고, 명혜 아버지로부터 세 자매의 학비 정도는 얻어
쓴다고 하지만, 그것도 매번 손을 벌리기도 난처한데다 꼬박꼬박 닥
치는 가용 앞에서 네 모녀는 거의 속수무책이어서였다. 두말할 나위
도 없이 그런 찌들어 빠진 가난의 책임은 전적으로 명혜 어머니에게
있었다.

　명혜 모친의 난해한 성징을 어떻게 그려야 제대로 봤다고 할까.

　우선 그이는 저축의 필요성을 생리적으로 모르는, 아니 돈이란 있
을 때 써버리면 어떻게 생기게 되어 있다고 막연히 믿어버리는, 평생
토록 저축을 부인하면서 살아온 여자였다. 게다가 게으르기도 한데다
허황한 공상을 생각거리로 삼는 여자이기도 했다. 당연히 부언이 따
라야 할 대목인데, 여자라면 흔히 '말 탄 왕자' 같은 헛된 공상을 일
구는가 하면, 그 푼수 같은 망상의 탐닉이 여성들의 고유한 덕목으
로 믿어 버릇하는 데도 부지런스럽다. 물론 팔자가 좋은 여자에게는
그 덕목이 몸에 맞는 옷처럼 착 달라붙어서 언제라도 정겹고, 그런 분
홍빛 환상의 발산이 고혹적인 향수처럼 남자들의 정복욕과 보호본능
을 유발하는 촉매 역할을 할지 모른다. 그러나 명혜 모친은 결과적으
로 팔자 좋은 여자가 아닌데도 그 무지몽매한 '착각'을 시종 노리개
삼아 즐겼던 것 같다. 그러므로 당신의 여자다운 성격, 예컨대 자기
몸치장 외에는 어떤 집안일에도 체질적으로 게을러서 식구들이 집에
서 슬리퍼 대신으로 끌고 다니는 하얀 고무신 바닥에 새카만 때가 덕
지덕지 앉았어도 개의치 않는 '불결 불감증'까지 누리고, 돈이 생겼

을 때는 그동안 머릿속에서만 공글려온 그 공상을 후딱 실행하느라고 허겁지겁 쓰고 보는 식의 두서없는 낭비벽을 꾸준히 실천하는 괴상한 성격의 구현자였다. 그러면서도 자신과 자기 자식들의 외모와 능력과 총명에 대한 지나친 믿음과 자기애를 떡 주무르듯 하는, '반성하는 능력'이 체질적으로 거세되어버린 별종이기도 했다. 책을 통해서 익힌 '이상(異常)심리학'에서는 이런 유형을 구순(口脣) 성격의 소유자라고 일컬었다. 사고가 극단적으로 단순하여 생리적인 욕구에 따라 어머니의 젖만 한사코 빨아대는 의타심이 유별나게 개발된, 구애적(口愛的)인 성격이라는 것이다.

추측건대 명혜 부친은 당신 전처의 그런 '불결'과 방정하지 못한 성격을 구제 불능이라며 극단적으로 싫어 하다못해 매도하기를 서슴지 않았을지 모른다. 오로지 호구를 위해 경찰계에 투신한 인물이 그 붙임성 좋은 용모로 상관의 신임을 동료들보다 선점하여 부수입이 수월찮은 보직을 맡을 수 있었을 테고, 그 소위 뒷돈과 하찮은 권력을 시의적절하게 구사하여 야간대학 졸업장도 만들 수 있었던 수완가로서, 그리하여 '만사는 돈이 말한다'라는 직업윤리의 신봉자가 되어 갔을 양반이 마냥 헤프기만 한 여편네에게 쉬이 넌더리를 냈을 정황은 굳이 상상력까지 발휘할 거리도 아닌 '가정 파탄극'의 단초였을 것 아닌가.

사람들의 타고난 성정에도 다음과 같은 말을 적용할 수 있는지를 예의 그 '이상심리학' 저서에서는 언급이 없지만, 명혜 모친에게는 '합리적'인 구석이 없고, 그이의 전남편에게는 '비합리적'인 면모를 혐오하는 기질이 특별했다고 강조해도 무난하지 않을까. 결과가 그럴 뿐만 아니라 점점 더 막강한 위력을 휘두르는 오늘의 이 황금만능시대에서는 규모와 안정과 내일을 미리 다독거리는 생활세계가 일상 속에서 꾸준히 작동해야 하며, 그러기 위해서는 쿰쿰한 냄새가 나는 돈 일망정 억척같이 모으는 재미로 살아가는 명혜의 부친 쪽이 훨씬 정상인으로 대접받고 있으니까.

물론 명혜 아버지의 치부(致富)가 이 사회의 구조적 모순의 가장 적나라한 노출과 다를 바 없으며, 그 우연의 치부는 매도의 가장 적당한 본보기랄 수도 있다. 그러나 그 우연의 행운을 손에 거머쥔 사람 중에서도 주색잡기로 허송세월한 덜렁이들도 흔하고, 명혜 어머니도 굴러온 제 복을 조촐히 받들기는커녕 걷어차버렸다는 점에서는 마찬가지이므로 명혜 아버지의 눈치 빠른 처세는 세상의 흐름을 명민하게 읽는 기회주의자의 일대 승리라고 감쌀 수도 있을 듯하다. 따라서 명혜 아버지 쪽에서 보면 '내 인생과 재산을 저렇게 물러터진 여자에게 맡겨둘 수 없다' 라는 합리성을 쓰다듬었을 법하고, 어쩔 수 없는 팔자타령, 이 바쁜 일상 중에 마누라의 성격까지 뜯어고쳐 갈 인내심을 어떻게 기르고 소화해내나 하는 신음, 뿌리 깊은 아들 선호에의 집착 등이 또 다른 이혼 사유로 덧붙여졌을 것이다. 그래서 돈놀이란 핑계로 알게 된 '영악한 젊은 색시'인 다방 마담 출신의 한 여자와 당신의 여생을 도모하는 게 여러모로 낫고 한결 덜 보대껴서 이롭겠다는 판단은 중년 남성의 현명한 분별력인데다, 상대적으로 다소 깔끔한 여성스러움에 '기울어짐으로써 털버덕 엎어졌다' 고 볼 여지도 워낙 만만하다.

맏딸의 말대로 "남의 남자를 가로챘으니 얌체족인 그 젊은 색시"가 돈과 지아비의 건사에는 찰거머리 같다든지, 다행하게도 아들만 셋을 줄줄이 낳은 연분 때문에라도 명혜 모친보다는 단연 부덕(婦德)이 돋보이지만, 동시에 자신 앞에 굴러들어온 우연한 행운을 필연의 소산으로 만든 능력도 간과하기 어렵다고 봐야 할 것이다. 그 모든 실상이 팔자소관이고 우연의 산물이라면 명혜네 네 모녀에게 닥친 불운과 가난과 신고는 너무나 황당한 횡포이자 억울한 불공평과 다를 바 없다. 사실상 누구에게나 닥치게 마련인 우연한 행운을 조용히 제 것으로 기리지 못하는 인생이 얼마나 많은가. 그런 불운한 인생은 매사에 늘 한 발쯤 늦어서 망설임과 후회를 일삼는다. 그런 인생과 마주칠 때, 우리는 어쩔 수 없이 인간사(人間事)에는 근본적으로 어떤 미망(迷妄)이 있다는 생트집을 부리곤 한다. 도저히 합리적으로, 이성적으로 이해하고, 설명할 수가 없어서 그 억울한 인생을 외면하게 되고, 종내에는 도외시하다 확 구겨버리고 싶어진다. 그래서 어떤 사람의 인생 전체가 성격 때문이라기보다 팔자 곧 운명 때문에 그르쳤다고 한다면 이 세상살이는 너무나 덧없어지고 영원히 풀 수 없는 수수께끼 같아지며, 근검, 절약, 순종, 인내, 노력 같은 덕목은 굳이 열거할 이유조차 없어지고 만다.

집안 형편도 그런데다 자신의 그늘진 성격 때문에라도 '내버려진 듯한 삶'을 억지로 꾸려내던 명혜는 제 힘자라는 데까지는 그 '운명'을 맞보며, 비록 지는 한이 있더라도 눈싸움을 벌이던 친구였던 것은 틀림없다.

명혜네가 청운동의 어느 남루한 아파트에서 전세 살림을 벌린 때는 대학 3학년 가을학기가 막 시작되었을 무렵이었지 싶다. 그즈음 명혜는 시간제 가정교사 노릇을 두 군데나 맡고 있었고, 나도 1년 반 만에 이종 언니네 집을 뛰쳐나와 어느 재벌 회사의 상무 이사 집에 입주하여 중학교 3학년과 초등학교 6학년짜리의 과외학습을 돌봐주고 있었다. 그렇게 매인 몸들이어서 우리는 진득하게 이야기를 나눌 시간이 없었다. 그래서 주로 일요일에 만났는데, 그 전후 사정은 대충 이렇다.

우선 내 경우는, 현관 들머리에서부터 왼쪽 벽에 붙은 열다섯 개의 반들거리는 나무 계단을 올라가서 실내의 널찍한 거실을 힐끔 내려다보며 다시 왼쪽으로 꺾어 들면 양쪽으로 똑같은 크기의 방 네 개가 마주 보고 있던 그 2층 양옥집의 오른쪽 첫째 방이 내가 전용으로 쓰는 공간이었고, 그 맞은 편 방들이 주인집의 두 아들이 쓰던 구도였다. 화장실은 그 복도 끝에 있었는데, 두 아들은 부모가 시켜서 그러는지 그 화장실에는 얼씬도 하지 않았다. 주인집 양반은 일주일에 엿새 동안은 하루도 빠짐없이 술을 퍼마시고 밤늦게 들어왔으므로 일요일만은 그들 가족만의 오붓한 시간을 가지려는, 나름대로 격식을 갖춘 현명한 월급쟁이였다. 술독이라기보다 술이라는 탁한 액체를 무슨 대롱 같은 내장 기관으로 무사통과시키는 이상한 체질의 그 주인 양반은 어쩌다가 식탁 언저리에서 마주쳐도 "너무 열심히 가르치지 마세요, 공부든 뭣이든 스스로 깨쳐야지 일일이 다 일러주다가는 죽도 밥도 안 될 테니까요" 같은 말을 하다 말고서는 서둘러 자리를 피해버리는 곰살궂은 일면도 있었다. 그런 양반이라 그의 아내를 통해 일요일마다 내게 '놀러 갔다 오라고' 아예 등을 떠밀어버리는, 일종의 규칙을 내게 강제하는 가장에다 집사람에게도 '물 좀 줘' 같은 말도 자제하고 손수 냉장고로 다가가는 '독보적(獨步的)인' 위인이었다. 아마도 공부와 가사에 시달리는 똘똘한 두 아들과 순종적인 아내에게 가능한 한 그들이 하자는 대로 하려는 방침을 고수하려면 과년한 처녀인 내가 성가셨을 테고, 매일 정해진 시간에 큰아들 방에서 두 시간, 작은 아들 방에서 반 시간쯤 전 과목을 가르치고, 문제 풀이의 요령을 일러주는 내게 '휴일'을 주어야 한다는 명분도 있었을 것이다. 어떻든 평일에도 강의가 있거나 말거나 그 집 애들과 함께 새벽같이 학교로 가야 했고, 일요일이면 일찌감치 그 집을 나서야 했다. 그런 관례라기보다 근로조건으로 말미암아 꼬박 1년 반 동안 아래위층에 기거하면서도 내가 그 기다란 말 대가리 상의 주인 남자를 마주 대한 적은 다섯 손가락으로 헤아릴 정도였다. 아침 식사도 그 양반은 시래깃국에 밥을 만 밥그릇을 막걸리라도 마시는 듯이 꿀꺽꿀꺽 들이키는 식이었고, 그 후에라야 두 아들과 내 밥상이 한 식탁에 차려지곤 했다.

일요일이 닥치는 게 곤혹스러웠다. 갈 곳이 없어서였다. 시골집으로 내려갈 수도 있었으나, 지방의 한 교육대학에 다니는 한 남동생과 고등학생인 여동생 하나를 만나봐야 별다른 화제가 있을 수 없었고, 신심(信心)이 돈독한 나의 양친이 빚어내는 우리집 분위기는 차라리 학교 도서관에서 뭉그적거리기보다 더 따분한 곳이었다. 그래서 나는 집에 내려갈 계제를 스스로 만들지 않고 있었다. 서울에서의 유일한 친척인 이종 언니네 집은 무조건 찾기가 싫었다. 그런 여건들보다 여자 나이가 스무 살을 넘으면 저만의 둥지를 갖고 싶고, 그곳에서 헛된 공상을 어루만지면서 새벽잠에 빠지고 싶어진다. 그런데도 일요일마다 아침 다섯 시쯤에 서둘러 일어나서 화장실로 달려가 볼일들을 한목에 다 마치고, 내 방에서 이런저런 궁리로 한참이나 뭉개다가 늦잠

맏언니

을 자는 주인집 가족을 깨우지 않으려고 발소리까지 죽여가며 계단을 밟아 내려와서, 곧장 정원수들이 담장 너머로 우쭐우쭐 키재기를 해대던 논현동의 언덕배기 길을 빠른 걸음걸이로 내려오던 그 쓰디쓴 '일상 탈주극'은 내 청춘의 숨길 수 없는 비화(秘話)이다.

명혜의 경우는 고등학교 2학년짜리 여학생 세 명에게 일주일에 3일 간, 하루에 2시간씩 영어를 가르치고 있었다. 학교 '직업 보도소'에서 알선한 그 아르바이트가 같은 조건의 또 다른 그룹 학습 지도를 물고 와서 명혜는 제 말대로 "음지 가정의 가장 노릇을 제대로 하려면 두 군데 아르바이트야 약과라고 감수하며 살아야지 별수 없잖아"라고 씩 씩거리는 형편이었다. 적어도 일요일에만 '가정교사 품팔이'에서 해방된 우리가 '일요일 죽여내기'에서도 동병상련의 처지를 만끽할 수 있었다면, 그런 노동과 휴가는 그 시절만이 누렸던, 이제는 불필요한 음화(陰畵)임에 틀림없다.

우리는 일요일마다 어김없이 만났다. 외국영화를 두 편이나 연거푸 감상하며 "할리우드 영화도 껄렁한 것투성이야"하고 심드렁해 한 날도 있었고, 점심도 먹지 않고 온종일 음악 감상실에서 죽치고 지냈는가 하면, 학교 도서관에서 영한사전도 없이 학기말시험 공부를 한 날도 있었고, 청운동의 그 남루한 아파트로 기어들어 가서 함께 열심히 잠만 잔 적도 있었다. 돈도 있었고, 비록 하루일망정 넉넉한 시간도 있었는데, 우리는 물건을 살 줄도 몰랐고, 그 흔해 빠진 연애를 만들 주변머리도 없었다. 하기야 대학 3, 4학년은 벌써 동급생들에게 '늙어버린 지체'로 취급되는 몸이었다. 딴에는 우리도 그들을 세상 물정도 모르는 천둥벌거숭이로 나지리 여겨서 도무지 말이 통하지 않았다.

지금 그때의 정황을 돌이켜보면 어처구니도 없어지고, 무슨 맹꽁이 놀음을 그토록 진지하게 받들었던가 하는 생각을 좇다 보면 저절로 실소를 머금지 않을 수 없다. 하지만 지금 당장 그때만큼의 자유로운 시간이 주어지고, 그런 여유로운 처지로 돌아갈 수 있다 하더라도 별수 없을 게 뻔하다. 우리의 전통적인 인간관계나 관행적인 시간 죽이기가 그처럼 단조로울 수밖에 없다고 불평을 늘어놓고 있는 게 아니다. 사람은 자유가 그립고 마음이 부대낄 때가 가장 행복한 한때일지도 모른다는 역설도 통할 법하고, 막상 꿈에도 그리던 그 자유를 제 것으로 거머쥐어 긴장과 갈등이 완벽하게 해소되었을 때는 그렇게나 소중히 여겼던 자신의 성정과 그 고유한 신분이 주체할 수 없을 지경으로 거추장스러워진다는 경험을 토로하고 있다.

그런 '시간 죽이기 놀이'에 짓눌려 지내던 1년 반 동안 나는 몇 번인가 명혜네 집에 '놀러' 갔다. 한번은 이런 일도 있었다. 인왕산을 지척에 두고 있던 청운동 고갯길을 힘겹게 올라가서 나는 5층짜리 서민 아파트의 제일 뒷동, 그 뒷동에서 왼쪽 귀퉁이에 붙박인 제일 꼭대기 층 앞에 다다랐다. 강남의 예의 그 술 대롱 주인집에서 평일에 등교할 때처럼 빠져나와 버스를 두 번이나 갈아타고 왔으므로 그때가 아마 오전 아홉 시경이었을 것이다.

명혜네 아파트는 어찌 된 판인지 초인종도 없었다. 나는 현관문을 두드렸다. 명혜가 기다리기로 되어 있었다. 한동안 인기척이 없었으나, 현관문은 잡지 한 권쯤이 충분히 비집고 들어갈 수 있을 정도로 벌쯤하니 열려 있었다. 나는 무심코 문을 열고 들어섰다. 괴괴한 정적이 한 아름이나 성큼 몰려왔다. 더럭 무섭증이 다가들었고, 그 기분을

맏언니

떨쳐버리려고 "명혜야, 명혜 있니"하고 나는 빤히 보이는 스무남은 평짜리 실내가 울리도록 다급하게 소리를 질렀다. 점점 무섬증이 옥 죄어왔으나 되돌아설 수도 없는 노릇이어서 나는 어떤 행동이라도 저질러야 했다. 안방 문을 열어보았다. 차렵이불이 방 한복판에 얌전하게 깔려 있었다. 황급히 돌아서서 건넌방을 둘러볼 참이었다.

그때서야 내 등 뒤에서 "영애 언니 왔어요?"라는 여린 목소리가 들렸다. 깜짝 놀랐다. 지혜였다. 그는 눈두덩이 뻘겋게 부은 채로 엉거주춤 걸어 나오고 있었다.

역시 놀람을 진정시키느라고 나는 무슨 말이든지 지껄여야 했다.

"다들 어디 갔니?"

지혜가 풀기라고는 하나도 없는 소리로 대답했다.

"네."

"왜? 너 울었니?"

"아니에요."

지혜는 소리를 죽이고 울다가 나온 게 틀림없었다. 그는 베란다 쪽으로 다가가 돌아서서 눈자위를 훔치고 있었다.

"명혜는 어디 갔니?"

"큰언니는 곧 올 거예요. 영애 언니가 올 거라고 했어요. 잘 왔어요. 좀 앉으세요."

지혜는 그 당시 고등학교 1학년생이었지 않나 싶다. 신촌에 있는 어느 사립학교에 다니고 있었는데, 명혜의 말에 따르면 그의 학급에서 일이 등을 다투는 우등생이었고, "인물로나 마음 씀씀이로 보나 우리 집에서 제일 여자답고 보석 같은 애"였다.

정말 타당한 말이었다. 얼굴과 외모로만 따진다면 세 자매 중에서 지혜가 가장 예뻤고, 맞춤한 표준형이었다. 명혜가 좀 야위고 껑충하다면 명미는 통통하여 육감적인 데가 있었지만, 지혜의 몸피는 나이를 무시하더라도 숫되어 보였다. 특히나 그의 긴 목에서 가슴으로 이어지는 쇄골의 적당한 돌출과 약간 각진 어깨뼈는 지혜의 뒷모습을 여성스럽게 매만지는 듯했으며, 언제라도 물기를 머금은 듯 촉기 넘치는 눈매에는 새뜻한 기운이 넘실거렸다. 세 자매 중에 그의 아버지를 가장 많이 닮은 지혜에게는 어딘가 착하고 여려 보여서 남의 동정을 불러일으키는 체취가 무르녹아 있었다.

내가 명혜 아버지를 예의 그 지하 다방에서 처음으로 보았을 때, 전혀 낯선 느낌이 들지 않았던 것도 지혜에 대한 첫인상이 너무 강렬해서였다는 것을 며칠 후에야 깨닫고 머리를 크게 주억거린 바 있었다. 그랬다. 지혜의 얼굴은 쉽게 잊혀질 수 있는 형이 아니었다. 그의 손톱은 아기들처럼 아주 작았는데, 그 작은 다섯 개의 손톱을 가지런히 세워 오뚝한 코를 깡그리 덮어버리면서 웃을 때는 어린애들이 머리통까지 웃는 것처럼 그 갸름한 손과 손톱까지 환하게 웃음꽃을 터뜨리는 것만 같았다. 게다가 관자놀이께에서 머리칼 속으로 희미하게 드러나고 있는 한 가닥의 파란 힘줄은 그의 순박한 눈길을 더욱 떠받쳐주고 있었으며, 짱구 머리통을 감싸고 있는 숱 많은 곱슬머리는 서로 뒤엉켜서 고운 보푸라기를 뿌려놓은 듯했다.

다소 진정되어 나는 거실의 한쪽 구석에 짐짝처럼 놓인 허름한 소파에 엉덩이를 걸쳤다. 무언가를 다잡을 듯이 나는 지혜에게 물었다.

"어머닌 어디 가셨니?"

지혜는 여전히 돌아선 채로 대꾸했다.

"네, 빚 받으러 가신다면서 새벽같이 나갔어요. 어젯밤에도 통금시간이 임박해서야 돌아왔어요."

대충 짐작할 만한 사정이었다. 그즈음 명혜 어머니는 동대문시장의 한쪽 모서리에서 '보세 신발' 가게를 벌여놓고 있었다. 언젠가 명혜는 지나치는 말처럼 "옛날에 계주 노릇 할 때 빚진 이가 그 가게 주인이래. 빚돈 대신에 그 가게를 떠맡은 모양이야. 요즘 세상에 보세 신발을 사 신는 여자가 어딨겠니. 이건 머 구두도 아니고 운동화도 아니야. 그런 멋쟁이 신발을 동대문시장까지 와서 사 신는 사람들은 머리가 어떻게 돌아버린 얼치기들 아니고 머겠어. 술집에 다니는 여자들이나 그런 신발을 사 신을걸. 또 실내화 같은 걸 집에서 신고 다니는 여자가 우리나라에 몇 집이나 되겠니. 내가 알 바 없지 머. 짧은 밑천에 잘 돌아갈 장사가 있으려나. 머잖아 또 들인 밑천 홀라당 까먹고 말 거야"라고 중얼거렸는데, 늘 그랬던 것처럼 그의 모친의 일거수일투족이 못마땅해서 미칠 지경인 낌새였다. 모르긴 하나 창신동의 그 한옥을 팔아 신발 가게의 장사 밑천으로 쏟아부은 듯했다. 아래채를 세놓고 있던 그 창신동 집을 파는데 명혜가 한사코 반대했던 전후 사정까지 나는 웬만큼 꿰차고 있었다.

내가 쭈뼛거리며 지혜에게 물어보았다.

"아침은 먹었니?"

그 단도직입적인 내 물음에 지혜는 한동안 말이 없었다. 좀 머쓱해져서 나는 사 간 딸기 봉지를 잠시 물끄러미 내려다보았다. 나도 아침을 먹지 않은 주제였지만, 차마 그 딸기라도 함께 먹자는 말이 입에서 떨어지지 않았다.

아마도 그쯤에서 명혜가 "우리 막내 머하니, 배고프지? 언니가 쇠고기덮밥 해줄게" 어쩌고 밝은 소리를 내지르며 실내에 들어섰을 것이다. 뒤이어 명혜는 엉거주춤하게 일어선 나와 눈을 맞추고나서 "아, 영애 왔구나"라고 탄성을 질렀고, 곧장 좀 작위적으로 그의 집안의 싸늘한 분위기를 과장스럽게 뻥 튀겼다.

"아, 이제야 우리집에 내가 좋아하는 사람만 남았구나. 명미 그년이 미워서 밥도 안 해 먹고 누워 있었더니 정말 시장해 죽을 맛이야. 지까짓 게 무슨 성인군자랍시고 엄마 아빨 그렇게나 감싸고 난리야. 쳇, 지 앞밖에 모르는 약아빠진 년인 주제에. 내가 심통 한번 부려봐, 지까짓 게 나한테 손이야 발이야 빌지 않고 배기나."

명혜가 말을 채 다 쏟아놓기도 전에 좀 뜨끔한 광경이 벌어졌다. 그때까지 한사코 베란다 너머의 건너편 아파트 뒤통수에만 시선을 겨누고 있던 지혜가 갑작스럽게 돌아섰고, 미친 사람처럼 눈물을 뚝뚝 흘리면서 명혜에게 달려가 그의 품속에 쓰러졌다. 그리고는 어깨를 들먹이며 흐느끼기 시작했다.

"언니, 제발 그만해. 내가 밥을 할 수도 있었어. 그런데 큰언니가 하지 말라고 했잖아. 나 배 안 고파. 배고프지, 밥해줄게, 그런 말 다시는 하지 마. 우리집이 너무 썰렁해 미치겠어. 그래서 울고 있었단 말이야. 큰언니가 우리집을 좀 따뜻하게 만들어봐, 응? 나 정말 배 안 고파. 작은언니가 미워서 밥 안 한 게 아니란 말이야."

지혜의 울음은 봇물이 터진 듯이 아예 엉엉 소리를 내질러댔다. 명혜는 지혜의 어깨를 쓰다듬으면서 방금 풀어놓은 장바구니를 멍하니 바라보았다. 명혜는 갑작스럽게 당하는 일이라 어처구니없다는 표정이었다. 그러나 마나 지혜는 제 언니의 가슴을 파고들며 서러운 울음을 그치지 않았다.

"큰언니, 오늘만은 어디 가지 마. 밥은 안 해 먹어도 괜찮아. 나 정말 배 안 고파. 함께 있어줘, 응?"

명혜는 역시 맏언니다웠다.

"알았어, 안단 말이야. 내가 왜 뭘 모르겠니." 명혜는 내게 웃으면서 말했다. "얘는 길을 걷다가도 눈물을 뚝뚝 흘리는 애야. 아직도 어린애라니까. 막내는 태생적으로 디엔에이에 응석받이 기질이 있나봐. 그만 울어, 제발. 누가 너한테 찬밥을 먹이니, 무슨 설움이 그렇게 많니."

그때 명혜의 자태에는 어른스러운 너그러움이 무르녹아 있었다. 나도 맏이지만, 동생들에게 그런 어른다움을 그때까지 한 번도 보여준 적이 없었다.

명혜가 하얀 쌀밥 위에 쇠고기볶음을 한 국자씩 얹어주었다. 명혜의 강권을 못 이기는 체하며 나도 수저를 들었다. 지혜의 먹성은 게걸스럽다고 해야 할 정도였다. 그의 '배 안 고파'란 흐느낌은 '배고파 죽겠어' 보다 더 서늘하게 가슴을 후벼파는 울부짖음이었다. 마지못해 밥상 앞으로 다가앉았던 만큼 나는 밥맛은커녕 입맛도 뚝 떨어져 있었다.

내가 물었다.

"어머넌 바로 가게로 가시니?"

명혜가 시무룩하니 대답했다.

"몰라. 그럴 테지 머. 어젯밤에 말다툼을 좀 했어. 빚 받는 문제로.

우리 엄만 허구한 날 빚 받을 타령이야. 귀에 못이 앉도록 들어서 이젠 동네 개 짖는 소린가 하고 있어. 부잣집 망해도 3년은 간다더니 계가 깨지니 받을 빚이 10년도 넘게 가는 판이야. 받지도 못하는 그놈의 빚 타령, 정말 신물 나서 미치겠어. 빚 때문에 자중지란이 일어난 집은 이 세상에 우리집밖에 없을 거야. 딴 집들은 계가 깨지면 빚 갚는다고 난리라는데 우리집은 무슨 받을 빚이 그렇게 많은지 몰라. 내 머리로는 도대체 엄마 말을 하나도 이해할 수 없다니까, 엄만 나를 머리가 돌아버린 애라며 도무지 모르겠대. 말이 되니? 대판으로 싸웠어. 모녀들끼리, 짝지어서. 지혜와 나는 줘도 그 빚을 다시는 받지도 마라 그러고, 명미는 꼴에 엄마 역성을 들더라고. 언제 적에 타 먹은 곗돈인데 극성을 피운다고 그 빚진 사람들이 그동안 목돈을 잘 돌려 썼습니다 하고 돈을 냉큼 내놓겠어. 이 세상을 전적으로 잘못 알고 있어. 우리 엄마는 세상을 보는 눈에 문제가 많아. 머리를 굴리는 것도 마찬가지야. 빚 갚을 사람은 처음부터 뭣이 달라도 달라. 그걸 한눈에 몰라봐, 근본이 다르다고. 미련을 버려야지. 설혹 빚을 받으면 뭘 해. 또 남 좋은 일 시키려고 어디 빚 놓을 데 없나 하고 쓸데없이 두리번거릴 텐데. 머리를 잘못 굴리니 결국 머리가 나쁜 거야. 우리 엄만 무슨 문제든지 실타래를 마구 헝클어놓는 장기가 탁월하다고. 아빠 말이나 잘 듣고 그냥저냥 조강지처 노릇이나 하며 알짜 재산이나 움켜쥐고 그럭저럭 살아가면 좀 좋아. 걸핏하면 자기가 다 감당하겠다 어쩐다고 헛소리나 뻥뻥 쳐대고. 감당하긴 뭘 감당해, 자식들 고생이나 시키지. 고생도 돈고생만 시키나, 마음고생은 어쩌라고, 가슴에 피멍이 시퍼렇게 새겨진다고. 평생토록 지워지지도 않을 거야."

명혜가 허투루 마투루 지껄이는, 그러나 뼈 있는 말을 지혜는 일부러 못 들은 체하고 있었다. 밥상 위의 설거지를 밀쳐두고 우리는 거실 바닥에 퍼대고 앉아서 딸기를 먹기 시작했다. 어느새 지혜는 감쪽같이 다른 사람이 되어 "딸기 앞에서 한 번 더 울어보시지, 막내야"라는 제 언니의 농담에 잽싸게 한쪽 손으로 입과 코를 깡그리 가리고 깔깔거렸다. 지혜의 그 웃음소리를 듣고 나는 문득, 저게 조울증일까, 저 나이의 줄변덕일까 하는 상념을 어루더듬었다.

어떻든 명혜네 집 전체가 어떤 구심점을 잃고 정처도 없이 떠돌고 있다는 생각은 한동안 내 머리에서 떠나지 않았다.

한 가정의 구심점은 아무래도 양친일 것이었다. 그런데 그 양친 중한 사람은 멀리 떨어져 살고 있으며, 다른 한쪽은 자식들에게 정을 쏟을 정신적 여유랄지 태생적인 본성이 지나치게 부족한 양반이라는 것이 명혜의 상투어대로 '문제'이자 '한계'였다.

딸기를 거의 반 근쯤이나 먹었을 때, 명혜가 미뤄둔 말이라는 듯이 말했다.

"막내야, 명미가 내 지갑에서 돈 꺼내 간다고 그러디?"

"아니, 그런 말 못 들었는데…"

"돈이 2천 원 없어졌어."

내가 건성으로 참견했다.

"어디다 써놓고 네가 잊어버렸겠지. 찬찬히 생각해봐."

"아니야. 틀림없어. 걔가 요즘 도벽(盜癖)이 생겼나봐. 이상한 버릇이야."

지혜가 곧장 울상이 되었다.

592

"큰언니, 제발, 작은언니를 너무 그렇게 보지 마. 우리집에서 엄마를 제일 많이 도와주잖아."

"예, 막내야, 넌 그게 도와준다고 생각하니? 다 제 잇속 차리려고 그러지. 내 눈에는 그게 훤히 보여. 얄미운 년."

"너무 나무라지 말란 말이야. 나한테 용돈 줬다고 생각하면 되잖아." 지혜는 나를 빤히 쳐다보며 말을 덧붙였다. "영애 언니, 우리 딸기 그만 먹어요, 네? 나머진 작은언니 주게요."

내가 그러자고 눈짓도 보이기 전에 지혜는 딸기 받침 그릇을 들고 일어섰고, 방금 늦은 아침밥을 먹고 난 설거지 그릇들도 챙기기 시작했다.

명혜네 집은 아버지가 없어서라기보다 어머니의 그 좀 종잡을 수 없는 성격 때문에 어떤 질서가 없었다. 집 밖에서 돌아오는 즉시 훌러덩 외출복부터 벗고 내의와 속곳 바람으로 설치는 명혜 어머니의 버릇이 바로 무질서의 본보기 같은 사례였다. 나는 "속에서 천불이 나네"라면서 그 좀 천박한 행티를 드러내는 명혜 모친을 두어 차례나 생게망게한 눈길로 주목한 바 있었다. 도대체 집 안에서 반반한 옷을 걸치지 않는 부인이라니. 그러면서도 손톱에는 매니큐어까지 처바를 정도로 화장에는 극성이라니, 어느 속살 한가운데쯤에 도착증(倒錯症)이 제대로 틀어박혀 있지 않고서는 그럴 수 없는 행티가 아닌가.

그런 성정이야 아무려나 신발 가게를 꾸려가면서부터 명혜 어머니는 세 자매의 학비를 대는 데도 허둥거리는 듯했고, 명혜가 그 구차한 '아르바이트' 보수로 가용을 땜질하듯 메워가는 낌새였다. 그 안쓰러운 가정 형편에도 명미는 비싼 화구(畵具)를 갖추는 데 극성이었고, 지혜는 매달 단기 강좌를 받느라고 사설학원에 월사금을 갖다 바치는 모양이었는데, 돈 씀씀이에는 대범한 그런 구색이 이상하게도 어울린 달까, 그럴듯해 보이는 것도 여자들만이 꾸려가는 명혜네의 특이한 풍경이었다. 그런 뒤죽박죽의 살림살이에서 명혜의 분별력이 과연 무슨 보탬이 될까 싶어 나는 조마조마했다.

어쨌든 명혜네 집안에 어떤 구심점과 질서가 있다면 네 모녀가 제 갈 길을 뿔뿔이 찾아가는, 저마다의 개성을 서로에게 떨치느라고 한동안씩 삐꺽거리기는 하면서도 남들이 하는 대로 학력을 만들어가는 데는 극성스럽다는 사실이었다.


5


우리는 교생 실습을 마치자마자 떠밀려 나다시피 졸업을 당하게 되었다. 나의 대학 생활은, 태반 이상이 늘 들어서 상투어인 줄 알면서도 상용하고, 돌아서면 또 곧장 반복해대는, 그런 무미건조 자체였다. 비록 등록금 등쌀에 치여서 전전긍긍했을 터이나, 명혜도 그 점에서는 대동소이하지 않았나 싶다.

우리 과의 어느 허풍선이 남학생이 아첨인지 뭔지 종잡을 수 없는 소리를 몇몇 여학생들 앞에서 지껄인 적이 있었다. 평소의 지론이라며 토해낸 열변의 요지는 이랬다.

여자 대학은 모조리 폐교 조치해야 한다. 도대체 여자 대학이 무슨 말 같잖은 소리인가. 그렇다면 남자 대학도 있어야 한다는 소리 아닌가. 여자 대학은 국력 낭비의 가장 첨예한 모델이다. 여자가 대학교육을 받으려면 남자와 당당하게 경쟁해라. 여자는 여자만의 덕목을 타고나는 것이며, 그것은 각자가 여러 가지 정보에 기대서 가꾸기 나름이며, 그래도 부족하다면 그것의 교육에 남녀 공학 대학이 등한해야 할 아무런 이유도 없다. 그 좀스러운 교육은 여자들에게 언필칭 필요하다는 학과목만 몇 개 더 추가하면 너끈히 해결될 수 있지 않나. 여자가 무슨 특별한 인종인 것처럼 과보호의 대상으로 삼는 발상 자체가 어불성설이다, 맞다 말다. 주로 페미니즘의 선도자들이 휘두르는 그 특권 또는 기득권은 말이 안 된다고. 여자 대학 무용론은 훨씬 의젓하다고. 요컨대 여성도 일정한 정도로 남성화될 필요가 있고, 현대 사회는 남성도 여성화될 이유가 만만하다고 힘주어 가르치고 있어. 그래야만 사회가 유기체로서 활력을 되찾고, 성차별로 인한 여러 가지 모순과 불이익이 말끔히 해소의 길을 찾아간다고. 그 모순과 불이익은 남녀가 꼭 절반씩 짊어지고 있는 이 현황만으로도 굳이 따로 설명할 것도 없어. 더 따지고 보면 이 세상의 구조적인 모순과 불평등은 남성의, 또는 여성의 일방적인 역할 분담에서부터 싹텄으므로 그것을 척결하는 데는 서로 따로 놀고 있는 여자만의 또는 남자만의 세계를 지양해가야 한다고. 맞잖아. 하물며 교육에서조차 남자가 배울 게 따로 있고, 여자가 배울 게 따로 있다니 말이 되냐고. 내 말이 틀렸으면 논리적으로 지적해보라고. 빌어먹을 여자 대학들.

물론 억지스러운 궤변이었다. 누가 어느 여자 대학 재학생에게 된통 차인 분풀이가 저런 해괴망측한 발상을 부채질했을 것이라고, 그러니 이해해 주자고 너스레를 떨었으나, 그런대로 수긍할 만한 지론이었다. 졸업식장에서 나는 그 궤변을 떠올리기는 했지만, 남녀 공학 대학을, 그것도 교직과목을 비롯하여 어떤 학과목의 이수와 학점 평

맏언니

가에서도 차별이 없었고, 이럭저럭 그 과정을 불만 없이 겪었던 나라고 별 뾰족 수가 있는 것도 아니었다. 대학 생활 중 얻은 게 별로 없었다면 망발일 테지만, 잃어버린 게 더 많다는 기분도 워낙 생생했다. 잃어버린 게 무엇이고, 여자에게 대학이란 무엇인가 같은 물음은 부질없는 질문이었다. 이제 대학교육은 누구에게나 열려 있는 관행이자 이력서에나 올라가는 한 줄의 학력일 따름이었다. 더 따따부따하는 짓거리야말로 수다였다.

이런 넋두리는 가사에만 오로지 매달리고 있는 나의 요즘 일상에는 더욱 절실하게 다가오는 푸념이 되어 있지만, 졸업식장에서도 마찬가지 기분으로 나는 이리저리 끌려다녔다. 나는 먼발치에서 명혜 아버지도 보았고, 명혜 모친의 화사한 한복 차림도 헐뜯듯이 노려보았다. 두 양반은 명미와 지혜의 간청을 쫓아서 명혜를 가운데 세워놓고 사진도 찍었다. 나는 순간적으로 '저럴 수도 있구나'라고 느낌을 반추했다. 그러나 곧장 명혜 아버지의 그 착한 인상과 명혜 모친의 득의양양한 모습 때문에 '당연하지, 지금이야 따로 살지만 한때는 부부였으니까'라고 조금 전의 생각을 수정했다. 그날 두 양반의 태도는 전혀 격의가 없어 보였다. 만에 하나 명혜 아버지 쪽에서 무슨 말이라도 걸면 명혜 모친은 그 수더분하고 활달한 평소의 성격을 넉넉히 발휘하여 '학비 몇 번 대주느라고 애 많이 쓰셨어요, 늘 고맙다고 가슴에 새기고 있으니 그리 아셔요' 정도의 공치사는 내놓을 채비를 갖추고 있는 것 같았다.

후에 들은 사실이지만, 그날 명혜 아버지는 지혜에게 "엄마 모시고 언니들과 밥 사 먹어라"라면서 돈만 한 움큼 집어주고 일찌감치 당신의 전처 곁을 떠난 모양이었다. 당연하다면 당연한 그런 식의 만남과 헤어짐을 당하고서도 명혜 모친은 "섭섭해서가 아니라 좋아서 이런다"라고 중얼거리며 손수건으로 연방 눈물을 찍어냈다고 했다. 역시 무슨 말끝에 명혜가 들려준 사실인데, 명혜 아버지는 그날 나를 한눈에 알아보고 있었으며, "몇 번 본 적이 있다"라는 말을 흘렸다고 했다. 나는 적잖이 놀랐다. 다방에서 두 번쯤, 퇴계로 근방의 가로수 길에서 한 번, 그것도 그때마다 내 쪽에서 일방적으로 그이를 관찰한 터였는데, 명혜 아버지의 그 순한 눈길에는 경찰관다운 매서운 눈매가 명민하게 작동하고 있었다니, 놀랄 일이었다.

6

교생 실습이 끝난 후, '희망 근무지'를 써내기로 되어 있었는데, 나는 이렇다 할 갈등도 없이 제1 희망지와 제2 희망지를 똑같이 '서울'이라고 적었다. 그것은 '될 대로 되라지, 내게 무슨 힘이 있어서' 식의 희망 사항이었지만, 동시에 나의 소박한 요구이자 절실한 욕심이기도 했다. 중고등학교 같은 '출신'을 먼저 따지는 고향이나 그 인근의 연고지에 내려가서 영어 교사 노릇을 할 마음이 도저히 내키지 않아서였다. 왜 그랬던지 분질러 말할 수는 없으나, 막연하게나마 서울에 붙박여 있어야만 여러 가지 기회를 누릴 수 있지 싶다고 생각했던 듯하다.

그 당시 내게 '여러 가지 기회'란 진학, 유학, 다른 직종으로의 전직과 후딱 닥칠지도 모르는 예의 그 '말 탄 왕자 같은' 혼처와 그 후 서울에서 살아감으로써 누리는 여러 사회적, 문화적 혜택 등이 아니라

부모의 간섭을 받지 않고 내 시간을 가질 수 있는 여건의 확보와 그런 조촐한 환경에서 누릴 나만의 자유롭고 칼칼한 일상 정도였다. 그러나 명혜는 서울내기임에도 나보다 오히려 갈등이 더 심해서 "서울? 굳이 서울을 고집할 이유도 없잖아, 잠시든 영구적이든 서울을 떠나보는 것도 괜찮을 것 같애. 서울은 일부러 골치 아프게 만들고, 실수를 용납하지 않는 난해한 시험지 같잖아"라면서 난감한 표정을 지었다. 내가 "어차피 요식행위일 텐데 아무렇게나 적어"라고 말했더니, 명혜는 제법 심각하게 "내 인생에는 전원적인 요소가 너무 없어, 삭막해, 메말랐고, 황무지처럼. 사막이나 황무지를 구경하지도 못한 주제가 서울에 붙박이고 싶다니, 유치한 고집이잖아, 정말 싫어"라고 중얼거리고는 제1 희망지를 '서울'로, 제2 희망지를 '경기도'로 적었다. 나의 억지스러운 욕심에 비해 명혜의 희망 사항은 훨씬 합리적이었고, 진솔한 것이었다.

명혜와 나의 경우와는 달리, 어떤 남학생은 고향에서 후학 양성을 천직으로 삼겠다며 '부산'으로 내려갈 작정이었으며, 영어 회화에만 기를 쓰고 매달리던 한 여학생은 외국계 은행으로부터 취업 통보를 받아놓고 있었으나, 교육청으로 가서 정교사 자격증을 '자진 반납'이 아니라 '강제 박탈' 당하는 게 못내 섭섭하다면서 발령이 날 리가 없는 '제주도'를 써넣기도 했다.

어느 쪽도 쓸데없는 호들갑이었고, 공연한 수선이었음은 직장생활의 따분한 일상이 곧장 일깨워주었다. 교사직이 중요한 직업 중의 하나임은 말할 나위도 없지만, 그 중요성이 당당한 만큼 폐쇄적이고 인습적이며 고식적인 테두리 안에서 하루하루를 어영부영 땜질하는, 똑같은 말을 앵무새처럼 반복해대는 고역의 연속이었다. 아마도 그때 나는 연륜이 긴 직종일수록 어떤 '변화'도 자체적으로 수용할 능력이 제거되어버린 '무풍지대'이며, 따라서 노예처럼 타율적 구속에 겨워서 허덕이는 품팔이에 불과하다는 느낌을 되뇌고 있었던 듯하다.

나는 서울의 강남지역으로 배정받았고, 명혜는 의정부의 발치께에 붙은 강북지역으로 떨어졌다. 둘 다 서울의 최첨단 변두리 지역이었고, 공립 여자 중학교였다. 그렇게 뚝 떨어진 인사 발령이 배려라기보다 시혜였다. 우리는 불평할 이유도 없었고, 그럴 만한 여유도 없었던 것은 우선 중학교라서 수업 준비에 그렇게 아등바등하지 않아도 될 것 같아서였다. 물론 오산이었고, 모든 생업의 근본은 그 근로조건만으로도 호락호락한 구석이 하나도 없이 꽉 짜인, 한눈을 팔았다가는 즉석에서 망신살이 덮치는 살벌한 싸움터였다.

자연스럽게도 명혜와 나는 한동안 만나지 못했다. 도저히 틈도 나지 않았을뿐더러 어떤 직종이라도 생업으로서의 소속감을 누리려면 기를 쓰며 매달려야 하고, 마음이나 몸이 두루 그 매인 틀에 원만히 부대끼려면 심리적 부담감이 겹겹으로 덮쳐오는 터이므로 우리는 애써, 명혜의 즉흥적인 표현대로 '견우직녀처럼 우주의 질서에 따라 만나지 않고' 있었다.

되돌아보면 앞으로 20년 이상 학생들에게 영어를, 그것도 누구나 가장 만만하게 여기는 외국어로서의 영어가 우리말과 어떻게 다른지를 가르쳐야 하므로 첫 직장부터 성심성의껏 근무해야지 하는 의욕이 없지는 않았을 테지만, 그런 핑계가 명혜와 나의 만남을 차일피일 미루거나, 더 크게는 우정의 밀도 따위가 우리 사이에 개입할 여지는 손톱만큼도 없다고 내심 우겨대고 있었을 것이다. 사실상 우정이란 남자들도 그렇겠지만, 여자들끼리의 우정도 어떤 소속감의 연장선상에 놓여 있는, 더러는 애틋하다가도 이내 싸늘해지는 감정적 의식(儀式)에 불과할지 모른다. 학교 재학 중에, 직장에서, 동네의 동년배들끼리, 남편의 친구 부인들과 맺어가는 우정의 경과를 비춰볼 때, 그 점은 뚜렷하다. 이제 명혜와 나 사이에는 그런 소속감이 묽어진 셈이었고, 따라서 '만나지 않고' 있는 상태가 '만나지 못하는' 처지로 바뀌어 가고 있었다. 하기야 첫 직장생활의 피로감에 서로가 얼마쯤 어리둥절해 있었을 테고, 명혜 쪽의 여유 없는 생활환경 탓도 없지는 않았다.

그럼에도 불구하고 우리는 학교에서 자주 전화를 주고받기는 했다. 거의 일상적인 안부를 주거니 받거니 했던 그런 전화질 후에 물밀듯이 덮쳐오던 파근한 허탈감, 여전히 어설픈 소속감 등을 어떻게 정확히 설명할 수 있을까. 그 감정은 우리도 별수 없이 나이를 먹어가고 있다는 또렷한 자각일 수도 있었고, 이 사회와 각자의 인생이 교과서적인 상궤(常軌)를 벗어나 닥치는 대로 굴러가고 있다는 데 대한 불만일 수도 있었고, 끝없이 이어지는 단조로운 일상에 거의 무기력하게 순응하는 생활에의 하릴없는 패배감 같은 얼룩일 수도 있었다. 하지만 매일 반복되는 적당한 노동량과 그에 따라 꼬박꼬박 돌아오는 규칙적인 보수는 나와 명혜의 생활 조건을 보란 듯이 바꿔놓았고, 그 변화는 벅찰 지경으로 오롯하기 이를 데 없는 것이었다.

우선 나는 월세방을 얻었다. 선정릉의 푸른 솔밭이 한눈에 바라다보이는 구멍가게 집의 2층으로 이불 보퉁이, 옷가지, 책 등을 집어넣은 큼지막한 가방 두어 개를 택시에 실어 옮긴 날은 3월의 첫째 일요일이었다. 졸업하고도 애들을 돌봐준다는 구실로 미적거렸기 때문에 그렇게 늦었던 것인데, 초임 교사로서 삼일절 기념행사에 참석했다가 일부러 버스를 타지 않고 걸었더니 선정릉이 나왔고, 즉흥적으로 인근의 복덕방에 들렀고, 월세 계약을 맺었던 터였다. 어린애들에게나 하는 말버릇인 '놀러 갔다 오라'면서 한사코 나를 집 밖으로 내몰던 예의 그 술 대롱 바깥주인은 뜻밖에도 1년 반 동안의 사례금 조로 두툼한 봉투까지 건네주었고, 그의 자가용으로 짐을 옮겨주겠다고 했으나, 나는 그의 선심은 머뭇거리며 받았고, 자청한 그 과외의 노동은 펄쩍 뛰며 사절했다. 무엇보다도 비로소 갖게 되는 나만의 '공간'을 세상에, 더구나 '남'과 '남자'에게 알리다니, 가당찮은 짓거리다 마다. 드디어 내 손으로 쟁취한 사생활을 사생결단코 지킬 의무를 함부로 내치다니, 교권을 세우 듯이 학생들에게도 각자의 의무와 권리 앞에서 떳떳하라고 가르칠 작정인데, 천부당만부당한 일이었다.

아주 청명한 하늘이 저 멀리서 봄기운을 온순히 전해주고 있었지만, 바람이 몹시 불어대던 추운 날이었다. 날씨가 그 모양으로 쌀쌀해서 자연히 내 마음도 썰렁했다. 그 당시만 해도 선정릉 주위는 한창 개발 중이어서 황량했다. 테헤란로 쪽으로 끌밋한 여관 건물이 드문드문 들어서 있었고, 누구의 값비싼 부동산인지 모를 네모반듯한 나대지가 곳곳에 오물더미를 뒤집어쓴 채로 버려져 있었고, 개포동 쪽으로는 고층 아파트들이 줄줄이 올라가고 있었으며, 붉은 벽돌로 제대로 지은 2층 양옥집들은 유독 선정릉의 뒷덜미 쪽으로만 오골오골 모여들고 있었다.

군이 구멍가게 집의 2층을 월세로 얻은 이유는 복덕방에서 소개한 첫 집이 바로 그 집이었고, 주인집에서 저녁마다 대문을 따주는 성가심을 피할 수 있는 집의 구조가 맞춤해서였다. 곧 구멍가게 속으로 손님처럼 들어가서 바로 오른쪽에 붙어 있는 쪽문을 밀면 내 방으로 올라가는 좁다란 시멘트 계단이 나왔고, 그 계단 아래에는 구멍가게 집과 내가 함께 써야 하는 남녀 화장실, 수도, 부엌, 광 따위가 붙박여 있었다. 말하자면 정원까지 거느린 남향의 높다란 3층 집이 2차선 국도의 모서리를 끼고 있었으므로 북쪽 귀퉁이에다 구멍가게와 내 방을 달아내서 딴채처럼 세 놓고 사는 셈이었다.

대학 생활 4년 동안 안 입고, 안 쓰고, 안 먹고 꼬깃꼬깃 모은 내 돈으로 장만한 그 첫 '독립공간'을 어떻게 잊을 수 있겠는가. 내 방에서 선정릉의 전경(前景)이 훤히 내려다보였고, 구멍가게를 끼고 돌아 나오면 학교로 가는 버스 길이 뚫려 있었는데, 길가의 상가에는 등나무가 그늘을 드리운 널찍한 불갈비 집, 연이어 복덕방, 인력 소개소, 세탁소, 우유 대리점, 방역(防疫) 회사 등이 촘촘히 박혀 있었다. 출근길에 오르면 우유를 배달하는 아주머니들이 챙 넓은 모자를 푹 눌러쓰고 총총걸음을 놓고 있었고, 수의(囚衣) 같은 푸른 제복을 입은 방역원들이 방역기구를 들고 우르르 버스 정류장으로 몰려갔다.

명혜가 안개꽃을 한 아름 가슴에 안고 선정릉으로 몰려드는 소풍객들에 꺼묻어 버스에서 내렸던 때는 5월 말의 어느 일요일 오전이었다. 그 전날 우리는 학교에서 통화했고, 내 월세방의 약도를 가르쳐주었고, 그가 올 때쯤에 나는 구멍가게 앞에서 서성이고 있었다. 꽃을 안고 있어서인지 명혜는 졸업식 때보다 더 밝고 차림새도 산뜻했다. 그러나 내 방에 들어서서 털버덕 앉자마자 벽에 등을 기대고는 "힘들다,

힘들어, 못 해 먹겠는걸. 교사직을 아주 낭만적으로 그리고 있었는데 지금 큰코다치고 있다는 심정이야. 내 코가 석 자라더니 코가 한 발이나 빠져 있어. 귀하께서도 피장파장일 테지. 교사가 정말 천직이 될 수 있을까, 몇 해 해보다가 전직도 불사해얄까 봐"라며 탈진한 사람의 말을 쏟아놓았다.

나도 심란해졌다.

"꼭 마찬가지야. 정말 죽을 맛이야. 애들은 왜 그렇게 말을 안 듣는지, 또 귀찮게 졸졸 따라다녀서 성가셔 미치겠어. 싫다고, 고만해, 짜증 나, 좀 멀리 떨어져 있어 같은 말도 못 하니 이런 고역이 어딨나 싶어. 성인군자나 수호천사가 되라는 소리야 머야. 처음이라 이런가 하고 버둥거리며 뭉개고 있는 참이야. 견뎌봐야지. 별수 없는 일이고."

뒤이어 나는 우정 생기를 돋우었다. "야, 이 누추한 방이 호강하는구나. 이게 무슨 호사야. 그런데 꽃병이 없어서 어디다 꽂아놓지?"

명혜가 머리통까지 벽에 기대고 말을 받았다.

"내가 그럴 줄 알고 사 왔지. 내 가방 좀 열어봐. 꽃병이 들어 있을 거야. 헐값에 산 것이라 네 마음에 안 들어도 할 수 없어."

명혜의 가방 속은 늘 지저분하기 짝이 없었다. 전화번호를 적어놓은 쪽지, 처음 한글을 배우는 어린애 글씨 같은 악필로 벌레처럼 그려놓은 메모 쪽지들이 여기저기서 나뒹굴고, 두어 권의 책, 포켓판 웹스터 영영사전, 크기가 다양한 공책과 수첩이 여러 권, 여러 자루의 볼펜, 사인펜, 연필, 만년필, 손톱깎이, 작은 크림 통, 휴지, 손수건, 생리대, 손지갑 등등의 잡동사니가 어지러울 지경으로, 일부러 뒤죽박죽으로 어질러 놓아도 그렇게 흩뜨릴 수는 없지 않을까 싶게 마구 뒤엉켜 있었다. 물론 나는 그의 가방을 여러 번이나 뒤진 적이 있었고, 그가 전화번호 쪽지를 찾느라고 쩔쩔매는 우스꽝스러운 광경도, 우리 좌석을 찾아가기 위해 영화 관람권을 찾느라고 "방금 여기 넣었는데 이게 도대체 어디로 도망갔지"라면서 허둥거리는 모습을 몇 번이나 말갛게 쳐다본 적도 있었다. 문구류에 유달리 욕심이 많은 데다, 성장 기간 내내 그 혼자만의 방이나 책상을 가져보지 못한 불우 탓도 있었을 것이었다.

어떻든 그날도 그의 커다란 가방 속은 얽히고설킨 뒤죽박죽, 무질서, 잡동사니의 임시 갈무리광 그 자체였다. 과장이 아니라 걸어 다니는 살림방이나 책상 서랍이라고 불러도 좋을 지경이었다. 더러운 손수건, 낱개로 뒹구는 생리대, 너덜거리는 휴지 뭉치, 해어진 메모 쪽지들을 한쪽으로 쓸어버렸더니 가방 한가운데에 하얀 포장지를 뒤집어쓴 딱딱한 물건이 '이 자리가 도무지 내 신분에는 어울리지 않아서 몸살이 날 지경이야' 라며 몸부림을 치고 있었다. 과연 꽃병이었다. 꽃병이라기보다 투명한 민트색의 유리병이었고, 옹자배기처럼 몸통의 둘레와 아가리 크기가 비슷한 모양새인데, 그 아가리 바로 밑에 두 줄의 굵은 홈이 파여 있는 데다, 그 옆에 부처 귀 같은 큼지막한 손잡이가 달린 옹골찬, 보기에 따라서는 어딘가 초현실적이기도 해서 꽃병으로 쓰기보다 장식용으로 선반 같은 데 두고 한참씩 들여다봐야 어울리는 기물(奇物)이었다.

"어디서 샀어?"

"그런대로 괜찮지? 우리 동네 입구에 헌 옷가지까지 천장에 주렁주렁 매달아 놓고 파는 중고품 가게가 있어. 주인 남자가 우리 아빠처럼

604

반백 고수머리를 올백한 중늙은인데, 늘 보면 남방셔츠를 매일 갈아입고 싱글거리며 가게 안팎을 서성거리고 있어. 저렇게 파리를 날리면서도 밥이나 제때 먹고 사나 하고 궁금하던 판에, 지난주 토요일 퇴근길에 불쑥 들어가서 창가에 진열해둔 그 꽃병을 가리키며 얼마냐고 물었어. 그런데 주인 영감은 역시 상술이란 걸 터득했는지 내가 오며 가며 이미 눈독을 들인 줄 알고, 그 꽃병을 자기가 산 지 벌써 10여 년이나 됐다면서 녹색, 비취색, 선홍색은 진작에 팔렸는데, 그것만 주인을 못 만나서 애가 탔었다면서, 역시 임자는 따로 있다고, 자기가 부르는 금대로 사겠냐고, 나를 아래위로 훑어보더라고. 가격이 적당하면 사겠다고 했더니, 모든 물건값은 비싸든가 싸든가 둘 중 하나지 적당한 가격은 없다고 그러면서, 특히나 이런 중고품은 주인이 매기는 금이 정가라는 거야. 점점 호기심이 일어서 사고 싶은 사람에게 후딱 파는 게 장사 아니냐고, 흥정도 못 하게 값을 후려 매기면 물건만 임자를 못 만나 불쌍하지 않냐고 내가 종알거렸더니, 손가락 세 개를 이렇게 펼쳐 보이며, 이제 흥정은 끝났다며 오늘 이 꽃병이 드디어 임자를 만났다고, 하얀 종이를 끄집어내더라고. 꽃병 값이야 어떻든 우리 엄마도 저런 상술을 발휘할 수 있을까 싶어서 머리가 아주 복잡해지는데도 왠지 기분은 그런대로 수수했어."

"나야 좋지만, 내가 진짜 이 꽃병을 즐길 자격이 있을지 모르겠는걸. 잘 쓸게. 누구한테도 입수 경위를 안 밝히고 혼자서 쓰다듬어야지."

나는 무릎 위에 놓아둔 꽃다발을 명혜에게 건네주었고, 그 꽃병에 물을 담아 오기 위해 아래로 내려갔다. 왠지 계단을 밟을 때마다 가슴에 한가득 벅차오르는 기운을 눅이느라고 나는 꽃병을 끌어안다시피 붙잡았다.

나라는 여자는 그때나 지금이나 내 몸치장, 집치장 따위에는 관심도 없는 보비리이다. 가장, 선생, 부친, 형제 같은 자신의 소임에만 충실하며 자족하는 청교도 같달까, 잔정조차 베푸는 데 최대한으로 인색한 나의 아버지의 성격을 물려받아서 그렇지 않나 싶은데, 그날은 그 큰 귀가 이상하게 축 드리워진 꽃병을 내 품에 안았다는 황홀감을 만끽하면서 한편으로는 물이 차오르는 연한 하늘색 유리 가두리를 쓰다듬으며 나의 삭막한 정서가 언짢고 원망스러워서 온몸을 부들부들 떨었다.

하얀 점들이 무수히 매달려 있다기보다 누가 그 싸라기눈을 마구 흩뿌려 놓았고, 그 가운데에 짙은 보라색이 감도는 커다란 꽃잎들의 아우성 세 송이가 우뚝 솟아 있는 화병을 누런 비닐 장판 바닥에 놓아두고 우리는 잠시 멍청해졌다. 생활에 어떤 낙이 있다면 그런 순간일 것이었다.

"어디서 샀어? 이 꽃 말이야."

무슨 집요한 근성 같은 게 있어서가 아니라 제대로 알아두고, 기억의 갈피 속에 단단히 묶어두자는 심정으로 나는 물었다.

"강남 고속 터미널 지하상가에서. 거기 화훼, 분재점이 많아. 안개꽃, 제비붓꽃, 이런 것들도 대개 다 온상에서 속성재배 한대. 까만 점이 박인 황색 참나리꽃도 몇 송이 꽂아 볼까요 하길래 관두라고 했어. 나는 붉은 꽃이나 노란 꽃들은 그런가 보다 하고 마는데, 파란색이나 보라색 꽃을 보면 신기하고, 눈에 싸한 감흥 같은 게 일어나. 별난 취향일 거야. 왜 그런지 분석해봐도 모르겠어."

마음이 단숨에 차분히 가라앉아가고 있었고, 두 달 반 이상의 첫 교사 노릇에서 켜켜이 껴묻어 온 피로도 눅어지는 판인데, 우리의 후각을 자극하는 몹쓸 냄새가 울컥울컥 몰려왔다. 두 집 너머에서 구워대는 불갈비 냄새였다.

"저 불갈비 굽는 냄새 때문에 영 미칠 지경이야. 일요일마다 이건 무슨 고문이고, 이런 공해가 없어. 이제는 구역질이 나서 미치겠어."

나의 불평에 명혜는 엉뚱하게 받았다.

"영애, 너 요즘 제대로 못 먹었지? 우리 오늘 저 공해를 먹어 치우러 갈까? 우리도 이제 꼬박꼬박 생활비를 벌어들이고 있잖아. 건전한 생활인이 한번 되어보자. 내가 한턱낼게. 과외 아르바이트 두 개 다 끝내고 받은 사례비가 아직 그대로 남아 있어. 딱히 쓸 데도 없어."

"반대야, 반대. 절대로. 저 공해를 우리가 왜 사 먹어야 하니. 쇠고기 샀어. 집에서 갖고 온 무말랭이무침, 깻잎장아찌도 있어. 밥해 먹자, 여기서 포식하는 게 훨씬 맛있을 거야. 후회도 안 할 테고. 밀린 얘기도 좀 많아."

명혜는 곧장 심드렁해졌다.

"그래? 그럼 그러지 머."

그날 우리가 식사 중에 무슨 수다를 그렇게 오래 지껄였는지 알 수 없다. 설거지를 대충 해치우고 우리는 2차선 국도 너머에 있는 선정릉으로 들어갔고, 노래와 술판으로 득시글거리는 소풍객들을 피해 다니면서 오래도록 솔밭 속을 거닐었다.

오후 느지막이 명혜가 버스를 기다리면서 말했다.

"하나는 좋은데 나쁜 게 반이야. 숲은 좋지만, 소음과 냄새 공해 말

맏언니

이야."

나는 웃지도 않고 동의했다.

"맞아, 전적으로 오판이었어. 앞으로 거주지는 유원지나 공원과 멀
찍이 떨어진 데다 구해야겠다 싶어. 별수 없지 머. 하루빨리 돈 모아
서 저쪽 잠실 너머 석촌동쯤에다 길갓집 말고 골목 안 집을 구해야지.
실수를 두 번씩이나 저지르면 분할 거 아냐."

"그런 집이 있으려나. 우리 이상과 현실은 너무 동떨어져 있어. 까
마득하니 멀고, 이것을 까먹으면 큰코다친다고. 매일 대하는 너네
학교 선생들 가운데 옳은 인간이, 저 정도면 사람답다 싶은 인간이 한
명이라도 있대? 그 궁상들 하고선."

이번에는 내가 웃으며 방금 한 말을 되풀이했다.

"그것도 맞아. 어쩌면 선생들이 그처럼 반듯하게 뻔한 말만 골라서
하고 있니. 나는 고개만 끄덕이고 다른 의견이 없는 멍청이다는 시늉
으로 말을 안 해. 잘 났다 못났다 뒤에서 흉을 보든 말든."

아마도 그즈음 명혜는 그의 모친이 조만간 신발 가게도 거덜 낼 것
이며, 지혜의 학비는 물론이거니와 가용도 스스로 떠맡아야 할 것이
라고 미리 상정하고 있었던 것 같다.

그 전에 들었던 그의 독백인지, 그날 흘린 그의 한숨인지 지금도 내
귀에 쟁쟁한 명혜의 방백은 이런 것이었다.

"어떡하니? 정말 어떡해야 좋을지 모르겠어. 장담하기가 너무 껄끄
러워서 그래. 어차피 내가 책임질 바에야 흔쾌히 그러마고 나서야 언
니 된 도리가 아니겠니. 지혜가 불쌍해 죽겠어. 진학도 못 할까 봐 밤
에는 잠도 안 자고 부스럭거려. 심란해서 미치겠어. 어떻게 첫 등록금

608

만 내가 대주겠다고 그러니, 얌체 같잖아, 집안 형편이 뻔한데. 죽이
되든 밥이 되든 내가 어떻게 해볼 테니 아무 대학이나 일단 들어가 보
라고 해야 하나 어쩌나. 교사 발령도 못 받았으면 말이야, 우리 선배
들처럼 운이 나빠 1년쯤 기다리라 했으면 어떻게 됐을까 하고 생각하
면 저절로 안도의 한숨이 터져 나온다니까."

## 7

누누이 강조하는 대로 나의 직장생활은 따분하고 힘겨운 것이었다.
그게 무슨 행복한 푸념이냐고 할지 모른다. 맞는 말이다. 나는 직업의
귀중함, 뿌린 대로 거둔다는 노동의 진실함, 보수의 알찬 유용함을 뼈
저리게 실감하고 있었으며, 아침마다 출근할 장소가 있고 나를 기다
리는 학생과 직장이 있다는 어떤 소속감, 비록 보잘것없을망정 나의
노동에 대한 책임감, 생활의 안정감을 만끽하고 있었으니까. 매일같
이 일정한 시간에 몸과 마음이 고루 긴장되었다가 다시 이완되는 일
련의 관행이 얼마나 고마운지 몰랐다.

그러나 그런 일상의 되풀이는 내가 타성에 젖어 살아가는 파리한
직장인일 수밖에 없다는 분명한 자각을 시간 단위로 일깨워주었다.
학교에서 돌아와 내 방 입구 쪽에 쌓여 있는 새카만 연탄 더미를 바라
보면서 계단을 밟아 올라가고, 여닫이문을 열 때 와락 달려드는 텅 빈
고적감(孤寂感), 일요일 오전에 늦잠에서 깨어났을 때 흐릿하게 밀려오
는 권태감, 커피에다 식빵 조각을 적셔서 시장기를 때우는 식의 아침
밥을 선 채로 먹어 치우고 나서 구멍가게 속을 허둥지둥 빠져나올 때
끈적끈적하게 매달리는 곤혹감 따위는 어김없이 내게 '이렇게 살아서

맏언니

는 안 되는데' 하는 다짐을 불러일으켰다. 그 다짐조차도 꽉 짜인 나의 일과와 일상의 일부에 지나지 않았고, 따라서 부질없는 짓거리였다.

이제 겨우 4개월이 지났을 뿐인데, 교사로서 첫 방학도 맞지 않았잖아, 이러다 갑자기 추운 겨울이 닥치려나 하면서 나는 그해의 첫 직장 생활을 덧없이 흘려보냈다.

그동안 나는 무엇을 했던가. 한 일이라고는 아무것도 없었다. 고향에 자주 내려가서 하룻밤 자고 올라왔으며, 소처럼 끌려가서 두어 번 맞선을 보았고, 둘째 동생의 서울 진학을 은근히 채근했고, 무럭무럭 불어나는 저금통장을 두 개나 갖게 되었다는 것뿐이었다. 그 모든 것이 행복한 푸념이었고, 변모라면 변모였다. 직장을 가져서 누릴 수 있는 작은 시혜란 그 정도였다.

그해 늦은 가을의 어느 주말에 명혜와 나는 종로의 한 피자집에서 만났다. 어영부영 우리는 직장인 티가 완연한 여자들이 되어 있었다.

명혜는 자리에 앉자마자 내게 누런 흙빛의 봉지 뭉치를 안기면서 "너 가져, 마음에 안 들면 어디다 버리든지"라고 말했는데, 그 말씨나 행동은 어느 때보다 체념적이었다. 세파에 시달리는 그의 몰골이 안쓰러웠다.

"이게 뭐야? 또 뭘 이렇게 주니?"

"신발이야. 요즘은 다들 신발을 계절별로 여러 켤레씩 놔두고 살잖아. 좀 야할지 모르지만, 마구잡이로 신어버려. 그까짓 거 아껴서 어디다 쓰겠니."

그동안의 전화질로 나는 명혜 모친의 장사 수완과 그 형편을 대충 알고 있었으므로 짚이는 데가 있었다. 단도직입적으로 물었다.

"가게 그만뒀니?"

"응, 그렇게 됐어. 당연하지 머. 이런 사태를 두고 사필귀정이랄 걸? 내가 사필귀정을 만드느라고 극성맞게 달려들었어. 그만두게 하는데 일등 공신 역할을 자청한 셈이야. 있는 돈이나 집에 들어앉아서 까먹는 재주를 부려보라고 울고불고 매달렸어. 제발 좀 설치고 나서지 말고 고전적인 여자가 되어보라고 말이야. 노력은 안 하고 돈만 주고받으면서 돈을 벌 생각을 하는 게 도대체 말이 되는 수작이냐고 닦달했어. 그랬더니 나중에는 이 집구석에 돈 잘 벌어들이는 남자 하나 또 생겨났다고 비아냥거리더라. 그러거나 말거나 초지일관 밀어붙였어. 집 한 채 또 말아먹기 전에 그만두라고. 아마 누구한테 칭찬받을 만한 교사(敎唆)일 거야. 그까짓 장사로 돈 벌겠다고? 돈이 누구처럼 바보고 등신이니?"

나는 뻥하게 뚫린 표정으로 명혜가 허투루 마투루 지껄이는 말솜씨를 경청했다.

"장살 아무나 하니? 장사야말로 맺고 끊는 데가 야무닥지고 끈질기게 물고 늘어지는 집요한 구석이 있어야 성공할까 말까 하잖아. 그래서 장사꾼 똥은 개도 안 먹는다고 하고, 그러니 더럽고 요긴한 직업 아니니. 그런데 우리집 가게 주인은 천성으로 그런 구석이 손톱만큼도 없다고. 집중력, 집요성 같은 게 태생적으로 부족한 여자야. 산만해. 내가 그 여자 자식이라니. 뭔가 단단히 잘못된 조합으로 소위 그 돌연변일 거야. 잘 됐어. 가게 때려치운 거 말이야."

"그동안에 빚은 안 졌대?"

"몰라. 내가 알 바도 아니고. 가게 권리금이 올랐다고 하는 걸 보니 남은 것도 없나봐. 아마도 꽤 축냈을 거야. 또 받지도 못할 외상이나 지저분하게 깔아놓았겠지. 아이, 골치 아파. 우리집 가게 주인 말만 나오면 나는 이렇게 머리가 지끈지끈 쑤셔."

명혜는 탁자 위에 두 팔을 올렸고, 그 탐스러운 머리칼을 뒤로 쓸어 올리고 나서 손바닥에다 이마를 얹었다. 탁자 위로 그의 중얼거림이 깔렸다.

"그 신발 여기서 한번 끌러봐. 마음에 안 들면 누구 줘버려. 그렇다고 내가 도로 가져갈 수도 없잖아. 집에 신발만 한 방 가득 찼어."

신발은 슬리퍼까지 합치면 모두 여섯 켤레나 되었다. 물론 그 여섯 켤레가 각각 다른 것들이고, 개중에는 랜드로버형의 세무 가죽 신발도 있었고, 뒤축이 없이 굽만 높은 샌들에다, 물결 무늬의 단조롭고 굵은 스티치가 신발 콧잔등에 박혀 있는 단화도 있었다. 그 쑥색의 단화가 그나마 신을 만했다.

"하루아침에 신발 부자가 됐네. 이걸 언제 다 닳구지? 부자가 된 기분이야."

"네가 못 신을 건 동생들이나 줘. 됐어. 집어넣자. 보기도 싫어."

"창신동의 그 언덕배기 너희 집 판 돈도 들어가 있을 거 아냐, 이 신발에?"

"말하면 뭣해. 그러니까 부아가 더 나지. 빚 받으려다 또 생돈만 꼬라박은 꼴이야. 집만 거덜 내 놓고."

"이제 어머닌 뭐하시겠대? 놀고먹을 순 없잖니."

"모르겠어. 이 피자 왜 이렇게 맛이 없니, 넌 괜찮니? 돈이 아깝다,

피자가 이렇게 맛없을 수도 있다니. 먹었다간 탈 나겠어. 얼마 전에 아빨 만났어, 선생 되고 처음으로. 만나자고 당신이 부르더라. 울화통도 치밀고 해서 한껏 쌀쌀맞게 대하려고 단단히 벼르고 만났어."

그동안 듣고 보아온 명혜의 지 아버지에 대한 불만을 상기하면서 나는 말했다.

"네가 어떻게 더 쌀쌀맞니? 지혜에게 마음 쓰는 것 반만 보여줘도 너희 아빠 대번에 달라질걸?"

나의 솔직한 충고에 명혜는 반색했다.

"정말 내가 그렇게 굴디? 사실 내 마음은 그렇지 않아. 말만 자제할 뿐이지. 우리 엄마에 비하면 무엇으로 보나 아빠가 훨씬 양질인 건 사실이야."

"그래서 어떻게 됐어?"

"엉뚱한 소리만 늘어놓더라. 잘 지내냐, 영어 선생 노릇은 할 만하냐. 지혜는 공부 잘하냐, 명미와는 싸우지 않냐. 속으로 왜 이러시나 하고 묻는 말에만 겅중겅중 대답만 하고 있다가, 엄마가 장사 곧 그만둘라나 봐요라고 묻지도 않는 말을 흘려봤지. 그랬더니 고개만 끄덕 끄덕하시더니 알 만하다 이래. 여부가 있겠어, 훤히 짐작을 때리고 있었겠지. 그러더니 한참이나 뜸을 들이다가 불쑥 명혜 너 시집가야 되잖아하고 물어. 글쎄. 울컥 심사가 뒤틀리더라. 내 형편에 지금 무슨 시집이니? 갈 형편이 돼도 갈까 말까 한 판인데. 곧장 말했지. 안 갈 거예요, 지혜가 공부 끝날 때까지는 못 가요, 엄마 아빠 결혼생활을 보면 시집갈 생각이 추호도 없어요라고 그랬지. 그러니까 아빠는 또 자기 말만 해. 우리 아빠 말버릇이 원래 그래. 남의 말을 한참 듣고 나"

서 당신 말만 나직나직 읊조려. 미리 할 말을 차곡차곡 준비해놓은 것처럼 그래. 좋은 신랑감이 있어, 고시에 합격했고, 홀어머니 밑에서 남동생 하나 데리고 맏이로 자라 세상 물정도 알고, 사람이 아주 겸손하대. 정작 만날 거냐고 묻지도 않고 당신 말만 늘어놓아."

알 만한 사정이었다. 언젠가 명혜 어머니는 "남의 얼굴도 한번 안 쳐다보고, 이거 좀 치우지, 밥이 좀 지룩해, 애들 학교는 이녁이 한번 가봐, 이러고는 휑하니 나가는 사람이야. 한번은 웬 잠바때기가 우리 회사 사장님이 보내서 왔다면서 명함을 내밀고서는 장 선생님은 아무한테나 예, 예하면서 자기 말만 하고 간다는 거야. 도대체 의중을 알 수 없다면서 꽁꽁 막힌 얼굴로 나보고 왜 그러냐고 묻데. 난들 알 수가 있나. 원 별 싱거워빠진 사내도 다 있데. 그때 양과자도 포식했지만, 상자 위에 딸려온 수표 한 장을 잘 썼네"라며 당신의 한때 남편의 성정을 들려준 바 있었다.

말하자면 명혜 아버지라는 사람은 자신의 신분을 늘 이마 위에 걸어놓고 처신을 어떻게 꾸려갈까를 염두에 두고 살아가는 양반이었다. 또한 그런 처신에 걸맞게 자신의 의견만은 분명하게 털어놓고 마는 사람이었다. 직업에 상관없이 이런 사람을 흔히 촌샌님에 질기등이라고 부르는 듯한데, 나의 아버지도 엇비슷해서 당신 주위에는 늘 말갛고 단정한 어떤 기운이 넘실거렸다.

점심을 먹지 않았는데도 그 집 피자는 정말 너무 맛이 없었다. 둥그런 테두리께는 아예 돌처럼 딱딱했고, 치즈 냄새는 희미하고 쿰쿰했으며, 너무 짰고, 솜이불처럼 두꺼웠다. 명혜는 내 얼굴을 잠시 훑어보더니 숫제 포크와 칼을 쟁반 위로 던져버렸다.

"먹지 말자. 이런 거 먹었다간 배탈 나서 헛돈 쓰게 돼."

"그러지 머. 내가 낼게. 넌 헛돈 쓰기 싫어하니까."

"누군 좋아하고?"

"중신 말은 어떻게 됐니?"

"그러고 말았어. 나도 꾸역꾸역 내 말만 했어. 지혜가 공불 잘한다고, 대학 입시에는 무난히 합격할 거라고, 형편만 됐으면 의대나 치대를 보낼 텐데, 지가 지레 학비 걱정을 해서 문과대를 갈라나 보다고, 내 말만 했어."

"우스웠겠다. 부녀간에 서로 다른 말만 주거니 받거니 했으니 말이야. 무슨 부조리 연극처럼."

"그러게. 코미디지 머. 우리집이 원래 코미디 같은 구석이 많잖아. 전부 뿔뿔이 흩어져서 제멋대로 꿍얼거리고. 그랬더니 당신은 또 흥얼흥얼 자기 말만 해. 요즘 여자들은 다 제 주머니를 따로 차는가 보더라 이래. 귀가 번쩍 뜨이더라. 아마도 당신 후처가 돈을 빼돌리나 봐. 그런 눈치가 보여."

나는 들은풍월을 주워섬겼다.

"원래 그런다잖아. 젊은 후처들은 다 제 주머니를 따로 찬대. 그게 살 길이다 이거지. 남의 자리를 뺏었으니 자기도 언제 그대로 당할지 모르잖아. 본능적인 방어심릴 거야."

"벌써부터 나도 짐작이야 하고 있어. 걸핏하면 애들이, 당신 후처가 낳은 사내애들 말이야, 걔들이 머리는 있는 거 같은데 공부가 시원찮다고, 그 말을 아빠가 나한테 뭣하러 흘리겠어. 다른 갈등이 있다는 간접적인 시사지. 사실상 우리나라 형편에는 아직 이혼이라는 제도가 별 의미도 없는 거 같애. 우리 세대는 몰라도 우리들 부모 세대는 말이야. 애까지 주렁주렁 낳아버리면 이혼이란 게 무슨 의미가 있겠니. 우리집 가게 주인도 아빠하고 더러 전화 통화도 하나봐. 물론 우리 자식들 핑계로 엄마가 먼저 전화를 걸겠지. 우리 엄만 충분히 그러고도 남을 사람이야. 빚잔치 때문에 어쩔 수 없이 갈라섰고, 지금도 젊은 색시를 당신 첩쯤으로 생각하고 있거든. 잠자리야 당신이 늙었으니까 아빠 쪽에서 자연히 멀리한다고 치부하면서 말이야. 가끔 흘리는 말로 그래. 니들 애비 장가도 늙어 돈 떨어지고 병들어 아프면 제집 찾아올 거라고, 두고 보라고 말이야. 이건 머 완전히 유익하고 뛰어난 코미디를 보는 기분이야. 시퍼렇게 살아 있는 이혼이다, 처첩이다 같은 제도와 법률을 조롱하고 우습게 아는 수작 아냐, 그렇잖니?"

자신의 엄마를 '우리집 가게 주인'이라고 한사코 비아냥거리는 투하며, 아빠가 벌이고 있는 기묘한 양다리 걸치기를 어느 이웃집 부부 사이의 한가로운 치정쯤으로 여기며 지껄이는 명혜의 풀썩 주저앉은 말투에 전염되어 나도 엉뚱하게 물었다.

"지금이라도 함께 사시면 좋겠다?"

"말이나 되니? 아빠 쪽에서 말이야. 그러면 이번에는 젊은 색시 쪽에서 가만있겠니? 애들 키울 걱정도 걱정이지만, 자존심이 상해서 펄펄 뛸 거 아냐. 나라도 독을 품을 건데. 오뉴월에도 서리가 내린다는 그 독기 말이야."

"아니, 그냥 큰집 작은집으로 치고 내왕하면서."

"글쎄, 당신들이야 어떨지 몰라도 젊은 색시 쪽에서 도저히 용납 못할 짓 아닐까. 딴은 어느 쪽도 두루 기정사실로 돌려놓자는 발상인데,

616

법의 테두리를 몽땅 무시하고 감정만을 두둔한다는 게 통할까. 아, 모르겠어. 우리집은 늘 이래. 너무 어려운 코미디라서 헷갈려. 돈만 있으면 결혼 같은 거 무시하고 혼자 사는 게 제일 좋을 거 같애. 늘그막에는 외롭잖게 양녀나 하나 데리고 말이야. 애를 하나나 둘쯤 낳고 키우는 재미, 재미라기보다 인생의 복잡다단한 경험을 놓쳐버리면 좀 억울하달까, 손해 보고, 경쟁에서 져버린 꼴이 아닐까 하는 생각은 들더라고. 아직 한참을 더 살아보면 생각이 달라질 테지만."

"왜 하필 양녀, 양자를 얻지?"

"아유, 남자들은 신물 나. 어딘가 탐욕스럽고 음흉해. 머리도 나쁜 것들인데, 평생 밥해줘야 하고, 빨래해대고, 잠자리 보살펴줘도 말이 많잖아. 변덕스럽고. 그런 노예가 어딨니. 그래도 젊고 예쁜 노예를 더 거느리지 못해 안달이잖아."

"한창 젊을 때 객기로 그러다 말지, 저들인들 별수 있겠어."

"그동안이 문제지, 마냥 쓸데없는 그 객기와 신경전을 벌인다는 게 얼마나 낭비야. 일종의 감정의 소모전일 거야. 그 피해가 얼마나 막심하겠어."

"그래서 양녀를 데리고 살 만큼 돈은 많이 모았니?"

"돈? 저금통장을 만들었더니 돈이 붓긴 붓더라. 뜯기는 데가 많아서 얼마 되지도 않아. 넌 어떻게 됐니?"

"머? 저축? 너만큼은 쓸데가 없으니까 몇 푼 더 모였을 거야. 그냥 그러고 있어. 집을 옮기기 전에 오디오나 장만할까 생각 중이야. 구멍가게 2층에서 오디오를 듣는 게 어울릴지 고민이야. 그래도 내 일상에 음악이 없다는 것, 라디오만 듣고 산다니, 결정적인 흠인 것 같애."

맏언니

명혜는 내 말을 분명히 귀담아듣고 있었으나 이렇다 할 내색을 드러내지 않고 잽싸게 화제를 바꿨다. 그의 그런 말버릇이 자신을 시샘 많은 여자로, 결손 가정의 맏딸다운 정서 불안과 조바심을 끌어안고 낑낑거리는 처녀로 보이게 했다.

　"우리집 가게 주인은 요즘 큰소리만 땅땅 치고 있어. 가게 정리한 돈이 좀 있으니 기분이 좋은가봐. 그 돈이 어떤 돈인데, 결국 집 말아먹은 돈 아냐. 그걸 모르니 참으로 한심한 작태지. 그런 머리로 어떻게 장사를 했는지. 뻔하지. 남 좋은 일이 아니라 그 밑만 닦아준 꼴 아냐. 나쁜 머리는 보고 듣는 게 다 공분 줄 몰라, 옆에서 볼려니 답답해서 미치겠어. 헐렁한 성격에는 교육이고 충고고 간섭이고 아무 소용도 없다니까. 나는 요즘 우리 엄마와 닮지 않았을까 싶은 애들을 발굴해내는 데 아주 혈안이야. 내 판단이 서면 그런 애들한테는 미련을 과감히 버려. 그게 선생의 옳은 자격 같애. 어떻든 그 장사 밑천을 홀라당 못 까먹어서 안달이 났어. 지혜 공부만 끝마치면 절로 가겠대. 절에선들 노동력도 없는데 늙은이를 받아주나 그랬더니, 당신이 죽을 때까지 절에서 먹을 양식을 우리보고 대래. 키워준 공으로 말이야. 대주겠다고 그랬어. 내가 몽땅 다. 서로 허풍치기 시합이나 하는 것처럼 우리 모녀들은 그런 신소리나 하고 있어. 그게 비정상인 줄 나는 아는데, 우리 엄마는 머리가 나빠서 그걸 몰라. 가게 주인이 집을 지키고 있으니 또 사고 칠까봐 마음 졸이는 고역에선 당분간 놓여났다 싶어 홀가분하긴 해."

　아직도 해가 많이 남아 있는 종로 거리를 걸으면서 명혜는 불쑥 내게 물었다.

"참, 그 부처 귀 꽃병에 꽂은 가끔씩 사다 꽂니?"

"아니, 정말 꽃병 보기가 민망해서 얼마 전부터 양파를 둥둥 띄워놓고 있어."

"내가 오늘 꽃 사줄까? 저쪽 동대문시장에 가면 종묘상, 화원이 많아. 참, 강남 고속 터미널 그 지하 꽃집에도 한번 더 가야 하는데. 가을이나 겨울에 한 번 더 들르기로 그 꽃집 주인과 약속했는데. 내가 이렇게 어수선하다니까. 너도 망설이지 말고 후딱 오디오부터 사라. 구닥다리 레코드판이든 테이프든 사 들고 가게."

나는 명혜의 눈길에서 시샘, 선망, 자기 연민이 뒤범벅으로 뭉쳐 있음을 똑똑히 보고 있었다. 돈은 있을 때 쓰고 보는 것이라는 그런 생활신조도 모친으로부터 물려받은 내림임에 틀림없었다. 따져보면 학력 차이 때문에라도 자신의 처지에 대한 파악력, 결단력 따위야 딸 쪽이 훨씬 분명하고 정확할 테지만, 명혜는 외모뿐만 아니라 마음씨도 그의 모친과 닮은꼴인지도 몰랐다. 그날 유독 그런 생각으로 내 발걸음이 무거워서 천천히 걸었던 기억이 아직 남아 있다.


## 8

대학 생활 1년은 사회생활 10년과 맞먹는다는 허튼소리가 있다. 다변(多辯)이 하나의 특권인 세대들 사이에서나 오가는 얼토당토않은 너스레다. 그런 종류의 말에는 이런 잡소리도 있다. 대학 졸업 후 2년 안에 시집을 가지 못하면 서른 살은 재깍 닥치고, 이내 결혼 시장에서 폐품으로 굴러떨어진다. 대학을 졸업하자마자 당사자들은 부모들의 극성스러운 조바심에 시달려야 하고, 친구들의 결혼식에 몇 번 참석하고 나면 그런 잡소리를 속설로까지 승격시켜 알게 모르게 주눅이 들어버린다. 그래서 미혼 여성들 사이에 흔히 오가는 "너, 시집 안 가니?"라는 물음은 케케묵은 상투어라기보다 결혼이 자꾸 멀어지고 있는 당사자의 자학적인 비명일 수 있다.

나라는 여자는 역시 부모의 장단점을 그대로 베껴놓은 듯이 태어난 죄로 남다른 감수성도 없어서 대학 재학 중일 때도 글쓰기나 책 읽기 같은 문학 공부에 빠질 재주도 없었고, 잘 봐주면 그래도 이목구비 하나는 엔간히 반듯하다는 말을 들을 수 있겠으나, 바로 그런 얼굴이 아주 지루한 '정색형'이라 '매력'과는 한참 동떨어진 구색에다. 성질도 고만고만해서 한 남자를 알고 지내는 기회를 '자의반 타의반' 박탈당한 채로 청춘을 허비했다. 이미 드러난 대로 생활환경과 가정 형편과 저마다의 성격과 외모가 달랐지만, 내가 아는 범위 안에서 명혜도 그 두 가지 점에서는 나와 대동소이했다. 문학에 재능도, 열정도 없다는 원초적인 결격 사유, 남자와의 연애 경험에 등한하다는 일종의 중성적 생활 태도 말이다.

요컨대 명혜와 나는 머리와 외모가, 굳이 겸양의 미덕을 발휘하더라도, 평균치를 약간 웃도는 모범생이기는 했다. 그렇다면 어떤 남자와 소위 백 년 가약을 맺는 데서 모범생은 어떤 길을 밟아야 하나? 모르긴 하지만, 자연스러운 기회가 주어지리라고 기대하는 수밖에 없을 것이다. 막연한 기대인 줄이야 알고 있으나, 우정이나 혼인 같은 인간관계는 각자의 공력과는 무관하게 벌어지고, 급기야는 불행과 행복으로 이어지는 우연적인 통과의례에 불과할지 모른다. 우리 양친의 사례를 보더라도 운명적인 변수가 너무나 막강하게 작용하는 것이 혼인

이라는 대사(大事)이고, 조물주가 관장하는 그 팔자소관 앞에서 수수방
관하는 처신이야말로 최선책은 아닐지라도 차선책쯤은 되지 않을까.
그 기회를 억지로, 어렵사리 만들자고 설친들 뜻대로 굴러가지도 않
을 테니까.

　말을 줄이면 명혜와 나는 혼인 문제에서만큼은 해답을 찾지도 못하
고, 노력도 하지 않는 열등생을 자처했다. 결과를 놓고 볼 때, 내가 물
굽이에 몸을 실어버리고 있었다면, 명혜는 거슬러 올라가려고 버둥거
렸지 않았나 싶다. 하기야 지금까지의 형편이 그렇다는 것일 뿐 앞으
로는 어떻게 전개될지 알 수 없기는 하다. 순서가 그러하므로 내 경우
부터 밝히면 이렇다.

　세 번째 새 학년을 맞게 되었다. 나는 담임까지 맡게 되었으니 교무
회의에도 각별하게 신경을 쓰며 교장과 교감의 지시를 받들어야 했
고, 교무실에서 수업 준비를 하면서도 나의 일상을 애바르게 조율하
던 판이었다. 그럴 수밖에 없었던 또 다른 이유는 그해 봄에 서울의
어느 여자 대학 약대에 진학한 여동생이 그 귀찮기 짝이 없던 취사를
거들어주는 데다, 우리 자매는 강남의 요지인 신사동의 공무원 아파
트 단지 입구께에 있던 어느 2층 양옥집의 큰방 하나를 빌려 자취를
하고 있었다. 그 집의 원주인 일가는 3년 예정으로 외국에 나가 있었
는데, 아래채를 쓰던 집주인은 원주인의 처남인 모양이었고, 2층의 일
부를 빌려 살던 세대는 그 처남댁의 일가붙이로서 신혼부부였다. 배
가 한창 불러오던 그 신부와 우리 자매는 2층에서 입식 부엌을 함께
썼다. 꽤 널찍한 마당의 한쪽 귀퉁이에 우리 자매 전용인 옥외 철판
계단이 있었다. 신부의 남편 되는 사람은 어느 운송회사에서 장거리

운전기사로 일하고 있는 듯했는데, 언제라도 아래채를 관통해서 그의 신방으로 들어가곤 했다.

어떻든 그즈음의 한갓진 내 시간을 비집고 들어온 사단이 부모님의 결혼 주선이었다. 학생들이 막 하복을 입기 시작했을 때이니 5월 초순이었을 것이다. 어느 토요일 오후에 아버지께서 어머니까지 대동하고 상경했다. 동생까지 올라와 있는 데다 기백만 원의 보증금까지 넣고 있는 우리의 자취방을 한 번쯤 둘러볼 계제였다. 어머니께서는 내가 이종 언니네 집에서 기식하고 있을 때 몇 번 올라왔었지만, 아버지와 내가 서울에서 만났던 것은 그때가 처음이었다. 그 귀한 걸음은 막무가내로 밀어붙이기로 작정한 나의 혼처를 당신이 직접 확인하기 위해서였다.

단칸방에서 네 식구가 새우잠을 자고 난 이튿날 오전에 우리 가족 세 사람이 옷을 갖춰 입고 우르르 약속 장소로 갔다. 그때 나의 심경은 그 전에 두어 번 고향에서 맞선을 본 때와 별로 다를 바가 없었을 것이다. 예의 그 자연스러운 기회에 기대는 일방 막연한 기대감을 눅이면서, 운명적인 변수가 어떻게 작용하든 내가 임의로 결정할 일이라고 다짐하면서, 나의 의사 결정권까지도 예정 조화의 일부일 것이라고 여기면서.

거창한 만남이었다. 쌍방에서 데리고 나온 식구가 많았다는 것은 반강제적인 압력을 시사하는 것이었다. 칠십 고개를 오래전에 넘긴 것 같은 노인은 키가 작았지만, 턱이 길고 인중의 골이 또렷했으며, 연두색 체크무늬의 중절모를 실내에서도 벗지 않은 것을 보니 대머리인 모양이었다. 그 옆에는 정수리의 머리숱이 듬성듬성한 노파가 고양이 눈길로 이쪽을 헐뜯듯이 노려보고 있었고, 나들이 차림의 중년 부인도 둘이나 껴묻어 있었다.

내 양친께서 다니시는 교회의 어느 장로가 소개한 그 혼처의 본가는 물론 나의 고향에 있었다. 한때는 건어물 도매상을 크게 벌려서 큰돈을 벌었고, 신작로가 뚫리는 통에 상가와 창고는 반동강이 났지만, 그 가업은 이미 친척에게 맡겨두고, 노친은 큰아들과 함께 버섯 재배 농장과 비육우 목장, 낙엽송을 수백 정보나 키우는 육림가로서 대통령 표창까지 받은 지방의 유지였다.

당사자는 4남 3녀의 막내로서 여동생 하나까지 시집갔으므로 혼인을 서두르는 서른한 살짜리 청년이었다. 배울 만큼 배웠고, 정부 예산으로 운영하는 어느 연구소에서 일하는데, 조만간 한때 근무했던 국책 은행의 여신 담당 중에서는 "최말단 실무자"로 복귀할 예정이며, 두 형과 두 누님이 다 서울에 사는데 큰매형 집에 빌붙어 지낸다고 했다. 외모도 그런대로 수수한 편이었다. 인중께의 면도 자국이 유난히 새파랬고, 새까만 눈썹 밑의 뼈가 유난히 불거져서 눈자위가 푹 꺼진 게 돋보였다. 또한 눈동자가 사르트르처럼 지독한 사팔뜨기는 아니었으나, 상대방을 이윽히 바라본다든지 노친네들이 앉아 있는 쪽으로 멀거니 시선을 내맡기고 있을 때는 한쪽 눈동자가 엉뚱한 곳에서 가만히 움직이지 않는, 왼쪽 눈동자가 외사시(外斜視)였다. 그런 신체적 결함은 성장 기간 내내 열등감으로 축적, 소장(消長)을 거듭함으로써 응분의 보상작용 끝에 어떤 대응 기제를 형성, 오히려 정상인의 평범과는 전혀 다른 비범성을 후천적으로 개발한다는 사례를, 위인들의 전기 같은 데서 읽을 수 있다.

맏언니

그가 학교로 전화를 걸어오면 나는, 이런 교제도 따분한 일상에 대한 반발일 뿐이라며 수굿수굿 응했다. 나의 시시콜콜한 연애담, 곧 한 남자를 이해해간 서너 달 동안의 경과는 시중의 장삼이사들이 밟아온 전철의 되풀이에 지나지 않을 듯싶다. 따라서 거리에서의 서성임, 영화 감상 중의 속삭임, 식사 중의 잡담 따위를 여기서 늘어놓는다는 것은 하등에 부질없는 짓거리일 것이다.

다만 그의 버릇이랄지 기호에서도 다소 별난 데는 있었다. 가령 부모가 독실한 기독교 신자인데도 그는 담배를 많이 피웠다. 그 점을 넌지시 지적했더니, "예, 담배가 몸에 나쁜 줄 알면서도 결단력이 모자라서 스트레스 핑계를 대며 못 끊고 있는 셈이지요. 무슨 계기를 잡아야 하는데 역시 머리가 모자라서 우왕좌왕하고 있습니다"라고 상관에게 이실직고하듯이 말하고 나서는 이쪽의 눈치를 살피지도 않았다. 교회에도 일요일마다 나가지는 않는다고 했다. 그 점은 나와 비슷했다. 교사 시절에는 착실한 모주꾼이었다가 내가 중학교 2학년이었을 때 아버지는 위궤양에 된통 걸렸고, 거의 1년 이상 죽으로만 연명하면서 기독교에 귀의한 우리집 사정을 들려주었더니, 그는 "어떤 계기든지 나이가 말하니까"라고 알 듯 말 듯한 말을 중얼거리고 나서 "종교의 유구한 역사성과 그 막강한 위력이야 워낙 짱짱한 게 눈에 보이니까 인정해야겠지만, 믿음 일체는 개인별로 또 사안별로 그 강도가 다르지 않나 싶은데, 저는 이런 거창한 문제는 역시 내 머리로는 감당할 수 없다고 치부하는 게 아니라 나이에 맡길 수밖에 없다는 주의로 삽니다, 물론 당분간만 그럴 텐데 투미한 머리로 장차 잘해낼지 걱정입니다" 같은 말을 연구소 직원이어서 그런지 어렵지 않게 술술 풀어놓왔다. 만사를 '투미한 머리'와 '나이 탓'과 '계기'에 기대는 그의 설명력에는 거짓도, 허풍도 없었고, 그 솔직성은 신뢰감을 전한다기보다 소탈한 성정으로 다가왔다. 술버릇도 동료나 친구들과 더러 폭음도 불사하는 모양이었는데, "나이도 있고, 마실 자리에는 끼어 있어야 다음날 심리적으로 덜 부대껴서요. 사람이 혼자 살 수 없다는 거야 뻔한 소리고, 사회생활이 그런 것이고 월급쟁이라서 어쩔 수 없다고 봐야지요"라고 했다.

우리집은 개혼(開婚)인데, 그의 집은 필혼(畢婚)이 될 판이라 양가 부모들은 결혼을 서둘렀다. 여름방학 중의 어느 일요일 오후에 나는 양친과 함께 고향의 그의 본가에 들렀다. 그날은 도지사 관사와 붙어 있는 그의 시골집에 들렀다가 도시 외곽의 야산 자락에다 일궈놓은 '농장'을 구경한 후 저녁을 먹기로 되어 있었다. 나는 동물을 극도로 싫어하다 못해 모든 짐승과 눈을 마주치기가 무서워서 즉각 외면하고 마는 비정상인인데, 그 농장에는 온통 검누런 소 천지였고, 송아지만한 누렁이도 여러 마리나 어슬렁거리는 데다, 고양이보다 작은 외국종 개도 두 마리나 실내를 마구 휘저어댔다. 그러나 쭉쭉 곧게 뻗어가는 삼나무가 농장 입구에 빼곡했고, 목장 너머의 야산에는 짙푸른 낙엽송 수해(樹海)가, 나무라는 식물은 '거기에 반드시 있다'라는 뿌리 깊은 안정감부터 전해주고 있음을 내 눈에 확실히 짚어 주었다.

그는 예순아홉 살이나 먹은 노파에게 "엄마, 고들빼기 김치 좀 담가 놨어? 우리집 명물은 그건데"라며 나를 의식한 어리광을 부렸고, 노파는 내게 "쟤 입맛이 저래, 짭잘한 밑반찬을 얼마나 좋아하는지"라며 이쪽의 반응을 살폈다.

예상한 대로 그의 집에서는 내게 은근히 두 가지 요구라기보다 바람을 내놓았다. 결혼 전에 직장을 그만두었으면 했고, 더 공부해서 학력을 만들 생각이 있느냐고 물었다. 심상소학교 출신이라는 그의 모친의 의사가 유독 그랬는데, 맏며느리와 맏딸이 고졸 출신이라서 그런지 한 목소리로 "그만해도 넉넉한데 어려운 공부를 머하러 사서 하려고"라며 참견했다. 그의 모친은 "여자와 사기그릇은 집 밖으로 내돌리지 않는 법"이라고 대못을 박았고, 여자 팔자 길들이기 나름이며, 남편 밥을 누워서 얻어먹으려면 덜 똑똑해야 하고, 살림살이는 여자가 휘어잡아야 할 뿐더러, 남자는 소처럼 주는 대로 먹고 오로지 밖에서 부지런히 일이나 하며 집안일에는 일절 간섭하지 않도록 만들려면 '집에서', 강조한다기보다 다짐이라도 받겠다는 듯이 "안에서 꼭 그래야 만사가 저절로 굴러" 가게 되어 있다는 것이었다. 남편과 함께 농장을 물려받은 농부(農婦)로 자족하는 듯한 맏며느리는 연방 고개를 주억거리며, 중늙은이인 나의 모친의 맞장구를 기다렸다.

나는 학문에 대한 열의도, 대학 강단에 서고 싶다는 야심도 없었으며, 무엇이든 이루어 내겠다는 남다른 집념도, 그 밑에 쏟아부을 돈과 인내심도 없었으나, 교편생활을 계속해서 그럭저럭 교감까지는 되고 싶었다. 그 희망조차 실은 결혼만큼이나 막연한 기대였다. 그러나 나는 그의 모친의 집요한 다짐에 억지웃음을 베물다가 멀뚱한 표정을 내둘리기도 했다. 그 고리타분한 부덕(婦德) 타령은 70년대 말의 유신체제와도, 심지어는 어떤 정치적 소견도 자제하라는 그 삼엄한 '긴급조치'의 어느 대목과도 맞물려 있는 강제적 억압인 게 분명했으나, 등 뒤에서 드센 물결이랄까 기동력 같은 것이 막무가내로 몰아쳐 오던 그 시절 특유의 불가항력적 기운과 흡사하다고 느끼고는 있었다.

그해 가을을 어떻게 흘려보냈는지 모른다. 몸과 마음이 두루 바빴을 텐데, 그런 경황 중에도 그와 내가 만나는 자리에 명혜가 한 번인가 동석한 적이 있었다.

명혜가 대뜸 이렇게 말했던 기억은 아직도 남아 있다.

"눈이 어땠어. 괜찮은데 뭘 그래. 좀 멍하다고 할지 그렇긴 하지만, 골똘한 눈길이기도 한데 뭘."

그의 외양을 두고 하는 촌평이었다.

"힐끔하고 멍청한 눈씨는 아니고?"

"그래도 속을 드러내지 않는 저런 눈이 남의 눈치나 살살 살피는 동그란 눈보다 훨씬 나아. 영애 너 시집 잘 간다. 후딱 하자는 대로 해치워버려."

"그래야 할까봐. 차일피일해봐야 머하겠어. 네 말마따나 내 까짓 게 더 기대해봤자지."

"그럼, 교감선생 되려다가 중고등학교 선생 사모님 되기 십상이지. 요즘 세상에 백마 타고 오는 사내가 어딨니. 다 있는 것들은 저희끼리 혼인 맺고 하잖아. 이제 우리나라도 돈맛을 보더니 새로운 반상(班常) 세상을 만들어놨어. 이건 보는 바대로 엄연한 사실이야. 돈 있는 사람이 양반이고, 없는 무지랭이들은 상놈이고. 예나 지금이나 끼리끼리 짝을 맞추는 것은 세상 이치야. 세상이 상전이고 인간은 종이잖아. 어쩔 수 없어, 고분고분 항복하고 살아가야지." 명혜는 자조적인 말을 수월수월 지껄이다가 느닷없이 시샘과 농조가 버무려진 말을 덧붙였다. "넌 신랑이 소 타고 와서 좋겠다. 만족하지? 오감하지 않니? 좋은 이빨로 이번 기회를 꽉 물어. 당연히 그래야 하고. 참, 너 점 쳐봤니?"

"몰라, 괜찮대나봐. 교회에 꼬박꼬박 다니시는 양반인데도 저이 어머니가 점을 쳐봤대나봐. 좋지도 나쁘지도 않은가봐. 그러려니 하고 있지 머."

"얼마 전에 우리 엄마가 점을 쳐봤는데 나는 시집을 늦게 갈수록 좋대. 또 그렇게 된대. 그런 점도 말이 되는 소리야. 나는 집 떠나 살 팔자래. 내가 집을 나가야 우리집이 조용해진대. 그 말을 듣고 또 엄마하고 언쟁을 대판 벌렸어. 공연히 부아를 돋우잖아. 그런데 명미는 시집을 아주 잘 간대. 지혜는 돈 걱정 안 하고 살지만, 평생토록 잔걱정이 끊이지를 않는대. 맞잖아. 중국 점책에 그림이 그렇게 그려져 있대. 나는 집을 나와 멀리 뚝 떨어져 있고, 지혜 주위에는 온갖 벌레들이 어지럽게 날아다니고. 신통하게 맞더래. 참, 너도 너지만 니 신랑한테 내가 머 사줄까. 가만있으면 안 될 것 같애. 만년필이나 넥타이 같은 것은 너무 진부하잖아."

"네가 사주긴 뭘 사주니?"

명혜는 버릇대로 화제를 제격 돌렸다. 그럴 때면 아연 생기가 돌고 눈길에 힘이 모이면서 나를 동생 다루듯 굽어살폈다.

"넌 시집이라도 가는데 난 머하지? 왜 이렇게 멍청해지는지 알 수가 없어. 내 자신이 밉고 지겨워서 미치겠어. 향후 10년, 20년이 너무 빤할 거 아냐. 그런 약이라도 있으면 먹고 죽었다가 그때 가서 깨어났으면 좋겠어."

"시집이라도 가지?"

"말이나 되니? 누가 우리집 같은 델 처가로 삼겠니. 알 만큼 알아보고는 다 휑하니 내빼버릴 거 아냐. 나라도 그러겠어. 맞선 봐서 시집 가긴 다 틀렸어."

"네 눈에 차는 남자도 없을 테고."

"그렇기도 하고. 자존심 때문은 아니고. 친구들 신랑감을 보면 다들 그럴듯한데, 내 눈이 좀 이상하든지 다각도로 보는 시각 자체에 결함이 있는 것 같애. 난 이래저래 결함, 결격, 결점투성이에 구제 불능이야. 누가 인간 실격자란 말을 잘도 지어냈어."

이듬해 늦겨울에, 새 학기 직전에 나는 서울의 어느 예식장에서 그와 결혼했다. 그의 집 하객은 엄청나게 많았다. 그러나 우리집 쪽은 '선생님'이라고 불러대며 내 뒤꽁무니를 한사코 따라다니는 내 반 학생들이 없었더라면 고향에서 예식을 치르지 못해서 여간 섭섭하지 않았던 내 부모를 적잖이 억울하게 돌려세웠을 것이다. 아무려나 나는 명혜의 배웅을 받으며 신혼 여행길에 올랐고, 공중전화통에 매달려 명혜를 비롯한 몇 친구에게 내 결혼생활의 시작을 알렸다.

내게 신혼여행과 신혼생활은 별다른 의미가 없었다. 그럴 수밖에 없었던 것이 그의 집에서는 '소 판 돈으로' 일찌감치 사두었던 일원동의 한 아파트에서 그와 나는 거의 한 달 남짓 동안 공공연한 혼전 동거 생활을 해야 했기 때문이었다. 그 전말을 간추리면 이랬다.

결혼 날짜를 잡자마자 그의 집에서는 일사불란하게 또 일방적으로 일을 처리해나갔다. 주로 그의 어머니의 주장에 따라 모든 일이 꾸며졌는데, 노파는 부지런히 서울 걸음을 해서 두 딸을 번갈아 앞장세워가며 전세를 놓고 있던 아파트를 비웠고, 전화 가설을 신청했고, 품삯 도배를 주선하는가 하면, 올망졸망한 가구, 집기, 소파 등을 들여놓았

다. 겨울방학 중이었던 만큼 나도 그런 살림 두량에 가끔씩 동참해야
만 했다. 나의 의사 따위는 눈짓으로 파악, 뭉개버린 후, 모 심듯이 가
지런하게 살림살이를 펼쳐가는 노파의 일솜씨는, 아무리 돈이 만사를
주관한다지만, 미상불 시원스러운 것이었다. 나는 당혹스러웠으나,
중뿔나게 나설 만한 '살림살이'에 대한 안목도, 시댁 일가의 비위를
맞출 만한 말재주도 없었다. 차라리 너절한 나의 자취방이 정겹고 살
만한 곳이지, 맞춤한 세간살이가 차곡차곡 들어앉아 있는 그 깨끗한
아파트는 썰렁했고, 실감이 나지 않았다. 낮 동안 곁다리로 다리품을
팔고 나의 자취방으로 돌아온 날 밤마다 나는 외부의 강제에 떠밀려
서 전혀 다른 생활세계로 나아가려는 그 무지막지한 통과의례에 등허
리가 뻣뻣해지는 통증을 억지스레 견뎌야 했다.

　어렴풋하게나마 내가 그리고 있었던 신혼살림이란 그런 것이 아니
었다. 단칸방, 선 책상과 걸상 한 짝, 연탄 화덕, 냄비 밥, 이불 보퉁이,
두 개 이상의 적금통장, 두서없이 굴러가는 두 사람의 출근길 등이 만
만하고, 그런 일상이 내게는 내복처럼 정겹게 어울리는 것이었다. 그
러나 그 빈 아파트는 방이 세 개나 있었고, 장롱과 서랍장이 들어갔
고, '최신 모델'인 싱크대와 가스레인지와 전기밥솥이 놓여 있었다.

　어느 날 밤에 그의 어머니는 내게 "애야, 네 자취방 이제 걷어치워
라"라고 했다. 짐작은 하고 있었지만, 듣고 보니 때 이른 하명이었다.
새 학기부터 나의 여동생은 기숙사로 들어가든지 저 혼자 자취를 해
야 하며, 나는 예의 그 부덕의 길에 걸음을 맞추면서 한 남자에게 오
로지 몸을 바치라는 것이었다. 뒤이어 "내일이라도 이리로 짐을 옮기
자"라고 노파는 단호히 결정했다. 최대한의 여건을 마련해놓았으니

무슨 까탈을 부리겠냐고 나를 빤히 건너다보는 노파의 긴 눈길에는 차분한 득의가 번득였다.

쭈뼛거리며 동거 생활을 시작했다. 보충수업을 끝내고 그 남의 집 같던 아파트로 들어갈 때면 숫기 없는 내 처신을 어떻게 얼버무려야 할지 쩔쩔매고는 했다. 시장을 보기도 어설펐고, 밥을 짓기도 어색했다. 게다가 처음 며칠 동안은 그의 어머니와 나는 한방에서 잘 수밖에 없었는데, 그 어색함, 생경함, 조신스러움 때문에 나는 잠도 제대로 잘 수 없었고, 온 신경이 빳빳이 얼어붙었다. 웬만큼 새살림의 틀이 갖추어지자 그의 어머니는 휑하니 고향으로 내려갔다. 서울에서 결혼식을 치른 후, 그의 고향 집에서 다시 한차례 잔치를 벌이려면 노파는 몸이 두 개라도 모자랄 판이었다.

그와 내가 처음으로 그 짓을 벌인 것은 그의 어머니가 하향하고 난 바로 그날 밤이었다. 온갖 수치심과 조바심이 뒤범벅된 채로 몸을 부들부들 떨면서 나는 몸을 맡겼다. 내 몸은 내 것이 아니었다. 그러니 그는 내게 특정한 한 개인이 아니었다. 나도 특정한 여자가 아니기는 마찬가지였고, 특정한 목적으로 쓰이는 암컷이었다. 그는 대단히 씩씩하게 발기한 핏덩어리를 앞세우고 있는 익명의 사내일 뿐이었고, 섹스를 배타적이고 독점적인 권리로 휘두르고 즐기는 수컷에 지나지 않았다. 낑낑거리면서, 어떤 말도 일부러 자제하면서 그 짓을 해치우고 난 그는 엉망진창이 된 내 몸뚱어리와 그보다 더 어수선해진 내 심사를 내팽개치고 벌거숭이 몸을 잔뜩 웅숭거리며 방을 빠져나갔다. 이내 화장실에서 물이 쏟아지는 소리가 들려왔다. 나는 말갛게 천장을 노려보면서 누워 있었다. 그때만큼 내 의식이 또록또록했던 적도,

그때만큼 내 의식이 갈피를 잡지 못한 적도 일찍이 없었을 것이다.

나의 결혼생활이 점점 진부해져 가는 어떤 연속 방송극이라면 나의 몸뚱어리는 스물두 평 속에 갇힌 죄인의 그것이었고, 겨울나기에 지쳐가는 뿌리 없는 식물이었다. 신혼 초의 색시들이 대개 다 그럴 테지만, 나는 늘 피로했고, 답답했고, 잠이 부족했다. 특히나 나의 아랫도리가 그러했다. 도무지 지칠 줄도 모르고 덤벼드는 그의 그것은 우쭐대기를 좋아하는 깡패 같았다. 그 짓을 벌일 때마다 그러려니 하고 녹어지는 내 아랫도리 위에서 줄기차게 들락거리는 그의 동작은 깡패 세계의 어떤 불문율에 익숙해지라는 맹렬한 시위였다. 내가 그 신물 나는 짓거리를 부도덕하다고 생각했다면, 매번 어떤 감질도 느끼지 않았다면 거짓말일 것이다. 오히려 당연한 것으로 느꼈고, 그가 익명의 어떤 남자에서 내 몸의 일부 같고, 내 분신처럼 다가올 때도 없지 않았다. 물론 그런 경우가 드물기는 했지만, 그럴 때면 나는 서슴지 않고 그의 몸에 내 살갗을 밀착시켰다. 그는 더러 잘 길러지고 있는 한 마리의 가축을 가졌다는 만족스러운 기색을 노골적으로 그 선명한 인중에다 띄우기도 했다.

새로운 삶에 대한 호오(好惡)의 감정이 하루에도 몇 번씩 물결쳐 왔다. 내가 치러야 할 일상 중의 집안일이, 그 취사(取捨)가 매번 바뀌었고, 언제라도 '해야지'와 '다음에 해'가 서로 암투를 벌였다. 그러다가 어느 순간부터 '나중에' 할 일이 점차 불어났다. 생리가 끊겼다. 무엇인가가 나를, 내 삶을 옥죄어오고 있었다. 두렵지는 않았으나, 만사가 귀찮아졌다. 털버덕 주저앉아서 꼼짝하지도 않고 뭉그적거리는, 그러면서도 공연히 씩씩거리는 내가 싫어졌다. 잠을 푹 잘 수 있어서 좋았지만, 그와 내 쪽의 가족이 이런저런 핑계로 묶어갈 때면 그를 비롯한 모든 사람이 나를 삐딱하게 보는 것 같아서 적의(敵意)가 모락모락 피어올랐다. 꼬박꼬박 닥치고 있는 일상의 질서가, 세상의 변화가 아주 못마땅하다 못해 거슬렸다.

명혜가 나의 아파트로 찾아와서 서너 시간 머물며 나와 밀린 수다를 떨었던 때는 방학 중인 7월 말이었거나 8월 초였던 듯하다. 몹시 더운 날 해거름이었다. 그는 실내에 들어서자마자 텔레비전 위의 선반 한가운데에 올려져 있는 예의 그 부처 귀 꽃병을 보느라고 우뚝 멈춰 섰다.

"얘가 여기서 호강하네. 엉뚱한 데서, 그런대로 점잔을 빼고 있으니 어울리네. 싫증 나지 않니?"

"아니, 아직은. 그동안 내가 걔한테 너무 무심했잖아."

명혜는 그 속에 꽂힌 개망초, 강아지풀, 옥잠화를 살펴보느라고 두리번거렸다.

"이래저래 야성적이긴 하네."

그 꽃들은 우리 아파트 단지와 붙어 있는 밋밋한 동산 사이로 뚫린 산책로에서 내가 손길 닿는 대로 꺾어온 야생화였다.

"그 꽃꽂이 솜씨가 엉망이지?"

그의 솔직한 품평을 기대하며 나는 물었다.

"아기자기한 맛은 없네. 이 싱싱한 큰 이파리 세 개가 그래도 이 거실에 생기를 던져주네. 초록색은 정말 훌륭하고 위대해. 녹색 빛깔도 워낙 가지각색이고."

"그게 옥잠화래. 꽃 이름 팻말을 일일이 꽂아놓았더라고. 저쪽 야산에서 뽑아와서 적당히 꽂아둔 거야. 어제 너하고 통화하고 나서 바로 달려갔더니만 곳곳에 무리 지어 자라고 있었어. 바로 곁에 놔두고 몰 랐으니 나도 엔간히 둔하게 산다 싶더라고."

나는 우리 사이의 우정이 앞으로도 초록색처럼 한결같을지를 얼핏 떠올렸다.

명혜는 꽃을 살 줄도 모르는 나의 인색한 기질을 알 만하다는 듯이 머리를 끄덕였다. 그는 언제라도 눈치가 너무 빨랐다.

"머 차리지 말고 내가 사 온 그 케이크하고 빵이나 먹으며 저녁 때 우자."

나의 처신에는 늘 어딘가 미흡한 구석이 있고, 말씨에조차 인정 내 기에 등한하다는 불만과 후회가 쌓이면서 내 소심증은 저절로 오그라 들곤 했다.

이윽고 우유를 희석한 분말 녹차의 얼음이 다 녹자 명혜는 일어설 채비를 차렸다. 술추렴 때문에 일주일에 두어 번씩은 꼭 밤늦게 돌아 오는 그를 보고 가라고 나는 통사정했다. 무료를 달래기 위해 명혜를 좀 더 붙잡아두려는 구실이었다. 명혜는 "정말 그래도 되니? 그러지 머, 그럴께"라면서도 앉았다가는 일어서고, 몇 번이나 훑어본 실내를 영화 속의 사감 선생처럼 휘둘러보면서 "좀 꾸며놓고 살아봐, 부잣집 막내아들의 살림 규모가 겨우 요거니? 돈 좀 내놓으라고 졸라봐. 공 연히 자존심 어쩌구 하면서 돈 쓸 데 안 쓰고 살면 너만 초라해져"라 고 지껄이곤 했다. 그러다가도 그는 "내가 정말 이렇게 오래 있어도 되니?"라고 자발없이 묻다가, "홀가분해, 리포트도 다 냈어. 집에 가 봤자지 머, 지혜가 지 혼자서도 잘하니까"라고 자문자답했다.

그해 봄에 명혜는 "교감 선생님까지는 돼봐야지, 지금 내까짓 게 뭘 제대로 하겠니"라면서 교육대학원에 진학했던 터였다. 게다가 명미가 그해 5월에 결혼하여 그의 모친은 사위 집 부엌데기로 정착했고, 명혜는 지혜와 함께 예의 그 청운동 아파트에서 살림을 꾸려가고 있었다.

그의 그런 근황을 나는 전화 통화로 대충 듣고 있었으나, 그 속사정을 더 들으려고 해도 그는 시큰둥하게 지나가는 말투로 흘리곤 할 뿐이었다. 그의 말버릇이 원래 그런 터이라 나는 나대로 그의 말문을 열어가는 법을 깨치고 있었다. 내 쪽의 동정과 변화를 미주알고주알 알고 싶어 하는 시샘과 부러움을 묘하게 얼버무리는 그의 호기심을 어느 정도까지 만족시켜주면 그도 제 주위의 일상을 주섬주섬 들려줄 것이었다.

나는 그즈음 그가 처음으로 집 밖에서 외박하고 돌아온 사정을 수다스럽게 들려주었다.

어느 날 그는 새벽에야 퀭한 몰골로 귀가했다. 현관문을 따주고 나서 나는 매몰스럽게 안방으로 들어가서 문을 잠가버렸다. 그가 구차스러운 변명을 늘어놓으며 문을 두드려야 할 터였다. 그러나 그는 그러지 않았다. 그의 방으로 들어가고 나니 맹한 긴장이 실내에 가득했다. 그 긴장에 내가 지쳐버렸다. 나는 발소리를 죽이고 그의 명색 '서방(書房)' 앞으로 다가갔고, 방문에다 귀를 기울였다. 곤하게 누워 자는 그의 숨소리가 들려와야 했다. 그러나 그의 방에서는 수상한 소리가 들렸다. 그 소리는 중얼거림이었다가, 일정한 간격을 두고 무엇이 딱, 딱 부딪치는 파열음이었다. 부아를 일시에 잊어버리고 나는 방문을 벌컥 열었다. 거기에는 좀 기이한 광경이 펼쳐져 있었는데, 잠옷 바람

맏언니

으로 담요 위에 올라앉아 혼자서 화투장을 골똘히 쳐다보고 있는 것이었다. 나는 어이가 없어서 한동안 뚱하니 서 있었다. 그는 세 패를 갈라놓고 있었고, 그 패들을 다 펼쳐놓고 무언가를 '공부' 하는 중이었다.

그가 나를 쳐다보지도 않고 중얼거렸다.

"이놈의 고스톱을 좀 철저히 알아봐야겠어."

그 태무심한 자세가 그에게는 왠지 어울리는 듯했고, 나의 뒤틀린 심사도 제풀에 숨을 죽였다. 내가 "노름꾼 되려고요? 노름도 마약처럼 끊기 힘들다는데 무슨 연구까지냐"라고 비아냥거리자, 그는 여전히 허리를 잔뜩 구긴 자세로 한쪽 패의 화투 한 장을 판에다 내놓고, 이어서 엎어놓은 화투 한 장을 뒤집어놓았다.

그가 다시 중얼거렸다.

"화투를 칠 줄도 모르는 인간이 남의 돈을 땄거든. 그러니 말이 되나? 남의 집 돌잔치에 가서 밤새도록 놀고 3만 원을 딴 게 신기해. 처음 배우자마자."

그도 희한한 경험을 한 모양이지만, 나도 그의 전모를 다시 알게 된 계기였다.

그에게는 그런 엉뚱한 몰입벽이 있었다. 가령 퇴근 후 집에 돌아와서 석간신문을 볼 때, 그는 안중에 누가 있기라도 한 듯이 "이것도 신문이라고, 이런 케케묵은 헛소리를 읽으라니, 한심하네. 촌지 받고 꿀 먹은 기사 꼬락서니하고는. 앞뒤 말이나 맞게 구색을 갖추든가. 언론과 기자가 어느 분야보다 더 썩었어"라는 상투적인 말을 흔히 되풀이했다. 그 소리가 듣기 싫어서 내가 언젠가 "한 장에 10원꼴도 안 치이는 글이 오죽하겠어요. 매일 역정을 내본들 머해요, 비싼 글을 사서 읽어야지요. 한 권에 4, 5천 원짜리 책이라든지요"라고 싱크대 앞에서 대꾸했더니, 그는 예의 그 힐끔한 사팔뜨기 눈으로 나를 한참이나 물끄러미 쳐다보았다. 그리고는 "그거 참 괜찮은 발상인데. 그렇지. 10원짜리 글이지. 신문 한 부에 백 원도 안 치이니까. 어떻게 그런 발상이 나왔지? 응? 말 좀 해봐. 어째서 그런 발상이 튀어나왔을까. 나도 명색 경제학과 출신인데 무안해지네"라고 읊조리다가, 한참 후에 "그참, 묘한 발상이네. 10원짜리 글을 내가 열심히 읽고 있는 걸 봐왔다 이거지. 그동안 기분이 어땠어? 내 월급이 너무 적지? 내 용돈을 대폭 줄여볼까?"라고 물어대서 나를 무안하게, 점점 당황하도록 몰아세웠다.

어떤 생각에 몰입하면 엉뚱한 곳으로 자신의 집중력이랄지 집착력을 확대해가는 그의 이상한 성격이 내게는 뛰어넘을 수 없는 벽처럼 느껴졌고, 내가 일정한 거리를 유지한 채 한사코 그의 주위를 맴도는 위성 같아서 착잡해졌다. 어쩌면 부부 사이란 그런 것일지 몰랐다. 각자가 짊어진 무거운 등짐 같은 권리와 의무만을 성실히 수행함으로써 최소한의 유대감을 누리고, 서로의 심부(深部)에는 영원히 닿을 수 없는 막막한 거리를 꾸준히 의식하는 관계 말이다. 덧붙일 것도 없이 그는 화투 노름에 며칠씩 빠질 수 있는 처지도, 그런 성격도 아님을 스스로 잘 알고 있는 건강한 소시민이기는 했다. 진부한 비유를 끌어오면 나는 지구 주위를 맴도는 달 같은 한낱 위성으로서 그 크기도 제풀에 커졌다 작아졌다 하는 유기체에 지나지 않았다.

명혜는 나의 일화를 듣고 나더니 나름의 소감을 주워섬겼다.

맏언니

"멋있어. 좀 우습지만. 네 남편이 혼자서 화투판을 노려보는 모습이
나 네가 멀뚱히 지켜 서서 니 신랑 뒤통수를 쳐다보는 것도 코미디로
는 그런대로 독창적인 장면 같애. 정말 괜찮은 것 같다, 니 남편 말이
야. 간섭하지 말고 내버려둬. 서로 편하게 거리를 두고 살자 그리고."

"내가 머 답답해서 간섭하니. 내가 화투에 지면 우습잖아. 외박을
하든, 신문만 보든 일절 간섭 안 해. 내가 애달아서 서성이다간 지레
지치고, 자존심도 상할 테고, 정신건강에도 해로울 것 같고. 무간섭주
의 부부, 말이 될까 몰라."

"그러고 보니 이 집에는 무색, 무취, 무미한 분위기가 서려 있어. 너
무 심심하달까 머 그래. 조금 요란해도 좋으련만, 어때, 그런 생각 안
해봤어?"

"둘 다 시골 출신이라 그런 데 무신경해. 나도 집 치장 같은 걸 할
줄도 모르고, 너도 잘 알다시피. 벽에 그림이라도 한 점 붙이자니까,
그 비싼 걸 무슨 돈으로 사서 붙여놔 이러면서, 세계 명화집을 한 권
사서 그중에서 마음에 드는 걸로 한 장 오려내서 스카치테이프나 액
자로 만들어 붙이면 훨씬 수수할 거래. 그런 말을 천연덕스럽게, 또
진지하게 하고 있어. 자기 집에서는 벽에 못 하나 박는 것도 날짜를
잡는대. 아무튼 신경 안 쓰려고 작정했어."

"네 신랑 늦을라나봐. 내가 이러고 있어도 되니? 너 피곤하지?"

나의 임신을 알고 있는 명혜의 지레짐작이었다.

"괜찮아. 제발 좀 더 있다가 가. 버스 정류장이 바로 코앞이잖아."

명혜는 일어섰다가 다시 털썩 주저앉았다.

"명미 걔는 요즘 손끝도 꼼짝 안 하나봐. 벌써 임신 7개월이래. 감쪽

같이 혼전 관계를 맺어섰나봐. 엄마를 식모때기로, 동자아치로 마구 부려 먹고 있어. 걔 남편은 돈을 주는 대로 홀랑홀랑 쓰고 어리광을 부리는 명미가 귀여워 죽겠대. 둘 다 어린애야. 곧 외국 지사로 나간 대. 애와 집은 엄마에게 맡겨놓고 같이 나가겠대. 외국 나가서 강변 같은 데다 캔버스 세워놓고 스케치라도 하겠다 그러고. 걔 남편도 고 등학교 때 미술반원이어서 그림을 좀 그린대. 무슨 꿈들을 꾸고 있는 지. 걔 남편은 그게 유치하지 않은가봐. 꿈이 있다나. 속으로 꿈 좋아 하라 그랬어. 죽이 맞아. 그러니 걔나 나나 살기는 편해. 서로 다른 삶 이 있다고 치부해버리고 사니 마음은 편한데, 사이는 점점 멀어져."

"니네 아빠는 종종 만나?"

"응, 만나다 말다 그래. 지혜는 아빠라면 꼴도 보기 싫다고 고개를 절레절레 내두르고. 만나봐야 뻔하지. 내 시집 타령이나 하고, 지혜 주라고 돈푼이나 건네주고, 머 그러고 말아. 곧 옷 벗고 큰아버지와 사업을 할라나봐. 명미 그년은 시집가더니 뻔찌가 늘어서 아빠한테 수시로 전화도 걸고, 엄마한테도 아빨 좀 만나고 그러세요, 서로 늙어 가면서 내외할 게 머냐고, 외롭잖고 좋지 않냐고 그런대. 미친년이지. 지가 알기는 뭘 안다고, 미친 증상에도 머리처럼 등수나 석차가 있는 것 같애. 모든 남자를 돈 빼내는 은행쯤으로 아는 년의 정신 상태가 정상이야? 대학에서 도대체 뭘 가르쳤냐고 따질 게 아니라 여자 대학 의 전반적인 분위기가 남자는 이러나저러나 다 똑같다고, 부드러운 처세만이 이긴다고, 그런 걸 한사코 주입하고, 세뇌시키고 있나봐."

명혜는 말을 하다가 벌떡 일어섰다. 뒤이어 맨숭맨숭한 거실의 벽 을 다시 한차례 둘러보더니 말했다.

"정말 가야겠어. 이번 방학 중에는 책이나 좀 읽고 어디 가서 푹 쉬어야 할 텐데 큰일 났어. 나는 왜 이렇게 늘 마음이 뒤숭숭한지 모르겠어. 조만간 다시 들를게."

그가 내게 준 단화와 비슷한 굽 낮은 신발을 신으며 명혜는 새삼 다짐을 받으려 들었다.

"결혼이란 거 정말 별거 아니지?"

"그럼, 안 하고 후회하는 게 훨씬 나을 것 같애. 해봐야 멍청해지기만 하고 본전이니까."

"인생이 원래 본전이라잖아. 공수래공수거가 그 말이야."

"그러게 말이야. 그래도 넌 진학이래도 했으니까 머라도 남을 거 아냐?"

"공연히 종이쪽지 하나 더 만들라고 이 고생이야. 그것도 제때 제대로 끝낼지 어떨지 모르지만."

미색 면직 플레어 스커트의 허리춤을 추스르면서 "이것저것 너무 많이 먹었나봐"라고 말하는 명혜의 모습에서 나는 얼핏 무엇엔가 쫓기고 있는 옛날의 그를 되살려냈다. 나보다 훨씬 더 가볍고 날씬한 그의 몸매가 어딘가 탄력을 잃은 듯했고, 노처녀 티가 완연함을 나는 놓치지 않았다.


9


우리 사이는 점점 소원해져 갔다. 전화 통화도 뜸해졌고, 명혜와 그의 집안에 대한 나의 관심도 옛날과 달리 알게 모르게 엷어졌다. 임부인데다, 일부종사하는 부인으로서 틀을 잡아가는 덕분이기도 했다.

그러나 가끔씩 명혜와 나 사이가 까마득하게 멀어져가고 있다는 생각이 스칠 때면 나 자신이 초라하게 느껴졌고, 어느새 폭삭 늙어버렸다는 자각이 두둥실 떠올랐다. 특히나 남편이 "요즘 그 친구는 뭘 해, 서로 연락 안 해? 아직도 시집을 안 갔나?"라고 물어올 때면 나 자신이 피둥피둥 살이나 쪄가는 한 마리의 젖소같이 느껴졌고, 남편은 제 가축을 잘 건사하여 조만간 목돈을 거머쥐게 될 목장 주인 같았다. 시장바구니를 들고 집으로 돌아올 때, 여중생들과 마주치면 나의 지나간 교편생활이 아슴푸레하게 되돌아 보이면서 어김없이 명혜의 일상과 행동거지가 손에 잡힐 듯이 다가왔다. 하지만 마음을 다져 먹고 어렵사리 그와 전화 통화로 만나도 막상 공통의 화제를 찾기가 힘들었고, 얼마쯤의 미진함과 물리칠 수 없는 소원함을 새삼스럽게 확인하면서 "한번 날 잡아서 들를게"와 "바쁜 줄 알지만, 꼭 좀 와"라는 다짐을 나누면서도 어떤 격의(隔意)를 새겼다.

나는 한남동 소재의 한 종합병원에서 난산(難産)했다. 아들이었다. 다행하게도 정상 분만이었고, 갓난애의 몸무게는 평균치에 간신히 닿았다. 친정 모친의 해산구완은 만만하기 이를 데 없었으나, 중앙집중식 난방시설의 아파트에서 산후조리를 한다는 것은 아무래도 한계가 있는 듯했다. 부증(浮症)이 따랐고, 허리가 끊어질 듯이 아팠으며, 젖도 잘 나오지 않았다. 젖 잘 나오는 한약을 한 제나 달여 먹었으나, 짝젖 어미가 되려는지 한쪽 젖망울에서만 감질나게 뿌연 젖이 흘러나왔다.

젖몸살을 떨치고 겨우 몸을 추스르기 시작한 어느 날 낮에 명혜에게서 전화가 걸려왔다. 시어머니가 곁에 있어서 통화가 길지 못했지만, 우리의 대화는 그 어느 때보다 정겨웠다.

맏언니

"명혜니? 어디야, 학교구나, 그동안 왜 연락이 없었어? 무슨 일이 있은 건 아니지?"

"응, 바빴어. 나야 늘 이렇게 소득도 없이 허둥지둥이잖아. 애 낳았지? 오늘에사 네 생각이 퍼뜩 들잖아."

"아들이야."

"잘 됐다. 시댁에서 좋아하겠다. 딸은 지지리 속 썩이잖아. 몸은 괜찮아?"

"머 그런대로야. 우유도 먹이고 그래."

"왜 젖이 안 나와?"

"응, 조금씩 나와. 반반씩 먹여. 어머니와 동생들은 잘 있니?"

"그럼, 늘 그렇지 머. 옆에 누가 계시니?"

"시어머님이 애한테 우유 먹이고 계셔."

"응, 그렇구나. 애 귀엽지? 다음에 전화 걸게. 명미 그년은 기어이 물 건너갔어."

"어디로?"

"몰라, 함부르큰지 어딘지. 지 신랑이 해외 지사 근무를 3, 4년 하게 됐대. 근무 성적에 따라 밀라노에서 연장 근무도 가능하다고 설레발을 떨데. 풀 오버 스웨터도 팔고 그런데. 십중팔구는 반 이상이 뻥일 거야. 내가 알 바 없지 머."

"애는 어떡하고?"

"글쎄. 그 핏덩이를 엄마에게 떠맡겨놓고 떠났다니까. 그게 사람이니, 미친년이지. 머릿속부터 발바닥까지 여우의 탈을 뒤집어쓰고 살아간다니까. 지 잇속만 챙기고 남이야 죽든 살든 나 몰라라야. 인물도 얍삽하게 생긴 년이, 어째 저런 깐돌이 인간을 동생으로 둔 내 팔자도 기가 막혀. 외손녀를 떠맡은 사람도 정신병자고. 남자를 혼자 외국에 내버려 두면 안 된다는 게 무슨 말 같잖은 구실이야. 막상 떠날 때는 헤헤거리며 온갖 요사를 다 떨고. 지혜가 엄마 보러 걔네 아파트에 자주 들락이고 있어. 그런데 조카 애는 딸년이라서 그런지 무지 귀여워. 불쌍해서 요즘은 더 그래. 애 영애야, 끊어야겠다. 백일 날 옷 사가지고 갈게. 애 이름 지었어? 너무 거창하고 똑똑한 걸로 짓지 마. 팔자가 드세대. 부르기 쉽고 다소곳한 이름 있잖아. 명미 딸년 이름은 슬기야. 틀림없이 지 엄마를 닮아서 머리도 나쁘고 공부를 못 할 거야. 전화 끊는다. 수업 끝났나봐, 또 빌어먹을 내 수업시간이야."

"응, 알아, 전화해."

명혜는 내 첫애의 백일 날 밤에 어김없이 들렀다. 아래위가 붙은 연한 하늘색 아기 옷과 장미꽃 한 다발을 신문지에 싸서 들고서였다. 일가친지들이 와글거려서 명혜는 싱크대 앞에서 서성거리다가 가야겠다고 했다. 붙잡을 수도 없는 처지였다. 내가 버스 정류장까지라도 배웅하려고 물 묻은 손을 닦고 있는데, 명혜는 내 귀에다 대고 소곤거렸다.

"저기 소파 위에 앉아 있는 팥죽색 티셔츠 차림이 누구니? 몇째 시숙이니?"

"머리칼 흰 사람?"

"응, 좀 뚱뚱하고…"

"둘째 시숙이야. 여기 서울에서 살아. 공장 하나봐."

"그래?"

"왜?"

"좀 있다 얘기할게."

우리가 두 번째 층계참쯤에 내려왔을 때, 명혜는 조금 전의 궁금증을 털어놓았다.

"너희 그 둘째 시숙을 얼마 전에 잠실에서 봤어."

"잠실?"

"그래. 명미네 아파트가 거기 있잖아. 접때 전화로 너한테 백일 날이 며칠인지 물었을 때 이 이야기를 할까 하다가 그만뒀어. 처음에 그 사람을 봤을 때, 어디서 본 사람이야. 낯이 무지 익어. 그런데 도무지 생각이 안 나. 미치겠어. 내 머리가 이렇게 맹추로 주저앉고 말았나 하고 생각하니 약이 올라 죽겠어. 찬찬히 생각해봤어. 아예 누구인가를 알 때까지 내 기억력과 씨름하기로 작정하고설랑 계속 버텼어. 내 성질이 그렇잖아. 무얼 생각하면 그게 끝날 때까지 아무 일도, 다른 생각도 못해. 그러다가 명미네 집 화장실에서 손을 씻다가 번쩍 생각이 떠올랐어. 거울을 보니 생각이 났던가봐. 네 결혼식 때 가족사진을 찍는 걸 유심히 봤으니까. 틀림없었어. 니 신랑 식구다, 형제다, 이건 틀림없다, 내 기억력과 눈총기가 아직은 살아 있다고 생각하니 속이 다 후련하더라. 니 남편과 많이 닮았어. 음성까지."

"많이 닮았지. 함께 이발소에 가면 대번에 형제간이라고 알아본대."

"그런데 들어봐. 옆에 웬 여자가 있었어."

"여자? 무슨…"

"글쎄, 예쁜 여자와 함께 슈퍼마켓에서 나오더라니까. 아주 젊고 섹시한 여자였어. 함께 다정히 손잡고 아파트 속으로 들어갔어. 그때가 토요일 오후니까 서너 시쯤 됐을 거야."

"잠실에서?"

"그렇다니까."

"둘째 동서 집은 잠원동인데. 제3한강교 건너서 바로 왼편에 있어. 단독주택이야."

그때서야 나는 가슴이 두근거리기 시작했다. 나의 야릇한 조바심과 의구심을 비웃듯이 명혜는 태연했다.

"그렇고 그런 여잘 거야. 틀림없어. 내가 똑똑히 봤어. 지금도 그 젊은 여자 얼굴을 생생하게 떠올릴 수 있어. 슈퍼마켓에서 한참이나 슬 멋슬멋 살폈으니까. 첩보물 외국영화 속의 멍청한 에이전트처럼. 그래서 오늘 너희 둘째 시숙을 더 유심히 봤어. 나를 모를 거야. 전혀 몰라봤어. 나이가 얼마야?"

"몰라. 한참 계산을 해봐야 돼. 사십은 넘었어. 위에서부터 따지면 셋째야. 그 위에 시누이가 한 분 계셔."

"무슨 공장 해?"

"조그만 봉제공장인가봐. 조제트로 여자들 블라우스를 만들어 수출하는가봐. 무역업체에서 일하다가 집의 돈과 처갓집 돈을 끌어모아 독립했대. 돈을 잘 써. 형제들 중에서도 우리한테 제일 잘해줘."

나는 점점 커오는 비밀스러운 의심을 속으로 꾹꾹 눌렀다. 내 시가 쪽의 치부라서가 아니라 내가 미처 모르고 있었던 남자들의 또 다른 이면에 대한 당혹감이 착실히 밀려와서였다.

명혜는 또 엉뚱한 발상을 내둘렀다.

"명미 그년도 조심해야 할 거야. 제 신랑이 무역업체에 다니잖아.

지금이야 저렇게 죽고 못 산다지만 언제 다른 여자를 볼지 누가 알아. 냄비가 솥보다는 쉬 달아오르지만 곧장 식잖아. 걔 남편이 생긴 거부터 그래. 사내가 헤실헤실 눈웃음이나 뿌리고. 우리 아빠가 그렇잖아. 명미 그년도 일류 바람둥이고. 대학교 3학년 때 걜 한동안 죽기 살기로 따라다니던 학생이 꽤 진실하고 괜찮았어. 그런데 어느 날 느닷없이 그 학생을 걷어차버리고 지금 지 남자를 낚아채더라고. 당장에는 돈이 없어 빌빌거리는 학생을 미련 없이 차버리고, 돈 잘 쓰는 남자에게 녹아버린 거지."

나는 눈살에 힘을 주며 명혜를 바라보았다. 명혜가 의미심장한 눈길을 보냈다.

"이제부터 유심히 잘 살펴봐야겠다?"

"뭘 살펴봐? 늘 보던 그 얼굴일 텐데. 얼굴에 바람둥이라고 씌어 있는 줄 아니?"

"그래도 그 시숙이 그렇게 감쪽같이 이중생활을 하고 있다니 뜻밖이야. 그 동서가 인물도 제일 좋아. 두 내외가 또 오순도순 의견을 잘 맞춰. 마음이 맞는지 일요일에는 함께 테니스장에도 자가용 몰고 다니는데? 아까도 우리 옆에 있었잖아, 쑥색 재킷에 바지 입은 여자 말이야. 욕심도 끝이 없고 돈도 잘 써. 애들도 공부를 잘하고."

"응, 기억나. 미인이데. 굵다란 쌍꺼풀 지고. 그 양반이 둘째 동서구나. 아, 저기 버스 온다. 들어가."

"좋은 거 알려줬어."

"다 그렇다는 얘기야. 세상만사가 다 쿰쿰한 구석 천지라는 케케묵은 소리일 뿐이야. 내 눈에만 유독 그런 구석이 잘 보이는지 모르지만. 그래도 모르고, 못 보고 사는 것보다는 나을걸?"

"정말 세상을 더 똑바로 봐야겠어."

"또 올게. 이번 학기는 강의도 시들해. 휴강만 잦고. 괜히 돈만 갖다 바치는가봐. 후딱 논문 테마만 잡아놓고 그동안 못한 일이나 다잡아야겠어."

"그게 뭔데? 무슨 할 일이 그렇게나 많아?"

"간다. 나중에 말할게."

버스가 힘겹게 움직이기 시작했다. 명혜는 버스 안에서 허리를 낮추고 내게 손바닥을 까닥여 보였다. 명혜는 다소 생기에 차 있었다. 그와는 무슨 살(煞)이 긴 명미가 이 땅에 없어서 그런지도 몰랐다.

정말 알 수 없는 일이었다. 믿기지 않지만 믿어야 할 사실이었다.

대체로 말해서 둘째 시숙은 조용하고 말씨도 사근사근해서 엇구수한 양반이라 할 수 있었다. 촌수가 그런 만큼 나를 어렵게 대했고, 말을 건네는 법도 없었다. 손윗사람들이나 여자들에게는 깍듯했고, 동생들이나 자식뻘의 애들에게는 의젓했다. 그는 여러 사람 앞에서 "이번 대사에 형님이 고생하셨습니다"라든지, "자동차 키는 나를 주고 먼저 들어가게. 요즘 자네 신수가 안 좋네. 일간 저녁이나 함께 먹세"라든지, "박 서방이 이번에 승진했대. 신문 인사란에 올랐다던. 축하 자리를 한번 만들어야지" 같은 대범한 말로 좌중의 화제를 주도했는데, 역시 아랫사람을 부리는 회사 사장다운 말솜씨를 의식적으로 드러내려는 양반이었다. 곰살궂은 일면도 있어서 우리가 결혼한 그해 가을에는 "캐나다에 디에이(빚이란 무역용어인 모양이었다) 받으러" 다녀왔다면서 내게 캥거루 핸드백을 선물로 내놓았다. 그의 효심도 각별해서, 시어머니가 우리 아파트에 며칠 머물면 아침저녁으로 전화로 안부를 물었고, 종내에는 차를 보내 모셔갔다.

둘째 동서도 나무랄 데가 없는 여자였다. 친정집도 지방에 대형의 직물(織物) 공장을 두어 개나 갖추고 있는 부자였고, 말끝마다 '교양'을 앞세우는 40대 초반의 여성이었다. 다만 껄끄러운 욕심이 많은 게 흠이라면 흠이었다. 가령 시숙이 자기 몰래 일가 친지들에게 돈을 헤프게 쓰는 것만은 철저하게 감시하는 눈치였다. 집안의 대소사에도 자기를 경유하든지, 자기 손으로 정표(情表)를 전하도록 잡도리하는 식이었다. 강짜와 내주장이 극성스러운 만큼 딸 둘을 먼저 낳고 간신히 아들을 보자마자 동서는 시숙에게 정관 수술을 강요한 모양이었다. 그 사실을 나는 첫애를 낳기 전에 무슨 말끝에 그로부터 들은 바 있었다. "둘째 형은 불알을 꿰맸대. 나한테만 그러는데 형수 등쌀에 못 이겨 그랬다더라고. 형 말이 걸작이야. 꿰매고 나니 홀가분하고 몸도 훨씬 가벼워진 기분이래. 그게 말이 되는 소린가. 몸에 실밥이 들어앉아 있을 건데. 나는 죽어도 그럴 수는 없지 싶어." 그는 '시끄러운 게 딱 질색인 집안' 출신답게 둘째 형을 나름으로 기리는 터였고, 형수를 다소 경원하고는 있었지만, 내게 '우리집 귀신'의 엄숙한 처신을 은근히 강조해대는데 소홀하지 않았다.

이처럼 유복하고 흠잡을 데 없는 가정에 커다란 구멍이 뚫려 있다니. 그 가장이 그처럼 완벽하게 이중생활을 하고 있을 줄이야.

놀랄 일이었다. 새삼 둘째 시숙이 간통한 목사처럼 비쳤고, 제 남편의 부정(不貞)과 위선과 일탈을 까맣게 모르고 있는 동서가 입만 살아서 설치는 깐돌이에 허우대만 멀쩡한 허수아비 같았다.

오늘날의 결혼생활과 가정이란 겉만 번듯할까, 모순투성이의 이 사회보다 더 견고하게 구축된 불의(不意)의, 비틀릴 대로 비틀린, 손가락 힘으로도 무너지는 모래성이 아닐까. 어떤 번지르르한 말도, 따듯한 밥도, 몸에 맞는 옷가지도 다 가짜고, 기만이고, 쓸데없는 장식일지도 모른다.

둘째 동서 내외를 무람없이 바라보는 내가 차라리 암상꾸러기에 얼간이 같았다. 남몰래 불륜의 정사에 빠져 놀아나는 당사자가 허리를 꼿꼿하게 펴고 화투 놀이를 하고 있었고, 부부 사이랍시고 서로를 보듬느라고 낯간지러운 덕담을 주워섬기고 있었으며, 그 가정이 화기애애한 표정으로 나에게 정을 듬뿍 실어 보내고 있었으니 그 일체의 위장극에 치가 떨리지 않을 수 없었다.

대단히 심란했으나, 나만 알고 있는 그 비밀스러운 상습적 간통 사실을 나는 누구에게도 털어놓지 않았다. 당사자 내외에게는 말할 것도 없고, 남편에게는 내 가정의 건강을 지키기 위해서라도 발설할 수 없었다. 설혹 그도 몇 년 후에 그 전철을 밟는 한이 있더라도 미리 그 선례를 들려줌으로써 그 비정상적인 일탈과 그 몰상식한 위선과 그 비위생적인 부정이 알게 모르게 흔히 있을 수 있는 사례로 치부될까 봐 겁이 났다.

조만간 나도 동서처럼 겉똑똑이가 된다면 내 몰꼴이 무섭도록 초라할 것이었다. 나는 동서처럼 부잣집 딸도 아닌데다 미모도 타고나지 못했고, 강짜와 내주장을 부릴 기력이나 자존심도 없으니까.

명혜가 미혼이라는 사실이 새삼스럽게 돋보였다. 매도당해야 할 남자의 세계를, 그 속성을 박복하게도 어릴 때부터 미리 경험한 그의 경우가 한참이나 쳐다보였다. 그의 내부에는 적어도 남자라는 인류의 한 족속을 싸잡아 비난하는 나의 이 분노와 경악을 걸러내는 여과장치가 끊임없이 작동하고 있는 듯했다.


## 10

때꾼한 모습으로 명혜가 내 앞에 나타난 때는 그해 가을의 들머리였다. 쑥 기어들어 간 눈이 깜빡거리고 있었으나, 볼살이 없어져서 엷게 피어오르다가 슬그머니 지워지곤 하던 볼우물과 입가의 주름도 시든 나팔꽃처럼 볼품이 없어졌다. 속된 표현으로 빌어먹은 강아지 꼴이란 말을 상기해 보더라도, 사람도 일종의 가축이기는 하므로 역시 살이 인물이었다. 스무 살 안팎일 때라면 그런 때꾼한 모습이 산뜻해 보였을지 모른다. 그러나 우리는 어느새 30대에 들어서서 피부나 몸피가 너덜너덜해져 가는 나이였다.

명혜는 보행기 속에 걸터앉아 재롱을 떠는 내 애를 한참이나 지켜보다가 어르곤 했다. 나는 온 신경을 곤두세우고 내 등 뒤의 명혜의 언행 일체를 엿들으면서 저녁 식사를 준비하고 있었다. 낮에 통화를 했으므로 나는 미리 반찬거리를 장만해둔 터라 요리랄 것도 없었다.

내가 얼핏 돌아서서 "얼굴이 안 좋아, 무슨 일이 있었니?"라고 물었더니, 명혜는 "응, 그런 일이 있어. 얘 머리가 너무 짱구다. 레닌처럼. 이런 머리통에는 모자를 푹 눌러쓰면 제격이야. 우리나라 사람들은 머리통이 아래위로만 길고 민둥해서 모자를 써봐야 멋이 안 나. 몽골리안들은 그저 상놈들처럼 평생 맨머리 바람으로 살아야 할 팔잔가 봐. 갓이나 사모도 못생긴 머리통에 맞추느라고 억지로 짜 맞춘 고육

지책이었을 거야. 어쩌면 머리에 위엄을 얹는 쓰개를 그토록 멋대가리 없이 만들었을까. 머리가 너무 나빠. 누가 우리 머리통을 체계적으로 연구해서 어울리는 모자를 개발해야 하는데 말이야. 남자나 여자나"라고 예의 그 엉뚱한 말버릇을 허투루 늘어놓았다. 잠시 사이를 두었다가 손뼉을 찰싹 치면서 "이 내 정신머리 좀 봐, 내가 남의 집에 오면서 아무것도 안 사 왔네. 내 요즘 정신이 이 모양이야. 가만있어. 내가 좀 나갔다 올게"라고 수선을 피웠다.

분유통이라도 사 오겠다고 부득부득 떼를 쓰는 그를 내가 간신히 말렸다. 우리는 오랜만에 함께 식탁 앞에 앉았다. 나도 그랬지만 명혜도 밥 생각이 없는 듯했고, 첫 숟가락질부터 달게 먹겠다는 의사가 조금도 안 비쳤다. 그 머리쯤에서 내 애가 보행기를 밀어서 명혜 곁으로 다가왔던 듯하고, 그의 옥색 타이트 스커트 자락을 침 묻은 손으로 마구 잡아당겼을 것이다. 명혜가 내 애의 짱구 이마를 집게손가락으로 툭툭 밀어내면서 "얘가 벌써 남자 티를 내네. 얘, 여자 너무 좋아하지 마라"라고 말했다. 그리고는 여전히 내 애와 눈씨름을 하면서 덧붙였다.

"나 요즘 그렇고 그런 남자 하나 생겼다. 얼마나 사귈지 모르지만."

나는 짐짓 과장되게 응수했다.

"그렇지 싶었어. 그럴 줄 알았어. 어쩐지 전화할 때부터 들떠 있고 생기가 나 있더라니까."

명혜의 어린애 같은 눈망울이 곧장 장난기 심한 소년의 눈으로 변했다. 퀭한 표정도 밝아졌다.

"정말 그렇게 보이니? 너무 찌들지 않았어? 주눅 든 꼬락서니는 아니고?"

"아니야. 내 눈은 못 속여. 얼굴에 바람이 났다고 큼지막하게 씌어 있어."

"그래? 그러면 안 되는데. 추하고 야하게 보이라고?"

"더 여자답게 보이지 뭘 그래."

곧장 명혜는 그 특징이자 매력이기도 한 무너져 있는 말솜씨를 발휘했다.

"하기야 바람이 날 때도 됐고, 또 바람이 좀 나야지. 일과성(一過性) 바람일지라도."

"누구니?"

"너야 당연히 모르는 사람이야. 알고 보니 결점투성이인 사람인데 그게 묘한 불협화음처럼 다가오는 남자야. 한때는 데모꾼이었다가 지금은 최근에 신설한 증권회사에 다니고 있어. 자기 친구 아버지가 대주주고 그 증권회사 회장인가봐. 향학열은 좀 있는 남자야. 서른 중반의 나이로 이제사 경영대학원 따위에 적을 걸어두고 있다니까. 그러니 한마디로 덜렁이지. 자기 적성에 맞게 홍보도 맡고, 관련 회사들과 대외 전략을 조율하고 그러나봐."

"학교에서 만났니?"

"그런 셈이야. 더 이상은 묻지 마. 얽히고설킨 사연이 좀 있어. 그런 거야 머 중요하지도 않잖아."

설거지를 어떻게 해치웠는지 모른다. 명혜와 나는 서둘러 내 애를 목욕시켜 재웠다. 산들바람이 열린 베란다 쪽 창틀을 걸터듬으며 불어왔다. 함초롬한 외등의 도열 너머로 시커먼 하늘이 붙박여 있었다. 우리는 주로 남자의 근성, 속성, 그 부도덕성, 퇴폐성 등에 대해서 줄

기차게 말을 나누었다. 명혜는 그 남자가 "고주망태가 되어 청운동에
도 한번 들렀댔어"라고 말했다. 이미 잠자리도 몇 번 나눈 눈치였다.
"서로 불은 붙었는데 무슨 계기가 없어"라고도 했다. 나의 의미심장
한 눈길을 의식하고 명혜는 "아직 결혼할 의사야 둘 다 손톱만큼도 없
지만"이라고 심드렁하게 덧붙였다. 그 말은 역설적으로 결혼할 생각
도 있다는 뜻으로 들렸다. 덩달아 내가 홀가분하다는 기분이 들었다.

"알거지야. 상거지 중 상거지고. 큰소리만 뻥뻥 치고 있어. 우리 세
상이 오면, 그 세상이 곧 오게 돼 있다가 그 남자 클리셰야. 너무 덜렁
거려서 도무지 정신을 못 차리겠어. 직장이나 직속상관 같은 걸 우습
게 아는 남자야. 그렇게 살아도 살긴 살아지나봐. 세상을 대체로 정확
하게 보고 있는 것만은 분명해. 말귀도 밝고 머리 회전도 비교적 빨
라. 이놈의 세상이 지금 캄캄한 산골짜기로 바람처럼 마구 치달리고
있대. 유신에 5공 치하를 그럴듯하게 봤잖아. 우리 아빠 전직이 경찰
이었다는 말은 아직 입 밖에도 내지 않았어. 딴살림하고 있다고, 이중
살림 차리고 있다고 했어. 그리고 내가 고입 재수생이었다는 것만은
밝혔어. 머리가 있으니 대충 짐작하겠지 머."

느닷없이 초인종이 울렸다. 며칠 동안 계속해서 퇴근하자마자 바로
회사 버스로 돌아왔으므로 그는 분명히 늦게 귀가할 터였다. 또 평소
대로라면 일곱 시 반이 훨씬 지나 있어서 내가 저녁 준비를 할 필요가
없었다. 벽시계는 아홉 시계를 가리키고 있었다.

의외로 그였다. 현관에 들어설 때면 그의 얼굴은 늘 성이 좀 나 있
는 기색이었다. 막내로 자라서 직장생활의 피곤을 그렇게 과장하는
듯했다. 그날도 예외는 아니었으나, 명혜가 "안녕하세요? 불청객이

와서 수다를 떨고 있어요"라고 생기 있는 인사말을 건네자, 그의 지친 표정이 일시에 활짝 펴졌다. 나는 그때까지 그의 표정이 그 시간에 그렇게 바뀌는 것을 본 적이 없었다. 피로할 때면 더욱 힐끔 해지는 그의 눈동자도 정색하고 있었다.

"아, 영어 선생님께서 오셨군요. 요즘 어떻게 지내세요?"

명혜는 대체로 말해서 남자를 대하는 품에 스스럼이 없었다. 그런 구김살 없는 성격은 내게 부족한 천성이었고, 그의 모친의 사교성이랄지 주변머리를 물려받은 것일 성싶었다.

"늘 그래요. 똑똑한 사내애 아빠가 되신 기분이 어떠세요?"

"이제 머 저와 집사람은 끝장났다고 봐야지요. 저야 집에다 돈이나 벌어들이는 기계고, 집사람도 허구한 날 집안일만 하는 노예고요. 좀 앉으세요. 그러니 우리 사이는 인간적인 관계를 떠나버린, 사랑하는 부부 사이라기보다 피를 나누며 같은 길을 걷는 동지랄까 머 그래요. 그것도 자식이나 키우며 살림이나 사는 시시한 일로 맺어진…"

명혜의 구김살 없는 화술이 즉각 튀어나왔다.

"무슨 그런 섭섭한 말을 하세요. 이제부터 더 원앙새같이 살아야지요. 애야말로 제멋대로 크도록 내버려둬야지요. 어차피 애물 덩어리로 자랄 텐데."

그가 보일 듯 말 듯한 웃음을 베어 물더니 예의 그 말에 대한 몰입벽을 드러냈다.

"원앙새? 그 오래간만에 듣는 말인데요. 실감이 없는 말이긴 한데, 우리가 지금 그 좋은 말을 잃어버린 채로 살아가고 있어요. 짱구 엄마는 어때? 그러고 보니 우리가 지금 너무 무재미로 살아가는 거 아냐?

잠시만요, 옷 좀 갈아입고."

그가 입속말을 중얼거렸다.

"원앙새가 되라 이거지? 원앙새로 살아야 한다 이 말이지?"

그가 방 안으로 들어갔다가 곧장 반바지 차림으로 거실로 나왔고, "밥 잡수실래요?"라는 나의 물음에 그는 "아니, 안 먹어"라고 받았고, "술 많이 마셨어요?"라는 나의 건성의 관심에 "조금 했어. 구멍가게에서"라며 현관 입구의 화장실로 들어갔다. 이를 닦는 소리와 얼굴을 씻는 소음이 연이어 들려왔다. 명혜는 내게 "가야겠어"라고 속삭였고, 나는 "좀 더 있다가 가"라고 붙잡았다.

우리는 소파 위에 함께 앉았다. 그가 베란다 쪽의 귀퉁이에 앉아 털북숭이 맨다리를 쭉 뻗어 보조 의자 위에 올려놓았다. 명혜는 엇비슷하게 놓아둔 의자에 앉았다. 나는 텔레비전을 켰다. 눈알을 말똥거리는 넓적한 얼굴의 앵커가 뉴스를 들려주고 있었다. 그는 텔레비전 화면에는 시선을 주지 않고 석간신문을 펼쳐 들었다. 그의 규칙적인 밤의 일상이었고, 우리집의 상투적인 저녁 풍경이었다. 우리는 한동안 말을 고르고 있었다. 술 냄새가 은은하게 풍겨왔다.

"명혜가 요즘 좋은 사람이 생겼대요."

명혜는 즉각 때꾼한 표정을 실쭉하게 만들며 대들었다.

"얘는 그런 일을 뭣하러 고해바치니?"

그가 신문에서 잠시 시선을 뗐다.

"아, 그래요? 그 좋은 소식인데요. 처녀가 연애한다는 게 뉴스거리야 될 수 없겠지만, 웬만한 사람이면 적당히 구워삶아 보세요. 기회란 자주 오는 거 아닙니다."

명혜가 대꾸했다.

"글쎄요, 어떻게 구워삶아야 하는지 종잡을 수도 없으니 말이지요."

그가 다시 신문에다 시선을 돌리며 아무렇게나 지껄였다.

"자연히 알게 될걸요. 만사가 다 그렇지만 남녀관계도 교과서대로 될 리야 있겠습니까. 변수가 워낙 많고 돌발성과 예외성이 곧 원칙일 테니까요. 하기야 제가 뭘 알겠습니까만, 머리가 좋은 사람은 일단 일을 저질러놓고 고민하는데, 머리가 나쁜 사람은 일을 저지르기도 전에 미리 온갖 생각만 주물럭거리다 말지요. 요컨대 실천력이 있냐 없냐에 따라 성적이 나오고, 머리 수준도 정해지는 거고요."

명혜가 말을 받았다.

"알 듯 말 듯 하고, 대충 무슨 말인지 이해는 하겠는데 긴가민가하다고 해야 하나. 짱구 아빠께서도 그 돌발성과 예외성 덕을 입었나 보네요?"

"모르겠습니다. 워낙 까마득한 옛날 일이 돼놔서요." 잠시 사이를 두었다가 그의 상투어가 쏟아졌다. "나, 원, 이것도 신문이라고. 어떻게 이런 발상을 후안무치하게 늘어놓고 있지?"

그가 신문을 탁자 위에다 내려놓았다. 잠시 우리 앞에는 어색한 정적이 스멀거렸다. 명혜가 눈치 빠르게 일어서며 말했다.

"가야겠어요. 뭘 실천할지 좀 생각해봐야겠네요."

"아니, 더 계세요. 제가 자리를 피해드릴게요. 포장마차에라도 들렀다 오지요. 오랜만인데 더 놀다 가세요. 동기생끼리 오순도순 남자 험담도 나누시고요."

"아니에요. 많이 놀았어요. 공연히 더 노닥거리다간 원앙새들 눈총

맞겠어요."

"원앙새?"

그가 선웃음을 흘렸다가 이내 거두었다. 명혜는 의자 위에 다리를 올려놓고 스타킹의 매무새를 고쳤다. 명혜의 그런 스스럼없는 행태가 내 눈에는 아주 자연스러운 것이었다. 소탈하다고 해야 할 그의 그런 몸짓에는 여성답지 않은 체취 같은 게 묻어 있어서 친밀감을 더해 주었다.

명혜가 그에게 정감 넘치는 인사말을 건넸다.

"또 들를게요. 술 너무 잡숫지 마세요. 스트레스 핑계도 버릇이 되면 실없어지잖아요."

"그러게 말입니다. 원앙새가 되려면 그래야겠지요. 멀리 안 나갑니다."

그날 밤이었다. 잠자리에 들었다. 신혼 초부터 우리 부부는 요와 이불을 따로 쓰고 있었다. 말하자면 원앙금침이 우리 부부 사이에는 없었다.

그가 천장을 바라보며 말을 흘렸다.

"그 친구, 사귀는 남자와 잠자리도 같이했대?"

나는 짐작을 따로 갖고 있으면서도 짐짓 딴전을 피웠다.

"누구, 명혜요? 몰라요. 아무리 친한 친구 사이라도 그런 말이야 털어놓나요."

그가 슬그머니 내 이불 속으로 기어들어 왔다.

"그런 눈치야."

"왜요? 그걸 어떻게 알아요?"

"짐작이 뻔한데. 남의 남자 앞에서 스타킹을 끄집어올리는 것도 그렇고."

"걔 성질이 원래 그래요. 털털한 성격 탓이지요. 가정환경 탓도 있지만, 천성이 그래요. 여자다운 면이 좀 모자라는 친구예요. 교태 같은 걸 체질적으로 부릴 줄 모른달까, 머 그래요."

"코케티시한 분위기는 없는 여자야."

그가 슬슬 내 젖무덤을 어루만지기 시작했다.

"아니, 왜 이래요. 실없이…"

아무런 말도 없이 시작해서 이렇다 할 소리도 철저하게 죽이면서 그 소위 방사를 한쪽 주도로, 대체로 짧은 시간 안에 치르는 그의 상투적 도발이었다. 강조하건대 우리의 그 짓은 시종일관하게 그 위주로, 그러니까 섹스 교환을 남자만의 배타적이고 독점적인 행위로 이루어지는 단조로운 반복행위였다. 그럴 때마다 수세에 급급하는 내 몸뚱어리 위에 달라붙는 의식은 하릴없는 자맥질로 헉헉거렸다.

그는 집요할 정도로 내 젖꼭지와 젖무덤 여기저기에 굴러다니는 부드러운 살점의 부피감을 애무했다. 왠지 그의 거칠어가는 숨소리가 듣기 싫었다. 그의 손놀림을 거부하면 그게 다른 교태로 비칠지도 몰랐다. 내버려 둘 수밖에 없었다. 이윽고 그가 여느 때처럼 내 배 위로 올라왔다. 곧장 그의 성난 성기가 내 아랫도리를 마구 헤집고 들어왔다. 그것은 나의 속살을 드세게 짓이겼고, 파헤쳤고, 들쑤셨다. 애를 낳은 후 시커멓게 타오르고 있는 나의 젖꽃판을 그의 입술이 거칠게 문대고, 빨고, 비볐다. 그는 원앙새가 되기로, 나를 공략하기로 작정한 모양이었다. 나는 원앙새가 될 수 없다고 도리질을 해댔다. 내 자의식은 점점 또렷해져 갔다.

그날 그 짓은 강간이나 다름없었다. 나는 그의 원앙새가 아니었다. 그는 스타킹을 걷어 올릴 때의 명혜를 떠올리고 있음에 틀림없었다. 그와 그의 의식은 명혜와 정사를 벌이고 있었다. 그것은 간통이고, 화간이었다. 그의 형이 상습적으로 탐닉하는, 가장 외설스럽고 추잡한 간음이었다. 명혜가 짧은 순간에 보여준 무릎 부위, 옥색 치마에 감춰진 잘룩한 허리와 둔부가 그의 그 힐끔한 눈길에는 도발적으로 비쳤고, 탐스럽게 보였다면 그는 미구에 간부나 다를 바 없었다. 그는 내 남편이 아니었다. 싫었다. 그의 둘째 형처럼 그도 위선자였다. 그의 지칠 줄 모르는 성희(性戱)는 거의 발악적이었고, 내게는 살인적이었다. 평소처럼 무성(無聲)한 우리의 짓거리가 그의 섬세한 성감대를 자극하는 것 같았다. 얼핏 나는 무슨 소리를 떠올렸다. 그 소리는 들릴락 말락한 가녀린 기성(奇聲)으로써, 대학 1학년 때 간혹 듣곤 했던 이종 언니의 가녀린, 입을 다물고 참다가 간신히 새어 나오는 신음이었다. 그 무뚝뚝한 형부는 술을 마시고 들어오는 날 밤이면 꼭 그 짓거리를 벌이곤 했으며, 언니의 그 숨찬 기성은 잠잠했다가 이어지곤 해서 환갑을 넘긴 큰이모가 장지문 너머에서 한참씩 뒤치락거리게 몰아갔다.

나는 어디선가 몰려와서 내 귓가에서 맴돌고 있는 그 소음을 듣지 않으려고 머리를 흔들었다. 그 소리가 물러가자 이번에는 그와 내가 그 짓을 벌였던 밤이 떠올랐다. 남자의 그것은 똘똘 뭉쳐진 핏덩어리였다. 창피했다. 거덜이 나고 있는 나의 아랫도리가 불쌍했다. 점점 격렬해지는 그의 헐떡거림과 들락거림이 발악 같았다. 나는 몸을 부들부들 떨었고, 지친 한숨을 토해냈다. 내가 명혜의 대용품이라면 죽

맏언니

고 싶었다. 나는 차츰 시기(猜忌)에 몸부림치는 늙은 암말이 되어가고 있었다. 그를 밀쳐내버려야 했다. 그러나 나는 힘겹게 무자맥질만 거듭하는 가련한 익사자에 불과했다. 그도 나와 마찬가지인가 하면 다르기도 했다. 나의 착잡한 마음 따위는 안중에도 없는 한낱 부도덕한 탕아였고, 무법자였다. 그의 몸뚱어리는 더럽고 추잡하고 불쾌한, 구역질이 나는 외설물이었다.

어디선가 비릿한 풀냄새가 훅훅 끼쳐왔다. 어느 틈엔가 그는 감쪽같이 간통을 끝내고 벌거숭이 몸으로 서둘러 달아나고 있었다. 내 몸은 마구 구겨진 휴지였고, 여기저기가 엉망으로 저며진 고깃덩어리와 같았다. 내 아랫도리는 더러운 배설물을 받아내는 시궁창이나 다름없다는 자각이 나를 들볶았다. 어느덧 내 눈에는 눈물이 고였다. 그의 동정을, 그의 애무를 더는 받기 싫었다. 얼른 눈자위를 흡이불 것으로 훔쳤다. 나는 잠자리에서 벌떡 일어났다. 꿈은 아니었다. 천장이 나를 짓눌러버릴 듯이 내려앉고 있었다. 무서웠다. 소름이 오싹 끼쳤다. 눈을 힘주어 감았다. 내가 주저앉아서도, 내 가정이 무너져서는 안 된다고 발악이라도 부리고 싶었다. 그가 불쑥 나타났다. 어느새 몰라볼 정도로 줄어든 그의 성기가 무슨 애벌레 같았다. 나는 서늘한 몸으로 서둘러 화장실로 달려갔다. 다시 눈물이 내 시야를 흐릿하게 가로막고 나섰다.

## 11

그해 가을에 명혜는 내게 자주 들렀다. 조금씩 어떤 지점을 향해 나아갔다기보다 한 발자국씩 파탄의 길로 접어들고 있었던 그의 최초의 연사(戀事)를 내게 하소연하기 위해서였다.

그즈음 우리는 거의 매 주일 만나서 남자들의 무책임성, 성적 횡포, 여자를 백안시하는 우월감과 도취벽, 생활에의 방종과 자기기만, 자포자기에 대해서 많은 이야기를 주고받았다. 그 메아리 없는 성토는 무의미한 투정에 불과하므로 굳이 옮겨놓을 것도 없으나, 어떤 특별한 '사정'으로서 아직도 내 귀에 쟁쟁한 명혜의 실토정은 기록해두어도 괜찮을 것 같다. 왜냐하면 그것은 남성 위주의 이 사회에 대한 비난이자 불평불만이기도 할 것이며, 나를 위시한 대다수 여성이 지금도 남성들로부터 당하고 있는 여러 종류의 수모에 대한 한 가닥 위로일 수도 있을 듯해서이다. 하기야 어떤 위로라도 당사자가 개과자신(改過自新)하려는 의지가 없으면 아무런 소용도 없을 테지만.

명혜는 어느 금요일 밤에 축 처진 몰골로 내 아파트의 현관에 들어섰다. 그는 소파에 앉자마자 "영애야, 너 내일 오후에 시간 좀 낼 수 있니?"라고 물었다.

"왜? 내일 짱구 이모가 오기로 했어. 짱굴 맡기고 나가지 머"

나의 뜨악한 눈길을 보지도 않고 그는 "나, 내일 소파 수술을 해야 할까봐"라고 말했다. 너무나 갑작스러운 단안이라 나는 어리둥절할 수밖에 없었다. 나는 "저녁은 먹었니?"라고 물으며 그의 안색을 찬찬히 살펴 갔다.

"밥 생각 없어. 정말 안 먹어."

그는 벌 받기를 기다리는 학생처럼 눈을 내리깔고 있었다.

"왜 그러니, 싸웠니?"

"맨날 그렇지 머. 서로 신경질투성이들에다 알량한 자존심들만 내둘리며 늘 티격태격이었어. 결혼을 당분간 못하겠대."

"왜 그런대? 뚜렷한 이유라도 있대?"

"모르겠어. 자기야 명명백백한 이유라지만, 내가 볼 때는 사소한 지레 걱정이야. 사람이 예상 외로 잘고 대범한 구석이 없어. 좋게 보일 때는 책임감이 강한 것 같더니만. 내가 자기 집에 들어와서 죽자고 고생할 걸 생각하면 숨이 턱 막히고 앞이 캄캄하대. 누가 내 걱정 해 달랬나, 흥. 좀생원도 여러 가지야. 겁쟁이야 머야. 사내가 꼴값도 못하고."

"같이 맞벌이해서 열심히 살아가면 되잖아."

"글쎄, 누가 머래. 내가 무슨 공주야, 부잣집 외동딸이야. 호의호식하려고 시집가는 골 빈 여잔 줄 아는 모양이지. 나 원, 어이가 없어서. 사고방식이 아주 유치하고 잘아빠졌다고."

그동안 명혜의 전언에 따르면, 결점투성이의 불협화음 같다던 그 남자의 집안 형편은 그야말로 말이 아니었다. 모주꾼이었던 아버지는 중풍으로 반신불수가 되어 허구한 날 방구들만 지고 있고, 어머니는 중국 음식점을 꾸려가는 맏사위 가게에서 주방일을 도맡고 있다고 했다. 동생들이 셋이나 있는데, 첫째는 제대 후 빈둥빈둥 놀면서 술주정을 일로 삼고, 둘째는 여공으로 어느 의류 생산업체의 봉제공으로 붙박여 지내며, 셋째는 제 맏형에 못지않게 공부를 잘한다고 했다. 도저히 어떻게 해볼 수도 없는 그 딱한 가정 형편에서 한때는 덤벙거리는 데모꾼이었다가 그새 직장을 두 번이나 옮긴 위인이 자기 머리에 자부심은 강하고, 그래도 책을 끼고 다니며 학력을 만들어놓으려는 궁심이 엿보였다면 대충 그 배경과 윤곽은 선히 그려지는 집구석이었다. 단언컨대 명혜는 그의 향학열과 자만심 같은 것에 쉽게 빨려 들어갔을 테지만, 집안 따위는 안중에도 없었을 게 틀림없다.

"나는 어떡하란 말이야. 대책이 없대. 알아서 하래. 그게 할 소리야. 내가 부잣집 딸년이 못 된 게 차라리 잘된 일인 것 같애. 자기로서는 원통하고 섭섭하겠지. 얼렁뚱땅 얹혀살 궁리도 할 수 있었을 테니까. 알아서 하라니?"

"그게 도대체 무슨 말이니?"

명혜는 완전히 탈진한 사람이었다가 순식간에 기가 펄펄 살아 넘치고 있었다.

"그러게 말이야. 따지고 보면 그쪽만 무책임하다고 나무랄 수도 없지 싶어. 나도 반쯤은 책임이 있을 테지. 임신 말이야. 이럭저럭 정도 들어 이제 헤어질 수는 없지 싶었는데, 이렇게 덜컥 임신 돼버렸으니 난감한 거지. 아무래도 쉽게 생각해버려야겠어."

"그래, 그게 편할지도 몰라."

나는 말을 해놓고 곧장 후회했다. 나야말로 무책임한 조언을 일삼는 덜렁이일지도 몰랐고, 무슨 음모를 교사하는 사기꾼 같다는 생각이 들어서였다.

"한때는 좋아했어. 조건이야 워낙 부실해도 여러 가지로 괜찮은 남자라는 생각으로 자꾸 기울어지는 내가 좀 이상했어. 환경도 서로 비슷하고. 성격도 닮은 구석이 있고. 이해야 하지. 못사는 게 죄는 아니잖아. 그가 그 짐을 다 떠안을 수도 없는 거고. 그런데 선후책을 내놓으며 풀어가야 하잖아. 그걸 못 해주는 남자야. 자기가 무얼 어떻게 하냐 이거야. 속수무책이다, 발버둥 친다 한들 한계는 여전하다 이거지. 자기도 답답할 테지. 그럼 난 어쩌란 말이야. 여자라서 짊어져야

하는 멍에치고는 너무 가혹하다는 생각이 들어. 지워야겠어. 책에서
봤는데, 임신 중절 수술은 간단하대. 내가 살아야겠어. 논문은 다음
학기로 미루려고 했는데 이번 학기에 끝내야겠어. 내가 이깐 일로 질
수는 없을 것 같애. 이러고 처분만 기다리고 있으면 정말 병신이 되는
거 아니니. 그랬다가는 우선 나 자신에게도 변명의 여지가 없을 거야.
내일 나하고 병원에 좀 가줄 수 있겠니?"

　명혜의 두서없는 말의 홍수를 들을 때면 그의 유별난 자존심, 요점
과 불필요한 잔가지들과 결론을 재빨리 정리해가는 두뇌 회전, 절대
로 자기 자신과의 싸움에서 지기 싫어하는 오기 같은 성질이 한꺼번
에 훅훅 끼쳐왔다.

　"내 임신이 무슨 담보물처럼 받아들여지기는 죽기보다 싫어. 이딴
걸로 그 잘나터진 책임감에 짐이 되고 싶진 않아. 차라리 잘 됐다는
생각은 추호도 없어. 앞으로는 어떨지 몰라도 내 생각이 맞지 싶어.
지금이라도 고생을 자청하면서 살아야 나 자신에게 떳떳할 수 있을
것 같애. 그런데 그럴 수 없대. 내가 골빈 것처럼 결혼을 구걸할 수는
없잖니. 좋아한다면 자기가 나를 설득하고 이해시켜야 될 일 아냐. 누
가 고생하는 게 겁나고 두렵대. 한때의 불장난이었다고 말해보라고
대들었어. 내가 한낱 노리개 감이었다고 말하라고 그랬어. 그래야 나
자신을 이해하고 속았다고 체념할 수 있겠다고 했어. 그랬더니 머리
카락만 쥐어뜯고 있잖아. 가장 치사하고 더럽고 돼먹잖은 변명이잖
아. 그게 도대체 무어니. 내가 부잣집 딸년이면 얼씨구나 했겠지. 오
늘이 며칠이니? 지도교수님을 아직 한 번도 못 찾아갔어. 논문을 열
심히 쓰고 있는 줄 알 거야. 다음 주에는 꼭 찾아가 봐야겠어. 난 이렇

게 허둥거릴 때 힘이 나. 빨리 내 신변을 정리해야겠어. 지금이라도 늦지 않다고 그랬어. 그래야만 우리 사이를 누구에게나 납득시킬 수 있다고 말이야. 뻔뻔스럽게도 헤어지자는 말을 안 하는 게 알량한 양심이라도 있는 것으로 생각하는 소행머리가 미워 미치겠어. 차라리 바람둥이 건달들처럼 나를 걷어차버리면 속이 후련하겠어. 그렇다고 내가 내 입으로 나를 버려달라고 할 수는 없잖아. 무슨 신파극의 대사도 아니고. 나로서는 어쩔 수 없다, 나는 무력하다, 이게 말이나 되는 수작이야? 다들 돈에 갈급증이 들린 걸귀가 씌었나. 체, 더러워서. 돈만으로 제 집구석 문제가 해결되나, 홍, 잘들 해보라지. 왜 떳떳하게 돈이 없다, 그러니 힘을 합쳐 살아보자는 말을 못 해. 병신이야. 말만 번죽거리는 상등신 아냐. 그건 엄밀한 의미에서 책임감도 아니잖아. 가장 비겁한 작태라고. 돈에 그렇게나 짓밟히고 있으면 과감히 떠들고 일어나서야지. 나보다도 우리 집안 꼴이 보기 싫은 게 틀림없어. 나까지 답답한 애물로 보인다 이거지. 울컥하면 술이나 퍼마시면서 큰소리나 뻥뻥 치고 알량한 고양감이나 추스르는 꼴이 자포자기지 별거야. 망해야 돼. 한국 사내들은 더 망조가 톡톡히 들어 봐야 돼. 물러터질 대로 물러터져 가지고. 맨날천날 남의 나라 귀신들한테 그렇게 쥐어터지고 당했으면서도 넙죽한 소리나 하고 앉았고. 죽을 용기도 없는 인간 쓰레기들이야. 죽자고 덤벼봐, 누가 깔보겠어. 가난이 그렇게나 무섭고 상대할 수도 없는 강적이야 머야? 도대체 내까짓 게 먼데 이런 잔소리를 듣고 있어."

　명혜의 첫 홍역을, 그의 절규를 나는 적극적으로 두둔하고 감싸고 싶었다. 더불어 그의 오기를 응원하고 싶은 심정에 휘둘렸다. 또한 누구에겐가 마구 욕을 퍼붓고 싶었다. 그 대상이 나의 남편을 위시한 불특정 다수의 남성임은 더 말할 나위도 없었다.

나는 명혜의 의사에 즉각 동조했다.

"잊어버려. 팔자타령 따위는 염두에 두지도 말아. 깡그리 잊어. 그래야 분이 삭을 거 아냐."

"정말 분해. 내가 한때 잠시 너무 맹목적이었던 게 억울하고, 그래서 분해 죽겠어. 어처구니도 없고. 어떻게 잊어 가는지, 매일 뒤돌아볼 거야. 깡그리 잊어버리도록 기를 쓸 거야. 당연히 그래야 하고."

명혜의 눈 흰자위가 파랗게 빛나고 있었다. 깍지 낀 손등에 드러난 파란 힘줄이 파르르 떨었다.

다음날 오후에 명혜와 나는 구의동의 대로변 건물 3층에 붙박인 어느 산부인과 병원을 찾아갔다. 병원 입구에서 나는 "겁먹지 마, 자책할 것도 없어"라며 그의 왼손 손가락들 사이에다 내 손가락들을 얽어 힘껏 거머쥐었다. 명혜는 내 속을 정확히 읽고 어설프게 웃어 보였다.

그의 반응을 알고 있었으므로 나는 농조의 다짐을 내놓았다.

"울지 마. 울 필요도, 이유도 없어. 무슨 말인지 알지?"

명혜는 대번에 오기를 부렸다

"내가 왜 우니, 미쳤니. 분하다고 울 수야 없잖아. 염려 마. 감기약도 악착같이 안 먹는 내가 이런 병원 출입을 하는 신세라니. 어이가 없어."

대기실에서 기다리는 내내 우리는 서로의 손을 움켜쥐고 있었다. 아마도 그때 우리의 손바닥은 축축하게 젖어 있었을 테고, 주위의 시선을 의식해서라기보다도 서로의 착잡한 심정을 건드리지 않으려고 말을 자제하고 있었을 것이다.

이윽고 간호사가 명혜를 부르며 "준비하세요"라는 사무적인 말을 던졌을 때, 이번에는 그가 내 두 손을 힘주어 잡았다. 곧장 그는 벌떡 일어섰다. 마치 결투장으로 나아가는 투사처럼 명혜는 쥐색 바버리 코트를 패기 좋게 벗어 내 손에 건넸다. 명혜는 나의 걱정하는 눈빛을 다독거리는 듯이 엉뚱한 말을 재빠르게 속삭였다. 얼마쯤의 당혹감과 수치심과 조바심을 억누르느라고 그랬던 듯하다.

"참, 우리 아빠가 요즘 소일 삼아 엄마를 가끔씩 불러내서 만나고 있어. 늙은이들이 늘그막에 구정(舊情)을 일구려는가봐. 우습지? 그쯤 되니 부도덕하다는 생각은 전혀 안 들어, 그렇잖니? 오히려 당연하게 비치고, 저러려고 젊을 때 그렇게나 보기도 싫다고 으르렁거리며 싸우고 그랬나 보다 싶어. 다행이야. 그런데 엄마보다 아빠가 자꾸 불쌍하게 보여서 이상해. 엄마는 옛날이나 지금이나 무사태평이야. 감정도 없는 보살이라고 지혜가 놀려도 오히려 네깐 년들이 뭘 안다고 그런 소릴 지껄이냐고 면박을 주고 그래. 우습지?"

나는 다른 노파심 때문에 얼른 대꾸할 말을 떠올릴 수 없었다.

간호사가 다시 명혜를 호명했고, "들어오세요"라고 덧붙였다.

명혜가 내게 말했다.

"기다려줄 수 있지? 너무 미안해. 짱구는 성홍열인지 그 병 나았니? 전화해봐. 기다려줘. 잠시면 되나봐."

명혜가 어디론가 빨려 들어가는 듯이 뚜벅뚜벅 걸어갔다. 그가 내 시야에서 사라지고 난 뒤에도 희끄무레한 복도에는 온통 그의 자태만이 꽉 차 있다는 그때의 느낌이 지금도 생생하다.

소파 수술은 예상보다 빨리 끝났다. 나의 조바심과 가슴 답답함을 일시에 털어내듯 명혜는 갑작스럽게 내 눈앞에 나타났다. 섬뜩할 정도로 조용해진 복도에 그의 어기적거리는 걸음이 내게로 다가오고 있었다. 몰라보도록 파리해진 그의 얼굴이 부은 듯했고, 처연해 보였다. 북받치는 울음을 간신히 억누르고 있는 듯 그의 입이, 얼굴 전체가 실룩거리는 것 같았다. 나는 힘껏 그의 팔을 잡았다. 그의 겨드랑이를 어깨에 걸치려고 하자 명혜는 나의 어깨를 밀치면서 "괜찮아, 걸을 수 있어"라고 힘없이 중얼거렸다. 내가 "저기 좀 앉았다 갈까?"라고 묻자, 명혜는 "됐어, 그냥 가, 조금 걷다가 택시 타자"라고 말했다. 내가 자발없이 "힘들었니?"라고 물으며 그의 표정을 살피자, 그는 얼굴을 한껏 찡그리며 "창피해서 죽을 뻔했어. 몹시 아팠어. 쇠갈고리 같은 것으로 마구 긁어댔어. 감전(感電)될 때처럼 몇 번이나 경련을 일으켰어"라고 말했다. 정상적인 걸음을 떼놓으려고 그는 안간힘을 쓰고 있었다.

명혜가 손등으로 이마와 콧잔등을 훔쳤다. 진땀이 묻어 있어서가 아니라 얼굴을 가리고 싶은 모양이었다.

"창피해. 창피해서 못 걷겠어. 택시 타자. 좀 멀리 가. 조용한 데서 뭣 좀 마시자." 뒤이어 그는 혼잣소리로 낮게 덧붙였다. "창피하게 아직 낮이야. 내가 왜 이걸 미리 몰랐지. 왜 이래 서둘렀을까."

우리는 택시를 탔다. 창피한 건 거기서도 마찬가지였다. 무슨 말이라도 지껄여야 했으나 우리는 할 말을 잃어버린 사람이었다.

명혜가 한참 만에야 말했다.

"영애야, 한참 동안 못 볼 거다. 논문 끝내놓을 때까지."

"무리하지 마. 다음 학기로 미뤄도 되잖아?"

가만히 보니 명혜는 바버리 코트 주머니 속으로 손을 집어넣어 아랫배 일대를 꾹꾹 눌러대고 있었다. 안타까웠으나 물을 수도 없었다.

"아니야. 해치워버려야 해. 그래야 돼. 그런 것에라도 매달려야 해. 그래야 내가 살아 있는 것이 되지 싶어. 너 지금 스카프 있니?"

"아니, 없어. 왜, 추워?"

"괜찮아. 참을 수 있어. 그냥 해본 말이야. 고마워서 네 물건을 무엇이든지 내 몸에 두르고 싶어서 그래. 나중에 크게 사례할게. 오늘 정말 고마워."

"별소릴 다하네."

또 말이 끊겼다. 우리의 대화는 제한되어 있었다. 남자 운전사를 의식하고 있어서, 남성 위주의 이 사회 속에서 부대끼고 있는 우리의 처지를 이야기할 수 없었다. 그런 말들은 명혜의 기분을 더 자극할 것이었다. 그래서 만신창이가 되어 있을 그의 아랫도리만큼 그의 마음자리도 뒤죽박죽으로 후벼파놓을 것이었다. 남자의 성적 횡포에 거덜이 나버린 그의 몸에 대해서 나만큼 아는 사람이 또 있기나 할까. 다른 말을 찾아야 했으나, 내 머리는 먹통이었다.

나는 백미러로 우리를 곁눈질하는 운전사의 뒤통수를 노려보며 불쑥 물었다.

"논문 테마는 뭐야?"

빠르게 흘러가고 있는 회색의 칙칙한 서울 변두리 거리에다 시선을 멍하게 맡겨놓고 있는 명혜가 중얼거리기 시작했다.

"과거시제 연구야. 우리말과 영어를 비교해보는 거야. '었' 있지, 그

거야. 그 '었'에 선시성(先時性)이란 개념이 있어. 문장구조나 부사 같은 것들이 과거시제를 미리 규정하고 있다는 거야. 별것도 아니야. 노트는 거의 다 돼 있어. 지난 봄학기 때 조금씩 메모를 해뒀어. 술술 풀어 쓰고 두 번쯤 리라이팅 만하면 돼. 영문 초록(抄錄)도 내가 작성해서 옮겨야 할까봐. 이런 기회에 끝내버려야지 뒤로 미뤘다가는 나 같은 성질에 그만두고 말아."

"너무 무리하지 마."

"무리할 거도 없어. 교육대학원 석사 논문이 별거니, 다 그렇지. 우리가 지금 종로로 가고 있지? 목이 타. 오렌지 주스나 먹자. 집에 전화했어?"

"아니. 괜찮아. 전화할 틈이나 있었나 머. 들어가자 곧장 나왔는데. 잠시 서성댔더니 나오더라."

"정말 그랬어? 모르겠어. 몇 년이 흘러간 기분이야. 폭삭 늙은 기분도 들고."

"정말 괜찮아?"

"괜찮아. 이제 맑은 정신이 좀 돌아와. 통증도 물 빠지듯이 물러가고. 잊어버리려고 해. 내 몸의 건강 여부도 당분간 잊고 지내려고. 그게 편할 거야. 짱구 아빠가 돈은 많이 벌어다 줘?"

"돈? 몰라. 겨우 생활할 정도만 매달 주지 머."

"너 옷이 몇 년 전에 보던 옷이라서 물어본 거야. 월급봉투를 안 맡겨?"

"월급봉투? 그게 아직 어떻게 생긴 건지 보지도 못했어. 창피해서 보여주기 싫대. 돈이 필요하면 말하래. 얼마든지 준다고. 치사해서 난

말 안 해. 시어머님이 그렇게 하라고 코치하고 있나봐. 모른 체해야지 머. 일일이 다 따졌다간 나만 초라해질 것 같아서. 돈 말하기가 죽기보다 싫어. 또 돈 쓸 일도 없고."

명혜가 뜻밖의 사실을 알았다는 듯이 눈을 동그랗게 홉뜨며 웃어 보였다. 그의 손놀림이 다소 뜸해졌다.

종로 2가에서 택시를 세웠다. 명혜의 걸음걸이는 거의 정상으로 회복되어 있었다. 그러나 자세히 보니 굽 낮은 단화를 약간 끄는 듯했고, 그 동작이 보기에 따라서는 먼 여행길에서 방금 돌아온 사람이 오금이 저려 천천히 걸음을 떼놓고 있는 것 같았다. 우리는 곧장 3·1빌딩 뒤쪽의 골목 속으로 나아가 어느 시커먼 경양식집에 들어갔다. 구석 자리에 앉았고, 오렌지 주스부터 시켰다.

명혜가 물었다.

"영애야, 너 요즘 행복하니? 짱구와 짱구 아빠와 함께 오순도순 살아가는 게 말이야?"

나는 어떻게 대답해야 할지 몰랐다. 타고난 시샘이라기보다도 자신의 주위를 점검하고 난 후, 어떻게든 이해, 정리하면서 자신의 삶을 끊임없이 되돌아보는 명혜의 성격을 나는 익히 알고 있었다. 분명하게 말하면 나는 그때 행복하지도 않았지만, 그렇다고 불행하다고 생각지도 않았다. 그러나 좀 더 솔직하게 털어놓으면 그 당시 내 삶이 지금처럼 불만족스러웠던 것은 사실이었다. 그럼에도 불구하고 그 불만족스러운 삶은 견뎌낼 만했고, 그럴 수밖에 없기도 했다. 내 남편을 비롯한 내 주위의 일가친지들이 내게 인내와 순종이라는 덕목이 있다고 간주하든 말든, 그것이 내 삶의 행복과 불행과는 아무런 상관도 없

맏언니

는 일이었다. 그것을 명혜에게 굳이 설명할 필요는 없었다. 아니다, 설명할 수야 있을 테지만 구차스러운 노릇이었다.

"모르겠어. 행복? 그걸 내가 어떻게 알아. 남들이 보기 나름이기야 할 테지만, 어떻게 보아도 나와는 상관없는 일이고. 불만족스럽다고 해야겠지만, 어쩔 수 없다고 체념을 하나씩 쌓아가고 있다면 거의 맞을 거야. 이게 나이를 먹어가는 증거라고, 연륜의 때라고 여기지만, 인격의 성숙과는 거리가 멀 테고, 머 그래."

명혜는 내 대답에 조금 쓸쓸하게 웃었다. 그리고 혼잣말처럼 중얼거렸다.

"보기 나름이고 생각하기에 따라 달라질 수 있다 이거지. 그런데 말이야, 어떤 정상적인 생활을 영위하려면, 그런 게 과연 있을 수 있는지는 일단 논외로 치고, 어떤 규범 같은 것은 있어야 할 것 같애. 그게 선(善)인지 정의(正義)인지 딱 부러지게 말하지는 못할 테고, 내까짓 게 알지도 못하지만, 있긴 있을 거 아냐. 그게 장롱처럼 딱 버티고 있으면 편리하고 안정감도 있어서 좋을 것 같애. 크게 말하면 우리 사회를, 인간관계를 유지하는 토대인 도덕, 윤리 같은 것일 텐데, 우리집에는 그게 쭉 없었거든. 아빠가 그렇게 만들었는지, 엄마는 도대체 무식해서 그런 걸 생각할 머리도 없었던 것 같고. 물론 두 쪽 다 성격이 안 맞다는 핑계로 서로를 깔보고, 거리를 두고 살아야 했으니, 요즘 말로는 가치관이 너무 달라서 그랬을 테지만. 하기야 가치관만큼 얼렁뚱땅 사기 치는 말도 달리 없을 테고."

"우리가 머릿속에 그리는 온갖 생각이 막상 실생활과 부닥치면 즉각 아무런 소용도 없이, 바로 하얗게 바래버린다고 할까, 그런 무화(無

化가 정말 싫어도 견디고 배겨내야 하는 게 사람살이고 세상살이인 거 같애."

우리는 무슨 해답이 있을 수 없는, 겉도는 말을 받고 채면서 점점 허탈해지는 중에도 서로를 충분히 이해하는 체하며 머리를 주억거리 다가 어깨를 축 떨어뜨리기도 했다. 이윽고 땅거미가 짙게 내려앉아 서야 우리는 그 레스토랑 밖으로 나왔다. 내가 "저녁 사 먹을까?"라고 물었더니 명혜는 "밥 생각 없어. 배고픈 줄도 모르겠고"라고 받았다.

"엄마한테 안 들르고?"

"안 가. 아니야. 못 가겠어. 이 몸으로 거길 어떻게 가. 지혜가 밥해 놓고 기다릴 거야."

"택시 잡아줄까?"

"괜찮아. 조금 걷는 게 좋을 거 같애. 버스 타고 갈 거야. 들어가. 한 참 가야겠네. 고마워. 나중에 꼭 사례할게. 당분간 연락 안 해도 날 욕 하지 마."

그날 나는 공연히 무엇엔가 쫓기는 사람처럼 명혜보다 성한 몸인데 도 택시를 타고 강남의 후미진 내 아파트로 돌아왔다.


12

그 이듬해 봄 어느 주말 오후에 명혜는 나를 부득부득 시내로 불러 내서 백화점으로 끌고 갔고, 수국 같은 꽃 이파리가 섬세하게 찍힌 남 색 원피스 한 벌을 사주었다. 그날 명혜는 예전과 달리 화장을 짙게 하고 있었다. 내가 그걸 물었더니 "늙었잖아. 세월이 너무 빨리 달아 나. 나이가 들수록 내가 우리 엄마를 너무 많이 닮아가나봐. 어릴 때는 우리 엄마가 그렇게나 거슬리고 싫더니만. 여자는 늙어갈수록 화장을 좀 진하게 해야 한대. 여자는 복장이 썩으니까 속에서 시궁창 같은 악취가 부글부글 끓어오른대. 사실이 그렇잖아. 그러니 그런저런 냄새를 안 풍길라면 화장을 해야 한다고"라고 말했다.

그 이후에도 우리는 잊을 만하면 서로 전화 통화로 만날 약속을 잡곤 했다. 삶에 싫증이 날 때마다, 몸이 고달픈 나머지 까부라지기 직전일 때, 사람의 등쌀에 치여서 우울해질 때, 우리는 서로를 찾는다. 늘 따분하기 그지없는 일상에 조그만 변화가 닥쳤을 때도 우리는 어김없이 안부를 전한다. 가령 내가 둘째 애를 낳았을 때, 그가 정릉의 한 연립주택에 독채 전세로 이사했을 때, '공부를 더 할까 말까'로 망설일 때, 학부 때 은사의 권유로 어느 여자전문대학에서 '교양 영어' 과목을 일주일에 세 시간씩 맡게 되었을 때도 그랬다. 그중에서도 내 기억에 선명하게 남아 있는 실루엣이 한 장 있다.

그러께의 어느 날 밤이었다. 그날 낮에 나는 어렵사리 그와 통화를 했다. 후에 안 사실이지만, 그는 지혜의 결혼 준비로 바빴으며, 며칠 동안 명미네 집에서 그의 모친과 함께 지내야 했으므로 이웃집에 자신의 부재를 알리지 않으려고 전화선까지 뽑아두고 있었다고 했다. 학교로 전화를 걸었으나 번번이 전화가 통화 중이든지 수업 중이었다. 아무려나 그날 밤 그는 우리집으로 왔다. 우리는 함께 저녁을 먹기로, 더불어 잠까지 자기로 약속이 되어 있었다. 나이 탓도 있을 테지만, 그는 몹시 지친 표정이었다.

"짱구 아빠가 무슨 일로 고향에 내려갔어?"

"짱구 약 지으러 갔어. 지지난밤에 코피를 줄줄 쏟았거든. 더럭 겁이 나서 우왕좌왕했어. 짱구 아빠도 혼쭐이 다 나갔는지 날 따라서 새벽 기도 행차에도 참석했어."

"병원에서는 뭐래?"

"별일 아니라고, 한꺼번에 부쩍 큰다고 더러 그런다대. 미지근한 보리차를 자주 먹이라고 그러고 말대."

"내일 새벽에도 갈 거니?"

"응, 그럴 참이야."

"애들은 어떡하고?"

"놔두고 가. 잘 자. 교회까지 왕복에 25분쯤 걸려. 30분쯤이나 한 시간 멍하니 앉아서 온갖 쓸데없는 생각을 다 하는 거지, 막상 기도는 뒷전이야. 한 가지 확실한 것은 내가 완벽하게 무엇에 매여 꼼짝도 못하고 있다는 것, 우선 첫 번째로 자식 앞에서는 슬슬 기고 있고, 뒤이어 남편, 시댁, 가사, 일상 앞에서 나는 철저히 무력하다는 것, 이 사슬이 뭔지, 과연 종교가, 신이 이런 사정도 임의로 수습할 수 있는지, 또 무엇을 빌어야 하는지 등을 자꾸, 하릴없이 생각하다 말고 그래. 실은 생각할 것도 없는데 말이야. 한심하지, 내가 너무 둔한 게 싫고 머 그래. 그래도 어째. 새벽에 일찍 일어나야 하고, 혼자서 무언가를 빌고, 기껏해야 애들이 무탈하니 잘 자라줬으면 하는 소원 되뇌기가 비록 초라해도 관성으로, 이런 비손질도 내 일이다 싶어서 그래. 이 습관마저 거르면 사람이 더 헐렁해질 거 같고. 그래도 내 속을 혼자서 조용히 훔쳐보고 있으면 머리도 맑아지고 나 자신을 속속들이 알아가는 듯해서 마음이 편해져."

"하기야 우리가 언제는 무슨 힘이 있었나. 남자들이야 술이라도 마

시면서 개기고, 스트레스를 푼답시고 신소리, 헛소리, 흰소리에 고담
준론, 호언장담을 밥 먹듯이 해대도 누구 하나 그것 잘못됐다고 손가
락질도 안 하고 넘어가잖아. 그러니 우리는 더욱이나 상대적으로 완
벽하게 무력하고, 박탈감이 뼈에 사무칠 수밖에. 학생들 앞에서, 의사
앞에서, 약 앞에서 꼼짝도 못하고 맨날 기신거리잖아. 뿐인가, 교무주
임 앞에서는 똑같은 말이나 되풀이해야 하고, 이 말 했다가 저 말 하
는 교장, 자기 사고가 뒤뚱거리는 줄도 모르는 교감 앞에서 고개나 끄
떡거리고. 힘 빠지지, 무력하다마다."

"진짜로 의사 앞에서 그 별거도 아닌 지시를 외우자니, 은근히 속에
서 이게 무슨 뻔한 사기술인가 하고 화가 치받치더라고."

"열 받지. 그래도 어째. 이쪽 사정은 귀담아 듣지도 않는걸."

"맞아, 여자를 다루는 영화, 소설 같은 걸 유심히 뜯어보고 있으면
저거야말로 우리를, 여자를 몰라도 너무 모르는 잠꼬대 같아서 화딱
지가 벌컥거린다니까. 아무튼 그래. 내일 아침에 넌 자고 있어."

"아니야. 내가 깨워줄게. 요즘 불면증이 점점 심해지고 있어. 수업
시간에도 영어 발음이 멋대로 막 뒤엉키는 느낌도 들고, 끊어 읽을 데
를 건네 뛰고 그래. 학생들 앞에서 자책하는 내 꼴이 사납다고 또 허
둥거리고. 그때 마이신을 너무 많이 먹어서 그 여독 때문에 이러는가
싶기도 해. 이제는 정말 약이라면 진절머리가 나. 의사, 약국이 거슬
리고, 생각만 해도 짜증이 부걱부걱 끓어올라."

짐작이 갔으나 나는 짐짓 뜨악한 표정을 지어 보였다.

"너하고 같이 가서 내 뱃속 긁어냈을 때 말이야. 전에도 얘기했지.
그때 과로에다 후유증이 겁나서 마이신을 좀 과용했거든. 난생처음으

로. 마이신은 체내에 오래도록 그 약효가 남는데. 심하면 체질까지 바꾼다더라고. 그렇다는 걸 어디서 읽었어. 약이 유전인자까지 바꾼다니, 약독(藥毒)이 사람의 근본까지 바꿔버린다니 너무 끔찍해. 어쨌든 앞으로 평생 약을 안 먹으려는데 이깟 불면증이 나를 우습게 보고 떨어지질 않아. 병원에 갔더니 여의사가 마음 편히 가지고, 운동하라 어쩌라고 뻔한 소리를 하면서 약 지어 줄 테니 먹으라고, 중독성 없는 약도 개발됐다고 떠들더라고. 나도 환자랍시고 깔보는 것 같애서, 그래요, 그러지요 하고 말았어. 나도 같이 갈까, 너하고 내일 새벽 기도에?"

"피곤할 텐데, 푹 자."

"지혜가 교인 집에 시집갔으니 나도 너 따라 가보지 머. 불면증이나 떨어지게 해달라고 빌고. 요즘에는 나도 지혜 따라 교회에 몇 번 갔댔어. 일요일 낮에만. 내일은 갈까 말까 하고 있어."

"마음이 한결 차분해지긴 할 거야."

"마음? 내가 언제는 마음이 안 편했나. 주위에서 늘 달달 볶아서 탈이었지. 그것도 사내들이."

"난 뭘 딱히 빌지 않아. 내가 이렇게 무력해빠졌는데 더 뭘 바란다는 것도 염치가 없지 싶고, 바란다고 될 일도 아닌 걸 잘 아는데."

명혜는 즉각 내 말귀를 알아들었다.

"네 마음하고 싸우는구나."

"그런 셈이야. 나를 잊어버리려고 해. 대범해지려고, 나 자신에게 다짐하기 위해. 내 마음에 내가 자꾸 지거든. 별것도 아닌 걸 가지고 매번 애를 태우는 게 싫고 그래. 그게 답답하고 그러는 내가 지겹고

맏언니

싫어. 이제 꽤 이력이 붙었어. 내 마음을 무디게 다스리는 데는."

"그래? 난 한영해설성경만 읽고 건성으로 나갔어. 지혜는 자칭 맹목적이고. 나보고도 미쳐보라는데 그게 안 돼. 난 머리가 아무래도 모자라나봐."

내가 얼른 화제를 바꿨다.

"지혜까지 시집갔으니 이제는 그야말로 네 차례다?"

"내 마음을 모르는데도?"

그날 밤 명혜는 정말 불면증에 시달리고 있었다. 내 옆자리에서 밤새도록 뒤척였다. 내가 "공연히 잠자리를 옮겨서 그렇구나"라고 말했더니, 그는 이내 "아니야. 내 마음이 이제 텅텅 비어서 이런 것 같애"라고 알 듯 모를 듯한 말을 지껄였다.

다음 날 아침 명혜는 커다란 세 가방을 가슴에 끌어안고 기실에서 나를 기다리고 있었다. 그의 퀭한 눈이 유난히 커 보였다.

내가 잠을 쫓으면서 물었다.

"바로 가려고?"

"그걸 생각 중이야. 난 늘 왜 이 모양이지. 늘 길에서 서성이는 기분이야."

명혜가 먼저 밖으로 빠져나갔다. 선선한 공기가 와락 몰려왔다. 파릇한 여명이 어둠을 야금야금 걷어내 가는 중이었다. 저만큼 교회의 붉은 네온사인 십자가가 보였다.

명혜가 나와 보조를 맞추며 말했다.

"엄마가 집에 와 있을지 몰라. 잠시 얼어붙은 마음이나 녹였다가 엄마 만나러 가야겠어."

나는 문득 명혜의 삶이 점점 영글어가고 있으며, 어릴 때부터 안으로 모질게 옭아 들기만한 그의 성격도 새벽이 밝아오듯 펴질지 모른다는 아늑한 원망을 떠올렸다. 그러고 보니 그의 외모는 물론이고 삶도 한 남자 때문에 서럽게 살아온 그의 모친과 많이 닮은 것 같았다.

시커먼 새벽길을 명혜와 함께 나란히 걷고 있으므로 나도 한 남자에게, 또 한 가정에 끊임없이 시달리는 가장 무력한 여자일 수밖에 없는지도 몰랐다. 우리 앞에 길이 훤히 뚫려 있으므로 나는 이 길이 끝나지 않기를 간절히 바라면서 줄기차게 걸음을 떼놓았다. 얼핏 한 남자를 버리고 있다는, 그럴 자신도 조금씩 모아 가야겠다는 생각을 벼르고, 다졌다.(527장)

↓

**군소리 1** – 주로 소설만 싣던 월간지에다 발표한 작품이다. 작품 연보에는 1986년 6월호로 되어 있다. 발표 당시에는 이것저것 따지며 골라잡은 제목이 '세 자매 이야기'였다. 독자에게 쉽게 안기라고 붙인 것인데, '세 자매'도 흔하고, '이야기'는 한때의 일본풍이기도 하다. 주제어를 물리치고 소재에서 제목을 찾으면 흔히 뒷북치기에 섭슬리고만 듯한 난감을 치른다. 자주 겪는 후회막급인데도 새 제목을 쫓아가다 보면 또 무엇에 씌인 듯이 전비(前非)를 붙좇고, 그 구태의연에서 버둥거리고 있다.

**군소리 2** – 서초동의 국립도서관에서 시인 신기선이라는 이가 번역한 일본소설《세설(細雪)》을 복사 · 제본한 후, 한동안 그 2단 종조 조판의 두 쪽짜리 전면(前面) 복제본을 숙독하면서 '이것과는 정반대의 우리 여성을, 그 정서를 그려야겠다'라며 썼을 것 같은데, 번역서의 잘 읽

맏언니

히던 그 장문을 답습하려니 왠지 삐끗거리곤 했다. 산문에서도 어떤 격조를 살리려면 개인으로서는 역불급인 듯했다. 역시 문학적 '관습'과 당대의 풍토성은 문장/문맥까지도 통어하지 않을는지.

**군소리 3** – 나의 독서량은 보잘 것 없어서, 특히나 국내외 소설들을 많이 못 읽어서 늘 민망스러워 하지만, 염상섭의 몇몇 소설 속에 흐르는 여성 인물들의 주체적인 기상과 자의식만큼 늠름한 여성상을 아직 못 봤다는 것이 나의 일관된 독후감이다. 감히 비교할 잡이도 아니나, 내 소설 속의 여성 화자를 만들어갈 때마다 내 염두에서 노닥거리는 대상물은 횡보가 그려낸 그 똘똘하고 칠칠한 여장부들이다.

# 무기질 청년

나야 한낱 월급쟁이로서 고만한 처자식을 건사하며 그럭저럭 살아가는 변변찮은 위인에 불과하지만, 그래도 회사의 자료실에서 여러 종류의 신문들을 오후 서너 시쯤에 한 시간 남짓 열독하고, (자료실에서 내 차례를 기다리기가 귀찮아서) 아예 정기구독해 버릇하는 한 월간지 등을 숙독하다 보면 늘 남의 말로 생색을 내는 칼럼 따위와 여러 방면의 기고문들 앞에서 어리둥절하다가 곤혹스러워질 때도 자주 있다. 동서고금의 명저에서 솎아낸 그 예문들이 얼마나 적절한지는 일단 차치해두더라도, 어떻게 남의 글이나 말로서 제 생각과 사고의 '체계'를 (그런 게 과연 있기나 하다면) 얽어 맞출 수 있다는 것인지 참으로 의심스럽기도 하려니와 '이게 도대체 무슨 자랑인가, 남의 물건을 함부로 사용하면 도둑일 텐데, 글은 어떤 것이라도 아무나 꿔다 소비할 수 있는 공공재란 말인가' 하는 투정이 괴어올라서이다. 어쨌거나 우선 당면하기로는 참으로 박학하다는 탄성과 함께 여태 그런 예문과 그 책자가 금시초문이라서 이쪽의 무식이 창피스러워지고, 이내 '글의 주제도 제대로 알아보지 못하는 반치기들'이 일쑤 그렇듯이 은근한 질시로 마음 한구석이 앵하니 돌아서버리는 데야 어쩌랴. 하지만 다들 이 공공연한 관행에 별쫑맞게 트집을 잡는다며 나무라고 난 다음, 남의 일이란 듯이 돌아앉으면 그뿐일까.

하기야 모든 글은, 잡문이든 신문기사든 심지어 시나 소설까지도, 자기 자랑과 자기 선전의 도구이므로 그 현학이야말로 피 같은 생명소(生命素)로서 토씨 하나에도 그 기운이 펄떡거리고 있음은 보는 바 그대로이다. 더욱이나 사람살이와 세상살이의 근본이 예나 이제나 비슷비슷하게 이어져 오므로 선각자들이 앞다투어 예의 현학 취향에 겨워 토로한 그 숱한 선례의 주옥같은 글발들을 부지런히 익히고 고스란히 받들수록 제2의, 나아가서 제3의 또 다른 '학식 뽐내기'가 학문과 문학의 본령임을 누가 모르랴. 여기서 더 구지레한 군더더기를 덧붙여 봐야 세상을 나름대로 이해하고 제대로 톺아봄으로써 글의 사명을 다하려는 숱한 글월들의 근본 취지와는 겉놀다가 점점 멀어지고 말 테니까 이쯤에서 이 같잖은 인용의 '과다' 시비도 거둬야 좋을 듯싶다.

그런데 다음에 소개하는 장르 불명(不明)의 글월에도 예의 그 자기 자랑이야 설핏설핏 비친다고 하더라도 자학, 자기표현, 자기비판, 자기애/자기혐오 같은 것들이 뒤범벅된 채로나마 꽤 거친 숨소리를 내고 있어서 귀한 신문 지면을 무시로 독차지하며 남의 글을 퍼 나르는 시시껄렁한 글발들과는 다른 구색이 웬만큼 갖춰져 있지 않나 싶은데, 물론 봐주기 나름이긴 하다. 하기야 요즘 세상은 배울 만큼 배운 사람들의 무식한 '개소리'가 억지스럽게 횡행해도 아무도 가타부타하지 못하는 '신세계'가 펼쳐져 있는 판이고, 이 대세에 감히 누가 시비를 가리자고 덤빌 것인가.

덧붙이건대 남의 글을 인용하는 그 글쓰기 버릇이야 글깨나 쓰는 모든 필자의 고유한 자유이자 지엄한 권세라서 불가피하게 인정하지 않을 수 없다 하더라도, 이웃 나라에서는 '재인용만큼은 곧이곧대로 믿어서 안 된다' 라는 금언을 만들어놓고 글쟁이들의 양심에 호소하고 있는 모양이다. 하기야 이 '금언' 나부랭이조차 예의 그 정기구독하는 한 월간지 속 칼럼 중에 '손자 인용=마코빗기' 운운한 데서 뽑아낸 것이다. 그런데 얼핏 '증조부 인용/고조부 인용' 이라고 하지 않고 왜 하필 어린애일 '손자 인용' 이라고 지었을까 하는 의문이 중뿔나게 냅떠서고, 아들이나 할배가 옮겨주는 손자와 증조부의 인품 됨됨이가 간접조명이라서 믿기지 않기로야 마찬가지 아닌가 하는 투덜거림도 사그라지지 않는데야 어쩌랴. 하기야 '손자 인용' 의 근거를 더 추적해볼 정열도 없어서 그러려니 하고 말았지만(절에 가면 흔히 듣는 '손말사' 의 사례가 떠오르긴 해도), 걸핏하면 고금의 명저에서 그럴 듯한 사례와 명문들을 솎아내서 자기 지식 자랑을 일삼은 온갖 종류의 글발들을 다소곳하게 경계하는 '손자 인용' 은, 비록 남이 지어낸 말이긴 해도 곱게 받들어야 하지 않을까 싶다.

다음에 소개하는 몇몇 글발들에는 상대적인 측정치이긴 해도 그 인용이 드물거나, 간접화되어 있었다는 나의 최초의 독후감이 위의 객쩍은 사설까지 불러왔고, 차제에 나도 보탤 말이 자꾸 샘솟아서 덧붙이기를 삼가지 않았다고 부기해두어야 할 듯싶다. 아무려나 글쓰기는 어차피 기왕의 모든 글발에서 얻은 자양분으로, 그러니 남이 애써 차려놓은 밥상에 숟가락 들고 나서는 주제넘은 짓거리에 불과하고, 그 부질없고 쓸모없는 적바림의 깊이를 음미하며 글맛이니 뭐니, 호들갑스럽게 지적 온축을 깨닫고, 더불어 문화의 두께를 알 만하다고 제멋대로들 나불대곤 하지만.

↓

지난봄에, 그러니 1980년 4월 26일 밤에 나는 우연히 생면부지의 한 사내가 소중히 다루었을 누런 봉투를 손에 넣게 되었다.

그날은 마침 토요일이었고, 화창한 봄볕을 언제 보았나 하고 되짚어봐야 할 정도로 날씨마저 우중충했다. 날씨 탓이 아니라 야구장에 갈 수 없어서 나는 기분이 영 별로였다. 오전 열한 시 반쯤 나는 회사의 내 책상 가운데 서랍에 보관하고 있는 담뱃갑만 한 트랜지스터라디오를 옆자리의 동료가 보는 앞에서 꺼냈는데, 리시버는 내 오른쪽 귓구멍에다 대통령배 쟁탈 고교 야구대회의 주말 경기는 빗발이 오락가락해서 순연할 수밖에 없다고 알려주었다. 나는 어느 때보다 맥이 빠졌다. 주말 일정이 영 엉망이 되고 만 것이었다.

그래도 불황이다 뭐다 해대는 통에 직원들의 언행이나 표정이 굼떠가고 있던 참이기도 해서 나는 언짢은 기분을 떨쳐버리려고 애썼다. 그래서 말만 앞세우는 '심기일전' 운운하며 해거름 녘부터 마시기 시작한 소주에 곁들여 어금니가 욱신거리도록 씹어댄 곱창전골로 나는 물론이고 동료 직원들도 배들이 잔뜩 부른 모양이었다. 동석자들도 그랬지 싶은데, 내 쪽은 배만 부르고 술은 취하지 않아서 기분이 점점 찝찔해졌다. 우선 심기일전할 건더기가 도무지 떠오르지 않아서 그랬을 듯한데, 알 수 없는 일이다. 평소와 다름없이 맡은 바 대로의 직분에만 충실하면 되리라고 건성으로 한 번쯤 다짐이야 했을 테고, 그것도 막연히 그런 생각을 얼핏 떠올리지 않았을까 싶다. 자연스레 내 머릿속은 교통 체증에 걸린 도로처럼 엉망으로 뒤엉켜서 뒤숭숭하기 이를 데 없었다. 그날따라 술을 마실수록 짜증스러워져서 나는 성난 사람처럼 입도 뻥끗하지 않고, 들어봐야 맹물같이 자극은커녕 재미도 없는 좌중의 잡담에 말귀를 열어두고 눈만 껌뻑거리고 있었다. 다들 집에 가봐야 딱히 할 일도, 더불어 저녁밥 생각도 아예 없을 터이므로 우리 일행은 회사 일로 자주 가는 무교동의 어느 맥줏집에 2차로 들렀다. 그 맥줏집은 술값이 좀 싼 편이었다.

맥줏집의 술값은 '부원 단합 회식'이란 명목을 달아서 부장에게 결재권을 누리시라고 떠넘길 속셈이었다. 그날 아침의 이른바 '미팅' 석상에서 부장은 들을수록 생게망게해지는 입담으로 "정말 시끄럽다고. 아, 골치 아파, 도무지 내 머리로는 종잡을 수도 없어서 그래. 문자 그대로 오리무중 같아서 미치겠어. 이러고도 세상이 굴러가고 있다니 신기해, 그렇잖아." 운운하며 시국을 어설프게 개관하더니, 국제 원유 가격의 인상이 제반 원가에 압력을 가하고 있으며, 정부의 경기 부양책이 조만간 떨어질 테지만 그동안의 경기 침체에 덩달아 따라온 제반 영업상 악조건을 조기에 타개, 극복하느냐 못하느냐는 전적으로 경영관리직 부원 개개인에게 그 책임을 물어야 하게 생겼다고, 늘 잠자코 경청하는 그 으름장을 반복했으므로 맥줏값 따위야 눈감고 결재해주리라고 다들 믿었다. 딴에는 큰 시혜나 베풀 듯이 맥줏집에 좌정하기가 바쁘게 부장은 "저쪽 을지로 1가에서 호출이야, 천천히 적당히들 마셔"라고 말했는데, 그를 부르는 좌석이 회장의 후계자로 찍힌 김 이사의 단골 스탠드바인 줄을 모르는 동석자는 술꾼도 아니었다. 어쨌든 곧 들이닥칠 '감원 선풍'의 '대포' 같은 부장의 말솜씨는 애매모호한 말발을 느긋이 과시하고 있어서 다들 그러려니 하는 한편, 설마 모 지방은행의 대주주에다 제2 금융권 회사들의 소위 '은행 주식'을 암암리에 대량으로 긁어 들이고 있다는 우리 회사야 이럭저럭 이 고비를 넘기지 못할까 하는 눈치였다. 흔히들 그런 근무 자세의 쇄신에 관한 훈시를 '물 멕인다' 라며 고개를 떨구고 경청하는 줄로 나는 알고 있지만, 우리 부서에서는 점잖게 '워낙 흰소리가 질펀해서 듣다 말았어' 라고 했다. 하기야 그 '흰소리' 가 길어질수록 머릿속이 하얗게 비어가고 있는 것은 사실이었다. 그렇거나 말거나 내 머릿속에는 '딱' 소리에 이어 하얀 포물선을 깔끔하게 그린 야구공이 텍사스 존에 떨어지는 광경만이 오락가락했다.

아무튼 불황이 타개만 된다면 그까짓 맥줏값이야 대수랴. 굳이 강조할 것도 없지만, 우리 일행은 신용장의 내도액이 급증하기를(물론 그럴 리도 만무하고 무역 업무의 현상 사성상 어불성설인데) 말로는 학수고대했으며, 술시중드는 여자들에게 집어줄 화대를 제가끔 챙기고 있었다. 내 경우는 야구장 입장료와 경기 후 관전평에 따라붙는 술값의 자투리가 캐처의 사타구니를 향해 내려꽂히는 직구처럼 날아갈 판이었다. 내 야구 경기 관전 비용이 애매하게도, 아니, 억울하게도 베이스볼과는(알다시피 '야구'는 '베이스볼'의 일본식 의역이다) 아무런 관련도 없는 여자들에게 왜 바쳐져야 하는지, 나는 잠시나마 엉뚱한 생각을 더듬다가 맥없이 거두었다.

술, 안주, 여자가 함께 날라져 올 때까지 디근 자로 놓인 돌가루 색의 푹신한 소파는 아랫배가 불거지기 시작하는 우리 일행을 방만한 자세로 앉아 있게 내버려 두었다. 그새 내 기분은 요사스럽게도 다소 평온을 되찾아서 괜찮아져 있었다. 파르스름한 전등 불빛은 모서리 둘레를 돌아가며 크고 작은 구멍이 일정하게 뚫린 술 상보만을 비추기에도 힘겨워 보였다. 술상 아래에는 흔히 그렇게 되어 있는 것처럼 세 가닥의 가로줄 쇠막대기가 술손님의 간단한 소지품을 놓아두게 하는 받침대 구실을 다 하느라고 술상 길이대로 붙박여 있었다. 나는 들고 온 봉투를 그곳에다 보관했고, 동료 두 명도 누런 각봉투를 거기에다 무심히 밀어넣었다. 나머지 세 명은 매일 일종의 공수래공수거 같은 팔을 흔들며 가뿐한 행보를 착실하게 밟아대는 아담한 월급쟁이들로 손색이 없었다.

술 조(組)로서는 사내에서도 알아주는 우리끼리의 오래간만의 합석이었다. 맥주 열 병과, 손이 심심해서 집어 먹다 보면 술을 더 마시도록 족대기는 건포도, 멸치, 깐땅콩 같은 마른안주가 수북한 쟁반 두 개와 네 명의 젊은 여자가(들락거리는 여자도 한두 명 더 있었지 아마) 움막 같은 술자리에 들어서자 이내 후끈한 열기에 휩싸였다. 이 땅에 넘쳐나는 것은 인력밖에 없고, 그 품값도 형편없음을 시위하는 포동포동한 살점들은 살판 만난 듯 생기에 차 있었다. 우리 일행은 짐짓 좋아할 것도 없다는 표정을 애써 지어 보이고 있었으나, 막상 각자의 무르팍을 걸터 넘는 여자들의 엉덩짝을 빤히 코앞에다 두고는 색심(色心)을 노골적으로 눈꺼풀에 드리웠다. 그들이 짐짓 어떤 내색도 얼버무리면서 아무 사내 옆에나 앉아버리자 갑자기 움막 안이 비좁아졌고, 후텁지근해졌으며, 죽은 시늉이던 날벌레들이 한꺼번에 퍼덕이는 것 같았다. 내 앞의 동료는 당장 심기일전한 듯이 여자들의 젖통, 허리, 사타구니 등을 황황한 손길로 어루더듬기 시작했고, 내 옆의 입사 동기는 어쩌자는 것인지 여자의 풍선 같은 가슴에다 코를 쑤셔 박았

무기질 청년

다. 답답한 쪽은 자신의 주먹코가 젖통 사이에 쑤셔 박힌 사내일 텐데, 여자가 오히려 캑캑거리고 있어서 나는 좀 우습다는 생각과 더불어, 바로 코앞의 이 광경도 이 시대의 풍속도이거니 여겼다.

그런 주물렁탕이라면 감질이 나서 늘 부처님 가운데 토막으로 자족하는 나는 야구 경기장을 못 찾은 분풀이로 술잔만 거푸 입에다 쏟아부었다. 맥주는 제맛도 없었고, 나는 술맛도 몰랐다. 어디서든 그 본연의 재미를 한껏 끌어내는 도락으로서 스포츠만 한 게 달리 있을까. 하지만 용써서 밀어 올리고, 기합 넣는 외마디만 돼지 먹따는 소리처럼 시끄러운 역도라든지, 뭐 그런 시시한 스포츠도 있으나, 재미없어 실망하는 야구 경기는 이 세상에서 한 번도 없었다고 나는 장담할 수 있다. 때리고 치고받고 달리는, 이 아기자기한 스포츠인 야구 경기는 기계처럼 너무나 완벽하게 짜 맞춰져 있는 데다 투수와 타자의 끈질긴 신경전이 언제라도 팽팽해서 관전할 때마다 짜릿한 쾌감마저 누릴 지경이다.

우리 일행은 열 시쯤 그 움막에서 나왔다. 취하지 않았으면 좀 억울한 기분에 휘둘렸을 텐데, 내 취기는 제법 알딸딸했다. 내가 제일 늦게 자리에서 일어났다. 눈이 세 개나 붙은 '지렁이 사인'을 내가 손수 그려주고, 그 뒷장 영수증을 내 저고리 안쪽의 새끼주머니에다 갈무리하느라고 미적거려서였다. 나는 술상 밑의 내 봉투를 옆구리에 끼고, 좌석에 남겨두고 가는 소지품이 없는지 맹한 눈길로 훑어보았다. 그것은 내 버릇이었다. 술상 밑에도, 의자 위에도, 벽에도 우리 일행이 남겨두고 가는 물건은 없었다. 그러나 쌍소리가 욕을 들어도 쌀 상대자를 찾느라고 비좁은 움막에서 웅얼거리고 있었고, 음담패설이 여전히 미련을 못 버리고 서성댔고, 거무스레한 눈꺼풀 화장이 돋보이던 여자는 허리통마저 날씬하더니 어느새 날벌레처럼 그 자취를 감추고 말아서 아쉬웠다. 나는 시궁창 같은 그 퇴폐 장소를 비틀거리며, 아니 흐느적거리며 빠져나왔다.

택시 속에서야 비로소 나는 내 봉투에 껴묻어 온 남의 봉투가 얌전히 무릎 위에 놓여 있다는 사실을 알았다. 두 동료가 분명히 각자의 봉투를 들고 맥줏집을 나왔으며, 그중 하나는 택시에 올라탄 내게 자신의 봉투를 흔들어 보였고, 다른 한 동료는 나머지 셋과 함께 어디론지 휘청거리며 걸어가던 모습을 나는 말갛게 떠올릴 수 있었다.

술기운이 확 달아나는 기분이었지만, 도둑놈이라는 자의식이 지레 발동하여 차마 남의 봉투를 열어볼 수도 없는 딱한 사정을 나는 즉각 깨달았다. 구지레한 사설을 늘어놓을 것도 없이 당장 돌려주면 그만일 일이었다. 그러나 그게 당장에는 제법 성가신 일이기도 했다.

내 주거지가 강남의 한 개발 지구에 들어앉아 있는 만큼 제3한강교를 건널 때, 나는 오줌통을 잡고 운전기사 양반에게 말했다.

"차 좀 돌립시다."

블랙 미러에 비친 내 얼굴을 곁눈질한 운전사가 느긋한 내 안색만 살피고 오줌통 앞으로 모인 내 두 손은 못 보았는지, 한잔 더 마시고 싶은 점잖은 술꾼의 허랑한 욕구는 알조란 듯이, 듣기에 따라서는 무슨 대단한 의미라도 있는 말본새로 주워섬겼다.

"다리는 건너야 합니다. 서울에서는 다리 위에서 잠시라도 서 있을 수 없고, 다리 위에 일단 올라서면 일방통행만 가능합니다. 우물쭈물, 우왕좌왕할 수 없다는 뜻이지요. 요즘 정세도 바로 그거예요."

딴에는 서울의 다리에 대한 그럴듯한 판정이었다. 따라서 그런 유식한 운전사를 만난 것도 우연이었다. 야구는 심판의 판정까지 재미를 덧붙이고 있지 않나. 불행은 쌍으로 온다더니 오줌보까지 말썽에다 시시껄절한 입담까지 못 들은 체해야 한다니. 난감했다.

운전사의 느긋한 말주변이 녹음한 말투로 이어졌다.

"이제 다리를 건넜습니다. 다리에서 벗어났으며, 일방통행에서 놓여난 셈입니다. 지금부터 강변도로를 경유, 잠수교를 관통, 굴속을 달릴 수 있습니다만, 역시 다 일방 진행만 가능합니다. 중간에 손님이 원하시면 차를 세워드릴 수는 있지만, 어느 쪽으로든 방향 전환은 불가능합니다. 제발 '돌립시다, 꺾읍시다' 등을 제게 지시하지 말아주십시오. 야밤에 돈 못 벌게 하는 손님들은 정말 질색입니다. 우리나라에는 요즘 그런 신사가 점점 늘어나는 추세입니다, 정국처럼요."

"이봐요, 기사 양반, 우리는 신사 소리 듣기 싫어요. 차라리 사람 좋은 건달, 공술 좋아하는 모주꾼이라고 불러주는 게 낫지…"

갑자기 점잖은 나보고 신사가 아니라고 떠벌리는 운전기사의 뒤통수에다 나는 아무렇게나 내뱉었다.

"그렇지요, 신사같이 보이지 않는 분이 요즘은 훨씬 신사답지요. 허우대도 멀쩡하고 돈도 있어 보이는 신사들은 막상 개차반인 경우가 많아요."

운전기사는 팔자에 없는 천직(賤職)을 액땜하듯이 치르느라고 작위적인 농조의 해학과 비아냥을 제멋대로 구사하는 말버릇이 몸에 밴 듯했다. 요즘에는 학사 출신의 운전기사가 클래식 음악을 들으면서 하루에 12시간씩 서울 시내를 동분서주한다지만, 남의 염병에 내가 가타부타할 것도 없었다.

"에이, 그냥 곧장 갑시다."

왠지 그때부터 딸꾹질까지 터뜨려지기 시작했다. 그 조건반사도 가당찮았다. 이미 한두 방울은 새버린 듯한 오줌보의 압박감이 딸꾹질을 불러왔을 것이라는 생각도 얼핏 떠올렸던 듯하다.

봉투야 월요일 퇴근 때 맥줏집에 갖다 놓아도 봉투 주인은 감지덕지할 것이었다. 나로서는 봉투 때문에 술 핑계가 하나 늘어서 좋고, 하필 월요일만 골라잡을 것도 없는 일이었다.

택시가 서자마자 나는 남의 집 담벼락에다 시원하게 오줌부터 내갈겼다. 오줌 줄기가 수도꼭지를 틀어놓은 듯 줄기차게 쏟아졌고, 수돗물이 후딱 단수될 것 같지도 않아, 술김을 빌어 담벼락에다 굵은 선에 불과한 추상화를 마구 그렸다. 순식간에 힘이 쑥 빠진 자지를 집어넣고, 몸을 추슬렀다. 그제서야 나는 머리가 약간 돈 그 운전기사에게 차비를 건네주었다. 거스름돈 250원은 대기료라 셈치고 받지 않았다.

운전사가 또 개소리를 지껄였다.

"서울에서는 방견(放犬)을 치어도 운전사에게는 죄가 없습니다. 두어 해 전에 제가 똥개 한 마리를 어쩌다 치어 다리 몽댕이를 분질러놓은 적이 있었는데, 그때 파출소에서 20분 만에 그냥 풀려 나왔습니다."

내 대꾸를 듣지도 않고 택시는 살 같이 달아났다. 걸음을 떼놓자 비로소 술기운이 얼큰하니 괴어오르기 시작했다. 2차선 도로에 내려서 왼쪽으로만 두 번 꺾어 다섯 번째 집이 내 우거(寓居)인데, 내가 자주 그집의 담벼락에다 방뇨하는 곳은 콧수염을 얌체처럼 기르고 있는 중년의 홀아비가 말만 한 일가붙이 처녀 가정부를 오지랖에 거느리고 사는 양옥집의 모퉁이였다. 내 오줌은 벌써 그 모퉁이를 수원지인 양 길 바닥에다 기다란 실개천을 그리고 있었다. 공교롭게도 맥줏집에서 화장실을 한 번도 이용하지 않은 것도 수상쩍었다. 눈앞에 야구공이 자꾸만 얼쩡거려서 오줌보가 저절로 숨을 죽이고 있어서 그랬던 게지.

그날 밤 나는 숙면을 못 했다.

요즘 들어 심신이 두루 약해진 탓인지, 월급쟁이로서의 갑갑한 틀에 겨워 지내서인지 숙취 후의 내 수면은 '부조리' 그 자체였다. 제대한 지가 언젠데 다시 입영 통지서를 받고서 낙담하는가 하면, 내게만 제대 특명이 안 내려와서 연병장 둘레를 하염없이 걸어 다니다가 주저앉곤 했다. 무수한 인파 속에서 정체불명의 사내들에게 쫓기고 있는 '나'는 유령 인간으로 그 '실체'도 아리송해서 어리뻥뻥하다가, 낯선 사람에게 연방 이끌려 다니는 것이었다.

그날 밤도 그런저런 잡꿈을 갈피도 못 잡을 지경으로 많이 꾸었다. 그나마 막판에 꾼 꿈은 제법 선명해서 실제로 그 꿈 때문에 잠에서 깨어났다.

'나'이지 싶은 '투명' 인간이 까만 더께가 두텁게 앉은 똥구덩이 위에서 대변을 보려고 낑낑대다가 이윽고 엉덩이에 똥 칠갑을 하고, 승복(僧服) 같은 회색 속옷을 오줌독에 넣어 빤답시고 설치는 꿈이었다. 꿈인 줄 알고 소스라쳐 깨어났다. 하체의 무력감과 목이 갈라지는 듯한 갈증에도 불구하고 만사가 귀찮은 탈진 증세가 더 심해서 곧장 잠자리에 스러졌고, 겉잠에 빠져들었다. 어설픈 잠이 막무가내로 덮쳐왔다. 앞뒤 줄거리가 뚝 끊긴 채로 똥꿈은 이어졌다.

이상했다. 꿈도 월간지의 그 재미없는 연재물 같은 것일 수 있다면,

동서고금의 그 짱짱한 해몽서를 과연 믿어야 할지 어떨지. 이를테면 그중 뛰어나다는 '풍문'만 자자한 프로이트를 글로는 전혀 모르는 주제인 나조차 그 텁석부리 영감의 가설을 '미신'이 아니라고 받들어야 하는 불상사와 대면한 꼴이니. 어떻든 똥꿈은 돈이 생긴다는 해몽으로 널리 알려져 있기도 하다. 월급날을 며칠 앞두고 잡비와 생활비에 쪼들린 나머지 똥꿈을 꾼 나의 경험도 그 맥락으로 풀이하면 예의 그 '미신'을 깔볼 여지가 확 줄어들지 않나.

머리를 흔들며 생각을 쫓아가 봐도 공돈이 생길 데라곤 없었다. 게다가 월급날은 어제였다. 그런 '미신'에 따르면 꿈은 원래 사흘 앞을 내다본다고 한다. 누구나 아는 일화지만, 치마 한 감으로 언니의 꿈을 사서 왕비가 된 실례도 있고, 정초에 숟가락 한 모를 소맷부리에 갈무리했다가 섣달에 아들을 본 1년 신수 꿈도 있으며, 집사람이 들려주는 간밤의 수상한 꿈 타령을 믿고 출발일을 하루 늦춤으로써 비명횡사한 스물네 명의 버스 승객 명단에서 빠졌다는 가담항설에는 꿈뜻의 심오한 예지력을 실감할 만한 근거가 똘똘 뭉쳐져 있다.

그런 시시콜콜한 잡념에 지쳐서 다시 잠을 청하려고 돌아눕자 불현듯 술자리에서 무심코 집어온 그 사각봉투가 떠올랐다. 지레 얼굴이 화끈 달아올랐고, 나는 좀 들뜬 기분에 빠졌다. 집사람의 잠을 안 깨우려고 홑이불을 살며시 걷어내고, 장모의 밝은 잠귀를 안 다치려고 발소리를 애써 죽이며 나는 거실로 나갔다. 똥꿈이 맞아떨어지려면 그 봉투 속에는 고액권이 한 다발쯤은 들어 있어야 했다. 봉투를 고이 열어보았다. 똥꿈은 개꿈이었다.

그 이후 나는 그 봉투로 말미암아 톡톡히 시달렸다. 꿈땜을 한 셈이

무기질 청년

라고 치부해버리면 그만일 것 같지만, 한 인간이라기보다 그를 둘러싼 여러 계층의 삶과 의식을 나름대로 알아가는 계기가 되었다는 점에서 그 봉투의 가치를 홀하게 볼 수는 없을 것 같았다.

↓

봉투 속에는 '가로 줄 친 큰 백지 묶음'이랍시고 흔히 '대학 공책'이라고 부르는, 초등학교 때의 교과서인 '지리부도' 크기로서 스프링 달린 '노트' 세 권이 들어 있었다. 그 밖에는 낱개로 파는 휴지가 비닐 포장도 뜯기지 않은 채 두 개나 나뒹굴고, 파란색 볼펜 한 자루가 노트의 낱장 속에 끼어 있을 뿐이었다. 혹시나 해서 봉투를 까뒤집어 탈탈 털어보기까지 했으나 먼지뿐이었다.

글쎄, 봉투 주인은 멋을 부린다고 '내 젊은 날의 비망록'이라고 공책들의 겉상에 일일이 써두고 1, 2, 3이라는 차례까지 명기해두고 있었지만, 얼핏 보기에는 '잡기장'이나 '금전출납부'라고 해야 옳지 싶었다. 거의 매쪽마다에 어디서 어디까지의 버스비를 비롯하여 라면, 한산도(나도 한때 즐겨 피운 담배인데, 그 쓴맛이 구수해서 괜찮다), 소주, 자장면, 면 팬티, 오징어젓갈, 단무지, 깻잎 조림, 김치 등에 쓴 금액이 촘촘히 적혀 있어서이다. 그 자질구레한 푼돈들이 몽땅 뭉쳐져서 내게 똥꿈으로 현시한 게 아닌지. 물론 얼토당토않은 상상의 비약이었다.

비록 흐릿한 정신으로나마 그 공책 묶음을 건성으로 훑어보고는 잡기장이나 금전출납부가 아니라 일종의 단상(斷想) 형식을 빌린 젊은 사람의 일기장임을 간파할 수 있었다. 이를테면 어느 하루의 일상을, 그 느낌을 적고, 그 끝에 그날 써버린 돈의 액수와 수입금을 밝혀두는 식인데, 당연하게도 그런 입출이 없는 날이 더 많았다. 강조하건대 공책 주인은 돈의 수지(收支)야말로 한 개인의 일상을, 나아가서 그의 삶 전부를 빈틈없이 묶고 있다는 시사(示唆)를 깜냥대로, 또 증거로 드러내고 있었다.

잠은 이미 까맣게 달아났으므로 동트는 새벽녘의 기운을 힐끔거리며 큼지막한 공책의 낱장을 뒤적거리자, 명색 주제가 묵직한 소설책 따위와는 일정한 거리를 두고 하루살이처럼 살아가는 월급쟁이 주제임에도 그 내용에는 우리의 삶, 곧 나의 직속상관의 상투어대로 '이 복잡다단하고 한 치 앞을 내다볼 수 없는 오늘날'의 진풍경이 진솔하게 기록되어 있는 것 같아서 나로서는 솔깃했다. 그런저런 느낌은 점점 뚜렷한 정감을 불러들여서 이 다사다난한 시대가 한 사람의 세태 감각에 어떤 그림자를 드리우는지, 그 물음과 회의(懷疑)를 곱씹는 '반성문'일 성싶기도 했다. 어차피 왜소화 일변도로 치달을 수밖에 없는 젊은이가, 잠시 후에 드러날 테지만, 꼭 있어야 하나 없어도 그만이라고 그 필요성을 다들 무시하는 '무기물질' 같은 자신의 '잡록(雜錄)'에 불과하다는 겸양의 자부심을 글발 밑바닥에다 차곡차곡 깔아놓고 있기도 하다.

공책 겉장에 표기해둔 대로라면 그는 이만집(李萬集)이었다. 주민등록번호는 530419-1030227이다. 나는 그의 세대를 곧장 짐작할 수 있었다. 한창 좋은 시절의 나이로서, 돌을 삼켜도 삭일 수 있는 튼튼한 위장과 호르몬 분비가 왕성할 터이므로 비듬 많은 머리털을 가졌을 테고, 여자와 책과 친구들을, 하기야 그의 기호를 알 수 없긴 해도, 음악이나 영화나 등산, 술과 담배를 죽기 살기로 탐할 것이었다. 게다가

무기질 청년

자신의 젊음이 지겹기도 해서 몸부림을 쳐대며 머릿밑을 긁적일 때마다, 하, 이 가파른 시절이 언제 끝난단 말인가, 정말 미치기 직전이네 하고 한숨이 늘어질 나이였다. 그 나이라면 자신과 그의 주변의 모든 사물을 경중경중 훑어가는 한편, 매일 생눈으로 맞닥뜨리는 그 어떤 혹독한 삶에도 애증을 번갈아 가며 보듬고 쓰다듬을 것이었다.

잠도 덮쳐오고, 또 별로 내키지도 않아서 나는 이만집의 잡기장을 덮었다. 거실의 벽시계는 새벽 다섯 시가 가까워지고 있었다. 남의 일상 잡기는 그의 전유물일 테니 꼭 되돌려주어야겠다고 다짐하며 나는 일어섰다. 뒷골이 묵직하게 당겼으나 피로한 줄은 몰랐다. 일요일이니 온종일 구들목을 지고 텔레비전의 야구 경기 중계를 시청할 생각이 떠올라서 좀 설레었다.

그런데 방 쪽으로 걸음을 떼놓으려 하자 왠지 그가 내 뒷덜미를 거머쥐는 것만 같았다. 이만집은 이미 '남'이, 나와 무관한 사이가 아니라는 생각이 꽤 실팍한 양감을 가지고 나의 일거일동을 붙들고 늘어지는, 월급쟁이다운 그런 소심한 심사야 난들 어쩌랴.

↓

월요일 아침에 나는 잊지 않고 이만집의 봉투를 들고 출근했다. 새삼스럽게 그 봉투가 묵직했고, 봉투 뒤쪽에 굵게 적힌 어느 유수의 건설회사 이름과 주소, 전화번호 등을 눈여겨보았다. 수시로 이만집의 잡기장이 내 목덜미를 거머쥐고 있는 것 같아서 퇴근 직전에는 장난 삼아 그 건설회사에다 전화를 걸었다.

교환양에게 봉투의 입수 경위를 대충 들려주고 나서 도움을 청했다.

예상한 대로 교환양의 되바라진 응답이 재깍 들려왔다.

"모르겠는데요. 처음 듣는 이름이에요. 부서를 모르면 못 찾아요. 인사과로 돌려드릴게요. 거기서 알아보세요."

나는 인사과의 남자 직원에게도 교환양에게 한 말을 다소곳이 되풀이했다.

"이만집? 이만집이라" 하고 남자는 되뇌더니 내게 오히려 물었다.

"해외 취업 기술자는 아닌 게 분명합니까?"

순간 나는 당황했다. 그래서 더듬거리며 말했다.

"그것도 잘 모르겠는데요. 서로 생면부지 사이라서요. 모르긴 해도 아마 아닐 겁니다. 어떻게 좀 알아봐 주세요. 마음이 꺼림칙해서 그래요."

남자 직원이 즉시 아무렇게나 둘러댔다.

"찾기 어렵습니다. 저는 잘 모르겠어요. 그런 분을. 방송국 분실물 신고 센터나 인근의 파출소에 맡겨버리세요. 그쪽에서 안달복달할 게 뭐 있겠어요."

이런 요식적인 사무 처리가 똑똑한 사람처럼 보이게 하는 풍조가 누구의 말대로 '한 치 앞을 내다볼 수 없는 시국'과 무관하게 만연해 있다는 생각을 얼핏 떠올렸다.

"그래야겠군요. 방송국 쪽에는 아무래도…"

개새끼. 모르긴 뭘 몰라. 인사기록 카드 같은 걸 찾아보지도 않고 분실물 신고 센터에 맡기라니. 겉똑똑이 같은 맹문이 새끼.

공연히 내가 뭣에 들린 사람 같았다. 어리뻥뻥한 심정으로 나는 회사의 출퇴근 전용버스를 타고 귀가했다. 그리고 이만집의 '비망록'을 읽기 시작했다.

↓

　다음 날 퇴근길에 나는 혼자서 무교동의 그 맥줏집으로 갔다.

　나는 토요일 밤에 마셨던 그 움막으로 잃어버린 물건을 찾으러 가는 손님처럼 허겁지겁 걸어가서 팔걸이 없는 푹신한 소파에 앉았다. 따라온 중노미이자 시쳇말로는 '멤바씨'인 내 종씨에게 지난 토요일 밤에 우리 일행보다 한발 앞서 와서 '이 좌석'에서 마신 손님을 기억해내라고 다그쳤다. 한참 만에 실눈을 활짝 떤 술 심부름꾼은 젊은 친구 서너 명이 대낮부터 또래 여자 두엇을 데리고 와서 실컷 퍼마시고 갔다고 했다. 그 정도의 대답이야 나도 할 수 있었다. 젊은 친구가 아니고서야 어느 미친놈이 대낮부터 술을 마시겠는가. 아직 잃어버린 물건을 찾으러 온 손님은 없었다고 했다. 혹시 봉투를 찾으러 오는 손님이 있으면 내게 전화로 알리라고 단단히 일러두고 나는 그 술집을 나왔다.

　나는 집으로 돌아오며 이만집을 찾는 일을 당분간 접어야겠다고 막연히 생각했다. 막연할 수밖에 없는 것이, 우선 내가 이만집을 모르기도 하려니와 방송국에 맡기기도 마뜩잖은 데다, 파출소에 습득물이라고 주어버리기에는 왠지 귀중품을, 굴러온 복을 내팽개쳐버리는 것 같은 찜찜한 마음이 가로막고 나서서였다.

↓

　아래에 소개하는 이만집의 '비망록'은 순전히 내가 임의로 골라낸 것들이다. 그 차례도 내가 무순으로, 내 마음 내키는 대로 적당히 섞어놓았다. 월간지를 장기간 정기 구독한 나머지 터득한 안목인데, 그 차례가 편집자 재량대로, 화제의 경중을 그의 취향에 따라 저울질하는 듯해서 나로서는 불만스럽기도 하다. 그거야 어떻든 여기에 옮긴 꼭지들 말고도 소개할 만한 게 더러 있긴 해도 개인의 잡스럽고 사소한 사생활, 그에 따르는 되잖은 넋두리, 짜증, 불평, 불만 따위야 '남'이 덧들일 수는 없을 터이므로 과감히 빼버리고, 가장 만만한 서민의 생각, 그들의 살림살이와 그 쿰쿰한 냄새 등을 골랐다. 아마도 내 일상과도 닮아서, 내 사고방식과도 일맥상통해서 그랬던 것 같은데, 역시 보기 나름이기는 할 것이다. 글월의 재미를 한 잣대로 가름하는 행태야말로 무식한 독자들의 단정적인 편견이기도 할 테니까.

주제넘은 소리인지 모르겠으나, 하늘 아래 새로운 이야기나 사실이나 소문이 있을 리 만무하다는 전도사다운 소리도 들리고, 요즘처럼 허름한 정보가 쓰레기처럼, 공해처럼 밤낮을 가리지 않고 나돌아다니는 세상에서는 굳이 잊지 않으려고 애쓸 만한 '비망록'의 소재거리가 과연 무엇일까 하는 생각도 떠들고 나서지만, 그렇다고 자신의 다사다망(多事多忙) 일체를 월간지 기자에게 '인터뷰'라는 형식 아래 받아쓰기시키는 숱한 사례와 '남의 대필'로 우쭐대는 유명 인사들의 그 상습적인 무사분주를 떠올리면, 꼴같잖게 자신의 일상조차 문맹자마냥 무하기(無下記)해대는 작금의 나쁜 '우리' 생활 습관을 마냥 그러려니 하며 꾸벅꾸벅 살아야 할 것인지를 차제에 한 번쯤 되돌아볼 여지는 있을 듯하다.

↓

봄, 봄이다. 기어코 오긴 왔다. 한사코 풍광, 풍월, 풍진을 노래하면서 '임'을 애타게 그려 쌓는 시조라도 읊어야 하나. 우리의 시조라는 고색창연한 장르가 일쑤 풍경 타령으로 일관하는데, 과연 옳을까. 그게 그거 아닌가. 글마다 비슷하다니. 좀 비근한, 따라서 시금털털한 상상을 끌어오면 문학은 적당한 '말=어휘'의 갈아 끼우기가 아닐까 하는 불경스러운 트집까지 재촉한다. 동어반복에 지칠줄 모르니 그럴 수밖에. 뿐인가. 글마저도 네 것, 내 것을 따로 분별할 수 없다면 공동 생산 후 필요할 때 누구나 마음껏 쓰라는 그런 납작한 사회를 지향하자는 말이 아니고 무엇인가. 진절머리 나는 국면이다.

그래도 날씨야 늘 화창하다. 화창하지 않은들 어떠하리. 우리의 산천경개가 금수강산이라는데. 사계절이 분명하고 풍속도 천우신조로 순조롭다는 전래의 풍수지리설은 자화자찬치고도 진부하기 이를 데 없고, 그 기림은 연륜도 짱짱하니 미상불 어울린다고 여긴다. 세뇌의 단면이고, 역시 풍토성이다. 그렇다고 산수가 빼어나면 좋고, 아프리카의 황량한 사막이나 열대의 밀림지대가 얼마나 반문명적이냐는 단정도 어폐가 막심하지 않을는지.

도대체 좋고 나쁘다는 식의 이분법적 가치 평가를 꼬박꼬박 들이대는 발상이 마땅찮다. 여러 가지 능력만 허락한다면 마누라를 넷까지 가져도 무방하다는 풍속이 지배하는 나라를 사갈시(蛇蝎視)하는 인간들은 틀림없이 단세포형 사고 구조에 길들어 있을 것이다. 햇볕에 장시간 노출되며 살아온 덕분에 피부의 유전인자가 검은 특이한 인종들이 밤마다 떼를 지어서 흥겹게 춤을 추며, 물고기를 잡아먹고 살아가는 원시 상태를 깔보는 문명적 시각이 과연 얼마나 타당할까. 사람들이, 아니 현대의 '인류'가 한입에 한목소리로 '문명'을 왜 그렇게나 좋아하는지. 양쪽을 설명하는 도구가 기껏 편리/불편의 잣대를 덮어씌운

'세련의 정도'라는 게 못마땅하다는 소리다. '맛있다/편하다/멋있다' 같은 고정관념에도 '문명'의 태깔이 깊숙이 들어앉아 있음은 부정할 수 없는데, 오로지 '생면 부지'를 위해서 그렇게 호들갑을 떨어도 될지는 생각하기 나름이 아닐까.

산천은 변함없는데 인걸은 간 데가 없다는 저 영탄조의 시조 한 자락이 제법 그럴싸하게 운치를 돋우지만, 그 내용의 실상은 너무 피상적이 아닐까. 우리 역사의 발전 과정을 근본적으로 뜯어볼 시각이 자연 속에, 그 무풍지대에 폭 파묻혀버렸으므로 기껏 만만한 풍경에다 인물만을 큼직하게 대입하지 않았을까 하는 물음을 잠재울 수 없는데야. 그 출중한 인걸들이 역사의 발전에, 제도의 개선에, 민심의 의식적 각성에 어떤 모색과 남다른 이바지를 보탰는지. 시인은 그냥 막연히 그런 '유사' 인물을 그리워하며 살았다고? 무슨 역설인가, 말이 되는 소리일까. 공깃돌처럼 아무나 만만하게 놀리는 장르라 할지라도 주제어의 심화나 다양화에 너무 무심한 타성을 어디까지 꼬집어야 옳을까. 결국 예전부터 내려오는 넋두리의 반복이나 그 고정일 뿐이잖는가. 노인네들의 넋두리나 잔소리를 곱새겨보면 그 동어반복에 질리고 마는데, 한편으로는 그 되뇌는 가락에 일관성만큼은 '유장하게' 흘러서 그러려니 하게 된다. 말이야 그럴 수 있다고 해도 글은 그 적바림 자체에 드는 수고로움 때문에라도 '양식' 자체에 대한 점검과 회의는 저절로 따라붙었을 터이건만.

조금 비약한다면 지구상의 '대하' 역사는 흐르지 않고, 고여 있는 웅덩이 같다. 어떤 진전이 없는 것 같으니까. 이 문명한 세상천지에서도 여전히 전제적 '임금'형 지도자가 나라별로 시건방지게 설치고, 그들

무기질 청년

의 의식은 하나같이 반동적이다 못해 퇴영적이고 시대착오적이다. 시골 장터를 한 시간만 거닐어 본다든지, 농사꾼들이 꼬물거리는 논밭을 잠시 쳐다보면 신라 때도 저럴 수밖에 없었을 거라는 '실감'이 저절로 떠들고 일어난다. 아직도 짐수레나 이앙기보다는 손, 낫, 가래, 호미 등이 훨씬 요긴하게 쓰인다. 그런 이기(利器)들이 사람살이를 조금 편하게, 시간당 작업량을 높이고, 먹을거리를 상당한 정도로 풍요롭게 만들었을 테지만, 그만큼 일거리가 늘어났으니까 그게 그거 아닐까. 비타민을 모르고 살았던 원시인이 현대인보다 더 불행했던 것 같지도 않고, 평균수명이 세 배쯤 늘어났다는 실적 안에는 그만큼 호젓한 시간을 빼앗아 가버린 다른 '문명'의 요소들이 득시글거린다.

다들 알다시피 지금은 물질 우위의 시대다. 인간은 물질/물건을 무소불위로, 손발 이상의 도구로 이용하는데 잘 길들어져 있다. 그 길들인 과정이 소위 유사(有史)의 경과이자 진전이다. '탈이데오르기 시대'란 용어도 알 듯 말 듯 한 청승맞은 기도 가락으로 들리는 곡절도 여기에 있는 것 같다. 물질이, 물질의 힘 좋은 기능이 모든 주의/사상을 깡그리 말아먹은 것은 아닌지. 말도 많은 인문사회과학의 뭇 이론/가설들이 여전히 씩씩거리며 짷고 까불어대고 있긴 하지만, 그들도 당대의 이 칡넝쿨 같은 연원을 거시적으로 읽을 먼눈을 가져야 하건만.

부질없는 온갖 너절한 제도(법으로 덕지덕지 짜깁기해놓았다), 뭇 식자들의 수선스러운 개선 의지 같은 세목(細目)을 보더라도 역사는 아무렇게나 굴러다니는 한낱 돌멩이에 불과할지도. 어느 쪽에서 보아도 모가 깎여 동그랑땡인 세숫비누 같은 푸석돌. 물론 돌멩이는 자꾸만 마모의 숙명을 견디며 작아진다. 그 풍화를 어떤 식으로든 정리하는 인문학의 맹점은 의외로 미시적이지도, 그렇다고 거시적이지도 않다. 늘 흘러간 역사의 고비들을 줄기차게 반성하고 있다고 큰소리를 뻥뻥 치고는 있지만, 전쟁은 끊이지 않고, 그 공공연한 살육전보다 더 혹독한 장단기적 굶주림의 행렬은 지구촌 곳곳에서 지금도 즐비하다. 저 누렇게 부황든 파노라마를 '노래' 하는 맞춤한 장르도 개발해내지 못하고서도 '역사' 가, 그 기록이 건재하고 있다니. 도처에 청산이 아니라 '단견' 의 사기술만 설치는 데도 글과 말이 살아 있다니. 오죽 미쁜가.

↓

소위 '대학 공책' ('큰 공부를 한다' 는 뜻풀이의 '유구한 어원적' 실없음이야 어쩔 수 없이 양해할 수밖에 없다 하더라도) 세 권에 파란 볼펜 글씨로 빼곡하게 메운 이만집의 비망록은 대충 24개월 남짓에 걸친 '오늘날' 의 기록으로 한정되어 있다. 부연하면 요즘의 세태를 헤쳐가는 저간의 사정이 한글로 적혀 있는 셈이다. 서두에, 그러니까 위의 단상 앞쪽, 다른 꼭지에 작자는 다음과 같이 자기소개를 달아놓고 있다.

↓

조상에게서 물려받은 유일한 재산은 이만집이라는 이름 하나다. 학교에서 가르쳐주지 않아서 한자를 잘 모르지만, 온갖 잡동사니를 다 끌어모으라는, 딴에는 의미심장한 뜻을 내장하고 있어서 쓴웃음이 저절로 괴어든다.

직업을 굳이 밝힌다면 아직 공부하는 학생이다. 세상 공부와 인생 공부를 죽을 때까지 해야 하는 게 사람의 숙명이지만, 어쨌든 자나 깨나 남의 글을 읽으면서 줄기차게 밑줄만 그어대는 어리보기다. 그러니 일하지 않으면서도 매일 먹고 똥이나 싸질러 대는 거사(居士)이고, 어떤 신분에도 속하지 않는 어중간한, 옛말로는 중도 속도 아니다. 그래도 하늘 같은 우리 사회의 은혜로 땀 흘리지 않고도 굶주림을 면제받으며 잘 살아가니 우리 사회/국가 체제에 우선 한없는 감사를 표해야 마땅하리라. 세칭 '가투'에 적극적으로 가담했다는 집시법 위반에 걸려 일주일간 구류를 살 때, 나는 무려 사흘 동안 '시험 삼아' 굶어보았는데, 그때 거의 죽다가 살아내고 보니 보리밥에 열무김치와 강된장이 그렇게 먹고 싶었다. 어떻든 내가 전과자인지 어떤지를 나는 여태 모르고 지내지만, 곰곰이 따져보니 나의 이런 방만한 처신도 결국 우리 사회의 느슨한 기율 덕분인 것 같아서 여간 고맙지 않다.

거처는 곧 마련될 듯하나 현재는 들쭉날쭉한데, 어차피 당분간은 어디서든 임시로 더부살이 신세를 면치 못할 테니 아무런들 어떠리. 연락은 공공기관의 전화를 거쳐 그 방의 주인 눈치를 봐가며 어느 정도는 가능하다. 꼴이 이래도 '이 지경이 어때서' 같은 신념으로 하루하루를 살아간다면 억지인지, 탄식인지 좀 생각해봐야겠다.

성격은 한국인의 전형성대로 다소 성마르고 인내심도 부족하며, 무던히 참아내면서 앞날을 도모해야 할 때는 어리눅은 자세로 죽은 듯이 버티지 못하니 이것만으로도 인간으로서의 실격 사유가 번듯하다. 특히나 남의 말을 귀 밖으로 흘려듣는 생활 습관도 뿌리 뽑아야 하고, 남의 고견을 깡그리 무시할 자리에서는 잠자코 있어야 하는 엄숙주의가 아직도 몸에 배지 않았으니 역시 어른이 되다 만 나이 탓으로 돌릴 수밖에 없을 듯하다.

고소공포증이 꽤 심해서(그 연원을 여러 각도에서 따져봐야겠지만), 육교 위를 걷거나 고가도로를 달리는 차 안에서는 먼 데를 바라봐야 하며, 고층 건물 속이나 4, 5층짜리 '집합주택' 안에서도 지상을 내려다보며는 무섬증이 심하게 덮쳐서 창가로는 다가가지 않는다. 그 외에는, 장담하기가 좀 뭣하지만, 몸도 정신도 두루 정상이 아닐까 싶은데, 엄살이 좀 심하긴 하다.

가능한 한 울분도, 강조하건대 감상/과장을 최대한으로 자제하면서 이 공책에다 내 생각을, 내 주변의 일상을, 오늘의 이 반동강이 나라에서 펼쳐지고 있는 기운과 시속을, 그 모두를 아우르는 세태의 요점을 철저히 취사(取捨)하여 솔직하게 적바림해두려고 한다.

↓

이만집은 자신의 이름 옆에다 괄호를 치고 예의 그 주민등록번호를, 끝에는 비망록을 적기로 한 날짜를 부기해두고 있다. 엔간히 꼼꼼한 일면을 드러낸 셈인데, 한편으로 생활 습관을 일시에 바꾸기는 쉽지 않으므로 그 정도의 자기 단속은 글의 피상성을 막으려는 구실이기도 할 것이다. 보는 바대로 글의 끝자락에는 자신의 비망록의 성격도 얼핏 간추려 두었는데, 막상 적바림에 뛰어든 동기는 밝히지 않았다. 짐작건대 어떤 계기가 분명히 있었을 것인데 의도적으로 생략한 듯하다. 한참 후의 어느 날 일기에 그는 꽤 자학에 빠져서 아래와 같이 적고 있다. 그중에서 이 비망록의 성격 같은 것을 엿볼 수 있는, 딴에는 의미심장한 부분을 옮겨 보면 이렇다.

↓

다른 잣대야 어떻든 이분법만큼 편리한 세상 이해도 달리 없지 않나 싶다. 단언하건대 거의 수재급 발상으로서, 무기질과 유기질이란

무기질 청년

용어도 그중 하나로 세상의 모든 사물을 아주 요령 좋게 단숨에 설명하고 있다. 물이나 공기나 광물 등이 무기질이라는 것이다. 물론 그 자체에는 이렇다 할 기능이 없어서 죽어 있는 것 같고, 따라서 살아있는 생명체는 아니다. 그러나 그것들은 꼭 있어야 한다. 스스로 기능이 작동하여 살아 움직이는, 가시적으로 성장, 변화, 소생, 절멸을 이어가는 유기물질 중에는 이 세상에 없어도 좋은 게 많다. 해악을 끼치는 게 그것들이다. 무기물에는 우리 인류에게, 또는 우리 공동체에 그다지 큰 해를 끼치는 것은 없는 듯하다. 하기야 나의 자연과학 쪽 지식은 워낙 젬병이라서 장담할 수도 없지만.

아무리 따져봐도 나는 참 착하다. 물론 바보, 등신이라서 선량하지는 않지만, 어느새 우리는 돈맛을 알고부터 착한 심성의 가치를 등한시하고 있다. 마찬가지로 해악을 끼치는 유기물질도 누가 비난하지 않는 게 현실이다. 인체에 해로운 독성이 있거나 없거나로 물질을 나누는 분별도 어째 비과학적인 것 같다. 악과 선은 영원히 공존하게 되어 있는 현실에, 그런 생존 현상에 시비를 걸어봐야 무슨 소용이 있나. 나는 무기질이므로 생존할 가치가 있다는 주장도 다소 엉터리 같다. 아니 생각할수록 어째 언어도단 같다. 도대체 어떤 물질이 다른 물질보다 상대적으로 더 값어치가 있다는, 그 정리가 과연 옳을까. 과학이라고 무조건 다 옳고 믿어야 하나. 과학도 일시적인 지식 체계로서 당대만을 호령하는 일종의 권력이자 막강한 세력에 불과할 텐데. 천동설의 임시적 횡포와 그 허무한 종말을 상기하면 족하다.

그런데 나처럼 시비만 거는 부류의 인간은 필요 없는 존재라고 윽박지르는 놈과 나는 오늘 대판으로 싸웠다. 그들만이 이 세상에서 꼭 필요한 존재라고? 어차피 우리는 음양의 결합과 조합으로, 일컬어 가장 단순한 양성생식으로 태어난 똑같은 미물에 지나지 않는데. 인건비를 착취해서 잘살아 가는 악덕 기업가는 유기물질이긴 해도 이 사회에 해독을 끼친다. 도저히 뜯어맞추기가 싫어서, 맞춤법과 띄어쓰기나 바로잡고 문장에는 일절 손대지 말라는 그 엄명을 나는 차마 준수할 수 없었다. 한글의 어법도 모르는 노대가의 그 남루한 번역 원고 꼬라지하고서는. 이틀 만에 그만둠으로써 나의 이틀 치 인건비를, 최저 임금 일당 2천 원으로 칠 때 무려 4천 원을 갈취한 부류들을 악으로, 나의 분노와 억울을 선으로 대접하는 사고방식은 얼마나 단순하고 편리한가. 하기야 잠시만 숙고해봐도 이런 이분법적 사고 체계가 인간 세상의 모든 제도, 관행, 이치를 '가지고 놀고' 있는 '득세' 판에 어느 성인군자인들 힘을 쓸 수 있겠는가.

이래저래 머리가 부글부글 끓고, 속도 쓰린다. 이렇게 타시락거려봐야 나만 손해에 배만 곯는다. 무기질은 그 본색대로 어떤 불만, 불평도 잠재우며 죽치고 살아갈 수밖에 없다는 데야. 음양의 낙을 누리지도 못하는 주제가 할 말을 하고 살아본들. 도태 직전의 나 같은, 무기질처럼 '있으나 없으나' 별 표도 안 나는 인간의 서러움을 속기록으로 남긴들 무슨 소용에 닿겠는가. 세상이 비루할 리는 만무한데, 인간은 공연히 아는 체하면서 모든 일을, 제도를, 사회를 아무렇게나 엉망으로, 모순투성이로, 딱 두 개의 세상으로 만들어놓은 재주가 탁월하달 밖에. 참으로 답답하고 억울한 심정이다.

↓

일기란 게 대체로 그래야 그 소명을 다하는 것이지만, 이만집의 비망록에도 날짜 표시가 분명하다. 날짜는 물론이고 연대, 요일, 날씨까지 꼬박꼬박 적어두고 있다.

여느 날의 날씨 표정은 워낙 정확하다. 왜 그런지 그쪽으로 관심이 많은 듯하다.

'조개구름이 북한산 쪽에 기다란 한 폭의 띠를 이루고 있다. 운량(雲量)은 3 정도일 듯.'

'간밤에 내린 눈이 5센티는 좋이 장독대 위에 쌓여 있는데도 온종일 내 방의 창문에다 쉴 새 없이 하얀 빗금을 그어댄다. 화가들은 저 광경을 어떻게 그릴까를 오랫동안 생각하느라고 눈이 다 침침해졌으니.'

'습도계의 모발(毛髮)이 신축기능을 상실할 정도로 대기는 끈적끈적하다. 벽과 내 몸에 감기는 축축한 기운이 끈적거려서 짜증스러운데, 며칠째 비바람도 안 분다.'

'수직 시정거리는 1미티 남짓인데, 수평 시정거리는 지척도 흐릿하게 안개가 짙다. 담배 연기가 짙은 안개 속에서는 금방 물방울이 되었다. 내 시력을 믿어도 될까.'

이만집은 매일 비망록을 기록하지는 않았다. 건너뛰는 날은 그다음 날 틀림없이 이틀 또는 사흘간 그가 쓴 돈의 액수와 간단한 느낌을 기록하고 있다.

앞에서 날짜 대신에 '봄'이라고 표기한 것은 내가 임의로 부친 것이다. 그의 사생활이 요긴한 대목에서 흐려질까 봐 그랬는데, 앞으로의 계절도 적당히 내 솜씨대로, '인용'의 미덕대로 덧대기를 사양치 않았다. 하기야 내 분별은 '큰 인용'에 대한 투정이지만.

'산천경개가 수려하고 풍광이 사계절 내내 분명할뿐더러 온화하다는 우리의 지리적/기후적 조건이야 새삼 되풀이하지 않아도 자명한 일이다. 자화자찬에 빠진 일종의 배타적 국수주의 취향이긴 해도 낯 간지러운 것도 사실이다. 장관(壯觀)으로서야 에베레스트산에 비하겠으며, 광활하기로야 아라비아나 고비 사막에 당하겠으며, 파노라마형 풍경으로야 툰드라 삼림에 견주랴.'

그러니 경치가 좋다는 말은 의미가 없다기보다 동어반복이라고 그는 강변한다. 상투형 고정관념에 대한 일정한 비아냥으로 이해할 수 있는 발상인데, 음풍농월을 일삼는 그런 감상벽이 맹목적인 애국심의 발현에 크게 이바지한다는 점을 고려한다면 풍수지리에 대한 일정한 호오(好惡)의 정서야말로 부당한 현실 전반에의 반사작용일 수도 있다.

역사에 진전이 없다고 삿대질을 해대고 있는 부분도 너무 일방적 설명이어서, 당연하게도 지리멸렬을 면치 못해서 혼란스럽고, 이 말 했다가 저 말 둘러대는 식으로, 어디서나 알거냥하면서 떠벌리는 말재기꾼을 닮아있다. 갑자기 할 일이 너무 많아져서 아무 분야에서나 전문가 행세로 덤벙대는 계몽주의자 같기도 해서 그 언행 일체가 믿기지도 않는다. 젊은이다운 혈기야 알 만하지만, 대체로 오줌소태에 걸린 기질성 환자처럼 걸핏하면 조급증을 잘 드러내는 일종의 집단심성을 공유하고 있는 듯해서 씁쓰레하다.

한 개인이 조국의 역사 진행과 그 좌충우돌에 지나친 기대를 걸다가 지치면 곧장 신경질을 버럭 내는 구체적인 방증은 다음 날짜의 기록에서도 엿볼 수 있다.

↓

신라 시대의 고분에서 달걀 껍질이 나왔다고 호들갑을 떤 적이 있

무기질 청년

다. 격구나 그 비슷한 심심풀이용 놀이에서 사용했을 법한 골프공 같은 돌멩이가 순장 부품 목록에서 빠졌다니, 적잖이 놀랍고 아쉽지 않나. 발상과 추측에도 전도(順倒)가 필요한 대목이 아닐까.

그 당시에는 골프 같은 신선놀음보다야 집단오락인 석전(石戰) 같은 게 훨씬 재미있었을 게 틀림없다. 석전의 도구인 돌멩이야 사방에 흔전만전 늘려 있고, 쉬엄쉬엄 쉬어가면서 개개인의 타수나 헤아리는 골프에 비해 명치에 명중하면 현장에서 즉사할 수도 있는 돌 팔매질은 야만적이긴 해도 오늘날 영화 속의 대규모 몹 씬 같은, 집단 유희로서는 흥미진진한 연례 행사였을 것 아닌가.

방직기와 전기와 비행기와 전자기기로의 순차적 발달이 역사의 진행에 얼마나 지대한 영향력을 미쳤을까. 실로 의문이다. 여전히 굶주림과 헐벗음은 지구 곳곳에서 만연하고, 크고 작은 전투/전쟁은 쉴새 없이 이어지고 있다. 문명의 이기로 말미암아 사람살이가 다소 편해지긴 했지만, 그만큼 지구는 세포 같은 칸막이식 소굴로 탈바꿈했다고 보아도 무리가 없다. 한 언어권 안에서도 온갖 갈등과 불평등이 기하급수적으로 늘어나고 있는데. 결국 호미와 낫과 붓을 근본적으로 대체하는 이기들이 하나씩 생활 환경에 보태졌을 뿐이고, 불가피하게 그 쓰임새를 익히고 늘려가느라고 분주스러워졌을 뿐이다.

요컨대 용도의 개발과 소비의 확산이 문명의 행진을 부추긴 동력인 듯한데, 그 차원을 몽땅 제거, 무시해버리면 우리의 일상을 어떻게 설명할 수 있을까. 원시 상태가 그립다는 소리가 아니라 이제는 문명이 돌이킬 수 없는 위력으로 기왕의 만사/만물에 무자비한 월권을 행사하고 있으니 차제에, 강조하건대 이 물질문명의 요란한 위세에 정도껏 대드는 발언도 불가피하지 않을까 하는 요즘의 내 억하심정을 따져보고 싶어서 이런 되잖은 넋두리를 씨부렁거리고 있지만.

↓

이만집은 이어서 좌충우돌식의 논조를 제멋대로 까발리는데 나로서는 그 횡설수설이 가당치 않다는 선을 넘어서 같잖은 객기로 다가온다. 예의 그 인용 만발의 글줄들 가운데는 '어이없는 지적 횡포'란 말과 함께 더 과격하게는 얼토당토않는 정신병자의 장광설을 상기시키는 부분도 흔하다는 것이 나의 감상이다. 나의 그런 편견을 괄호 속에 묶어두더라도 그의 강변을 주목하다 보면 통념에 안주하며 살아온 내 심사를 어느 곳으로 무작정 끌고 가는 악력이 느껴져서 '과연' 하고 한숨도 내지르게 된다. 이런 인간적인 관계라기보다 공감대의 침윤은 분명히 세뇌의 그 따분하고 강제적이며 목표 지향적인 '시험용' 주입과는 격이 다른 듯하다. 흔히 글의 힘을 마력으로, 마약 같은 중독성으로 풀이하나, 미녀의 사랑을 얻은 추남의 허풍이야 오죽 요령부득일까. 나의 기우일 뿐이지만.

↓

역사가 고여 있으면, 좀 더 노골적으로는 보수 반동적이면 무기물질인 물은 썩는다. 나는 무기물질처럼 죽은 듯이, 자체적으로는 어떤 힘도, 변화와 생성도 이뤄내지 못하고 기신거리는 한낱 쓸모없는 청년에 불과하지만, 아직 부패하지는 않았다. 우리 역사는 더 썩을 여지도 없거나 제 자리에서 뱅글뱅글 돌아가는 팽이와 흡사하다는 내 식의 상념이 오래전부터 떨어지지 않고 내 의식 밑바닥에서 눌어붙어 있다. 오늘도 꼼짝하기 싫어서 늘 쓰다듬고 키우다가 내팽개치기도 하는 자위행위처럼 예의 그 상념 유희에 지치지 않았다.

문자가 쓰이고 난 이후 역사의 굴렁쇠는 (편리하게도 예의 그 이분법적 발상으로) 세칭 진보주의 세력과 보수주의적 세력 간의 끊임없는 충돌과 타협의 와중을 쉬임없이 굴러왔다고들 한다. 참으로 케케묵은 진단이라 즉각 하품부터 베물어야 할 지경이다. 무탈하니 배나 불리려면 늘 게으른 보수적 사고방식 안에서 기지개나 켜며 살 일이고, 어떤 개혁 의지에 동참하려면 생업도 찾기 전에 떼지어 거들먹거리기부터 배우는 진보파의 언동을 베껴 먹을 궁리를 앞세워야 하리라. 게으른 점잔과 들뜬 분주의 대결. 무식과 동어반복의 따분한 되풀이. 하기야 두 쪽 다 뭉개기와 거드름 피우기에는 일가견이 만만하다. 어느 쪽이나 때맞춰 입신출세하여 허명이나 날리며 한평생 잘살아 보자는 일념으로.

한때는 배운 사람일수록 진보주의를 지향한다는 통념이 해방 전후에 요원의 불길처럼 득세했다가 휴전 이후 자유당 정권의 작정한 '잡도리'로 몰라보게 수그러졌다는 느낌이 과연 일리가 있을까. 보수적 사고방식이 워낙 폭넓게 팽배한데다, 일제가 1919년 3월의 대대적인 만세운동 후 '진보주의'를 철저히 압살한 나머지 그 반발마저 민중 속으로 뿌리 내리기에는 우리의 의식주 상태가 거의 맨손뿐이었잖나, 잘못 봤을까.

보수주의가 가장 막강하고 기민한 위력을 구체적으로 과시한 '해방 공간'을 어떻게 분별해서, 어느 쪽을 편들어야 할지. 친일 세력이 우리 사회의 골골에서 기득권을 행사하여 그 많은 적산가옥, 적산 공장을 접수했다는 실례가 과연 일목요연하게 드러나 있나. 실속은 보수가, 말은 진보가 늘 앞선다는 도식도 우리가 만든 세계사의 드문 예문일 듯. 그리하여 거드름꾼과 허세꾼이 서로 질세라 서민의 언행과 노선을 좌지우지하고, 살림의 주름살도 쥐락펴락하는 몰골을 경쟁적으로 펼쳐갔으니까.

우리 집안 어른들이 걸핏하면 손가락질로 일러줬기 때문에 그 얼굴과 이름을 동시에 떠올릴 수 있는 내 고향의 한 유지는 일제 치하의 하급관리로서 온갖 못된 짓을 다 하다가, 8월 16일 밤에는 벌써 인근의 유력 인사들을 찾아가서 앞앞에 무릎을 꿇고 눈물까지 흘리며 인정에 호소하는 명연기를 떨쳐 보였다는 것이다. 다들 '사람이 밉나 죄가 밉지'라면서 허허거리는 배경 속에서 그 골수의 친일파는 곧장 자유당에 들어가 거들먹거리다가, 군사혁명이 나자 이번에는 보수 야당에 빌붙어 허풍만 떨었다고 했다. 딴에는 시시각각으로 단풍잎 색깔이 변하듯 격변하는 시대에 호응하며 살겠다는 확고한 정치 철학이, 그래 봐야 기회주의자로서의 알랑거리는 처신만을 익히고 머리는 텅비워둔 채로 알음알이를 개척해갔을 텐데, 그런 정치 행태는 사실상 타고난 '사람 욕심'으로 사교술에 능하여 인맥을 두더지처럼 파고드는 구직(求職) 전문가의 행선지 붙좇기일 뿐이다. 우리 사회를 단숨에 과점해버린 그 보수 지향적 세력이 저지른 무지몽매한, 그만큼 우락부락한 완력에 대해서 역사학은 그 근본 동인을 어떻게 파악했는지 나는 미처 모르고 있다. 시대라는 숙주에 매달려서 겨우 연명이나 도모하는 이런 반인간적 무리에 '보수'나 '우익' 같은 두루뭉술한 계급장을 붙여본들 무슨 의미가 있을까. 허울 좋은 '진보'나 '좌익'도 입만 살았을까, 결국 똑같은 동기로 '숙주'를 찾아다닌 '구걸 행각'이 그들

　무기질 청년

의 그 거룩한 투쟁 경력이었지 별거겠나.

역사의 굴렁쇠가 어디로, 어떻게 굴러가더라도 한몫을 한다는 점에서 자칭 보수세력이야말로 늘 주체이긴 하다. '한몫'은 그 실상이 그렇듯이 잘 먹고 잘사는 '자리 값'의 다른 말이다. 그것을 무시하고 무슨 역사를 기술한단 말인가. 그래서 우리 역사는 눈만 말똥말똥하니 뜬 채로 제자리에서 조는 듯이 돌아가는 팽이를 빼닮았다는 것이다.

거친 채로나마 예의 그 편리한 이분법을 빌리면 반은 어리숙하고 나머지 반은 영일 없이 헐떡거리며 바쁘게 살아가는 알짜 건달인 이 땅의 진보적이고 동시에 보수적인 모든 지식인은 누구라도 부르면 쪼르르 달려가는, 이념도 뭣도 없는 추수주의자일 뿐이다. 말은 진보적인 체하며, 생활과 사고는 보수를 지향한다는 이율배반적인, 머리에 살짝 금이 간 그 가치에 자신이 얼마나 깊숙이 물들어 있는지조차 의심해본 적이 없는 무능력자에다 데림추임에랴. 하기야 오래도록 잘 먹고 잘살기 위해서 사고나 언행을 때때로 적당히 갈아 끼우는 것이야 얼마나 손쉬운 일이며, 그래봐야 밑져야 본전이 아니라 종전의 그 오그랑이 신세로 별 탈 없이 되돌아갈 뿐이니 남는 장사 아닌가. 그들의 생존방식이 예전의 사색당파가 보여주는 대로 늘 패거리로 뭉쳐서 동어반복으로 소일했으므로 이렇다 할 정치 철학도, 그 싱거운 '어록'마저 정리해놓을 글 실력조차 생래적으로나/생태적으로나 거세당하며 살았다는 사실에 방점을 찍어야 하련만, 그런 본색에의 접근을 기피하는 우리 역사학은 정말 재미도 없으려니와 서술 기조가 얼렁뚱땅으로 일관해서 억장이 무너지는 판이다.

하기야 아무리 잘 봐주더라도 나조차도 아집 덩어리에, 별것도 아닌 전통에 대한 국수주의적 성향이 농후한 한낱 글방 퇴물에 지나지 않는, 일컬어 '써먹을 데가 없는' 반치기에 불과하다. 삼일절이나 광복절 같은 국경일도 우리 역사의 치부를 선전하는 모양새라서 거슬리기 짝이 없다는 이 착잡한 심성을 누가 이해할 것이며, 그 내막을 어떤 식으로든 풀어 써본들 쌩쌩한 역사 기술자들이 눈도 끔뻑하지 않을 테니.

↓

보다시피 젊음의 특권으로 이만집의 현학 취향도 볼수록 가관이다. 현학의 골자는 자기가 알고 있는 것을 여러 사람에게 반드시 보여주고 싶어서 설치고, 자신도 당당하게 지식인의 대열에 자청해서 합류하겠다는 과시벽이다. 크게 따져보면 모든 글이 인용/현학의 산물인데, 젊었을 때 쓴 글은 대체로 자기 혼자만 알고 있는 것이 아니라 이미 공지의 사실을 허세로 과대 포장한 것에 지나지 않으며, 자신의 불확실한, 더구나 충분하지도 않은 어떤 지식을 조금도 의심하지 않은 그 기고만장으로 어리석은 독자들을 농락하는 것이다.

또한 위의 글에도 얼른거리는 대로 두서도 없고 조리도 안 서서 대충 얼버무리는 투가 이만집의 고유한 문맥이자 장기가 아닐까 싶다. 하기야 비망록이므로 두서와 조리를 찾는다는 것도 우물가에서 숭늉 찾는 꼴이긴 하다.

더러 반상식적인 발상을 휘두름으로써, 더불어 역설과 반어법을 자주 구사함으로써 그런대로 읽히는 문투를 남기고 있긴 한데, 그의 말을 흉내 낸다면 '생각/사설/궤변이 많아서 좋을 것도, 나쁠 것도 없지 않을까.' 그런 경지에서 돌아볼 때, 우리의 기존 역사 기술에서 건져

낼 수 있는 문장이 과연 몇 개나 남을지 실로 의문이다.

여기서 내가 보수와 진보의 실상에 대해서, 그 연조에 대해서 보탤 말은 무수하나, 삼가고 싶다기보다 군더더기 같아서 실큼해진다. 그러나 사람은 어차피 정치적 동물이고, 누구라도 정치와 정치 체제의 희생양이므로 어설프게라도 진보/보수의 탈을 가식으로든 맨정신으로든 덮어쓰게 마련이다. 나는 상관과 부하의 눈치를 늘 의식하는 월급쟁이답게 무골호인이라서 어느 쪽이라도 괜찮은가 하면 때로는 못마땅해도 참을 수밖에 없다는 부류에 지나지 않지만, 일반 대중들로서는 누구라도 이해(利害) 당사자가 되는 즉시 정치의 횡포/수혜에 대해 침을 튀기면서 고함을 지르며, 남에게 말할 기회마저 빼앗는 독재자로 돌변한다. 내 주위의 친구 중에도 그런 얼치기가 많으며, 짐작건대 그들은 장차 영원히 알짜 '정치적 인간'으로, 체제 비판자로, 어느 특정 정치인에 대한 상대적 옹호/배척의 실천가로 살아갈 확률이 높다.

말이 나왔으니 한 마디만 보태면 명색 진보의 기치 아래서 고만고만한 발언권을 신장시키려는 친구들을 보면 사람 사귀기를 좋아하고, 그 자청한 설레발로 말미암아 머리를 텅텅 비워두는 공부 부족증에 걸리는 사례가 흔하고, 한창때 그처럼 시간을 허비하는 버릇을 쉬이 뜯어고치기가 어렵다는 실증을 막상 당사자도 벌써 굳어진 그 나쁜 두뇌 때문에 미처 모르면서도 연방 말재주만 갈고닦는다는 사실이다. 기가 죽어야, 다른 말로는 열등감에 시달리면서 자신의 전신상을 뜯어볼 줄 알아야 어떤 승화(昇華)의 길을 뚫을 수 있다는 심리학 쪽 가설도 있느니만큼 지레 기고만장에 매몰되고 마는 진보파들은 스스로 자기 방기의 획책을 보신의 수단으로 삼은 꼴이다. 한편으로 보수파는 위낙 태생이 좋아서 이해득실에 발밭고, 때맞춰 적당히 머리 채우는 공부에도 나름의 근면성을 발휘하나, 자기본위의 그 자만에 겨워 지내느라고 제자리 뜀뛰기로 반생을 허비한다는 약점이 있다. 아무래도 출세주의라는 잣대를 들이대면 빈 깡통이 더 시끄럽다는 말대로 진보파들이 '입신'에는 보수파들보다 약아빠져서 한 수 윗길임은 자명하지 싶은데, 내가 잘못 본 것일까.

어떻든 위의 글 말고도 '비망록'은 우리 역사와 그 기술의 지리멸렬에 대해서 장황하게, 더러는 앞뒤 말이 싸우고 있어서 지리멸렬을 면치 못하는 서술을 잔뜩 남기고 있다. 흡사 약장수가 사람이 모일 만한 곳이면 그 헐렁한 보따리와 싱거워빠진 언변을 풀어놓으며 자기도취에 빠지듯이. 그것도 최근세사에서 나름껏 내로라한 여러 유명인의 공과를 실명으로, 예컨대 우남, 백범, 몽양, 민세, 인촌 등을 언급하면서 그들의 낙천적 국제 정세관(강대국 중심의 현상 고정론에 무식했다는 것이다), 허름한 민도를 한사코 감싸고 도는 세태 감별력(당시의 식자들 대다수가 우리의 문맹률이 5할 이상이었다는 사실에 눈을 질끈 힘주어 감았다고 맹비난하고 있다), 좌우 대립의 난맥상에 대한 수수방관(어느 쪽이 최종적으로 권력을 잡더라도 '하늘'의 뜻이라는 당시 민심을 일방적으로 해석하면서 우리의 편협한 역사/정보 이해력, 예컨대 3.1 만세운동의 도화선이 고종의 인산이었으므로 일제는 미리 알았으면서도 방치, 결국 사주설에 일리가 있다면서, 그 증거로 '독립선언문' 인쇄물을 조선총독부 수하의 경무국이 이미 입수하고서도 '조선의 진정한 민도'를 저울질하느라고 공공연히 방조했다는 가설만은 결코 '낭설'이 아니라고 핏대를 올리고 있다) 등등 온갖 잡

무기질 청년

설로 헐뜯는데 지면을 낭비하고 있다. 특히나 전래의 반민중적인 양반 의식에 기댄 나머지 탈민족적인 입지와 성화로 외세를 끌어와서라도 국토의 '완정'을 획책한 공산 세력의 반동적 무력 행사에는 맹공을 퍼붓고 있기도 하다. 주체 운운하면서 무조건 북한 체제에 동정적/호의적 태도를 서슴지 않는 여느 젊은 대학생들의 섣부른 의식조차 깔보는 그의 불편부당한 정의감 앞에서는 역시 그만의 예외적 성격을 감지할 수 있어서 미쁘고 시름스럽다. 어쨌든 그런 '욱하는' 우국충정에는 충분히 공감할 만하나, 실은 그 '바로 알자'식 험담의 대종은 부정을 위한 부정이거나, 정치 건달들이 상투적으로 나불거리는 '우국/애국 독점욕'의 과시를 방불케 하며, 기왕의 모든 역사적 기록물도 반은 지우고 반만 엉성하게 살려놓은, 일컬어 덜 짜인 허구물일 뿐인 그 '기정사실'을 무시하고 있으므로 여기서는 다 지우기로 했다.

또한 한가로운 계몽조 사설도 더러 보인다. 가령 우리의 지정학적인 위치가 사대주의의 공고화에 일조했다는 강변 따위가 그것으로, 오늘날의 이 수선스러운 현실을 그런 외부적 조건과 사세 판단에 늘 둔한했던 조상 탓으로 돌리는 정경은 실로 시답잖기 짝이 없다. 우리의 역사책은 어느 것이라도 읽을수록 독서인의 쌍심지 눈총기를 쑥 빼놓는 필력을 구색 좋게 다 갖추고 있다는 식이다. 서글프다는 말이 저절로 입가에 물리고, 못난 얼굴로 자주 거울을 들여다보는 당사자의 민망함을 서로 나눠가져야 한다니. 우리의 전신상을 훔쳐보려고 역사의 미로를 헤쳐가면 흡사 에움길을 허위허위 돌아가다가 어느 낯선 곳에서 구세주 같은 절대자가 불쑥 나타날 것 같은 일종의 대망 증후군에 시달리게 되곤 하지만, 실은 그런 환상이 백해무익하다기보다 이렇다 하게 쓸모가 없음을 우리는 늘 체험하고 있기도 하다. 그렇긴 해도 독서란 전후(통시적)와 좌우(동시대적)의 분별 행위인만큼 그런 '환상 물리치기'로서의 자기 검열에 등한할 수는 없는 노릇이다. 못난 부모야 숙명으로 곱다시 받들어야 하지만, 지지리도 헐어빠진 역사는 자료/정보가 늘려 있는 한 어떤 자랑사관/자학사관의 동원에도 불구하고 그 치유가 전적으로 불가능한 것은 아닐 테니까.

화제를 바꾸면 '비망록'의 기술 전반에는 대체로 아파트를 굳이 '집합주택'이라며 한자 조어(造語)를 구사하는 식이 돋보인다. '한글세대'란 용어는 일제 강점기를 새삼스럽게 의식하며 세대 차이를 분명하게 띄우려는 그 환기력 만으로도 제값을 누리는 일종의 '시류적 분별어'인데, 그 배경에는 '일어 세대'와 그 너머에 '한자 세대'를 상정하고 있다는 점에서 우리의 진득하나 실속 없는 '역사 소환력'을 절감하도록 채근하는 세태어이다.

주지하듯이 주시경이, 이 양반이 근대 교육사상 최초의 '선생'일 텐데, 배재학당의 졸업증서에 가로 풀어쓰기를 고집했다고 알려져 있다. 그 공이야말로 "독닙신문"이 순 한글로 기사화한 소식을 민중에게 알렸다는 역사적 시금석과 더불어 '형식/의식'의 일대 혁명에 버금가는 것이었다.

차제에 나도 숟가락을 들고 남의 밥상에 다가앉으면 모든 국어가 배울수록 어려워지고, 세월이 흐를수록 되돌릴 수 없는 강물처럼 말과 글이 속속 바뀌는 것이지만, 남한의 어문 정책은 부실할뿐더러 확고한 '대안'을 속속 개발하지 않음으로써 명료한 언어 세계를 누릴 자격에서 멀어지고 있는 듯하다. 내 직업과 관련해서 말하면, 70년대부

무기질 청년

터 무역업체에서는 한글을 알파벳으로 표기해서 텔렉스를 친다. 농담 같지만 엄연한 현실이다. 물론 억지스럽고 반문장적인 의사소통 수단이라서 어불성설이긴 해도 한자를 없애자는 것이 아니라 한문으로 일상을 유지하려는, 예컨대 사서삼경 식 색안경을 끼고 사고하는 케케묵은 습성을 버리려면 한글의 풀어쓰기도 '한글 해방론/한자 무용론'의 한 방편으로 거론할 수 있지 않을까 싶다. 하기야 한글의 반 이상이 한자에서 왔다면서 한자 병기론을 줄기차게 부르짖는 세력들은 '자가당착도 유만부동' 운운하며 즉각 돌아앉아버릴 테지만.

물론 상식적인 한글 전용론인데, 내 진의는 한글을 풀어쓰면 권위의식이 묽어지면서 적확한 의사 전달과 분명한 표현을 건지기 위해서 언어의 순수성 정도와 그 사용량에서 일대 혁신이 일어나지 않겠냐는 소신을 피력하고 싶어서이다. 신문은 말할 것도 없고 월간종합지를 읽다 보면 되다 만 문장이, 앞뒤 문맥이 서로 싸우는 구절이 너무 많아서 이러고도 각자의 주장과 여론이 호응, 서로 삼투할 수 있다면 그 야말로 코끼리의 다리가 다섯 개라며 한사코 우기는 지경이 아닐까.

한글 전용에 홀소리/닿소리를 연이어 풀어쓰기가 보편화되면 어떤 언어 혁명이 일어날까. 아마도 한자 어휘도 우리말로 풀어쓰기 시작함으로써 명징한 '언어 사용'과 정확한 '문장 조립'에 상당한 이바지가 단시일 안에 이루어지지 않을까. 상상일 뿐인데 영어와 아라비아 문자처럼 한글도 아래위로 들쭉날쭉하고, '이응' 대신에 '점'이 찍히면 시각적으로도 보기가 낫고 가독성이 높아지지 않을지. 그러면 우선 개인 도장, 검인, 직인, 관인, 확인(確印) 등이 불필요해질 터이므로 인장업자들이 전업해야 할 것이고, 집문서에 도장을 안 찍으면 어딘가 무엇이 빠진 것 같다는 사람의 의식이 바뀌기 전에 그들도 필기구를 자주 쥠으로써 자신의 '이름' 석 자라도 멋들어지게 쓰는 습성부터 길들일 테니까. 전통과 풍습을 단숨에 바꾸기는 힘들지만, 사람이란 동물은 무엇보다 생활의 편리를 좇는 감각적인 천성에 민감하므로 도장과 인주의 퇴치 정도야 하룻밤에도 가능한 일이건만. 주판이 사라진 경과를 주목해봐도 '한글 표기 개량'과 '언어 습관'부터 따지는 거국적/민족적 운동보다 더 다급한 일이 '따로' 있기나 할까.

↓

'봄'. 겨울은 늘 늑장이 좋다. 무슨 미련이 남아서 그런지, 나만 성급하게 이런지. 봄이라고 딱히 할 일이 있는 것도 아닌데, 무엇을 기다린다는 것은 이처럼 감질이 난다. 날씨만 화창해지면 발길 닿는 대로 두 시간 이상을 걷고 싶다. 아무나 다 공글리는 고만고만한 온갖 생각거리를 마음껏 뒤적거리면서.

자장면 한 그릇에 2백 원. 어제는 분명히 250원이었다.

뜨악해서 배달꾼 빡빡머리에게 물었다. 아마도 내 표정에 커다란 물음표가, 이른바 '내면'의 표정 연기가 그럴듯하게 올라붙었을 것이다.

"자장면값까지 왜 이래 들쑥날쑥하고 난리냐? 별게 다 사람을 농락하려고 설치네. 시국이 미쳐 돌아가더니만."

"협회에서 올려 받지 마래요."

불과 열네댓 살쯤일, 시골에서 초등학교를 겨우 졸업하자마자 아비 일인 농사는 물려받지 않겠다고, 죽어도 도시에 나가서 죽겠다고 상경했을 배달꾼 소년의 대답이 딱 부러져서 웃을 수도 없었다. 그들은 공부하든지 직업학교에서 무슨 기술을 배워야지 음식을 나르는 하찮은 단순노동에 종사해서는 안 된다고 생각하는 나는 그들을 볼 때마다 짜증스러워진다.

더욱 뜨악해져서 나는 혼잣소리로 말을 흘렸다. 이번에는 내 표정에 조롱기가 흘렀을 것이다.

"자장면 협회도 있나."

빡빡머리는 귀도 밝은지 연이어 응수가 당찼다.

"아저씨는 수돗물을 요즘에사 얻어 잡수시나 봐. 서울 같은 대도시에서야 무슨 협회가 없겠어요. 중국음식 요식업자협회가 시퍼렇게 살아 있어요. 자, 동전 세 개 여깃습니다. 우리야 시키는 대로 해야지 무슨 힘이 있나요. 그릇은 밖에 내놓으세요. 좀 있다 찾으러 올게요."

빡빡머리의 깐죽거리는 말솜씨가 얄미워 나는 쏘아주었다.

"야, 이것아, '시킨다'는 그런 말을 아무렇게나 씨부렁거리지 마라. 네 스스로 떳떳하게 일하면 됐지, 누구한테 시킴을 받고 말고야. 내 말 알아들었어? 모르면 말고."

"아무려면 어때요. 우리는 그런 말 어려워서 몰라요. 일 시키는 사람 다르고, 일하는 사람 달라요. 이 집 부엌데기 시골 출신 처녀는 안주인이 시켜서 일하는 거라고요."

"알았다. 시끄럽다. 귀에 날파리 들어앉은 거 같다. 너는 몸이 성해서 귀한 노동을 하고 있고, 그 대가를 받고 있는 거야. 네 힘으로 일을 하고 있단 말이야. 그걸 빨리 알아야지."

나는 '일을 하고'에 힘을 주어 말했다.

소년은 정말 일을 열심히 하고 있었다. 그의 걸음걸이가 벌써 즐겁게 일을 하며 대문께로 멀어져 갔다. 입주 가정교사인 나처럼 걸음걸이가 무거우면 자장면 배달꾼 노릇도 얻기가 힘들긴 할 테다.

도대체 우리나라에서 이놈의 자장면은 무엇인가. 일자 무식꾼도 훤히 꿰고 있다시피 그것은 삶은 국수를, 보는 바대로 그 굵은 가락이 찰져서 제법 먹음직한데, 까맣게 볶은 중국식 된장에 비벼 먹는 음식이다. 자장면은 이미, 아니 조선조 말기부터로 잡으면 그 후 삽시간에 한국의 전통음식이 되고 만 먹거리이다. 풍문에 따르면 동남아의 화교 거리나 중국 본토에도 자장면이 없어졌거나 희귀하다고 한다. 그 근원이야 어떻든 우리가 상용하면 우리 것이지 남의 것인가. 다만 아직도 주식 같잖고, 중국음식점에서만 사 먹게 되고, 일반 가정집에서 만들어 먹을 수는 없는 특별한 귀화 식품이다. (고추가 그렇듯이 모든 문물은 귀화품이며, 결국 자생적인 사고/사물은 희귀하다. '우리 것'을 강조하는 의식 구조에는 온갖 열등감이 암약해서 본질을 어수선하게 견강부회하는, 대개의 학설/사견이 그렇듯이 '깃발' 부대의 선봉장 같은 혈기만 펄럭거린다.) 우스갯소리로 손님을 대접한다며 중국음식점으로 불러놓고 "자장면 먹을래, 머 먹을래?"라고 묻는다는 말이 있을 정도이다.

아무튼 하찮은 요깃거리의 소비자 가격을 협회라는 저 배후의 음험한 조직이 간단없이 올렸다 내렸다 하다니. 가관이긴 해도 마냥 웃고 있을 수만도 없는 노릇이다. 사돈 떡도 싸야 사 먹는다는 시장경제원리를 협회가 일사불란하게 통제, 획일화하고 있으니, '민주주의 공화국'이라면서 계획/통제 경제로도 늘 먹거리는 물론이고 생필품조차 태부족이라 전체 인민이 영일 없이 걸근거린다는 북한 체제에서도 볼 수 없는 일이 아닐까. 하기야 저쪽에서는 자장면 '수요'도 상부의 '동

무기질 청년

무들' 이 조절할 테지만.

협회를 만들자고 부추기는 세력은, 우선 동업자들이 그들의 이익을 도모하기 위해 똘똘 뭉쳐서 유형무형의 '압력 행사'로 득세하겠다는 것이다. 결사 행위는 어느 분야든 유사 단체의 태동을 속속 부추길 테지만, 선취 기득권이 워낙 막강해서 후발 주자는 맥을 못 추는 것이 통상 관례이다. 물론 선거철이 닥치면 그 이익단체들은 표를 구걸하는 정치인과 그 정당으로부터 상부상조를 앞세우며 이권 거래도 불사하리라는 짐작도 내놓을 수 있다. 요컨대 시장경제를 전국적으로 통제하는 시스템이 협회라는 여러 분야의 숱한 조직 '들'이다. 협회를 통해 발언권을 얻고, 그 익명의 권리는 정치와의 '거래'로 성사 여부가 결정되므로 그 일련의 구조/체제가 시장경제의 골격이라고 해도 과언은 아니다.

없는 협회가 없음은 자장면 협회만으로도 미루어 짐작할 수 있고, 그 막강한 발언권이 무소부지임은 자장면 가격의 일률적 통제에서도 드러나 있다. 자장면 협회 회장으로 뽑히려면 우선 자장면의 일일 매상액에서 압도적인 우위부터 확보한 모 반점(飯店)의 주인장이어야 하지 싶은데, 유감스럽게도 '수타 자장면'의 우열 측정에는 개인별 기호가 별스러워서 결국 큰 차이가 없을 듯하건만. 어느 쪽이라도 문외한이라 궁금 천만이긴 해도.

미성년자들의 자장면 배달조차 통제하지 못하는 현재의 자장면 협회 회장이 과연 업계의 이익을 떳떳하게 대변하는 능력사라고 할 수 있을까. 아니면 정관계와의 원만한 '거래'을 위해서는 위에서 시키는 대로 시장의 가격 질서를 '순종' 일변도로 몰아가는 아첨배거나 철면피일까. 나는 무식해서 선뜻 판단이 서지 않는다. 무식과 무관하게 오늘날의 '시장'은 너무 광대무변하고 그 요란한 선전 선동 술책을 보더라도 한낱 개인이 이해할 수 있는 범위를 훌쩍 벗어나 있다.

이래저래 협회 전성시대에, 회원들의 월회비로 무릉도원을 꾸려가는 협회 회장이 무소불위한 권위를 휘두르는 시대를 맞고 있다. 그러나저러나 빡빡머리는 되바라진 말솜씨만 익힐 게 아니라 자장면을 만드는 '수타' 기술부터 익혀야 하지 않나. 하기야 서비스 산업이 경제 지표상의 수치에서 제조업보다 더 앞선다니까, 자장면 '배달업'도 기술이나 기능일지도 모른다. 나처럼 도수 높은 안경을 끼고서야 자장면 배달꾼 노릇이 가당키나 할까. 넝마주이나 자장면 배달꾼이나 커피를 '주문배수(注文拜受)'하는 다방 레지나 빌딩 청소부까지도 안경을 끼고 의젓하게 제 노동을 천직으로 알고 '일을 하는' 사회가 하루빨리 도래했으면 좋으련만. 아무리 비천한 머리를 굴려봐도 협회 회장은 쓸데없는 말재주만 끌어모을까, 손도 안 대고 코 푸는 '회비'로 호의호식하는 건달일 텐데.

↓

늦봄에 쓴 일기다. 인플레와 유통구조의 난맥상이 사회 문제로 크게 화제의 도마 위에 올랐을 때인 듯하다. 자장면과 협회의 전성시대를 미리 내다보는 선견지명도 미상불 그럴듯하다. 나도 자장면으로 점심을 때우는 경우가 많은데도 여태 중국음식 요식업자 단체가 있는 줄은 미처 몰랐다. 그런저런 단체가 선거철에 '표 단속' 차원에서 주로 여당의 '주구' 노릇에 용맹정진한다는 풍문이야 귀 밖으로 흘려들었으나.

주워들은 말에 따르면, 자장면의 소비자 가격은 원가의 세 배를 상회해야 수지타산이 맞는다고 한다. 배달 음식에다 저렴한 가격의 험한 요깃거리에 불과해서 배달꾼의 임금이 가격 결정에 상당한 압력을 가하고 있다는 방증일 것이다.

그런데 의미심장한 대목은 자장면 '협회'가 우리의 일상생활에 막강한 영향력을 행사하고 있다는 지적이다. 서민들은 대체로 이 협회의 위력을 모르고 지낸다. 있거나 말거나 불편이 없으니 누구나 알 바 없다는 투다.

나는 머리털에서 기차까지, 팔 수 있는 상품이라면 무엇이든 외국에 수출하는 무역 부서에서도 일한 바 있는 직장인이다. 장차 파리나 멜버른 등지의 해외 지사로 나가서 3년쯤 근무하라는 명을 좇아야 할지도 모르나, 지지난해까지는 방계 회사의 석유화학제품 부서의 판매관리 과장이었다. 작년부터 윗사람이 보기에는 내가 모종의 일을 기획하고, 물건을 팔 궁리에는 쓸 만하다고 본 눈치다. 거의 온종일 나는 내 책상 왼편에 놓인 큼지막한 전자계산기의 숫자판을 보지도 않고 두드리며 시간을 죽인다. 원가, 임금, 이익, 환율의 변동, 나아가서 경영 진단과 경기 전망, 수출 거래처의 다변화 등의 일을 꾸미고, 꾸려나가기 위해서이다. 내게는 신문 지상에서 자주 보는 무역협회가 남의 나라 산불이나 마찬가지다. 그 협회의 소임과 행정력을 짐작만 하면서 자장면 협회와 마찬가지로 오불관언이다. 생각할수록 미로 속에 갇혀서 허둥거리는 기분에 빠진다.

조금이라도 관심을 가져보면 요즘 세상은 온통 협회 판이다. 협회가 세상을, 정부를, 시민을, 그들의 모든 일상을 꾸려 가는 형국이다.

그러니 꼬리가 몸통을 흔드는 것이 아니라 온몸이 꼬리의 주제넘은 비만으로 말미암아 꼼짝도 못 하는 지경에 이른 감도 없지 않다. 협회가 세상을 이끌어가고, 정부의 유관 부처는 관련 업체의 동향을 수시로 정탐하면서 그 의견을 경청, 사주, 임시적 합의를 정책에 반영한다. 무슨 탈이라도 불거지면 협회 탓을 둘러댈 수도 있고, 아무리 능장을 부리더라도 '민'을 대변하는 협회의 사정을 조율 중이라고 발뺌할 수도 있다. 이러니 되는 일도, 안되는 일도 없다는, 민주 사회의 방만한 '자율 기능/자정 효과'가 항상 한 걸음 늦은 정의 실현을 외치다가 낭패를 본다는 말도 나도는 것이다.

특허협회, 양돈협회, 소비자보호협회, 의사/변호사/문인/화가/음악가협회, 인장업자협회, 침술업자협회, 숙박업자협회, 이미용업협회, 매춘업자협회 등등. 맨 나중 것은 선진국에서만 현재 위력을 떨치고 있는 모양인데, '몸팔이 사절' 파업도 불사한다고 알려져 있다. 어떻든 모든 직업인이 모여 특정 협회를 구성한다면, 일설에 따르면 우리나라의 현재 직종이 5천 개 남짓 되고, 일본은 우리의 두 배쯤이며, 미국은 일본의 1.5배쯤이라니 세상은 바야흐로 협회의 거미줄에 칭칭 동여 매여 있는 셈이다. 그러나저러나 창업을 시장에 맡겨두지 않고 모든 생산 수단을 '함께' 하겠다는 공산주의나 사회주의는 근본적으로 직업 숫자를 늘리기는커녕 제한하자는, 복잡한 것을 극도로 싫어하고 이분법처럼 단순한 것을 좋아하는 머리 나쁜 얼간이들의 발상이 아닐는지. 다양성이 그렇게나 싫다면 예술의 모든 장르가 얼마나 무미건조해질 것인가. 하기야 예술이 계급사회를 만드는 근본적인 동력에 지나지 않으므로 검열 대상에 올려놓자는 지엄한 분부에 무슨 까

무기질 청년

탈을 더 덧붙일까.

조만간 금연자협회와 금주자협회에서 다달이 컴퓨터로 계산한 내 흡연량과 음주량에 대한 심각한 우려를 협회지에 공지할 시대가 올지도 모른다. 협회의 그런 시건방진 간섭을 우습게 볼 수도 없는 것이 그 익명화된 집단의 '과학에 기댄 공갈'에 한낱 개인은 속수무책일 수밖에 없을 테니까. 실은 협회 자체가 숱한 개인의 비겁한 '자기 숨김'에 기대서, 곧 명색 '다수'를 빙자한 무소불위의 압력/공갈 단체에 지나지 않으며, 급기야는 여론까지 제멋대로 주물럭거리는 '제도적 함정'으로 비치기도 한다. 선거권을 가진 모든 개인을, 각계각층의 시민과 그들의 경제 활동을 진정으로 대변한다는 국회와 국회의원들도 입만 살아 있는, 옳은 일도 제대로 하지 않으면서 다달이 회원들의 회비로 꾸려가는 협회와는 이복형제와 다를 바 없으며, 그 직위 자체가 예비 범법자로서의 글겅이질을 일삼는 '허가 받은 도둑'이라는 내 생각이 과연 억측일지. 어떻든 국회의원들이야말로 '공적'인 협회 회장들처럼 일하지 않고 고수입을 누리는 기득권자니까.

사람은 모름지기 제멋대로 살아갈 수는 없다고, 협회처럼 개인의 능률을 보호하는 장치 속에서 길들어지면서, 차츰 규격품으로 재조립되게 마련이라는 이만집의 지적을 어느 정도까지 수용해야 타당할까. 어느새 그와 나는 부분적으로 동상이몽의 자격을 공유하게 된 듯한데, 그의 어투 때문인지, 아니면 그 희한한 발상에 대들다가 내 평소의 신조가 '요점검'의 빨간 신호를 받았는지 아리송하다.

↓

'여름'. 덥다. 땀범벅. 연일 34도 안팎이란다. 비 소식은 없다. 날씨마저 민심처럼 부글부글 끓는다. 지구가 병들었다는 의인법만큼 실감 없는 표현도 없을 듯.

소주 폭음, 소주 폭음, 생선회, 생선회, 인사불성, 인사불성, 구토, 구토, 설사, 설사, 물, 물, 신열, 신열, 허탈, 허탈, 진땀, 진땀, 자업자득, 자업자득, 허기, 허기.

목이 연방 타니 물을 목구멍 속으로 꾸역꾸역 쏟아부어야 하고, 그러면 항문으로 노란 액체일 뿐인 배설물이 주르르 쏟아진다. 무슨 인스턴트 음식을 만드는 제조과정처럼 일사불란한 단순재생산이 끈질기게 반복을 거듭한다. 신기할 정도로 규칙적이고 정확하다. 컨베이어 시스템처럼 쪼그리고 앉아서 배를 움켜잡고 있으면 항문 일대가 화끈거리면서 톡톡 쏘아대다가 아려온다. 내 몸이 물을 무사통과시키는 대롱 같아져서 즉각 거꾸로 세울 수 있으면 하고 바라기도 한다. 모래시계처럼 번갈아 뒤바꿔놓다 보면 내 속이 거뜬해지지 않을까.

우리 또래는 우정이란 미명하에 뭉치면 죽는다. 오로지 헤어져야 산다. 서로 멀찍이 떨어져서 살아가면 제가끔 밥벌이도 하고 누울 자리도 마련할 수 있는 멀쩡한 밥벌레들인데, 작당을 하면 이렇게 서로 골병이 들고 만다.

대기업체에서 일하는 친구 두 놈이 물주 노릇을 자청하며 학교에 남아 공부하는 강주와 나를 위로한답시고 토요일 오후부터 이틀을 꼬박 술독에 빠뜨린 것이다. 호연지기, 기고만장 같은 말은 술 마실 때는 비누 거품처럼 고양감을 부추기지만, 술이 깨고 나면 바람 빠지는 풍선 꼴이 되어버린다. 참으로 허장성세다운 언어다. 그 말에 놀아나는 인간들은 얼마나 어이없는 허풍선이인가.

앞으로 다가올 우리 사회는 제발 '술 권하는 세상'이 되지 않기를 빌어 마지않는다. '괴롭다'는 말도 우리 사회를 부화(浮華)하게 잘못 규정하는 엄살의 과장어이다. 뭉게구름처럼 그럭저럭 잘도 살아가면서 언제나 죽을상이다. 흡사 세상의 고뇌는 혼자 다 지니고 사는 얼굴로 자살이라도 하겠다고 말만 앞세우면서도 돌아서면 설렁탕을 즐기는 치들을 방불케 한다. 과문한 탓이겠으나, 문맹률이 여전히 비등한 후진국들도 우리만큼 엄살이 심할 것 같지는 않다. 언어의 과소비거나 부실한 사용 때문이 아닐지. 아니면 전통적인 사대주의에 우리의 정신이 꽁꽁 묶여 있어서 중국의 눈치를 보느라고, 그 엄벙부렁한 한자어가 뼛속에까지 녹아들어 있어서 일지도.

비리와 부조리의 질서가 나름대로 조화롭게 굴러가고 있으니, 그 시비가 술 안주거리로는 안성맞춤이기도 하다. 말이 많아질수록 천박해지고 저속해지고 동어반복을 되뇌게 되지만, 실은 일부러 그러려고 비싼 술을 마신다. 사회생활은 너무 엄숙해서 기가 질리고, 거기서 어떻게든 빠져나오려고 버둥거리는 가장 만만한 수단이 음주 타령이기도 하다.

비슷한 발상에는 이런 괴상한 신문 논조도 있다. 곧 유원지에 가서는 떠들며 놀지 말라는 당부가 그것이다. 그러나 유원지에는 유쾌하게 고성방가도 내지르고 춤도 추기 위해서, 그야말로 놀러 가는 것 아닌가. 유심히 관찰해보면 '노래하고 춤추는 백의민족'은 남에게 그다지 폐를 끼치지는 않고, 남들도 그러려니 하고 눈을 감아준다. 그런데 유원지의 풍속을 단숨에 교화하려고 덤비니 전제군주의 단발령 '지시'조차 거부한 백성 일반의 유구한 생리적 고집을 무시한 망동이 아닐 수 없다. 공중도덕의 잣대가 너무 일방적이거나 '과도기'이므로, 이제 겨우 대다수 시민이 공유물인 '공원'을 찾곤 하는 여유를 즐기게 되었으며, 그 즐김에도 나름의 질서가 자리를 잡으려면 상당한 시간이 걸릴 수밖에 없는 것이다.

만집아, 이름도 부끄럽게 네 눈은 얼어붙은 동태 눈알을 닮았다. 손가락도 꼼짝하기 싫으니 '책 좋아하네'다. 며칠 더 자빠져 있다가 일어나면 분발의 강도가 더 세어질지도. 추의 반동처럼. 벌써 또 예의 그 대롱 증세가 닥치고 있다. 변소에 앉아서 내 못난 술버릇과 유원지/공원에 한사코 안 가는 내 기질을 이모저모로 고찰해봐야겠다.

↓

복날 개처럼 헐떡거리는 위의 글은 초여름 어느 날의 동정을 기록한 것이다. 후유증이 심했든지 그 이후 닷새 동안 이만집은 비망록 적기를 방치하고 있다.

짐작건대 시장통 인근의 싸구려 생선 횟집에서 소주를 코가 비뚤어지도록 퍼마신 듯하다. 여름에 생선회를 먹다니. 설사와 탈수 현상은 신체의 신비한 경고일 것이다.

폭음으로 빚어지는 주사, 실언, 주독 때문에 인간관계를 가파르게 몰고 가는 사람을 나는 평소에 아주 못마땅하게 여긴다. 술 인심이 후한 것도, 맛있는 독주를 개발하지 못한 우리의 찌들어빠진 살림 형편도, 낮술에 취해 친구 아버지에게 '자네가 나와 대작하세' 같은 술 실수에 관대한 습속도 나로서는 무조건 유치한 행패의 '봐주기', 좀 더 정확히는 '엄벌 유야무야주의'라고 여긴다. 대체로 술자리가 길어지는 것도 우리의 관행인데, 위의 세 기본에다 부실한 말 시비로 한사코

무기질 청년

타시락거리는, 눈만 부라리며 입씨름으로 일관하는 주전파/주화파 조상의 유전인자를 기어이 대물림하려는 그 작태와 따로 놓고 있는 게 아닌 듯하다.

먹고 마시는 일상생활에 대한 이만집의 감상에는 적바림 자체를 즐기는 집요한 '품질'이 행간에 넘쳐난다. 생존 자체에 허덕이는 꼴이 안쓰럽기도 하려니와 그의 떳떳한 삶을 공개한다고 해서 하등의 지장은커녕 오히려 일말의 도움을 주지 않을까 싶어서 부기하지 않을 수 없다.

↓

밥을 먹는다. 냄비 밥을 손수 지었다. 잡곡을 섞을 수 없어서 밥맛보다는 쌀밥 맛이 진하다. 정부미가 아니라 일반미라서 그나마 밥맛이 괜찮은 듯. 물론 밥맛보다 입맛 덕분일 듯. 반찬은 새빨간 배추 포기김치(시장에서 150원어치 샀고, 썰어서 왔다)에 시커먼 밑반찬(고구마 줄기를 간장에 졸인 것)이다.

시장한 덕분으로 아무런 생각도 없이 수저로 냄비 속의 밥을 떠서 입에 넣는다. 설거지거리를 줄이느라고 냄비째로 먹어서 그런지 입맛도 별로다라는 생각이 문득 정수리로 모여든다. 누가 밥이 맛있다고 했을까. 사흘을 굶어봐야 알아지려나. 큼직한 김치 조각을 입에 쑤셔 넣는다. 곧장 한국인의 몸에는 김치 색소가 유전인자로 굴러다닌다는 말을 떠올린다. 김치는 결국 배추와 무를 온갖 양념으로 버무린 후 부패시킨 산(酸) 덩어리다. 밑반찬은 그냥 그 재료의 본디 맛을 깡그리 죽여버린 양념 덩어리일 뿐이고. 갓 채취한 고구마 줄기에도 무슨 맛이 있긴 있었을 텐데. 모양도 거칠지만, 맛도 어이없을 정도로 섬세하지 않다. 결국 타성으로 꾸역꾸역 먹게 마련이며, 어떤 '개량 의지' 같은 고상한 언어유희를 철저히 묵살하면서, '식중불언' 같은 금언으로 미감의 발달을 극구 억제하며 오늘에 이르렀다. 그러니 김치의 상용을 적극적으로 줄이면서 반찬 가지를 개발, 확산, 정착시켜가야 한다. 물론 경제력의 뒷받침이 관건일 테지만, 여기저기 늘려 있는 핑곗거리는 사실상 귀찮다는 말을 대신하려는 변명 찾기에 불과하고, 공연히 말을 많이 함으로써 자신이 똑똑한 체하며 자과부지(自過不知)를 모면하려는 수작일 뿐이다.

저녁을 먹고 나면 딱히 할 일도 없고 마음이 바쁘지 않은데도 허겁지겁 밥을 퍼먹고, 김치와 밑반찬은 나무젓가락으로 파먹는다(김치는 양은 식기에 옮겨 담았지만, 밑반찬은 비닐봉지째로다).

우리의 식사가 대체로 '후딱 아무거로라도 때우면 그뿐이다' 식인데, 실로 한심한 짓거리다. 만사는 국력과 상동하고, 결국 경제력이 민도를 좌우한다는 결론을 음식과 식사 시간에도 대입해보면 뭔가 일목요연해진다. 우리 음식이 대체로 맵고 짜다는 것, 기름지고 고소하며 달콤한 맛이 빠져 있다는 것, 음식을 찬찬히 음미하는 기풍이 드물거나 '있는' 집에서도 남의 집들 눈치를 본다는 것 따위는 늘 가난에 쪼들렸거나 나라 전반의 살림살이가 옹색 일변도였음을, 찌든 형편을 웅변하는 정황들이다. 허둥지둥 배고픔만 면하려는 식사 습관은 목숨부지를 위해서는 할 수 없으며, 게걸스럽게 먹어대는 이 천박한 행태를 빨리 끝내자는 것이다. 음식 사치를 금기시하는 전통이야말로 근본적으로는 경제 활동을 천시하면서 국부를 영구적으로 오그라뜨리려는 극단적 몸부림이 아니고 무엇이었던가. 같은 맥락에서 배고픈

무기질 청년

'양반 의식'에 대한 은근한 경배 풍조는 극기가 아니라 신체적 자해 행위일 뿐인데도 그에 대한 자각이 없었다니, 그런 조상의 후예라는 사실이 서글퍼질 뿐이다. 참으로 구질구질한 먹자 타령이다.

말이 나왔으니 덧붙이면 민주주의 성장도는 식사 시간의 길이에 비례한다는 가설을 어디선가 주워들은 적이 있다. 당시에는 제법 귀가 솔깃했다. 유신 체제이니 '입도 뻥긋하지 마라'는 기상천외한 긴급조치가 터뜨려져서 그 참 신선한 발상이라며 넋이 빠져 있을 때여서 그랬던지. 그때 듣기로는 일본의 사례로서 청일전쟁, 러일전쟁, 중일전쟁, 태평양전쟁 중 식사 시간을 줄이면서까지, 오로지 이기려고만 설치다가 더 크게 '조져버린' 도화선에 스스로 불을 붙였다는 것이었다. 하기야 그게 딴에는 제국주의이니까. 하지만 지금 일본은 자화자찬식 음식 자랑으로 세계적 일가견을 제멋대로 즐기고, 짱짱한 국력에 비례하여 대다수 서민이 잘 먹기 위해 매일같이 부지런스럽기 이를 데 없다. 민주주의의 신장을 식습관으로 관철하고 있다는 확실한 정황증거일 수밖에. 프랑스는 오늘날 식사 시간이 길기로 널리 알려져 있는데, 이렇다 할 사례를 들 것도 없이 루이 왕조 때는 짧았다고 연구자는 진지하게 단언했다. 같은 화법을 연장하면 학생들은 대체로 식사 시간이 짧다. 건강해서 그렇기도 하겠으나 남의 말에 귀를 기울이는 민주적인, 곧 어른스러움이 아직 미흡해서 그럴 수밖에. 기성세대의 사고방식 일체를 부정하면서 엉터리라고 매도하는 그들의 언행도 실은 비민주적 식습관의 반영일 테고.

그런데 보다시피 우리는 어째 식사 시간이 점점 짧아지고 있다. 쫓기는 사람처럼 후딱 자리를 비워주는 음식점 풍경이 당연시되어 있다. 밥주발을 차고앉아 있을 때는 개도 그냥 내버려둔다면서 음식점 주인만 나무랄 수 있을까. 느긋하게 제대로 한 끼를 때우려면 무엇보다 개인 소득의 일취월장은 물론이고 국부의 신장과 아울러 가장 낭비가 심한 제도이지 싶은 민주주의의 생활 밀착도에 기댈 수밖에 없지 않을까 싶긴 하지만.

단언하건대 살기 위해서 먹으면 안되고, 먹기 위해서 우리는 살아야 한다. 제대로 살아가기 위해 책도 읽고, 사람도 만날까? 아니잖나, 연애도 하고, 남의 글도 읽기 위해 우리는 사는 것이다. 먹기 위해 살아가는 것처럼. 이 배배 꼬인 발상이 억지라고 몰아붙이면 할 수 없이 또 다른 변명을 둘러대야겠지만.

식충아, 너는 언제쯤 민주주의를 실천하겠냐.

나도 대든다.

민주주의는 배가 불러야 해. 배고픈 민주주의는 용납할 수 없고, 성립 불가야. 근세조선은 1천5백만 명 정도의 백성 중 8할을 상놈으로 묶어놓았으니 근근이 먹고 살기에 급급하도록 일부러 나라 형편이나 개인 살림을 옹색 일변도로 몰아갔다고, 사실이 그렇잖아. 정말 진정으로 밥상 앞에서 인간다운 자태를 거느리는 광경이 그렇게나 보기 싫었을까. 천하에 망종 같은 지배 계급으로서의 '양반'들 하고선. 우리 역사의 책갈피를 갈가리 찢어버리고 싶은 충동을 간신히 다독거리자니, 죄도 없는 밥그릇을 오래 차고앉았기가 차마 부끄러워서.

↓

알 듯 말 듯 한 발상이다. 군사 독재정권의 강단 좋은 경제개발 덕분으로 먹는 타령만은 이제 사그라졌는데도 '잘살아 보세'의 진경이 아직도 한참이나 멀었다는 논조로 입에 거품을 물다니. 물론 우리는 대개 다, 이만집의 표현대로라면 '아주 비민주적으로, 목숨 부지의 한 방편으로 밥을 후딱 입에 쑤셔 넣고 대충 씹고 밥상을 차고 일어나 버린다.'

화제가 엇길로 잠시 새지만, 내 직장의 직속상관인 김 아무개 부장은 체질적으로 술을 못 마시는 게 아니라 자제하느라고 전심전력하는 편이다. 맥주가 한 잔만 체내에 들어가도 얼굴이 붉게 타오르며, 억지로 서너 잔쯤 마셨다 하면 온몸에 흰색과 자주색 얼룩이 단풍처럼 곱게 피어나서 동석자들이 민망스러워지기 때문이다. 그래서 그는 아예 술과 일정한 거리 두기에 애쓰느라고 하루에 담배만 두 갑 이상씩 태우는 식탐의 대가이다. 아귀찜, 냉면, 양곱창, 도가니탕 등을 제대로 만들어 내놓는 음식점을 여러 군데나 알고 있으며, 그 집들의 독특한 맛을 설명할 때는 스스로 미식가임을 자부하느라고 침을 튀긴다. 그런 그가 "연락이 되면 연락을 드리려고 벼르고 있었습니다"라고 도무지 무슨 뜻인지 종잡을 수 없는 말을 전화 송수화기에다 대고 지껄이며 껄껄거리고, 윗사람의 전화를 받을 때는 앉은 자리에서 벌떡 일어서기도 하는 양반이라서 늘 긴장해서 살아가는 모범적인 월급쟁이이긴 한데, 미식가로서의 그 맛깔 분별력과 맞춤한 말을 찾으려고 낑낑댈 때의 그 언어 조탁술이 왜 다른 쪽에서는 발휘되지 않는지 불가사의할 뿐이다.

그런 그를 상관으로 모시고 있긴 해도 그의 인품이나 소양이 남달리 민주적인 것 같지도 않다. 그도 나를 대충 그 정도 선에서 파악하고 있을 테지만, 이만집은 그 나이에 어울리게 아무 데나 민주주의를 들먹이는 실수를 저지르고 있는 듯하다. 직장생활을 나름대로 열심히 해보니 '민주적'이란 말만큼 과소비되고 있는 말도 없어서 종종 허탈해지는 경험은 역시, 만사가 그렇듯이 '나이를 먹어봐야' 터득할 수 있는 이른바 '생활철학'이 아닐지.

↓

'겨울'. 살벌하게 대열을 갖추고 진군해오는 군대 같은 계절 감각. 추워지니 여름의 그 해이, 방만, 나태 따위가 일시에 움츠러들어서 그나마 살 만하다. 역시 긴장하며 살아야, 세상에는 아직 볼 만한 것이 많다는 자각이 움튼다. 자각이라고 해봐야 별것도 아니지만.

오래간만에 집에 갔다.

서먹서먹.

가난에 찌든 어느 낯선 집에 우연히 걸음이 멈춰서 살림 규모를 점검하는 그런 기분이랄까.

형은 출타 중이다. 도서관 열람실에 틀어박혀서 바위 같은 등짝을 움직일 줄 모르고, 고서 나부랭이나 뒤적이고 있을 것이다. 명색 고서 수집가이고, 고문서 발굴자이며, 현재는 예의 그 모 사립대학 도서관 관장의 배려로 임시직일망정 장차 10여 년이 걸릴 예정인 '한한대사전(漢韓大辭典)'의 편찬에 일조를 보태고 있다. 구제(舊制) 사범학교 출신인데 수년 전에 초등학교에서의 교편생활을 무단히 걷어차버렸다. 야간 대학 국문학과를 다닐 때만 해도 축 처져 보이던 형이 그 알토란 같은 직장을 그만두고 나자 아연 생기가 나던 게 어린 내 눈에는 참으로 수상스럽기 짝이 없었다. 대체로 사람은 생활에 얽매여 아득바득 살아갈 때는 파김치같이 새들새들해지다가도 그 울타리를 박차고 나오면

푸성귀처럼 싱싱해지는지 어떤지. 남의 밑에서 간섭을 받으며 '숨도 제때 못 쉬고' 살기는 너무 힘들다는 사람을 나무라 봐야 서로 버성기고, 피곤해질 뿐이다.

아버지와 함께 우리 형제들이 형의 박봉을 호구의 근거로 삼고 오 골오골 살 때, 형은 형수에게 "당신이 알아서 좀…"이라며 부끄럼을 잘 타는 착한 사람이었다. 동그라미 채점이 끝난 시험지를 집에 들고 와 가위로 반듯하게 오린 후, 송곳으로 구멍을 뚫어서 변소의 못대가 리에 수북하게 꽂아놓는 꼼꼼한 일면과, 야간대학 수업을 마치고 와 서 싸늘하게 식은 한저녁을 먹고 난 뒤 우리 가족이 아니라 '식구'들 이 자는 머리맡에서 밤늦도록 이불을 뒤집어쓰고 책을 읽는, 따분한 경건주의를 실천하는 자신의 삶에 싫증을 낼 줄 모르는 이면도 있었 다. 그런 위인이 식구들에게 일언반구도 없이 어느 날 직장을 그만두 어버렸다. 후세를 가르쳐서 올바른 인간으로 만드는 일만큼 보람 있 는 직종도 드물지 싶건만, 형은 그 성직을 "중이 절 보기가 죽기보다 싫어서" 하고 중뿔나게 마다해버린 것이다. 그때부터 형은 곰팡냄새 나는 고서더미에 파묻혀 명색 '우리 것'을 잊지 못하는 편한 백성이 되어버렸다.

형의 경우가 직시하는 대로 사람의 팔자는 제가끔 길들이기 나름인 모양이다. 내처 그 성직에 종사했더라면 지금쯤 최소한 교감 선생은 되었을 텐데, 이제는 형수의 눈칫밥을 먹고 지내면서도 만고강산이 다. 형수의 벌이가 교감 선생의 그것보다 못할 텐데도 지어미의 눈칫 밥을 먹는 편이 훨씬 낫다니 도대체 무슨 똥배짱인지. 형의 그 점잖은 꼬락서니에는 눈꼴이 시고 속이 벌떡거려서 미칠 지경이다.

형수는 늘 그렇듯이 인근 시장에서 재봉틀을 돌리고 있는 듯. 유아복에서 이불잇까지 박음질해대는 바느질 방의 품앗이꾼이다. 형수의 벌이로도 일곱 식구가 겨우 밥은 먹을 수 있다. 형은 그 방면에서는 꽤 알아주는 양반이라서 자료 정리의 의뢰에 응해서 사례도 받고, 희귀 문건의 정체에 대해 정보를 제공해주거나 필사해주어 약주값 정도는 버는 모양이다. 최근에서야 신문이나 잡지에 이름과 글이 간혹 보이고, 서울 근교의 어느 초급대학 도서관학과에 시간강사로 일주일에 서너 시간씩 출강하는 모양인데, 그 강사료와 고료 수입이 하찮을 거야 너무나 뻔하다. 그런 돈벌이로 형수에게 용돈 달라고 손을 내밀지 않으니 그나마 다행이고, 군식구가 없어서 그런대로 살긴 한다. 형수는 밥 먹고 나서 곧장 밖에 나갈 곳이 있다는 것만도 오감하다는 듯이 지아비를 하늘같이 섬긴다. 바보처럼 너무 착해빠진 우리집 맏형수. 초등학교만 겨우 마친 출신이라 그럴 수밖에 없다면 사람을 학력으로만 분별하는 예의 그 이분법의 횡포를 상기해야 옳다. 그래서 그런다싶게 조카들 교육은 무학이나 다름없는 본인 자신에게 분풀이하듯 극성이다. 도대체 가족에게마저 무슨 얼어 죽을 자존심을 내세워야 하는지 맏형이란 인물을 나는 도무지 이해할 수가 없다.

　형은 형수보다 술을 더 좋아하고, 술보다 책을 더 좋아해서 남은 평생이 불 보듯 뻔한 중년이 되고 말았다. 조카들은, 다들 확실하게 실천하는 산아제한이 무색하게 3남 2녀나 두었다. 형수 내외의 금실이 좋아서 그나마 다행인지 어떤지.

　우리 집안이 오늘날 이 꼴이 된 사단은 애초에 아버지 탓이다. "에잇 더럽다"하고 스스로 부정 사건의 하수인임을 자처하며 모든 죄를 뒤집어쓰고 말단 공무원직에서 물러난 당신의 그 살가운 파동으로 이처럼 네 벽이 뻥뻥 뚫려서 외풍 드센 집구석으로 주저앉아버린 것이다. 서러워지고 난감해지니까 아버지 삶은 더 이상 생각지도 말자.

둘째 형은 과로 때문에 매년 스무 명에 세 사람꼴로 '쓰러져 간다'는 개인택시 운전사이다. '쓰러져 간다'는 어휘는 둘째 형의 말을 따온 것이지만, 그런 비율로 '죽는다'는 것인지, 오래도록 골병이 든 채로 그냥저냥 목숨만 부지하고 살아간다는 뜻인지. 그래도 직업을 갖고 있으니 밥은 먹고 살지만, 돈 쓸 일이 연방 나서는, 형 말대로 똥구멍이 째지는 살림이다. 그런데 둘째 형수는 차가 달걀 낳듯이 두 대 세 대로 불어나서 사장님 소리 듣기에 혈안이 된 미친 여자다. 말끝마다 "우리도 사장 한번 돼봐야 안 되갔어. 우리 이씨 집안도 사장이 한 사람쯤 나와야 가문이 번듯해지지"라고 '사장'을 매미처럼 짖어대는 수다꾼이다. 대체로 이씨 집안에 들어오는 여자들은 어물어빠진 시아버지의 정체를 제꺽 파악하고 저절로 기가 세지기로 작정한 듯이 꼭 소나무 껍질 같다.

셋째 형은 그 뜨르르한 행정고시에 합격한 사무관인데, 제 여편네에게 폭 빠져 있다. 처가살이로 기름 도는 살림이야말로 마치 자신의 훌륭한 허우대처럼 제 본바탕인 양 착각하고 우리 집안 형편은 보면서도 못 본 체, 듣고서도 귀가 먹었다는 투다. 이 시대에 대한 위기의식도 없는지 올해 안으로 차주(車主) 운전자가 되겠다고 운전강습소에는 들락거리면서도 1년에 책 한 권도 사보지 않는 이런 이악스러운 재주 뭉치에게 대학교육이 왜 필요한지 내 머리로는 도저히 따라갈 수 없다. 셋째 형은 시험에는 귀신이니까, 이 세상은 어차피 우열을 가리기 위한 입시 시험장일 수밖에 없다고 착각하는 얼빠진 인간에 가깝다. 어수룩한 아버지가 셋째 형보다 공무원으로서야 무능했겠지만, 공복(公僕)으로서는 훨씬 유능하지 않았을까.

아무튼 나는 오늘 첫째 형수의 호출에 따라 '우리집'에 갔다. 맏조카에게 따끔한 말을 해서 잘 길들여달라는 게 호출의 이유다. 몇 마디 따끔한 말로 '인간이 되게 조져라'는 형수의 극성이야말로 얼마나 무작한 발상인가. 맏조카란 놈은 벌써 고등학교 1학년이다. 내일모레면 2학년이 되고 키는 나보다 더 크다. 이 눈곱만한 놈이 벌써 담배가 골초다. 당구는 2백 점을 놓으면 누구에게도 지지 않는다고 자랑이다. 친구들과 작당해서 야영이다 등산이다로, 평소에도 그렇지만, 이번 겨울방학에도 코빼기를 볼 수 없을 듯하니 막내 삼촌이 와서 일방 타이르며 혼꾸멍을 '단디이' 내달라는 부탁을 나는 일주일 전에 받았다. 나는 쭈뼛거리며 응하지 않을 수 없었다. 그렇다고 핏줄이라서 응한다는 생각은 추호도 없었다. 첫째 형수가 '우리 막내 삼촌'을 워낙 섬기므로 그 무지몽매한 순진성이 갸륵해서, '혈연의 소환'을 쫓아 점점 낯설어지는 집 속으로 기어들어 간 것이다.

눈곱은 없었다. 눈곱은 나를 기다려야 하고, 형수와 형은 눈곱의 다리를 분질러놓아서라도 집구석에 처박아뒀어야 하는데, 무려 다섯 시간을 기다렸는데도 눈곱은 볼 낯짝이 없고, 형은 해가 저물었는데도 코빼기도 안 비치니, 형수만 죽을 팔자인지 바느질 품앗이도 전폐하고(내가 밑에 조카들과 방구석에서 뒹굴고 있는 동안 바느질 방에서는 형수를 두 번이나 부르러 왔는데, 그때마다 형수는 헐떡거리며 달려갔다가 곧장 되돌아오곤 했다), 막내 도련님 대접한다며 막걸리를

무기질 청년

사 온다, 돼지고기와 양파를 고추장에 버무려 덖는다며 설쳐대고, 밑의 조카들에게 저녁밥 차려주는 것까지 잊고 동동걸음을 쳐대는 꼴이라니. 가엾고 민망해서 차마 눈 뜨고 못 볼 광경이었다. 내가 갈까 말까 할수록 형수는 어디서 그런 무지막지한 힘이 솟아나는지 발치에 걸리적거리는 조카들 숫구멍에다 알밤을 먹여대며 마구 쌍욕을 내질러댔다.

"이 싸가지 없는 것은 막내 삼촌이 저래 눈이 빠지게 기다리는데도 어데서 세월아 네월아 하고 있는지 원. 저 잘것들 중에 삼촌들 따라갈 인간이 하나라도 나올라는지 참. 지발 너거 성만 닮지 말아봐라, 내가 업어줄 테인께."

형수는 신바람이 나 있었다. 사람이 그리운 집안에 그나마 '가족'이 오래간만에 찾아와서 그런지 어떤지.

눈곱은 '크리스마스 전야제' 어쩌고 하며 어제저녁에 나가서 여태 안 돌아온다고 했다. 이 땅에서는 예수가 어린것들마저 버려놓는 것인가. 아니면 어리석은 백성들이 끼리끼리 뭉쳐서 새벽이 밝기 전까지 예수를 세 번 이상씩 '팔아먹는' 짓거리인지.

제 발로 아장아장 걸어와서 내 무릎에 앉는 막내 계집애 조카를 보듬고 막걸리 사발을(밥그릇이다) 쭈욱 들이켜니 횟술이라 그런지 술맛은 그런대로 괜찮았다. 흔한 말로 자식이 원수라서 형수만 죽을 고생이다. 이 첫째 형수는 내가 열 살 때 우리집에 시집을 왔으니 내게는 엄마와 다를 바 없고, 서로 정이 들 대로 옴팍 들어 있는 사이다. 초등학교 시절 소풍을 갔다 오다 나는 똥을 산 적이 있는데, 그때 형수는 집안의 누구에게도 알리지 않고 내 똥 묻은 바지를 깨끗이 빨아주었다. 나는 영원히 못 갚을 똥빚을 형수에게 지고 있는 신세다. 이런 경우는 빚진 주제인데도 왜 이렇게 뿌듯해지는지. 비밀은 역시 두 당사자를 혈연보다 더 강하게 묶어주는 철심인 듯. 사람은 모름지기 서로 비밀의 빚을 지고 살아야 정분이 두터워지는지 어떤지.

형수는 맏이라고 선 책상까지 사준 모양이나 그 반반한 베니어 합판 위에는 주간지 나부랭이가 나뒹굴고 있다. 남녀 사이의 정사와 그 성도착적인 작태를 문맥도 맞지 않게 횡설수설해대는, 또 비키니 해수욕복으로 간신히 젖통과 밑천만 가린 국적 불명의 미끈한 미인만 잔뜩 실리는 주간지가 눈곱들의 발에 채는 조악한 생태계에서 내 조카라고 오염되지 않기를 바란다면 예수인들 무슨 설교를 베풀 것인가.

환경오염이라면 그런 활자 및 지면(紙面)의 공해 말고도 많다. 저축도 한 푼 없이 매일같이 끼니를 라면으로 때울망정 안방극장은 집집마다 구색으로 갖추고 사는데, 이놈의 텔레비전 연속극이 한마디로 형편무인지경이라서 무슨 유령들의 어릿광대짓만 한사코 비춰준다. 그 울긋불긋한 화면에는 극존칭과 상것들의 천박한 반말만이 어우러진다. "성은이 망극하나이다" 같은 전시대적인 말씀과 "엄마, 왜 밥 안 먹고 불퉁하게 부어 있어, 어디 아파?" 따위의 반말지거리가 그것이다. 이런 비일상적인 대화를 부녀간이 또는 모자간이 나란히 앉아서 보고 들으며 키들거린다. 홀태바지를 입고 엉덩짝을 남의 안방에다 대고 마구 흔들어대는 계집애가 간단없이 나오는가 하면, 나비 안경을 코끝에 걸고 입을 짝짝 벌리는 여자인지 남자인지 분간하지도 못할 사내새끼도 나오고, "눈 닦고 뒤돌아볼 만한 남자는 모두 유부남이야"

무기질 청년

라고 간통하는 것들끼리의 밀담보다 더 천박한 말을 재잘거리는 해끔한 것들이 방바닥에 벌렁 누워 있는 장면이 속속 돌출한다. 나는 조카들과 그 안방극장 앞에 하염없이 앉아서 그 너덜너덜한 화면에 넋을 놓고 있었다.

주간지 공해, 안방극장 속의 되바라진 행동거지와 대사 들. 그 밖의 모든 난잡한 풍속의 면면을 쓰레기처럼 꾸역꾸역 부려놓는 주체는 도대체 누구인가. 유사 전제정치 체제의 울을 겹겹으로 쳐놓고 있는 저 북쪽의 통치 행태는 나 몰라라 하더라도 '우리 이남' 사회 전반이 쓸데없이 뻣뻣하고 딱딱해져서 그것을 차근차근 녹이느라고 암컷 문화가 설쳐대는 게 아닐지. 좀 물렁물렁한 사회가 되길 바란다고? 그 물컹거리는 체제를 조율하는 뻣뻣한 윤리 의식을 모든 직종이, 여러 계층과 세대가 공히 기리고 지켜야 하건만.

요즘 우리의 제도권 학교 교육은 사회의 각종 오염 현장들을 못 본 체하라고 가르친다. 시력이 멀쩡하게 작동하는데도 눈을 가리고 살라니, 말이 될까. 후세 교육이 오늘날처럼 어지러워진 적은 일찍이 없었을 터인데도. 선도할 선생은 없고, 지식을 암기하라는 교사만 있다. 그 지식도 암기력 경쟁에나 겨우 써먹을 만한, 몰라도 그만인 쓸모없는 것들이다. 첫째 형수는 내가 눈곱을 선도할 만한 적임자로 착각한 것 같다. 안타까운 우리 첫째 형수와 그 이상으로 안쓰러운 우리 교육 현장과 생활환경.

일주일에 두 번씩 무보수로 야학 수업을 마치고 돌아올 때의 그 울울해지던 기분을 곱씹으며 나는 내 거처로 돌아왔다. 공단을 빠져나올 때 좀 들뜨던 내 기분을 최대한 자제하면서, 어둠 속으로 점점이 흩어지던 근로자 학생들의 파리한 뒷모습에 끈끈하게 엉겨 붙은 그 침착한 억울감을 나는 평생 잊지 못할 것이다. 그나마 그때가 좀 행복했다고 추억할 수밖에 없는데, 어떤 우월감도 가지지 않고 그들의 불우한 처지와 환경에 동참해서 충일한 시간을 함께 나눈다고 자부했으니까. 섣부르게 떠들어댄 내 강의 중의 '관계대명사'가 그들에게 얼마나 요긴했을까. 버스 속에서도 내내 불요불급, 무용지물 같은 말만 뒤적였지만.

조윤(집안에 알려지기 싫다면서 가운데 돌림자 '성'을 빼버린 그의 가명이다)이 놈은 극단 공연 준비로 '오줌 눌 시간도 없다'면서 사흘째 발뒤꿈치도 보이지 않는다. 쓸개 빠진 인간들의 자기 정화, 자기 위안을 도와준다고? 배가 불러야 연극도 옳은 게 나온다고, 외국 번역극이 우리 사정에 가당키나 하겠어. 이런 때일수록 남의 것으로 자극을 받아야 한다고? 말이야 좋다.

저녁까지 굶었으니까 일진이 아주 사나운 날이다. 형수는 한사코 저녁을 먹고 가라고 붙잡았으나, 나는 안방극장 앞에서 잠시 눈을 붙이고 난 뒤로는 왠지 도저히 그러고 싶지 않았다. 짧은 해가 져서 캄캄한 밤길을 걸어 내려오다가 구멍가게 앞에서 손목시계를 봤더니 여섯 시였다. 그때까지 조카들은 저녁도 못 얻어먹고 있었다. 얼렁뚱땅이를 부려서라도 끼니는 놓치지 않는데 하잘것없는 조카 놈때문에 저녁을 굶다니, 속상하고 생태계 전반이 괘씸할 뿐이다.

오늘은 홀수 날이니 조윤이 새끼가 저녁을 지어 내 앞에 대령해야할 차례다. 직무 유기와 약속 파기를 밥 먹듯이 하는 인간에게 천벌이 있을지어다. 조윤이 새끼는 오늘부로 내 동거인이 아니고, 친구로서도 자격을 상실했다고 나는 일단 못을 박아둔다. 시골의 큰집에서 얻어온, 큼지막한 숫자와 글자만 칸막이 속에 빼곡이 들어 있어서 내 마음에 드는 열두 장짜리 달력을 훑어보니 오늘은 경신(庚申)이다. 새치심한 육촌 형이 나에게 띠를 묻더니 경(庚)자 든 날은 몸조심을 하라면서 달력을 손가락질하더니만. 무슨 근거가 있는 말인지. 근거라고 해봐야 보통 머리로는 읽을수록 알쏭달쏭해지는 유일한 책이라던 "주역"일 테지만. 그 재종 형의 의뭉스러운 눈길은 상당히 그럴듯했다. 명색 최고의 명문대학, 명문 학과를 졸업한 양반이 고시 봐서 판검사 되기를 마다하고 대기업체에서 한동안 밥벌이하더니만, '뜻한 바가 있어서' 낙향한 후, 마을의 천하 박색 시골 여자와 가시버시를 맺더니 한문이나 뜯어 읽는 추레한 꼬락서니로 전락했으니, 세상사는 오리무중일 밖에. 아무래도 우리 이가 집안의 사내들 피에는 글이나 읽으면서 놀고 살아도 부끄러운 줄 모르는 '뻔뻔스러운 양반의 나태심(懶怠心)'이 흐르고 있는 듯. 제발 나는 열외였으면.

내 일신을 누가 다스려 줄까. 나는 누구의 도움도 받을 수 없다. 언제라도 나 혼자 자생할 수밖에 없는 미물에 불과하므로. 조윤이 새끼와도, 비록 식사 당번을 까먹은 것이야 그렇다 치더라도, 뭔가 성질 같은 것이 서로 맞물릴 여지가 없는 듯하다. 일찌감치 보따리를 싸는 편이 나을 듯. 삐치지 않고 서로 홀가분하게 헤어지는 구실부터 찾아야겠지. 물론 신경전을 펼쳐야 하니 간단한 일은 아니다.

분발을, 자중을, 용기를, 인내를, 근면을. 형수를 비롯한 이웃의 부당한 가난, 하릴없는 불평, 답답해도 무조건 참아야 하는 불공평을 늘 응시할 것. 분수를 모르는 눈곱 같은 인간에게는 절대로 관대나 용서를 베풀지 말아야. 더불어 그 무식도 철저히 머라캐야.

↓

이만집의 심리 상태가 괴팍한 우울증 환자 같아서 나까지 뒤숭숭해지는 위의 일기는 예수 탄신일의 사정이다. 다른 어떤 날에도 볼 수 없는, 흥분해서 격앙된 어조와 그 신경질이 행간에 넘쳐난다. 서두의 공언대로 세상이 온통 그에게는 적대적이고 악마 같다는 투다. 자신의 출신과 집안 사정이 그러니 어쩔 수 없다는 체념기도 여실하다.

여러 군데에서, 특히나 돈의 입출을 적어둔 기록을 보면 즉각 알 수 있는데, 이만집은 자신의 찌든 삶을 일부러 강조하는 거짓 엄살이 심하다. 엄살은 자의식의 다른 말이기도 하지만, 그만큼 자신의 처지나 입장에 대한 강한 집착을 드러내려는 표현욕이기도 할 것이다.

그런데 그의 집안을 오늘날 이 지경으로 내팽개친 가난의 연원에 대해서는 세 권째 공책의 가운데쯤에 나온다.

가을도 저물어가는 어느 날, 이만집은 제 아버지를 만나러 한 염색 공장의 수위실을 방문한 기록을 다음과 같이 꼼꼼하게 기록해두고 있다. 그와 그의 부친의 성격을, 나아가서 오늘의 삶의 한 유형과 그 단면을 이해하는 데 상당한 도움을 주므로 전문 그대로 옮긴다. 좀 장황하나 딱히 거두절미할 대목이 없지 않나 싶어서이다.

↓

방금 어둠이 깔리고 있는 성수동의 에움길을 세 번씩이나 꺾어가며 나는 힘없이, 상투적인 표현대로라면 '어쩌다가 천우신조로 간신히 살아남은 귀환병처럼' 터덜터덜 걷고 있었다. 발걸음을 떼놓으면서도 나는 동서고금의 명작 중에서 혈육을 찾아가는 빛나는 대목을 떠올려

무기질 청년

보려고 안간힘을 썼었다. 도무지 떠오르지 않았다. 당장에는 내 기억력이 빈 깡통이 되고 말았나 하고 짜증을 일구었으나, 나중에 따져보니 이때껏 읽은 명작들이 다들 고만고만하고 그나마도 그 가짓수가 50권 안팎이라서 떠올릴 것도 없어서였다. 그런데 수상하게도, 아니 당연하게도 최근에 읽어서 그랬을 것 같은데, 숲속의 오두막집에 사는 산지기를 찾아가는 코니의 조급한 발걸음이 자꾸 떠오르는 것이었다. 인적이 드문 골목길이라서 숲속으로 난 오솔길이 연상되었는지 어떤지. 또는 내 마음이 조급해서 그랬을지도. 문학이란, 곧 글이란 이 정도의 가치가 있는 것만으로도 우리 인간에게 우호적이다. 세상이 적대적인 것과는 달리.

나는 철제 대문(그 앞에서 교도소를 떠올렸다) 옆에 붙은 쪽문을 엉거주춤하게 밀고 들어섰다. 머리부터 들이미니 막 철제 대문을 닫고 수위실로 들어가는 아버지와 마주쳤다.

내 표정도 굳어 있었던지 아버지는 그 투박한 음성으로, 수위라는 직책에 어울리지 않는 비굴한 말을 흘렸다.

"누굴 찾아왔습니까? 작업 중에 면회는 안 됩니다. 곧 일곱 시에 일이 끝납니다."

아버지는 회사에서 시키는 대로 외워둔 말을 억양도 한결같이 주워섬기며 숫제 방문객의 얼굴을 쳐다보지도 않았다. 그러는 게 방문객을 손쉽게 따돌릴 수 있는 것처럼 한사코 외면하고 있었다.

나는 속삭이는 어조로 낮게, 그러나 다급하게 말했다.

"아버지, 저예요. 막내 만집입니다."

아버지는 내 말소리에 비로소 당신의 막내아들을 알아보았다. 자식을 건너다보는 당신의 눈길이 순간에 확 달라졌다. 수면 부족으로 충혈이 된 아버지의 눈에는 잠시나마, 내가 잘못 본 것이 아니라면 분명히 어떤 경계랄지 적의 같은 게 번득였다. 사람을 경계하는, 누군가가 또 나를 해코지하려는 것이 아닌지 하는 두려움에 휩싸인, 그 무섬증이 고였다가 이내 어수룩하게 풀어지는 그 좀 수줍어하는 시선이 나의 안면을 핥듯이 훑었다. 아버지의 시선을 맞받아내기가 무안해서, 나 자신도 처량해져서 나는 얼른 눈길을 당신의 어깨 너머로 돌렸다.

"니가… 여기는 머 할라고 찾아왔노, 무슨 일 있나?"

추석 때 잠시 보고 거의 두 달 만에 대하는 막내아들에게 한다는 소리가 고작 거지를 홀대하는 투다. 나는 말문이 막혔다.

아버지의 동공은 여전히 경계하는 눈빛을 풀지 않은 채다. 우리집 식구들은 이렇게 서로를 기피하며 살아간다. 과연 피붙이라고 할 수 있는지 어떤지. 또 무슨 피해나 입지 않을까 하고 서로를 경계하며 자기 몸부터 사리는 버릇이 있다. 서로에게 또 각자 자신에게 당당하지 않은 것이다. 셋째 형이 요즘 제법 너풀대지만, 눈치를 살피는 데는 아버지나 우리 형제 모두가 다 마찬가지다. 나이가 있어서 내가 그중 좀 낫다면 말이 될까. 나야 혈혈단신이니까 기가 죽고 말고 할 것도 없다. 아직 생활고로 신음할 정도는 아니므로.

나는 간신히 웃음을 띠어 보였다. 그러나 곧장 엉뚱한 말을 내놓고 있는 나 자신에게 적이 놀랐다.

"그냥요. 마침 이 앞을 지나치는 걸음이 있어서요. 그냥 들러봤어요. 어떠세요? 여기서 지내시기는 그만해요?"

말해놓고 나자 왜 우리 집안은 이렇게 뿔뿔이 흩어져서 가지각색으로 살아가는지, 왜 이런 형편을 서로가 편하게 여기는지, 이처럼 엉성하고 냉랭한 핵가족화조차 돈 때문인지 같은, 새삼스럽지도 않은 의문이 얼핏 들었고, 부자(父子)와 형제 사이에 가로놓여 있는 담벼락을 짓뭉개고 싶은 충동을 느꼈다. 제 앞가림에만 급급하고, 자기 위주로, 지독한 이기주의자로 살아가는 가풍을 각자가 '알아서 모시는' 형제들과 그 정점인 아버지. 또 다른 형태의 이산가족이 먼 데 있지 않다.

아버지는 들어오라는 말도 없이 덤덤히 수위실로 들어갔다. 나는 문전축객을 당하는 기분을 애써 떨쳐버리며 짐승의 새끼처럼 꽁무니에 들러붙어 들어갈 수밖에 없었다.

열 평 남짓한 수위실의 구지레한 공간이 내 시야를 열없게 가로막고 나섰다. 지난봄, 나는 아버지가 잠시 자리를 비운 사이에 이곳에 한차례 와본 적이 있었다. 오늘이 두 번째인데, 그나마 우리 가족으로서 여기를 찾아온 사람은 나뿐이다.

수위실 뒤쪽에는 때가 꾀죄죄 묻은 분홍색의 나이론 천 가리개가 치렁하니 드리워져 있다. 명색 방이라고 돗자리를 깔아놓았다. 이상하게도 오늘은 그 가리개를 활짝 열어두었다. 두 사람이 다리를 뻗고 누우면 담배 재떨이는 선반 위로나 시멘트 바닥으로 내려놓아야 하고, 바닥은 군대 내무반처럼 널빤지를 깔아두고 그 밑에는 온갖 공구 따위가 수북하니 쟁여 있다. 선반 위에는 구두가 두 켤레 단정하니 올려져 있고, 크고 작은 남루한 가방과 비닐 봉다리들이 아무렇게나 얹혀 있다. 벽에는 후줄그레한 옷가지가 몇 점 걸려 있고, 연탄 아궁이가 천장을 향해 수위실 바닥에 쥐구멍처럼 뚫려 있으나 불기운이 방으로 들어갈 고래 구멍은 벽돌로 막아두었다. 난방 장치조차 옹색하기 이를 데 없다. 한쪽 벽에는 초록색 헝겊 테이프로 군데군데 빵꾸를 때운 긴 의자 두 개가 나란히 붙어 있다. 수위실 전면에는 두 짝의 미닫이 유리창이 붙박였고, 그 앞에 책상과 걸상 두 짝이 놓여 있다. 책상 위에는 사내(社內)용 미색 전화기와 탱자만 한 자물쇠가 숫자판을 얽어매고 있는 검은색 일반 전화기가 각 한 대씩 투그리고 있고, 그 옆에는 걸레쪽 같은 '방문자 기록부' 공책이 펼쳐져 있다. 아버지용인 듯싶은데, 옆 책상에는 '출고확인증'을 끼워두는 받침대가 볼펜 한 자루를 실로 매단 채 세워져 있기도 하다.

창밖으로 실타래 뭉치들이 널찍한 공터에 산더미같이 쌓여 있는 광경이 한눈에 들어온다. 화물차가 연방 부르릉거리므로 염색한 실뭉치를 욱여넣은 골판지 상자들이 부리나케 적재되고 있다. 집채만 한 실뭉치를 신고 화물차가 들락일 때마다 아버지는 철제 대문을 여닫아주어야 한다. 두 사람의 수위는 잠시라도 앉아 있을 틈이 없다. 한 사람은 출고증을 받기도 하고, 삐삐거리는 사내용 전화기에 응해야 하며, 다른 한 사람은 대문 안팎에서 들려오는 짐차의 소음과 경적에 따라 철제 대문을 열어주고 닫아야 해서이다.

일곱 가지 무지개색이 공터의 한쪽에 치렁치렁 드리워져 있어서 그 알록달록한 색상의 보푸라기 행렬이 무척이나 아름답다. 마침 황혼이라 더 그렇게 보였는지도. 이 염색공장에 들어서면 인간이 말할 수 없이 추잡하고 더러운 오물 같다는 착각에 빠진다.

아버지보다 스무 살 이상이나 손아래로 보이는 또 다른 수위가 문턱을 걸터넘느라고 잠시 주춤거리는 나를 힐끔 쳐다보고나서 연탄 아궁이 위에 올려진 냄비에 눈길을 보냈다. 내용물이 익었다는 신호를

무기질 청년

아버지에게 보내는 눈치였다. 아버지는 책상 옆에 있는 조그만 탁자를 끌어다가 긴 의자 앞에다 밀어붙이고 그 위에다 냄비를 들어다 놓았다. 냄비를 들었던 아버지의 손이 급히 귓불을 잡는 걸 보며 나는 돗자리 방에 걸터앉았다.

벽시계는 여섯 시 반을 향해 바쁘게 초침을 째깍거렸다. 벽시계 아래에는 빳빳한 출근표 딱지가 액자식 철제함 표면에 백여 개는 좋이 될 정도로 꽂혀 있고, 출근표를 서랍의 뻘쭘한 틈 같은 구멍에 쑤셔 넣었다가 끄집어내면 출퇴근 시간이 자동으로 찍혀 나오는 기계가 허드레 상자 위에 올려져 있다. 문짝도 없이 칸막이만 질러놓은 허드레 상자 속은 빨랫비누와 걸레, 냄비, 장도리, 못 상자, 철사, 펜치, 나무 젓가락, 페인트통, 붓 같은 잡동사니로 빼곡하다.

두 수위는 라면을 허겁지겁 거머먹기 시작했다. 나는 평소에 같잖게도 라면을 '음식 같잖은 것이 시절을 잘 만나 주식(主食)으로 승격한 요깃거리'로 정의하고 있지만, 식사 대용품으로는 그 간편성에 늘 혀를 내두르는 터이라 허기를 때우는 두 양반의 꼴이 초라하게 보이지는 않았다. 아버지의 동료는 쭈글쭈글하게 구겨진 라면 봉지를 펴서 탁자 위에 놓더니 그 위에 라면 가닥을 몇 젓가락씩 덜어 먹고, 아버지는 냄비뚜껑을 거꾸로 받쳐 들고 거기에다 라면 가닥을 건져 올려서 후루룩거리는 판이다. 가게에서 양은 식기를 두 개만 사도 되고, 종이컵이라도 사서 덜어 먹어도 남 보기에 좋으련만, 두 양반 다 웬만큼 주변머리도 없다고 생각하며 나는 속으로 혀를 찼다. 두 동료는 그 짓거리도 재미있다는 듯이 자연스럽게 매일 해치우는 투라서, 울고 싶도록 서글픈 광경이었다.

주변머리 없기로야 우리 아버지는 세상에서, 아니 벽진(碧珍) 이가 중에서도 둘째 하라면 서러워서 울어야 할 양반이다. 결벽증을 과시하다 파면당한 당신의 말로가 오늘날 이 지경인 것이다. 물어보나 마나 아버지는 지금도 염색공장의 사규에는 가장 충실한 예순일곱 살의 노인네일 테고, 요령도 수단도 없이 밤을 뜬눈으로 밝히며 공장 경비에는 군사분계선 경계병들처럼 철저하게 임할 게 뻔하다. 융통성이라고는 머리털 한 올도 비집고 들어갈 틈이 없는 늙은이다. 원리원칙을 신주 모시 듯하며, 적당주의로 둥글둥글 모나지 않게 살아가는 사람들을 보면 돌아서서 피식 웃어버리는 그런 고정배기다. 기업체의 사규란 고용인을 두부모처럼 규격화하려는 임시방편의 헐렁한 약속일 뿐인데, 그것에 수굿수굿 잘도 응해주는 고지식하고, 도통한 스님처럼 과묵 일변도의 퇴물이 바로 나의 부친이다. 당신을 마주하고 있으면 언제나 한증막 속에 들어앉은 것처럼 무더워지고 갑갑해진다. 아버지는 당신의 일신에 곧장 닥칠 위해에만 오만 상상력을 다 발동했다 지우는 말단 근로자가 되고 말았다. 그러니 누구라도 애증을 연방 저울질하며 대하자니 짜증이 나게 마련이고, 종내에는 서로가 처량해진다.

라면 가닥이 거의 없어지자 아버지는 냄비째 들고 국물을 들이마시다가 그 식기를 허드레 상자 속에다 내팽개치듯 던져버렸다. 그러고는 어둠이 내려앉고 있는 공터를 멍하니 내다보았다. 새카만 유리창 위에는 아버지의 초라한 뒷모습을 바라보는 내 몰골이 어른댔다. 울긋불긋한 실타래를 붉고 검게 지워가던 땅거미가 염색공장 주위를 칠흑 같은 어둠으로 야금야금 물들여갔다.

그 어둠을 뚫고 공원들이 점점이 흩어져서 공터를 가로질러 왔다.

무기질 청년

한 떼의 남녀 공원들이 수위실 여닫이문을 밀고 들어서서 제각기 출근함 앞으로 우르르 몰려들었다. 작은 금고만 한 기계의 뻘쭘한 틈에 출근표를 꽂을 때마다 찰각이는 단음절이 시끌벅적한 수위실 소음 속에서 또록또록 울려 퍼졌다. 아버지의 동료는 공원들의 등 뒤에 서서 각자의 출근표만을 집어넣는가 확인하려고 가끔씩 까치발로 섰다가 주위를 어정거렸다. 공원들마다 장난 같은 출근표 시간 찍기를(좀 더 정확히는 '퇴근 시간' 찍기이겠지만) 마치자마자 홀가분하게 철제 대문에 붙박인 쪽문을 빠져나갔다. 저마다 힘들었던 일과를 겨우 끝마치고 나온 것처럼 어깨를 부풀리면서. 이윽고 썰물 뒤처럼 수위실이 한산해졌다.

엉덩이께 천이 빤질거려 제법 색심을 부추기는 밤색 바지가 몸에 착 달라붙어 있고, 어깨까지 내려온 머리칼이 목덜미에서 맵시 좋게 굽이치는 여공원이 자신의 출근표를 손으로 집으려 했을 때, 아버지의 동료는 기다렸다는 듯이 그녀의 등 너머에서 그 뻣뻣한 출근표 딱지를 낚아챘다.

밤색 바지가 눈을 치뜨며 금방 앙탈을 부렸다.

"왜 이래요. 고단해 죽겠는데 가는 사람 잡아놓고. 박씨 아저씨도 싱거울 때가 많아."

밤색 바지의 생머리 매무새도 그렇지만, 공장에서 일하기에는 아까울 정도로 상큼한 콧날과 도톰한 아랫입술이 눈길을 사로잡는 미녀다. 모든 여자는 자신의 외모에 열등감이나 우월감을 평생 지니고 살아가게 마련인데, 밤색 바지는 어느 자리에서라도 꿀려서 기죽고 살 박색은 면하고 있는 주제였다.

"너는 도대체 한 달에 몇 푼 번다고 이렇게나 결근이 잦냐? 이번 달이 열흘도 채 안 남았는데 벌써 결근어 세 번이다. 꼴 좋다, 이래서 쓰겠냐, 날씨가 쌀랑하니 바람이 났냐 어쩌냐?"

"왜요. 제가 결근하고 땡땡이치는 게 박씨 아저씨는 배 아파요? 어제 결근은 생휴고, 한 번은 월차고요, 한 번은 집을 옮긴다고 결근계를 냈걸랑요. 그거 이리 주세요. 배가 고파서 빨리 가야겠어요. 가는 길에 쌀도 팔아야 하는데 공연히 생사람 잡아 세워놓고 생배 곯리려고…"

그녀가 돋움발로 출근표를 뺏으려고 박씨의 면전으로 폴짝거리며 달려들자 박씨는 한쪽 손에 쥔 출근표를 머리 위로 올리고, 다른 손으로는 그녀의 젖가슴께를 밀치고 해대는 짓거리는 노골적인 성희롱 주고받기나 다를 바 없었다.

"생휴 찾아 먹고 월차 빼먹고 언제 돈 모아 시집가냐? 너도 참 한심하다 못해 두심 세심하다. 사람은 찾아 먹을 거 다 찾아 먹고는 큰소리치고 못 산다. 똑똑한 사람들은 안 찾아 먹어야 제 구실 다하고 산다는 걸 일찍 깨치고, 독하게 실천하더라."

"박씨 아저씨나 월차, 특별임금 많이 찾아 잡수세요. 출퇴근할 것도 없이 여기서 먹고 누워 자니 연차수당까지 찾아 먹고도 남겠네."

"어라, 이 맹랑한 거 좀 보소. 이게 얻다 대고 악담도 하네."

"그렇잖아요. 내 말이 어디가 틀렸어요. 한 달에 월차 한 번 찾아 먹고 일당 안 받겠다는데 박씨 아저씨가 무슨 노랑 말로 사람을 으르고 놀려요."

"어, 어, 점점 놀고 있네. 너 말 한번 잘한다. 야, 이것아, 내가 상관할 거야 없지만, 내 말은 한 살이라도 덜 먹었을 때 돈 모아라 이거다.

무기질 청년

돈 있어봐라. 개새끼도 멍첨지 소리 듣고 산다."

밤색 바지가 혀를 쑥 내밀며 쫑알거렸다.

"처녀가 첨지 소리 들어 좋을 거 하나 없겠네."

"너는 어째 신문도 못 보냐? 저쪽 구로공단 봉제공장에서 재봉틀 10년 돌려 동생들 공부 다 시키고 5백만 원 모았다는 성공 사례담 뉴스 말이다. 다들 그 기사 읽고 나서 눈물 흘렸다고 하더구만서도."

"우리 친구 누가 그러데요. 요새 신문 보면 화딱지만 난다고요. 그래서 우리는 신문 안 봐요."

"너거들은 어째 만사를 그러코롬 삐닥하게만 보냐? 큰일이다. 신문에 사진까지 큼지막하게 실렸는데, 그런 것도 좀 유심히 들여다보고 그래라. 봐가며 배울 거 배워서 남 좋은 일 시키냐, 개를 주냐."

월차, 연차, 생휴 등의 후기 산업사회 용어가 순식간에 좁은 수위실을 꽉 메워버려 내가 어디서 굴러먹다가 여기까지 오게 된 건달인지 어안이 벙벙해졌다. 갑자기 내 이마에 진땀이 빠작빠작 배어들었다.

월차는 한 달 꼬박 결근하지 않고 근무하면 임금에 하루치 급료가 덧붙고, 연차는 1년 내내 결근이 없으면 열이틀치 수당이 덤으로 따라 붙는 범사회적 노동규약인 것 같다. 인간은, 아니 산업사회는 법 만들기를 좋아하고, 세상을 점점 더 복잡하게 얽어가기를 즐기는 변덕꾸러기와 다를 바 없다.

박씨가 밤색 바지와 쓰잘 데 없는 장난질을 하는 동안에도 아버지는 기억상실증에라도 걸린 것처럼 창밖만 우두커니 내다보며 말이 없었다. 라면을 먹을 때부터 내가 옆에 있는지 없는지 내색도 않더니 박씨가 밤색 바지의 꽁무니에 따라붙어 수위실을 슬그머니 빠져나가버리자 그때서야 심드렁히 중얼거렸다.

"별일 없냐?"

물론 내게는 별일이 없어서 아버지의 직장이라기보다도 임시직 근무처를 찾아갔다. 설마 아버지의 초라한 처지를 일부러 봐두고 싶어서 살갑게 걸음 했을까.

경집이 형이 차 사고를 냈기 때문에, 그 해결책을 의논하기보다는 집안의 우환을 가장에게 전하러 들렀던 걸음이었다. 차마 입이 떨어지지 않아 우물쭈물하기도 머쓱해서 나는 벌떡 일어섰다.

그런 내 행동에 아버지는 무슨 낌새를 알아챘는지 길 밖까지 따라나왔다. 골목길은 어둠에 잠겼는데 철조망 위에 켜진 전등 불빛이 철제 대문 앞을 훤히 비추고 있었다.

아버지는 전등 불빛을 바라보며 한숨을 길게 토하더니 말을 더듬거리기 시작했다.

"이놈의 염색공장 수위 노릇도 때려치울 때가 왔는가 싶어. 귀때기 새파란 것들이 과장입네 부장입네 하고 잠시만 자리를 비워도 시말서 운운해대지, 꼴란 실뭉치라도 뒷구멍으로 꼬불치나 하고 눈을 요령도 둑놈처럼 해 갖고실랑 사람을 의심해대서 말이다. 몸이사 아직 성하니 지게 작대기라도 쥐어야 될란갑아. 예전에도 내사 똥 짝대기 쥐고 살았은이 그 일이사 남만치 못하겠나. 니는 학교 잘 댕기고 있제? 아나, 여깄다, 담배나 사 피아라, 몇 푼도 안 된다마는…"

아버지가 두 손으로 내 왼손을 잡고 몇 겹으로 접은 지폐 몇 장을 건네주었다. 나는 손에 든 지폐를 잠시 쳐다보고 나서 아버지의 희끄무레한 잠바 주머니 속에 되집어넣었다.

무기질 청년

나도 전염이나 된 듯 아버지처럼 띄엄띄엄 말했다.

"놔두세요. 제 걱정은… 하지 마세요."

내 말에 아버지는 고개를 떨어뜨렸다. 뒤이어 골목길 입구의 점포에서 흘러나오는 불빛을 망연히 바라보았다. 회한을 품은 듯한, 그러나 원망 어린 눈길을 오래도록 그곳에 못 박고 있다가, 공장 담을 돌아가는 사잇길에서 들려오는 인기척에 그 시선을 후딱 거두었다. 조건반사 같은 그 외면도 일종의 피해망상임이 분명했다.

내가 두어 발짝 물러서서 고개를 내밀고 봤더니 담벼락 모퉁이에 붙어선 밤색 바지가 박씨의 어깻죽지를 툭툭 쳐대며 키들거리고 있었다. 그 순간 내가 어떤 심사에 휘말려서 그런 행동을 했는지 나 자신도 잘 이해할 수 없는데, 점포에서 흘러나오는 희미한 불빛을 향해 어두컴컴한 골목길을 뛰어갔다. 아마도 박씨와 밤색 바지가 시시덕거리는 그 골목이, 철제 대문 밑의 그 흐릿한 어둠이, 수위실 속의 그 침통한 공기가 보기 싫어서 그랬던지 몰랐다. 설마 내가 나와는 아무런 이해관계도 없는 박씨나 밤색 바지에 대해 무슨 악감정을 가질 이유는 없었으니까.

골목을 벗어나자 나는 횡단보도도 무시하고 차도를 건너 버스 정류장 앞에 멍청히 서 있었다. 공원들과 학생들로 정류장은 물론이거니와 버스 속마다 콩나물시루 같았다. 내가 타야 할 버스가 슬그머니 정류장에 들어섰다. 하얀 띠가 버스 옆구리에서 펄럭거렸다. 차바퀴 쪽으로 배가 축 드리워진 하얀 띠에는 '오늘은 민방위의 날'이 붉은 글씨로, '우리 모두 참여하여 유비무환 정신으로 뭉칩시다'가 파란 글씨로 씌어 있었다. 그 글자가 내게 서늘한 각성을 일깨워주었다.

우리 집안은 유비무환 정신이 없고, '뭉칠 수도 없는' 환경에 처해 있다는 생각이 들었다. 곧장 나는 횡단보도를 건너 건너편 골목 속으로 다시 뛰어갔다. 골목길에 들어서자 이번에는 헐떡거리는 숨길 때문에, 쇠붙이처럼 싸늘하던 아버지의 손바닥 감각이 떠올라서 천천히 걸었다.

여전히 철문 앞에서 장승처럼 서 있는 아버지의 머리가 나를 보는 순간 힘없이 외등 너머의 별 한 점 없는 새카만 하늘로 향했다. 아버지의 눈에 눈물이 어려 있는 걸 보고 나는 단숨에 염색공장을 찾아온 사연을 쏟아놓았다.

"경집이 형이 차 사고를 냈어요. 피해자 쪽에서 전치 8주 진단을 끊어와서 공갈을 때리고 있다 그래서요. 타협을 볼라고 하는데 미적거리다가 구속으로 떨어질까봐 걱정들 하고 있어요. 셋째 형이 검사로 있는 동창생을 만나 손을 써보겠다고는 했지만 어째 믿기지 않네요. 여기는 제가 그냥 알리러 왔어요. 너무 걱정은 하지 마세요. 잘될 거예요."

아버지는 내 말을 미처 다 듣기도 전에 천천히 발길을 돌렸다. 쪽문을 들어서는 아버지의 발길이 도저히 내키지 않는 듯 머뭇거렸고, 돌처럼 각이 진 당신의 등짝에는 죽음을 앞둔 병자의 고뇌 같은 표정이 비문처럼 깊게 새겨져 있었다.

아버지는 큰아버지처럼 농사나 지어야 할 사람이다. 공연히 상업학교까지 나와서 평생을 그르쳤다. 아버지 성정에는 학력이 무용지물이었다. 반풍수가 집안 망친다는 전래의 속담도 있지만, 그래도 사람은 많이 배울수록 좋다는 말을 곧이곧대로 믿어야 할까. 각자의 양심이

무기질 청년

한 시대의 질주와 어떻게 보조를 맞춰나가야 하느냐는 고민거리를 날라리 학력 따위가 제대로 가르쳐 줄 리 있겠나. 많이 배운 사람일수록 양심대로 살기가 힘든 현실이 매일 눈앞에 다가들고 있는데. 먹고살 만해졌다고 다들 살이 두툼하게 쪄서 양심이 보이지 않을지도. 푸석살은 결국 적당주의의 탈을 쓰고 병든, 그것도 중증인 우리 사회에 부화뇌동하는 능력 그 자체일 테지만.

그래도 일의 선후책을 딱딱 부러지게 따지고 나서 휑하니 엉덩이를 털고 일어서던 셋째 형보다는 아버지의 난감한 뒷모습이 훨씬 인간적이었다. 한동안 외등 불빛 밑에 서 있다가 나는 단호히 발걸음을 돌렸다. 밤색 바지와 머리통이 작은 박씨는 어느 쥐구멍으로 내빼버렸는지 보이지 않았다. 아버지와 나는 서로를 측은하게 여기며 헤어진 꼴이다.

이제 아버지는 어떤 일에도 속수무책이다. 그래도 나는 당신의 마음을 누구보다 잘 안다. 아들의 내일에 대해 안타까워하는 내색조차 자제하는 당신의 마음속에 일고 있을 낭패감. 그 무능에 대한 처절한 자괴감. 외부에서 무작정 들이닥치는 어떤 물리적 힘에도 속수무책으로, 풍뎅이처럼 죽은 시늉으로 살아가는 양반. 어떤 신고나 불행도, 심지어 굶주림까지도 말없이 받아들이는 늙은이. 아버지의 무능과 나의 무력은 얼마나 고달프고 불쌍한 한 짝인가. 부정(父情)은 챙길수록 어차피 가련할지도. 효성이 아무리 간곡하더라도 초라하듯이.

↓

이만집의 모친은 일찍 타계하신 것 같다. 비망록의 어느 구석에도 어머니 말은 비치지 않는다. 어머니를 모르는 사람은 대개 다 정서가 메말라서 그 일상의 동정 일체가 삭막한 법인데, 이만집의 다혈질도 그렇고, 더욱이나 아버지에게 집안 소식을 알리려고 그의 임시 거처를 찾아간 일정이 의외로 다가온다. 아직도 눈물이 메마르지 않았다는 자신의 심경을 이처럼 간곡하게, 그것도 간접적으로 전하다니.

이만집의 아버지는 상당히 흥미로운 인물로서, 그 배경이 알록달록한 염색공장으로 조작되어 있어서 그런지 그 추레한 몰골부터 단연 '확실하게' 두드러져 있다. 남다른 결백증으로 어떤 부정 사건의 하수인으로 연루되어 자진해서 죄를 뒤집어쓰고 공무원직에서 파면당한 양반으로 그려져 있다. 늘 피해의식에 시달리나 속마음은 멀쩡하고, 자신의 무력과 무능을 솔직하게 인정하는, 내가 보기에는 이만집의 맏형 곧 고서를 뒤적거리며 책벌레로 자족하는 인물과 동류항 같다. 그들은 분명히 한 과도기에 태동한, 그래서 급변하는 사회환경에 부응하지 못하고 겉도는 쩨마리에 불과해서 그들에게서는 무자비한 가해자인 '시대'의 냄새가 지워져 있다. 실은 그들의 생리가 '시절'과 맞지 않으므로 돌아앉아서 '모르쇠'를 잡으며 '세월'에 어영부영 끌려다니고 있다고 해야 옳을지 모른다. 물론 한 '시대'와 등을 진다고 해서 삶 자체가 당장 중동무이로 분질러지지는 않는다. 보기 나름이기는 할 테지만, 그냥저냥 한 시대의 퇴물로서 살아낼 수밖에 없고, 애써 자신과는 무관한 '세상'을 원망하며 무력감만 재촉하는 '자기 대면'으로 소일하고 만다. 무능은 피해자의 다른 이름이고, 무기력은 '자기 파괴'로 이어지게 마련이므로.

한 시절의 사회적 환경이, 옛말로는 세파가 그들을 인간 실격자로, 자격 상실자로 돌려세우고 있긴 하나, 생태계의 압력에 아랑곳 없이

무기질 청년

살 수 있는 그들만의 서식지가 과연 따로 있기나 할까. 그들을 보듬는 말대접만으로도 진정한 자유민주주의 공동체의 입구가 보일텐데. 좀 과장해서 덧붙이면 그런 후천적, 사회환경적 자폐증에의 특별한 관심이 다사로운 인간관계의 태동, 소생을 보장하련만. 역설적이긴 해도 그들이 세상의 허술한 구멍을 여기저기서 땜질하고 있으므로 우리의 인간관계가 그나마 사람답고, 이 사회의 거죽이 언제라도 너절할 수밖에 없어서 난감할 뿐이지만.

열흘 후의 일기에 이만집은 둘째 형의 차 사고가 무사히 해결되었다고 밝히고, 그동안 셋째 형이 보여준 행태에 욕을 퍼붓고 있다. 형제간인데도 서로 살(煞)이 끼었는지 이만집은 행시 합격생인 셋째 형에게 아예 침이라도 뱉을 기세다. 가령 '사무관이 되자마자 닳아빠진 기성세대를 닮으려고 기를 쓰는, 쉬어빠진 도토리묵 같은 법학도 꼬락서니하고선'이라고 몰아붙이는가 하면, '경박하고, 채신머리없고, 파렴치한 작자에게 가난에 동참하길 바라는 나는 오죽 어리보기인가'라며 마구 삿대질을 퍼붓고 있다. 더욱이나 셋째 형 내외를 한통속으로 묶어 점증하는 '여성 상위 시대'의 내습에까지 일침 놓기를 사양치 않는데, 너무 심하다. 어째 지만 옳을까, 선악의 이분법이 그렇게도 못마땅하다는 인간이.

↓

둘째 형수는, 부부는 닮는다지만 둘째 형 내외가 고루 오사바사하기는 한데, 이번 차 사고를 처리해준 사례로 셋째 형수에게 '고급 무지 본견 양단'(장사치가 둘러대는 말을 그대로 옮겼을 테니 틀린 말일 리야 만무하지만, 어째 중복이 심해서 어색한 조합 같다) 옷감 한 벌을 선사한 모양이다. 동대문시장의 비단 가게에서 샀다며 그 상호가 적힌 명함판 딱지를 건네주면서, 거기에 가면 한복 맞춤 전문점을 소개해줄 것이라고 이르기도 했다. 수더분하기 이를 데 없는 둘째 형수의 권면에도 불구하고 셋째 형수라는 그 해사한 부잣집 딸년은 양단 옷감 따위야 저 아프리카의 토착민들이 걸치는 광대 옷쯤으로 여기는 낌새가 완연해서 그 거드름이 실로 가관이었다.

선물이란 원래 있는 집에는 없는 것을, 없는 집에는 아무것이나 푸짐한 것을 들고 가야 하잖나, 나는 그렇게 알고 있다. 하지만 세태는 그렇지 않다. 예컨대 있는 집에는 없는 게 없어서 선물이 딱히 요긴하지 않건만, 있는 집에 쌀말을 보태준다는 식으로 있어도 그만 없어도 그만인 것을 한사코 들고 간다. 따라서 있는 집에는 선물을 들고 갈 이유가 없기도 하려니와 선물할 거리가 마땅찮다. 그래도 있는 집이 오히려 선물을 더 밝히는 세태를 껄끄러운 과욕 말고는 달리 설명할 말이 없기도 하다. 과욕의 근본이야 무병장수 욕심이 말하는 대로이지만.

하기야 손아래 동서에게 옷감을 선물이랍시고 디미는 둘째 형수 내외도 의뭉스럽기로는 선물을 받는 것들과 한치도 다를 바 없다. 어쨌든 셋째 형 내외는, 내게 인간의 원초적인 성정으로서의 그 새암이 다소 과하다 할지라도, 언제 봐도 재수 없는 꼬락서니를 빳빳이 쳐들고 다닌다. 나야 그들과 가능한 한 담을 쌓고 지낼 작정이고, 그들도 나 따위야 있어도 그만 없어도 그만인 부류의 하찮은 인간으로 대할 테지만. 아무려나 이런 식으로 슬슬 형제간의 띠앗머리를 떼가다가 종내에는 서로 남처럼 서먹서먹해지고 마는 그날을 나는 학수고대하는

무기질 청년

입장이다.

큰형 집을 모두 함께 나오려 했을 때, 셋째 형수라는 게 제 딴에는 인정인지 애교인지를 드러낸답시고 일부러 건넨 말이 내 부아를 또 긁어놓았다. 선물까지 받아 우쭐대고 싶어서 공연히 점잖게 죽치고 사는 사람의 심사를 건드려 양양이를 부리고 싶었는지 어떤지.

"도련님은 언제 취직할 거예요? 그렇게 열심히 공부해서 어디다 쓸 거예요. 아직 연애를 못 해봐서 돈 벌기도 싫나 봐요, 그렇죠?"

나는 하는 수 없이, 마침 셋째 형도 멀찍이 떨어져 있길래 그 말 같잖은 말에 응수할 수밖에.

"이런 수상쩍은 시절에 공부는 무슨, 글이 머리에 들어오나요. 머리도 나쁜데. 연애하고 취직하면 돈이 중한 줄 알게 될 거란 소리로 들리는데요, 그런데 돌대가리인 제가 보기에는 돈이란 돈을 좋아하는 사람만이 그 요물을 쫓을 자격이 있는 것 같아요. 저는 아직 좋고 나쁜 것을 잘 모르겠어요. 분별력 태부족증이 심각한 수준이지요. 그러니 공부나 슬슬 더 해봐야겠지만, 역시 시원찮은 머리로는 한계가 많아서 걱정이에요. 이래저래 저는 밤낮 없이 걱정만 하고 사니 사는 맛도 모르고 그럭저럭 하루하루를 허송세월하자니 다행히 시간 가는 줄도 몰라요. 바보도 꽃 보고 웃는다더니 제가 꼭 그래요."

"아무래도 도련님은 좀 많이 괴상해요. 자신이 비정상적인 줄 잘 알면서도 그 점을 무시하고 은근히 즐기려는 자기 과시와 자기 학대를 뒤죽박죽으로 드러내면서 세상을 깔보고 있으니, 만사가 엉망진창으로 보여서 짜증스러운 거 아니에요? 모든 질환에는 자가 진단에 자기 치료만큼 훌륭한 근치법이 달리 없다니까 차제에 한 번쯤 냉정하게,

상투적인 표현대로 가슴에 손을 얹고 자성해봐도 나쁘지 않을 것 같 에요."

"자성이야 늘 치열하게 하지요. 다들 나보다는 똑똑하고, 머리도 좋 고, 돈 버는 재주도 뛰어나고, 세상의 관행을 옳게 보고, 인간 이해에 도 너그러운 줄이야 알지요. 그런데 그걸 따라가자니 싫기도 하려니 와 미치겠으니까 매사에 심드렁해질 수밖에요. 어쩔 수 없이 힘없는 제가 저야지요. 엄살이 아니라 이 심정은 실정 그대로고 어떤 과장도 없어요. 말을 하기로 들면 끝도 없을 테니 오늘은 이쯤에서 끝내지요."

"돈이 필요해요? 형님 몰래 제가 빌려드릴 수도 있는데요. 나중에 형편 되면 갚기로 하고요, 그래야 자존심도 덜 상할 테니까요. 어때 요, 진지하게 생각 좀 해봐 주세요, 네? 우리는 서로 남남 사이가 아 니잖아요."

여자들은 체질적으로, 그 출중한 비기(秘器)의 모양새와 숨은 자리가 암시하는 대로 암상이 워낙 자심해서 비밀 만들기를 즐긴다. 누구에 게도 털어놓지 않으려는 혼자만의 비밀도 여러 개씩 가지고 있을 뿐 더러, 특정한 남과도, 대개는 1;1의 관계로 비밀을 만들어 서로를 묶 어놓으려고 온갖 술수를 다 부린다. 내가 그 속성을 모를 줄 알고, 천 만에. 나를 그런 술수에 넘어가는 호락호락한 남자로 알았다가는 나 중에 후회할 날이 반드시 오리니, 꼭 기억해두시길.

나는 심드렁히, 짐짓 비쎄는 낌새를 드러내며 말했다. 제발 곡해하 기를, 종잡을 수 없기를 바라면서. 이쯤 되면 나의 성격적 결함을 연 극배우의 개성으로, 물론 주인공의 배역을 돋보이게 하는 단역으로 적절히 써먹어도 좋을 성싶지만.

"아직 돈이 중한 줄 몰라서요. 철이 덜 들어서 이렇다니까요. 정말 남의 일 같지 않아서 걱정이 많아요. 말은 고맙지만, 지금 저 자신의 한심한 처지를 덜렁 허물었다가는 나중에 후회할…"

그 밖에도 하등에 쓸데없는 말을 더 나누었으나, 나는 엉뚱한 생각만 뒤적거렸다. 돈을 공짜로 '빌려주겠다는 이런 수작'이야말로 '여권 신장'으로 착각하는 모양인데, 제발 각성하시길. 여자 일반의 속성 중 하나는 '밥은 내가 먹이고, 잠자리도 내가 돌본다'라는 생리적 모성애를 구실 삼아 남자들의 일거일동을 간섭, 관장함으로써 제 마음에 들도록 부려 먹으려는 그 얄팍한 꿍꿍이수작을 평생토록 노리개로 삼는다는 것이다. 그래 봤자 결국 남자는 죽을 둥 살 둥 돈을 벌어와야 하게 되어 있고, 수모, 굴욕, 비굴, 피땀의 결정체인 그 금전 일체는 여자가 요령껏 쓰게 되어 있다는 만고불변의 기득권을, '내 손에 달려 있다'는 그 '살림살이'의 국량이 여성의 생리이며, 그에 능한 여자가 똑똑하다며 기림을 받는다. 셋째 형수는 그 영민을 자기현시로 거느릴 줄 아니 출중하게 똑똑한 셈인데, 나를 그 본능/야욕의 희생양으로 삼으려고 머리를 딴에는 영악하게/조잡하게 굴린 것이다. 내가 그 속셈을 미처 모를 줄 알고 만만하게 봤다면, 그쪽도 머리가 과히 좋은 편은 아니라는 사실을 인정해야 할 날이 언젠가는 반드시 닥치리라.

꼭 여성 일반만이 아니라 누구라도 대학 교육의 혜택이야 자비 부담으로 마음껏 누릴 수 있게 된 요즘 세상에서는 글깨나 읽은 사람일수록 기존의 모든 체제에 적극적으로 아부하고 만다. 세상과 사람을 누구보다 잘 안다는 자부심으로. 그러나 그런 비범인들이 범상인들보다 책을 더 읽었으므로 세상과 사람을 상대적으로 낮게 안다는 핑계로 기존의 모든 체제를 일단 의심, 부정, 개조해야 하지 않을까 하는 사유를 공글리면서 몸으로는 오히려 찰거머리처럼 기왕의 편한 제도 자체에 달라붙기를 능사로 삼는다. 이 차이를 무시하는 한 사람과 세상을 제대로 읽었다는 온갖 고함은 전적으로 헛소리다. 내 주장이 엉터리라고 깔보는 모든 범인에게 한 번쯤 숙고할 '머리'를 굴려보길 바랄밖에. 물론 다수/대중은 엉터리라서 불가능하지만. 범인 양산에 최대한으로, 온갖 물량을 투입하여 불철주야 분투하는 기왕의 우리 교육 편제를, 소성도취벽이 자심한 모든 학부모와 전국민적 심성을 근본적으로 뜯어고치지 않는 한.

↓

내가 보기에는 이만집의 셋째 형처럼 영리한 형제가 집안에 하나쯤 있어서 가문을 덩실하게 살려주면 좋겠는데, 처가 덕까지 누리면서 자기 눈 앞에 펼쳐진 세상의 겉만을 야금야금 핥아대는, 이른바 출세주의자라서 띠앗머리에는 알게 모르게 둔한한 듯하다. 아무튼 흥미를 유발하는 위인이고, 들쭉날쭉한 세상살이인데, 사람들의 사고를 획일화할 수 없듯이 그 재주와 처세술도 다양할 수밖에 없기는 할 것이다. 불공평이라는 이 영구불변의 '질서와 구조'가 없다면 누가 고시에 합격하려고 엉덩이에 못이 박이도록 책상 앞에 눌어붙어서 그토록 '외우기'에만 골몰하겠는가. (한때의 목격담을 풀어놓으면 고시 공부에 전심전력하던 한 친구는 출제 예상 문제를 외운답시고 공책의 낱장들을 연필과 볼펜으로 글자가 안 보일 때까지 까맣게 색칠하곤 했다.) 하기야 아들자식에게 농사일을 대물림하려면 굳이 교육이 왜 필요하겠는가. 교육의 역할이 꼭 지식의 전수와 입신출세만을 담당, 겨냥하는 것은 아니고, 한창 나이의 한 시절을 묶어둠으로써 경쟁의 중요성과 우열의 불가피한 합리성을 주지시키는 한편 체제 유지의 적법성을 세뇌하는 효과도 엄청남을 부정할 수는 없다.

'학교 교육'이(가정 교육, 사회 교육, 군대 교육, 직장 교육 등을 일단 논외로 돌리고) 어떤 수단과 방법으로 소기의 목적을 이루느냐, 곧 저마다 한몫하는 성숙한 인격체로 양성해낼 수 있느냐는 일종의 사명 의식을 여러 분야의 선생들이, 또는 국가가 도맡는 지금의 제도권 교육과정이 얼마나 바람직하고 효과적인지를 따지려면 실로 엄청난 품이 들 것이다. 모르긴 해도 1백 명 정도의 석학들이 5년쯤에 걸쳐서 연구하고, 그 성과를 1년 이상의 난상토의 끝에 요령 좋게 취합해도 이른바 '백년대계'라는 말이 무색하게 별 뾰족 수가 나올 리 만무할 것 아닌가. 그럴 수밖에 없는 것이 10년 동안 '강산'이 천지개벽하고 말아서 애초에 작성한 보고서의 정보들이 아주 후져빠진 사례로 들통이 나고 말 테니까. 그러니 시중에 나도는 흔한 말대로, 그것도 대개는 자식을 '제멋대로' 키우기에 지쳐서 쏟아내는 투정이기 십상이지만, '내버려 두는 게 상책'이라는 한숨은 새겨둘 만한 금언에 값하지 않을까 싶다. 일컬어 피교육자의 '자율'에 일임하라는 소린데, 맹모(孟母)가 보여주었다는 그 '단기(斷機)와 삼천(三遷)'만으로도 족하다는 지적은 시사하는 바가 적지 않다.

내가 아는 범위 내에서, 그래 봐야 오래전에 읽고 새겨둔 간접경험에 기댈 수밖에 없지만, 미국의 사례가 그중 울림이 크지 않을까 싶은데, 물론 그 공감도가 독자마다 같을 리야 만무하다. 어떻든 링컨과 맥아더가 훌륭한 본보기들인데, 전자는 널리 알려진 대로 학교 교육을 받은 바가 전혀 없으나, 어릴 때 누이가 죽자 그 혹독한 슬픔을 스스로 이겨내면서 어떤 '승화'에 이르러 인내와 극기와 겸손의 한 경지를 몸소 구현했다는 것이다. 미국을 통치하면서 보인 그의 생애는 어떤 경우에라도 오로지 참고, 남과의 싸움에서는 무조건 지는 쪽을 택하면서도 자기와의 싸움에서는 지지 않으려는 발버둥으로 초지일관했다는, 그처럼 초인적인 위인의 탄생 배경에는 남루한 가정 형편이 있었다는 해석에는 공감하지 않을 수 없다. 부언하건대 '자기 성장'에 바친 링컨의 평생에 걸친 각고면려는 '학교 교육'의 낭비적 측면을 역설적으로 보여주는 데 부족함이 없으므로 더 이상의 구지레한 언급은 '인공(人工)국가' 미국을 반석 위에 올려놓은 그의 위대한 업적에 흠집을 내는 망발에 불과할 터이다.

그러니 여기서는 후자, 곧 한때는 우리의 정치 체제가 공산주의 치하에서, 또 필경 전제적 독재 체제에서 살아갈 백척간두로부터 건져준 맥아더의 '정체'가 어떻게 만들어졌는지를 주마간산으로나마 훑어보는 것도 나름의 의의는 있지 않을까 싶지만, 물론 잣대에 따라 숙고하기 나름이긴 하다. 그의 긴 생애에서 군복을 벗고 난 후는 나름의 의젓한 은거로 일관함으로써 세속적인 명망과는 거리를 두었고, 그래서 더 군인다운 위엄을 거느렸지만, 그의 특출에는 학교 교육과 마찬가지로 가정적 훈육도 크게 작용했다고 알려져 있다. 곧 그의 조부와 부친이 모두 훌륭한 군인으로서 손색이 없기도 했지만, 재수 끝에 그가 육군사관학교(다들 '웨스트 포인트 사관 학교'라고 부르는)에 입학하자 그의 모친은 허드슨 강 가에 있는 유서 깊은 그 학교 근방에다 아예 숙소까지 구해서 아들의 면학을 독려했다고 한다. 미국판 '맹모

삼천(孟母三遷)'이라고 하면 그뿐일지 모르지만, 어떤 결단을 내려야 할 고비마다 모친이 최소한의 고언을 제시함으로써 맥아더의 자존자대를 불러일으켰다는 사실은 특기할 만하다. 일종의 '성장통'에 거름 역할을 톡톡히 한 이런 사례가 실은 가정 교육의 진수에 값할 것이다. 어떻든 사전에서 일러주는 대로 '맥'이란 접두어는 '아들' 또는 '자손'을 일컬으므로 그는 아서 왕의 후손일 수 있다. 비록 전설상의 인물이긴 해도 "산과 귀신과 아서 가문은 영원불멸한다"라는 그 혈통이 성씨에 드러나 있으니까.

맥아더의 전기에는 특이한 일화가 풍부하지만, 남의 나라 사례이므로 다 생략할 수 있다 하더라도 다음의 '어록'들은 이모저모로 고찰을 거듭해볼 만하다. 한낱 월급쟁이인 주제임에도 나조차 그의 말을 뜯어보면서 해석하려고 한동안 끙끙거렸으므로. 그가 필리핀을 점령하고 나서 술회한 소회 중에는 이런 말도 있다.

"강대국이 약소국들끼리의 전쟁에 참여했으면 반드시 이겨야 하고, 그 피점령지의 국익과 현지인의 안녕 및 복리의 증진을 보장해주어야 한다."

듣기 좋고 하기 좋은 말임에 틀림없다. 그러나 조금만 숙고해보더라도 대단히 해괴한 발상으로써 직속상관이 시건방지다고, 시말서를 쓰라고 강요할 수도 있는 대목이다. 전쟁에서의 패배는 어느 국가도 용납할 수 없으니 이겨야 하는 것은 당연하다. 그러나 '강대국/약소국'이란 용어가 시사하는 바대로 당시 미국의 육사 교육을 대충 짐작할 수 있지만, 승전국으로서 미국의 국익을 먼저 챙겨야 하며, 그 권한은 점령군 사령관이 상부의 지침을 기다려야 할 사항이다. 더 크게 말하자면 당시의 국제적 형편, 달리 표현하면 '세계질서'이고 그 '대세'를 읽기가 간단할 수 없으므로 여러 눈치를 먼저 살펴야 하는 것이 사령관의 의무다. 작은 소리를 보태면 전쟁을 가로막고 나선 경비 일체를 벌충하기 위해서라도 피점령국의 장차 이익을 어느 정도까지만 보장한다는 눈금을 가지게 마련이다. 그런데 맥아더는 정복자랍시고 그랬는지 눈치도 없이 점령지역을 어린애처럼 감싸는 언사를 서슴지 않는데, 그 반 이상이 감언이설 같은 수사법에 기대고 있다 하더라도 좀 별난 '어록'인 것은 사실이다.

또 다른 맥아더의 발상에는 이런 것도 있다.

그가 기상천외한 아이디어로 조수 간만이 심한 인천을 택하고, 그 상륙작전에 성공한 후, 압록강까지 일사불란하게 진격하고 나서 원자폭탄을 사용해서라도 만주를 콩가루로 만들자고 자신의 상관인 국군 통수권자에게 대들었던 혜안이야 한국 사람이면 대개 다 아는 바 그대로다. 더 나아가서 그는 한반도의 국경선 일대에, 그러니까 압록강과 두만강 너머에다 원자폭탄이나 수소폭탄의 겉을 감싸고 있는 코발트 폭탄을 의식, 이른바 '코발트 대(帶)'를 설치해두자는 것이다. 그런 '분쟁 소멸' 전략이야말로 향후 50년 이상 공산 세력의 지역화 및 세계화를 근본적으로 틀어막는 확실한 한반도 영구 평화정책의 일환이라고 했다. 더 쉽게 말하면 그 '코발트 대'의 설치는 한반도에서의 분쟁행위, 총질, 포탄에 의한 대량 살상 행위 따위를 일거에 근원적으로 차단하는 난공불락의 '폭탄 지뢰밭'이다. 공상과학소설에나 등장할 법한 최첨단 전략인데, 한편으로는 적극적인 현대전 전술이기도 하다. 가능한 한 일을 벌이지 않으려고, 또 무슨 일이든 덧들이지 않고

무기질 청년

현상 고수에 급급하면서 잔머리나 굴리다가 대과 없이 전역, 연금으로 노후를 즐기려는 공무원을 비롯한 군인 나부랭이들은 감히 상상도 할 수 없는 탁견이 아닌가.

감히 추측건대 맥아더는 국가를 위해서 '용기, 의무, 희생, 명예' 등을 주입시킨다는 미국 육사의 교훈을 수석 졸업자답게 자나 깨나 외우며 전장을 누비고 다니느라고 예의 그 '코발트 대'의 설치에 따르는 국제적, 자연적, 인류적 파급 효과 따위를 고려하는 '심각하나 어질더분한' 사유력이 아예 작동하지 않았을지 모른다. 그의 머리에는 '전쟁=승리'라는 등식 말고는 어떤 변수도 비집고 들어갈 용적 자체가 절대적으로 부족했을 것이다. 그렇지 않고서야 그 숨이 막히는 발상을 태연히 지껄이는 사고방식 일체를 이해하기는 실로 난감할 밖에. 그러므로 그는 만년 어린애다. 그 천의무봉(天衣無縫)한 발상은 유치원생이 들고나와야 어울리고, 한바탕 우스갯거리로 삼을 만한 것이다. 그러니 국군 통수권자인 대통령이 비행기 트랩 위에 먼저 얼굴을 내비쳐야 자신도 자리에서 일어서겠다고 생떼를 부리는 경우나(일설에는 트루먼의 도착이 늦어서 맥아더는 졸고 있었다고 하지만) 불과 몇 센트짜리라는 수제 옥수숫대 파이프를 무슨 트레이드 마크인 양 물고 다니는 기행이 유치원생의 그 버르장머리와 너무나 흡사하달 수밖에.

민주주의 교육은 이처럼 어떤 돌출 행동을 각 분야에서 무제한으로 보장해주어야 그나마 소기의 목적을 다하는 셈이다. 물론 그 전제에는 사회의 전반적 '기운'이 그런 주입과 개발을 권장하는 쪽으로 기울어져야 할 것이다. 사회와 피교육자의 상호 응원, 독려가 건강한 민주주의 체제를 보장하는 셈인데 말처럼 쉬운 일은 아니다. 그러나 우리의 교육 현실은 어떤가. 정답(正答)이 아니라 정답(定答) 맞추기에만 급급하고, 기성세대의 눈치 살피기에 약삭빠른 데림추의 양산에나 허둥거리고, 그런 고학력자들은 월급을 반년쯤만 받으면 이내 바람 부는 대로 흔들리는 세태 영합주의자로 환생한 후, 곧장 만사에 모르는 게 하나도 없는 팔푼이가 되고 마는 회로에 갇혀버리는, 그리하여 '개혁'의 깃발이 늘 펄럭거리는 분주다사(奔走多事)한 체제의 첨병에 이르고 만다, 그렇지 않나. 그런 어중간한 인물들의 양산 체제에서는 제 코앞의 이해에만 눈독을 들이는 유치원생도, 제 눈앞의 관심거리에 대한 골몰로 제반 거래의 득실 따위에는 철저히 눈을 감아버리는 천재도 '탄생 불가'이며, 기왕의 그 엉터리 체제의 영구적 존속에 허둥거릴 수밖에 없는 구조인 데야. 그러니 후진국일수록 다들 앞다투어 '죽을 둥 살 둥' 미국의 유치원생 양성소 같은 교육 제도를 베껴 먹으려고 헐떡거리고, 영어라도 배워 오라고 유학비를 쾌척하는 게 아닌지.

하기야 이만집도 이 눈치 저 눈치를 읽는 데는 도가 터져서 유치원생의 한계를 진작에 벗어나 있다. 잡초만 우거지는 생태계이니 당연할 수밖에. 우리 사회가 그나마 이만집 같은 불평불만 분자를 배출해 낸 것만도 오감한 판인데. 물론 나조차도 이만집 또래의 전후 세대를 매도하기에 놀아나는 한낱 어중이떠중이에 불과하지만. 보다시피 아무 데서나 쓰잘 데 없이 '미국'을 들먹이는 전형적인 속물의 자격지심을 주체하지 못하는 굴퉁이인 것을.

↓

'봄', 지겨운 계절. 나른해져서 싫다. 더위보다는 한결 낫지만, 저절로 긴장할 수 있는 겨울보다 훨씬 못하다.

무기질 청년

수입; 과외 지도비가 7만 5천 원. 세 명의 고교생에게 토요일과 일요일에 영어를 두 시간씩 가르친다. 당분간 이 고정수입은 확보되어 있다. 이런 '보장'이 실은 염려, 걱정을 미리 재촉하니 나는 천생 좀생원에 걱정꾸러기다. 후학기나 내년 봄 학기쯤 '천우신조'로 연구조교가 되면 무려 8만 원의 거금이 매달 수입 항목에 오를 수 있건만.

지출; 집세가 2만 원. 조윤이 새끼의 수입이 당분간 막연한 듯하므로 일단 내가 대납할 것을 예상해야. 우리 사이는 결국 일금 1만 원짜리 한 장에 우정을 사고파는 그런 관계에 지나지 않는다. 점심으로 자장면. 3백 원×30일=9천 원. 아침저녁으로 음식 같잖은 음식인 라면. 조윤이 새끼의 것도 포함해서 4개×60원×30일=7천2백 원. 라면으로 친구의 끼니까지 해결해주어야 한다니, 비정상의 극치다. 담뱃값. 한산도 2백20원×30갑=6천6백 원. 교통비. 학교와 학생 집을 매일 왕복해야 한다고 일단 잡아두면 한 달 동안의 버스비는 60원×4회×30일=7천2백 원.

땔감으로 연탄비야 봄이라 무시해도 그만이고, 오물세, 물세, 전기세 등으로 3천여 원을 지출해야 할 텐데, 그거야 조윤이 새끼에게 떠넘길 작정을 해두자. 책은커녕 잡지 한 권도 사보지 못하겠지만, 이럭저럭 연명은 되는 셈. 이런 가파른 시국에 연명하는 것만도 감지덕지. 그래도 살아내지는 게 얼마나 대견한가. 만사는 과욕이 저지르는 죄이자 업보일 따름이다. 세상이 엉터리라면서 단숨에 무엇이든 바꾸자는 주장이야말로 천학(淺學)의 구질구질한 과시지 별건가.

소줏값의 확보가 문제이긴 한데, 나도 숨이나 좀 쉬고 살려면 그런 지저분한 걱정에서 놓여나야. 술값 타령은 정말 하고 싶지 않지만, 누구라도 (부모 형제나 친구가 아니라) 이 사회의 도움을 받아 가며 살아가게 마련이니 내가 누구에게 술빚을 지고 산다는 생각은 당분간 멀리 떼놓아야. 돈이란 능력만 있고, 상투적 표현대로 '피땀 흘리는' 노력을 쏟을 체력과 정열만 있으면 누구든 거머쥘 수 있으므로 이 돈은 내 것이라는 소유권을 수시로 포기, 양도할 수 있는 대범성, 또는 두름성을 길러야.

돈에 대한 나의 잡념은 시작도 끝도 없다. 가령 미술품이나 골동품은 재력을 제멋대로 구사, 향유하는 재벌의 전유물로 흔히들 착각하고 있으나, 그 '혼자 좋고 즐기면 그뿐'이라는 명색 '예술품'들도 최종적으로는 만인 소유의 박물관행으로 귀결될 것 아닌가. 임시로 특정인이 잠시 그 귀중품의 소유권을 행사하고 있을 뿐이고, 더러는 세월의 흐름과 시속의 부침에 따라 그 호가(呼價)가 달라짐으로써 투자의, 또는 환매(還賣)의 대상물이 되고 있는데, 이런 수선스러운 제도도 명색 미술을 보는 '눈'을 달고 있다는, 곧 젠체하는 일부의 무리가 만든 번거로운 거래의 수단에 지나지 않는다. 돈에 눈이 없다는 말을 미술품에 적용해서 안 될 게 무엇이란 말인가. 내 머리로는 난해한 영역인 것 같다.

아무튼 공술 얻어먹기는 정말 미안한 노릇이다. 공술도 시장경제주의의 시혜라고 치부해버리면 그뿐일 것 같지만, 그 이면에는 숱한 갈등과 심리적 암투가 깔려 있고, 그 착잡과 매번 싸우려면 피곤하다. 갈월동에도 술 외상이 5천 원이나 아직 남아 있다. 그 늙은 여우 같은 영감탕구는 나를 어떻게 봤는지 흔히 "달아놓지 머, 시방 차비도 간당거리잖아, 나중에 갚든지 영영 떼먹든지 알아서 해"라고 선심을 써버

　　　　무기질 청년

릇하는데, 말이야 고맙지만 실제로는 원수다.

↓

앞에서도 밝힌 대로 이만집은 '비망록'이라는 호칭에 부끄럽지 않게 매쪽에다 위와 같은 돈의 입출을 꼼꼼하게 적어놓고 있다. 그것도 대부분 이틀이나 사흘마다 얼마의 돈을 썼는가를 상세히 기록해두고 있는데, 위의 사례는 그 일부일 뿐이다. 좀 과장하면 돈 씀씀이를 으레 무하기(無下記)로 일관하는 숱한 일기, 회고록, 평전을 과연 어디서 어디까지를 믿어야 할지. 그 허구 일색과 기억의 부실을 제멋대로 이해, 평가하는 제2의 '역사'가 무슨 의의가 있는지를 독자 제위의 '울퉁불퉁한 잣대와 엉성궂은 안목'에 맡겨야 할 판이니 참으로 허망하다. 원본이 그처럼 허술한데 독후감인들 오죽할까.

그런데 이만집도 '과외 지도비'라고 명시하고 있으나, 그 명세를 얼버무리고 있다. 은행을 염두에 둔 소리인지 돈에도 제1의 소유권, 제2의 사용권, 제3의 활용권 따위가 있다고 툴툴거리는 위인이라서 차마 그 약소한 '임시 수입'에 따르는 노동의 대가를 굳이 밝히고 싶지 않았던 듯하다. 거금의 사용권에는 당연히 도덕적 책임 같은 것을 예나 지금이나 강요하고 있는 게 현실이지만, 소액을 시시콜콜 따지는 이만집이 거금의 사용권을 미리 걱정하는 것은 강술 먹기에도 급급한 거지의 술안주 타령만큼이나 공허한 수작이 아닐 수 없다. 수입과 마찬가지로 지출에서도 누구에게 술빚이 있긴 하지만, 다음에도 '내가 술을 살 형편이 되지 않을 건 뻔하니, 참으로 내 신세가 딱하기 그지없다'라고 미리 걱정하고 있다. 돈에 관한 한 지독한 열등감을 희석하려는, 젊은 한때의 '면피(免避) 근성'이리라.

그 대신에 '공중전화 두 통화에 20원, 한 통화는 동전만 삼키고 연결은 일종의 불발에 그치다'라고, '그 망할 놈의 전화통에다 극빈자인 내가 자선하다니'라며 성깔을 부린다. 요즘은 서로 경쟁적으로 '자선, 성금' 등의 갸륵한 용어를 남용하는 경향이, 그런 선심 행각을 매스컴이 앞다투어 권장하는 속풍이 자리 잡아가는 추세인데, 우리 사회가 온통 거지 같아서 심해 못마땅해 있는 참에 이만집조차 그런 유행어를 사용하니 격세지감이 여실하다. 공중전화는 사회의 공공기물이고, 국가는 자선을 받을 처지가 아니다. 물론 국가는 근로 의욕 따위를 고취하는 차원에서만 제한적으로 자선을 베풀 수 있을 뿐이다. '자선'이란 용어도 시대착오 같다. 세상이 돌변한 것이다.

나는 보너스와 퇴직금을(직장을 한차례 옮기면서 주는 대로 받았지만) 회사 주인의 시혜라고 여기며 받지는 않았다. 그것이 시혜라면 어딘가 농경사회의 지주와 소작인의 관계 같아서 못마땅하다. 말장난은 피해야 하므로 '사은품'도 듣기가 껄끄럽다. 근본적으로는 보너스와 퇴직금을 추방해야 할지 모른다, 미국처럼. 그러자면 개인의 능력을 객관적으로 평가할 잣대가 유기적으로 작동하는 사회적 제도와 '분위기'의 성숙이 필요할 테고, 그런 경지는 국부(國富)의 전반적 신장에 기댈 수밖에 없지만.

위의 돈 계산을 적어둔 다음 날, 이만집은 술집 여자와 동침한 흔적을 이실직고하고 있다. 제법 흥미로운 이야기라서 그대로 옮겨둘 만하지 않을까 싶다. 매음 풍속도 한 시대의 우울한 정서와 날렵한 제도가 덤불처럼 뒤엉켜서 엉성한 피륙 한 자락은 짜놓을 터이므로. 그 냄새 나는 피륙이야말로 희떠운 사회의 속살일 테니까.

무기질 청년

꽃값이 1만2천 원. 들은 풍월대로라면 신발 한 켤레 값이 동서고금의 화대 시세와 대체로 일치한다니, 신사화가 하룻밤 사정(射精)에 홀라당 날아가버린 셈이다.

뿐인가, 여관비가 5천 원. 방에 딸린 욕실, 욕조에 서서 딱지만 한 비누도 사용했으니 그 비용도 포함되었을 듯. 이부자리 옆에는 휴지쪽지만 한 수건과(이것을 사용해본 양반들은 느꼈을 테지만, 아주 질긴 합성섬유라서 물기의 제거 능력이 시원찮고 부드럽지도 않아서 수건의 기능을 제대로 못 한다) 쇠불알만 한 물 주전자의(대체로 잔뜩 찌그러져 있고, 내용물은 볶은 보리알이 우러난 맛은 전혀 없는데도 담배 진액처럼 노랗다) 사용료도 고려해야. 어떤 용도로 쓰라는 건지 머리맡에는 앉은뱅이책상이 엄숙하게 틀을 갖추고 있기도.

술집에서 껴묻어 온 여자는, 꼭 부연해야 할 대목인데 내가 동행하자고 강권하지도 않았건만, 어느새 옷까지 갈아입었는지 몸에 찰싹 달라붙은 청바지에 소매가 긴 하얀 면 티셔츠 차림이었다. 그 셔츠의 바탕에는 빨간색 영문 글자 'ADIDAS'가 또박또박 적혀 있었고, 두툼한 어깨와 팽팽한 가슴에 문신처럼 새겨진 그 글자가 미상불 도발적이긴 했다. 빨간 글자조차 성감을 자극하는 자극 기제인 줄을 경험으로 알게 되다니.

'아디다스'가 홀러덩 여자의 머리통을 빠져나와 발치께로 날아가버리자 순식간에 내 자지는 어떤 자극을 잃어버렸고, 술기운이 울컥 치받쳐 올랐다. 나는 한 마리의 무력한 수컷이 되어 역시 나처럼 억병이 된 그녀의 풍만한 가슴을 벅차게 끌어안고, 한참이나 숨을 죽이며 무엇인가를 기다렸다. 청바지가 쏟아지는 술기운과 잠꼬대를 얼버무리느라고 몸을 뒤채자 풀 죽은 내 돌출부도 이때라는 듯이 부풀면서 점차 그 경도가 세어졌다. 나는 어떤 죄책감도 없이, 그렇다고 흥분을 자제하려는 생각은 추호도 없이 코를 낮게 고는 아디다스의 배 위로 올라갔다.

잠보다 술에 취해 나가떨어져 있던 아디다스가 눈을 감은 채 꿈지럭거리기 시작했다. (내 옆에 붙어 앉아서 술 매상을 올리려고 그녀는 나보다 더 자주 소주잔을 목에다 쏟아부었다. 매일 술 마시는 직업이라니, 좋을까 나쁠까.) 아디다스의 지친 손이 청바지 주머니를 뒤적이더니 금딱지 세 개를 꺼내, 두 개는 머리맡의 책상 아래로 던져버리고, 나머지 한 개는 손에 쥐고서 바지를 까 내렸다. 금딱지는 세칭 고무장화라는 콘돔.

"아직 멘스가 덜 끝났어."

나는 부풀어 오른 내 자지 위에다 고무장화를 손수 둘둘 말아 올려 신겼다. 갑자기 내 몸이 무거워진 느낌이 들었다. 자지는 어릴 때 시골에서 자치기 놀이에서 사용하던 새끼 잣대를 닮았다.

아디다스의 사타구니에 내 잣대를 밀착시키며 나는 여자의 성기가 까서 물에 불려놓고 있는 조갯살이나 전복 같다고 생각했다. 조갯살을 헤집고 내 자지가 어느 구석으로인지 들어가려 했을 때, 아디다스는 처음으로 눈을 게슴츠레 떴다가 이내 감았다. 아디다스는 그 여성스러운 얼굴에도 불구하고 어떤 미태도 보이지 않았고, 자신의 육덕 좋은 몸뚱아리를 송두리째 맡기느라고 무방비 상태로 축 처져버렸다. 그러나 아디다스의 살갗은 닭살인데도 뜨거웠다. 그 바닥을 알 수 없는 조갯살 속에서 자지가 한동안 꿈틀대며 일정한 방향도 없이 마구 헤집었다. 이내 자지의 밑둥에서 힘이 쑥 빠져나가는 기운이 또렷해졌다. 내 머릿속은 성희가 미진했다는 열등감만 가득한데도 정액이 무작정 쏟아져나온 것이었다. 나는 잠시 아디다스의 배 위에 엎드려 있었다. 자지가 빨리 움츠러들기를 기다리면서.

나는 올라갈 때보다 더 늠름하게, 역시 아무런 생각도 없이 아디다스의 배에서 몸을 떼었다. 아디다스가 잠시 꼬무락거리며 몸을 뒤척였다. 뒤이어 무어라고 투정 비슷한, 신음은 아닌 말을 내뱉었는데, 내 귀로는 해석할 수 없었다. 아디다스는 다리를 포개어 자신의 치부를 감쪽같이 가려버리고 돌아누웠다. 갑자기 아디다스의 서글프도록 큼직한 엉덩짝만 방 안에 가득 찬 느낌이 들었다. 매몰차게 돌아누운 아디다스의 넓은 등짝에 더운 입김을 내뿜으며 나는 자지의 발기력과 지구력의 상관관계에 대해, 팬티를 더럽힐까 봐 배설을 자주 하지 못함으로써 무작정 고여놓은 정액이 순간적 자극을 견디지 못하고 폭발해버리는 게 아닐까 하는 상투적인 생각을 잠시 떠올렸다가 이내 지웠을 것이다. 나는 엄지발가락으로 벽에 붙은 똑딱 스위치를 방바닥 쪽으로 내렸다. 방은 일순간에 깜깜해졌다. 마침 창으로 달빛이 무심하게 흘러들어오고 있어서 안도감이 저절로 내려앉았다. 창 중턱에 걸린 그 인물 좋은 훤한 달이 나를 물끄러미 내려다보는 게 왠지 씁쓸해서 나는 담배를 찾았다.

아, 타락한 밤의 낭비여. 내 주제에 무슨 개지랄인가. 발기를 잠재울 수 있는 능력을 어떻게 개발하나. 귀지도 나오지 않는 귀를 새끼손가락으로 후벼파며 발기를 죽이나. 성욕은 시공을 오락가락하며 이성을 비웃을 텐데.

달빛을 얼굴에 간지럽게 받으며 나는 자듯 말 듯 밤을 밝혔다. 여관방에서의 밤은 늘 짧다. 어느새 달빛이 사라지자 벌써 새벽이었다. 나는 더 이상 누워 있을 수 없었다. 옷을 대충 껴입고 여관방을 몰래 빠져나오려 하자 아디다스가 몸을 뒤척이다 실눈을 확 뜨고 나를 올려다보았다. 아디다스는 잠에서 깨어나 내게 무슨 말을 먼저 할지 고르고 있었단 말인가.

아디다스가 웃지도 않고 건조한 음색으로 말했다.

"가는 거야? 갈 테면 가라고. 너무 재미없어."

이상하게도 그 말은 내게 하는 소리 같지 않았다. 대답할 말을 찾았으나 마땅한 말이 떠오르지 않았다.

말을 마치자 아디다스는 벗어놓은 자리에 청바지가(그 속에 내가 집어준 화대가 들어 있을 텐데) 그대로 놓여 있는가를 확인하고는 천장을 향해 반듯이 누웠다. 뒤이어 눈을 똑바로 떴다. 내 등줄기에 서늘한 기운이 뻗쳤다. 아디다스의 얼굴에는 혈색이 없었고, 그렇다고 슬퍼하는 기색도, 지친 내색도 비치지 않았다. 청바지 옆에 놓인 '아디다스'라는 구겨진 영문글자만이 창틈으로 새어들어 오는 한기에 후들거렸다.

나는 아디다스에게 아무 말도 하지 않고 구두를 왼손에 들고 여관방을 나와, 미궁 같은 계단을 무려 다섯 번이나 꺾어 내려와서 동이 터오고 있는 새벽 길바닥에 버려졌다. 한동안 멍하니 서 있으려니까 내가 한 마리의 수컷이 아니라 헐벗은 한 그루의 가로수 같았다. 봄인데도 새벽 기온이 차가워서 나는 으스스 추위를 탔다. 내 시들한 감성과 예민한 성감대가 동시에 무뎌지기를 바라며 나는 방향감각도 없이 무작정 발을 떼놓기 시작했다. 술 허기가 맹렬하게 몰려왔지만, 그 공복 증세를 애써 떨쳐버리려고 기를 쓰며 나는 인적이 드문 거리를 먼지처럼 오래도록 휩쓸려 다녔다. 온몸이 비지땀으로 축축해졌는데도 나는 추운 줄도 몰랐다.

친애하는 아디다스에게.

나는 이 편지를 너에게 부치지는 않겠지만, 설혹 부치더라도 네가 받아볼 수 없음을 알고 일단 적어두기로 한다. 우리는 이미 남남 사이를 벗어나 있으나, 여전히 팔뚝이나 스친 낯선 인연으로 머물러 있을 뿐이다.

너와 헤어지고 난 후, 나는 해가 중천에 떠오를 때까지 지금도 생생히 떠올릴 수 있는 서울의 여러 길거리를 거지 몰꼴로 어슬렁거리며 너의 각박한 삶이라기보다 하루살이 생존을 더듬어보고 있었다.

이미 다 털어놓았으므로 짐작했겠지만, 나는 병역의 의무를 마쳤으므로 오래전부터 동정은 아니었다. 역시 군 복무 중에 터득한 바 있는데, 매춘은 어디서나 직업인 건 기정사실이었지만, 특별한 기술이나 능력은 아닌 성싶었다. 그 맨몸 품팔이는 자장면 배달과 동가(同價)의 값어치밖에 없다고 봐야 할 것이다. 유사 이래로 제일 흔하고 그 정당성의 의미를 넉넉하게 누린 직업 행태가 군무와 매춘에의 종사였음은 주지하는 바 그대로이다. 전쟁과 매춘은 다 같이 살아남기 위한 본능에의 몸부림이다. 일부의 개개인만이 수치심을 느끼며 이 두 행위를 마지 못 해서 치렀다고 하지만, 역사는 그들을 정신병자나 심약한 엄살꾼으로 치부, 짓밟듯이 행간 속에 묻어버렸다. 성교가 결코 일방적으로 치러질 수 없는 측면도 전쟁과 흡사하다. 사랑이 없는 성교는 지능을 가진 인간이 지어내고 바친 감정적 허영일지도 모르나, 본능의 순간적 열정이 워낙 막강해서 위선으로 간주하지도 않는다.

너는 몰랐을 테지만, 나는 어젯밤 두 번의 매춘행위를 치렀다. 한 번은 흔히 말하는 그 성교를 너의 육체의 동의 아래 치렀다. 군대 용어로는 속전속결에 해당하는 그 성교 중에 나의 자지는 다량의 정액을 네 심부 깊숙한 데다, 물론 콘돔 속에다 탄알처럼 한순간에 쏘아붙였다. 자취 생활로 늘 허덕거리는 처지라서 가능한 한 빨랫거리를 덜 만들려고 일거일동을 자로 재며 사는 나는 총각들이 사나흘에 한 번 꼴로 즐긴다는 수음을 삼가고 있는 편이다. 따라서 사정의 경과 자체를 즐길 여유도 없이 '건드리면 터진다' 식으로 정액이 분출하는 그 짧은 경과를 늦추거나 막을 재간이 없다. 아무튼 대단히 미흡, 미진해서 나는 한동안 천장을 보며 멍청해져버렸다. 그 미련을 뿌리칠 수 없어서 씩씩거리다가 나는 겉잠에 빠져들었을 것이다. 그러나 나는 이내 찬 기운에 깨어났고, 달빛에 환히 드러난 너의 튼실한 몸의 양감이 이불 위에서 '성숙한 나부(裸婦)'의 자태로 떠올라 있었으므로 나는 잠시 너의 몸매를 외워두어야겠다는 눈초리로 완성, 만끽하는 한편 남녀 사이의 교접에서 나눌 만한 가장 선정적인 몸짓과 대화만을 상상하며 예의 그 금딱지 하나를 사용하며 혼자서 수음을 한 것이다.

충분히 잘 알겠지만, 두두룩한 엉덩이와 기름진 아랫배의 곡선미와 그 밑의 짙은 거웃 속에 감춰진 주름살 계곡은 내 수음 행위에는 너무나 완벽한 '상상적 실물'이어서 그 어떤 정상적인 교접보다 즐거웠다. 당연하게도 나의 그 손장난은 너와의 성교보다 더 길어서 핏덩어

무기질 청년

리 자지가 한동안 우쭐거렸다. 이 두 번째 매춘행위가 너를 깨워서 또 한차례 치르는 성교와 견주면 위선이랄 수 있는지 어떤지를 잠시 떠올렸을 것 같은데, 물론 부질없는 상념에 지나지 않았다.

아디다스야, 너는 생리 휴가라는 유급의 노동 면제를 단 하루도 누릴 권리가 없단 말인가. 나는 이렇게 술이라도 퍼마시며 이틀쯤 죽어 지낼 수도 있는데, 네 몸뚱아리는 그 천부적인 육덕 덕분에 잠시도 쉴 틈이 없다니, 아무리 노동은 귀하다지만 너무 불공평하지 않나.

발길 닿는 대로 남산 자락 여기저기를 배회하다가 문득 떠오른 생각인데, 전생의 너는 곶감이 아니었을까. 오래도록 처마 밑에 매달려서 햇빛을 온몸으로 받아내다가 그 자양분을 고이 속속들이 품은 채 여러 사람의 입맛을 촉촉이 녹여주는 한겨울의 군것질거리 말이다. 그러나 너의 장래는 끊임없이 세포를 증식시키는, 그러니까 수없이 많은 인연을 맺어가야 하는 다세포 식물이 아닐는지. 나 같은 매춘꾼들은 아메바처럼, 곰팡이처럼 곳곳에 서식하고 있으니까. 너만큼 왕성한 생명력을 가진 절대자의 멸종은 절대로 불가능할지도.

아디다스야. 네 앞에서는 어떤 말도 쏟아지는 즉시 무의미해지고 무기력해진다. 어떤 힘센 사내도 너 앞에서는 무위도식하는 헐렁이가 되고 만다. 너의 지친 몸을 탐하는 모든 매춘객은 그 온전한 것 같은 정신이 반쯤 허랑하다고 봐야겠지만, 고작 생활비를 벌어야겠다는 너의 남루하나 단순한 마음은 얼마나 갸륵한 것인지. 무력감, 허탈감 운운하는 나 같은 얼치기들의 심보에는 고질적인 허영이 뗄 수 없을 지경으로 겹겹이 붙어 있다는 자기반성조차 부질없는 것을. 미안하다, 실없는 말이라 하나 마나 한 너스레지만.

이만집은 하룻밤의 외도로 돈의 낭비가 분수를 넘어서 심란해진 듯 횡설수설이 자못 심하다. 그래서 한 달 동안 라면으로 끼니를 때울 작정이라고 궁상을 떨고 있다. 이만집이나 술집 작부나 생활이 곤란하기는, 이런저런 고민으로 착잡하기는 마찬가지다. 한쪽은 말이 많고, 다른 한쪽은 잠에 취해서 입을 다물고 있는데도 왠지 똑같은 사람의 냄새가 풍겨서 그럴듯하다. 이들의 우수리 같은 생명에는, 몇 푼 되지도 않는 그 잔돈마저 악착같이 챙기려 드는 삶에는 젊은 열기가, 자기들만의 그 특권을 보란 듯이 드러내려는 인내심과 진정성이 넘쳐나서 내 머리가 저절로 끄덕여졌다는 사족은 달아두어도 될 듯싶다.

↓

'봄'. 나른하다. 끝없이. 흔히 '심연' 같은 한자어를 남용하는데, 그것이 도대체 어디에 있을까. 상상으로 지어낸 말일 테지만. 뜻글자가 의미를 깊숙이 파고드는 것은 얼마든지 좋지 않나 싶지만, 대체로 말장난이 심한 것도 탈이라면 탈이다. 상형문자의 형성 과정을 유추해 보면 그 과감한 생략과 소리글의 조합이 자체적으로 '언어유희'를 일삼고 있기도 하다. 그래서 유치하고, 쓸데없이 복잡하다.

마침 선거의 계절이다. 봄철마다 정치 바람이 부는 것도 우리만의 관행인지 어떤지. 요즘처럼 정치가 과열 일변도로 치닫고, 꼭 그만큼 저질스러운 것도 일찍이 조선조 중기 사색 당쟁에서 그 근거를 찾아야 하지 않을까 싶지만, 케케묵은 발상일 터. 내 머리가 저절로 흔들리니까. 애국지사보다 우국지사가 한 지역이나 어떤 단체, 직업을 대표해서 거룩한 뜻을 펼칠 수 있기를. 거의 불가능할 테지만 평생에 걸쳐 그 신념에 쉬가 쓸지 않기를 바라지만, '문물' 자체가 수십 배나 불어난 오늘날에는 말과 사고 행태도 그만큼 다종다양해져서 누구도 '다변과 원망' 뭉테기인 민중의 시시콜콜한 뜻까지 받들 수 없게 되어 있다. 우리는 물론이고 다른 나라의 정상배들도 그런 사정을 잘 알고 있어도 별 뾰족 수를 개발하는 머리가 없지만. 그래서 정객, 정상배, 모리배, 건달 같은 말들이 실감 좋게 다가오고, 당연히 그들은 정치업자로서 예비적 청탁업자, 이권과 검은 돈거래 전문업자, 물증을 지우려고 잔머리나 굴리는 피의자, 변호사를 부려 말 같잖은 말로 법정을 어지럽히는 범법 혐의자의 탈을 뒤집어쓰고 있다.

그런데 도대체 무슨 억하심정으로 정치와 정치가를 그토록 씹느냐는 남의 원성보다는 나의 자성이 귓바퀴에 쟁쟁하니 매달려서 떨어질 줄 모른다. 그러나 나의 모든 불평과 불만을 비롯하여 우리 가족, 일가친지, 술집 손님이 무시로 지껄이는 소위 민의의 골갱이를 곱씹어보면, 그 우습지도 않은 농담의 배경조차도 전적으로 정치의 폐해 정상으로 갈음할 수밖에 없음을 통감해서이다. 더 쉬운 말로는 만사가 정치고, 서민 일반을 곧 개개인을 에워싸고 있는 삶의 숱한 조건들에는 정치의 미필적 고의가 시퍼렇게 살아서 닦달을 퍼붓고 있다. 그러니 만인의 '자의식' 분출을 보장할 수밖에 없었던 소위 '근대' 이후에는 남녀노소와 그들의 신분과는 상관없이 일단 '정치적 동물'이 되기를 강제하고 있다. 때와 곳을 가리지 않고 '정치적 발언'을 삼갈 수 없는 이런 '정치적 자유'는 투표행위로 요약되는 정치의 제도화가 얼마나 막강한지를 역설적으로 보여주고 있기도 하다. 당연하게도 정치가 인간의 심리/의식까지 규정, 제약함으로써 네모반듯한 의견의 속출을 후원하고 있다. 문학을 위시한 예술의 여러 장르가 좀 색다른 '편견'의 특출을 선양한다고 떠들고 있으나, 그것도 실은 기왕의 정치적 '시혜'에 대한 방안 풍수의 '주책없는 호언 장담'에 지나지 않는다.

하기야 정치력, 그에 따라붙는 자잘한 기술력, 포용력, 사기술, 언변, 선전/선동술 따위에 대해 내가 너무 무식한 것은 인정하지만, 정치가 사람살이와 세상살이의 모든 제도와 기율을 관장한답시고 제멋대로 기고만장한 언행을 일삼는 행태는 차제에 대대적인 '숙청'이 이루어져야 한다. 늘 봐오는 대로 그 '청산' 작업도 말장난으로 얼버무리다가 결국에는 몽따버리는 정치의 특출한 본색이 징그럽지만.

덧붙이건대 정치가들의 그 요란한 떠세를 곁에서 찬찬히 뜯어보면 주위에 무직자 떼거리가 명색 측근이랍시고 자욱하니 둘러싸고 있다. 그러니 정치 행태는 그 똘마니들의 호위와 보비위를 거느리는 허세 즐기기에 미쳐 돌아가고 있음을 대번에 감 잡을 수 있다. 하기야 여러 종류의 대중 앞에서 으스대고, 남을 부리고, 잘난 체하기 위해, 소위 그 '출세'에 게걸스럽게 달려들지 않는 인간이야 무지렁이 취급도 못 받을 테지만. 어떻든 정치가와 그 부하들의 유세 앞에서 모든 '정치적 동물'이야 한낱 티끌에 불과한 것을. 그래도 그 '풍진(風塵)'까지 제조, 개선, 희석, 관리하는 제도도 정치가 좌지우지하니, 누구도 그 막강한 권세를 업신여길 수도 없으니 어디다 하소연할 데도 없다. 억울 천만은 이럴 때 쓰기에 안성맞춤이다. 뿐인가, 정치가들은 요긴한 정보의 선점에서도 기득권을 무제한으로 행사, 서민의 전반적인 의식/심성/지식에까지 제약의 끈을 놓지 않고 있다. 이래저래 정치 행위는 깡패 떼거리가 그 숫자에 의지하는 '세력' 행사와 엇비슷하다. 만사를 어질

무기질 청년

러놓는 데 급급하고, 지지부진을 일삼으며, 따라서 과소비와 과부하와 과실을 능사로 삼는 삼권분립 같은 정치적 제도를 만든 모든 의식/정신에 하늘의 저주가 어느 하루 원폭처럼 쏟아지기를.

↓

혈기가 넘칠 때는 누구라도 정치가 '이상'을 실현할 수 있는 지름길이라고 단정한다. 그러나 그 명색 '이상'이란 것이 생전에 도저히 이루어질 수 없는 헛된 과욕이든가 애초부터 실속이 있을 수 없는 텅 빈 망상에 불과한데도, 정치 지망생들은 이 단순한 사실을 허풍스럽게 '죽어도' 인정하려 들지 않는다. 그리하여 목적으로서의 정치 행위는 수단으로서의 권력 행사를 지레 찾아 먹으려고, '영웅은 호색꾼이다' 같은 속설을 탐함으로써 사고와 의식 전반의 도착(倒錯)에 상습적으로 빠져 버릇한다. 정치를 구직의 도구로 삼는 위인들은 흔히 이 달콤한 착종(錯綜)을 즐김으로써 그 탐닉이 제2의 성징이자 무위도식의 구실이 된다.

경제사회학의 종주(宗主)라는 독일의 한 학자는 정치인이 소지해야 할 필수 요건으로 '정열'을 첫째로 꼽았다고 하는데, 요즘처럼 즐길거리가 텔레비전의 스포츠 생중계를 비롯해서 워낙 넘쳐나는데도 평생토록 '열띤 감정'으로 나라 사랑과 나라 걱정에 오로지 매진하기는 쉽지 않다. 그쪽의 정황보다도 눈이 오나 비가 오나 바깥세상의 동정에는 태무심한 채 연구실에서 죽치고 앉아서 자신의 전공 분야에 몰입하는 학자들은 대체로 '시정(市井)'에 어두워서 한심한 소리를 점잖게 '학설/가설'이랍시고 내놓고는 거드름을 피운다. 정치인들의 '정열'의 내용이 대개는 즉흥적인 빈말이거나 구두선에 지나지 않음을 잘 알고도 그 노고를 쓰다듬는 식으로 공허한 중언부언을 덧대는 세태나 학풍 일체도 실은 '인용'의 남발이 저지르는 폐단이다. 원래 학자들은 늘 뒷북치기 작업에 파묻히는, 생전에는 '예, 지당한 말씀입니다' 식으로 곱송그리는 언행을 생업으로 삼다가 선생이 죽고 나서야 '허물이 작지 않지요' 조의 추념 행사에 너도나도 숟가락을 얹으려고 설치는 동조자 모집책과 얼추 비슷하다. 학자나 정치가가 혼자서 '정열'을 불태운 결과가 결국 이 지경인 것이다.

그러니 정치인의 자격 중 하나라는 그 공소한 '정열' 대신에 '후안무치'를 구비 조건으로 상정해야 하지 않을까 싶다. 신문을 보더라도 어제 한 말을 잊어먹기 일쑤인가 하면 성격배우 이상으로 서너 가지의 개성을 언제라도 과시할 수 있어야 정치인 반열의 말석에라도 끼일 만한, 실로 고도의 사기술을 매일 체득해야 하는 직종이 정치가일 것이다. 선거구민, 대중, 동지, 매스컴 종사자 등을 어떻게 다루느냐는 기술이야 천부적인 소질과는 거리가 멀 테고, 오로지 눈썰미 하나로 선배 정치인들의 일거일동을 익히는 현장 실습에의 매진이 정치인의 일상임은 보이는 바 그대로이다.

애초에 중의(衆議)를 모은다는 명분 아래 유세를 벌인다, 투표로 다수결 원칙을 따른다, 밤을 도와가며 표를 헤아린다 등의 참정권 행사 일체가 낭비 같고 호들갑스럽게 보이는 것은 나만의 거부감이 아닐 듯하다. 민주주의의 속살이 원래 허울 좋은 개살구 맞잡이라고 치부해 버리면 그뿐이라고, 당선자의 전신상이 개차반으로 비치더라도 양해하라는 대의가 꼴사납기 이를 데 없는 데야 어쩌랴. 역설적으로 말하면 정치와 멀찍이 떨어져서 자기 취향대로 일상을 꾸려가는 사람일수록 실속도 누리고, 행복에 다가가는 수단이 제법 그럴싸하게 비치는

무기질 청년

광경을 보면 느끼는 바가 적지 않다는 것이 나의 지론이다. 예술가나 장인들이 바로 그들인데, 그들도 정치의 오지랖이 워낙 치렁치렁해서 무한정 자유롭지 않다는 거야 양해할 수밖에. 이러니 정치는 애물단지다. 자식과 벌레와 풀한테는 지고 살 수밖에 없다는 자연의 섭리에 '정치'와 온갖 '학설/인용/수다'를 추가해야 옳을 듯하다.

더불어 부언해둔다는 듯이 위의 정치 싫증, 정치 기피증, 정치 매도벽을 억지로 실토하고 나서 이만집은 '분단 현실'에 대해서도 나름의 성토를 털어놓고 있으나, 시시껄렁한 화제라서 여기서 굳이 옮길 필요가 있을까 싶다. 하지만 차제에 나의 해묵은 '남북통일 무용론'의 한 가닥을 흘린다면, 북의 김씨 일족을 위시한 상부 계층과 남쪽의 대다수 중산층은 통일을 그다지 바라지도 않을뿐더러 남북의 권력구조가 '통일'을 부적화(符籍化)해두고 건성으로 암송하고 있다는 엄연한 사실이다. 그 밑바닥에는 양쪽이 다 정권과 안보 유지 차원에서 이 정도의 '호신술'은 불가피하다는 허영심과 미신 차원의 공염불도 도사리고 있다. 철저한 무단 통치로, 민생을 압제로, 주체 떠받들기로 김씨 왕조의 세습에만 혈안이 된 저쪽의 체제 집착에 어떤 돌파구를 겨냥하지 않는 이쪽의 통일 염원은, 단언컨대 각자가 다른 이해/수익을 저울질하는 대상(隊商) 무리의 신기루에 지나지 않을 것이다. 과연 그 숫자가 한 줌이나 될지 의심스럽지만, 진정한 분단 극복론자들은 어느 세력으로부터라도 행려병자로 내몰리는 이 현실에 눈을 질끈 감아버리는 절대다수의 무지막지한 민중을 누가 어떻게 계도할 수 있을지.

↓

'한여름'. 폭염, 폭서. 죽을 맛이다. 같잖게도 부등호까지 써먹으면,

결단코 가을〉겨울〉봄〉여름이다. 공기마저 탁하다. 중국 쪽에서 불어오는 매연이 주요인이라고. 유사 이래 중국은 우리에게는 대적(大敵)이자 조상들 대대로 원수다. 글자부터 겹겹으로 동어반복을 시끄럽게 떠벌리는 한문을 우리가 어쩔 수 없이 빌려 쓰고 있으니. 비근한 예로 '창조', '창작' 같은 말에서 '창'이 '조'와 또 '창'이 '작'과 어떻게 다른지 분별할 머리를 원초적으로 제거한 채 살아가는 우리 조선족에게 무조건 주체 의식과 창의성을 강조하는 말장난에 나는 근본적으로 문제가 있다고 생각하는 쪽이다.

각설하고, 조윤이 새끼는 벌써 일주일째 행방이 묘연하다. 제 부모야 어떻든 나마저 동거인으로서 은근히 걱정스럽다. 감히 비교급을 들먹일 것까지는 없다고 여기지만, 그는 나보다 몸도 약하고 깡다구도 모자라며, 선병질적인 성격인데 어디서 밥이나 제때 찾아 먹는지. 어느 비좁은 마루방에서 등걸잠이라도 자고 있을지. 그의 투정을 그대로 옮긴다면 우리의 연극계는 그의 재능과 열정을 살려주기에는 '구조적으로' 취약할뿐더러, 10년 안팎에 연출가로 뜨기를 겨냥하는 자신의 꿈이 가당찮다는 걸 알면서도 몽따는 나쁜 버릇에 스스로 놀아나고 있다. 좋게 말하면 집념이랄 수 있겠지만, 그의 그런 방심이 나로서는 공부 태만이 불러일으키는 현상 인정 기피증이라고 부르고 싶다. 그렇지 않고서야 연극판의 뭇 따라지와 동고동락하는 처세는 결국 자신의 귀중한 인생을 탕진하고 말겠다는 선언이 아니고 무엇인가. 나의 진정성을 그는 자주 매도하는데, 영문학을 공부한다는 친구가 참으로 답답하다. 가슴을 쥐어뜯는 연극 대사에 홀릴 줄도 모르는 무감각한 인간을 친구로 삼다니, 나도 구제 불능이긴 마찬가지다, 말아라, 말아, 말부터 삼가자, 으이 하고 눙치지만. 게다가 지금은 연극계의 동면기인 여름이다. '해변의 천막 극장'이라고 떠들어대는 덤벙거림이 너무나 연극적이라서 나는 헛웃음부터 터뜨렸지만.

조윤이 새끼의 행방을 나보다 더 걱정하는 사람이 오늘 낮에, 그것도 제일 무더운 오후 두 시쯤에 뜬금없이 나를 찾아왔다. 명색 처녀다. 스물서너댓? 옆에서 본 그녀의 콧날이 예각을 훨씬 넘어 직각에 가깝다. 그런 우스꽝스러운 콧날은 우뚝 높기는 하지만 상큼한 것도 아니고 살까지 두툼해서 소위 그 특유의 매부리코만이 얼굴에 가득하다는 첫인상이 딴에는 강렬하다. 그 큼직한 콧잔등 위에 있어야 할 둥 그런 나비 안경이 곱슬하게 볶은 머리칼 위에 살포시 올라앉아 있다. 눈두덩 위에는 숯검정이 옅게 묻어 있어서 상당히 고혹적이기도. 눈은 작지만 깊숙이 들어앉아서 서로 눈이 마주치면 내 동공이 수줍음을 타게 된다. 입은 한때 말하기를 생명으로 삼았던 직분에 걸맞게 크고, 입술은 얇은데 물기가 아니라 윤기가 잘잘 흐르는 분홍색 색감이 발라져 있다. 키는 중키를 넘었지만, 얼굴과 팔뚝의 살갗에 거무레한 햇살의 흔적이 짙게 배어 있어서 몸피가 작아 보이고, 어찌 된 판인지 상큼하다는 인상마저 뒤발한 채로다. 상의의 오른쪽에만 단조로운 꽃무늬가 흰 바탕에 청색 물감으로 찍혀 있고, 긴 소매를 팔꿈치까지 둘둘 말아서 걷어붙이고 있다. 팔뚝에는 거뭇한 잔털이 곱게 누워 있는데, 그 솜털에 눈이 가면 이상하게도 묘한 연상으로 성 충동이 일어난다. 다리통을 드러낸 치마는 흔히 엎어놓은 물통처럼 좌우가 봉해져 있는 법인데, 그 치맛자락은 개폐(開閉)가 가능한 듯이 굵직한 단추 여섯 개로 다른 한쪽 자락에 포개져 있다. 한복 치마 식이다. 역시 한복은 그 두루뭉술한 자태가 꽤 선정적이다. 그 자락을 풀어 헤치면 그대로 부채꼴의 요때기가 되지 않을까. 이 요상스런 유행 옷마저 성감을 자극한다.

조윤이와 함께 무슨 번역극의 주연으로 무대에서 연기를 펼쳤다는 여자와 연극 속의 대사 같은 말 나누기가 한동안 이어졌다. 그녀의 대사는 독백 조거나 방백 조로, 나는 증거 인멸을 노리는 가해자처럼 허튼 말을 주워섬겼다. 앞으로 나오는 그녀의 대사에서 부자연스러운 부분은 나의 창작이 덧붙여진 것이고, 어색해도 그런대로 그럴듯한 대목은 내 총기가 아직도 쓸 만하다는 증거일지도.

밥상이 윗목에 놓여 있고, 밥상 주위에는 책 나부랭이와 비누, 칫솔 등의 잡동사니와, 창피스럽게도 뚜껑이 어디로 갔는지 보이지 않는 냄비와 종지기 따위가 지저분하게 널려 있어 정신이 시끄러울 지경이다. 게다가 코를 푼 휴지가(나는 개도 안 걸린다는 여름감기로 콧물이 쉴 새 없이 흘러내려 연방 코를 풀어야 했고, 이내 콧물이 배여 종이에 빵구가 나고 마는 하얀 휴지를 자꾸만 윗목으로 내던지며, 아무래도 싸구려 플라스틱제 휴지통은 사야겠다는 생각을, 운동 신경이 젬병인 주제에 휴지 뭉치를 농구공 대신에 쓸 궁리를 그리곤 했다) 윗목의 여기저기에 더럽게 흩어져 있기도 하다. 대충 말아 개켜 벽에 기대어둔 이부자리에 나는 등짝을 받치고 앉아 다리를 포개고 있고, 내 앞에는 담배꽁초가 방금이라도 방바닥으로 흘러넘칠 것 같은 통조림 깡통 재떨이가 놓여 있다. 그녀는 출입문 옆의 벽을 의지로 삼고 앉았으므로 밖에서는 보이지 않는 구도다. 이런 실내 풍경을 그림으로 압축해놓은 명화가 내 머릿속에는 없어서 왠지 좀 찝찝했다. 그녀는 내 뒤

무기질 청년

숭숭한 심사를 짐작하는지 연극배우답잖게 이렇다 할 표정을 얼굴에 드러내는 법이 없다. 설마 그런 표정 연기에까지 조윤이 같은 연출 실습생의 교시가 벌써 녹아 있을 것이라는 내 추측에 시샘이 녹아들어 있는지도 모른다. 아무튼 연극배우치고도 단연 독보적인 그 큰 매부리코가 우리 둘만의 무대로서 방과 그녀의 얼굴에 엄숙한 긴장미를 드리우는 데는 상당한 도움을 주고 있다. 어차피 모든 정황은 연극적이고, 여느 일상의 시공간을 어떻게 추상(抽象)하느냐에 따라 작품성의 서열화는 불가피해진다.

"조윤 씨가 어디 갔을까요? 왜 일주일씩이나 그 사람은 코빼기도 안 비칠까요? 설마 자기를 일시적으로 증발시킴으로써 주위 사람들의 관심을 끌려는 얄따란 수작 따위는 그 사람 성격과는 안 맞는데도 말이지요."

"글쎄요. 저도 궁금하기 짝이 없긴 한데요. 조윤이 새끼는, 죄송합니다, 저는 항상 조윤이를 조윤이 새끼라고 부르고 그도 그런 호칭에는 개의치 않는, 너그러운 품성을 갖춘 친구인데, 우리는 벌써 1년째 이 방에서 함께 생활하는 동거인이거든요. 지난주 일요일 날 오후에 조윤이 새끼는 하루종일 잠만 자더니, 그 전날 밤에 술이 떡이 되어 기어들어 왔거든요. 아무튼 해거름에 어디 갈 데가 생각났다고 합디다. 무슨 홍두깨 같은 소린지 저는 아무런 관심도 드러내지 않았습니다. 우리는 평소에 워낙 말 한마디도 주고받지 않은 채로도 이럭저럭 지낼 때가 자주 있어서 별로 이상할 것도 없었어요. 우리 사이는 이제 이심전심의 경지에 이르렀다고도 감히 말할 수 있을 지경이라, 서로 이야기를 지어내서 들려주는 소위 '창작 구술행위' 도 벌리면서 제목까지 '외삼촌 지씨의 집 장사 실패담' 같은, 아무래도 플롯이 너무 단조롭고 약하다는 품평까지 내놓고 심각해지기도 하거든요."

나는 맑은 콧물을 시원하게 풀고 말을 이었다. 물코에 젖은 하얀 휴지의 색깔이 금방 회색으로 변했다.

"어쨌든 조윤이 새끼는 옷을 주섬주섬 걸치더니 내 코앞에 손을 내밀며 동전 서너 개와 지폐 세 장만 빌려달라고 하대요. 점점 홍두깨가 커지는 판인데도 어쩌겠습니까, 빌려줘야지요. 우리는 돈이란 만인이 늘 공유하는 일종의 생필품이라는 주장을 펴곤 했지요. 아실는지 모르지만, 조윤이 새끼는 돈을 많이 갖고 있으면 정서가 좀 들뜬달까, 후딱 써버리고 싶어 안달하는, 머랄까, 후딱 빈털터리가 되고 싶어 하는 초조감에 시달리곤 합니다. 어떻든 동전 다섯 개와 천 원짜리 세 장을 건네주며 이걸로 무얼 하려느냐고 슬쩍 물어봤습니다. 그 작자는 늘 그렇듯이 좀 음울한 음색으로 낱담배도 사고, 나머지로는 버스 비로, 사교 비용으로 쓰겠다고 합디다. 한심스러워서 나는 코대답도 안 했습니다. 그 길로 이 방을 나가서는 오늘까지 코빼기도 안 비칩니다. 내가 짜증을 내면, 집아, 만집아, 참아라, 출세 못 한다, 나처럼 인내심부터 길러라, 관용이 별거냐 하고 달래주는 좋은 친구였는데. 설마 죽기까지야 했을라고요. 물론 막연한 추측이지만요. 보기보다 의외로 모진 구석도 있는 친구니까요. 하기야 닥치면 누구나 다 모질어지고 그렇게 살아가기사 하지요. 어떻든 방정맞은 심정은 떨쳐버려야지요, 조윤이의 남은 생애를 위해서라도요."

그녀의 대사가 막혔다. 그래서 좀 답답하다는 느낌을 반추하며 나는 또 코를 풀었다. 그녀는 연극배우답게 일부러 뜸을 들임으로써 긴

무기질 청년

장을 고조시키고, 어떤 극적인 장면을 예비하는 것 같았다.

내가 콧물을 목으로 꿀떡 들이마시자 그녀가 그 빤질거리는 입술을 뗐다.

"어디 짚이는 데도 없을까요? 가령 흘러간 옛날 애인 집이나 울컥하면 찾곤 하는 단골 술집 같은 데 말이예요."

"통 생각이 안 나는데요. 우리는 친구 사이라도 사는 방법이 너무 다른데 제가 그의 행방을 안다면, 소설의 플롯이 엉터리가 되고 말걸요. 저는 머리가 워낙 나빠서 두 번째나 세 번째 연상을 이어갈 수 없어서 늘 탈이지요. 조윤이는 결국 외로움을 많이 타는 착한 연극도일 뿐인데, 우리 연극의 수준이 어쩌다 여기까지 왔나, 참으로 엉망이고 진창이다 이러면서, 그런 걱정으로 격정을 토로하면 역시 딜레탕트의 진면목과 그 겉멋 부리기가 잘 어우러지는 체질이라서 제 핏대도 저절로 수그러들곤 했는데. 그러면서도 그는 이내, 할 수 없지 머, 아직 내 힘으로야 텍도 없지, 그래도 이대로 질 수야 없잖아, 그러곤 했어요. 대충 아시겠지요? 그는 벌써 노숙하게 체념할 줄 아는 희한한 연극학도였습니다. 그것만으로도 훌륭한 편이지요. 아마도 지금은 물론이고 앞으로 연극계의 드문 인재로 점찍힐 거예요. 나야 그쪽으로는 문외한에 불과하지만, 사람은 누구나 다 고만고만한 눈이 있잖아요. 척 보면 안다는 말은 진리이지 싶어요."

"그럼요. 조윤 씨는 진지해요. 아직 할 말을 미처 다 못한 것 같은데요."

"하기로 들면 무궁무진하지요. 이 땅에서는 여전히 성숙한, 그러니 때깔이 잘 올라붙어서 촌스럽지 않은 그런 진정한 문화 애호 취향이

제 자리를 잡지 못하고 있다는 게 조윤이의 한결같은 주장이었어요. 들을 때마다 뽕짝처럼 너무 똑같은 가사여서 신물이 났지만, 또 트롯처럼 가슴을 후벼파는 가락이야 너끈히 이해할 만하지요. 그러니 우리 현실을 제대로 읽고 있다는 점에서 조윤이의 사고 행태는 아주 정상적으로 작동하고 있긴 해요. 독서량이 겨우 평균 수준인데도 그 정도의 분별력을 과시하는 것을 보면 그는 역시 머리가 좋고 연극학도답게 구변이 좋다고 할까 구라가 센 편이지요. 어쨌든 우리 연극계나 핏대를 올리는 조윤이나 서로 어설프고 걱정스러운 국면이지요. 옳은 적수가 아니면서도 서로 으르렁거리는 꼴인데. 점심으로 김치찌개를 먹고 나서 커피를 찾는 요즘의 도시 생활 같은 이 문화 풍토가 한심스럽고 우습다고 보는 거지요. 과도기니 어쩔 수 없잖냐 하고 퉁을 놓으면, 너는 어째 말끝마다 과도기 타령이냐, 이 꼴 사나운 저질의 문화 풍토를 끌어올릴 생각은 못하고, 이러면서 공연히 저한테 바락바락 악을 쓰고 그랬어요. 미친놈이지요. 지가 나한테 그러면 곤란하지요. 솔직히 말하는데 조윤이의 그런 우리 문화 진단, 창작극 부재에다 남의 것 베끼기 성토 같은 것은 다들 알고도 있고, 그래서 진부한 문화 양식론이거나 후진국 문화생활의 관습적 측면에 불과하고, 그 결론은 뻔해요. 조윤이는 지가 똑똑하다고 생각하는데 다소의 착각, 오해, 기고만장을 아무에게나 부려놓는 것에 불과하고, 그 유치한 해석의 근거를 덕지덕지 부둥켜안고 있다는 것을 하루빨리 자각했으면 좋겠어요. 지금 자신의 여건도 그렇지만, 우리 주변의 여러 조건이 그것을 허락하지 않아서 탈이긴 하지요. 성격도 좀 그래요. 지는 인내력이 있다지만, 내가 보기에는 연극이든 머든 끝까지 물고 늘어지는 추구력에서 함량 미달이에요. 물론 지야 그렇지 않다고 그러지만, 또 잘 썼다고 공인하는 소설도 3분의 1쯤 읽고는 문득, 말이 안 돼, 생구라야, 문장도 연극 대사보다 더 질질거려, 끝까지 참고 읽어봐야 소득 무야, 이러면서 미련 없이, 그야말로 연극적으로 집어던져버려요. 하기사 다들 자신의 결점을 인정하려면 같잖은 변명부터 둘러대느라고 쓸데없는 말이 많아져서 듣는 사람을 지루하게 만들잖아요. 우리 소설처럼 이내 싫증이 나고 마는데 어쩌겠어요."

"조윤 씨 성미야 좀 괴팍하지요. 버럭버럭 고함도 잘 지르고요. 또 어린애처럼 왜 그렇게 삐치기는 잘하는지."

"좀 별나기야 하지요. 하기야 따지기로 들면 이 세상에 별나지 않은 사람이야 열에 하나라도 있겠어요. 공맹 타령으로 평생을 소일하는 도사들 말고는 다 별나다고 봐야지요. (그렇게 별스럽지도 않건만, 연극배우라서 그런지 어리숙하면서도 그 경청하는 자세에는 요염한 기상도 껴묻어 있어서 나는 어느새 그녀 앞에서 '조윤이 새끼'라는 상말을 자제하고 있었고, 내 심정의 그런 동요에 진땀을 흘리며 쩔쩔매고 있는 판이었다.) 동어반복이라고 해도 어쩔 수 없는 국면인데요, 조윤이는 저를 잡고 남의 것만 줄기차게 베끼는 사대주의 문화가 어떻고, 연극계의 딜레탕티즘 운운하며 그 진지성 부족증은 폐쇄적인 우리 정치 현실과 북한 같은 저질의 단색문화 떠받들기 실례, 우상화 선례 때문이라고, 실례 알지, 실례와 선례가 유전인자처럼 자생적이라서 이렇게 중요하다고, 알아, 이러면서 바락바락 악을 써대곤 했지만, 결국 그 말은 원론으로 돌아가자는 상투적인 헛소리요, 그렇잖아요? 무슨 말인지 아시겠지요, 환원론이라는 것은 근본부터 뜯어고치자는 건데, 크게 보면 그 밑의 자잘한 결점은 말하기도 부끄럽다는 소리지요. 말을 줄이지만, 이해하실는지, 재미없으면 그만두고요."

"아니에요. 저도 청취력은 괜찮고, 국문과 출신이라서 이해력이랄지 문해력과 어해력은 그런대로 쓸 만하다는 소리를 듣는데요."

"당연히 그러시겠지요. 연극배우의 필수적 교양이나 자질이 말 소화력을 갖추고서 그 호소력을 박진감 좋게 입으로 몸으로 토해내는 거니까요. 아무튼 조윤이는 제가 만만한지 나만 보면 팔을 걷어붙이고 문화 성토자 역할을 도맡으라고 낑낑댔어요. 저는 막상 문화 애호주의자도 아니고, 문화 민족 같은 말도 내실이 너무 빈약한데 무슨 소리냐고, 한글을 창제했다는 자랑만 일삼지 이때껏 저작물이란 것이 온통 횡설수설 아니면 남의 목청, 곧 중국의 네 가지 명저에서 골라 뽑아 쓴 거 아니냐고 의심하는 사람인데 말이지요. 어쩌다가 나도 조윤이를 닮아서 이렇게 공연히 핏대를 내고 있으니 이래저래 한심하네요. 내친김에 마저 털어놓으면요, 평생 책 한 권 붙들고 공맹 타령이나 일삼는 조상들 허물이 너무 커서 그 근본을 아무리 파봐야 나올 게 아무것도 없다는 말이에요. 우리한테 공맹 같은 그런 셰익스피어가 없는 실증 앞에서는 일단 입을 다물어야지요. 우리 조상들, 아버지가 못났다는 말은 죽어도 하기 싫은 심정이야 이해할 수 있지요. 그래도 인정할 건 그렇다고 해야 바로 근본에 다가가는 지름길인데, 실은 셰익스피어가 한글권에서 못 나온 것도 워낙에 민도도 낮았고, 몸짓과 말 재미를 즐길 경제적 여유도 없었을뿐더러 무엇보다 허구한 나날을 공맹 타령으로 소일하느라고, 책이 딱 네 권뿐이잖아요, 그 상부 계급들의 의식이 너무 썩어 있어서 그랬어요, 그렇잖겠어요? 그 덮개가 얼마나 질기고 두터운지는 지금도 피부로 느낄 수 있지요. 우리의 모든 글이 그 잘난 책 네 권에 꽁꽁 묶여 있으니까요. 자나 깨나 그 타령이잖아요. 영원한 지적 속국의 신세는 구슬픈 법인데, 막상 우리 조상들은 당신들의 그 고리삭은 유전인자를 미처 못 깨닫고, 상놈들을 양반으로 만들려고 인(仁)이네, 군자네를 그렇게나 부르짖었어요. 인을 그렇게나 입이 부르트도록 가르치면서 백성을, 상놈을 인간이 아니라고, 옳은 사람으로 만들겠다고 조져댔으니 그런 아이러니가 다시 없지요. 인은 부드럽고 점잖은 방법으로 사람을 공평히 대하는 실천력을 내장, 시사하는 말일 텐데 말이지요. 그 내림이 아직 내려와서 저쪽에서는 주체사상을 주입한답시고 막상 인민들에게는 주권이 있다는 것도 안 가르쳐요. 모순이지요. 만사를 의심하라면서 지 별것도 아닌 사고체계를, 그 잘난 사상을 믿어 의심치 않는 경우와 똑같지요. 엉터리지요. 그러니 만만하다고 우리 아버지들의 무능, 무식, 허물부터 탓하는 것은 근본을 몰라서 지껄이는 수작이지요. 간단히 말해서 아버지를 죽여야 우리가 살아요. 환경이 개판이었는데 셰익스피어가 없었다고 열등감을 가지는 것도 언어도단이고, 아버지가 너무 못났다고 해봐야 무슨 소용에 닿겠어요. 그래서 저는 죽어도 셰익스피어는 안 읽으려고, 평생토록 '사옹'이라는 그 양반이나 인용해대는 트집쟁이는 안 되겠답시고, 나까지 그걸 읽었다가는 또 공맹 타령이나 읊어대는 천학비재(淺學菲材)가 될까 봐서, 그러니 막연하게나마 그 공맹 타령에는 일단 반기를 들어야겠다 싶어서, 영어 하나라도 어떻게 굴러가는가를 알아보려고 영문과를 택했어요. 실은 재주가 메주라서 다른 학과를 따라갈 자신도, 머리도 없었고요. 어쨌든 우리 조상들은 너무 별것도 아닌데, 우리 것이 중하다, 우리가 제일이다 어떻다 해대며 똑같은 소리만 몇천 년씩 읊어대는 꼴이 정말 보기 싫다는 소리일 뿐이에요. 지겹지도 않은지, 듣기 좋은 칭찬도 사흘이라는데 우리 조상들은 참으로 성질 하나는 무던해서 답답하기 이를 데 없지요. 조윤이도 제발 하루빨리 이 보잘것없는 제 소견에 승복하고 광명을 찾기를 바라는데, 누구 조상을 안 섬긴달까 봐서 고집이 저렇게나 빳빳이 세니 탈이지요. 지금도 지가 잠적해서 득 볼 게 머 있겠어요. 그냥 내림이, 유전인자가 그 모양이니 고집을 부리는 것이지 별것도 아닐 거예요. 아무튼 공맹을 어서 걷어치워야 옳고 이거야말로 급선무인데, 조윤이만 무슨 죽을죄를 지었다고 일방적으로 나무라는 소행머리도 아주 근본부터 잘못된 발상이지요. 결론은 셰익스피어를 몰라야 유식해진다, 공맹 타령에 놀아나는 군자들은 일단 무식꾼이라고 취급해야 옳다 이거예요. 공맹만 들먹이고 인용하면 잘나고 유식하다니, 막상 자기 말을 한낱도 안 가진 주체가, 말이 되겠어요. 어렵지도 않으니 충분히 이해했으리라고 믿고 다음 화제를…"

나는 '조상' 운운할 때, '이 머리가 너무 썩었다면서' 내 관자놀이 위의 땀 밴 머리통을 검지로 자주 톡톡 두드리면서까지 내 소견을 강조하느라고 기를 썼다. 내 열의가 웬만했던지 그녀가 얇게 웃으며, 그 미소도 연극배우의 과장스러운 몸짓과는 동떨어져서 괜찮았는데, 이내 그 웃음기를 지우면서 문득 그리움이 뭉클 어리는 눈매로 나를 빤히 쳐다보며 이제는 자기가 연극 대사를 이어받아야 할 차례라는 듯이 말했다.

"그러고 보니 조윤 씨의 웃는 모습이 잘 떠오르지 않네요. 딜테탕티

무기질 청년

즘에 빠져서, 아니면 그 딜레탕티즘에 진저리가 나서 웃을 여유조차 깡그리 빼앗겼는지 잘은 모르겠지만요."

"가끔씩 지 혼자서 연극 대본을 겨드랑이에 끼고 낄낄거리기야 했지요. 그런 조소, 야유는 분명히 조윤이만의 특색이랄 수 있을 테고, 나와 마찬가지로 그도 어쩔 수 없이 딜레탕티즘의 다양한 측면에 대한 분별이야 많이 부족했겠으나, 그 속성을 이해하고 거기서 뛰쳐나오려고 버둥거린 것은 충분히 인정할 만하지요."

"동거인으로서 그 정도의 조윤 씨 옹호론은 잘 알겠는데요, 지금쯤 어디서 그렇게 낄낄거리고 성을 버럭버럭 내고 있을까요? 이렇게 한가로이 노닥거리는 것도 조윤 씨가 보기에는 딜레탕트들의 공허한 말장난이라고 성깔을 부리겠는데요."

"맞습니다, 우리는 누구나 딜레탕트지요. 조윤이는 진정한 딜레탕트로서 부족한 데가 거의 없었어요. 강조하지만 딜레탕트 자격자로서 내 친구 조윤이는 나무랄 데가 없었던 것 같애요. 그와 주거니 받거니 하다 보면 우리가 결국 문화라는 것에 아무것도 보태지 못하는 반거충이가 아닐까 하는 체념이 괴어들어서 아주 심란해지곤 했어요. 하기야 우리가 머라고 무얼 보탤 수 있겠어요, 그냥 체념이 제일 만만할 밖에요."

"아직 제 물음에 답이 안 나온 것 같은데요?"

"조윤이의 행방 말이지요? 막말이지만 요즘 같은 개판의 시절에 젊은 친구 하나가 어느 날 홀연히 자취를 감췄다고 누가 눈이나 깜빡하나요. 동전 다섯 개와 소액을 들고 사라진 그의 뒷모습이 그 행방을 자꾸 제한하는 것 같은데, 물론 내 상상력은 이처럼 한계가 있어요.

그 별것도 아닌 돈 액수가 내 짐작을 꼼짝도 못 하게 가로막고 있으니, 역시 이런 조건이 삶보다 더 막강한지 어떤지 알 수 없네요. 그러니 막연하지만, 어느 허름한 술집에 죽치고 있지 않을까 싶은데, 막상 그와 술잔을 기울였던 술집이 떠오르지 않으니 좀 이상하고요. 참, 조윤이는 연극판에서는 목청이 중요하므로 담배를 끊겠다고 개맹세는 자주 하면서도 낱담배만 사 피우고 내 담배를 한 가치씩 몰래 빼내곤 했어요."

"더 좀 샅샅이 더듬어봐 주세요. 술집이야 대개 뻔하잖아요."

"허름한 술집인 건 틀림없겠는데, 역시 성질이 좀 괴팍해서 그는 술집 화장실이 지저분하면 술집 주인이 게을러서 재수 없다고 버럭버럭 성을 내고, 술값이 터무니없이 비싸다든지 하면 술값까지 내게 미루고, 다시는 이 집에 안 올 거야라며 토라지곤 했지요. 나도 그럭저럭 그런 성질로 염색되고 말았는데, 막상 실천하고 보니 술집 이력도 더 넓어지고 인생도 풍요로워졌다는 느낌도 들고 그러더라고요."

"벌써 일주일이나 지났는데 아직도 술집에 틀어박혀 있을 리가 있나요?"

"술값 낼 물주를 물었으면 가능하고말고요. 요즘이야 연극판에 별로 바쁜 일도 없을 테고, 조윤이는 아직 젊잖아요."

"이렇게 화덕같이 더운 날씨에도요?"

"더우니까 더 그럴 수 있지요. 날씨가 좋아 보세요, 술집에 앉아 있기가 얼마나 갑갑할 텐데요."

그녀의 음성이 좀 커지고 있었다. 그 비음이 묘하게 듣기에 거슬리지 않았다. 그녀가 활짝 열어놓은 내 방문에다 신경을 곤두세우며 수

무기질 청년

돗가에서 근대인지 열무인지를 다듬고 있는 주인집 아주머니의 동정을 의식했는지 다소곳이 말했다.

"이쪽 한쪽 문만 좀 닫아도 되지요?"

"그럼요. 그쪽 문은 닫지 마세요. 2층의 한 칸 방들보다 두 배나 넓다면서 억지로 떠안긴 속내가 역시 저 수돗간 때문인지를 한 달도 넘어서야 알았으니 우리가 얼마나 멍청한지. 살림은 역시 살아봐야 안다더니만. 어쨌든 문까지 닫아놓고 이렇게 무더운 한여름 대낮에 월세방에서 젊은 여자와 시시덕거렸다는 까탈로 주인집에서 나가라면 저와 조윤이는 당장 길에 나앉아야 할 판이니까요. 이 집에는 딸만 셋이나 있는데, 저와 조윤이는 이제 불과 초등학교 3학년 어린이에게도 제법 호기심의 대상으로 떠올라 있나 봐요. 철없는 애들이 더 무섭다고 우리는 혀를 차고 지내지요."

그녀는 나의 엉뚱한 화제를 재깍 바꿔놓는 능력을 발휘했다. 왠지 그런 능력이 그녀를 처녀가 아닌 것처럼 비치게 했다.

"머라고 불러야 하나요, 조윤 씨와는 단짝 친구인 게 틀림없으니까요."

"아무렇게나 부르세요. 그거야 아무려면 어때요."

말을 마치자 콧물이 인중을 타고 내려오는 것 같았으나, 두루마리 휴지를 집기도 괜찮았다.

"그냥 만집 씨라고 부를께요. 만집 씨 얘기는 많이 들었어요. 아직 공부하고 있다면서요."

"네, 그래요. 취직을 못 해서 돈도 못 벌고 있으니 학교에다 적이나 걸어두고 뭉그적거리는 거지요. 이런 시절에 공부라도 하는 폼을 잡고 지내는 게 정말 얼마나 고마운지 모르겠어요."

"무슨 공부를 그렇게 죽기 살기로 하고 그러세요?"

"죽기 살기는 무슨, 우리 사이에 벌써 아첨 떨 일도 없는데. 한글로 문장 잘 쓰기가 정말 너무 어렵고, 우리글을 좀 제대로 알아보자 싶어서 남의 나라 글을 읽고, 남의 문화도 알려면 우선 남의 문학부터 주마간산으로나마 익혀야겠다 싶어 이 책 저 책 훑고는 있지만, 공부할 여건이랄지 자격 같은 것이 워낙 허술하고 머리까지 나빠서 조만간 때려치우고 출판사에 들어가서 교정을 보든가, 지방의 사립 중고등학교에 알음알음으로 기어들어 가든가, 여기 서울을 끝까지 고수하며 학원에서 영어 입시 강사로 밥을 빌어먹을까 하고 머리를 사납게 굴리고 있지만, 어떤 직장이나 그 장래가 뻔해서요. 그런데 우리 집안에는 직장을 우습게 여기는 내림이 있어서 한걱정이에요. 만사는 유전인자가 관장하잖아요. 저라고 예외일 수 없지요. 월급 주는 멀쩡한 직장을 한낱 졸때기로 보니 결국 돈도 하찮게 여긴다는 소리지요. 무슨 배짱인지 알 수 없으나 우리 집안 내림이 그러니 어쩌겠어요. 그 걱정 때문에라도 직장을 찾기가 쉽잖아요. 남의 직장에 내까짓게 폐를 끼칠 수도 없는 노릇이니까요."

밥상 다리 옆에는 미국판 양대 주간지 중 하나인 "타임"지가 수북이 쟁여 있는데, 정기구독으로 6개월 동안 받아보면서 그 선명한 사진들의 내막을 알아보려고 영어 사전을 지치지 않고 뒤적거린 흔적들이 밑줄로 남아 있을 테고, 그럴 리야 만무하지만 말귀가 밝다는 연극배우가 혹시라도 호기심에서 그 얇은 책자를 빼내 볼까봐 공연히 마음자리가 조마조마해졌다.

"대충 감이 잡히네요. 만집 씨 성정이랄지 실력이 어느 정도인지요. 오늘 외출이, 여기까지 찾아온 제 걸음이 요긴한 소득을 얻은 것 같아요."

"다행이라니 정말 다행이고, 저도 덩달아 무슨 큰일이라도 해낸 기분이네요. 이래저래 다행이고요."

말을 채 마무리하기도 전에 나는 코부터 요란한 소리를 내며 풀었다. 코안이 순간적으로 뻥 뚫려서 살 만했다. 콧구멍 속에 엉겨 붙어 있던 콧물이 한꺼번에 빠져버린 덕분인지 골치가 잠시 욱신거렸다. 윗목에는 내 콧물이 얼룩진 휴지조각들이 쌀 튀밥처럼 많이 널려 있는데도 그녀는 굳이 더럽다고 '해석' 하지 않는 듯했는데, 역시 연극 배우로서 각양각색의 단원들과 동고동락하며 익힌 생활 감각이 단연 우수하다는 느낌을 새겨두지 않을 수 없었다. 그런 의미에서도, 방금 그녀도 지적했듯이, 학교 교육에서 배운 것은 당최 써먹을 게 없고, 생활 수단으로서도 백해무익했다.

코가 뚫렸고 그런대로 기분도 좋아져서 나는 내친 김이란 듯이 아무렇게나 평소의 생각들을 주워섬겼다.

"영어를 비롯하여 여러 외국어를 배우는 것은, 우리말은 좀 다르겠지만, 우리글의 잘잘못을 다듬고 바꿔나가려고 기를 쓰며 설치는 셈인데, 소설도 꼭 그렇고 우리 논문이나 저서들은 횡설수설이 너무 심해서 어지럽대요. 도서관에서 작정하고 두 시간 동안만 눌어붙어서 책에다 눈독을 들이고 있으면 온통 동어반복에, 이 말 했다가 저 말 하는 식이어서 정신이 하나도 없어져버려요. 생물 분류에서 배운 그 갈래 나누기를 잠시 빌려 쓰면 '계' 를 말했다가 느닷없이 '과' 를 끌어오니 당최 헷갈려서 머리 나쁜 나 같은 사람은 도무지 따라갈 수도 없으려니와 신경질이 버럭버럭 끓고 말아요. 그러니 글을 더 읽을 재미가 안 나는데 어떡해요. 선생들은 그래도 참고 숙독에 정독하라 어쩌라 하지만, 앞에서 정신병자라고 바로 박으면 성깔을 부릴 테지만, 글에 당최 논리가 안 닿는 것은 그 양반들도 인정해야지요. 지금껏 일본말 영향이 어떻다고 나무라는 것도 어불성설이고요. 미칠 지경이지요. 아무래도 저는 논문을 못 쓸 것 같애요. 정말 고민이 많은데 머리가 터질 것 같지만, 누구도 이 하소연에 귀를 안 기울여주니 더 미치고 환장할 노릇이지요. 하기사 다들 이런 재미도 없는 말을 반복하지만. 우리가 어쩌다가 이런 말까지 하게 됐지요. 아까 화제가 머였어요? 혹시 기억하세요?"

"모르겠어요. 별로 난해한 화제도 아니었던 건 분명한데, 이 지경까지 오고 말았네요. 좀 어이가 없기도 하고요."

그녀는 말을 흘리며 깔깔거리고 웃었다. 웃을 때 유난히 몸을 흔들어대는 게 이색적이었는데, 역시 연극배우의 몸짓에 저런 과장성이 따라붙지 않을까 싶었다. 이윽고 잠시 그 웃음을 멈추고는 머리 위에 단정하게 올라앉은 안경을 방바닥에 내려놓더니, 이번에는 배도 잡고 눈가도 검지 손끝으로 꾹꾹 눌러대며 더 큰 소리로 웃어댔다. 이윽고 그녀는 시작할 때처럼 그 돌발성 웃음을 뚝 그치더니, 흡사 갑자기 각광(脚光)을 받기 시작하는 여배우가 무대에서 한 세대 앞선 선배 남자배우를 멀겋게 닦아세우듯이 나를 정면으로 바라보며 말하기 시작했다.

"만집 씨하고는 오늘 처음 얘기를 나눠보는데요, 얘기를 들을수록 점점 멍해져요. 논리가 아주 엉터리다 싶은데도 제법 조리는 있어 보이고요. 아무튼 안개 속을 걷는 기분이랄까, 제가 말귀는 밝지만, 헛똑똑이란 말을 조윤 씨한테서 자주 듣긴 했지만, 오늘따라…"

"글쎄요, 제까짓 게 논리는 무슨… 좀 멍청하니 이것저것 미리 챙기면서 살아야 옳게 사는 게 아닌가 하는 생각은 자주 하는 편이에요. 유심히 보고 이것저것 따져보면 똑똑한 사람들은 대개 다 놀고먹는 유한계급 같다는 생각이 저절로 물이 고여들 듯이 괴어들거든요. 서부영화나 우리나라 텔레비전의 연속방송극을 어쩌다 보게 되면 총질 잘하는 서부극 주인공이나 좋은 집에서 편편히 놀고먹는 안방극장 탤런트들은 하나같이 너무 똑똑해요, 그렇잖아요. 일 열심히 하는 식모 때기나 하루 품팔이 노동자들은 죄다 말귀도 어두울 지경으로 멍청하고요. 뭔가 좀 잘못됐지요. 실제로도 그럴 리야 있겠어요? 총질하는 게 노동은 아니잖아요. 전화에다 대고 똑똑한 체하며 머라고 머라고 떠드는 여자들은 얼굴 다듬고 몸치장에만 몇 시간씩 허비하던데 그게 설마 일하는 거겠어요. 그 양반들은 똑똑하니까 일하기를 싫어하나 봐요. 적어도 저는 지금 놀고먹는 사람은 아니니까 멍청한 얼간인가 싶고요. 간단해요. 등식대로 똑똑한 사람보다 멍청한 사람이 일하기를 좋아하고, 따라서 착하고 멍청하다. 그러니 착한 사람들이 더 많아져야지요. 똑똑하고 일하기 싫어하는 사람은 지금 당장 죽어도 누가 머라고 안 할 거예요."

그녀는 눈을 동그랗게 뜨며 멍청한 체했다.

"그런 묘한 논리도 설 자리가 있긴 하겠네요."

"있다마다요. 유한층과 유식자는 똑똑하고 일하지 않으며, 죽자고 일이나 하는 인간들은 멍청이다. 이 세상을 그렇게 돌아가도록 만든 여러 제도도 찬찬히 뜯어봐야겠지만, 먼저 우리 인간들의 그런 사고방식을, 그 연원을 하나씩 허물어뜨려야지요. 물론 어려운 일이고, 워낙 케케묵은 전통이라서 단숨에 뜯어고치기는 거의 불가능하다고 봐야지요."

"대충 알 만한데요, 똑똑하니 놀고먹을 수 있다고 생각할 수 없겠어요?"

"글쎄요, 한참 둔한 머리를 공글려봐야겠지만, 그렇게는 도저히 생각할 수 없지 않을까 싶어요. 사실이 그렇지 않은데. 똑똑하다면 바보보다 더 일을 열심히 해야지요. 똑똑한 사람이 왜 병신처럼 놀아요? 돈만 좇다 보니까 일하기가 싫어졌다, 말이 되겠어요? 열심히 일만하고 돈벌이야 밥만 제때 먹으면 그뿐이라는 사람은 착하고 멍청하다고 단정하면 좀 곤란하고, 잘못 알고 있다는 거지요. 똑같은 말을 조윤이처럼 되풀이하고 있지만요."

"그렇게 보지 않으면 될 것 아니에요. 일하는 사람이 똑똑하다고 보면 그뿐이잖아요."

"그렇게 보이지 않는데도요? 나 혼자 그들을 똑똑한 사람으로 취급해도 소용이 없고 나만 미친놈 소리 들어요."

"점점 어려워지는군요. 어쨌든 만집 씨는 지금 공부를 열심히 하고있으니까 앞으로 놀고먹을 수 있을 거예요."

"아닐걸요. 앞으로의 세상은 딱히 공부해야 할 필요나 이유나 구실도 없는 그런 시대를 앞당길 거라는 짐작은 들어요. 그러니 미리미리 부지런을 떨며 알 걸 알아두면 다소 머리가 덜 보대끼지 않을까 싶지요. 제가 공부를 많이 해서 똑똑해지면 더욱 열심히 일해야지요. 그래야 진짜 똑똑한 사람이지요. 좀 똑똑해지려고 이렇게 궁상을 떨고 있지만, 돈이 없으니 마음은 아주 편해요. 거지 심정을 정말 알 만해요. 멍청해서 그런지 가난이 딱히 불편한지 어떤지 저는 아직 잘 모르겠어요. 조윤이는 이번 달은 말할 것도 없고 지난달에도 방세를 제가 대납하도록 만들었어요. 의무 태만에 약속 파기인데 조윤이는 부끄럽지도 않은가 봐요. 그는 놀고먹으니 똑똑하고 똑똑하니 부끄러운 줄도 모르나 봐요. 너무 덥네요. 우리가 어디 가서 시원한 커피라도 한 잔 마셔야겠지요?"

"물론 그래야지요. 그런데 저는 찬 걸 마시면 안 된대요. 피부 때문에요."

"피부가 어때서요? 윤기도 흐르고 보기 좋은데요."

나는 어느새 변덕스럽게도 그녀와의 대화에 싫증을 내고 있었다. 가만히 생각해보니 우리가 너무 오래도록 점잖은 말 희롱을 즐기고 있었다는 각성이 엄습해서 그런 것 같았다. 아니면 그녀가 갑자기 멀쩡한 피부 운운하며 나의 콧물감기 따위를 무시하는 듯해서 벌컥증이 일어났는지도. 어쨌든 콧물감기도 지독해서 더 이상 말을 나누기도 지겨웠다.

"얼마 전에 얼굴에 머가 막 났어요. 나가요. 제가 조윤 씨 몫의 방세 대신에 머든지 사드리께요."

"나가야지요. 이 한증막 속에서 탈출해야지요. 동향 방에 차양도 없으니. 선풍기를 기어코 사야 하나 어쩌나 하는 고민을 벌써 두 달째 주무르고 사니 나도 참 한심한 인간이고. 나갈 때 나가더라도 이리로 좀 당겨 앉으세요. 햇살이 무르팍까지 스며들어 왔잖아요. 저는 안경이라도 좀 벗어야겠어요."

"그러세요. 저도 벗었는걸요."

"이 방에서야 안경까지 끼고 볼 만한 게 없기도 하네요."

나는 다시 콧물을 소리 내어 풀었다. 안경을 벗은 덕분인지 콧물이 많이 나온 듯했고, 코안이 벌겋게 헐고 코 전체가 욱신욱신 아프기 시작했다.

"왠지 연극이 점점 어려워지고 있어서 고민이 많아요."

"머는 점점 안 어렵습니까?"

갑자기 흡연 욕구가 동해서 나는 담배꽁초를 찾아 물었다.

"살아갈수록 모든 게 어려워지고 두렵기만 하고 너무 모르는 것투성이라 살기가 힘들어지고 있다는 생각뿐이에요. 제 가족과 친구 놈들도 무슨 해코지나 할까봐 두렵고요. 저 자신은 자꾸 쪼그라들어서 하얀 종이 위에 까만 점이 되어간다는 머 그런 피해망상에 시달리느라고 하루도 편할 날이 없어요."

"언젠가 조윤 씨도 그런 비슷한 말을 한 적이 있어요. 연극이 끝나던 날 함께 밤을 밝힐 때였어요. 불안해, 불안해하며 마구 파고들데요. 그러는 조윤 씨가 무섬증을 타는 어린애 같았어요. 그때 제 느낌은 정말 그랬어요. 손과 발을 부들부들 떨며 초조해하고 긴장하는 그가 정말 불쌍했어요. 내 몸을 더듬는 그의 손길이 애처롭기도 했고요. 그 순간 저는 늙은이가 된 기분이었어요. 어서 빨리 제가 팍삭 늙었으면 좋겠다는 생각도 얼핏 들었어요. 사실 제 나이에 조윤 씨의 불안한 심정을 감싸줄 능력은 없는 거잖아요. 그래서 손자의 손을 잡고 해바라기를 하는 할머니가 되면 그를 위로할 수 있겠다는 느낌에 사로잡

무기질 청년

혔어요. 불안해, 왜 이러나, 진정이 안 돼 하고 덤비는 조윤 씨에 비하면 막상 저는 조금도 불안하지도 초조하지도 않았어요. 우리 앞을 가로막고 있는 이 막막한 유신 체제와 바위처럼, 산처럼 꼼짝하지도 않는 이 망할놈의 시대가 지루한 건 사실이지만, 그거야 우리 힘으로 어떻게 할 수도 없는 거잖아요. 저는 그날 밤 조윤 씨의 그 초조한 정서만은 함께 나눌 수 없었어요. 우리는 어차피 서로의 감정, 정서 일체를 알 듯 말 듯 하면서 그러려니 하고 웃고 까불고 그러잖아요. 사실상 남녀 사이란 평생토록 그처럼 어정쩡한 거지 싶어요. 시나 소설 같은 데서는, 아니 연극에서도 죽도록 사랑한다 어쩐다 하고 실성한 듯이 떠들어대지만, 실은 허풍이고 과장스럽기 짝이 없지요."

나는 속으로 은근히 놀랐다. 그녀가 한 남자와 통정한 사실을 그토록 의젓하게 털어놓는 말솜씨도 예사롭지 않은데다, 우리의 여성 일반은 지나칠 정도로 똑똑한 덕분에 상상력을 빌린 성 의식도 일찍부터 자발적으로 터득, 수련을 거듭함으로써 '동짓날 긴긴밤의 한허리를 베어내어' 운운한 황진이의 후예답게 성희담(性戱談)에서는 너무 노골적으로 대범하지 않나 하는 착각까지 불러일으키게 해서였다. 그거야 아무려나 나는 코도 아팠지만, 머리도 지끈지끈 패여서 정서가 펄펄 끓고, 내가 무슨 말을 하고 있는지도 모를 지경이었다.

"그런 느낌은 아주 소중할 거예요. 대단히 좋은 경험을 앞당겨서 겪은 셈일 테니까요. 무대에는 그전에, 또 그 후에도 여러 번 섰습니까?"

나는 조윤이가 조연으로 나오는 연극을 딱 한 편 보았을 뿐이다. 그런데 너무 지루해서 주리를 틀며 고문만 당했다는 느낌이 남아 있다. 또한 무대 분위기나 관중의 관극 태도도 엉망이었다. 흡사 시골 장터의 약장수가 씨나락 까먹는 소리를 해대고, 그 엉터리 말재주가 우습다고 키들거리며 듣고 있는 꼴이었다. 무대 위아래가 그 지경으로 한심해서 '이 무식하고 얄궂은 과도기의 횡포가 훌쩍 지나갈 때까지' 다시는 연극을 보지 않겠다고 다짐했다.

"서너 편 돼요. 학교 다닐 때 출연한 작품이 제일 기억에 남아요. 수녀와 술집 작부와 노파 역을 한목에 해내야만 했어요. 여자는 나밖에 출연하지 않았지만, 주인공은 아니었어요. 주인공의 행적에 제가 결정적인 영향을 미치지만, 그 남자는 뭐랄까, 에고이스트에다 정신이 좀 비정상적인, 아무튼 미친 사람인데 그의 대역이 또 남자예요. 노파 역은 참으로 힘들었어요. 그런데 의외로 그 노파역이 오히려 제법 그럴듯했다고 연출하신 교수님이 지적해서 좀 어리둥절한 기억이 지금도 생생하네요."

왠지 그녀의 추억담이 일순간에 지루해졌다. 덩달아 그녀의 몸가짐이나 말투에서 성적으로 헤픈 여자라는 체취가 맡아지기도 했다. 말의 선후가 바뀐 것 같다. 그녀의 그런 분위기 때문에 그 말들을 귀담아들을 수 없었다.

남녀 사이의 가장 초보적인 선입견인 성적 분위기를 아른아른하게 얼비치는 기교 일체에 관한 한 그녀는 그것을 체질적으로 무시해버리는 그런 타입의 여자였다. 오히려 내 쪽에서 자꾸만 육감적으로 보고 있는데도 그녀는 나를 꾸준히 이성으로 간주하지 않는 것 같다는 내 느낌이 틀리지는 않았을 것이다. 그런 쌍방의 심사가 적잖이 수상쩍었고, 내가 중성이 아닐까 하는 생각도 들었다. 후에 자리를 바꾸자마자 알았지만, 그녀의 성씨는 좀 우습게도 옷 의(衣) 자가 들어가 있는 배(裵)씨였다. 그 성씨마저 왠지 그녀에게는 안성맞춤인 듯한데도 막상 본인은 아무렇지도 않다는 듯이 꼿꼿했고, 나로서는 속으로 '야, 이건 머 너무 섹시한데, 일진이 이렇게 좋을 수가' 라며 탄성을 내질렀다.

아무튼 탈진한 듯이 고즈넉하게 가라앉아 있는 어깨쭉지와 천연덕스럽게 지껄이는 말투하며, 말하는 도중에도 발바닥의 맨살을 만지작거리는 방만한 손짓이 그랬고, 상의 너머로 훤히 비치는 젖가리개를 여러 번씩이나 두 손으로 거리낌 없이 끌어 내리고 있는 동작이 점점 도발적으로 보여 내 눈앞이 아슴푸레해졌다. 콧물만 흐르지 않는다면, 무례한 용기를 터뜨릴 수 있는 정열이 불끈 솟구쳤더라면 땀이 송글송글 맺혀 있을 그녀의 납작한 젖가슴를 마구 쓰다듬고 싶을 정도였다. 그러나 그녀는 흔히 빈대 가슴, 계란 후라이 가슴이라는 그 절벽 같은 민짜 살점이 민망하지도 않는지 자연스럽게, 그것도 내 시선을 맞받아내면서 소위 브래지어의 아래쪽 솔기를 몇 번씩이나 끌어내리는 것이었다. 그 일련의 동작이 여간 자극적이 아니어서 점점 뒤숭숭해지는 내 기분을 그녀는 작위적으로 놀리고 있는 듯했다. 그런 내 골몰 때문이었는지 콧물은 어느새 자취를 감추어서 여자는, 특히나 모성의 상징이라는 그 젖가슴은 위대했다. 신기하게도 내 성감은, 젖통이 우람한 서양 여자들에게는 기가 질리고, 대뜸 입맞춤으로 남녀관계를 공식화하는 미국영화의 그 상투성에도 진력을 내서 그런지 그녀의 그 납작 가슴이 훨씬 자극적이었다.

오늘날 이런 유형의 처녀들 의식을 나는 웬만큼 진단할 수 있을 것 같다. 일종의 일상적 유희로, 그 내용과 대화의 묘미보다는 유명 배우들의 과장스런 연기와 우스꽝스러운 표정을 더 주목하는 여느 관객

같은 자세로, 나아가서 늙마의 회고조 소일거리를 미리 장만해두기 위해 자신의 젊은 시절을 나름대로 소비하고 있지 않을까. 우리 주위의 구제 불능인 여러 부조리 현상 전반을 연극의 그 '있을 수 있는' 무대처럼 여기는 관성에 길들어 있을지도. 무소불위한 현실이 무색하게 약간의 변주와 비판으로 대처할 수밖에 없는 무대 예술의 그 몸짓이 저항이고, 가장 파리한 그런 음색마저 최첨단의 표현 양식이라는 자부와 그 기고만장에의 도취감. 자신의 일방적 느낌만을 소화, 흡수하는 빨판. 뇌의 기능이 부분적으로 퇴화 일로를 걷는 잡식동물, 그런 사육에 환호하는 관극 자세와 점점 비대해지는 딜레탕티슴. 현실의 다의성(多義性)에 적극적으로 눈을 감아버리는, 아니 그 비좁은 무대 위에서 부질없는 대화 나누기로 일관하는 연극의 가짜 모방심리를 기리는 매스컴의 상습적 박수에 적극적으로 부화뇌동하기.

어느 날 갑자기 조윤이 같은 연극 종사자가 사라져버려도 그 배후에 있을 동인(動因)을 캐기보다는 잠적 그 자체만이 고민거리인 그녀의 심정. '잠적'이란 공허한 어휘만 연극 중의 대사처럼 메아리치는 '시장'의 관성과 그 거대한 흡인력. '증발'이 왜 그처럼 문학의, 또는 연극의 절대적인 관심거리인지. 꼴 보기 싫다는 말조차 자기 대면을 통해 정화하고 말겠다는데, 더 무슨 말을 보태란 말인가. 하기야 연극은, 무대 위에 올려지는 인생은 그 제한적 시공간 때문에라도 숱한 '해명'의 곁가지들을 뭉청뭉청 잘라내버리고 있기는 하다. 부디 미구에 조윤이 새끼에게 연극적/제한적 영광이 들이닥치기를.

나도 어느새 그녀를 닮아서 실없는 대사를 뱉어내고 있었다.

"조윤이를 정말 사랑합니까?"

"사랑할래도 이렇게 사람이 없잖아요. 대상 없는 사랑이 있을 수 있겠어요? 감방에 들어앉은 사람과의 사랑도 대상은 있는 셈인데, 이건 머 온통 긴가민가한 혼란 속에 제가 빠져서 허우적거리는 꼴이잖아요. 어떻든 한때는 조윤 씨를 무지하게 좋아했어요. 탕탕탕 구르며 내려가는 계단만큼 어떤 확실한 믿음의 바닥 같은 게 그의 전신에서 우러나는 것 같았어요. 유심히 보면 조윤 씨는 계단을 내려갈 때 꼭 풀쩍풀쩍, 바닥이 꺼지라고 밟아대는 버릇이 있어요. 그게 너무 보기 좋았어요, 불과 1년 전쯤에는요. 감당할 수 없는 벽, 견고하고 높은 벽, 그 벽 밑에서 가슴이 벅찬 채로 서로를 부둥켜안고 있다고 생각했어요. 사랑에는 벽이 있다는 말이 도대체 무슨 헛소리일까 하는 생각을 온종일 반추한 적도 있어요. 어떻게 한 사람을 온전히 다 이해할 수 있을까, 이해하지 못한 채로 사랑하는 게 아닐까, 그런 쓸데없는 생각들을 이어갔어요. 요즘은 이해하지 못해도 사랑할 수 있을 것 같아요. 우리가 이 세상을 제대로 알지도 못하면서 그럭저럭 좋은 옷도 해 입고 누구와도 피상적인 말을 나누며 살아가듯요. 사랑도 상품처럼 때맞춰 사고팔고 하는 거래가 가능할지도 몰라요. 시집갈 나이가 꼬박꼬박 닥치니 이해할 수 있는 게 별로 많지 않다는 생각도 들어요. 실은 모르고 사는 것도 그런대로 의미가 있지 않을까 싶은데, 이제야 철이 들어간다는 소리일지도 몰라요."

"그래도 이해하려고 노력은 해야지요. 그래야 이해의 폭도 넓어지겠지요. 그걸 포기하면 먹고 살만 찌는 돼지가 되고 말지요."

이윽고 우리는 더위가 지글거리는 찜통 같은 방을 나섰다. 나는 검은 뿔테 안경을 방바닥에 놓아둔 채로. 그녀는 나비 안경을 머리 위에 올려놓은 채로. 엄지발가락에 끈을 낀 내 슬리퍼는 곧장 땀으로 젖었다. 가느다란 흙색 끈 세 줄이 발등을 칭칭 동여매고 있는 그녀의 벤허형 구두는 시원해 보였다. 동네 입구에 있는 음식점과 제과점에서 냉면과 팥빙수를 먹었는데, 그녀는 연출자의 지시를 받들 듯이 왕성한 내 식욕을 즉석에서 베꼈는지 찬 음식을 잘도 먹었다. 나의 성욕을 짐짓 모른 체하는 그녀의 무신경이 내숭인지, 아니면 그것도 연기 같은 위장술인지 종잡을 수 없었지만. 그 납작한 젖가슴이 왠지 모성과는 거리가 있는데도 내게는 왜 그렇게나 고혹적으로 비치는지. 아무래도 내 성감이 비정상적인지 어떤지.

그녀가 사준 냉면 덕분인지 감기 기운이 훨씬 우선해져서 주인집으로 돌아오는 내 발걸음이 한결 가벼웠다.

조윤아, 연극이고 나발이고 제발 한 사람을 이해하고 사랑할 수 있는 무대나 장만해라. 그러려면 우선 이 더운 대낮 아래 얼굴이라도 비쳐야 하지 않나. 무대가 눈앞에 펼쳐져 있건만 너는 이 척박한 현실로부터 작정하고 까맣게 멀어져가는 연극 연습을 하고 있는 것 같다. 잠적이란 현실 도피의 가장 솔직한 표현이겠지만, 그 일탈로 쥐뿔이나 얻을 게 뭐가 있는지 생각이나 해봤냐. 나는 이기주의자라는 별명에 부끄럽지 않으려고 나의 일거수일투족마다 이해득실부터 따지고 나서 손해를 볼 것 같든지 얻을 게 없다 싶으면 미련 없이 돌아서는 미덕을 왠만큼 누리며 사는 편이다. 그래서 눈앞의 엄연한 현실을 무시하고 꿈, 공상, 변신, 고독, 외계, 천당, 유토피아, 미래 따위를 씨부렁거리는 작자들은 당최 질색이다. 그게 하나를 모르고서도 셋을 안다고 머리와 입으로만 설레발을 치는 사기지 뭔가. 현실이 시간과 공간

무기질 청년

과 생각을 추상화한 3차원의 세계라면 우리 인간은 싫든 좋든 그 추상 속을 걸어가면서 마땅치 않은 곳을 구체적으로 지적하고 고쳐나가야 하는 한낱 길짐승에 불과한 것을. 그러니 언제라도 하나 뿐이고 난해 한, 강조컨대 유일한 이 발바닥 밑의 땅부터 알아보자고 덤벼야지. 너 는 계단을 확실하게 터벅터벅 밟고 내려 온다며? 조만간 가을이 닥치 면 너도 정신을 차릴 수 있지 싶건만. 날씨가 이렇게 푹푹 쪄대니 내 가 정신병자 같긴 해도.

　여름 한철을 아래채 구석방에서 지내자니 너무 억울하고, 선풍기를 살까 말까 하고 벼르는 내 꼴이 불쌍해서 어제부터 작정하고 조윤이 애인을 주인공으로 끌어들여 딴에는 좀 덜 진부한 '이야기'를 적극적 으로 취사(取捨)하며 구성해봤으나, 역시 소설은 좀 허무맹랑하달까, 그 녀 특유의 체취처럼 바로 달려드는 돌출감이나 육박감이 덜하고 메말 라빠져서 연극이나 그림이나 사진보다는 격이 훨씬 떨어지는 장르가 아닐까 싶다. 내 서술의 가락이 단조로워서 그럴 텐데, 미흡한 대목을 자꾸 써버릇하면 고쳐질까. 역시 예술은 일류하고(우리 소설에 과연 일류가 있으려나?) 경쟁해야 한다는 지나친 부담에 짓눌려서 힘겹지 만, 그러므로 더 도전해볼 만한 작업인 것은 틀림없을 듯.

↓

　이만집은 친구의 애인과 나눈 한 토막의 일화를 소설 쓰듯이 장황 하게 서술해놓고 있다. 그 애인에 기대서 우리 사회 전반에 스며들어 있는, 다들 '나도 그 분야라면 알 만큼 알고 언제라도 할 말이 많다면 서 말다툼을 자청하고 나서는' 딜레탕티슴을 맹렬히 공박하려고 작정 한 모양인데, 그 의도는 짐작하겠으나 그런 한 시절의 수작질은, 요컨대 어떤 풍토성의 면면은 핏대를 올리며 고함을 내지른다고 해서 고쳐지지 않는다는 것을 깨쳐야 하지 않나 싶다. 특히나 신분의 평준화와 소득 증대에 힘입은 여권의 신장으로 자칭 '의식 있는 여성'의 기하급수적 양산 추세는 실로 사회적 문제로 들이닥친 판이다. 하기야 그들의 너덜너덜한 교양 수준이 단숨에 나아질 리도 만무하므로 그 무지몽매한 실태를 발겨내 봐야 허탈해질 테고, 제법 심각한 코미디에 이르렀다고 해도 다들 '못 당해, 지고 살아야지, 여자들 대거리를 어떻게 이겨' 하고 주저앉아 있는 현상이야말로 소설이나 연극의 소재로 떠올라 있는 형편이다. 물론 고학력의 여성 일반이 과시하는 현실 파악력과 적응력은 대담무쌍한 경지에 이르러 있으며, 그 늠름한 기상과 안하무인의 발언권은 계층 간의 거리를 심화시킬 뿐만 아니라 세태 전반을 가장 빠르게 속화시키는, 쉽게 말해서 양분법으로 재단해버리는 혁혁한 역할까지 도맡고 있다.

돈 씀씀이에 관한 한 여자가 그 주도권을 행사하게 되어 있는 오늘의 사회 구조상 소비 성향의 자제력에서부터 여성 제위는 남자보다 훨씬 취약할 수밖에 없기도 하다. 그들이 물질의 노예가 되기 쉬운 생활 여건을 무심히 누리는 셈이지만, 이런 불가피한 제도가 여성의 우월의식을 조장한다기보다 돈이 제일이다는 속물적 성향에 쉽게 젖는 풍조를 낳는다. 사실상 노예 상태만큼 편한 생존도 없으니까. 스스로 자율적 생활을 개척할 수 없고, 주인의 지시와 눈치에 따라 피동적인 삶을 살 수밖에 없다는 원성은 오늘의 모든 월급쟁이의 인권과 무관하지 않으므로 단순히 '노예'와 '노예 상태'란 말은 어떻게 사용하더라도 오해를 불러일으키고, 근본적으로도 피상적인 관찰일 뿐이다.

무기질 청년

똑같은 이치로 예술을 호사 취미로 즐기는 우중(愚衆) 일반의 저급한 안목도 당대가 억지로 덮어씌운 어떤 풍조에 지나지 않고, 이런 전반적인 현상 자체도 자칭 고급 예술가인 체하는 일급 딜레탕트들이 무작위로 뿌린 '멋스러운 교양'의 한낱 침전물에 불과하다. 긴 설명을 누덕누덕 덧붙일 것도 없이 모든 예술은 당대를, 그 풍조 일반을 앞지른다는 미명하에 대중의 의식을 일시적으로 들뜨도록 선도하는 사기술에 가깝다. 연극에 미치든, 재능도 모자라는 것이 명색 소설을 조립한다고 낑낑대든, 사진기를 어깨에 걸고 아무 데나 나서서 뛰어다니든 그들의 행태는 딜레탕트의 그것에 상당하므로 가타부타할 게 아니지만, 그 수준은 천차만별이라서 노예처럼 '지정곡'을 즐기든 말든 알아서 챙길 수밖에 없는 것이 오늘의 다종다양한 호사 취미의 생리이자 본질이기도 하다.

호사 취미가 심하다고 은근히 조롱한 위의 그 여자 친구는 어쩐 일인지 그해 여름 이후에는 '내 젊은 날의 비망록'에 더 이상 등장하지 않는다. 만날 때마다 수다만 늘어놓았을 그녀를 이만집이 애써 피한 눈치다. 친구의 애인을 집적거리는 통속소설적 발상을 터부로 여기며 제거하지 않았을까 하는 내 짐작은 물론 이만집이 그런 좁쌀뱅이 같은 작가 의식의 소지자일 리 만무하다는 과보호 심리와 연동되어 있을 테지만. 그럴 수밖에 없는 것이 동거인이자 친구인 조윤이의 연극적 삶 전체를 그렇게나 뭉근히, 저저이 깔보고 있는데, 그 애인인들 오죽 나지리 보았을까 하는 추측의 작동과도 무관하지 않을 테고.

이른바 '박통 시해 사건'으로 절대다수의 국민이 한동안 멍청해져 있었던 그해 가을과 연말, 그리고 이듬해 겨울까지 이만집은 예의 금전

820

출납부 형식으로 돈의 입출을 꼼꼼히 적고 있다가 삼일절을 며칠 앞두고 그의 '비망록'은 뚝 끊긴다. 공책이 거기서 더 백지가 없어서이다.

그런데 초겨울에 적어둔 노동에 대한 이만집의 느낌은 특기해둘 만하다고 여겨서 아래에 옮겨둔다. 여자 친구와의 요설에 가까운 대화에서도 미국 서부영화의 주인공들이 노동을 기피하며, 유한계급이 놀고먹는다고 윽박지른 대목이 떠올라서이다.

↓

아직 나에게는 노동 경험이 없다. 육체노동 말이다. 일찍이 파리한 얼굴의 내 친구들과 공단의 야간학교에서 무보수 강사 노릇을 한 경험도 노동이라면 다소의 어폐가 없지 않다. 경험이 없다는 사실은 왠지 아직 자전거도 탈 줄 모르는 빌빌이처럼 '잘못 살았다'라는 열등감부터 떠안겨서 맥이 빠진다.

그렇다고 내가 노동이 무엇인지 알아볼 자격조차 없을까. 역설적으로 힘든 일을 해본 경험이 없으니 오히려 한발 물러서서 노동의 의미를 풀어볼 수 있을 듯하니까. 설마 부잣집 아들이 장기간 해외여행 중에 이틀쯤 굶어보고 난 후 기아에 대해서 떠들면, 선입관의 작용으로 믿기지야 않겠지만 나름대로 실감이 나지 않을까. 또 학생들이 나라 살림을 맡아본 경험이 없다고 해서 정치 현실의 비판에 무자격자라고 매도하는 짓거리도 어불성설이 아닌가. 그러고 보면 모든 문제와 그 해결책의 논란에는 무자격자나 무경험자가 중뿔나게 나서서 감 놓아라 배 놓아라고 설레발을 떨어대는 형국이다. 현대사회의 구조가 겉으로는 대단히 정교한 모양새로 수선을 떨어대지만 대체로 이처럼 엉성하기 짝이 없다.

무기질 청년

노동은 과연 무엇일까.

요컨대 그것은 사람이 두 손 두 발을 이용하여 이때껏 없던 사물을 만들기도 하고, 이미 있는 물건과 기왕의 관행, 제도를 바꾸기도 하는 동력일 것이다. 그 힘은 어떤 목적에 쓰이는 물리적 수단일 뿐이다. 어떤 재화라도 얻으려면, 여느 자연도 목적에 상응하게 바꿔놓으려면 그것을 최대한으로 끌어다 써야 할 것이다. 곧 '움직이고 힘들임으로써' 일한다라고 일컬어진다. 이쯤 되면 굳이 설명할 것도 없고, 설명할수록 어려워지는 아포리아 곧 '논리적 난점'이 바로 노동일지 모른다. 움직이지 않고, 일하지 않은 사람은 죽은 사람일 테니까. 일하지 말고 가만히 있으라면 그것만큼 참담한 고문도 달리 없지 않을까.

흔히 노동자들의 말본새를 들어보면 그들만큼 허허실실로 잘난 체하는 전문가도 드물지 않나 싶다.

"노동으로 땀을 흘려보지도 못한 네놈들이 뭘 안다고 탁상공론이야. 안 해보면 몰라, 모르게 돼 있다고. 꼭 이틀쯤만 해보면 알아. 얼마나 고달픈지. 그런데 막상 손에 일을 놓아버리면 더 죽을 맛이야. 묘하게도 그렇게 돌아간다고. 사람도 요물이지만 일이 사람을 사람답게 만든다고. 산이 나무를 붙들고 나무가 산을 살리고 있듯이. 그게 상부상조 아냐. 만물이 다 그래. 사람도 같은 이치라고 봐야 할 거야. 사람이 일을 보듬고 일이 사람을 살리고 있다니까."

제법 그럴듯한 말처럼 들리지만, 반만 안다는 소리 같기도 하다. 자기 그림을 혹평한 미술평론가에게, 그럼 자네가 한번 그려 봐하고 대드는 무식한 환쟁이와 무엇이 다를까. 이런 억지가 널리 통용되는 현실이 늘 우리 눈앞에 펼쳐져 있다.

정력제라고 핏대를 올리며 뱀을 팔뚝에 친친 감고 있는 떠돌이 야바위 약장사의 입담을 우연히 시골 장터에서 들으면서 혀를 내두른 적이 있다.

"이 뱀탕이 정말 효력이 있느냐고 묻는 얼치기 양반들이 간혹 있습니다. 그런 얼간이 양반들에게 본인은 정중하게 묻고 싶습니다. 첫째, 그렇게 못 믿겠다면 시방 전국 방방곡곡에 흩어져서 오늘도 수천, 수만 마리씩 잡아내는 우리 땅꾼들은 머 하러 다리 아프게 산을 탑니까. 뱀값이 비싸기 때문입니다. 둘째, 그런 얼치기 양반들에게 쥐약이 효험이 있는지 없는지 딱 한 번만 잡숴보시라고 권하고 싶습니다. 쥐약을 사람이 먹으면 죽는가 사는가는 세 살 먹은 어린애도 아는데 나는 잘 모릅니다. 왜냐, 안 먹어봤기 때문입니다. 저는 죽을까 봐 쥐약을 먹기 싫습니다. 정말이지 죽어도 먹기 싫습니다. 뱀탕은 쥐약처럼 효과가 금세 나타납니다. 그래서 약이고 생약입니다. 약효를 몰라요? 능구렁이를 열 마리만 고아 잡숴보세요. 아무 하는 일 없는데도 자면서 식은땀을 흘리는 양반, 마누라 배 위에서 헐떡거리다가 제풀에 시들하니 내려오는 사람, 오줌이 늘 노랗다 못해 싯누렇게 탁한 사내들은 꼭 한 번 잡숴보세요. 쥐약처럼 즉효에 백발백중에 직방입니다. 당장 발바닥이 벌겋게 달아오른 부지깽이처럼 열기로 화끈거리고, 아랫배가 욱신거려서 걸음 걷기가 불편해집니다. 이놈들아, 애들은 몰라도 된다, 어서 집에 가거라."

당장 듣기는 그럴듯해 보이지만, 찬찬히 새겨들으면 얼토당토않는 구라투성이다. 사람이 쥐약을 먹을 수는 없고, 먹어서는 큰일이 나는 독약이니 말이다.

무기질 청년

마찬가지로 자네가 직접 한 번 해보라든지, 쥐약을 한번 먹어보라는 식의 억지스러운 강권과 공갈이 난무한다기보다 우리 사회가, 모든 우중이 그런 엉터리 논법에 잘 길들어 있는 것이다. 바꿔말하면 인체에 유해한 말이나 제도가 엉성한 사고방식을 끊임없이 사주, 교란해대고 있다. 결국 독성을 숨긴 말잔치에서 걸러진 여러 어수룩한 관행이 얼빠진 사고의 태동, 신장을 항구적으로 보장하고 있는 셈이다.

오래전에 사라진 전시대 천업(賤業)인 장터거리의 약장수를, 그 허풍스러운 입담을 우습게 볼 수 없는 것이 지금도 신문을 비롯한 온갖 매스컴이 앞다투어 소위 '건강식품' 팔기에 혈안이 되어 있기도 하려니와, 그 골자는 결국 과학을 빙자하여, 그러니 일시적인 '유행 지식'을 공갈 대신에 동원하여 '무병장수'를 바라는 뭇 우중을 우려먹는 작태와 정확하게 일치해서이다. 약은 먹어버리면 효과야 있든 없든 물릴 수도 없으려니와 소비자의 치부가 빤히 들여다보이므로 약장수야말로 만고불변의 성업(盛業)이자 위업(偉業)이 아닐 수 없는 것이다. 감히 예상컨대 제약회사, 신약국, 한약방 등은 새로운 약장수로서 어느 직종보다 그 전도가 창창할 것이 명약관화하다.

나는 지금도 노동하며 먹고산다. 유한계급처럼 놀고먹으며 살지 않는 것이다.

오늘 오후에 학생들을 가르치고 난 후, 나는 남산동을 끼고 파장의 남대문시장을 동에서 서로 가로질러 가고 있었다. 자취방으로 돌아올 수 있는 버스를 타려면 그 시장 바닥을 관통하는 길이 덜 지루해서이다. 삶의 밑바닥이 송두리째 드러나 있는 시장의 골골에는 생명의 '힘'이 언제라도 진지하게, 가식 없이 꿈틀거려서 보기에 좋다. 손님의 말투나 차림새를 즉각 분별한 후, 물건값을 임의대로 부르는 상인들의 말솜씨를 듣다 보면 장사도 기술이고, 앉은 자리에 붙박인 채로 주리를 트는 힘겨운 노동이 아닌가 싶어진다.

거의 남대문시장을 벗어나려 할 때였다. 우뭇가사리처럼 치열하게 널브러져 있는 각종의 튀김, 살았을 때의 원형 그대로 삶아버렸는데도 흡족히 웃고 있는 돼지 대가리, 고무줄 장수, 생선 장수, 떡 장수, 찌지직거리며 굽히고 있는 호떡과 파전 등으로 복대기는 좌판 골목이 한눈에 들어오는 지점에서였다. 아직 낮 더위가 남아 있으나 밤공기는 제법 서늘해진 썰렁한 초가을이기도 하고 늦여름이기도 한 날씨인데 빨간 홍시가 종이상자 속에 빼곡히 쟁여 있었다. 홍시를 보는 순간 나는 왈칵 가슴 밑바닥에서 뜨거운 것이 솟구쳤고, 곧장 콧등이 시큰해지며 눈앞이 흐릿해졌다. 세 사람의 품팔이 노무자가 좌판 둘레에 옹기종기 쪼그리고 앉아서 한입 가득 홍시를 베물고 있는 광경을 보자 나도 모르게 눈물을 흘리고 만 것이다. 아니다, 계절이란 개판의 시국을 탓하지 않고 이렇게도 무심히 찾아 오는구나 하는 감상이 눈물을 촉발했는지도 모른다. 세 사람의 노무자는 허름한 옷차림에도 불구하고 손과 얼굴에는 방금 먼지를 씻어낸 흔적이 빤해서 그 때깔난 모습이 너무나 처량해 보였다.

그들은 왜 막걸리에 돼지고기를 새우젓에 찍어 먹지 않고 햇홍시를 사 먹고 있었을까. 햇홍시를 보자 대번에 고향을 떠올려서 그랬을까. 그들의 표정은 홍시 색깔이 무색하게 무표정했는데도 그 남루는 고향보다 더 서글프게 비쳤다.

사람의 심리는 실로 불가해하다. 제대로 설명해봤자 너스레에 불과할 수밖에 없다. 어렵게, 억지로 살아가는 내 처지에 홍시 따위를 보고 울컥해서 눈물을 흘리다니. 버스 속에서도, 또 골목에 들어서서도 내 시야에는 그 선연한 붉은색이 동글납작한 모양새로 종이상자 속에 차곡차곡 포개져 있던 광경이 생생히 떠올랐다. 울컥울컥 울음이 솟구쳤고, 나는 눈물을 닦을 생각도 하지 않았다.

남의 초상집에 가서 제 설움에 복받쳐 우는 꼴로 나는 한동안 얼굴을 두 손바닥에 묻고 흐느껴 울었다. 그들의 삶이 서러웠는지 내일을 모른 채로 허둥지둥 살아가는 내 신세가 애달팠는지 분간도 못 하면서 나는 소리를 죽여가며 울었다.

학생을 가르치며 이렇게 살아간다는 것, 이것도 노동이라고 할 수 있는지. 이런 삶에 무슨 의미를 찾을 건지. 홍시를 먹고 난 후 그들의 얼굴에 보일 듯 말 듯 어리던 희열을 어떻게 글로 옮겨놓을 수 있는지. 평소에 냉소나 흘릴까 울음과는 멀찍이 떨어져 살던 내가 홍시 때문에 서글퍼졌다니. 좀 더 열심히, 세상을 모질게 노려보며 살아야 할지도.

↓

홍시를 보고 섧게 울었다는 이만집의 감상은 고향을 잃은, 70년대부터 본격적으로 불어닥치기 시작한 '서울로, 서울로'로 말미암은 농촌 붕괴 현상으로 읽어야 하지 않을까 싶다. 그러나 한편으로 생각해보면 돌아가야 할 고향이 없더라도 마음의 의지를 잃어버린 사람의 한(恨) 같은 정서를 군이 글로 새긴다는 것도, 문학의 그 만만한 주제의식도 어째 식상(食傷)하기 딱 좋은 '이발관 그림' 같은 풍경화가 아닐는지. 그 당시 서울로 몰려온 대다수의 시골 사람들은 초가집 마루에 엉덩이를 걸치고서 땀을 훔치는 여유를 꿈에도 그리며, 먼지처럼 떠도는 각자의 서글픈 삶에 자주 서러워했겠으나, 그런 감정의 사치는 이제 막 서울 사람으로 정착한 촌사람들의 착잡하고 분주한 정서와는 겉돌지 않았을까 하는 의문을 지울 수 없는 데야 어쩌랴. 이런 각자도생의 농촌 탈출극은 어느 나라에서나, 따라서 명색 후기 산업사회의 들머리에서는 구조적으로 늘어나는 추세이고, 한때의 시속으로 관심을 끌다가 이내 난해한 '도시 증후군'의 한 현상으로 사그라지고 만다. '비망록' 기록자의 표현대로 한 인간을 이해하기도 어려운 판에 어떤 집단 의식을 해석하기란 거의 불가능할 테니까. 그러니 도시 삶은 근본적으로 서로가 서로에게 남이고, 남이 되기를 강제한다고 뭉뚱그릴 수 있을 뿐이다. 관심이 없는 체해야 서로가 편하고, 일상이 그렇게 하라고 볶아침으로. 그것을 부정확하게 허위의식이라고 둘러대지만, 그런 명명 자체는 하등의 의미도 없다고 해야 옳지 않을까. 인간의 심리가 그렇다는 말대로 어떤 학문의 대상도 늘 사후약방문에 그치는 데야.

'비망록'의 기술대로 무해무득하다는, 있어도 그만 없어도 딱히 아쉽지 않게 느껴지는 예의 무기질 같은 세대라는 강변에도 불구하고 우리 사회가 그런대로 수명을 이어가려면 공기가 필요하듯이 젊은이들도 각양각색으로 서식해야 함은 두말할 나위도 없을 것이다. 이만집의 주위에서 얼쩡거리는 여러 인물이 그래서 그런대로 친숙하게 다가오듯이. 더욱이나 그가 이 북적거리는 서울 바닥에서 부딪치는 여러 풍경이 워낙 낯익어서 단골 목욕탕에 들어간 기분에 젖듯이.

그렇긴 해도 이만집이 어떤 계층에서 자꾸만 밀려나고 있다는 느낌이 여실하고, 그런 정황이 거북한 것도 사실이다. 그러므로 돈이 될만한 상품이라면 어떤 것이라도 들여오고 내다 파는 대규모 무역회사의 말단 사원에 불과했던 한때의 내 처지가 이만집의 생애 위에 겹쳐지고, 또 지금의 내 좁다란 시각이 절대적으로 바르다고 할 수 없다는 이 '진실'도 아주 거치적거린다는 느낌도 반드시 덧붙여두어야 할 것 같다. 농경사회와 달리 점점 살기가 팍팍해지고 있는 이 사회적, 아니 범지구적 현상이, 기왕의 모든 이야기, 쓸데없이 따라붙는 여러 불필요한 인과로도 도저히 이해하기가 어려워지고 있는 엄중한 '현실'이 살벌하게 다가와 있는 국면이다. 그러니까 예전의 시골에서 품앗이하듯이, 그 '더불어 살아야' 한다는 말뜻이 지금처럼 겉도는 한편 더 절실한 적도 없다는 사실을 일깨우면서.

↓

나는 한동안 '내 젊은 날의 비망록'을 회사의 책상 서랍 속에 과월호 잡지 몇권과 함께 내버려 두었다. 좀 엄범부렁하게 들리겠지만 내 책상 서랍이 묵직해진 기분이었다. 비록 누더기에 지나지 않는 기록일망정 나름의 동시대 일상이 빼곡한 것은 사실이므로. 그러나 어떤 인쇄물이든, 이를테면 명색 '심층취재' 끝에 무려 3백 장의 길이로 조명, 분석했다는 정치 '비화'를 다룬 한 월간지 따위도 딴에는 '보관용'이라면서 읽자마자 갈무리해두곤 하지만, 사흘 후부터는 까맣게 잊어버리고 있다가 어쩌다 책상을 정리하면서 문득 그 인쇄물을 손에 거머쥐자마자 '별것도 아닌데 공연히 수선을 피웠네' 하고는 즉석에서 쓰레기통 속으로 집어 던지는 경우를 떠올려보면 인간의 변덕은 도대체 종잡을 수 없다. 모든 상품이 그렇듯이 글도 시기별로 취사선택의 대상으로서 그 도마에 올리면 여지없이 홀대/후대로 제 명운이 갈라지게 마련이다.

그런데 '비망록'의 경우는 좀 달랐다. 가령 18층에서 바라보는 남산 쪽 하늘이 백자 사발에 담긴 단술 같이 뿌예질 때면 느닷없이 이만집이라는 젊은이의 사람 됨됨이가 오롯이 내 시야에 잡힐 듯이 떠오르는 것이었다. 그러나 그 허상도 잠시에 그치고, 업무에 쫓기는 내 일상은 어떤 인쇄물일지라도 '돈'이 보여주는 '숫자'보다는 훨씬 추상적인 신기루에 불과했다. 그런 중에도 퇴근 채비를 서두를 때나, 엘리베이터 속에서나, 심지어 거리의 인파 속에서도 그는 간단없이 내 의식의 한복판으로 홀연히 출몰했다가 '비망록'이 내 손에 쥐어졌던 때처럼 홀가분하게 사라지곤 했다. 비록 월급쟁이답게 오늘이 어제 같은 나날을 보낼망정 나의 상상력은 날개를 달았다. 노동에 대한 그의 식견으로 미루어보아 이만집은 봉투에 적힌 건설회사의 해외 노무자로 새로운 경험을 얻느라고 매일 비지땀을 흘릴지도 모른다. 또는 악착같이 살아가는 그의 성정대로 지금쯤 연구조교가 되어 골방 같은 연구실에서 처박혀 지낼 수도 있으며, 직장을 가지자니 '도중하차'하는 가계의 내림부터 떠올리면서 우물쭈물하는 그런 버릇을 여전히 만지작거리고 있을 것 같기도 하다. 부질없이 자신의 '소견'만이 옳세라고 주절대는 그 장기로 장차 사회생활과 직장생활을 어떻게 꾸려갈지, 남의 일 같지 않다.

그런 나의 잔다란 추측을 송두리째 부정이라도 하듯이 그 '비망록'을 입수한 지 거의 넉 달이 지나서야, 벌써 낮이 짧아진 가을의 어느 날 밤에 우연히 예의 그 무교동 술집에서 나는 이만집을 만날 수 있었다. 술 심부름꾼인 내 종씨의 착실한 총기가 우리를 조우하도록 이끈 것이었다.

대낮같이 훤한 화장실 입구에서 이만집은 멀뚱거리는 눈으로 나를 잠시 훑어보았고, 나는 술배로 헐거워진 바지춤을 끌어올리며 그의 특징 없는 외모를 눈여겨보았다. 응당 내가 먼저 말을 걸어야 할 계제 인데도 그가 내게 말을 건넸다. 나와는 초면이라서 그랬을 텐데, 나의 눈치를 힐끔힐끔 살피며 속내를 바로 드러내는 그의 말씨에서 대인공 포증이 심하다는 그의 아버지의 옆모습이 슬그머니 비집고 들어오는 것이었다.

"공연히 하찮은 공책 때문에. 저는 벌써 잃어버렸다고 치부하고 있 었는데요."

"비망록에 보니 안경을 꼈다고 돼 있던데. 내 기억이 틀렸나, 혹시 딴 사람 아닌가."

"맞습니다. 제가 이만집입니다. 그날 공책도 안경도 다 잃어버렸습 니다. 그날 지도교수한테 공부 안 하고 농땡이 친다고 된통 한 방 꾸 중을 들어서요. 지금은 조교로 착실하게 살살이를 치며 개기고 지내 지만. 어쨌든 그날부터 개과천선하자고 개맹세를 단단히 하긴 했지만 요, 올해 제 신세는 울퉁불퉁하기 짝이 없어서요. 정말 심란하네요. 머리가 이렇게 사나우니 공부는커녕 숨도 겨우 쉬면서 온갖 남의 눈 치만 살피는 판이니…"

대충 그런 신세타령을 뜸직뜸직 늘어놓고 있는데, 그의 등 뒤에서 어떤 여자가 걸걸한 목소리로 그를 불렀다. 그가 돌아서자 큼직한 매 부리코 위와 뺨에 까뭇까뭇한 기미가 잔뜩 더께를 이루고 있는, 어디서 본 듯한 여자가 다급하게 지껄였다.

"여기서 도대체 뭣 하는 거야. 화장실 입구에서. 볼일은 다 봤어?
조윤 씨가 또 도지기 시작하나 봐. 지 먼저 어디로든지 가겠데. 갈 데
도 없으면서 저런다니까. 어릿광이야. 잠적, 소동, 증발 좋아하네. 만
집 씨가 조윤이 겨드랑이 붙들고 우리집으로 와. 길에서 잘 수는 없잖
아. 우리집은 방이 너무 많다고. 알지?"

그가 그녀의 어수선한 수다를 가로챘다.

"알았어, 그 새낄 붙잡아. 자살하네 마네하는 소리는 엄포야. 이제
는 아주 공갈로 하루하루를 날파리처럼 살 작정이라니까. 나는 안 속
아. 아무 데서나 잘 거니까 우리 걱정은 하지 마."

"그래, 말을 맞추자고. 아무튼 빨리 와. 아, 머리 아파. 옘병할…"

나는 고개를 주억거렸다. 알 만한 사정이었다. 그가 내게로 돌아섰
고, 빠른 걸음으로 변기 앞으로 다가갔다. 곧장 시원한 오줌 줄기가
변기 속에 부딪히는 소리가 들렸다. 나도 그와 보조를 맞추느라고 그
의 변기 옆에서 바지 앞 지퍼를 내렸다.

"공책은 내일이라도…"

"그럴 필요 없어요. 수고스럽지만 회사의 서류 분쇄기나 쓰레기통
에 내버려 주시면 꼭 좋겠는데요. 과거 따위야 아무런들… 이 눈에 낀
콘택트렌즈도 거치적거리는 판인데요. 제 과거는 말할 것도 없고요,
어떤 과거도 결국에는 망신스럽지 않을까 싶고요…"

그는 말을 흘리는 한편 그 평범한 외모를 뒷걸음질로 물려갔다. 얼
핏 우리의 우연한 조우가 왜 하필이면 체내의 찌꺼기를 배설하는 화
장실에서 이루어졌을까, 이런 장소도 무슨 세월의 흔적일 수 있나 하

무기질 청년

는 생각을 떠올렸다.

나는 내 술좌석을 대충 수습하고 술집을 나왔다. 한동안 서울의 밤
거리에서, 너무 눈에 익어 더 훑어볼 여지도 없는 시끌벅적한 우리의
길거리에서 잠시 미아가 된 기분에 젖었다. 나의 귓갓길은 대체로 전
철 입구의 그 뻥 뚫린 '구멍'부터 시작되는 터이므로 그것이 어느 쪽
에 있는지를 찾느라고 한동안 두리번거렸다.(616장)

↓

**군소리 1**— 등단 후 청탁 원고에 쫓기는 한편 어떡하든지 마감 기일
을 지키려고 버둥거리다 보니 단편쓰기와 그 이야기 만들기에 진저리
가 났다. 일상의 이상성(異常性)→그 일탈의 경과/파행→가짜 화해로서
호도미봉책을 조작하는 일련의 창작 기술이 사기 같이 여겨져서이다.
그래서 반(反/半)소설적인 장르를 발명하겠다고 덤빈 작품이, 제목도 좀
요란하게 '무기질 청년'이었다.

**군소리 2**— 책이 책을 만든다는 말은 평범한 진리다. 모든 글은 기왕
의 글을 인용한다. '인용'은 비판을 전제함으로써 글값을 누린다. 인
용을 비판함으로써 모든 통설을 역설적으로 해설·조롱하는 글발도,
그 글감도 소설이 될 수 있지 않을까. 소설 장르의 혁신/확산은 내용
보다 형식의 변주에 달렸다고 확신한다. 문장/문맥에서도, 원고 작성
법에서도 '형식의 개발'은 무한정 가능하다. 보다시피 그런 초보적인
착안에조차 무심한 소설이 대다수다.

**군소리 3**— 세상/인간을 역설로 이해, 해석하는 본분이 소설의 본령
이 아닐까 하는 소신이 등단 전후에도, 지금도 내 머리를 들쑤시고 있
음은 사실이고 진심이다.

## 중편소설 변해

김경수(서강대 국문학과 교수 · 문학평론가)

# 개작본의 현실성/현대성

　　현재 활동하는 작가 가운데 중편소설에 대한 남다른 관심을 가지고 지속적으로 작품을 써온 작가로서 김원우를 능가할 문인은 없을 것이다. 김원우는 1977년 등단 이후 거의 반세기에 이르는 세월 동안 많은 장편소설과 단편소설을 발표해왔는데, 특히 중편소설 장르에 공을 들여 동시대의 다른 작가들과는 비교도 안 될 정도로 많은 중편소설을 발표해왔기 때문이다. 이 선집이 증명하고 있는 것처럼, 이처럼 따로 중편만으로 전집으로 꾸밀 수 있을 정도로 집요하게 중편소설을 발표해온 그의 작업은 한 세기를 갓 넘긴 우리 현대소설사에서도 이채로운 자취를 남기고 있다. 그런 만큼 다른 장편소설들이나 단편소설보다도, 어떤 의미에서는 중편소설이야말로 김원우가 개척한 득의의 장르로서 그의 소설세계의 핵심을 들여다볼 수 있는 대표적인 성과라고도 할 수 있을 것이다.

　　초기작 「무기질 청년」(1981)에서부터 「만언니」와 「방황하는 내국인」 및 「아득한 나날」을 거쳐 비교적 후기작이랄 수 있는 「재중동포 석물장사」(2009)에 이르기까지 모두 여덟 편의 중편소설이 포함된 이 중편선집은, 그런 의미에서 중편소설 장르에 대한 그의 관심이 어느 정도인가를 보여주는 단적인 증거라고 할 만하다. 이 책에 수록된 중편소설들은 먼저 그 원고량으로 볼 때 「재중동포 석물장사」와 「반풍토설초」만이 200자 원고지로 200매를 조금 상회할 뿐, 나머지 작품들은 대부분 300매에서 500매를 넘고 있으며 「무기질 청년」의 경우는 무려 600매를 훌쩍 넘기는 적잖은 분량의 작품들이다. 관습적으로 우리 문학계에서 일반적으로 100매 내외의 소설을 단편소설로 분류하고 적어도 1,000매 이상의 작품들을 장편소설로 분류하고 있는 점을 감안하면, 200자 원고지 300매에서 600매에 이르는 이야기를 중편소설이라고 고집하는 김원우의 작업은 양의 중간적 위치만으로도 그 의미를 따져볼 가치가 충분하다. 또 최근 들어 800매 안팎의 소설들이 (경)장편이라는 명칭 하에 한 권의 단행본으로 발표되고 있는 현실까지를 고려하면, 보는이에 따라서는 장편으로 받아들여질 수도 있는 분량의 작품을 당당하게 중편소설로 발표해온 김원우의 작업은 소설적으로나 비평적으로도 한 번쯤 검토할 만한 의미를 지니고 있다.

중편소설은 단순히 분량면에서만 단편소설이라든가 장편소설과 구분되는 것은 아닐 것이다. 바로 위에서도 언급했지만, 800매 정도의 분량에 작가가 의도한 바 총체적 현실이 과부족 없이 담겼다면 그 작품을 장편소설로 분류할 수도 있을 것이기 때문이다('총체성'이라는 용어가 추상적으로 받아들여진다면 이 말은 해당 작품이 '사회의 전체상'에 가장 근사하게 근접했다는 의미로 해석해도 되지 않을까 싶다). 그렇다면 중편소설의 장르적 성격과 특성을 어떻게 이해할 수 있을까. 일반적으로 단편소설은 현대를 살아가는 문제적 개인의 생활사의 한 단면, 그러니까 예기치 않았던 삶의 위기와 그것을 해결해가는 잠정적인 과정을 그림으로써 언제든 예측불가능한 상황과 맞닥뜨릴 수 있는 독자들에게 유사-해결의 가능성을 추체험하도록 하는 이야기를 담아낸다. 그런데 이 책에 수록된 작품들이 대개 다 그렇듯이, 김원우의 중편소설들은 일단 그 문제적 개인에의 함몰 내지는 집중을 거칠게라도 넘어선다는 특징을 지닌다. 즉, 그의 소설들은 특정 개인의 사적인 삶을 소설의 대상으로 삼되, 그 개인의 삶이 동시대를 살아가는 다른 인물들의 삶과 맺고 있는 복합적인 관계망 속에서의 좌표를 파악하는 동시에, 그런 개인의 사적인 일상의 안위를 그려감으로써 공동체의 삶을 규정하거나 사회에 암류하고 있는 시대정신의 자장 안에서 다시 한번 점검해보는 일종의 중층화, 객관화 과정을 밟아 간다. 그러므로 인물의 삶에 집중하면서 동시에 거리 두기라는 겹의 시각이 일관성 좋게 관철되고 있다. 단적인 예를 우리는 별개의 단편들을 사계절의 일상의 풍경으로 연결하여 발표한 「방황하는 내국인」에서 볼 수 있다. 이 작품에서 작가는 독일통일이라는 역사적 사건을 경험한 실향민의 삶과 지방에서 올라와 서울에 터를 잡으려는 (잠재적 실향민인) 젊은이의 삶을 동일한 수준에서 조망하는가 하면, 노동운동이 극렬했던 90년대 현실에서 각기 입장이 다른 노조원들의 적응 내지는 순응의 방식들, 그리고 현대를 살아가는 한 가족의 다채로운 삶의 변전과 대학교수를 중심으로 한 대학제도 내의 이야기 등을 연결하여 특정 시기 우리 사회의 공시적 삶의 모습으로 전달하고 있다. 이것은 분자화, 편재화되어 있는 동시대적 삶의 모자이크를 통해 그런 개별적인 삶의 양태의 저변을 암암리에 관류하고 있는 시속을 종

중편소설 변해

합적으로 파악하게끔 한 작가정신의 발로라고 할 수 있는데, 이런 복합적인 작의가 단편에서는 근본적으로 기대할 수 없고 또 성취될 수도 없는 성질의 것이다.

초기작 「무기질 청년」 또한 다른 방식으로 중편소설 장르만의 특장이 무엇인지를 단적으로 보여준다. 이 소설은 실수로 누군가의 비망록을 입수한 중년 사내가 본의 아니게 엿보게 된 그 비망록을 독자들에게 제시하는 방식으로 전개되는데, 그 구성의 과정을 보면 비망록의 세계와 그것을 들여다보는 주인공의 현실세계가 겨끔내기로 제시되는 동시에 그 둘이 서로를 비춰보면서 간섭하기도 하는 역동적인 주고받기의 형식을 취하고 있다. 즉 비망록을 보는 주인공은, 그 비망록 주인공의 자기독해와 세상읽기를 통해 자신의 자아성찰과 세계읽기를 반추해보고 그 결과 변화된 세상읽기의 시각이 다시금 비망록의 세계를 비판적으로 독해하게끔 해서, 작중인물들이 자신이 맡은 바 최초의 위치를 벗어나 공동-작가 내지는 공동-독자의 위치로 상호 영향을 주고받는 식으로 이야기를 전개하는 것이다. 김원우 소설에서 자기읽기와 세상읽기는 별개의 것으로 동떨어져 있지 않고 긴밀한 조응 내지는 상호 비판적인 관계를 맺고 있는데, 이는 이 작품이 액자소설의 안정적인 형식을 과감히 파괴하고 있는 점에서도 알 수 있다.

김원우의 중편소설을 눈여겨본 독자라면 그의 이야기들이 이른바 가장 원시적인 이야기 형식인 액자소설의 형식을 여러 모로 변형하여 차용하고 있다는 것을 알고 있을 텐데, 이 작품집에 수록된 작품들 또한 보기에 따라서 그런 액자소설의 변형으로 볼 수 있는 측면들이 많다. 해직된 방송국 기자의 내면과 그 견딤의 일상을 배우자인 아내의 시각으로 풀어가면서 아내의 전망을 동시에 전경화시키는 「아득한 나날」이 그렇고, 시인이자 대학 강사인 주인공이 처가살이와 대학 사회의 속물화된 제도를 경험하면서 자신이 쓰는 소설을 통해 그 현실을 허구화하여 그리고 있는 「안팎에서 시달리며」도 그런 경우에 속한다. 그리고 이런 이중적인 시점은 정도는 다를지언정 문제적 인물을 바라보는 제2의 인물을 또 바라보는 제3의 인물의 시각으로 겹쳐보고 있는 「반풍토설초」 같은 작품에서도 드러난다. 앞서 김원우의 소설적 시각을 겹의 시각이라고 말한 바 있는데, 그의 중편소설들이 300매에서 600매를 상회하기까지 분량면에서 큰 변화의 폭을 보이는 것은 바로 이 겹의 시각이 이중이냐 삼중이냐에 따른 결과라고도 생각된다.

문제적 개인의 삶을 타인과의 비교를 통해 상대화하고, 나아가 직장이나 혈연과 같은 상위의 질서도 동일한 맥락에서 복합적으로 읽어내고자 하는 겹의 시선을 견지하는 만큼, 김원우의 중편소설은 부득불 동시대 삶에 대한 비판적 주석을 동반하지 않을 수 없게 된다. 한때 한 평론가는 김원우 소설의 이런 특성을 일컬어 '시론(時論)소설'이라고 말한 적도 있는데, 현실에 대한 이런 주석달기 내지 일상적 세계에 대한 비판적 서술 또한 그가 써내는 중편소설의 한 특징이라고 볼수 있다. 세계에 대한 총체적 해석을 겨냥하는 장편소설까지 나아가지 않으면서도 개별적 인간의 삶과 세계를 총체성에 버금가는 대표성, 일반성의 한 징후로 읽어내려면 그와 같은 해부학적 시선은 반드시 필요한 요건일 것이기 때문이다. 김원우의 소설이 액자 형식을 취하는 동시에 그런 구성을 통해 끝없이 소설 장르를 문제 삼는 것 또한 이런 맥락에서 이해할 수 있다. 「안팎에서 시달리며」의 주인공이 현실과 허구를 공히 문제 삼는 가운데 소설 장르에 대해 다음과 같은 자의식을 피력하는 것도 이런 연장선상에서 이해할 수 있는데, 작품에서 여러 차례 변주되는 그런 인식 가운데 대표적인 한 대목을 인용하면 다음과 같다.

소설이 다른 예술과 달리 상대적으로 상식적이고 상투적이며 진부해서 하위 장르로 추락했다기보다는 소설의 역할도 유명무실해졌고, 그 기능도 정보량이 말하는 대로 보잘것없어졌는데, 그 배면에는 역시 시대/세태로서의 환경적 요인인 소득의 신장과 학교 교육의 보편화로 말미암은 '교양'의 확산, 곧 피상적일망정 생활상의 '세련'이 문맹과 무식을 일정한 정도로 떨쳐버리도록 재촉한 압도적인 '세속주의의 약진과 상대적인 우월성'이 깔려 있다. 다들 자주 간과하는 이 작품의 '외적' 요인은, 곧 '현대성'이라는 외풍을 제법 신랄하게 반영한 소위 진지한 소설의 '내용' 조차 지리멸렬하게, 산만하게, 잡스럽게 조작하도록 몰아붙임으로써 '교양/세련' 같은 기본적인 안목도 하잘것없는 잣대로 따돌려버린다.

「안팎에서 시달리며」의 원제목은 「안팎에서 길들이기」였다. 이번에 작품집을 펴내면서 매 작품에 새롭게 붙인 〈군소리〉에서 작가가 밝히고 있듯이, 이런 변화는 현대를 살아가는 "인간의 자기소외"를 보다 명확하게 하고 있음을 누구라도 알 수 있고, 이런 제목의 변개와 관련해서 생각해보아도 위와 같은 인용문은 작가로서 김원우가 고심하는 자성적인 소설론의 내용을 담고 있어 주목된다. 즉, 위의 인용문은 민주주의의 확산으로 인해 평균적인 세속화가 이루어지고 그에 따라 예술적 취향마저 평균화되어버린 현대사회에서 과연 소설이 예술일 수 있을까 하는 비관적인 진단을 전하면서, 그런 시대를 살아가도록 운명지워진 현대인이 봉착할 수밖에 없는 "인간의 자기소외"를 적발해내고, 그것을 보다 더 자각해야 하는 과정에 어떤 식으로든 관여하는 것이 소설의 당위적 역할이라는 그의 인식을 함축하고 있다. 사실 이런 발언은 작가 김원우가 오랜 세월 동안 중편소설 장르를 개척하면서 이른 득의의 소설론이라고 할 만하다.

현대소설이 제 장르성을 한껏 뽐내면서 지배적인 문화적 장르로 자리잡아갈 즈음, 스페인의 철학자인 오르테가 이 가세트는 소설이 예술이 될 수 없다는 냉정한 말을 한 적이 있다. 벌써 백여 년 전의 일인데, 이는 형성 도상에 있는 소설 장르가 어떤 형태로 나아갈 것인지에 대한 장르적 고심의 깊이를 보여준다. 이와 같은 그의 선언적 정의는 서구적 의미의 현대소설이란 장르를 받아들인 지 백 년을 훌쩍 넘은 우리 소설의 현재를 되돌아보는 데에도 여전히 유효하다. 자신이 지향하는 소설이 하나의 예술형식이건 아니면 예술형식을 넘어서는 또다른 것이건 간에, 우리 작가 가운데 소설에 대한 치열한 장르의식 하에서 소설을 쓰는 작가가 얼마나 될까 생각하다 보면 위와 같은 김원우의 인식은 그 자체로도 소설에 대한 집요한 성찰로서 값지고, 또한 우리 소설의 자기갱신에 한 가능성을 타진하고 있는 것으로도 생각되기 때문이다. 그 가능성의 영역이 중편 양식인 것은 물론이다.

현대소설이 처한 상황과 운명에 대한 김원우의 진단은 아주 우연하게도 최재서(崔載瑞, 1908~1964)의 의견과 상통하는 바가 있다. 1930년대에 본격적인 비평활동을 개진했던 최재서는 소설의 위기가 사회적으로 고조되고 있던 1937년에「중편소설에 대하여─그 양적, 질적 개념에 관한 시고(試考)」라는 글을 발표하는데, 이 글은 우리 소설사에서 그 누구도 주목하지 않았던 중편소설의 개념과 가능성을 타진한 최초이자 유일한 글로서 주목할 만한 평론이다. 이 글에서 최재서는 '현실성'과 '현대성'이란 개념을 대비시키면서 "현실성이란 과거의 유물이고 작일(昨日)의 연장이다. 현대성이란 늘 명일(明日)을 암시하고 있다. 현사회 생활에 있어서 현실성이 늘 다대수(多大數)의 생활을 지배하고 현대성이란 (그 참된 의미에 있어서) 극소수인의 생활을 지배하고 있음은 사실이다.……현실성은 기성적이고 안정적이니만큼 작가로서 포착하기 쉽고 또 사회인 다대수의 기질에 부합되니 독자의 흥미를 끌기도 쉬울 것이다. 대중소설가가 늘 비속한 현실성에만 부심하는 것은 이 까닭이다. 그러나 작가가 만일 현실성에서만 국척(跼蹐: 두려워 몸을 굽히고 조심스럽게 걸음)한다면 드디어 그의 예술은 고갈하고 말 것이다.……현실을 이해하고 그에 대한 일종의 비판으로서 현대성을 창조할 때 그것은 비로소 실험적인 예술이 될 수 있다"고 하면서 우리 소설의 현대성 결핍을 지적하고, 이것을 타개할 가능성을 중편소설에서 찾고 있는 것이다.

최재서가 사용한 '현실성'과 '현대성'이란 말이 어떤 맥락에서 생겨났으며, 또 어떤 뜻을 지니는지는 분명치 않은데, 그런 만큼 이는 언제든 비평계나 학계에서 해결해야 할 과제일 것이다. 하지만 최재서가 사용하고 있는 '현실성'과 '현대성'이란 개념을 소설가들이 그리는 현실의 외관과 그 외관의 이면을 읽어내려는 비판정신 같은 것으로 받아들일 수 있다면, 위와 같은 그의 진단과 해석은 앞서 살펴본 김원우의 소설론과도 어느 정도 일맥상통하는 바가 있는 것처럼 보인다. 그런 의미에서도 나는 이번에 새롭게 간행되는 김원우의 중편소설들이, 고급한 소설독자들은 물론이거니와 평단 및 학계에도 유의미한 자극을 줄 것이라고 생각한다. 풍문만 무성하고 피상적으로 이해되어온 이 '중편소설'이란 개념을 정치하게 논의하고 탐구하여 어떤 부분적인 장르 지표라도 변별화, 추상화해서 함의를 마련할 수 있다면, 이 또한 우리 소설의 지나온 궤적과 앞으로 나아갈 전망을 타진하는 데에 적잖은 도움이 되리라고 믿기 때문이다.

끝으로 작가가 분명히 밝히고 있는 바, 이번 책이 이전에 발표된 작품들을 그대로 모은 것이 아니라 일정한 '개작'이 이루어진 작품집이라는 점에 대해서도 한마디 덧붙이고자 한다. 일반적으로 개작이란 기존의 원고를 다양한 수준에서 수정하는 것으로, 그렇게 흔하게 이루어지지는 않는다. 여러 지면에 발표된 작품들이 작품집으로 묶여질 때 이루어지는 오탈자 교정 및 약간의 가필 정도가 일반적인 수준이지, 문장 고치기를 넘어서 단락 연결까지 수정이 가해지고, 그래서 부득이하게 구조적 변화까지를 초래하는 개작의 경우는 드물게 사실이다. 이를테면 염상섭이나 김동리의 경우가 그러한데, 이 경우 그 개작본은 개선(改善)과 개악(改惡)의 평가와는 별도로 작가론의 차원에서 한 작가의 정신적 사고의 흔적을 살펴볼 수 있는 좋은 자료가 되어주기도 한다. 지면 관계상 이 글에서는 이 책에 수록된 작품들에 어느 정도의 개작이 이루어졌는지는 검토하지 못했다. 하지만 앞서 「안팎에서 길들이기」라는 작품이 「안팎에서 시달리며」로 개제(改題)된 데에서 보다시피 선명한 작가적 전망을 제시하는 한편, 이번 그의 개작이 자신의 중편소설의 은유적 탄력, 곧 멀게는 40여 년 전에 쓰인 작품이 여전히 오늘날의 삶을 참조하는 '지금'의 이야기로서의 '현실성/현대성'을 지니고 있다는 판단의 결과이며, 이 '현재성'을 위해 작품의 가독성을 더 높이려는 의도의 소산인 것만큼은 분명하다. 이 개작본은 이제 독자와 평단의 몫으로 남겨져 있는데, 추후 여러 논자에 의해 이런 개작의 세세한 국면들이 검토된다면, 김원우가 개척해온 우리 중편소설의 세계와 그것이 갖는 장르적 위상은 물론이고 더 나아가 소설 장르의 '총제적' 본질까지도 한층 더 잘 이해할 수 있게 되지 않을까 생각한다.

## 성가신 모깃소리

— 소설은 사람과 세상 간의 조화/불화를 그리는 산문이다. 대체로 고만고만한 일상에서의 어떤 의외성을 제시함으로써 말문을 열고, 그 일탈의 경과는 주요 인물의 생존 의의를 가로막는 정서적/사회적/환경적 반응에 초점을 맞추며, 결국에는 임시미봉책을 내놓음으로써 종전의 일상생활로 되돌아가서 파묻히든가 어딘가로 잠시 사라진다는 식으로 마무리하게 되어 있다.

— 품성 결핍증/인성 미달증을 지닌 인간을 주요 인물로 다루는 소설의 얄따란 셈속을, 그 속말/겉말을 어디까지 믿어야 할까.

— 소설은 사실/진실/정의 따위에 딴죽을 걸거나 짓밟고 나서 그 후의 귀추를 철저히 추적하지 않는 실살을 챙긴다.

— 상상력 비대증/중독증은 의식과 현실을 무조건 무시함으로써 잘난 체하며 시건방을 떤다.

— 교사, 율사, 의사, 월급쟁이보다 범법자, 사기꾼, 거짓말쟁이, 떠버리가 설치는 세상은 (글로 조립하는) 소설과 맞지는 않고, (장면으로 과장을 두텁게 보태는) 영화에 어울린다. 자주 혼동하는데, 소설과 영화는 '서사'의 본질에 대한 이해부터 전혀 다른 별개의 장르다. 개

인의 언어 조율과 다수의 장면 합작이 다른 차원이라서.

— 패배감/상실감은 사람/세상/제도/기록/정황에 대한 불만과 불평을 부추기고, 그것들을 우선 의심하는 경지로 나아간다. 소설의 근본 취지가 이것이다.

— 자아는 유전과 교양의 산물이고, 의식은 (자연적 환경이 아니라 제2의 자연인) '사회적' 환경과 (집단 심성을 공통 분모로 삼는) 세태의 자식이다. 개성은 체취고 분위기고 말투고 취향이며 버릇일 뿐이다. 개성적인 주인공? 개성이 없을 수도 있나. 괴팍한/변덕스러운 성정과 기호가 각각 다를 뿐인데.

— 소설가는 기껏해야 일상사/개인사/세상사의 작은 부분을, 그중에서도 여느 눈에 잘 띄지 않는 일단만을 발췌할 뿐이다. 그 발췌문은 대개 다 거칠고 피상 관찰에 그칠 수밖에 없다. 엉터리 문맥이 그 겉핥기 실태를 자세하게 보여주고 있다. 정치한 표현의 필요성.

— 소설＝경험에다 상상력으로 군살 덧붙이기(내용의 총체)＋수사와 가치의 당대적 분별(구도/형식의 파악)

— 현대의 일상은 어차피 분열적/불연속적 삶의 연속이다. 인과 부재의 이 현실만이 소설의 확실한 자료/주제어/소재이다.

— 사전의 표제어는 언중의 입말/사투리/함의/어법을 송두리째 무시하고 나서 피상적인 뜻풀이로 일관한다. 사전을 끝까지 찾아보고, 그 구실과 부실을 철저히 깔아뭉갤 것.

— (한때 말장난으로) 소설은 결국 일상극/일인극/일생극을 한목에 또는 잘게 나눠서 조작하는 데 그쳐야 한다고 단언했는데, 요즘에는 환타지 '물' (일본어 투다)이 건강짜로 소설의 안방을 독차지했다고 한

다. 유행과 세력을 무시하거나 부정하면 그것이야말로 강샘이고 시대착오적인 꼰대의 생떼거리라고 따돌릴 테니까.

— 소설＝선택(소재의 개연성)＋배열(어휘/수사의 직접성)

— 멜로드라마(통속극)는 부당한 고통/불행/실수에 대한 값싼 동정심에다 상투성/진부성을 염치 좋게 버무려낸다. 빈부/미추/우열/승패 같은 속사(俗事)를 주시하는 속물의 이분법적 사고가 작가 의식을 통째로 관장해서야 무슨 이색적인 세상이 나올까.

— 희생물/빙의물/환생물의 반사실주의는 욕망/신념/연상의 착종에 불과하다. 그런 세상에는 무개념/무질서/무의식만 난무한다. 정신지체아의 말버릇을 유심히 들어보면 사고의 '연쇄'가 작동하지 않는다. 이 말 했다가 저 말 하는 횡설수설로 얽어놓은 서사에도 '이야기'가 있다면 그것이 바로 헛소리 아닐까.

↓

위의 제사(題詞) 비스름한 문구들은 잘 쓰이지 않는 단어, 익혀야 할 순우리말, 남의 글 속에서 눈에 띄는 표현과 그 오류 비틀기, '한국동란, 미군 전사자; 5만 4,246명, 부상자; 10만 3,284명' 같은 역사적 사실 등을 매일같이 마구잡이로 기록해두는 한편, 문득문득 떠오르는 소설에 관한 잡생각도 적어놓는 별도의 최근 잡기장에서 '쉬운 것'을 골라낸, (옮기면서 약간 손질한) 단상들이다. 책 뒤에 흔히 붙이는 이런 관행적 '작가 후기'에 써먹으려는 생각은 추호도 없었으나, 명색 '선집'을 묶는 의의를 나름대로 적바림하려니, 쓸 말이 너무 많아서 며칠째 줄가리조차 못 잡고 헤매다가 예의 '총기 늘이기' 잡기장이나 뒤적거리면서 '지푸라기'라도 움켜쥐려다 눈에 걸려든 것이다. 이러

작가 후기─개작 감상

구러 30여 년 전부터 그나마 버리지 않고 지니는 예의 그 잡기장 스무 남은 권 중 어느 하나를 손에 집히는 대로 빼내서 훑어보면, 한때 사전에 등재된 단어의 1000분의 1이라도 써먹을 총기와 끈기가 있으면 얼마나 좋을까 하던 '꿈'도 떠올라서 한숨 돌릴 수 있으니, 역시 '기록'의 효용을 절감하지 않을 수 없다. 하기야 이제는 내 잡기장에 올라 있는 등재어 중 반에 반이라도 요긴하게, 안성맞춤으로 써먹을 수 없을지 하는 궁리나 쓰다듬는 처지가 되었으니 참으로 처량하다.

↓

소설 쓰기는 그렇게 어려운 일도 아니다. 위의 단상에도 대충 드러나 있듯이 사람도 세상도 눈앞에 뻔히 보이고, 그 광경을 찬찬히 베껴버릇하면 되니까 말이다. 그 각양각색의 살아가는 모양새나 사람살이/세상살이가 그렇게 꾸려지도록 만들어놓은 여러 제도와 형편도 알려고 덤비면 '떠돌아다니는 숱한 정보'의 취사분별만으로도 '이야기 지어내기'를 그럭저럭 꾸려낼 수는 있으므로 그렇다. 무해무득한 거짓말하듯이 그 '꾸며서 부려놓기'는 일상생활 중의 말 씀씀이처럼 헤프거나 자연스러울 수밖에 없기도 하다. 그렇긴 해도 그 줄글을 읽어가다 보면 당장 새록새록 달려드는 '실감'의 허실은 천차만별이다. 그 실감의 수용도 각양각색일 터이나, 참말과 거짓말이 두루뭉수리로 얽혀 있어도 그러려니 하고 넘어가듯이 '남의 이야기'도 굳이 그 공허의 정도를 발기잡지 않는다. 그런 독자들 앞에서 작가가 내놓을 변명은, 그 독후감의 부실을 빤히 알고 있다 하더라도, 흔히 빈말이기 일쑤다.

어찌 됐든 사람과 세상을 짐짓 그럴듯하게 조작해놓은 그 글감의

뭉치들이 어느 것이라도 하나같이 주인의 성도 모르면서 죽도록 일만 하는 머슴의 품팔이 짓처럼 비쳐서 열없기 짝이 없어지는 경우가 흔하다. 세상이 주인이니까, 머슴 따위가 세상의 형편을 굳이 알 것도 없다. 사람이 만들어서 어영부영 꾸려가는 모든 제도가 그렇듯이, 또한 말/글의 쓰임새가 부실하게나마 잘도 굴러가듯이 이 세상도, 모든 이야기도 그럭저럭 이어붙인 엉성한 조각보가 아닐까.

하기야 이야기 형식의 오랜 연조를 잠시 둘러보더라도 그동안 여러 갈래로 쌓여온 더께가 워낙 두텁고, 그 굴레를 빠져나오기는 어느 귀재의 재능으로도 감당할 수 없게 되어 있기도 하다. 모르긴 해도 이야기를 아무렇게나 지어내서 퍼뜨릴 수 있는 작금의 외부 환경이 바뀌지 않는 한, 거짓말을 마구 흩뿌리는 사람의 천성에 재갈을 물리지 않는 한, 그런 변화와 조력을 한사코 기대하는 망상의 연쇄에 갇혀 있는 한, '이야기 지어내기＝세상 만들기'는 더 말할 화제도 아니다. 구체성도 없는 하늘, 허공에서 노니는 '전설'에 무슨 변죽 울리기가 있을 리 만무하니.

↓

앞의 단상을 봐도 알 수 있듯이, 아무리 홀하게 보더라도 등단 후 본격적으로 소설을 쓰기 시작하면서, 아니 습작을 끼적거리던 때도 내 나름의 장르 의식이랄지 그런 감각은 웬만큼 가슴에 새기고 있었던 것 같다. 첫 책을 묶어내던 무렵에는, 곧장 첫 장편을 기고하던 때쯤에는 벌써 '이번에는 되든 말든 추리극 형식에 도전해보지 머, 일상극/세태극을 밑바닥에다 착실히 깔면서'라든지, '여성 화자를 내세우면 통속극이라고 깔볼까' 같은 자의식을 머릿속에 공글리면서 원고지를 노려보고 있었던 기억은 지금도 생생하다. 소설의 속살이야 나중 일이고 외양부터 먼저 따지는 이런 장르 감각이야 좋다 나쁘다 할 것도 없지만, 일반 독자들은 '되게 따지고 딱딱거리네' 하지 않았을까 싶은데, 그런 짐작은 객기가 한창일 때라서 당시에는 까맣게 몰랐고, 한참 후에야 어렴풋이 챙긴 반성이다.

어떻든 '내 것, 내 세계, 내 문투'에 대한 과도한 집착, '말 그대로 무재주라서 몰라줘도 할 수 없지, 문운이 결국 팔자라는 소릴테니 한사코 매달릴 수밖에' 같은 고집으로 예의 그 장르 감각을 꾸준히 열어가는 통에 '늘어난 것은 말품과 작품 편수고 얻은 것은 독자의 외면'이라는 구슬픈 실적이었다. 그냥저냥 앉은뱅이 용쓰듯이 그렇게 뭉개다 보니 마흔 중반에는 벌써 문단의 대세와는 한참 버성기고 겉도는 외톨이 신세로 굴러떨어져 있었다.

내 처신/처지야 그렇다 하더라도 소설의 소임은 언제라도 따져볼 만한 과제였다. 어차피 비근한 현실의 면면을 적당히 오려내서, 누구라도 당장 알아볼 수 있는 글줄로 지어진 것들이므로 생필품처럼 만만하게 대하는 허술한 풍토성 전반을 돌아봐야 할 것 같았다. 일상적인 생활환경과 어슷비슷할 수밖에 없는 어떤 삶의 단면을 좀 색다르게 그리려는 사실적 장르, 멀쩡한 인간이 어느 날 갑자기 벌레로 탈바꿈하여 사람 행세를 한다는 식의 공상적 장르, 시공을 초월하여 자발없이 헤매는 탈현실적 장르 등을 개발, 발명해냄으로써 그야말로 무소불위한 '이야기' 천국들을 생활공간에다 무더기로 부양(浮揚)하고 있었으니까.

만능인이 종횡무진으로 설치는 만화 속의 그 기발한 활극이 여느 소설의 장면마다에 돌출하는 현황은 역시 '대설/허설/망설' 같은 용어를 상용하라고 채근한다. 상상력 활수벽이라고 이름 붙여야 할 그 최대치는 결국 변태화/괴물화/지옥화로 줄달음칠 테고, 그 엽기주의 일색은 괴기 취미에의 매몰로서 일상 자체의 전면 부정이므로 정상적인 머리로는 난해의 극치라고 지적해도 무방할 터이다.

↓

진부한 고백이지만, 예의 그 고지식한 장르 감각으로 매일 목격한 우리의 따분한 생활 현장과 납작한 사고 행태야말로 지리멸렬의 본보기였다. 그 지루한 일상극을 생눈으로, 당사자로서 손해만 자청하는 편견으로 바라보니 거기에도 내 일신처럼 살가운 '동네'가 착실히 버티고 있었다. 그러니 앞에서 설건드린 소설의 몇몇 장르 감각은 나와는 이내 척진 별세계라서 괘념치 않게 되었다. 그런 분별로는 내 식의 상상력을 최대한으로 제한하는 것도 한 창작법이고, 그 속셈만이 최선인 성싶었다. 지엽말단적인 현실, 왜소한 소시민, 구지레하고 사소한 사물/사건 등을 다소 억지스럽게, 그 그럴듯함의 정도야 어떻든, 나름껏 꾸려내기로 작정한 셈인데, 소기의 그 조작물이 오죽할까 하는 내 자의식은 속속 물리칠 수 있었건만, 그 궁상을 어떤 평자는 '말이 많다'라며 매도하기를 서슴지 않았다. 그 지겹고 흔한 '일상극' 조차 예의 단견/편견의 색안경을 끼고 그리면서 그중 작은 일부나마 '이게 까짓것이다'라는 군말 덧붙이기에 지치지 않았다면 결코 자탄도 자부도 아니다. 그래서 시시하고 '말만 많다'는 논평을 붙좇아 사설(私說/邪說/辭說)의 가락을 늘어놓다 보니, '여기에도 별난 세상과 색다른 인간이 있는데' 조의 수상쩍은 소신을, 소위 '되다 만' 이야기를 간신

작가 후기—개작 감상

히 이어붙이는 수완은 챙길 수 있었던 것 같다. 시름겨운 한숨과 신음을 마소의 침처럼 입에 달고서.

당연하게도 무슨 소득은커녕 밑천까지 다 털린 노름꾼 같다는 생각을 떼칠 수 없는 난경이 눈앞에 다가왔다. 기대는 컸으나 말 그대로 허업(虛業)에 전심전력한 뒤끝이 이렇게 허망한지를 절실하게 깨닫고 나니 어언 만년이 코앞에 닥쳐버린 것이다. 천생의 늦깎이가 뒤를 되돌아본들 별 뾰족 수가 있을 리 만무하지만, 나름의 분별이야 저절로 불거졌다. 우선 자신의 무지몽매를 모를 수밖에 없는 한창때 쓴 작품들은 그 알거냥하는 생리가 토씨 하나에까지 덕지덕지 배어 있어서 점직하기 이를 데 없었고, 자칭 '내 것'이란 것도 되다 만 트레바리가 생경한 목청으로, 그것도 자깝스럽게 나대는 투정일 뿐이어서 민망하기 짝이 없어졌다.

그처럼 엉성하게 조작한 배경과 그 소인을 지워 보려고, 멀게는 쉰 줄에 들어서서부터 엔간히도 골머리를 섞었다. 뜻대로 나아지지도 않았고, 기왕의 작품들을 틈틈이 훑어보니 점점 더 창피해서 마음자리가 아주 거북하고 켕겼다. 글줄이 뜻대로 풀려가지 않을 때 주로 쓰는 문인들의 흔한 과장법을 빌리면 '쥐어짜도 한 줄도 안 나오니 죽을 맛'이란 상투어가 저절로 입에 걸렸지만, 바로 그런 허세에 진력이 나서 덤빈 개작 작업이라 내가 쓸 말을 딱히 골라내기도 점점 힘들어졌다. 말과 글을 헤프게, 실속 없이, 상투적으로, 중언부언하며, '남'의 문자를 알게 모르게 함부로 꾸어다 쓰는 버릇에 길들어 있었으므로 그 고질을 떼치기가 여간 어렵지 않음을 비로소 깨쳤다고 하면 얼추 근사한 표현일 것이다. 이런 설 풀이나 그런 말품은 나 자신을 앞에

두고 내지르는, 엄살이 아닌 진솔한 자기 대면의 한 자투리로서 '이럴 수밖에' 하는 심정이다.

↓

아는 만큼 보이고 써진다는 말은 과연 얼마나 맞을까. 진실은 고사하고 사실도 얼마나 제대로 알고 있나 하는 물음 앞에서 오늘날처럼 숙연해져야 할 시절이 일찍이 없었을 것 같은데, 다들 기고만장한 기상으로 이 세상을 제멋대로 '요리' 해서 맛보라며 권하고 있다. 이 명백한 사태는 고등교육의 보편화에 기대는 한편 소위 엉터리 '정보'의 즉석 호환 시대가 베푼 특혜인 듯싶고, 그 부당한 불찰조차 제재하기는커녕 호응하는 무리들로 북새판을 이루는 현실이다. 난잡한 갑론을박의 성세를 구가하는 이런 생태계의 면면이 하찮은 사실까지 삐딱하게 보도록 교사하고 있으니, 시절 자체가 어떤 기록물이라도 쓰는 즉시 그 행간 너머의 반은 철저히 지워버리고 있다는 적바림의 본색을 철저히 간과해버리라고 시시각각 족쳐대는 형국이기도 하다. 이를테면 '실록' 을 무조건 인용함으로써 '역사 서술' 의 권위를 높이려는 발상도 믿기지 않으려니와, 탱크도 없는 군대가 먼저 북침했다는 자칭 수정주의적 가설도 예의 그 상상력 최음 상태와 엇비슷하지 싶은데, 어느 쪽이 오해인지를 따질수록 수세에 몰리는 사태를 마냥 내버려 두어야 옳을까. 어차피 지식의 '당대성/임의성' 에 무심한 체하는 얇은 안목들은 부화뇌동에 얹혀 살면서 부실한 '언질로서의 이야기 지어내기' 로 소일할 테지만.

말을 줄이면 우리의 전통적 추수주의가 크게는 사대주의에 기대고, 작게는 허풍스러운 민중/민족주의의 광풍이 덮어씌운 멍에를 떨치지 못하는, 이 엄연한 풍토성의 기운을 뚫고 나온 소설들은 근본적으로 반풍수의 인척일 것이다. 그 원천적인 결격 사유를 지적하지 않는, 또는 감도 잡지 못하는 산문 일반에서 '현실/현대'의 실상을 찾는다는 것은 연목구어(緣木求魚)가 아닐까 싶기도 하다. 설혹 그 속에 진솔한 속 말이 드물게 보인다고 할지라도 그 전후 사정을 돌아보면 당장 자가 당착의 어순부터 해명해야 할 텐데, 그 작업부터 감당하려는 제3의 '일상적' 소설은 또 얼마나 너더분하고 말이 많을 것인가.

↓

하나도 모르면서 두셋을 아는 체해야 하는 소설의 전방위적 재능과 그 가관을 정색하고 바로 잡으려면 작가로서의 소임을 반쯤 내려놓아야 옳은 말이 붙거질지 모른다. 그러므로 소설의 글감, 주제어, 가락, 글맛은 극단적인 제약을 감수해야 하는데도 내남없이 천둥벌거숭이를 자처하니 이런 희비극이 다른 분야에서도 통하기나 할까.

열 개를 알아야 하지만, 그중 두 개를 골라 쓰기에도 지면의 제약이 추상같다는 실정을 어떻게 외면할 수 있나. 하나를 제대로 옳게 활용했다고 해서 무식은 겨우 면했다는 말을 들을 리는 만무하지만, 논문과 달리 설명, 해석은 줄이고, 중언부언과 동어반복을 최대한으로 피해야 하는 소설의 장기를 느슨히 풀어버리면 무엇이 남을까. 구체성을 살리면서도 굳이 다 쓸려고 애쓰지 말라는 이 모순을 바루려는 무모한 도전이 과연 또 다른 장르의 개발과 확장에 얼마나 이바지할 수 있을까. 쓸 말을 한껏 골라내는 기량조차 낯설고 어렵다면서 구박하는 한편, 가볍고 짧으면서도 쉬운 장르의 득세에만 호들갑을 떠는 작금의 추세로는 소설의 운신과 명운이 낭떠러지 앞에서 서성이는 꼴

같다는 방정은 나만의 절박감일까.

↓

역시 문장/문맥/문투를 어디까지 바루어 놓아야 할지 고심을 거듭했으나, 소기의 성과와는 점점 멀어지는 듯해서 심난하기 짝이 없었다. 욕심이 금물인 줄 번연히 외우고 있으면서도 어색하게 쓰고 있는 어휘 하나조차 빼내기도 망설여졌다. 어휘량을 자랑한답시고 온갖 말을 다 '잠시 꾸어다 놓은 보릿자루처럼' 널어놓은 꼴불견이라니, 얼굴이 달아올랐다. 부사, 형용사를 꼬박꼬박 덧대는 버릇도 못마땅했고, 할 말이 많다는 조로 어수선하게 '해설'하려고 나대는 같잖은 소신/확신을 감추지도, 과감하게 생략할 줄도 모르는 악습은 곳곳에 늘비했다. 언중의 말씨를 따른다는 구실로 써먹은 오문/비문도 부지기수였다. '환골탈태'도 실력이 따라야 하며, 문장/문맥 이어가기에서 '마음 비우기'야말로 개작의 성역임을 알았으니 이보다 더 큰 소득이 어디 있으랴.

소설의 문맥 제반이 오로지 작가 자신의 자화상 소묘와 그 희화화임을 일찍부터 알고는 있었으나, 이번에 새삼스럽게 터득한 것은 역시 그 대목이 그나마라도 구체성을 웬만큼 살려내고 있다는 사실감이었다. 모든 주인공이, 누구도 솔직히 털어놓았듯이, 여성 화자인들 나 아니고 누구란 말인가. 그들의 언행 일체를 들여다보더라도 내 삶은 말할 것도 없고, 내 소설 속에서도 정직하게 살아가려고 몸부림친 나날들이 아득하게 되돌아 보였다. 원래 나라는 위인은 의심증이 심한 판조사에 지나지 않지만, 역시 내가 제대로 알고 있는 실체는 고작 나 하나뿐이고, 나머지는 죄다 모르는 것투성이였다. 남의 사정과 사회

작가 후기-개작 감상

안팎의 현상을 웬만큼 안다고 설치는 소설의 겉말들이 얼마나 부실한지를 이제야 알았으니 한심 천만이 아닐 수 없다.

↓

작품들의 수록 순서는 발표한 시기를 역순으로 삼아 진열했다. 1981년에 발표한 「무기질 청년」을 끝으로 돌리고, 「재중동포 석물장사」는 2009년에 겨울에 쓴 작품이다. (발표 연보가 아리송한 것도 있어서 점직해진다.) 40여 년 동안 우리 사회의 신언서판과 풍속/풍물이 어떻게 바뀌었는지를 비교해보려는 나름의 궁심도 있었다.

차제에 제목도 소재/주제를 고려하여 과감하게 손질했다. 제목 짓기는 무엇에 홀린 작가의 임시적 용단에 불과한데, 내 경우에는 늘 때늦은 후회를 곱씹는 바보짓을 거듭했다. 바루어 놓으니 이제야 짐을 벗은 듯 홀가분하지만, 또 언제 이 결정의 미흡을 뉘우칠지 알 수 없는 일이다.

작품의 끝자락에는 '군소리'라는 나름의 새 '형식'을 덧붙임으로써 작품의 주제어를 다시 숙고해보는 기회를 마련했으나, 이런 '변주'가 낯간지러운 말 잔치가 될까 봐 고심했다. 작품의 탄생 비화와 그 배경을 진솔하게 밝힘으로써 작의의 정곡을 찌르는 그런 촌철살인을 겨냥했지만, 내 둔필로는 역불급이었다.

다시 한번 촘촘히 읽어가면서 뜯어고치기로 작정하면 송두리째 들어내야 할 대목도 숱할 테고, 문단 전체를 지워버림으로써 소위 '생략의 묘미'를 누려야 할 구지레한 '묘사/표현'도 지천일 것이다. 가지치기로 더 다듬어야 할 문맥도 많고, 잔손질로 부적절한 단어들을 잘라내야 할 문장들도 적지 않을 게 틀림없다. 컴퓨터의 탁월한 기능을 빌린다고 하더라도 그 부질없을 가필이 성에 찰 리도 만무하다. 모르면 모르는 대로 내버려두는 게 상책이라는 옛말이 글/문맥에서만큼 적절히 통용되는 예가 달리 있는지 알 수 없다. 자율적 의미 체계의 집적물이라는 텍스트가 변덕스러운 게 아니라 작가의 안목이야말로 손을 댈수록 그 형상이 허물어지는 오망부리 같을지니. 하기야 이 모든 '모깃소리'가 얼마나 성가신 줄도 알고, 일상극/일인극의 내용이야 누군들 모르겠나 싶기도 하다.

젊었던 시절부터 내일 쓸 문장을 고른답시고 밤잠을 늘 설쳤건만, 이제는 집 주위를 발길 닿는 대로 어슬렁거릴 때마다 속속 떠오르는 글월/글감들이 책상 앞에 앉으면 하얗게 바래버리는 노인성 총기 허실증에 시달리느라고 엎치락뒤치락하고 있다. 이래저래 한숨만 늘어나는 나날이 안타까이 멀어져 간다.

여러 가지로 반통속적인 강청을 들이밀었는데도 선선히 받아준 최대순 사장께 심심한 감사의 말을 전하고 싶다. 오죽잖은 글이나마 책이 꼭 공감을 나누는 데만 그치랴. (하남에서, 2024년 4월)

# 맏언니

1쇄 발행일 | 2024년 4월 25일

지은이 | 김원우
펴낸이 | 정화숙
펴낸곳 | 개미

출판등록 | 제313 − 2001 − 61호 1992. 2. 18
주소 | (04175) 서울시 마포구 마포대로 12, B-103호(마포동, 한신빌딩)
전화 | (02)704 − 2546
팩스 | (02)714 − 2365
E-mail | lily12140@hanmail.net

값 30,000원